宋元

笔记小说

大观

四

上海古籍出版社
本社编

第四册目录

老 学 庵 笔 记

[宋]陆游　撰
高克勤　校点

校 点 说 明

《老学庵笔记》十卷,宋陆游撰。陆游(1125—1210),字务观,号放翁,越州山阴(今浙江绍兴)人。南宋时期最著名的爱国诗人。陆游著述繁富,现存作品有《剑南诗稿》、《渭南文集》、《南唐书》和《老学庵笔记》等。

《老学庵笔记》是陆游晚年所著的笔记。宋光宗绍熙二年(1191)夏,陆游命名自己的书室为"老学庵",自言"予取师旷'老而学如秉烛夜行'之语命庵"(《剑南诗稿》卷三十三《老学庵》诗自注)。这部笔记当是这一时期的作品。

《老学庵笔记》所记内容,多为作者耳闻目睹之事,内容十分丰富,不仅记录了当时大量的史实和掌故,可补正史之阙;而且反映了陆游的政治思想和文学观点,也是研究陆游及其作品的重要资料。作者既富诗人之才,又具史家之识,因此本书不仅具有较高的史料价值,而且颇富文学色彩。书中每条记载,少则二三十字,多至三四百字,文笔简练,语言隽永,耐人寻味。前人对此书的评价一直较高。宋人陈振孙称陆游"生识前辈,年登耄期,所记所闻,殊可观也"(《直斋书录解题》卷十一)。《四库全书总目提要》称此书"轶闻旧典,往往足备考证";又云:"《宋史·艺文志》又载游《山阴诗话》一卷,今其书不传,此编论诗诸条,颇足见游之宗旨,亦可以补诗话之阙矣"(卷一二一子部杂家类)。清人李慈铭亦云:"其杂述掌故,间考旧文,俱为谨严;所论时事人物,亦多平允。"(《越缦堂读书记》)总之,在宋人笔记中,本书是较有价值的一种。

　　《老学庵笔记》,陆游生前并未刊印。宋理宗绍定元年(1228),由其子陆子遹刻印,共十卷,是为陆氏家刻本。明代此书以收入会稽商濬所刻《稗海》中的流行较广。清代毛晋《津逮秘书》所收即据《稗海》本,并以景宋本作校勘;后来的《四库全书》本、《学津讨原》本、《丛书集成》本所收,均据《津逮秘书》本覆印。民国十五年(1926)上海商务印书馆以涵芬楼辑据陆氏家刻本钞的穴砚斋钞本为底本,校以清人何焯(义门)校本和《津逮秘书》等本,印入《宋人小说》丛书中。本书此次整理,即以商务本为底本,并参校他本,择善而从,凡底本有误者皆径加改正,不出校记。据《四库全书总目》著录,《老学庵笔记》有《续笔记》二卷,但今已不见。根据本丛书体例,此次整理只收录《老学庵笔记》全文,不作补遗辑佚,谨此说明。

目　录

老学庵笔记卷第一

徽宗南幸至润,郡官迎驾于西津。及御舟抵岸,上御棕顶轿子,一宦者立轿旁呼曰:"道君传语,众官不须远来!"卫士胪传以告,遂退。

徽宗南幸还京,服栗玉并桃冠、白玉簪、赭红羽衣,乘七宝辇。盖吴敏定仪注云。

高宗在徽宗服中,用白木御椅子。钱大主入觐,见之曰:"此檀香椅子耶?"张婕好掩口笑曰:"禁中用烟脂皂荚多,相公已有语,更敢用檀香作椅子耶?"时赵鼎、张浚作相也。

建炎苗、刘之变,内侍遇害至多。有秦同老者,自扬州被命至荆楚,前一日还行在,尚未得对,亦死焉。又有萧守道者,日侍左右忽得罪,绌为外郡监,当前一日出城遂免。

临安父老言,苗、刘戕王渊在朝天门外,今都进奏院前。然《日历》及诸公记录皆不书,但云"死于路衢"而已。邵彪所录谓"死于第",尤非也。

鼎、澧群盗如钟相、杨么乡语谓幼为么。战船有车船、有桨船、有海鳅头,军器有拏子、其语谓拏为饶。有鱼叉、有木老鸦。拏子、鱼叉以竹竿为柄,长二三丈,短兵所不能敌。程昌禹部曲虽蔡州人,亦习用拏子等,遂屡捷。木老鸦一名不藉木,取坚重木为之,长才三尺许,锐其两端,战船用之尤为便习。官军乃更作灰炮,用极脆薄瓦罐,置毒药、石灰、铁蒺藜于其中,临阵以击贼船,灰飞如烟雾,贼兵不能开目。欲效官军为之,则贼地无窑户,不能造也,遂大败。官军战船亦仿贼车船而增大,有长三十六丈、广四丈一尺、高七丈二尺五寸,未及用而岳飞以步军平贼。至完颜亮入寇,车船犹在,颇有功云。初张公之行,赵元镇丞相以诗送之云:“速宜净扫妖氛了,来看钱塘八月潮。”

鼎、澧群盗,惟夏诚、刘衡二砦据险不可破。二人每自咤曰:“除是飞过洞庭湖。”其后卒为岳飞所破,盖语谶云。

赵元镇丞相谪朱崖,病亟,自书铭旌云:“身骑箕尾归天上,气作山河壮本朝。”

靖康二年,浙西路勤王兵,杭州二千人,湖州九百一十五人,秀州七百一十六人,平江府一千七百三十八人,常州七百八十五人,镇江府六百人,一路共六千七百五十四人,以二月七日起发,东都之陷已累月矣。

集英殿宴金国人使,九盏:第一肉咸豉,第二爆肉双下角子,第三莲花肉油饼骨头,第四白肉胡饼,第五群仙臠太平毕罗,第六假圆鱼,第七奈花索粉,第八假沙鱼,第九水饭咸豉旋鲊瓜姜;看食:枣锢子、膢饼、白胡饼、馓饼淳熙。

绍兴辛酉与虏交兵,虏遁,议者谓当取寿、颍、宿三州屯重兵,然后淮可保;淮可保,然后江可固。惜其不果用也。

建康城,李景所作。其高三丈,因江山为险固,其受敌惟东北两面而壕堑重复,皆可坚守。至绍兴间,已二百余年,所损不及十之一。

汉人入仕,有以赀为郎者,司马相如、张释之是也;有入钱入谷赏以官者,卜式、黄霸是也。入钱谷则今买官之类,以赀则非也。

秦会之在山东欲逃归,舟楫已具,独惧虏有告者,未敢决。

适遇有相识稍厚者，以情告之。虏曰："何不告监军？"会之对以不敢。虏曰："不然，吾国人若一诺公，则身任其责，虽死不憾。若逃而获，虽欲贷，不敢矣。"遂用其言，告监军，监军曰："中丞果欲归耶？吾契丹亦有逃归者，多更被疑，安知公归而南人以为忠也。公若果去，固不必顾我。"会之谢曰："公若见诺，亦不必问某归后祸福也。"监军遂许之。

黄元晖为左司谏，论事忤蔡氏，谪昭、潭，后复管勾江州太平观。谢表曰："言之未尽，悔也奚追。"

张芸叟作《渔父》诗曰："家住耒江边，门前碧水连。小舟胜养马，大罟当耕田。保甲元无籍，青苗不著钱。桃源在何处？此地有神仙。"盖元丰中谪官湖湘时所作。东坡取其意为《鱼蛮子》云。

张德远诛范琼于建康狱中，都人皆鼓舞。秦会之杀岳飞于临安狱中，都人皆涕泣。是非之公如此。

政和中大傩，下桂府进面具。比进到，称"一副"。初讶其少，乃是以八百枚为一副，老少妍陋无一相似者，乃大惊。至今桂府作此者皆致富，天下及外夷皆不能及。

京师承平时，宗室戚里岁时入禁中，妇女上犊车皆用二小鬟持香球在旁，而袖中又自持两小香球。车驰过，香烟如云，数里不绝，尘土皆香。

明州江瑶柱有二种：大者江瑶，小者沙瑶。然沙瑶可种，逾年则成江瑶矣。海桧亦有二种。海桧夭矫坚瘦皆天成，又有刻削蟠屈而成者名土桧。海桧绝难致，凡人家所有，大抵土桧也。

晁以道为明州船场，日日平旦，具衣冠焚香占一卦。一日，有士人访之，坐间小雨，以道语之曰："某今日占卦有折足之象,然非某也,客至者当之,必验无疑,君宜戒之。"士人辞去,至港口,践滑而仆,胫几折,疗治累月乃愈。

国初士大夫戏作语云:"眼前何日赤？腰下几时黄？"谓朱衣吏及金带也。宣和间,亲王公主及他近属戚里,入宫辄得金带关子。得者旋填姓名卖之,价五百千。虽卒伍屠酤,自一命以上皆可得。方腊破钱唐时,朔日,太守客次有服金带者数十人,皆朱勔家奴也。时谚曰:"金腰带,银腰带,赵家世界朱家坏。"

仁宗赐宗室名,太祖下曰"世",太宗下曰"仲",秦王下曰"叔",皆兄弟行,"世"即长也。其后"世"字之曾孙,又曰"伯",则失之。

淳熙己酉十月二十八日,车驾幸候潮门外大校场大阅。是日,上早膳毕出郊,从驾臣僚及应奉官并戎服抵带子著靴。大阅毕,丞相、亲王以下赐茶。是日驾出丽正门,入和宁门,沿路官司免起居。

建炎中,平江造战船,略计其费四百料。八艣战船长八丈,为钱一千一百五十九贯;四艣海鹘船长四丈五尺,为钱三百二十九贯。

荆公素轻沈文通,以为寡学,故赠之诗曰:"翛然一榻枕书卧,直到日斜骑马归。"及作文通墓志,遂云:"公虽不常读书。"或规之曰:"渠乃状元,此语得无过乎？"乃改"读书"作"视书"。又尝见郑毅夫《梦仙诗》曰:"授我碧简书,奇篆蟠丹砂。读之不可识,翻身凌紫霞。"大笑曰:"此人不识字,不勘自承。"毅夫曰:"不然,吾乃用太白诗语也。"公又笑曰:"自首减等。"

秘阁有端砚,上有绍兴御书一"顽"字。唐有准敕恶诗,今又有准敕顽砚耶。

潘子贱《题蔡奴传神》云:"嘉祐中,风尘中人亦如此。鸣呼盛哉!"然蔡实元丰间人也。仇氏初在民间,生子为浮屠,曰了元,所谓佛印禅师也。已而为广陵人国子博士李问妾,生定;出嫁郜氏,生蔡奴。故京师人谓蔡奴为郜六。

绍圣、元符间,汪内相彦章有声太学,学中为之语曰:"江左二宝,胡伸、汪藻。"伸字彦时,亦新安人,终符宝郎。

曾文清夙兴诵《论语》一篇,终身未尝废。

先左丞言:荆公有《诗正义》一部,朝夕不离手,字大半不可辨。世谓荆公忽先儒之说,盖不然也。

靖康国破,二帝播迁,有小崔才人与广平郡王道君幼子名楫俱匿民间,已近五十日,虏亦不问。有从官馈以食,遂为人所发,亦不免,不十日虏去矣。城中士大夫可罪至此。

金贼劫迁宗室,我之有司不遗余力。然比其去,义士匿之获免者,犹七百人,人心可知。

国初,《韵略》载进士所习有《何论》一首,施肩吾《及第敕》亦列其所习《何论》一首。《何论》盖如"三杰佐汉孰优"、"四科取士何先"之类。

嘉兴人闻人茂德,名滋,老儒也。喜留客食,然不过蔬豆而已。郡人求馆客者,多就谋之。又多蓄书,喜借人。自言作门客,牙充书籍行,开豆腐羹店。予少时与之同在敕局,为删定官。谈经义滚滚不倦,发明极多,尤邃于小学云。

张芸叟过魏文贞公旧庄,居者犹魏氏也。为赋诗云:"破屋居人少,柴门春草长。儿童不识字,耕稼郑公庄。"此犹未失为农。神宗夜读《宋璟传》,贤其人,诏访其后,得于河朔,有裔孙曰宋立,遗像、谱牒、告身皆在。然宋立者,已投军矣。欲与一武官,而其人不愿,乃赐田十顷,免徭役杂赋云。其微又过于魏氏,言之可为流涕。

政和末,议改元,王黼拟用"重和"。既下诏矣,范致虚间白上曰:"此契丹号也。"故未几复改宣和。然宣和乃契丹宫门名,犹我之宣德门也,年名则实曰重熙。建中靖国后,虏避天祚嫌名,追谓重熙曰重和耳,不必避可也。

建炎维扬南渡时,虽甚苍猝,二府犹张盖搭狭坐而出,军民有怀砖狙击黄相者。既至临安,二府因言:"方艰危时,臣等当一切贬损。今张盖搭坐尚用承平故事,欲乞并权省去,候事平日依旧。"诏从之,实惩维扬事也。

林自为太学博士,上章相子厚启云:"伏惟门下相公,有猷有为,无相无作。"子厚在漏舍,因与执政语及,大骂云:"遮汉敢乱道如此!"蔡元度曰:"无相无作,虽出佛书,然荆公《字说》尝引之,恐亦可用。"子厚复大骂曰:"荆公亦不曾奉敕许乱道,况林自乎!"坐皆默然。

靖康末,括金赂虏,诏群臣服金带者权以通犀带易之,独存金鱼。又执政则正透,从官则倒透。至建炎中兴,朝廷草创,犹用此制。吕好问为右丞,特赐金带。高宗面谕曰:"此带朕自视上方工为之。"盖特恩也。绍兴三年,兵革初定,始诏依故事服金带。

建炎初,按景德幸澶州故事,置御营使,以丞相领之,执政则为副使。上御朝,御营使、副先上奏本司事,然后三省、密院相继奏事。其重如此。

张晋彦才气过人,然急于进取。子孝祥在西掖时,晋彦未老,每见汤岐公自荐。岐公戏之曰:"太师、尚书令兼中书令,是公合作底官职。余何足道!"所称之官,盖辅臣赠父官也,意谓安国且大用耳。晋彦终身以为憾。

　　绍兴末,巨公丁丑生者数人。或戏以衰健放榜,陈福公作魁,凌尚书景夏末名,张魏公黜落。

　　绍兴末,朝士多饶州人。时人语曰:"诸公皆不是痴汉。"又有监司发荐京官状,以关节,欲与饶州人。或规其当先孤寒,监司者愤然曰:"得饶人处且饶人。"时传以为笑。

　　王嘉叟自洪倅召为光禄丞,李德远亦召为太常丞。一日相遇于景灵幕次,李谓王曰:"见公告词云:'其镌月廪,仍襦身章。'谓通判借牙绯,入朝则服绿,又俸薄也"。王答之曰:"亦见君告词矣。"李曰:"云何?"曰:"具官李浩,但知健羡,不揆孤寒。既名右相之名,又字元枢之字。"盖谓史丞相、张魏公也,满座皆笑。

　　予去国二十七年复来,自周丞相子充一人外,皆无复旧人,虽吏胥亦无矣。惟卖卜洞微山人亡恙,亦不甚老,话旧怆然。西湖小昭庆僧了文,相别时未三十,意其尚存,因被命与奉常诸公同检视郊庙坛壝,过而访之,亦已下世。弟子出遗像,乃一老僧。使今见其人,亦不复省识矣。可以一叹。

　　晏尚书景初作一士大夫墓志,以示朱希真。希真曰:"甚妙,但欠四字,然不敢以告。"景初苦问之,希真指"有文集十卷"字下曰:"此处欠。"又问"欠何字?"曰:"当增'不行于世'四字。"景初遂增"藏于家"三字,实用希真意也。

　　秦会之丞相卒,魏道弼作参政,委任颇专,且大拜矣。翰苑欲先作白麻,又不能办,假手于士人陈丰。丰以其姓魏,遂以"晋绛和戎"对"郑公论谏"。久之,道弼出典藩,而沈守约、万俟元忠并拜左右揆。翰苑者仓猝取丰所作制以与沈公,而忘易晋绛、郑公之语。《实录》例载拜相麻,予在史院,欲删此一联,会去国不果。

陈福公长卿重厚粹美，有天人之相，然议者拟其少英伟之气。予为编修官时，一日，与沈持要、尹少稷见公于都堂阁。公忽盛怒曰："张德远以元枢辄受三省枢密院诉牒，虽是勋德重望，亦岂当如此！"方言此时，精神赫然，目光射人。退以告朝士，皆云平生未尝见此公怒也。古人有贵在于怒者，此岂是耶？

李庄简公泰发奉祠还里，居于新河。先君筑小亭曰千岩亭，尽见南山。公来必终日，尝赋诗曰："家山好处寻难遍，日日当门只卧龙。欲尽南山岩壑胜，须来亭上少从容。"每言及时事，往往愤切兴叹，谓秦相曰"咸阳"。一日来坐亭上，举酒属先君曰："某行且远谪矣。咸阳尤忌者，某与赵元镇耳。赵既过峤，某何可免？然闻赵之闻命也，涕泣别子弟。某则不然，青鞋布袜，即日行矣。"后十余日，果有藤州之命。先君送至诸暨，归而言曰："泰发谈笑慷慨，一如平日。问其得罪之由，曰不足问，但咸阳终误国家耳。"

张枢密子功，绍兴末还朝，已近八十，其辞免及谢表皆以属予。有一表用"飞龙在天"对"老骥伏枥"，公皇恐，语周子充左史，托言于予，易此二句。周叩其故，则曰："某方丐去，恐人以为志在千里也。"周笑解之曰："所谓志千里者，正以老骥已不能行，故徒有千里之志耳。公虽筋力衰，岂无报国之志耶？"子功亦笑而止。盖其谨如此。又尝谓予曰："先人有遗稿满箧，皆诸经训解，字画极难辨，惟某一人识之。若死，遂皆不传，岂容不亟归耶！"

汪廷俊从梁才甫辟为大名机幕，专委以修北京宫阙，凡五年乃成。岁一再奏功，辄躐迁数官。五年间，自宣教郎转至中奉大夫，其滥赏如此。

予在南郑，见西邮俚俗谓父曰老子，虽年十七八，有子亦称老子。乃悟西人所谓大范老子、小范老子，盖尊之以为父也。建炎初，宗汝霖留守东京，群盗降附者百余万，皆谓汝霖曰宗爷爷，盖此比也。

陈莹中迁谪后，为人作石刻，自称"除名勒停送廉州编管陈某撰"。刘季高得罪秦氏，坐赃废。后虽复官，去其左字，季高缄题及作文皆去左字，不以为愧也。孙仲益亦坐以赃罪去左字，则但自称"晋陵孙某"而已，至绍兴末复左朝奉、郎，乃署衔。

予尝与查元章读《太宗实录》，有侯莫陈利用者。予问有对否，元章曰："昨虏使有乌古论思谋可对也。"予曰："虏人姓名，五字者固多矣。"元章曰："不然，侯莫陈可析为三姓，乌古论亦然，故为工也。"

毛德昭名文，江山人，苦学至忘寝食，经史多成诵，喜大骂剧谈。绍兴初，招徕，直谏无所忌讳。德昭对客议时事，率不逊语，人莫敢与酬对，而德昭愈自若。晚来临安赴省试，时秦会之当国，数以言罪人，势焰可畏。有唐锡永夫者，遇德昭于朝天门茶肆中，素恶其狂，乃与坐，附耳语曰："君素号敢言，不知秦太师如何？"德昭大骇，亟起掩耳，曰："放气！放气！"遂疾走而去，追之不及。

北方多石炭，南方多木炭，而蜀又有竹炭，烧巨竹为之，易然无烟耐久，亦奇物。邛州出铁，烹炼利于竹炭，皆用牛车载以入城，予亲见之。

杜少陵在成都有两草堂，一在万里桥之西，一在浣花，皆见于诗中。万里桥故迹湮没不可见，或云房季可园是也。

蜀人爨薪，皆短而粗，束缚齐密，状如大饼馓。不可遽烧，必以斧破之，至有以斧柴为业者。孟蜀时，周世宗志欲取蜀，蜀卒涅面为斧形，号“破柴都”。

谢景鱼名沧涤砚法：用蜀中贡余纸，先去黑，徐以丝瓜磨洗，余渍皆尽，而不损砚。

青城山上官道人，北人也，巢居，食松籹，年九十矣。人有谒之者，但粲然一笑耳。有所请问，则托言病聩，一语不肯答。予尝见之于丈人观道院。忽自语养生曰：“为国家致太平，与长生不死，皆非常人所能。然且当守国使不乱，以待奇才之出，卫生使不夭，以须异人之至。不乱不夭，皆不待异术，惟谨而已。”予大喜，从而叩之，则已复言聩矣。

吕周辅言：东坡先生与黄门公南迁，相遇于梧、藤间。道旁有鬻汤饼者，共买食之，粗恶不可食。黄门置箸而叹，东坡已尽之矣。徐谓黄门曰：“九三郎，尔尚欲咀嚼耶？”大笑而起。秦少游闻之曰：“此先生饮酒，但饮湿法已。”

魏道弼参政使金人军中，抗辞不挠。虏酋大怒，欲于马前斩之，挥剑垂及颈而止，故道弼头微偏。

使虏，旧惟使副得乘车，三节人皆骑马。马恶则蹄啮不可羁，钝则不能行，良以为苦。淳熙己酉，完颜璟嗣伪位，始命三节人皆给车，供张饮食亦比旧加厚。

淳熙己酉，金国贺登宝位使，自云悟室之孙，喜读书。著作郎、权兵部郎官邓千里馆之。因游西湖，至林和靖祠堂，忽问曰：“林公尝守临安耶？”千里笑而已。

谢子肃使虏回，云：“虏廷群臣自徒单相以下，大抵皆白首老人。徒单年过九十矣。”又云：“虏姓多三两字，又极怪，至有姓斜卵者。”己酉春，虏移文境上曰：“皇帝生日，本是七月。今为南朝使人冒暑不便，已权改作九月一日。”其内乡之意，亦可嘉也。

　　杨廷秀在高安,有小诗云:"近红暮看失燕支,远白宵明雪色奇。花不见桃惟见李,一生不晓退之诗。"予语之曰:"此意古已道,但不如公之详耳。"廷秀愕然问:"古人谁曾道?"予曰:"荆公所谓'积李兮缟夜,崇桃兮炫昼'是也。"廷秀大喜曰:"便当增入小序中。"

老学庵笔记卷第二

张廷老名珙,唐安江原人。年七十余,步趋拜起健甚。自言夙兴必拜数十,老人血气多滞,拜则支体屈伸,气血流畅,可终身无手足之疾。

鲁直在戎州,作乐府曰:"老子平生,江南江北,爱听临风笛。孙郎微笑,坐来声喷霜竹。"予在蜀见其稿。今俗本改"笛"为"曲"以协韵,非也。然亦疑"笛"字太不入韵。及居蜀久,习其语音,乃知泸、戎间谓笛为"独"。故鲁直得借用,亦因以戏之耳。

秦会之初得疾,遣前宣州通判李季设醮于天台桐柏观。季以善奏章自名。行至天姥岭下,憩小店中,邂逅一士人,颇有俊气,问季曰:"公为太师奏章乎?"曰:"然。"士人摇首曰:"徒劳耳。数年间,张德远当自枢府再相,刘信叔当总大兵捍边。若太师不死,安有是事耶?"季不复敢与语,即上车去,醮之。明日而闻秦公卒。

英州石山,自城中入钟山,涉锦溪,至灵泉,乃出石处,有数家专以取石为生。其佳者质温润苍翠,叩之声如金玉,然匠者颇闷之。常时官司所得,色枯槁,声如击朽木,皆下材也。

叶相梦锡尝守常州,民有比屋居者,忽作高屋,屋山覆盖邻家。邻家讼之,谓他日且占地。叶判曰:"东家屋被西家盖,仔细思量无利害。他时折屋别陈词,如今且以壁为界。"

蜀人任子渊好谑。郑宣抚刚中自蜀召归,其实秦会之欲害之也。郑公治蜀有惠政，人犹觊其复来，数日乃闻秦氏之指，人人太息。众中或曰："郑不来矣。"子渊对曰："秦少恩哉！"人称其敢言。

秦会之以孙女嫁郭知运，自答聘书曰："某人东第华宗，南宫妙选，乃肯不卑于作赘，何辞可拒于盟言。"其夫人欲去"作赘"字，曰："太恶模样。"秦公曰："必如此，乃束缚得定。"闻者笑之。

张子韶对策有"桂子飘香"之语。赵明诚妻李氏嘲之曰："露花倒影柳三变，桂子飘香张九成。"

王荆公作相，裁损宗室恩数，于是宗子相率马首陈状诉云："均是宗庙子孙，且告相公看祖宗面。"荆公厉声曰："祖宗亲尽，亦须祧迁，何况贤辈！"于是皆散去。

吕正献平章军国时，门下客因语次，或曰："嘉问败坏家法可惜。"公不答，客愧而退。一客少留，曰："司空尚能容吕惠卿，何况族党？此人妄意迎合，可恶也。"公又不答。既归，子弟请问二客之言如何，公亦不答。

西山十二真君各有诗，多训戒语，后人取为签，以占吉凶，极验。射洪陆使君庙以杜子美诗为签，亦验。予在蜀，以淳熙戊戌春被召，临行遣僧则华往求签。得《遣兴》诗曰："昔者庞德公，未曾入州府。襄阳耆旧间，处士节独苦。岂无济时策？终竟畏网罟。林茂鸟自归，水深鱼知聚。举家隐鹿门，刘表焉得取？"予读之惕然。顾迫贫从仕，又十有二年，负神之教多矣。

李知几少时，祈梦于梓潼神。是夕，梦至成都天宁观，有道士指织女支机石曰："以是为名字，则及第矣。"李遂改名石，字知几。是举过省。

伯父通直公,字元长,病右臂,以左手握笔,而字法劲健过人。宗室不微亦然,然犹是自幼习之。梁子辅年且五十,中风,右臂不举,乃习用左手。逾年,作字胜于用右手时,遂复起作郡。

赵广,合淝人,本李伯时家小史。伯时作画,每使侍左右,久之遂善画,尤工作马,几能乱真。建炎中,陷贼。贼闻其善画,使图所掳妇人,广毅然辞以实不能画,胁以白刃,不从,遂断右手拇指遣去。而广平生实用左手。乱定,惟画观音大士而已。又数年,乃死。今士大夫所藏伯时观音,多广笔也。

禁中旧有丝鞋局,专挑供御丝鞋,不知其数。尝见蜀将吴琪被赐数百纳,皆经奉御者。寿皇即位,惟临朝服丝鞋,退即以罗鞋易之。遂废此局。

今上初即位,诏每月三日、七日、十七日、二十七日皆进素膳。

旧制:皇帝曰"御膳",中宫曰"内膳"。自寿成皇后初立,恳辞内膳,诏权罢。今中宫因之。

驾头,旧以一老宦者抱绣裹兀子于马上,高庙时犹然。今乃代以阁门官,不知自何年始也。

王圣美子韶,元祐末以大蓬送北客至瀛。赐宴罢,有振武都头卒,不堪一行人须索,忽操白刃入斫圣美。其子冒死直前护救,中三刀,左臂几断。虞候卒继至,伤者六人,死者一人,圣美脑及耳皆伤甚。明日,不能与虏使相见,告以冒风得疾。虏使戏之曰:"曾服花蕊石散否?"

前辈传书,多用鄂州蒲圻县纸,云厚薄紧慢皆得中,又性与面黏相宜,能久不脱。

刘韶美在都下累年,不以家行,得俸专以传书。书必三

本，虽数百卷为一部者亦然。出局则杜门校雠，不与客接。既
归蜀，亦分作三船，以备失坏。已而行至秭归新滩，一舟为滩
石所败，余二舟无他，遂以归普慈，筑阁贮之。

隆兴中，议者多谓文武一等，而辄为分别，力欲平之。有
刘御带者，辄建言谓门状榜子，初无定制，且僧道职医皆用门
状，而武臣非横行乃用榜子，几与胥史卒伍辈同。虽不施行，
然哓哓久之乃已。

饶德操诗为近时僧中之冠。早有大志，既不遇，纵酒自
晦，或数日不醒。醉时往往登屋危坐，浩歌恸哭，达旦乃下。
又尝醉赴汴水。适遇客舟，救之获免。

徐师川长子璧，字待价，豪迈能文辞。尝作书万言，欲投
匦，极言时政，无所讳避。师川偶见之，大惊，夺而焚之。早
死。

王性之读书，真能五行俱下，往往他人才三四行，性之已
尽一纸。后生有投贽者，且观且卷，俄顷即置之。以此人疑其
轻薄，遂多谤毁，其实工拙皆能记也。既卒，秦熺方恃其父气
焰熏灼，手书移郡，将欲取其所藏书，且许以官其子。长子仲
信，名廉清，苦学有守，号泣拒之曰：“愿守此书以死，不愿官
也。”郡将以祸福诱胁之，皆不听。熺亦不能夺而止。

先君言：旧制，朝参拜舞而已，政和以后，增以喏。然绍兴
中，予造朝，已不复喏矣。淳熙末还朝，则迎驾起居，阁门亦喝
唱喏，然未尝出声也。又绍兴中，朝参止磬折遂拜，今阁门习
仪，先以笏叩额，拜拜皆然，谓之瞻笏。亦不知起于何年也。

德拜宫、德寿殿二额，皆寿皇御书，旁署“臣某恭书”四字。
今重华宫、重华殿二额，亦用此故事，今上御书。

予初见《梁·欧阳頠传》，称頠在岭南，多至铜鼓，献奉珍

异;又云铜鼓累代所无。及予在宣抚司,见西南夷所谓铜鼓者,皆精铜,极薄而坚,文镂亦颇精,叩之冬冬如鼓,不作铜声。秘阁下古器库亦有二枚。此鼓南蛮至今用之于战阵、祭享。初非古物,实不足辱秘府之藏。然自梁时已珍贵之如此,不知何理也。

杜牧之作《范阳卢秀才墓志》曰:"生年二十,未知古有人曰周公、孔夫子者。"盖谓世虽农夫、卒伍,下至臧获,皆能言孔夫子,而卢生犹不知,所以甚言其不学也。若曰周公、孔子,则失其指矣。

《酉阳杂俎》云:"茄子一名落苏。"今吴人正谓之"落苏"。或云钱王有子跛足,以声相近,故恶人言茄子,亦未必然。

钱王名其居曰"握发殿",吴音"握"、"恶"相乱,钱塘人遂谓其处曰:"此钱大王恶发殿也。"

乾道末,夔路有部使者作《中兴颂》,刻之瞿唐峡峭壁上。明年峡涨,有龙起硖中,适碎石壁,亦可异也。方刻石时,有夔州司理参军以恩榜入官,权教授,出赋题曰:"歌颂大业刻金石。"或恶其佞,谓之曰:"韵脚当云:'老于文学,乃克为之。'"闻者为快。

秦会之当国,有殿前司军人施全者,伺其入朝,持斩马刀,邀于望仙桥下斫之,断轿子一柱而不能伤,诛死。其后秦每出,辄以亲兵五十人持挺卫之。初,斩全于市,观者甚众,中有一人,朗言曰:"此不了事汉,不斩何为?"闻者皆笑。

吕元直作相,治堂吏绝严。一日,有忤意者,遂批其颊。吏官品已高,惭于同列,乃叩头曰:"故事,堂吏有罪,当送大理寺准法行遣,今乃如苍头受辱。某不足言,望相公存朝廷事体。"吕大怒曰:"今天子巡幸海道,大臣皆著草屦行泥泞中,此何等时,汝乃要存事体? 待朝廷归东京了,还汝事体未迟。"众吏相顾称善而退。

秦会之问宋朴参政曰:"某可比古何人?"朴遽对曰:"太师过郭子仪,不及张子房。"秦颇骇曰:"何故?"对曰:"郭子仪为宦者发其先墓,无如之何;今太师能使此辈屏息畏惮,过之远矣。然终不及子房者,子房是去得底勋业,太师是去不得底勋业。"秦拊髀太息曰:"好。"遂骤荐用至执政。秦之叵测如此。

洪驹父窜海岛,有诗云:"关山不隔还乡梦,风月犹随过海身。"

《北户录》云:"岭南俗家富者,妇产三日或足月,洗儿,作团油饭,以煎鱼虾、鸡鹅、猪羊灌肠、蕉子、姜、桂、盐豉为之。"据此,即东坡先生所记盘游饭也。二字语相近,必传者之误。

护圣杨老说:"被当令正方,则或坐或睡,更不须觅被头。"此言大是。又云:"平旦粥后就枕,粥在腹中,暖而宜睡,天下第一乐也。"予虽未之试,然觉其言之有味。后读李端叔诗云:"粥后复就枕,梦中还在家。"则固有知之者矣。

陂泽惟近时最多废。吾乡镜湖三百里,为人侵耕几尽。阆州南池亦数百里,今为平陆,只坟墓自以千计,虽欲疏浚复其故亦不可得,又非镜湖之比。成都摩诃池、嘉州石堂溪之类,盖不足道。长安民夹券,至有云"某处至花萼楼,某处至含元殿"者,盖尽为禾黍矣。而兴庆池偶存十三,至今为吊古之地云。

故都时定器不入禁中,惟用汝器,以定器有芒也。

遂宁出罗,谓之越罗,亦似会稽尼罗而过之。耀州出青瓷器,谓之越器,似以其类余姚县秘色也,然极粗朴不佳,惟食肆以其耐久,多用之。

故都李和炒栗,名闻四方。他人百计效之,终不可及。绍兴中,陈福公及钱上阁出使虏庭,至燕山,忽有两人持炒栗各十裹来献,三节人亦人得一裹,自赞曰:"李和儿也。"挥涕而去。

往时执政签书文字卒,著帽,衣盘领紫背子,至宣和犹不变也。

予童子时,见前辈犹系头巾带于前,作胡桃结。背子背及腋下皆垂带。长老言,背子率以紫勒帛系之,散腰则谓之不敬。至蔡太师为相,始去勒帛。又祖妣楚国郑夫人有先左丞遗衣一箧,裤有绣者,白地白绣,鹅黄地鹅黄绣,裹肚则紫地皂绣。祖妣云:"当时士大夫皆然也。"

先左丞平居,朝章之外,惟服衫帽。归乡,幕客来,亦必著帽与坐,延以酒食。伯祖中大夫公每赴官,或从其子出仕,必著帽,遍别邻曲。民家或留以酒,亦为尽欢,未尝遗一家也。其归亦然。

成都诸名族妇女,出入皆乘犊车。惟城北郭氏车最鲜华,为一城之冠,谓之"郭家车子"。江渎庙西厢有壁画犊车,庙祝指以示予曰:"此郭家车子也。"

吴幾先尝言:"参寥诗云:'五月临平山下路,藕花无数满汀洲。'五月非荷花盛时,不当云'无数满汀洲。'"廉宣仲云:"此但取句美,若云'六月临平山下路',则不佳矣。"幾先云:"只是君记得熟,故以五月为胜,不然止云六月,亦岂不佳哉!"

仲翼有书名,而前辈多以为俗,然亦以配周越。予尝见其飞白大字数幅,亦甚工,但诚不免俗耳。

慈圣曹太后工飞白,盖习观昭陵落笔也。先人旧藏一"美"字,径二尺许,笔势飞动,用慈寿宫宝。今不知何在矣。

　　贾表之名公望,文元公之孙也。资禀甚豪,尝谓仕宦当作御史,排击奸邪,否则为将帅攻讨羌戎,余不足为也。故平居惟好猎,常自饲犬。有妾焦氏者,为之饲鹰鹘。寝食之外,但治猎事,曰:"此所以寓吾意也。"晚守泗州。翁彦国勤王不进,久留泗上。表之面叱责之,且约不复饷其军。彦国愧而去。及张邦昌伪赦至,率郡官哭于天庆观圣祖殿,而焚其赦书伪命,卒不能越泗而南。所试才一郡,而所立如此。许、颍之间猎徒谓之贾大夫云。

　　淮南谚曰:"鸡寒上树,鸭寒下水。"验之皆不然。有一媪曰:"鸡寒上距,鸭寒下嘴耳。"上距谓缩一足,下嘴谓藏其喙于翼间。

　　陈亚诗云:"陈亚今年新及第,满城人贺李衙推。"李乃亚之舅,为医者也。今北人谓卜相之士为巡官。巡官,唐、五代郡僚之名。或谓以其巡游卖术,故有此称。然北方人市医皆称衙推,又不知何谓。

　　《字说》盛行时,有唐博士耜、韩博士兼,皆作《字说解》数十卷,太学诸生作《字说音训》十卷;又有刘全美者,作《字说偏旁音释》一卷、《字说备检》一卷,又以类相从为《字会》二十卷。故相吴元中试辟雍程文,尽用《字说》,特免省。门下侍郎薛肇明作诗奏御,亦用《字说》中语。予少时见族伯父彦远《和霄字韵诗》云:"虽贫未肯气如霄。"人莫能晓。或叩之,答曰:"此出《字说》霄字,云:凡气升此而消焉。"其奥如此。乡中前辈胡浚明尤酷好《字说》,尝因浴出,大喜曰:"吾适在浴室中有所悟,《字说》直字云:在隐可使十目视者直。吾力学三十年,今乃能造此地。"近时此学既废,予平生惟见王瞻叔参政笃好不衰。每相见,必谈《字说》,至暮不杂他语;虽病,亦拥被指画诵说,不少辍。其次，晁子止侍郎亦好之。

先伯祖中大夫平生好墨成癖，如李庭邦、张遇以下，皆有之。李黄门邦直在真定，尝寄先左丞以陈赠墨四十笏，尽以为伯祖寿。晚年择取尤精者，作两小箧，常置卧榻，爱护甚至。及下世，右司伯父举箧以付通判叔父，曰："先人所宝，汝宜谨藏之。"不取一笏也。

承平时，滑州冰堂酒为天下第一，方务德家有其法。

亳州太清宫桧至多。桧花开时，蜜蜂飞集其间，不可胜数。作蜜极香而味带微苦，谓之桧花蜜，真奇物也。欧阳公守亳时，有诗曰："蜂采桧花村落香。"则亦不独太清而已。

柳子厚诗云："海上尖山似剑铓，秋来处处割愁肠。"东坡用之云："割愁还有剑铓山。"或谓可言"割愁肠"，不可但言"割愁"。亡兄仲高云："晋张望诗曰：'愁来不可割。'此'割愁'二字出处也。"

字所以表其人之德，故儒者谓夫子曰仲尼，非嫚也。先左丞每言及荆公，只曰介甫。苏季明书张横渠事，亦只曰子厚。

唐道士侯道华喜读书，每语人曰："天上无凡俗仙人。"此妙语也。仙传载：有遇神仙，得仙乐一部，使献诸朝，曰："以此为大唐正始之音。"又有僧契虚遇异境，有人谓之曰："此稚川仙府也。"正始乃年号，稚川乃人字，而其言乃如此，岂道华所谓"凡俗仙人"耶？

崇宁间初兴学校，州郡建学，聚学粮，日不暇给。士人入辟雍，皆给券，一日不可缓，缓则谓之害学政，议罚不少贷。已而置居养院、安济坊、漏泽园，所费尤大。朝廷课以为殿最，往往竭州郡之力，仅能枝梧。谚曰："不养健儿，却养乞儿。不管活人，只管死尸。"盖军粮乏，民力穷，皆不问，若安济等有不及，则被罪也。其后少缓，而神霄宫事起，土木之工尤盛。群道士无赖，官吏无敢少忤其意。月给币帛、朱砂、纸笔、沉香、乳香之类，不可数计，随欲随给。又久之，而北取燕、蓟，调发非常，动以军期为言。盗贼大起，驯至丧乱，而天下州郡又皆添差，归明官一州至百余员，通判、铃辖多者至十余员云。

本朝废后入道，谓之"教主"。郭后曰金庭教主，孟后曰华阳教主，其实乃一师号耳。政和后，群黄冠乃敢上道君尊号曰教主，不祥甚矣。孟后在瑶华宫，遂去教主之称，以避尊号。吁，可怪也！

靖康初，京师织帛及妇人首饰衣服，皆备四时。如节物则春幡、灯球、竞渡、艾虎、云月之类，花则桃、杏、荷花、菊花、梅花，皆并为一景，谓之一年景。而靖康纪元果止一年，盖服妖也。

老学庵笔记卷第三

任元受事母尽孝，母老多疾病，未尝离左右。元受自言："老母有疾，其得疾之由，或以饮食，或以燥湿，或以语话稍多，或以忧喜稍过。尽言皆朝暮候之，无毫发不尽，五脏六腑中事皆洞见曲折，不待切脉而后知，故用药必效，虽名医不逮也。"张魏公作都督，欲辟之入幕，元受力辞曰："尽言方养亲，使得一神丹可以长年，必持以遗老母，不以献公。况能舍母而与公军事耶？"魏公太息而许之。

僧法一、宗杲自东都避乱渡江，各携一笠。杲笠中有黄金钗，每自检视。一伺知之。杲起奏厕，一亟探钗掷江中。杲还，亡钗，不敢言而色变。一叱之曰："与汝共学了生死大事，乃眷眷此物耶？我适已为汝投之江流矣。"杲展坐具，作礼而行。

今人谓贱丈夫曰"汉子"，盖始于五胡乱华时。北齐魏恺自散骑常侍迁青州长史，固辞。文宣帝大怒曰："何物汉子，与官不受！"此其证也。承平日，有宗室名宗汉，自恶人犯其名，谓"汉子"曰"兵士"，举宫皆然。其妻供罗汉，其子授《汉书》，宫中人曰："今日夫人召僧供十八大阿罗兵士，大保请官教点《兵士书》。"都下哄然传以为笑。

会稽天宁观老何道士喜栽花酿酒以延客，居于观之东廊。一日，有道人状貌甚伟，款门求见。善谈论，喜作大字，何欣然接之，留数日乃去。未几，有妖人张怀素号落托者谋乱，乃前日道人也。何亦坐系狱,以不知谋得释。自是畏客如虎,杜门绝往还。忽有一道人,亦美风表,多技术,观之西廊。道士曰:"张若水介之来谒。"何大怒曰:"我坐接无赖道人,几死于图圄,岂敢复见汝耶!"因大骂,阖扉拒之。而此道人盖永嘉人林灵噩也。旋得幸,贵震一时,赐名灵素,平日一饭之恩必厚报之。若水乘驿赴阙,命以道官,至蕊珠殿校籍,视殿修撰,父赠朝奉大夫,母封宜人。而老何以尝骂之,朝夕忧惧。若水为挥解,且以书慰解之,始少安。观中人至今传笑。

老叶道人,龙舒人。不食五味,年八十七八,平生未尝有疾。居会稽舜山,天将寒,必增屋瓦,补墙壁,使极完固。下帷设帘,多储薪炭,杜门终日,及春乃出。对客庄敬,不肯多语。弟子曰小道人,极愿悫,尝归淮南省亲。至七月望日,邻有住庵僧,召老叶饭。饭已,亟辞归。问其故,则曰:"小道人约今日归矣。"僧笑曰:"相去二三千里,岂能必如约哉!"叶曰:"不然,此子平日未尝妄也。"僧乃送之归。及门,小道人者已弛担矣。予识之已久,每访之,殊无他语。一日,默作意,欲叩其所得,才入门,即引入卧内,烧香,具道其遇师本末,若先知者,亦异矣夫。

韩退之诗云:"夕贬潮阳路八千。"欧公云:"夷陵此去更三千。"谓八千里、三千里也。或以为歇后,非也。《书》:"弼成五服,至于五千。"注云:"五千里。"《论语》冉有曰:"方六七十,如五六十。"注亦云:"六、七十里,五、六十里"也。

秦会之有十客:曹冠以教其孙为门客,王会以妇弟为亲客,郭知运以离婚为逐客,吴益以爱婿为娇客,施全以割刃为刺客,李季以设醮奏章为羽客,某人以治产为庄客,丁禩以出入其家为狎客,曹泳以献计取林一飞还作子为说客。初止有此九客耳。秦既死,葬于建康,有蜀人史叔夜者,怀鸡絮,号恸墓前,其家大喜,因厚遗之,遂为吊客,足十客之数。

乡里前辈虞少崔言,得之傅丈子骏云:"《洪范》'无偏无党,王道荡荡;无党无偏,王道平平;无反无侧,王道正直。会其有极,归其有极'八句,盖古帝王相传以为大训,非箕子语也。至'曰皇极之敷言',以'曰'发之,则箕子语。"傅丈博极群书,少崔严重不妄。恨予方童子,不能详叩尔。

辛参政企李守福州,有主管应天启运宫内臣武师说,平日郡中待之与监司等。企李初视事,谒入,谓客将曰:"此特竖珰耳,待以通判,已是过礼。"乃令与通判同见。明日,郡官朝拜神御,企李病足,必扶掖乃能拜。既入,至庭下,师说忽叱候卒退曰:"此神御殿也。"企李不为动,顾卒曰:"但扶,自当具奏。"雍容终礼。既退,遂奏待罪。朝廷为降师说为泉州兵官云。

秦会之初赐居第时,两浙转运司置一局曰箔场,官吏甚众,专应副赐第事。自是讫其死,十九年不罢,所费不可胜计。其孙女封崇国夫人者,谓之童夫人,盖小名也。爱一狮猫,忽亡之,立限令临安府访求。及期,猫不获,府为捕系邻居民家,且欲劾兵官。兵官惶恐,步行求猫。凡狮猫悉捕致,而皆非也。乃赂入宅老卒,询其状,图百本,于茶肆张之。府尹因壁人祈恳乃已。其子熺,十九年间无一日不锻酒器,无一日不背书画碑刻之类。

张文潜言:"王中父诗喜用助语,自成一体。"予按,韩少师持国亦喜用之,如"酒成岂见甘而坏,花在须知色即空";"居仁由义吾之素,处顺安时理则然";"不尽良哉用,空令识者伤";"用舍时焉耳,穷通命也欤"。

岑参在西安幕府,诗云:"那知故园月,也到铁关西。"韦应物作郡时,亦有诗云:"宁知故园月,今夕在西楼。"语意悉同,而豪迈闲澹之趣居然自异。

童贯既有诏诛之命,御史张达明持诏行。将至南雄州,贯在焉。达明恐其闻而引决,则不及正典刑,乃先遣亲事官一人,驰往见贯,至则通谒拜贺于庭。贯问故,曰:"有诏遣中使赐茶药,宣诏大王赴阙,且闻已有河北宣抚之命。"贯问:"果否?"对曰:"今将帅皆晚进,不可委寄,故主上与大臣熟议,以有威望习边事,无如大王者,故有此命。"贯乃大喜,顾左右曰:"又却是少我不得。"明日达明乃至,诛之。贯既伏诛,其死所忽有物在地,如水银镜,径三四尺,俄而敛缩不见。达明复命函贯首自随,以生油、水银浸之,而以生牛皮固函。行一二日,或言胜捷兵有死士欲夺贯首,达明恐亡之,乃置首函于竹轿中,坐其上。然所传盖妄也。

张达明虽早历清显,致位纲辖,然未尝更外任。奉祠居临川,郡守月旦谒之,达明见其骖导,叹曰:"人生五马贵。"

阮裕云:"非但能言人不可得,正索解人亦不可得。"吕居仁用此意作诗云:"好诗正似佳风月,解赏能知已不凡。"

汤岐公自行宫留守出守会稽,朝士以诗送行甚众。周子充在馆中,亦有诗而亡之。岐公以书再求曰:"顷蒙赠言,乃为或者藏去。"子充极爱其遣辞之婉。

黄鲁直有日记,谓之《家乘》,至宜州犹不辍书。其间数言信中者,盖范寥也。高宗得此书真本,大爱之,日置御案。徐师川以鲁直甥召用,至翰林学士。上从容问信中谓谁。师川对曰:"岭外荒陋无士人,不知何人。或恐是僧耳。"寥时为福建兵钤,终不能自达而死。

范寥言:鲁直至宜州,州无亭驿,又无民居可僦,止一僧舍可寓，而适为崇宁万寿寺，法所不许，乃居一城楼上，亦极湫隘，秋暑方炽，几不可过。一日忽小雨，鲁直饮薄醉，坐胡床，自栏楯间伸足出外以受雨，顾谓寥曰："信中，吾平生无此快也。"未几而卒。

华州以华山得名，城中乃不见华山，而同州见之。故华人每曰："世间多少不平事，却被同州看华山。"张芸叟守同，尝用此语作绝句，后二句云："我到左冯今一月，何曾得见好屏颜。"盖同州亦登高乃见之尔。

淳化中，命李至、张泊、张佖、宋白修《太祖国史》。久之，仅进《帝纪》一卷而止。咸平中，又命宋白、宋湜、舒雅、吴淑修《太祖国史》，亦终不成。元丰中，命曾巩独修《五朝国史》，责任甚专，然亦仅进《太祖纪叙论》一篇，纪亦未及进，而巩以忧去，史局遂废。

僧行持，明州人，有高行，而喜滑稽。尝住余姚法性，贫甚，有颂曰："大树大皮裹，小树小皮缠。庭前紫荆树，无皮也过年。"后住雪窦，雪窦在四明，与天童、育王俱号名刹。一日，同见新守，守问天童觉老："山中几僧？"对曰："千五百。"又以问育王谌老，对曰："千僧。"末以问持，持拱手曰："百二十。"守曰："三刹名相亚，僧乃如此不同耶？"持复拱手曰："敝院是实数。"守为抚掌。

处士李璞居寿春县，一日登楼，见淮滩雷雨中一龙腾挐而上。雨霁，行滩上，得一蚌颇大。偶拾视之，其中有龙蟠之迹宛然，鳞鬣爪角悉具。先君尝亲见之。

晏安恭为越州教授，张子韶为金判。晏美髯，人目之为晏胡。一日，同赴郡集，晏最末至，张戏之曰："来何晏乎？"满座皆笑。

晏景初尚书请僧住院，僧辞以穷陋不可为。景初曰："高才固易耳。"僧曰："巧妇安能作无面汤饼乎？"景初曰："有面则拙妇亦办矣。"僧惭而退。

蜀俗厚。何耕类省试卷中有云："是何道也夫。"道夫，耕字也。初未必有心，耕有时名，会有司亦自奇其文，遂以冠蜀士。士亦皆以得人相贺，而不议其偶近暗号也。师浑甫本名某，字浑甫。既拔解，志高退，不赴省试。其弟乃冒其名以行，不以告浑甫也。俄遂登第，浑甫因以字为名，而字伯浑，人人尽知之。弟仕亦至郡倅，无一人议之者。此事若在闽、浙，讼诉纷然矣。

杜起莘自蜀入朝，不以家行。高庙闻其清修独处，甚爱之。一日因得对，褒谕曰："闻卿出局，即蒲团、纸帐，如一行脚僧，真难及也。"起莘顿首谢。未几，遂擢为谏官。张真父戏之曰："吾蜀人如刘韶美、冯圜仲及仆，盖皆无妻妾，块然独处，与君等耳。君乃独以此见知得拔擢，何也？当挝登闻鼓诉之。"因相与大笑而罢。起莘方为言事官，而真父戏之如此，虽真父豪气盖一时，亦可见向来风俗之厚。

吴人谓杜宇为"谢豹"。杜宇初啼时，渔人得虾曰"谢豹虾"，市中卖笋曰"谢豹笋"。唐顾况《送张卫尉诗》曰："绿树村中谢豹啼。"若非吴人，殆不知谢豹为何物也。

徽宗南幸还，至泗州僧伽塔下，问主僧曰："僧伽傍白衣持锡杖者何人？"对曰："是名木义，盖僧伽行者。"上曰："可赐度牒与披剃。"

宣和中，保和殿下种荔枝成实，徽庙手摘以赐燕帅王安中，且赐以诗曰："保和殿下荔枝丹，文武衣冠被百蛮。思与近臣同此味，红尘飞鞚过燕山。"

　　泸州自州治东出芙蕖桥,至大楼曰南定,气象轩豁。楼之
右,缭子城数十步,有亭,盖梁子辅作守时所创,正面南下临大
江,名曰来风亭。亭成,子辅日枕簟其上,得末疾,归双流。蜀
人谓亭名有征云。

　　筇竹杖蜀中无之,乃出徼外蛮峒。蛮人持至泸、叙间卖
之,一枝才四五钱。以坚润细瘦、九节而直者为上品。蛮人言
语不通,郡中有蛮判官者为之贸易。蛮判官盖郡吏,然蛮人慑
服,惟其言是听。太不直则亦能群讼于郡庭而易之。予过叙,
访山谷故迹于无等佛殿。西庑有一堂,群蛮聚博其上。骰子
亦以骨为之,长寸余而匾,状若牌子,折竹为筹,以记胜负。剧
呼大笑,声如野兽,宛转毡上,其意甚乐。椎髻獠面,几不类
人。见人亦不顾省。时方五月中,皆被毡毳,臭不可迩。

　　孔安国《尚书序》言:"为隶古定,更以竹简写之。"隶为隶
书,古为科斗。盖前一简作科斗,后一简作隶书,释之以便读
诵。近有善隶者,辄自谓所书为隶古,可笑也。

　　宣和间,虽风俗已尚诡谀,然犹趣简便,久之乃有以骈俪
笺启与手书俱行者。主于笺启,故谓手书为小简,然犹各为一
缄。已而或厄于书吏,不能俱达,于是骈缄之,谓之双书。绍
兴初,赵相元镇贵重,时方多故,人恐其不暇尽观双书,乃以爵
里或更作一单纸,直叙所请而并上之,谓之品字封。后复止用
双书,而小简多其幅至十幅。秦太师当国,有诡者尝执政矣,
出为建康留守,每发一书,则书百幅,择十之一用之。于是不
胜其烦,人情厌患,忽变而为札子,众稍便之。俄而札子自二
幅增至十幅,每幅皆具衔,其烦弥甚。而谢贺之类为双书自
若。绍兴末,史魏公为参政,始命书吏镂版从邸吏告报,不受
双书,后来者皆循为例,政府双书遂绝。然笺启不废,但用一

二矮纸密行细书，与札子同，博封之，至今犹然。然外郡则犹用双书也。

元丰中，王荆公居半山，好观佛书，每以故金漆版书藏经名，遣人就蒋山寺取之。人士因有用金漆版代书帖与朋侪往来者。已而苦其露泄，遂有作两版相合，以片纸封其际者。久之，其制渐精。或又以缣囊盛而封之。南人谓之简版，北人谓之牌子。后又通谓之简版，或简牌。予淳熙末还朝，则朝士乃以小纸高四五寸、阔尺余相往来，谓之手简。简版几废，市中遂无卖者。而纸肆作手简卖之，甚售。

士大夫交谒，祖宗时用门状，后结牒"右件如前谨牒"，若今公文，后以为烦而去之。元丰后，又盛行手刺，前不具衔，止云："某谨上。谒某官。某月日。"结衔姓名，刺或云状。亦或不结衔，止书郡名，然皆手书，苏、黄、晁、张诸公皆然。今犹有藏之者。后又止行门状，或不能一一作门状，则但留语阍人云："某官来见。"而苦于阍人匿而不告，绍兴初乃用榜子，直书衔及姓名，至今不废。

石藏用名用之，高医也。尝言今人禀赋怯薄，故按古方用药多不能愈病；非独人也，金石草木之药亦皆比古力弱，非倍用之不能取效。故藏用以喜用热药得谤，群医至为谣言曰："藏用檐头三斗火。"人或畏之。惟晁之道大喜其说，每见亲友蓄丹，无多寡，尽取食之，或不待告主人。主人惊骇，急告以不宜多服。之道大笑不顾，然亦不为害，此盖禀赋之偏，他人不可效也。晚乃以盛冬伏石上书丹，为石冷所逼，得阴毒伤寒而死。

予族子相，少服兔丝子凡数年，所服至多，饮食倍常，气血充盛。忽因浴，去背垢者告以背肿。急视之，随视随长，赤焮异常,盖大疽也。适四、五月间,金银藤开花时,乃大取,依良方所载法饮之。两日至数斤,背肿消尽。以此知非独金石不可妄服,兔丝过饵亦能作疽如此,不可不戒。

初虞世字和甫,以医名天下。元符中,皇子邓王生月余,得痫疾,危甚,群医束手,虞世独以为必无可虑。不三日,王薨。信乎医之难也。

佛经戒比丘非时食,盖其法过午则不食也。而蜀僧招客,暮食谓之非时。董仲舒三年不窥园,谓勤苦不游嬉也。馆中著庭有园,每会饭罢,辄相语曰:“今日窥园乎?”此二事甚相类。

范丞相觉民拜参知政事时,历任未尝满一考。

宣和中,百司庶府悉有内侍官为承受,实专其事,长贰皆取决焉。梁师成为秘书省承受,坐于长贰之上。所不置承受者,三省、密院、学士院而已。

赵高为中丞相,龚澄枢为内太师,犹稍与外庭异。童贯真为太师,领枢密院,振古所无。

吴玠守蜀,如和尚原、杀金平、仙人原、潭毒阙之类,皆创为控扼之坞,古人所未尝知,可谓名将矣。

蜀孟氏时,苑中忽生百合花一本,数百房,皆并蒂。图其状于圣寿寺门楼之东颊壁间,谓之《瑞百合图》,至今尚存。乃知草木之妖,无世无之。

曹孝忠者,以医得幸。政和、宣和间,其子以翰林医官换武官,俄又换文,遂除馆职。初,蜀人谓气风者为云,画家所谓赵云子是矣。至是京师市人亦有此语。馆中会语及宸翰,或谓曹氏子曰:“计公家富有云汉之章也。”曹忽大怒曰:“尔便云汉!”坐皆惘然,而曹肆骂不已。事闻,复还右选,除阁门官。

宣和末，妇人鞋底尖以二色合成，名"错到底"，竹骨扇以木为柄，旧矣，忽变为短柄，止插至扇半，名"不彻头"，皆服妖也。

种彝叔，靖康初以保静节钺致仕，居长安村墅。一夕，旌节有声，甚异，旦而中使至，遂起。五代时，安重诲、王峻皆尝有此异，见《周太祖实录》，二人者皆得祸。彝叔虽自是登枢府，然功名不成，亦非吉兆也。方彝叔赴召时，有华山道人献诗曰："北蕃群犬窥篱落，惊起南朝老大虫。"

崇宁中，长星出，推步躔度长七十二万里。

老学庵笔记卷第四

谒丞相,虽三公亦入客次。故相入朝,以经筵或内祠奉朝请;班退,亦与从官同,卷班而出。三公无班,若不秉改,惟立使相班,与贵戚诸人杂立。

故相、前执政入朝,当张盖,史魏公始撤去。见任执政为宣抚使,旧用札子,关三省、枢密院押字而已,王公明参政始改用申状。

百官入殿门,阁门辄促之曰:"那行。那去声,若云糯。"予去国二十七年复还,朝仪寖有不同,唯此声尚存。

四川宣抚使置司利州或兴元府,以见任执政为之,而成都自置四川制置使。制置使移文宣抚司,当用申状,而倔强不伏。又以见任执政无用牒之理,于是但为申宣抚某官,不肯申宣抚司。此当拒而不受,或闻之朝廷,而宣抚使依违不能问也。

李公择、孙莘老平时至相亲厚,皆终于御史中丞。元祐五年二月二日,公择卒;三日,莘老卒,先后才一日。

曾子宣以大观元年八月二日卒,其弟子开以三日卒,先后才一日。

蔡京祖某、父准及京,皆以七月二十一日卒,三世同忌日。

张文潜三子:秬、秸、和,皆中进士第。秬、秸在陈死于兵;和为陕府教官,归葬二兄,复遇盗见杀,文潜遂亡后,可哀也。

予年十余岁时,见郊野间鬼火至多,麦苗稻穗之杪往往出火，色正青，俄复不见。盖是时去兵乱未久，所谓人血为磷者，信不妄也。今则绝不复见，见者辄以为怪矣。

太母，祖母也，犹谓祖为大父。熙宁、元丰间称曹太皇为太母。元祐中，称高太皇为太母，皆谓帝之祖母尔。元符中谓向太后为太母，绍兴中谓韦太后为太母，则非矣。

宣和末，郑伸自检校太师，忽落检校为真太师，国初以来所无有也。

曹佾以太皇太后之弟，且英宗受天下于仁祖，故神庙所以养慈圣、光献者，备极隆厚，佾官至中书令，会慈圣上仙，佾解官行服。服阕，当故官，而官制行使相不带三省长官，例换开府仪同三司，于是特封佾济阳郡王。及薨，追封沂王。外戚封王，自佾始。然佾之例，后岂可用哉？

建炎大驾南渡后，每边事危急，则住常程，谓专治军旅，其他皆权止施行。又急则放百司，谓官吏权听自便。幸明州时，吕相欲并从官听自便，高宗不可，乃止。

建炎初，大驾驻跸南京、扬州，而东京置留守司。则百司庶府为二：其一曰“在京某司”，其一曰“行在某司”。其后大驾幸建康、会稽，而六宫往江西，则亦分为二：曰“行在某司”、“行宫某司”。已而大驾幸建康，六宫留临安，则建康为行在，临安为行宫。今东京阻隔，而临安官司犹曰“行在某司”，示不忘恢复也。

郭子仪三十年无缌麻服，人或疑其不然。安厚卿枢密逾二纪无功缌之戚，乃近岁事也。

故都紫霞殿有二金狻猊，盖香兽也。故晏公《冬宴诗》云：“狻猊对立香烟度，鸑鷟交飞组绣明。”今宝玉大弓之盗未得，而奉使至虏庭，率见之，真卿大夫之辱也。

南齐胡谐之潜梁州刺史范柏年于武帝曰:"欲擅一州。"柏年已受代,帝欲不问。谐之曰:"见虎格得而放上山。"于是赐死。绍圣中,谪元祐大臣过岭,吕吉甫闻之,嘻笑曰:"捕得黄巢,笞而遣之。"

颜夷仲为少蓬,尚无出身,久之乃赐第,除西掖。

予在严州时,得陆海军节度使印,藏军资库,盖节度使郑翼之所赐印也。翼之南渡后死。

辰、沅、靖州蛮有犵狑,有犵獠,有犵榄,有犵猱,有山猺,俗亦土著,外愚内黠,皆焚山而耕,所种粟豆而已。食不足则猎野兽,至烧龟蛇啖之。其负物则少者轻,老者重,率皆束于背,妇人负者尤多。男未娶者,以金鸡羽插髻;女未嫁者,以海螺为数珠挂颈上。嫁娶先密约,乃伺女于路,劫缚以归。亦忿争叫号求救,其实皆伪也。生子乃持牛酒拜女父母。初亦阳怒却之,邻里共劝,乃受。饮酒以鼻,一饮至数升,名钩藤酒,不知何物。醉则男女聚而踏歌。农隙时至一二百人为曹,手相握而歌,数人吹笙在前导之。贮缸酒于树阴,饥不复食,惟就缸取酒恣饮,已而复歌。夜疲则野宿。至三日未厌,则五日,或七日方散归。上元则入城市观灯。呼郡县官曰大官,欲人谓已为足下,否则怒。其歌有曰:"小娘子,叶底花,无事出来吃盏茶。"盖《竹枝》之类也。诸蛮惟犵狑颇强习战斗,他时或能为边患。

童贯平方寇时,受富民献遗。文臣曰"上书可采",武臣曰"军前有劳",并补官,仍许磨勘,封赠为官户。比事平,有司计之,凡四千七百人有奇。

吴元中丞相在辟雍,试经义五篇,尽用《字说》,援据精博。蔡京为进呈,特免省赴廷试,以为学《字说》之劝。及作相,上章乞复《春秋》科,反攻王氏。徐择之时为左相,语人曰:"吴相此举,虽汤、武不能过。"客不解。择之曰:"逆取而顺守。"元中甚不能平。

姚平仲谋劫虏寨、钦庙以询种彝叔,彝叔持不可甚坚。及平仲败,彝叔乃请速再击之,曰:"今必胜矣。"或问:"平仲之举为虏所笑,奈何再出?"彝叔曰:"此所以必胜也。"然朝廷方上下震惧,无能用者。彝叔可谓知兵矣。

綦翰林叔厚《谢宫祠表》云:"杂宫锦于渔蓑,敢忘君赐;话玉堂于茅舍,更觉身荣。"时叹其工。又有一表云:"欲挂衣冠,尚低回于末路;未先犬马,倪邂近于初心。"尤佳。

秘书新省成,徽庙临幸,孙叔诣参政作贺表云:"蓬莱道山,一新群玉之构;勾陈羽卫,共仰六飞之临。"同时无能及者。

钱逊叔侍郎,少时溯汴,舟败溺水,流二十里,遇救得不死,每日犹苦腰痛,不悟其故。视之,有手迹大如扇,色正青,五指及掌宛然可识,若擎其腰间者。此其所以不死也耶?

辽相李俨作《黄菊赋》,献其主耶律弘基。弘基作诗题其后以赐之.云:"昨日得卿《黄菊赋》,碎翦金英填作句。袖中犹觉有余香,冷落西风吹不去。"

会稽法云长老重喜,为童子时,初不识字,因埽寺廊,忽若有省,遂能诗。其警句云:"地炉无火客囊空,雪似杨花落岁穷。拾得断麻缝坏衲,不知身在寂寥中。"程公辟修撰守会稽,闻喜名,一日召之与游戢山上方院,索诗。喜即吟云:"行到寺中寺,坐观山外山。"盖戏用公辟体也。

吕吉甫在北都,甚爱晁之道。之道方以元符上书谪官,吉甫不敢荐,谓曰:"君才如此,乃自陷罪籍,可惜也。"之道对曰:"咏之无他,但没著文章处耳。"其恃气不挠如此。

晁之道与其弟季比同应举,之道独拔解。时考试官葛某眇一目,之道戏作诗云:"没兴主司逢葛八,贤弟被黜兄荐发。细思堪羡又堪嫌,一壁有眼一壁瞎。"

张文潜生而有文在其手,曰"耒",故以为名,而字文潜。

张文潜《虎图诗》云:"烦君卫吾寝,起此蓬荜陋。坐令盗肉鼠,不敢窥白昼。"讥其似猫也。

白乐天有《忠州木莲》诗。予游临邛白鹤山寺,佛殿前有两株,其高数丈,叶坚厚如桂,以仲夏发花,状如芙蕖,香亦酷似。寺僧云:"花拆时有声如破竹。"然一郡止此二株,不知何自至也。成都多奇花,亦未尝见。

旧制,两省中书在门下之上,元丰易之。

旧制,丞相署敕皆著姓,官至仆射则去姓。元丰新制,以仆射为相,故皆不著姓。

徐敦立言:往时士大夫家,妇女坐椅子、兀子,则人皆讥笑其无法度。梳洗床、火炉床家家有之,今犹有高镜台,盖施床则与人面适平也。或云禁中尚用之,特外间不复用尔。

顷岁驳放秦埙等科名,方集议时,中司误。以"鷩"为剥。众虽知其非,畏中司者护前,遂皆书曰"剥",可以一笑。

余深罢相,居福州,第中有荔枝,初实绝大而美,名曰"亮功红"。"亮功"者,深家御书阁名也。靖康中,深谪建昌军。既行,荔枝不复实。明年,深归,荔枝复如故。乃知世间富贵人,皆有阴相之者。

绍圣中,蔡京馆辽使李俨,盖泛使者,留馆颇久。一日,俨方饮,忽持盘中杏曰:"来未花开,如今多幸。"京即举梨谓之曰:"去虽叶落,未可轻离。"

宣和末,黄安时曰:"乱作不过一二年矣。天使蔡京八十不死,病亟复苏,是将使之身受祸也。天下其能久无事乎!"

唐拾遗耿纬《下邽喜叔孙主簿郑少府见过》诗云:"不是仇梅至,何人问百忧。"苏子由作绩溪令时,有《赠同官》诗云:"归报仇梅省文字,麦苗含穟欲蚕眠。"盖用纬语也。近岁,均州版本辄改为"仇香"。

僧宗昂住会稽能仁寺。有故相寓寺中,已而复相,宗昂被敕住持。郎官马子约题诗法堂壁间曰:"十年衰病卧林泉,鹓鹭群飞竞刺天。黄纸除书犹到汝,固知清世不遗贤。"

慎东美字伯筠,秋夜待潮于钱塘江,沙上露坐,设大酒樽,怀一杯,对月独饮,意象傲逸,吟啸自若。顾子敦适遇之,亦怀一杯,就其樽对酌。伯筠不问,子敦亦不与之语。酒尽,各散去。伯筠工书,王逢原赠之诗,极称其笔法,有曰:"铁索急缠蛟龙僵。"盖言其老劲也。东坡见其题壁,亦曰:"此有何好,但似篾束枯骨耳。"伯筠闻之,笑曰:"此意逢原已道了。"今惟丹阳有戴叔伦碑,是其遗迹。

予为福州宁德县主簿,入郡,过罗源县走马岭,见荆棘中有崖石,刻"对石"二大字,奇古可爱。即令从者薙除观之。乃"才翁所赏树石"六字,盖苏舜元书也。因以告县令项膺服,善作兰楯护之云。

铜色本黄,古钟鼎彝器大抵皆黄铜耳。今人得之地中者,岁久色变,理自应耳。今郊庙所制,乃以药熏染令苍黑,此何理也。

曾子开封曲阜县子,谢任伯封阳夏县伯。曲阜今仙源县,阳夏今城父县,方疏封时,已无二县矣,司封殆失职也。

蔡京为太师,赐印文曰"公相之印",因自称"公相"。童贯亦官至太师,都下人谓之"媪相"。

馆职常苦俸薄,而吏人食钱甚厚。周子充作正字时,尝戏曰:"岂所谓省官不如省吏耶?"都下旧谓馆职为省官,故云。

赵相初除都督中外军事,孙叔诣参政时为学士,当制,请曰:"是虽王导故事,然若兼中外,则虽陛下禁卫三衙皆统之,恐权太重,非防微杜渐之意。"乃改为都督诸路军马。制出,赵乃知之,颇不乐。

吕居仁诗云:"蜡烬堆盘酒过花。"世以为新。司马温公有五字云:"烟曲香寻篆,杯深酒过花。"居仁盖取之也。

茶山先生云:"徐师川拟荆公'细数落花因坐久,缓寻芳草得归迟'云'细落李花那可数,偶行芳草步因迟。'初不解其意,久乃得之。盖师川专师陶渊明者也。渊明之诗,皆适然寓意而不留于物,如'悠然见南山',东坡所以知其决非望南山也。今云'细数落花'、'缓寻芳草',留意甚矣,故易之。"又云:"荆公多用渊明语而意异,如'柴门虽设要常关'、'云尚无心能出岫'。'要'字、'能'字,皆非渊明本意也。"

傅丈子骏奏事,误称名,退而移文阁门,请弹奏。阁门以殿上语非有司所得闻,不受,子骏乃自劾。诏放罪。

从舅唐仲俊,年八十五六,极康宁。自言少时因读《千字文》有所悟,谓"心动神疲"四字也,平生遇事未尝动心,故老而不衰。

永清军者,贝州也。王则据州叛,既平,改州曰恩州,而削其节镇。及宣和中复幽州,乃建为永清军节度,以命郭药师。药师果亦叛,盖不祥也。

绍圣中,贬元祐人苏子瞻儋州,子由雷州,刘莘老新州,皆戏取其字之偏旁也。时相之忍忮如此。

鲁直诗有《题扇》"草色青青柳色黄"一首,唐人贾至、赵嘏诗中皆有之。山谷盖偶书扇上耳。至诗中作"吹愁去"，嘏诗中作"吹愁却"，"却"字为是。盖唐人语，犹云"吹却愁"也。

周子充言：退之《黄陵庙碑》辨"陟方"事，非也。古盖谓适远为陟，《书》曰："若陟遐必自迩。"犹今人言上路也。岂得云南方地势下耶？

常璩字子然，河朔人，本农家。一村数十百家皆常氏，多不通谱。子然既为御史，一村之人名皆从玉，虽走史铃下皆然，无如之何。子然乃名子曰任、佚、美、向，谓周任、史佚、子美、叔向也，意使人不可效耳。

汤丞相封庆国公，命下，汤公谓此仁宗赐履之国，自天圣以来无封者，欲请避之。或曰："何执中尝封庆国公矣。"汤公曰："执中不知引避，此何足为法哉！"卒辞之，改封岐。

古所谓长夜之饮，或以为达旦，非也。薛许昌《宫词》云："画烛烧阑暖复迷，殿帷深密下银泥。开门欲作侵晨散，已是明朝日向西。"此所谓长夜之饮也。

王逸少《笔经》曰："有人以绿沉漆竹管及镂管见遗。"老杜所谓"苔卧绿沉枪"，盖谓是也。

欧阳公、梅宛陵、王文恭集，皆有《小桃》诗。欧诗云："雪里花开人未知，摘来相顾共惊疑。便当索酒花前醉，初见今年第一枝。"初但谓桃花有一种早开者耳。及游成都，始识所谓小桃者，上元前后即著花，状如垂丝海棠。曾子固《杂识》云："正月二十间，天章阁赏小桃。"正谓此也。

王定国素为冯当世所知，而荆公绝不乐之。一日，当世力荐于神祖，荆公即曰："此孺子耳。"当世忿曰："王巩戊子生，安得谓之孺子！"盖巩之生与同天节同日也。荆公愕然，不觉退立。

汪彦章草赦书，叙军兴征敛，其词云："八世祖宗之泽，岂汝能忘；一时社稷之忧，非予获已。"最为精当。人以比陆宣公兴元赦书。然议者谓自太祖至哲宗方七世，若并道君数之，又不应曰"祖宗"，彦章亦悔之。信乎文之难也。

童汪锜能执干戈以卫社稷，本谓幼而能赴国难耳，非姓童也。翟公巽作童贯告词云"尔祖汪锜"，误也，或云故以戏之。

刘长卿诗曰："千峰共夕阳。"佳句也。近时僧癫可用之云："乱山争落日。"虽工而窘，不迨本句。

李后主《落花》诗云："莺狂应有限，蝶舞已无多。"未几亡国。宋子京亦有《落花》诗云："香随蜂蜜尽，红入燕泥干"。亦不久下世。诗谶盖有之矣。

《隋唐嘉话》云："崔日知恨不居八座。及为太常卿，于厅事后起一楼，正与尚书省相望，时号'崔公望省楼'。"又小说载：御史久次不得为郎者，道过南宫，辄回首望之，俗号"拗项桥"。如此之类，犹是谤语。予读郑畋作学士时《金鸾坡上南望》诗，云："玉晨钟韵上空虚，画戟祥烟拥帝居。极目向南无限地，绿烟深处认中书。"则其意著矣。乃知朝士妄想，自古已然，可付一笑。

今世所道俗语，多唐以来人诗。"何人更向死前休"，韩退之诗也；"林下何曾见一人"，灵澈诗也；"长安有贫者，为瑞不宜多"，罗隐诗也；"世乱奴欺主，年衰鬼弄人。海枯终见底，人死不知心"，杜荀鹤诗也；"事向无心得"，章碣诗也；"但有路可上，更高人也行"，龚霖诗也；"忍事敌灾星"，司空图诗也；"一朝权入手，看取令行时"，朱湾诗也；"自己情虽切，他人未肯忙"，裴说诗也；"但知行好事，莫要问前程"，冯道诗也；"在家贫亦好"，戎昱诗也。

汉隶岁久风雨剥蚀，故其字无复锋铓。近者杜仲微乃故用秃笔作隶，自谓得汉刻遗法，岂其然乎！

曾子宣丞相尝排蔡京于钦圣太后帘前。太后不以为然，曾公论不已，太后曰："且耐辛苦。"盖禁中语，欲遣之使退，则曰"耐辛苦"也。京已出，太原复留。

赵正夫丞相薨，车驾临幸。夫人郭氏哭拜，请恩泽者三事，其一乃乞于谥中带一"正"字。余二事皆即许可，惟赐谥事独曰："待理会。"平时徽庙凡言"待理会"者，皆不许之词也。正夫遂谥"清宪"。

富郑公初请功德院，得敕额曰"奉亲"。已而乃作两院，共用一名，谓之南奉亲院、北奉亲院。

陈鲁公薨，以其遭际龙飞，又薨于位，与王岐公同，于是诏用岐公元丰末赠典，超赠太师，其他恩数皆视岐公，犹可也，及其家请谥，遂特赐谥曰"文恭"，盖亦用岐公谥。用他人之谥以为恩数，自古乌有此事哉！

谚有曰"濮州钟"，世不知为何等语。尝有人死，见阴官，濮州人也，问以此，亦不能对。予案，此事见《周世宗实录》：显德六年二月丁丑，幸太清观。先是，乾明门外修太清观成，上闻濮州有大钟，声闻十里，乃命徙之，以赐是观，至是往观焉。

予参成都议幕，摄事汉嘉，一见荔子熟。时凌云山、安乐园皆盛处，纠曹何预元立、法曹蔡迨肩吾皆佳士，日相与同槃桓。薛许昌亦尝以成都幕府来摄郡，未久罢去，故其《荔枝》诗曰："岁杪监州曾见树，时新入座但闻名。"盖恨不及时也。每与二君诵之。东坡守杭，法外刺配颜巽父子。御史论为不法，累章不已。苏公虽放罪，而颜巽者竟以朝旨放自便。自是豪猾益甚，以药涂盐钞而用，既毁抹，赂主者浸洗之。药尽去而钞不伤，虽老于其事者不能辨。他不法尤众。有司稍按治，辄劫持之曰："某官乃元祐奸党，苏某亲旧，故观望害我。"公形状牒。时治党籍方苛峻，虽监司郡守，得其牒，辄畏缩，解纵乃已。大观中，胡奕修为提举盐事，会计已毁抹盐钞，得其奸，奏之，黥窜化州，籍没资产，一方称快。

　　天下名山，惟华山、茅山、青城山无僧寺。青城十里外有一寺，曰布金，洪水坏之，今复葺于旁里许。

　　僧可遵者，诗本凡恶，偶以"直待众生总无垢"之句为东坡所赏，书一绝于壁间。继之山中道俗随东坡者甚众，即日传至圆通，遵适在焉，大自矜诩，追东坡至前涂。而涂中又传东坡《三峡桥》诗，遵即对东坡自言："有一绝，却欲题《三峡》之后，旅次不及书。"遂朗吟曰："君能识我汤泉句，我却爱君《三峡》诗。道得可咽不可潄，几多诗将竖降旗。"东坡既悔赏拔之误，且恶其无礼，因促驾去。观者称快。遵方大言曰："子瞻护短，见我诗好甚，故妒而去。"径至栖贤，欲题所举绝句。寺僧方砻石刻东坡诗，大诟而逐之。山中传以为笑。

老学庵笔记卷第五

种徽君明逸,既隐操不终,虽骤登侍从,眷礼优渥,然常惧谗嫉。其《寄怀》诗曰:"予生背时性孤僻,自信已道轻浮名。中途失计被簪绂,目睹宠辱心潜惊。虽从鹓鸾共班序,常恐青蝇微有声。清风满壑石田在,终谢吾君甘退耕。"其忧畏如此。又有《寄二华隐者》诗曰:"我本厌虚名,致身天子庭。不终高尚事,有愧少微星。北阙空追悔,西山羡独醒。秋风旧期约,何日去冥冥?"然其后卒遭王嗣宗之辱,可以为轻出者之戒。世传常夷甫晚年悔仕,亦不足多怪也。

宋太素尚书《中酒》诗云:"中酒事俱妨,偷眠就黑房。静嫌鹦鹉闹,渴忆荔枝香。病与慵相续,心和梦尚狂。从今改题品,不号醉为乡。"非真中酒者,不能知此味也。

绍兴中,有贵人好为俳谐体诗及笺启,诗云:"绿树带云山叠画,斜阳入竹地销金。"《上汪内相启》云:"长楸脱却青罗帔,绿盖千层;俊鹰解下绿丝绦,青云万里。"后生遂有以为工者。赖是时前辈犹在,雅正未衰,不然与五代文体何异。此事系时治,忽非细事也。

承平时,鄜州田氏作泥孩儿,名天下,态度无穷。虽京师工效之,莫能及。一对至直十缣,一床至三十千,一床者或五或七也。小者二、三寸,大者尺余,无绝大者。予家旧藏一对卧者,有小字云:"鄜畤田玘制。"绍兴初,避地东阳山中,归则亡之矣。

隆兴间，有扬州帅，贵戚也。宴席间语客曰："谚谓'三世仕宦，方解著衣吃饭。'仆欲作一书，言衣帽酒殽之制，未得书名。"通判鲜于广，蜀人，即对曰："公方立勋业，今必无暇及此。他时功成名遂，均逸林下，乃可成书耳。请先立名曰《逸居集》。"帅不之悟。有牛签判者，京东归正官也，辄操齐音曰："安抚莫信，此是通判骂安抚饱食暖衣，逸居而无教，则近于禽兽。是甚言语！"帅为发怒赧面，而通判欣然有得色。

晁子止云：曾见东坡手书《四州环一岛》诗，其间"茫茫太仓中"一句，乃"区区魏中梁"，不知果否。苏季真云：《寄张文潜桃榔杖》诗，初本云"酒半消"，其下云："江边独曳桃榔杖，林下闲寻荜拨苗。""盛孝章"又误为"孝标"。已而悟，故尽易之。虽其家所传，然去今所行亡字韵殊远，恐传之误也。

范至能在成都，尝求亭子名。予曰："思鲈。"至能大以为佳。时方作墨，即以铭墨背。然不果筑亭也。

临邛夹门镇，山险处，得瓦棺，长七尺，厚几二寸，与今木棺略同，但盖底相反。骨犹不坏。棺外列置瓦器，皆极淳古。时靖康丙午岁也，李知幾及见之。

市人有以博戏取人财者，每博必大胜，号"松子量"，不知何物语也，亦不知其字云何。李端叔为人作墓志，亦用此三字。端叔前辈，必有所据。

今官制：光禄大夫转银青，银青转金紫，金紫转特进。五代以前，乃自银青转金紫，金紫转光禄，光禄转特进。据冯道《长乐老序》所载甚详。

庄文太子，初封邓王。予为陈鲁公、史魏公言，邓王乃钱俶归朝后所封；又哲宗之子早薨，亦封邓王，当避此不祥之名，二公曰："已降诏，俟郊礼改封可也。"庄文竟早世。

东坡《赠赵德麟秋阳赋》云："生于不土之里，而咏无言之诗。"盖寓時字也。

尹少稷强记，日能诵麻沙版本书厚一寸。尝于吕居仁舍人坐上记历日，酒一行，记两月，不差一字。

肃王与沈元用同使虏，馆于燕山愍忠寺。暇日无聊，同行寺中，偶有一唐人碑，辞皆偶俪，凡三千余言。元用素强记，即朗诵一再。肃王不视，且听且行，若不经意。元用归，欲矜其敏，取纸追书之。不能记者阙之。凡阙十四字。书毕，肃王视之，即取笔尽补其所阙，无遗者，又改元用谬误四五处，置笔他语，略无矜色。元用骇服。

靖康兵乱，宣和旧臣悉已远窜。黄安时居寿春，叹曰："造祸者全家尽去岭外避地，却令我辈横尸路隅耶！"安时卒死于兵，可哀也。

高宗除丧，予以礼部郎入读祝。至几筵殿，盖帝平日所御处也。殿三间，殊非高大，陈列几席、榻柳之类，亦与常人家不甚相远。犹想见高庙之俭德也。

"夜凉疑有雨，院静似无僧。"潘逍遥诗也。

田登作郡，自讳其名，触者必怒，吏卒多被榜笞。于是举州皆谓灯为火。上元放灯，许人入州治游观。吏人遂书榜揭于市曰："本州依例放火三日。"

刘随州诗："海内犹多事，天涯见近臣。"言天下方乱，思见天子而不可得，得天子近臣亦足自慰矣。见天子近臣已足自慰，况又见之于天涯乎！其爱君忧国之意，郁然见于言外。

绍兴间，复古殿供御墨，盖新安墨工戴彦衡所造。自禁中降出双角龙文，或云米友仁侍郎所画也。中官欲于苑中作墨灶，取西湖九里松作煤。彦衡力持不可，曰："松当用黄山所产,此平地松岂可用!"人重其有守。

祖母楚国夫人,大观庚寅在京师病累月,医药莫效,虽名医如石藏用辈皆谓难治。一日,有老道人状貌甚古,铜冠绯氅,一丫髻童子操长柄白纸扇从后。过门自言:"疾无轻重,一灸立愈。"先君延入,问其术。道人探囊出少艾,取一砖灸之。祖母方卧,忽觉腹间痛甚,如火灼。道人遂径去,曰"九十岁"。追之,疾驰不可及。祖母是时未六十,复二十余年,年乃八十三,乃终。祖母没后,又二十年,从兄子楫监三江盐场,偶饮酒于一士人毛氏,忽见道人,衣冠及童子悉如祖母平日所言。方愕然,道人忽自言京师灸砖事,言讫遽遁去。遍寻不可得。毛君云:其妻病,道人为灸屋柱十余壮,脱然愈。方欲谢之,不意其去也。世或疑神仙,以为渺茫,岂不谬哉。

《齐民要术》有咸杬子法,用杬木皮渍鸭卵。今吴人用虎杖根渍之,亦古遗法。

曹詠为浙漕,一日坐客言徽州汪王灵异者。詠问汪王若为对。有唐永夫者在坐,遽曰:"可对曹漕。"詠以为工,遂爱之。曾觌字纯甫,偶归,正官萧鹧巴来谒。既退,复一客至,其所狎也。因问曰:"萧鹧巴可对何人?"客曰:"正可对曾鹑脯。"觌以为嫚己,大怒,与之绝。然"鹧巴"北人实谓之"札八"。

童贯为太师,用广南龚澄枢故事;林灵素为金门羽客,用闽王时谭紫霄故事。呜呼,异哉!

元丰间,建尚书省于皇城之西,铸三省印。米芾谓印文背庆,不利辅臣。故自用印以来,凡为相者,悉投窜,善终者亦追加贬削,其免者苏丞相颂一人而已。蔡京再领省事,遂别铸公相之印。其后,家安国又谓省居白虎位,故不利。京又因建明堂,迁尚书省于外以避之。然京亦窜死,二子坐诛,其家至今废。不知为善而迁省易印以避祸,亦愚矣哉!

王黼作相,请朝假归咸平焚黄,画舫数十,沿路作乐,固已骇物论。绍兴中,秦熺亦归金陵焚黄,临安及转运司舟舫尽选以行,不足,择取于浙西一路,凡数百艘,皆穷极丹腹之饰。郡县监司迎饯,数百里不绝。平江当运河,结彩楼数丈,大合乐官妓舞于其上,缥缈若在云间,熺处之自若。

秦太师娶王禹玉孙女,故诸王皆用事。有王子溶者,为浙东仓司官属,郡宴必与提举者同席,陵忽玩戏,无不至。提举者事之反若官属。已而又知吴县,尤放肆。郡守宴客,初就席,子溶遣县吏呼伎乐伶人,即皆驰往,无敢留者。上元吴县放灯,召太守为客,郡治乃寂无一人。又尝夜半遣厅吏叩府门,言知县传语,必面见。守醉中狼狈,揽衣秉烛出问之。乃曰:“知县酒渴,闻有咸齑,欲觅一瓯。”其陵侮如此。守亟取,遣人遗之,不敢较也。

司马安四至九卿,当时以为善宦,以今观之,则谓之拙宦可也。彼泪丧廉耻,广为道径者,不数年至公相矣,安用四至九卿哉!

蔡京赐第,有六鹤堂,高四丈九尺,人行其下,望之如蚁。

故都里巷间,人言利之小者曰“八文十二”。谓十为谌,盖语急,故以平声呼之。白傅诗曰:“绿浪东西南北路,红栏三百九十桥。”宋文安公《宫词》曰:“三十六所春宫馆,二月香风送管弦。”晁以道诗亦云:“烦君一日殷勤意,示我十年感遇诗。”则诗家亦以十为谌矣。

周宇文护《与母阎书》曰:“受形禀气,皆知母子。谁知萨保如此不孝。”此乃对母自称小名。南齐武帝崩,郁林王即位,明帝谋废立,右仆射王晏尽力助之。从弟思远谓晏曰:“兄荷武帝厚恩，一旦赞人如此事，何以自立？"因劝之引决。及晏拜骠骑，谓思远兄思徵曰："隆昌之末，阿戎劝我自裁。若用其语，岂有今日！"思远曰："如阿戎所见，犹未晚也。"此乃对兄自称小名。毕景儒《幕府燕闲录》载："苏易简初及第时，与母书，自称岷岷。"亦小名也。从伯父右司，小名马哥，在京师省祖母楚国夫人。出上马矣，楚国偶有所问，自出屏后呼"马哥"。亲事官闻之，白伯父曰："夫人请吏部。"盖此辈亦习闻之也。今吴人子弟稍长，便不欲人呼其小名，虽尊者亦以行第呼之矣。风俗日薄，如此奈何。

宋白《石烛》诗云："但喜明如蜡，何嫌色似黳。"烛出延安，予在南郑数见之。其坚如石，照席极明，亦有泪如蜡而烟浓，能黰污帷幕衣服，故西人亦不贵之。

胡基仲尝言："韩退之《石鼓歌》云'羲之俗书趁姿媚'，狂肆甚矣"。予对曰："此诗至云'陋儒编诗不收入，二雅褊迫无委蛇'，其言羲之俗书，未为可骇也"。基仲为之绝倒。

王广津《宫词》云："新睡起来思旧梦，见人忘却道胜常。""胜常"犹今妇人言"万福"也。前辈尺牍有云"尊候胜常"者，"胜"字当平声读。

拄杖，斑竹为上，竹欲老瘦而坚劲，斑欲微赤而点疏。贾长江诗云："拣得林中最细枝，结根石上长身迟。莫嫌滴沥红斑少，恰是湘妃泪尽时。"善言拄杖者也。然非予有此癖，亦未易赏音。

唐韩翃诗云："门外碧潭春洗马，楼前红烛夜迎人。"近世晏叔原乐府词云："门外绿杨春系马，床前红烛夜呼卢。"气格乃过本句，不谓之剽可也。

张文昌《成都曲》云："锦江近西烟水绿，新雨山头荔枝熟。

万里桥边多酒家,游人爱向谁家宿。"此未尝至成都者也。成都无山,亦无荔枝。苏黄门诗云:"蜀中荔枝出嘉州,其余及眉半有不。"盖眉之彭山县已无荔枝矣,况成都乎!

先太傅自蜀归,道中遇异人,自称方五。见太傅曰:"先生乃西山施先生肩吾也。"遂授道要。施公,睦州桐庐人,太傅晚乃自睦守挂冠,盖有缘契矣。

张文昌《纱帽》诗云:"惟恐被人偷剪样,不曾闲戴出书堂。"皮袭美亦云:"借样裁巾怕索将。"王荆公于富贵声色略不动心,得耿天骘宪竹根冠,爱咏不已。予雅有道冠、挂杖二癖,每自笑叹,然亦赖古多此贤也。

故都时,御炉炭率斫作琴样,胡桃纹,鹁鸽青。高宗绍兴初,巡幸临安,诏严州进炭,止令用土产,勿拘旧制。

东坡自儋耳归,至广州舟败,亡墨四箧,平生所宝皆尽,仅于诸子处得李墨一丸、潘谷墨两丸。自是至毗陵捐馆舍,所用皆此三墨也。此闻之苏季真云。

世言东坡不能歌,故所作乐府词多不协。晁以道云:"绍圣初,与东坡别于汴上。东坡酒酣,自歌《古阳关》。"则公非不能歌,但豪放不喜裁剪以就声律耳。

山谷《水仙花》二绝"淡扫蛾眉簪一枝"及"只比江梅无好枝"者,见于李端叔集中,然非端叔所及也。贺方回作《王子开挽词》"和璧终归赵,干将不葬吴"者,见于秦少游集中。子开大观己丑卒于江阴,而返葬临城,故方回此句为工,时少游已没十年矣。《水仙花》则不可考,然气格似山谷晚作,不类端叔也。

吴武安玠葬德顺军陇干县,今虽隔在虏境,松楸甚盛,岁时祀享不辍,虏不敢问也。玠谥武安,而梁、益间有庙,赐额曰

"忠烈"，故西人至今但谓之吴忠烈云。

姚福进者，兕麟之祖也，德顺军人，以挽强名于秦、陇间。至今西人谓其族为姚硬弓家。

曲端、吴玠，建炎间有重名于陕西，西人为之语曰："有文有武是曲大，有谋有勇是吴大。"端能书，今阆中锦屏山壁间有其书，奇伟可爱。

成都江渎庙北壁外，画美髯一丈夫，据银胡床坐，从者甚众，邦人云："蜀贼李顺也"。

邛州僧寺中板壁有赵谂题字。字既凡恶，语亦浅拙，不知当时何以中第如此之高。盖希时事力诋元祐，故有司不复计其文之工拙也。

永康军导江县迎祥寺有唐女真吴彩鸾书《佛本行经》六十卷。予尝取观之，字亦不甚工，然多阙唐讳。或谓真本，为好事者易去，此特唐经生书耳。

利州武后画像，其长七尺。成都有孟蜀时后妃祠堂，亦极修伟，绝与今人不类。福州大支提山有吴越王紫袍寺，僧升椅子举其领犹拂地，两肩有污迹。

老杜《海棕诗》在左绵，所赋今已不存。成都有一株，在文明厅东廊前，正与制置司签厅门相直。签厅乃故锦官阁。闻潼川尤多，予未见也。

成都石笋，其状与笋不类，乃累叠数石成之。所谓海眼，亦非妄；瑟瑟，至今有得之者。蜀食井盐，如仙井、大宁，犹是大穴；若荣州，则井绝小，仅容一竹筒，真海眼也。石犀在庙之东阶下，亦粗似一犀。正如陕之铁牛，但望之大概似牛耳。石犀一足不备，以他石续之，气象甚古。

承平日，甚重宫观。宣和中，晁以道知成州，有请，吏部报云：“照会本官，历任已曾住宫观，不合再有陈乞。”遂致仕而归。

唐夔州在白帝城，地势险固。本朝太平兴国中，丁晋公为转运使，始迁于瀼西。瀼西地平不可守，又置瞿唐关使，于白帝屯兵，下临瀼西。使有事，宜多置兵，则夔帅不能亲将，指臂倒置；若少置兵，则关先不守，夔州必随以破，可谓失策。大抵当时蜀已平，乃移夔州；晋已平，乃移汶原，皆不可晓。若使晋、蜀复为豪杰所得，彼能据一国，独不能复徙一城以就形胜耶？若虽有外寇，而其地尚为我有，乃舍险就易，此何理也？

忠州在陕路，与万州最号穷陋，岂复有为郡之乐？白乐天诗乃云：“唯有绿樽红烛下，暂时不似在忠州。”又云：“今夜酒醺罗绮暖，被君融尽玉壶冰。”以今观之，忠州那得此光景耶？当是不堪司马闲冷，骤易刺史，故亦见其乐尔。可怜哉！

曾子宣、林子中在密院，为哲庙言：“章子厚以隐士帽、紫直掇、系绦见从官，从官皆朝服。其强肆如此。”上曰：“彼见蔡京亦敢尔乎？”京时为翰林学士，不知何以得人主待之如此，真奸人之雄也。

祖宗故事：命官锁厅举进士者，先所属选官考试所业，通者方听取解。至省试程文纰缪者，勒停；不合格者，亦赎铜放，永不得应举。天圣间，方除前制。然未久，又诏文臣许锁厅两次，武臣止许一次，其严如此。近岁泛许人应博学宏辞，遂有妄以此自称。或假手作所业献礼部，亦许试。而程文缪不可读，亦无以惩之，殆非也。

秦所作郑、白二渠，在今京兆府之泾阳，皆以泾水为源。白渠灌泾阳、高陵、栎阳及耀州云阳、三原、富平，凡六县。斗门百七十余所，今尚存，然多废不治。郑渠所灌尤广袤，数倍于白渠。泾水乃绝深,不能复入渠口,渠岸又多摧圮填淤,比之白渠,尤不可措手矣。

唐人喜赤酒、甜酒、灰酒,皆不可解。李长吉云:"琉璃钟,琥珀浓,小槽酒滴真珠红。"白乐天云:"荔枝新熟鸡冠色,烧酒初开琥珀香。"杜子美云:"不放香醪如蜜甜。"陆鲁望云:"酒滴灰香似去年。"

李虚己侍郎,字公受,少从江南先达学作诗,后与曾致尧倡酬。曾每曰:"公受之诗虽工,恨哑耳。"虚己初未悟,久乃造入。以其法授晏元献,元献以授二宋,自是遂不传。然江西诸人,每谓五言第三字、七言第五字要响,亦此意也。

沈义伦谥恭惠,其家诉于朝,欲带一"文"字,议者执不可而止。张知白谥文节,御史王嘉言请改谥文正,王孝先为相,亦不肯改。欧阳文忠公初但谥文,盖以配韩文公。常夷甫方兼太常,晚与文忠相失,乃独谓公有定策功,当加"忠"字,实抑之也。李邦直作议,不能固执,公论非之。当时士大夫相谓曰:"永叔不得谥文公,此谥必留与介甫耳。"其后信然。

本朝进士,初亦如唐制,兼采时望。真庙时,周安惠公起,始建糊名法,一切以程文为去留。

李允则,真庙时知沧州。虏围城,城中无炮石,乃凿冰为炮,虏解去。近时陈规守安州,以泥为炮,城亦终不可下。

信州龙虎山汉天师张道陵后世,袭虚静先生号,蠲赋役,自二十五世孙乾曜始,时天圣八年也。今黄冠辈谓始于三十二代,非也。又独谓三十二代为张虚静,亦非也。

老学庵笔记卷第六

太宗朝，胡秘监周甫贬坊州团练副使，擅离徙所，至鄜州谒宋太素尚书，被劾，特置不问。元祐中，陈正字无己为徐州教官，亦擅离任至南京别东坡先生。谏官弹之，亦不加罪。祖宗优待文士如此。

今上初登极，周丞相草仪注，称"新皇帝"，盖创为文也。

欧阳公记开宝钱文曰"宋通"。予按：周显德钱文曰"周通"，故国初因之，亦曰"宋通"。建隆、乾德中皆然，不独开宝也。至太平兴国以后，乃以年号为钱文，至今皆然。欧公又谓宝元钱文曰"皇宋"。按《实录》所载亦同，然今钱中又有云"圣宋"者，大小钱皆有之。大钱折二，始于熙宁，则此名乃或出于熙宁以后矣。

周世宗时，李景奉正朔，上表自称唐国主，而周称之曰江南国主。国书之制曰："皇帝致书恭问江南国主。"又以"君"字易"卿"字。至艺祖，于李煜则遂赐诏如藩方矣。仁宗时，册命赵元昊为夏国主，盖用江南故事。然亦赐诏，凡言及"卿"字处，即阙之，亦或以"国主"代"卿"字。当时必有定制，然不尽见于国史也。

欧阳文忠公立论《易·系辞》当为《大传》，盖古人已有此名，不始于公也。有黠僧遂投其好，伪作韩退之《与僧大颠书》，引《系辞》谓之《易·大传》，以示文忠公。公以合其论，遂为之跋曰："此宜为退之之言。"予尝得此书石刻，语甚鄙，不足信也。

今僧寺辄作库质钱取利，谓之"长生库"，至为鄙恶。予按梁甄彬尝以束苎就长沙寺库质钱，后赎苎还，于苎束中得金五两，送还之，则此事亦已久矣。庸僧所为，古今一揆，可设法严绝之也。

先君入蜀时，至华之郑县，过西溪。唐昭宗避兵尝幸之，其地在官道旁七八十步，澄深可爱；亭曰西溪亭，盖杜工部诗所谓"郑县亭子涧之滨"者。亭旁古松间，支径入小寺，外弗见也。有楠木版揭梁间甚大，书杜诗，笔亦雄劲，体杂颜、柳，不知何人书，墨挺然出版上甚异。或云墨着楠木皆如此。

宗正卿、少卿祖宗因唐故事，必以国姓为之，然不必宗室也。元丰中，始兼用庶姓。而知大宗正事，设官始于濮安懿王，始权任甚重，颇镌损云。

京师沟渠极深广，亡命多匿其中，自名为"无忧洞"。甚者盗匿妇人，又谓之"鬼樊楼"。国初至兵兴，常有之，虽才尹不能绝也。

祥符东封，命王钦若、赵安仁并判兖州，二公皆见任执政也；庆历初，西鄙未定，命夏竦判永兴，陈执中、范雍知永兴，一州二守，一府三守，不知当时如何分职事？既非长贰，文移书判之类必有程式，官属胥何所禀承，国史皆不载，莫可考也。然当时谏官御史不以为非，诸公受之亦不力辞，岂在其时亦为便于事耶？宣和中复幽州，以为燕山府，蔡靖知府，郭药师同知。既增"同"字，则为长贰，与庆历之制不同。

晁以道读《魏书》，以为魏收独无刑祸，既以寿终，又赠司空、尚书左仆射，谥文贞，以此攻韩退之避修史之说。然收死后，竟以史笔多憾于人。齐亡之岁，冢被发，弃骨于外，得祸亦不轻矣。

　　王荆公父名益，故其所著《字说》无"益"字。苏东坡祖名序，故为人作序皆用"叙"字，又以为未安，遂改作"引"，而谓"字序"曰"字说"。张芸叟父名盖，故表中云："此乃伏遇皇帝陛下。"今人或效之，非也。

　　古谓带一为一腰，犹今谓衣为一领。周武帝赐李贤御所服十三环金带一腰是也。近世乃谓带为一条，语颇鄙，不若从古为一腰也。

　　黄巢之入长安，僖宗出幸。豆卢瑑、崔沆、刘邺、于琮、裴谂、赵濛、李溥、李汤皆守节，至死不变。郑綮、郑系，义不臣贼，举家自缢而死。以靖康京师之变言之，唐犹为有人也。

　　晋语儿、人二字通用。《世说》载桓温行经王大将军墓，望之曰："可儿，可儿。"盖谓"可人"为"可儿"也。故《晋书》及孙绰《与庾亮笺》，皆以为"可人"。又陶渊明不欲束带见乡里小儿，亦是以"小人"为"小儿"耳，故《宋书》云"乡里小人"也。

　　晋人所谓"不意永嘉之末，复闻正始之音"，永嘉、正始，乃魏、晋年名。胡武平《上吕丞相启》云："手提天铎，锵正始之遗音；梦授神椽，摈夺朱之乱色。"益不悟正始为年名也。

　　俗说唐、五代间事，每及功臣，多云"赐无畏"，其言甚鄙浅。予儿时闻之，每以为笑。及观韩偓《金銮密记》云："面处分，自此赐无畏，兼赐金三十两。"又云："已曾赐无畏，卿宜凡事皆尽言。"直是鄙俚之言亦无畏。以此观之，无畏者，许之无所畏惮也。然君臣之间，乃许之无所畏惮，是何义理？必起于唐末耳。

　　国初，举人对策皆先写策题，然策题不过一二十句。其后策题寖多，而写题如初，举人甚以为苦。庆历初，贾文元公为中丞,始奏罢之。

故事,台官无侍经筵者。贾文元公为中丞,仁祖以其精于经术,特召侍讲迩英,自此遂为故事。秦会之当国时,谏官御史必兼经筵,而其子熺亦在焉。意欲搏击者,辄令熺于经筵侍对时谕之,经筵退,弹文即上。

予与尹少稷同作密院编修官,时陈鲁公、史魏公为左右相。一日,过堂见鲁公,语少款,少稷忽曰:"稽便难活相公面上人。"又云:"稽是右相荐,右相面上人。"又云:"稽是相公乡人,处处为人关防。"鲁公笑答云:"康伯往年使虏,有李愈少卿者,来迓客,自言'汉儿'也。云:'女真、契丹、奚皆同朝,只汉儿不好。北人指曰汉儿,南人却骂作番人。'愈之言,无乃与君类耶?"一座皆笑。

吴处厚字伯固,既上书告蔡新州诗事,自谓且显擢。时已为汉阳守,比秩满,仅移卫州。予少时尝见其谢表,曰:"今李常已移成都,则余人次第复用。臣有两子一婿,俱是选人,到处撞见冤仇,何人更肯提挈?"处厚本能文,而表辞鄙浅如此者,意谓太母见之易晓尔。

王黼在翰苑,尝病疫危甚,国医皆束手。二妾曰艳娥、素娥,侍疾坐于足。素娥泣曰:"若内翰不讳,我辈岂忍独生!惟当俱死尔。"艳娥亦泣,徐曰:"人生死有命,固无可奈何。姊宜自宽。"黼虽昏卧,实具闻之。既愈,素娥专房燕,封至淑人,艳娥遂辞去。及黼诛,素娥者惊悸,不三日亦死,曩日俱死之言遂验。

蜀老言:绍兴初,漕粟嘉陵,以饷边。每一斛至军中,计其费为七十五斛。席大光、胡承公为帅,始议转船折运,于是费十减六七。向非二公,蜀已大困矣。故至今蜀人谓承公为"湖州镜"。

王性之记问该洽，尤长于国朝故事，莫不能记。对客指画诵说，动数百千言，退而质之，无一语缪。予自少至老，惟见一人。方大驾南渡，典章一切扫荡无遗，甚至祖宗谥号亦皆忘失，祠祭但称庙号而已。又因讨论御名，礼部申省言："未寻得《广韵》。"方是时，性之近在二百里内，非独博记可询，其藏书数百箧，无所不备，尽护致剡山，当路藐然不问也。

王伯照长于礼乐，历代及国朝议礼之书悉能成诵，亦可谓一时之杰。绍兴末为太常少卿，迁礼部侍郎，犹兼少卿事，可谓得人。俄坐台评去。近时不惜人才至此。

都下买婢，谓未尝入人家者为一生人，喜其多淳谨也。予在闽中，与何掎之同阅报状，见新进骤用者，掎之曰："渠是一生人，宜其速进。"予怪而诘之，掎之曰："曾为朝士者，既为人所忌嫉，又多谤，故惟新进者常无患。"盖有激也。

杜诗"夜阑更秉烛"，意谓夜已深矣，宜睡，而复秉烛以见久客喜归之意。僧德洪妄云："更当平声读。"乌有是哉？

谢景鱼家有陈无己手简一编，有十余帖，皆与酒务官托买浮炭者，其贫可知。浮炭者，谓投之水中而浮，今人谓之麸炭，恐亦以投之水中则浮故也。白乐天诗云"日暮半炉麸炭火"，则其语亦已久矣。

四方之音有讹者，则一韵尽讹。如闽人讹"高"字，则谓"高"为"歌"，谓"劳"为"罗"；秦人讹"青"字，则谓"青"为"萋"，谓"经"为"稽"；蜀人讹"登"字，则一韵皆合口；吴人讹"鱼"字，则一韵皆开口，他放此。中原惟洛阳得天地之中，语音最正，然谓"弦"为"玄"、谓"玄"为"弦"，谓"犬"为"遣"、谓"遣"为"犬"之类，亦自不少。

予游邛州天庆观,有陈希夷诗石刻云:"因攀奉县尹尚书水南小酌回,舍辔特叩松扃,谒高公。茶话移时,偶书二十八字。道门弟子图南上。"其诗云:"我谓浮荣真是幻,醉来舍辔谒高公。因聆玄论冥冥理,转觉尘寰一梦中。"末书"太岁丁酉",盖蜀孟昶时,当石晋天福中也。天庆本唐天师观,诗后有文与可跋,大略云:"高公者,此观都威仪何昌一也。希夷从之学锁鼻术。"予是日迫赴太守宇文衮臣约饭,不能尽记,后卒不暇再到,至今以为恨。

予游大邑鹤鸣观,所谓张天师鹄鸣化也。其东北绝顶,又有上清宫,壁间有文与可题一绝,曰:"天气阴阴别作寒,夕阳林下动归鞍。忽闻人报后山雪,更上上清宫上看。"

京口子城西南月观,在城上,或云即万岁楼。京口人以为南唐时节度使每登此楼西望金陵,嵩呼遥拜,其实非也。《京口记》云:晋王恭所作,唐孟浩然有《万岁楼》诗,见集中。

"水流天地外,山色有无中",王维诗也。权德舆《晚渡扬子江》诗云:"远岫有无中,片帆烟水上。"已是用维语。欧阳公长短句云:"平山阑槛倚晴空,山色有无中。"诗人至是,盖三用矣。然公但以此句施于平山堂为宜,初不自谓工也。东坡先生乃云:"记取醉翁语,山色有无中。"则似谓欧阳公创为此句,何哉?

世言荆公《四家诗》后李白,以其十首九首说酒及妇人,恐非荆公之言。白诗乐府外,及妇人者实少,言酒固多,比之陶渊明辈亦未为过。此乃读白诗不熟者,妄立此论耳。《四家诗》未必有次序,使诚不喜白,当自有故。盖白识度甚浅,观其诗中,如"中宵出饮三百杯,明朝归揖二千石"、"揄扬九重万乘主,谑浪赤墀金锁贤"、"王公大人借颜色,金章紫绶来相趋"、

"一别蹉跎朝市间，青云之交不可攀"、"归来入咸阳，谈笑皆王公"、"高冠佩雄剑，长揖韩荆州"之类，浅陋有索客之风。集中此等语至多，世俱以其词豪俊动人，故不深考耳。又如以布衣得一翰林供奉，此何足道，遂云："当时笑我微贱者，却来请谒为交亲。"宜其终身坎壈也。

杜牧之作《还俗僧》诗云："云发不长寸，秋寒力更微。独寻一径叶，犹挈衲残衣。日暮千峰里，不知何日处归。"此诗盖会昌寺废佛时所作也。又有《斫竹》诗，亦同时作，云："寺废竹色死，官家宁尔留。霜根渐随斧，风玉尚敲秋。江南苦吟客，何处寄悠悠。"词意凄怆，盖怜之也。至李端叔《还俗道士》诗云："闻道华阳客，儒衣谒紫微。旧山连药卖，孤鹤带云归。柳市名犹在，桃源梦已稀。还家见鸥鸟，应愧背船飞。"此道士还俗，非不得已者，故直讥之耳。

闻人茂德言："沙糖中国本无之。唐太宗时外国贡至，问其使人：'此何物？'云：'以甘蔗汁煎。'用其法煎成，与外国者等。自此中国方有沙糖。"

唐以前书传，凡言及糖者皆糟耳，如糖蟹、糖姜皆是。汉嘉城西北山麓，有一石洞，泉出其间，时闻洞中泉滴声，良久一滴，清如金石。黄鲁直题诗云："古人题作东丁水，自古丁东直到今。我为改名方响洞，要知山水有清音。"

成都药市以玉局化为最盛，用九月九日。杨文公《谈苑》云七月七日，误也。

马鞭击猫，筇竹杖击狗，皆节节断折，物理之不可推者也。

亳州出轻纱，举之若无，裁以为衣，真若烟雾。一州惟两家能织，相与世世为婚姻，惧他人家得其法也。云自唐以来名家，今三百余年矣。

禁中有哲宗皇帝宸翰四大字曰"罚弗及嗣",更无他语。此必绍圣、元符间有欲害元祐党人子孙者,故帝书此言,祖宗盛德如此。

故老言:大臣尝从容请幸金明池,哲庙曰:"祖宗幸西池,必宴射。朕不能射,不敢出。"又木工杨琪作龙舟,极奇丽,或请一登之,哲庙又曰:"祖宗未尝登龙舟,但临水殿略观,足矣。"后勉一幸金明,所谓龙舟,非独不登,亦终不观也。

唐人本谓御史在长安者为西台,言其雄剧,以别分司东都,事见《剧谈录》。本朝都汴,谓洛阳为西京,亦置御史台,至为散地,以其在西京,号西台,名同而实异也。

唐人本以尚书省在大明宫之南,故谓之南省。自建炎军兴,蜀士以险远,许就制置司类试,与省试同。间有愿赴行在省试者,亦听之。蜀士因谓之赴南省,以大驾在东南也。

《北户录》云:"广人于山间掘取大蚁卵为酱,名蚁子酱。"按此即《礼》所谓"蚳醢"也,三代以前固以为食矣。然则汉人以蛙祭宗庙,何足怪哉。

祖宗以来至靖康间,文武臣僚罢官,或服阕,或被罪,叙复到阙,皆有期限。如有故,须自陈给假。至建炎初,以军兴道梗,始有三年之限。后有特许,从便赴阙,犹降旨云:"候边事宁息日依旧。"然遂不复举行矣。

今人书"某"为"厶",皆以为俗从简便,其实古"某"字也。《穀梁》桓二年:"蔡侯、郑伯会于邓。"范宁注曰:"邓,厶地。"陆德明《释文》曰:"不知其国,故云厶地,本又作某。"

江邻幾《嘉祐杂志》言:"唐告身初用纸,肃宗朝有用绢者,贞元后始用绫。"予在成都,见周世宗除刘仁赡侍中告,乃用纸,在金彦亨尚书之子处。

《嘉祐杂志》云："峨眉雪蛆治内热。"予至蜀，乃知此物实出茂州雪山。雪山四时常有积雪，弥遍岭谷，蛆生其中。取雪时并蛆取之，能蠕动。久之雪消，蛆亦消尽。

会稽镜湖之东，地名东关，有天花寺。吕文靖尝题诗云："贺家湖上天花寺，一一轩窗向水开。不用闭门防俗客，爱闲能有几人来？"今寺乃在草市通衢中，三面皆民间庐舍，前临一支港，与诗殊不合，岂陵谷之变，遽已如此乎？或谓寺本在湖中，后徙于此。

苏叔党政和中至东都，见妓称"录事"，太息语廉宣仲曰："今世一切变古，唐以来旧语尽废，此犹存唐旧，为可喜。"前辈谓妓曰"酒纠"，盖谓录事也。相蓝之东有录事巷，传以为朱梁时名妓崔小红所居。

张真甫舍人，广汉人，为成都帅，盖本朝得蜀以来所未有也。未至前旬日，大风雷，龙起剑南西川门，揭牌掷数十步外，坏"南"字，爪迹宛然，人皆异之。真甫名震。或为之说曰：元丰末，贡院火，而焦蹈为首魁，当时语曰"火焚贡院状元焦"，无能对者，今当以"雷起谯门知府震"为对。然岁余，真甫以疾不起。方未病时，府治堂柱生白芝三，谄者谓之玉芝。予按《酉阳杂俎》"芝白为丧"，真甫当之。

自元丰官制，尚书省复二十四曹，繁简绝异。在京师时，有语曰："吏勋封考，笔头不倒。户度金仓，日夜穷忙。礼祠主膳，不识判砚。兵职驾库，典了被袴。刑都比门，总是冤魂。工屯虞水，白日见鬼。"及大驾幸临安，丧乱之后，士大夫亡失告身、批书者多；又军赏百倍平时，赂贿公行，冒滥相乘，饷军日滋，赋敛愈繁，而刑狱亦众，故吏、户、刑三曹吏胥，人人富饶，他曹寂寞弥甚。吏辈又为之语曰："吏勋封考，三婆两嫂。

户度金仓,细酒肥羊。礼祠主膳,淡吃齑面。兵职驾库,咬姜
呷醋。刑都比门,人肉馄饨。工屯虞水,生身饿鬼。"

　　高宗行幸扬州,郡人李易为状元;次举驻跸临安,而状元
张九成亦贯临安,时以为王气所在。方李易唱第时,上顾问:
"此人合众论否?"时相对曰:"易乃扬州州学学正,必合众论。"
人笑其敷奏之陋。

　　唐以来,皇子不兼师傅官,以子不可为父师也。其后失于
检点,乃有兼者。治平中,贾黯草《东阳郡王颢检校太傅制》,
建明其失。自后皇子及宗室卑行合兼三师者,悉改为三公。
政和中,省太尉、司徒、司空之官,而置少师、少傅、少保,皇子
乃复兼师傅,自嘉王楷始。

　　今参知政事恩数比门下、中书侍郎,在尚书左右丞之上,
其议出于李汉老。汉老时为右丞,盖暗省转厅,可径登揆路
也。吕丞相元直觉此意,排去之。然自此遂为定制。

　　"蔚蓝"乃隐语天名,非可以义理解也。杜子美《梓州金华
山》诗云:"上有蔚蓝天,垂光抱琼台。"犹未有害。韩子苍乃云
"水色天光共蔚蓝",乃直谓天与水之色俱如蓝耳,恐又因杜诗
而失之。

　　胡子远之父,唐安人,家饶财,常委仆权钱,得钱引五千
缗,皆伪也。家人欲讼之,胡曰:"干仆已死,岂忍使其孤对狱
耶?"或谓减其半价予人,尚可得二千余缗。胡不可,曰:"终当
误人。"乃取而火之,泰然不少动心。其家暴贵,宜哉。

　　杜子美《梅雨》诗云:"南京西浦道,四月熟黄梅。湛湛长
江去,冥冥细雨来。茅茨疏易湿,云雾密难开。竟日蛟龙喜,
盘涡与岸回。"盖成都所赋也。今成都乃未尝有梅雨,惟秋半
积阴气令蒸溽,与吴中梅雨时相类耳。岂古今地气有不同耶?

老学庵笔记卷第七

熙宁癸丑，华山阜头峰崩。峰下一岭一谷，居民甚众，皆晏然不闻，乃越四十里外平川，土石杂下如簸扬，七社民家压死者几万人，坏田七八千顷，固可异矣。绍兴间，严州大水。寿昌县有一小山，高八九丈，随水漂至五里外，而四傍草木庐舍，比水退，皆不坏，则此山殆空行而过也。

韩魏公家不食蔬，以脯醢当蔬盘，度亦始于近时耳。

曾子宣丞相家，男女手指皆少指端一节，外甥亦或然。或云，襄阳魏道辅家世指少一节。道辅之姊嫁子宣，故子孙肖其外氏。

故都残暑，不过七月中旬。俗以望日具素馔享先，织竹作盆盎状，贮纸钱，承以一竹焚之。视盆倒所向，以占气候：谓向北则冬寒，向南则冬温，向东西则寒温得中，谓之盂兰盆，盖俚俗老媪辈之言也。又每云："盂兰盆倒，则寒来矣。"晏元献诗云："红白薇英落，朱黄槿艳残。家人愁潦暑，计日望盂兰。"盖亦戏述俗语耳。

欧阳公谪夷陵时，诗云："江上孤峰蔽绿萝，县楼终日对嵯峨。"盖夷陵县治下临峡，江名绿萝溪。自此上溯即上牢关，皆山水清绝处。孤峰者即甘泉寺山，有孝女泉及祠在万竹间，亦幽邃可喜，峡人岁时游观颇盛。予入蜀，往来皆过之。韩子苍舍人《泰兴县道中》诗云："县郭连青竹，人家蔽绿萝。"似因欧公之句而失之。此诗盖子苍少作，故不审云。

　　秦会之跋《后山集》,谓曾南丰修《英宗实录》,辟陈无己为属。孙仲益书数百字诋之,以为无此事,南丰虽尝预修《英宗实录》,未久即去,且南丰自为吏属,乌有辟官之理,又无己元祐中方自布衣命官,故仲益之辨,人多是之。然以予考其实,则二公俱失也。南丰元丰中还朝,被命独修《五朝史实》,许辟其属,遂请秀州崇德县令邢恕为之。用选人已非故事,特从其请,而南丰又援经义局辟布衣徐禧例,乞无己检讨,庙堂尤难之。会南丰上《太祖纪叙论》,不合上意,修《五朝史》之意寝缓。未几,南丰以忧去,遂已。会之但误以《五朝史》为《英宗实录》耳,至其言辟无己事,则实有之,不可谓无也。

　　学士院移文三省名"咨报",都司移文六曹名"刺"。

　　前代,夜五更至黎明而终。本朝外廷及外郡悉用此制,惟禁中未明前十刻更终,谓之待旦。盖更终则上御盥栉,以俟明出御朝也。祖宗勤于政事如此。

　　予儿时见宋修撰辉为先君言:"某艰难中以转饷至行在,时方避虏海道,上大喜,令除待制。吕相元直雅不相乐,乃曰:'宋辉系直龙图阁,便除待制,太超躐,欲且与修撰。修撰与待制,亦只争一等。候更有劳,除待制不晚。'遂除秘撰。"宋公言之太息曰:"此某命也。"顷予被命修《高宗圣政》及《实录》,见《日历》所载,实有此事。自昔大臣以私意害人,此其小小者耳。

　　高庙驻跸临安,艰难中,每出犹铺沙藉路,谓之黄道,以三衙兵为之。绍兴末内禅,驾过新宫,犹设黄道如平时。明日寿皇出,即撤去,遂不复用。

　　族伯父彦远言:少时识仲殊长老,东坡为作《安州老人食蜜歌》者。一日,与数客过之,所食皆蜜也。豆腐、面觔、牛乳之类,皆渍蜜食之,客多不能下箸。惟东坡性亦酷嗜蜜,能与之共饱。崇宁中,忽上堂辞众。是夕,闭方丈门自缢死。及火化,舍利五色不可胜计。邹忠公为作诗云:"逆行天莫测,雄作淏中经。沤灭风前质,莲开火后形。钵盂残蜜白,炉篆冷烟青。空有谁家曲,人间得细听。"彦远又云:"殊少为士人,游荡不羁。为妻投毒羹蒇中,几死,啖蜜而解。医言复食肉则毒发,不可复疗,遂弃家为浮屠。邹公所谓'谁家曲'者,谓其雅工于乐府词,犹有不羁之余习也。"

晏元献为藩郡,率十许日乃一出厅,僚吏旅揖而已。有欲论事,率因亲校转白,校复传可否以出,遂退。吕正献作相及平章军国事时,于便坐接客,初惟一揖,即端坐自若,虽从官亦以次起白;及退,复起一揖,未尝离席。盖祖宗时辅相之尊严如此,时亦不以为非也。

东坡诗云:"大弨一弛何缘彀,已觉翻翻不受檠。"《考工记》:"弓人寒奠体。"注曰:"奠,读为定。至冬胶坚,内之檠中,定往来体。"《释文》:"檠,音景。"《前汉·苏武传》:"武能网纺缴,檠弓弩。"颜师古曰:"檠,谓辅正弓弩,音警;又巨京反。"东坡作平声叶,盖用《汉书》注也。

丰相之于舒信道,邹志完于吕望之,其为人似不类,然相与皆厚甚,不以乡里及同僚故也。相之为中司时,犹力荐信道。志完元符中进用,则实由望之荐也。及以直谏远窜,望之坐荐非其人,褫官。谢表云:"臣之与浩,实匪素交。以其尝备学校之选于先朝,能陈诗赋之非于元祐,比缘荐士,遂取充员。岂期蝼蚁之微,自速雷霆之谴。"其叙陈终不以志完为非,亦不易矣。

《宋白集》有《赐诸道节度观察防团刺史知州以下贺登极

进奉诏书》云："朕仰承先训,缵嗣丕基。眷命历之有归,想寰区之同庆。卿辍由俸禄,恭备贡输,遥陈称贺之诚,知乃尽忠之节。省览嘉叹,再三在怀。"实真庙登极时诏书也。乃知是时贡物,皆守臣以俸禄自备。今既以库金为贡,而推恩则如故,可谓厚恩矣。

前辈遇通家子弟,初见请纳拜者,既受之,则设席,望其家遥拜其父祖,乃就坐。先君尚行之。

前辈置酒饮客,终席不襦带。毛达可守京口时,尚如此。后稍废,然犹以冠带劝酬,后又不讲。绍兴末,胡邦衡还朝,每与客饮,至劝酒,必冠带再拜。朝士皆笑其异众,然邦衡名重,行之自若。

元丰七年秋宴,神庙举御觞示丞相王岐公以下,忽暴得风疾,手弱觞侧,余酒沾污御袍。是时京师方盛歌《侧金盏》,皇城司中官以为不祥,有歌者辄收系之,由是遂绝。先楚公进《裕陵挽词》有云:"辂从元朔朝时破,花是高秋宴后萎。"二句皆当时实事也。

天圣、明道间,京师盛歌一曲曰《曹门高》未几,慈圣太后受册中宫,人以为验矣。其后宣仁与慈圣皆垂箔摄政,而宣仁实慈圣之甥,以故选配英庙,则征兆之意若曰:"曹门之高,当相继而起也。"何其神哉!

赵相挺之使虏,方盛寒,在殿上。虏主忽顾挺之耳,愕然急呼小胡指示之,盖阉也。俄持一小玉合子至,合中有药,色正黄,涂挺之两耳周匝而去,其热如火。既出殿门,主客者揖贺曰:"大使耳若用药迟,且拆裂缺落,甚则全耳皆堕而无血。"扣其玉合中药为何物,乃不肯言,但云:"此药市中亦有之,价甚贵,方匕直钱数千。某辈早朝遇极寒,即涂少许。吏卒辈则别有药,以狐溺调涂之,亦效。"

辽人刘六符,所谓刘燕公者,建议于其国,谓:"燕、蓟、云、朔,本皆中国地,不乐属我。非有以大收其心,必不能久。"虏主宗真问曰:"如何可收其心?"曰:"敛于民者十减其四五,则民惟恐不为北朝人矣。"虏主曰:"如国用何?"曰:"臣愿使南朝,求割关南地;而增戍阅兵以胁之。南朝重于割地,必求增岁币。我托不得已受之。俟得币,则以其数对减民赋可也。"宗真大以为然,卒用其策得增币。而他大臣背约,才以币之十二减赋,民固已喜。及洪基嗣立,六符为相,复请用元议。洪基亦仁厚,遂尽用银绢二十万之数,减燕、云租赋。故其后虏政虽乱,而人心不离,岂可谓虏无人哉!

仁宗皇帝庆历中,尝赐辽使刘六符飞白书八字,曰:"南北两朝,永通和好。"会六符知贡举,乃以"两朝永通和好"为赋题,而以"南北两朝永通和好"为韵,云:"出南朝皇帝御飞白书。"六符盖为虏画策增岁赂者,然其尊戴中国尚尔如此,则盟好中绝,诚可惜也!

王荆公素不乐滕元发、郑毅夫,目为"滕屠"、"郑酤"。然二公资豪迈,殊不病其言。毅夫为内相,一日送客出郊,过朱亥冢,俗谓之屠儿原者,作诗云:"高论唐虞儒者事,卖交负国岂胜言。凭君莫笑金槌陋,却是屠酤解报恩。"

予幼岁侍先君避乱东阳山中,有北僧年五十余,戆朴无能,自言沈相义伦裔孙,携遗像及告身诏敕甚备。且云义伦之后,惟己独存,欲诉于朝,求一官还俗。不知竟何往也。

《诗正义》曰:"络纬鸣,懒妇惊。"宋子京《秋夜诗》云:"西风已飘上林叶,北斗直挂建章城。人间底事最堪恨,络纬啼时无妇惊。"其妙于用事如此。

孙少述一字正之,与王荆公交最厚。故荆公别少述诗云:"应须一曲千回首,西去论心有几人!"又云:"子今此去来何时,后有不可谁予规?"其相与如此。及荆公当国,数年,不复相闻,人谓二公之交遂暌。故东坡诗云:"蒋济谓能来阮籍,薛宣真欲吏朱云。"刘舍人贡父诗云:"不负兴公《遂初赋》,更传中散《绝交书》。"然少述初不以为意也。及荆公再罢相归,过高沙,少述适在焉。亟往造之,少述出见,惟相劳苦及吊元泽之丧,两公皆自忘其穷达。遂留荆公置酒共饭,剧谈经学,抵暮乃散。荆公曰:"退即解舟,无由再见。"少述曰:"如此更不去奉谢矣。"然惘惘各有惜别之色。人然后知两公之未易测也。

杭僧思聪,东坡为作《字说》者,大观、政和间,挟琴游梁,日登中贵人之门。久之,遂还俗,为御前使臣。方其将冠巾也,苏叔党《因浙僧入都送之》诗曰:"试诵《北山移》,为我招琴聪。"诗至已无及矣。参寥政和中老矣,亦还俗而死,然不知其故。

陶渊明《游斜川》诗,自叙辛丑岁年五十。苏叔党宣和辛丑亦年五十,盖与渊明同甲子也,是岁得园于许昌西湖上,故名之曰"小斜川"云。

夏文庄初谥文正,刘原父持以为不可,至曰:"天下谓竦邪,而陛下谥之'正'。"遂改今谥。宋子京作祭文,乃曰:"惟公温厚粹深,天与其正。"盖谓夏公之正,天与之,而人不与。当时自有此一种议论。故张文定甚恶石徂徕,诋之甚力,目为狂生。东坡《议学校贡举状》云:"使孙复、石介尚在,则迂阔矫诞之士也,可施之于政事之间乎?"其言亦有自来。欧公作《王洙源叔参政墓志》曰:"夏竦卒,天子以东宫恩赐谥文献。洙为知制诰,封还曰:'此僖祖谥也。'于是太常更谥文庄。"与他书异。

壹、贰、叁、肆、伍、陆、柒、捌、玖、拾,字书皆有之。参,正是三字;或读作七南反耳。柒字,晋、唐人书或作漆,亦取其同音也。

三舍法行时,有教官出《易》义题云:"乾为金,坤又为金,何也?"诸生乃怀监本《易》至帘前请云:"题有疑,请问。"教官作色曰:"经义岂当上请?"诸生曰:"若公试,固不敢。今乃私试,恐无害。"教官乃为讲解大概。诸生徐出监本,复请曰:"先生恐是看了麻沙本。若监本,则'坤'为'釜'也。"教授皇恐,乃谢曰:"某当罚。"即输罚,改题而止。然其后亦至通显。

老杜《哀江头》云:"黄昏胡骑尘满城,欲往城南忘城北。"言方皇惑避死之际,欲往城南,乃不能记孰为南北也。然荆公集句,两篇皆作"欲往城南望城北。"或以为舛误,或以为改定,皆非也。盖所传本偶不同,而意则一也。北人谓向为望,谓欲往城南,乃向城北,亦皇惑避死,不能记南北之意。

先夫人幼多在外家晁氏,言诸晁读杜诗:"稚子也能赊"、"晚来幽独恐伤神","也"字、"恐"字,皆作去声读。

蜀人石耆公言:"苏黄门尝语其侄孙在庭少卿曰:'《哀江头》即《长恨歌》也。《长恨》冗而凡,《哀江头》简而高。'在庭曰:'《常武》与《桓》二诗,皆言用兵,而繁简不同,盖此意乎?'黄门摇手曰'不然。'"

姓"但"者,音若"檀"。近岁有岭南监司曰但中庸是也。一日,朝士同观报状,见岭南郡守以不法被劾,朝旨令但中庸根勘。有一人辄叹曰:"此郡守必是权贵所主。"问:"何以知之?"曰:"若是孤寒,必须痛治。此乃令'但中庸根勘',即是有力可知。"同坐者无不掩口。其人悖然作色曰:"拙直宜为诸公所笑!"竟不悟而去。

今人解杜诗但寻出处,不知少陵之意初不如是。且如《岳阳楼》诗:"昔闻洞庭水,今上岳阳楼。吴楚东南坼,乾坤日夜浮。亲朋无一字,老病有孤舟。戎马关山北,凭轩涕泗流。"此岂可以出处求哉?纵使字字寻得出处,去少陵之意益远矣。盖后人元不知杜诗所以妙绝古今者在何处,但以一字亦有出处为工。如《西昆酬倡集》中诗,何曾有一字无出处者,便以为追配少陵,可乎?且今人作诗,亦未尝无出处,渠自不知,若为之笺注,亦字字有出处,但不妨其为恶诗耳。

寿皇时,禁中供御酒名蔷薇露,赐大臣酒谓之流香酒。分数旋取旨,盖酒户大小已尽察矣。

韩魏公声雌,文潞公步碎。相者以为二公若无此二事,当非人臣之相。

庆历中,河北道士贾众妙善相,以为曾鲁公脊骨如龙,王荆公目睛如龙。盖人能得龙之一体者,皆贵穷人爵。见豫章黄庠手曰:"左手得龙爪,虽当魁天下而不仕;若右手得之,则贵矣。"庠果为南省第一,不及廷对而死。

俞秀老紫芝,物外高人,喜歌讴,醉则浩歌不止。故荆公赠之诗曰:"鲁山眉宇人不见,只有歌辞来向东。借问楼前日于芳,何如云卧唱松风。"又云:"暮年要与君携手,处处相烦作好歌。"不知者以为赋诗也。紫芝之弟清老,欲为僧,荆公名之曰紫琳,因手简目之为琳公,然清老卒未尝祝发也。

临江萧氏之祖,五代时仕于湖南,为将校,坐事当斩,与其妻亡命。马王捕之甚急。将出境,会夜阻水,不能去,匿于人家溜槽中。江湖间谓"溜"为"笕"。天将旦,有扣笕语之曰:"君夫妇速去,捕者且至矣。"因亟去,遂得脱。卒不知告者何人，以为神物，乃世世奉祀，谓之笕头神。今参政照邻，乃其后也。

晁以道《明皇打球图诗》："宫殿千门白昼开，三郎沉醉打球回。九龄已老韩休死，明日应无谏疏来。"又《张果洞》诗云："怪底君王惭汉武，不诛方士守轮台。"皆伟论也。

欧阳公《早朝诗》云："玉勒争门随仗入，牙牌当殿报班齐。"李德刍言："自昔朝仪，未尝有牙牌报班齐之事。"予考之，实如德刍之说。问熟于朝仪者，亦惘然以为无有。然欧阳公必不误，当更博考旧制也。王荆公所赐玉带，阔十四稻，号玉抱肚，真庙朝赵德明所贡。至绍兴中，王氏犹藏之。曾孙奉议郎琦始复进入禁中。

舅氏唐居正意，文学气节为一时师表。建炎初，避兵武当山中。病殁，遗文散落，无复存者，独《滁州汉高帝庙碑阴》尚存，今录于此："滁之西曰丰山，有汉高帝庙。或云汉诸将追项羽，道经此山。至今土俗以五月十七日为高帝生日，远近毕集，荐肴馂焉。某尝从太守侍郎曾，祷雨于庙，因读庭中刻石，始知昔人相传，盖以五月十七为高帝忌日。按《汉书》高帝十三年四月甲辰崩于长乐宫，五月丙寅葬长陵。注：自崩至葬凡二十三日。疑五月十七日必其葬日，又非忌日也。以历推之，自上元甲子之岁，至高帝十二年四月晦日，是年岁在丙午。凡积一百九十三万六千三百六十三年，二千三百九十四万九千五百九十一月，七亿七百二十四万六千八十五日。以法除之，算外得五月朔己酉，十七日乙丑。则丙寅葬日，乃十八日也。班固记汉初北平侯张苍所有《颛帝历》晦朔、月见、弦望、满亏，多非是。故高帝九年六月乙未晦日食。夫日食必于朔，而此食于晦，则先一日矣。岂非丙寅乃当时十七日乎？不然，岁月久，传者失之也。遂以告,公命书其碑阴。绍圣二年五月旦记。"

剑门关皆石无寸土,潼关皆土无拳石,虽皆号天下险固,要之潼关不若剑门。然自秦以来,剑门亦屡破矣,险之不可恃如此。

曾子宣丞相,元丰间帅庆州。未至,召还;至陕府,复还庆州,往来潼关。夫人魏氏作诗戏丞相曰:"使君自为君恩厚,不是区区爱华山。"

南丰曾氏享先,用节羹、酏鹅、刚粥。建安陈氏享先,用肝串子、猪白割、血羹、肉汁。皆世世守之,富贵不加,贫贱不废也。

苏子由晚岁游许昌贾文元公园,作诗云:"前朝辅相终难得,父老咨嗟今亦无。"盖谓方仁祖时,士大夫多议文元,然自今观之,岂易得哉! 其感慨如此。

老学庵笔记卷第八

国初尚《文选》,当时文人专意此书,故草必称"王孙",梅必称"驿使",月必称"望舒",山水必称"清晖"。至庆历后,恶其陈腐,诸作者始一洗之。方其盛时,士子至为之语曰:"《文选》烂,秀才半。"建炎以来,尚苏氏文章,学者翕然从之,而蜀士尤盛,亦有语曰:"苏文熟,吃羊肉;苏文生,吃菜羹。"

蜀人见人物之可夸者,则曰"呜呼",可鄙者则曰"噫嘻"。

秦丞相晚岁权尤重,常有数卒,皁衣持挺立府门外,行路过者稍顾视謦欬,皆呵止之。尝病告一二日,执政独对,既不敢他语,惟盛推秦公勋业而已。明日入堂,忽问曰:"闻昨日奏事甚久。"执政惶恐曰:"某惟诵太师先生勋德,旷世所无。语终即退,实无他言。"秦公嘻笑曰:"甚荷。"盖已嗾言事官上章。执政甫归,阁子弹章副本已至矣。其忮刻如此。

兴元褒城县产礜石,不可胜计,与凡土石无异,虽数十百担,亦可立取。然其性酷烈,有大毒,非置瓦窑中煅三过,不可用。然犹动能害人,尤非他金石之比。《千金》有一方,用礜石辅以干姜、乌头之类,名"匈奴露宿丹",其酷烈可想见也。

阴平在今文州,有桥曰阴平桥。淳熙初,为郡守者大书立石于桥下曰:"邓艾取蜀路。"过者笑之。

建炎三年春,车驾仓卒南渡,驻跸于杭。有侍臣召对者,既对,所陈札子首曰:"恭惟陛下岁二月东巡狩,至于钱塘。"吕相颐浩见之,笑曰:"秀才家,识甚好恶!"

淳熙中，黄河决入汴。梁、宋间欢言，谓之"天水来"。天水，国姓也。遗民以为国家恢复之兆。

史魏公自少保六转而至太师，中间近三十年，福寿康宁，本朝一人而已。文潞公自司空四转，蔡太师自司空三转，秦太师自少保两转而已。

郑康成自为书戒子益恩，其末曰："若忽忘不识，亦已焉哉！"此正孟子所谓"父子之间不责善"也。盖不责善，非不示于善也，不责其必从耳。陶渊明《命子诗》曰："夙兴夜寐，愿尔斯才。尔之不才，亦已焉哉！"用康成语也。

自唐至本朝，中书门下出敕，其敕字皆平正浑厚。元丰后，敕出尚书省，亦然。崇宁间，蔡京临平寺额作险劲体，"来"长而"力"短，省吏始效之相夸尚，谓之"司空敕"，亦曰"蔡家敕"，盖妖言也。京败，言者数其朝京退送及公主改帝姬之类，偶不及蔡家敕。故至今敕字蔡体尚在。

东坡《海外诗》云："梦中时见作诗孙。"初不解。在蜀见苏山藏公墨迹《叠韵竹诗》后题云："寄作诗孙符。"乃知此句为仲虎发也。

绍兴末，谢景思守括苍，司马季思佐之，皆名倅。刘季高以书与景思曰："公作守，司马九作倅，想郡事皆如律令也。"闻者绝倒。

东坡《牡丹》诗云："一朵妖红翠欲流。"初不晓"翠欲流"为何语。及游成都，过木行街，有大署市肆曰"郭家鲜翠红紫铺"。问土人，乃知蜀语鲜翠犹言鲜明也。东坡盖用乡语云。蜀人又谓糊窗曰"泥窗"，花蕊夫人《宫词》云："红锦泥窗绕四廊。"非曾游蜀，亦所不解。

东坡先生省试《刑赏忠厚之至论》，有云："皋陶为士，将杀人,皋陶曰'杀之'三,尧曰'宥之'三。"梅圣俞为小试官,得之以示欧阳公。公曰:"此出何书?"圣俞曰:"何须出处!"公以为皆偶忘之,然亦大称叹。初欲以为魁,终以此不果。及揭榜,见东坡姓名,始谓圣俞曰:"此郎必有所据,更恨吾辈不能记耳。"及谒谢,首问之,东坡亦对曰:"何须出处。"乃与圣俞语合。公赏其豪迈,太息不已。

宋白尚书诗云:"风骚坠地欲成尘,春锁南宫入试频。三百俊才衣似雪,可怜无个解诗人。"又云:"对花莫道浑无过,曾为毛本作与常人举好诗。"大抵宋诗虽多疵颣,而语意绝有警拔者,故其自负如此。

白乐天诗云:"四十著绯军司马,男儿官职未蹉跎。""一为州司马,三见岁重阳。"本朝太宗时,宋太素尚书自翰苑谪鄜州行军司马,有诗云:"鄜州军司马,也好画为屏。"又云:"官为军司马,身是谪仙人。"盖北音"司"字作入声读。

故事:谪散官虽别驾司马,皆封赐如故。故宋尚书在鄜畤诗云:"经时不巾栉,慵更佩金鱼。"东坡先生在儋耳,亦云"鹤发惊全白,犀围尚半红"是也。至司户参军,则夺封赐。故世传寇莱公谪雷州,借录事参军绿袍拜命,袍短才至膝。又予少时,见王性之曾夫人言,曾丞相谪廉州司户,亦借其侄绿袍拜命云。

绍兴十六七年,李庄简公在藤州,以书寄先君,有曰:"某人汲汲求少艾,求而得之,自谓得计。今成一聚枯骨,世尊出来也救他不得。""一聚枯骨",出《神仙传·老子篇》。"某人"者,前执政,留守金陵,暴得疾卒,故云。

张邦昌既死,有旨月赐其家钱十万,于所在州勘支。曾文清公为广东漕,取其券缴奏,曰:"邦昌在古,法当族诛,今贷与之生,足矣;乃加横恩如此,不知朝廷何以待伏节死事之家?"诏自今勿与。予铭文清墓,载此事甚详,及刻石,其家乃削去,至今以为恨。

韩魏公罢政,以守司徒兼侍中、镇安武胜军节度使。公累章牢辞,至以为恐开大臣希望僭忒之阶。遂改淮南节度使。元丰间,文潞公亦加两镇,引魏公事辞,卒亦不拜。绍兴中,张俊、韩世忠乃以捍防有功,拜两镇,俄又加三镇。二人皆武臣,不知辞。当时士大夫为之语曰:"若加一镇,即为四镇,如朱全忠矣,奈何!"

大驾初驻跸临安,故都及四方士民商贾辐辏,又创立官府,扁榜一新。好事者取以为对曰:"钤辖诸道进奏院,详定一司敕令所","王防御契圣眼科,陆官人遇仙风药","干湿脚气四斤丸,偏正头风一字散","三朝御裹陈忠翊,四世儒医陆太丞","东京石朝议女婿,乐驻泊药铺西蜀","费先生外甥,寇保义卦肆",如此凡数十联,不能尽记。

高庙谓:"端砚如一段紫玉,莹润无瑕乃佳,何必以眼为贵耶?"晁以道藏砚必取玉斗样,喜其受墨渖多也。每曰:"砚若无池受墨,则墨亦不必磨,笔亦不必点,惟可作枕耳。"

吕吉甫问客:"苏子瞻文辞似何人?"客揣摩其意,答之曰:"似苏秦、张仪。"吕笑曰:"秦之文高矣,仪固不能望,子瞻亦不能也。"徐自诵其表语云:"面折马光于讲筵,廷辩韩琦之奏疏。"甚有自得之色,客不敢问而退。

陈师锡家享仪,谓冬至前一日为"冬住",与岁除夜为对,盖闽音也。予读《太平广记》三百四十卷,有《卢顼传》云:"是夕,冬至除夜。"乃知唐人冬至前一日,亦谓之"除夜"。《诗·唐风》:"日月其除。"除音直虑反。则所谓"冬住"者,"冬除"

也。陈氏传其语，而失其字耳。

老杜《寄薛三郎中》诗云："上马不用扶，每扶必怒瞋。"东坡《送乔全》诗云："上山如飞瞋人扶。"皆言老人也。盖老人讳老，故尔。若少壮者，扶与不扶皆可，何瞋之有。

宣和末，有巨商舍三万缗，装饰泗州普照塔，焕然一新。建炎中，商归湖南，至池州大江中。一日晨兴，忽见一塔十三级，水上南来。金碧照耀，而随波倾贴，若欲倒者。商举家及舟师人人见之，皆惊怖诵佛。既渐近，有僧出塔下，举手揖曰："元是装塔施主船。淮上方火灾，大师将塔往海东行化去。"语未竟，忽大风作，塔去如飞，遂不见。未几，乃闻塔废于火。舒州僧广勤与商船同行，亲见之。段成式《酉阳杂俎》言扬州东市塔影忽倒，老人言海影翻则如此。沈存中以谓大抵塔有影必倒。予在福州见万寿塔，成都见正法塔，蜀州见天目塔，皆有影，亦皆倒也。然塔之高如是，而影止三二尺，纤悉皆具。或自天窗中下，或在廊庑间，亦未易以理推也。

唐彦猷《砚录》言："青州红丝石砚，覆之以匣，数日墨色不干。经夜即其气上下蒸濡，着于匣中，有如雨露。"又云："红丝砚必用银作匣。"凡石砚若置银匣中，即未干之墨气上腾，其墨乃著盖上。久之，盖上之墨复滴砚中，亦不必经夜也。铜锡皆然，而银尤甚，虽漆匣亦时有之，但少耳。彦猷贵重红丝砚，以银为匣，见其蒸润，而未尝试他砚也。

贺方回状貌奇丑，色青黑而有英气，俗谓之"贺鬼头"。喜校书，朱黄未尝去手。诗文皆高，不独攻长短句也。潘邠老《赠方回》诗云："诗束牛腰藏旧稿，书讹马尾辨新雠。"有二子，曰房、曰廩。于文，"房"从"方"，"廩"从"回"，盖寓父字于二子名也。

翟耆年字伯寿,父公巽,参政之子也。能清言,工篆及八分。巾服一如唐人,自名唐装。一日,往见许颚彦周。彦周髽髻,着犊鼻裈,蹑高屐出迎,伯寿愕然。彦周徐曰:"吾晋装也,公何怪?"

元祐七年,哲庙纳后,用五月十六日法驾出宣德门行亲迎之礼。初,道家以五月十六日为天地合日,夫妇当异寝,违犯者必夭死,故世以为忌。当时太史选定,乃谓人主与后犹天地也,故特用此日。将降诏矣,皇太妃持以为不可,上亦疑之。宣仁独以为此语俗忌耳,非典礼所载,遂用之。其后诏狱既兴,宦者复谓:"若废后,可弭此祸。"上意亦不可回矣。

政和以后,斜封墨敕盛行,乃有以寺监长官视待制者,大抵皆以非道得之。晁叔用以谓"视待制"可对"如夫人",盖为清议贬黜如此。又往往以特恩赐金带,朝路混淆,然犹以旧制不敢坐狨。故当时谓横金无狨鞯,与阁门舍人等耳。

聂山、胡直孺同为都司,一日过堂,从容为蔡京言道流之横。京慨然曰:"君等不知耳,淫侈之风日炽,姑以斋醮少间之,不暇计此曹也。"京之善文过如此。

蔡京赐第,宏敞过甚。老疾畏寒,幕帟不能御,遂至无设床处,惟扑水少低,间架亦狭,乃即扑水下作卧室。

秦熺作状元时,蔡京亲吏高拣犹在,谓人曰:"看他秦太师,吾主人乃天下至缪汉也。"拣当蔡氏盛时,官至拱卫大夫,领青州观察使。靖康台评所谓厮养官为横行是也。有王俞者,与之同列,官亦相等。靖康间,俞停废,拣犹以武功大夫为浙东副总管,遂终其身,不复褫削。议者亦置之,或自有由也。

沈存中辨鸡舌香为丁香,亹亹数百言,竟是以意度之。惟元魏贾思勰作《齐民要术》,第五卷有合香泽法,用鸡舌香,注云:"俗人以其似丁子,故谓之丁子香。"此最的确,可引之证,而存中反不及之,以此知博洽之难也。

颜延年作《靖节征士诔》云:"徽音远矣,谁箴予阙?"王荆公用此意,作《别孙少述》诗:"子今去此来何时,后有不可谁予规?"青出于蓝者也。

先君读山谷《乞猫》诗,叹其妙。晁以道侍读在坐,指"闻道猫奴将数子"一句,问曰:"此何谓也?"先君曰:"老杜云:'暂止啼乌将数子。'恐是其类。"以道笑曰:"君果误矣。《乞猫》诗'数'字当音色主反。'数子'谓猫狗之属多非一子,故人家初生畜必数之曰:'生几子。''将数子'犹言'将生子'也,与杜诗语同而意异。"以道必有所据,先君言当时偶不叩之以为恨。

翟公巽参政,靖康初召为翰林学士。过泗州,谒僧伽像,见须忽涌出长寸许,问他人,皆不见,怪之。一僧在旁曰:"公虽召还,恐不久复出。"公扣之,曰:"须出者,须出也。"果验。

唐人诗中有曰"无题"者,率杯酒狎邪之语,以其不可指言,故谓之"无题",非真无题也。近岁吕居仁、陈去非亦有曰"无题"者,乃与唐人不类,或真亡其题,或有所避,其实失于不深考耳。

翟公巽参政守会稽日,命工塑真武像。既成,熟视曰:"不似,不似。"即日毁之别塑,今告成观西庑小殿立像是也。道士贺仲清在旁亲见之,而不敢问。

古所谓揖,但举手而已。今所谓喏,乃始于江左诸王。方其时,惟王氏子弟为之。故支道林入东,见王子猷兄弟还,人问"诸王何如?"答曰:"见一群白项乌,但闻唤哑哑声。"即今喏也。

荆公诗云:"闭户欲推愁,愁终不肯去。"刘宾客诗云:"与老无期约,到来如等闲。"韩舍人子苍取作一联云:"推愁不去还相觅,与老无期稍见侵。"比古句盖益工矣。

四月十九日,成都谓之浣花遨头,宴于杜子美草堂沧浪亭。倾城皆出,锦绣夹道。自开岁宴游,至是而止,故最盛于他时。予客蜀数年,屡赴此集,未尝不晴。蜀人云:"虽戴白之老,未尝见浣花日雨也。"

明州护圣长老法扬,藏其祖郑舍人向所得仁庙东宫日《回贺岁旦书》,称"皇太子某状",用太子左春坊之印。舍人是时犹为馆职也。

汤岐公初秉政,偶刑寺奏牍有云"生人妇"者,高庙问:"此有法否?"秦益公云:"法中有夫妇人与无夫者不同。"上素喜岐公,顾问曰:"古亦有之否?"岐公曰:"古法有无,臣所不能记,然'生人妇'之语,盖出《三国志·杜畿传》。"上大惊,乃笑曰:"卿可谓博记矣。"益公阴刻,独谓岐公纯笃不忌也。

北方民家,吉凶辄有相礼者,谓之"白席",多鄙俚可笑。韩魏公自枢密归邺,赴一姻家礼席,偶取盘中一荔支,欲啖之。白席者遽唱言曰:"资政吃荔支,请众客同吃荔支。"魏公憎其喋喋,因置不复取。白席者又曰:"资政恶发也,却请众客放下荔支。"魏公为一笑。"恶发",犹云怒也。

唐自相辅以下,皆谓之京官,言官于京师也。其常参者曰常参官,未常参者曰未常参官。国初以常参官预朝谒,故谓之升朝官;而未预者曰京官。元丰官制行,以通直郎以上朝预宴坐,仍谓之升朝官,而按唐制去京官之名。凡条制及吏牍,止谓之承务郎以上,然俗犹谓之京官。

唐所谓丞郎,谓左右丞、六曹侍郎也。尚书虽序左右丞上,然亦通谓之丞郎,犹今言侍从官也。俗又谓之两制,指内制而言,然非翰苑。西掖亦曰"两制",正如丞郎之称。契丹僭号,有"高坐官",亦侍从之比。坐字本犯御嫌名,或谓丞郎为左右丞、中书门下侍郎,亦非也。

《唐高祖实录》武德二年正月甲子,下诏曰:"释典微妙,净业始于慈悲;道教冲虚,至德去其残暴。况乎四时之禁,毋伐麛卵;三驱之礼,不取顺从。盖欲敦崇仁惠,蕃衍庶物,立政经邦,咸率斯道。朕祗膺灵命,抚遂群生,言念亭育,无忘鉴昧。殷帝去网,庶踵前修;齐王舍牛,实符本志。自今每年正月、五月、九月十直日,并不得行刑。所在公私,宜断屠杀。"此三长月断屠杀之始也。唐大夫如白居易辈,盖有遇此三斋月,杜门谢客,专延缁流作佛事者。今法至此月亦减去食羊钱,盖其遗制。

老学庵笔记卷第九

蜀父老言:王小皤之乱,自言"我土锅村民也,岂能霸一方?"有李顺者,孟大王之遗孤。初,蜀亡,有晨兴过摩诃池上者,见锦箱锦衾覆一襁褓婴儿,有片纸在其中,书曰:"国中义士,为我养之。"人知其出于宫中,因收养焉,顺是也,故蜀人惑而从之。未几,小皤战死,众推顺为主,下令复姓孟。及王师薄城,城且破矣,顺忽饭城中僧数千人以祈福。又度其童子亦数千人,皆就府治削发,衣僧衣。晡后分东西门两门出。出尽,顺亦不知所在,盖自髡而遁矣。明日,王师入城,捕得一髡士,状颇类顺,遂诛之,而实非也。有带御器械张舜卿者,因奏事,密言:"臣闻顺已逸去,所献首非也。"太宗以为害诸将之功,叱出将斩之;已而贷之,亦坐免官。及真庙天禧初,顺竟获于岭南。初欲诛之于市,且令百官贺。吕文靖为知杂御史,以为不可,但即狱中杀之。人始知舜卿所奏非妄也。蜀人又谓:顺逃至荆渚,入一僧寺,有僧熟视曰:"汝有异相,当为百日偏霸之主,何自在此? 汝宜急去,今年不死,尚有数十年寿。"亦可怪也。又云方顺之作,有术士拆顺名曰:"是一百八日有西川耳,安能久也。"如期而败。

太宗太平兴国四年,平太原,降为并州,废旧城,徙州于榆次。今太原则又非榆次,乃三交城也。城在旧城西北三百里,亦形胜之地。本名故军,又尝为唐明镇。有晋文公庙,甚盛。平太原后三年,帅潘美奏乞以为并州,从之。于是徙晋文公庙,以庙之故址为州治。又徙阳曲县于三交,而榆次复为县。国史所载颇略。方承平时,太原为大镇,其兴废人人能知之,故史亦不备书。今陷没几七十年,遂有不可详者矣。

唐小说载:有人路逢奔马入都者,问何急如此。其人答曰:“应不求闻达科。”本朝天圣中,初置贤良方正等六科,许少卿监以上奏举,自应者亦听,俄又置高蹈丘园科,亦许自于所在投状求试,时以为笑。予少时为福州宁德县主簿,提刑樊茂实以职状举予曰:“有声于时,不求闻达。”后数月,再见之,忽问曰:“何不来取奏状?”予笑答之,曰:“恐不称举词,故不敢。”茂实亦笑,顾书吏促发奏。然予竟不投也。

成都士大夫家法严。席帽行范氏,自先世贫而未仕,则卖白龙丸,一日得官,止不复卖。城北郭氏卖豉亦然。皆不肯为市井商贾,或举货营利之事。又士人家子弟,无贫富皆着芦心布衣,红勒帛狭如一指大,稍异此则共嘲笑,以为非士流也。

《周礼》蝒氏注云:“蝒,今御所食蛙也。”《汉书·霍光传》亦有“丞相擅减宗庙羔菟蛙。”此何等物,而汉人以供玉食及宗庙之荐耶?古今事不同如此。

真宗御集有《苑中赏花》诗十首,内一首《龙柏花》。李文饶《平泉山居草木记》有“蓝田之龙柏”,宋子京又有《真珠龙柏》诗,刘子仪、晁以道、朱希真亦皆有此作。予长于江南,未尝见也。或云本出郿、坊间。

舒焕尧文,东坡公客,建炎中犹在。有子为湖南一县尉,遇盗烧死,尧文年九十矣,忧悸得病而卒。

陈无己子丰,诗亦可喜,晁以道集中有《谢陈十二郎诗卷》是也。建炎中,以无己故,特命官。李郿守会稽,来从郿作摄局。郿降虏,丰亦被系累而去,无己之后遂无在江左者。丰亦不知存亡,可哀也。

刘道原壮舆,载世藏书甚富。壮舆死,无后,书录于南康军官库。后数年,胡少汲过南康,访之,已散落无余矣。

行在百官,以祠事致斋于僧寺,多相与遍游寺中,因游傍近园馆。或斋于道宫亦然。按张文昌《僧寺宿斋》诗云:"晚到金光门外寺,寺中新竹隔帘多。斋官禁与僧相见,院院开门不得过。"乃知唐斋禁之严如此。今律所云作祀事悉禁是也。

韩子苍诗,喜用"拥"字,如"车骑拥西畴"、"船拥清溪尚一樽"之类,出于唐诗人钱起"城隅拥归骑"也。

政和神霄玉清万寿宫,初止改天宁万寿观为之,后别改宫观一所,不用天宁。若州城无宫观,即改僧寺。俄又不用宫观,止改僧寺。初通拨赐产千亩,已而豪夺无涯。西京以崇德院为宫,据其产一万二千亩,赁舍钱、园利钱又在其外。三泉县以不隶州,特置。已而凡县皆改一僧寺为神霄下院,骎骎日张,至宣和末方已。

天下神霄,皆赐威仪,设于殿帐座外。面南,东壁,从东第一架六物:曰锦伞、曰绛节、曰宝盖、曰珠幢、曰五明扇、曰旌;从东第二架六物:曰丝拂、曰旛、曰鹤扇二、曰金钺、曰如意。西壁,从东第一架六物:曰如意、曰玉斧、曰鹤扇二、曰旛、曰丝拂;西壁,从东第二架,曰旌、曰五明扇、曰珠幢、曰宝盖、曰绛节、曰锦伞。东南经兵火,往往不复在。蜀中多徙于天庆观圣祖殿,今犹有存者。

神霄以长生大帝君、青华帝君为主,其次曰蓬莱灵海帝君、西元大帝君、东井大帝君、西华大帝君、清都大帝君、中黄大帝君。又有左右仙伯,东西台吏,二十有二人,绘于壁。又有韩君丈人,祀于侧殿,曰此神霄帝君之高宾也。其说皆出于林灵素、张虚白、刘栋。

天禧中，以王捷所作金宝牌赐天下。至宣和末，又以方士刘知常所炼金轮颁之天下神霄宫，名曰神霄宝轮。知常言其法以水炼之成金，可镇分野兵饥之灾。时宣和七年秋也，遣使押赐天下。太常方下奉安宝轮仪制，而虏寇已渡矣。

本朝康保裔，真庙时为高阳关都部署，契丹入寇，战死。祖志忠，后唐明宗时讨王都战死。父再遇，太祖时为将，讨李筠战死。三世皆死国事。

天圣初，宋元宪公在场屋日，梦魁天下。故事，四方举人集京师，当入见，而宋公姓名偶为众人之首，礼部奏举人宋郊等，公大恶之，以为梦征止此矣，然其后卒为大魁。绍兴初，张子韶亦梦魁天下，比省试，类榜坐位图出，其第一人则张九成也。公殊怏怏。及廷试，唱名亦冠多士，与元宪事正同。

王冀公自金陵召还，不降诏，止于茶药合中赐御飞白"王钦若"三字，而中使口传密旨，冀公即上道。至国门，辅臣以下皆未知。政和中，蔡太师在钱塘，一日中使赐茶药，亦于合中得大玉环径七寸，色如截肪。京拜赐，即治行。后二日，诏至，即日起发。二事略相似，然非二人者，必无此事也。

《孙策传》张津常著绛帕头。帕头者，巾帻之类，犹今言幞头也。韩文公云"以红帕首"，已为失之。东坡云："绛帕蒙头读道书。"增一"蒙"字，其误尤甚。

贵臣有疾宣医及物故敕葬，本以为恩，然中使挟御医至，凡药必服，其家不敢问，盖有为医所误者。敕葬则丧家所费，至倾竭赀货，其地又未必善也。故都下谚曰："宣医纳命，敕葬破家。"庆历中，始有诏："已降指挥敕葬，而其家不愿者听之。"西人云："姚麟敕葬乃绝地，故其家遂衰。"

范文正公喜弹琴,然平日止弹《履霜》一操,时人谓之范履霜。

韩子苍《和钱逊叔》诗云:"叩门忽送铜山句,知是赋诗人姓钱。"盖唐诗人钱起赋诗以姓为韵,有"铜山许铸钱"之句。

抚州紫府观真武殿像,设有六丁六甲神,而六丁皆为女子像。黄次山书殿榜曰:"感通之殿。"感通乃醴泉观旧名,至和二年十二月赐名。而像设亦醴泉旧制也。

东坡先生在中山作《戚氏》乐府词最得意,幕客李端叔跋三百四十余字,叙述甚备。欲刻石传后,为定武盛事。会谪去,不果,今乃不载集中。至有立论排诋,以为非公作者,识真之难如此哉。

予在成都,偶以事至犀浦,过松林甚茂,问驭卒:"此何处?"答曰:"师塔也。"盖谓僧所葬之塔。于是乃悟杜诗"黄师塔前江水东"之句。

南朝词人谓文为笔,故《沈约传》云:"谢玄晖善为诗,任彦升工于笔,约兼而有之。"又《庾肩吾传》,梁简文《与湘东王书》,论文章之弊曰:"诗既若此,笔又如之。"又曰:"谢朓、沈约之诗,任昉、陆倕之笔。"《任昉传》又有"沈诗"、"任笔"之语。老杜《寄贾至严武》诗云:"贾笔论孤愤,严诗赋几篇。"杜牧之亦云:"杜诗韩笔愁来读,似倩麻姑痒处抓。"亦袭南朝语尔。往时诸晁谓诗为诗笔,亦非也。

东蒙盖终南山峰名。杜诗云:"故人昔隐东蒙峰,已佩含景苍精龙。故人今居子午谷,独在阴崖结茅屋。"皆长安也。种明《东蒙新居》诗亦云:"登遍终南峰,东蒙最孤秀。"南士不知,故注杜诗者妄引颛臾为东蒙主,以为鲁地。

绍兴初,程氏之学始盛,言者排之,至讥其幅巾大袖。胡康侯力辨其不然,曰:"伊川衣冠,未尝与人异也。"然张文潜元祐初《赠赵景平主簿》诗曰:"明道新坟草已春,遗风犹得见门人。定知鲁国衣冠异,尽戴林宗折角巾。"则是自元祐初,为程学者幅巾已与人异矣。衣冠近古,正儒者事,讥者固非,辨者亦未然也。

晁氏世居都下昭德坊,其家以元祐党人及元符上书籍记,不许入国门者数人,之道其一也。尝于郑、洛道中,遇降羌,作诗云:"沙场尺箠致羌浑,玉陛俱承雨露恩。自笑百年家凤阙,一生肠断国西门。"方是时,士大夫失职如此,安得不兆乱乎?

郑介夫喜作诗,多至数千篇。谪英州,遇赦得归,有句云:"未言路上舟车费,尚欠城中酒药钱。"绝似王元之也。

元祐初,苏子由为户部侍郎,建言:"都水监本三司之河渠案,将作监本三司之修造案,军器监本三司之甲胄案。三司,今户部也,而三监乃属工部。请三监皆兼隶户部。凡有所为,户部定其事之可否,裁其费之多寡,而工部任其工之良楛,程其作之迟速。"朝廷从其言,为立法。及绍圣中,以为害元丰官制,罢之。建中靖国中,或欲复从元祐,已施行矣,时丰相之为工部尚书,独持不可,曰:"设如都水监塞河,军器监造军器,而户部以为不可则已矣,若以为可,则并任其事可也。今若户部吝其费裁损之,乃令工部任河之决塞,器之利钝,为工部者不亦难乎?"议遂寝。相之本主元祐政事者,然其言公正不阿如此,可谓贤矣。

徽宗尝乘轻舟泛曲江,有宫嫔持宝扇乞书者。上揽笔亟作草书一联云:"渚莲参法驾,沙鸟犯钩陈。"俄复取笔涂去"犯钩陈"三字,曰:"此非佳语。"此联实李商隐《陈宫》诗,亦不祥也。李耕道云。

东坡在黄州时,作《西捷诗》曰:"汉家将军一丈佛,诏赐天闲八尺龙。露布朝驰玉关塞,捷烽夜到甘泉宫。似闻指麾筑上郡,已觉谈笑无西戎。放臣不见天颜喜,但觉草木皆春容。""一丈佛"者,王中正也。以此诗为非东坡作耶,气格如此,孰能办之?以为果东坡作耶,此老岂誉王中正者?盖刺之也。以《三百篇》言之,"君子偕老"是矣。

南朝谓北人曰"伧父",或谓之"虏父"。南齐王洪轨,上谷人,事齐高帝,为青、冀二州刺史,励清节,州人呼为"虏父使君"。今蜀人谓中原人为"虏子",东坡诗"久客厌虏馔"是也,因目北人仕蜀者为"虏官"。晁子止为三荣守,民有讼资官县尉者,曰:"县尉虏官,不通民情。"子止为穷治之,果负冤。民既得直,拜谢而去。子止笑谕之曰:"我亦虏官也,汝勿谓虏官不通民情。"闻者皆笑。

绍兴末,予见陈鲁公。留饭,未食,而扬郡王存中来白事,鲁公留予便坐而见之。存中方不为朝论所与,予年少,意亦轻之,趋幕后听其言。会鲁公与之言及边事,存中曰:"士大夫多谓当列兵淮北,为守淮计,即可守,因图进取中原;万一不能支,即守大江未晚。此说非也。士惟气全乃能坚守,若俟其败北,则士气已丧,非特不可守淮,亦不能守江矣。今据大江之险,以老彼师,则有可胜之理。若我师克捷,士气已倍,彼奔溃不暇,然后徐进而北,则中原有可取之理。然曲折尚多,兵岂易言哉!"予不觉太息曰:"老将要有所长。"然退以语朝士,多不解也。

东坡在岭海间,最喜读陶渊明、柳子厚二集,谓之"南迁二友"。予读宋白尚书《玉津杂诗》有云:"坐卧将何物?陶诗与柳文。"则前人盖有与公暗合者矣。

　　凌霄花未有不依木而能生者,惟西京富郑公园中一株,挺然独立,高四丈,围三尺余,花大如杯,旁无所附。宣和初,景华苑成,移植于芳林殿前,画图进御。

　　政和、宣和间,妖言至多。织文及缬帛,有遍地桃冠,有并桃香,有佩香曲,有赛儿,而道流为公卿受箓。议者谓:桃者,逃也;佩香者,背乡也;赛者,塞也;箓者,戮也。蔡京书神霄玉清万寿宫及玉皇殿之类,玉字旁一点,笔势险急,有道士观之曰:“此点乃金笔,而锋芒侵王,岂吾教之福哉?”侍晨李德柔胜之亲闻其言,尝以语先君。又林灵素诋释教,谓之“金狄乱华”。当时“金狄”之语,虽诏令及士大夫章奏碑版亦多用之,或以为灵素前知金贼之祸,故欲废释氏以厌之。其实亦妖言耳。

　　近世士大夫多不练故事,或为之语曰:“上若问学校法制,当对曰:‘有刘士祥在。’问典礼因革,当对曰:‘有齐闻韶在。’”士祥、闻韶,盖国子监太常寺老吏也。史院有窃议史官者,曰:“史官笔削有定本,个个一样。”或问“何也”,曰:“将吏人编出《日历》中,‘臣僚上言’字涂去‘上言’,其后‘奉圣旨依’字亦涂去,而从旁注‘从之’二字,即一日笔削了矣。”

　　政和后,道士有赐玉方符者,其次则金方符,长七寸,阔四寸,面为符,背铸御书曰:“赐某人,奉以行教。有违天律,罪不汝贷。”结于当心,每斋醮则服之。会稽天宁万寿观有老道士卢浩真者,尝被金符之赐。予少时亲见之。

　　世传《唐吕府君敕葬碑》。吕名惠恭,僧大济之父。大济,代宗时内道场僧也,官至殿中监,故惠恭赠官为兖州刺史,而官为营葬。宣和中,会稽天宁观道士张若水官为蕊珠殿校籍,赠其父为朝奉大夫,母封宜人。尝见其母赠诰云:“嘉其教子之勤,宠以宜家之号。"诗人林子来亦有《赠道官万大夫焚黄》诗。然二人者,品秩犹未高,若林灵素以侍晨,恩数视执政,则赠官必及三代矣。大抵当时道流,滥恩不可胜载,中更丧乱,史皆不得书,此偶因事见之耳。

北都有魏博节度使田绪《遗爱碑》,张弘靖书;何进滔《德政碑》,柳公权书,皆石刻之杰也。政和中,梁左丞子美为尹,皆毁之,以其石刻新颁《五礼新仪》。

近世名士:李泰发光,一字泰定;晁以道说之,一字伯以;潘义荣良贵,一字子贱;张全真守,一字子固;周子充必大,一字洪道;芮国器烨,一字仲蒙;林黄中栗,一字宽夫;朱元晦熹,一字仲晦。人称之,多以旧字,其作文题名之类,必从后字,后世殆以疑矣。

王荆公熙宁初召还翰苑。初侍经筵之日,讲《礼记》"曾参易箦"一节,曰:"圣人以义制礼,其详见于床第之间。君子以仁行礼,其勤至于垂死之际。姑息者,且止之辞也,天下之害未有不由于且止者也。"此说不见于文字,予得之于从伯父彦远。

老学庵笔记卷第十

世多言白乐天用"相"字,多从俗语作思必切,如"为问长安月,如何不相离"是也。然北人大抵以"相"字作入声,至今犹然,不独乐天。老杜云:"恰似春风相欺得,夜来吹折数枝花。"亦从入声读,乃不失律。俗谓南人入京师,效北语,过相蓝,辄读其榜曰大厮国寺,传以为笑。

中贵杨戬,于堂后作一大池,环以廊庑,扃锸周密。每浴时,设浴具及澡豆之属于池上,乃尽屏人,跃入池中游泳,率移时而出,人莫得窥,然但谓其性喜浴于池耳。一日,戬独寝堂中,有盗入其室,忽见床上乃一虾蟆,大可一床,两目如金,光彩射人。盗为之惊仆,而虾蟆已复变为人,乃戬也。起坐握剑,问曰:"汝为何人?"盗以实对。戬掷一银香球与之曰:"念汝迫贫,以此赐汝,切勿为人言所见也。"盗不敢受,拜而出。后以他事系开封狱,自道如此。

庙讳同音。"署"字常恕反,"树"字如遇反,然皆讳避,则以为一字也。《北史·杜弼传》:"齐神武相魏时,相府法曹辛子炎谘事云:'取署字。'子炎读'署'为'树',神武怒其犯讳,杖之。"则"署"与"树"音不同,当时虽武人亦知之,而今学士大夫乃不能辨。方嘉祐、治平之间,朝士如宋次道、苏子容辈,皆精于字学,亦不以为言,何也?

东坡素知李廌方叔。方叔赴省试,东坡知举,得一卷子,大喜,手批数十字,且语黄鲁直曰:"是必吾李廌也。"及拆号,则章持致平,而廌乃见黜。故东坡、山谷皆有诗在集中。初,廌试罢归,语人曰:"苏公知举,吾之文必不在三名后。"及后黜,廌有乳母年七十,大哭曰:"吾儿遇苏内翰知举不及第,它日尚奚望?"遂闭门睡,至夕不出。发壁视之,自缢死矣。廌果终身不第以死,亦可哀也。

杨文公云:"岂期游岱之魂,遂协生桑之梦。"世以其年四十八,故称其用"生桑之梦"为切当,不知"游岱之魂"出《河东记》韦齐休事,亦全句也。

闽中有习左道者,谓之明教。亦有明教经,甚多刻版摹印,妄取道藏中校定官名衔赘其后。烧必乳香,食必红蕈,故二物皆翔贵。至有士人宗子辈,众中自言:"今日赴明教斋。"予尝诘之:"此魔也,奈何与之游?"则对曰:"不然,男女无别者为魔,男女不亲授者为明教。明教,妇人所作食则不食。"然尝得所谓明教经观之,诞谩无可取,真俚俗习妖妄之所为耳。又或指名族士大夫家曰:"此亦明教也。"不知信否。偶读徐常侍《稽神录》云:"有善魔法者,名曰明教。"则明教亦久矣。

芰,菱也。今人谓卷荷为伎荷,伎,立也。卷荷出水面,亭亭植立,故谓之伎荷。或作芰,非是。白乐天《池上早秋》诗云:"荷芰绿参差,新秋水满池。"乃是言荷乃菱二物耳。

蔡太师作相时,衣青道衣,谓之"太师青";出入乘棕顶轿子,谓之"太师轿子"。秦太师作相时,裹头巾,当面偶作一折,谓之"太师错";折样第中窗上下及中一二眼作方眼,余作疏棂,谓之"太师窗"。

张魏公有重望,建炎以来置左右相多矣,而天下独目魏公为张右相;丞相带都督亦数人,而天下独目魏公为张都督,虽夷狄亦然。然魏公隆兴中再入,亦止于右相领都督,乃知有定数也。

东坡绝句云:"梨花澹白柳深青,柳絮飞时花满城。惆怅东阑一株雪,人生看得几清明?"绍兴中,予在福州,见何晋之大著,自言尝从张文潜游,每见文潜哦此诗,以为不可及。余按杜牧之有句云:"砌下梨花一堆雪,明年谁此凭阑干?"东坡固非窃牧之诗者,然竟是前人已道之句,何文潜爱之深也,岂别有所谓乎? 聊记之以俟识者。

今人谓后三日为"外后日",意其俗语耳。偶读《唐逸史·裴老传》,乃有此语。裴,大历中人也,则此语亦久矣。

严州建德县有崇胜院,藏天圣五年内降札子设道场云:"皇太后赐银三十两,皇太妃施钱二十贯,皇后施钱十贯,朱淑仪施钱五贯。"有仁庙飞白御书,今皆存。盖院有僧尝际遇真庙,召见赐衣及香烛故也。犹可想见祖宗恭俭之盛。予在郡初不闻,迫代归,始知之,不及刻石,至今为恨。

徐敦立侍郎颇好谑,绍兴末,尝为予言:"柳子厚《非国语》之作,正由平日法《国语》为文章,看得熟,故多见其疵病。此俗所谓没前程者也。"予曰:"东坡公在岭外,特喜子厚文,朝夕不去手,与陶渊明并称二友。及北归,与钱济明书,乃痛诋子厚《时令》、《断刑》、《四维》、《贞符》诸篇,至以为小人无忌惮者。岂亦由朝夕绅绎耶? 恐是《非国语》之报。"敦立为之抵掌绝倒。

蔡攸初以淮康节领相印,徽宗赐曲宴,因语之曰:"相公公相子。"盖是时京为太师,号"公相"。攸即对曰:"人主主人翁。"其善为谐给如此。

白乐天云:"微月初三夜,新蝉第一声。"晏元宪云:"绿树新蝉第一声。"王荆公云:"去年今日青松路,忆似闻蝉第一声。"三用而愈工,信诗之无穷也。

苏子容诗云:"起草才多封卷速,把麻人众引声长。"苏子由诗云:"明日白麻传好语,曼声微绕殿中央。"盖昔时宣制,皆曼延其声,如歌咏之状。张天觉自小凤拜右揆,有旨下阁门,令平读,遂为故事。

蔡元长当国时,士大夫问轨革,往往画一人戴草而祭,辄指之曰:"此蔡字也,必由其门而进。"及童贯用事,又有画地上奏乐者,曰:"土上有音,童字也。"其言亦往往有验。及二人者废,则亦无复占得此卦。绍兴中,秦会之专国柄,又多画三人,各持禾一束,则又指之曰:"秦字也。"其言亦颇验。及秦氏既废,亦无复占得此卦矣。若以为妄,则绍兴中如黑象辈畜书数百册,对人检之,予亲见其有三人持禾者在其间,亦未易测也。

祖宗时,有知枢密院及同知、签署之类。治平后,避讳改曰签书。政和以后,宦者用事,辄改内侍省都都知曰知内侍省事,都知曰同知内侍省事,押班曰签书内侍省事,盖僭视密院也。建炎中,始复旧。近有道士之行天心法者,自结衔曰知天枢院事,亦有称同知、签书者,又可一笑也。

《考工记》"弓人"注云:"䐑,亦黏也,音职。"今妇人发有时为膏泽所黏,必沐乃解者,谓之䐑,正当用此字。

司马侍郎朴陷虏后,妾生一子于燕,名之曰通国,实取苏武胡妇所生子之名名之,而国史不书,其家亦讳之。

太祖开国,虽追尊僖祖以下四庙,然惟宣祖、昭宪皇后为大忌,忌前一日不坐,则太祖初不以僖祖为始祖可知。真宗初,罢宣祖大忌。祥符中,下诏复之。然未尝议及僖祖,则真宗亦不以僖祖为始祖可知。今乃独尊僖祖,使宋有天下二百四十余年,太祖尚不正东向之位,恐礼官不当久置不议也。

兴国中,灵州贡马,足各有二距。其后灵州陷于西戎。宣和中,燕山府贡马亦然,而北虏之祸遂作。

周越《书苑》云:郎忠恕以为小篆散而八分生,八分破而隶书出,隶书悖而行书作,行书狂而草书圣。以此知隶书乃今真书。赵明诚谓误以八分为隶,自欧阳公始。

太宗时史官张泊等撰太祖史,凡太宗圣谕及史官采摭之事,分为朱墨书以别之,此国史有朱墨本之始也。元祐、绍圣皆尝修《神宗实录》。绍圣所修既成,焚元祐旧本,有敢私藏者皆立重法。久之,内侍梁师成家乃有朱墨本,以墨书元祐所修,朱书绍圣所修,稍稍传于士大夫家。绍兴初,赵相鼎提举再撰,又或以雌黄书之,目为黄本,然世罕传。

先太傅庆历中赐紫章服,赴阁门拜赐,乃涂金鱼袋也。岂官品有等差欤?

史丞相言高庙尝临《兰亭》,赐寿皇于建邸。后有批字云:“可依此临五百本来看。”盖两宫笃学如此。世传智永写《千文》八百本,于此可信矣。

晋人避其君名,犹不避嫌名。康帝名岳,邓岳改名嶽。唐初不避二名。太宗时犹有民部,李世勣、虞世南皆不避也。至高宗即位,始改为户部。世南已卒,世勣去“世”字,惟名勣。或者尚如古卒哭乃讳欤?

唐王建《牡丹》诗云:“可怜零落蕊,收取作香烧。”虽工而格卑。东坡用其意云:“未忍污泥沙,牛酥煎落蕊。”超然不同矣。

张继《枫桥夜泊》诗云:“姑苏城外寒山寺,夜半钟声到客船。”欧阳公嘲之云:“句则佳矣,其如夜半不是打钟时。”后人又谓惟苏州有半夜钟,皆非也。按于邺《褒中即事》诗云:“远钟来半夜,明月入千家。"皇甫冉《秋夜宿会稽严维宅》诗云:"秋深临水月,夜半隔山钟。"此岂亦苏州诗耶?恐唐时僧寺,自有夜半钟也。京都街鼓今尚废,后生读唐诗文及街鼓者,往往茫然不能知,况僧寺夜半钟乎?

宋文安公《自禁庭谪鄜畤》诗云:"九月一日奉急宣,连忙趋至阁门前。忽为典午知何罪,谪向鄜州更怅然!"盖当时谪黜者,召至阁门受命乃行也。

宋文安公集中有《省油灯盏》诗,今汉嘉有之,盖夹灯盏也。一端作小窍,注清冷水于其中,每夕一易之。寻常盏为火所灼而燥,故速干,此独不然,其省油几半。邵公济牧汉嘉时,数以遗中朝士大夫。按文安亦尝为玉津令,则汉嘉出此物几三百年矣。

祥符中,有布衣林虎上书,真庙曰:"此人姓林名虎,必尚怪者也。"罢遣之。宣和中,有林虎者赐对,徽宗亦异之,赐名于"虎"上加"竹"。然字书初无此字,乃自称"埤箎"之"箎"。而书名不敢增,但作"箎"云。

吴中卑薄,斸地二三尺辄见水。予顷在南郑,见一军校,火山军人也。言火山之南,地尤枯瘠,锄钁所及,烈焰应手涌出,故以"火山"名军,尤为异也。

《楚语》曰:"若武丁之神明也,其圣之睿广也,其治之不疚也,犹自为未艾。"荆公尝摘取"睿广"二字入表语中。蔡京为翰林学士,议神宗谥,因力主"睿广"二字,而忘其出《楚语》也。范彝叟折之曰:"此《楚语》所载,先帝言必称尧、舜,今乃舍六经而以《楚语》为尊号,可乎?"京遂屈。韩丞相师朴亦云:"睿广但可作僧法名耳。"时亦以为名言。

今人谓贝州为甘陵,吉州为庐陵,常州为毗陵,峡州为夷陵，皆自其地名也。惟严州有严光钓濑，名严陵濑。严陵乃其姓字，濑是钓处，若谓之严濑尚可，今俗乃谓之严陵，殊可笑也。

唐质肃公参禅，得法于浮山远禅师。尝作《赠僧》诗云："今日是重阳，劳师访野堂。相逢又无语，篱下菊花黄。"

今人谓娶妇为"索妇"，古语也。孙权欲为子索关羽女，袁术欲为子索吕布女，皆见《三国志》。

元丰间，有俞充者，谄事中官王中正，中正每极口称之。一日，充死，中正辄侍神庙言："充非独吏事过人远甚，参禅亦超然悟解。今谈笑而终，略无疾恙。"上亦称叹，以语中官李舜举。舜举素敢言，对曰："以臣观之，止是猝死耳。"人重其直。

古所谓路寝，犹今言正厅也。故诸侯将薨，必迁于路寝，不死于妇人之手，非惟不渎，亦以绝妇寺矫命之祸也。近世乃谓死于堂奥为终于正寝，误矣。前辈墓志之类数有之，皆非也。黄鲁直诗云："公虚采苹宫，行乐在小寝。"按鲁僖公薨于小寝。杜预谓"小寝，夫人寝也。"鲁直亦习于近世，谓堂为正寝，故以小寝为妾媵所居耳。不然既云"虚采苹宫"，又云"在小寝"，何耶？

王黼作相，其子闳孺作待制，造朝财十四岁，都人目为"胡孙待制"。晋人所谓见何次道，令人欲倾家酿，犹云欲倾竭家赀以酿酒饮之也。故鲁直云："欲倾家以继酌。"韩文公借以作箪诗 云："有卖直欲倾家赀。"王平父《谢先大父赠箪》诗亦云："倾家何计效。"韩公皆得晋人本意。至朱行中舍人有句云："相逢尽欲倾家酿，久客谁能散橐金。"用"家酿"对"橐金"，非也。

钱勰字穆，范祖禹字淳，皆一字。交友以其难呼，故增

“父”字，非其本也。

钱穆父风姿甚美，有九子。都下九子母祠作一巾帼美丈夫，坐于西偏，俗以为九子母之夫。故都下谓穆父为九子母夫。东坡赠诗云：“九子羡君门户壮。”盖戏之也。

保寿禅师作《临济塔铭》云：“师受黄蘗印可，寻抵河北镇州城东，临滹沱河侧小院住持，名临济。其后墨君和太尉于城中舍宅为寺，亦以‘临济’为名。”墨君和名见《唐书》及《五代史》。其事甚详。近见吕元直丞相《燕魏录》载：“真定安业坊临济院，乃昭宪杜太后故宅。”按保寿与临济乃师弟子，不应有误。岂所谓临济院者，又尝迁徙耶？

谢任伯参政在西掖草蔡太师谪散官制，大为士大夫所称。其数京之罪曰：“列圣诒谋之宪度，扫荡无余；一时异议之忠贤，耕锄略尽。”其语出于张文潜论唐明皇曰“太宗之法度，废革略尽；贞观之风俗，变坏无余”也。

吕进伯作《考古图》云：“古弹棋局，状如香炉。”盖谓其中隆起也。李义山诗云：“玉作弹棋局，中心亦不平。”今人多不能解。以进伯之说观之，则粗可见，然恨其艺之不传也。魏文帝善弹棋，不复用指，第以手巾角拂之。有客自谓绝艺，及召见，但低首以葛巾角拂之，文帝不能及也。此说今尤不可解矣。大名龙兴寺佛殿有魏宫玉石弹棋局，上有黄初中刻字，政和中取入禁中。

昭德诸晁谓“婿为借倩”之“倩”，云近世方讹为“倩盼”之“倩”。予幼小不能叩所出，至今悔之。

绍圣、元符之间，有马从一者，监南京排岸司。适漕使至，随众迎谒。漕一见怒甚，即叱之曰：“闻汝不职，正欲按汝，何以不亟去？尚敢来见我耶！”从一皇恐，自陈湖湘人，迎亲窃禄,求哀不已。漕察其语南音也,乃稍霁威云:"湖南亦有司马氏乎?"从一答曰:"某姓马,监排岸司耳。"漕乃微笑曰:"然则勉力职事可也。"初盖误认为温公族人,故欲害之。自是从一刺谒,但称监南京排岸而已。传者皆以为笑。

蔡太师父准,葬临平山,为驼形。术家谓驼负重则行,故作塔于驼峰。而其墓以钱塘江为水,越之秦望山为案,可谓雄矣。然富贵既极,一旦丧败,几于覆族,至今不能振。俗师之不可信如此。

《该闻录》言:"皮日休陷黄巢为翰林学士,巢败被诛。"今《唐书》取其事。按尹师鲁作《大理寺丞皮子良墓志》称:"曾祖日休,避广明之难,徙籍会稽,依钱氏,官太常博士,赠礼部尚书。祖光业,为吴越丞相。父璨,为元帅府判官。三世皆以文雄江东。"据此,则日休未尝陷贼为其翰林学士被诛也。光业见《吴越备史》颇详。孙仲容在仁庙时,仕亦通显,乃知小说谬妄,无所不有。师鲁文章传世,且刚直有守,非欺后世者,可信不疑也。故予表而出之,为袭美雪谤于泉下。

邹忠公梦徽庙赐以笔,作诗记之。未几,疾不起。说者谓"笔"与"毕"同音,盖杜牧梦改名毕之类。

唐小说载李纾侍郎骂负贩者云:"头钱价奴兵。""头钱",犹言"一钱"也。故都俗语云"千钱精神头钱卖",亦此意云。

杨朴处士诗云:"数个胡皴彻骨干,一壶村酒胶牙酸。"《南楚新闻》亦云:"一楪毡根数十皴,盘中犹自有红鳞。"不知"皴"何物,疑是饼饵之属。

白乐天《寄裴晋公》诗云:"闻说风情筋力在,只如初破蔡州时。"王禹玉《送文太师》诗云:"精神如破贝州时。"用白语而加工,信乎善用事也。

挥　麈　录

[宋]王明清　撰

穆　公　　校点

校 点 说 明

《挥麈录》二十卷，包括《前录》四卷、《后录》十一卷、《三录》三卷、《余话》二卷，宋王明清撰。明清(1127—?)字仲言，汝阴(今属安徽合肥)人。孝宗淳熙十二年(1185)以朝请大夫主管台州崇道院，光宗绍熙三年(1192)任行在杂买务卖场提辖官，次年任宁国军节度判官，再次年添差通判泰州，宁宗嘉泰二年(1202)任浙江参议官。事迹见《宋史翼》卷二七、二九，《至元嘉禾志》卷一三等，余嘉锡《四库提要辨证》于其事迹考辨较详。

明清之父王铚毕生致力于《国朝史述》的撰辑。明清自幼耳濡目染，对当代史实饶有兴趣，至弱冠时已能博识"本朝典故，前辈言行"，"在众座中偶举旧事，了了如在目前"。他于孝宗乾道元年(1166)在会稽作《前录》，光宗绍熙五年(1194)在武林作《后录》，宁宗庆元元年(1195)在泰州作《三录》，庆元二年或三年作《余话》(地点不详)，前后历时三朝三十余年。书中记叙作者历年来的所见所闻，其中虽有小说家言，但仍以史料居多，反映了当时社会尖锐的民族矛盾和朝廷内部矛盾；既详细记录了像岳飞、王禀、徐徽言等坚持抗战、不惜牺牲的民族英雄，也对大奸臣高俅、秦桧作了无情、彻底的揭露和批判。正因为作者力求持正论，详故实，不失史法，故书中史料多为当时的史家和史书，如李心传的《建炎以来系年要录》、实录院编修的《高宗实录》所采用。

《挥麈》四录因是分别成书，故前三录最初各自单独刊行，至《余话》成书后方有合刻本。今北京图书馆藏有宋龙山书堂刻四录全本,后世之《津逮秘书》本、《学津讨原》本和《四部丛刊续编》本等皆出自该宋本。此次校点,以《四部丛刊续编》本为底本,校以《津逮秘书》本及其他有关资料。凡底本有误者,皆据校本改正,不出校记。

目　录

目 录

挥麈第三录

卷之一

挥麈后录余话

卷之一

挥麈前录卷之一

1 唐《明皇实录》云："开元十七年秋八月,上降诞之日,大置酒合乐,燕百僚于华萼楼下。尚书左丞相源乾曜、右丞相张说率百官上表,愿以八月五日为千秋节,著之甲令,布于天下,咸使燕乐,休假三日。诏从之。"诞日建节,盖肇于此。天宝七载八月己亥,诏改为天长节。其后肃宗以九月三日生,为地平天成节,史不书日。文宗以十月十日生,为庆成节。武宗六月十二生,为庆阳节。懿宗十月二日生,为延庆节。僖宗八月五日生,为应天节。昭宗二月二十二日生,为嘉会节。哀帝十月三日生,为延和节。梁太祖十月二十一日生,为大明节。末帝九月十二日生,为明圣节。后唐明宗九月九日生,为应圣节。晋高祖二月二十八日生,为天和节。出帝六月二十七日生,为启圣节。后汉高祖二月四日生,为圣寿节。隐帝三月七日生,为嘉庆节。周太祖七月二十八日生,为永寿节。世宗九月二十四日生,为天清节。恭帝八月四日生,为天寿节。本朝太祖二月十六日生,为长春节。太宗十月七日生,为乾明节,后改为寿宁节。真宗十二月二日生,为承天节。仁宗四月十四日生,为乾元节。英宗正月三日生,为寿圣节。神宗四月十日生,为同天节。哲宗十二月七日生,避僖祖忌辰,以次日为兴龙节。徽宗十月十日生,为天宁节。钦宗四月十三日生,为乾龙节。太上皇五月二十一日生,为天申节。今上皇帝十月二十二日生,为会庆节。而章献明肃皇后正月八日生,为长宁节;宣仁圣烈皇后七月十六日生,为坤成节,以尝临朝故耳。五代诸君节名不见于正史,以郑向《开皇记》考得之。唐代宗十月十三日天兴节,见令狐绹文集中。唐顺宗圣寿节,见于齐抗《会稽舍宅为寺碑》。后唐清泰帝正月二十三日千春节,见于《五代史·晋家人传》。近董令升作《诞圣录》,惜乎未尽也。

　　2　祖宗神御像设在南京则鸿庆宫,西京则奉先寺之兴先、会先。会圣宫之降真殿,扬州曰彰武,滁州曰端命,河东曰统平,凤翔曰上清太平宫。及真宗亲征北郊,封泰山,祀汾阴,则有澶渊之信武,嵩山崇福之保祥,华阴云台之集真。乾德六年,即都城之南,安陵之旧域,建奉先资福院,为庆基殿,以奉宣祖。艺祖则太平兴国之开先。太宗则启圣之永隆。至大中祥符中,建景灵宫天兴殿,以奉圣祖。其后真宗之奉真,仁宗之孝严,英宗之英德,皆在其侧也。又有慈孝之崇真,万寿之延圣,崇先之永崇,以奉真宗母后。章献明肃在崇真之旁,曰章德。章懿在奉先之后,曰广孝。章惠在延圣之后,曰广爱。在普安者二:元德曰隆福,明德、章穆曰重徽。元丰中,神宗以献飨先后失序,地偏且远,有旷世不及亲祠者,乃诏有司:神御之在京师,寓于佛祠者,皆废彻而迁之禁中,繇英德而上,五世合为一宫,凡十一殿,以世次列东西序。帝殿一门列戟七十二。殿之西庑,绘画容卫,公王名将,罗立左右。内有燕寝温清之室,玩好毕陈。而母后居其北。改庆基曰天元,后曰太始。开先曰皇武,后曰俪极。永祉曰定大,后曰辉德。奉真曰熙文,后曰衍庆。孝严曰美成,后曰继仁。英德曰治隆。其便殿十一:曰来宁,曰燕娭,曰灵游,曰凝神,曰天游,曰泠风,曰太灵,曰丹台,曰灵昆,曰昭清。以五年十一月奉安帝后塑像于新宫,大赦天下。绘像侍臣于后。元祐初,即治隆之后宣光殿以奉神宗。绍圣初,辟宫之东隅为显承殿,以宣光殿故址为徽音殿,以奉宣仁圣烈。建中靖国元年,诏以显承介于一偏,庙号未称,于是度驰道之西,东直大定,南北广袤地势,并撤省寺,创为西宫,建大明殿以奉神宗,为馆御之首。涓日迁奉亲祠,永为不祧之庙,以示推崇之意。曲赦四畿,录功臣后,如元丰故事云。

3 西京应天寺本后唐夹马营,大中祥符二年,以太祖诞圣之地建寺锡名。东京启圣院,本晋护圣营,以太宗诞圣之地,太平兴国六年建寺,雍熙二年寺成,赐名。二寺皆奉祖宗神御。英宗以齐州防御使入继大统,治平二年建齐州为兴德军。熙宁八年八月,诏潜邸为佛寺,以本镇封赐名兴德禅院,仍给淤田三十顷。

4 开基节建名,世多无知者。建炎初,尝诏:"如后来所立元圣、真元节名之类,除开基节外,悉皆罢去。"始知为未久。因考建中以后诏旨,政和二年,南京鸿庆宫道士孟若蒙进状言:"本宫每遇正月初四日为创业之日,修设斋醮,乞置节名,以永崇奉。"诏从其请。近见曾仲躬云:"若蒙亦能诗。文清作南京少尹日,尝与之游。乱后复会于三衢。绍兴间,若蒙又以前绩自陈。时秦会之当轴,令敕住临安府天庆观,非其所欲,拂衣而归,老于衢云。"仰惟太上皇帝中兴再造,复在南都,符命岂偶然哉。

5 太祖皇帝朝,尝诏重修先代帝王祠庙,每庙须及一百五十间以上,委逐州长吏躬亲点检,索图赴阙,遣使覆检。令太常礼院重定配享功臣,检讨仪相,画样给付。女娲祠在晋州,书传无功臣可配。太昊以金提、勾芒配,祠在陈州。炎帝以祝融配,祠在衡州。黄帝以后土、风后、力牧配,祠在坊州。

高阳以玄冥配,祠在澶州。高辛以稷配,祠在宋州。唐尧以司徒卨配,祠在郓州。虞舜以咎繇配,祠在道州。夏禹以伯益配,祠在越州。商帝、成汤以伊尹配,祠在河中府。中宗太戊以伊陟、臣扈配,祠在大名府。高宗帝武丁以甘盘、傅说配,祠在陈州。周文王以师鬻熊配,武王以召公配,成王以周公旦、唐叔、虞叔配,康王以太公、毕公配,秦始皇帝以李斯、蒙恬、王翦配,汉高帝以萧何配,文帝以周勃、陈平、刘章、宋昌配,景帝以周亚夫、窦婴、申屠嘉、晁错配,武帝以公孙弘、卫青、霍去病、金日磾、霍光配,宣帝以丙吉、魏相、霍光、张安世配,以上十帝并祠在长安。后汉世祖以邓禹、吴汉、耿弇、贾复配,明帝以东平王苍、桓荣配,章帝以牟融、赵意、宋安配,以上三庙并在河南府。魏武帝以钟繇、荀攸、程昱配,庙在相州。文帝以贾诩、王朗、曹真、辛毗配,晋武帝以羊祜、张华、王濬、杜预配,二庙在河南府。后魏孝文帝以王祥、王肃、长孙晟配,后周文帝以宇文宪、苏绰、燕公于谨、卢辩配,二庙在耀州。隋高祖以牛弘、高颎、贺若弼配,庙在凤翔府。唐高祖以河间王孝恭、殷开山、刘政会、淮南王神通配,庙在耀州。太宗以长孙无忌、房玄龄、杜如晦、魏徵、李靖配,庙在京兆府。明皇以张说、郭元振、王琚配,庙在河中府。肃宗以苗晋卿、裴冕配,庙在京兆府。宪宗以裴度、杜佑、李愬配,庙在同州。宣宗以夏侯孜、白敏中、马植配,庙在耀州。朱梁太祖以刘郓、敬翔、葛从周、袁象先配,后唐庄宗以郭崇韬、李嗣昭、符存审配,明宗以霍彦威、安重进、任圜配,石晋高祖以桑维翰、赵莹配,以上并在河南府。皆著之仪制。是时吴、蜀未平,六朝帝庙阙而不载。

　　6　本朝曹武惠配享太祖,武穆配享仁宗,韩忠献配享英宗,文定配享徽宗。父子配享,自昔所无也。

7　明清侧闻绍兴初,刘大中以监察御史宣谕诸路回,宰臣以其称职,拟除殿中侍御史。太上皇帝云:"且令除秘书少监。"宰臣启其所以,太上曰:"大中所至多兴狱,尚有未决者。一除言路,外方观望,恐累及无辜。"德寿之号,称哉。后因阅《会要》,恭睹宏休,恐中秘之书,臣下莫得而悉窥,今载其略。绍兴三年四月十六日,知藤州侯彭老言:"本州卖盐宽剩钱壹万贯文省,买到金一百六十余两,银壹千八百两投进。"诏:"纵有宽剩,自合归之有司,非守臣所当进纳。或恐乱有刻剥,取媚朝廷。侯彭老可特降一官,放罢,以惩妄作。所进物退还。"绍兴十三年四月一日,宰执进呈前广南东路转运判官范正国言:"本路上供及州郡经费,全仰盐息应办。比因全行客钞,遂或阙乏,欲自今本路州郡凡属屯驻兵马去处,许依客人买钞请盐,各就本州出卖,所得息钱,专充军费。"上曰:"法必有弊然后改。未见其弊,遽先改,非徒无益,必致为害。凡法皆然,不独盐也。"又建炎元年十月十二日,宰执诣御舟御榻前奏事讫,上曰:"昨日有内侍自京师赍到内府真珠等物一二囊,朕投之汴水矣。"黄潜善曰:"可惜! 有之不必弃,无之不必求。"上曰:"太古之世,椎玉毁珠,小盗不起。朕甚慕之,庶几求所以息盗尔。"四年三月七日,宰执进呈宣抚处置使奏:"大食国进奉珠玉宝贝等物,已至熙州。"上曰:"大观、宣和间,茶马司川茶不以博马,唯市珠玉,故马政废阙,武备不修,遂致胡虏乱华,危弱之甚。今若复捐数十万缗,贸易无用珠玉,曷若爱惜其财,以养战士? 不若以礼赠而谢遣之。"乃降旨宣司,并不得受,令量度支赐,以答远人之意。绍兴元年三月二十二日,荆湖南路马步军副总管孔彦舟言:"于潭州州城莲池内收得玉一片,堪篆刻御宝,乞差人宣取。"诏:"御宝已足备,兼自艰难以来,华靡之物，一无所用。令彦舟不须投进。"此与夫却千里马、还于阗玉，适相符合，诚帝王之盛德也。

8　《李和文遗事》云："仁宗尝服美玉带，侍臣皆注目。上还宫，谓内侍曰：'侍臣目带不已，何耶？'对曰：'未尝见此奇异者。'上曰：'当以遗虏主。'左右皆曰：'此天下至宝，赐外夷可惜。'上曰：'中国以人安为宝，此何足惜！'臣下皆呼万岁。"

9　《和文遗事》又云："其家书画最富。有吴道子《天王》，胡瓌《下程图》，唐净心《须菩提》，黄居寀《竹鹤》，孙知微《虎》，韩幹《早行图》、《梅鸡》，传古《龙》，江南画《佛》，唐希雅《竹》，李成《山水》，唐画《公子出猎图》，黄居寀《雕狐图》，黄筌《雨中牡丹》，李思训设色山水，周昉《按舞》、《折支杏花》，徐崇嗣没骨《芍药》，江南《草虫》、独幅山水，黄筌《金盆鹁鸽》、《大寒山茶》。书有怀仁真迹，集右军《圣教序》，贞观《兰亭诗叙》，右军《山阴帖》、《乐毅论》，颜鲁公书《刘太冲序》，皆冠世之宝。"

10　熙宁八年四月，岐王颢、嘉王頵言："蒙遣中使赐臣方团玉带各一条，准阁门告报，著为朝仪。臣等乞宝藏于家，不敢服用。"上命工琢玉带以赐二王，二王固辞，不听。请加佩金鱼以别嫌，诏并以玉鱼赐之。玉带为朝仪始于此。

11　北齐显祖高祥、晋阳公李元忠、南齐竟陵王萧子良、隋长孙览，俱谥文宣，孔子盖出四谥之后。大中祥符元年，始加"玄圣"二字，后避圣祖讳，易为"至圣"。熙宁中，欲加谥"至神元圣帝"，礼官李邦直以谓夫子周臣也，周室诸君止称王，执以为不可。卒从其议。

12　元魏献文欲置学官于郡国，高允表请制大郡立博士二人，助教四人，学生一百人；次郡立博士二人，助教二人，学生八十人；中郡立博士一人，助教二人，学生六十人；下郡立博士一人,助教一人,学生四十人。其博士取博关经典,履行忠清,堪为人师者,年限四十以上;助教亦与博士同年,限四十以上。若道业夙成,才任教授,不拘年齿。学生取郡中清望,人行修谨,堪循名教者,先尽高门,次及中第。帝从之。郡国立学自此始,事载允传。本朝高承纂《事物纪原》,自谓博极,而不取此,何耶?

13　唐高宗改门下省为东台,中书省为西台,尚书省为文昌台,故御史台呼为南台。赵璘《因话录》云:"璘又云:武后朝,御史有左右肃政之号,当时亦谓之左台、右台。"则宪台未曾有东台、西台之称。明清尝记张鷟《朝野金载》对天后为戏语云"左台胡御史,右台御史胡"是也。本朝李建中为分司西京留司御史,世以西台目之。李栖筠为御史大夫,不乐者呼为"栖台",盖斥其名也。

14　明清五世祖拾遗,开宝八年以近臣荐,自布衣召对,讲《易》于崇政殿,然后命官。崇政殿说书之名肇建于此。行事具载《三朝国史》。

15　太祖皇帝以归德军节度使创业,升宋州为归德府,后为应天府。太宗以晋王即位,升并州为太原府。真宗以寿王建储,升寿州为寿春府。仁宗以升王建储,升建业为江宁府。英宗以齐州防御史入继,以齐州为兴德军。神宗自颍王升储,以汝阴为顺昌府。哲宗自延安郡王升储,升延州为延安府。徽宗以端王即位,升端州为肇庆府。钦宗自定王建储,前已升中山府。太上以康王中兴,升康州为德庆府。今上以建王建储,升建安为建宁府。宣和元年六月,邢州民董世多进状,以英宗尝为钜鹿郡公;又知岳州孙鼹进言:英宗尝为岳州防御使。诏加讨论,时邢州已升安国军,遂以邢州为信德府,岳州为岳阳军。是岁十月，又诏以列圣潜邸所领地，再加讨论，以真宗尝为襄王，升襄州为襄阳府；仁宗尝为庆国公，以庆州为庆阳府；英宗尝为宜州刺史，以宜州为庆远军；神宗尝为安州观察使，以安州为德安府，又尝为光国公，以光州为光山军；哲宗尝为东平军节度使，以郓州为东平府，又尝为均国公，以均州为武当军；徽宗尝为宁国公，以宁州为兴宁军。其后又以徽宗尝为平江、镇江军节度使，并升为府；又以太宗昔尝为睦州防御使，升睦州为遂昌军。今上皇帝即位之初，升隆兴、宁国、常德、崇庆诸府，皆以潜藩拥戏之地也。

16　英宗在濮邸，与燕王宫族人世雄厚善。两家各生子，同年月日时。是生神宗，而世雄之子令铄也。神宗后即帝位，令铄进士及第，为本朝宗室登科第一。

17　国朝承五代抢攘之后，三馆有书仅万二千卷。乾德以后，平诸国所得浸广。太宗乡儒学，下诏搜访民间，以开元四部为目，馆中所阙及三百已上卷者，与一子出身。端拱元年，分三馆之书，别为书库，目曰“秘阁”。真宗咸平三年，诏中外臣庶家，有收得三馆所少书籍，每纳一卷给千钱。送判馆看详，委是所少书数，及卷秩别无差误，方许收纳。其所进书及三百卷以上，量才试问，与出身。又令三馆写四部书二本，一置禁中龙图阁，一置后苑之太清楼，以便观览。八年，荣王宫火，延燔三馆，焚爇殆遍。于是出禁中本，就馆阁传写，且命儒臣编类雠校。校勘、校理之官始于此也。嘉祐五年，又诏中外士庶，许上所阙书，每卷支绢一匹；及五百卷，特与文资。元丰中，建秘书省，三馆并归省中，书亦随徙。元祐中，重写御前书籍，又置校对黄本，以馆职资浅者为之。又置重修晋书局。不久皆罢去。宣和初，蔡攸提举秘书省，建言置补御前书籍所，再访天下异书,以资校对。以侍臣拾人为参详官,余为校勘。又以进士白衣充检阅者数人,及年皆命以官。未毕,而国家多故,靖康之变,诸书悉不存。太上警跸南渡,屡下搜访之诏,献书补官者凡数人。秦熺提举秘书省,奏请命天下专委守臣,又有旨录会稽陆氏所藏书上之。今中秘所藏之书,亦良备矣。

18　承平时,士大夫家如南都戚氏、历阳沈氏、庐山李氏、九江陈氏、番阳吴氏,俱有藏书之名,今皆散逸。近年所至郡府多刊文籍,且易得本传录,仕宦稍显者,家必有书数千卷,然多失于雠校也。吴明可帅会稽,百废具举,独不传书。明清尝启其故,云:"此事当官极易办。但仆既簿书期会,宾客应接,无暇自校。子弟又方令为程文,不欲以此散其功。委之它人,孰肯尽心? 漫盈箱箧,以误后人,不若已也。"

19　绍兴初,昭慈圣献皇后升遐,外祖曾公公卷以江东漕兼摄二浙应办,用元符末京西漕陈向故事也。朝论欲建山陵,外祖议以谓:"帝后陵寝,今存伊、洛。不日复中原,即归祔矣。宜以欑宫为名。"金以为当,遂用之。陈向权漕事,见汪彦章所撰《徐丞相夫人陈氏墓志》。夫人,向之女也。

20　绍兴戊午,徽宗梓宫南归有日,秦丞相当国,请以永固为陵名。先人建言:"北齐叱奴皇后实名矣,不可犯。且叱奴,夷狄也,尤当避。"秦大怒,几蹈不测。后数年,卒易曰永祐。

挥麈前录卷之二

21　祖宗朝重先代陵寝，每下诏申樵采之禁，至于再三。置守冢户，委逐处长吏及本县令佐常切检校，罢任有无废阙，书于历子。太昊葬宛丘，在陈州。炎帝葬长沙，在潭州。黄帝葬桥山，在上郡，今坊州界。高阳葬临河县故城东。高辛葬濮阳顿丘城南台阴城，唐尧葬城阳榖林，今郓州界。舜葬零陵郡九疑山，今永州界。女娲葬华州界。夏禹葬会稽山，今越州会稽县。商汤葬宝鼎县。周文王、武王并葬京兆府咸阳县界。汉高祖葬长陵，在耀州安北。后汉世祖葬原陵，在洛阳县界。唐高祖葬献陵，在耀州三原县东。太宗葬昭陵，在醴泉县北九嵏山。以上十六帝各置守陵五户，每岁春秋祠，御书名祝板，祭以太牢。诸处旧有祠庙者，亦别祭飨。商中宗帝太戊葬内黄县东南阳，武丁葬西华县北。周成王、康王皆葬毕，在咸阳县界。汉文帝葬霸陵，在长安东南。宣帝葬杜陵，在长安南。魏武帝葬高陵，在邺县西。晋武帝葬峻阳陵，在洛阳。后周太祖、文帝葬成陵，在耀州富平县。隋高祖、文帝葬太陵，在武功县。以上十帝，置三户，岁一飨以太牢。秦始皇帝葬昭应县。汉惠帝葬安陵，景帝葬阳陵，在长安东北。武帝葬茂陵，在长安西。后汉明帝葬显节陵，章帝葬敬陵，并在洛阳东南。魏文帝葬首阳陵，在偃师县。后魏孝文帝葬永宁陵，在富平县。唐明皇泰陵、宪宗景陵俱在奉天县。肃宗建陵，葬醴泉县。宣宗正陵，在云泉县。朱梁太祖葬兴极陵，在伊阙县。后唐庄宗，葬伊陵,在新安县。明宗葬徽陵,在洛阳东北。石晋高祖葬显陵,在寿安县。以上十五帝,各置守陵两户,三年一祭,以太牢。凡祭祀,皆令长吏行礼。所用太牢,以羊代之。陵户并以陵近小户充除,二税外,免诸杂差徭。周桓王葬渑池县东北。灵王葬河南县柏亭西周山上。景王葬洛阳城中西北隅。前汉元帝葬渭陵,在长安县。成帝葬延陵,在咸阳县。哀帝葬义陵,在扶风。平帝葬康陵,在长安县北。后汉和帝葬慎陵,茔中庚地。安帝葬恭陵,在长安西北。顺帝葬顺陵,冲帝葬怀陵,并在洛阳西。质帝葬静陵,桓帝葬宣陵,并在洛阳东。灵帝葬文陵,在洛阳西北。献帝葬禅陵,在渭城北。魏明帝葬高平陵,在河清县。高贵乡公葬洛阳瀍、涧之滨,陈留王葬王原陵,在邺西。晋惠帝葬太阳陵,在洛阳。魏文帝葬富平县东南。东魏孝静帝葬邺。唐高宗乾陵,睿宗桥陵,穆宗光陵,僖宗靖陵,并葬奉天县。中宗定陵,代宗元陵,顺宗丰陵,文宗章陵,懿宗简陵,并葬富平县。德宗崇陵,敬宗庄陵,武宗端陵,并葬三原县。昭宗和陵,葬河南缑氏县。梁末帝葬伊阙县。后唐□□□□□□□□□□末帝□□□□□□□□葬明宗陵内。以上三十八帝,常禁樵采。此乾德四年十月诏也,著于甲令。其后又诏:曾经开发者,重制礼衣常服棺椁,重葬焉。东晋以降,六朝陵寝多在金陵、丹阳之间,皆可考识,而制书不载者,当时江左未平故耳。先子尝纂《历代陵名》,自汉高帝建名以来,虽后妃、追崇、僭霸,无有遗者,今行于世。

22 国朝百官致仕:庶僚守本官,以合迁一官回授;任子、侍从,仍转一官;宰执换东宫官。熙宁初,欧阳文忠公始以太子少师带观文殿学士致仕,示特恩也。故谢表云:"道愧师儒,乃忝春宫之峻秩；身居畎亩，犹兼书殿之隆名。"自是以为例。

23　国朝侍从以上，自有寄禄官，如左右正言、二史、给谏、吏礼部郎中之类是也。若庶僚曾经饰擢，至于杂流，甄叙悉皆有别。一见刺字，便知泾渭。元丰官制既行，混而为一，故王荆公有"流品不分"之语。

24　旧制：如侍从致仕、转官、遗表赠四官，皆自其合迁官上加之。今则寄禄官至升朝转赠，仅止员郎而已。

25　蒲传正在翰林，因入对，神宗曰："学士职清地近，非它官比，而官仪未宠，自今宜加佩鱼。"遂著为令。见于《神宗实录》。东坡先生《谢人翰林表》曰："玉堂赐篆，仰淳化之弥文；宝带重金，佩元丰之新渥。"中书舍人系红鞓犀带，自叶少蕴始，见姚令威《丛语》，而石林自记却不及。旧假服色，不佩鱼，崇宁末，王照尚书详定敕令启请，许之，自是为例。仍许入衔，具载诏书。其后以除敕中不载，多不署"鱼袋"二字。

26　国朝凡登从班，无在外闲居者。有罪则落职。归班亦奉朝请，或黜守偏州，甚者乃分司安置，不然则告老挂冠。熙宁间，始置在外宫观，本王荆公意，以处异论者。而荆公首以观使闲居钟山者八年。

27　官制后，惟光禄大夫及中散、朝议二大夫分左右，增磨勘而已，初非以科第也。元祐间，范忠宣当国，始带左右，绍圣初罢去。事见常希古奏疏。大观二年，又置中奉、奉直二大夫，彻中散、朝议左右字。绍兴初，枢密院编修官杨愿启请，再分左右。自是以出身为重。

28　前宰相为枢密使者，宋元宪、富郑公、文潞公、陈秀公。宣和二年，郑华原以故相领院事。绍兴七年，秦师垣亦以前揆拜枢密使，未几复登庸。近岁张魏公亦然。李邦直、许冲元、曾令绰、韩师朴为二府,后皆再人为尚书,然不久复柄用。
惟令绰竟止八座。

29　旧制:枢密使知枢密院,奏荐子弟,皆补班行。故富
郑公之子绍京、文潞公之子贻庆,皆 补阁门祗候。元丰后方授
文资。

30　神宗朝诏枢密院编修《经武要略》,以都承旨张诚一
提举。诚一,武臣也,乞差编修官二员。时王正仲、胡完夫为
馆职,诏令兼之。是夕忽御批提举改作管勾。诘朝,执政启上
所以,上云:"已差馆职编修,岂可令武臣提举?"而枢密院编修
自此始也。

31　枢密院旧皆武臣,如都承旨亦然。国初二曹俱尝为
之。熙宁中,王荆公怒李评,罢去,命曾令绰为都承旨,自是方
文武互用矣。

32　仁宗以大中祥符七年由庆国公出阁。隆兴初,汤特
进封庆国公,明清尝以故事启之,遂上章辞不敢受,改封荣国
公。王将明、白蒙亨宣和间皆封庆公而不辞,岂一时忘之耶?

33　政和中,诏天下州县官皆带提举,管勾学事。时姚麟
以节度使守蔡州,建言乞免系阶,朝廷许之。靖康初除去。绍
兴中复增,但改庶官为主管。时孟信安仁仲来帅会稽。先人
寓居,孟氏与家门契分甚厚,仁仲以兄事先人,人境语先人云:
"忠厚与秦会之虽为僚婿,而每怀疑心。今省谒横宫,先人朝
然后开府,从兄求一不伤时忌对札。"先人举此,仁仲太喜,为
援麟旧请草牍以上,奏入即可。寻又降旨。自此武臣帅守,并
免人衔,行之至今。

34　国朝范鲁公质、王文献溥、魏宣懿仁浦秉钧史馆、昭文、
集贤,三相俱全。太宗初即位,薛文惠居正、沈恭惠伦、卢大戎

多逊，真宗咸平二年，李文靖沆、向文简敏中、吕文穆蒙正，仁宗至和二年，刘文忠沆、文潞公彦博、富韩公弼，元祐初，司马温公为左仆射，文潞公平章军国重事，吕正献平章军国事，皆三相也。至三年，温公薨，文、吕二公在位，而吕汲公大防、范忠宣纯仁为左右仆射，殆四相，然不久也。

35　本朝宰相兼公师者，范鲁公、王文献、赵韩王、薛文惠、王文贞、丁晋公、冯文懿、王文公、吕文靖、韩忠献、曾宣靖、富韩公、文潞公、吕正献、蔡师垣、秦师垣、陈鲁公而已。余皆罢政后方拜。近日惟张魏公自外以少傅再拜右揆。

36　本朝三人相者，赵韩王、吕文穆、文靖、张邓公、文潞公。蔡元长虽四人而不克有终。

37　国朝自外拜相者，文潞公、韩康公、章子厚。近年陈鲁公亦旷典也。

38　元符末，曾文肃自知枢拜相，公弟文昭为翰林，锁宿禁中，面对喻旨草麻，文昭力辞。上云："弟草兄麻，太平美事。禁中已检见韩绛故事矣，不须辞。"文昭始拜命。盖熙宁初，韩康公入相，实持国当制。国朝以来，两家而已。《金坡遗事》载钱希白为文僖草麻，虽云仪同钧衡，实未尝秉政也。是时，母氏年九岁，偶至东府门外观阅，归告文肃云："翁翁明日相矣。适见快行家宣叔翁入内甚急，以是逆料。"已而果然。

39　国朝宰相享耆寿者：宋惠安八十，张邓公八十六，陈文惠八十二，富文公八十一，杜祁公八十，宋元献七十九，李文定七十七，曾宣靖八十，庞颖公七十六，苏丞相八十二。文潞公虽至九十四而薨贬秩中。蔡师垣亦八十，晚节拘籍南迁，殂于中路，不得全有富贵考终。

40　本朝名公多厄于六十六。韩忠献、欧阳文忠、王荆公、苏翰林,而秦师垣复获预其数。吕正惠、吕文穆亦然。

41　本朝宰相登庸年少者,常山《春明退朝录》备见之,然无逾近岁范觉民丞相,廷告日方三十一,但寿止三十七。其后张魏公入相,亦未四十,且太夫人康健;罢相之后,迁谪居外几二十年,后虽入,竟不拜元宰。

42　国朝身为宰相,寿考康宁,再见其子入政府者,惟曾宣靖一人而已。

43　吕文穆相太宗。犹子文靖参真宗政事,相仁宗。文靖子惠穆为英宗副枢,为神宗枢使;次子正献为神宗知枢,相哲宗。正献孙舜徒为太上皇右丞。相继执七朝政,真盛事也。

44　本朝一家为宰执者,吕氏最盛,既列于前矣。父子兄弟者:韩忠宪亿,子康公绛、黄门维、庄敏缜。范文正仲淹,子忠宣纯仁、左辖纯礼。石元懿熙载,子文定中立。吕参政余庆,弟正惠端。陈参政恕,子恭公执中。曹武惠彬,子武穆玮。任安惠中师,弟康懿中正。张参政泊,孙左辖璪。王惠献化基,子安简举正。陈文忠尧叟,弟文惠尧佐。王文献溥,孙康靖贻永。章文献得象,从孙壮恪楶、丞相惇。王枢密博文,子忠简畴。吴正肃育,弟正惠充。曾宣靖公亮,子枢密孝宽。韩魏公琦,子文定忠彦、曾孙枢密肖胄。胡文恭宿,侄左丞宗愈。张荣僖耆,曾孙忠文叔夜。梁懿肃适,孙中书子美。蔡忠怀确,子枢密懋。林文节希,从子中书摅。蔡太师京,子枢密攸。邓枢密洵武,弟左辖洵仁。近日如钱参政端礼之于文僖,史签书才、从子丞相浩,亦一家。而洪右相适、枢密遵为伯仲,数十年未尝见也。王文公安石、弟左辖安礼,富韩公弼、孙知枢直柔。

45　韩循之奉常治之妻鲁国太夫人文氏,潞公之孙,魏公之孙妇,仪公之冢妇,吕惠穆之外孙,鲁简肃之外曾孙,吕文靖之曾外孙。身见其子肖胄为枢密，婿郑亿年为资政殿大学士，仪同执政。他子与孙，俱被饰擢。寿隃八秩，妇人中罕有，唐张延赏、苗夫人可俪之也。

46　钱武肃镠自唐乾宁中尽有二浙之地，享国五世。至忠懿王俶以版图来归，改封邓国王，子弟皆换节旄。其后第十四子文僖惟演以文章进仕昭陵为枢密使。文僖子次对暄，次对子景臻尚荼鲁公主，位至少保，生子伯诚忱，亦至少师，它子悉建节。伯诚子处和端礼，今参知政事。忠懿兄废王倧之子希白易。希白子修懿明逸、子飞彦远兄弟，对掌内外制；父子又中大科。子飞子穆绲元祐中入禁林。穆子逊叔伯言至枢密直学士。他位显庸尚多。虽间有以肺腑进，然富贵文物，三百年相续，前代所未见也。

47　晏元献夫人王氏，国初勋臣超之女，枢密使德用之妹也。元献婿，富郑公也。郑公婿冯文简。文简孙婿蔡彦清、朱圣予。圣予女适滕子济。俱为执政。元献有古砚一，奇甚，王氏旧物也。诸女相授，号传婿砚，今藏滕氏。朱之孙女适洪景卢，近又登二府，亦盛事也。又有古犀带一，亦元献旧物，今亦藏滕氏，明清尝于子济子珙处见之。

48　本朝居政府在具庆下者，王文献、卢大戎、包孝肃、张文孝、吴长文、吴正肃、吕吉父、章子厚、安厚卿、冯彦为、曾令绰、王彦霖、李士美、王将明、蔡居安、林彦振、王元忠。

49　本朝状元登庸者，吕文穆、李文定、王文正、宋元宪。故诗人有云："皇朝四十三龙首，身到黄扉止四人。"王文安览之不悦。后数十年，李士美、何文缜亦以廷魁至鼎席。

50　唐朝世掌丝纶，以为美谈。而本朝以来，兄弟居禁林者：窦可象仪、筠望之俨。宋元宪、景文。王荆公、和父。韩康

公、持国。苏翰林、子由。曾文肃、文昭。蔡元长、元度。邓子
裳、子文。张康伯、宾老。宇文仲达、叔通。父子则李文正、昌
武。晁文元、文庄。梁翰林固、懿肃适。蔡文忠、仲远延庆。钱
希白、子飞。苏仪甫、子容。一家则张尚书泊、唐公璪、邃明璪。
范蜀公、子功、淳父、元长，而淳父、元长又父子也。钱氏又有
纯老、穆父焉。叶道卿、少蕴。而蔡君谟之于元长兄弟，亦一
族也。外制则前人俱尝掌之，惟曾南丰与文昭、文肃兄弟三人
焉。孔经父、常父，刘邠父、赣父，与从子少冯又对掌内外制
也。近日于洪忠宣父子间再见之。

51　雍孝闻，蜀士之秀也。元符末，有声太学，学者推重
之。崇宁初，省试奏名第一。前此屡上封事剀切，九重固已默
识其名。至是，殿策中力诋二蔡及时政未便者，徽宗大怒，减
死窜海外。宣和末，上思其忠，亲批云："雍孝闻昨上书致罹刑
辟，忠诚可嘉。特开落过犯，授修武郎阁门宣赞舍人。"命敓而
孝闻死矣。于是录其子子纯为右选。绍兴初，从张魏公入蜀，
魏公令属赵喆军中。喆诛，子纯坐编管。既死，魏公怜之，复
致其子安行一官。绍兴间，以告讦流岭外，不知所终。三世俱
以罪废，与前所纪诸家不侔，然亦不幸也。

52　唐朝崔、卢、李、郑及城南韦、杜二家，蝉联珪组，世为
显著。至本朝绝无闻人。自祖宗以来，故家以真定韩氏为首，
忠宪公家也。忠宪诸子，名连糸字，康公兄弟也。生宗字。宗
生子，名从玉字。玉生子，从日字。日生元字。元生子，从水
字，居京师，廷有桐木，都人以桐树目之，以别"相韩"焉。"相
韩"则魏公家也。魏公生仪公兄弟，名连彦字。彦生子，名从
口字。口生子，从胄字。胄之子，名连三画，或谓魏公之命，以
其名琦字析焉。东莱吕氏，文穆家也。文穆诸子，文靖兄弟

也,名连简字。简字生公字,公字生希字,希字生问字,问字生中字,中字生大字,大字生祖字。河内向氏,文简公家也。文简诸子,名连传字。传字生子,从糸字。糸字生,从宗字,钦圣宪肃兄弟也。宗字生子字,子字生水字,水字生土字,土字生公字。两浙钱氏,文僖兄弟名连惟字。惟字生日字,日字生景字,景字生心字,心字生之字,在长主孙则连端字,赐名也。曹武惠诸子,名连玉字。玉字生人字,慈圣光献昆季也。人字生言字,言字生日字,日字生水字,水字生糸字。高武烈诸子连遵字,遵字生士字,宣仁圣烈兄弟也。士字生公字,公字生世字,世字生之字。晁文元诸子名连宗字,文庄兄弟也。宗字生仲字,仲字生端字,端字生之字,之字生公字,公字生子字。李文定本甄城人,既徙京师,都人呼为"濮州李家"。李文和居永宁坊,有园亭之胜,筑高楼临道边,呼为"看楼李家"。李邯郸宅并念佛桥,以桥名目之。陈文惠居近金水门,以门名目之。王文贞手植三槐于廷,都人以"三槐"表之。王文正本北海人,以"青州王氏"别之。王景彝居太子巷,以巷名目之。王审琦太师九子,以"九院"呼之。张荣僖以位显名,以"侍中家"目之。贾文元居厢后,宋宣献居宣明坊,亦以巷名目之。宋元献兄弟,安陆人,以"安州"表。以上数家,派源既繁,名不尽连矣。在江南则两曾氏,宣靖与南丰是也。曾文清兄弟亦以儒学显,又二族矣。三苏氏:太简、仪父、明允。两范氏:蜀公与文正是也。若莆田之蔡,白沙之萧,毗陵之胡,会稽之石,番阳之陈,新安之汪,吴兴之沈,龙泉州之鲍,皆为今之望族。而都城专以戚里名家又数家,不能悉数也。

53　建州浦城,最为僻邑,而四甲族皆本县人。杨氏则起于文庄,章氏则肇自郇公,盖练夫人、孙夫人阴德,世多传焉。

黄氏本于子思,陈氏本于秀公。轩裳极盛,今仕途所至有之。

　　54　浦城章氏,尽有诸元。子平为廷试魁,而表民_{望之}制科第一,子厚_惇开封府元,正夫_焱锁厅元,正夫子_绦为国学元,子厚子_援为省元,次子_持为别试元。其后自闽徙居吴中,族属既殷,簪裳益茂,至今放榜,必有居上列者。章氏自有登科题名石刻在建阳。

挥麈前录卷之三

55　太上皇帝中兴之初,蜀中有大族犯御名之嫌者,而游宦参差不齐,仓卒之间,各易其姓。仍其字而更其音者,勾涛是也。加金字者,钩光祖是也。加"糸"字者,绚纺是也。加草头者,苟谌是也。改为句者,句思是也。增而为句龙者,如渊是也。繇是析为数家。累世之后,昏姻将不复别。文潞公自云敬晖之后,以国初翼祖讳而改。今有苟氏子孙,与文氏所云相同。盖本一族,亦是杜于南北,失于相照,与此相类。

56　李昌武宗谔之子昭遘,十八岁锁厅及第。昭遘子杲卿,杲卿子士廉,皆不逾是岁登甲科。凡三世俱曾为探花郎,亦衣冠之盛事也。

57　吴越国忠献王钱佐蒐,其弟俶袭位;未几,为其大将胡进思所废。时忠懿王俶为台州刺史,进思迎立之。元丰中,王之孙暄知台州,其子景臻自郡入都,选尚仁宗女,是为秦鲁长主。靖康末,胡骑犯阙,主避狄南来,因遂卜居。后数年,诏即州赐第。主享之二十年,寿八十六,蒐于天台。其子伯诚居之又二十年,官至少师,年亦八十余。少师子,即处和也。处和之女又自台州被选为王妃。去岁处和既为执政,别营甲第,南北相望甚夥。一家盛事,常占此境。

58　官制行,置左右丞。二府中班最下,无有爱立者。元祐中,苏子容丞相自左辖登庸,时以为异恩。崇宁初,徽宗亟欲相蔡元长,遂用此故事。时有献诗者曰:"磊落仪形真汉相,阔疏恩礼旧苏公。"绍兴初,吕元直自签书枢密院入相,前此所无也。

59　张垍乃张说之子,敬翔为敬晖之孙。本朝刘温叟以父名岳,终身不听乐。至其孙几,乃自度曲,预修《乐书》,可笑。近有吴铸者,乃国初功臣吴廷祚之后,祖元扆,复尚主,而失节于刘豫,仕伪庭至枢密使,为其用事。此一律吁可叹哉。李叔佐云。

60　本朝以来,以遗逸起达者,惟种明逸、常夷甫二人而已。徽宗朝,王易简、蔡崈、吕注自布衣拜崇政殿说书,然荐绅间多不与之也。王君仪、尹彦明后亦登禁从,距今亦三十年矣。虽屡下求贤之诏,州郡间有不应聘者,而羔雁不至于岩穴也。易简即寓之父,九江人,大观中家祖守郡,首荐之。其后改节,以媚权臣,官至资政殿大学士。寓仕靖康,骤拜二府,被命使虏,托梦寐以辞行,钦宗震怒,窜岭外。父子南下,中途为盗所害。寓字元忠。

61　国初每岁放榜,取士极少。如安德裕作魁日,九人而已。盖天下未混一也。至太宗朝浸多,所得率江南之秀。其后又别立分数,考校五路举子。以北人拙于词令,故优取。熙宁三年廷试,罢三题,专以策取士,非杂犯不复黜。然五路举人,尤为疏略。黄道夫榜传胪至第四甲党铸卷子,神宗大笑曰:"此人何由过省?"知举舒信道对以"五路人用分数取末名过省"。上命降作第五甲末。自后人益以广。宣和七年沈元用榜,正奏名殿试至八百五人。盖燕、云免省者既众,天下赴南宫试者万人,前后无逾此岁之盛。

62　崇宁中,以王荆公配宣圣亚兖公,而居邹公之上,故迁邹于兖之次。靖康初,诏黜荆公,但畀塑像,不复移邹公于

旧位。至今天下庠序,悉兖、邹并列而虚右。虽后来重建者,
举皆沿袭,而竟不能革也。沈文伯云。

63　刘器之晚居南京,马巨济涓作少尹。巨济廷试日,器
之作详定官所取也,而巨济每见器之,未尝修门生之敬,器之
不平,因以语客。客以讽巨济,巨济曰:“不然。凡省闱解送,
则有主文,故所取士得以称门生。殿试盖天子自为座主,岂可
复称门生于他人? 幸此以谢刘公也。”客以告器之,器之叹服
其说,自是甚欢。陆务观云。

64　亡友薛叔器家有“关外侯”印,甚奇古。后考之,魏建
安二十三年尝置此名也。又友人家有“荡虏将军”章,及明清
有“横武将军”印,皆不可考。伯氏有“新迁长”印,后考《前汉
书》,乃新室尝以上蔡为新迁也。又友人家有“多睦子家丞”
印。多睦,郡名,既亡,子之家丞秩甚卑,然篆文印样皆出诸印
右。尝抚得之。或云亦王莽时印。毕少董家有“雍未央”,姓
名见于《急就章》。

65　明清少游外家。年十八九时,从舅氏曾宏父守台州。
有笔吏杨涤者能诗,亦可观,言其外氏唐元相国之裔,一日持
告身来,乃微之拜相纶轴也。销金云凤绫,新若手未触。白乐
天行并书。后有毕文简、夏文庄、元章简诸公跋识甚多。寻闻
为秦熺所取,恨当时不能入石,至今往来于中也。又丹阳吕城
闸北委巷竹林中,有李格秀才者,自云唐宗室,系本大郑王房。
出其远祖武德、贞观以来告命敕书凡百余,亦有薛少保、颜鲁
公书者,奇甚。明清每语亲旧,经繇不惜一访而阅之,李生亦
不靳人之观也。

66　文中子王通,隋末大儒。欧阳文忠公、宋景文修《唐
书》,房、杜传中略不及其姓名。或云:“其书阮逸所撰,未必有

其人。"然唐李习之尝有《读文中子》，而刘禹锡作《王华卿墓铭序》，载其家世行事甚详，云"门多伟人"，则与书所言合矣，何疑之有？又皮日休有《文中子碑》，见于《文粹》。

67　欧阳文忠公父名观，文多避之，如"《碧落碑》在绛州龙兴宫"之类。苏东坡祖名序，文多云"引"，或作"叙"。近为文者或仿此，不知两先生之意也。

68　赐生辰器币起于唐，以宠藩镇。五代至遣使命。周世宗眷遇魏宣懿，始以赐之，自是执政为例。

69　至和三年，宋元宪建言："庆历郊祀赦书，许文武官立家庙，而有司终不能推述先典，明喻上指，因循顾望，遂逾十载，使王公荐绅，下同闾巷。昭穆杂用，家人缘谕习弊，甚可嗟也。臣近因进对，屡闻圣言，谓诸臣专殖第产，不立私庙，岂朝廷劝戒有所未孚，将风教颓龄，终不可复？反复至意，形于叹息。臣每求诸臣所以未即建立者，诚亦有由。盖古今异仪，封爵殊制，自疑成殚，遂格诏书。礼官既不讲求，私家何由擅立？且未信而望诚者，上难必责；从善而设教者，下或有违。若欲必如三代有家嫡世封之重，山川国邑之常，然后议之，则坠典无可复之期矣。夫建宗祐，序昭穆，别贵贱之等，所以为孝。虽有过差，是过为孝。殖产利，营居室，遗子孙之业，或与民争利，顾不以为耻。逮夫立庙，则曰不敢。宁所谓去小违古，而就大违古者？今诸儒之惑，不亦甚乎！"于是下两制与礼官详定制度，而王文安以下，定官一品平章事以上立四庙，知枢、参政、同知枢、签枢以上，前任见任宣徽、尚书、节度使、东宫三少以上皆立三庙，余官祭于寝。凡得立庙者，许嫡子袭爵以主祭。其袭爵世降，一世死则不得别立。祔庙别祭于寝。自当立庙者即祔其主，其子孙承代不许庙祭、寝祭，并以世数亲疏迁祧。始得立庙者不祧,以始封有不祧者通祭四庙五庙。庙因众子立,而长子在,则祭以嫡长子主之。嫡子死,则不传其子,而传立庙之长。凡立庙,听于京师,或所居州县。其在京师者,不得于里城及南郊御路之侧。既如奏,仍令别议袭爵之制。其后终以有庙之子孙,或官微不可以承祭,又朝廷难尽推袭恩之典,遂不果行。其略已见宋次道《退朝录》。至嘉祐中,文潞公为相,乃上章引礼官详定制度,平章事以上许立四庙,欲乞于河南府营创庙,诏从之。政和中,蔡元长赐宅京师,援潞公之请,既允所奏,且命礼制局铸造家庙祭器,并余丞相深以下二府皆赐之。绍兴中,秦会之表勋锡第,又举二例,诏令讨论,悉如政和之制云。

70　钱宣靖、吕文靖知制诰,衣绿。张益之友直,邓公子也,为天章阁待制勾当三班院,侍宴集英殿,犹衣绯。仁宗顾见,即赐金紫。吕文穆、李仲询及、许冲元为两制,衣绯。蔡元长、王子发官制行后,为中书舍人,皆衣绯。贾季华球为枢密直学士正谏大夫,衣绿。

71　本朝父子状元及第:张去华,子师德;梁颢,子固。兄弟:孙何、孙仅,陈尧佐、尧咨四家而已。后来沈文通孙晦以祖孙相继。近年许克昌实许安世之亲侄孙,而王资深、子洋俱为榜眼。

72　旧制:监司虽官甚卑,遇前执政宰藩,亦肩舆升厅事。宣和初,薛肇明自两地出守淮南,有转运判官年少新进,轻脱之甚,肇明每不堪之。到官未几,肇明还旧厅,因与首台蔡元长语及之,且云:"乘轿直抵脚踏子始下。呵舆之声惊耳,至今为之重听。其他可知也。"元长大不平。翊日降旨诸路监司,遇前宰执帅守处,即入客位通谒。自是为例。王孟玉云。

73 熙宁中,神宗命馆职张载往两浙,劾知明州苗振。吕正献与御史程伯淳俱言"载贤者,不当使鞫狱"。上曰:"鞫狱岂贤者不可为之事邪?"弗许。

74 明清家有徐东湖所记太上皇帝圣语。其略曰:"大宗正行司将至行在,南班宗子所居当作屋百间。上曰:'修营舍宇,固非今所急。然事有不得已者,故《春秋》于此事得其时制则不书。不书者,圣人之所许也。近时营造之制一下,百姓辄受弊,盖缘州县便行科配矣。'又尝语宰臣等曰:'为法不可过有轻重。惟是可以必行,则人不敢犯。太重则决不能行,太轻则不足禁奸。朕尝语徐俯:异时宫中有所禁,初令之日必行军法,而犯者不止。朕深推其理,但以常法处之,后更无犯者。乃知立法贵在中制,所以决可行也。'"

75 淳化三年,西夏李继捧遣使献鹘,号"海东青"。上赐诏曰:"朕久罢畋游,尽放鹰犬。卿地控边塞,时出捕猎,今还以赐,卿可领之也。"宣和末,耶律禧縢此失国。乌乎,太宗圣矣哉!

76 元祐名卿朱绂者,君子人也。尝登禁从。绍圣初,不幸坐党锢。崇宁间,亦有朱绂者,苏州人,初登第,欲希晋用,上疏自陈与奸人同姓名,恐天下后世以为疑,遂易名谞,字曰圣予。蔡元长果大喜,不次峻擢,位至右丞,未及正谢而卒,年方四十。薛叔器云。

77 熙宁中,御史言徐德占奉祠太庙,尝广坐云"仁宗有遗行"。诏问状坐客,客不敢对,以为无。德占云:"臣比行事至章懿太后室,因为客言,章懿实生仁宗而不及养,后以帝女降后之侄玮,主乃与玮不协,使仁宗有遗恨。臣实洪州人,声音之讹,遂至风闻。"上以其言有理,笑而薄罚之。

78　宣和中,蔡居安提举秘书省。夏日,会馆职于道山,食瓜。居安令坐上征瓜事,各疏所忆,每一条食一片。坐客不敢尽言,居安所征为优。欲毕,校书郎董彦远连征数事,皆所未闻,悉有据依,咸叹服之。识者谓彦远必不能安,后数日果补外。苏训直云。

79　曾文肃帅定,一日晨起,忽语诸子曰:“吾必为宰相,然须南迁。”启其所以,公曰:“吾昨夕梦衣十郎绿袍,北向谢恩,岂非它日贬司户之征乎?”后十年果登庸,既为蔡元长所挤,徙居衡阳,已而就降廉州司户参军,敕到,取幼子绋朝服以拜命,果符前梦。十郎,即绋排行也。

80　韩似夫与先子言:“顷使金国,见虏主所系犀带,倒透中正透,如圆镜状,光彩绚目。似夫注视久之。虏主云:‘此石晋少主归献耶律氏者。唐世所宝日月带也。’又命取磁盆一枚示似夫云:‘此亦石主所献。中有画双鲤存焉,水满则跳跃如生,覆之无它矣。’二物诚绝代之珍也。”盆盖见之范蜀公《记事》矣。

81　《建隆遗事》,世称王元之所述。其间帅多诬谤之词,至于称赵普、卢多逊受遗昌陵,尤为舛缪。案《国史》:韩王以开宝六年八月免相,至太平兴国六年九月始再秉衡钧。当太祖升遐时,政在外,何缘前一日与卢丞相同见于寝邪?称太祖长子德昭为南阳王,又误矣。初未尝有此封。元之当时近臣,又秉史笔,岂不详知?且载《秦王传》中云云,安有淳化三年而见《三朝国史·秦王传》邪?可谓乱道。此特人托名为之。又案:元之自有《小畜集序》及《三黜赋》,与《国史》本传俱云:“淳化二年自知制诰舍人贬商州。至道二年,自翰林学士黜守滁上。咸平二年,守本官知齐安郡。”而此序年月次序,悉皆颠错,其伪也明矣。

82　张贤良咸,汉阳人。应制举,初出蜀,过夔州,郡将知名士也,一见,遇之甚厚。因问曰:"四科优劣之差,见于何书?"张无以对。守曰:"载《孟子注》中。"因检示之,且曰:"不可不牢拢之也。"张道中漫思索,著论成篇。至都,阁试六论,以此为首题,张更不注思而就。主文钱穆父览之大喜,过阁第一。黄六丈叔愚能记守之姓名,尝以见告,今已忘之。张即魏公乃翁也。

83　唐文皇聚一时名流于册府,始有十八学士之号。后来凡居馆殿者皆称之。国朝以来,仕于外,非两制,则虽帅守监司,止呼寄禄官,惟通判多从馆中带职出补,如蔡君谟湖州、欧阳文忠公滑州、王荆公舒州、东坡先生杭州,如此之类甚多。刘赣父赴泰倅诗云:"壁门金阙倚天开,五见宫花落早梅。明日扁舟沧海去,却寻云气望蓬莱。"盖在道山五载,然后得之。学士之称施于外者,縣通判而然。今外廷过呼,大可笑矣。

84　建炎己酉岁二月,金人举国南寇。时太上驻跸维扬,虏既次临淮郡,相距甚迩。有招信尉以所部弓手百余人拒敌。是日也,尘氛蔽日,虏初不测其多寡,遂相拒。逾半日,尉与众竟死不退,于是探骑得疾走上闻,乘舆百寮,仅得南度。倪非尉悉力以拒其锋,俾探骑得上闻,则殆矣。尉之姓名不传于世,可恨。友人王彦国献臣能道其详,他日当问之,为求大手笔作传。近见程可久云:"尉姓孙。亦尝以白国史汪圣锡矣。"后闻孙名荣。

85　《三朝史·钱俨传》云:"俨能饮酒,百卮不醉,尝患无敌。或言一军校差可伦拟,问其状,曰:'饮酒多手、益恭。'俨曰:'此亦变常,非善饮也。'"《东轩笔录》云:"冯文简在太原,以书姪王灵芝曰：'并门歌舞妙丽，吾闭目不窥，但日与和甫谈禅耳。'平父答曰：'所谓禅者，只恐明公未达耳。盖闭目不窥，已是一重公案。'冯深伏其言。"以二条观之，万事莫不安于自然也。

86　本朝及五代以来，吏部给初出身官付身，不惟著岁数，兼说形貌，如云"长身品，紫棠色，有髭髯，大眼，面有若干痕记"；或云"短小，无髭，眼小，面瘢痕"之类，以防伪冒。至元丰改官制，始除之。靖康之乱，衣冠南渡，承袭伪冒，盗名字者多矣，不可稽考，乃知旧制不为无意也。

87　靖康间，欲追褒司马温公，舆论以谓惟范忠宣在元祐间尤为厚德，可俪，而有司一时卤莽，乃误书文正之名，批旨行下，遂俱赠太师。盖不知文正以忠宣、德孺为宰执，已追赠至太师中书令兼尚书令魏国公久矣。适何文缜在中书，以乡曲之故，乃以张天觉厕名其间，亦赠太保。而天觉熙宁中自选人受章子厚知，引为察官。事见《邵氏辩诬》。为舒信道发其私书，贬斥流落于外。绍圣初，子厚秉钧，再荐登言路，攻击元祐诸贤，不遗余力，至欲发温公、吕正献公之墓，赖曾文肃公力启于泰陵，始免。其为惨酷甚矣。晚既免相，末年以校雠《道藏》复职，又有二苏狂率、三孔阔疏之表，诗有"每闻同列进，不觉寸心忙"之句。常希古亦力言其奸。后来闽中书坊间《骨鲠集》，辄刊靖康诏书于首，繇此天下翕然推尊之。事有侥幸乃如此者，可发一叹。张文老云。

88　建炎末，赠黄鲁直、秦少游及晁无咎、张文潜俱为直龙图阁。文潜生前，绍圣初自起居舍人出，带此职盖甚久，亦有司一时稽考之失也。

89　李成字咸熙，系出长安，唐之后裔。五代避地，徙家营丘。弱而聪敏,长而高迈。性嗜杯酒,善琴弈,妙画山水,好为歌诗。琐屑细务,未尝经意。周世宗时,枢密使王朴与之友善,特器重之,尝召赴辇下。会朴之亡,因放诞酣饮,慷慨悲歌,遨游搢绅间。大府卿卫融守淮阳,遣币延请,客家于陈。日肆觞咏,病酒而卒,寿四十九。子觉,仕太宗,两历国子博士。其后以觉赠至光禄寺丞云。此宋白撰志文大略如此。王著书,徐铉篆。觉字仲明,列《三朝国史·儒学传》,叙其世家又同。觉子宥,仕至谏议大夫,知制诰,有传载《两朝史》。传云:"祖成,五代末以诗酒游公卿间,善摹写山水,至得意处,殆非笔墨所成。人欲求者,先为置酒。酒酣落笔,烟云万状,世传以为宝。"欧阳文忠公《归田录》乃云"李成仕本朝尚书郎",固已误矣;而米元章《画史》复云"赠银青光禄大夫",又甚误也。

挥麈前录卷之四

90　王丝字敦素，越之萧山人。景祐初为县令，会岁歉，丝每家支钱一千以济之，期以明年夏输绢壹匹，邑人大受其惠，称为德政。踰此当路荐之。盖是时一缣售价，不逾其数尔。仕止郎曹典州而已。范文正公为作墓志，具载其事。王荆公当国，仿其法施之天下，号为和买。久之，本钱既不复俵，且有折帛之害。世误传始于王仪仲_素。仪仲，文正公之子，早即贵达，未尝为邑，官至八座没，谥懿敏，《国史》本传可考。其子巩，字定国，与东坡先生游。李定字仲求，洪州人，晏元献公之甥。文亦奇，欲预赛神会，而苏子美以其任子距之，致兴大狱，梅圣俞谓"一客不得食，覆鼎伤众宾"者也。其孙即商老_彭，以诗名列江西派中。又李定字资深，元丰御史中丞，其孙方叔_{正民}兄弟，皆显名一时，扬州人。又李定，嘉祐、治平以来，以风采闻，尝遍历天下诸路计度转运使。官制未行，老于正卿。乃敦老_{如冈}之祖，盖济南人也。同姓名者凡三人，世亦多指而为一，不可不辩。李豸，阳翟人，东坡先生门下士，亦字方叔。两方叔俱以文鸣，诗章又多，互传于世。

91　郭稹字仲微，仕至龙图阁学士，权知开封府。幼孤，母边更嫁王氏。既而母亡，稹解官服丧。知礼院宋祁言稹服丧为过礼，请下有司博议，因冯元等奏，听解官。申心丧始此。

92　太祖皇帝立极之初，西蜀未下，益州三泉县令间道驰骑赍贺表，率先至阙下。上大喜。平蜀后，诏令三泉县不隶州郡,遇贺庆,许发表章直达榻前。至今甲令,每于诸州军监下注云"三泉县同",是矣。元符末,龚言序为县尉,妇弟江端本子之薄游至邑。令簿素与龚不叶,相帅游山,经宿未回。龚摄县事,忽赦书至,徽宗登宝位,龚即宣诏称贺,偶未有子,亟令子之奉表诣都,令归已无及。铨曹以初品官无奏、异姓无服亲之文沮之。子之早负俊名,曾文肃当国,为将上取旨特补河南府助教,今之上州文学也。后子之官与职俱至正郎,一时以为异事。绍兴初,四川制司建言升县为军,失祖宗之指矣。

93 张逸,字天隐,郑州人。登进士。初尝以枢密直学士知益州。蜀人谙其民风,华阳县乡长杀人,诬道旁者,县吏受财,狱具,乃令杀人者守囚。逸曰:"囚色冤,守者气不直。岂守者杀人乎?"囚始敢言,而守者果服,立诛之。蜀人以为神。岁饥,民多杀耕牛食之,犯者皆配关中。逸奏:"民杀牛以活,将废耤事。今岁小稔,请一切放还,复其业。"报可。凡四守益州。逸子峋、嶬,亦有显名于世。嶬诸孙,即端明殿学士澄也。

94 《两朝史》章文宪得象传末云:"初,闽人谣曰:'南台沙合出宰相。'至得象相时,沙涌可涉。"政和六年,沙复涌,已而余丞相深大拜。十余年前,外舅方公务德帅福唐,南台沙忽再涌,已而朱汉章、叶子昂相继登庸。

95 昔人最重契义。朋从年长,则以兄事之;齿少,以弟或友呼焉。父之交游,敬之为丈,见之必拜,执子侄之礼甚恭。丈人行者,命与其诸郎游。子又有孙,各崇辈行,略不紊乱,如分守之严。旧例书札止云启或止,稍尊之则再拜,虽行高而位崇者,不过曰"顿首"、"再拜"而已。非父兄不施覆字。宰辅以上方曰"台候",余不敢也。前辈名卿尺牍中可考。今俱不然,诚可太息。

　　96　太平兴国六年五月,诏遣供奉官王延德、殿前承旨白勋使高昌。雍熙元年四月,延德等叙其行程来上云:"初自夏州历玉亭镇,次历黄羊平,其地平而产黄羊。度砂碛,无水,行人皆载水。凡二日,次都啰啰族,汉使过者,遗以财货,谓之打当。次历茅家喝子族,临黄河,以羊皮为囊,吹气实之,浮于水,或以囊驰牵木筏而度。次历茅女王子开道族,行入六窠砂,砂深三尺,马不能行,行者皆乘橐驼。不育五谷,砂中生草,名'登相',收之以食。次历楼子山,无居人,行砂碛中,以日为占,旦则背日,暮则向日,日下则止;又行望月,亦如之。次历卧羊梁劲特族地,有都督山,唐回鹘之地。次历太子大虫族,接契丹界,人衣尚锦绵,器用金银,马乳酿酒,饮之亦醉。次历屋地目族,盖达于于越王子之子。次至达于于越王子族。此九族,达靼中尤尊者。次历拽利王子族,有合罗川,唐回鹘公主所居之地,城基尚在,有汤泉池,传曰契丹旧为回纥牧羊,达靼旧为回纥牧牛,回纥徙甘州,契丹、达靼遂各争长攻战。次历阿墩族,经马鬃山望乡岭,岭上石庵,有李陵题字处。次历格啰美源,西方百川所会,极望无际,鸥鹭凫雁之类甚众。次至托边城,亦名李仆射城,城中首领号'通天王'。次历小石州。次历伊州,州将陈氏,其先自唐开元二年领州,凡数十世,唐时诏敕尚在。地有野蚕,生苦参上,可为绵帛。有羊,尾大而不能走,尾重者三斤,小者一斤,肉如熊,白而甚美。又有励石,剖之得宾铁,谓之吃铁石。又生胡桐树,经雨即生胡桐律。次历益都。次历纳职城,在大患鬼魅碛之东南,望玉门关甚近,地无水草,载粮以行,凡三日,至思谷,曰避风驿,本俗法试出诏押御风,御风乃息。凡八日,至泽田寺,高昌闻使至,遣人来迎。次历宝庄,又历六钟,乃至高昌。高昌即西州也,其地南距于阗,西南距大石波斯,西距西天、步露沙、雪山、葱岭,皆数千里地。无雨雪而极热,每盛暑,人皆穿池为穴以处。飞鸟群萃河滨,或起飞,即为日气所烁,坠而伤翼。屋室覆以白垩。开宝二年,雨及五寸,即庐舍多坏。有水出金岭,导之周绕国城,以溉田园,作水硙。地产五谷,惟无乔麦。贵人食马,余食牛及凫雁。乐多箜篌。出貂鼠、白氍、绣文花蕊布。俗多骑射。妇人戴油帽,谓之'苏幕遮'。用开元七年历,以三月九日为寒食,余二社、冬至亦然。以银或输为筒,贮水激以相射;或以水交泼为戏,谓之压阳气去病。好游赏,行者必抱乐器。佛寺五十余区,皆唐朝所赐额,寺中有《大藏经》、《唐韵》、《玉篇》、《经音》等。居民春月多游,群聚遨乐于其间,游者马上持弓矢射诸物,谓之穰灾。有敕书楼,藏唐太宗、明皇御扎诏敕,缄锁甚谨。后有摩尼寺,波斯僧各持其法,佛经所谓外道者也。统有南突厥、北突厥、大众熨、小众熨、样磨割禄、黠戛司、末蛮、格哆族、预龙族之名甚众。国中无贫民,绝食者共振之。人多寿考 率百余岁,绝无夭死。时四月,狮子王避暑于北廷,以其舅阿多于越守国,先遣人致意于延德曰:'我王舅也,使者拜我乎?'延德曰:'持朝命而来,礼不当拜。'复问曰:'见王拜乎?'延德曰:'礼亦不当拜。'阿多于越复数日始出相见,然其礼颇恭。狮子王邀延德至其北庭。历交河州,凡六日,至金岭口,宝货所出。又两日,至汉家寨。又五日,上金岭、温岭,即多雨雪,上有《龙王刻石记》云:'小雪山也。'岭上有积雪,行人皆服毛罽。度岭一日,至北廷,憩高台寺。其王烹羊马以具膳,尤丰洁。地多马,王及王后、太子各养马,牧放于平川中,弥亘百余里,以毛色分别为群,莫知其数。北廷川长,广数千里,鹰鹞雕鹘之所生,多美草,下生花砂鼠,大如兔,鸷禽捕食之。其王遣人来言，择日以见使者，愿无讶其淹久。至七日，见其王及王子、侍者，皆东向拜受赐。旁有持磬者，击以节拜，王闻磬声，乃拜。既而王之儿女亲属皆出罗拜以受赐。遂张乐饮燕，为优戏，至暮。明日，泛舟于池中，池四面作鼓乐。又明日，游佛寺，曰应运泰宁之寺，贞观十四年造。北廷北山中出硇砂，山中常有烟气涌起，而无云雾，且又光焰若炬，照见禽鼠皆赤。采硇砂者，著木底鞋，若皮为底者即焦。下有穴，生清泥，出穴外即变为砂石，土人取以治皮。城中多楼台草木。人白皙端正，惟工巧，善治金银铜铁为器及攻玉。善马直绢一匹，其驽马充食者，才直一丈。贫者皆食肉。西抵安西，即唐之西境。七月，令延德先还其国，其王始至。亦闻有契丹使来，唇缺，以银叶蔽之，谓其王曰：‘闻汉遣使入达靼而道出王境，诱王窥边，宜早送至达靼，无使久留。’因云：‘高敞本汉土，汉使来觇视封域，将有异图，王当察之。’延德侦知其语，因谓王曰：‘犬戎素不顺中国，今乃反间，我欲杀之。’王固劝乃止。自六年五月离京师，七年四月至高昌，所历以诏赐诸蕃君长，袭衣金带赠帛。八年春，与其谢恩使凡百余人，复循旧路而还，雍熙元年四月至京师。延德初至达靼之境，颇见晋末陷虏者之子孙，咸相率遮迎，献饮食，问其乡里亲戚，意甚凄感，留旬日不得去。”延德之自叙云：“此虽载于国史，而世莫熟知。用书于编，以俟通道九夷八蛮将使指者，或取诸此焉。”

97　绍兴丙辰，明清甫十岁，时朱三十五丈希真、徐五丈敦立俱为正字，来过先人。先人命明清出拜二公，询以国史中数事，随即应之无遗，繇是受二公非常之知于弱龄。希真之相，予多见其词翰中。后二十年，明清为方婿，敦立守滁阳，以书与外舅云：“闻近纳某字之子为婿，岂非字仲言者乎？”具道畴昔时事,且过相溢美。又数年,敦立为贰卿,明清偶访之,坐间忽发问曰:"度今此居号侍郎桥,何邪?"明清即应以仁宗朝郎简,杭州人,以工部侍郎致仕,居此里,人德之,遂以名桥。又问郎表德谓何?明清云:"《两朝国史》本传字简之。《王荆公集》中有《寄郎简之》诗,甚称其贤。"少焉,司马季思来,其去,复问明清云:"温公兄弟何以不连名?"明清答以"温公之父天章公生于秋浦,故名池。从子校理公生于乡中,名里。天章长子以三月一日生,名旦。后守宛陵,生仲子,名宣。晚守浮光,得温公,名光。承平时,光州学中有温公祠堂存焉"。敦立大喜,曰:"皆是也。"且顾坐客云:"卒然而酬,博闻如此,可谓俊人矣!"乌乎,敦立今墓木将拱,言之于邑。

98 郭熙画山水名盛,昭陵时尝为翰林院待诏。熙宁初,其子思登进士第,至龙图阁直学士,更帅三路。既贵,广以金帛收赎熙之遗笔,以藏于家,繇是熙之画人间绝少。思亦多材艺,有《笑谈》、《可用集》行于世。

99 元祐中,吕微仲当轴,其兄大忠自陕漕入朝,微仲虚正寝以待之,大忠辞以相第非便,微仲云:"畀以中霤,即私家也。"卒从微仲之请。时安厚卿亦在政府,父日华尚康宁,且具庆焉,厚卿夫妇偃然居东序。时人以此别二公之贤否。

100 姚宽令威,明清先友也。著《西溪残语》,考古今事最为详备。其间一条云:"旧于会稽得一石碑,论海潮依附阴阳时刻,极有理,不知其谁氏,复恐遗失,故载之。'观古今诸家海潮之说多矣,或谓天河激涌,葛洪《潮说》。亦云地机翕张,见《洞真正一经》。卢肇以日激水而潮生,封演云月周天而潮应。挺空入汉,山涌而涛随;施师谓僧隐之之言。析木大梁,月行而水大。见窦叔蒙《涛志》。源殊派异,无所适从。索隐探微,宜伸确论。

大中祥符九年冬,奉诏按察岭外,尝经合浦郡廉州,沿南溟而东
过海康雷州,历陵水化州,涉恩平恩州,住南海广州,迨由龙川惠
州,抵潮阳潮州,泊出守会稽越州,移莅句章明州。是以上诸郡,
皆沿海滨,朝夕观望潮汐之候者有日矣,汐音夕,潮退也。得以求
之刻漏,究之消息,消息进退。十年用心,颇有准的。大率元气
嘘吸,天随气而涨敛;溟渤往来,潮顺天而进退者也。以日者
重阳之母,阴生于阳,故潮附之于日也;月者太阴之精,水者
阴,故潮依之于月也。是故随日而应月,依阴而附阳,盈于朔
望,消于朏,敷尾切,魄于上下弦,息于辉朒,女六切。朔而日见东方。
故潮有大小焉。今起月朔夜半子时,潮平于地之子位。四刻
一十六分半,月离于日,在地之辰。次日移三刻七十二分,对
月到之位,以日临之,次潮必应之。过月望,复东行,潮附日而
又西应之,至后朔子时四刻一十六分半,日月潮水,亦俱复会
于子位。于星知潮当附日而右旋。以月临子午,潮必平矣;月
在卯酉,汐必尽矣。或迟速消息又小异,而进退盈虚,终不失
于时期矣。或问曰:四海潮平,来皆有渐,唯浙江涛至,则亘如
山岳,奋如雷霆,水岸横飞,雪崖傍射,澎腾奔激,吁可畏也。
其可怒之理,可得闻乎? 曰:或云夹岸有山,南曰龛,北曰赭,
二山相对,谓之海门,岸狭势逼,涌而为涛耳。若言狭逼,则东
溟自定海,县名,属四明郡。吞余姚、奉化二江,江以县为名,一属会稽,
一隶四明。侔之浙江,尤甚狭逼,潮来不闻涛有声耳。今观浙江
之口,起自纂风亭,地名,属会稽。北望嘉兴大山,属秀州。水阔二
百余里,故海商舶船,怖于上滩,水中沙为滩,徒旱切。惟泛余姚小
江易舟而浮运河,达于杭、越矣。盖以下有沙滩,南北亘乏隔
碍,洪波蹙遏潮势。夫月离震兑,他潮已生。惟浙江水未泊月
径潮,巽潮来已半,浊浪推滞,后水益来,于是溢于沙滩,猛怒

顿涌,声势激射,故起而为涛耳,非江山浅逼使之然也。'宜哉!"令威以该洽闻于时,恨不能知其人。明清心谓必机博之人。后以《真宗实录》考之,大中祥符九年,以燕肃为广东提点刑狱,遂取《两朝史》燕公传观之,果尝自知越州移明州。卷末又云:"尝著《海潮论》、《海潮图》,并行于世。"则知为燕无疑。

明清乾道丙戌冬奉亲会稽,居多暇日,有亲朋来过,相与悟言,可纪者归考其实而笔录之。随手盈秩,不忍弃去,遂名之曰《挥麈录》,非所以为书也。长至日,明清识。

自　跋

丘明、子长、班、范、陈寿之书,不经它手,故议论归一。自唐太宗修《晋书》,置局设官,虽房玄龄、褚遂良受诏,而许敬宗、李义府之徒厕迹其间,文字交错,约史自此失矣。刘昫之《唐书》,薛居正之《五代史》,号为二氏,而职长监修,未始措辞。嘉祐重命大儒再新《唐史》,欧阳文忠、宋景文各析纪传,故《直笔》、《纠缪》之书出。国朝《三朝史》,为大典之冠,而进呈于天圣垂帘之际,名臣大节,无所叙录居多;或有一事,见之数传,褒贬异同。自建隆抵于元符,信史屡更。先人于是辑《国朝史述》焉,直欲追仿迁、固,铺张扬厉,为无穷之观。虽前日宗工笔削,不敢更易,但益以遗落,损其重复。如一姓父子兄弟,附于本传之次;增以宗室、宰执、世系,与夫陟黜岁月三表,如《唐书》之制。绍兴戊午中,执法常公闻其事,诏奉祠中,视史官之秩,尚方给札。奏御及半,而一秦专柄,不尽以所著达于乙览,独存副本私室。先人弃世,野史之禁兴,告讦之风炽,荐绅重足而立。明清兄弟,居蓬衣白,亡所掩匿,手泽不复敢留,悉化为烟雾。又十五年,巨援没而公道开,再命会稽官以物办访遗书于家,但记忆残缺,以补册府之阙而已。故旧文居多。此举盖自先祖早授学于六一翁之门,命意本于六一,其后先人承之。故先人迁官制云:"汝好古博雅,自其先世。属词比事,度越辈流。"痛哉!斯文虽不传于后代,而王言可训于万世也。明清弱龄过庭,前言往行,探寻旧事,黾夕剽聆。多历年所,忧苦摧挫,万事瓦解,不自意全,莫能髡钤以续先志。乾道之初,窃丛祠之禄,偏奉山阴,亲朋相过,抵掌剧谈,偶及昔闻,间有可记,随即考而笔之,曰《挥麈录》。故人程迥可久,知名士也,览而大喜,手录而识于后,繇是流传。又尝取司马文正公《百官公卿表》与夫陈龢叔及《绍兴拜罢录》,参考弼臣进退,次第年月,列为四图表,置之坐隅,以便观览,今镂板于闽、蜀、江、浙矣。丁酉春,觅官行都,获登太史李公仁甫之门,命与其子仲信游。春容间偶出二编,公一见称道再三,且以宣、政名卿出处下询,如:黄实,章子厚之甥,不丽其舅,而卒老于外。方轸,蔡元长之姻娅,引登言路,而首论其非,遂罹远窜。潘兑,朱勔里人,不登其门而摈斥。李森为中司,不肯观望。王黼穷邓之纲之狱而被逐。燕、云之役,盖成于陈尧臣。王寀之枉,繇盛章父子欲害刘炳兄弟,世皆亡其事迹。明清不量其愚,为冥搜伦类,凡二十余条,撼据依本末告之。公益喜,大加敬叹。又云:"仆兼摄天官,睹铨榜有临安龙山监税见次,君可俯就,但食其禄,而相与讨论。徐请君于朝以助我。"明清力辞以名迹不正,且非其人而归。未几,公父子俱去国,明清饯别于秀州之杉青闸下,舟中相持怅然。

后数年,仲信没于蜀。公后虽复召领史局,而明清适官远外,参辰一见。方欲造公,而公已下世。比焉试邑穷塞,公事无多,翻箧复见旧稿,怆念父祖以来,平生用心。嗟夫!师友之沦没,言犹在耳,孰令听之邪?投老残年,感叹之余,姑以胸中所存识左方。后之揽者,亦将太息于斯作。淳熙乙巳中元日,朝请大夫主管台州崇道观汝阴王明清书。

挥麈后录卷之一

1　古之尊称，曰皇、曰帝、曰王。自秦并天下，始兼皇帝之尊，穷宠极崇，度越前载，后虽有作，亦无加焉。汉哀帝建平二年，待诏夏贺良等言："赤精子之谶，汉家历运中衰，当再受命。宜改元易号。"诏大赦天下，以建平二年为太初元年，号曰陈圣刘太平皇帝。宇文周宣帝以大象元年禅位于皇太子衍，自称天元皇帝。唐高宗上元元年，帝自称曰天皇，皇后曰天后。武后垂拱三年五月，尊为圣母神圣皇帝；天授元年九月，尊为圣神皇帝；长寿二年九月，为金轮圣神皇帝；证圣元年正月，为慈氏越古金轮圣神皇帝；天册万岁元年九月，为天册金轮圣神皇帝。中宗反正后，神龙元年正月，尊为则天大圣皇帝。中宗神龙元年十一月，尊号应天皇帝；三年八月，尊号应天神龙皇帝。玄宗先天二年十二月，尊号开元神武皇帝；二十七年二月，开元圣文神武皇帝；天宝元年二月，开元天宝圣文神武皇帝；七载五月，开元天宝圣文神武应道皇帝；十三载二月，上开元天地大宝圣文神武证道孝德皇帝；至德元载七月，传位后，肃宗上上皇天帝；三载正月，上太上至道圣皇天帝；乾元元年正月，改太上圣皇天帝。肃宗正德三载正月，尊号光天文武大圣孝感皇帝；乾元元年正月，上乾元光天孝感皇帝；二年正月，上乾元大圣光天文武孝感皇帝。代宗广德元年七月，尊号宝应元圣文武仁孝皇帝。德宗建中元年正月，尊号圣神文武皇帝；顺宗元和元年正月，传位后，宪宗上应乾圣寿太上皇。宪宗元和三年正月,尊号睿圣文武皇帝;十四年七月,加元和圣文神武法天应道皇帝。穆宗长庆元年七月,尊号文武孝德皇帝。敬宗宝历元年四月,尊号仁圣文武至神大孝皇帝;五年正月,加仁圣文武章天成功神德明道大孝皇帝。宣宗大中二年正月,尊号圣敬文思神武光孝皇帝。懿宗咸通三年正月,尊号睿文明圣孝德皇帝;十二年正月,加睿文英武明德至仁大圣广孝皇帝。僖宗乾符二年正月,尊号圣神聪睿仁哲明孝皇帝。昭宗大顺元年三月,尊号圣文睿德光武弘孝皇帝。梁太祖开平三年正月,尊号睿文圣武广孝皇帝。后唐庄宗同光二年四月,尊号昭文睿武至德光孝皇帝。明宗长兴元年四月,尊号圣明神武文德恭孝皇帝;四年八月,圣明神武广道法天文德恭孝皇帝。晋高祖天福三年,契丹遣使奉尊号英武明义皇帝。周太祖圣明文武仁德皇帝。国朝太祖乾德元年冬十一月,上尊号应天广运仁圣文武皇帝;开宝元年十一月,上应天广运圣文神武明道至德仁孝皇帝;四年九月,上应天广运兴化成功圣文神武明道至德仁孝皇帝;九年正月,上应天广运一统太平圣文神武明道至德仁孝皇帝,帝以汾、晋未平,不欲号"一统",诏罢之;至三月,晋王群臣复上应天广运立极居尊圣文神武明道至德仁孝皇帝,卒不受。太宗太平兴国三年十一月,上尊号应运统天圣明文武皇帝;六年十一月,上应运统天睿文英武大圣至明广孝皇帝;九年八月,上应运统天睿文英武大圣至明仁德广孝皇帝。端拱二年十二月庚申,诏:"自前所上尊号,并宜省去。今后四方所上表,只称皇帝。"宰相吕蒙正等固以为不可。上曰:"皇帝二字,本难兼称。朕欲称王,但嫌与诸王同耳。"宰相又上表,请改上尊号为法天崇道文武皇帝,后诏省去"文武"二字。淳化元年三月,上法天崇道文武皇帝;

三年九月,上法天崇道明圣仁孝文武皇帝;至道元年十二月,改法天崇道上圣至仁皇帝。真宗咸平二年十一月,上尊号崇文广武圣明仁孝皇帝;五年八月,上崇文广武应道章德圣明仁孝皇帝;景德二年九月,上崇文广武应乾尊道圣明仁孝皇帝;大中祥符元年十二月,上崇文广武仪天尊道宝应章感钦明仁孝皇帝;三年七月,上崇文广武仪天尊道宝应章感钦明上圣至德仁孝皇帝;天禧元年正月,上崇文广武感天尊道应真佑德上圣钦明仁孝皇帝;三年正月,上体元御极感天尊道应真宝运文德武功上圣钦明仁孝皇帝;乾兴元年二月,改应天尊道钦明仁孝皇帝。仁宗天圣二年十一月,上尊号圣文睿武仁明孝德皇帝;八年七月,上圣文睿武体天钦道仁明孝德皇帝;明道二年二月,上睿圣文武体天法道仁明孝德皇帝;景祐二年十一月,上景祐体天法道仁明孝德皇帝;宝元元年十一月,上宝元体天法道钦文聪武圣神英睿孝德皇帝;康定元年,帝以蝗雨之灾,诏省去“睿圣文武”四字。英宗治平四年正月,上尊号曰体乾膺历文武圣孝皇帝。神宗元丰三年七月十六日,诏曰:“朕惟皇以道,帝以德,王以业,因时制名,用配其实,何必加崇称号,以自饰哉!秦、汉以来,尊天子曰皇帝,其亦至矣。朕承祖宗之休,托士民之上,凡虚文烦礼,尽已革去。而近者有司群辟,犹咸以号称见请,虽出于归美报上之忠,然非朕所以稽考先王之意。今后大礼,百官拜表上尊号,并罢。”先是,百官上尊号,翰林学士司马光当答诏,因言:“治平二年,先帝当郊,不受尊号,天下莫不称颂。末年有建言者,国家与契丹有往来书信,彼有尊号,而我独无,足为深耻,于是群臣复以非时上尊号。昔汉文帝时,单于自称天地所生日月所置匈奴大单于,不闻文帝复为大名以加之也。愿陛下追用先帝本意,不受此名。”上大悦,手诏光曰:"非卿,朕不闻此言。善为答词,使中外晓然,知朕至诚,非欺众邀名者。"自是终身不受尊号。徽宗大观元年季秋,将行明堂礼,大臣议检举皇祐故事,上为亲降御笔云:"粤在季秋,将行宗祀,辅臣有请愿举尊称。浮实之美,毋重辞费,不须上表。今后更不检举。"政和七年四月己未,群臣上表,尊为教主道君皇帝,诏止于教门章奏中称,不可令天下混用。宣和五年七月丁卯,太傅楚国公王黼等上皇帝尊号曰"继天兴道敷文成武睿明皇帝",御笔批答曰:"朕获承至尊,兼三王五帝,以临九有之师,无有远迩,罔不臣服。荷天之鉴,四序时若,祥瑞洊至。薄言兴师,燕、朔归附,大一统于天下。盖祖宗之灵,庙社之庆,惟我神考诒谋余烈,顾朕何德以堪之?而群公卿士,犹以炎、黄、唐、虞之号为未足称,循末世溢美之辞来上,朕甚愧焉。所请宜不允。"凡三上表,皆不允。自是内外群臣、皇子郓王楷以下、太学诸生耆老等上书以请者甚众,皆不从。宣和七年十二月二十九日,上尊号曰教主道君太上皇帝。钦宗建炎元年五月初二日,上尊号曰孝慈渊圣皇帝。高宗皇帝绍兴六年六月丁未,臣秦桧以太母回銮之久,和议已定,士民曹溥等一千三百人诣阙进表乞上尊号,上谦抑不受,令有司无得复收。二十一年三月戊寅,上谓宰执曰:"闻大金有诏上尊号。前此士庶,屡尝有请,既却而不受。"秦桧曰:"盛德之事,它国亦知师仰。"绍兴三十二年六月,上尊号曰光尧寿圣太上皇帝;乾道六年十二月,加号光尧寿圣宪天体道太上皇帝;淳熙二年十月,加号光尧寿圣宪天体道性仁诚德经武纬文太上皇帝;淳熙十二年十月,加号光尧寿圣宪天体道性仁诚德经武纬文绍业兴统明谟盛烈太上皇帝。孝宗皇帝淳熙十六年二月,上尊号曰至尊寿皇圣帝。今上庆元元年十一月,上尊号曰圣安寿仁太上皇帝。前代者见于宋元《宪尊号录》，明清更以他书详考之。国朝者以史册及前后诏旨续焉。

　　2　太祖皇帝草昧日，客游睢阳，醉卧阏伯庙。梦中觉有异，既醒，焚香殿上，取木杯珓以卜平生，自裨将至大帅皆不应，遂以九五占之，珓盘旋空中。已而大契，太祖益以自负。后以归德军节度使建国号大宋，升府曰应天。晏元献为留守，以诗题庙中云："炎宋肇英祖，初九方潜鳞。尝用著蔡占，来决天地屯。庚契大横兆，謦咳如有闻。"东坡先生作《张文定碑》云："熙宁中，公判应天府。新法既粥坊场河渡，又并祠庙粥之。官既得钱，听民为贾区，庙中慢侮秽践，无所不至。公建言：'宋，王业所基也，而以火王。阏伯于商丘，以主大火；微子为宋始封。二祠独不免于粥乎？'裕陵震怒，批出曰：'慢神辱国，无甚于斯。天下祠庙，皆得不粥。'"其后，高宗皇帝炎精复辉，中兴斯地。灼见天命，猗欤休哉。晏元献《五川集》载前段。

　　3　滁州清流关，昔在五季，太祖皇帝以五千之兵败江南李氏十五万众，执皇甫晖、姚凤以献周世宗，实为本朝建国之根本。明清昨仕彼郡，考之《图经》云："皇祐五年十月，因通判州事王靖建言，始创端命殿宇于天庆观之西，奉安太祖御容。初以兵马都监一员兼管，至元丰六年，专差内侍一名，管勾香火。每月朔望，州官朝拜，知州事酌献。岁朝、寒食、冬旦至节，诏遣内侍酌献。"今焉洊罹兵革，殿宇焚荡之久，茂草荆棘，无片瓦尺椽存者，周视太息。还朝上言，以谓太祖皇帝历试于周，应天顺人，启运立极；功业自此而成，王基自此而创，故号端命，诚我宋之咸、镐、丰、沛，命名之意可见。乞再建殿宇，以永崇奉。得旨下礼部讨论，而有司以谓增置兵卫，重有浮费，遂寝所陈。盖明清亲尝至其地，恭睹太祖入滁之伟绩。当其始也,赵韩王教村童于山下,始与太祖交际,用其计画,俾为乡导,提孤军,乘月夜,指纵衔枚,取道于清流关侧芦子垞;浮西涧,入自北门,直捣郡治。皇甫晖方坐帐中,燕劳将士,养锐待战;仓黄闻变,初不测我师之多寡,跃其爱马号千里电奔东郊。太祖追及于河梁,以剑挥之,人马俱坠桥下,晖遂擒。姚凤即以其众解甲请降。自此兵威如破竹,尽取淮南之地。凤之投降,时正午刻,击诸寺钟以应之,至今不改。绍兴壬戌,郡守赵时上殿陈其事,诏付史馆。东渡犹有落马桥存焉。如是,则端命之殿,其可置而不问邪。

4　太祖尝令于瓦桥一带南北分界之所,专植榆柳,中通一径,仅能容一骑。后至真宗朝,以为使人每岁往来之路。岁月浸久,日益繁茂,合抱之木交络翳塞。宣和中,童贯为宣抚,统兵取燕、云,悉命剪剃之。逮胡马南骛,遂为坦途。使如前日有所蔽障,则未必能卷甲长驱如此,亦祖宗规抚宏远之一也。王嗣昌云。

5　承平时,扬州郡治之东庑,扃锁屋数间,上有建隆元年朱漆金书牌云:"非有缓急,不得辄开。"宣和元年,盗起浙西,诏以童贯提师讨之。道出淮南见之,焚香再拜启视之,乃弓弩各千,爱护甚至,俨然如新。贯命弦以试之,其力比之后来过筈,而制作精妙,不可跂及。士卒皆叹伏,施之于用,以致成功。此盖太祖皇帝亲征李重进时所留者。仰知经武之略,明见于二百年之前,圣哉帝也!辛仲由为先人言。

6　太祖既废藩镇,命士人典州,天下忻便。于是置公使库,使遇过客,必馆置供馈,欲使人无旅寓之叹。此盖古人传食诸侯之义。下至吏卒,批支口食之类,以济其乏食。承平时,士大夫造朝,不赍粮,节用者犹有余以还家。归途礼数如前,但少损。当时出京泛汴,有上下水船之讥。近人或以州郡饰厨传为非者,不解祖宗之所以命意矣。然贪污之吏倘有以公帑任私意如互送卷怀者,又不可不痛惩治之也。<small>刘季高云。</small>

7　太平兴国中,诸降王死,其旧臣或宣怨言。太宗尽收用之,置之馆阁,使修群书,如《册府元龟》、《文苑英华》、《太平广记》之类。广其卷帙,厚其廪禄赡给,以役其心。多卒老于文字之间云。<small>朱希真先生云。</small>

8　太宗既得吴越版籍,继下河东,天下一统,礼乐庶事,粲然大备。钱文僖惟演尝纂书名《逢辰录》,排日尽书其父子承恩荣遇及朝廷盛典,极为详尽。明清家有是书,为钱仲韶辈假去亡没。至今往来于中,安得再见,以补史之阙文。

9　仁宗即位,方十岁,章献明肃太后临朝。章献素多智谋,分命儒臣冯章靖元、孙宣公奭、宋宣献绶等,采摭历代君臣事迹,为《观文览古》一书;祖宗故事为《三朝宝训》十卷,每卷十事;又纂郊祀仪仗为《卤簿图》三十卷,诏翰林待诏高克明等绘画之,极为精妙,叙事于左。令傅姆辈日夕侍上展玩之,解释诱进,镂板于禁中。元丰末,哲宗以九岁登极,或有以其事启于宣仁圣烈皇后者,亦命取板摹印,仿此为帝学之权舆,分赐近臣及馆殿。时大父亦预其赐,明清家因有之。绍兴中,为秦伯阳所取。<small>元人云。</small>

10　天圣中,章献明肃太后临朝,诏修《三朝国史》。时巨珰罗崇勋、江德明用事,以为史院承受故官属,每遇进书,推恩特厚,下至书史庖宰,亦沾酝赏。后来因之。<small>徐敦立云。</small>

11　章懿李后初在侧微,事章献明肃。章圣偶过阁中,欲盥手,后捧洗而前,上悦其肤色玉耀,与之言。后奏:"昨夕忽梦一羽衣之士,跣足从空而下云:来为汝子。"时上未有嗣,闻之大喜，云："当为汝成之。"是夕召幸，有娠；明年，诞育昭陵。昭陵幼年，每穿履袜，即亟令脱去，常徒步禁掖，宫中皆呼为"赤脚仙人"。赤脚仙人，盖古之得道李君也。张昌诗嗣祖云：见其祖《邓公家录》。

12　熙宁中，神宗问邓绾云："西汉张良如何？"绾以班、马所论对。上曰："体道。"绾以未喻圣训，请于上。上又曰："不唱。"绾退，因取《子房传》考之，自从沛公入秦宫阙，至召四皓侍太子，凡所运筹，未有一事自其唱也。始知天纵之学，非人所及。邓雍语先人云。

13　神宗遵太祖遗意，聚积金帛成帑，自制四言诗一章云："五季失图，猃狁孔炽。艺祖造邦，思有惩艾。爰设内府，基以募士。曾孙保之，敢忘厥志。"每库以一字目之。又别置诗二十字分揭其上曰："每虔夕惕心，妄意遵遗业。顾予不武资，何以成戎捷？"后来所谓御前封桩库者是也。上意用此以为开拓西北境土之资。始命王韶克青唐，然后欲经理银、夏，复取燕、云。元丰五年，徐禧永洛衄师之后，帝心弛矣。林宓《裕陵遗事》云。

14　神宗朝，诏修仁、英《两朝国史》。开局日，诏史院赐筵。时吴冲卿为首相，提举二府及修史官，就席上成诗赋。冲卿唱首云："兰台开史局，玉毕赐君余。宾友求三事，规摹本八书。汗青裁仿此，衰白盍归欤。诏许从容会，何妨醉上车。"王禹玉云："晓下金门路，君筵听召余。簪缨三寿客，笔削两朝书。身老虽逢此，恩深尽醉欤。传闻访余事，应走使臣车。"元厚之云："殿帷昕对罢，省户雨阴余。诏赐尧樽酒，人探禹穴书。夔龙方客右，班马盖徒欤。径醉俄归弁，云西见日车。"王君贶云："累圣千年统，编年四纪余。官归柱史笔，经约鲁麟

书。班马才长矣,仁英道伟欤。恩招宴东观,醹酒荷盈车。"冯
当世云:"天密丛云晓,风清一雨余。三长太史笔,二典帝皇
书。接武知何者,沾恩匪幸欤。吐茵平日事,何惮污公车。"曾
令绰云:"御府肸醇酿,君恩锡馂余。赐筵遵故事,绅史重新
书。燕饮难偕此,风流不伟欤。素餐非所职,愧附相君车。"宋
次道云:"二圣垂鸿烈,天临四纪余。元台来率属,赐会宠刊
书。世业叨荣甚,君恩可报欤。衮衣相照烂,归拥鹿鸣车。"王
正仲云:"上圣思论著,前言摭绪余。琼筵初赐醴,石室载绅
书。徽范贻来者,成功念昔欤。欲知开局盛,门拥相君车。"黄
安中云:"礼敬三事宴,史发两朝余。偶缀金闺彦,来绅石室
书。法良司马否,辞揩子游欤。盛事逢衰懒,重须读五车。"林
子中云:"调元台极贵,须宴帝恩余。昔副名山录,今裁史观
书。天心忧作者,国论属谁欤。寂寞怀铅客,容瞻相府车。"可
见一时人物之盛。真迹今藏禹玉孙晓处。尝出以示明清。晓
云:"史院赐燕唱和,国朝故事也。"

　　15　乾道辛卯岁,明清因观元符诏旨《钦圣献肃皇后传》
载元丰末命,其所引犹存绍圣谤语,即以白于外舅方务德,云:
"今提衡史笔汪圣锡,吾所厚也,当录以似之。"继而以书及焉。
旬日得汪报云:"下喻昨日偶因奏事,即为敷陈。天语甚称所
言为当,即诏史院删去,以明是非之实矣。"汪书之亲笔今存外
舅家。

　　16　昭慈孟后,绍圣三年以使令为襀袂之法。九月二十
日,诏徙处道宫。已见《泰陵实录》。曾文肃《奏对录》述其复
位本末为备,今具载之。元符三年五月癸酉,同三省批旨,令
同议复瑶华。先是,首相韩忠彦遣其子跂来相见云:因曲谢,
上谕以复瑶华,令与布等议。若布以为可,即白李清臣。俟再

留禀,乃白三省。且云恐有异议者。布答之云:"此事固无前
比。上亦尝问及,布但答以故事止有追策,未有生复位号者。
况有元符,恐难并处。今圣意如此,自我作古,亦无可违之理。
若于元符无所议,即但有将顺而已。三省自来凡有德音及御
批,未闻有逆鳞者,此无足虑。但白邦直不妨。"跂云:"若此中
议定,即须更于上前及帘前再禀定,乃敢宣言。"至四日,再留
不易前议。师朴云:"已约三省。"因相率至都堂。行次,师朴
云:"惇言从初议瑶华法时,公欲就重法,官不敢违。"及至都
堂,惇又云:"当初是做厌法,断不得。唯造雷公式等,皆不如
法,自是未成。"布云:"公既知如此,当初何以不言?今却如此
议论!当时议法论罪,莫须是宰相否?布当时曾议依郭后故
事,且以净妃处之。三省有人于上前犹以为不须如此。其后
又欲贬董敦逸,布独力争得不贬。此事莫皆不虚否?今日公
却以谓议法不当,是谁之罪?"惇默然。布云:"此事且置之。
今日上及帘中欲复瑶华,正以元符建立不正。元符之立,用皇
太后手诏。近因有旨,令蒋之奇进入所降手诏,乃云是刘友端
书。外面有人进文字,皇太后并不知,亦不曾见,是如何?"惇
遽云:"是惇进入。先帝云:已得两宫旨,令撰此手诏大意进
入。"布云:"手诏云:'非此人其谁可当!'皆公之语,莫不止大
意否?"惇云:"是。"众莫不骇之。卞云:"且不知有此也。"布
云:"颖叔以谓太后手诏中语,故著之麻词,乃不知出自公。"之
奇亦云:"当时只道是太后语,故不敢不著。今进入文字,却看
验得刘友端书,皇太后诚未尝见也。"惇顽然无怍色,众皆骇
叹。是日,布又言:"此事只是师朴亲闻,布等皆未曾面禀,来
日当共禀知,圣意无易,即当拟定圣旨进呈。"遂令师朴草定,
云:"瑶华废后,近经登极大赦,及累降赦宥,其位号礼数,令三

省、密院同详议闻奏。"遂退。晚见师朴等,皆云:"一勘便招,可怪可怪。"六日,遂以简白师朴云:"前日所批旨未安,当如今日所改定进拟。"师朴答云:"甚善。"然尚犹豫。七日,布云:"所拟批旨未安,有再改定文字在师朴所。"众皆称善。今所降旨,乃布所改定也。是日,上面谕帘中,欲废元符而复瑶华。布力陈以为不可,如此则彰先帝之短,而陛下以叔废嫂恐未顺。上亦深然之,令于帘前且坚执此议。众皆议两存之为便。上又丁宁,令固执。卞云:"韩忠彦乃帘中所信,须令忠彦开陈,必听纳。"忠彦默然。及帘前,果云:"自古一帝一后,此事盖万世议论。相公已下,读书不浅,须议论得稳当乃可行。兼是垂帘时事,不敢不审慎。"语甚多,不一一记省。众皆无以夺。惇却云:"臣思之亦是未稳当。"众皆目之。师朴遂出所拟批旨进呈云:"且乞依已降指挥,容臣等讲议同奏许之。"然殊未有定论。再对,布遂云:"适论瑶华事,圣谕以谓一帝一后,此乃常理,固无可议。臣亦具晓圣意,盖以元符建立未正,故有所疑。然此事出于无可奈何,须两存之。乃使章惇误晓皇太后意旨,却以复瑶华为未稳当。此事本末惧先帝者,皆惇也。前者皇太后谕蒋之奇以立元符手诏,皇太后不知亦不曾见。及进入,乃是刘友端书写。臣两日对众诘惇云:'昨以皇太后手诏立元符为后,皇太后云不知亦不曾见。及令蒋之奇进入,乃是友端所书,莫是外面有人撰进此文字否?'惇遽云:'是惇撰造。先帝云:已得两宫许可,遂令草定大意。'臣云:'莫非止大意否?诏云:非斯人其谁可当。乃公语也。'之奇亦云:'当时将谓是太后语,故著之制词。'惇云:'是惇语。'众皆骇之。惇定策之罪固已大,此事亦不小。然不可暴扬者,以为先帝尔。今若以此废元符固有因,然上则彰先帝之短,次则在主上以叔废嫂未顺。故臣等议,皆以两存之为便。如此虽未尽典礼,然无可奈何须如此。"太母遂云:"是无可奈何。兼以元符又目下别无罪过,如此甚便。"布云:"望皇太后更坚持此论。若稍动着元符,则于理未便。"亦答云:"只可如此。"上又尝谕密院云:"欲于瑶华未复位号前,先宣召入禁中,却当日或次日降制,免张皇。"令以此谕三省,众亦称善。布云:"如此极便。若已复位号,即须用皇后仪卫召入,诚似张皇。"上仍戒云:"执元符之议及如此宣召,只作卿等意,勿云出自朕语。"及至帝前,三省以箚中语未定,亦不记陈此一节。布遂与颖叔陈之,太后亦称善。退以谕三省云:"适敷陈如此,论已定矣。"遂赴都堂,同前定奏议,乃布与元度所同草定。师朴先以邦直草定文字示众人,众皆以为词繁不可用,遂已。师朴先封以示布,布答之云:"瑶华之废,岂可云主上不知其端,太后不知其详? 又下比于盗臣墨卒皆被恩,恐皆未安尔。"是日,太后闻自认造手诏事,乃叹云:"当初将谓友端稍知文字,恐友端所为,却是他做。"布云:"皇太后知古今,自古曾有似此宰相否?"之奇亦云:"惇更不成人,无可议者。"是日,瑶华以犊车四还禁中。至内东门,太母遣人以冠服令易去道衣乃入。中外闻者,莫不欢呼。是夕,锁院降制,但以中书熟状付学士院,不宣召。初,议复瑶华,布首白上:"不知处之何地?"上云:"西宫可处。"布云:"如此甚便。"外议初云:"东宫增创八十间,疑欲以处二后。"众以为未安。缘既复位,则于太母有妇姑之礼,岂可处之于外? 上亦云然。太母仍云:"须令元符先拜,元祐答拜乃顺。"又云:"将来须令元祐从灵驾,元符只令迎虞主可也。患无人迎虞主,今得此甚便。"又谕密院云:"先帝既立元符,寻便悔,但云:'不直,不直!'"又云:"郝随尝取宣仁所衣后服以披元符,先帝见之甚

骇,却笑云:'不知称否?'"又云:"元祐本出士族,不同。"又称
其母亦晓事。二府皆云:"王广渊之女也。神宗尝以为参知政
事,命下而卒。"又云:"初聘纳时,常教他妇礼,以至倒行、侧
行,皆亲指教。其他举措,非元符比也。"布云:"当日亦不得无
过。"布云:"皇太后以为如何?"太母云:"自家左右人做不是
事,自家却不能执定得,是不为无过也。"布云:"皇太后自正位
号,更不曾生子。神宗嫔御非不多,未闻有争竞之意。在尊
位,岂可与下争宠?"太母云:"自家那里更惹他烦恼? 然是他
神宗亦会做得,于夫妇间极周旋,二十年夫妇不曾面赤。"布
云:"以此较之,则诚不为无过。"颖叔亦云:"忧在进贤岂可与
嫔御争宠。"太母又对二府云:"元符、元祐俱有性气,今犹恐其
不相下。"布云:"皇太后更当训敕,使不至于有过,乃为尽善。
皇太后在上,度亦不敢如此。"太母云:"亦深恐他更各有言语,
兼下面人多,此辈尤不识好恶。"三省亦云:"若皇太后戒饬,必
不敢尔。"太后又云:"他两人与今上叔嫂亦难数相见。今后除
大礼圣节宴会可赴,余皆不须预。他又与今皇后不同也。"三
省亦皆称善。其他语多,所记止此尔。已上皆曾《录》中语。
制词略云:"惟东朝慈训,念久处于别宫。且永泰上宾,顾何嫌
于并后。"至崇宁元年,蔡元长当国。十二月壬申,用御史中丞
钱遹、殿中侍御史石豫、右司谏左肤疏,诏后复居瑶华,制有
云:"台臣论奏,引义固争;宰辅全同,抗章继上。"逾二十年,靖
康末,金人犯阙,六宫皆北,后独不预,逃匿于其家。张邦昌知
之,遣人迎后垂帘,仪从忽突入第中,后惶恐不知所以,避之不
免。及思陵中兴,尊为隆祐太后,盖后之祖名"元",易"元"为
"隆"字。建炎间,皇舆小驻会稽,后微觉风痰,本阁有宫人,自
言善用符水咒疾可瘳,或以启后。后吐舌曰:"又是此语,吾其

敢复闻也！此等人岂可留禁中邪！"立命出之。王嗣昌云。

17　徽宗初践祚，曾文肃公当国。禁中放纸鸢落人间，有以为公言者，公翌日奏其事。上曰："初无之，传者之妄也。当令诘治所从来。"公从容进曰："陛下即位之初，春秋方壮。罢朝余暇，偶以为戏，未为深失。然恐一从诘问，有司观望，使臣下诬服，则恐天下向风而靡实，将有损于圣德。"上深惮服，然失眷始于此也。舅氏曾纮父云。

18　徽宗居藩邸，已潜心词艺。即位之初，知南京曾肇上所奉敕撰《东岳碑》，得旨送京东立石。上称其文，且云："兄弟皆有文名，又一人尤著。"左相韩师朴云："巩也。"子宣云："臣兄遭遇神宗，擢中书舍人，修《五朝史》，不幸早世。其文章与欧阳修、王安石皆名重一时。"上颔之。繇是而知上之好学问非一日也。

19　建中靖国，徽宗初郊，亦见曾文肃《奏事录》，言之甚详。在于当日，为一时之庆事。十一月戊寅凌晨，导驾官立班大庆殿前，导步辇至宣德门外，升玉辂，登马导至景灵宫，行礼毕，赴太庙。平旦雪意甚暴，既入太庙，即大雪。出巡仗至朱雀门，其势未已，卫士皆沾湿。上顾语云："雪甚好，但不及时。"及赴太庙，雪益甚，二鼓未已。上遣御药黄经臣至二相所，传宣问："雪不止，来日若大风雪，何以出郊？"布云："今二十一日。郊礼尚在后日，无不晴之理。"经臣云："只恐风雪难行。"布云："雪虽大，有司扫除道路，必无妨阻。但稍冲冒，无如之何。兼雪势暴，必不久。况乘舆顺动，理无不晴。若更大雪，亦须出郊。必不可升坛，则须于端诚殿望祭。此不易之理。已降御札颁告天下，何可中辍？"经臣亦称善，乃云："左相韩忠彦欲于大庆殿望祭。"布云："必不可。但以此回奏。"经臣

退,遂约执政会左相斋室,仍草一札子以往。左相犹有大庆之
议。左辖陆佃云:"右相之言不可易,兼恐无不晴之理。若还
就大庆,是日却晴霁,奈何?"布遂手写札子,与二府签书讫进
入,议遂定。上闻之,甚喜。有识者亦云:"临大事当如此。"中
夜,雪果止。五更,上朝享九室,布以礼仪使赞引就罍洗之际,
已见月色。上喜云:"月色皎然。"布不敢对。再诣罍洗,上云:
"已见月色。"布云:"无不晴之理。"上奠瓒至神宗室,流涕被
面。至再入室酌酒,又泣不已。左右皆为之感泣。是日,闻上
却常膳蔬食以祷。己卯黎明,自太庙斋殿步出庙门,升玉辂,
然景色已开霁,时见日色。已午间,至青城;晚遂晴,见日。五
使巡仗至玉津园,夕阳满野,人情莫不欣悦。庚辰四鼓,赴郊
坛幕次。少顷,乘舆至大次,布跪奏于帘前,请皇帝行礼,景灵、
太庙皆然。遂导至小次前升坛奠币,再诣罍洗,又升坛酌献。天
色晴明,星斗灿然,无复纤云。上屡顾云:"星斗灿然。"至小次
前,又宣谕布云:"圣心诚敬,天意感格,固须如此。"又升坛饮
福。行过半,蒋之奇屡仆于地。既而当中,妨上行,布以手约
之,遂挽布衣不肯舍而力引之。行数级,复僵仆。上问为谁,
布云:"蒋之奇。"上令礼生掖之登坛,坐于乐架下。至上行礼
毕,还至其所,尚未能起。上令人扶掖出就外舍,先还府,又令
遣医者往视之。及亚献升,有司请上就小次,而终不许,东向
端立。至望燎,布跪奏礼毕,导还大次。故事,礼仪使立于帘
外,俟礼部奏解严乃退。上谕都知阎守勤、阎安中,令照管布
出墙门,恐马队至难出,恩非常也。众皆叹息,以为眷厚。五
鼓,二府称贺于端诚殿。黎明,升辇还内。先是,礼毕,又遣中
使传宣布以车驾还内,一行仪卫,并令偾行,不得壅阏。布遂
关卤簿司及告报三帅,令依圣旨。及登辇,一行仪仗,无复阻

滞。比未及巳时,已至端门。左相乃大礼使,传宣乃以属布,众皆怪之。少选,登楼肆赦。又明日,诣会圣宫。宫门之两庑下所画人马,皆有流汗之迹。云庆历西事时,一夕人马有声,至明观之,有汗流,至今不灭。又有一小女塑像,齿发爪甲皆真物,身长三尺许,云太祖微时所见,尝言太祖当有天下,然无文字可考。像龛于殿之侧坐殿内。盖殿门也。

20　又云:是月,奉职程若英乃文臣程博文之子,上书言:"皇子名亶,及御名皆犯唐明宗名,宜防夷狄之乱。"诏改皇子名。至是,又上书乞换文资,从之。时亦建中靖国元年,后来果验,亦异事也,因著之。

21　神宗更定官制,独选人官称未正。崇宁初,吏部侍郎邓洵武上疏曰:"神宗稽古创法,厘正官名,使省台寺监之官,实典职事。领空名者一切罢去,而易之以阶,因而制禄。命出之日,官号法制,鼎新于上,而彝伦庶政,攸叙于下。今吏部选人,自节、察、判官至簿、尉凡七等,先帝尝欲以阶寄禄而未暇,愿造为新名,因而寄禄,使一代条法粲然大备。"徽宗从其言,诏有司讨论。于是置选人七阶。蔡元道《官制旧典》乃失引之。

22　政和四年六月戊寅,御笔:"取会到入内内侍省所辖苑东门药库。见置库在皇城内北隅,拱宸门东。所藏鸩鸟、蛇头、葫蔓藤、钩吻草、毒汗之类,品数尚多,皆属川、广所贡。典掌官吏三十余人。契勘元无支遣,显属虚设。盖自五季乱离,纪纲颓靡,多用此物以剿不臣者。沿袭至于本朝,自艺祖以来,好生之德洽于人心。若干宪网,莫不明置典刑,诛殛市朝,何尝用此。自今可悉罢贡额,并行停进。仍废此库,放散官吏,比附安排。应毒药并盛贮器皿,并交付军器所,仰于新城门外旷阔迥野处焚弃。其灰烬于官地埋瘗,分明封堠摽识,无使人畜近犯。疾速措置施行。"仰见祐陵仁厚之心,德及豚鱼。敬录于编,以诏无极。

　　23　靖康元年正月戊辰,金贼犯濬州。徽考微服出通津门,御小舟,将次雍丘,命宦官邓善询召县令至津亭计事。善询乃以它事召之,令前驱至近岸,善询从稠人中跃出,呼令下马,厉声斥之。令曰:"某出宰畿邑,宜示威望,安有临民而行者乎!"善询曰:"太上皇帝幸亳社,聊此驻跸。"令大惊,舍车疾趋舟前,山呼拜蹈,自劾其罪。徽宗笑曰:"中官与卿戏耳。"遂召入舟中。是夕阻浅,船不得进,徽宗患之,夜出堤上,御骏骡名鹁鸽青,望睢阳而奔,闻鸡啼。滨河有小市,民皆酣寝,独一老姥家张灯,竹扉半掩。上排户而入,姬问上姓氏,曰:"姓赵,居东京。已致仕,举长子自代。"卫士皆笑,上徐顾卫士,亦笑。姬进酒,上起受姬酒,复传爵与卫士。姬延上至卧内拥炉,又爇劳薪,与上释袜烘趾。久之,上语卫士,令记姬家地名。及龙舟还京,姬没久矣,乃以白金赐其诸孙。蜀僧祖秀云。

　　24　元祐八年九月三日,崇庆撤帘,泰陵亲政。时事鼎新,首逐吕正愍、苏文定。明年,改元绍圣。四月,自外拜章子厚为左仆射。时东坡先生已责英州。子厚既至,蔡元度、邓温伯迎合,以谓《神宗实录》诋诬之甚,乞行重修。繇是立元祐党籍,凡当时位于朝者,次第窜斥,初止七十三人,刘器之亦尝以语胡德辉理,见之《元城道护录》。其间亦自相矛盾,如川、洛二党之类,未始同心也。徽宗登极,复皆召用,有意调一而平之。蔡元长相矣,使其徒再行编类党人,刊之于石,名之云"元祐奸党",播告天下。但与元长异意者,人无贤否,官无大小,悉列其中;屏而弃之,殆三百余人。有前日力辟元祐之政者,亦饕厕名，愚智混淆，莫可分别。元长意欲连根固本牢甚，然而无益也，徒使其子孙有荣耀焉，识者恨之。如近日扬州重刻《元祐党人碑》，至以苏迥为苏过。叔党在元祐年犹未裹头，岂非字画之误乎？尤为无谓。迥字彦远，东坡先生之族子，登进士第，为泸川令。元符末，应日食上言，尤为切直。蔡元长既使其徒编类，上书邪等，彦远为邪上尤甚，又入元祐党籍之石，坐削籍编管华州，遇赦量移潼川，牵复为普州岳安尉，卒于官。绍兴初，特赠宣教郎。事见王望之赏所作彦远妻《史夫人墓志》及《重修泸川灵济庙碑》）。

25　明清顷访徐五丈敦立于雪川，徐询以创置右府与揆路议政分合因革，明清即为考证以对，徐甚以击节，即手录于其所编，今列于后。案：唐代宗永泰中，始置内枢密使二员，以宦者为之。初不置司局，但以屋三楹贮文书，其职惟掌承受表奏于内进呈，若人主有所处分，则宣付中书、门下施行而已。昭宗光化二年九月，崔胤为宰相，与上密谋，欲尽诛宦官，中尉刘季述、王沖元，枢密使王彦范、薛齐偓阴谋废上，请太子监国。已而太子改名缜，即位。十二月，孙德昭、董彦弼、周承诲三人，除夜伏兵诛季述等。翌日，昭宗复位。三人赐姓李，除使相，加号三功臣，宠遇无比。崔胤与陆扆乞尽除宦者，上与三人谋之，皆曰："臣等累世在军中，未闻书生为军主者。若属南司，必多更变，不若仍归之北司为便。"上喻胤等曰："将士意不欲属文臣，卿等勿坚求。"于是复以衰易简、周敬容为枢密使。然唐自此乱矣。朱梁建国，深革唐世宦官之弊，乃改为崇政院，而更用士人敬翔、李振为使。二人官虽崇，然止于承进文书、宣传命令，如唐宦者之职。今士大夫家犹有《梁宣底》四卷，其间所载，大抵中书奏请，则具记事，与崇政使令于内中进呈;所得进止,却宣付中书施行。其任止于如此。至后唐庄宗入汴,复改为枢密院,以郭崇韬为使,始分掌朝政,与中书抗衡。宰相豆卢革为弘文馆学士,以崇韬父名弘正,请改弘文为昭文,其畏之如此。明宗即位,以安重诲、范延先为枢密使,二人尤为跋扈。晋高祖即位,思有以惩戒,遂废之,至开运元年复置。末帝以其后之兄冯玉为之。自是相承不改。国朝因之,首命赵韩王普焉。号称二府,礼遇无间。每朝奏事,与中书先后上,所言两不相知,以故多成疑贰。祖宗亦赖此以闻异同,用分宰相之权。端拱三年,置签书院事,以资浅者为之,张逊是也。官制旧典,误以为邓公。庆历二年,二边用兵,富文忠公为知制诰,建言:“边事系国安危,不当专委枢密院。周宰相魏仁浦兼枢密使,国初范质、王溥以宰相兼参知枢密事。今兵兴,宜使宰相兼领。”仁宗然之,即降旨令中书同议枢密院事,且书其检。吕许公时为首相,以内降纳上前曰:“恐枢密院谓臣夺权。”富公方力争,会西夏首领乞砂等称伪将相来降,各补借职,羁置湖南。富公复言:“二人之降,其家已族矣,当厚赏以劝来者。”仁宗命以所言送中书,而宰相初不知也。富公曰:“此岂小事,而宰相不知邪?”更极论之。时张文定为谏官,亦论中书宜知兵事。遂降制以宰相吕夷简兼判枢密院事,章得象兼枢密院事。未几,或曰:“二府体例,判字太重。”于是复改吕公亦为枢密使。五年,贾文元、陈恭公同为宰相,乞罢兼枢密使,以边事宁故也。有旨从之。仍诏枢密院:“凡军国机要,依旧同议施行。”而枢密院亦自请进退管军臣僚、极边长吏、路分、钤辖以上,并与宰臣同议。从之。张文定复言:“宰相既罢兼枢密院,则更不聚厅。万一边界忽有小虞,两地即须聚厅,每事同议。”自是,常事则密院专行;至涉边事而后聚议,谓之开南厅。然二府行遣,终不相照。熙宁初,滕达道为御史中丞,上言:"中书、密院议边事多不合。赵明与西人战,中书赏功,而密院降约束。郭逵修保栅,密院方诘之,而中书已下褒诏矣。夫战守,大事也,安危所寄,今中书欲战,密院欲守,何以令天下!愿敕大臣,凡战守、除帅,议同而后下。"神宗善之。其后竟使枢密院事之大者,与中书同奏,禀讫先下,俟中书退后,进呈本院。常程公事,凡称三省、密院同奉圣旨者是也。建炎初,置御营使,本以车驾行幸,总齐军中之政,而以宰相兼领之,故遂专兵柄,枢密院几无所干预。吕元直在相位,自以谓有复辟之功,专恣尤甚。台谏以为言,元直既罢政,遂废御营司。而宰相复兼知枢密院事,自范觉民为始,尔后悉兼右府矣。秦会之独相十五年,带枢密使。至绍兴乙亥,会之殂。次年,沈守约、万俟元忠拜相,遂除去兼带,中书与枢府又始分矣。

26　徐敦立语明清云:"凡史官记事,所因者有四:一曰时政记,则宰、执朝夕议政,君臣之间奏对之语也;二曰起居注,则左右史所记言动也;三曰日历,则因时政记、起居注润色而为之者也,旧属史馆,元丰官制属秘书省国史案,著作郎、佐主之;四曰臣僚墓碑行状,则其家之所上也。四者惟时政、执政之所日录,于一时政事最为详备。左右史虽二员,然轮日侍立,榻前之语,既远不可闻,所赖者臣僚所申,而又多务省事。凡经上殿,止称别无所得圣语,则可得而记录者,百司关报而已。日历非二者所有,不敢有所附益。臣僚行状,于士大夫行事为详,而人多以其出于门生子弟之类,以为虚辞溢美,不足取信。虽然,其所泛称德行功业,不以为信可也;所载事迹以同时之人考之,自不可诬,亦何可尽废云。度在馆中时,见《重修哲宗实录》。其旧书崇宁间帅多贵游子弟以预讨论，于一时名臣行事，既多所略，而新书复因之。于时急于成书，不复广加搜访，有一传而仅载历官先后者。且据逐人碑志，有传中合书名，犹云‘公’者，读之使人不能无恨。《新唐书》载事，倍于《旧书》，皆取小说。本朝小说尤少，士夫纵有私家所记，多不肯轻出之。度谓史官欲广异闻者，当择人叙录所闻见，如《段太尉逸事状》、《邨侯家传》之类，上之史官，则庶几无所遗矣。欧阳公《归田录》初成未出，而序先传，神宗见之，遽命中使宣取。时公已致仕在颍州，以其间所记述有未欲广者，因尽删去之。又恶其太少，则杂记戏笑不急之事，以充满其卷秩。既缮写进入，而旧本亦不敢存。今世之所有皆进本，而元书盖未尝出之也。”

27　敦立又语明清云：自高宗建炎航海之后，如日历、起居注、时政记之类，初甚完备。秦会之再相，继登维垣，始任意自专。取其绍兴壬子岁，初罢右相，凡一时施行，如训诰诏旨与夫斥逐其门人臣僚章疏奏对之语，稍及于己者，悉皆更易焚弃。繇是亡失极多，不复可以稽考。逮其擅政以来，十五年间，凡所纪录，莫非其党奸谀谄佞之词，不足以传信天下后世。度比在朝中，尝取观之，太息而已。

28　明清尝谓本朝法令宽明，臣下所犯，轻重有等，未尝妄加诛戮。恭闻太祖有约，藏之太庙，誓不杀大臣、言官，违者不祥。此诚前代不可跂及。虽卢多逊、丁谓罪大如此，仅止流窜，亦复北归。自晋公之后数十年，蔡持正始以吴处厚讦其诗有讥讪语贬新州。又数年，章子厚党论乃兴，一时贤者，皆投炎荒，而子厚迄不能自免，爰其再启此门。元祐间治持正事，二三公不无千虑之一失。使如前代，则奸臣借口，当渫血无穷也。明清尝以此说语朱三十五丈希真,大以为然。太祖誓言,得之曹勋,云从徽宗在燕山面喻云尔。勋南归,奏知思陵。

29　明清尝得英宗批可进状一纸于梁才甫家,治平元年,宰执书臣而不姓,且花押而不书名,以岁月考之,则韩魏公、曾鲁公、欧阳文忠公、赵康靖作相、参时也,但不晓不名之义。后阅沈存中《笔谈》云:"本朝要事对禀,常事拟进入,画可然后施行,谓之'熟状';事速不及待报,则先行下,具制草奏知,谓之'进草'。熟状白纸书,宰相押字。"始悟其理。不知今又如何耳。

挥麈后录卷之二

30　宣和中,燕诸王于禁中。高宗以困于酒,倦甚,小偈幄次。徽宗忽询:"康王何往乎?"左右告以故,徽宗幸其所视之;甫入即返,惊鄂默然。内侍请于上,上云:"适揭帘之次,但见金龙丈余,蜿蜒榻上。不欲呼之,所以亟出。"叹息久之,云:"此天命也。"繇是异待焉。<small>赵士篯彭老云。</small>

31　高宗尝语吕颐浩云:"朕在宫中,每天下奏案至,莫不熟阅再三,求其生路,有至夜分。卿可以此意戒刑寺官,凡于治狱,切当留心,勿草草。"颐浩再拜赞,即以上旨喻之。<small>姜安礼处恭云。</small>

32　曹功显勋语明清云:"昨从徽宗北狩至燕山逃归,显仁令奏高宗曰:上为康王,再使房中,欲就鞍时,二后泊宫人送至厅前。有小婢招儿者,见四金甲人,状貌雄伟,各执弓剑,拥卫上体,婢指示众,虽不见,然莫不畏肃。后即悟曰:我事四圣,香火甚谨,必其阴助。今陷房中,愈当虔事。自后夜深必四十拜止。更令奏上,宜严崇奉,以答景贶。高宗后跸跸临安,即诏于西湖建观,像设以祀,甚为壮丽。"又云:"后未知上即位,尝用象戏局子裹以黄罗,书康王字,贴于将上,焚香祷曰:'今三十二子俱掷于局,若康王字入九宫者,必得天位。'一掷,其将子果入九宫,他子皆不近。后以手加额,喜甚,即具奏徽庙。大喜,复谓后曰:'瑞卜昭应异常,可无虑矣。'"

33　元符末,掖廷讹言祟出。有茅山道士刘混康者,以法箓符水为人祈禳,且善捕逐鬼物。上闻,得出入禁中,颇有验。崇恩尤敬事之,宠遇无比。至于即其乡里建置道宫,甲于宇内。祐陵登极之初,皇嗣未广,混康言京城东北隅地叶堪舆,倘形势加以少高,当有多男之祥。始命为数仞岗阜,已而后宫占熊不绝。上甚以为喜,繇是崇信道教,土木之工兴矣。一时佞幸因而逢迎,遂竭国力而经营之,是为艮岳。宣和壬寅岁始告成,御制为记云:“京师天下之本。昔之王者,申画畿疆,相方视址,考山川之所会,占阴阳之所和,据天下之上游,以会同六合,临观八极。故周人胥宇于岐山之阳,而又卜涧水之西。秦临函谷、二殽之关,有百二之崄。汉人因之,又表以太华、终南之山,带以黄河、清渭之川,宰制四海。然周以龙兴,卜年八百;秦以虎视,失于二世;汉德弗嗣,中分二京。何则?在德不在崄也。昔我艺祖,拨乱造邦,削平五季。方是时,周京市邑,千门万肆不改,弃之而弗顾。汉室提封五方,阻山浮渭,屹然尚在也,舍之而弗都。于胥斯原,在浚之郊,通达大川,平皋千里,此维与宅。故今都邑广野平陆,当八达之冲,无崇山峻岭襟带于左右,又无洪流巨浸浩荡汹涌经纬于四疆。因旧贯之居,不以袭崄为屏。且使后世子孙世世修德,为万世不拔之基。垂二百年于兹,祖功宗德,民心固于泰、华;社稷流长,过于三江五湖之远,足以跨周轶汉。盖所恃者德,而非崄也。然文王之囿,方七十里;其作灵台,则庶民子来;其作灵沼,则于仞鱼跃。高上金阙,则玉京之山,神霄大帝,亦下游广爱。而海上有蓬莱三岛,则帝王所都,仙圣所宅,非形胜不居也。传曰:‘为山九仞,功亏一篑。’是山可为,功不可书。于是太尉梁师成董其事。师成博雅忠荩,思精志巧,多才可属。乃分官列职,曰雍、曰琼、曰琳,各任其事,遂以图材付之。按图度地,庀徒僝工，累土积石，畚插之役不劳，斧斤之声不鸣。设洞庭、湖口、丝溪、仇池之深渊，与泗滨、林虑、灵壁、芙蓉之诸山，取瑰奇特异瑶琨之石。即姑苏、武林、明越之壤，荆、楚、江、湘、南粤之野，移枇杷、橙柚、橘柑、榔栝、荔枝之木，金蛾、玉羞、虎耳、凤尾、素馨、渠郁、末利、含笑之草，不以土地之殊，风气之异，悉生成长，养于雕栏曲槛。而穿石出罅，岗连阜属，东西相望，前后相续，左山而右水，后溪而旁陇，连绵弥满，吞山怀谷。其东则高峰峙立，其下则植梅以万数，绿萼承跗，芬芳馥郁。结构山根，号萼绿华堂。又旁有承岚、昆云之亭。有屋外方内圆如半月，是名书馆。又有八仙馆，屋圆如规。又有紫石之岩，析真之磴，揽秀之轩，龙吟之堂。清林秀出其南，则寿山嵯峨，两峰并峙，列嶂如屏。瀑布下入雁池，池水清泚涟漪，凫雁浮泳水面，栖息石间，不可胜计。其上亭曰噰噰。北直绛霄楼，峰峦崛起，千叠万复，不知其几千里，而方广无数十里。其西则参、木、杞、菊、黄精、芎䓖，被山弥坞，中号药寮。又禾、麻、菽、麦、黍、豆、秔、秫，筑室若农家，故名西庄。上有亭曰巢云，高出峰岫，下视群岭，若在掌上。自南徂北，行岗脊两石间，绵亘数里，与东山相望。水出石口，喷薄飞注，如兽面，名之曰白龙沇，濯龙峡，蟠秀、练光、跨云亭，罗汉岩。又西，半山间楼曰倚翠。青松蔽密，布于前后，号万松岭。上下设两关。出关，下平地，有大方沼，中有两洲：东为芦渚，亭曰浮阳；西为梅渚，亭曰云浪。沼水西流，为凤池；东出为研池。中分二馆：东曰流碧，西曰环山。馆有阁，曰巢凤；堂曰三秀，以奉九华玉真安妃圣像。东池后，结栋山下，曰挥云厅。复由磴道，盘行萦曲，扪石而上。既而山绝路隔，继之以木栈。木倚石排空，周环曲折，有蜀道之难，跻攀至介亭。最高诸山，前列巨石，凡三丈许，号排衙，巧怪崭岩，藤萝蔓衍，若龙若凤，不可殚穷。餐云半山居右，极目萧森居左。北俯景龙江，长波远岸，弥十余里。其上流注山间，西行潺湲，为漱玉轩。又行石间，为炼丹亭、凝观、圜山亭。下视水际，见高阳酒肆、清斯阁。北岸万竹苍翠蓊郁，仰不见明。有胜筠庵、蹑云台、萧闲馆、飞岑亭。无杂花异木，四面皆竹也。又支流为山庄，为回溪。自山蹊石罅搴条下平陆，中立而四顾，则岩峡洞穴，亭阁楼观，乔木茂草，或高或下，或远或近，一出一入，一荣一雕，四向周匝；徘徊而仰顾，若在重山大壑，幽谷深岩之底，而不知京邑空旷，坦荡而平夷也；又不知郛郭寰会，纷华而填委也。真天造地设，神谋化力，非人所能为者。此举其梗概焉。及夫时序之景物，朝昏之变态也。若夫土膏起脉，农祥晨正，万类胥动，和风在条，宿冻分沾，泳渌水之新波，被石际之宿草。红苞翠萼，争笑并开于烟暝；新莺归燕，呢喃百转于木末。攀柯弄蕊，藉石临流，使人情舒体堕，而忘料峭之味。及云峰四起，列日照耀，红桃绿李，半垂间出于密叶；芙蕖菡萏，蒪蓼芳苓，摇茎弄芳，倚靡于川湄。蒲菰荇藻，茭菱苇芦，沿岸而溯流；青苔绿藓，落英坠实，飘岩而铺砌。披清风之广莫，荫繁木之余阴。清虚爽垲，使人有物外之兴，而忘扇箑之劳。及一叶初惊，蓐收调辛，燕翩翩而辞巢，蝉寂寞而无声。白露既下，草木摇落；天高气清，霞散云薄；逍遥徜徉，坐堂伏槛，旷然自怡，无萧瑟沉寥之悲。及朔风凛冽，寒云暗幕；万物调疏，禽鸟缩漂；层冰峨峨，飞雪飘舞；而青松独秀于高巅，香梅含华于冻雾；离树拥幕，体道复命，无岁律云暮之叹。此四时朝昏之景殊，而所乐之趣无穷也。朕万机之余，徐步一到，不知崇高贵富之荣，而腾山赴壑，穷深探崄，绿叶朱苞，华阁飞升，玩心惬志，与神合契，遂忘尘俗之缤纷,而飘然有凌云之志,终可乐也。及陈清夜之醮,奏梵呗之音,而烟云起于岩窦,火炬焕于半空。环珮杂遝,下临于修涂狭径;迅雷掣电,震动于庭轩户牖。既而车舆冠冕,往来交错,尝甘味酸,览香酌醴,而遗沥坠核,纷积床下。俄顷挥霍,腾飞乘云,沉然无声。夫天不人不因,人不天不成,信矣!朕履万乘之尊,居九重之奥,而有山间林下之逸,澡溉肺腑,发明耳目,恍然如见玉京、广爱之旧。而东南万里,天台、雁荡、凤凰、庐阜之奇伟,二川、三峡、云梦之旷荡,四方之远且异,徒各擅其一美,未若此山并包罗列,又兼其绝胜,飒爽溟滓,参诸造化,若开辟之素有,虽人为之山,顾岂小哉!山在国之艮,故名之曰艮岳。则是山与泰、华、嵩、衡等同,固作配无极。壬寅岁正月朔日记。"又命睿思殿应制李质、曹组各为赋以进。质云:"宣和四年,岁在壬寅,夏五月朔,艮岳告成,命小臣质恭诣作古赋以进。臣俯伏惴栗,惧学术荒陋,不足以奉诏,正衣冠,屏息窃诵宸制,如日月照映。至于经营终始,与其命名之意义,备载奎文。使执笔之臣徒震汗缩伏,辞其不能。虽然,臣之荣遇,千载一时,敢不祗若休命。于是虚心涤虑,再拜稽首而献赋焉。其词曰:伟兹岳之宏厚兮,固磐基于坤轴。跨穹隆之高标兮,俯万象于林薮。一气肇其吐吞兮,割阴阳于晦昱。信天造而地设兮,行圣心之神欲。相美利于艮维兮,膺亿载之假福。允定命以匹休兮,同涧、瀍之乃卜。惟重熙兮累洽,固帝祚之无疆。縈浚都之是宅,陋周原之匪臧。诚体国之有制,拟形势而辨方。伊冈联与阜属,翼庆瑞兮绵长。仰黄屋之非心,融至道以垂裳。即崇山之奥区,翳荟郁其苍苍。纷川泽之沮洳,限江湖之渺茫。类曾城与丹丘,仍飙驭之求翔。鸣辽鹤于昼寂,啸巴猿于夜决。霭烟霞之超绝,殆未邈乎康庄。时万

机之余暇，顿六辔以高骧。逸天步之辙迹，怡圣情而弗忘。俾
飞云以川泳，均草木之有光。轩重闉之敞敞，植梅桃以时岗。
挺八仙之桂桧，涨润气以疏香。屹舞手之奇石，导风袂以前
郭。仰奎文之圣述，如震栗乎春雷。兼虞、商之浑灏，类云汉
之昭回。蚓虱之臣不敢久以伏读兮，一再诵而心开。灿八龙
之神藻，觉虎卧之煤埃。惟明光之绚练，永作镇于钩台。俄北
行而少进，惊泛雪之虚辟。屏分翠绿以双抗兮，沃泉中湛而凝
碧。伊留云与宿雾，佐清致于瑶席。饮瓯面之琼腴，贮风生于
两腋。登和容于射圃，慑弧矢之神威。流芳馨于素华，且舒笑
而忘归。抚跨云之栏楯，惊倚翠之翚飞。陟半山而前瞩，虚虎
亘其绳直。耸凝观而北列，视鉴湖之湜湜。忽峥嵘而环合，想
圃山之嘉色。敞玉霄之闳洞，仙真过而寓息。冀炼丹以服饵，
生身体之羽翼。辟琼津与清斯，望龙江而西东。何茂修之夹
植，中演漾而溶溶。觌山庄之派别，引回溪而曲通。挹飞岑于
秀发，倚蹑云之崇崇。虚萧闲之邃宇，贮毫楮于厥中。延胜筠
之宿润，发五盖之游蒙。无杂卉以周布，端此君之迎逢。委桧
阴之修径，出高阳之酒亭。奉千钟之湛露，倾葵藿于尧龄。欲
洗练其神宅，耳漱琼之泠泠。度金霞而矫首，介亭屹其上征。
险羊肠于九折，升云栈而心惊。有排衙之巨石，间珍木之敷
荣。为巉妙之绝巘，类箫台之玉京。宜帝真之下堕，后电挚而
雷鸣。继神光之烛坛，响环珮之琼琤。何天人之无间，本皇上
之精诚。路逶迤而东转，经极目之萧森。下来禽之茂岭，披合
欢之华林。始祈真于磴杪，终揽秀于轩阴。启龙吟之虚堂，面
紫石之高壁。分竹斋于向背，沸不老之泉液。爰挥云之翔鳞，
若腾跃于天地。逾万松之峻岭，设两关而嵚崎。垂濯龙之瀑
布，与蟠秀而东驰。憩练光以容与，仰奇峰而登跻。矧梅、芦

之二渚,结云浪与浮阳。俄就夷而绝嵰,复渊澄而沼方。池名凤以号砚,乃余波之洋洋。既流碧之霞错,又环山之翼张。严宏堂之三秀,奉九华之玉真。怅白云之已远,追音徽之尚存。壮阿阁以巢凤,拥万木之岩春。何涟漪之飒爽,仰拱霄之是邻。觌书馆之幽致,擅著古之佳名。极惊蛇而走虺,知草圣之纵横。临清流而喜赋,鄙秋风之淫声。揭昆云兮承岚,相峇峣而抗衡。彼会真之高馆,总群玉之邃清。俨疏梅之盈万,常沐雨而披烟。俪冰姿于尊绿,非取媚而争妍。骇白龙之喷激,落银汉于九天。方巢云之入望,亘黄果之绵连。登绛霄以游目,耸万寿之南山。泻乌龙之垂霤,注雁池于石间。企嘻喠之峻亭,谅绝尘而可攀。欣药寮之西辟,蕴丹华之秀岩。罗玉芝与云桂,产南烛之非凡。下丁香之密径,有间植之松杉。嗟禾麻兮菽麦,艺黍稷兮惟艰。开西庄以务本,信农事之匪闲。俯明秀之杰阁,晞梅岩及春华。偃霜风之老桧,跂凤翼之欹斜。荫檀栾之芸馆,豁凝思之雅堂。备上台之珍文,若星灿而霞章。臣盖闻赤县神州之说,方壶员峤之言,既不周之具载,亦同纪于昆仑。定洪荒之无考,宜姑置而勿论。穷山川于畴昔,效子长之飞搴。登岱宗而伫贻,尝历井于天门。瞻巍然之日观,视凫绎之骏奔。维祝融之巨镇,郁紫盖之奇峰。摽赤城而霞起,滴九疑之翠浓。观罗浮与雁荡,望庐阜之横空。陟嵩高之峻极,有二室之重峦。森峨峨之太华,若秀色之可餐。耸天平于林虑,睇王屋之仙坛。何诸山之环异,均赋美于一端。岂若兹岳,神模圣作,总众德而大备,富千岩兮万壑。何小臣之荣观,忽承诏而骇愕。舍荜门之圭窦,诣钧天之广乐。惊蓬心与蒿目,荡胸次之烦浊。欲粗穷其胜概,徒喙息乎林薄。蜂房栉比,视闾阎也。垤蚁往来,观市人也。萦纡如线,贯汲流也。

布筹纵横，俯阡陌也。累块积苏，罗层台也。翾飞蚁聚，听轮
迹也。其体穹崇，旁日月也。其用浩博，行变化也。尘翳翳以
电扫兮，云溶溶而承宇。既崛起以嶜崟兮，又盘玄而深阻。远
而望之，则或抗庆以分暌，或附从而党伍，或企然而仰，或偃然
而俯，或相蹲踞，或相旁午。迫而视之，则或如跃龙，或如虓
虎，或若会同之冠冕，或若隐嶙之环堵，或引援而维持，或参差
而龃龉，或名三奇，或号太古，万形千状，不可得而备举也。而
又瑕石诡晖，嶙峋巉岩。灵壁之秀，发于淮之北；太湖之异，来
自江之南。伏犀抱犊，紫金之峰；凌云透月，琼玉之岩。遂根
挐而固结，成耸翠之烟岚。植湘水之丹橘，列洞庭之黄柑。盈
待凤之椅梧，耸负霜之梗楠。篔筜篁篾，梽蠹以森萃；青纶紫
荚，晔晔而髶髶。遂凌岑而跨谷，仰缔构于其间。虹梁并亘，
旅楹有闲。嘉玉舄之辉润，睇云楯之烂班。临飞陛之揭孽，森
平波之汪湾。舣青翰，投丈竿，却龙舟而弗御，规就桥而处安。
得玄珠于赤水，仰神圣之在宥。推无为于象先，扩尧仁之天
覆。且帝泽之旁流，复上昭而下漏。宜乎绝珠殊祥，骈至迭
辏。潜生沼之丹鱼，萃育薮之皓兽。神爵栖其林，麒麟臻其
囿。屈轶茂而冀荚滋，紫脱华而朱英秀。何动植之休嘉，表自
天之多祐。臣又闻积水成渊而蛟龙生，积土成山而风雨兴，皆
物理之自然，岂人力之所能！盖尝观云气之霭霭，时出没而相
仍。作寰区之润泽，肇五谷之丰登。需为霖而复敛，抱虚壁之
层层。举兹山之尽美，渠可得而诵称？尔乃或遐瞩以寄情，或
周览以托兴。众彩迭耀，臣目迷而不能得视；群籁互鸣，臣耳
惑而不能得听。何神用之莫测，使凡气之无定？品物流形，各
正厥命。如文王之在灵台，民乐其有德；武王之居镐京，物不
失其性。岂若左太华而右褒斜，为《长杨》之夸；南丹水而北紫

渊,为《上林》之盛而已哉。夫昔唐尧访四子于藐姑射之山,周穆宾西王母于瑶池之上,是皆笃要妙而有轻天下之心,务逸举而有和云谣之唱。盖翠华之远游,徒赤子之在望。惟吾皇之至神,扩广爱之遐想,曾何远于九重,迈蓬瀛之清赏,得忠嘉之信臣,协规制于明两。馨丹款以爱谋,念贤劳之鞅掌。迄成功于九仞,说见知于天奖。凡经营于六载之间,而为万世无穷之休,岂不广哉!”曹组云:“臣伏蒙圣慈宣示李质所进《艮岳赋》,特命臣继作。顾臣才短学疏,岂能仰副睿旨。进退皇惧,不知所裁。谨斋心百拜以赋,其辞曰:客有游辇毂之下,以问京师之主人曰:‘东北之隅,地势绵连,冈岭秀深,气象万千,不知何所而乃如此焉?’主人曰:‘国家寿山,子孙福地,名曰艮岳。’客曰:‘盖闻五星在天,五岳在地。东有泰山,甲于区宇,下临沧溟,旁跨齐鲁。南有衡山,祝融紫盖,湘潭为址,九向九背。西有太华,三峰插天,枕瞰函谷,横斜渭川。北则常山,以限天骄,太河朔汉,仰其嶅峣。中则嵩高,与天峻极,襟带河、洛,屏翰京国。复见兹于中都,何前此而未识?且山岳之大,天造地设,开辟之初,元气凝结,是岂人为?愿闻其说。’主人曰:‘清浊既分,爰其阴阳,播之大钧,孰为主张?是必造物,区处维纲。今以一人之尊,大统华夏,宰制万物,而役使群众,阜成兆民,而道济天下。夫惟不为动心,侔于造化,则兹岳之兴,固其所也。而况水浮陆走,天助神相,凡动之沓来,万物之享上,故适再闰而岁六周星,万壑千岩,芳菲丹青之写图障也。’客曰:‘岳有五焉,今益其一,在于五行,数则差失。’主人曰:‘客不闻五行在天乃六气,君火以名,相火以位,寒暑运行,曾无越次。矧此有形,创于神智,生生不穷,悠远之义。然则五岳视三公之官,艮岳为多男之地,乃其宜也。夫何拟议?’客首肯久之曰：'吾见乎岳之外矣，吾闻乎岳之说矣。独有未详，孰知其中。盖禁钥十二，皇居九重，深严秘奥，内外莫通，愿子陈其次弟，庶几因以形容。'主人唯唯曰：'其大则可以概举，其细则莫能缕数。唯乘舆有时临幸，虽山岳亦类于庭庑。请先陈其岩谷冈峦之体势，后状其楼观池台之处所。皆圣作而神述，尽宏规而杰矩。夫艮者，八卦之列位；岳者，众山之总名。高为峰则秀拔，拱为岫则峥嵘。霁色晚静，风光晓凝。陟崔嵬而直上，俯蹬道以宽平。杂花异香，莫知其名；佳木繁阴，欣欣其荣。唯特立于诸峰之右者，乃主乎寿，照之以南极之星。所谓山者如此。浅若龙龛，深若云窦，锁烟霞于杳冥，留风雨于昏昼。或秉炬而可入，或扣扃而可叩。石磊磊以巉岩，木森森而耸秀。间则流润云蒸，可卜以阴晴之候。所谓洞者如此。为山之屏，为洞之扃，承乎上则安若桓楹，庇于下则覆若檐楹。珍丛幽芳，古木长藤，茏络蔽亏，高低相层。鸟啼花发，则春容淡荡；霜降木脱，则石角峻嶒。所谓岩者如此。两山之间，气聚其中，众木斯茂，泉流暗通。或重罗以瞑昼，或偃草而进风。袅长春之翠茎，挺坚节之霜松。每晨曦之照耀，霭朝雾以空濛。所谓谷者如此。又有冈则隐然而起，势连山谷，殊萃岘之峰峦，类萦纡之林麓。白雪照夜，则寒梅盛开；红云娇春，则仙桃极目。恍如望千亩之锐，非岩之秀。横石壁垒，亘若冈阜。既草木以敷荣，复地形之延袤。迢迢大庾隔绝遐荒；落落万松，得名钱塘。今移根于南北，亦不限于炎凉。至若溶溶大波，潴为巨派，其流则小，其合则大。莹上下之天光，溉浅深之湍濑。有巨鱼以潜波，扈龙舟而夹载。岸容万柳，春风柔柯。飞花满空，长条拂波。或趁景而移棹，或鸣根而笑歌。此谓之江者。回环山根，萦带奇石，浅以荡谷，深以凝碧，潺湲不穷，流衍漱激。泛桃花之露红,浮洞天之春色。轻鸥文禽,栖息其侧;荷花不断,云锦舒张。或聚而为曲沼,或涨而为横塘。烟梢露荼,交翠低昂。此之谓溪者。夫山洞岩谷,冈岭江溪,既略陈矣。子独不见楼有绛霄,朱栏倚空,跨晴云之缥渺,挂瑞日之曈昽。绮疏凝雾,天香散风。觉星辰之逼近,如霄汉之穹隆。招飞仙于蓬壶,揖素娥于蟾宫。霓旌鹤驭,税驾其中。又不见阁有巢凤,异乎高岗,岂丹穴之瑞应,无雄构以翱翔。即其轩楹,架以杰阁。茈五彩之鸳雏,下九霄之鹭鸶。因太平之象,会廊庙之人,置酒大嚼,归美逢辰,续夏日之句,颂南风之薰。其北也,诸山之上,众木之杪,俯云壑之沉沉,视烟霄之杳杳。西瞻太行于晴霁,东望海霞于清晓。山岊炭,石嶙峋。挹长风之回玉宇,导明月之涌冰轮。斋心尝比于崆峒,精祷每延乎上真。见飘飘之仙驭,随袅袅之青芬。视其榜曰介亭。有排衙,苍碧之前陈者也。因山高下,周以回廊,如璧月之环坐,复晴曦之腾光。玩牙签之甲乙,发宝书之秘藏。徐绕砌而散步,间挟策而寓兴。花虽芳而昼寂,鸟虽啼而人静。效隐士之山堂,取逸人之三径。其榜曰书馆,岂蓬户陈编之可并者也?亭有胜筠,周以美竹。何禁籞之宝槛,迸蓝田之丛玉。已交戛而近砌,复扶疏而出屋。分月影之琐碎,听风声之断续。游尘不到,清意自生。目苍云之翳翳,面霜节之亭亭。挺然不屈,四时长青。宸襟对爽,固以贶名。且馆曰萧闲,深庭邃宇。来万籁之清风,无九夏之剧暑。栖寓怀之宝玩,备宸章之毫楮。前横江练,傍列山庄,或遣乘槎而上汉,或笑喝石而为羊。超然燕处,真逍遥自适之乡。杂花争妍,红紫相鲜。或引绳而为径,或弥望而成川。锦绣照空而明焕,风露散晓而香传。肃然行列,若羽林之万骑;粲然艳妆,如宫女之三千。四时之候,参差不齐。异尘埃之桃李，杂纷蹂以成蹊。斯号林华之苑，见镂玉之珍题。至若山庄竹篱，萝蔓蓊郁。晚绿筠之共茂，夹修径而高出。俯以爱苍苔之承步，仰以见云梢之蔽日。轩亭栏槛，各相方而榜名。故扶晨散绮，洞焕秀澜，随所寓而不一。晴波融怡，是为雁池。望风中之飞练，接云际之虹霓。南山巍然而苍翠，北渚湛若而涟漪。听雍雍之下集，观肃肃以高飞。朝离乎雪霜之野，暮宿乎葭苇之湄。唯恩波之可泳，岂堕阳之恨迟？练以幽芳，尊绿华堂。何玉颜之澹伫，见奇姿之异常。鄙江梅之尚红，陋腊梅之太黄。得天上碧桃之露，掩薰炉清远之香。恍圣情而异禀，蒙天笑以增光。故赐神仙之号，阖珠户而敞文窗。然而如此之类，安能悉纪？若梦游仙，仿佛而已。'客曰：'子之所陈，心存意识。或欲周知，何从皆得？'主人曰：'人间天下，飞潜动植，率在其中，不可殚极。姑陈述乎二三而已，傒累言于千百。非若《子虚》、《上林》之夸大，《两京》、《三都》之缘饰。顾难状于言辞，徒充塞于胸臆。'客曰：'姑置是事，请质所疑。何一隅之形势，若千里之封圻？'主人笑曰：'嘻！夫耳目之不际，何可以意测？思虑不至，孰可以强知？望壶中者，初不察其天地。游武陵者，亦岂意其有桃溪？矧都邑纷华之地，藏十洲、三岛之奇。'客又曰：'盖闻橘不逾淮，貉不逾汶。今兹草木，来自四方，原莫知夫远近。物理地宜，请得而论。'主人曰：'天子神圣，明堂颁制，视四海为一家，通天下为一气。考其迹则车书混同，究其理则南北无异。故草木之至微，不变根荄于易地，是岂资于人力，盖已默然运于天意。故五岳之设也，天临宇宙；五岳之望也，列于百神。兹岳之崇也，作配万寿。彼以滋庶物之蕃昌，此以壮天支之擢秀。是知真人膺运，非特役巨灵而驱五丁。自生民以来，盖未之有。'客恍然闻所未闻,于是鼓舞欢忻,颂咏太平,等乾坤之永久。"又诏二臣共作《艮岳百咏诗》以进。《艮岳》:"势连坤轴近乾岗,地首东维镇八方。江不风波山不险,子孙千亿寿无疆。"《介亭》:"云栈横空入翠烟,跻攀端可蹑飞仙。介然独出诸山上,磊磊排衙石满前。"《极目亭》:"千里飞鸿坐上看,山川风月在凭栏。不知地占最高处,但觉恢恢天宇宽。"《圆山亭》:"轩楹正在翠微中,欲雪云生四面峰。璀璨地铺红玛瑙,嵯峨山耸碧芙蓉。"《跨云亭》:"地高天近怯凭栏,下视浮云咫尺间。只怪轻雷起岩际,不知飞雨过山前。"《半山亭》:"凭高玉辇每从容,中路尝闻憩六龙。尘外有人如到此,便须行彻最高峰。"《萧森亭》:"晓日珍珑宿雾开,四檐时有好风来。不应班竹林中见,却似松根琥珀堆。"《麓云亭》:"山下深林起白云,白云飞处断红尘。伴行直到高峰上,舒卷纵横不碍人。"《清赋亭》:"四海熙熙万物和,太平廊庙只赓歌。欲追林下骚人意,却是临流得句多。"《散绮亭》:"断虹飞雨过天涯,碧落浮云不复遮。明日阴晴真可卜,倚栏来此看余霞。"《清斯亭》:"天波万斛泻镕银,跨水横桥丽构新。但取真堪濯缨意,玉阶金阙本无尘。"《炼丹亭》:"药炉龙虎正交驰,五色云生固济泥。凡骨欲逃三万日,君王曾赐一刀圭。"《璿波亭》:"水影摇晖动碧虚,日华凌乱上金铺。安知不是鲛人宝,往往渊中得美珠。"《小隐亭》:"古木回环石路横,居山初不在峥嵘。圣人天下藏天下,小隐聊为戏事名。"《飞岑亭》:"微云将雨洗层峦,石磴莓苔路屈盘。正是江南最佳处,仰看苍翠俯澄澜。"《草圣亭》:"落笔纵横走电光,近臣时得赐云章。龙盘凤翥皆天纵,渴骥惊蛇不足方。"《书隐亭》:"吾皇圣学自天衷,载籍源流一一通。宵旰万机营四海,更将心醉六经中。"《高阳亭》:"仙舟时倚碧溪湾,花外青旗映浅山。不醉阆风缘底事,要看豪饮似人间。"《嗺嗺亭》:"圣主从来不射生,池边群雁恣飞鸣。成行却入云霄去,全似人间好弟兄。"《忘归亭》:"玉景金霞长不夜,松篁泉石更留人。广寒宫殿秋偏好,待看林梢月色新。"《八仙馆》:"蟠桃初熟玉京春,圆屋如规户牖新。尽是瑶池高会客,岂容尘世饮中人。"《环山馆》:"峰峦回合耸云屏,岩霭溪光面面横。开户忽惊千仞翠,凭高才见九重城。"《芸馆》:"玉堂金马尽名儒,黄本牙签付石渠。向此别藏三万卷,不忧中有蠹书鱼。"《书馆》:"莲烛词臣在外庭,青钱学士已登瀛。回廊屈曲随岩阜,挟策何妨取次行。"《萧闲馆》:"书草吹来种种香,好风移韵入松篁。丹台紫府无尘事,倚觉壶中日月长。"《漱琼轩》:"浅碧分江入众山,山深无处不潺潺。开轩最近寒溪口,喷薄松风向珮环。"《书林轩》:"甲乙森然尽宝书,校雠曾授鲁中儒。万机多暇时来此,玉轴牙签自卷舒。"《云岫轩》:"山上飞云片片轻,云山相似倚空明。从龙本合封中去,触石光从望处生。"《梅池》:"玉钿匀点鉴新磨,香逐风来水上多。应为横斜诗句好,故教疏影泻平波。"《雁池》:"暮天飞下一行行,浅渚平沙足稻粱。有此恩波好游泳,何须辛苦去衡阳?"《砚池》:"黑云凌乱晓光凝,气接昆仑冷不冰。龙饼麝元皆御墨,游鱼吞却化鲲鹏。"《林华苑》:"迤云复道映楼台,茂苑奇花日日开。但得如春天一笑,芳菲何必晓风吹?"《绛霄楼》:"翼瓦飞甍跨阆风,卷帘沧海日瞳昽。佳时自有群仙到,笑语云霞缥缈中。"《倚翠楼》:"梯空窗户半山间,滴滴岚光照画栏。六月火云挥汗日,云来唯觉石屏寒。"《奎文楼》:"龙蟠鳌负出风云,镂玉填金圣制新。自与六经垂日月,更令群目仰星辰。"《巢凤阁》:"朝阳鸣处有亭梧,争似珠帘映绮疏。丹穴来仪听九奏,不妨于此长鹓鸰。"《竹岗》:"苍云蒙密竹森森,无数新篁出妨林。已有凤山调玉律,正随天籁作龙吟。"《梅岗》:"阔连峰岭玉崔嵬,春逐阳和动地来。不似前村深雪里,夜寒唯有一枝开。"《万松岭》:"苍苍森列万株松,终日无风亦自风。白鹤来时清露下,月明天籁满秋空。"《蟠桃岭》:"不到瑶台白玉京,海中仙果但闻名。何人为报西王母?岭上如今种已成。"《梅岭》:"雪林横夜月交光,万壑风来处处香。圣主乾坤为度量,包藏曾不限遐荒。"《三秀堂》:"窗户深沉昼不开,凤凰时下九层台。月明夜静闻环珮,知有霓旌羽扇来。"《萼绿华堂》:"绿萼承跗玉蕊轻,清香续续度檐楹。天教不杂开桃李,赐与神仙物外名。"《岩春堂》:"桂影亭亭漾碧溪,寻芳曾被暗香迷。碧桃开后晴风暖,花外幽禽自在啼。"《蹑云台》:"万本琅玕密不开,林深明碧琐高台。更无一点游尘到,但觉云随步步来。"《玉霄洞》:"披香寻径百花中,蝶引蜂随路不穷。但见凌霄缠古木,洞天应与碧虚通。"《清虚洞天》:"玉关金锁一重重,只见桃源路暗通。行到水云空洞处,恍如身世在壶中。"《和容厅》:"白羽流星一点明,上林飞雁几回惊。弓开月到天心满,风外唯闻中的声。"《泉石厅》:"萦迂流碧与环山,月地云阶在两间。有此清泠居物外,方知尘土属人环。"《挥云亭》:"天风吹作海涛声,挥斥浮云日更明。波上石鲸时吼雨,只知楼阁是蓬瀛。"《泛雪厅》:"月团携下九重天,来试人间第一泉。正在水声山色里,六花浮动紫瓯圆。"《虚妙斋》:"武王屈己尊箕子,黄帝斋心问广成。惟道集虚观众妙,超然将见不能名。"《寿山》:"惇大崇高秀气连,清风不老月长圆。春游玉座时相对,花发莺啼亿万年。"《杏岫》:"山上晴霞兴彩云,芳菲时节避花繁。分明自有神仙种,不是青旗卖酒村。"《景龙江》:"润通河汉碧涵空,影倒光山晓翠重。闻说巨鱼时骇浪,只应风雨是

神龙。"《鉴湖》："水天澄澈莹寒光，一片平波六月凉。移得会
稽三百里，不教全属贺知章。"《桃溪》："霏霏红雨落清浔，流出
山中直至今。休道仙源在平地，空教人向武陵寻。"《回溪》：
"穿云透石落潺潺，恋浦余波尚绕山。只怪岚光迷向背，不知
流水正回环。"《滴滴岩》："苍苔青润石嶙皴，泉脉涓涓湿白云。
疑有天仙深夜过，丁当环珮月中闻。"《榴花岩》："绝域移根上
苑栽，又分红绿向岩隈。累累子己枝间满，灼灼花犹叶底开。"
《枇杷岩》："结根常得近林峦，晚翠谁怜却岁寒。不见龙文横
杆面，方知垂实作金丸。"《日观岩》："朝阳初上海霞红，五色云
生碧洞中。回首烂柯人自老，棋声犹在石门东。"《雨花岩》：
"纷纷泊泊弄晴晖，曾逐春风上绣衣。不为胡僧翻贝叶，仙家
长有碧桃飞。"《芦渚》："万叶梢梢秋意初，斜风细雨忆江湖。
谁知雪压波澄后，更与宫中作画图。"《海渚》："只借晴波为晓
鉴，不随花岛作江云。未须吹笛风中去，多得清香水际闻。"
《槟查谷》："折花宜与酒相薰，结子难随酒入唇。一阵暗香无
处觅，不知幽谷巧藏春。"《秋香谷》："玉屑花繁淡淡黄，碧岩曾
伴紫栏芳。月明露洗三秋叶，山迥风传七里香。"《松谷》："云
藏烟锁昼苍苍，得地何须作栋梁。闻道九龙扶辇过，一山风又
作笙簧。"《长春谷》："洞天风物几人知，暗得阴阳造化机。不
似寒乡待邹律，四时岩际有芳菲。"《桐径》："不嫌春老花飞湿，
要听秋来雨打声。一自移根来禁籞，朝阳常有凤凰鸣。"《松
径》："夹路成行一样清，吟风筛月自亭亭。云章正写人间瑞，
坐待云根长茯苓。"《百花径》："红紫交加一径通，翠条柔蔓浴
玲珑。日晴烟暖微风度，百和香薰锦绣中。"《合欢径》："彩丝
拂拂机中锦，绣缕茸茸马项缨。却似汉宫三十六，黄昏时节掩
罗屏。"《竹径》："翠叶吟风长淅沥，寒梢擎露忽高低。有时杳

杳穿云去,碧玉交加四望迷。"《雪香径》:"夹径梨花玉作英,年
年寒食半阴晴。要看雪色无边际,十二楼前月正明。"《海棠
屏》:"清明微雨欲开时,收什狂香付整齐。但得浣花春在眼,
不顶枝上杜鹃啼。"《百花屏》:"众香芬馥著人衣,云母光寒露
未晞。围得春风胜绣幕,纷纷红紫斗芳菲。"《蜡梅屏》:"冶叶
倡条不受羁,翠筠轻束最繁枝。未能隔绝蜂相见,一一花房似
蜜脾。"《飞来峰》:"突兀初惊倚碧空,翠岚仍与瑞烟重。吴侬
莫作西来认,真是蓬莱第一峰。"《留云石》:"白云何事苦留连,
中有嵌空小洞天。却恐商岩要霖雨,因风时到日华边。"《宿雾
石》:"飞烟自绕龙楼驻,瑞气长随海日开。独有春风花上露,
夜深多伴月明来。"《辛夷坞》:"山中常压早梅开,不待暄风暖
景催。似与东君书造化,笔头春色最先来。"《橙坞》:"磊磊金
丸画不如,空濛香雾几千株。应怜绿橘秋江上,却被人间唤木
奴。"《海棠川》:"清明时候暖风吹,叶暗花明满目开。石在剑
门犹北向,锦江春色亦须来。"《仙李园》:"亳社灵踪亘古存,混
元龙蜕出风尘。移根更接蟠桃岭,结子开花万万春。"《紫石
壁》:"没水攀萝琢马肝,赍持坚润出风湍。潜藩每恨端溪远,
叠作山中峭绝看。"《椒崖》:"团枝红实见秋成,曾按方书合五
行。不遣汉宫涂屋壁,此间吞饵得长生。"《濯龙峡》:"山束苍
烟细路通,喷泉飞雨洒晴空。真龙岂许寻常见,故作云间饮涧
虹。"《不老泉》:"来从云窦不知远,涌出碧岩无暂停。花落莺
啼春自晚,潺湲长得坐中听。"《柳岸》:"牵风拂水弄春柔,三月
花飞满御楼。不似津亭供怅望,一生长得系龙舟。"《栈路》:
"六丁开处只通秦,此地天临万国春。驻跸有时思叱驭,服劳
王事爱忠臣。"《药寮》:"已闻颁朔向明堂,百草犹思一一尝。
天意应怜民疾苦,欲跻仁寿佐平康。"《太素庵》:"结草铺茅不

用华,白云深处列仙家。萧骚风玉千竿竹,翠叶浓阴衬碧霞。"
《祈真磴》:"台上炉香袅翠烟,云间风驭已翩翩。吾皇奉道明
灵降,惟德从来可动天。"《踯躅岿》:"春风晓日乱晴霞,艳惢初
开一岿花。疑是仙琴红玉轸,醉归遗在紫皇家。"《山庄》:"重
崖置屋亦常关,下法龙眠小隐山。纵有青牛不耕稼,但闻犬吠
白云间。"《西庄》:"低作柴扉短作篱,日晴鸡犬自熙熙。躬耕
每以农为本,稼穑艰难旧亦知。"《东西关》:"天上人间自不同,
故留关钥限西东。姓名若在黄金籍,日日朝元路自通。"《敷春
门》:"帝力无私万国通,尚思寒谷待春风。欲将和气均天下,
都在熙熙造化中。"又诏翰林学士王安中,令登丰乐楼望而赋
诗云:"日边高拥瑞云深,万井喧阗正下临。金碧楼台虽禁籞,
烟霞岩洞却山林。巍然适构千龄运,仰止常倾四海心。此地
去天真尺五,九霄岐路不容寻。"质字文伯,熙陵时参知政事昌
龄之曾孙。组字元宠,颍昌阳翟人。俱有才思,晚始际遇,悉
授右列,侍祐陵。时宠臣皆内侍梁师成所引,遂得爱幸。质少
不检,文其身,赐号锦体谪仙。后随从北狩。组逢辰未久而
没,官止副使。有子即勋也,颇能文,祐陵即以其父官补之,后
获幸高宗,位至使相。录之于秩,以纪当时之盛。近王称作
《东都事略》,载蜀僧祖秀所述《游华阳宫记》,不若是之备也。
是时独有太学生邓肃上十诗,备述花石之扰,其末句云:"但愿
君王安万姓,圃中何日不东风。"诏屏逐之。靖康初,李伯纪启
其事,荐其才,召对,赐进士出身,后为右正言,著亮直之名于
当日。肃字志宏,南剑人,有文集号《栟榈遗文》,三十卷,诗印
集中。

34　祖宗以来除拜二府,必迁六曹侍郎或谏大夫,当时为
寄禄官,在今皆太中大夫以上,是以从官入参机务也。登两

制，必左右正言前行郎中为之，今承议郎以上，是以朝臣而论思献纳也。元丰官制行，裕陵考《唐六典》太宗用魏郑公为秘书监参知机务故事，易执政为中大夫，王和父、蒲傅正是矣。而从臣易为通直郎，犹曰朝官，舒亶、徐禧是也。已为杀矣。近日钱师魏登政府，坐谬举降三官，明清即以启之，以谓自昔以来，未有朝请大夫而参知政事者；且大臣有过，当去位，不当降罚。不报。

35　明清尝观欧阳文忠与刘邍父书问，答入阁仪词甚谆，复见两贤文集中。近阅田宣简《儒林公议》，语简而详，今载于左："国家承元代大乱之余，每朔望起居及常朝，并无仗卫，或数年始一立冬正仗，当世人士或不识朝廷容卫，迄至缺然。太宗朝，常诏史馆修撰杨徽之等校定《入阁旧图》，时江南张洎献状，述朝会之制得失明著且要，云：'今之乾元殿，即唐之含元殿也。在周为外朝，在唐为大朝，冬至、元日，立全仗，朝百国，在此殿也。今之文德殿，即唐之宣政殿，在周为中朝，在汉为前殿，在唐为正衙，凡朔望起居，册拜后妃、皇太子、王公大臣，对四夷君长，试制策科举人，在此殿也。昔东晋太极殿有东西阁，唐置紫宸上阁，法此制也。且人君恭己南面，向明而理，紫微黄屋，至尊至重，故巡幸则有大驾法从之盛，御殿则有勾陈羽卫之严，故虽只日常朝，亦犹立仗。前代谓之入阁仪者，盖只日御紫宸上阁之时，先于宣政殿前立黄麾金吾仗，候勘契毕，唤仗即自东西阁门入，故谓之入阁。今朝廷且以文德正衙权宜为上阁，甚非宪度。况国家继百王之后，天下隆平，凡曰宪章，咸从损益，惟视朝之礼，尚自因循。窃见长春殿正与文德殿南北相对，殿前地位，连横街亦甚广博，伏请改创此殿作上阁，为只日立仗视朝之所。其崇政殿，即唐之延英是也，为双日常时听断之所。庶乎临御之式,允协前经。今论以入阁仪注为朝廷非常之礼,甚无谓也。臣窃按旧史,中书、门下、御史台谓之三署,为侍从供奉之官。今常朝之日,侍从官先次入殿庭东西立定,俟正班入,一时起居,其侍从官则东西对拜,甚失北面朝谒之礼。今请准旧仪,侍从官先次入,起居毕,在左右分行侍立于丹墀之下,故谓之蛾眉班。然后宰相率执政班入起居,庶免侍从官有东西对拜之文,得遵正礼。'至庆历三年,予知制诰时,始诏台省侍从官随宰相正班北面起居,其他则无所更焉。"

36　嘉祐中,诏宋景文、欧阳文忠诸公重修《唐书》。时有蜀人吴缜者,初登第,因范景仁而请于文忠,愿预官属之末,上书文忠,言甚恳切,文忠以其年少轻佻距之,缜鞅鞅而去。逮夫新书之成,乃从其间指摘瑕疵,为《纠缪》一书。至元祐中,缜游官蹉跎,老为郡守,与《五代史纂误》俱刊行之。绍兴中,福唐吴仲实元美为湖州教授,复刻于郡庠,且作后序,以谓针膏肓、起废疾,杜预实为《左氏》之忠臣,然不知缜著书之本意也。张仲宗云。

37　明清家有《续皇王宝运录》一书,凡十卷,王景彝家所藏,印识存焉。多叙唐中叶以后事,至于诏令文檄悉备。《唐史》新、旧二书之阙文也。但殊乏文华,所恨宋景文、欧阳文忠诸公未曾见之。其载黄巢王气一事,尽存旧词,姑缀于编:"中和三年夏,太白先生自号太白山人,不拘礼则。又云姓王,竟不知何许人也。金州耆宿云:'每三年见入州市一度。自见此先生卖药,已仅三四十年,颜貌不改不老。'其年夏六月三日,太白山人修谒金州刺史检校尚书左仆射兼御史大夫崔尧封云:'本州直北有牛山,傍有黄巢谷、金桶水。且大寇之帅黄巢

凌劫州县,盗据上京近已六年。又伪国大齐,年号金统。必虑
王气在北牛山。伏请闻奏蜀京,掘破牛山,则此贼自败散。'尧
封听之大喜,且具茶果与之言话。移时,太白山人礼揖而去。
尧封遂与州官商量,点诸县义丁男,日使万工掘牛山。一个月
余,其山后崖崩十丈以来,有一石桶,桶深三尺,径三尺。桶中
有一头黄腰兽。桶上有一剑,长三尺。黄腰见之,乃呦然数
声,自扑而死。尧封遂封剑及画所掘地图所见石桶事件闻奏。
僖宗大悦,寻加尧封检校司徒,封博陵侯。黄巢至秋果衰,是
岁中原克平。"如昭洗王涯等七家之诏,亦见是书也。

　　38　旧制,京官造朝不许步行。每自外任代还,朝参日,
步军司即差兵士三人、马一匹随从,得差遣。朝辞毕,所属径
关排岸司应副回纲船乘座以归,如在苏、杭间居止,即差浙西
纲船。选人改官,授告有日,阁门关步军司差人马;如五人改
官,即五骑、十五人伺候。内前授告了,各乘马。以故一时戏
语云:"宜徐行,照管踏了选人。"

　　39　祖宗开国以来,西北兵革既定,故宽其赋役,民间生
业,每三亩之地止收一亩之税,缘此公私富庶,人不思乱。政
和间,谋利之臣建议,以为彼处减匿税赋,乃创置一司,号"西
城所",命内侍李彦主治之,尽行根刷拘催,专供御前支用。州
县官吏,无却顾之心,竭泽而渔,急如星火。其推行为尤者,京
东漕臣王宓、刘寄是也。人不堪命,遂皆去而为盗。胡马未南
牧,河北蜂起,游宦商贾已不可行。至靖康初,智勇俱困。有
启于钦宗者,命斩彦,窜斥宓、寄,以徇下宽恤之诏,然无乡从
之心矣。其后散为巨寇于江、淮间,如张遇、曹成、钟相、李成
之徒,皆其人也。外舅云。

　　40　沈义伦、卢多逊为相,其子起家即授水部员外郎,后

遂以为常,今之朝奉郎也。吕文穆为相,当任子,奏曰:"臣忝甲科及第释褐,止授九品京官。况天下才能老于岩穴,不能沾寸禄者多矣。今臣男始离襁褓,膺此宠命,恐罹谴责。乞以臣释褐时所授官补之。"自是止授九品京秩,因以为定制,以至今日。

41　太平兴国五年,诏通判得举选人充京官。运判所举人数,与提刑等。至熙宁三年,置诸路提举常平广惠仓,各添举员。有旨:今后通判更不举选人充京官,运判比提刑减人数之半。

42　唐制,郊祀行庆,止进勋阶。五代肆赦,例迁官秩。本朝因之,未暇革也。章圣时,左司谏孙何与起居郎耿望言其非制,上嘉纳之,遂定三年磨勘进秩之法。《孙邻几家传》云。

43　官制未改时,知制诰今之中书舍人,但演词而已。不闻缴驳也。康定二年,富文忠为知制诰。先是,昭陵聘后蜀中,有王氏女姿色冠世,入京备选。章献一见,以为妖艳太甚,恐不利于少主,乃以嫁其侄从德,而择郭后位中宫。上终不乐之。王氏之父蒙正由刘氏姻党,屡典名藩。未几,从德卒。至是,中批王氏封遂国夫人,许入禁中。文忠适当草制,封还,抗章甚力,遂并寝其旨。外制缴词头,盖自此始。崇、观奸佞用事,贿赂关节,干祈恩泽,多以御笔行下,朱书其旁,云:"稽留时刻者以大不恭论,流三千里。"三省无所干预,大启幸门,为宦途之捷径。宣和五年,有黄冠丁希元者,得幸为侍晨道录。自云晋公之孙。忽降御笔:"丁谓辅相真宗。逮仁宗即位,有定策之功。未经褒赠,可特赠少保。官其后五人。"时卢襄赞元为吏部尚书,袖其牍请对,启于上云:"使谓过可湔洗,则累朝叙恤久矣,独至今乎?倘罪恶显然,一旦褒录,岂不骇四方之听?"于是命格不下。自是御笔遂有执奏不行者矣。二者皆甚盛之举也。

44　张唐英,字次功,西蜀人,与天觉为同包兄也。熙宁中,仕至殿中侍御史。尝述《仁宗政要》上于朝,又尽作昭陵朝宰执近臣知名之贤诸传于其中,今世所谓《嘉祐名臣传》者是也。特《政要》中一门耳,然印本亦未尽焉。明清家有《政要》全书可考。次功父文蔚,范蜀公作墓碑。

45　韩魏公嘉祐末以翊戴功辅英宗。既为永昭山陵使,使事毕而上不豫矣,不敢辞位。四载而永厚鼎成,以元宰复护葬于洛。魏公先自上疏云:"自有唐至于五代,山陵使事讫求去。今先帝已祔庙,而臣两为山陵使,恬然不能援故事去位,则是不知典故,何以胜天下之责?虽陛下欲以私恩留臣,顾中外公议且谓臣何?"神宗再三留之,卧家不出。遂以司徒两镇节度使判乡郡相州。元符末,章子厚为永泰山陵使。子厚专权之久,人情郁陶。有曾诞敷文者作词,略云:"草草山陵职事,厌厌罢相情怀。"谓故事也。绍兴间,会稽因山,秦会之为固位之计,乃除孟仁仲为枢密使,以代其行。仁仲不悟其机,事竣犹入国门。会之怒,讽言路引以论列,出典金陵。

46　熙宁初,韩魏公力辞机政,以司徒侍中判相州。已命未辞,忽报西边有警,曾宣靖乞召公同议廷中,神宗从之。公辞云:"已去相位,今帅臣也。但当奉行诏书,岂敢预闻国论?"时人以为得体。元丰末,吕吉父以前两地守延安过阙,乞与枢密院同奏事。上亲批云:"弼臣议政,自请造前。轻躁矫诬,深骇朕听。免朝辞,疾速之任。"已而落职,知单州。其后吉父贬建州安置,东坡先生行制,辞云"轻躁矫诬,德音犹在",谓此也。

47 孙叔易近为先人言："大观中，自南京教授差作试官，回次朱仙镇，阅邸报，吴伟兄弟以左道伏诛。坐中监镇使臣云：'某少日作吴冲卿丞相直省官，亲见元丰中交趾李乾德陷邕、廉州，诏郭逵讨之。神宗问所以平交趾者，逵曰：兵难预度，愿驰至邕管上方略。师往，遂复邕州。进次富良江，又破之，获贼将洪真太子者。于是乾德议降。而逵以重兵压富良江，与交人止一水之隔。冲卿忌其成功，堂帖令班师。逵逡逻不进，交人大入，全军皆覆。逵坐贬秩。伟、储，冲卿孙也。此盖天报之云。'当时诗人陈传作《佐郎将》云：'林中生致左郎将，名王头颅十四五。乾德可禽嗟不谋，同恶相济能包羞？降书冉冉过中洲，中军传呼笑点头。蛮首算成勿药喜，君臣称觞弮多垒。元戎凯旋隔天水，夜经桄榔趋决里。驱将十万人性命，换得交州数张纸。'"

48 明清《前录》载和买起于王丝。后阅范蜀公《东斋记事》云："太宗时，马元方为三司判官，建言方春民乏绝时，预给官钱贷之，至夏秋令输绢于官。和买绸绢，盖始于此。"然在昔止是一时权宜，措置于一岁之间，或行于一郡邑而已。至熙宁新法，乃施之天下，示为准则。是时，越州会稽县民繁而贪，所贷最多，旧额不除，至今为害而不能革。惟婺州永康县有一桀黠老农，鼓帅乡民，不令称贷，且云："官中岂可打交道邪？"众不敢请。独此一邑，遂无是患。闻今不然。

49 绍圣初，孟后废，处道宫。偶辽国遣使来，诏命邢和叔馆之。邢白时宰章子厚曰："北使万一问及瑶华事，何以为词？"子厚曰："当云罪如诏书。"已而北人不及之，忽问曰："南朝近日行遣元祐人，何邪？"邢即以子厚语答之。归奏，泰陵大喜，以谓善于专对。刘季高云。

50　五代时有姓吕为侍郎者三人,皆各族,俱有后,仕本朝为相。吕琦,晋天福为兵部侍郎,曾孙文惠端相太宗。吕梦奇,后唐长兴中为兵部侍郎,孙文穆蒙正相太宗,曾孙文靖夷简相仁宗,衣冠最盛,已具《前录》。吕咸休,周显德中为户部侍郎,七世孙正愍大防,相哲宗。异哉!

51　富郑公晚居西都,尝会客于第中,邵康节与焉。因食羊肉,郑公顾康节云:"煮羊惟堂中为胜,尧夫所未知也。"康节云:"野人岂识堂食之味。但林下蔬笋,则常吃耳。"郑公赧然曰:"弼失言。"邵公济云。

52　治平初,诏改诸路马步军部署为总管,避厚陵名也。考之前史,總字皆从手,合作摠字,非从丝无疑。出于一时稽考不审,沿袭至今,不可更矣。

53　李成季昭玘,元祐左史,自号乐静居士,五代宰相李涛五世孙。涛至本朝,以兵部尚书莒国公致仕。尚书,当时阶官也。其家自洛徙齐。成季犹子,汉老邴也,中兴初,位政府,一时大诏令多出其手。秦少游作《李公择常行状》云:"远祖涛,五代时号称名臣,仕皇朝为兵部尚书,封莒国公。莒公少时仕于湖南,有一子留江南,公其裔孙也。所以今为南康建昌人,世号山房李氏。"成季与公择,乡里虽各南北,要是本出一族,子孙皆鼎盛,不知后来两家曾叙昭穆否耳。

54　侬贼犯交、广,毒流数州,诸将久无成功。狄武襄既受命颛征,首责崇仪使陈曙,斩之。余襄公皇恐,降阶祈求。武襄慰藉遣之。于是军声大振,竟破贼。而桂人为崇仪建庙貌,祀事至今唯谨。东坡先生以书抵广西宪曹子方云:"闲居偶念一事,非吾子方莫可告者。故崇仪陈侯,忠勇绝世,死非其罪。庙食西路,威灵肃然。愿公与程之邵议,或同一削,乞载祀典,使此侯英魄少信眉于地中。如何如何。"武襄必无滥诛,而广人奉事之益严,又有东坡之说如此,不可晓也。隆兴初,帅臣张维奏,诏赐其庙额曰忠愍。曙,高邮人,进士及第,后换右列,灵芝王平甫撰其碑志甚详。其婿许光疑,始以布衣自岭外护其丧以归,人皆多之。后登第,终吏部尚书。

55 《唐书》特立《宗室宰相传》,赞乃云:"宰相以宗室进者九人。林甫奸谀,几亡天下。程、知柔在位,无所发明。"林甫在《奸臣传》。知柔相昭宗,附《宣惠太子业传》后第五卷。止叙七人。适之、岘、勉、夷简、程、石、回。然李麟乃懿祖后,李逢吉、李蔚俱陇西同系,李宗闵出郑王房,李揆亦出陇西。宰相共十三人也,不同作一传,何耶?

挥麈后录卷之三

56　宋兴已来,宰辅封国公者,已见宋次道《春明退朝录》。自熙宁以后者,今列于后:

陈丞相秀　王文公舒、荆　　王文恭郇、岐　韩献肃康
章子厚申　韩文定仪　蔡元长嘉、卫、魏、楚、陈、鲁　童贯
泾、成、益、楚、徐、豫　何正宪荣　郑文正崇、宿、燕　余源仲
丰、卫　刘文宪康　邓子常莘　王黼崇、庆、楚　蔡攸英、
燕　白丞相崇　吕忠穆成　张忠献和、魏　秦忠献莘、
庆、冀、秦、魏、益　张循王济、广、益　韩蕲王英、福、潭　秦熺
嘉　陈文恭信、福、鲁　汤进之荣、庆、岐　虞忠肃济、华、雍
史文惠永、卫、鲁、魏　陈正献申、福、魏　梁文靖仪、郑　赵
丞相沂　王丞相信、福、冀、鲁　周丞相济、益　留丞相申
京丞相魏　谢丞相申、岐、鲁

57　蔡元道作《官制旧典》,极其用心,甚为详缜。但事有抵牾,或出于穿凿者,有所未免。明清尝略引旧文以证数项于印本上,金贴呈似遂初尤丈延之,深以叹赏。其帙尚存尤丈处,不复悉纪,姑以一条言之:"熙宁三年,许将以磨勘当迁,宰相王安石方欲抑三人之进取,遂转太常博士。初下笔,方成大字,堂后官以手约定,具陈祖宗旧制,当迁右正言,安石乃改大字右笔作口字。因知前辈堂后官犹能执祖宗之法耳。时先公掌外制,乃见而知之者。"明清以谓磨勘吏部成法,非宰相所得而专纵。使有之,王荆公之文过执拗,世所共知,当新法之行,

虽韩、富、欧、范、司马诸公与之争,悉不能回其意,岂一堂吏能转其笔耶? 元道云先公,即延庆。王荆公荐李资深时,苏子容、李才元、宋次道缴其改官除监察御史之命,荆公改授延庆,即为书行。延庆字仲远,文忠齐之子也。别命书读始此。

58　方通,兴化人,与蔡元长乡曲姻娅之旧,元长荐之以登要路。其子轸,宏放有文采,元长复欲用之。轸闻之,即上书讼元长之过。既达乙览,元长取其疏自辩云:"大观元年九月十九日,敕中书省送到司空左仆射兼门下侍郎魏国公蔡京札子。奏伏蒙宣示方轸章疏一项,论列臣睥睨社稷,内怀不道,效王莽自立为司空,效曹操自立为魏国公,视祖宗神灵为无物,玩陛下不啻若婴儿,专以绍述熙、丰之说,为自媒之计,上以不孝劫持人主,下以谤讪诋诬恐赫天下。威震人主,祸移生灵,风声气焰,中外畏之。大臣保家族不敢议,小臣保寸禄不敢言。颠倒纪纲,肆意妄作,自古为臣之奸,未有如京今日为甚。爰自崇宁已来,交通阉寺,通谒宫禁,蠹国用则若粪土,轻名器以市私恩。内自执政侍从,外至帅臣监司,无非京之亲戚门人。政事上不合于天心,下悉结于民怨。若设九鼎,铸大钱,置三卫,兴三舍,祭天地于西郊,如此之类,非独无益,又且无补,其意安在? 京凡妄作,必持说劫持上下曰'此先帝之法也'、'此三代之法也',或曰'熙、丰遗意,未及施行'。仰惟神考十九年间,典章文物,粲然大备,岂蔡京不得驰骋于当年,必欲妄施于今日,以罔在天之神灵? 凡欲奏请,尽乞作御笔指挥行出,语士大夫曰:'此上意也。'明日,或降指挥更不施行,则又语人曰:'京实启之也。'善则称己,过则称君,必欲陛下敛天下怨而后已,是岂宗社之福乎? 天下之事无常是,亦无常非,可则因之,否则革之。惟其当之为贵,何必三代之为哉! 李唐三百年间,所传者二十一君,所可称者太宗一人而已。当时如房、杜、王、魏,智虑才识必不在蔡京之下。窃观贞观间,未尝一言以及三代。后世论太宗之治者,则曰除隋之乱,比迹汤、武;致治之美,庶几成、康。自古功德兼隆,由汉以来,未之有也。京不学无术,妄以三代之说欺陛下,岂不为有识者之所笑也!元丰三年,废殿前廛宇二千四百六十间,造尚书省,分六曹,设二十四司,以总天下机务。落成之日,车驾亲幸,命有司立法:诸门墙窗壁,辄增修改易者,徒贰年。京恶白虎地不利宰相,尽命毁坼,收置禁中,是欲利陛下乎?是谓之绍述乎?括地数千里,屯兵数十万,建置四辅郡,遣亲信门人为四辅州总管,又以宋乔年为京畿转运使。密讽兖州父老诣阙下,请车驾登封,意在为东京留守,是欲乘舆一动,投间窃发,呼吸群助。不知宗庙社稷何所依倚?陛下将措圣躬于何地?臣尝中夜思之,不觉涕泗横流也。臣闻京建议立方田法,欲扰安业百姓。借使行之,岂不召乱乎?又况数年间行盐钞法,朝行夕改,昔是今非,以此脱赚客旅财物。道途行旅谓朝廷法令,信如寒暑,未行旬浃,又报盐法变矣。钞为故纸,为弃物,家财荡尽,赴水自缢,客死异乡,孤儿寡妇,号泣吁天者,不知其几千万人!闻者为之伤心,见者为之流涕。生灵怨叹,皆归咎于陛下。然京自谓暴虐无伤,奈皇天后土之有灵乎?所幸者祖宗不驰一骑以得天下,仁厚之德涵养生灵几二百年矣,四方之民,不忍生事。万一有垄上之耕夫、等死之亭长,啸聚亡命于一方,天下响应,不约而从,陛下何以枝梧其祸乎?内外臣僚皆京亲戚门人,将谁为陛下使乎?京乘此时,谈笑可得陛下之天下也。元符末年,陛下嗣服之初,忠臣义士明目张胆,思见太平,投匦以陈己见者,无日无之。京钳天下之口,欲塞陛下耳目,分为邪等,贼虐忠良。天下之士,皆以忠义为羞,方且全身远害之不暇,何暇救陛下之失乎?奈何陛下以京为忠贯星日,以忠臣义士为谤讪诋诬,或流配远方,或除名编置,或不许齿仕籍。以言得罪者,无虑万人矣,谁肯为陛下言哉!蔡攸者,垂髫一顽童耳,京遣攸日与陛下游从嬉戏,必无文、武、尧、舜之道,启沃陛下,惟以花栽怪石、笼禽槛兽,舟车相衔,不绝道路。今日所献者,则曰臣攸上进;明日所献者,则又曰臣攸上进。故欲愚陛下使之不知天下治乱也。久虚谏院不差人,自除门人为御史。京有反状,陛下何从而知?臣是以知京必反也。臣与京皆壶山人也。案谶云:水绕壶公山,此时方好看。京讽部使者凿渠以绕山。日者星文谪见西方,日蚀正阳之月,天意所以启陛下聪明者,可谓极也。奈何陛下略不省悔,默悟帝意。止于肆恩赦,开寺观,避正殿,减常膳,举常仪,以答天戒而已。然国贼尚全首领,未闻枭首以谢天下百姓,此则神民共愤,祖宗含怒在天之日久矣。陛下勿谓雉鸣乎鼎,谷生于朝,不害高宗、太戊之德;九年之水,七年之旱,不害尧、汤之圣。古人之事,出于适然;今日之事,祸发不测。天象人情,危栗如是。伏惟陛下留神听览,念艺祖创业之难,思履霜坚冰之戒。今日冰已坚矣,非独履霜之渐。愿陛下早图之,后悔之何及!臣批肝为纸,沥血书辞,忘万死,叩天阍。区区为陛下力言者,非慕陛下爵禄而言也,所可重者,祖宗之庙社;所可惜者,天下之生灵,而自忘其言之迫切。陛下杀之可也,赦之可也,窜之可也。臣一死生,不系于重轻,陛下上体天戒,下顾人言,安可爱一国贼而忘庙社生灵之重乎!冒渎天威,无任战栗之至。谨备录如后。臣读之,骇汗若无所容。臣以愚陋备位宰司,不能镇伏纪纲,讫无毫发报称,徒致奸言,干浼圣听。且人臣有将必诛之刑,告言不实,有反坐之法。臣若有是事,死不敢辞。臣若无是事,方轸之言不可不辩。伏望圣慈,付之有司,推究事实,不可不问。取进止。"诏轸削籍流岭外,后竟殂于贬所。元长犹用其兄会为待制。家间偶存此疏,录以呈太史李公仁甫,载之《长编》。当是时也,元长领天下事,谁敢言者? 轸独能奋不顾身、无所回避如此。使九重信其言,逐元长;元长悟其说,急流勇退,则国家无后来之患;元长与轸得祸俱轻,三者备矣。

59　宣和元年八月丁丑,皇帝诏大晟作景钟。是月二十五日,钟成,皇帝以身为度,以度起律;以律审声,以声制钟;以钟出乐,而乐宗焉。于以祀天地,享鬼神,朝万国,罔不用乂。在廷之臣,再拜稽首上颂:"明明天子,以身为度。有景者钟,众乐所怗。于昭于天,乃眷斯顾。扬于大庭,罔不时序。亿万斯年,受天之祜。"此翰林学士承旨强渊明之文也。偶获斯本,谨录于右。

60　王寀辅道,枢密韶之子。少豪迈有父风,早中甲科,善议论,工词翰,曾文肃、蔡元长荐入馆为郎,后以直秘阁知汝州,考满守陕。年未三十,轻财喜士,宾客多归之。坐不觉察盗铸免官,自负其材,受辱不羞。是时羽流林灵素以善役鬼神得幸,而辅道之客冀其复用,乘时所好,昌言辅道有术,可致天神,出灵素上,扼不得施。盖其客亦能请紫姑作诗词,而已非林之比。辅道固所不解,然实不知客有此语也。辅道尝对别客谓:"灵素太诞妄,安得为上言之?"其言适与前客语偶合。工部尚书刘炳子蒙者,辅道母夫人之侄孙也,及其弟焕子宣,俱长从班,歆艳一时。时开封尹盛章新用事,忌炳兄弟,进思有以害其宠,未得也。初,炳视辅道虽中表,然炳性谨厚,每以

辅道择交不慎疏之。会炳姑适王氏,于辅道为嫂。一日,辅道
语其嫂曰:"某久欲谒子蒙兄弟奉从容,然不得其门而入,奈
何?"嫂曰:"俟我至其家,可往候之。"辅道于是如其教,候炳于
宾舍,久之始得通。炳逡巡犹不欲见,迫于其姑,勉强接之。
既就坐,谈论风生,亹亹不倦,炳大叹服,入告其姑曰:"久不与
王叔言,其进乃尔,自恨不及也!"因遣持马人归,止宿其家,自
是始相亲洽。殆至兴狱,未及岁也。前客语既达灵素,灵素忿
怒,泣请于上,且增加以白之曰:"臣以羁旅,荷陛下宠灵,而奸
人造言,累及君父,乞放还山以避之。不然,愿置对与之理。"
上令逮捕辅道与所言客姚坦之、王大年,以其事下开封。使者
至,辅道自谓无它,亦不以介意,语家人曰:"辩数乃置,无以为
念也。"至狱中,刻木皆出纸求书,且谓辅道曰:"昔苏学士坐系
乌台时,卫狱吏实某等之父祖。苏学士既出后,每恨不从其乞
翰墨也。"辅道喜,作歌行以赠之,处之甚怡然。而盛章以炳之
故,得以甘心矣。因上言词语有连及炳者,乞并治之。上曰:
"炳从臣也,有罪未宜草草。"炳既闻上语,不疑其他。一日,上
幸宝箓,驻跸斋宫,从官皆在焉。炳越班面奏帘外曰:"臣猥以
无状,待罪迩列。适有中伤者,非陛下保全,已齑粉矣。"再拜
而退。炳既谢已,举首始见章在侧注目瞪视,惶骇失措,深以
为悔。翌日,章以急速请对,因言:"寀与炳腹心。诽谤事验明
白,今对众越次,上以欺罔陛下,下以营惑群臣,祸将有不胜言
者。幸陛下裁之。"上始怒,是日有旨,内侍省不得收接刘炳文
字。炳犹未知之,以谓事平矣,故不复闲防。章既归,遣开封
府司录孟彦弼携捕吏窦鉴等数人,即讯炳于家。炳囚服出见,
分宾主而坐,词气慷慨,无服辞。彦弼既见其不屈,欲归,而窦
鉴者语彦弼曰:"尚书几间得寀一纸字,足以成案矣。"遂乱抽

架上书，适有炳著撰稿草，翻之至底，见炳和辅道诗，尚未成，首云："白水之年大道盛，扫除荆棘奉高真。"诗意谓辅道尝有嫉恶之意。时尚道，目上为高真尔。鉴得之，以为奇货，归以授章。章命其子并释以进云："白水谓来年庚子寀举事之时。炳指寀为高真，不知以何人为荆棘？将置陛下于何地？岂非所谓大逆不道乎！"但以此坐辅道与客，皆极刑。炳以官高，得弗诛，削籍窜海外。焕责授团练副使，黄州安置。凡王、刘亲属等，第斥谪之。并擢为秘书省正字，数日而死，出现其父，已为蛇矣。华阳张德远文老，子蒙之婿也，又并娶德远之妹，目睹其事。且当时亦以有连坐，送吏部与监当，故知之为详。尝谓明清曰："德远死，无人言之者矣。子其因笔无惜识之。"文老尝为四川茶马。东坡先生赋《张熙明万卷堂》诗，即其父也。文老博极群书，尤长史学，发言可孚，故尽列其语。又益知世所传辅道遇宿冤之事为不然云。

61　王景彝故弟在京师太子巷。初，开宝间，江南李后主遣其弟从善入贡，留不遣，建宅以赐，故都人犹以太子目之也。从善死，后归王氏。宣和初，崔贵妃者得幸祐陵，未育子。有刘康孙者，卜祝之流，以术蒙恩甚厚，为遥郡观察使，言之于崔之兄曰："王氏所居，巷名既佳，而宅中有福气，宜请于上。"崔遣人告于妃，妃以致恳上，上喻京尹王革，令善图之。革即呼王氏子弟，导指意。王诸子愚呆不知时变，迟迟未许。崔欲速得之，会舍旁有造磬者，时都下初行当十钱，崔诇人诬告王诸子与邻人盗铸，革即掩捕，锻炼黥窜，而没其宅，遂以赐崔。崔氏既得之，上幸其居，设醮三日，荣冠一时。未几，崔命康孙祷于宅中树下，适有争宠者潜于上及中宫云："崔氏姊弟夜祠祭，与巫觋祝诅叵测。"会上尝梦明节刘妃泣诉，以为人厌胜致死,上因以语妃。妃抗上语,颇不逊。上怒,付有司,捕康孙等穷治。康孙款承,实尝以上及崔妃所生年月祷神求嗣,且祈固宠,咒诅则无之。犹坐指斥,诏斩康孙于宅前,国医曹孝忠并坐流窜。孝忠亦幸进,为廉车,二子济、涣俱冒馆职,至是皆斥之。孝忠尝侍明节药故也。仍命悬康孙首于所祝树上。制云:"贵妃崔氏,乏柔顺进贤之志,溺奸淫罔上之私。惑于奇邪,阴行媚道。散资产以掠众誉,招术者以彰虚声。祝诅同列,以及于死生;指斥中宫,而刑于切害。谈命术以徼后福,挟厌胜以及乘舆。可降充庶人,移居别院。崔兄除名,嫂姊妹并远外编管。"距王氏之籍,不及一岁云。陈成季迪云:"时任大理卿,亲鞫其事。"

62　承平时,宰相入省,必先以秤秤印匣而后开。蔡元长秉政,一日,秤匣颇轻,疑之,摇撼无声。吏以白元长,元长曰:"不须启封,今日不用印。"复携以归私第。翌日入省,秤之如常日,开匣则印在焉。或以询元长,元长曰:"是必省吏有私用者,偶仓猝不能入。倘失措急索,则不可复得,徒张皇耳。"

63　蔡元长晚年语其犹子耕道曰:"吾欲得一好士人以教诸孙,汝为我访之。"耕道云:"有新进士张焘者,其人游太学,有声,学问正当,有立作,可备其选。"元长颔之,洎辰延致入馆。数日之后,忽语蔡诸孙云:"可且学走,其他不必。"诸生请其故。云:"君家父祖奸侩以败天下,指日丧乱。惟有奔窜,或可脱死,它何必解耶?"诸孙泣以诉于元长,元长愀然不乐,命置酒以谢之,且询以救弊之策。焘曰:"事势到此,无可言者。目下姑且收拾人材,改往修来,以补万一。然无及矣。"元长为之垂涕。所以叙刘元城之官,召张才叔、杨中立之徒用之,盖繇此也。耕道名佃,君谟之孙。焘字柔直,南剑人,后亦显名于时。已上二事,尤丈延之云。

64 靖康中,有解习者,东州人。为郎于朝,未尝与人接谈。虏骑南寇,择西北帅守,时相以其谨厚不泄,谓沈鸷有谋,遂除直龙图,知河中府。习别时相云:"某实以讷于言,故寻常不敢妄措辞于朝列。今一旦付委也如此,习之一死,固不足惜,切恐朝廷以此择人,庙谋误矣。"解竟没于难。世人以饶舌掇祸者多,而习乃以箝口丧躯,昔所未闻也。外舅云。

65 薛绍彭既易定武《兰亭》石归于家。政和中,祐陵取入禁中,龛置睿思东阁。靖康之乱,金人尽取御府珍玩以北,而此刻非虏所识,独得留焉。宋汝霖为留守,见之,并取内帑所掠不尽之物,驰进于高宗。时驻跸维扬,上每置左右。逾月之后,虏骑忽至,大驾仓猝渡江,竟复失之。向叔坚子固为扬帅,高宗尝密令冥搜之,竟不获。向端叔云。

66 靖康初,童贯既以误国窜海外,已而下诏诛之。钦宗喻宰执云:"贯素奸狡,须得熟识其面目者衔命追路,即所在而行刑,庶免差误。"唐钦叟时为首相,云:"朝臣中有张澂字达明者,与贯往还。宜令其往。"诏除澂监察御史以行。澂字达明,有一小女十余岁,玉雪可怜,素所爱。时天寒,欲卯饮,忽闻有此役,骇愕战掉,袖拂汤酒碗,沃其女,立死。达明号恸引道,怨钦叟切骨。至南雄州而贯就戮。明年,钦叟免相留京,二圣北迁,虏人立张邦昌为主,且驱廷臣连衔列状,钦叟金名毕,仰药而殂。建炎中,达明为中司,适钦叟家陈乞恤典,达明言钦叟不能抗虏之命,虽死不足褒赠。繇是恩数尽寝,至今不能理也。俞彦时云。

67 冯楫济川、雷观公达,靖康中俱为学官于京师,皆蜀士也。而观以上书得之,楫实先达焉。一日,楫出策题问诸生经旨，观摘其疵讦之于稠人中曰："自王安石曲学邪说之行，蔡京挟之以济其奸，遂乱天下。今日岂可尚习其余论耶！"楫曰："子去岁为学生，尝以书属我求为蔡氏馆客，岂忘之耶？前牍尚存，诗张为幻乃尔，是鬵同浴而讥裸裎也！"二人大忿，坐是论列，皆绌为监当。邵公济云。

68　贺子忱允中，靖康中为郎。或有荐其持节河北者，子忱微闻之，忽就省户作中风状，颠仆于地，呼之不醒。同舍郎急命舁之以归，即牒开封府乞致仕，得敕买舟南下，初无所苦也。李邈彦思以武官为枢密都承旨，朝论亦将有所委任，亦效子忱之举。时聂山尹都，以谓此风不可长，翌日启上，以谓邈诈疾退避，后来何以使人？诏邈降两官，除河北提点刑狱，兼摄真定府。日下出门，竟死于难。子忱绍兴初以李泰发荐落致仕，又三十年为参知政事。晚节末路，持禄固位而已。向荆父云。

69　秦会之尝对外舅自言："靖康末，与莫俦俱在虏寨。粘罕二太子者谓：'搜寻宗室，有所未尽。'俦陈计于二贼，乞下宗正寺取玉牒，其中有名者尽行根刷，无能逃矣。会之在傍曰：'尚书之言误矣。譬如吾曹人家宗族，不少有服属虽近而情好极疏者；有虽号同姓，而恩义反不及异姓者多矣。平时富贵，既不与共，一旦祸患，乃欲与之均，以人情揆之，恐无此理。'粘罕者曰：'中丞之言是。'由此异待之。"

70　王、刘既诛窜，适郑达夫与蔡元长交恶，郑知蔡之尝荐二人也，忽降旨应刘炳所荐并令吏部具姓名以闻，当议降黜。宰执既对，左丞薛昂进曰："刘炳，臣尝荐之矣。今炳所荐尚当坐，而臣荐炳何以逃罪？"京即进曰："刘炳、王寀，臣俱曾荐之。今大臣造为此谋，实欲倾臣。臣当时所荐者，材也，固不保其往。今在庭之臣,如郑居中等皆臣所引,以至于此。今悉叛臣矣,臣亦不保其往。愿陛下深察。"上笑而止,由是不直达夫,即再降旨:"刘炳所荐并不问。"亦文老云。

71　明清《前录》记靖康中赠范"文正",恐是误书。近日李文授孟传云:"当时乃是进拟'忠宣',钦宗改'文正'之名,付出身。仍于其矜其旁批云:'不欲专崇元祐。'"文授云得之于曾文清。文清。吴元中妻兄,宜知其详。

72　温益,字禹弼。徽考以端邸旧僚,即位未久,擢尹开府。钦圣因山,曾文肃为山陵使,益为顿递使。梓宫次板桥,以人众柱折几陷。时外祖空青公侍文肃为山陵所主管文字,偶问左右曰:"顿递使何在?"不虞益之在旁,忽应曰:"益在斯。"由是怨外祖入骨髓。时蔡元长已有中禁之授,使运力为引重,至于斥文肃于上前。元长大感之,遂以为中书侍郎。兴大狱,欲挤文肃父子于死地,赖上保全之,得免。未几,益卒于位。后元长复用其子万石为阁学士以报之。曾玉隆云。

73　东坡先生平生为人碑志绝少,盖不妄语可故也。其作陈公弼希亮传,叙其刚方明敏之业,殆数千言,至比之□长孺,非有以心,未易得之。然其后无闻,心窃疑焉。比阅孙叔易《外制集》,载其所行陈简斋去非为参知政事封赠三代告词,始知乃公弼之孙。取张巨山所作去非墓碑视之,又知为公弼仲子忱之孙焉。简斋出处气节、翰墨文章,为中兴大臣之冠。善恶之报,时有后先,其可谓无乎!

挥麈后录卷之四

74　徽宗宣和七年十二月二十一日,就睿谟殿张灯预赏元宵,曲燕近臣。命左丞王安中、中书侍郎冯熙载为诗以进。安中云:"上帝通明阙,神霄广爱天。九光环日月,五色丽云烟。紫袖开三极,琼璈列万仙。希夷尘境断,仿佛玉经传。妙道逢昌运,真王抚契贤。龟图规大壮,龙位正纯乾。穹昊亲无间,皇居掇自然。刚风同变化,祥气共陶甄。层观星潢上,重闉斗柄边。摩空七雉峻,冠峤六鳌连。梦想何尝到,阶升信有缘。昕朝初放仗,密宴忽闻宣。清禁来鸣珮,修廊人并肩。兽铺金半阖,鸾障绣微褰。霁景留庭砌,雷文绘桷棁。宫帘波锦漾,殿榜字金填。花拥巍巍座,香浮秩秩筵。高呼称万亿,韶奏侍三千。华岁推尧历,元玑候舜璇。冰霜知腊后,梅柳认春前。造化应呈巧,芳菲已斗妍。缪枝雕槛小,多叶露桃鲜。错落飞杯斝,铿洋杂管弦。承云歌历历,回雪舞翩翩。䴏鸊祥氛合,铜壶永漏延。镐京方置醴,羲驭自停鞭。乃圣情深渥,诸臣意更虔。宗藩亲鲁卫,相弼拱闳颠。侧弁恩光浃,中筵诏跰旋。宝薰携满袖,御果得加笾。要赏嬉游盛,俄追步武遄。腾身复道表,送日夹城暾。仰挹苍龙象,旁临艮岳巅。讴歌纷广陌,箫鼓乐丰年。赫奕攒轻幰,珍奇集市廛。博卢多祖跣,饮肆竞蹁跹。蕃衍开朱邸,崔嵬照彩椽。桥虹弯蠚蠚,江练泮溅溅。击柝周庐晚,张灯别院先。余霞摇绮晕,列宿舍珠躔。浩荡三山岛,棱层十丈莲。再趋天北极,却立楯东偏。既用家人

礼,仍占圣制篇。兕觥从酩酊,蟾魄待婵娟。转盼随亲指,环
观得纵穿。曲屏江浪蹙,巨柱赤虬缠。光透垂枝井,晶衔带壁
钱。萧台千级峻,重屋八窗全。就席花墩匝,行樽紫袖揎。交
辉方烁烁,起立复阗阗。邃宇会宁过,中宵胜赏专。铺陈尤有
韵,清雅不相沿。户箔明珠串,栏钉水碧楼。规模商甒铸,款
识鲁壶镌。秦曲移筝柱,唐妆俨鬓蝉。窄襟珠缀领,高朵翠为
钿。喜气排寒沍,轻飔洗静便。层琳藉玑组,方鼎爇龙涎。玛
瑙供盘大,玻璃琢盏圆。暖金倾小榼,屑玉酿新泉。帝予天才
异,英姿棣萼联。频看挥斗碗,端是吸鲸川。推食俱均逮,攘
餐及坠捐。海鳌初破壳,江柱乍离渊。宁数披绵雀,休论缩颈
鳊。南珍夸钉饲,北馔厌烹煎。赐橘怀颜卵,酡颜酹宝船。言
归荷慈惠,末节笑拘挛。放钥严扃启,笼纱逸足牵。冰轮挂银
汉,夜色映华鞯。人识重熙象,功参独断权。五辰今不忒,六
气永无愆。天纪承三古,时雍变八埏。比闾增板籍,疆场罢戈
铤。文轨包夷夏,弦歌遍幅员。恢儒荣藻荐,作士极鱼鸢。庆
胄贻谋显,多男景福绵。迀衡常穆穆,遵路益平平。亭障今逾
陇,耕耘久际燕。信通鹏海涨,威窜犬戎膻。东拟封云岱,西
将款洞灉。琳科宣蕊笈,玉府下云轩。帝籍勤初播,宫蚕长自
眠。茧丝登六寝,秫米秀中田。庙鹤垂昭格,坛光监吉蠲。灵
芝滋菌蠢,甘醴涌潺湲。合教尨风革,颁经众疾瘳。雨随亲祷
降,河避上流迁。执契皇猷洽,披图福物骈。太和输橐籥,妙
用绝蹄筌。此际君臣悦,应先简册编。《雅》称鱼罩罩,《颂》述
鼓咽咽。讵比千龄遇,犹闻四始笺。羁臣起韦布,陋质愧驽
铅。骤俾陪机政,由来出眷怜。恩方拜纶绰,报未效尘涓。密
席叨临劝,凡踪穿曲拳。虽无三峡水,曾步八花砖。渝望知难
称,才悭合勉旃。钧天思尽赋,剩续白云笺。"熙载云:"化工欲

放阳春到，先教元冥戮衰草。疑冰封地万木僵，谁向雪中探天
巧。璇玑星回斗指寅，群芳未知时已春。人心荡漾趁佳节，灯
夕独冠年华新。升平万里同文轨，井邑相连通四裔。兰膏竞
吐夜烘春，和叔回车避羲䎛。巍巍九禁倚天开，温风更觉先春
来。试灯不用雨花俗，迎阳为却寒崔嵬。宣和初载元冬尾，瑞
白才消尘不起。穆清光赏属钦邻，锦绣云龙颁宴喜。初闻传
诏开睿谟，步障几里承金铺。调音度曲三千女，正似广乐陈清
都。遏云妙唱韩娥侣，回雪飞花称独步。千春蟠木效红英，献
寿当筵岂金母。上林晚色烟蔼轻，景龙游人欢笑声。霞裾月
珮拥仙仗，翠凤挟辇趁平成。铜华金掌散晶彩，翠碧重重簇珠
琲。先从前殿望修廊，日出绮霞红满海。神光通透云母屏，骊
龙出舞波涛惊。煌煌黼座承天命，座下错浴如明星。榻前玉
案真核旅，兽炭银炉夜初鼓。宪天重屋讶云屯，崇道箫台疑蜃
吐。前楹火柱回万牛，蔺卿璧碎色光浮。周围照耀眼界彻，冰
壶漾月生珠流。点点金钱尽衔璧，豹髓腾辉粲银砾。丝簧人
籁有机缄，缴绎清音传屋壁。须臾随跸登会宁，如骖鸾鹤游紫
清。彩蟾倒影上浮空，纤云不点惟光明。四壁垂帘玉非玉，银
钉吐艳相连属。棼楣横带碧玻璃，一朵翠云承日毂。万光闪
烁争吐吞，爝龙衔耀辉四昆。又如电母神鞭驰，金蛇着壁不可
扪。端信奇工通造化，岂比胡人能幻假。丹青漫数顾虎头，盘
礴解衣未容写。此时帝御钧天台，紫垣两两明三台。尚方饮
器万金宝，古玉未足夸云雷。帝傍侍女云华品，玉立仙标及时
韵。四音促柱泛笙箫，应有翔鸾落千仞。龙瓶泻酒如流泉，御
厨络绎纷珍鲜。榻边争欲供天笑，快倒颇类虹吸川。厌厌夜
饮方欢浃，玉漏频催鼓三叠。金门初下醉归时，正见冰轮上城
堞。微臣去岁陪清班，恶诗误辱重瞳观。小才易穷真鼠技，再

赋愈觉相如悭。"履道、彦为二集中,今不复印行,故录于此。

75　宣和初,徽宗有意征辽,蔡元长、郑达夫不以为然;童贯初亦不敢领略,惟王黼、蔡攸将顺赞成之。有谍者云:"天祚貌有亡国之相。"班列中或言陈尧臣者,婺州人,善丹青,精人伦,登科为画学正。黼闻之甚喜,荐其人于上,令衔命以视之,擢水部员外郎,假尚书,以将使事。尧臣即挟画学生二员俱行,尽以道中所历形势向背,同绘天祚像以归。入对即云:"虏主望之不似人君,臣谨写其容以进。若以相法言之,亡在旦夕。幸速进兵。兼弱攻昧,此其时也。"并图其山川崄易以上。上大喜,即擢尧臣右司谏,赐予巨万,燕、云之役遂决。时尧臣方三十三岁,迁至侍御史。会蔡元长复将起预政事,黼讽尧臣望风上疏以元长前日不合人情状攻之。初榜朝堂,然上犹眷元长,黜尧臣为万州监税。而元长竟不告廷,尧臣继寝是行。黼败,尧臣亦遭斥。建炎中,监察御史李寀疏其为黼鹰犬,误国之罪,始诏除。其初,秦会之泮高密,尧臣以沧州掾曹同为京东漕同试官,因以厚甚。会之擅国,遂尽复故官。虽不敢用,招至武林,每延致相府,款密叙旧。尧臣以前所锡万金,筑园亭于西湖之上,极其雄丽,今所谓陈侍御花园是也。会之姐,汤致远为御史,欲露台评,而周为高方崇,尧臣之妻兄,致远之腹心,力回护之,遂免,先以寿终。李仁父《长编》载胡交修缴其祠命之章,尤摘其奸。其嗣恳为高作行状,以盖前迹,为高后亦悔之。会之炎炎时,前御史敢于国门外建第,以此可见。为高之子乐云。

76　靖康之变,士大夫纪录,排日编缀者多矣。其间盖亦有逸事焉。近从亲旧家得是时进士黄时偶、徐撰、段光远三人所上虏酋书云:"大宋进士黄时偶谨斋沐裁书于大金二帅曰:

尝谓良药苦口利于病,忠言逆耳利于行。若夫乐软熟而憎鲠
切,取谀美而舍忠良,虽尧、舜无以致治。时倅淮右寒生,家袭
儒业,老父每训曰:不在其位,不谋其政。罔可轻言,自取戮
辱。由是钳口结舌,守分固穷,未曾敢以片言辩时是非。方今
国家艰难,苟有见闻,宁忍甘蹈盲聋之域!非不知身为宋民,
不当以狂妄之辞,干冒元帅聪德也。非不知一言忤意,死未塞
责也。直欲内报吾君之德,外光二元帅之名。一身九死,又何
憾焉!时倅切观我宋自崇宁以来,奸臣误国、窃升威柄者有
之,妨公害民者有之,大启幸门、壅遏言路者有之,所以元帅因
之遂有此举。道君太上皇帝亲降诏书,反己痛责,断出宸心,
乃传大宝。今皇帝即位未久,适丁国难,以孝行凤彰,天人咸
服。今元帅敛城不下,盖为此也。时倅伏睹去年十二月二十
三日国书,正为催督金银表段。有云须索之外,必不重取;礼
数优异,保无它虞。奈何都民朝夕思念,燃顶炼臂,延颈跂踵,
以望御车之尘也。元帅岂不念天生万民,而立之君,以主治
之。乃复须索他物,络绎不绝,参酌以情,虽不足以报再生之
万一,然方册所载,自古及今,未闻有大事既决,反缘细故而延
万乘之君者。证以国书,似非初意,愚切惑之。念我国家曩昔
伤财害民之事,结怨连祸之人,尚可目也。曰内侍、伶伦、美女
是已,曰宫室、衣服、声乐是已。今军前一一须索,唯复谓此悉
皆国害,坚欲为我痛锄其根株耶?亦欲驱挈归境以为自奉之
乐耶?军机深密,非愚陋可得而知也。法曰'上贤下不肖。取
诚信,去诈伪,禁暴乱,止奢侈。'又曰:'为雕文刻镂技巧华饰
而伤农事者,必禁之。'愿元帅详览此章,熟思正论。杀人以梃
与刃,无以异也。傥使宿奸复被新宠,是犹禾莠相杂,而耕者
未耘;膏肓之疾,而医者未悟,则将日渐月稽,习以成风,不害

此而害彼,何时已矣?时偓傶不知书,愚不练事。言切而其意甚忠,事虽小而所系甚大。方议修书铺陈管见,未及形言,众乃自祸。呜呼,天网恢恢,疏而不漏;老蠹巨恶,难于逃覆载之中也。且如内侍蓝诉、医官周道隆、乐官孟午书,俱为平昔侥滥渠魁。今取过军前,坐席未暖,乃忘我宋日前恩宠之优,不思两国修讲和好之始,尚循故态,妄兴间谍,称有金银在本家窖藏,遂烦元帅怪问。考诸人用心,虽粉骨碎躯,难塞滔天之罪,请试陈之。今焉明降御笔,根括金银,以报大金活生灵之恩,切须尽力,不可惜人情。苟可以报大金者,虽发肤不惜。只是要有,尽取于是。有司累行劝谕,及指为禁物,稍有隐藏,以军法从事。其措置根括,非不尽心。上至宗庙器皿,下至细民首饰,罄其所有,欲酬再造。而天子且曰:'朕可以报金国者,虽发肤不惜。'凡为臣子,固当体国爱君,匹两以上,尽合送纳。蓝诉等不务济朝廷之急,报元帅之仁,辄抵冒典宪,埋窖金银,悭吝庸逆,无如此之甚者。若使未过军前,则人人蓄为私宝,论当时根括指挥,已合诛戮,切恐逐人。昨缘有司根取犒赏,亦尝囚禁,挟此为仇,意要生事,厥罪尤不可赦。愚谓正当扰攘之际,犹敢怀奸罔上,取佞一时,异日安居,为国患也必矣。亮元帅智周万物,不待斯言,察见罪状。文王问太公主听如何,太公答曰:'勿妄而许,勿逆而拒。'圣人垂教,良有以也。伏望元帅扩乾坤之度,垂日月之明。毋纳谀情,以玷大德。将蓝诉等先赐行遣,徇首京城。不惟扫荡宿孽,又可以惩戒后人。仍愿元帅务全两国之欢,以慰生灵之心。请我銮舆,早还禁籞。军前或有所阙,朝廷亦必不违。书之青史,传为盛事,岂不韪欤!'"太学生徐揆等谨献书于大金国相元帅太子元帅。揆等闻昔春秋鲁宣公十一年伐陈,欲以为县,申叔时谏曰:'诸侯之从者,曰讨有罪也。今县陈,是贪其富。以讨召诸侯,而以贪归之,无乃不可乎?'王曰:'善哉,吾未之闻也。'乃复封陈。后之君子莫不多申叔时之善谏、楚子之从谏。千百岁之下,犹且想其风采为不可及。昔上皇任用非人,政失厥中,背盟致讨,元帅之职也。大肆纵兵,都城失守,社稷几亡而复存,元帅之德也。兵不血刃,市不易廛,生灵几死而幸免,元帅之仁也。虽楚子入陈之功,未能远过。我宋皇帝以万乘之尊,两造辕门,议赏军之资,加徽号之请。越在草莽,信宿逾迈。国中喁喁企望,属车尘者屡矣。今生民无主,境内骚然,忠义之士,食不下噎。又闻道路之言,以金银未足,天子未还。揆等切惑之。盖金银之产不在中国,而在深山穷谷之间,四方职贡,岁有常赋。邦财既尽,海内萧然,帑藏为之一空,此元帅之所明知也。重以去岁之役,增请和之币,献犒赏之资。官吏征求,及于编户。都城之内,虽一妾妇之饰,一器用之微,无不输之于上,以酬退师之恩也。又自兵兴以来,邦国未宁,道路不通,富商大贾绝迹而不造境。京师豪民,蓄积素厚者,悉散而之四方矣。间有从宦王畿,仰给于俸禄者,饘粥之外,储无长资,岂复有金银之多乎?今虽天子为质,犹无益于事也。元帅体大金皇帝好生之德,每以赤子涂炭为念,大兵长驱,直抵中原,未尝以屠戮为事,所以爱民者至矣。凡元帅有存社稷之德,活生灵之仁,而乃以金银之故质君,是犹爱人子弟,而辱及其父祖,与不爱奚择?元帅必不为也。昔楚子围郑,三月克之,郑公肉袒牵羊以迎。左右曰:'不可许。'王曰:'其君能下人,必能信用其民矣。'退三十里而许之平。《春秋》书之,后世以为美谈。揆等愿元帅推恻隐之心,存终始之惠,反其君父,损其元数,班师振旅,缓以时月,使求之四方,然后遣使人献,则楚子封陈之功,不足道也。国中之人,德元帅之仁,岂敢弭忘?《传》曰:'主忧臣辱,主辱臣死。'揆等虽卑贱,辄敢浼死以纾君父之难,唯元帅矜之。'"大宋进士段光远谨斋沐裁书,百拜献于大金元帅军前。仆尝读《春秋左传》有曰:'亲仁善邻,国之宝也。'又尝读《礼记·聘义》有曰:'轻财重礼,则民逊矣。'读至于斯,未尝不三复斯言,掩卷长叹。切谓非贤圣之人,畴能如此!仰而思之,在昔太祖皇帝,膺天明命,以揖逊受禅,奄有神器,为天下君,创业垂统,重熙累洽,垂二百年。东渐西被,南洽北畅,薄海内外,悉为郡县,殊方绝域,悉为邻国,聘问交通,络绎道路。其间义重礼隆,恩深德渥,方之他国,唯大金皇帝为然。比年以来,本朝不幸奸臣用事,宦官桡权,罔知陈善闭邪而格其非,罔知献可替否而引之当道。欺君误上,蠹国害民,靡所不至。奸臣可罪,庶民可吊,事一至此。则吊民问罪之师,有不得已而举也。共惟大金元帅举问罪之师,施好生之德,念今圣之有道,悯斯民之无辜,敛兵不下,崇社再安,生灵获全。深厚之惠,若海涵而春育;生成之赐,若天覆而地载。两国永和,万姓悦服。夫如是,则亲仁善邻,曷以加于此哉!特枉銮舆,为民请命;重蒙金诺,与国通和。帝谓:'发肤亦所不惜,况于金帛,岂复有辞!'宵旰焦劳,不遑寝食,官户根括,急于星火,竭帑藏之所积,罄贫下之所有,甘心献纳,莫或敢违。虽旷荡之恩,难以论报,而有限之财,恐或不敷。久留圣驾,痛切民心。夙夜匪懈,而事君之礼废于朝;号泣旻天,痛君之民满于道。仰望恩慈,再垂矜念,冀圣驾之早还,慰下民之痛切。夫如是,则轻财重礼,曷以加于此哉!伏念光远草茅寒士,沐浴膏泽,涵泳圣涯,阴受其赐,于兹有年,才疏命薄,报德无阶。今兹圣驾蒙尘于外,仆虽至愚,噫呜泣涕,疾首痛心,其于庶民,尚幸仰赖元帅再生之恩,若天地无不覆载,于人无所不容。仆是以敢输忠义激切之诚,干冒威严,仰祈垂听,俯赐矜怜,无任战惧皇恐哀恳之至。不宣。"俶扰之际,排难解纷,伏节死谊,有如此者。嘉其忠义慨慷,岁久虑不复传,所以录之。

77　张邦昌为虏人所立,反正之功,盖出于吕舜徒。吕氏自叙甚详,不复重纪。启其端者,堂吏张思聪也。应天中兴,思聪已死,诏特赠宣教郎。思聪字谋道,知书能文,尝从先人学,今其子孙尚有事刀笔于省中者,然亦不振。虏人立张伪诏,与其谢牍,并录于后。"维天会五年岁次丁未二月辛亥朔二十一日辛巳。皇帝若曰:先皇帝肇造区夏,务安元元。肆朕纂承,不敢荒怠。夙夜兢兢,思与方国,措于治平。粤惟有宋,爰乃通邻。贡岁币以交欢,驰星轺而讲好。斯于万世,永保无穷。盖我大造于宋也。指斥不录。今者国既乏主,民宜混同。然念厥功,诚非贪土,遂致帅府,与众推贤,金曰太宰张邦昌天毓疏通,神咨睿哲;在位著忠良之誉,居家闻孝友之名;实天命之有归,乃人情之所傒。择其贤者,非子其谁?是用遣使诸部宫都署尚书左仆射权签书枢密事韩昉,持节备礼仪,以玺绶册命尔为皇帝,以授斯民。国号大楚,都于金陵。自黄河以外,除西夏对新疆场。仍世辅王室,永作藩臣,贡礼时修,汝勿疲于述职;聘问岁致,汝无缓于忱诚。於戏!天生蒸民,不能自治,故立君而临之。君不能独理,故树官以教之。乃知民非后不治,非贤不守。其于有位,可不慎欤!予懋乃德,嘉乃丕休。日慎一日,虽休勿休。钦哉,其听朕命。""天会五年三月日,大楚皇帝邦昌谨致书于国相元帅皇子元帅。今月初七日,依奉圣旨,特降枢臣俯加封册。退省庸陋之资,何堪对扬之赐。寻因还使,附致感悰。愿亟拜于光仪,庶少伸于谢礼。未闻台令,殊震危衷。遂遣从官,具敷诚恳。重蒙敦谕,仰戴眷存。然而掩目未前,抚躬无措。恐浸成于稽缓,实深积于兢惶。伏望恩慈,早容趋诣,俟取报示,径伏军门。拳拳之诚,并留面叙。不宣。谨白。"建炎元年诏云:"九月二十五日,三省同奉圣旨:张邦昌初闻以权宜摄国事,嘉其用心,宠以高位。虽知建号肆赦,度越常格,支优赏赐钱数百万缗,犹以迫于金人之势,其示外者或不得已。比因鞠治他狱,始知在内中衣赭衣,履黄袍,宿福宁殿,使宫人侍寝。心迹如此,甚负国家,遂将盗有神器。虽欲容贷,惧祖宗在天之灵。尚加恻隐,不忍显肆市朝。今遣奉议郎试殿中侍御史马伸问状,止令自裁。全其家属,仍令潭州日给口券,常切拘管。"先是,祐陵在端邸,有妾彭者,稍惠黠,上怜之。小故出嫁为都人聂氏妇。上即位,颇思焉,复召入禁中,以其尝为民妻,无所称,但以彭婆目之,或呼为聂婆婆,其实未有年也。恩幸一时,举无与比。父党夫族,颇招权,顾金钱。士大夫亦有登其门而进者。逮二圣北狩,彭以无名位,独得留内庭。虏人强立邦昌僭位之后,虽窃处宸居,多不敢当至尊之仪。服御之属,未始易也;寝殿之邃,不敢履也。一夕,偶置酒,彭生乘邦昌之醉,拥之曰:"官家事已至此,它复何言。"即衣之赭色半臂,邦昌醉中犹能却。彭呼二三宫人,力挽而穿之,益之以酒,掖邦昌入福宁殿,使宫人之有色者侍邦昌寝。邦昌既醒,皇恐而趋就它室,急解其衣,固已无及矣。邦昌卒坐此以死,盖诏中及之者也。姑叙邦昌初终于秩焉。乌乎!彭生者诚可诛矣,然当时在庭之臣,被二圣宠荣者尚奉贼称臣,卖降恐后。彼小人也,又何足道哉!　彭事,陆务观云。

78　粘罕相金国,取大辽,继扰我朝。既归,乃欲伐夏国。夏人阴为之备久矣。忽求衅于夏,言欲马万匹。夏人从其请,先以所练精兵,每一马以二人御之,绐言于金人曰:"万马虽有,然本国乏人牵拢。今以五千人押送,请遣人交之。"粘罕遣人往取,皆善骑射者,其实欲以窥之也。至境,未及交马,夏人群起,金国之兵悉毙。夏人复持马归国,粘罕气沮,自此不敢西向发一矢。玉隆外祖云。

挥麈后录卷之五

79　谥以节惠。《孟子》谓："名之幽、厉，孝子慈孙，百世不能易。"三代以来，君臣务取美称，遂至失实。国朝诸谥，宋常山《退朝录》备载之，止于熙宁三年。明清谨续之于后。然闻见未广，姑存所记忆。遗落尚多，当嗣益之。

后谥

慈圣光献

宣仁圣烈

昭慈圣献　昭怀

钦圣献肃　钦成　钦慈

显恭　显肃　显仁　明节

宪节　宪圣慈烈

成穆　成恭

妃谥

昭静沈贵妃　明达懿文后追册为明达皇后

明节和文后追册为明节皇后　靖淑王贤妃

太子谥

冲宪茂　元懿敷　庄文愭

诸王谥

端献吴王颢　端懿益王頵　冲僖柽　悼敏楒　冲穆材

哀献俊　冲厚佴　惠价　冲惠侗

公主谥

贤惠蜀国公主王晋卿室　贤穆韩嘉彦室　贤德懿行王师约室
贤穆明懿钱景臻室　贤惠张端礼室　贤静柔志公主
淑和端福公主　冲懿贤福公主　悼穆徽福公主　顺穆介福公主

宗室谥

恭宪世雄　恭孝宣旦、仲湜、士缄、克宽　荣穆宗晖　僖简宗景
康孝仲御　僖靖承裕　僖安仲汾　恭僖宗博
僖穆宗璞　和恭承显　康僖克戒　勤孝宗惠
敦和克和　僖惠宗隐、宗勉　修安克敦　孝靖宗绰
简献仲忽　安宪宗悌、士□　孝恪仲芮　敦恪仲操
良僖仲婴、世恩、叔峤　孝僖宗衮、仲癸　僖惠仲隗　荣思宗谔
孝良仲皋、令蘧　修简仲葩　和僖仲防　钦修仲硕
荣孝仲嗟、仲革　孝穆世㫰　惠孝仲佺　孝修世奖、令穆
孝恪世膺、全稼　安恪仲㠋　孝简世辉　顺思仲恫
孝恪仲掺　孝恭世恪、世恬　敦孝仲越　孝敦仲仆
恭惠叔统　纯僖仲丽　惠和检之　忠孝世表、叔武、叔充
荣惠世设　良恪克章、叔玩、令瓘　安良世括　容孝叔亚
惠恭世采　荣恪叔雅、叔黔　恭宜世鸣　荣敏叔纵　良恭世亨
良宪叔敫　益世逢　孝敏士会　思裕叔安　庄靖叔苗
庄节叔祒　温献令图　良裕士空　忠敏令穰　孝荣令铎
良懿令珏　安惠世颙　安僖秀王　温靖士栈　恭靖士㒥、不
微、士樽　襄靖令懬　文献令祂　忠靖士珸　康宗旦

宰相谥

宣靖曾鲁公公亮　忠献韩魏王琦　文忠富韩公弼、张天觉商英
忠烈文潞公彦博　正献吕申公公著　忠肃刘同老挚、虞幷武允文
正愍吕汲公大防　忠宣范尧夫纯仁　忠怀蔡持正确　文恭王
禹王珪　正宪吴冲卿充　庄敏韩玉汝缜　文定韩仪公忠彦

文王荆公安石　献肃陈秀公升之　文宪刘德初正夫、何清源执中

文正司马温公、郑达夫居中　清宪赵正夫挺之　文肃曾鲁公布

忠穆吕成公颐浩　文和李士美邦彦　忠定李伯纪纲、汪廷俊彦伯

文恭陈鲁公康伯　正献陈福公俊卿　文惠洪景伯适、史直翁浩

文靖梁叔宁克家　文忠京丞相镗

执政谥

文宪苏公易简　文定张太保方平、许公将　文忠欧阳太师修

清献赵少保抃　康靖赵叔平概　章简元厚之绛、苏黄门辙、张于

公焘　简翼张公璪　修简胡公宗愈　庄定王正仲存　恭敏蒲

传正宗孟　定简温虞弼益　忠定孙传　忠穆郭公逵、张公懿

安简邵公亢　襄敏王公韶　康懿何中正　康节张公昇　忠

肃陈公过庭　文敏吕吉父惠卿、李汉老邴　恭愍聂昌　恭敏薛

公向　献简傅公尧俞　敏肃蔡公挺　懿简赵天观瞻　温靖孙

公固　庄敏章公粢　文节林子中希　文简张康国、邓洵武　文

正蔡元度卞　忠宪种公师道　忠肃刘立道大中　忠文张稽仲叔

夜、李彦颖　文懿管归圣师仁　安惠邓圣求温伯　忠武韩蕲王世

忠　忠烈张循王俊　忠献胡成公世将　敏肃魏道弼良臣　武

穆岳公飞　敏节王子尚庶　章简张彦正纲、程元吁克俊　忠敏

沈必克与求　庄定刘共父珙　庄简李泰发光　简穆辛起季次膺

简惠周敦义葵　庄敏汪明远彻　文安洪景严遵　安简王公刚

中　荣敏谢开之廓然　愍节王正道伦

文臣谥

文穆范成大　忠文范蜀公镇、宋尹乔年　文恪王中丞陶　章敏

滕元发甫　懿恪王宣徽拱辰　文宪强翰林渊明、洪尚书拟　文

简蔡條、程大昌　宣简李浦邦彦父　忠愍徐给事禧、李侍郎若水

忠宪耿传　忠毅向子韶　忠简张克戬、赵令几、胡邦衡铨、张大猷

闻　忠显刘公铪　文昭曾翰林肇　庄节王复　恭愍钱归善、唐

重　定愍胡唐老　威愍郑骧、宗汝霖泽　刚愍曾逢原孝序　文

靖杨侍郎时　文定胡待制安国　忠襄杨邦乂　勇节郭永　庄

敏蔺中谨、韩彦直子温、林栗黄中　忠壮章且叟谊　康节邵先生雍

节孝徐仲车积　忠定刘元城安世　文康葛银青胜仲　忠惠蔡

君谟襄　文忠东坡先生　忠宣洪光弼皓　献简陈邦彦良翰

献肃胡周伯沂、张大经彦文　康肃吴明可芾　文清曾吉父几

忠肃陈莹中瓘、傅公晦察　忠介王子飞云　清敏丰相之稷　清

孝葛君书思　僖敏张如莹澄　贤节王庠　忠邹志完浩　忠确

张公克戬　僖简庄公徽　肃愍宇文虚中　节肃龚彦和夫　文

惠韩公粹彦　文僖姚祐寿祖　忠敏任德翁伯雨　惠懿杨子宽偰

武臣谥

忠愍高永年　武庄郝质　武恪贾逵　忠敏姚麟　武愍刘法

忠节李彦仙　忠壮徐徽言、李逸、马彦博　穆武高继勋　恭勇

杨惟忠　勤惠王德恭　勤毅宋守约　康理杨应询　康简高敦

复　威肃刘仲武　勇节郭永　忠勇苏缄　武安吴玠

武顺吴璘　庄愍种师中　毅肃刘公昌祚　忠介杨宗闵　恭

毅杨震　武恭杨存中　刚烈刘位　忠朱冲　勤威冯守信

武僖刘光世　武穆刘锜　忠烈赵立　义节王忠植　庄敏王

厚　毅勇关师古　壮愍曲端　襄毅杨政

外戚谥

恭敏李端悫、王师约　壮恪刘永年　惠节向传范　康懿向经

良僖刘安民　荣穆刘从愿　良显王宪　荣纵向宗回　荣僖

高公绘　荣穆陈守贵　荣毅张缊　荣安王说　端节韩嘉彦

僖靖郑绅　恭荣郑翼之　恭简邢焕　安毅郭崇义　忠节高

世则　荣怀高公纪　忠定曹诱　恭靖韩同卿　端靖郭帅禹

内臣谥

忠靖刘有方　忠良贾详　忠简刘瑗　僖俭张茂则　忠愍李舜举　僖敏宋用臣　忠敏李宪　安恪卢守勤　忠宪梁和　荣恪郝随　恭僖王中正　恭敏裴诜　恭节冯世宁　勤惠王仲　荣节康履

80　大中祥符间，章圣祀汾阴。至泰山下，聚观者几数万人，阗拥道路，警跸不能进。上以询左右，或云："村民所畏者尉曹也。俾弹压之。"即命亟召之。少焉，一绿衣少年跃马疾驰而前，群氓大呼："官人来矣！"奔走辟易而散。上笑云："我不是官人邪？"王岏季夷云。

81　樊若水夜钓采石，世多知之。宋咸《笑谈录》云："李煜有国日，樊若水与江氏子共谋。江年少而黠。时李主重佛法，即削发投法眼禅师为弟子，随逐出入禁苑，因遂得幸。佛眼示寂，代其住持建康清凉寺，号曰小长老，眷渥无间。凡国中虚实尽得之，先令若水走阙下，献下江南之策，江为内应。其后李主既俘，各命以官。江后累典名州，家于安陆，子孙亦无闻。"郑毅夫为《江氏书目记》，载文集中，云："旧藏江氏书数百卷，缺落不甚完。予凡三归安陆，大为搜访残秩坠编，往往得之，间巷间无遗矣，仅获五百十卷。通旧藏凡千一百卷，江氏遗书具此矣。江氏名正，字元叔，江南人。太祖时，同樊若水献策取李氏，仕至比部郎中。尝为越州刺史。越有钱氏时书，正借本誊写，遂并其本有之。及破江南，又得其逸书。兼吴、越所得，殆数万卷。老为安陆刺史，遂家焉。尽辇其书，筑室贮之。正既殁，子孙不能守，悉散落于民间，火燔水溺，鼠虫啮弃，并奴仆盗去市人，裂之以藉物。有张氏者所购最多。其贫，乃用以为爨，凡一箧书为一炊饭。江氏书至此穷矣。然余家之所有，幸而仅存者，盖自吾祖田曹始畜之，至予三世矣。于余则固能保有之，于其后则非余所知也。然物亦有数，或存或亡，安知异日终不亡哉！故记盛衰之迹，俾子孙知其所自，则庶乎或有能保之者矣。书多用油拳纸，方册如笏头，青缣为褾，字体工拙不一。《史记》、《晋书》，或为行书，笔墨尤劲。其末用越州观察使印，亦有江氏所题。余在杭州命善书者补其缺，未具也。"明清案：马令作《南唐书》，及龙衮作《江南野史》云："北朝闻李后主崇奉释氏，阴选少年有经业口辩者往化之，谓之一佛出世，号为小长老。朝夕与论六根四谛、天堂地狱、循环果报，又说令广施梵刹，营造塔像，身被红罗销金三事。后主因让其太奢，乃曰：'陛下不读《华严经》，争知佛富贵？'自是襟怀纵恍，兵机守御之谋慌然而弛，帑廪渐虚，财用且竭。又使后主于牛头山大起兰若千间，聚徒千众，旦暮设斋食，无非异方珍馔。一日食之不尽，明旦再具，谓之折倒。时议谓'折倒'为煜之谶。及大兵至，获为营署。北朝又俾僧于采石矶下卓庵，自云少而草衣木食，后主遣使赍供献以往，佯为不受。乃阴作通穴，及累石为塔，阔数围，高迫数丈，而夜量水面。及王师克池州，而浮梁遂至，系于塔穴，以渡南北，不差毫厘，师徒合围。召小长老议其拒守，对曰：'臣僧当揖退之。'于是登城大呼而旨麾，兵乃小却。后主喜，令僧俗兵士诵救苦观音菩萨，满城沸涌。未几，四面矢石雨下，士民伤死者众。后主复使呼之，托疾不起。及诛皇甫继勋之后，方疑无验，乃鸩而杀之。"观宋、郑所记，则知李氏国破之际，所鸩者非真。又以计免而归本朝，遂饗岳牧之任也。

　82　《三朝史·孟昶传》云：其在蜀日，改元广政。周世宗既取秦、凤，昶惧，致书世宗，自称大蜀皇帝。世宗怒其抗礼，不答。其书真迹今藏楼大防所,用录于左:"七月一日,大蜀皇帝谨致书于大周皇帝阁下。窃念自承先训,恭守旧邦,匪敢荒宁,于兹二纪。顷者晋朝覆灭,何建来归。不因背水之战争,遂有仇池之土地。泊审辽君归北,中国且空,暂兴敝邑之师,更复武都之境。下阙数字。实为下国之边陲。其后汉主径自并、汾,来都汴、浚。闻征车之未息,寻神器之有归。伏审贵朝先皇帝,应天顺人,继统即位。奉玉帛而未克,承弓剑之空遗。但伤嘉运之难谐,适叹新欢之且隔。以至前载,忽劳睿德,远举全师。土疆寻隶于大朝,将卒亦拘于贵国。幸蒙皇帝惠其首领,颁以衣裘;偏裨尽补其职员,士伍遍加于粮赐,则在彼无殊于在此,敝都宁比于雄都。方怀全活之恩,非有放还之望。今则指挥使萧知远、冯从谠等押领将士子弟共计八百九十三人,已到当国。具审皇帝迥开仁愍,深念支离,厚给衣装,兼加巾屦,给沿程之驿料,散逐分之缗钱。仍以员僚之回还,安知所报。此则皇帝念疆场则已经革几代,举干戈则不在盛朝,特轸优容,曲全情好。永怀厚义,常贮微衷。载念前在凤州,支敌虎旅,偶于行阵,曾有拘擒,其排阵使胡立已下,寻在诸州安排,及令军幕收管,自来各支廪食,并给衣装。却缘比者不测宸襟,未敢放还乡国。今既先蒙开释,已认冲融,归朝虽愧于后时,报德未稽于此日。其胡立已下,今各给鞍马、衣装、钱帛等,专差御衣库使李彦昭部领送至贵境,望垂宣旨收管。矧以昶昔在韶龀,即离并都,亦承皇帝凤起晋阳,龙兴汾水,合叙乡关之分,以陈玉帛之欢。傥蒙惠以嘉音,即仁专驰信使。谨因胡立行次,聊陈感谢。词莫披述,伏惟仁明洞垂鉴念。不宣。"明清尝跋其后云:"欧阳文忠公《五代史·世家序》云:'蜀险而富,故其典章粲然。'此书文亦奇。尤先生所谓'岂非出于世修降表李昊'，斯言信欤？"顷岁姚令威注《五代史》，惜乎不见是卷也。

83　国朝以来，父子、兄弟、叔侄以名望显著荐绅间，称之于一时者，如二吕：正献端、左丞余庆；二窦：可象仪、望之俨；二孙：次公何、邻几仅；二宋：元宪庠、景文祁；二钱：子高彦远、子飞明逸；二苏：才翁舜元、子美舜钦；二吴：正肃育、正宪充；二程：明道先生颢、伊川先生颐；二章：庄敏粲、申公惇；二张：横渠先生载、天祺戬；二邵：安简亢、不疑必；二蔡：元长京、元度卞；二郑：德夫久中、达夫居中；二邓：子能洵仁、子常洵武；三陈：文忠尧叟、文惠尧佐、康肃尧咨；三苏：文安先生洵、文忠轼、文定辙；三沈：存中括、文通遘、睿达辽；三王：荆公安石、平父安国、和父安礼；三孔：经父文仲、常甫武仲、毅甫平仲；三曾：南丰先生巩、文肃布、文昭肇；三韩：康肃绛、持国维、庄敏缜；三范：蜀公镇、子功百禄、淳夫祖禹；三刘：原父敞、贡父攽、仲冯奉世是也。

84　《太宗实录》："淳化五年五月，李顺之平，带御器械张舜卿奏事言：'臣闻顺已遁去，诸将所获非也。'太宗云：'平贼才数日，汝何从知之？徒欲害人功尔！'上怒叱出，将斩之，徐曰：'前代帝王暴怒杀人，正为此辈。然其父戍边以死。'遂贳之，但罢近职。舜卿父训为定远军节度使，卒于镇，故上念之。"明清后观沈存中《笔谈》云："蜀中剧贼李顺陷剑南，两川、关右震动，朝廷以为忧。后王师破贼，枭李顺，收复两川，书功行赏，了无间言。至景祐中，有人告李顺尚在广州，巡检使臣陈文琏捕得之，乃真李顺也，年已七十余。推验明白，囚赴阙，覆按皆实。朝廷以平蜀将士，功赏已行，不欲暴其事，但斩顺，赏文琏二官，仍除阁门祗候。文琏家有《李顺案款》，本末甚详。顺本蜀江王小波之妻弟。始王小波反于蜀中，不能抚其徒众，乃共推顺为主。顺初起，悉召乡里富人大姓，令具其家所有财粟，据其生齿足用之外，一切调发，大赈贫乏，录用材能，存抚良善，号令严明，所至一无所犯。时两蜀大饥，旬日之间，归之者数万人。所向州县，开门延纳。传檄所至，无复完全。及败，人常怀之，故顺得脱去。三十余年，乃始就戮。"如此，则当平蜀时逃去，无可疑矣。信知盗亦有道焉。然舜卿非太宗之全宥，则刑归于滥矣。顷见王仁裕《洛城漫录》云："张全义为西京留守，识黄巢于群僧中。"而陶穀《五代乱纪》云："巢既遁免，祝发为浮屠。有诗云：'三十年前草上飞，铁衣着尽着僧衣。天津桥上无人问，独倚危栏看落晖。'"又《僧史》言："巢有塔在西京龙门，号翠微禅师。"而世传巢后住雪窦，所谓雪窦禅师，即巢也。然明州雪窦山有黄巢墓，岁时邑官遣人祀之至今。而《太平广记》载："则天时，宋之问谪官，过杭州，遇骆宾王于灵隐寺，披缁在大众中，与之问诗有'楼观沧海日，门枕浙江潮'之句。"唐《夷坚集》言："南岳寺僧见姚泓。"《五季泛闻录》云："太祖仕周，受命北伐，以杜太后而下寄于封禅寺。抵陈桥，推戴。韩通闻乱，亟走寺中访寻，欲加害焉。主僧守能者，以身蔽之，遂免。太祖德之，即位后极眷宠之。年八十余，临终，语其弟子曰：'吾即泽州明马儿也。'马儿，五代之巨寇也。"赞宁续传载云："开宝末，江州圆通寺旦过寮中，有客僧将寂灭，祖其背以示其徒，有雕青'李重进'三字，云：'我即其人，脱身烟焰，至于今日。'"而近日陆务观《清尊录》言："老内侍见林灵素于蜀道。"季次仲季自云：尝遇姚平仲于庐山，授其八段锦之术。未知果否。要是桀黠之徒，多能逃命于一时，皆此类。文琏，洪进之子也。

　　85　《真宗实录》："召试神童，蔡伯俙授官。"之后寂无所传。明清因于故书中得其奏状一纸，今录于此："司农少卿管勾江州太平观蔡伯俙奏：臣辄陈愚恳，仰渎睿聪。退省愆尤，甘俟窜殛。臣见系知州资任，乞管勾宫观，奉敕授前件差遣于舒州居住，自熙宁八年八月三日到任。伏念臣先于大中祥符八年真宗皇帝遣内臣毛昌达宣召赐对，试诵真宗皇帝御制歌诗，即日蒙恩，释褐授守秘书省正字。臣遭遇之年，方始三岁。及赐臣御诗云：'七闽山水多才俊，三岁奇童出盛时。'终篇后批：'闰六月十五日敕赐。'见刊刻在本家收秘。续蒙宣赴东宫，侍仁宗皇帝读书，朝夕亲近，颇历岁年。以臣父龟从进士及第，臣幼小难以住京，因乞将带出外，又蒙恩赉优渥。其后臣年一十七岁，以家贫陈乞差遣。仁宗皇帝圣念矜怜，特依所乞，仍有旨余人不得援例。自兹累历任使。今来本任，至来年二月当满。切念臣幼稚幸会，效官从事，勉励愚拙，今已白首。重念臣生事萧条，累族重大，又无得力儿男可以供侍，一日舍禄，无以为生。幸遇皇帝陛下至仁至治，无一物失所，其于老者惠恤尤深。臣以祥符八年三岁，甲子庚申节，未至衰老。欲望圣慈特赐，许臣再任管勾江州太平观一任，觊仍廪，稍得养单贫。祗饬闺门，相传忠孝，庶几补报，以尽余龄。候敕旨。"盖元丰初，计其年尚未七十。司农少卿，今之朝议大夫也。碌碌无所闻，岂非聪明不及于前时邪？御诗明清偶记其全篇："七闽山水多才俊，三岁奇童出盛时。家世应传清白训，婴儿自得老成姿。初当移步来朝谒，方及能言便诵诗。更励孜孜图进益，青云千里看前期。"后阅朱兴仲《续归田录》云："伯俙字景蕃，与晏元献俱五六岁以神童侍仁宗于东宫。元献自初梗介，蔡最柔媚。每太子过门阃高者，蔡伏地令太子履其背而登。既践祚，元献被知遇，至宰相。蔡竟不大用，以旧恩常领郡,颇不循法令,或被劾取旨,上识其姓名,必曰'藩邸旧臣,且令转官。'凡更四朝,元符初致仕,已八十岁矣。监司荐之,乞落致仕,与宫祠,其辞略云:'蔡伯僖年八十岁,食禄七十五年。'余谓人生名位固可得,罕得绵长如此者。"以上朱《录》中语,因并载之。

86 张耆既贵显,尝启章圣,欲私第置酒,以邀禁从诸公,上许之。既昼集尽欢,曰:"更愿毕今夕之乐,幸毋辞也。"于是罗帏翠幕,稠叠围绕,继之以烛。列屋蛾眉,极其殷勤,豪侈不可状。每数杯则宾主各少愒。如是者凡三数。诸公但讶夜漏如是之永,暨至彻席出户询之,则云已再昼夜矣。朱新仲言。

87 韩忠宪亿景祐中参仁宗政事,天下称为长者。四子:仲文综、子华绛、持国维、玉汝缜,俱礼部奏名。忠宪启上曰:"臣子叨陛下科第,虽非有司观望,然臣既备位政府,岂当受而有之?天下将以谓由臣故致此,臣虽不足道,使圣明之政,人或以议之,非臣所安也。臣教子既已有成,又何必昭示四方,以为荣观哉!乞尽免殿试唱第,幸甚。"诚恳再三,上嘉叹而允所请。忠宪既薨,仲文、子华、玉汝相继再中科甲。独持国曰:"吾前已奏名矣,当遵家君之言,何必布之远方耶!"不复更就有司之求。故文潞荐持国疏云:"曾预南宫高荐,从不出仕宦。"其后仲文知制诰,子华、玉汝皆登宰席;持国赐出身,至门下侍郎,为本朝之甲族云。玉隆外祖云:"韩元吉著《桐阴旧话》,却不及此。"

挥麈后录卷之六

88　韩持国既以忠宪任为将作监主簿,少年清修,不复以轩冕为意。将四十矣,犹未出仕。宋元宪欲荐孔宁极畋,偶观其诗卷,乃得持国所和篇,诵之大喜,遂舍宁极而荐持国,繇是赐第入馆。嘉祐中,与司马文正、吕正献、王荆公号为四友。元祐初,登政府。后坐弃地,入党籍,谪居均州。遇赦复官,以朝议大夫致仕,年八十四以卒。尝语其婿王仲弓实曰:"以昔日受命覃恩上课,计以岁月寄禄,恰及是官,复何憾邪!"元龙、元吉,即其后也。杨如晦云。

89　仁宗朝侍御史王平,字保衡,侯官人。章圣时,初为许州司理参军。里中女乘驴单行,盗杀诸田间,褫其衣而去。驴逸,田旁家收系之。吏捕得驴,指为杀女子者,讯之四旬。田旁家认收系其驴,实不杀女子。保衡意疑甚,以状白府。州将老吏,素强了,不之听,趣令具狱。保衡持益坚,老守怒曰:"掾懦耶?"保衡曰:"坐懦而奏,不过一免耳。与其阿旨以杀无辜,又陷公于不义,校其轻重,孰为愈邪?"州将因不能夺。后数日,河南移逃卒至许,劾之,乃实杀女子者,田旁家得活。后因众见,州将谢曰:"微司理,向几误杀平人。"此与夫钱淡成何异,位虽不显,保衡娶曾氏宣靖之妹,生三子:回字深父,囧字于直,向字容季,俱列《两朝史·儒学传》。所著书传于荐绅为多。深父子汶,字道原,诗文尤奇。有集,先人作序行于世。阴德之报,有从来矣。

90　李邯郸命诸子名,世人难晓,后见孙长文云:"邯郸之长子寿朋,取'三寿作朋'之义;次子复圭,本'三复白圭';幼子德刍,以'三德蒸刍'。"其指如此,宜乎人所不解也。

91　司马温公元丰末来京师,都人叠足聚观,即以相公目之,马至于不能行。谒时相于私第,市人登树骑屋窥瞰,人或止之,曰:"吾非望而君,所愿识者,司马相公之风采耳。"呵叱不退,屋瓦为之碎,树枝为之折,一时得人之心如此。晁武于云。

92　温公在相位,韩持国为门下侍郎,二公旧交相厚。温公避父之讳,每呼持国为秉国。有武人陈状省中,词色颇厉,持国叱之曰:"大臣在此,不得无礼!"温公作皇恐状,曰:"吾曹叨居重位,覆𫗧是虞,讵可以大臣自居邪! 秉国此言失矣,非所望也。"持国愧叹久之。于此亦见公之不自矜也。李粹伯云。

93　王荆公在金陵,有僧清晓于钟山道上,见有童子数人,持幡幢羽盖之属。僧问之,曰:"往迎王相公。"幡上书云:"中含法性,外习尘氛。"到寺未久,闻荆公薨。薛大受叔器云:"其妇翁蔡文饶目睹。"

94　晏元献父名固。在相位,有朝士乃固始人,往谒元献。问其乡里,朝士曰:"本贯固县。"元献怒曰:"岂有人而讳始字乎!"盖其始欲避之,生狞误以应也。前人亦尝记之。又元厚之作参知政事日,有下状陈乞恩例者启曰:"为部中不肯依元降旨挥。"厚之亦怒曰:"止为汝不依元降旨挥耳。"粹伯云。

95　治平中,有时君卿者,郑州人,与王才叔广渊为中表,游学郡庠,坐法被笞,以善笔札,去为颍邸书史。裕陵以其有士风,每与之言。时王荆公贤誉翕然,君卿数称道于上前,宸心缱是注意。践祚之后,骤加信任。然初非荆公结之,而才叔是时亦光显矣。君卿后至正任团练使,卒于元祐间,《哲宗实

录》有传存焉。其子希孟,以医学及第,南渡后康志升允之帅
浙西,辟为机幕。明受之变,楼上乃有从逆之言,为章宜叟谊
斥退者。复辟之初,流于岭外。宜叟縡此大用。

96　蔡持正之父黄裳任陈州录事参军,年逾七十。陈恭
公自元台出为郡守,见其老不任职,挥之令去。黄裳犹豫间,
恭公云:"倘不自列,当具奏牍窜斥。"黄裳即上挂冠之请,以太
子右赞善大夫致仕,今之通直郎也。卜居于陈,力教二子持正
与硕,苦贫困,饘粥不继。久之持正登第。黄裳临终,戒以必
报陈氏。其后持正登政路。恭公之子世儒,以群婢杀其所生
坐狱,而世儒知而不发,持正请并坐。神宗云:"执中止一子,
留以存祭祀,如何?"持正云:"五刑之赎三千,其罪莫大于不
孝,其可赦邪!"竟置极典。世儒子后以娶宗女补武官。或云,
大将陈思恭即其孙。思恭子龟年,尝为东宫春坊。孙长文云。

97　熙宁中,王和父尹开封,忽内降付下文字一纸,云:
"武德卒获之于宫墙上,陈首有欲谋乱者姓名凡数十人。"和父
令密究其徒,皆无踪迹,独有一薛六郎者,居甜水巷,以典库为
业。和父令以礼呼来,至廷下,问之云:"汝平日与何人为冤?"
薛云:"老矣,未尝妄出门,初无仇怨。"再三询之,云:"有族妹
之子,沦落在外。旬日前,忽来见投,贷贷不从,怒骂而去,初
亦无他。"和父云:"即此是也。"令释薛,而追其甥,方在瓦市观
傀儡戏,才十八九矣。捕吏以手从后拽其衣带,回头失声曰:
"岂非那事疏脱邪!"既至,不讯而服。和父曰:"小鬼头,没三
思至此! 何必穷治。"杖而遣之。一府叹伏。刘季高云。

98　汪辅之,宣州人,少年有俊声。皇祐中,觅举开封,以
"周以宗强"为赋题,场中大得意。既出,宣言于众,必为解魁。
偶与数客饮于都城所谓寿州王氏酒楼,闻邻阁有吴音士人,亦

同场试者,诵其所作。辅之方举酒,失措坠杯,即就约共坐,询其姓氏。乃云:"湖州进士沈初也。"辅之云:"适闻公程文,必夺我首荐。然我亦须作第二人。"后数日,榜出,果然是汪辅之登第。熙宁中,为职方郎中广南转运使。蔡持正为御史知杂,摭其谢上表有"清时有味,白首无能",以谓言涉讥讪,坐降知虔州以卒。有文集三十卷行于世。后数年,兴东坡之狱,盖始于此。而持正竟以诗遣死岭外。_{韩德全云}。

99 元丰中,先祖访滕章敏公元发于池阳。时杨元素过郡,二公同年生,款留甚欢。一日,元素忽问公曰:"令弟贼汉在否?"先祖坐间甚讶其语,伺小间因启公。公曰:"熙宁初,甫与元素俱受主上柬知非常,并居台谏。偶同上殿,陈于上曰:'曾公亮久在相位,有妨贤路。'上曰:'然。卿等何故都未有文字来?'明日相约再对。草疏已毕,舍弟申见之,夜驰密以告曾。暨至榻前,未出奏牍,上怒曰:'岂非欲言某人耶!其中事悉先来辩析文字,见留此。卿等为朕耳目之官,不慎密乃尔!'言遂不行。吾二人繇此失眷。元素所以深恨之。"东坡先生作滕公挽诗云:"先帝知公早,虚怀第一人。"谓受裕陵眷简最先也。又云:"高平风烈在,威敏典刑存。"滕盖范文正之外孙,而授兵法于孙元规。滕公奋身寒苦,兄弟三人,誓不异居。而有象傲之弟,即申焉,恃其爱,无所不至,公一切置之。元祐中,公自高阳易镇维扬,道卒。丧次国门,先祖自陈留来会哭。朝士皆集舟次。秦少游时在馆中,少游辱公之知最早,吊毕来见先祖于舟,因为少游言其弟凌蔑诸孤状,少游不平,策马而去。翌日,方欲解维,开封府遣人寻滕光禄舟甚急,乃御史中丞苏辙札子,言元发昔事先帝,早蒙知遇,有弟申,从来无行,今元发既死,或恐从此凌暴诸孤,不得安居。缘元发出自孤贫,兄弟别无合分财产，欲乞特降旨挥，在京及沿路至苏州已来官司，不得申干预家事及奏荐恩泽，仍常觉察。奉圣旨，令开封府备坐榜舟次。询之，乃少游昨日径往见子由，为言其事，所以然耳。昔人笃于风谊乃尔。今苏黄门章疏中，备载其札子。

100　先祖从滕章敏幕府逾十年，每语先祖曰："公不但仆之交游，实师友焉。"平日代公表启，世多传诵，今载东坡公文集中者，实先祖之文也。章敏死，先祖为作行状。东坡公取以为铭诗，其序中易去旧语裁十数字而已。章敏初名甫，字元发，元祐初以避高鲁王讳，以字为名。

101　曾密公讳易占，字不疑。欧阳文忠识其碑曰："少有大志，知名江南。"为文忠所称如此，则其人固可想矣。既以豪侠自任，□信州玉山令，有过客杨南仲，文采可喜，气概颇相投，公厚赆其行。会与郡将钱仙芝不叶，捃摭公以客所受为贿，公引伏受垢，不复自辩，竟除名，徙英州。以赦自便，将诉其事于朝，行次南都而卒。时公子南丰先生子固，已名重于世，适留京师，而杜祁公以故相居宋，自来逆旅，为辨后事。公既不偶以卒，再娶朱夫人，年未三十，无以自存，领诸孤归崇中。南丰昆弟六人，久益瀯落，与长弟晔应举，每不利于春官。里人有不相悦者，为诗以嘲之曰："三年一度举场开，落杀曾家两秀才。有似檐间双燕子，一双飞去一双来。"南丰不以介意，力教诸弟不怠。嘉祐初，与长弟及次弟牟、文肃公、妹婿王补之无咎、王彦深凡一门六人，俱列乡荐。既将入都赴省试，子婿拜别朱夫人于堂下。夫人叹曰："是中得一人登名，吾无憾矣。"榜出唱第，皆在上列，无有遗者。楚俗：遇元夕第三夜，多以更阑时微行听人语言，以卜一岁之通塞。子固兄弟被荐时，有乡士黄其姓者，亦预同升。黄面有瘢，俚人呼为黄痘子。诸曾俱往赴省试,朱夫人亦以收灯夕往闾巷听之,闻妇人酬酢造酱法云:"都得,都得。黄豆子也得。"已而捷音至,果然入两榜,文昭中第。兄弟三人,数年之间并跻华贯,曾氏繇此遂兴。公永外祖云。

102　张芸叟治平初以英宗谅暗榜赴春试,时冯当世主文柄。以"公生明"为赋题,芸叟误叠压明字。试罢,自分黜矣,及榜出,乃居第四。芸叟每窃自念,省场中卤莽乃尔,然未尝辄以语人也。当世后不相闻。至元祐中,芸叟以秘书监使契丹,当世留守北门,经由,始修门生之敬,置酒甚欢。酒半,当世谓芸叟曰:"京顷作知举时,秘监赋中重叠用韵,以论策甚佳,因自为改去,擢置优等,尚记忆否?"芸叟方饮,不觉杯覆怀中,于是再三愧谢而去。前辈成人之美有如此者。然得人材如芸叟者,虽重叠用韵,亦何愧哉!朱希真先生云。

103　曾文肃为相,王明清祖王兵部作郎。一日,文肃曰:"主上令荐台谏,当以公应诏。"先祖辞曰:"某辱知非常,一旦使居言路,傥庙堂有所不当,言之则有负恩地,不言则实辜任使。愿受始终之赐,幸甚。"文肃叹息而寝其议。故外祖祭先祖文曰:"昔我先公,知公最久。引公谏垣,公辞不就。进退之际,益坚素守。"谓此也。

104　曾文肃元符末以定策功爰立作相,壹意信任,建言改元建中靖国,收召元祐诸贤而用之,首逐二蔡。而元长先已交结中禁,胶固久矣,虽云去国,而眷柬方浓,自是屡欲召用,而文肃辄尼之。一日,徽宗忽顾首相韩文定云:"北方帅藩有阙人处否?"文定对以大名府未除人。少刻,批出蔡京除端明殿学士,知大名府,仍过阙朝见。文肃在朝堂,一览愕然,忽字呼文定云:"师朴可谓鬼劈口矣。"翌日白上,以为不可。上干笑曰："朕尝梦见蔡京作宰相,卿焉能遏邪!"数日后,台谏王能甫、吴材希旨攻文肃,上为罢二人,文肃自恃以安。然元长来意甚锐,如蔡泽之欲代范雎也。甫次国门,除尚书右丞。逾月之后,文肃拟陈祐甫守南都,元长以谓祐甫文肃姻家,讦之于上前,因遂忿争。次日,入都堂,方下马,则一顶帽之卒,喏于庭云:钱殿院有状申。启视之,乃殿中侍御史钱遹论文肃章疏副本。文肃即上马,径出城外观音院,盖承平时执政丐外待罪之地也。是晚锁院,宣翰林学士郭知章草免文肃相制,知章启上,未审词气褒贬如何。上云:"当用美词,以全体貌。"诘旦告廷,以观文殿学士知润州,寻即元长为相,时崇宁元年六月也。陛辞之际,慰藉甚渥,云秋晚相见。抵润未久,而诏狱兴矣。台谏纳副本,始于此。竑父舅云。

105　钱穆父与蔡元度俱在禁林,二公雅相好。元祐末,穆父先坐命词,以本官知池州。元度送之郊外,促膝剧谈,恋恋不忍舍。忽群吏来谒元度云:"已降旨,内翰除右丞。中使将来宣押矣。"穆父起庆之,元度喜甚,卒然而应曰:"卞也何人,不谓礼绝之敬,生于坐上。"虽穆父亦为色动。蔡子因云。

106　范德孺帅庆州日,忽夏人入寇,围城甚急。郡人惶骇,未知为计。畴诸将士,无有以应敌其锋者。麾下有老指挥使,独来前曰:"愿勒军令状,保无它。"范信之。已而师果退去。德孺大喜,厚赐以赏之,且询其逆料之策。老卒曰:"实无它术,吾但大言,以安众耳。傥城破,各自逃窜,何暇更寻一老兵行军法邪!"晁武子云。

107　赵正夫丞相元祐中与黄太史鲁直俱在馆阁,鲁直以其鲁人,意常轻之。每庖吏来问食次,正夫必曰:"来日吃蒸饼。"一日,聚饭行令,鲁直云:"欲五字从首至尾各一字,复合成一字。"正夫沈吟久之,曰:"禾女委鬼魏。"鲁直应声曰:"来力敕正整。"叶正夫之音,阖坐大笑。正夫又尝曰:"乡中最重润笔,每一志文成,则太平车中载以赠之。"鲁直曰:"想俱是萝卜与瓜齑尔。"正夫衔之切骨。其后排挤不遗余力,卒致宜州之贬。一时戏剧,贻祸如此,可不戒哉。<small>陆务观云。</small>

108　林仲平<small>概</small>,仁宗朝耆儒也。二子希旦、邵颜,早擅克家之业。仲平没,有二幼子尚在襁褓,未名。既长,两兄乃析其名,示不忘父训,曰希、曰旦、曰邵、曰颜。后皆为闻人,衣冠指为名族。<small>陈齐之云。</small>

109　范景仁尝为司马文正作墓志,其中有曰:"在昔熙宁,阳九数终。谓天不足畏,谓民不足从,谓祖宗不足法。乃哀顽鞠凶。"托东坡先生书之,公曰:"二丈之文,轼不当辞。但恐一写之后,三家俱受祸耳。"卒不为之书。东坡可谓先见明矣。当时刊之,绍圣之间,治党求疵,其罪可胜道哉!<small>陆务观云。</small>

110　"欧阳观,本庐陵人。家世冠冕,一祖兄弟,自江南至今,凡擢进士第者六七人。观少有辞学,应数举,屡阶魁荐。咸平三年登第,授道州军州推官。考满,以前官迁于泗州,当淮、汴之口,天下舟航漕运鳞萃之所。因运使至,观傲睨不即见;郡守设食,召之不赴,因为所弹奏殆于职务,遂移西渠州,迨成资而卒于任所。观有目疾,不能远视,苟瞩读行句,去牍不远寸。其为人义行颇腆。先出其妇,有子随母所育。及登科,其子诣之,待以庶人,常致之于外。寒燠之服,每苦于单弊,而亲信仆隶,至死曾不得侍宴语。然其骨殖卒赖其子而收葬焉。"右龙衮字君章所著《江南野录》载欧阳观传。观乃文忠父。文忠自识其父墓云:"太仆府君长子讳观,字仲宾,咸平三年进士及第,以文行称于乡里。少孤,事母至孝。丁潘原太君忧时,尚贫,其后终身非宾客食不重肉,岁时祭祀,涕泗呜咽,至老犹如平生。喜待士,戒家人俸勿留余,而居官以廉恕为本。官至泰州军州判官,卒年五十九,大中祥符三年三月二十四日终于官。葬吉水县沙溪保之泷岗,累赠兵部郎中。夫人彭城郡太君郑氏,年二十九而公卒,居贫子幼,守节自誓,家无纸笔,以荻画地,教其子修学书。卒年七十二,皇祐四年三月十七日卒于南京留守廨舍。祔葬泷岗。墓志起居舍人知制诰吕臻撰,工部郎中知制诰王洙篆盖,大理平事陆经书石。有子曰□,早卒;曰修。"观文忠所述,则观初无出妇之玷。文忠又叙其考妣之贤如此。衮,螺江人,与文忠为乡曲。岂非平时有宿憾,与夫祈望不至云尔?信夫毁誉不可深信,不独《碧云騢》一书而已,不可不为之辩。文忠公亲笔,今藏其孙伋家,明清亲见之。

　　111　元丰中,太原府推官郭时亮首教授余行之有文字结连外界。神宗语宰相王岐公曰:"小人妄作,固不足虑。行之士人,为此恐有谋非便。"时陆农师为学官,岐公素不相知,欲乘此挤之,奏曰:"学官陆佃,与之厚善,乞召问之。"翌日,上令以佗事召直讲陆佃对事,未宣也。上徐问曰:"卿识余行之否?"佃曰:"臣与之有故,初亦甚厚。臣昨归乡里越州,行之来作山阴尉,携其妻而舍其母,臣以此少之,自是往来甚疏。"上曰:"傥如此,不足以成事矣。"然农师由此遂受知神宗,不次拔擢。乃知穷达有命,虽当国者,不能巧抑其进焉。行之既腰斩,时亮改京秩,辞不受。时人有诗云:"行之三截断,时亮一生休。"行之,靖之族孙也。陆务观云。

　　112　李端叔之仪,赵郡人,以才学闻于世。弟之纯,亦以政事显名,为中司八座,终以老龙帅成都。兄弟颉颃于元祐间。端叔于尺牍尤工,东坡先生称之,以为得发遣三昧。东坡帅定武,辟为签判以从,朝夕酬唱,宾主甚欢。建中靖国初,为枢密院编修官。曾文肃荐于祐陵,拟赐出身,擢右史。成命未颁,而为御史钱遹论列报罢。去国之后,暂泊颍昌。值范忠宣公疾笃,口授其指,令作遗表。上读之,悲怆之余,称赏不已,欲召用之。而蔡元长入相,时事大变。祐陵裂去御书世济忠直之碑,及降旨御书院,书碑旨挥,更不施行。且兴狱治遗表中语,端叔坐除名,编管太平州。会赦复官,因卜居当涂,奉祠著书,不复出仕。适郭功父祥正亦寓郡下,文人相轻,遂成仇敌。郡娼杨姝者,色艺见称于黄山谷诗词中。端叔丧偶无嗣,老益无惨,因遂畜杨于家,已而生子,遇郊禋受延赏。会蔡元长再相,功父知元长之恶端叔也,乃讹豪民吉生者讼于朝,谓冒以其子受荫,置鞫受诬,又坐削籍。亦略见《徽宗实录》。杨姝者亦被决。功父作俚语以快之云:"七十余岁老朝郎,曾向元祐说文章。如今白首归田后,却与杨姝洗杖疮。"其不乐可知也。初,端叔尝为郡人罗朝议作墓志,首云:"姑熟之溪,其流有二,一清而一濯。"清者,谓罗公也,盖指濯者为功父。功父益以怨深刺骨焉。久之,其甥林彦振摅执政,门人吴可思道用事。于时相予讼其冤,方获昭雪,尽还其官与子。端叔终朝议大夫,年八十而卒。代忠宣之表,今载于此:"生则有涯,难逃定数;死之将至,愿毕余忠。辄将垂尽之期,仰渎盖高之听。臣中谢。伏念臣赋性拙直,禀生艰危,忠义虽得之家传,利害率同于人欲。未始苟作以干誉,不敢患失以营私。盖常先天下而忧,期不负圣人之学。此先臣所以教子,而微臣资以事君。粤自治平,擢为御史,继逢神考,进列谏垣,荏苒五十二年,首尾四十六任,分符拥节,持橐守边。晚叨宥密之司,再席钧衡之任。遇事辄发,更不顾身;因时有为,止欲及物。故知

盈满之当戒,弗思祸衅之阴乘。万里风涛,仅脱江鱼之葬;四
年瘴疠,几从山鬼之游。忽遭眷圣之临朝,首图纤介之旧物。
复官易地,遣使宣恩。而臣目已不明,无复仰瞻于舜日;身犹
可勉,或能亲奉尧言。岂事理之能谐,冀神明之见嗇。未复九
重之入觐,卒然四体之不随。空惭田亩之还,上负乾坤之造。
犹且强亲药石,贪恋岁时。傥粗释于沉迷,或稍纾于报效。今
则膏肓已逼,气息仅存,泉路非遥,圣时永隔。恐叩阍之靡及,
虽结草以何为。是以假漏偷生,刳心沥恳,庶皇慈之俯览,亮
愚意之无他。臣若不言,死有余恨。伏望皇帝陛下,仁心寡
欲,约己便民。达孝道于精微,扩仁心于广远。深绝朋党之
论,详察邪正之归。搜抉幽隐,以尽人材;屏斥奇巧,以厚风
俗。爱惜生灵,而无轻议边事;包容狂直,而无遽逐言官。若
宣仁之诬谤未明,致保祐之忧勤不显。本权臣务快其私忿,非
泰陵实谓之当然。以至未究流人之往愆,悉以圣恩而特叙。
尚使存殁犹污,瑕疵又复。未解疆场之严,几空帑藏之积。有
城必守,得地难耕。凡此数端,愿留圣念,无令后患,常轸渊
衷。臣所重者,陛下上圣之资;臣所爱者,宗社无疆之业。苟
斯言之可采,则虽死而犹生。泪尽词穷,形留神逝。"绍兴中,
赵元镇作相,提举重修《泰陵实录》,书成加恩,吕居仁在玉堂,
取其中一对云"惟宣仁之诬谤未明,致哲庙之阴灵不显"于麻
制中,时人以为用语亲切,不以蹈袭为非也。端叔自号姑溪老
农,文有集六十卷。与先人往还者为多,今尚有其亲笔藏于
家。杨生之子名尧光,坠其家风,止于选调。家今犹在宛陵、
姑熟之间村落中。明清前年在宣幕,亦尝令访问,则狼狈之
甚,至有不可言者。盖繇端叔正始之失,使人惋叹。王偁《东
都事略》云"端叔姑熟人",非也。

113　姚舜明庭辉知杭州,有老姥自言故娼也,及事东坡先生。云公春时每遇休暇,必约客湖上。早食于山水佳处,饭毕,每客一舟,令队长一人,各领数妓,任其所适。晡后鸣锣以集之,复会望湖楼或竹阁之类,极欢而罢。至一二鼓,夜市犹未散,列烛以归。城中士女云集,夹道以观千骑之还,实一时之胜事也。姚令云。

114　"昭灵侯南阳张公,讳路斯。隋之初,家颍上县百社村。年十六,中明经第。唐景龙中,为宣城令,以才能称。夫人石氏,生九子。自宣城罢归,常钓于焦氏台之阴。一日,顾见钓处有宫室楼殿,遂入居之。自是夜出旦归,归辄体寒而湿。夫人惊问之,公曰:'我,龙也。蓼人郑祥远者,亦龙也。与我争此居,明日当战,使九子助我。领有绛绡者,我也;青绡者,郑也。'明日,九子以弓矢射青绡者,中之,怒而去。公亦逐之,所过为溪谷,以达于淮。而青绡者投于合淝之西山以死,为龙穴山。九子皆化为龙,而石氏葬关洲。公之兄为马步使者,子孙散居颍上,其墓皆存焉。事见于唐布衣赵耕之文,而传于淮、颍间父老之口,载于欧阳文忠之《集古录》云。"以上东坡先生所撰《颍州昭灵侯广碑》。米元章作《辩名志》刻于后,云:"岂有人而名路斯者乎? 盖苏翰林凭旧碑,'公名路'当是句断。'斯颍上人也',唐人文赘多如此。"米刻略云尔。明清比仕宁国,因民讼,度地四至,有宣城令张路斯祠堂基者。坡碑言侯尝任宣城令,则知名"路斯"无疑,元章辩之误矣。明清向入寿春幕,尝以职事走沿淮,有昭灵行祠,而六安县有郑公山,山下有龙穴,今湮矣,乃与公所战者郑祥远也。因并记之。

115　曾文肃自高阳帅易青社,道出相台,冯文简作守,相见云:"本郡有一寄居王大卿,名尚恭,年高不出仕,有乡曲之

誉。愿一见公,露少恳款。使其自言,相予共饭可乎?"文肃颔
之。翌日,俾之同坐,即之甚温。请间云:"某有一子,颇知宦
学趣向,不幸早死。启手足际,自云初任荆南掾曹,秩满,赁舟
泛江而下。偶与一媵妇共载,因而野合,有娠。既抵京师,分
首。闻妇人免身得雄,后售与曾尚书家作妾。今计其子亦十
余岁矣,不知果否?"文肃云:"某向任三司使日,置一获,云本
贵种,失身自售,携一小儿来见,俱随行,某以儿子畜之。"坐上
因令呼来。大卿公一见,抱持大恸云:"面貌与亡儿无少异者,
今愿以见予。"文肃云:"虽如此,然事不可料。闻公今岁当任
子,愿为内举毕,资补牒来,当遣人送归。"王且悲且喜。彼此
后皆如文约。文肃诸子兄弟,名连丝字,表德上以公字,此子
取名约,字公详,示不忘曾氏。而公详之异母弟,亦连名绚,字
公敏,后易敏功。公详仕至郡守,终奉直大夫。敏功子炎,以
公详荫入仕,尝为枢密使。媵妇在文肃家生二子。至今两族
如一家焉,妇亦姓王,果名族。从弟乃信孺革,与其子鼎相继
尹京云。外祖手记。

挥麈后录卷之七

116　国朝以来，自执政径登元台，不历次揆而升者：薛文惠、吕正惠、毕文简、丁晋公、王文惠、庞庄敏、韩献肃、司马文正、吕正愍、章申公、何清源、郑华原、白蒙亨、徐择之、沈守约、叶子昂。独相而久者，章子厚是也。故其罢相制云："为之不置次辅，所以责其成功。"后来秦师垣岂止倍其数邪？前此如王文公、蔡师垣，虽信任之笃，古今所无，见之训词，然中书、右府各皆官备，而未始专持柄权，岁月之深如是。秦得志之后，有名望士大夫，悉屏之远方；凡龌龊委靡不振之徒，一言契合，自小官一二年即登政府，仍止除一厅，循故事伴拜之制，伴食充位而已。盖循旧制，二府一员伴拜，不可阙也。稍出一语，斥而去之，不异奴隶。皆褫其职名，恩数奏荐俱不放行，犹庶官云。

117　御书碑额，其始见之宋次道《退朝录》。御书阁名，或传蔡元度为请祐陵书以赐王荆公家，未详也。次道所纪碑名之后，韩忠献曰"两朝顾命定策元勋"，曾宣靖曰"两朝顾命定策亚勋"，富文忠曰"显忠尚德"，司马文正曰"清忠粹德"，赵清献曰"爱直"，高武烈曰"决策定难显忠基庆"，高康王曰"克勤敏功钟庆"，韩献肃曰"忠弼"，孙温靖曰"纯亮"，范忠宣曰"世济忠直"，韩文定曰"世济厚德"，姚兕曰"世济忠武"，赵隆曰"旌忠"，冯文简曰"吉德"，王文恭曰"元丰治定弼亮功成"，蔡持正曰"元丰受遗定策勋臣"，折可适曰"旌武"，刘仲偃曰

"旌忠褒节",陈长卿曰"褒功显德",秦敏学曰"清德启庆"。御书阁名,王文公曰"文谟丕承",蔡元长曰"君臣庆会",元度曰"元儒亨会",吴敦老曰"勋贤",梁才父曰"耆英",刘德初曰"儒贤亨会",杨正父曰"安民定功□运兴德",史直翁曰"清忠亮直",秦会之曰"决策和戎精忠全德",郑达夫云"勋贤承训",何伯通云"嘉会成功",蔡攸曰"济美象贤",余源仲曰"贤弼亮功",邓子常曰"世济忠嘉"、曰"蒙亨"、曰"醇儒",王黼曰"得贤治定",蔡持正曰"褒忠显功",蔡攸曰"缁衣美庆",朱勔曰"显忠",童贯曰"褒功",高俅曰"风云庆会",秦会之曰"一德格天",杨正父曰"风云庆会",史直翁曰"明良亨会"。其它尚多,未能尽纪,当俟续考。

118　元丰中,先祖同滕章敏、王荆公于钟山,临别赠言云:"立德、广量、行惠,非特为两公别后之戒,安石亦终身所行之者也。"先祖云:"以某所见,前二语则相公诚允蹈之。但末后之言,相公在位时,行青苗免役之法于天下,未审如何?"公默然不应。

119　东坡先生为韩魏公作《醉白堂记》,王荆公读之云:"此韩、白优劣论尔。"元祐中,东坡知贡举,以《光武何如高帝》为论题,张文潜作参详官,以一卷子携呈东坡云:"此文甚佳,盖以先生《醉白堂记》为法。"东坡一览,喜曰:"诚哉是言。"擢置魁等。后拆封,乃刘焘无言也。

120　"东坡先生为兵部尚书时,为说之言黄州时陈慥相戏曰:'公只不能作佛经。'曰:'何以知我不能?'曰:'佛经是三昧流出,公未免思虑出耳。'曰:'君知予不出思虑者,胡不以一物试之。'陈不肯,曰:'公何物不曾作题目,今何可相烦者。'复强之,乃指其首鱼枕冠曰:'颂之。'曰:'假君子手为予书焉可

也。'陈于是笔不及并墨,东且笑曰:'便作佛经语耶!'说之请
公书是颂曰:'不揆辄欲著其作颂始初本末如此,以视后之学
者。'而留落颓堕,负其初志三十有三年矣。今年以其颂归谢
甥伋,伋闻而有请,所不得辞,遂亟识之,并以当时所书李潭
《马赞》归伋。宣和七年乙巳二月十六日丁巳,朝请大夫致仕
晁说之题。"右晁四丈以道跋东坡书,著之于编,欲使后人知作
文之所因。真迹今藏谢景思家。

　　121　李撰字子约,毗陵人。曾文肃在真定,李为教授。
家素穷约。夫人尝招其母妻燕集,时有武官提刑宋者,妻亦预
席。宋妻盛饰而至,珠翠耀目;李之姑妇所服浣衣不洁清。各
携其子俱来:宋之子眉目如画,衣装华焕;李之子蠢甚,然悉皆
弦诵如流。左右共哂之。夫人笑曰:"教授今虽贫,诸郎俱令
器,它时未易量。提刑之子虽楚楚其服,但趋走之才耳。"子约
五子,四登科,三人至侍从,二人为郎,弥纶、弥大、弥性、弥逊、
弥正也。宋之子浚,止于阁门祗候,果如夫人之言。老亲云。

　　122　陈珹虚中,莹中之弟也。以名家典郡。知吉州日,
徐师川通判郡事。师川恃才傲世,不肯居人下。尝取虚中所
判抹而改之,然非所长也。虚中语师川曰:"足下涂抹珹之批
判,虽不足道,然公所改抹未当,奈何?况夫佐官妄改长官已
判,于法不轻。"即呼通判厅人吏,将坐以罪。师川知己之屈
也,祈原之。虚中曰:"此亦甚易,君可使珹之前判如故,即便
释吏矣。"师川于是以粉笔涂去己之改字,以呈虚中,虚中遂贳
之。虚中能以理服,师川不复饰非,皆可喜也。

　　123　蔡元度为枢密,与其兄内相抟,力祈解政,迁出于郊
外观音院,去留未定也。平时门下士悉集焉,是时所厚客已有
叛元度者,元度心不能平。饭已,与诸君步廊庑,观壁间所画

炽盛光佛降九曜变相,方群神逞威之际,而其下趋走,有稽首默敬者。元度笑以指示群公曰:"此小鬼最巨耐。上面胜负未分,他底下早已合掌矣。"客有惭者。

124　元祐初,扬康功使高丽,别禁从诸公,问以所委,皆不答,独蔡元度曰:"高丽磬甚佳,归日烦为置一口。"不久,康功言还,遂以磬及外国奇巧之物,遗元度甚丰,它人不及也。或有问之者,康功笑曰:"当仆之度海也,诸公悉以谓没于巨浸,不复以见属;独元度之心犹冀我之生还,吾聊以报其意耳。"韩简伯云。

125　汴水湍急,失足者随流而下,不可复活。旧有短垣以限往来,久而倾圯,民佃以为浮屋。元祐中,方达源为御史,建言乞重修短垣,护其堤岸。疏入报可,遂免湮溺之患。达源名蒙,桐庐人,陈述古婿,多与苏、黄游。奏疏见其家集中,用载于此:"臣闻为治先务,在于求民疾苦,与之防患去害。至于一夫不获,若己推而纳于沟中。昔者子产用车以济涉,未若大禹思溺者之由己溺之心如此,故能有仁民之实,形于政令。而下被上施,欣戴无致。今汴堤修筑坚全,且无车牛泞淖,故途人乐行于其上。然而汴流迅急,坠者不救。顷年并流筑短墙为之限隔,以防行人足跌、乘马惊逸之患,每数丈辄开小缺,以通舟人维缆之便,然后无殒溺之虞。比来短墙多隳,而依岸民庐皆盖浮棚,月侵岁展,岸路益狭,固已疑防患之具不周矣。近军巡院禁囚有驰马逼坠河者,果于短墙隳圯之处也。又闻城内续有殒溺者,盖由短墙但系河清兵士依例修筑,而未有著令,故官司不常举行。欲望降指挥,京城沿汴南北两岸,下至泗州,应系人马所行汴岸,令河清兵士并流修墙,以防人跌马惊之患。每数丈听小留缺,不得过二尺。或有圯毁,即时循

补。其因装卸官物权暂拆动者，候毕即日完筑。或有浮棚侵
路，亦令彻去。委都水监及提举河岸官司常切检察，令天下皆
知朝廷惜一民之命，若保赤子，圣时之仁术也。"达源生三子：
元修字时敏，元若允迪，元榘道纵，皆有才名于宣、政间。允迪
尝为少蓬。世以为阴德之感。时敏之子即务德也。

126　东坡先生自黄州移汝州，中道起守文登，舟次泗上，
偶作词云："何人无事，燕坐空山。望长桥上，灯火闹，使君
还。"太守刘士彦，本出法家，山东木强人也。闻之，亟谒东坡
云："知有新词，学士名满天下，京师便传。在法，泗州夜过长
桥者，徒二年。况知州邪！切告收起，勿以示人。"东坡笑曰：
"轼一生罪过，开口常是，不在徒二年以下。"张唐佐云。

127　建中初，曾文肃秉轴，与蔡元长兄弟为敌。有当时
文士与文肃启，略云："扁舟去国，颂声惟在于曾门；策杖还朝，
足迹不登于蔡氏。"明年，文肃南迁，元度当国，即更其语以献
曰："幅巾还朝，舆颂咸归于蔡氏，扁舟去国，片言不及于曾
门。"士大夫不足养如此。老亲云米元章。

128　绍兴中，章子厚在相位，曾文肃居西府。文肃忽苦
腹疾，子厚来视病，坐间，文肃忽思䐈沙粥，时外祖空青先生曾
公卷在侍侧，咄嗟而办。文肃食之，甚美。子厚犹未去也，询
其速致之术。空青云："适令于市中货䐈沙馅橙中买来，取其
穰入粥中，故耳。"子厚赏叹云："它日转运使才也。"其后空青
仕宦，果数历输辇。

129　石豫者，宁陵人，外蠢而中狡。崇宁初，以交通阍
寺，姓名遂达于崇恩，繇是至位中司。首言邹志完，再窜昭州。
昭慈复从瑶华降复，元祐人立党籍碑，皆其疏也。当时士大夫
莫不愤其奸凶。后五十年，其子敦义为广东提刑，坐赃黥隶

柳州。

130　毛泽民受知曾文肃，擢置馆阁。文肃南迁，坐党与得罪，流落久之。蔡元度镇润州，与泽民俱临川王氏婿。泽民倾心事之惟谨。一日家集，观池中鸳鸯，元度席上赋诗，末句云："莫学饥鹰饱便飞。"泽民即席和以呈元度曰："贪恋恩波未肯飞。"元度夫人笑曰："岂非适从曾相公池中飞过来者邪？"泽民渐，不能举首。吴傅朋云。

131　钱昂治郡有声，以材能称于崇、观间。尝帅秦州，时童贯初得幸，为熙、河措置边事，恃宠骄倨。将迎不暇，独昂未尝加礼。昂短小精悍，老而矍铄。一日，赴天宁开启，待贯之来。久之方至，昂问之曰："太尉何来暮邪？"贯曰："偶以所乘骡小而难骑，动必跳跃；适方欲据鞍，忽盘旋庭中甚久，以此迟迟。"昂曰："太尉之骡，雄也雌耶？"贯对曰："雄者也。"昂曰："既尔难，奈何不若阉之！"贯虽一时愧怒，而莫能报。其后贯大用事，卒致迁责。陆务观云。

132　崇宁三年，黄太史鲁直窜宜州，携家南行，泊于零陵，独赴贬所。是时，外祖曾空青坐钩党，先徙是郡。太史留连逾月，极其欢洽，相予酬唱，如《江樾书事》之类是也。帅游浯溪，观《中兴碑》。太史赋诗，书姓名于诗左。外祖急止之云："公诗文一出，即日传播。某方为流人，岂可出郊？公又远徙，蔡元长当轴，岂可不过为之防邪？"太史从之。但诗中云："亦有文士相追随。"盖为外祖而设。

133　元祐中，有郭概者，东平人，法家者流，遍历诸路提点刑狱，善于择婿。赵清宪、陈无己、高昌庸、谢良弼名位皆优，而谢独不甚显。其子乃任伯，后为参知政事，无己集中首篇《送外舅郭大夫》诗是也。赵、高子孙甥婿皆声华籍甚，数十年间，为荐绅之荣耀焉。良弼，显道之弟也。

134　曾国老_弼，崇宁中为湖北提举学事。时王庆曾作学
事司干当公事，按行诸郡，与之偕行。次汉阳，欲绝江之鄂渚，
国老约庆曾晨炊，相与同渡，庆曾辞以茹素，自于客馆饭毕，而
后追路。国老怏怏，亟登舟。庆曾食未竟，忽闻国老中流不
济，舡中无一人免者。庆曾后四十年为参知政事。国老弟即
文清，用其恤典补官，身贵而后有闻。仲躬云。

135　钱忱伯诚妻瀛国夫人唐氏，正肃公介之孙。既归钱
氏，随其姑长公主入谢钦圣向后于禁中，时绍圣初也。先有戚
里妇数人在焉，俱从后步过受釐殿。同行者皆仰视，读釐为
离。夫人笑于旁曰："受禧也。盖取'宣室受釐'之义耳。"后
喜，回顾主曰："好人家男女，终是别。"盖后亦以自谓也。陆子
逸云。

136　明清于王岐公孙晓浚明处，见岐公在翰苑时令门生
辈供经史对偶全句十余册。恨当时不曾传之也。

137　先祖初任安州应城尉，有村民为人所杀，往验其尸，
而未得贼。先祖注观之次，有弓手持盖于后，先祖即令缚之，
云："此人两日前差出是处，面有爪痕，而尸手爪有血，以是验
之，当尔。"讯治果然。

138　米元章崇宁初为江、淮制置发运司勾当直达纲运，
置司真州。大漕张励深道见其滑稽玩世，不能俯仰顺时，深不
乐之，每加形迹，元章甚不能堪。会蔡元长拜相，元章知己也，
走私仆诉于元长，乞于衔位中削去所带制置发运司五字，仍降
旨请给序位人从，并同监司。元长悉从之，遣仆持人敕命以
来。元章既得之，闭户自书新刺，凌晨拜命毕，呵殿径入谒，直
抵张之厅事。张惊愕莫测。及展刺，即讲钧敌之礼，始知所

以。既退,愤然语坐客云:"米元章一生证候,今日乃使着矣。"
后元章以能书得幸祐陵,擢列星曹。国朝以任子为南宫舍人
者,惟庞懋贤元英与元章二人。元章晚益豪放,不拘绳检。故
蔡天启作其墓碑云:"君与西蜀刘泾巨济、长安薛绍彭道祖友
善。三公风神萧散,盖一流人也。"又云:"冠服用唐规制,所至
人聚观之,视其眉宇轩然,进趋襜如,音吐鸿畅,虽不识者,知
其为米元章也。"

139　李良辅者,恡人也。元符末,在永州主歧阳簿。有
教授李师晡祖道,蜀中老儒,黄太史鲁直之姻家,善士也。范
忠宣迁是郡,祖道作诗庆其生初,有"江边闲舣济川舟"之句。
良辅与之有隙,遂上其本,祖道坐此削籍,流九江。良辅用赏
改秩,浸至郡守。建炎初,吕元直当轴,良辅造朝求差遣,元直
旧知其事,询所以然。良辅犹以为绩效,历历具陈之。元直笑
曰:"初未知本末之详,正欲公自言之尔。"即命直省吏拘于客
次,奏于上除其名。人皆快之。余晋仲云。

140　邹志完元符三年自右正言上疏论中宫事,除名窜新
州。钟正甫将漕广东。次年上元,广帅朱行中约正甫观灯。
已就坐矣,忽得密旨,令往新州制勘公事。正甫不待杯行,连
夜星驰以往。抵新兴,追逮志完赴司理院,荷校因之。正甫即
院中治事,极其暴虐。志完甘为机上肉矣。诘旦,忽令推吏去
其枷械,请至帘下,劳问甚勤,云:"初无其它。正言可安心置
虑,归休褐处。某亦便还司矣。"志完出,正甫果去。且遣骑致
馈极腆,志完惘然不知所以。又明日,郡中宣徽宗登极赦书,
盖正甫先已知矣。未几,志完被召,遂登禁路。绍兴二年,秦
会之罢右仆射制略云:"自诡得权而举事,当耸动于四方;逮兹
居位以陈谋,首建明于二策。罔烛厥理,殊乖素期。"又云:"予

夺在我,岂云去朋党之难;终始待卿,斯无负君臣之义。"此綦
叔厚之文。褫职告词云:"耸动四方之听,朕志为移;建明二策
之谋,尔材可见。"谢任伯之文。綦谢姻家也。秦大憾之。先
是,高宗有亲批云:"秦桧不知治体,信任非人,人心大摇,怨讟
载路。"丁卯岁,启上诏毁《宰执拜罢录》,谓载训词也。至乙亥
岁,秦复知御札在任伯之子伋景思处,作札子自陈大概云:"陛
下是时尚未深知臣,所以有此。乞行抽取。"得旨,下台州从伋
所追索得之。是秋,又令其姻党曹泳为择酷吏刘景者,擢守天
台,专欲鞫勘。景思寓居外邑黄岩山间。景视事之次日,遣捕
吏追逮景思,直以姓名传檄县令,差人防护甚峻。景思自分必
死,将抵郡城外,渡舟中望见景备郊迎之仪,一见执礼甚恭。
至馆舍,则美其帷帐,厚其饮食。景思叵测。是晚,置酒延亡,
座间笑语,极欢而罢。始闻早已得会之讣音矣。又逾旬,景思
拜处牧之命。二事绝相类,然终不知所兴之狱谓何也。

　　141　先祖早岁登科,游宦四方,留心典籍,经营收拾,所
藏书遂数万卷,皆手自校雠,贮之于乡里,汝阴士大夫多从而
借传。元符末,坐党籍谪官湖外,乃于安陆卜筑,为久居计,辇
置其半于新居。建炎初,寇盗蜂起,惟德安以邑令陈规元则帅
众坚守,秋豪无犯。事闻,擢守本郡。先祖之遗书,留空宅中,
悉为元则载之而去。后十年,元则以阁学士来守顺昌,亦保城
无虞,先祖汝阴旧藏书犹存,又为元则所掩有。二处之书,悉
归陈氏。先人每以太息,然无理从而索之。先人南渡后,所至
穷力抄录,亦有书几万卷。明清忧患之初,年幼力弱,秦伯阳
遣浙漕吴彦猷渡江,攘取太半。丁卯岁,秦会之擅国,言者论
会稽士大夫家藏野史以谤时政,初未知为李泰发家设也。是
时,明清从舅氏曾宏父守京口,老母惧焉,凡前人所记本朝典故

与夫先人所述史稿杂记之类,悉付之回禄。每一思之,痛心疾
首。后来_{明清}多寓浙西妇家,煨烬之余,所存不多。诸侄辈不
能谨守,又为亲戚盗去,或它人久假不归。今遗书十不一存,
每一归展省旧箧,不忍复启,但流涕而已。

142　唐著作郎杜宝《大业幸江都记》云:"隋炀帝聚书至
三十七万卷,皆焚于广陵。其目中盖无一帙传于后代。"靖康
俶扰,中秘所藏与士大夫家者,悉为乌有。南渡以来,惟叶少
蕴少年贵盛,平生好收书逾十万卷,置之霅川弁山山居,建书
楼以贮之,极为华焕。丁卯冬,其宅与书俱荡一燎。李泰发家
旧有万余卷,亦以是岁火于秦。岂厄会自有时邪?

143　徐得之君猷,阳翟人,韩康公婿也。知黄州日,东坡
先生迁谪于郡,君猷周旋之不遗余力。其后君猷死于黄,东坡
作祭文挽词甚哀。又与其弟书云:"轼始谪黄州,举眼无亲,君
猷一见,相待如骨肉,此意岂可忘哉!"君猷后房甚盛,东坡常
闻堂上丝竹,词中谓"表德元来字胜之"者,所最宠也。东坡北
归,过南都,则其人已归张乐全之子厚之恕矣。厚之开燕,东
坡复见之,不觉掩面号恸,妾乃顾其徒而大笑。东坡每以语
人,为蓄婢之戒。君猷子端益,字辅之,娶燕王元俨孙女,为右
阶,粗有文采。建炎中,富季申登枢府,以其故家,处以永嘉路
分都监。时曾觌为双穗盐场官,与其子本中厚善。曾既用事,
荐本中于孝宗,遂得密侍禁中。韩氏子弟亦有攀缘而进者。
本中娶赵氏从圣野之孙,即磻老家女也。_{苏训直云。}

144　故事,两制以上方乘狨座,余不预也。大观中,童贯
新得幸,以泰宁军承宣使副礼部尚书郑久中使辽国,遂俱乘狨
座,繇是为例。_{韩勉夫云。}

145　隆兴改元岁,_{明清}在会稽,因为友人言:"先人初为曾

氏婿,尝于外家手节《曾文肃公日录》。有庚辰岁在相位日一
帙真迹,外家后来失去,见于外祖曾空青《三朝正论后序》矣。
先人节本偶存焉,其中一则记赵谂事:谂弟诚,于渝州所居柱
上题云:'隆兴二年,天章阁待制荆湖南北等路安抚使。'再题
云:'隆兴三年,随军机宜李时雍从行。'谂不轨事发,凿取其
柱,赴制勘所,并具奏其所题之意,诚坐此亦死。如此,则隆兴
之号岂可犯耶!"友人云:"愿借一观。"遂以假之。亟驰元本送
似当轴者,继即开陈,遂改乾道之号。友人觫此乃晋用。然先
人手泽,不可复取,而此书不传于世矣。友人后登从班,交往
既厚,不欲书其姓名。初,谂以甲科为太常博士,谒告省其父
庭臣于蜀道中,梦神人授以诗云:"天锡雄材孰与戡,征西才罢
又征南。冕旒端拱披龙衮,天子今年二十三。"觫此有猖狂之
志。伏诛时适及岁。刑部郎中王吉甫独引律中文,以谓"口陈
欲反之言,心无真实之状。"吉甫坐绌。诏改渝州为恭州。谂
初登第时,太常少卿李积中女有国色,即以妻之。成婚未久而
败。或云,冯时可者,谂遗腹子也。

　　146　高俅者,本东坡先生小史,笔札颇工。东坡自翰苑
出帅中山,留以予曾文肃,文肃以史令已多,辞之;东坡以属王
晋卿。元符末,晋卿为枢密都承旨时,祐陵为端王,在潜邸日,
已自好文,故与晋卿善。在殿庐待班,邂逅。王云:"今日偶忘
记带篦刀子来,欲假以掠鬓,可乎?"晋卿从腰间取之。王云:
"此篦甚新可爱。"晋卿言:"近创造二副,一犹未用,少刻当以
驰内。"至晚,遣俅赍往。值王在园中蹴鞠,俅候报之际,睥睨
不已。王呼来前,询曰:"汝亦解此技邪?"俅曰:"能之。"漫令
对蹴,遂惬王之意,大喜,呼隶辈云:"可往传语都尉:既谢篦刀
之况,并所送人皆辍留矣。"由是日见亲信。逾月,王登宝位,

上优宠之,眷渥甚厚,不次迁拜。其侪类援以祈恩,上云:"汝曹争如彼好脚迹邪!"数年间建节,循至使相,遍历三衙者二十年,领殿前司职事,自俅始也。父敦复复,为节度使;兄伸,自言业进士,直赴殿试,后登八坐;子侄皆为郎。潜延阁恩幸无比,极其富贵。然不忘苏氏,每其子弟入都,则给养问恤甚勤。靖康初,祐陵南下,俅从驾至临淮,以疾为解,辞归京师。当时侍行如童贯、梁师成辈皆坐诛,而俅独死于牖下。胡元功云。

挥麈后录卷之八

147　黄太史鲁直本传及文集序云："太史罢守当涂,奉玉隆之词,寓居江夏,尝作《荆南承天寺塔记》。湖北转运判官陈举承风指,采摘其间数语,以为幸灾谤国,遂除名,编隶宜州,时崇宁三年正月也。"明清后阅徽宗诏旨云："大观二年二月壬午,淮南转运副使陈举奏:'臣巡按至泗州临淮县东门外,忽见一小蛇,长八寸许,在臣船上。寻以烛照之,已长四尺有余,知是龙神,以箱复金纸迎之,遂入箱中,并箱复送至庙中。知县黄巩差人报称:所有箱内揭起金纸钱,已失小蛇,止有开通元宝钱一文,小青虫一个。次日早,差人赍送臣船。臣切思之,神龙之示人以事,必以其类。以臣承乏漕事,实主财赋。不示以别物,而示以钱者,以其如泉之流,行于天下而无穷也。不示以别钱,而示以开通元宝,以其有开必有通而无壅也。示之以青虫一者,其虫至微,背首皆青,腹与足皆金色。青,东方色也,示其有生意;金,西方物也,示其有成意也。臣切以谓神龙伏见陛下复修神考漕运法与盐法,使内外财赋丰羡流通,不滞一方而无有壅塞,公私通行,靡有穷竭,故见斯异。臣不敢隐默,谨述事由,并开通元宝钱一文及小青虫一个,盛以涂金银合子,谨专人诣阙进呈。'奉圣旨:'陈举特罚铜二十斤。其进开通钱并青虫儿、涂金银合封全,并于东水门外投之河中,以戒诡诞。'敬缀于编,仰见祐陵圣聪,明察奸欺。"繇是而知所谓陈举者,诚无忌惮之小人,所为若是,不独宜州之一事也。遗臭千载,可不戒哉!

148　伯祖彦辅以文学政事扬历中外甚久。元符中,为司农卿,哲宗欲擢贰版曹,已有定论。有卖卜瞽者过门,呼而问之云:"何日可以有喜?"术者云:"目下当动,殊不如意,寿数却未艾。更五年后,作村里从官。"是时,伯祖已为朝议大夫,偶白事相府,言忤章子厚,遂挂冠去国。明年徽庙登极,已而遇八宝恩转中大夫,又以其子升朝迁太中大夫。又数年,年八十一乃终。伯祖名得臣,自号凤台子,有注和杜少陵诗:《麈史》行于世。

149　大观中,有妖人张怀素以左道游公卿家。其说以谓金陵有王气,欲谋非常,分遣其徒游说士大夫之负名望者。有范寥信中,成都人,蜀公之族孙,始名祖石,能诗,避事出川,以从怀素。怀素令寥入广,以讦黄太史鲁直。时鲁直在宜州危疑中,闻其说,亟掩耳而走。已而鲁直死,寥益困,遂诣阙陈其事,朝廷兴大狱,坐死者十数人。寥以无学籍,授左藏库副使,赐予甚厚。寥又言润州进士汤东野德广实资助其垂橐,而趣其行。德广自布衣授宣义郎司农寺簿,赐绯衣。寥每对客言其告变,实鲁直纵臾之。使鲁直在,奈何。舅氏曾宏父云。

150　张怀素,本舒州僧也。元丰末,客畿邑之陈留,常插花满头,佯狂县中,自称"戴花和尚"。言人休咎颇验,群小从之如市。知县事毕仲游怒其惑众,禽至廷下,索其度牒,江南李氏所给也。仲游不问,抹之,从杖一百,断治还俗,递逐出境。自是长发,从衣冠游,号"落托野人"。初以占风水为生,又以滛巧之术走士大夫门,因遂猖獗。既败,捕获于真州城西仪真观,室中有美妇人十余。狱中供出踪迹本末。时仲游死已久,诏特赠太中大夫,官其二孙。史册不载,毕氏干照存焉。

151　蔡文饶嶷帅维扬,郡庠有士子李者,不拘细行,以豪自任。文饶闻其名,呼与之言,遂延致书室,以教诸子,且不责以课程。已而文饶易镇青社,携与俱行。邦人疑之。经岁辞归,文饶赠遗甚厚,又惠槐简一云:"此嶷释褐所赐。足下不晚亦当魁天下,官职寿数,与嶷悉相埒。"后皆如其言。李即顺之易,建炎龙飞第一人也。廉宣仲云。

152　五代李涛与弟澣俱负才望。澣仕晋为内相,耶律德光犯京师,虏之以归,仕契丹,亦显。有《应历集》十卷。涛后相汉,犹及见本朝,有传载《三朝史》中。涛五世孙,即汉老邴也。汉老之弟唐老邲,建炎初守越州,随虏北去,亦为之用。事有可笑如此者。

153　道家者流,谓蟾蜍万岁,背生芝草,出为世之嘉祥。政和初,黄冠用事,符瑞翔集。李谭以待制守河南,有民以为献者,谭即以上进。祐陵大喜,布告天下,百官称贺于廷,上表云:"九天睿泽,溥及含灵。万岁蟾蜍,聿生神草。本实二物,名各一芝。或善辟兵,或能延寿。乃合为于一体,允特异于百祥。"命以金盆储水,养之殿中。浸渍数日,漆絮败溃,雁迹尽露。上怒,黜谭为单州团练副使。谢表云:"芹献以为美,野人之爱则深;舆乘而可欺,子产之志焉在?"谭,至之孙也。

154　政和中,将作监贾说明仲奉诏为童贯治赐第于都城。既落成,贾往谢之,贯云:"久劳神观,而匆匆竟未能小款。翌早朝退无它,幸见过点心而已。"明仲领其意。诘朝既见,宾主不交一谈。顷之,一卒持二物,若宝盖璎珞状,张于贯及已之上;视之,皆真珠也。各命二双鬟捧卓子一只至所座前,又令庖人持银镣灶,即厅之侧燎火造包子。以酒食行,凡三,每一行易一卓。凡果楪、酒杯之属,初以银,次金,又次以玉。其制作奇绝,目所未睹。三杯即彻。贾亦辞出,暂至局中,然后归舍。见数人立于门云:"太傅致意,适来大监坐间受用一分器皿及双鬟,悉令持纳。"计其直逾数万缗,贾繇此雄豪,至今以富闻湘中。谠,逵之孙也。贾虞仲云。

155　宣和庚子,蔡元长当轴,外祖曾空青守山阳。时方腊据二浙,甚炽。初,元长怨陈莹中,以陈尝上书诋文肃,编置郡中,欲外祖甘心焉。既至,外祖极力照瞩之。适莹中告病,外祖即令医者朝夕诊视,具疾之进退,与夫所俱药饵申官。已而不起,亦令作佛事,僧众下至凶肆之徒,悉入状用印系案。僚吏以为何至是,外祖曰:"数日之后当知之。"已而朝廷遣淮南转运使陆长民体究云:"盗贼方作,未审陈瓘之死虚实。"外祖即以案牍缴奏以闻,人始服先见之明。中父舅。

156　刘斯立跂,忠肃同老之子,克家能文。自号"学易老人",有集行于世。政和中,以忠肃在党籍,屏居东平,杜门却扫,息交绝游,人罕识其面。有戚里子王宣赞者,来为州钤辖,家饶财,多声妓,重义好客。廨舍适同里巷,闻斯立之贤,有愿交之意,托人寄声,欲致一饭之款。斯立从之。且并招斯立所厚善者预席,从郡中假侑觞之人,极其欢洽。有李延年者,尝坐法失官,亦居是邦,愿厕其间,王君距之,延年大不平。适往京师理雪,时王黼为中司,延年与之有旧,因往谒之。黼问东平近有何事?延年即以王君开燕为言。黼又询席间有何说?延年云:"广坐中及宫闱二月九日之事。"客退,黼遣吏以纸授延年,令笔其语。延年出于不虞,宛转其词。黼见之,怒云:"当先送大理寺。"延年皇恐,迎合以迁就之,且引坐客李提为证。黼即以上闻,诏付廷尉鞫治,遣吏捕斯立于郓。方以忠肃讳日,饭僧佛寺,就斋所禽赴天狱,锻炼讯掠,极其苦楚,惟提抵谰不承。方欲移理间,斯立之犹子长言,闻斯立之困辱,年少气锐,遂自陈言从己出。狱具,长言真刑,窜海岛;斯立编管寿春府。席间主宾,既皆坐罪,下至奔走执事倡优侍姬,悉皆决杖。延年诏复元官。此亦一客不得食而然。然比之奏邸狱冤,则尤为酷焉。缇,清臣子。斯立,王定国婿也。_{赵子通及忠肃孙董云。}

157　王伦字正道,三槐王氏之裔。祖端,父毅,俱以材显。母晁氏,昭德族女。家贫无行,不能治生,为商贾,好椎牛酤酒,往来京、洛,放意自恣,浮沉俗间,亦以侠自任,赒人之急。数犯法,幸免。闻士大夫之贤者,倾心事之。先人在京师,正道间亦款门。先人以其倜傥,待颇加礼。一日,从先人乞诗送行,云天下将乱,欲入庐山为道士。宣和末,先人去国,不复相闻。正道少与孙仲益有布衣旧,仲益官中都,每周旋之。靖康末,李士美罢相就第,正道忽直造拜于堂下,士美问其所以,自言“愿随相公一至禁中,有欲白于上”。士美曰:“方退闲,荐士非所预也。”正道自此日扫其门。会有旨,令前宰执赴殿廷议事。正道又拜而恳曰:“此伦效鸣之时也。”士美不得已,因携之而入。伦自陈于殿下曰:“臣真宗故相王旦之孙也。有致君泽民之术,无路而不得进。宣和中,尝上书言大辽不可灭,女真不可盟,果如臣言。今围城既急,它无计策。臣谨当募死士数万,愿陛下侍上皇,挟诸王夺万胜门,决围南幸。”钦宗忠之,慰劳甚厚,解所佩夏国宝剑以赐,且以片纸批曰:“王伦事成日,可除尚书兵部侍郎。”伦既拜赐,翌日再对,自言:“已得豪侠万余,悉愿效死,幸陛下勿疑即行。”时宰相何文缜已主和议,正道怒发上冲冠。文缜斥曰:“若何人,敢至此耶!”正道曰:“尔何人,乃至此耶!”又曰:“万一天子蒙尘,虽诛相公数百辈何益!"文缜怒,以谓狂生,言既不用,恐为乱,请上诛之,且乞就令卫士执之。上意未决。正道惧无以自脱。时仲益在禁中,因求计仲益。仲益曰:"昨日所拜小戎文字在否?"正道腰间取御批以示之。仲益曰:"得此足矣。子但立于从班中,谁敢呵子?岂有无故就殿上擒一侍郎之理乎?"伦从其言,入厕侍臣之列,人果不敢前。翌日,文缜始画旨送御史府,伦已得间出都矣。二圣北去,高宗即位于宋,伦走行在所,上书自伸前志,乞使沙漠,问二圣起居。自布衣拜五品,借侍从以往。制词略云:"胄出公侯,资兼智勇。朕方俯同晋国,命魏绛以和戎;汝其远慕侯生,御太公而归汉。"经年始还,不用。久之,徽宗凶问至,起拜龙图阁学士,为梓宫奉迎使,浸登二府。凡三四往返,竟留虏中。伦虽无大过人,然胆大敢为。既贵之后,凡往日故旧与夫屠贩之友,悉以自随,而任以官。既拘于虏,虏人欲用为留守,不从而杀之。褒恤甚厚。李平仲、孙长文互言如此。先人为之作《御剑铭》,今载家集中。

158　靖康中,东坡先生追复元职。时汪彦章在掖垣,偶不当制。舍人不学而思涩,彦章戏曰:"公无草,草渠家焚黄三字。"渐而怨之。又一日,当草一制,将毕矣,偶思结尾不来,省中来催促,不容缓,愈牵窘。搜思甚久,院吏仓猝启曰:"第云'服我休命,往其钦哉',可矣。"舍人然而用之。

159　宣和中,有郑良者,本茶商,交结阉寺以进,至秘阁修撰、广南转运使。恃恩自恣。部内有巨室,蓄一玛瑙盆,每盛水,则有二鱼跃其中。良闻之,厚酬其价不售,乃为一番舶曾讷者所得。良遣人经营,云已进御矣,初未尝也。良即奏以谓讷厚藏宝货,服用僭拟乘舆。得旨令究实。良即以兵围其家,捕其妻孥,械系而搜索之。讷之弟谊方醉卧,初不知其繇,仗剑而出,遂至纷敌。良即以谊拒命杀人闻奏。奏下,谊伏诛,讪配沙门岛。靖康初元,讪以赦得自便,至京师,知时事之变,击鼓讼冤。初,蔡攸窜海外,继遣监察御史陈述明作追路诛之。述度岭而攸授首,就以述为广漕代良;并往鞫治之。述入境,良往迓之,就坐擒下枷讯,施以惨酷,良即承罪。锢押往英州听敕。敕未下而良死,旅殡僧寺。述复奸利不法,为人所讼,制勘得情,诏述除名,英州编管。至郡,寓僧舍,纵步廊间,睹良旅榇在焉,惊悸得疾而卒。欑室相并,至今犹在。贪暴吞噬,何异酷吏之索铁笼耶!赵子通濬云。

160　　江子我端友知经明道,驰誉中外,后尽弃旧业,鳏居孑然。年亦迟暮,惟留心内典,苦身自约,不复有世间之意。结庐都城之外,惟先人时时过之,每春容毕景也。乙巳岁春,与之俱至相蓝,访卜肆。子我云:"吾既无功名之心,何所问也?"先人强之。瞽者布八字毕曰:"官人来年状元及第矣。"子我顾先人云:"术者之妄,有如此者。"相予一笑而去。次年值钦宗登极,下诏搜访遗逸,吴元中作上台,以子我名闻,赐对便殿,有言动听,自布衣拜承事郎尚书兵部员外郎。可谓奇中矣。子我,休复孙也。

161　　朱新仲,少仕江宁,在王彦昭幕中。有代彦昭《春日留客》致语云:"寒食止数日间,才晴又雨;牡丹且十数种,欲拆又芳。"皆《鲁公帖》与《牡丹谱》中全语也。彦昭好令人歌柳三变乐府新声。又尝作乐语曰:"正好欢娱,歌叶树数声啼鸟;不妨沉醉,拚画堂一枕春醒。"又皆柳词中语。

162　　苏过字叔党,东坡先生季子也。翰墨文章,能世其家。士大夫以小坡目之。靖康中,得倅真定。赴官次,河北道遇绿林,胁使相从,叔党曰:"若曹知世有苏内翰乎? 吾即其子,肯随尔辈求活草间邪?"通夕痛饮。翌日视之,卒矣。惜乎世不知其此节也。赵表之云。

163　苏叔党以党禁屏处颍昌,极无憀。有泗州招信士人李稙元秀者,乡风慕义,岁一过之,必迟徊以师资焉,且致馈饷甚腆。叔党怀之。宣和末,向伯恭出为淮漕,自京师枉道以访叔党,留连请委,叔党道李之义风,而属其左顾之。伯恭入境,首令访问,加礼以待。未几,金虏南寇,高宗以元帅在河北,伯恭即命李赍金帛往,访问行府犒师,并上表劝进。行数程而与前驱遇。已而飞龙御天,补承务郎,繇是遂被眷知。后来官职俱至列卿。王献臣云。

164　蔡元长既南迁,中路有旨,取所宠姬慕容、邢、武者三人,以金人指名来索也。元长作诗以别云:"为爱桃花三树红,年年岁岁惹东风。如今去逐它人手,谁复尊前念老翁?"初,元长之窜也,道中市食饮之类,问知蔡氏,皆不肯售。至于诟骂,无所不道;州县吏为驱逐之。稍息,元长轿中独叹曰:"京失人心,一至于此。"至潭州,作词曰:"八十一年住世,四千里外无家。如今流落向天涯,梦到瑶池阙下。　　玉殿五回命相,彤庭几度宣麻。止因贪此恋荣华,便有如今事也。"后数日卒。门人吕川卞老醵钱葬之,为作墓志,乃曰"天宝之末,姚宋何罪"云。冯于容云。

165　明清尝于吕元直丞相家睹高宗御扎一幅云:"朕比观黄庭坚集,见称道其甥徐俯师川者。闻其人在靖康中立节可嘉,今致仕已久,想不复存。可赠左谏议大夫。或尚在,即以此官召之。"其后乃知师川避地广中,即落致仕,以右奉直大夫试左谏议大夫赴行在所。门荫者以为荣观。师川既至阙,入对,益契上意,赐出身,入禁林,不旋踵遂登政府。初,师川仕钦宗为郎。二圣北去,张邦昌僭位,师川独不拜庭下,持其用事之臣,大呼号恸,卒不自污,挂冠以去,故上有"立节可嘉"之语。围城中,尝置一婢子,名之曰昌奴,遇朝士来,即呼至前驱使之。既登宥密,颇骄傲自满。朱藏一、赵元镇并居中书,师川蔑视之。每除一登第者,则曰:"又一经义之士。"尝与元镇论兵,视元镇曰:"公何足以知此!"元镇曰:"鼎固不足以知之,岂若师川之读父书邪!"师川大不堪,而无以酬之。卒不安位而去。后终于知信州。师川,德占禧之子也。德占以吉甫荐命官,后为给事中,计议边事。永洛之败,死之。事具国史。东坡先生行吉甫谪词,有云"力引狂生之谋,驯致永洛之祸",是也。德占一子,裕陵怜之,襁褓中补通直郎,后来一向以诗酒自娱,放浪江南山川间,食祠禄者四十年,始调通判吉州。平生厘务者三,数考,宣和末方入朝,后来登用甚骤焉。既没而眷宠终不少衰。其子瑀尝出示高宗所赐御书《光武纪》后复亲批云:"卿近进言,使朕熟看《世祖纪》,以益中兴之治。因思读之十过,未若书一编之为愈也。先以一卷赐卿。虽字札恶甚,无足观者。但欲知朕不废卿言耳。"师川没后十年,瑀贫不能家,上表缴进此书,乞任使,托明清为表。既干乙览,上为之怆然,面谕执政,令即日除瑀官云。

　　166　建炎初,高宗驻跸维扬,虏骑忽至,六飞即日南渡。百僚窜身扬子江津,舟人乘时射利,停桡水中,每渡一人,必须金一两,然后登船。是时,叶宗谔为将作监,逃难至江浒,而实不携一钱,彷徨无措。忽睹妇人于其侧,美而艳,语叶云:"事有适可者。妾亦欲凌江,有金钗二只,各重一两,宜济二人。而涉水非女子所习,公幸负我以趋。"叶从之,且举二钗以示。篙师肯首令前。妇人伏于叶之背而行。甫扣船舷,失手,妇人坠水而没。叶独得逃生,怅然以登南岸。叶后以直龙图阁帅建康,其家影堂中设位,云"扬子江头无姓名妇人"。岂鬼神托此以全其命乎? 许彦周云。

167　李釜字元量,淮水人。家世业儒。其母怀娠诞弥之日,晨起,庖下釜鸣,甚可畏,声绝免身育男,其父即名之曰釜。既长,乃负才名于未第时。建中靖国龙飞,遂魁天下。政和末,自省郎出牧真州。向伯恭为判官,忤漕意,对移六合尉,伯恭但书旧衔。时蔡元长之甥陈求道为通判郡事,釜席间戏语云:"此所谓终不去帝号者也。"是时语禁正严,求道告讦于朝,兴大狱,釜坐免官,就擢求道守仪真。"死则死矣,终不去帝号。"事见《晋书·载记》,小寇王始之语。向仲德云。

挥麈后录卷之九

　　168　王廷秀字颖彦,四明人。靖康初,以李泰荐为台属。高宗即位,擢登言路。著书号《阅世录》,其中一条载明受之变甚备,盖其所目击。是时宰辅,如朱、吕、二张,俱有记录,矜夸复辟之功,悉皆不同,有如聚讼,不若颖彦之明白无偏。今录于左:建炎己酉三月一日宣麻,以朱胜非为相,罢叶梦得。左丞王渊自平江来,上殿对毕,除签书枢密院。既受命之次日,有旨只依两府恩例,不预省事。四日,廷秀入对,以初除察官,未经上殿故也。五日,入起居毕,复宣麻殿门。即闻外变,宫门已闭。廷秀与察官林之平同宿,留于翰林院前。翰林院以临安府使院为之。久之,入学士直舍。李邴为内翰从官,王绹、孙觌、都司叶份亦在。少次,闻宣宰执云:"苗、刘兵杀内侍,且欲必得康履、曾择、蓝珪。"有一阉走入学士院,自到不死,卧前厕。闻驾御楼,军士山呼。康履走入内中,步军太尉吴湛寻捕,得于小亭仰尘上,擒以付苗、刘,即时斩首摽之。宣谕以"内侍有过,当为治之。二将与转官"。其下对"我等若欲转官,祗用牵两疋马与内官,何必来此?"已而复召侍从百官。廷秀从诸公上楼,见上座金漆椅子,宰执从官并三衙卫士百官,皆侍立左右。楼下兵几千数,苗、刘与数人甲胄居前,出不逊语,谓上不当即大位,将来渊圣皇帝归来,不知何以处?此语乃陈东应天上书中有之,故二凶挟以胁制,欲上为内禅之事。宰相从百官出门下,委曲喻之使退,不从。左右请言太后出处分,于是上遣人请太后。久之,太后乘黑竹舆,从四老宫监至楼上,命仪鸾司设帷幄,垂帘置坐,不能具,止坐舆中传旨下谕,亦不肯从。又肩舆至门下,太后在舆中亲宣谕,且以上仁孝,晓夕思念二圣,励兵选将,欲复雠雪耻,太尉等皆名家,不须如此。二凶抗言,必欲太后辅太子听政。太后曰:"以太平时,此事犹不易。况今强敌在外,太子幼小,决不可行。不得已,当与皇帝同听政。"委喻久之,坚不从。太后复上楼。上白事于竹舆前,言事无可奈何,须禅位。太后未允。又令与百官同议。自朱胜非以下,皆不敢出言。独有一着绯官员进前曰:"陛下当从三军之言。"众甚骇之。时有杭州通判章谊面折之曰:"如何从三军之言!"其人逡巡无语。上亦怪而问其姓名,自陈云:"朝散郎主管浙西安抚司机宜文字时希孟。"上顾翰林学士李邴,令草诏。邴乞上御札,取纸笔就椅子上写诏,以金人强横,当退避云云。写毕,令持诏下,宣示二凶,兵退。上亦徒步归内中,时已未刻。百官方出,见道傍卧尸枕籍,皆内侍也。是日,凡宦者非入直在内,皆为其所杀,而财物尽劫取。明日,太后垂帘,朱胜非辞疾不出,太后使人宣召,又命执政亲往府中召致之。太后复遣老宫监宣喻,乃出。自是二凶更至朝堂,道间传呼都统太尉,从以强虏凶焰可畏,行者开道避之。迫胁要索,惟意所欲。初一札子凡十事,如改元,请上徙外宫之类。宰执委曲调护,其中有甚不可行者。八日,遂改元明受。张浚自平江遣士人冯辐来议,欲以上为元帅领兵,移书痛责二凶。二凶讽朝廷以尚书召张浚,不从。又拜韩世忠节度使,除张俊秦凤路总管,使领兵归,不从。复降麻建节度,使知秦州,遣人赍麻制授二人。二人械其使送平江狱。又欲起两浙新旧弓手之半赴行在,廷秀入疏止之。时吕颐浩、张浚、韩世忠、刘光世、张俊同议引兵问罪复辟。又加康允之待制，刘蒙直阁，吴说金部郎中兼提举市舶，小人鼓动，乘时求差遣，而得之者甚多。有范仲熊者，转运判官冲之子，祖禹之孙也，尝陷虏逃归，日与二凶交游，其宾客王世修、张逴、王钧甫、马柔吉皆缔昵。五日之事，仲熊实与闻。至是，二凶讽颜岐荐上殿，除省郎，言凡台谏章疏，乞露姓名行下。其意盖欲言者惧二凶，不敢斥言其罪。十六日，上出睿圣宫，以显忠寺为之也。内人六十四人，肩舆过。二凶遣人侦伺，恐匿内侍故也。擒到内官曾择，太后降旨贬岭外。既行一程，复追回，斩之，亦二凶意也。又欲以其亲兵代禁卫守睿圣宫，挟天子幸徽、宣并浙东，宰相曲折谕以祸福，且以忠义归之，以安其反侧。颐浩等领兵次嘉禾。二十五日，召百官听诏书，大意云：狄人以睿圣不当即位，兵祸连年，今当降位为皇太弟兵马大元师，嗣君为皇太侄，皇太后临朝听政，退避大位，务在息兵。在庭愕然。廷秀与中司欲留班论列，以台谏唯廷秀与郑毅二人，遂不果。就退睿圣宫，立班久之。上御坐，起居罢，宰执上殿奏事，议论几数刻，传宣令百官先退，仍云"已会得。"复闻上语宰执云："若此传之后世，岂不贻笑哉！"次日早，郑毅入对，且言："既降位号，则乘舆服御，亦皆降杀，岂将易赭服紫耶！"当夜归，亦作奏状，令吏写，亭午方毕，即进入。未后，太后宣召，同中丞对帘前，宰执皆在，郑毅对乞，次召廷秀。太后云："今日之事，且因臣下有文字。宰执商量，且欲睿圣皇帝总领兵马耳。"廷秀对曰："臣不知其佗。但人君位号，岂容降改？闻之天下，孰不怀疑？虽前世衰乱分裂之时，固未有旬日之间易二君，一朝降两朝位号也。"太后乃云："必是殿院不曾见诸人文字，相公可同殿院往都堂看前后文字，便见本末。"既退，即随两府至都堂，朱胜非、颜岐、王孝迪、路允迪、张澂皆在坐。朱相自青囊取文字数纸，次第以示，最上乃持服人奉议郎宋邴书，次即张浚奏言睿圣皇帝当为天下兵马大元帅，下数纸不暇详观。其间亦有士人上书者，意皆略同。廷秀语朱相云："此事朝廷当有善后计。但天子位号欲降，于理未安。廷秀既当言责，不敢嘿嘿。章疏言语狂直。"朱曰："公为言官，自当言责。盖章疏中有及大臣者。"复语诸公曰："昨日之诏不可布于外，必召变。"而张澂云："若以五日时事势，岂争此名位耶！"张欲行诏出，廷秀请少缓。明日，郑毂入章，引舜禅禹而亲征有苗，唐睿宗上畏天戒禅位太子而大事自决。用其议，遂寝二十五日诏书。郑毂遂迁西枢，以中书舍人张守为中丞。颐浩等会兵，克日将至，凶徒气挫，乃使王世修与宰执议天子复正。往来数日。四月一日辰时，降旨召百官睿圣宫起居。门外侍班次，见宰执遣吏来问户部尚书孙觌借金带。至立班次，忽有戎装紫衫带子也。官员缀从官班，问之，乃是王世修，方除工部侍郎，赐袍带未至，先令缀班，方悟假带之繇。盖自渡江后，宰执从官并系犀带，今此异数，用安反侧。世修，王能甫之侄，前此选人，知郑州荣泽县，虏兵偶不曾到，而是邑全，李纲特与改官，遂为苗傅幕宾。午后，上出，百官起居毕，即上马。百官掩班先行，迎于内东门外，杭州太守常视事，在大厅之北。至是世修具袍带。明日，有旨正朝。以苗傅为淮西制置使，刘正彦副之，使其避张、韩之兵，别路而往。又颁制赐铁券带砺之誓。三日，闻韩将前军至临平，为二凶设伏掩杀。四日夜，二凶拔寨，道余杭门出，转龙山，縣富阳而去。明日，韩将、刘兵皆入，以张浚签书枢密，颐浩右仆射，朱胜非知洪州，张澂知江州。韩将遣人擒王世修，鞫始谋，并拘其妻子。有旨令刘光世处断。晚有文字至台，申差察官就审实,朝廷亦恐诸将锻炼非实情也。是时,察官唯陈戬,独员将台吏并司狱至光世寨,取王世修实款。其初,王世修尝与二凶语阉宦恣横,而刘尤嫉之。上自扬州奔播过浙西,道吴江,左右宦者以射鸭为乐。至杭州日,群阉游湖山。世修以札子具陈其事,张澄不纳,世修懵愕而退。以其札子示正彦,愤然曰:"公甚忠义,要须与公协力,同去此辈。"俄又闻王渊为枢密,愈不平。苗、刘乃与世修等谋,先斩王渊,然后杀内侍。议已定,初四日,部分兵马,且使人语渊云:"临安县界有强盗,欲出擒捕。"五日早,令世修伏兵于城西桥下,俟渊过,即摔下马斩之。继遣人围康履家,分兵捕内官,凡无须者皆杀。然后领兵伏阙请罪,胁天子禅位。此皆始谋实情。依所招具奏,明日戮之于市。吴湛以辅二凶领中军寨于宫门前申请除宰执侍从,余人悉于中军寨门下马使悍卒持挺谁何,至殴击从人,损坏舆轿,廷秀两章引皇城司格令并律文阑入法理会,仅以章行,而悍将复匿之而不出,廷秀以台中被受榜于皇城司前,军士方少戢。至是湛亦戮焉。并贬王元、左言,皆殿帅,以当日坐视二凶之悖,不略谁何故也。六日,廷秀对疏,言钱塘非可居,当图建康为暂都计。上亦知此非处。一章言王世修等及康允之、刘蒙、吴说、范仲熊。读至论仲熊事,上甚怪之,乃曰:"范仲熊莫不如是?"对曰:"臣不知其它。但在宣和末进用,实出梁师成门下。"又人文字言希孟,上初怒甚,便欲枭首。宰执言此当自有论列,故廷秀章上,乃贷希孟死,流岭南。而赏谊两官。

169　颖彦又记高宗六龙幸海事云:"己酉十一月,驾幸会稽。觇者报虏人分兵渡江,一自采石入建康,一自黄州过兴国军。度采石者,杜充兵要击于中流,小捷,奏乞上亲征。二十五日,驾起会稽,至钱清,闻虏人十九日已度大江。二十六日,驾自钱清回明州避虏。十二月七日,至明,侍从百官皆散,唯宰执从行。留张俊军于越。辛企宗领中军,李质领禁卫护从,士卒不满数千。泉、福州海船皆至,庙堂即为航海计。卫兵不欲行,九日遂群噪,欲狙击宰执。十一日,以张思正兵索城中,捕乱者,戮其为首数人,余分隶五军。以御营使司参议官刘洪道知明州,与张汝舟两易。十六日早,上自府衙出东渡门登舟。十八日,御舟泊定海县。二十日,参政范宗尹入城探报,十六日已陷杭州,大肆焚戮。宗尹即回从驾。张俊以所领军自越来明。知越州李邺遣兵邀虏于浙江,三捷,既而众寡不敌,邺遂遣人赍书投拜虏人,按兵入越。俊兵在明,乘贼先而恣掠卤。时城中人家少,遂出城,以清野为名,环城三十里居民皆遭其焚劫。或以金帛牛酒饷之,幸免;与纷争,杀之。有城南汤家子,先殴其卒,走啸众来痛击垂死,积稻秆蔽之。兵去,人或救之者,尚活,而肤体已焦裂,少刻而死。二十七日,虏引兵自余姚道蓝溪入黄邺车厩,直抵湖塘,分屯于湖中田舍。二十八日,俊引兵御之,小却。于是虏人自城下呼请遣人来寨中议事。明日,俊遣姓徐人抵虏寨,虏因释甲与语,欲如越。官吏投拜拒之。自后相持不敢动。正月二日午间,西风,虏兵乘之叩西门。时俊与刘洪道坐城楼上,遣兵掩击,擒毙二酋。虏奔北,堕田间,或坠水。势当追而麾败之,而俊亟令收兵。要之,得失略相当,仅能却之而已。且张皇奏恺,而策勋其后。肆眚文云:'鄞水剿绝其大半。'盖谓是也。其夜,虏兵拔寨西去。俊遣人候伺,知虏人驻余姚治攻具,请于临安之大酋,益兵将复来。俊托以上旨,召扈从,八日尽起其众,入台,行甚速,而李质亦以班直继行。思正千余徒屯江东。而质、思正、洪道犹过从，夜饮城中。居民出者，已十七八。有士人率众叩洪道马首，愿留以御贼。洪道绐曰：'予当数克敌而胜，若等事无虑。'复下令民迁城外者，得取其家之什物储峙。于是舟入城者数千只。洪道择其大者，留使官属取公使高丽两库金银器皿轹压之，而实于篾舆帑藏储粮，载之海舶。而洪道所将精卒仅千人，横肆乘乱剽掠，州人怨之。十三夜，洪道微服出城，既过东岸，恐人追袭，乃使尽揭浮桥之版。居人扶携，沿缒索而渡。卒复邀夺其所赍，拥排遏抑，坠水者数千，哀号震天地，城中惟崇节作院厢军与无赖恶少仅千人，以监甲仗使臣并监酒务李木者将之。凡此皆欲侥幸贼不至掠取公私之物者。十四日，虏果复至营广德湖旧寨前，遣老弱妇女运瓦砾填堑。十五夜，植炮架十余，对西门。十六日，以数炮碎城楼，守者奔散，奏东南缒城而出，或浮木渡江，生死相半。而奔逃村落者，与贼遇。由是遍州之境，深山穷谷，平时人迹不到处皆虏人。搜剔丛榛，如探巢取卵，杀掠不可胜数。既而破定海，以舟绝洋，劫昌国县，复欲攻象山县。至碕头，风雹大作，<small>俗谓转碕。海道最险处也。</small>遂回。大率自正月十六日陷明州，至二月三日方去。其酋长请于临安之大酋，<small>大酋乃四太子。</small>云搜山检海已毕。其明州取指挥报云：依扬州例。故自二月初遣人四面放火，城中惟东南角数佛寺与僻巷居民偶得存者。虏人既去，城外群小以船盗取公私钱物，而村落凶顽，杀人攘劫，毒甚于虏。州县官逃避未还。有蒋安义、张鼐者受虏人伪命，蒋为安抚，张为通判，且授安义以两浙运司印一纽，安义遂领州事，系衔出榜，自命其子知鄞县，啸不逞以攘取。十二日，慈溪县令林叔豹领乡兵入城，见安义，夺其印。遗虏人十二人在开元寺病不前者，叔豹诛之。十六日，通判蒋赓自象山归，郡官稍稍继至。洪道亦自台回至奉化县，言已受命制置浙东，且椿粮料兵。遂之越，不知傅崧卿前此已收复也。洪道留奉化县，比向日诛求益甚，而所将精卒，暴横市肆。邑人蒋琏，凶悍人也，前此群聚防守，幸虏兵不至，自以为功，方肆强梁，会洪道卒有驱其党者，一夕，啸引数千人围岳林寺，欲纵火而杀洪道，县丞白彦奎哀祈泣恳以和解之，必使洪道杀驱人之卒，不得已取其卒杖流之，乃定。洪道既入城，与张思正纵其麾下剧民居窖藏。逃遁之家，偶脱死，馁饿甚矣，归故址取所藏给朝夕，则群卒强夺之。虽焚余椽楹藩篱可为薪者，人不得有。公遣数百辈持长竿大钩，捞摝河陂池井间，谓之阑遗钱物，输公十不一二。洪道复苛配强敛，并得四万缗，献之行朝，欲蒙失守之罪。三月十二日，乘舆自温航海至明，时井邑已焚。荡舟由城外径之越。因言者罢洪道，以向子忞知明州。"颖彦家居四明之海滨，宜知其详。

170　建炎庚戌，先人任枢密院编修。十月，淮南宣抚司奏楚州城陷，镇抚使赵立死之，高宗命先人撰其传以进乙览，嘉叹久之。今载于后："赵立，徐州张益村人。政和初，隶州之武卫军中，出戍江南。值方腊乱，从军往。立习知山川人情向背，累历战功，声名隐然。又戍大名府，以捕贼功，补本军都虞候。资政殿学士王复守徐州，立在帐下。是时，金贼已尽得河北，兵势弥炽。转战京东，所至官吏望风避去。建炎三年三月，犯徐州，重围既合，复率军民登城力战，命立专往来守御。外援不至，孤城益危。立六中飞矢，三中兵刃，犹拔矢裹疮，洒血以战。复忠之，自持卮酒，挥涕以赏立。贼帅粘罕在城下，愤其难拔，大益攻具。城破，复坚坐厅事，不肯逃，遣人谓贼曰：'死守者，我也。监郡而次，无预焉。愿杀我而舍僚吏与百

姓。'贼犹喻复投降,复不从,骂贼求死,由是与尽室百口俱被
害。立巷战,夺门以出,为贼所得。夜杀守者,入城潜求复尸,
抚之恸哭,亲为掩藏。立知贼兵乘胜贪得,城中弛备,鼓率残
兵,邀击于外,断贼归路,尽焚营垒,夺舟船、金帛数千计,扰击
纷散四出,军声复振。尽团乡民为兵,歃血相誓,戮力平贼,退
者必斩。立之叔戾后期而至,立谓曰:'叔以我故乱法,何以临
众?'促命斩之,威震诸军,一鼓破贼。遁去,追蹑,杀获甚多。
遂推立为长。乘疮痍之后,拊循其民,恩意户至,召使复业,井
邑一新。朝廷授忠翊郎,权知徐州事。立奏为复置庙城中,赐
名'忠烈'。每出师与遇岁时,必率众泣祷曰:'公为朝廷守节
以死,必能阴佑遗民也。'齐人闻之,归心焉。杜充守建康军兼
淮南、京东宣抚使,命会兵楚州,立提忠义山寨乡兵数万人赴。
是时,贼号托落郎君者围楚益急,往来艰梗,立斩刈道路,乃能
行。至淮阴,与贼遇,自昕至夕,且行且战,出没贼中,凡七破
贼,无有当其锋者,遂抵城下。楚人被围久,闻立来,欢迎鼓
舞。是时,立中箭镞,入舌下,坚不可取,命医以铁箝破齿,凿
骨钮去,移时乃出,流血盈襟。左右毛发皆耸,而立颜色屹然
不变。建康失守,就命立权楚州事,时四年正月也。然贼骑未
退,益兵不已。用鹅车对楼飞炮架数百事攻州南门,半月间,
登城者数十,立皆率兵捍战。后分四门出师掩杀,贼大败解
围,驱残兵去。渡淮六十里,驻孙村浦,立又败之。至五月,贼
号四太子军者,自二浙归,又寨于州之九里泾,欲断楚粮道,立
又大破之。会朝廷分置诸镇,嘉立殊勋,超转徐州观察使,承、
楚州涟水军镇抚使,兼知楚州。初,刘豫窃据郓州,闻立在徐
州,遣立故人葛进等三人赍书,诱令供税赋。立大怒,不撤封,
斩之。至是,又遣沂州进士刘偲自郓挟两黥兵持旗榜诱立降,

且言金人大兵将临,必屠一城生聚。立令拽出就戮。偲呼曰:
'我非公故人乎？愿公闻一言而就死。'立曰:'吾知忠义为国,
岂恤故人耶！'速令缠以油布,焚死市中。且表其旗榜于朝廷。
于是立忠义之声倾天下,远迩向风下之。贼又益以太子兵。
留天长诸兵,皆会孙村浦。立念敌以众抗孤军,非麈战不能成
功,提师袭之,贼大败,夺器甲数千计,诸小寨皆溃。立私谓僚
属曰:'今贼自山东济师不已,城中粮且尽,则无以善其后。将
先取京东已陷没诸郡,窒贼路及求粮旁邑,则吾事济矣。且京
东诸州本吾民也,闻我之来,必解甲相迎。'是时,盐城县水贼
张荣者乘乱鸥张,立亲往禽之,并是粮食。将经营京东,行至
宝应县,而承州报贼复聚扬州。立遂归,而贼再傅城。立慨然
曰:'贼终不舍去,惟有竭节死守此州而已。'出北门,临城濠外
誓众曰:'不进而退者,必遭溺死,我且并族尔家矣！'于是又大
捷,生致首领三百人。贼以数十艘循潮河观城,立取火箭射
船,贼趣往救,则出兵劫之,焚溺死者净尽无余,擒渤海千户李
药师等五十人。立每劫贼寨,必杀获不赀。或命伪于城头张
乐宴饮,贼疑立在座,立乃缒城潜入贼寨杀戮矣。立念贼倾国
而至,愤懑激烈,致三书于贼酋龙虎大王等曰:'尔拥金帛万
艘,我以楚州全师,能各见大阵较胜负,亦英雄也！'贼不答。
至九月初,城守百余日矣,贼并兵列大寨城下。立拥六骑出呼
曰:'我镇抚也！首领骁贼,其来接战！'南寨有二骑袭其背,立
跋马回顾左右,手奋两枪,贼俱坠地,夺双骑将还,俄北寨中发
五十余骑追立,立怒目大呼,人马俱辟易。明日,列三阵邀战,
立以三队应之。贼旁铁骑数百,横分其阵而围之。又中飞矢,
立奋身突出重围,持挺左右大呼,贼落马者不知数。是月十六
日,贼大进攻,具鹅车洞炮架以千计,薄东门。又明日,填濠将

进。立率进备木寨卧龙，穿火濠，筑月城，靡不备。忽报贼将
分布兵马近城矣，立笑曰：'将士不用相随，吾将观其诡计浅
深，且令此贼匹马只轮不返。'上城东门，未半，忽自外飞炮中
其首，左右驰救之，犹曰：'我终不能与国灭贼矣！'令舆致三圣
庙中，声言疾病祈祷，使贼不悟，言绝而终。然人闻其死，知城
必陷，失声巷哭不可止。众以参议官程括权镇抚使，犹守旬
日。至二十九日，贼闻哭声，知立死，百计攻城，烈火亘天，然
抑痛扶伤巷战；虽妇人女子，亦挽贼俱溺于水。事闻，天子震
悼。御史谓立之功，近世一人，虽张巡、许远不能过。诏辍朝
一日，特赠奉国节度使、开府仪同三司，赐谥忠烈，与十资恩
泽。俟复楚，用监护葬事。建立庙宇，以旌其忠。时驻跸越
州，令寺观作仙佛斋醮，为立及战没将士资冥福。所以致厚于
其终者，靡有不及。观立自起小校，至为将帅，忠义之气挺然，
铁石其心，虽手揽虎兕，足蹈河海，不少变渝。与士卒同甘苦，
一饭必上下均济，故人固其志以死。每掞奏，必言'贼行灭矣，
无足忧者，愿上宽宵旰之念'。方主上以文武之略，启中兴之
运，擢立于卑晦隐微，授以淮南一道，其知之深矣。右仆射兼
知枢密院范宗尹当轴处中，与廊庙大臣皆嘉立忠义，每于劝赏
应酬于内者，惟恐后也。而立亦不负君相之知又如此。是时，
王复之子伃为枢府官属，朝廷命专主楚州奏报。闻立被围，又
命浙西安抚大使刘光世、大将陈思恭会诸道兵，水陆并进，质
责将帅，促令渡江，以援楚州。故贼闻救兵且至，乘之益急。
使立而无死，将尽殄群丑，少刷人神之愤。然观其所建立，足
以震耀于世。虽未能酬其灭贼之心，而气亦伸矣。赞曰：身与
义不两立，义存而身可亡，此古烈丈夫专于报国忠孝之心，托
以死而无悔也。观立天挺英勇，风节凛烈，岂彭城从昔名将帅

所出,其山川气俗,性习所钟然耶!先是,诏州县遇寇至,许携其民退保山谷,而立不为也。意其不忍与城俱亡,使少假之,肯与贼俱存哉。所以立死至城破,天为沉阴昼晦,而褒赠隐恤,照烂竹帛。其心明著,天与圣主知之矣。智力虽踬于一时,而名誉懽动万世也。张巡、许远,皆出缙绅卿相之族,闻见习熟,临难行其所知,易矣。立起自行伍,奋不谋身,较其时与势,比巡、远为尤难也。列其终始大节,与攻战百数特详焉,庶几为后世忠臣义士之劝。”

挥麈后录卷之十

171 吴傅朋说知信州,朝辞上殿。高宗云:"朕有一事,每以自慊。卿书九里松牌,甚佳。向来朕自书易之,终不逮卿所书,当令仍旧。"说皇恐称谢。是日降旨,令根寻旧牌,尚在天竺寺库堂中,即复令张挂,取宸奎榜入禁中。说所书至今揭于松门。仰见圣德谦仁之不伐也。傅朋自云。

172 靖康末,驸马都尉王师约之子𫗴为龙德宫都监。祐陵北狩,御府器玩服御不能尽从者,悉为其掩有,携以南渡。事露,下廷尉伏罪,高宗欲戮之,时叔祖子裳为棘卿,启于上曰:"𫗴诚可杀。但倘非其隐匿,则诸物悉为虏得,无从复归天上矣。"上于是贷而不诛。先人摹得其古□玉印数十,今假于杨伯虎文昺未归。

173 建炎己酉,高宗暂驻跸于建康。闽中禽苗傅、刘正彦,献俘于朝,槛车几百两。先付之大理狱,将尽尸诸市。子裳请对以陈云:"在律俱当诛死。然其中妇女有雇买及卤掠以从者,倘杀之,未免无辜。愿赐哀矜。"上矍然曰:"卿言极是。朕思虑之所不到。"即诏除二凶妻子之外,余皆释放,欢呼而出。

174 周望字仲弼,蔡州人。有口材,好谈兵。尝为康邸记室。建炎初,吕元直从而引用之,骤拜二府。高宗幸明、越,命其经略淮、浙,付委甚重。而昧于戎机,驾驭无术,遂至纷乱。平江一城,最为荼毒。责昭化军节度副使,连州安置以死。绍兴己卯,其家自理,诏复故官,泽及其子。时凌明甫哲为右正言。明甫,平江人也。亲见其乡里被害之酷,遂上疏疏其罪,命乃寝。吴越钱穆作《收复平江记》,悉从纪实,不能采其文华之要。虽有浮冗之词,不欲易之:"建炎四年庚戌春二月,金人首领四太子者,自明、越还师,由临安府袭秀州,二十五日犯平江府,午漏未尽四刻,兵自盘门入,劫践官府民居,廯廪积聚,虏掠子女、金帛,乃纵火延烧,烟焰见二百里,凡五昼夜。三月初一日,出阊西,寇常、润,于是平江府烧之既尽。士民前后迁避得脱者十之二三,迁避不及或杀者十之六七。谨按靖康之乱,金人再犯阙,太上皇帝、渊圣皇帝北狩,今上皇帝即位于睢阳,改元建炎。是年秋,移幸江都。三年己酉春,金人南牧淮甸。二月初三日,大驾渡扬子江,幸杭州。金人叩江而不济,已乃归国。四月,大驾西还,驻跸于金陵,宠其府号,易江宁为建康。议者谓金陵六朝建国,襟带大江,岗岭回合,北贯淮、汴,西引川、峡,南洞襄、汉,东压吴、越、甄、闽、荆、广之区,四达之国也。资其富饶,基本王业,以经理中原,收复京、洛,实为胜算。开封尹杜充久司留钥,天下属望,至是召赴行在,命为淮南、京东、西宣抚处置使,俾提重兵,保诸路。又请隆祐太后领皇太子,帅六宫及宗室近属,前往江表。百司庶府,非与军兴之事者,悉从焉。上独与宰相吕颐浩暨三数大臣以次侍从官留金陵治兵。诏书有'誓坚一死,以保群生'之语,士民读诏,感泣奋厉,以为中兴之期可指日而庆矣。杜公既有成命,淹回未遣,人心稍惑之。闰八月一日,诏云:'朕嗣位累年,寅奉基绪,爱育生灵,凡可以和戎息兵者,卑辞降礼,无所不至,而敌人猖獗迫逐,凌犯未有休息之期,朕甚悼之。比命杜充提兵防淮,然大江之北,左右应接,我所守者一,由荆、襄至通、泰，敌之可来者五六，兵家胜负，难可预言，所议众多，未易偏废。轸念旬月，莫适决择。朕将定居建业，不复移跸。与夫右趣鄂、岳，左驻吴、越，山川形势，地利人情，孰安孰危，孰利孰害，以至彼我之所长，步骑之所宜，何崄可守，何地可战，甚地之钱物可运，甚郡之粟谷可漕，其各悉心致思，以告于朕。昔汉高帝谋臣良将多矣，都雒之计已定，及闻娄钦一言，而用之之意立决。吾士大夫之确论，朕岂不能虚怀而乐从哉！三省可示行在职事官，共条具以闻。'于是群臣争进避敌之计，拜杜公尚书右仆射，留镇金陵，不复北渡矣。二十五日，大驾乃复南巡。九月初四日，驻跸于平江府。二十五日，诏休兵已兼旬，可涓日进发。词臣引《孟子》巡狩补助为说。始，平江人犹幸于驻跸，倚以为安。至是惶遽失望。盖前此驾后诸军，多阻乱不静，人既畏之；又虑胡骑乘冬深入。于是远有散之浙东、闽部者，而近者亦自匿于山巅水涯之际。诏以工部侍郎汤东野为守臣，又命同知枢密院周望为淮、浙宣抚使，宿兵府城，将官陈思恭、巨师古、张俊、鲁珏、李贵俗号李阎罗者。等悉隶望节制。又诏驾后诸军，尽命先启行，独以禁卫请班扈跸。九月初四日，驾兴，平江幸无衅，其民复稍稍安集。周望遣诸将各部署所隶兵，分护境内。河内降贼郭仲威领其下万众，至自通州，屯泊于虎丘山。时大驾驻会稽。十一月，有旨，金人于和州欲渡采石，及自黄州渡兵，已至兴国军界，取二十五日移跸前去浙西，为迎敌之计。吴人复引领望。幸未几建康府报，是月十八日，硎砂渡将官张超失守，贼登岸，杜丞相遣都统制官陈淬、提领岳飞、刘刚等二万人，分阵头迎战，又命王瓒全军一万三千人相继往来策应。二十日，陈淬与贼遇于马家渡，凡十余合，日暮战酣，胜负略相若。会王瓒领西兵畔敌，檄镇江府韩世忠、江州刘光世应援，皆不赴。世忠已望风循海道潜去。
于是陈淬孤军力弱不能当，贼进逼建康城下，守臣陈邦光降
之，通判杨邦义死焉。杜丞相奔仪真，收拾溃亡，移保淮甸。
大驾顿于越州之萧山县，群臣复劝南避，乃幸四明。于是平江
大震恐，周望、汤东野集耆艾士夫僧道，访问所以为计者。且
曰：'今战守皆已无策矣。'盖其意在迎降，而欲众发其端。士
民不答而罢。望敛诸将兵归城中，惧其抗贼取怒也。已而金
人自建康取捷径，劫广德军，掠湖州南境，破属邑长兴、武康、
安吉，遂犯临安府之余杭县，急趋临安府。守臣康允之去之，
民自为守。六日而陷，渡钱塘江，降越州守臣李邺，遂犯四明，
以窥行在。有诏周望、汤东野等固守平江等。望自谓虏不敢
犯境而过，始少安，遂倚郭仲威为腹心，俾尽护诸将，与张俊、
鲁珏居城中，遣巨师古控扼吴江，陈思恭屯楞伽山，李阎罗屯
常熟县。思恭兵无纪律，村落五十里间，皆被其害，周望诘责
之，斩队将武节郎张振，乃戢。而郭仲威居城府外，为忠勇之
论，望委任之不疑，士民亦顾望，信以为重，晏然按堵如平日。
而郊居迁避之家，往往而复。平江城堞完壮，而地下聚水，四
围渠堑深广。周望又竭取民财钱谷，以钜万计，库廪充牣，兵
器犀利，沛然有余力，以是人益安之。过明年春正月，而来传
言者多云贼自越州蹑来路返金陵，或又谓自临安府昌化县道
宣歙趋当涂渡江而归，杭无匹马只轮矣。望等素不严斥堠，而
四境无尉，野无烽火，但以传言为信。乃遣张俊、陈思恭等统
兵，规入杭州，以邀收复之功。俊等行涉旬，才及秀州，陈思恭
侦知传言者非实，走间道潜军于湖州乌墩镇以观变。二月十
八日，张俊驰报，金人犯秀州崇德县，俊统兵迎击于宣店，走
之。平江之人且喜且惧，以俟后捷。十九日，征乡兵，发太湖

洞庭东西山千艘命用,头巡捡汤举总之,前赴吴江,阵于简村。二十一日,金人犯吴江县,巨师古兵不战而溃,更以太湖民舟为向导,归于西山。二十二日,郭仲威遣千兵拒守于尹山,已而退师。二十三日,府中令民逐便出城,留少壮者登埤以守。是日,金人游骑掠城东,郭仲威兵未合而返。守臣汤东野出奔,周望以郡印付仲威。二十四日,仲威会诸将饮城上,士民老幼数万,叩头出血,请加守御之备。仲威奋髯语众曰:'即发遣骑兵。虏行破矣,民慎无扰。'人犹信之。日欲晡,金人大集于城下。仲威及鲁珏兵火广化寺,又火医官李世康宅,望、仲威等皆宵遁。其下自城南转劫居民,北出齐门而去。民之得出郭者,多为所害。明日,金人遂据城。诸将奔遁,潜伏外邑,觇胡人之行也,竟以兵还。三月初二日,张俊至自昆山。初三日,巨师古至自洞庭,李阎罗、鲁珏、郭仲威等至自常熟。初五日,陈思恭至自乌墩。各以力胜,惟仲威窃据之,揭榜于市曰:'本军已逐退金人,收复府城。'或闻亦用此奏上。周望自遁所良久乃出,领兵之吴兴。十五日,始有诏周望等平江失守,可发遣诸将兵往常州以北冲袭金人,以功赎过云。初,金人烧劫之余,金帛钱谷尚多,仲威即据城纵兵掠取,昼夜搜抉不已。遗民间访旧居,即执之,笞责苦楚,穷问瘗藏之物,民益冤愤。故自金人南渡砌砂,破金陵、广德、杭、秀、常、润、明、越,惟平江被害最深。盖以兵多将庸,民始倚之而不去,既堕虏计,则又再遭官军之毒。是夏疾疫大作,米斗钱五百。有自贼中逃归者,多困饿僵仆,或骤得食而死,横尸枕籍,道路泾港为实,哭声振天地,自古丧乱之邦,未有如是之酷也。穆目睹其事,幸以身免。因迹阶乱之由,与夫败亡次叙记之,以备后世史官采择。目之曰《收复平江府记》者,本郭仲威揭示之文,具为吴

人讳于不复云。建炎四年四月二十日记。"仲威出于寇盗,号
"郭大刀"。明年,除扬、真二州镇抚使。在郡长恶不悛。刘平
叔光世为淮、浙宣抚,置司京口,遣其将王德禽仲威至麾下杀
之。

　　175　绍兴戊午,秦会之再入相,遣王正道为计议使,以修
和盟。十一月,枢密院编修官胡铨邦衡上书曰:"王伦本一狎
邪小人,市井无赖,顷缘宰相无识,遂举以使虏,专用诈诞,欺
罔天听。骤得美官,天下之人切齿唾骂。今日无故诱致虏使,
以诏谕江南为名,是欲臣妾我也,是欲刘豫我也。且豫臣事丑
虏,南面称王,以为子孙帝王万世之业,牢不可拔,一旦豺狼改
虑,捽而缚之,父子为虏,商鉴不远。而伦乃欲陛下效之。夫
天下者,祖宗之天下也;陛下之位,祖宗之位也。奈何以祖宗
之天下,为犬戎之天下;祖宗之位,为犬戎藩臣之位!陛下一
屈膝虏人,则祖宗社稷之灵,尽污夷狄;祖宗数百年之赤子,尽
为左衽;朝廷之宰辅,尽为陪臣;天下士大夫皆当裂冠毁冕,变
为胡服。异时豺狼无厌之求,安知不加我以无礼,如刘豫也
哉!夫三尺童子,至无知也,指犬豕而使之拜,则怫然怒!堂
堂天朝,相率而拜犬豕,曾童稚之所羞,而陛下忍为之耶!伦
之议乃曰:'我一屈膝,则梓宫可还,太后可复,渊圣可归,中原
可得。'呜呼!自变故以来,主和议者谁不以此说啗陛下,然而
卒无一验,则虏之情伪,已可见矣。而陛下尚不觉悟,竭民膏
血而不恤,忘国大仇而不报,含垢忍耻,举天下而臣之甘心焉。
就令虏决可和,尽如伦议,天下后世以陛下为何如主也?况丑
虏变诈百出,而伦又以奸邪济之,则梓宫决不可还,太后决不
可复,渊圣决不可归,中原决不可得,而此膝一屈,不可复伸,
国势陵夷,不可复振,可不为恸哭流涕,长太息哉!向者陛下

间关海道，危如累卵，尚未肯臣虏，况今国势既张，诸将尽锐，
士卒忠奋。如顷者丑虏陆梁，伪豫入寇，固尝败之于襄阳，败
之于淮上，败之于涡口，败之于淮阴，较之往时蹈海之危，固已
万万不侔。傥不得已而至于用兵，则我岂遽出虏人下哉！今
无故欲臣之，屈万乘之尊，下穹庐之拜，三军之士不战而气已
索，此鲁仲连所以义不帝秦，非惜夫帝之虚名，惜天下大势有
所不可也！今内而百官，外而军民，万口一谈，皆欲食伦之肉！
谤议汹汹，陛下不闻，正恐一旦变作，祸且不测。臣故谓不斩
王伦，国之存亡未可知也！虽然伦固不足道也，秦桧为心腹大
臣，而不为之计。陛下有尧舜之资，桧不能致陛下于唐虞，而
欲导陛下为石晋。顷者礼部侍郎曾开以古议折之，桧乃厉声
责之曰：'侍郎知故事，我独不知。'则桧之遂非愎谏，已自可
知。而乃建议日令台省侍臣金议可否，盖畏天下议已，令台省
侍臣共分谤耳。有识者皆以谓朝廷无人，吁可惜也。孔子曰：
'微管仲，吾其被发左衽矣。'夫管仲伯者之佐，尚能变左衽之
躯，而为衣裳之会。秦桧，大国之相也，反驱衣裳之俗，而为左
衽之乡，则桧也，不惟陛下之罪人，实管仲之罪人也！孙近傅
会桧议，遂得参知政事。天下望治，有如饥渴，而近伴食中书，
漫不知可否？桧曰虏可讲和，近亦曰可和；桧曰天子当拜，近
亦曰当拜。臣尝至政事堂，三发问而近三不答，但云已令台谏
侍臣议之矣。呜呼！身为执政，不能参赞大政，徒取容充位如
此，苟虏骑长驱，近还能折冲御侮耶？窃谓秦桧、孙近，皆可斩
也。臣备员枢属，义不与桧等共戴天！区区之心，愿斩三人
头，竿之槁街，然后羁留虏使，责以无礼，徐兴问罪之师，则三
军之士不战而气自倍。不然，臣有赴东海而死耳，宁能处小朝
廷求活耶！"疏入，责为昭州盐仓，而改送吏部，与合入差遣，

注福州签判,盖上初无深怒之意也。至壬戌岁,慈宁归养,秦讽台臣论其前言弗效,诏除名勒停,送新州编管。张仲宗元干寓居三山,以长短句送其行云:"梦绕神州路。怅秋风连营画角,故宫离黍。底事昆仑倾砥柱,九陌黄流乱注。聚万落千村狐兔。天意从来高难问,况人生易老悲如许。更南浦,送君去。　　凉生岸,柳销残暑。耿斜河疏星淡月,断云微度。万里江山知何处,回首对床夜语。雁不到,书成谁与?目断青天怀今古,肯儿曹恩怨相尔汝。举大白,唱《金缕》。"邦衡在新兴,尝赋词云:"富贵本无心,何事故乡轻别。空使猿惊鹤怨,误薜罗风月。　　囊锥刚要出头来,不道甚时节。欲驾巾车归去,有豺狼当辙。"郡守张棣缴上之,以谓讥讪,秦愈怒,移送吉阳军编管。棣乃择使臣之刻核者名游崇,管押封小项筒过海。邦衡与其骨肉徒步以涉瘴疠,路人莫不怜之。至雷州,太守王彦恭趯虽不学而有识,适使臣者行囊中有私茶,彦恭遣人捕获,送狱奏治,别差使臣护送,仍厚饷以济其渡海之费,邦衡赖以少苏。彦恭繇此,贤士大夫推重之。棣讦邦衡后,即就除湖北提举常平,乘轺一日而殂。又数年,秦始闻仲宗之词。仲宗挂冠已久,以它事追赴大理削籍焉。邦衡囚朱崖几一纪,方北归。至端明殿学士、通奉大夫,八十余而终,谥忠简。此天力也。此一段皆邦衡之子澥手为删定。

挥麈后录卷之十一

176　孙仲益每为人作墓碑，得润笔甚富，所以家益丰。有为晋陵主簿者，父死，欲仲益作志铭，先遣人达意于孙云："文成，缣帛良粟，各当以千濡毫也。"仲益忻然落笔，且溢美之。既刻就，遂寒前盟，以纸笔、龙涎、建茗代其数，且作启以谢之。仲益极不堪，即以骈骊之词报之，略云："米五斗而作传，绢千匹以成碑，古或有之，今未见也。立道旁碣，虽无愧词；诔墓中人，遂成虚语。"瞿无逸云。

177　韩璜叔夏为司谏，奉使江外回，赴堂白事。徐康国为两浙漕，亦以职事入谒中书。康国自谓践扬之久，率多傲忽。既诣省，候于廊庑，以待朝退，一绿衣少年已先在焉。天尚未辨明，康国初不知为叔夏也，貌慢之，偃然坐胡床，双展两足于火踏子之上，目视云霄。久之，始问曰："足下前任何处？"绿衣曰："乍脱州县。"时方事之殷，外方多以献利害得审察之命，因以求任使者。康国疑为此等，易之曰"朝廷多事之际，随材授官，乍脱州县者，未易遽干要除。"有堂吏过与之揖，康国且诧于绿衣曰："此某中奉也。某在此，傥非诸公调护，亦焉能久安耶？"语未终，丞相下马，遣直省吏致意康国曰："适以韩司谏奉使回，得旨有所问，未及接见。"吏引绿衣以登，回首揖康国而趋。康国始知为谏官，惊怅恐怖，脚蹙踏子翻空，灰火满地，皇灼而退。是时有流言刘刚据金陵叛，刚知之，束身星驰，诣阙自明。适康国翌日再造，有翟袍后生武士复在焉。康国

反前日之辙,先揖而问之曰:"适从何来?"武士曰:"来自建
康。"康国遽问曰:"闻刘刚已反,公来时如何?"武士作色曰:
"吾即刘刚!吾岂反者,想公欲反耳。"康国又惭而去。越数
日,竟为叔夏弹其"交结堂吏,臣所目睹"而罢。外舅云。

178　傅崧卿子骏以都司奉使二浙,回行在所,时王唐翁、
张全真为参政,子骏既至堂中,诸公问以部使者郡太守治状,
子骏曰:"浙东提点刑狱王翮殊不职。"次欲启知明州张汝舟,
始悟适犯唐公讳矣,思所以避之,卒然曰:"明州张守尤无状。"
顷刻之间,二执政姓名俱及之。钱德载云。

179　范择善同宣和中登第,得江西教官,自当涂奉双亲
之官,其父至上饶而殂,寓于道旁之萧寺中,进退彷徨。主僧
怜之云:"寺后山半,适有一穴,不若就葬之,不但免般挈之劳,
而老僧平日留心风水,此地朝揖绝胜,诚为吉壤。"择善从之,
即其地而殡之。其后择善骤贵,登政府,乃谋归祔于其祖兆,
请朝假以往改卜。时老僧尚在,力劝不从。才徙之后,择善以
飞语得罪于秦会之,未还阙,言者希指攻之云:"同以迁葬为
名,谒告于外,搔扰州县。"迁谪而死。赵宣明云。

180　季汉老与秦会之《贺进维垣启》云:"推赤心于腹中,
君既同于光武;有大勋于天下,相自比于姬公。"秦答之云:"君
既同于光武,仰归美报上之诚;相自比于姬公,其敢犯贪天之
戒?"汉老得之,皇恐者累月。

181　建炎末,范觉民当轴,下讨论之制,论崇、观以来,泛
滥受赏迁擢,与夫入仕之人,官曹淆乱,宜从镌汰。自此侥幸
之徒,屏迹不敢出。绍兴辛酉,御史乃言以谓方事之殷,从军
之人,多有受前日之滥赏者,愿亟罢此文,以安反侧。诏从之,
盖是时秦会之初用事也。先是,宣和初,郑达夫为相,达夫与

会之俱华阳王氏婿。会之以其兄楚材梓嘱于达夫，会傅墨卿使高丽，达夫俾楚材以傔从墨卿，补下班，祗应泊回，即以献颂，直赴殿试。《祐陵实录》亦略载之。又王显道唤以达夫婿冒宠，位中大夫秘阁修撰，且会之夫人同包也。金彦行安节为谏官，尝陈其事于会之疏中。二人摈迹累年。至是御史希会之之旨，以为之地。缘此二人俱彼峻用，不及一岁，皆登从班。

182　建炎末，先人为枢密院编修官，被旨专一纂集《祖宗兵制》，书成进呈，高宗皇帝览之称善，谕宰臣范觉民宗尹云："王某所进《兵制》甚佳。朕连夕观之，为目痛。可改官与陞擢差遣。赐其书名曰《枢庭备检》。"时秦会之为参知政事，素与先人议论不同。虽更秩，然自此去国矣。王铢字承可，会之舅氏，王本观复之子。会之心欲用之，荐于上，谓有史才，名适与先人偏旁相似。上忽问云："岂非修兵制者乎？"会之即应之云"是也"。诏再除枢属。徐献之琛，亦王氏甥，与会之为中表，而师川之族弟。会之知高宗眷念师川不替，一日奏事，启上云："徐俯身后伶俜可怜，有弟琛，能承兄之业，愿陛下录用之。"上从其请。其后承可、献之皆为贰卿。会之并缘罔上，率皆类此。

183　绍兴己未，周葵敦义为侍御史，梁仲谟汝嘉为户部尚书。敦义欲论之，甫属稿而泄其事于仲谟。时秦会之秉钧，仲谟致恳款于会之，会之领略之。是夕，敦义牒阁门，明朝有封事求对。翌日，会之奏事，即拟除敦义为左史，天意未允。敦义方侍引，会之下殿，即喻阁门云："周葵已得旨除起居郎，隔下。"又明日，敦义立螭直前诉之，高宗喻会之云："周葵遽易之，何也？"会之云："周葵位长言路，碌碌无所建明。且进退百官，臣之职也。傥以臣黜陟不公，愿先去位。"上云："不须如

此。"是日，批出周葵与郡，遂出守雪川。秦含怒未已，思多方
误之。未几，易守平江。会李仲永椿年为浙漕，应办北使。会
之喻意仲永，使为之所。仲永之回，即入奏敦义在郡，锡燕房
使，饮食臭腐，致行人有词。讲和之初，不宜如此。敦义落职
罢郡，谢表云："虽宰夫是供，各司其职耳。然王事有阙，是谁
之过欤？"自是投闲十五年。

184　绍兴庚申秋，虏人败约，复取河南故地。秦会之在
相位，踪迹颇危。时冯济川楫为贰卿，一日相见，告之云："金
人背盟，我之去就未可卜。如前此元老大臣，皆不足虑，独君
乡衮，未测渊衷如何，公其为我探之。"翌日，济川求对，启上
云："金冠长驱犯淮，势须兴师，如张某者，当且以戎机付之。"
高宗正色曰："宁至覆国，不用此人。"济川亟以告秦，秦且喜且
感。济川云："适观天意，楫必被逐。愿乞泸川，以为昼绣。"至
晚，批出冯楫令与外任。遂以楫为待制，帅泸南，在任凡十二
年。<small>张文老云。</small>

185　方公美庭实，兴化人。其父宣和中尝为广南提学以
卒。公美后登科，至绍兴间，自省郎为广东提刑，以母忧去官，
服阕，复除是职，公美辞以不忍往，秦会之不乐，降旨趣行。公
美强勉之官，谢上表云："三舍教育，先臣之遗爱尚存；一笑平
反，慈母之音容未远。"读者哀之。已而竟没于岭外。<small>苏少连云。</small>

186　马子约<small>纯</small>绍兴中为江西漕时，梁企道扬祖为帅，每
强盗敕下贷命，必配潮州，喻部吏至郊外即投之江中，如此者
屡矣。子约云："使其合死，则自正刑典。以其罪止于流，故赦
其生，犹或自新。既断之后，即平人尔。倘如此，与杀无罪之
人何以异乎？"二公由此不咸。后以它事交诉于朝，俱罢去。
初，熙宁中，子约父处厚默知登州，建言乞减放沙门岛罪人。

处厚时未有嗣,梦天锡一子,当寿八十,仕至谏议大夫,前人已记之矣。子约隆兴初,以太中大夫致仕,寿八十一而终。太中,盖官制前谏议大夫也。

187　绍兴丁卯岁,_{明清从朱三十五丈希真乞先人文集序,}引文既成矣,出以相示,其中有云:"公受今维垣益公深知,倚用而不及。"_{明清}读至此,启云:"窃有疑焉。"朱丈云:"敦儒与先丈皆秦会之所不喜。此文传播,达其闻听,无此等语,至掇祸。"_{明清}云:"欧阳文忠《与王深父书》云:'吾徒作事,岂为一时? 当要之后世,为如何也。'"朱丈叹伏,除去之。

188　近有名家子知邵州时,辛永宗为湖南总管,驻扎郡下。永宗兄弟早侍上有眷,秦会之方自房中来归,与富季申争宠,指诸辛为党,会之深嫉之。及会之登师垣,既窜其兄企宗、道宗,邵守迎合,按永宗冒请全俸,合计以赃,会之得所申,大喜,下本郡阅实焉。永宗实以尝立军功许给,有御札非伪,守先以计取得之,以送秦矣。秦既当路,无从辩白,竟准以盗论,流端州,尽籍其家以责欠。选郡僚之苛酷者使录橐,一簪不得与。偿既及数,犹谓所遣官云:"前赴其家燕集,以某器劝酒,今乃不见,岂隐之邪?"残刻有如是者。_{吕稽中。}

189　绍兴壬戌,罢三大帅兵柄。时韩王世忠为枢密使,语马帅解潜曰:"虽云讲和,虏性难测,不若姑留大军之半于江之北观其衅。公其为我草奏,以陈此事。"解用其指为札子,韩上之。已而付出,秦会之语韩云:"何不素告我而遽为是邪?"韩觉秦词色稍异,仓卒皇恐,即云:"世忠不识字。此乃解潜为之,使某上耳。"秦大怒,翌日贬潜单州团练副使,南安军安置,竟死岭外。_{张子韶云。}

190　荣茂世巍为湖北漕,置司鄂州。有都统司统制官王俊，以其旧主帅岳飞父子不世状诣茂世陈首，茂云："我职掌漕计，它无所预。"却之。俊遂从总领汪叔詹陈其事，汪即日上闻。秦会之得之，藉以兴罗织之狱，杀岳父子。知茂世不受理，深怨之。而高宗于茂世有霸府之旧，秦屡加害而不从。秦死，荣竟登从班。汪讦岳之后，狱方竟而殂。岂非命欤！荣次新云。

191　舅氏曾宏父，生长绮纨而风流酝藉，闻于荐绅。长于歌诗，脍炙人口。绍兴中，守黄州，有双鬟小鬟者颇慧黠，宏父令诵东坡先生《赤壁》前后二赋，客至代讴，人多称之，见于谢景思所叙刊行词策。后归上饶时，郑顾道、吕居仁、晁恭道俱为寓客，日夕往来，杯酒流行，顾道教其小获亦为此技，宏父顾郑笑曰："此真所谓效颦也。"后来士大夫家与夫尊姐之间，悉转而为郑、卫之音，不独二赋而已。明清兄弟儿时，先姚制道服，先人云："须异于俗人者乃佳。旧见黄太史鲁直所服绝胜。"时在临安，呼匠者教令染之，久之始就，名之曰"山谷褐"。数十年来，则人人效之，几遍国中矣。

192　秦会之为相，高宗忽问："陈桷好士人，可惜闲却，当与一差遣。"会之乃缪以元承为对，云："今从韩世忠，辟为宣司参议官。"元承、季任，适同姓名。上笑云："非也。好士人岂肯从军耶？"因此遂召用。仲舅云。

193　姚宏字令声，越人也。父舜明廷晖，尝任户侍。令声少有才名，吕元直为相，荐为删定官，以忧去。秦会之当国，屡求官，不报。张如莹澄与令声为中表，令声托为扣之，秦云："廷晖与某，靖康末俱位栢台。上书粘罕，乞存赵氏，拉其连衔，持牍去，经夕复见归，竟不佥名。此老纯直，非狡狯者，闻皆宏之谋也，繇是薄其为人。"如莹以告令声，令声曰："不然。

先人当日固书名矣，今世所传秦所上书，与当来者大不同，更易其语，以掠美名，用此诳人。以仆尝见之，所以见忌。"已而言达于秦，秦大怒，思有以害之。会令声更秩，调知衢州江山县，适当亢旱，有巡检者自言能以法致雷雨，试之果然，而邑民讼其以妖术惑众，追赴大理，竟死狱中。初，令声宣和中在上庠，有僧妙应者，能知人休咎，语令声云："君不得以令终。候端午日伍子胥庙中见石榴花开，则奇祸至矣。"令声初任监杭州税任三载，足迹不敢登吴山。将赴江山也，自其诸暨所居趋越来访帅宪。既归，出城数里，值大风雨，亟憩路旁一小庙中，见庭下榴花盛开，妍甚可爱，询祝史，云："此伍子胥庙。"其日乃五月五日。令声惨然登车，未几遂罢其酷。弟宽，字令威，问学详博，注《史记》行于世，三乘九流无所不通。绍兴辛巳岁，完颜亮举国寇淮，江、浙震恐。令威云："木德所照，当必无它。"故诏书云"岁星临于吴分"者是也。高宗幸金陵，以其言验，令除郎，召对奏事之际，得疾仆于榻前。徐五丈敦立戏云："太史当奏客星犯帝座甚急。"上念之，亟用其弟宪于朝。宪无它材能，不逮二兄，后登政府，命也。

194　熊叔雅彦诗，伯通之孙，早有文名。绍兴初，入馆权郎。秦会之秉钧，指为赵元镇客，摈不用者十年。慈宁回銮，会之以功升维垣，叔雅以启贺之云："大风动地，不移存赵之心；白刃在前，独奋安刘之略。"会之大喜，起知永州，已而擢漕湖北。其后王日严曮为少蓬，权直禁林，会之加恩，取其联入制词中，翌日即除礼部侍郎。甲戌岁，策士于庭，有引此以对大问者，遂魁天下。薛仲藏云。

195　外舅方务德有《闻见手记》近事凡六条，今悉录之：钱遹为侍御史，有长子之丧，闻曾文肃失眷，亟上弹章，既施

行,然后谒告,寻迁中执法。吴伯举天用当制,其词云:"思謇
謇以匪躬,遂呱呱而弗子。"未几,击吴罢去。郑亨仲云:"腊寇
犯浦江境上,遹具衣冠迎拜道左,对渠魁痛毁时政,以幸苟免。
寇谓遹受朝廷爵秩之厚如此,乃敢首为讪上之言,亟命其徒杀
之。"亨仲居浦江,目睹其事。汪彦章诏旨中作遹传,亦甚诋
之。

196　李孝广崇宁间为成都漕,以点检邛州士人费义、韦
直方私试,试卷词理谤讪;庞汝翼课册系元祐学术,讥诋元丰
政事上闻。三人并窜广南,孝广迁官。后绍兴庚戌,孝广之子
倞属疾于婺州,谓有妖孽,招路时中治之。时中始不肯言,倞
托亲旧扣问其详,时中云:"有一费义者独不肯。但已且莫知
其故。"寻以告倞,倞云:"若尔某疾不复起矣。"因自道向来费
义等事实。倞以告其父。后义辈俱客死于路。

197　政和初,方允迪将就廷试,前期闻御注《老子》新颁
赐宰执,欲得之以备对。会允迪与薛肇明有连,亟从问之,乃
云无有也。一日,入薛书室,试启书箧,忽见之,尽能记忆。洎
廷试,果发问。毛达可友得对策,大喜,即欲置魁选。而强隐
季渊明为参详官,力争,谓其间赞圣德处有一二语病,必欲置
十名之后,达可尤力辨。既而中夜思之,时中人络绎于诸公
间,万一转而上闻,非徒无益,乃议置十二名,犹在甲科。是时
陈彦方以术得幸,又令使预占今岁甲科几人,彦云七人,而中
人辈欲神其说,密喻主司仅取此数。既而傅崧卿以上舍,薛尚
友、盛并以执政子皆置甲科,卒取十人,允迪乃在乙科第四。
允迪即外舅之仲父也。

198　绍兴初,经从严陵邢钤辖招饭,时老珰赵舜、辅在
焉。坐间,邢、赵相语云:"颇记吾曹同在延福宫时事否?"赵唯

唯。因叩其事，邢云："一日，梁师成、谭稹坐于延福宫门下，二人实从。主管西城所李彦者过门，下马致礼于谭、梁甚恭。既去，谭谓梁：'早来闻玉音否？可畏哉！'赵问梁何言，答云：'适见李彦于榻前纳西城所羡余三百万缗，上顾彦云：李彦李彦，莫教做弄。一火大贼来，斫却你头后怎奈何！'"不数年，彦果以横敛被诛。

199　孟富文庾为户部侍郎，绍兴辛亥之岁，边遽少宁，庙堂与一二从官共议，以谓不若乘时间隙，分遣诸将削平诸路盗贼。其方张不易擒者，莫如闽之范汝为，乃以命韩世忠。而世忠在诸将虽号勇锐，然病其难制，或为州县之害，当选从官中有风力者一人置宣抚使，世忠副之以行。而在廷实难其选。众乃谓孟人物既厖厚，且尝为韩所荐，首迁本部尚书遣之。又以为韩官已高，亦非尚书所能令，乃欲以为同签书。上意已定。时洪成季拟为礼部尚书，吕丞相以孟除与成季参预之命同进。上留拟状，值连数日假告，而已甚播。初，沈必先为侍御史时，尝击去成季，至是沈召还旧列，成季亦复为宗伯，以吕丞相初拜，未欲论也，至是闻将大用，亟奏成季罢去。上意以谓二相初拜，荐二执政，其一已先击去，其一万一又有议之者，二相俱不安矣。遂亟批出：富文除参知政事。盖适记前日除富文，误当成季所拟官。二相亦恐纷纷，不复申前说也。然亦议定，俟闽中使还，即罢之。而会逢多事，在位独久，凡三年然后去国。

200　绍兴壬戌夏，显仁皇后自虏中南归，诏遣参知政事王庆曾次翁与后弟韦渊迓于境上。时虏主亦遣其近臣与内侍凡五辈护后行。既次燕山，虏人惮于暑行，后察其意，虞有他变，称疾请于虏，少须秋凉进发，虏许之。因称贷于虏之副使，

得黄金三百星,且约至对境倍息以还。后既得金,营办佛事之
余,尽以犒从者,悉皆欢然。途中无间言,由此力也。既将抵
境上,虏必欲先得所负,然后以后归我。后遣人喻指于韦渊,
渊辞曰:"朝廷遣大臣在焉,可征索之。"遂询于王。初,王之行
也,事之纤粟,悉受颐指于秦丞相,独此偶出不料。虏人趣金
甚急,王虽所赍甚厚,然心惧秦,疑其私相结纳,归欲攘其位,
必贻秦怒,坚执不肯偿,相持界上者凡三日。九重初不知曲
折,但与先报后渡淮之日。既愆期,张俊为枢密使,请备边。
忧虑百出,人情汹汹,谓虏已背盟中变矣。秦适以疾在告,朝
廷遂为备边计,中外大恐。时王晹以江东转运副使为奉迎提
举一行事务,从王知事急,力为王言之,不从。晹乃自衰其随
行所有,仅及其数以与之,虏人喜。后即日南度,疑惧释然,而
王不预也。王归白秦,以谓所以然者,以未始禀命,故不敢专。
秦以王为畏己,果大喜。已而后泣诉于上:"王某大臣,不顾国
家利害如此。万一虏生它计,于数日间,则使我母子不相见
矣。"上震怒,欲暴其罪而诛之。初,楼炤仲辉自枢府以母忧去
位,终制,起帅浙东,储之欲命谢于虏廷。至是,秦为王营救回
护,谓宜遣柄臣往谢之,于是辍仲辉之行,以为报谢使,以避上
怒。逮归,上怒稍霁,然终恶之。秦喻使辞位,遂以职名奉祠,
已而引年,安居于四明。秦终怜之,馈问不绝。秦之擅国,凡
居政府者,莫不以微过忤其指,例以罪行。独王以此,情好不
替。王卒,特为开陈,赠恤加厚;诸子与婿,亲戚族人,添差浙
东者又数人,以便其私。议者谓秦居政府二十年间,终始不贰
者,独见王一人而已。

　　201　曾文清吉父,孔毅父之甥也,早从学于毅父。文清
以荫入仕,大观初以铨试合格,五百人为魁,用故事赐进士出

身。绍兴中,明清以启赘见云:"传经外氏,早侍仲尼之间居;
提笔文场,曾宠平津之为首。"文清读之,喜曰:"可谓着题矣!"
后与明清诗云:"吾宗择婿得羲之,令子传家又绝奇。甥舅从
来多酷似,弟兄如此信难为。"徐敦立览之笑云:"此乃用前日
之启为体修报耳。"

　　202　孙立者,寿春人。少为盗,败露,窜伏漪河中。觉有
物隐然,抱持而出,乃木匣一;启视之,铜印一颗,云"寿州兵马
钤辖之印",印背云"太平兴国八年铸"。后三十年,以从军之
劳,差充安丰军钤辖。安丰即昔日寿州也,遂用此。明清为判
官日,亲见之。

　　203　杨原仲愿,秦会之腹心,为之鹰犬,凡与会之异论
者,驱除殆尽,以此致位二府,出守宣城。王公明与原仲为中
表,原仲为之经营,举削改官得知蕲水县。往谢原仲款集,醉
中戏语原仲云:"昔尝于吕丞相处得公顷岁所与渠书,其间颇
及秦之短,尚记忆否?"公明初出无心也,原仲闻之,色如死灰,
即索之,云:"偶已焚之。"原仲自此疑公明,虑其以告秦。出入
起居跬步略不暂舍,夜则多以人阴加防守。公明屡求归而不
从,深以为苦,如此者几岁。原仲移帅建业,途中亦如是焉。
既抵金陵,馆于玉麟堂后宇。诸司大合乐开燕,守卒辈往观优
戏,稍息。公明忽睹客船缆于隔岸,亟与其亲仆挈囊,唤而登
之,遁去。会散,原仲呼之,则已远矣。即遣人四散往访之,邈
不可得。原仲忧挠成疾而毙。苏训直云。

　　204　魏道弼良臣与秦会之有乡曲共学之旧。秦既得志,
引登禁路。道弼恃其久要,一日启于秦曰:"某昨夕不寐,偶思
量得一事。非晚郊祀,如迁客之久在遐方者,可因赦内徙,以
召和气。"秦曰:"足下今作何官?"道弼云:"备员吏部侍郎。"秦

复曰:"且管了铨曹职事,不须胡思乱量。"翌日降旨,魏良臣与郡,出守池州,已而罢去。世言秦有度量,恐未必然也。

205　建中靖国初,陆农师执政。时天下奏案,率不贷命。农师语时相云:"罪疑惟轻。所以谳上,一门引领以望其生。今一切从死,所伤多矣。"时相然其言,自是有末减者。乾道初,忽降旨挥云:"法令禁奸,理宜画一。比年以来,旁缘出入引例为弊,殊失刑政之中。应今后犯罪者,有司并据情款直引条法定断,更不奏裁。"是时,外舅方务德为刑部侍郎,入议云:"切详今来旨挥,今后犯罪者,有司并据情款直引条法定断,更不奏裁。切恐其间有情重法轻,情轻法重,情理可悯,刑名疑虑,命官犯罪议亲贵之类,州郡难以一切定断。今来除并不得将例册引用外,其有载在敕律条令明言合奏裁事件,欲乞并依建隆二年二月五日敕文参详到事理施行。"得旨从请。二者皆仁人之言,其利博哉!

　　明清顷焉不自度量,尝以闻见漫缉小帙,曰《挥麈录》,辄以镂板,正疑审是于师友之前久矣。窃伏自念平昔以来,父祖谈训,亲交话言,中心藏之,尚余不少。始者乏思,虑笔之简编,传信之际,或招怨尤。今复惟之,侵寻晚景,倘弃而不录,恐一旦溘先朝露,则俱堕渺茫,诚为可惜。若夫于其中间善有可劝,恶有可戒,出于无心可也,岂在于因噎而废食!朝谒之暇,濡毫纪之,总一百七十条,无一事一字无所从来,厘为六卷,名之曰《挥麈后录》。尚容思索,嗣列于左。绍熙甲寅上元日,汝阴王明清书于武林官舍半山楼。

挥麈第三录卷之一

1　佛宇挂钟之阁,多虚其中,盖欲声之透彻也。孝宗潜跃,在幼岁时偶至秀州郡城外真如寺,登钟楼游戏,而僧徒先以蘧蒢覆空处,上悮履其上,遂并坠焉。旁观之人失色无措,亟往视之,乃屹然立于席上,略无惊怖之状。此与夫国史所载太祖皇帝少年日人马俱堕于汴都城楼者,若合一契焉。陈揆彦缊云。

2　明清前年虱底百僚,夏日访尤丈延之,语明清云:"中兴以来,省中文字亦可引证。但建炎己酉之冬,高宗东狩四明,登舶涉崄,至次年庚戌三月,回次越州,数月之间,翠华驻幸之所,排日不可稽考,奈何?"明清即应之曰:"自昔以来,大臣各有日录,以书是日君臣奏对之语。当时吕元直为左仆射,范觉民为参知政事,张全真为签书枢密院,皆从上浮于海。早晚密卫于舟中者,枢密都承旨辛道宗兄弟也。逐人必有家乘存焉。今吕、范二家皆居台州,全真乡里常州。若行下数家,取索日录参照,则瞭然不遗时刻矣。"延之云:"甚善!便当理会。"继而延之病矣,不知曾及施行否?去秋赴官吴陵,舟过茂苑,访一亲旧,观其所藏书,因得己酉年李方叔正民代言词掖,从行航海,所纪颇备。明清所缉《后录》取王颖彦、钱穆记录其间,于此亦有相犯者,姑悉存之。所恨尤先生不及见之耳。其目云《中书舍人李正民乘桴记》。曰:"建炎己酉秋七月,车驾在金陵。初一日下诏,奉隆祐太后,六宫,外泊六曹百司,皆之南

昌。命签书枢密院事滕康、资政殿学士刘珏同知从卫。三省
枢密院治常程有格法。细务及从官郎吏,皆分其半从行。八
月十六日,隆祐登舟,百司辞于内东门。闰八月一日,内出御
笔,以固守建康,或左趋鄂、岳,右驻吴、越,集百官议于都堂。
群臣皆以鄂、岳道远,恐馈饷难继,又虑车驾一动,即江北群
盗,必乘虚以窥吴、越,则二浙非我有。乃决吴、越之行。十三
日,制以吕颐浩为左仆射,杜充为右仆射。继又命杜充以江、
淮宣抚使留平建康府,沿江诸将并听节制。二十四日,从官以
下先行。二十六日,车驾离建康府。九月八日,行在平江府。
十一日,以翰林学士张守、签书枢密院周望为两浙宣抚使,留
平江府。初命周望为江南、荆、湖宣抚使,驻兵鄂州,以控上
流。以颐浩不可离行在,乃改命焉。十月二日,从官以下先
发。初五日,车驾离平江府。十三日,行在越州,入居府廨,百
司分寓。十一月二十日,知杭州康允之遣人押到归朝官某人
云:'自寿阳来报,金人数道并入,已自采石济江。'以未得杜
充、周望奏报,朝廷大骇,集从官议,欲移跸江上,亲督诸将为
迎敌之计。宰相、侍从同对于便坐,或谓且遣兵将,或谓宜募
敢战士以行。宰相吕颐浩又自请行,议未决,退诣都堂。午
间,得周望奏状,录到杜充书,虏骑至和州,已召王瓒移师南
渡,杜充亲督师,诣采石防守,朝廷稍安。从官乃请遣兵应援
建康,又分兵守衢州、信州隘路,虑胡骑自江、黄间南渡,或从
趋衢、信,以迫行在也。二十一日,命傅崧卿为浙东防遏使,令
召募土豪,以备衢、信。得江州报,胡人破黄州,由鄂州渡江,
向兴国军、洪州。是日,有中使自洪来,云:'隆祐一行已于十
一月初八日起发往虔州矣。'二十二日,从官又请对,虑胡骑不
测驰突,请以郭仲荀轻兵三千从车驾至平江府,倚周望、韩世

忠兵以为援。仲荀方自杭来，士卒老幼未至，易作去计。而令
张俊兵以次进发。既对，上以张俊重兵不可留，遂决议皆行。
退命直学士院汪藻草诏，晓谕军兵以迎敌之说。乃以二十三
日先发兵三千，车驾以二十五日起行。既至钱清堰宿顿，是夜
得杜充奏：我师败绩；又康允之奏：人马已自建康府径路犯杭
州界。遂仓猝回銮。二十六日，次越州城下。从官对于河次
亭，上议趋四明。吕颐浩奏，欲令从官已下各从便而去，上以
为不可，曰：‘士大夫当知义理，岂可不扈从？ 若如此，则朕所
至，乃同寇盗耳。’于是郎官以下，或留越，或径归者多矣。二
十七日，以御史中丞范宗尹参知政事。是日早，驾诣都堂，抚
谕将士，移御舟过都泗堰，不克。二十八日，晚出门，雨作。自
是路中连雨泥淖，吏卒老幼暴露，不胜其苦。命两浙转运使陈
国瑞沿路排顿，用炭一千二百斤，猪肉六百斤，以给卫士云。
十二月五日，车驾至四明，居于府廨。朝廷召集海舟甚急，监
察御史林之平自春中遣诣福建，召募海船，至是相继而至，朝
廷甚喜。十一日，亲从班直百余人，因宰执早朝，至行宫门外，
邀宰相问以‘欲乘海舟何往’，颐浩喻以利害，乃退。上命辛永
宗勒中军，尽捕诸班直囚之。十三日，诛其首者十有余人，并
降隶诸军。以侍御史赵鼎为御史中丞。十四日，台谏请对，上
喻以不得已之意。又探报虏人已入杭州，刘俊引兵出战不胜，
康允之走保赭山。诏六曹百司官吏并于明、越、温、台从便居
住，于是左右司御营使司参议官皆留。十五日，大雨。群臣欲
朝，至殿门，有旨放散，惟宰执入对。既退，车驾遂登舟，至定
海，宰执从行。十六日，从官以次行。吏部侍郎苏望之以疾辞
不至，诏给宽假。给事中汪藻乞陆行以从。十八日，闻有使人
至，命范宗尹、赵鼎复回明州以修赞。既至，乃前所遣报信使

臣而已。十九日，车驾至昌国县。二十四日，遣权户部员外郎李承造往台州刷钱帛。二十五日早，得越州李邺奏云：'虏人已在西兴下寨。别令人马自诸暨趋嵊县，径入明州。'乃议移舟之温、台。是日，范宗尹、赵鼎回至行在。二十六日，启行。自是连日南风，舟行虽稳，而日仅行数十里云。二十九日，岁除。庚戌正月一日，大风，碇海中。二日，北风稍劲，晚泊台州港口。三日早，至章安镇，驻舟。知台州晁公为与李承造皆来。上幸祥符寺，从官迎拜于道左。是日，得余姚把隘官陈彦报：'人马至县，迎击乃退。'又得韩世忠奏：'见在青龙镇就粮，欲俟敌人之归为击计。'初，命世忠驻兵镇江控扼；后闻胡人自采石济师，上命追世忠赴行在，又欲令移军常州。吕颐浩请以御笔召之，上曰：'朕与世忠约坚守。'今闻乃来，于是遣中使赍诏。世忠闻采石失守，已离镇江府登海舟矣。至得奏，上优诏答之。四日，象山县报：'人马至明州。张俊为战守备。明州西城外民居尽燕之矣。'然其意亦欲来赴行在也。晚得康允之奏：'缴到杜充书，已在真州与刘位聚兵，为邀击计。徐州赵立以师三千来援。建康守陈邦光及户部尚书李棁皆降于虏。'六日，张俊奏云：'二十九日、正月初二日，凡敌杀伤相当。'又得二十八日奏，及差人赍到二级。上命辛企宗以兵一千赴明策应。又出手诏，趣杜充、赵立、刘位，激励使战，以为后图。皆亲书示宰执，乃遣之，而辛企宗不行。七日，周望奏：'常州有绯抹额贼众犯外城，知州事周杞守子城以拒贼。赤心队刘晏出战，败之。'又言：'知秀州程俱率官吏弃城，保华亭县。又探建康人马皆焚粮草，收金，银稍稍渡江北去，自称李成人马云。'八日，张思正奏云：'张俊出兵击退虏骑。思正与刘洪道、李质分兵追蹑。'九日，张俊已自台州陆趋行在，意恐金人小衄,济师而来,力不能拒尔。前此屡奏求海舟,朝廷报以方聚集遣行,欲其且留明州。既得此奏,甚以为忧。又虑李邺已迎降虏人,以越为巢穴,其经营未已也。十日,郭仲荀贵授汝州团练副使,广州安置。以擅离越州,及妄支散钱帛,又夜过行在不乞朝见等罪也。十二日,滕康遣使臣奏:'隆祐一行已到虔州。'前此得信州探报云:'十七日到吉州。'又云:'二十一日有人马至吉州,东岸知州杨渊弃城走。'朝廷深虑胡人追蹑。然本谋南昌之行,意谓虏人未必侵犯。虽离建康日,得密旨,令缓急取太后圣旨便宜以行。后至平江,议者乃云:'自蕲、黄渡江,陆行二百余里,可抵南昌。'朝廷始以为忧,遂命刘光世自淮南移军于江州,以为南昌屏蔽。既至,而军中月费十三万缗,知州事权邦彦以用度不足告于朝廷,命洪州三省密院应副。至十一月中,权邦彦乃奏言,得东平府故吏卒报,其父已身亡,遂解官持服。朝廷虽遽命起复,而邦彦已离郡去。及胡骑渡江,光世乃言初谓蕲、黄间贼寇,遣兵迎击,既知其为金人,遂回军。隆祐以初八日行,胡骑以十四日到城下,于是知州王子献以下皆走,胡骑入犯抚州,执知州事王仲山,以其子权知州事,令根括境内金银,走洪州送纳。虏怒其少,云:'抚州四县不及洪州一县。'乃知信州陈杞探报也。十三日,刘洪道奏:'金人再犯境上,遣兵拒之。'及'陈彦在余姚,屡获首级'。及称'李邺并无关报文字。然台州探报,越州并放散把隘人兵,及管待虏人,与之饮燕。又命父老僧道赴杭州,知其必迎降矣'。十四日,张俊自台州来,执胡人一名,至行在戮之。知邵武军张翚奏:'有光泽县弓手,同胡人一骑至军,称有大军千余人继至。已行斩首。'于是福建诸州皆震恐。知福州林遹奏:'乞遣兵防守。'又自言老病不任事,乃命集英殿修撰程迈代之。十五日,胡人再犯余姚,朝廷欲遣张公裕以海舟数千载兵直抵钱塘江下,烧爇胡人所集舟舡。众以公裕素不知兵,又虑海舟反为胡人所得,皆以为不可。十六日,雨雷发声。十七日,刘洪道人以十三日一更水陆并进,直至城下。洪道与张思正皆引兵出天童山。先是,李质已擅趋台州。朝廷方降三官,令还四明,已无及矣。又闻南昌胡骑入潭州,而洪、抚、建昌之间,稍稍引去。建昌通判晁公迈申先因出城招集民兵,以军事付训练官承信郎蔡延世,凡八易回,延世拒而不纳。十八日,移舟离章安镇。始张俊既移军,朝廷议分遣其将领,率兵应援明州。上不欲遣,乃止。谓他时驻跸之后资以弹压。盖行在诸军,此皆精甲全装,稍整齐尔。又批令刘洪道等皆退避其锋。然议者皆虑明既失守,则海道可虞,而行在必不敢安也。十九日,晚,雷雨又作。二十日,泊青澳门。二十一日,泊温州港口。二十二日,余被旨奉使江、湖,问安隆祐宫。自后不复记录,闻行在已驻温州矣。"已上李所记云耳。明清又闻是岁越州郡守李邺既以城降,通判曾忞骂贼不屈而死,全家被害,独乳婢抱一婴儿获免。有宣教郎知余姚县李颖士者,募乡兵数千,列其旗帜,以捍拒之。贼既不知其地势,又不测兵之多寡,为之小却,彷徨不敢进者一昼夜,繇是大驾得以自定海登舟航海。事平,诏特赠忞直秘阁,命其弟忞、子窑以官。颖士迁两官,擢通判州事。时又有宋辉者,为大漕,治事秀州之华亭县。闻龙艛已涉巨浸,即运米十万石,以数大舶转海,访寻六飞所向。至章安镇,而与御舟遇。百司正阙续食,赖此遂济。多事之际,若二人辉与颖士者,亦可谓奇绩;而忞之忠节,皆恨世人未多知之。颖士,福州人,登进士第,绍兴中为刑部郎中。辉,敏求之孙,后为秘阁修撰,知临安府。忞,南丰先生之孙。崈，即所逃婴儿也，尝知南安军。

　　3　邹志完既以元符抗疏徙新州，继又遭温益、钟正甫之困辱，祸患忧畏，濒于死所。建中靖国之初召还，自流人不及一年，遂代言西掖。伤弓之后，噤不出一语。吴兴刘希范时为太学生，以书责之，陈义甚高，云："珏少而学经，究观《春秋》责备贤者之义，私切疑之。以谓世之贤者，不易得也。求之百余年间，所得不过十数人。求之亿万人间 所得不过一二人。苟有未至，犹当掩蔽以全其名，奈何反责其备哉？及长，式观史氏，眇觌昔人，特立独行以自著见者甚众，然靡不有初，鲜克有终。其能终始一德，以全公忠之节者几希？称于当年，罕全令名；著于史氏，鲜有完传。岂特贤者之过哉，亦当时君子不能相与辅其不及之罪也。然则《春秋》责备之义，是乃垂戒万世，欲全贤者之善。此某所以不避借易，辄献所疑于门下也。某自为儿童，即闻阁下场屋之名。及有知识，又诵阁下场屋之文。固以阁下为当今辞人，然未敢直以古人大节望阁下也。暨游太学，在诸生中，往往有言前数年有博士邹公，经甚明，文甚高，行甚修，不能低回当世，以直去位，方且叹息，愿见风采而不可得。未几，阁下被遇泰陵，进列谏垣，极言时政，万里远谪。方是之时，某亦东下，所过郡县，每见亲朋故旧，下及田夫里妇，必问阁下貌孰似，年今几；逢天子之怒，谁与解之；家累之重，谁与恤之；莫不咨嗟称诵，或至泣下。前此以言得罪者众矣，阁下之名独隐然特出，不知何以致此？岂忠信之诚，感于人心者深而然耶！则天下所以待阁下，雅亦不为不重矣！今天子嗣位，首加褒擢，授以旧职，继拜司谏，乃直起居，乃典丈诰，岁未再周，职已五易，越录超等，罕见其比。则天子所以望阁下，雅亦不为不大矣！爰自入朝以来，天下之士翘首跂踵,冀阁下日以忠言摩上,不谓若今之为起居舍人者,止司记录而已也;不谓若今之为中书舍人者,止事文笔而已也。逾年之间,不过言一张寅亮之不可罪尔,其佗不闻有所发明,言某事可行,某事不可行,某人可用,某人不可用。有识之士,私切疑之。始阁下之为博士,不顾爵位,力言经术取士之美,拂衣而归,非知有绍圣之报也;其为谏官,不避诛责,极陈中宫废立之失,远贬蛮徼,非知有今日之报也;诚以信其所学,行其所志耳。然昔以博士而言之,今以侍从而不言,昔未信于君而言之,今信于君而不言,此人之所以疑也。为阁下解者曰:'阁下之不言,以职非台谏也。'疑者曰:'唐文宗命魏謩以两省属皆可论朝廷事,故范希文为秘阁校理,则言人主不宜北面为寿;为东南安抚,则言郭后不宜以小过废;为天章阁待制,则言时政所以得失;为开封尹,则言迁进所以公私。后世之议希文者,必称其爱君忠国,不闻罪其侵官也。今以职非台谏而不言,是不以希文自处也。'为阁下解者又曰:'阁下之不言,以当今无大得失也。'疑者曰:'唐太宗尝怪舜作漆器、禹雕其俎谏者数十不止,褚遂良谓谏者救其源,不使得开横流,则无复事矣。当今庶政之行,虽曰尽善,亦岂无过举者乎? 百官之间,虽曰多才,亦岂无奸佞者乎? 从官相继而出,岂皆以不称职乎? 言官相继而逐,岂皆以其罪乎? 事之若制器、雕俎者尚多也。乃以非大政事而不言,是不以舜、禹事其君也。则阁下不免天下之疑必矣!'方阁下有正言之命,人人相贺。其君子曰:'为我寄声正言公,柳宜城坚于守政,不以久位为心,自谓舌不可禁,故能全其名。白居易力争安危,不以被斥介意,晚益不衰,故能全其节。公其勿倚勿跛,引明主于三代之隆,以全令名以利天下。'其小人曰:'为我善祝正言公。汲直以数切谏,不得久留内；爰丝以数直谏，不得久居中。公其慎言，毋去朝廷。'今阁下未肯力言时事，岂亦哀怜小人不忍违其所请乎！岂亦有意君子所谓有待而言乎！伏愿阁下上思圣主进用之意，下思君子跂望之心。数陈谠言，以辅圣政，使尧、舜、成、康之治复于一朝，阁下之功，岂浅浅哉！某性介且僻，动与世忤，又恶奔竞之风。往来京师几五岁矣，其于公卿权贵虽有父兄之旧，未尝一登其门。辄造门下，以献所疑，非敢求知也，盖以天子仁圣，切于治正，古人所谓难得之时，每欲自为一书以献，又耻与觊觎恩赏者同受疑于世。私念当今天子素所深信，莫如阁下者；公忠直道而行，亦莫如阁下者。阁下不言，谁为吾君言之？故陈所疑，以裨万一。狂易之罪，诚无所逃。然区区之意，非独为阁下计也，为朝廷计也；非独为朝廷计，为天下计也。未识能赐垂听否？"志完繇是复进谠论，曾文肃荐之祐陵，欲令再位言路，不契上指。文肃云："臣近日屡探睽，其议论极通疏，兼稍成时名，愿更优容。"上云："何可得它如此。"上又云："宰相、执政所引人才，如浩前年是宣德郎，今作两制已多时。朕所欲主张人才，又却似难。"盖崇恩以宿憾，言先人矣。未几，文肃罢政，志完再窜昭州。此文肃手记云尔。希范名珏，后登第，浸登华要。建炎初，拜同知三省枢密院，竟以劲节闻于时，为中兴之名臣。子唐稽、孙三杰也。

4　"先正有言：'太祖舍其子而立弟，此天下之大公也。周王薨，章圣取宗室子育之宫中，此天下之大虑也。'仁宗皇帝感悟其说，制诏英祖入继大统。文子文孙，宜君宜王，遭罹变故，不断如带。今有天下者，独陛下一人而已。恭惟陛下克己忧勤，备尝艰难，春秋鼎盛，自当则百斯男。属者椒寝未繁，前星不耀，孤立无助，有识寒心。天其或者深惟陛下追念祖宗公心长虑之所及。及乎崇宁以来，谀臣进说，推濮王子孙以为近属，余皆谓之同姓，致使昌陵之后，寂寥无闻。奔迸蓝缕，仅同民庶。臣恐祀丰于昵，仰违天鉴，艺祖在上，莫肯顾歆。此二圣所以未有回銮之期，黠虏所以未有悔祸之意，中原所以未有息肩之时也。欲望陛下于子行中遴选太祖诸孙有贤德者，视秩亲王，使牧九州，以待皇嗣之生，退处藩服。更加广选宣祖、太宗之裔，材武可称之人，升为南班，以备环列。庶几上慰在天之灵，下系人心之望。臣本书生，白首选调，垂二十年。今将告归，不敢终默。位卑言高，罪当万死，惟陛下裁赦。"此娄陟明上高宗皇帝书也。陟明名寅亮，永嘉人。早负才名，游上庠有声。南渡后，始为上虞丞。大驾暂驻越上，陟明扣阍抗疏，以陈是说，首发大计之端。上读之，大以叹寤。富季申时为枢密，从而荐之，即令召对，改官除监察御史，告词云："汝俊造策名，慷慨自任，上书论事，忧国甚深。"深有大用之意。未几，会秦师垣入相，嫉之，摭其前任微罪，废弃以终。先人与之有太学同舍之旧，封事之初，实纵臾之手。写副本，以见遗云。时绍兴元年十一月也。或云：陟明被遣后还乡，值江涨，父子没于巨浸。未知果否？

　　5　蔡持正既孤居陈州，郑毅夫冠多士，通判州事，从毅夫作赋。吴处厚与毅夫同年，得汀州司理，来谒毅夫，间与持正游。明年，持正登科，浸显于朝矣。处厚辞王荆公荐，去从滕元发。薛师正辟于中山，大忤荆公，抑不得进。元丰初，师正荐于王禹玉，甚蒙知遇。已而持正登庸，处厚乞怜颇甚，贺启云："播告大廷，延登右弼。释天下霖雨之望，慰海内岩石之瞻。帝渥俯临，舆情共庆。共惟集贤相公，道包康济，业茂赞襄。秉一德以亮庶工，遏群邪以持百度。始进陪于国论，俄列俾于政经。论道于黄阁之中,致身于青霄之上。窃以闽、川出相,今始五人;蔡氏登庸,古惟二士。泽干秦而聘辩,汲汲霸图;义辅汉以明经,区区暮齿。孰若遇休明之运,当强仕之年。尊主庇民,已陟槐廷之贵;代天理物,遂跻鼎石之崇。处厚早辱埏陶,窃深欣跃。豨苓马勃,敢希乎良医之求;木屑竹头,愿充乎大匠之用。"然持正终无汲引之意。是时,王、蔡并相。禹玉荐处厚作大理寺丞。会尚书左丞王和甫与御史中丞舒亶有隙。元丰初改官制,天子励精政事,初严六察,亶弹击大吏,无复畏避,最后纠和甫尚书省不用例事,以侵和甫;和甫复言亶以中丞兼直学士院,在官制既行之后,祗合一处请给,今亶仍旧用学士院厨钱蜡烛为赃罪。亶奏事殿中,神宗面喻亶,亶力请付有司推治,诏送大理寺。亶恃主娭盛隆,自以无疵,欲因推治益明白。且上初无怒亶意,姑从其请而已。处厚在大理,适当推治亶击和甫,而和甫与禹玉合谋倾亶。亶事得明,必参大政;亶若罪去,则禹玉必引和甫并位,将代持正矣。处厚观望,佑禹玉,锻炼傅致,固称亶作自盗赃。是时,大理正王吉甫等二十余人咸言亶乃夹误,非赃罪明白。禹玉、和甫从中助,下亶于狱,坐除名之罪。当处厚执议也,持正密遣达意救亶,处厚不从。故亶虽得罪,而御史张汝贤、杨畏先后论和甫讽有司陷中司等罪,出和甫知江宁府,致大臣交恶。而持正大怒处厚小官,规动朝听,离间大臣。欲黜之,未果。会皇嗣屡夭,处厚论程婴、公孙杵臼存赵孤事,乞访其坟墓。神宗喜,禹玉请擢处厚馆职。持正言反覆小人,不可近。禹玉每挽之,惮持正辄止。终神宗之世,不用。哲宗即位,禹玉为山陵使,辟处厚掌笺表。禹玉薨,持正代为山陵使,首罢处厚。山陵毕事,处厚言尝到局,乞用众例迁官,不许,出知通利军。后以贾种民知汉阳军,种民言母老不习南方水土,诏与处厚两易其任。处厚诣政事堂言:"通利军人使路已借紫矣,改汉阳则夺之一等作郡。请仍旧。"持正笑曰:"君能作真知州,安用假紫邪!"处厚积怒而去。其后,持正罢相守陈,又移安州。有静江指挥卒当出戍汉阳,持正以无兵,留不遣,处厚移文督之。持正寓书荆南帅唐义问固留之,义问令无出戍。处厚大怒曰:"汝昔居庙堂,固能害我,今贬斥同作郡耳,尚敢尔耶!"会汉阳僚吏至安州者,持正问处厚近耗,吏诵处厚《秋兴亭》近诗云:"云共去时天杳杳,雁连来处水茫茫。"持正笑曰:"犹乱道如此!"吏归以告处厚,处厚曰:"我文章蔡确乃敢讥笑耶!"未几,安州举子吴扩自汉江贩米至汉阳,而郡遣县令陈当至汉口和籴,吴袖刺谒当,规欲免籴,且言近离乡里时,蔡丞相作《车盖亭》十诗,舟中有本,续以写呈,既归舟,以诗送之。当方盘量,不暇读,姑置怀袖。处厚晚置酒秋兴亭,遣介亟召当,当自汉口驰往,既解带,处厚问怀中何书,当曰:"适一安州举人遗蔡丞相近诗也。"处厚亟请取读,篇篇称善而已,盖已贮于心矣。明日,于公宇冬青堂笺注上之。后两日,其子柔嘉登第,授太原府司户,至侍下,处厚迎谓曰:"我二十年深仇,今报之矣!"柔嘉问知其详,泣曰:"此非人所为。大人平生学业如此,今何为此?将何以立于世?柔嘉为大人子,亦无容迹于天地之间矣。"处厚悔悟,遣数健步,剩给缗钱追之。驰至进邸,云邸吏方往阁门投文书,适校俄顷时尔。先子久居安陆,皆亲见之。又伯父太中公与持正有连,闻处厚事之详。世谓处厚首兴告讦之风,为搢绅复雠祸首,几数十年,因备叙之。先人手记。

6 秦会之暮年作示孙文云:"曾南丰辟陈无己邢和叔为《英宗皇帝实录》检讨官。初呈稿,无己便蒙许可,至邢乃遭横笔，又微声数称乱道。邢尚气，跽以请曰：'愿善诱。'南丰笑曰：'措辞自有律令。一不当，即是乱道。请公读，试为公檃括。'邢疾读，至有百余字，南丰曰：'少止。'涉笔书数句。邢复读，南丰应口以书，略不经意。既毕，授归就编。归阅数十过，终不能有所增损，始大服。自尔识关楗，以文章轩轾诸公间。"以上秦语。其首略云："文之始出，秦方气焰熏天，士大夫争先快睹而传之，今犹有印行者存焉。是时，明清考国史及前辈所记，即尝与苏仁仲训直父子言之矣。案：曾南丰元丰五年受诏修《五朝史》，为中丞徐禧所沮寝命，继丁忧而终，盖未尝濡毫，初亦不曾修《英宗实录》也。陈无己元祐三年始以东坡先生、傅钦之、李邦直、孙同老荐于朝，自布衣起为徐州教授，距南丰之没后十年始仕，亦未始预编摩也。邢和叔元丰间虽为崇文馆校书郎，不兼史局。《英宗实录》，熙宁元年曾宣靖提举，王荆公时已入翰林，请自为之，兼《实录》修撰，不置官属，成书三十卷，出于一手。东坡先生尝语刘壮舆义仲云："此书词简而事备，文古而意明，为国朝诸史之冠。"不知秦何所据而云。义仲，道原子也。

挥麈第三录卷之二

7　元祐中,舒州有李亮工者,以文鸣荐绅间,与苏、黄游,两集中有与其唱和。而李伯时以善丹青,妙绝冠世,且好古博雅,多收三代以来鼎彝之类,为《考古图》。又有李元中,字画之工追踪钟、王。时号"龙眠三李"。同年登进士第,出处相若。纳以先贵毋相忘,其后位俱不显。

8　先大父大观初从郎曹得守九江,自乡里汝阴之官。有同年生宋景瞻者,姑溪人,其子惠直,为德化县主簿,迎侍其父以来。先祖爱其清修好学,甚前席之,教以习宏词科,日与出题,以其所作来呈,不复责以吏事。会王彦昭涣之出帅长沙,令作乐语,以燕犒之。时有王积中者,知名士也,以特起为金书节度判官,且俾预席。其稿不存,但记忆三联云:"少年射策,有贾太傅之文章;落笔惊人,继沈中丞之翰墨。从来汝、颍之间,固多奇士;此去潇湘之地,遂逢故人。况有锦帐之郎官,来为东道;且邀红莲之幕客,共醉西园。"先祖读之大喜,以谓句句着题,荐之于时相何清源,即除书局。已而中词科,自此声名籍甚。惠直字子温,其子乃焜也,绍兴间鼎贵亦不复相闻。今又未知其子孙犹知之否?

9　九江有碑工李仲宁,刻字甚工,黄太史题其居曰"琢玉坊"。崇宁初,诏郡国刊元祐党籍姓名,太守呼仲宁使镌之。仲宁曰:"小人家旧贫窭,止因开苏内翰、黄学士词翰,遂至饱暖。今日以奸人为名,诚不忍下手。"守义之曰:"贤哉,士大夫之所不及也!"馈以酒而从其请。

　　10　宣和中,苏叔党游京师,寓居景德寺僧房,忽见快行家者同一小轿至,传旨宣召,亟令登车。叔党不知所以,然不敢拒。才入,则以物障其前,惟不设顶,上以小凉伞蔽之,二人肩之,其疾如飞,约行十余里,抵一修廊,内侍一人,自上而下引之,升一小殿中,上已先坐,披黄背子,顶青玉冠,宫女环侍,莫知其数。弗敢仰窥,始知为崇高莫大之居。时当六月,积冰如山,喷香若烟雾,寒不可忍,俯仰之间,不可名状。起居毕,上喻云:"闻卿是苏轼之子,善画窠石。适有素壁,欲烦一扫,非有它也。"叔党再拜承命,然后落笔,须臾而成。上起身纵观,赏叹再三,命宫人捧赐酹酒一钟,锡赉极渥。拜谢而下,复循廊间,登小舆而出,亦不知经从所历何地,但归来如梦复如痴也。胡元功云。

　　11　徽宗靖康初南幸,次京口,驻跸郡治,外祖曾空青以江南转运使来摄府事应办,忽宣至行宫,上引至深邃之所,问劳勤渥,命乔贵妃者出焉。上回顾语乔曰:"汝在京师,每问曾三,此即是也。特令汝一识耳。"盖外祖少年日喜作长短句,多流入中禁,故尔。取七宝杯,令乔手擎满酌,并以杯赐之,外祖拜觊而出。明清少依外氏,宝杯犹及见之,今不知流落何所。

　　12　钱逊叔伯言,穆父之子,临政有风采。知宿州日,有虹县士民陈词举留邑宰。宰贪酷之声,逊叔先已闻之。至是众趋廷下,逊叔令吏卒举梃击出。左右言"似不须如此",逊叔笑云:"彼中打将来,此间打回去!"苏仁仲云。

　　13　曾文肃熙宁初为海州怀仁令。有监酒使臣张者,小女甫六七岁,甚为惠黠;文肃之室魏夫人怜之,教以诵诗书,颇通解。其后南北暌隔。绍圣初,文肃柄事枢时,张氏女已入禁中,虽无名位,以善笔札,掌命令之出入。忽与夫人相闻。夫人以夫贵,疏封瀛国,称寿禁庭,始相见叙旧。自后岁时遣问。夫人没,张作诗以哭云:"香散帘帏寂,尘生翰墨闲。空传三壶誉,无复内朝班。"从此绝迹矣。后四十年,靖康之变,张从昭慈圣献南渡,至钱唐。朱忠靖《笔录》所记昭慈遣其传导反正之议,张夫人者,即其人也。年八十余终。先娘子云。

14　刘季高岑未达时,詹安世度帅中山,以贫甚,携王履道书往谒之,既至彼馆,问劳甚至,酒食游戏,徵逐无虚日,而略无一语及他。时河北盗贼已充斥,留连逾月,季高兴怀归之念,因漫扣之。詹云:"足下之来何干,度岂不能晓?其敢苦相挽留耶?"少刻,便令差将兵二百,防护行李,以济大河,乃回。三日之间,馈饷稠叠,所得凡万缗云。姚令则云。

15　靖康丙午,真戎乱华。次岁之春,京城不守,恣其号舞,妄有易置。时秦会之为御史中丞,陈议状云:"桧切缘自父祖以来,七世事宋,身为禁从,职当台谏,荷国厚恩,甚愧无报。今大金重拥甲兵,临已拔之城,操生杀之柄,威制官吏军民等,必欲灭宋易姓。桧忘身尽死,以辩非理,非特忠其主也。欲明圣朝之利害尔。赵氏自祖宗以至嗣君,一百七十余年,功德基业,比隆汉、唐,实异两晋。顷缘奸臣叛盟,结怨邻国,谋臣失计,误主丧师,遂致生灵被祸,京都失守。嗣君皇帝致躬出郊坰,求和于军前。两元帅并议,已布闻于中外矣。且空竭帑藏居民之所积,追取銮舆服御之所用,割两河之地,共为臣子。今乃变异前议,自败斯盟,致二主衔怨,庙社将倾,为臣之义,安得忍死而不论哉!自宋之于中国,号令一统,绵地数万里,覆载之内,疆场为大,子孙蕃衍,充牣四海。德泽在民,百姓安业,前古未有。兴亡之命,虽在天有数,焉可以一城而诀废立

哉！新室篡夺，东汉中兴于白水；东汉绝于曹氏，刘备王蜀；唐
为朱温窃取，李克用父子犹推其世序而继之。盖继志之德泽，
在人者浅深。根基坚固，虽陵迟之甚，然四海英雄，必畏天之
威，而不敢窥其位。古所谓'基广则难倾，根深则难拔'之谓
也。西晋武帝，因宣、景之权，以窥魏之神器，德泽在人者浅，
加以惠帝昏乱，五王争柄，自相残戮，故刘渊、石勒以据中原，
犹赖王导、温峤辈辅翼元皇，江左之任，逾于西京。石勒欺天
罔上，交结外邦，以篡其主。晋于天下也，得之以契丹。少主
失德，任用非人，而忘大恩，曾无德泽，下及黎庶，特以中国藩
篱之地，以赡戎人天下，其何思之哉！此契丹所以能灭晋也。
宋之有天下，九世宥德，比隆汉、唐，实异两晋。切观今日计议
之士，多前日大辽亡国之臣。画策定计，所以必灭宋者，非忠
于大金也，假灭大宋以报其怨尔。曾不知灭大辽者，大金、大
宋共为之也。大宋既灭，大金得不防闲其人乎？顷者上皇误
听奸臣李良嗣父兄之怨，灭契丹盟好之国，乃有今日之难。然
则因人之怨以灭人之国者，其祸不可胜言。缪为计者必又曰：
'灭宋之国，在绝两河怀旧之恩，除邻国复仇之志而已。'又曰：
'大金兵威，无敌天下。中国之民，可指挥而定。'若大金果能
灭宋，两河怀旧之恩，亦不能忘；果不能灭宋，徒使宋人之宗属
贤德之士，唱义天下，竭国力以北向，则两河之民虽异日抚定
之后，亦将去大金而归宋矣。且天生南北之国，方域志异也。
晋为契丹所灭，周世宗复定三关，是为晋祚报恨。然则今日之
灭赵氏，岂必赵氏然后复仇哉！虽中原英雄，亦将复报中国之
恨矣！桧今竭肝胆，捐躯命，为元帅言废立之义，以明两朝之
利害，伏望元帅不恤群议，深思国计，以辩之于朝。若或有谗
佞之言，以矜己功能，伤敌国之义，适贻患于异日矣。又况祸

莫大于灭人之国。昔秦灭六国,而六国灭之;符坚灭燕,而燕
灭之。顷童贯、蔡攸贪土地以奉主欲,营私而忘国计,屯兵境
上,欲灭大辽,以取燕、云之地。方是时也,契丹之使,交驰接
境,祈请于前。为贯、攸之计,宜伪许而从其请,乃欲邀功以兼
人之地,遂贻患于主,而宗庙危。今虽焚尸戮族,又何益哉!
今元帅威震中原,功高在昔,乃欲用雠间之论,矜一己之功,其
于国计,亦云失矣。贯、攸之为,可不鉴哉!自古兵之强者,固
有不足恃。刘聪、石勒,威足以制愍、怀,而衄于李矩数千之
众。符坚以百万之师,衄于淝水之孤旅。是兵强而不足恃也。
大金自去岁问罪中国,入境征伐,已逾岁矣。然所攻必克者,
无他,以大金久习兵革,中国承平百年,士卒弛练,将佐不得其
人而然也。且英雄世不乏材,使士卒异日精练,若唐藩镇之
兵;将相得人,若唐肃、代之臣,大金之于中国,能必其胜负哉?
且世之兴亡,必以有德代无德,以有道而易无道,然后皇天佑
之,四海归之。若张邦昌者,在上皇时专事燕游,不务规谏,附
会权幸之臣,共为蠹国之政。今日社稷倾危,生民涂炭,虽非
一人所致,亦邦昌之力也。天下之人方疾之若仇雠,若付以土
地,使主人民,四方英豪,必共起而诛之,非特不足以代宋,亦
不足以为大金之屏翰矣。大金必欲灭宋而立邦昌者,则京师
之民可服,而天下之民不可服;京师之宗子可灭,而天下之宗
子不可灭。桧不顾斧钺之诛,戮族之患,为元帅言两朝之利
害,伏望元帅稽考古今,深鉴斯言,复君之位,以安四方之民,
非特大宋蒙福,实大金万世之利。不胜皇恐恳告之至。"第二
状云:"桧已具状申大元帅府。外有不尽之意,不敢自隐,今更
忍死沥血,上干台听。伏念前主皇帝违犯盟约,既已屈服,而
今日存亡继绝,惟在元帅;不然,则有监国皇太子,自前主恭命

出郊以来,镇抚居民,上下帖然,或许就立,以从民望。若不容桧等伸臣子之情,则望赐矜念,赵氏祖宗并无失德,内外亲贤皆可择立;若必择异姓,天下之人必不服从,四方英雄必致云扰,生灵涂炭,卒未得苏。桧等自知此言罪在不赦,然念有宋自祖宗以来,德泽在人,于今九世,天下之人,虽匹夫匹妇,未忍忘之,又况桧等世食君禄! 方今主辱臣忧之时,上为宗社,下为生灵,苟有可言,不敢逃死。伏望台慈更赐矜察,无任哀恳痛切皇恐陨越之至。"此书得之于丹阳苏著廷藻,云:"顷为秦之孙埙客,因传其本。"词意忠厚,文亦甚奇。使会之诚有此,而无绍兴再相,擅国罔上,专杀尚威,则谓非贤可乎? 昔人有诗云:"周公恐惧流言后,王莽谦恭未篡时。若使当时身便死,一生真伪有谁知?"

16　靖康末,房骑渡河,直抵京城,危蹙之甚。钦宗命王幼安襄为西道总管,招集勤王之师,以为救援。幼安辟先人为勾当公事,先人为草檄文,晁四丈以道读之,激赏不已,云:"此《出师表》也。"今录于后:"叛服者,夷狄之常性,势有污隆;忠义者,臣子之大方,道无今古。矧黄屋有阽危之虑,而赤县无援助之师。念圣神施德于九朝,方黎庶痛心于四海。敢缘尺牍,尽露肺肝。在昔高帝被围于平城,文皇求盟于渭水,将相失色,智勇吞声。盖自竹帛已来,有斯妖孽之类,致鬼区兽夷之肆暴,岂人谋神理之能容? 蠢彼小羌,尤为遗烬。声教仅通于上国,名号不齿于四夷。缘威怀之并施,乃信义之俱弃。圣上天临万宇,子育群生,宵忧兼夷夏之心,夕惕绍祖宗之业。宣恩屈己,犹负固以跳梁;继好息民,更执迷而猖蹶。始鸱张于沙漠,再豕突于帝畿。既边围之弛防,又庙堂之失策。窦窳旁吞于黑水,挽抢直拂于紫躔。睥睨望万雉之墉,蹂践连千里之境。鲸鲵我郡邑,鱼鳖我人民。氛祲烟尘,共起焰天之势;衣冠士庶,咸罹涂地之冤。赤子何辜,苍天不吊。寇攘驱掠,不可数知;焚荡伤夷,动以万计。然而天惟助顺,神必害盈。终无摩垒之兵,仅保傅城之众。能接岁而再至,既经时而何施。今则脊尾俱摇,腹背受敌。旧地皆失,内溃有强邻之侵;众心自离,外隳无诸国之助。咸闻气夺,尚敢尸居。匪惟难犯于金汤,固已自迷于巢穴。鼠无牙而穿屋,情状可知;羊羸角以触藩,进退不果。尚假息游魂于城下,已叩阍请命于军中。而况六师用壮以方张,诸将不谋而问会。熊罴之旅,则带甲百万;骎骎之足,则有骒三千。人知逆顺,而四面声驰;士识恩雠,而万方响动。务施远略,必解长围。速劳貔虎之师,尽扫犬羊之众。啸聚之党,将就戮除;噍类之徒,寻当殄灭。涓时并进,旨日克平。义动昊幽,包胥泣秦庭之血;诚开金石,霁云射浮图之砖。盍思古人,谓誓死起救于将颠;勿令后日,讥拥兵坐观而不赴。某恭被睿筹,外总戎昭。筹笔非良,敢效流马之运;轮蹄并进,尽提水犀之军。戈矛相望于道涂,舳舻衔尾于淮海。已浮楚泽,前压师滨。誓资卫社之同盟,共济勤王之盛举。望龙虎之气行,瞻咫尺之天听。乌乌之声益劳,方寸之地□□。同扶王室,各奉天威。誓为唇齿之依,期壮辅车之势! 共惟某官,诚深体国,义切爱君。忠孝贯于神明,威名慑于夷虏。决策定难,素高平日之谋;拯溺救焚,岂有淹时之久。雪宗祧之大愤,拯黎庶之横流。势方万全,士在一举。九金鼎就,难逃魑魅之形;万里尘清,永肃乾坤之照。乘彼瓜分之后,在我鼓行而清。霣涕而言,至诚斯尽。"

　　17　"窃惟国家道德仁义,蓄养天下,自一命以上,随其器宇,各沾恩泽。祖宗以来,平时奖待群臣之恩至厚者,盖虑一且缓急之间，贵其尽节死职，以忠报朝廷。伏见顷者虏兵所加，靡然风偃，知名之士几无而仅有。于乱离中阴访得三人焉，若不论之朝廷，实虑忠臣义士，衔冤负愤，无以自明。太原总管王禀，当虏人作难之时，在围城中奋忠仗义，不顾一身一家之休戚。遇一两日，辄领轻骑出城，马上运大刀，径造虏营中，左右转战，得虏级百十，方徐引归，率以为常。宣抚使张孝纯视城之危，一日会监司食，谋欲降虏。禀知之，率所将刀手五百人谒孝纯，列刀于前，起论曰：‘汝等欲官否？’众曰：‘然。’禀曰：‘为朝廷立功，则官可得。’又曰：‘汝等欲赏否？’众曰：‘然。’禀曰：‘为朝廷御敌，则赏可致。’且曰：‘汝等既欲官，又欲赏，宜宣力尽心，以忠卫国。借如汝等辈流中有言降者，当如何？’群卒举刀：‘愿以此戮之！’又曰：‘如禀言降，当如何？’卒曰：‘亦乞此戮之！’又曰：‘宣抚与众监司言降，当如何？’卒曰：‘亦乞此戮之！’孝纯自后绝口不复敢言降事，而城中兵权尽在禀矣。又于守城，过有堤备。虏人巧设机械，屡出奇计见攻；禀候其来，必以意麾解之。后围益急，民益困，仓库军储且尽，城中之人互相啖食，披甲之士致煮弓弩筋胶塞饥。势力既竭，外援不至。城既陷，父子背负太宗皇帝御容，赴火而死。又有晋宁知军徐徽言，虏骑攻城，极力保护，绵历时月，婴城之人，疲于守御。虏骑既登城，军士散走，徽言奋臂疾呼，独用弓矢斧钺尽杀先登者。众见知军如此，气乃复振，虏亦稍却。后为监门官宣赞舍人石赟开门，纵敌已入，知不可奈何，遂置妻妾儿女于空室中，积薪自焚。且仗剑坐厅事前，虏人至者，皆手刃之。须臾积尸多，虏众群至，遂为所擒。酋长赏其英毅，深欲活之。使降，徽言不降；使之跪，徽言不跪；与酒令饮，既授酒，以杯掷虏面，曰：‘我尚饮虏贼酒乎？’谩骂不已。

虏怒,持刃刺,徽言祖祒就刃;刃未及死,骂声不绝。又有真定帅臣李邈,城破被虏,复令作帅,邈曰:'坐邈不才,使一城生灵陷于涂炭,纵邈无耻,复受官爵,有何面见朝廷及一城父老乎!'卒不肯受。寻之燕山,虏亦欲保全之,而邈意略不少屈,又不肯去顶发;虏人责之,邈髡而为僧,谓曰:'更以二分润官。'虏大怒,牵赴市,令斩。将刑,神色不变,言笑如平时,告刑者曰:'愿容我辞南朝皇帝以死。'拜讫,南向端坐就戮。燕山之民皆为之流涕。此三者,盖人杰也。惜不逢时,使不得成功于世。然当是之时,怙乱要生,靡所不有,而禀辈风节如此,质之古人,诚未多得。虑朝廷未能究之,使忠义之士与庸人共就湮没,实可悯悼。伏望矜恤,将禀等忠烈,宠之爵命,葬之衮服,建祠以图其像,载事实以刊之碑。仍乞访寻子孙,重加旌异。且令札付史官,以奖忠孝,少厉偷俗之弊。"右此纸顷岁得之故人荣茝次新几间,虽失所著人姓氏,嘉其用心忠愤激切,故用录之。因而夷考三人行事:禀,开封人,追封安化郡王,锡赉甚腆,擢其子为枢密院属官。曾丞相怀,即其婿也。徽言,衢州人,赠晋州观察使,谥忠壮,程致道为作志铭。邈,临江军人,名儒中之子,曾南丰之甥,进士及第,累为监司;与蔡元长不叶,换右阶,以青州观察使死节,赠少保,谥忠壮,有道处士迥之兄也。

18 建炎己酉,苗傅、刘正彦反,吕、张二公檄诸州之兵以勤王。檄至雪川,郡守梁端会寓客谋之。外祖曾公卷在坐。众未及言,公奋然曰:"逆顺明甚,出师无可疑者!"间数日,二凶取兵,公请械系使人,毋令还。当是时,微公几殆。高宗反正,中司张全真守白发其忠,诏进职二等赴阙。全真《奏议集》中载其荐牍,亦已刊行,故不复录。

19　外祖跋董令升家所藏真草书《千文》,略云:"崇宁初,在零陵见黄九丈鲁直云:'元祐中,东坡先生、钱四丈穆父饭京师宝梵僧舍,因作草书数纸,东坡赏之不已。穆父无一言,问其所以,但云"恐公未见藏真真迹尔"。庭坚心切不平。绍圣,贬黔中,始得藏真自叙于石扬休家,谛观数日,恍然自得,落笔便觉超异。回视前日所作可笑,然后知穆父之言不诬也。'"

20　钱义妻德国夫人,李氏和文之孙女,早岁人物姝丽。建炎初,侍其姑秦鲁大主避虏入淮,次真州而为巨寇张遇冲劫,骨肉散走。度大江,抵句容境上,复为贼之溃党十余人所略,同时被虏侪类六七辈,姿色皆胜。驱之人村落阒无人迹之境,悉置一古庙中。每至未晓,则群盗皆出,扃镝甚固。至深夜乃归,必携金缯酒肉而来,盖椎埋得之。逾旬,无计可脱。一日午间,忽闻庙外有嗽咳之音,诸妇出隙中窥之,一男子坐于石上。即呼来,隔扉与之语。男子云:"我荷担于此,所谓货囊者。"妇各以实告,且祈哀以求生路,许以厚图报谢。其人复云:"此距巡检司才十余里,吾当亟往告之,以营救若等。今夕必济,幸无怖也,何用报乎。"至夜,盗归,醉饱而寝。忽闻锣声甚振,乃巡检者领兵至矣;尽获贼徒,无一人脱者。询妇辈,各言门阀,皆名族贵家,于是遣人以礼津送其归。夫人后享富贵者数十年。顷岁,其子隽道端英奉版舆过天台,夫人已老,亲为明清言之。

21　向伯恭为淮南漕,张邦昌僭窃于京师,遣向之甥刘逵赍伪诏来,伯恭不启封焚之,械系逵于狱,遣官奉表劝进高宗于河北,其后以此柬上之知,至位法从,挂冠而去,宠遇极渥,世所共知,而胡仁仲宏作其行状,亦尝及焉。时又有徐端益,字彦思,婺州人也。为宿州虹县武尉,邦昌赦书至邑,邑令以下,迎拜宣读如常仪,端益不屈膝而走。事定,伯恭为言于朝,诏换文资,后终于朝请大夫,子亦登科。彦思博学多闻,与先人游从,所厚者也。先人尝以诗著其节谊。淳熙戊申冬,_{明清}调官于临安,解后其次子于相府,方识之。以其父前绩,祈造化于周益公,坐客莫有知者。于立谈间,乃指_{明清}为引证旧闻,益公将上,得旨令与属官差遣。

22　赵叔近者,宗室子。登进士第,有材略。建炎初,为两浙提刑,统兵平钱塘之乱,擢直龙图阁。时大驾驻维扬,以选抡守秀州,治绩甚著。或有言其贪污者,免所居官,拘系于郡。遣朱芾代其任。芾到官未久,颇肆残酷,军民怨愤。有茶酒小卒徐明者,帅其众囚芾,迎叔近复领州事。叔近知事不可遏,登厅呼卒徒,安慰而告之曰:"新守暴虐,不恤致汝辈,所以为此。我当为汝等守印,请于朝,别差慈祥恺悌之人来拊此一方。"群卒俯伏,不敢猖獗。奏牍未及彻阃,而朝廷已闻,诏遣大军往讨之矣。先是,王渊在京为小官,时狎露台娼周者稔甚,乱后为叔近所得,携归家。渊每对人切齿。是时,适渊为御营司都统制,张、韩俱为渊部曲。渊命张提师以往。张素以父事渊,拜辞于廷,渊云:"赵叔近在彼。"张默解其指。将次秀境,叔近乘凉舆,以太守之仪郊迎于郡北沈氏园,张即叱令供析。方下笔,而群刀悉前,断其右臂。叔近号呼曰:"我宗室也!"众云:"汝既从逆,何云宗室!"已折首于地。秀卒见叔近被杀,始忿怒返戈,婴城以距敌。纵火欧略,一郡之内,喋血荼毒。翌日破关,诛其首恶。虽曰平定,然其扰尤甚。凯旋行阙,第功行赏焉。张于乱兵中获周娼以献于渊。渊劳之曰:"处置甚当。但此妇人,吾岂宜纳。君当自取之。"张云:"父既不取,某焉敢耶?"时韩在旁,渊顾曰:"汝留之,无嫌也。"韩再拜而受之。既归,韩甚以宠嬖,为韩生子。韩既贵盛,周遂享国封之荣。朝廷后知叔近之死于不幸,诏特赠集英殿修撰。制词云:"士有以权济事,当时赖之。未几奸人图之,于今公议归之。此朕所深悼者也,可无愍典,以光泉壤哉! 尔属籍之英,吏能优裕。昨者嘉禾适所临典,旁近部狂寇三发,悉赖尔以定,一方帖然。而适与祸会,可谓真不幸矣。御史以冤状闻,朕用怜伤,追荣论撰,式表忠勤。尚或有知,歆此休命。"官其二子。邹浩然云。

挥麈第三录卷之三

23 刘廷者,开封人,向氏甥,颇知书。少年不检,无家可归,从张怀素左道于真州。一日,怀素语廷云:"吾尝遣范信中往说诸迁客于湖、广间,久之不至。闻从京口入都矣,岂非用心不善乎?子其往京师侦探之。"廷俶装西上,道中小缓而进,比次国门,则见怀素与其党数人皆锁颈累累而过,防护甚严。廷皇怖,休于旅邸。又数日,变易名姓,买舟南下,有二白衣隶辈与之共载。既相款洽,忽自云:"我开封府捉事使臣也。君识一刘廷秀才否?近以通谋为逆,事露,官遣我捕之。君其为我物色焉。"廷略不露其踪迹,次临淮岸分背。自此遁迹江、淮间。建炎初,思陵中兴应天,乃更名海,上书自奋应募,愿使虏廷,召对称旨,自韦布授京秩,直秘阁,借侍从以行。将命有指,擢直显谟阁,守楚州。制词云:"昨将使指之光华,备历征途之崄岨。命分忧于凋郡,并进直于清班。"己酉岁,金寇渡淮,海走奔钱塘,时大驾已幸四明,杭守康志升允之委城而遁,军民乃共推海领郡。适虏寨于郊外,海登钱塘门楼,遣人下与计事。有唱言海欲以城献贼者,为众所杀。时有黄大本者,江湖浪人也。靖康初,蔡绦效丁晋公赂海商遣表之计,使大本持书于吴元中云:"自谓不出蔡氏,可乎心应知之。"盖谓其父畴昔有保护东宫之功。果为开封府所获,上之。元中坐此免相,然元长竟得弗诛。大本己酉岁亦以上书补京官,假朝奉大夫直秘阁奉使北方,既归,为池州贵池县丞。坐赃,赵元振秉钧,恨其前日与蔡氏为地,使元长得逃于戮,遂正刑典。又有朱弁,字少张,徽州人,学文颇工。早岁漂泊,游京、洛间。晁以道为学官于朝,一见喜之,归以从女。弁以启谢之云:"事大夫之贤者,以其兄子妻之。"又以李虚中之术,较量休咎,游公卿间。六飞在维扬,有荐之者,授修武郎阁门宣赞舍人,副王正道伦出疆,被拘在朔庭,因正道之归,赍表于上云:"节上之旄尽落,口中之舌徒存。叹马角之未生,魂飞雪窖;攀龙髯而莫逮,泪洒冰天。"上览之感怆,厚恤其家。留匈奴凡十九岁,绍兴壬戌,始与洪光弼、张才彦俱南归,易宣教郎,直秘阁,主管佑神观以终,旅殡于临安。近朱元晦以其族人为作行状,而尤先生延之作志铭,迁葬于西湖之上。有《聘游集》三十卷;《曲洧纪闻》一书,事多出于晁氏之言,世颇传之;及与洪、张为《辎轩唱和集》。去岁,朝廷录其孙为文学云。

24　明清顷有沈必先《日记》,言奏事殿中,高宗云:"近有人自东京逃归,闻张九成见为刘豫用事,可怪!"必先奏云:"张九成在其乡里临安府盐官县寄居,去行阙无百里而远。两日前方有文字来。乞将磨勘一官回授父改绯章服。幸陛下裁之。"上云:"如此,则所传妄矣。可笑。不若便与一差遣召来。"盖子韶廷试策流播伪齐,人悉讽诵,故传疑焉。翌日,降旨除秘书郎。

25　吕元直秉钧既久,又侍上泛海。回越益肆其功,自任威福。赵元镇为中司,上疏力排之。元直移元镇为翰林学士。元镇引司马温公故事,以不习骈俪之文,不肯就职,且辞且攻之。章至十数上,元直竟从策免,以优礼而去。元镇径除签书枢密院事,时建炎四年四月也。

26　许志仁,龙舒之秀士,能诗善谑,早为李伯纪之门宾。

伯纪捐馆,诸子延缁徒为佛事,群僧请忏悔之词于许,乃取汪彦章昔所行谪词中数语以授之。僧徒高唱云:"朋邪罔上罪消灭,欺世盗名罪消灭",如此者不一。诸子愤怒,询其所繇,知出于志仁,诟责而逐之。李元度云。

27　绍兴初,梁仲谟汝嘉尹临安。五鼓,往待漏院,从官皆在焉。有据胡床而假寐者,旁观笑之。又一人云:"近见一交椅,样甚佳,颇便于此。"仲谟请之,其说云:"用木为荷叶,且以一柄插于靠背之后,可以仰首而寝。"仲谟云:"当试为诸公制之。"又明日入朝,则凡在坐客各一张易其旧者矣。其上所合施之物悉备焉,莫不叹伏而谢之。今达宦者皆用之,盖始于此。

28　外祖曾空青任知信州日,尝辩宣仁圣烈诬谤,以进于高宗皇帝,首尾甚详。今备录之:"切伏惟念宣仁圣烈皇后遭无根之谤四十余年,陛下践祚之初,首降德音,昭示四方,明文母保祐之功,诛奸臣贪天之慝,赫然威断,风动天下,薄海内外,鼓舞欢呼。小臣么微,尝冒万死,于建炎元年八月内备录先芚遗记,扣阍以陈。盖自绍圣以来,大臣报复元祐私怨,造为滔天之谤,上及宣仁。先臣某方位枢筦,论议为多。臣于家庭之间,固已与闻其略,而先臣亲书记录,尤为详尽。其后蔡渭缴文及甫等伪造之书,附会废立之谤。当时用事之臣,至以谓神考非宣仁所生,以实倾摇废立之迹,欲以激怒哲宗。赖哲宗皇帝天姿仁孝,洞照谬妄,而又先臣每事极论,痛伐贼谋,故于宣仁终不能遂其奸计。是时,蔡京撰造仁宗欲以庶人之礼改葬章献,意在施之宣仁。先臣所陈,乃以谓天命何可移易,宣仁必无此心,乞宣谕三省,于诏命之中,推明太母德意。时哲宗圣谕云:'宣仁乃妇人之尧舜。'又蔡京以谓:'不诛楚邸,

则天下根本未正。'先臣所陈,乃以谓:'就令楚邸有谋,亦当涵
容阔略,岂唯伤先帝笃爱兄弟之恩,亦恐形迹宣仁,上累圣
德'。时哲宗又有'他必不知'之语。虽追贬王珪,力不能回,
而于珪责词中,犹用先臣之言增四句云:'昭考与子之意,素已
著明;太母爱孙之慈,初无间隙。'哲宗至再三称善。元符之
末,太上皇帝践祚,钦圣献肃垂帘之初,先臣又尝陈三省言元
祐废立之事,钦圣云:'冤他。娘娘岂有此意?'又云:'无此
事。'又云:'当时不闻。谁敢说及此事?'盖钦圣受遗神宗,同
定大策,禁中论议,无不与闻。叹息惊嗟,形于圣语,诬罔之
状,明白可知。逮崇宁之后,蔡京用事,首逐先臣,极力倾挤,
真之死地。一时忠良,相继贬窜。方遂其指鹿为马之计,岂复
以投鼠忌器为嫌。颠倒是非,甘心快意。至与蔡懋等撰造宫
禁语言事迹,加诬钦圣,欺罔上皇,以诳惑众听。国史所载,臣
虽不得而见,然以绍圣不得伸之奸谋,施于崇宁。擅权自肆之
后,其变乱是非,巧肆诬诋,亦不待言而后知也。然彼不知者,
公论所在,判若黑白,于陛下圣德亦已久矣。又况二圣玉音如
在,先臣记录甚详。乃欲以一二奸人之言,欺天罔地,成其私
意。今日之败,必至之理也。本末事实,尽载先臣《三朝正
论》,伏望圣慈万机之暇,特赐省览,付之外廷,宣之史官,播告
中外,使天下后世晓然皆知哲宗仁孝之德,初无疑似;钦圣叹
息之语,深切著明。而四十余年间,止缘二三奸臣贼子,兴讹
造讪,以报帝帏之怨;贪天之力,以掩巍巍之功。使宣仁圣烈
皇后保佑大德,返遭诬蔑。今者考正是非,诛锄谤讟阴霾蔽蚀
之际,然后赫然日月之光,旁烛四海,焜耀万世,与天地合德于
无穷也。先臣不昧,亦鼓舞于九泉之下矣。"此绍兴三年五月
也。《三朝正论》,士大夫家往往有之。

29　绍兴庚申岁，明清侍亲居山阴，方总角，有学者张尧叟唐老，自九江来从先人。适闻岳侯父子伏诛，尧叟云："仆去岁在羡庐，正睹岳侯葬母，仪卫甚盛，观者填塞，山间如市。解后一僧，为仆言：'岳葬地虽佳，但与王枢密之先茔坐向既同，龙虎无异。掩圹之后，子孙须有非命者。然经数十年，再当昌盛。子其识之。'今乃果然，未知它日如何耳。"王枢密乃襄敏，本江州人，葬其母于乡里，有十子。辅道既罹横逆，而有名字者，为开封幕，过桥堕马死；名端者，待漏禁门，檐瓴冰柱折坠，穿顶而没。后数十年，辅道之子炎弼、彦融，以勋德之裔，朝廷录用以官，把麾持节，升直内阁。炎弼二子，万全、万枢，今皆正郎。而诸位登进士第者接踵。岳非辜之后，凡三十年，涤洗冤诬，诸子若孙，骤从缧绁进躐清华。昔日之言，犹在耳也。

30　绍兴癸亥，和议初成，有南雄太守黄达如者，考满还朝。献言请尽诛前此异议之士，庶几以杜后患。秦会之喜之，荐为监察御史。方数日，广东部使者韩球按其赃污巨万，奏牍既上，虽秦亦不能掩，仅止罢绌，人亦快之。

31　洪景伯兄弟应博学宏词，以《克敌弓铭》为题，洪惘然不知所出。有巡铺老卒，睹于案间，以问洪云："官人欲知之否？"洪笑曰："非而所知。"卒曰："不然。我本韩世忠太尉之部曲，从军日，目见有人以神臂弓旧样献于太尉，太尉令如其制度制以进御，赐名克敌。"并以岁月告之。洪尽用其语，首云"绍兴戊午五月大将"云云。主文大以惊喜，是岁遂中科目，若有神助焉。此盖熙宁中西人李宏中创造，因内侍张若水献于裕陵者也。李平叔云。

32　郑亨仲刚中为川、陕宣抚，节制诸将，极为尊严。吴璘而下，每人谒，必先阶墀，然后升厅就坐。忽璘除少保，来谢,语主阍吏,乞讲钧敌之礼。吏以为白亨仲,亨仲云:"少保官虽高,犹都统制耳。倘变常礼,是废军容。少保若欲反,则取吾头可矣。阶墀之仪,不可易也。"璘皇恐听命,人皆龇之。

33　政和末,秦会之自金陵往参成均。行次当涂境上,值大雨,水冲桥断,不能前进。虚中居民,开短窗延一士子,教其子弟。士子于书室窗中窥见秦徒步执盖立风雨中,淋漓凄然,甚怜之,呼入,令小憩。至晚雨不止,白其主人,推食挽留而共榻。翌日晴霁,送之登途。秦大以感激。秦既自叙其详,复询士之姓名,云曹筠庭坚也。秦登第,即宦显,绝不相闻。久之,曹建炎初以太学生随大驾南幸至维扬,免省策名,后为台州知录,老不任事,太守张俣对移为黄岩主簿,无憀之甚。时秦专权久矣。曹一夕偶省悟其前此一饭之恩,因谋诸妇。妇吴越钱族,晚事曹,颇解事,谓曰:"审尔何不漫诉之。"筠因便介,姑作诗以致祈恳,末句云:"浩浩秦淮千万顷,好将余浪到滩头。"其浅陋不工如此。秦一览,慨然兴念,以删定官召之。寻改官入台,遂进南床。高宗恶之,亲批逐出。秦犹以为集英殿修撰,知衢州。未几坤维阙帅,即擢次对,制阃全蜀。到官之后,弛废不治,遂致孝忠之变。秦竟庇护之,奉祠而归。秦没,始夺其职云。

34　方务德帅荆南,有寓客张黜者,乃魏公之族子,出其乃翁所记《建炎荆州遗事》一编示务德云:"孔彦舟领众十余万破荆南城。是时朝廷方经理北虏,未暇讨捕群盗。张单骑入城说谕彦舟,使之效顺朝廷,著名青史,勿置丹书,为天下笑。彦舟感悟,与部下谋,咸有纳款之意。张又语之云:'太尉须立劳效,庶为朝廷所信。四川宣抚,乃我之叔父也。目今去朝廷甚远,俟见太尉立功,当为引领头目人入川参宣抚,以求保奏推赏,如何?'彦舟云:'甚好。今有一项虏人往湖南劫掠,闻朝夕取道襄阳以归北界,待与拦截剿杀,以图报国。'张云:'此项虏寇,人数不多,又是归师,在今日无甚利害。鼎州一带,有贼徒钟相,众号四十万,乃国家腹心之疾。太尉傥能平此,朝廷必喜。将士以此取富贵,何患不济?'诸将皆喜,云:'此亦何难。'彦舟亦首肯,张遂促其出师,一战而胜,贼徒奔溃。张遂与彦舟具立功人姓名及归降文字,与彦舟心腹数人,俱入蜀谒魏公。行至夔州,又遇剧贼刘超者,拥数万众,欲往湖南劫掠。张又以说彦舟之言告之,且言太尉或肯相从,我当并往宣抚司言之。超亦听命,驻军于夔州,不为卤掠之计,以俟朝命。张行未及宣抚司数舍,遇族兄自魏公处来,问何干,且以两事告之。族兄者从而攫金。张答以此行止为朝廷宽顾忧,及救数路生灵之命,岂有闲钱相助? 其人不悦,径返往见魏公,先言以为张受三贼赂甚厚,其谋变诈不可信。魏公然之。张至宣抚司乞推赏孔彦舟部曲,以彦舟为主帅,且令屯驻荆南,使之弹压钟相余党,招抚襄、汉、荆、湖之人,复耕桑之业。魏公悉不从,姑令彦舟领部曲往黄州屯驻。大失望,徒党皆不乐黄州之行,以谓宣司不信其诚心,遂率众渡淮降虏。绍兴初,扬幺复啸聚钟相余党二十万,占洞庭湖,襄、汉、湖、湘之民,蹂践过半,至今州县荒残,不能复旧。刘超者,只驻军夔州。后遇刘季高自蜀被召趋朝,携降书入奏,朝廷大喜。季高之进用,繇此而得之。"以上悉张自叙云尔,不欲易之。

35　汤致远鹏举守婺州,与通判梁仲宽厚善。仲宽者,越人也,晚得一婢,甚怜宠之,一旦辞去,遂为天章寺长老德范者所有,纳之于方丈,梁邑邑以终。汤时帅长沙,有过客为汤言之,且悲且愤,识之胸中。明年,汤易帅浙东,入境即天章,甫

至寺中,急呼五百禽主僧,决而逐出,大以快意。然德范者与
婢一舸东去已逾月,被挞之髡,入院盖未久也。

　　36　陈师禹汝锡,处州人也,以才猷宣力于中兴之初。高
宗自四明还会稽,领帅浙东,当抢攘之后,安辑经理,美效甚
著。适秦会之自北方还朝,素怀眦睚,以它罪坐师禹,贬单州
团练副使,漳州安置。既行一程,次枫桥镇,客将朱礼者,晨起
鼓帅于众曰:"责降官在法不当差破。"送还人一喏而散。师禹
不免雇赁使令,以之贬所。时王昭祖扬英为帅属,在旁知状,
虽愤怒之,而莫能何也。后十八年,昭祖以吏部郎出为参谋
官,朱礼者已为大吏。适汤致远来为帅,汤素负嫉恶之名,开
藩未久,昭祖白其事于汤,令搜访其奸赃,黥窜象州,一郡翕
然。师禹孙,师点也。

　　37　吴械才老,舒州人,饱经史而能文。决科之后,浮湛
州县,晚始得丞太常。绍兴间,尚须次也。娶孟氏仁仲之妹,
贫往依焉。仁仲自建康易帅浙东,言者论谢上表中含讥刺,诏
令分析,仁仲辩数,以谓久弃笔研,实托人代作。孟虽放罪,寻
亦引闲。秦会之令物色,知假手于才老,台评遂上,罢其新任,
繇是废斥以终。有《毛诗叶韵》行于世。

　　38　汪明远澈任衡州教授,以母忧归。从吉后造朝,从秦
会之仍求旧阙,词甚恳到。秦问:"何苦欲此?"汪云:"彼中人
情既熟,且郡有两台,可以求知。"秦愈疑之,不与,乃以沅州教
授处之。既不遂意,而地偏且远,汪家素贫,称贷赴官,极为不
满。到郡,见井邑之荒凉,游从之寥落,尤以欝陶,心窃怒秦而
不敢言也。适万俟元忠与秦异议,自参政安置秭归,后徙沅
江。汪因谒之,投分甚欢。日夕往还,三载之间,益以胶固。
万俟还朝,继而大拜。首加荐引,力为之地。入朝七年间,遂

登政府。事不可料,有如此者。

39　郑恭老作肃甲戌岁自知吉州回,上殿陈札子云:"郡中每岁以黄河竹索钱输于公上。黄河久陷伪境,钱归何所?乞行蠲免。其他循袭似此等者,亦乞尽令除放。"高宗嘉纳,且喻秦丞相而称奖再三焉。秦大怒,讽部使者诬以为在任不法,兴大狱而绳治之。逮吏及门而秦殂,遂免。

40　绍兴己卯,陈莹中追谥忠肃,其子应之正同适为刑部侍郎,往谢政府。有以大魁为元枢者,忽问云:"先丈何事得罪秦师垣邪?"应之曰:"先人建中初为谏官,力言二蔡于未用事时,其后以此迁谪,流落无有宁日。"其人若醒悟状,曰:"此所以南度后便为参政也。"盖后误以为陈去非,然不知初又以为何人也。

41　李泰发之迁责海外也,欲寓书秦丞相,以祈内徙,而无人可遣。门人王彦恭遭罢雷守,闲居全州,泰发乃作秦书,托王为寻端便。王之邻居有李将领者,坐岳侯事编置于郡,与闾里通情,遭令其子司法者,从李将就雇一隶,遣往会稽,授书于泰发家。既至越,泰发子弟不敢以人入都,乃就令此介自往相府投之。既达于秦,忽令问:"李参政今在何所?"远人仓猝遽对云:"李参政见在全州,与王知府邻居。"盖误以李将为泰发也。且云:"有王法司与李参政亲以书付我令来。"盖错愕之际,又称司法为法司也。秦怒,于是送大理寺根勘,行下全州。体究"李光擅离贬所,如何辄敢存留在本州?"且追王遒并王法司赴狱。而全州适有法司人吏姓王者,亦与彦恭舍甚迩,俱就逮。后体究得泰发初未尝离昌化,但诬彦恭以前任过愆除名,勒停编管辰州。王法司者懵然不知,亦勒认赃罪杖脊。当时闻者无不笑而怜之。

42　汪明远为荆、襄宣谕使,逆亮遣刘萼领兵,号二十万,侵犯襄、汉间。荆、鄂诸军屡捷,俘虏人多金军,语我师云:"我辈皆被虏中金来。离家日父兄告戒云:'汝见南朝军马,切勿向前迎敌,但只投降。他日定放汝归,父兄再有相见之期。傥不从诲戒,必遭南军杀戮。'"有闻此语以告明远者,遂与幕僚谋之,建议尽根刷俘虏之人,借补以官,纵遣北归,欢跃而去。乾道改元,虏人再来侵犯,荆、鄂亦出师入北界,纵遣之人,有来为乡道者,诸将皆全璧而归。

43　逆亮篡位之后,偶因本朝遣使至其阙廷有畏詟者,遂有轻我之心,即谋大举金刷以北人为兵,欲以百万南攻,止得六十七万。以二十七万侵淮东,敌刘信叔;亮以四十万自随,由淮西来,与王权相遇,而王权之众不能当,在和州对垒。权尽遣渡船过南岸,与其众誓云:"国家养汝辈许时,政要今日以死上报。"众皆唯唯。两军坚壁不动。权以二三腹心自随,手执诸军旗号,戒谕诸将云:"不可妄动,且看虏军有阵脚不固不肃者,看吾举逐军旗号,先举动。"虏军数重之内,有紫伞往来传呼者,莫知其意。虏军先来犯阵,遇大雨,遂退,复驻军于旧寨,无一不肃。诸将遂语权云:"虏军如此,我军如何可战?"权云:"诸公不可说此语。今日正当报国之时,宜尽死于此,不可有一人异议!"诸将云:"太尉欲与诸军死此,却将甚军马与国家保守江面?"权悟其言,遂言:"当从诸人议,往南岸叫船渡军马还,与国家保江。却自往朝廷请罪。"又与诸将计算,军马渡江,有殿后者必为虏骑所追,合损折一军半人马,又要一将殿后。统制官时俊云:"愿为殿后,保全军马过江。"众服其勇。王琪是时为护圣马军统制,亦同行,云:"所部军马乃主上亲随,太尉不可失却他一人一骑。"遂令护圣马军先渡,诸军次第而济。虏骑果下马来追袭，时俊牌手当之，幸所失不致如算之数。诸军遂就采石，各上战舰，以备虏人。权为枢密行府押诣朝廷，窜于海外。逆亮筑台江岸，刑白马祭天，自执红旗，麾诸军渡江。行至中流，为采石战舰迎敌。时俊在舟中，令军士以寸札弩射，虏人赴水者多，尽皆退走。亮知江岸有备，遂全军过扬州。军士奏凯，未及登岸，虞丞相允文以参赞军事偶至采石，遂与王琪报捷于朝。虞自中书舍人除兵部尚书，自此遂柬眷知。琪除正任观察使。诸将在江中获捷者，亦皆次第而迁。水军统制盛新功多而获赏最轻，壹郁而死。建康、采石军士，至今怜之。次年春初，明清从外舅起帅合肥，道出采石，亲见将士言之。直书其语，不复润色以文云。

44　隆兴初，有胡昉者，大言夸诞，当国者以为天下奇才，力加荐引，命之以官。曾未数年，为两浙漕。一日，语坐客云："朝廷官爵是买吾曹之头颅，岂不可畏！"适闻人伯卿阜民在坐末，趋前云："也买脱空！"胡默然。

45　《前录》载汤进之封庆国公也，明清尝陈之，章圣之初封，汤始疑以为未然，于史馆检阅，然后章奏。其所上札子乃云："自天圣以来，未有敢以为封者。"然又不知宣和中王黼、白蒙亨皆尝受，而失于辞避，是不曾详于稽考也。

46　明清晚识遂初尤延之先生，一见倾盖，若平生欢，借举引重，恩谊非轻。公任文昌，一日忽问云："天临殿在于何时邪？"明清云："自昔以来，盖未有之。绍圣初，米元章为令畿邑之雍丘，游治下古寺，寺僧指方丈云：'顷章圣幸亳社，千乘万骑经从，尝偈宿于中。'元章即命彩饰建鸥，严其羽卫，自书榜之曰'天临殿'。时吕升卿为提点开封府县镇公事，以谓下邑不白朝廷，擅创殿立名，将按治之。蔡元长作内相，营救获免。

闻有自制殿赞,恨未见之。"尤即从袖间出文书,乃元章所书赞
也。云:"才方得之。公可谓博物洽闻矣。"翌日入省,形言称
道于稠人广众中焉。楼大防作夕郎,出示其近得周文榘所画
《重屏图》,祐陵亲题白乐天诗于上,有衣帽中央而坐者,指以
相问云:"此何人邪?"明清云:"顷岁大父牧九江,于庐山圆通
寺抚江南李中主像藏于家。今此绘容即其人。文榘丹青之
妙,在当日列神品,盖画一时之景也。"亟走介往会稽,取旧收
李像以呈,似面貌冠服,无豪发之少异。因为跋其后。楼深以
赏激。继而明清丐外得请,以诗送行,后一篇云:"遂初陈迹遶
凄凉,击节青箱极荐扬。谈笑于依情易厚,典刑使我意差强。
《重屏》唐画论中主,古殿遗文话阿章。旧事从今向谁问,尺书
时许到淮乡。"

　　明清前年厕迹趼路,假居于临安之七宝山,俯仰顾
眄,聚山林江湖之胜于几案间,襟怀洒然,记忆旧闻,纂
《挥麈后录》,既幸成编。去岁请外,从欲赘丞海角。涉笔
之暇,无所用心。省之胸次,随手濡毫,又获数十事,不觉
盈帙,漫名曰《挥麈第三录》。凡所闻见,若来历尚晦,本
末未详,姑且置之,以待乞灵于博洽之君子,然后敢书。
斯亦习气未能扫除,犹鸡肋之余味耳。庆元初元仲春丁
巳,明清重书于吴陵官舍佳客亭。

挥麈后录余话卷之一

1　永昌陵卜吉，命司天监苗昌裔往相地西洛。既覆土，昌裔引董役内侍王继恩登山巅，周览形势，谓继恩云："太祖之后，当再有天下。"继恩默识之。太宗大渐，继恩乃与参知政事李昌龄、枢密赵镕、知制诰胡旦、布衣潘阆谋立太祖之孙惟吉。适泄其机，吕正惠时为上宰，锁继恩而迎真宗于南衙，即帝位。继恩等寻悉诛窜。前人已尝记之。熙宁中，昌龄之孙逢登进士第；以能赋擅名一时，吴伯固编《三元衡鉴》、祭九河合为一者是也。逢素闻其家语，与方士李士宁、医官刘育荧惑宗室世居，共谋不轨，旋皆败死。详见国史。靖康末，赵子崧守陈州。子崧先在邸中剿窃此说，至是适天下大乱，二圣北狩，与门人傅亮等歃血为盟，以幸非常。传檄有云："艺祖造邦千龄，而符景运。皇天佑宋，六叶而生眇躬。"继知高宗已济大河，皇惧归，命遣其妻弟陈良翰奉表劝进。高宗罗致元帅幕。中兴后，亟欲大用。会与大将辛道宗争功，道宗得其文缴进之，诏置狱京口，究治得情。高宗震怒，然不欲暴其事，以它罪窜子崧于岭外。此与夏贺良赤精子之言、刘歆易名以应符谶，何以异哉。岂知接千岁之统，帝王自有真邪。

2　熙宁初，王荆公力荐常夷父，乞以种放之礼召之。上云："放辈诗酒自娱而已，岂有经世之才？如常秩肯来，朕当以非常之礼待之。"故制词云："幡然斯来，副朕虚伫。"盖宣德音也。

3　靖康初，李伯纪荐任申先世初自布衣锡对。钦宗忽问云："卿在前朝，曾上书乞取燕、云。"世初云："诚有之。臣是时为见辽国衰弱，谓我若训练甲兵，迟以岁月，乘此机会，可以尽复燕、云旧地。初非欲结小羌捣其巢穴。此书尚在，可赐睿览。"上云："曾见之。使如卿言，燕、云之地何患不得！"继以叹息，即批出赐进士出身，自是进用。世初，伯雨之子也。

4　高宗应天中兴之初，大臣有荐泸州草泽彭知一者，有康济之略，隐居凤翔府。得旨令守臣钱盖等津发至行在所。既入朝，乃以所烧金及药术为献。诏云："朕不忍烧假物以误后人。仰三省发遣，赴元来去处，日下施行。仍将烧金合用什物，于街市捶毁。"

5　建炎己酉，以叶梦得少蕴为左丞，才十四日，而为言者所攻而罢。其自记奏对圣语备列于后：一日，进呈知婺州苏迟奏，乞减年额上供罗。圣训问："祖宗额几何？"臣等对："皇祐编敕一万匹。"问："今数几何？"臣等指苏迟奏言："平罗、婺罗、花罗三等，共五万八千七百九十七匹。"圣训惊曰："苦哉，民何以堪！"臣等奏："建炎赦书，诸崇宁以后增添上供过数，非祖宗旧制，自合尽罢。今迟奏乞减一半。"圣训曰："与尽依皇祐法。"臣等奏："今用度与祖宗时不同，却恐减太多，用度不足，即不免再抛买，或致失信。"欲且与减二万匹并八千有零数。臣等奏："陛下至诚恤民，可谓周尽。"圣训复云："如此好事，利益于民。一日且做得一件，一年亦有三百六十件。"臣等退，御笔即从中出曰："访闻婺州上供罗，旧数不过一万匹。崇宁以后，积渐增添，几至五倍。近岁无本钱，皆出科配，久为民病，深可矜恤。今后可每年与减二万八千匹并零数者，为永法。仍令本州及转运司，每年那融应副本钱足备。"臣等即施行。

车驾初至临安府,霖雨不止。一日,臣等奏事毕,因言州治屋宇不多,六宫居必隘窄,且东南春夏之交,多雨蒸润,非京师比。圣训曰:"亦不觉窄,但卑湿尔。然自过江,百官六军皆失所,朕何敢独求安? 至今寝处尚在堂外,当俟将士官局各得所居,迁从之人稍有所归,朕方敢迁入寝。"臣等皆言:"圣心如此,人情孰不感动!"车驾始至临安府,手诏郎官以上悉皆许荐人材,盖特恩也。一日,进呈侍从官等奏状,圣训谕臣等曰:"今次所荐人材,不比已前,当须择其可取者,便擢用之。"乃命并召赴都堂审察。翌日,复命臣等曰:"郎官等所荐士,不若便令登对,朕当亲自延见之。早朝退,遍阅诸处章奏,未尝闲。今后进膳罢,令后殿引见。及晚朝前,皆可引三班,庶得款曲。"臣等奏:"但恐上劳圣躬。若陛下不倦接见疏远,搜访贤能,天下幸甚。"于是再批旨行下。一日,初进对,圣训首言:"陈东、欧阳彻可赠一官,并与子或弟一人恩泽。始罪东等,出于仓猝,终是以言责人,朕甚悔之。今方降诏,使士庶皆得言事,当使中外皆知此意。"臣等即奉诏,言"甚善"。圣训复曰:"马伸前此责去,亦非罪,可召还。"或曰:"闻伸已死。"圣训曰:"不问其死,但朝廷召之,以示不以前责为罪之意。"乃问伸自何官责,臣等皆曰:"自卫尉少卿。"圣训曰:"可复召为卫尉少卿。"臣等奉诏而退。东等于是皆赠官,及与子或弟恩泽一人,并诏所居优恤其家。进呈湖州民王永从进钱五十万缗优国用。臣等言:"户部财用稍集,亦不至甚阙。"圣训曰:"如此即安用? 徒有取民之名,却之!"或曰:"已纳其伍万缗矣,今却之,则前后异同。"圣训曰:"既不阙用,可并前已纳还之。"仍诏今后富民不许陈献,臣等皆言:"圣虑及此,东南之民闻风当益感悦。"一日,圣训谕臣等言:"过江器械皆散亡,甲所失尤多。

朕每躬擐甲胄，阅武于宫中，以励卫士，乃知旧所造甲，有未尽善，如披膊皆用铁，臂肘几不可引以当胸，缓急如何屈伸？今皆亲自裁定损益，与旧不同，极便于施行。令两浙路诸州分造甲五十副，一以新样为之。"臣等皆言："陛下留意武事，前所未讲，尽经圣虑。此前史所以称汉宣帝器械技巧，皆精其能。"朝退，内出新样甲一副示臣等，旧转肘铁叶处皆易以皮，屈伸无不利便，他皆类此。其后陈东、欧阳彻俱赠秘撰，各又官其二子，仍赐田十顷。

6　高宗建炎二年冬，自建康避狄，幸浙东。初度钱塘，至萧山，有列拜于道侧者，揭其前云："宗室赵不衰以下起居。"上大喜，顾左右曰："符兆如是，吾无虑焉！"诏不衰进秩三等。是行虽涉海往返，然天下自此大定矣。不衰即善俊之父。此与太宗征河东宋捷之祥一也。是时，选御舟樟工，又有赵立、毕胜之谶。

7　建炎庚戌正月三日，高宗航海，次台州之章安镇，落帆于镇之祥符寺前。屏去警跸，易衣，徒步登岸。时长老者方升座，道祝圣之祠。帝趾忽前，闻其称赞之语，甚喜，戒左右勿令惊惶而谛听之。少焉，千乘万骑毕集，始知为六飞临幸。野僧初不闲礼节，恐怖失措。从行有司始教以起居之仪。李承造升之云。

8　绍兴中，赵元镇为左相。一日入朝，见自外移竹栽入内。奏事毕，亟往视之，方兴工于隙地。元镇询谁主其事，曰："内侍黄彦节也。"元镇即呼彦节，诟责之曰："顷岁艮岳花石之扰，皆出汝曹，今将复蹈前辙邪！"命勒军令状日下罢役。彦节以闻于上。翌日，元镇奏事，上喻曰："前日偶见禁中有空地，因令植竹数十竿，非欲以为苑囿。然卿能防微杜渐如此，可谓尽忠尔。后傥有似此等事，勿惮以警朕之不逮也。"彦节自云。

9　沈之才者，以棋得幸思陵，为御前祗应。一日，禁中与其类对弈，上喻曰："切须子细。"之才遽曰："念兹在兹。"上怒云："技艺之徒，乃敢对朕引经邪！"命内侍省打竹篦二十，逐出。廉宣仲云。

10　秀州外医张浩自云："少隶军籍，尝为杉清闸官虞候。一日，晚出郊过嘉兴县，忽睹丞厅赤光照天，疑为回禄；亟入视之，云赵县丞之室适免身得雄。是诞育孝宗也。"浩之子樸，今为医官，家于县桥之西，可质焉。张浩自云。

11　绍兴壬子，诏知大宗正事安定郡王今畤，访求宗室伯字号七岁以下者十人，入宫备选。十人中又择二人焉，一肥一癯，乃留肥而遣癯，赐银三百两以谢之。未及出，思陵忽云："更子细观。"乃令二人叉手并立。忽一猫走前，肥者以足蹴之。上曰："此猫偶尔而过，何为遽踢之？轻易如此，安能任重耶！"遂留癯而逐肥者。癯者乃阜陵也；肥者名伯浩，后终于温州都监。赵子导彦沔云。

12　辛巳岁，颜亮寇淮，江、浙震动。有处州遂昌县道流张思廉者，人称为有道之士，言事多验。时李正之大正为邑尉，从而问之。思廉以片纸书云："昚乃在位。"初得之，殊不可晓。次年，阜陵改名，正储登极。李正之云。

13　明清顷于蔡微处，得观祐陵与蔡元长赓歌一轴，皆真迹也，今录于后：己亥十一月十三日南郊祭天斋宫即事赐太师："报本精禋自国南，先期清庙宿斋严。层霄初构同云霁，暖吹俄回海日暹。十万军容冰作阵，九街鸳瓦玉为檐。肃雍显相同元老，行庆均厘四海沾。"太师臣京恭和："雪晴至日日初南，帝举明禋祀事严。万瓦沟中寒色在，一轮空外晓光暹。云和龙辂开冰辙，风暖鸾旗拂冻檐。共喜天心扶圣意，珠玑更误宠恩沾。""展采齐明拱面南，浓云深入夜更严。风和不放琼英落，日暖高随玉漏暹。照地神光临午陛，鸣皋仙羽下重檐。五门回仗如天上，看举鸡竿雨露沾。""衮龙朱履午阶南，大辇鸾鸣羽卫严。玉辂乍回黄道稳，金乌初上白云暹。五门晓吹开旗尾，万骑花光入帽檐。已见神光昭感格，鹤书恩下万邦沾。""饮福初回八陛南，凝旒哀对百神严。睨消尘人康衢润，神应光随北陛暹。丹槛雄开中扇影，朱绳鹤下五门檐。群生鼓舞明禋毕，却忆花飞舞袖沾。"清庙斋幄，常有诗赐太师，已曾和进。禋祀礼成，以目击之事，依前韵再进。今亦用元韵复赐太师.非特以此相困，盖清时君臣赓载，亦一时盛事耳："灵鼓黄麾道指南，紫坛苍璧示凝严。联翩玉羽层霄下，烜赫神光爱景暹。为喜銮舆回凤阙，故留芝盖出虬檐。礼天要作斯民福，解雨今当万物沾。"太师以被赐暹字韵诗，前后凡三次进和，盖欲示其韵愈严而愈工耳。复以前韵又赐太师："天位迎阳转斗南，千官山立尽恭严。共欣奠玉烟初达，争奉回鸾日已暹。归问雪中谁咏絮，冥搜花底自巡檐。礼成却喜歌盈尺，端为来趋万寓沾。"唐杜甫诗"巡檐索共梅花笑"，盖雪事也。太师臣京题神霄宫："下马神霄第一回，晴空宫殿九秋开。月中桂子看时落，云外仙轺特地来。""参差碧瓦切昭回，绣户云轩次第开。仙伯九霄曾付托，得随真主下天来。"神霄玉清万寿宫庆成，卿以使事奉安圣像，闻有二诗书崿，俯同其韵，复赐太师："碧落金风爽气回，蓁霄乍喜瑞霞开。经营欲致黎元福，敢谓诗人咏子来。""曈曚日驭晓光回，金碧相宜王府开。步武烟霞还旧观，百神应喜左元来。"昨日召卿等自卿私第泛舟经景龙江，游撷芳园灵沼，闻卿有小诗，今俯同其韵赐太师："景龙江静喜安流，玉色闲看浴翅鸥。已觉西风颇无事,何妨稳泛济川舟。""登山想见留云际,赏日还能傍水涯。对此已多重九兴,先输黄发赏黄花。""锦绣烟霄碧玉山,萦纡静练照晴川。留连不惜厌厌去,雅兴难忘既醉篇。"上清宝箓宫立冬日讲经之次,有羽鹤数千飞翔空际,公卿士庶,众目仰瞻。卿时预荣观,作诗纪实来上,因俯同其韵,赐太师以下:"上清讲席郁萧台,俄有青田万侣来。蔽翳晴空疑雪舞,低回转影类云开。翻翰清泪遥相续,应瑞移时尚不回。归美一章歌盛事,喜今重见谪仙才。"又,上巳日赐太师:"金明春色正芳妍,修禊佳辰集众贤。久矣愆阳罹暵旱,沛然膏雨润农田。乘时腾挟花盈帽,胥乐何辞酒满船。所赖燮调功有自,伫期高廪报丰年。"微,元长之孙,自云:"当其父祖富贵鼎盛时,悉贮于隆儒亨会阁。此百分之一二焉。国祸家艰之后,散落人间,不知其几也。"

14　祐陵癸巳岁,蔡元长自钱唐趣召再相,诏特锡燕于太清楼,极承平一时之盛。元长作记以进云:"政和二年三月,皇帝制诏,臣京宥过眚愆,复官就第。命四方馆使荣州防御使臣童师敏赍诏召赴阙,臣京顿首辞。继被御札手诏,责以大义,惶怖上道。于是饮至于郊,曲燕于垂拱殿,被禊于西池,宠大恩隆,念无以称。上曰:'朕考周宣王之诗,吉甫燕喜,既多受祉。来归自镐,我行永久。饮御诸友,炰鳖脍鲤。其可不如古者?'诏以是月八日开后苑太清楼,命内客省使保大军节度观察留后带御器械臣谭稹、同知入内内侍省事臣杨戬、内客省使保康军节度观察留后带御器械臣贾祥、引进使晋州管内观察使勾当内东门司臣梁师成等伍人,总领其事。西上阁门使忠州刺史尚药局典御臣邓忠仁等一十三人,掌典内谒者职。有司请办具上,帝弗用。前三日,幸太清,相视其所,曰'于此设次’，‘于此陈器皿’，‘于此置尊罍’，‘于此膳羞’，‘于此乐舞’。
出内府酒尊、宝器、琉璃、马瑙、水精、玻璃、翡翠、玉，曰：‘以此
加爵，致四方美味。’螺蛤虾鳜白、南海琼枝、东陵玉蘂，与海物
惟错，曰：‘以此加笾。’颁御府宝带，宰相、亲王以玉，执政以通
犀，余花犀，曰：‘以此实篚。’教坊请具乐奏，上弗用，曰：‘后庭
女乐，肇自先帝。隶业大臣未之享。’其陈于庭，上曰：‘不可以
燕乐废政。’是日，视事垂拱殿。退，召臣何执中、臣蔡京、臣郑
绅、臣吴居厚、臣刘正夫、臣侯蒙、臣邓洵仁、臣郑居中、臣邓洵
武、臣高俅、臣童贯崇政殿阅弓马所子弟武伎，引强如格，各命
以官。遂赐坐，命宫人击鞠。臣何执中等辞，请立侍，上曰：
‘坐。’乃坐。于是驰马举仗，翻手覆手，丸索如缀。又引满驰
射，妙绝一时，赐赉有差。乃由景福殿西序入苑门，就次以憩。
诏臣蔡京曰：‘此跬步至宣和，即昔言者所谓金柱玉户者也，厚
诬宫禁。其令子攸掖入观焉。’东入小花迳，南度碧芦丛，又东
入便门，至宣和殿，止三楹，左右挟，中置图书、笔砚、古鼎、彝、
罍、洗。陈几案台榻，漆以黑。下宇纯朱，上栋饰绿，无文采。
东西庑侧各有殿，亦三楹，东曰琼兰。积石为山，峰峦间出。
有泉出石窦，注于沼北。有御札静字。榜梁间以洗心涤虑。
西曰凝方，后曰积翠，南曰瑶林，北洞曰玉宇。石自壁隐出，崭
岩峻立，幽花异木，扶疏茂密。后有沼曰环碧，两旁有亭曰临
漪、华渚。沼次有山，殿曰云华，阁曰太宁。左蹊道以登，中道
有亭，曰琳霄、垂云、骞凤、层峦，不大高峻，俯视峭壁攒峰，如
深山大壑。次曰会春阁，下有殿曰玉华。玉华之侧有御书榜
曰三洞琼文之殿，以奉高真。旁有种玉、缘云轩相峙。臣奏
曰：‘宣和殿阁亭沼，纵横不满百步，而修真观妙，发号施令，仁
民爱物，好古博雅，玩芳、缀华咸在焉。楹无金瑱，壁无珠珰，

阶无玉砌,而沼池岩谷,溪涧原隰,太湖之石,泗滨之磬,澄竹
山茶,崇兰香茝,葩华而纷郁。无犬马射猎畋游之奉,而有鸥、
凫、雁、鹜、鸳鸯、鸡鹅、龟、鱼驯驯,雀飞而上下。无管弦丝竹、
鱼龙曼衍之戏,而有松风竹韵,鹤唳莺啼,天地之籁,适耳而自
鸣。其洁齐清灵雅素若此,则言者不根,盖不足恤。'日午,谒
者引执中以下,入女童乐四百,靴袍玉带,列排场,肃然无敢謦
咳者。宫人珠笼巾玉,束带秉扇,拂壶巾剑钺,持香球,拥御床
以次立,亦无敢离行失次。皇子嘉王楷起居,升殿侧侍,进趋
庄重,俨若成人。臣执中等前贺曰:'皇子侍燕,宗社之庆。'乐
作,节奏如仪,声和而绎。群臣同乐,宜略去苛礼,饮食起坐,
当自便无间。执事者以宝器进,上量满酌以赐,命皇子宣劝,
群臣惶恐饮醋。又以惠山泉、建溪毫盏烹新贡太平嘉瑞斗茶
饮之。上曰:'日未晡,可命乐。'殿上笙篁、琵琶、箜篌、方响、
筝箫登陛合奏,宫娥妙舞,进御酒。上执爵命掌樽者注群臣
酒,曰:'可共饮此杯。'群臣俯伏谢。上又曰:'可观。'群臣凭
陛以观,又顿首谢。又命宫娥抚琴擘阮。已而群臣尽醉。臣
窃考《鹿鸣之什》,冠于《小雅》,而忠臣嘉宾,得尽其心。既醉
太平之时,醉酒饱德,人有士君子之行。在昔君臣施报之道,
在于饮食燕乐之间。太清自真祖开宴,以迄于今,饮食之设,
供张之盛,乐奏之和,前此未有。勤侑之恩。礼意之厚,相与
无间之情,亦今昔所无。实君臣千载之遇,而臣德辅智殚,曾
不足仰报万分。昔仲甫徂齐、式遄其归;而吉甫作诵,穆如清
风;召虎受命,锡以圭瓒,虎拜稽首,对扬王休,作召公考,天子
万寿。然则上之施光,下之报宜厚。而臣老矣,论报无所。切
不自量,慕古人之谨稽首再拜,诵曰:'皇帝在御,政若稽首。
昔周宣王,燕嘉吉甫。曰来汝京,实始予辅。厥初有为,唱予

和汝。式遣其归,远于吴楚。劳还于庭,饮至于露。既又享之,其开禁御。有来帝车,相视其所。于此膳羞,于此乐舞。海物惟错,于以加俎。何锡予之,实筐及筥。箫鼓锵锵,后庭委女。帝曰宣和,不远跬步。人昔有言,金柱玉户。帝命子攸,尔掖尔父。乃瞻庭除,乃历殿庑。绿饰上栋,漆朱下宇。梁无则雕,槛不采组。有石岩岩,有泉湑湑。体道清心,于此燕处。彼言厚诬,何恤何虑!帝执帝爵,劝酬交举。毋相其仪,毋间笑语。有喜惟王,饮之俾饫。臣拜稽首,千载之遇。君施臣报,式燕且誉。臣拜稽首,明命是赋。天子万年,受天之祜!”

　　15　蔡元长所述《太清楼特燕记》,既列于前,又得《保和殿曲燕》、《延福宫曲燕》二记,今复载于左方:“宣和元年九月十二日,皇帝召臣蔡京、臣王黼、臣越王俣、臣燕王似、臣嘉王楷、臣童贯、臣嗣濮王仲忽、臣冯熙载、臣蔡攸燕保和殿,臣蔡儵、臣蔡脩、臣蔡絛东曲水朝于玉华殿。上步西曲水,循醳醾架,至太宁阁,登层峦、琳霄、骞凤、垂云亭,景物如前,林木蔽荫如胜。始至保和殿,三楹,楹七十架,两挟阁,无彩绘饰侈,落成于八月,而高竹崇桧,已森然蓊欝。中楹置御榻,东西二间列宝玩与古鼎彝器。王左挟阁曰妙有,设古今儒书、史子楮墨;右曰日宣,道家金柜玉笈之书,与神霄诸天隐文。上步前行,稽古阁有宣王石鼓。历邃古、尚古、鉴古、作古、传古、博古、秘古诸阁,藏祖宗训谟,与夏、商、周尊、彝、鼎、鬲、爵、斝、卣、敦、盘、盂,汉、晋、隋、唐书画,多不知识骇见,上亲指示,为言其概。因指阁内:‘此藏卿表章字札无遗者。’命开柜,柜有朱隔,隔内置小匣,匣内覆以缯绮,得臣所书撰《淑妃刘氏制》。臣进曰:‘札恶文鄙,不谓袭藏如此。’念无以称报,顿首谢。抵

玉林轩,过宣和殿、列岫轩、天真阁。凝德殿之东,崇石峭壁,
高百丈,林壑茂密,倍于昔见。过翠翘、燕阁诸处。赐茶全真
殿,上亲御击注汤,出乳花盈面,臣等惶恐,前曰:'陛下略君臣
夷等,为臣下烹调,震悸惶怖,岂敢啜?'顿首拜。上曰:'可少
休。'乃出瑶林殿。中使冯皓传旨,留题殿壁,喻臣笔墨已具,
乃题曰:'琼瑶错落密成林,桧竹交加午有阴。恩许尘凡时纵
步,不知身在五云深。'顷之就坐,女童乐作。坐间赐荔子、黄
橙、金柑相间,布列前后,命师文浩剖橙分赐。酒五行,再休。
许至玉真轩,轩在保和西南庑,即安妃妆阁。命使传旨曰:'雅
燕酒酣添逸兴,玉真轩内看安妃。'诏臣赓补成篇,臣即题曰:
'保和新殿丽秋辉,诏许尘凡到绮闱。'方是时,人自谓得见妃
矣。既而但画像挂西垣,臣即以谢奏曰:'玉真轩槛暖如春,只
见丹青未有人。月里常娥终有恨,鉴中姑射未应真。'须臾,中
使召臣至玉华阁,上手持诗曰:'因卿有诗,况姻家,自当见。'
臣曰:'顷缘葭莩,已得拜望,故敢以诗请。'上大笑。妃素妆,
无珠玉饰,绰约若仙子。臣前进,再拜叙谢,妃答拜。臣又拜
妃,命左右掖起。上手持大觥酌酒,命妃曰:'可劝太师。'臣奏
曰:'礼无不报,不审酬酢可否?'于是持瓶注酒,授使以进。再
坐,彻女童,去羯鼓。御侍奏细乐,作《兰陵王》、《扬州散》古
调,酬劝交错。上顾群臣曰:'桂子三秋七里香。'七里香,桂子
名也。臣楷顷许对曰:'凌云九夏两岐秀。'臣攸曰:'鸡舌五羊
千岁枣。'臣曰:'菊英九日万龄黄。'乃赓载歌曰:'君臣燕衎升
平际,属句论文乐未央。'臣奏曰:'陛下乐与人同,不间高卑。
日且暮,久勤圣躬,不敢安。'上曰:'不醉无归。'更劝,迭进酒
行无算。上忽忆绍圣《春宴口号》二句,问曰:'卿所作否? 余
句云何?'臣曰:'臣所进诗,岁久不记。'上曰:'是时以疾告假,

哲宗召至宣和西阁,问所告假者,对曰:臣有负薪之疾,不果预需云之燕。哲宗曰:蔡承旨有佳句曰:红腊青烟寒食后,翠华黄屋太微间。不可不赴。上曰:臣敢不力疾遵奉。是日,待漏东华,哲宗已遣使询来否。语罢,命郝随持杯以劝,凡三酬,大醉,免谢扶出。'因沉吟曰:'记上下句有曰集英班者。'继而曰:'牙牌晓奏集英班,日照云龙下九关。红腊青烟寒食后,翠华黄屋太微间。'继又曰:'三天乐奏三春曲,万岁声连万岁山。欲识君臣同乐意,天威咫尺不违颜。'臣顿首谢曰:'臣操笔注思于今二十年,陛下语及,方省仿佛,然不记一字。陛下藩邸己知臣,盖非今日,岂胜荣幸。'再拜谢。上轮指曰:'二十四年矣。'左右皆大惊。非圣人孰与夫此! 臣又谢曰:'臣被知藩邸,受眷绍圣,两朝遭遇。臣驽下衰老,无毫发称报。'上曰:'屡见哲宗,道卿但为章惇辈沮忌,不及用。朕时年八岁,垂髫侍侧。一日,哲宗疑虑,默若有所思。问曰:"大臣以谓不当绍述,朕深疑之。"奏曰:"臣闻子绍父业,不当问人,何疑之有?"哲宗骇曰:"是儿有大志如此!"由是刘挚、吕大忠相继斥逐,绍述自此始。'臣奏曰:'陛下曲燕御酒,乐欣交通。而追时惟哲宗付托与绍述之始,孝友笃于诚心,非臣之幸,社稷天下之幸。'因再拜贺。矞已下皆再拜。上又曰:'尝记合食与卿否?'臣谢曰:'是时大礼禁严,厨饔不得入,贸食端邸,蒙陛下赐之。臣被遇,自兹终身不敢忘。'又曰:'崇政殿试,卿在西幕详定时,因人持扇求书,得二诗,皆杜甫所作。诗曰:"户外昭容紫袖垂,双瞻御座引朝仪。香飘合殿春风转,花覆千官淑景移。"又:"五夜漏声催晓箭,九重春色醉仙桃。旌旗日暖龙蛇动,宫殿风微燕雀高。"'臣曰:'崇宁初蒙宣谕扇犹在?'上曰:'今尚在也。'臣曰:'自古人臣遭遇,或以一能一技见知当时,名显后世。臣章句片言,二十年前已蒙收录。崇宁以来,被遇若此。
君臣千载,盖非一日。君之施厚,臣之报丰。臣无尺寸,孤负
恩纪,但知感涕。'上曰:'卿可以安矣。'臣又奏曰:'乐奏缤纷,
酒觞交错。方事燕饮,上及继述,下及故老,若朋友相与衔杯
酒,接殷勤之欢,道旧论新。顾臣何足以当?臣请序其事,以
示后世,知今日燕乐,非酒食而已。'夜漏已二鼓五筹,众前奏
丐罢,始退。十三日臣京序。"《延福宫曲宴记》:"宣和二年十
二月癸巳,召宰执亲王等曲宴于延福宫,特召学士承旨臣李邦
彦、学士臣宇文粹中与示异恩也。是日,初御睿谟殿,设席如
外廷赐宴之礼,然器用淆品,瑰奇精致,非常宴比。仙韶执乐,
和音曼声,合变争节,亦非教坊工人所能仿佛。上遣殿中监蔡
行谕旨曰:'此中不同外廷,无弹奏之仪,但饮食自如。食味果
实有余者,自可携归。'酒五行,以碧玉盏宣谕。侍宴诸臣云:"前此
曲宴早坐,未尝宣劝,今出异数。"少憩于殿门之东庑。晚,召赴景龙
门,观灯玉华阁,飞陛金碧绚耀,疑在云霄间。设衢樽钩乐于
下。都人熙熙,且醉且戏,继以歌诵,示天下与民同乐之恩,侈
太平之盛事。次诣穆清殿,后入崆峒洞天,过霓桥,至会宁脉,
有八阁东西对列,曰琴、棋、书、画、茶、丹、经、香。臣等熟视
之,自崆峒入,至八阁,所陈之物,左右上下,皆琉璃也,映彻焜
煌,心目俱夺。阁前再坐,小案玉斝,珍异如海陆羞鼎,又与睿
谟不同。酒三行,甚速,起诣殿侧纵观。上谓保和殿学士蔡脩
曰:'引二翰苑子细看,一一说与。'谆谕再三。次诣成平殿,凤
烛龙灯,灿然如画,奇伟万状,不可名言。上命近侍取茶具·亲
手注汤击拂,少顷,白乳浮盏面,如疏星淡月,顾诸臣曰:'此自
布茶。'饮毕,皆顿首谢。既而命坐,酒行无算,复出宫人合曲,
妙舞蹁跹,态有余妍,凡目创见。上谕臣邦彦、臣粹中曰:'此

尽是嫔御。自来翰林不曾与此集，自卿等始。'又曰：'《翰林志》谁修？'太宰王黼奏云：'承旨李邦彦。'上顾臣邦彦曰：'好。《翰林志》可以尽载此事。此卿等荣遇。'臣邦彦谢不敏。琼瑶玉舟，宣劝非一。上每亲临视使醮，复顾臣某曰：'李承旨善饮！'仍数被特劝。夜分而罢。臣仰惟陛下加惠亲贤，共享太平。肆念词臣，许陪鼎席宗工之末，周于待遇，略去常仪。臣邦彦，粹中首膺异数，亲承玉音，俾编载荣遇，以侈北门之盛。盖陛下崇儒右文，表异螯禁，用示眷瞩之意，诚千载幸会也。窃伏惟念一介微臣，粤自布衣，叨膺识擢，凡所蒙被，度越伦辈。曾微毫忽，以助山岳。兹侍燕衎，怬尺威颜，独误睿奖，至官而不名，岂臣縻捐，所能称塞？臣切观文、武之盛，始于忧勤，而逸乐继之。鹿鸣之燕群臣，嘉宾得尽其心。故天保之报，永永无极。臣虽幺陋，敢忘归美之义？辄扬盛迹，备载千篇。俾视草之臣，知圣主曲宴内务，自臣等始。谨录进呈，伏取进止。"

16　宣和末，祐陵欲内禅，称疾作，令召东宫。先是，钦宗在朱邸，每不平诸幸臣之恣横。至是，内侍数十人拥郓王楷至殿门。时何瓘以殿帅守禁卫，仗剑拒之。郓王趋前曰："太尉岂不识楷耶？"瓘指剑以示曰："瓘虽识大王，但此物不识耳！"皆皇忑辟易而退。始亟趋钦宗入立。李子成可久云。

17　建炎庚戌，先人被旨修《祖宗兵制》。书成，赐名《枢廷密检》，今藏于右府，其详已见《后录》。独有引文存于家集，用录于后："臣窃闻祖宗兵制之精者，盖能深鉴唐末、五代之弊也。唐自盗起幽陵，藩镇窃据，外抗王命，内擅一方，其末流至于朱温，以偏户残寇，挟宣武之师，睥睨王室，必俟天子禁卫神策之兵屠戮俱尽，却迁洛阳，乃可得志。如李克用、王建、杨行密非不忠义,旋以逖方孤镇同盟,欲□王室,皆悲叱愤懑,坐视凶逆,终不能出一兵内向者,昭宗亲兵既尽,朱温羽翼已就,行密辈崎岖于一邦,初务养练,不能遽成,此内外俱轻,盗臣得志之患也。后唐庄宗萃名将,握精兵,父子转战二十余年,仅能灭梁,功成而骄,兵制不立,弗虞之患,一夫夜呼,内外瓦解。故李嗣源以老将养疴私第,起提大兵,与赵在礼合于甘陵,返用庄宗直捣大梁之术,径袭洛阳,乘内轻外重之势,数日而济大事。其后甘陵旧卒,恃功狂肆,邀求无穷,至一军尽诛,血膏原野,而明宗为治少定。如李从珂、晋高祖、刘知远、郭威皆提本镇之兵,直入中原,而内外拱手听命者,循用庄宗、明宗之意也。周世宗知其弊,始募天下亡命,置于帐下,立亲卫之兵,为腹心肘腋之用。未及期年,兵威大振。败泽、潞,取淮南,内外兼济,莫之能御。当是时,艺祖皇帝历试诸难,亲总师旅,应天顺人,历数有归,则躬定军制,纪律详尽。其军制亲卫殿禁之名,其营立龙虎日月之号。功臣勋爵优视公师。至检校官台令仆台宪之长,封叙父母妻子,荣名崇品,悉以与之;郊祀赦宥,先务赡军士,金币缗钱,无所爱惜。然令以威驾,峻其等差,为一阶一级之法,动如行师,俾各伏其长。待之尽矣。为出戍法,使更出迭入,无顾恋家室之意。殊方异邦,不能萌其非心。仅及三年,已复更戍。为卒长转员之例,定其功实,超转资级。以彼易此,不使上下人情习熟。又其下懔懔,每有事新之惧。枢府大臣侍便殿,专主簿员,限三日毕事。命出之后,一日迁陟,不得少留。此祖宗制兵垂法作则大指也。器甲精坚,日课其艺而无怠惰者矣。选为教首,严其军号,精其服饰,而骄锐出矣。中都二防,制造兵器,旬一进视,谓之旬课。列置武库,故械器精劲,盈牣充积。前世所无,至纤至悉。举自宸断，臣下奉行，惟恐不及。其最大者召前朝慢令恃功藩镇大臣，一日而列于环卫，皆俯伏骇汗，听命不暇。更用侍从、馆殿、郎官、拾遗、补阙代为守臣，销累朝跋扈偃蹇之患于呼吸哦顷之际。每召藩臣，朝令夕至，破百百年难制之弊。使民享安泰于无穷者，宸心已定，利害素分，刚断必行故也。其定荆、湖，取巴、蜀，浮二广，平江南者，前后精兵不过三十余万。京师屯十万，足以制外变；外郡屯十万，足以制内患。京师天下无内外之患者，此也。京师之内，有亲卫诸兵；而四城之外，诸营列峙柜望；此京师内外相制之兵也。府畿之营，云屯数十万之众，其将副视三路者，以虞京城与天下之兵，此府畿内外之制也。非特此也，凡天下兵，皆内外相制也。以勇悍忠实之臣，分控西北边孔道：何继筠守沧、景，李汉超守关南以拒虏；郭进在邢州，以御太原；姚内斌守庆州、董遵诲守通远军，以捍西戎。倾心委之，谗谤不入。来朝必升殿赐坐，对御饮食。锡赉殊渥，事事精丰。使边境无事，得以尽力削平东南僭伪诸国者，得猛士以守四方，而边境夷狄无内外之患者此也。州郡节察防团刺史，虽召居京师，谓之遥授。至于一郡，则尽行军制：守臣通判名衔必带军州；其佐曰签书军事，及节度、观察、军事推官、判官之名；虽曹掾悉曰参军。一州税赋民财出纳之所，独曰军资库者，盖税赋本以赡军。著其实于一州官吏与帑库者，使知一州以兵为本，咸知所先也。置转运使于逐路，专一飞挽刍粮，饷军为职，不务科敛，不抑兼并。富室连我阡陌，为国守财尔。缓急盗贼窃发，边境扰动，兼并之财，乐于输纳，皆我之物。所以税赋不增，元元无愁叹之声，兵卒安于州郡，民庶安于田间。外之租税足以赡军，内之甲兵足以护民。城郭与村乡相资，无内外之患者此也。一州钱斛之出入，士卒之役

使,令委贰郡者当其事。一兵之寡,一米之微,守臣不得而独
预。其防微杜渐深矣。出铜虎符契以发兵,验其机括,不得擅
兴,以革伪冒。节度州有三印:节度印随本使,在阙则纳于有
司;观察印则长吏用之;州印则昼付录事掌用,至暮归于长吏。
凡节度使在镇,兵杖之属,则观察属官用本使印判状焉;田赋
之属则观察属官用本使印签状焉;刺属县,则用州印本使判状
焉。故命师必曰某军节度、某州管内观察等使、某州刺史,必
具此三者。言军则专制兵旅,言管内则专总察风俗,言刺史则
治其州军。此祖宗损益唐制,军民之务,职守之分,俾各归其
实也。逐县置尉,专捕盗贼,济以县巡检之兵;不足,则会合数
州巡检使之兵;又不足,则资诸守臣兼提举兵甲贼盗公事,与
一路帅臣兼兵马钤辖者。故兵威强盛,鼠偷草窃,寻即除荡。
盖内外相维,上下相制,若臂运指,如尾应首,靡不相资也。凡
统驭施设,制度号令,人不敢慢者,功过必行,明于赏罚而已。
明于赏罚,则上下奋励,知所耸动,而奸宄不敢少逾绳墨之外,
事必立就也。怒蜀大将之贪暴也,曹彬独无所污,自客省使随
军都监,超授宣徽南院使义成军节度使以赏之;御便殿阅武,
第其艺能,连营俱令转资。至于荆罕儒战死,责部将不效命,
斩石进等二十九人。雄武兵白昼掠人于市,至斩百辈乃止。
川班直诉赏,则尽戮其将校而废其班。太祖尝曰:'抚养士卒,
不吝爵赏。苟犯吾法,惟有剑耳!'然神机所照,及物无遗。察
人之心,而人尽死力。班大原之师,则谓将士曰:'尔辈皆吾腹
心爪牙,吾宁不得太原,岂忍令害尔辈也!'或诉郭进脩第用筒
瓦如诸王制,则曰:'吾于郭进,岂减儿女耶!'祖宗赏罚虽明,
有诚心以及物,故天下用命,兵虽少而至精也。逮咸平西北边
警之后,兵增至六十万。皇祐之初,兵已一百四十万矣。故翰

林学士孙洙,号善论本朝兵者,其言'古者兵一而已,今内外之兵百余万,而别为三四,又离为六七也。别而为三四:禁兵也,厢兵也,蕃兵也。离而为六七者:谓之兵而不知战者也。给漕挽者,兵也;服工役者,兵也;缮河防者,兵也;供寝庙者,兵也;养国马者,兵也;疲老而坐食者,兵也。前世之兵,未有猥多如今日者也;前世制兵之害,未有甚于今日者也。盖常率计,天下之户口千有余万,自皇祐一岁之入一倍二千六百余万,而耗于兵者常十八,而留州以供军者又数百万也。总户口岁入之数,而以百万之兵计之,无十户而资一厢兵,十亩而给一散卒矣。其兵职卫士之给,又浮费数倍,何得而不大蹙也!况积习刓弊,又数十年。教习不精,士气不振。拣兵则点数而已;宣借则重叠妄滥,逃亡已久,而衣粮自如,疲癃无堪,而虚名具数。'元丰中,神宗谓宰臣吴充曰:'祖宗以来,制军有意。凡领在京殿前马步军司所统诸指挥,置都使虞候分领之。凡军中之事,止责分领节度之人,则军众自齐。责之既严,则遇之亦优。故军校转员,有由行伍不久,已转至团练使者。王者之众,不得不然。若诸路,则军校不过各领一营耳。周室虽盛,至康之后,寖已衰微。本朝太平百余年,由祖宗法度具在,岂可轻改也!自昔夷狄横而窥中国者,先观兵之盛衰。然则兵备可一日忘哉!'盖祖宗相承,其爱民之实,若出一心。谓民之作兵者多,与兵之仰者众,而民不可重困也。故张齐贤欲益民兵,吕蒙正曰:'兵非取于民不可。'而真宗以深念扰动边人,遂止。河东、河北既置义勇军,以韩琦忠亮,急于备边,犹欲刺陕西民为义勇,谏官司马光抗章数十万言其不可。熙宁申命天下教保甲,盛于元丰,本《周官》寓兵于农之意;联什伍之民,族党相保。举三路言之,凡有百万人,天下称是。旋亦废置。盖兵虽可练,而民不可重扰也。本朝既以民作军矣,又求之畎亩,则州郡内外皆兵,前世所未有也。此祖宗重以民为兵也。臣谨列自建国已来兵制沿革,与夫祖宗御戎备边,又诸军兴废所因,详著于篇者,凡二百卷。又原祖宗圣意之不见于文字者,为之序。然窃尝谓后世诵帝尧之德,惟知茅茨不剪、土阶三尺而已,至史谓'就之如日、望之如云',则尧及物之功,与天地等矣。惟《书》曰:'乃圣,乃神,乃武,乃文。'具是四者,尧德乃备。则固由所见浅深欤。共惟祖宗以圣神文武,斡运六合,鞭笞四夷,悉本于兵。其精神心术之微,盖不在迹。然效神宗重规叠矩之盛,在本圣心,而其迹顾岂能尽! 今臣之浅拙,虽欲绅绎传载所有,不能知也。"

18　熙宁三年,曾宣靖为昭文相,以疾乞解机政。久之,除守司空侍中、河阳三城节度使、集禧观使。王文恭为内相,当制,进进草。神宗读至"高旗钜节,遥临践土之邦;间馆珍台,独揖浮丘之袂。"顾文恭笑云:"此句甚熟,想备下多时。"文恭云:"诚如圣训。"归语其子仲修云:"吾自闻鲁公丐去,即办此一联。"叹服上之精鉴如此。苏仁仲云。

19　裕陵怀韩魏公定策之勋,崇德报功,不次擢其子仪公忠彦登禁路。未及柄用,而魏公薨,甚为不满,故亟用曾宣靖之子令绰执事枢柄。时元丰官制初行,肇建东、西二府,俾迎宣靖,入居虞侍之□,为搢绅之美谈。后二十年,仪公始相祐陵。思陵中兴,兴念故家。所以富郑公之孙季申直柔,仪公之孙似夫肖胄,相继赐第为右府。又三十年,令绰之孙钦道怀亦赐出身,登宰席。皆近世衣冠之盛事。若蔡元长之于攸,秦会之之于熺,盖恩泽侯,不足道也。

20　熙宁中,蔡敏肃挺以枢密直学士帅平凉,初冬置酒郡斋,偶成《喜迁莺》一阕:"霜天清晓。望紫塞古垒,寒云衰草。
汗马嘶风,边鸿翻月,垄上铁衣寒早。剑歌骑曲悲壮,尽道君
恩难报。塞垣乐,尽双鞬锦带,山西年少。　　　　谈笑。刁斗
静,烽火一把,常送平安耗。圣主忧边,威灵遐布,骄虏且宽天
讨。岁华向晚愁思,谁念玉关人老?太平也,且欢娱,不惜金
尊频倒。"词成,闲步后园,以示其子朦。朦置之衤中,偶遗坠,
为詟门老卒得之。老卒不识字,持令笔吏办之。运郡之娼魁,
素与笔吏洽,因授之。会赐衣袄中使至,敏肃开燕。娼尊前执
板歌此,敏肃怒,送狱根治。倡之侪类,祈哀于中使,为援于敏
肃。敏肃舍之,复令讴焉。中使得其本以归,达于禁中,宫女
辈但见"太平也"三字,争相传授,歌声遍掖庭,遂彻于宸听,诘
其从来,乃知敏肃所制。裕陵即索纸批出云:"玉关人老,朕甚
念之。枢管有阙,留以待汝。"以赐敏肃。未几,遂拜枢密副
使。御笔见藏其孙穑家。史言"献肃交结内侍,进词柄用",又
不同也。

　　21　元祐二年,东坡先生入翰林,暇日会张、秦、晁、陈、李
六君子于私第,忽有旨令撰《赐奉安神宗御容礼仪》,使吕大防
口宣茶药诏,东坡就牍书云:"於赫神考,如日在天。"顾群公
曰:"能代下一转语否?"各辞之。坡随笔后书云:"虽光明无所
不临,而躔次必有所舍。"群公大以耸服。《导引鼓吹词》盖亦
是时作,真迹今藏明清处。二事曾国华云。

　　22　富文忠公熙宁二年再相,王荆公为参知政事,始用
事,与文忠不协。文忠力丐去,以使相判河南府;上章自劾,继
改亳州。今录于此:"清时窃禄,难逃素食之讥;白首佐朝,遂
起蔽贤之谤。幸圣明之洞照,举毫发以无遗。顾此薄材,尚容
具位。中谢。切念臣业非经远,识寡通方。少因章句之科,得

偕群俊;长脱簿书之秩,获事三朝。仁宗之顾遇匪轻,英庙之
丁宁尤甚。旋属大人继照,飞龙在天。思肯构于先基,忽遄遗
于万物。涧薠何美,杂圭璧以荐羞;槽枥已疲,复骅骝之共驾。
殚力虽劳于负岳,小心更甚于履冰。果不克堪,遂贻弹劾。如
安石者,学强辩胜,年壮气豪。论议方鄙于古人,措置肯谐于
僚党?至使山林末学,草泽后生,放自得之良心,乐人传之异
说。薠薠者子,诡诡其书,足以干名,足以取贵。拖绅朝序者
非安石之党,则指为俗吏;圜冠校学者异安石之学,则笑为迂
儒。叹古人之不生,恨斯文之将丧。臣窃观安石平居之间,则
口笔丘、旦;有为之际,则身心管、商。至乃忽故事于祖宗,肆
巧讥于中外。喜怒惟我,进退其人。待圣主为可欺,视同僚为
不物。台谏官以兹切齿,谓社稷付在何人?士大夫罔不动心,
以朝廷安用彼相。为臣及此,事主若何!臣非不能秉笔华衮
之前而正其非,覆身青蒲之上而排其失。重念陛下方当渊默
尧舜,中和禹汤。同天德之尚□,待人臣之有体。徒高唇吻,
莫补聪明。且区区晋都,尚有相先之下佐;况赫赫昭代,岂有
不和之大臣!愚念及斯,众言陋此。伏乞陛下特申雄断,大决
群疑。正安石过举之谬,以幸保家邦;白臣等后言之罪,而俾
归田里。如其尚矜微朽,处以便藩,不唯有遂于物情,亦以不
妨于贤路。如是则始终事圣,史传不附于奸朋;去就为臣,物
议庶归于直道。"其临薨二表,尤为恳切,明清家旧有之,今不
复存。东坡先生公神道碑云"手封遗表,使其子上之"者也。
徐敦立《国纪》亦载其略。至于谓"宫闱之臣,不可使之专总兵
柄。人心不服,易以败事。"后来童贯之徒是矣。韪哉,先见之
明焉。

　　23　熙宁初,司天监亢瑛奏:"后三十年,西南有乱出于同

姓。"是时,方议皇族补外官,于是诏宗室不得注授川峡差遣。至建中靖国初,赵谂叛于渝州,相距果三十年,其言乃验。继而瑛又言:"丙午、丁未,汴都不守,乘舆有播遷之厄。不可轻改祖宗之法,恐致召乱。"王荆公大怒,启裕陵窜瑛英州。_{韩知命云。}

24　曾文肃十子,最钟爱外祖空青公。有寿词云:"江南客家,有宁馨儿。三世文章称大手,一门兄弟独良眉。籍甚众多,推千里足。来自渥洼,池莫倚善。题鹦鹉,赋青山。须待健时归,不似傲当时。"其后外祖果以词翰名世,可谓父子为知己也。

25　陈禾字秀实,四明人。政和初,为右正言,明目张胆,展尽底缊,时称得人。徽宗批出,除给事中。会宦官童贯、黄经臣恃贵幸骄横,且与中执法卢航相为表里,搢绅侧目,莫敢言者。禾曰:"吾备位台谏,朝廷有至可虑者。一迁给舍,则非其职。此而不言,后悔何追!"未受告命,即抗疏上言,力陈汉、唐之祸,不可不戒。此隙一开,异日有不胜言者,惟陛下留意于未然。论列既久,上以日晚颇饥,拂衣而起,曰:"朕饥矣。"禾褰挽上衣,泣奏曰:"陛下少留,容臣罄竭愚衷。"上为少留。禾曰:"此曹今日受富贵之利,陛下佗日受危亡之祸。孰为重轻,愿陛下择之!"上衣裾脱落。上曰:"正言碎朕衣矣!"禾奏曰:"陛下不惜碎衣,臣又岂惜碎首以报陛下!"其言激切,上为之变色,且曰:"卿能如此,朕复何忧。"内侍请上易衣,上止之曰:"留以旌直节。"翌日,经臣率其党诉于上前曰:"国家极治如此,安得有此不祥之语。"继而卢航上章,谓禾一介书生,言事狂妄。东台之除既寝,复责授信州监酒。久之,自便丐祠,奉亲还里。先是,陈莹中寓居郡中,禾交游日久,又遣其子正

彙来从学。后莹中论列蔡元长得罪，禾上书力为救解。及正
彙告发蔡氏事，父子俱就逮。监狱者知莹中与禾游，谓言必自
禾发，移文取证。禾答以事诚有之，罪不敢逃。人谓禾曰："岂
宜以实对？"禾曰："祸福死生，吾自有处。岂肯以一死易不义
耶！傥得分贤者罪，固所愿也。"朝廷指以为党，勒停。宣和
中，起守龙舒以卒。事见高抑崇阅所述行状。绍熙间，史直翁
再相，上其所著《易》与《春秋传》，特官其孙。近修《四朝史》，
无人为之立传，此节义遂失传于后世，可胜太息。

　　26　林子忠有《野史》一编，世多传之。其间议论，与平日
所为，极以背驰，殊不可晓。岂非知公论不可揜，欲盖其迹于
天下后世耶！

　　27　东坡先生虽窜斥于绍圣、元符，然元祐中，黄庆基、赵
君锡、贾易之徒，已摘取其所行训词中语，以为诋诬。后来施
行，盖权舆于是，史册可以具考。

　　28　近人作好事，如郑介夫、邹志完、陈莹中，士林每以为
佳话。然如王和父之救东坡先生，江民表之乞不深治蔡邘狱，
丰相之于祐陵前辩元祐诸公之无罪，方轸之上书力诋蔡元长
之失，雍孝闻之奉廷对，李彪之《拟贤良策》，数二蔡之奸，二人
者俱罹刑辟之类尚多，皆人之所难言。惜乎世人之不尽知也。

　　29　成都人景焕《野人闲话》，盖乾德三年所述，其间载蜀
后主一条，今录于后："蜀后主孟氏，讳昶，字保元，尊号睿文英
武仁圣明孝皇帝，道号玉霄子。承高祖纂业，性多明敏，以孝
慈仁义，在位三纪以来，尊儒尚学，贵农贱商。初用赵季良、毋
昭裔知政事，李仁学、赵廷隐等分主兵权，李昊、徐光浦掌笺
檄，王处回为枢要。无何，政教壅滞，恩泽杂遝，一旦赫怒，诛
权臣张业，出王处回，自命二相，李昊、徐光浦。开献纳院，创贡

举场。不十余年，山西潭隐者俱起，肃肃多士，赳赳武夫，亦一方之盛事。城内人生三十岁有不识米麦之苗者。每春三月、夏四月，有游浣花香锦浦者，歌乐掀天，珠翠阗咽，贵门公子，乘彩舫游百花潭，穷奢极丽。诸王功臣已下，皆置林亭异果名花，小类神仙之境。兵部王尚书珪题亭子诗，其一联曰：‘十字水中分岛屿，数重花外见楼台’，皆此类也。自大军收复，蜀主知运数有归，寻即纳款，识者闻之嘉叹。蜀主能文章，好博览，知兴亡，有诗才。尝为箴诫颂诸宰人，各令刊刻于坐隅，谓之《颁令箴》曰：‘朕念赤子，旰食宵衣。托之令长，抚养惠绥。政在三异，道在七丝。驱鸡为理，留犊为规。宽猛得所，风俗可移。无令侵削，无使疮痍。下民易虐，上天难欺。赋与是切，军国是资。朕之赏爵，固不逾时。尔俸尔禄，民膏民脂。为民父母，莫不仁慈。勉尔为诫，体朕深私。’”治平中，张次功著《蜀梼杌》，亦书是箴，与此一同。

30　章献明肃初自蜀中泛江而下，舟过真州之长芦，有闽僧法灯者，筑茅庵岸旁。灯一见，听其歌声，许以必贵，倒囊津置入京，继遂遭际。及位长乐，灯尚在。后捐奁中百万缗，命淮南、两浙、江南三路转运使创建大刹，工巧雄丽，甲于南北，俾灯住持，赐予不绝。李邯郸为之碑，至今存焉。皇祐初，名僧谷全，号全大道，以道行价重禅林，住庐山圆通寺。忽一男子货药入山，自云帝子。全见其状貌颇异，厚资其行，使往京师自陈。鞠治得其妄，乃都人冷绪之男青也，诛之。全坐醵配郴州，郡中令荷筑城之土。经岁，当盛暑，忽弛檐市中，作颂云：“今朝六月六，老全受罪足。若不登天堂，定是入地狱。”言讫，跌坐而化。郡人即其地建塔焉。事有相类而祸福不侔如此者。徐敦立《国纪》乃云“全与青俱弃市”，误矣。

31 王文穆钦若以故相来守杭州，钱唐一老尉，苍颜华发矣。文穆初甚不乐，询其履历，乃同年生，恻然哀之，遂封章于朝，诏特改京秩。尉以诗谢之云："当年同试大明宫，文字虽同命不同。我作尉曹君作相，东君元没两般风。"晁武子云。

32 章俞者，郇公之族子，早岁不自拘检。妻之母杨氏，年少而寡，俞与之通，已而有娠生子。初产之时，杨氏欲不举，杨氏母勉令留之，以一合贮水，缄置其内，道人持以还俞。俞得之，云："此儿五行甚佳，将大吾门。"雇乳者谨视之。既长，登第，始与东坡先生缔交。后送其出守湖州诗，首云"方丈仙人出渺茫，高情犹爱水云乡"，以为讥己，由是怨之。其子入政府，俞尚无恙，尝犯法，以年八十，勿论。事见《神宗实录》。绍圣相天下，坡渡海，盖修报也。所谓燕国夫人墓，独处而无祔者，即杨氏也。章房仲云。

33 元丰末，章子厚为门下侍郎，以本官知汝州。时钱穆父为中书舍人，行告词云："鞅鞅非少主之臣，悻悻无大臣之操。"子厚固怨之矣。元祐间，穆父在翰苑，诏书中有"不容群枉，规欲动摇"，以指子厚，尤以切齿。绍圣初，子厚入相，例遭斥逐。穆父既出国门，蔡元度饯别，因诵其前联，云："公知子厚不可撩拨，何故诋之如是？"穆父愀然曰："鬼劈口矣！"元度曰："后来代言之际，何故又及之？"穆父笑曰："那鬼又来劈一劈了去！"朱希真先生云。

34 周美成邦彦，元丰初以太学生进《汴都赋》，神宗命之以官，除太学录。其后流落不偶，浮沈州县三十余年。蔡元长用事，美成献《生日诗》，略云："化行《禹贡》山川内，人在周公礼乐中。"元长大喜，即以秘书少监召；又复荐之，上殿契合，诏再取其本以进。表云："六月十八日赐对崇政殿，问臣为诸生时所进先帝《汴都赋》,其辞云何? 臣对曰:'赋语猥繁,岁月持久,不能省忆。'即敕以本来进者。雕虫末技,已玷国恩,刍狗尘言,再干睿览,事超所望,忧过于荣。切惟汉、晋以来,才士辈出,咸有颂述,为国光华,两京天临,三国鼎峙,奇伟之作,行于无穷。共惟神宗皇帝盛德大业,卓高古初,积害悉平,百废具举。朝廷郊庙,罔不崇饰;仓廪府库,罔不充仞;经术学校,罔不兴作;礼乐制度,罔不厘出;攘狄片地,罔不留行。理财禁非,动协成算。以至鬼神怀,鸟兽若。缙绅之所诵习,载籍之所编记,三五以降,莫之与京。未闻承学之臣,有所歌咏,于今无传,视古为愧。臣于斯时,自惟徒费学廪,无益治世万分之一,不揣所堪,哀集盛事,铺陈为赋,冒死进投。先帝哀其狂愚,赐以首领,特从官使,以劝四方。臣命薄数奇,旋遭时变,不能俯仰取容,自触罢废,漂零不偶,积年于兹。臣孤愤莫伸,大恩未报,每抱旧藁,涕泗横流。不图于今得望天表,亲承圣训,命录旧文。退省荒芜,恨其少作,忧惧怕惑,不知所为。伏惟陛下执道御有,本于生知;出言成章,匪由学习。而臣也欲晞云汉之丽,自呈绘画之工,唐突不量,诛死何恨! 陛下德侔覆焘,恩浃飞沉,致绝异之祥光,出久幽之神玺。丰年屡应,瑞物毕臻。方将泥金泰山,鸣玉梁父,一代方册,可无述焉。如使臣殚竭精神,驰骋笔墨,方于兹赋,尚有靡者焉。其元丰元年七月所进《汴都赋》,并书共二策,谨随表上进以闻。"表入,乙览称善,除次对内祠。其后宣和中,李元叔长民献《广汴都赋》,上亦甚喜,除秘书省正字。元叔,定之孙也。

35 "柳色黄金嫩,梨花白雪香。"阴铿诗也,李太白取用之。杜子美《太白诗》云:"李白有佳句,往往似阴铿。"后人以谓以此讥之。然子美诗有"蛟龙得云雨,雕鹗在秋天"一联,已见《晋书·载记》矣。如"冰肌玉骨清无汗,水殿风来暗香满",孟蜀王诗,东坡先生度以为词。昔人不以蹈袭为非。《南部烟花录》:"'夕阳如有意,偏傍小窗明。'唐人方域诗。"《新唐书·艺文志》有《方域诗》一卷。《烟花录》一名《大业拾遗记》,文词极恶,可疑。而《大业幸江都记》自有十二卷,唐著作郎杜宝所纂,明清家有之,承平时扬州印本也。

36　沈睿达辽,文通之同包。长于歌诗,尤工翰墨。王荆公、曾文肃学其笔法,荆公得其清劲,而文肃传其真楷。登科后,游京师,偶为人书裙带,词颇不典。流转鬻于相蓝,内侍买得之,达于九禁近幸,嫔御服之,遂尘乙览。时裕陵初嗣位,励精求治,一见不悦。会遣监察御史王子韶察访两浙,临遣之际,上喻之曰:"近日士大夫全无顾藉。有沈辽者,为倡优书淫冶之辞于裙带,遂达朕听。如此等人,岂可不治!"子韶抵浙中,适睿达为吴县令　子韶希旨,以它罪劾奏。时荆公当国,为申解之,上复伸前说,竟不能释疑,遂坐深文,削藉为民。其后卜居池阳之齐山,有集号《云巢编》行于世。

挥麈余话卷之二

37　丁晋公自海外徙宅光州,临终,以一巨箧寄郡帑中,上题云:"候五十五年,有姓丁来此作通判,可分付开之。"至是岁,有丁姓者来贰郡政,即晋公之孙,计其所留年月,尚未生。启视之,但一黑匣,贮大端研一枚,上有一小窍,以一棋子覆之,揭之,有水一泓,流出无有歇时,温润之甚,不可名状。丁氏子孙至今宝之。又陈公密缜未达时,尝知端州,闻部内有富民蓄一研,奇甚,至破其家得之。研面世所谓熨斗焦者,成一黑龙,奋迅之状可畏;二鸜鹆眼,以为目。每遇阴晦,则云雾辄兴。公密没,归于张仲谋询,政和间,遂登金门,祐陵置于宣和殿,为书符之用。靖康之乱,龙德宫服御多为都监王球藏匿。事露,下大理,思陵欲诛之。子裳叔祖为棘卿,为之营救,止从远窜。其后北归,以此研谢子裳,至今藏于家。二研真希世之宝也。

38　明清尝于王莹夫瓘处见王荆公手书集句诗一纸云:"海棠乱发皆临水,君知此处花何似?凉月白纷纷,香风隔岸闻。啭枝黄鸟近,隔岸声相应。随意坐莓苔,飘零酒一杯。"今不知在何所。

39　周美成晚归钱塘乡里,梦中得《瑞鹤仙》一阕:"悄郊原带郭。行路永,客去车尘漠漠。斜阳映山落。敛余红,犹恋孤城阑角。凌波步弱,过短亭,何用素约。有流莺劝我,重解绣鞍,缓引春酌。　　不记归时早暮,上马谁扶?醒眠朱阁。

惊飚动幕。犹残醉,绕红药。叹西园,已是花深无地,东风何
事又恶。任流光过却。归来洞天自乐。"未几,方腊盗起自桐
庐,拥兵入杭。时美成方会客,闻之,仓黄出奔,趋西湖之坟
庵。次郊外,适际残腊,落日在山,忽见故人之妾,徒步亦为逃
避计。约下马,小饮于道旁旗亭,闻莺声于木杪分背。少焉抵
庵中,尚有余醺,困卧小阁之上,恍如词中。逾月贼平,入城,
则故居皆遭蹂践,旋营缉而处。继而得请提举杭州洞霄宫,遂
老焉。悉符前作。美成尝自记甚详。今偶失其本,姑追记其
略而书于编。

　　40　周美成为江宁府溧水令,主簿之室有色而慧,美成每
款洽于尊席之间。世所传《风流子》词,盖所寓意焉:"新绿小
池塘。风帘动,碎影舞斜阳。羡_{一作见}金屋去来,旧时巢燕,土
花缭绕,前度莓墙。绣阁凤帷深几许,听得理丝簧。欲说又
休,虑乖芳信,未歌先噎,愁转清商。　　暗想新妆了,开朱
户,应自待月西厢。最苦梦魂,今宵不到伊行。问甚时却与,
佳音密耗,拟将秦镜,偷换韩香。天便教人,霎时厮见何妨。"
新绿、待月,皆簿厅亭轩之名也。俞羡仲云。

　　41　曾文肃初与蔡元长兄弟皆临川王氏之亲党,后来位
势既隆,遂为仇敌。崇宁初,文肃为元长攘其相位。文肃以观
文守南徐,时元度帅维扬,赴镇过郡,元度开燕甚勤,自为口号
云:"并居二府,同事三朝。怅契阔于当年,喜逢迎于斯地。"又
云:"对掌紫枢参大政,同扶赫日上中天。"谬为恭敬如是,而中
实不然。已而兴狱,文肃遂迁衡阳。

　　42　元祐初,滕章敏帅定武时,耿晞道南仲为教授。偶燕
集郡僚,章敏席间作诗,坐客皆和,独晞道辞云:"某以经义过
省,不习为诗。"章敏之婿何洵直,滑稽名世,忽云:"熙宁中,裕

宁后苑射弓，而殿帅林广云'不能'，上询其故，云：'臣本出弩手。'阖坐大笑。"黄六丈叔愚云。

43　李处迈，邯郸之孙。政和初，以直秘阁知相州。外甥张澄如莹，罍宗女夫为承节郎，侍行，掌扎牍之寄。时聂贲远山为郡博士，王将明甫为决曹掾。如莹处甥馆，既与二公往还，且周旋甚至，悉皆怀感。王、聂同年生也，始甚欢；而聂于乐籍中有所属意，王亦昵之，每戒不令前，聂恨之，因而遂成仇怨。其后，甫改名黼，为相，荐如莹易文阶，除枢密院编修，已而更秩为郎。聂后以蔡元长称其刚方有立，荐之，改名昌，擢侍从。黼大用事，贬聂散官，安置衡州，益衔黼矣。靖康，时事大变，召登政府。黼之诛死，聂有力焉。而聂亦以是岁出使至绛州，被害。黼初败，如莹踪迹颇危，赖聂之回互，竟无它。南渡之后，出入中外，浸登要途，至端明殿学士、宣奉大夫，拜庆远军节目以终。四十三年无一日居闲，中兴以来，如莹一人而已。孙长文云。

44　徐干臣伸，三衢人。政和初，以知音律为太常典乐，出知常州。尝自制《转调二郎神》之词云："闷来弹鹊，又搅碎，一帘花影。漫试着春衫，还思纤手，薰彻金猊烬冷。动是愁端如何向，但怪得，新来多病。嗟旧日沈腰，如今潘鬓，怎堪临镜？　　重省。别时泪滴，罗襟犹凝。为我厌厌，日高慵起，长托春酲未醒。雁足不来，马蹄难驻，门掩一亭芳景。空伫立，尽日栏干倚遍，昼长人静。"既成，会开封尹李孝寿来牧吴门。李以严治京兆，号李阎罗。道出郡下，干臣大合乐燕劳之，喻群娼令讴此词，必待其问乃止。娼如戒，歌至三四。李果询之，干臣蹙颎云："某顷有一侍婢，色艺冠绝。前岁以亡室不容，逐去。今闻在苏州一兵官处，屡遣信欲复来，而今之主公靳之。感慨赋此。词中所叙,多其书中语。今焉适有天幸,公拥麾于彼,不审能为我之地否?"李云:"此甚不难,可无虑也。"既次无锡,宾赞者请受谒次第。李云:"郡官当至枫桥。"桥距城十里而远。翌日,舣舟其所,官吏上下望风股栗。李一阅刺字,忽大怒云:"都监在法不许出城,乃亦至此,使郡中万一有火盗之虞,岂不殆哉!"斥都监下阶,荷校送狱。又数日,取其供牍判奏字。其家震惧求援,宛转哀鸣致恳。李笑云:"且还徐典乐之妾了来理会。"兵官者解其指,即日承命,然后舍之。曾仲恭云。

45　东坡先生出帅定武,黄门以书荐士往谒之。东坡一见云:"某记得一小话子。昔有人发冢,极费力,方透其穴,一人裸坐其中,语盗曰:'公岂不闻此山号首阳,我乃伯夷,焉有物邪?'盗慊然而去。又往它山,镵治方半,忽见前日裸衣男子从后拊其背曰:'勿开,勿开,此乃舍弟墓也。'"徐敦立云。

46　政和建艮岳,异花奇石,来自东南,不可名状。忽灵璧县贡一巨石,高二十余丈,周围称是。舟载至京师,毁水门楼以入,千夫舁之不动。或启于上云:"此神物也,宜表异之。"祐陵亲洒宸翰云:"庆云万态奇峰。"仍以金带一条挂其上,石即遂可移。省夫之半,顷刻至苑中。李平仲云。

47　潘兑,字说之,吴门人,仕祐陵为侍从。宣和初,奉祠居里中。时郡民朱勔以幸进,宠眷无比。父冲殂,勔护丧归葬乡间,倾城出迓,而潘独不往。潘之先茔,适有山林形势,近冲新阡,勔欲得之,乃修敬于潘,杜门弗纳。勔恃恩自恣,遣人讽之,且席以薰天之势。潘一切拒之。勔归京师,果诉于上,降御笔夺之。已而又讽御史诬之以罪,而褫潘之职。虽抑之于一时,而吴人至今称之。曾育当时云。

48　祐陵时有僧妙应者,江南人,往来京、洛间,能知人休咎。其说初不言五行形神,且不在人之求而告之。佯狂奔走,初无定止。饮酒食肉,不拘戒行。人呼之为"风和尚"。蔡元长褫职居钱塘,一日忽直造其堂,书诗一绝云:"相得端明似虎形,摇头摆脑得人憎。看取明年作宰相,张牙劈口吃众生。"又书其下云:"众生受苦,两纪都休。"已而悉如其言。绍兴初,犹在广中,蜕寂于柳州。明清《投辖录》中亦书其略。苏训直批云。

49　蔡攸尝侍徽宗曲宴禁中,上命连沃数巨觥,屡至颠仆。赐之未已,攸再拜以恳曰:"臣鼠量已穷,逮将委顿,愿陛下怜之。"上笑曰:"使卿若死,又灌杀一司马光矣。"始知温公虽遭贬斥于一时,而九重固自敬服如此。乐寿之云。

50　李彦思邈,曾文肃之甥,早岁及第,文采为政,称于一时。蔡元长与之连,初亦喜之。后元长与文肃交恶,始恶之。政和初,自江外作邑归,时元长以师垣秉钧。入谒之后,元长语其所厚曰:"李邈面目如此,所欠一黥耳。"彦思闻之皇恐,即上书欲愿投笔。比再见元长,元长曰:"公乞易武,早已降旨换授庄宅使矣。"邈闻语,即趋廷下,效使臣之喏云:"李邈谢太师!"更不再升阶而出。元长笑云:"李彦思元来了得遮一解。"即除知保州见阙。中父舅云。

51　詹大和坚老来京师,省试罢,坐微累下大理。时李传正端初为少卿,初入之时,坚老哀鸣曰:"某远方举人,不幸抵此,祈公怜之。"端初怒,操俚谈诟曰:"子觜尖如此,诚奸人也!"因困辱之。已而榜出奏名,所犯既轻,在法应释,得以无事。自此各不相闻。后十余年,端初为淮南路转运副使,既及瓜,坚老自郎官出为代。端初固忘之,而坚老心未能平也。相见各叙昧生平而已。既再见,端初颇省其面目,犹不记前事,因曰："郎中若有素者,岂尝解后朝路中邪? 风采堂堂,非曩日比也。"坚老答曰:"风采堂堂,固非某所自见。但不知比往时觜不尖否?"端初愧怍而瘠。端初有子,即粹伯处全也。粹伯乃外祖之遗体,不但曾氏之指节可验,而高明豪放酷肖之。粹伯亦不自隐,礼待二家均一。世亦多知之。传正,邯郸公淑孙也。

52　凤翔府太平观主道士张景先,出入黄安中之门甚久。安中坐此,弹章中颇及之。有闽人黄谦者,狡狯人也,自买度牒,远投景先,求为弟子,因得以识安中。后归闽,遂住武夷山,每对客,必目安中为家兄。人以其名连《易》卦,颇以为然。安中至里中焚黄,谦亦谒之,安中以景先之故,稍礼之。逮安中北还,谦宣言送伯氏出闽,以山轿迹其后,所至官吏眦所睹,示不疑也。安中既多在北方,而闽距京师稍远,安中名重一时,谦借其声势,大为奸利,人不敢何。一日,安中遣伻归邵武,间有客道其事者,伻大不平,云:"须当痛治之。"谦伺其来,候于道左伏谒,礼甚恭。方欲诘其事,谦曰:"无广此言,聊假虎威耳。"举初甚厚,遂为款留数日,不问而去。自是众益信之。人之无良有如是者。谦后至政和间,遂得幸为道官。黄宋翰云。

53　王履道初自大名府监仓任满至京师,茫然无所向,会梁师成赐第初成,极天下之华丽,许士庶入观,履道髽两角,以小篮贮笔墨径入,就其新堂大书歌行以美之,末云"初寮道人",掷笔而出。主隶辈见其人物伟胜,词翰妙绝,众目巨侧。时方崇尚道教,直以为神仙降临,不敢呵止,亟以报师成。师成读之大喜,即令物色延见。索其它文,益以击节,荐之于上。不数年,登禁林,入政府,基于此也。谢景思云。

54　刘跛子者,洛阳人。知人死生祸福,岁一至京师。前辈杂说中多记之。至宣和犹在,蔡元长正炎盛,闻其入都,在大房中下。大房者,外方居养福田院之类。即令其子絛屏骑从往访之,跛子以手挥之,勿令前,且取一瓦砾,用土书一"退"字,更无它语。絛归,以告于元长,元长悟其言而不能用,遂至于败。

55　蔡元长帅成都,尝令费孝先画卦影,历历悉见后来,无差豪之失。末后画小池,龙跃其中。又画两日两月,一屋有鸥吻,一人掩面而哭。不晓其理。后元长南窜,死于潭州昌明寺,始悟焉。蔡徽云。

56　蔡元长少年鼎贵,建第钱塘,极为雄丽,全占山林江湖之绝胜,今行在殿前司是也。宣和末,金寇豕突,尽以平日之所积,用巨舰泛汴而下,置其宅中。靖康初,下籍没之诏,适毛达可友守杭州,达可,元长门下士也,缓其施行,密喻其家藏隐逾半,所以蔡氏之后皆不贫。又尝以金银宝货四十担寄其族人家海盐者。已而蔡父子兄弟诛窜,不暇往索,尽掩为己有。至今海盐蔡氏,富冠浙右。胡元功云。

57　绍圣初,治元祐党人。秦少游出为杭州通判,坐以修史诋诬,道贬监处州酒税。在任,两浙运使胡宗哲观望罗织,劾其败坏场务,始送郴州编管。黄鲁直罢守当涂,寓居荆南,作《承天院塔记》,湖北转运判官陈举迎合中司赵正夫,发其中含谤讪,遂编管宜州。陈举者,乃宗哲之婿,可谓冰清玉润也。

58　苏在廷元老,东坡先生之从孙,自幼即卓然,东坡许之。元符末入太学,东坡已度海。每与其书,委曲详尽。宣和中,历馆职、郎曹、奉常。言者论其宗元祐学术,罢为宫观。而谢表乃云:"念昔党人,偶同高祖。"士大夫颇少之。张文老云。

59　靖康中，蔡元长父子既败，言者攻之，发其奸恶，不遗余力，盖其门下士如杨中立、孙仲益之类是也。李泰发光时为侍御史，独不露章，且劝勿为大甚，坐是责监汀州酒税。谢表云："当垂涕止弯弓之射，人以为狂。然临危多下石之徒，臣则不敢。"士大夫多称之。_{陆务观云。}

60　张邦昌僭位，国号大楚。其坐罪，始责昭化军节度副使，潭州安置。既抵贬所，寓居于郡中天宁寺。寺有平楚楼，取唐沈传师"目伤平楚虞帝魂"之句也。朝廷遣殿中侍御史马伸赐死，读诏毕，张徘徊退避，不忍自尽。执事者趣迫登楼，张仰首，急睹三字，长叹就缢。_{钱秉之元成云。}

61　赵德夫明诚《金石录》云："唐韦绚著《刘公嘉话》，载武氏诸碑，一夕风雨，失龟趺之首，凡碑上武字皆不存。已而武元衡遇害。后来考之，武字皆完，龟首固自若。韦绚之妄明矣，而益知小说传记不足信也。"明清后见《元和姓纂》，绚乃执谊之子，其虚诞有从来也。

62　建炎戊申冬，高宗驻跸维扬，时未经兵烬，井邑全盛。向子固叔坚来赴，调于行在所，冠盖阗委。偶邂逅金坛士子郭珣瑜者，因与共处于天宁寺佛殿之供卓下。一夕夜半，忽呼郭觉而语云："有一事甚异。适梦吾服金紫来领此郡，皆荆榛瓦砾之场，非复今日。入城，亦有官吏父老辈相迎，皆萧索可怜。公衣绿袍于众客中。不可晓也。"已而虏人南寇，六飞渡江，城之内外悉遭焚毁。后二十年，叔坚果握帅符。郭登第未久，为郡博士，迓于郊外。始悟前梦，相与感叹。_{向荆父云。}

63　康倬字为章，元祐名将识之子。少日不拘细行。游京师，生计既荡析，遂偶一娼。始来，即诡其姓名曰李宣德。情意既洽，妇人者亦恋恋不忍舍。为章谓曰："吾既无室家，汝

肯从我南下为偕老之计乎?"娼大然之。橐中所有甚富,分其
半以遗姥。指天誓日,不相弃背。买舟出都门,沿汴行裁数
里,相与登岸,小酌旗亭。伺娼之醉,为章解缆亟发。娼拗怒,
戟手于河浒,为章弗顾也。娼既为其所绐,仓黄还家。后数
年,为章再到京师,过其门,娼母子即呼街卒录之。为章略无
惮色。时李孝寿尹开封,威令凛然。既至府,为章自言平时未
尝至都下,无由识此曹,恐有貌相肖者,愿试询之。尹以问娼,
娼曰:"宣德郎李某也。"为章遽云:"己即右班殿直康倬也。"尹
曰:"诚倬也,取文书来。"为章探怀中,取吏部告示文字以呈
之。尹抚案大怒曰:"信知浩穰之地,奸欺之徒,何所不有!"命
重杖娼之母子,令众通衢;慰劳为章而遣之。李尹自以谓益显
神明之政矣。为章自此折节读书,易文资,有名于世。后来事
浸露,李尹闻之,尝以语外祖曰:"仆为京兆,而康为章能作此
奇事,可谓大胆矣!"与之,其子也。_{宏父舅云。}

64　向宗厚履方,建炎末为枢密院计议官。履方美髯而
若滑稽之状,裹华阳巾,缠足极弯,长于钩距。同舍王佾公为
尝戏语之曰:"君唐明皇时四人合而为一,何邪?"向曰:"愿闻
之。"公为曰:"君状类黄幡绰,头巾类叶法善,脚类杨贵妃,心
肠似安禄山。"席间一笑。履方不欢。后程致道行其祠部员外
郎告词云:"汝佩服高古,操履甚恭。"又以戏之。_{向止叔云。}

65　宋道方毅叔以医名天下,居南京。然不肯赴请,病者
扶携以就求脉。政和初,田登守郡,母病危甚,呼之不至。登
怒云:"使吾母死,亦以忧去。杀此人,不过斥责。"即遣人禽至
廷下,荷之云:"三日之内不痊,则吾当诛汝以徇众。"毅叔曰:
"容为诊之。"既而曰:"尚可活。"处以丹剂,遂愈。田喜甚,云:
"吾一时相困辱,然岂可不刷前耻乎?"用太守之车,从妓乐,酬

以千缗,俾群卒负于前,增以彩酿,导引还其家。旬日后,田母病复作,呼之,则全家遁去,田母遂殂。盖其疾先已在膏肓,宋姑以良药缓其死耳。程可久云。

66　王况字子亨,本士人,为南京宋毅叔婿。毅叔既以医名擅南北,况初传其学,未精,薄游京师,甚凄然。会盐法忽变,有大贾睹揭示,失惊吐舌,遂不能复入。经旬食不下咽,尪羸日甚,国医不能疗。其家忧惧,榜于市曰:"有治之者,当以千万为谢。"况利其所售之厚,姑往应其求。既见贾之状,忽发笑不能制,心以谓未易措手也。其家人怪而诘之,况谬为大言答之曰:"所笑者辇毂之大如此,乃无人治此小疾耳!"语主人家曰:"试取《针经》来。"况谩检之,偶有穴与其疾似是者,况曰:"尔家当勒状与我,万一不能活,则勿尤我。当为若针之,可立效。"主病者不得已,亦从之。急针舌之底,抽针之际,其人若委顿状,顷刻舌遂伸缩如平时矣。其家大喜,谢之如约,又为之延誉,自是翕然名动京师。既小康,始得尽心《肘后》之书,卒有闻于世。事之偶然有如此者。况后以医得幸,宣和中为朝请大夫。著《全生指迷论》一书,医者多用之。外舅云。

67　杨介吉老者,泗州人,以医术闻四方。有儒生李氏子,弃业,愿娶其女,以受其学。执子婿礼甚恭,吉老尽以精微告之。一日,有灵壁县富家妇有疾,遣人邀李生以往。李初视脉云:"肠胃间有所苦邪?"妇曰:"肠中痛不可忍,而大便从小便中出。医者皆以谓无此证,不可治,故欲屈君子。"李曰:"试为筹之。若姑服我之药,三日当有瘳。不然,非某所知也。"下小元子数十粒,煎黄耆汤下之。富家依其言,下脓血数升而愈。富家大喜,赠钱五十万。置酒以问之,曰:"始切脉时,觉芤脉现于肠部。王叔和《脉诀》云:'寸芤积血在胸中,关内逢玑肠里痛。'此痛生肠内所以致。然所服者,乃云母膏为丸耳。"切脉至此,可以言医矣。李后以医科及第,至博士。李稙元秀,即其从子也。王宪臣云。

　　68　王称定观者,元符殿帅恩之子。有才学,好与元祐故家游。范元实温《潜溪诗眼》中亦称其能诗。政和末,为殿中监,年二十八矣,眷睐甚渥。少年贵仕,酒色自娱。一日,忽宣召入禁中,上云:"朕近得一异人,能制丹砂,服之可以长生久视。炼治经岁而成,色如紫金。卿为试之。"定观忻跃拜命,即取服之。才下咽,觉胸间烦燥之甚。俄顷,烟从口中出。急扶归,已不救。既殓之后,但闻棺中剥啄之声,莫测所以。已而火出其内,顷刻之间遂成烈焰,室庐尽焚。开封府尹亟来救之,延烧数百家方止。但得枯骨于余烬中,亦可怪也。范子济云。

　　69　丁广者,明清里中老儒也。与祖父为辈行,尝任保州教授。郡将武人,而通判者戚里子,悉多姬侍,以酒色沈纵。会有道人过郡,自言数百岁,能炼大丹,服之可以饱耆欲,而康强无疾,然后飞升度世。守、贰馆之,以先生之礼事之。选日创丹灶,依其法炼之,四十九日而成。神光属天,置酒大合乐相庆,然后尝之。广闻之,裁书以献,乞取刀圭,以养病身。道人者以其骨凡,不肯与。守、贰怜之,为请,仅得半粒。广忻然服之。不数日,郡将、通判皆疽发于背。道人宵遁。守、贰相继告殂。广腰间亦生疽,甚皇恐,亟饮地浆解之,得愈。明年考满改秩,归里中,疾复作,又用前法,稍痊。偶觉热躁,因澡身,水入创口中,不能起。金石之毒,有如此者。并书之于此,以为世诫云。

　　70　秦会之初自虏中还朝,泛海至楚州。楚守杨揆子才疑以为伪，即欲斩之。馆客管当可者，谓揆曰："万一果然，朝廷知之匪便。不若津遣赴行在，真假自辨矣。"揆于是遣人阴加防闲，护送至会稽。会之既相，访寻当可，官其二子。揆屏迹天台，不敢出者逾二十年。会之末年，始得刘景，以为台州守，欲与綦、谢二家并治之，而会之死。高宗偶记其姓名，召用之，后为次对，累典名藩。斯亦命也。

71　毋丘俭贫贱时，尝借《文选》于交游间，其人有难色，发愤异日若贵，当板以镂之遗学者。后仕王蜀为宰，遂践其言刊之。印行书籍，创见于此。事载陶岳《五代史补》。后唐平蜀，明宗命太学博士李锷书《五经》，仿其制作，刊板于国子监，监中印书之始。今则盛行于天下，蜀中为最。明清家有锷书印本《五经》存焉，后题长兴二年也。

72　明清《第三录》载秦会之靖康末议状全篇。比见表侄常保孙言：尝闻之于游定夫之孙九言云：乃马伸先觉之文也。初，会之为御史中丞，虏人议立张邦昌以主中国。先觉为监察御史，抗言于稠人广坐中曰："吾曹职为争臣，岂可坐视缄默，不吐一词？当共入议状，乞存赵氏。"会之不答。少焉属藁，遂就呼台史连名书之。会之既为台长，则当列于首。以呈会之，会之犹豫。先觉帅同僚合辞力请，会之不得已，始肯书名。先觉遣人疾驰，以达虏酋。所以秦氏所藏本犹云"桧等"也。先觉中兴初任殿中侍御史，以亮直称于一时，为汪、黄所挤，责监濮州酒税。后高宗思之，以九列召，示以大用，而先觉已死。会之还自虏中，扬言己功，尽掠其美名，遂取富贵，位极人臣，势冠今古。先觉子孙，漂泊闽中。先觉有甥何玑者，慷慨自任，得其元藁，累欲上之，而马氏子止之云："秦会之凶焰方炽，其可犯邪！"绍兴乙亥春，玑忽梦先觉衣冠如平生，云秦氏将

败,趣使往陈之。琉即持其藁以叫阍。会之大怒,诬以他罪,
下琉大理,窜岭外。抵流所未几,而会之果殂。其家讼冤,诏
复琉故官,后至员郎。先觉忠绩,遂别白于时。游与马邻墙而
居,得其详云。

73　秦会之、范觉民同在庙堂,二公不相咸。虏骑初退,
欲定江西二守臣之罪:康倬知临江军,弃城而走;抚州守王仲
山,以城降。仲山,会之妇翁也,觉民欲宽之。会之云:"不可。
既已投拜委质于贼,甚么话不曾说,岂可贷邪!"盖诋觉民尝仕
伪楚耳。

74　秦熺,本王睕之孽子。睕妻郑氏,达夫之女。睕赘妇
家而早达,郑氏怙势而妒。熺既诞,即逐其所生,以熺为会之
乞子。会之任中司,虏拘北去,夫妇偕行,独留熺于会之夫人
伯父王仲嶷丰父家。丰父子时憍而傲,每凌侮之。其后会之
用其亲党,遍跻要途,独时每以参议官处之。王涘明云。

75　王仲嶷字丰父,歧公暮子,有风采,善词翰,四六尤
工。以名字典郡。政和末,为中大夫,守会稽,颇著绩效,如乾
湖为田、导水入海是也。童贯时方用事,贯苦脚气,或云杨梅
仁可疗是疾,丰父衰五十石以献之,才可知矣。后擢待制。再
任不历贴职,径登次对,前后惟丰父一人。初,歧公为首台,元
丰末命。或云,歧公有异议。绍圣亲政,追贬万安军司户,诸
子皆勒停,不得入国门;夺所赐第,以予王荆公家。崇宁初,以
为臣不忠,列党籍碑。至是,丰父既有内援,而又郑达夫歧公
之婿,相与申理,遂洗前诬,诏尽复歧公爵谥。祐陵又题其墓
刻云:"元丰治定弼亮功成之碑。"御笔云:"嘉祐中,英宗立为
皇子,王珪时为学士,预闻大议。近因其子仲嶷以其诏藁来
上,始得究其本末。乃知神考擢置政府,厥有攸在。协赞事

功，维持法度，十有六年。元丰末，上自有子，发言自珪，遂定大策，安宗庙。坠碑未立，恻然于怀。赐额亲笔书题。"此政和七年二月丙子也。丰父谢表，有"金杯赐第，玉篆题碑"之对。建炎初，知袁州，房人寇江西，坐失守削籍，与马子约皆寓居永嘉。丰父兄仲山同时牧临川，以城降坐废。子约酒酣，戏之云："平原太守，吾兄也。"后秦会之再入相，会之，仲山婿也。丰父以启恳之云："黄纸除书，久无心于梦寐；青毡旧物，尚有意于陶镕。"会之为开陈，诏复元官，奉祠放行。奏荐时，丰父寄禄已为通议大夫，不问职名，所以诸孙皆奏京秩。年八十余卒。有子晓，亦能文。

76　祖宗以来，帅蜀悉杂学士以上方为之。李璆西美坐蔡元长党，久摈不用。绍兴中，乃以女适秦会之夫人之弟王历，因而内相昵结，起帅泸南，已而复次对，制阃成都。自是蜀帅职始杀矣。其后曹筠、王刚中是也。张文老云。

77　熙宁三年，诏宗室出官从政于外方，惟不许入蜀。郑亨仲本秦会之所引，自温州判官，不数年登禁近，遂以资政殿大学士宣抚川、陕。亨仲驾驭诸将有理，诸将虽外敬而内惮之。适亨仲有忤秦之意，因相与媒蘖，言其有跋扈状。奏闻之，谋于王显道晚。晚云："不若遣一宗室有风力者往制之。"因荐赵德夫不弃焉。于是创四川总领财赋，命德夫至坤维。得晁公武子止于冷落中，辟为干办公事，俾令采访亨仲阴事，欲加以罪。又以德夫子善究为总领司干办公事，越常制也。子止又引亨仲所逐使臣魏彦忠者，相与物色其失上闻，遂兴大狱，窜籍亨仲，即召德夫为版曹云。张文老云。

78　廉宣仲布，建炎初自其乡里山阳避寇南来，所携钜万。至临安，寓居吴山之下。舍馆甫定，而郡兵陈通等乱，囊橐悉为劫掠，一簪不遗，夫妇彷徨。宣仲昔在京师为学官日，与侍晨道士时若愚游，至是闻若愚用事贼间，姑往访之。一见，甚笃绨袍之义。且云："吾从盗所得宝货盈屋。败露指日，悉录于官矣。纵尽以与君，无憾，然度必不能保。今有两箧，以授子。可亟去此，庶有生理。"又令二校防护出关而返。宣仲夫妇既幸脱厄，买舟趋雪川，来依外祖空青公。空青馆置于所泊僧舍。宣仲，张子能婿也。外祖戏曰："君真是没兴徐德言矣。"按堵之后，启箧视之，皆黄金也；计其所失，无毫厘之差。宣仲后坐姻党摈不用，借此得以自存焉。宣仲自云。

79　靖康初，秦会之自御史丐祠，归建康，僦舍以居。适当炎暑，上元宰张师言昌访之。会之语师言："此屋粗可居，但每日为西日所苦，奈何！得一凉棚备矣。"翌日未晓，但闻斤斧之声；会之起视之，则松棚已就。询之，匠者云："县宇中方创一棚，昨日闻侍御之言，即辍以成此。"会之大喜。次年，会之入为中司，北去。又数年还朝，已而拜相。时师言年逾七十，会之于是就官簿中减去十岁，擢知楚州，把麾持节者又逾十年，然后挂冠，老于潜、皖，近九十而终。师言诗文甚佳，多传于外。李元度云。

80　陈彦育序，丹扬士子。从后湖苏养直学诗，造其三昧。向伯恭为浙漕，访养直于隐居，彦育适在坐，一见喜之，邀与之共迹，益以契合，遂以其爱姬寇氏嫁之携归。逾年，伯恭登从班，乃启于思陵云："寇氏，莱公之元孙，其后独有此一女，乞以一官与其夫。"陈序遂诏特补和州文学。伯恭为自制簪裳靴笏，令人赍黄牒往并授之，并以白金为饷。彦育方教村童于陋巷，持书人至，彦育疑非其所有。至出补牒，见其姓名，始拜命。望逾意表，不胜惊喜。闾巷为之改观。其后终于删定官。

明清有其诗一秩,至今尚存也。_{向止叔云。}

81　明清壬子岁仕宁国,得王俊所首岳侯状于其家云:"左武大夫果州防御使差充京东东路兵马钤辖御前前军副统制王俊右。俊于八月二十二日夜二更以来,张太尉使奴厮儿庆童来请俊去说话。俊到张太尉荷,令虞候报覆,请俊入宅,在莲花池东面一亭子上。张太尉先与一和尚何泽,点着烛,对面坐地说话。俊到时,何泽更不与俊揖,便起向灯影黑处潜去。俊于张太尉面前唱喏。坐间,张太尉不作声。良久问道:'你早睡也,那你睡得着!'俊道:'太尉有甚事睡不着?'张太尉道:'你不知自家相公得出也!'俊道:'相公得出,那里去?'张太尉道:'得衢、婺州。'俊道:'既得衢州,则无事也。有甚烦恼?'张太尉道:'恐有后命。'俊道:'有后命如何?'张太尉道:'你理会不得? 我与相公从微相随,朝廷必疑我也。朝廷交更翻朝见,我去则不必来也!'俊道:'向日范将军被罪,朝廷赐死。俊与范将军从微相随,俊元是雄威副都头,转至正使,皆是范将军。兼系右军统制,同提举一行事务。心怀忠义,到今朝廷何曾赐罪? 太尉不须别生疑虑。'张太尉道:'更说与你。我相公处有人来,交我救他。'俊道:'如何救他?'张太尉道:'我遮人马动,则便是救他也。'俊道:'动后甚意似?'张太尉道:'这里将人马老小,尽底移去襄阳府不动,只在那驻札。朝廷知,必使岳相公来弹压抚喻。'俊道:'太尉不得动。人道若太尉动人马,朝廷必疑,岳相公越被罪也。'张太尉道:'你理会不得。若朝廷使岳相公来时,便是我救他也。若朝廷不肯交相公来时,我将人马分布,自据襄阳府。'俊道:'诸军人马,如何起发得?'张太尉道:'我虏劫舟船,尽装载步人老小,令马军便陆路前去。'俊道:'且看国家患难之际,且更消停。'张太尉

道：'我待做，你安排着。待我交你下手做时，你便听我言语。'
俊道：'恐军中不伏者多。'张太尉道：'谁敢不伏？傅选道伏我
不伏？'俊道：'傅统制慷慨之人，丈夫刚气，必不肯伏。'张太尉
道：'待有不伏者剿杀。'俊道：'这军马做甚名目起发？'张太尉
道：'你问得我是，我假做一件朝廷文字教发。我须交人不
疑。'俊道：'太尉去襄阳府，后面张相公遣人马来追袭如何？'
张太尉道：'必不敢来赶我。投他人马来到这里时，我已到襄
阳府了也。'俊道：'且如到襄阳府，张相公必不肯休，继续前来
收捕，如何？'张太尉道：'我又何惧！'俊道：'若番人探得知，必
来夹攻。太尉南面有张相公人马，北面有番人，太尉如何处
置？'张太尉冷笑：'我别有道理。待我遮里兵才动，先使人将
文字去与番人。万一支吾不前，交番人发人马助我。'俊道：
'诸军人马老小数十万，襄阳府粮如何？'张太尉道：'这里粮尽
数著船装载前去。郢州也有粮，襄阳府也有粮，可吃得一年。'
俊道：'如何这里数路应副，钱粮尚有不前？那里些小粮，一年
已后无粮，如何？'张太尉道：'我那里一年已外不别做转动？
我那里不一年，交番人必退。我迟则迟动，疾则疾动，你安排
着。'张太尉又道：'我如今动后，背嵬、游奕伏我不伏？'俊道：
'不伏底多。'张太尉道：'姚观察背嵬王刚、张应、李璋伏不
伏？'俊道：'不知如何。''晌日来，我这里聚厅时，你请姚观察、
王刚、张应、李璋，云你衙里吃饭，说与我这言语。说道张太尉
一夜不曾得睡，知得相公得出，恐有后命。今自家懑都出岳相
公门下，若诸军人马有语言，交我怎生置御？我东则东，随他
人。我又不是都统制，朝廷又不曾有文字交我管。他懑有事，
都不能管得。'至三更后，俊归来本家。次日天晓二十三日早，
众统制官到张太尉衙前，张太尉未坐衙，俊叫起姚观察，于教

场内亭子西边坐地。姚观察道:'有甚事,大哥?'俊道:'张太尉一夜不曾睡,知得相公得出,大段烦恼。道破言语,交俊来问观察如何?'姚观察道:'既相公不来时,张太尉管军事。节都在张太尉也。'俊问观察道:'将来诸军乱后如何?'姚观察道:'与他弹压,不可交乱,恐坏了这军人马。你做我覆知太尉,缓缓地,且看国家患难面。'道罢,各散去,更不曾说张太尉所言事节。俊去见张太尉,唱喏。张太尉道:'夜来所言事如何?'俊道:'不曾去请王刚等,只与姚观察说话。来覆太尉道:恐兵乱后,不可不弹压。我游奕一军,钤束得整齐,必不到得生事。'张太尉道:'既姚观察卖弄道他人马整齐,我做得尤稳也。你安排着。'俊便唱喏出来。自后不曾说话。九月初一日,张太尉起发赴枢密院行府,俊去辞,张太尉道:'王统制,你后面粗重物事转换了著。我去后,将来必共这懑一处。你收拾,等我来叫你。'重念俊元系东平府雄威第八长。行日本府阙粮,诸营军兵呼千等结连俊,欲劫东平府作过,当时俊食禄本营,不敢负于国家,又不忍弃老母,遂经安抚司告首,奉圣旨补本营副都头。后来继而金人侵犯中原,俊自靖康元年管从军旅于京城下,与金人相敌斩首,及俊口内中箭,射落二齿,奉圣旨特换授成忠郎。后来并系立战功,转至今来官资。俊尽节仰报朝廷。今来张太尉结连俊起事,俊不敢负于国家,欲伺候将来赴枢密行府日,面诣张相公前告首。又恐都统王太尉别有出入,张太尉后面别起事背叛,临时力所不及,使俊陷于不义。俊已于初七日面覆都统王太尉讫。今月初八日纳状告首,如有一事一件分毫不实,乞依军法施行。乃俊自出官已来,立到战功,所至今来官资,即不曾有分毫过犯。所有俊应干告敕宣札在家收附外,有告首呼千等补副尉都头宣缴申外,

庶晓俊忠义,不曾作过不敢负于国家。谨具状披告,伏候指
挥。"次岁,明清入朝,始得诏狱全案观之,岳侯之坐死,乃以尝
自言与太祖俱以三十岁为节度使,以为指斥乘舆,情理切害;及
握兵之日,受庚牌不即出师者凡十三次,以为抗拒诏命。初不
究"将在军,君命有所不受"之义。又云:"岳云与张宪书,通谋
为乱。"所供虽尝移械,既不曾达,继复焚如,亦不知其词云何,
且与元首状了无干涉。锻炼虽极,而不得实情,的见诬罔,孰所
为据,而遽皆处极典,览之拂膺! 傥非后来诏书湔洗追襃,则没
地衔冤于无穷。所可恨者,使当时推鞫酷吏漏网,不正刑典耳!
王俊者,初以小兵,徒中反告,而转资,晚以裨将而妄讦主帅,遂
饕富贵。驵卒铃奴,一时倾崄,不足比数。考其终始之间,可谓
怪矣。首状虽甚为鄙俚之言,然不可更一字也。

　　82　田登知南都。一日词状,忽二人扶一癃老之人至庭
下,自云:"平日善为盗。某年日某处火烧若干家,即某为之。
假此为奸,至于杀人。或有获者,皆冤也。前后皆百余所,未
尝败露。后来所积既多,因而成家,遂不复出。所扶之人,即
其孙也。今年逾八十,自陈于垂死之际,欲得后人知之而已。"
登大惊鄂,命左右缚之,则已殂矣。程可久云。

　　83　马子约纯负材自任,好面折人,人敬长之。建炎中,吕
元直作相,子约求郡,元直拒之,徐云:"有英州见阙,公可往
否?"子约曰:"领钧旨。待先去为相公盖一宅子奉候。"朱新仲云。

　　84　靖康之末,二圣北狩,四海震动,士大夫救死不暇,往
来贼中,洋洋自得者,吴开、莫俦二人,路人所知也,事定皆窜
逐岭外。秦会之为小官时,开在禁林,尝封章荐之,疏见其文
集中,称道再三,秦由此进用。后为相,遂放二人逐便。开,滁
人也,内自愧怍,不敢还里,卜居于赣上。秦乃以其婿曾端伯

愷知虔州。

85 国朝以来,六曹尚书寄禄,今之金紫银青光禄大夫之官也。虽不登二府,亦循途而迁。国初,如窦仪、陶谷、邢昺,后来杨文庄、张忠定、晁文元、孙宣公、马忠肃、余襄公。元丰官制后易今名,如滕章敏、王懿敏、王懿恪、范蜀公之类。祐陵时,温万石、孟昌龄、王革父子、宋乔年、盛章、詹度,曾为金紫银青光禄大夫,极多,不止此。中兴后,宋贶益谦、洪景卢迈俱宣奉大夫,上课陈乞,悉柅不行。

86 李伯时自画其所蓄古器为一图,极其精妙。旧在上蔡毕少董良史处。少董尝从先人求识于后。少董死,乃归秦伯阳熺。其后流转于其婿林子长梆,今为王顺伯厚之所得。真一时之奇物也。先人跋语云:"右《古器图》,龙眠李伯时所藏,因论著自画,以为图也。今藏予友毕少董家。凡先秦古器源流,莫先于此轴矣。昔孔子删《诗》、《书》,以尧、舜、殷、周为终始,至于《系辞》,言三皇之道,则罔罟、耒耜、衣裳、舟楫所从来者而,继之曰:'后世圣人者,欲知阴道、立法、制器咸本于古也。'本朝自欧阳子、刘邍父始辑三代鼎彝,张而明之曰:'自古圣贤所以不朽者,未必有托于物,然固有托于圣贤而取重于人者。'欧阳子肇此论,而龙眠赓续,然后涣然大备。所谓'三代邈矣,万一不存,左右采获,几见全古',惟龙眠可以当之也。此图既物之难致者而得之,又少董以闻道知经,为朝廷识拔,则陈圣人之大法,指陈根源,贯万古惟一理,其将以春秋侍帝傍矣。"顺伯录以见予。

87 靖康之乱,省部文字散失不存。南渡之后,有礼部老吏刘士祥者,大为奸利。士子之桀黠者,相与表里,云"某岁曾经省试下合该年免",既下部,则士祥但云"省记到",因而侥幸，遂获推恩者不知其数。薛叔器云。

88　张彦实构括，番易人，子公参政大父行。有《东窗集》
行于世。自知广德军秩满造朝，除著作郎。秦会之当轴，其兄
楚材为秘书少监，约彦实观梅于西湖。楚材有诗，彦实次其韵
云："天上新骖宝辂回，看花仍趁雪英开。折归忍负金蕉叶，笑
插新临玉镜台。女媒未须翻角调，锦囊先喜助诗材。少蓬自
是调羹手，叶底应寻好句来。"时楚材再婚，故及玉镜台事。会
之见之，大称赏曰："旦夕当以文字官相处。"迁擢左史，再迁而
掌外制。杨原仲并居西掖，代言多彦实与之润色。初亦无他。
彦实偶戏成二毫笔绝句云："包羞曾借虎皮蒙，笔阵仍推兔作
锋。未用吹毛强分别，即今同受管城封。"原仲以为诮己，大怒
诉于会之，讽言路弹之。彦实以本官罢为宫祠。谢表云："虽
造化之有生有杀，本亦何心；然臣下之或赏或刑，咸其自取。"
屏居数年，求休致。先除次对，帅南昌。虽生不及拜命，而身
后尽得侍从恩数。

89　绍兴壬戌夏，显仁皇后归就九重之养，伯氏仲信，年
十八，作《慈宁殿赋》以进云："臣闻乾天称父，坤地称母。天地
至大，必言之以父母者，明其尊崇博厚，无以加也。是以圆首
方足，皆仰之、寿之、欲报、欲奉，无不极尽。由古以来，圣人之
盛，莫过尧舜，而孟子以谓尧舜之道，孝悌而已矣。恭惟皇帝
陛下，继大人之照，宜日中之丰，体尧迈舜，宪古明王，以治天
下，发为号令典谟，庙谟宸断，亲仁善邻，开物成务者，莫不以
孝为首。臣闻孔子谓曾参曰：'明王以孝治天下，故灾害不生，
祸乱不作。'仰惟陛下，曩者以皇太后扈从未还，愿见之心，致
轸宵旰；四方兆民，延颈指日，以冀来音久矣。斯焉天人交孚，
邻邦修睦，橐弓箙矢，息师偃革，寰宇之间，遂臻安堵。恭奉驰

驾,言归阙庭。凡在动植,孰不手舞足蹈,翼鼓膺奋! 遡观古初,复无前此。臣伏以老氏三宝,以慈为首;乾元之道,万国咸宁。洪惟慈宁之殿,合为嘉名,超轶前世。致安之道,繇是以始。形势制作,焕乎其有文章,仪刑万邦,风化际薄,无所不及。若尧之光被四表,舜之丕冒海隅苍生者,行见于今日,甚盛烈也。臣生长当世,薰陶渐摩,德义之人,目睹心欣,不能自已。思欲颂良图,协恭式,化成规,诚开金石,感动远迩,以彰圣治莫大之庆,而昭述巨美者有日矣。辄因殿之名,以推原万一。至于辞意浅陋,言语肤率,不能抉奇摘异以为伟,不惟不能,亦所不敢也。臣谨昧死再拜而作赋焉。臣恭惟皇帝之嗣位十六载也,海宇澄清,四方砥平,受上天之眷命,绍洪基于大明。迩安远至,措刑寝兵。人熙熙兮春台,物荡荡兮由庚。六服承德,众心成城。所以复炎德之辉,而迓周邦之衡。先是骎驾从狩邻国,克享天心,咸有一德,式遄来归,欢动九域。乃命群工,择基之隆,储祥之胜,坼建问安之上宫。列辟肃然而赴职,百执枪然而效忠。爰即行阙,以成厥功。于是上高拟天,下蟠法地,削甘泉之繁缛,屏含元之侈丽,揆太极之宸模,就坤灵之宝势。乃诹龟筮,龟筮协从;乃稽万物,万物无异。帝曰钦哉,乃彰鸿名。慈以覆育于天下,宁以镇服于寰瀛。盖将昭徽音于太姒,而表思齐于周京者也。有严有凭,或降或升。揆之以日,筑之登登。经始勿亟,百堵皆兴,伎者献其伎,能者精其能。否往兮泰来,阗决兮垠开。仓昊驰耀兮,黄祇助培。运郢硕之斤斧,攻杞梓之良材。万杵散雨兮,千镬转雷;离娄督绳兮,而公输削墨;夏育治砾兮,孟贲掇菱。声隆隆兮伐乔枚,势辒辒兮豁层厓。长林巨植兮,千年之产而万年之材。辗如闾、直如蠹兮,崔巍于时。山壤献灵,川流效祉。陆架水浮,风屯云委。辐凑鳞集，衡行栉比，以萃于殿之址也。于是匠氏经营，百艺骈并。砺焉而砺，砌焉而砌。高下曲折，涂垩丹青。此兴造之本意，而动作之形容也。既而四周凌天而炭業，九门参空而伶俜。阙百常兮屋十寻，皆梐爵兮建瓴。儋儋千栭，闲闲旅楹。岫绮对砌，窗霞翼楹。彤墀洋洋，金碧煌煌。神鸥展吻而呍呀，文犀厌牖而赫张。宝排象拱，列星间梁。撩桶栾䆫，黼藻铅黄。玫瑰玳瑁，翡翠明珰。方疏圆井，骈连斗扛。枅櫼上承，柱石下当。腾双猊兮盘础，刻怒兕兮伏相。其蟠也颜九渊之虬屈，其翥也若千仞之凤翔。或倒文漆于卫社，或荐孤桐于峄阳。乌桵横截，细蘖交相。第栲栵与椅榎，积楗栅兮豫章。盖天下之奇干，尽羽粲而国欀。夫然未足以比其制，未足以形其雄。缪辖峨炭，飞云架空。出入兮日月，吸呼兮雨风。开重轩兮累玉，鳞万瓦兮游龙。高下发直，左右翼从。西八东九，金砾珉镕。平写三山之景，坐移群玉之峰。喜泄泄兮乐融融，入如遇兮出如逢。映斗杓而瞳眬，挹天汉兮春容。观其巨镇在南，长江在东，前拥后顾，盘错窊隆。占皇图之奕奕，郁佳气之葱葱。天海相际，造化溟濛。雕题贯臂，大鯿胴艨。寻撞戴斗兮航浮，索援皆驰驱而致恭。采肃慎之楛矢，职夷黔之布赍。上则天目、於潜之山，凤凰南北之巅，巉岩巇嶍，窈窕回旋。状群羽之集麓，若万马之奔川。海门之潮，沧溟之渊，濠汹奔放，势如朝焉。皆足以小嵿、函而吞泾、渭，等河、雒而隘陇、岍。夫以此而驻跸，实一制而万全。然而不以为离宫，不以为别宇，而独以奉长乐之安，而为承颜之所，故能远迈汉唐，夸历三五，则虽兼天下之奉，极天下之贵，亦人所乐而天所与也！凡臣所铺翼而陈之者，尚可名言之也。非比三吴之盛丽，九旗之容卫，六宫之深严，万物之侈冶，不足以隆一人之孝

于无穷。于是俯而拜,仰而重曰:当乎法驾言归,宗祐生辉,千
丈万骑,如指如摩,备一时之盛礼,庆万国之洪禧。望闾阖兮
瑞霏微,剜舳棱兮祥威蕤。驭严严之玉辇,建飖飖之朱旗。华
盖效杠,天骥骖非。增日星之光明,阗老幼之提携。千官之班
兮鸳鹭,兆民之欣兮婴慕。喜愕动于堪舆,泽周流于道路。乐
极者或至于抃跃,感深者争先于驰骛。沈潦晏然兮屏翳收风,
嗳㘔不兴兮丰隆霁怒。双闳敞兮如升,万室昂兮如诉。若乃
万寿诞日之辰,一人会朝之际。济济峨峨,群臣在位,皆辅皋
而弼夔,过房、杜兮丙魏,奉玉卮兮琼爵,展采仪兮文陛。皇帝
躬蹈事亲之美,以独高于万世。进退礼乐,抑崇下贯。隆帝业
兮亿载,欢祝圣人兮千万岁。然后敷兹睿化,遍于中下,尊卑
模范兮盈里闾,膏泽渗漉兮盛王霸。工在衢,士在朝,而农在
野。百度修明,万几间暇,无有遐遗。睦如姻娅,四海安若。
覆盂九有,基如太、华。于是有客相谓曰:子闻今日之盛事欤?
曰:然。嘻!为尧舜神人以和运,绍五帝狱讼讴歌,但无为而
已矣,于致养以云何? 岂若我皇躬勤俭之资,恢隆平之时,约
己以奉太母之训,致美以化群黎之为。端壹心而应感,斥众异
之盱睢,焕烂方册,照溢《书》《诗》哉! 且客闻历代之制乎? 土
阶之卑,不免乎俭固;雕椽之饰,不免乎骄奢。鲁夸灵光,而但
述土木之巧;魏称景福,而徒为制作之华。俱游观之是云,奚
文辞之足夸! 又岂若我皇绥定邦家,以成孝道,允邵羲、娲哉!
且上栋下宇,圣人所取也;至德要道,圣人之孝也;作可楚室,
能修泮宫,诸侯之功也。与其论诸侯,曷若言圣道;与其言雄
壮,曷若言圣德。明明我宋,得天下之统。蒸哉祖宗,膺器之
重,殆二百年,休声无壅。下之所奉者惟君,上之所承者惟亲。
当君享九重之实,而亲安万乘之尊,盖匹夫之孝,曾、闵所难,

不足以言。惟据域中之大，飨天下之养，然后为重也。已析而合，既失而得，然后为喜之至也！旷古所无，一旦在己，汉唐所恨，自我而得。凡是数者，兼而有之，不特为四方之贺，又将为万世之光宠也。今是殿也，不奢不陋，不高不卑，合礼之界，与天下齐。以是为固，巩于鼎龟；以是为宝，保若山溪。虽广八荒而为城，开溟、渤而为池，倚圆天而为盖，立栋梁于四维，亦奚有宜乎！于是再拜而歌曰：苍苍高旻，覆下民兮。与物为春，泽无垠兮。一人孝至，通帝意兮。金石可开，不可移兮。上下合契，定大议兮。法驾六魋，言还归兮。敕以慈宁，为殿名兮。厥功告成，百室盈兮。居之克安，若石磐兮。四方瞻观，化益宽兮。天人合应，助其证兮。光启中兴，祖武绳兮。绍复大运，法尧舜兮。旋泽曲轸，翕然顺兮。孝道克全，鉴上天兮。寿禄万年，其永延兮。圣人孝兮，感人深责。成贤辅兮，隽功克忧。广殿轩轩兮，巨厦深沉。晨昏之养兮，万乘亲临。财丰俗阜兮，写于薰琴。百姓克爱兮，诸侯克钦。亘万国兮，得其欢心。宫殿之制，已陈之矣；天子之孝，既备述矣；四方之心，见于斯矣；口软字碎，其言卑矣；欲昭圣孝，永无极矣；日月为字，天为卑矣！"许颛彦周跋云："王仲信此赋，如河决泉涌，沛乎莫之能御也。天资辞源之壮，盖未之见。昔柳柳州云：'辨如孟轲，渊如庄周，壮如李斯，明如贾谊，哀如屈原，专如扬雄。'柳州论之古人，以一字到，今不可移易。愿吾仲信，兼用六语，而加意于庄、屈，当与古人并驱而争先矣！"伯氏天才既高，辅以承家之学，经术文章，超迈今古；真草篆隶，沈著痛快；天文地理，星官历翁之所叹伏；肘后卜筮，三乘九流，无不玄解；丹青之妙，模写烟云，落笔人藏以为宝。奏赋之时，与范志能成大诏俱赴南宫。其后志能登第，名位震耀，而伯父坎

壖以终。兴言流涕，如昔人《二老归西伯赋》云："一为尚父，一
为饿者。"虽升沈之不同，其趣一也。

90　蔡元长元符末间居钱塘，无憀中，春时往雪川，游郊
外慈感寺。寺僧新建一堂，颇伟胜，元长即拈笔题云"超览
堂"。适有一客在坐，自云能相字，起贺云："以字占之，走召入
见，而臣字旁观如月，四字居中，当在初夏。"已而果然。

91　蔡元度娶荆公之女，封福国夫人。止一子，子因仍是
也。谈天者多言其寿命不永，元度夫妇忧之。一日，尽呼术者
之有名，如林开之徒集于家，相与决其疑，云当止三十五岁。
元度顾其室云："吾夫妇老矣，可以放心，岂复见此逆境邪？"其
后子因至乾道中寿八十而终。然其初以恩幸为徽猷阁学士，
靖康初既，蔡氏败，例遭削夺，恰年三十五，盖其禄尽之岁。由
是而知五行亦不可不信也。

92　大观丁亥，家祖守九江，夜登庾楼，远望大江中灯焰
明灭，坐客以为渔火。家祖曰："不然，是必为奸者。"遣吏往捕
之，顷刻而至，乃舟中盗铸钱。其模如火甲状，每出炉则就水
中蘸而取之焉。

93　宣、政中，有两地，早从王荆公学，以经术自任，全乏
文采。自建业移帅维扬，临发，作长短句题于赏心亭云："为爱
金陵佳丽。乃分符来此。拥麾忽又向淮东，便咫尺，人千里。

画鼓一声催起。邦内人齐跪。江山有兴我重来，斟别酒，
休辞泪。"官中以碧纱笼之。后有轻薄子过其下，刮去"有"字，
改作"没"字，"我"字易作"你"字。往来观之，莫不启齿。

94　唐牛奇章《玄怪录》载："萧至忠欲出猎，群兽求哀于
山神云：'当令巽二起风，滕六致雨。'翌日风雨，萧不复出郊。"
建炎中，金寇驻楚、泗间，时张、韩拥兵于高邮。虏誓于众，整

师大入。二将自料非其敌，深以为怯。将欲交锋之际，风雨大作，虏众辟易散走，损折甚多，因遂奏凯。范师厚直方，滑稽之雄也。为参赞军事。笑云："焉知张七、韩五，乃得巽二、滕六力邪！"闻者为之哄堂。

95　郑德象滋晚守京口，怠于为政。汤致远鹏举为两浙漕，宣言俟应办虏使，至郡按治之。时秦会之当国，德象求援于秦。盖宣和初，秦赴试南宫，郑为参详官，其所取也。至是，汤别秦以行，秦云："郑德象久不通问，有少书信，烦为提携，达因面授之。"汤视缄题云："禀目申呈判府显学侍郎先生。门下具位秦桧谨封。"汤得之，幡然而改。乃奏其治状，遂移帅江东。

96　靖康间，戎务方殷。有士子贾元孙者，多游大将之门，谈兵骋辩，顾揖不暇，自称"贾机宜"。时有甄陶者，奔走公卿之前，以善干事，大夫多使令之，号"甄保义"。空青先生尝戏以为对云："甄保义非真保义，贾机宜是假机宜。"翟公巽每诵之于广坐，以为笑谈。元孙，建炎龙飞，为特奏名第一人。

97　明清绍兴壬午从外舅帅合肥。郡治前有《四丰碑》，屹然有楼基在焉。上云："《唐崔相国德政碑》。李华文，张从申书。"天宝中所立也，词翰俱妙。念欲摹打，是时大兵后，工匠皆逃避未归。已而明清持牧贡造朝，私念复来必须偿此志。继而外舅易镇京口。后十年，明清赴寿春幕，道出于彼，始再往访之，则不复存。询之，云："前岁武帅郭振者，取以砌城矣。"大以怅然。悍卒无知，亦何足责，付之一叹。

98　明清去夏扫松山阴，郡斋中见王成之信所刊其宝藏颜鲁公墨帖，自题其后，极为夸大，固已讶其字画不工，及观其后有云："杨徽之、苏易简、张洎、钱易同观于玉堂之署"，尤为可疑。遂亟取玉堂题名及史册诸传考之：杨文庄初未尝入翰苑；虽苏太简自雍熙六年至淳化五年出入禁林十年，而钱希白以天圣四年方掌内制，距太简之在院，相去凡隔四十五年；希白卒年五十五，是时方为儿童，何缘而同造金坡邪？今春高邮守张仲思顾寄以其家藏秦少游所临兰亭刻置黄堂墨本见遗，后少游题云："元丰二年八月书，时年五十九。"案：少游本传及志铭云："以建中靖国元年卒，年五十三。"而《龙井题名》："元丰五年，三十六。"则又焉得元丰二年年五十九乎？二物皆赝甚明。由是而知凡入石跋识，不可不审也。

99　绍兴甲子岁，衢、婺大水，今首台余处恭末十岁，与里人共处一阁，凡数十辈在焉。阁被漂几沈，空中有声云："余端礼在内，当为宰相，可令爱护之。"少选，一物如鼍鼊，其长十数丈，来负其阁，达于平地，一阁之人，皆得无它。又，三衢境内地名张步，溪中有石，里人号曰"团石"。有谶语云："团石圈，出状元；团石仰，出宰相。"乙丑岁，水涸，石忽如圜镜。明年，刘文孺章魁天下。前岁大水，石乃侧仰，而去年余拜相。此与闽中"沙合南台"盖相似也。沈信叔说云。

《易》贵多识前言往行，《诗》贵多识鸟兽草木之名。至于多闻见则欲守约而守卓，寡闻见则曰无约而无卓。古人有取乎博洽者，于此可见。诚以寡陋之为吾病不浅也。范武之问殽烝，籍谈之忘司典，可以鉴矣。《礼记》有云："学然后知不足，教然后知困。知不足，然后能自反也；知困，然后能自强也。"世之旁搜广采，贪多务得者，其亦以自反、自强者，有以加力于其先，故其知识闻见之多，日以博洽，自然人鲜得而企及。雪溪先生秉太史笔，诸子仲信、仲言，史学得之家传。惟父子志趣高远，学问器识率加于人一等，故所以自期者，复然与众不同。虽经史子集传记与夫九流百家道释之书，皆已餍饫，方且以为未足，而又求所未闻，访所未见，常有歉然不满之意。兹泰、华所以不得不高，溟、渤所以不得不深也欤。不谬自幼服膺雪溪先生之名，恨不得抠衣趋隅，在弟子列。所幸得从仲信、仲言游。仲信寓越之萧寺，不谬以散庐密迩，时一相过，未尝不剧谈终日，有补于茅塞为多。仲言后居甥馆于嘉禾，每兴契阔之叹。仲信著《京都岁时记》、《广古今同姓名录》；留心内典，作《补定水陆章句》；洞晓天文，作《新乾曜真形图》。此皆平昔幸得以窥一斑者。不宁惟是，其发为稗官小说，尤不碌碌。仲言著《投辖录》、《清林诗话》、《玉照新志》、《挥麈录》。昆季之所作，类皆出人意表，且学士大夫之所欲知者，益信夫父子之博洽。虽名卿巨公，无不钦服敬慕，盖有自来。遂初尤丈，一时之鸿儒也，淹贯古今，罕见其比。一日，询仲言以天临殿与南唐中主画像，仲言详陈本末，无一不符。遂初惊愕叹仰，以为世不多得，至形诸《公送行泰倅诗》，拟欲告于上，收置史馆，不果。仲言又尝剀切上封事。不谬因不自揆，以拙句殿诸公后，有云"信史赊青简，封章窒皂囊"者，以此。《挥麈》所录，尤仲言平日之用功深者。三复以观，非志不分、力不衰，加之歉然不满者，朝夕于怀，未易得此。是不可以无传也。《前录》先已刊行，《后录》、《余话》，不谬备数昭武日，仲言移书见委，顾浅见寡闻，亦欲以其素所未知者，期天下之共知，是以喜而承命，因浣龙山张君得以继之。若夫博洽如仲言父子者，则勿以见诮可也。庆元庚申秋七月既望，昭武假守浚仪赵不谬师厚父。

投 辖 录

[宋]王明清　撰
朱菊如　　校点

校 点 说 明

《投辖录》，宋王明清著，成书于绍兴己卯（1159）十月，时年三十三岁。此外，尚著有《摭青杂说》一卷、《挥麈前录》四卷、《后录》十一卷、《三录》三卷、《馀话》二卷、《玉照新志》等，另《清林诗话》已佚。

明清字仲言，汝阴（安徽阜阳）人，生卒年份无详明记载。《挥麈前录》卷四有云：“绍兴丙辰（一一三六），明清甫十岁。”据此当生于高宗建炎元年（1127）。余嘉锡《四库提要辨证》：“至嘉泰二年壬戌，任浙西参议官，则已七十有六矣。《前录》自跋之前，有题目一行曰‘王知府跋’《馀话》目录后又有龙山书堂牌子云‘今得王知府宅真本全帙四录，敬三复校正锓木’，第不知其以某官知某府耳。”由此得知明清卒于七十六岁以后。

明清身历高宗、孝宗、光宗、宁宗四朝。曾任滁州来安令、朝请大夫主管台州崇道观、签书宁国军节度判官、泰州通判、浙西参议官、某府知府等职。

明清五世祖王昭素乃太祖时博通九经的著名学者。祖父王萃师从欧阳修，藏书数万卷皆亲自校雠，声名籍甚于神宗、哲宗之时。父王铚曾任枢密院编修官，著书宏富，人称雪溪先生。外祖曾纡、舅氏曾惇、外舅方滋皆当时达官望族。明清自幼及长，或居家研读，或随亲长游宦四方。受知于尤袤、朱敦儒、李焘、李垕等大儒，备受赏识。其家学师承之渊源由此可见。耳听目濡，考其实而笔录之。内容多为正史之所未见。

尤其是南渡以来,简册散佚,尤显其价值。

《投辖录》多记奇闻异事,偶亦涉及历史人物及其活动,如《林灵素》、《郑子卿》等篇,反映了北宋末期统治阶层荒淫腐朽,权臣误国,君主惑于方士无稽之术,疏于政事,北宋焉得不亡。

《投辖录》流传至今已八百余年,其间传钞刻印,颇多遗误。明祁氏淡生堂刊本罕见,现据璜川吴氏钞本涵芬楼藏版(共四十九则),参校明陶宗仪纂《说郛》(宛委山堂本仅录四则)、《五朝小说大观》(仅录三则)及景文渊阁本(四十四则)有关部分。

此次整理参照 1991 年上海古籍出版社出版的《投辖录》、《玉照新志》合刊本,按《历代笔记小说大观丛书》的体例重新加以整理修订。遗误之处,请读者指正。

目　　录

投 辖 录 序

迅雷、倏电，剧雨，飓风，波涛喷激，龙蛟蜕见，亦可谓之怪矣！以其有目所觌，习而为常，故弗之异。鬼神之情状，若石言于晋，神降于野，齐桓之疾，彭生之厉，存之书传，以为不然，可乎？《齐谐》志怪，由古至今，无虑千帙，仆少年时惟所耆读，家藏目览，鳞集麇至，十逾六七。间有以新奇事相告语者，思欲识之，以续前闻，因仍未能。属者屏迹杜门，居多暇日，记忆曩岁之所剽聆，遗亡之余，仅存数十事，笔之简编。因念晤言一室，亲友话情，夜漏既深，互谈所觌，皆侧耳耸听，使妇辈敛足，稚子不敢左顾，童仆颜变于外，则坐客忻忻，怡怡忘倦，神跃色扬，不待投辖，自然肯留，故命以为名。后之仆同志者，当知斯言之不诬。

绍兴己卯十月旦日叙。

投辖录

蓬 莱 三 山

祥符中，封禅事竣，宰执对于后殿，真宗曰："治平无事，久欲与卿等至一二处未能，今日可矣。"遂引群公及内侍数人入一小殿。殿后有假山甚高，而山面有洞，上既先入，复招群公从行。初觉暗甚，行数十步，则天宇豁然，千峰百嶂，杂花流水，尽天下之伟观。少焉，至一所，重楼复阁，金碧照辉。有二道士，貌亦奇古，来揖上，执礼甚恭。上亦答之良厚。邀上主席，上再三逊让，然后坐。群臣再拜，居道士之次。所论皆玄妙之旨，而肴醴之属，又非人间所见也。鸾鹄舞于堂，笙箫振林木，至夕而罢。道士送上出门而别，曰："万机之暇，毋惜与诸公频见过也。"复由旧路以归。臣下因以请于上，上曰："此道家所谓蓬莱三山者。"群臣惘然自失者累日，后亦不复再往，不知何术以致之。祖父闻于欧阳文忠公。

百 宝 念 珠

慈圣曹后，嘉祐中幸相国寺烧香。后有百宝念珠价直千万，挂领间，登殿之次忽不见。仁宗大怒，命尽系从卫之人，大索都下。捕吏惶惧，物色不可得。因念寺前常有小儿数人嬉戏自若，而不知其所从来，漫往问之。中一丫髻女子，年十二三，忽笑谓吏曰："前日偶取之，忘记还去，今见挂寺塔之颠火珠上，当自往取之。”吏知其异人也，再拜以请，女子还，遂入塔中。吏辈仰视，见第十三级窗中出一手，与相轮等，观者万人，恐怖毛竖，须臾不见。而女子手提数珠而下，授吏。复请曰：“中旨严急，愿俱往以取信。”儿亦不辞，行数十步，立化通衢。开封尹上其事，上嗟异久之，凡坐累者皆获赦云。

华　山　崩

熙宁中，神宗遣内侍高伟使蜀，既还，道由华阴，投宿县驿中。忽一老卒若抱关者，前白曰：“某住此多年，今夕气候非常，必有大灾异，官人速去，或可免，不可留也。”坚请其行甚切。伟疑其有它，迟回来往未肯发。老卒曰：“若某妄语，来日官人回此穷治未晚，今已急矣，速去犹可投于前铺。”伟异其言，不得已上马。未十余里，天色已曛，得小马铺止宿。俄而风雨雷电大作，震荡轰磕，若天翻地转，通夕惶怖。诘朝澄霁，遣人回视旧路，则曰：“昨日华山崩。少西十里，则高山大石，弥望不知几里，非复故道矣。”伟皇恐归奏。

先是，华山三峰，其高际天，有阜头谷在华山之阳。至是谷崩，风雷簸拽，自山之背隃华山甚远，此石方坠地，压覆二十七村，被其害者百余里，平地为山，迷失旧处，邮驿不通者累旬，方疏凿之，而后成路。朝廷遣官致祭，诏恤其邑，《实录》中亦略载其事。山下立庙，俗为“翻山大王”云。

伟后仕祐陵，亦甚显名。

翟　惟　康

翟惟康，武林人，少有俊声，年十八九即随计入京。省试既罢，馆于姊夫开封府推官沈扶家。会其女兄有娠入月，遣惟康市少备用药饵之属，偶自持之过相国寺，有瞽者善揣骨听声，惟康试叩之焉。瞽者曰："子手中所持何物耶？"惟康曰："吾来卜于子，焉问此为？"瞽者曰："此非催生药乎？此妇必生男子，非常之人也，子之前程实有系焉。俟此儿高官，子当受其荫，始入仕。"惟康笑其狂诞一至于此，不问其他而去。是月，惟康之姊免身得雄，惟康自此连蹇。其儿即沈文通也，中甲科，三十为侍从，出守杭州。惟康为其持贡奉表，贺神宗登极，补太庙斋郎。元丰中，与先祖为僚，自言其详，精妙如此，可以言术矣。《王荆公集》中载沈扶妻翟夫人之志铭云："今上即位，翰林守杭州，其季惟康奉献得仕"是也。惟康后至正郎云。已上三事先太史云。

章　丞　相

　　章丞相初来京师，年少，美丰姿。当日晚，独步禁街，睹车子数乘，舆卫甚都，最后者，辕后一妇人，美而艳，揭帘目逆。丞相因信步随之，不觉至夕。妇人以手招丞相，丞相遂登车与之共载，至一甲第，甚雄壮。妇人遮蔽丞相，杂众人以入一院，深邃若久无人居者。少顷，前妇人始至，备酒馔之属亦甚珍。丞相因问其所，妇人笑而不答。自是妇人引侪类辈迭相往来，俱媚甚，询之皆不顾而言它，每去则必以巨锁扃之。如是累日夕，丞相体为之弊，甚彷徨。一姬年差长，忽发问曰："此岂郎君所游之地，何为而至此耶？我之主翁行迹多不循道理，宠婢多而无嗣，每钩致少年之徒与群妾合，久则毙之，此地凡数人矣。"丞相惶骇曰："果尔，为之奈何？"姬曰："观子之容，非碌碌者，似必能免。主翁翌日入朝甚早，今日解我之衣以衣子，且不复锁子门，俟至五鼓，则吾当来呼子，子亟随我登厅事，我当以厮役之服披子,随前驺以出,可以无患矣。尔后慎勿以语人,亦不可复由此街。不然,吾与若彼此皆祸不旋踵矣。"诘旦,其姬果来扣户,而丞相乃用其术,得免于其难。后丞相既贵,犹以此事语族中所厚而善者,云后得其主之姓名,但不欲晓之于人耳。李平仲云。

蒲 恭 敏

蒲恭敏帅益都日,有道人造谒,阍者辞之,留文字一轴而去。恭敏启视,云:"我居清空表,君隐尘埃中。声形不相吊,兹事难形容。"又云:"欲乘明月光,于君开素怀。天杯饮清露,展翼到蓬莱。佳人持玉尺,度君多奇才。君才不可尽,玉尺无时休。对面一笑语,共蹑金鳌头。绛宫楼阁百千仞,霞衣杂与云烟浮。"后题云:"上清鉴逸真人李白。"恭敏惊怅,绳治阍吏,遍访迹于闾巷,不可复得。

张 宗 颜

近有逸人张宗颜,游杭州三茅观,松径中遇白衣道士,裙裳破敝,自云观中人也。相与游,行坐堂上,宗颜问曰:"此有龙否?"曰:"诚真龙也,不必井中。"指抵下泥淖曰:"只此亦有龙。"下庭驱焉。果有小龙宛转泥中,与今画工所为无异,角耸、髭髯、绿鳞、黄鬣、赤目,但长晶明,非常画像所比。良久,雨雾倏合,从霹雳飞去。道士与宗颜出,中涂遇主宫道士语,乃失驱龙者,因道其事,且曰:"此非观中人也。"宗颜始悟非常士,观斋宫画像中有真君像,状貌特肖所遇者,其裾为风雨所坏矣,但嗟叹致拜而退。

宗颜年绝高,能详言国初事,性沈静,寡言语,以其言非诞

谗,乃纪云。<small>大观中阅瀚子云之所云耳。</small>

邹　志　完

建中靖国初,邹志完自新州北归,次英、韶之间,马上忽睹一物自空中飞至,近睹之,乃一人耳。但见面目髭髯,余皆云雾蔽之,熟视志完而去。少焉,休鞭宿于道旁旅邸中,方晚饭,心念适之所见。疑虑之次,忽其物又自天井中飞入,语志完云:"不意公惓惓不相忘如此,故特来求一面耳。"时志完举酒问能少饮乎? 物肯首。以一觞饮之,遂酣若醺醉状,瞑目少刻而醒,谓志完曰:"君此去便登禁闼,可无他虑也。"揖志完而别。志完询其姓氏,不答飞去,竟不知何怪。已而志完入朝,拜中书舍人。

衡　州　老　人

衡州有一老父,荷担卖生姜三十余年,老稚见之颜貌不改。或问之,曰:"吾所居在回雁峰后,人迹罕至,人亦不暇访吾庐也。"一日,有道人延入茶肆,会曰:"吾有黄白之术,求其常德者授之。吾见翁数十年未曾改操,吾将遗翁此术如何?"翁即就担中取姜一块纳口中,少顷取出已成黄金矣。乃笑曰:"吾有此术尚不为,况其他耶?"市人惊叹聚观,若便旋而失之,自是之后,亦不复见其人矣。此曾文肃谪居衡阳日已睹者也。

李　氏　女

昭德,赵郡李氏丙申女。初名如璋,往岁泊舟僧伽浮图下,梦人教改名曰昭德,遂依用之。熙宁甲寅岁春,随侍其先君司封在曲江,梦一妇人年三十许者,面正圆而身长,莫能省识，曰："汝负我命，岁在戊午，我得复冤。"是岁九月，梦一神女从空中而下，指昭德曰："汝不是汝母九五齐行遍，汝今正好修。"方梦时不知问"九五齐行"是何义，觉而问人，莫能训说。由此寄心香火因缘，不视世间事，且二岁余。母氏怒曰："女子无所归，他日吾目不瞑。"昭德惧，夙夜女工。元丰戊午仲冬十五夜戊子，梦曲江所梦之妇，曰："我来矣，汝偿我债。"以物正刺昭德之心而去。从此遂病心痛，针灸、艾药熨、卜祭鬼，尽世间法，楚毒增剧，家人莫知所为。庚寅日昳时，忽得寐梦一女子，从卫如贵人，熟视之，乃甲寅所梦见之神女也，曰："汝不感我语今奈何？"昭德曰："弟子愚暗，惟垂慈救。"女曰："此非吾可以为汝，惟佛能之。"即将昭德诣佛。仰见宫殿庄严，诣佛皆语。昭德拜且泣，道所以来。内一佛曰："冤对相逢，如世索债，须彼此息心，当自悟。"昭德曰："世业所薰，根索牢固，安能顿悟。"佛曰："当此危苦，如何不悟？"昭德复哀请百余语，佛曰："汝但发菩提心，尽此形寿，回向三宝，乃可以度脱出厄。不尔，二十五岁债偿复来，虽吾亦不能为汝。"佛乃为其作法，以手加昭德项后旋绕三匝，曰："吾为汝解冤意，汝归，心安矣。"既觉，病去十九，顷之遂平。昭德从此心绝华慕，口绝腥膻，身绝粉黛、绮绣、洗濯三业，亦不复善心诸梦，故追忆梦时，存其梗概。

尼　法　悟

法悟，清源陈氏戊申女，早慧，能诵《金刚经》。尝许适其姑之子，姑爱之异常。元祐三年二月初一日，在本家道堂内，忽以剪刀断其发。母见，持之而泣。顷刻兄嫂弟妹毕集，诱谕迫胁，无所不致。法悟神色怡然，笑而不答，曰："法悟自有境

界,已发大愿,若遇明眼善知识或敢言其一二。"举家莫能为
计,异日谋请建隆长老为举扬般若违恩义罪遣无边。语未竟,
法悟直前拈香低头礼拜,言曰:"正月一日晡时,在道堂坐,忽
见眼前黑暗,见远处有火光,举身从之,约行数里入大门,榜曰
'报冤门',有绿衣判官持簿籍曰:'汝未可来,何为至此? 汝有
宿冤当报,知否?'法悟心悸,对曰:'得生人间,未曾为恶,何得
有冤?'判官曰:'汝前世之妻乃汝今生之夫,以嫉妒故,伤汝左
耳,因而致死。今反为汝之夫,合正其命。'法悟曰:'我虽有此
宿冤,心不欲报。'判官曰:'此自当报,不由汝心。'法悟曰:'我
若报冤,冤冤相报,无有了期。'判官曰:'不然,如世间杀人,若
有不偿报者,其冤终在。'法悟曰:'我但不生嗔恨,冤自消释。
譬如释迦世尊,昔为歌利王割截身体,节节支解,不生嗔恨,我
今亦不生嗔恨。'法悟仍见世间冤对,尽载簿内,念得火炬焚却
此簿,令一切冤仇尽得解脱。判官忽扬眉怒曰:'汝是何人,辄
来乱吾法也。'叱之使去。震恐之际,不觉身在郊外,号泣曰:
'是何恶业,却教杀人报冤,观世音菩萨来救取我去。'忽见一
老僧云:'童子过来,汝须发愿。'法悟应声曰:'我若事人,愿碎
身如微尘河沙劫,不生人道。'僧曰:'善哉! 当听吾偈:万丈红
丝结,何时解得彻? 但修顿教门,那见弥勒法。'法悟知僧不
凡,因前问前生父母何在。曰:'汝母已生天,父犹沈滞。可礼
阿育王宝塔,一会与父。'法悟旋归,失足堕井中,惊不觉醒,
乃见身在道堂内,约日色止逾一食时,而自初觉眼前黑暗,至
入门与判官议论,及被叱见老僧语言,不啻如终日也。法悟既
觉,心极惶骇,又重舍其姑之恩义,彷徨不决,至当月晦夜,忽
梦前所见老僧,以手摩法悟顶。法悟确意,遂于翌日对佛发
愿,愿云:'若果有出家缘分,愿剪发时无人来见。'遂剪二十四

刀,尽断其发,再以剪刀齐其蓬。母忽见之。"建隆闻说,不复
阻难,但云"不可思议"。先是,法悟之母某氏,学道参请已三
十年矣,未有悟入。是日辰时,因举之而故犯因缘,恍然有省,
乃知时因缘不约并至,非拟议所及。时在扬州北门居。

　　右二事,黄太史鲁直子书云尔,不改易也。真迹在周渤惟深家,绍兴初献于
御府。

贾　　生

　　拱州贾氏子,正议大夫昌衡之孙,美风姿,读书能作诗与
长短句,怨抑凄断,富与才情,又奉佛乐施,奉佛尤力事,交友
驯谨而简谅,人皆喜之。常与其友相约如京师观灯,寓于州西
贤寺,教院妙空曰:"华严旧所住也。"监寺僧慈航作黑布直裰
五六领,皆缀以帛,书寺名、为某事丐钱。贾戏披之以为笑,且
曰:"今晚为寺中教化。"夜,果戏出丐钱,风度秀峙,词辨横出,
士女竞施,寺僧遣二力舁钱归,几不能举。翌日,其友戏之曰:
"称职哉!"贾曰:"都人美丽,不容傍窥。惟行者丐钱得恣观
视,虽邀逐而取焉,无害也。此吾亦薄有利焉耳!"夜,贾固欲
往,而寺僧利其人,纵臾之,遂尽五夜。翌日其友睡未起,贾
曰:"略出矣。"友欲与语,而贾已去。抵暮而还,袖中出黄柑两
枚,奇香数种,分柑爇香,谈笑无异也。又两日,友约以归,贾
但以一书致家。自是抵春暮而犹在京师也。闻有人自京师
来,说贾瘦瘵。又言携一妇人,但瘦瘵耳。即同归,归而瘦益
甚,服药不验,举止无少差误,但不喜其旧妾,独寝于宅后书庵
中,为少异也。问之,则曰:"病而绝此,自啬养耳。"瘦日甚,举
家不知所为,老乳媪夜半后往候之。闻庵中切切有妇女家语,
比晓告其兄弟,乃知贾为鬼物所病也。百方禁断之不能去。

贾故自若,且曰:"我病在经络脏腑,而禁咒何益哉?"

五六月间,天宁寺作般若会,长老宗戒请贾之昆季与贾之友往斋。既罢,同游纳凉,寺之僧堂高广,蔽以大殿,无西日,堂之前有风阴阴焉。并门长连床,一寓僧坐其上。戒老与客俱至,先语僧曰:"兄弟勿动,同此纳凉,诸官皆道友也。"瀹茗剖瓜均行,而食之从容,戒老忽曰:"今岁贾宅几官,人独不在此,闻久病,日来亦少瘥否?"其兄言其曲折,且曰:"知其为鬼所困,而不能治也。"长连床上寓僧忽曰:"审如此,我能治之。"众竞起问之,则天台僧道清也。僧取净土斗许,念咒百余遍,以授其兄,使候其来,以土围之,连墙壁处穴穿敷土令相接,或置之墙上令遍,或以意想为得,至哀鸣求免,即开庵中土而使之去,慎勿至日出也。如其言围之,方四鼓忽闻庵中忿厉声达于外,至五鼓且哭且悔。贾兄问之,称罪曰:"我京城之庙灵也,有封爵,惭不能自言。悦其风姿,不少忍,以至于此。明,则丑恶俱露矣,伏愿见怜。"曰:"复来乎?"曰:"我恃神力,以为无如我何,不知遭此,今得免,当洗心省咎,岂敢再至。"曰:"神见何物而惧也?"曰:"身在铁城中,高际天矣。""欲自何方去?"曰:"西北。"即开土尺许。既泣且谢,肃然有冷风自西北而去。比明,视之,则贾尚寝矣。亟往谢道清,施以二万钱,不受,与之香数十两,各取一片如指面许,插笠中曰:"方往五灵台山,檀越于文殊前,烧结缘也。"问其咒,曰:"《观世音菩萨罥索部》三十卷中《咒土法藏经》具载。"即诵一遍。问"何为如此灵?"曰:"但人心念不一,若念一,则灵尔。"又问:"贾生所遭何物也?"曰:"何必问哉,神耶、鬼耶、精魅耶、狐妖耶,此咒土皆可令去也。若爱欲缠缚,见造业而死,堕落其间,盖头下迎来者,非某咒土法所能了,诸官善思之。"闻者悚然,即邀上堂,食毕

揖辞,以腰抵柱,系包戴笠而去。后月余,贾生亦渐安,其友问
之,曰:"自初教化钱,每夕一奇妇人施我百金,转盼与我言。
至第五夜,意愈密,并得一钱篚,篚中有片纸书,约以城西张园
之后小圃中相见,或有问者,第云表兄则善。此乃我翌旦独往
时也。既赴约,至园,有小圃,中见从卫如郡府吏;呵止之,答
以'表兄',乃径入宇内,与此妇人相见。置酒,姿态绝出,神仙
中恐无有也,且约翌日天清寺僧房款昵。自是惑之,朝暮往
来,或相逐亦与世人无异。比归,更不念世间可乐者,相随亦
来,乡中每人作法禁咒时,亦不去,但以手画圈相围我及渠曰:
'彼如我们何?'衣服饮食珍丽,颜色则世所未见,人间亦无有
也。"噫!道清之言贤哉。人之为贾病遇道清,亦奉佛施药之
报者也。

　　贾生字显之,所谓友则同郡之许颙彦周是也。其后先太
史于《大藏》中检得《羂索经》咒,今亦藏之于家也。

玉　条　脱

　　大涌张氏者,以财雄长京师。凡富人以钱委人,权其子而
其半,谓之行钱,富人视行钱如部曲也。或过行钱之家,其人
设特位置酒,妇人出劝,主人反立侍,富人逊谢,强令坐,再三
乃敢就宾位,其谨如此。张氏子年少,父母死,主家事,未娶,
因祠州西灌口神,归过其行钱孙助教家。孙置酒,张勉令坐。
孙氏未嫁女出劝酒,其女方笄矣,容色绝世。张目之曰:"我欲
娶为妇。"孙惶恐曰:"不可。"张曰:"愿必得之。"言益确。孙
曰:"予,公之家奴也,奴为郎主丈人,邻里笑怪。"张曰:"不然,
我自欲之,盖烦其女为我主管少钱物耳,岂敢相仆隶也。且于
皇法无碍,如我资产人才为公家之婿,不劳苦相阻也。"孙愈惶

恐。张笑曰："言已定矣，不可移易。"张固豪侈，奇衣侈物，即取臂上所带古玉条脱，俾与其女带之，且曰："择日作书纳币也。"饮罢而去。孙之邻里交来贺曰："行为百万财主主人之妇翁，女为百万财主之母矣。"其后张为人所诱，别议其亲，孙念势不匹敌，不敢往问期，而张亦若相忘者。

　　逾年张就婚他族，而孙之女不肯嫁，其母密谕之曰："张已别娶妻矣。"女不对而私自论曰："岂有如此而别娶乎?"父乃复因张与妻祀神回，并邀饮其家，而令女窥之，既去，曰："汝适见其有妻，可以别嫁矣。"女语塞，去房内以被蒙头，少刻遂死。父母哀恸，呼其邻郑三者告之，使治丧具，郑以送丧为业，世所谓仵作行者是也。且曰："小口死勿停丧，就今日穴壁出瘗之。"告郑以致死之由，且语且哭。郑办丧具至，见其臂古玉条脱，时值数十万钱，郑心利之，乃曰："某有一园在西。"孙谢之曰："良善而便也，当厚相酬。"号恸不忍视，急挥去之，即与亲族往送其殡而归。郑盖利其独瘗己园中也。半夜月明，郑发棺欲取玉条脱，女压然而起曰："此何处也?"顾见郑，曰："我何故在此?"女自幼亦识郑面目，郑乃畏其事彰而以言恐之曰："汝父怒汝不肯嫁，而张氏为念若辱其门户，使我生埋汝于此，我实不忍，乃私发棺而汝果生。"女曰："第送还父母，勿恤其他。""若送汝归家，汝还定死，我亦得罪矣。"女乃久之曰："惟汝所听。"郑即匿之它处，以为己妻，完其殡而徙居来州。郑有母，亦喜其子之有妇，彼小人不暇问所从来也。积数年无子，每言张氏，辄恨怒忿恚如欲往扣问者，郑每劝且防闲之甚。

　　至崇宁元年，钦成上仙治园陵，郑差往永安，临行告其母勿令其妇出游。居一日，郑之母昼睡，孙氏女出僦马直诣张氏门，语其仆曰："孙氏几女欲见某人。"其仆往通之，张且惊且怒,以仆为戏己,骂曰:"贼奴侮我耶?谁教汝如此?"其仆曰:"实有之。"张与其仆俱往视之。孙氏见张,跳踉而前,曳其衣。其仆以妇人女子不敢往解。张认以为鬼,惊避退走,而持之益急,乃擘其手,手且破,血流,推去之,仆地而死。僦马者怪其不出,恐累于己,往报郑家,推求得郑母,曰:"我子妇也。"诉之有司,因追取郑对狱具伏。已而园陵复土,郑之发塚等罪止于流,以赦得原。而张实伤而杀之,杂死罪也。虽奏获贷,犹杖脊,竟忧畏死狱中。困果冤对有如此哉!是时吴拭顾道尹京云以上二事。

　许彦周云:又政和中,外祖空青先生曾公公衮摄守丹阳,属邑丹徒县主簿李某者,以漕檄往湖州境内,方由郡中差二小吏徐璋、蔡禋者,以补驱使。既至境,休于郊外之观音院。僧室之邻有小房,扃锁颇密,二吏窃窥之,有画女子之像甚美,张于壁下,设供养之属。二人私自谓曰:"吾遭逆旅,得有若彼者来为一笑,何幸?"偶询院中僧,云:"郡人张姓者,今为明州象山令,此即其长妇。死,殡于房中地下,画其像,岁时祀之也。"是夕,蔡禋者寐未熟,忽见女子搴帏而入,谓禋曰:"若尝有意属于我,故来奉子之周旋,幸勿以语人,及勿以怪而疑惧焉。"禋欣然领其意,自此与璋异榻,每夕即至,相与甚欢,如此者逾月。二吏以行囊告竭,告于主簿者,主簿曰:"璋善笔札,吾不可阙。禋可行也。"是夜妇女者来语禋曰:"闻子欲归,何也?"禋告以故。妇人曰:"吾有金钗遗子,可货之足以稍济,幸无往也。"言毕于鬓间取钗与之。禋诣铺中售之得钱万六千文以归,绐谓璋曰:"我适入城遇亲人,惠然见假,勿须言归也。"璋嘿然,念我二人者同居里巷,岂有乡人而己不识者,且闻禋夜若与女子窃语,他时事露,宁不自累?由此每夕伺之。一日,

天欲晓，果见妇人下自裩榻。璋急向前掩之，仆于地，若初死
状，衣冠俨然。二吏大惊，诘问，亟以告。主簿者属之寺僧谨
视之，拘系二吏于狱，诘问，并无异词。遂牒象山令，令其家人
共发棺视之，已空矣。及往铺索其金钗验之，诚张死时所带者
也。二吏遂得释，未几还丹阳，皆以惊忧得疾，不久而殂。仲
舅目睹。与张氏事相类，并录于此云。

申 天 规

　　熙宁中，有大理寺丞申天规者，请于朝，自言本农家，父好
道，从方外之士游，天规十余岁时，忽□去其家，不知所适。至
天规登第唱名出东华门，忽于稠人中见之，庆其登科，设拜方
起，遂不复见。又累年任江南一县令，考满造朝，遇之道中，忽
隔水呼天规，亟渡河见之，拜起欲语，又失所在。既更秩，乞解
官给朝假，以访之，然不可得也。元丰末，先祖任武陵令，暇中
游桃源观，中有道人潇洒不凡，言语有理趣，因询其姓，即申天
规之父也。翌日，遣人邀之，则已告去。时天规已自老矣，计
其父寿将已逾百岁矣。后见马子约云："申父名交，其姻家
也。"

刘 快 活

　　刘快活者，名信，本兵也。滕章敏知池州，因捕逃卒得于
九华山，自言有公据放停。滕章敏取视之，乃周显德间所给，
章敏惊异之。已而扣之，果有道者，虚堂以舍焉。时章敏坐妖
言被遣，不敢久留，因遣人送之王荆公。荆公与之言甚契，然
不肯为之留，又以属之曾文肃。文肃馆于家者凡十余年。每
酣饮，必大呼连唱"快活"二字，故人以此目焉。文肃事之如

神。文肃守河阳,忽感便血,气绝不复苏,夫人泣请于刘。刘曰:"若将酒一斝与苏合香丸二两与我。"信既得之,酒与药一引而尽,与文肃公入密室经夕,天欲晓,亟叫"快活"数声,家人竞起视之,则文肃起居已如常矣。问之,但云:"过此更寿一纪,位登台衮。"询之它,皆不言。文肃登庸登第后,出镇朱方,舟次南都,忽告别,语文肃曰:"不能远适矣。"文肃颇解其意,亦不强留。既去之后,不久,而文肃果南还。后不知所终。

毛 女

蔡元长自长安易镇四川,道出华山,旧闻毛女之异,一见向晚,从者见岳庙烧纸钱炉中有物甚异,以告元长,亟往视之,乃一妇人也。遍身皆毛,色如绀碧而发如漆,目光射人,顾元长曰:"万不为有余,一不为不足。"言讫而去,其疾如飞。既至成都,命追写其像以祀之。元长亲语先太史如此,并橅其像见遗。

范 竑 父

范竑父镗,少年漂泊,尝徒步过豫章村落中,日高未得食,至一山寺。有僧梦黑龙绕其居,既觉,闲步出户,见有穷士凄然坐于山门,僧邀入,解榻推食以待之,且问其所向。竑父曰:"某赴开封试,途穷不能前,奈何!"僧乃倾囊以济其行,其徒且笑且排之。是岁首荐,明年登科,后以龙图阁学士帅江西。其僧尚在,竑父厚报之。仲舅云。

张 夫 人

张子龙妙龄甲科中第。乡里宗氏,衣冠望族也,有女始

竿,色冠一时,裔以为婿。成礼之后,张虽少年文采,驰誉当
世,而宗常有不足之色,坐是琴瑟不甚洽浃。张任六学博士,
宗忽告曰:"吾某处之神也,尝以过,罚为人之室。岁满合归,
幸毋以为念,子行亦兴显矣。然有三事嘱子:吾平时与子不甚
叶,吾没之后,父母必来问吾既死之状,慎勿揭吾面帛。其次,
毋再娶。又其次,吾有二婢,人物不至陋,他日足以区处子之
家事,勿令去。苟背吾言,吾将祸子不得其死。"言毕而逝。已
而宗父母果来,张告以此,翁媪益疑焉,竟启视之,乃如所画夜
叉,若将起攫人状,众惧而急覆之。未几,擢侍从,益贵幸。一
日登对,徽考语之曰:"卿妇死数年,为何尚未娶?枢密邓洵仁
女甚美且贤,知经术,尝随其母入禁中,宫女呼为邓五经,朕当
为卿娶之。"张力辞以他,不可,已而言定邓氏。邓氏欲逐其二
婢,张亦不得已又去之。合卺之夜,夫妇方结发,忽火起床下,
帏幔俱烬。翌日,张奏厕,见故妻如死后状,前搏子龙,遂残其
势,自是张遂不能为人。靖康末,竟以失节窜湘中,已而赐死
于家。姚令声云。

水　太　尉

　　大观中,李邍字夷旷,公择之子也,为湖北提举学事司勾
当公事。尝以职事至沔鄂之间。湖外地广而传舍每远,稍舍
之则食宿皆无所向。一日晚,将次一驿,遣健步卒先令往占,
以备夕泊之所。比至,则厅事尽以青布幕之,中挂一牌曰"水
太尉占"而外无从者可询,遂急回以告夷旷。夷旷曰:"舍此将
何之?不若就歇其廊庑,为一宵之计。"既至,果然。夷旷意以
渭必中人之衔,密命从者漫往谒之,投刺子于幕外。独有一灯
擎挂幕上,久之始有人自幕中取刺子以入,若女子声曰:"暂

坐,少顷出矣。"又闻其内多婢妾忸怩之言,四方之音毕备,间有诮让之词,以谓谒客者来何暮,是欲逐我辈使去此耳。夷旷徘徊既久,又不欲遽退,忽一髫角少年衣青衣,状若世所塑勾芒神,一手持球杖,一手牵一物似犬而高,似羊无角。闻空中喝云:"揖太尉,揖!"夷旷俯首应之,答喏者即其人也。惊骇之次,引丽人数十辈疾趋而出,布幕灯檠悉不复见。既迁入正寝,但见淆核满地而已,他无所睹。

江　彦　文

江纬彦文,少年美风仪,尝得瘵疾,医莫能疗。有道人教之休粮、不语、不衣,令入中岳观,但以木叶蔽体。如是者三载,观中道士以为奇货,每月游客必引令观之,号为仙人焉。疾既愈,还家温旧业。元符初,上书陈大中至正之道于朝廷,上召见,赐进士出身,为太学录,陆师农以女妻之。自此晋用,既有妻妾。因与同舍郎通家,一日坐间,各言微异事,郎之妻曰:"顷在室日,父母携游嵩山,尝得睹神仙于观中,今画像似之。"彦文令取视之,即己像也,因言其事,坐间之人莫不大笑。陆务观云。

淮　南　道　士

淮南山有道士善《易》术,知休咎,学者多从之。一日,有门人造其舍,道士忽愀然不乐,曰:"早筮卦得《乾》之《离》,九三爻动,其词曰:'焚如,死如,弃如。'不知何祥耶?"门生才下山,有盗过其居,掠其所有,杀人投尸江中,火其居而去。

周　宪　之

　　周武仲宪之,初登第为淮南一尉。近村一寺,每遇宪之来,必洒扫迎谒甚恭,如是数四。一日,宪之再到,则寂然非复如前日。宪之讶之,诘其故。云:"寺中有老僧,每遇公将至,必梦山神戒令预治道,云候相公之来。前夕,忽梦云公以某事受贿若干,致被阴谴,禄算俱将尽,以此不复来告矣。"宪之惊悸,愕然亟归,却其所遗,令僧祷于神。后数月,再梦于僧曰:"吾尝为询之,受而能悔,情亦可矜,镌寿一纪,官爵减半。"后果止于御史中丞。

赵　诜　之

　　徽考朝,有宗室诜之者,自南京来赴春试。暇日步郊外,过一尼院,极幽寂,见老尼持诵,独行廊下,指西隅谓之曰:"此间有大佳处,往一观否?"生从其言。但废屋数间,芜秽不治。有碑一所甚高,亦复残缺。生试以手抚之,碑忽洞开若门宇。生试入,视之则皆非世所睹也。楼观参差,万门千户,世所谓玉宇金屋者皆不足道。香风馥然,有妇人数十,皆国色也。见生迎拜甚恭,生恍然自失。引生登堂,若人间宫殿,金璧罗列粲然,多所不识。有女子西向而坐,方二十余,颜色之美,又大胜前所睹,群妇人皆列侍焉。问生曰:"子岂非赵某乎? 候子久矣。"生愈骇惧。遂命置酒,合乐妙舞更奏,服勤执事并男子,食前方丈,乐声嘹嘹,真钧天之奏也。至夜,遂相与共寝,亦极欢洽。生询其地,答曰:"但知非人间即已,何劳固问,且勿为疑虑可也。"如是留几旬浃。女子忽谓生曰:"外访子甚急,引试亦有日,子须亟归,时见思。"遂命酒作乐,酒罢曰:"此中物虽多,悉非子所可携。玉环一、北珠直系一奉之,以为想思之资。环幸毋弃之,直系可货而用也。"众人送出门,各皆吁嗟挥泪,生亦不自胜情。既出,则身在相国寺三门下,恍如梦觉,但腰间古玉环与北珠直系在焉。亟归,即见同舍与诸仆惊喜曰:"试期甚迩,郎君前何往乎,如是之久耶?"生具以事告。入试罢,与二三子再访,兰若曲廊、残碑宛然,无改如前,但扣之不复开矣;诵经之尼亦复无见,怅然而返。已而下第,货其直系,得钱百余万,古玉环至今犹存。_{赵生自云。}

沈　元　用

　　沈元用未赴殿试时,忽观卖故物担上有旧书一小帙,问取视之,乃历书也。沈以十余钱买之以归,且试观之终篇。未几廷对策问历数,元用素未始经意,殊惘然。因追思小书所记以对,不复遗忘。策成,与大问悉契,自谓神功,喜不自胜。已而唱名,果擢第一,殆岂偶然哉。

沈　生

　　沈元用自言与其从兄俱试南宫,共客长安,从兄贫不可言,每仰于元用,忽谓元用曰:"我偶一伎甚妙丽。"约其俱往见之。元用惊曰:"兄穷困如此,何以致之?"兄曰:"我前日偶至某处,有一妇人忽然招我入其家,自言倡也,馆我甚厚,且令我与子俱来,幸同往也。"元用从之,同至东一委巷中,有小宅子一所,门宇甚卑陋,入户则堂宇极雄壮,妇人者人物真绝代也。置酒欢甚,因谓沈兄曰:"闻君未偶,他日中第肯以为汝家妇?吾家累千金,室无他人,君年亦长矣,使名门贵胄未必能逮我之容与资也,幸君勿以自媒为诮。倘子文战不利,吾亦当别为之图,亦须痛饮而别。"且笑指元用曰:"君在此知状者也。"自是沈兄凡客中用度,悉取给于妇人,亦略无倦意,元用亦不时同造。及榜出,元用奏名,兄不预。有日东下,约元用一二客偕往妇人家,一见大怅然,谓沈曰:"志愿相违,乃复如此。今夕须尽欢,然后分袂。"系舠酾酒,合樽促席。妇人歌别离之辞以侑觞,酒酣挥泪不止。中夜忽狂风振地,门牖皆开,堂上烛灭,寂无人声。与诸客呼妇人常在家之使用者,皆不应。二三子各移坐席相近,战悚而已。至晓,但见各坐一椅子,败屋数间之下,向来所睹悉皆不见。亟走以问邻近,皆曰:"某氏之废宅,久无人居,亦未始睹诸君子之往来也。"竟不知何怪云。二事者赵宣明亦所亲闻之于元用者也。

猪 嘴 道 人

宣和初,西京有道人来,行吟跌宕,或负担卖查桃梨杏之属,不常厥居,往往能道人未来事,而无所希求。以其喙长,号曰"猪嘴道人"。居雒甚久,有贾邈、李瓛者以家资豪侈,少年凭藉好客喜事,屡招与饮,至斗酒不乱。

一日,闲步郊外,因谓曰:"诸君得无馁乎?"怀中探纸,裹小麦舍于地,如种艺状。顷之,即擢秀骈实,因挽取以手摩,麪纷然而落,汲水和饼,复内怀中,顷取出已焦熟矣! 掷之地中,出火气,然后可食。同行下逮仆隶悉皆累日不饥,二子自此颇敬之。洛人素种桃花,时盛夏,置酒家圃水阁中,曰:"我能令小池尽开桃花,杂于荷叶中。"又探怀中取小砾土掷之。酒未半,莲跗冉冉擎桃开花,浮于水面,花叶映带,深为奇绝。乡人亲旧闻之嗟骇竞赏,几旬而后谢。其余奇异悉皆此类。

李之外姻有陈朝议者,自东南罢守,僦居于雒。陈故贵

家,后房十余人皆姝绝,而号越珍者,尤出众姬右,亲旧未尝得
见。李尝因春游邂逅相遇,与之目成,归家神观骀荡,念虑不
已。一日,道人者来谓之曰:"子之所志我知之矣,盍从我游
乎?"因出城,古社坛屋中取一砾,如指许,云:"子以此划壁可
也。"李如言试划之,即开去,如一角门,才入,即有曲房绣帐,
不知何所。褰帏则越珍方昼寝于中,李惊喜,撼之使觉。越珍
亦欣然曰:"我前日见君,固知君之在念,然门宇深严,昼日何
能至此?"李不告以实,但言间关之状。越珍叹息曰:"有心之
士哉!"从容小款,备极其欢狎,留信宿方出。因遵旧路,门阒
刬然复合,社壁如故,早来方雨时顷矣。道人曰:"何遽相忘而
不返耶?"因谓曰:"划壁之砾在乎?"曰:"偶忘之矣。"因亟命李
寻之,且曰:"子异日欲往,但持此砾如前即至。"自是李欲往即
至,缔好甚密,将逾岁矣。后李醉偶道其事于贾,贾且尤欲俱
往,道人谓李曰:"吾与子缘亦尽矣,子之不自慎,我亦不能安,
子其饯我。"饮半揖诸君曰:"移园中假山石来。"叱之曰:"开
门!"及开门,望见楼台屋宇如人间然,道人投身而入,石合如
故。其后李往扣社壁不复开矣。后李生以为梦也,遣人物色
越珍,道往来之迹,历历皆合。社坛距陈居各在一隅,相去数
十里云。朱先生希真语。

张　忠　文

　　张忠文稽仲作武官日,差往蜀中,遇道人于逆旅,风骨甚
异,熟视稽仲笑曰:"子它日当历清要至二府。"稽仲以为觊己
之辞,问道人:"若有何能?"道人云:"惟命所试。"稽仲益笑其
大言,谓曰:"汝能诗否?"道人请示其题,稽仲指其所携葫芦令
赋之。道人拈笔立成云:"莫笑葫芦子,其中天地宽。流金不

着暑，裂石岂知寒？拖后寻踪易，吹时觅缝难。从教灰尽却，
留与后人看。"言既腾空而去。嵇仲后试换，历小蓬当制宗伯
修史，最后知枢密院，悉如道人之言。

林　灵　素

　　林灵素在徽考朝，既以术动主听，大见信用，威震京师。
所居宫在城之外，尝奏上："愿与诸朝士少春容，免拘门禁之
文，幸甚。"上可其请。于是先召馆阁之士十余人饮，至夕曰：
"诸公清夜何以为娱？仆愿为少致殷勤之欢，幸无形迹。"因
曰："街市倡优悉可呼，然不足以陪君子，但诸公平日属意或尝
奉周旋者，千里之内皆能致，第各言其姓氏与夫所居之地，今
夕将毕集焉。"诸人以为荒唐缪悠之词，醉中故以所志应之。
遂自燕集之所至一竹林中，有堂高极净洁，后有小斋阁十余
所，户牖茵屏之属悉备，各令谒其一。更阑之后，凡所言者妇
人，皆启户而人，或与之有故者，叙问契阔，及道平时昵语它人
不得而闻者皆说焉。安寝至晓，灵素扣户呼曰："吾非忘矣，可
起也。"诸公推枕，惘然恍如梦觉，各不知所以，但相视骇叹而
已，因扣之。灵素曰："此亦末事，诸君幸有识者它日询之可
也。"其间有密往之者，则曰："是夜梦有人召去奉一笑之适。"
问其处所言语，无少异也。山阳徐望渭老言其从父公裕，时为
秘书丞，亲预其会也。

郑　子　卿

　　林灵素得幸之后，凡有艺能之人至京师，皆揜匿不以闻之
于上，或恐有胜于己者之故也。忽有道人自江南来，年甚少，
愿供洒扫之役。会禁中设醮，命道士辈书青词，稍卤莽，灵素

躁怒。道人前来曰:"某愿为之。"灵素命吉觑笔墨之属。道人曰:"不须也,将纸来。"但以寻常所用笔倚而写之,众窃怪且笑其不知事体也。俄顷书就,端谨精密,前所未见,灵素固已讶之,自是遇之良厚。凡事过目即解,且度越他人。灵素亦奇而忌之,每戒其徒,遇警跸府临,即勿令出。一日,徽考幸其舍,语及黄白事,叹息以谓未始一遇其人,既而去。道人告灵素曰:"某实有是术,愿先生姑试之。"灵素前已异之,取道像前古铜香炉与之,曰:"汝可以此为银者乎?"道人曰:"甚易耳!"即于腰间小瓢中取药少许,微以手擦之,持以示灵素,则已为黄金矣,银不足道。灵素见之大骇赏,延之上座,少选遂不见,呼之则已逸去。后数日,上幸灵素所居,忽仰视见三清阁牌上有金书小字两行,尝目所不睹。阁既高而牌出飞簷之外,人迹所不能到者,上甚讶之。亟令人缚梯往观,字云:"郑子卿居此两月,不得见上而去。"上即问之,灵素直言其事,且谢不敏。上令取其榜置之禁中,灵素自此眷衰。廉宣仲云。

龙　　主

　　宣和七年元日,有太学生数人,共登丰乐楼会饮。都城楼上酒客坐所,各有小室,谓之"酒阁子"。邻阁有一客,引杯独酌至数斗,浩歌箕踞,旁若无人,衣冠甚伟。诸生异之,因相率与之揖,且邀之共坐。客亦不辞,来前又饮斗余,议论锋出,凡所启问悉出人意表。诸生降问及姓氏。曰主姓龙,弃家访道,随所寓而安之,亦有年矣。诸生因以先生目之,问曰:"先生休歇之地可得闻乎?"客曰:"在景龙门外某人小邸中安下。诸公翌日幸早至彼,恐差晚则某亦出矣。"诸生中有如期访之者,客果在焉。一室潇然,一榻、一老仆,他无有也。语诸生曰:"某

亦欲与诸君小款,但逆旅非所宜,某日有暇,幸与前日同席诸
公子偕行出郊,为之毕集,某之愿也。"生诺之以告二三子。至
日,谒告以往,客复在焉。命老仆携钱数千,出都门外沽酒,市
果饵。徜徉一二小圃中欢饮终日,间以经史未通处问之,皆迎
刃而解。诸生中有以弧矢自随者,会空中有群雁穿云而过,客
取弓调矢,一箭双雁坠地,诸生又惊服。自是,每有暇则访之,
客必在焉。一日,俱过新城下,时土木方毕,连楼郁峙,客忽指
示诸生曰:"不过一岁,此城当毁,虽外城亦然,地皆瓦砾之
场。"言讫叹息。时告密者分布闾巷,诸生惶恐,重足周视而不
敢答。复引诸生至近郊人稍稀处,曰:"幸诸君游既久,亦有以
告语者,幸毋忽。"诸生请所以。客曰:"胡骑将犯阙,天子当北
狩,城破日大雪,天下自此遂乱。诸君毋以升斗之计顾惜弗
归,宜各怀亲念家,急出都即可免。不然非某所知,吾亦从此
逝矣。"言毕而散。翌早,诸生再访其居将以扣其详,则店媪
云:"昨夕已告去矣。"诸生以为异也,遂请告,各给长假还里
中,后悉如其言。

　　叔外祖曾台州公永语仆如此云,后观《华严经》中有龙主
鸠盘荼王,始悟即其人也。

任荩臣

　　任荩臣者,蜀士也。建炎初,以干出川,泊舟峡口,与同行
二三客纵步岸次。有老人衣紫,戴卷云冠,貌甚古雅,揖诸君
曰:"敝居距此不远,可以暂一枉驾否?"诸君从之,行里余,入
栢径,深林茂密,中有大屋三间,如庙宇。老人先入,面南而
坐,诸生东西相向,心已疑之。未及语次,见檐上有声如雷,坠
下一物,乃铁槽也,大如一船,其中有汤正沸,浮一金紫人,须

叟火炽糜烂，诸君大惊，起询老人，则如木偶然，不复应，已而其物复凌空而去，老人始语曰："诸公知所谓无间地狱乎？此即是也，幸毋久住。"诸公急趋以出，不敢回顾，仓惶至舟次，则苍壁万仞，不复有路矣。

虹 县 良 家 子

建炎初，李成自下邳寇宿州。或劝成先袭虹县，伺其怠而后取之，成以为然。兵趋虹，虹开壁以纳贼。明年秋，贼将史亮悉勒兵赴宿，攻城陷之。成后军亦杀虹县人以应，横尸数里。有良家子脱死于刃，望见衣冠数人，兵吏悉绀肤朱发，载簿籍随之。良家子瞑目佯死，有吏呼曰："此人何报得脱？"一兵前趋，将挝杀之。吏曰："待检籍视姓名。乃安禄山时，尝为贼军，不杀无辜，俾免兵死。以其曾为贼，令今世预于阵焉。"
以上二事蜀僧秀祖云。

祝　舜　俞

祝师龙舜俞，绍兴初，随孟传文为宣抚司属官。自闽中还朝，道出永嘉，偶与二三同官登郡楼避暑。有雪鬓褐衣之士先已在焉。因与之语，问其姓氏。云："唐，姓潘，郡人也。尝为舒州教授，挂冠已久。"自言："善知人休咎。"时舜俞将结局奏功，谓必膺异赏，因以己之生月叩之。答曰："子凡事皆缓，此去十年，当上殿，始脱选调，冠豸为卿。自是又须闲十余年作帅，此外不须问也。改官后始有子。"舜俞见其辞夷色庄。议论过人，心甚喜之。翌日，访其居，投刺焉。久之不出，意颇忿其无礼。忽一年少出曰："公何从而识伯氏？自舒州考满休官后，未尝与人接，今死又十年矣。"舜俞因告以所遇状。其人饮泣,徐曰:"伯氏顷实留心于李虚中之学,某兄弟悉能之。"再求舜俞甲庚占之,与前所言颇合。舜俞是行过剡中,与先太史自言如此。已而赏下,循资而已。其后赐对,再秩入台,迁太府少卿,逾年以论列,奉祠者十载,得郡房陵,迁帅襄阳,以疾复请崇道而归,废于家,其言始验八九矣。潘唐者,实先祖之门生也。

又舜俞之侄协,娶曾氏,仆之从姨也,叔外祖谏坡,元忠之婿。当调官京师,游相蓝,遇官人,骑从甚都,前揖祝,自称:"前澶渊司录钱皞也。亦娶曾氏,子室人之故亲。"意其殷勤。约它日过其居。时谏坡为郎,祝归,因以告之。坡惊曰:"钱郎死已数年,君何从而见之耶?"二事姻旧间多闻之。仙耶?鬼耶?不可致诘。

何 丞 相

何丞相伯通布衣时,与里中一举子俱下第南归,举子至泗州得暴疾不救,权厝于道旁僧舍,丞相每经由,必莫酹之,有年矣。一日,丞相自郎官谒告,焚黄于括苍,假道泗州,暝晦未久,舣舟初定,举子忽通谒于舟次,偶丞相忘之,俾呼来前,劳苦若平生欢,久之始悟其死,乃语之曰:"吾往来于此久矣,今夕忽见访,岂吾禄命将衰殆,不利于吾耶?"举子曰:"不然,前此荷公每来必祭我,我亦屡欲一见公,适多白昼,或夜则烛光烁我,不容进。公今日所用烛乃牛脂为之,我不复惧,故使我能入公船。公自此当亨通矣;位至相府,寿考康宁,举子无与比,幸自爱无它疑。异日使我归骨乡里足矣,此外无所求也。"言毕洒涕呜咽,不自胜情。丞相亦恻然伤之,酹酒以别。遣人迹其后,登岸数步而没。丞相既贵,厚抚其家,俾归葬于里中。

何氏子弟,至今每戒人不可以脂烛照夜。

黄　大　夫

　　闽人黄大夫者,少筮仕作邵武尉,获强犯七人,捕送郡,或疑以为非真者,黄力执其说,竟杀之,用赏更秩,然终身以为慊。中年后,事斗甚谨,遂见形于云间,如是有岁矣。既老病于家,斗日益近。泊至晚,景遂入其室。熟视之非斗也,乃七人披发者,血淋其身。自云:“即邵武冤者,前以君福气方盛,虽每现形终未敢近。今君禄将谢,吾将子辩前事于冥间耳!”惶恐扑地,犹能语其子而卒。以上二事,宣仲云。

左　文　琰

　　台州士人左珝,字文琰,有声场屋。戊辰岁,赴省闱考。试官某者,房中有《周礼》义卷子极佳,立号甚优,将白主文者置之上列,玩味之际,忽假寝于几间。梦中有人谓:“此台州进士左珝程文也,合中第久矣,顷因嘱某事受贿五十万,致有枉死者,坐此以获阴谴,减折寿禄,未得登科。然一第之后,其人即死,君幸无取之也。”既寤,且信且疑。如是者凡三日三梦,悉符于前,竟默摈之。泊出院,于落卷中检视,果珝之文,考官甚惊异,后每以语人。珝至王十朋龟龄榜始得解褐,是年即随孙道夫太冲奉使为书状官,死于燕山,亦谓验矣。王夷仲云。

驼　坊　使　臣

　　顷岁有驼坊使臣夜坐未寐,闻户外有二人偶语云:“舍人来日当有万里之役,然遂免此苦,吾将奈何?”复答曰:“谏议愿自宽,何戚戚? 会当免耳!”其声甚雄。使臣窃窥之,乃二骆驼系庭中。翌日早，有旨下坊中，差骆驼一头载军衣入蜀，乃庭下语者。继闻驼至蜀而死。不知二畜前境何人，而其罚如是之酷耶？

吕 子 原

吕源子原守吉州日，尝令修城，掘土得旧棺一，既舁置江中，始得石志于旁，乃昔人父葬其子者。其略曰：“后十六甲子，东平公守此郡，吾儿当出而从河伯之游矣。”算术之精有如此者，又知夫世事莫非前定也。仲舅云。

孙 大 中

诸暨举子孙大中，政和中在上庠升补颇高。一夕，忽梦有人谓曰：“俟再兴太学，子始及第。”既觉，殊不可晓，连蹇甚久。靖康之乱，成均遂废，至绍兴壬戌再兴贤关，大中复补试入籍，始登第云。薛叔器云。

路 真 官

路时公，字当可，解捕逐鬼物，世人目之曰“路真官”。而荐绅或指为诞妄不信也。建炎间，与先太史同避地婺女时，李倞冲季在焉。冲季常抱疾，邑邑不足，日益癃瘁，非医砭所能疗；试以询，当可每但唯唯而已。冲季因以属先太史曰：“岂若有所避而不明以告我乎？公与我厚，试一叩之。”先太史于是访当可以问之。当可曰：“固为询之矣，第以费义事制肘。”先太史因以语，冲季蹙额惨怛，久之而言曰：“顷岁三舍法行，先人季广实为夔州路提举学士，会诏天下州县学举人，程文中有害道讥切者，专一令学士司检察具名闻奏。时先人既老，且久去词场,所至多以畀某详定。因见忠州一学生费义者,策卷中多言诽谤,至不忍闻。时赵谂事未久,虑蜀中狂人复生,因白大人,奏上其事,始以谓不过重罚,屏斥不齿,足以劝励。既而敕下,窜义海外。视之,乃一村邑陋儒,不识时忌所以然者耳!甚悔,为之怅然,恨累日。继而闻义道死,心每以为慊,亦未尝以语诸人,以此知当可之术未易轻。"仆后因阅宣和徽宗皇帝诏旨,备见费义削章云。

张 中 孚

己未岁,虏人入我河南故地,大将张中孚、中彦兄弟自陕右来朝行在所。道出雒阳建昌宫故基之侧,与二三将士张烛夜饮于邮亭。忽有妇人,衣服奇古,而姿色绝妙,执役来歌于尊前,曰:"晓星明灭,白露点,秋风落叶。故址颓垣,荒烟衰草,溪前宫阙。 长安道上行客,念依旧,名深利切。改变容颜,销磨古今,陇头残月。"中孚兄弟大惊异,诘其所自,不应而去。张仲益所云。

僧 妙 应

僧妙应,能言人未来事,名重上国。吴元中丞相在掖垣日,忽造之,曰:"天下将乱,子作相矣,吾欲南适,俟见子于岭外,吾其死时矣!是时公亦将不免。"言讫而别。宣和末,元中以内禅功,自给事中两月至相位,未逾年即南窜。建炎中,起家为宣抚使,力辞不拜,避地柳州,再与妙应遇。因语之曰:"师之前言验矣。奈何!"与之弈棋,罢,妙应归所寓寺,翌日访之,已蝉蜕矣。未几元中亦薨。僧仲躬云耳。

曾　元　宾

　　温州平阳县桂岭里东溪人曾元宾者，三子：长曰雄飞、次曰伊仲、季曰长翰。绍兴丁巳夏初，幼子长翰纵走山谷间，睹小青衣容貌奇丽，夷然而前，曰："真仙欲邀君言少事。"长翰恍惚若惊，从而往之。萦迂行数里，至一林下，异香馥郁，非尘俗比。俄有五女子、二从者拥盖而出，珠珮盛饰，奇容艳妆，世所稀见，真神仙中人也。长翰愈惊其异，勉而问曰："子为谁乎？"曰："吾五人者，乃蓬莱岛之真仙也，一曰仁静字德俊、二曰仁粹字德材、三曰仁娇字德懋、四曰仁玉字德全、五曰仁姝字德高。"顾二侍者曰："此二人乃吾之嫔娥也，曰媚真、曰美真。吾于君家有宿缘，不远万里而来，君之昆季三人久虽当贵，然未有不学而自成者也。吾等博学谈古，无所不至，欲师授汝等昆仲，以未知汝家君可否耳。可以此言白父兄，如其可从，即于汝居之前山顶巅营屋三室，几案之属亦可略备，吾当择日自赴。如不愿从，亦无固必。"言讫辞谢，由故道而去。长翰彷徨不能自存，归告父兄。元宾者欣跃谓众子曰："果吾家兴焉！"如戒营室，累日而成，三子俟之。一日，果至，命其室曰山堂。仁静作诗戒三子曰："东晋生华气，儒生颇好闲。所居得山堂，楹槛稍虚宽。森罗对草树，晚暮清阴寒。洒扫布几席，气体粗可安。图书虽非多，亦足侈览观。望令述事业，细大无不完。高出万古表，远穷四海端。于中苟得趣，自可忘寝飡。勉哉二三子，及时张羽翰。毋为玩嬉戏，玩取一笑欢。壮年不重来，光景如流丸。"自后教导日新，规矩峻整，小有违犯亦加棰楚。三人语人曰："真仙虽日来夜去，某事不敢懈怠，无不知者。"它人罕见其形，但与人杯酌谈笑，或有求文者，但展纸于案，惟闻墨笔削劄之声，俄顷挥翰盈纸。一日，友人张彦忠大夫不信而谒之，得诗曰："秀仙溪分一石崖，等闲居此象蓬莱。举眸尽是山林趣，何必东都长者来。"又曰："特承临访索诗篇，无愧高谈振坐前。细柳真风浑秀异，伫膺纶诏赴中天。"又曰："曾统三军执要权，妖氛扫尽复宁边。盐梅实是和羹手，共贺中兴亿万年。"又曰："忠心报国不辞难，竭尽英雄险阻间。孽寇生擒如拾芥，未饶三箭定天山。"又林小尹左司乃元宾亲家也，亦谒之，得诗与辞，其余赋论策题不可胜记焉。约自永嘉过会稽，语先太史云在郡所目睹。别后，又录其甥郭汤求彦同所叙云尔，驰寄书中。且云事有不可胜言者，其后不闻。

相 字

赵元镇、秦会之同作左右相，客言有术者善相字，甚奇，二公令呼来姑试之，各书一"退"字视之。术者熟视久之，曰："左相行须引去，右相宜在中书。"二公问其故，曰："左所书日下人远，右书人向日边。"已而果然。赵晋望云。

舒州刊匠

近岁，淮西路漕司下诸州分开圣惠方。而舒州刊匠以左食钱不以时得，不胜忿躁，凡用药物故意令悮，不如本方。忽大雷电，匠者六而震死者四，昭昭不可欺也如此！苏训直云。

楚先觉

廉宣仲布、吕安老祉二人同年生，且极厚善。既中第，闻有楚先觉者，以门术闻都下，二公相率往问卜，各以八字叩之。楚笑曰："俱新进士耶？"复问姓氏云："廉君目下又有小喜，不出明年即官中都,然终身官爵上于此矣。吕君后数年始入朝,便须进用。又数年,出而再入,为八座,将不得令终,盖五行全似徐德占也。吕君亡后二十年,廉君始死。"二公以谓一时孟浪之语不足信。未几,宣仲为张子婿,明年以博士徵,已而坐妻党摈不用。安老数年后始被召,遂登言路,未久遭逐,又数年再召,浸为大戎,提师淮西。兵乱,为其下所杀。宣仲虽以疾挂冠,今尚存,距安老之死,殆十八九年矣。术者之言有验如此者,无异于毛十八仙翁也。

又,秦会之初罢右相,居温州日,尝邀街市卖卜者问之。曰:"相公明年再秉钧衡,二十年间位极人臣,古今罕俪。代公位者,永嘉知县沈该也。"其后果然,此尤可怪。宣仲云。

王子宣

王藩子宣,宣和间自侍从出帅秦州。一日,境内积雨山崩,令僚属往视之,中有古穴甚大,棺椁悉无,旁有石匣,其内复有白金函,函置剑一口,甚锋利,僚持以献于子宣,子宣甚宝之。未久,子宣以忧去位,服终,复迁兵部尚书。会金人渝盟,京师俶扰,渊圣命子宣督师东南,奉使失指窜海上。时子宣兄靴得两浙提刑,分袂江表,子宣以是剑赠行,靴携以之官。治会稽,视事逾年,戎将胡人参婴城判,执靴于禹迹寺之禅省院。靴长子素勇敢,闻乱,提此剑以赴难,至贼所犹格杀数人而入,卒为其党所缚,父子俱毙于剑下。人参取以自佩,不旋踵,人参败,剑不知所在。物之为祸有如此者乎。子宣之子钳自云。

汀州民

甲戌岁,汀州有村氓入山采薪,小歇树下。旁有一石忽裂开，有老人顶帽衣白，自其中跃出，谓氓曰："观子骨格贵不可言。"因授以衮冕，使氓冠衣之。老人复入，石合如故。氓持以出，示墟中人。有桀黠者识之，遂群集不逞，得数百人，告以符命，推氓为首，剽掠邑镇，未几而败。既就执，有司取其石观之，无以异于它，而衮冕非外方所制，遂戮氓而焚其物。方夷吾云。

淮　南　士　子

顷岁，两淮喋血甫定，有二士子自江南还山阳，视其故业。道由维扬，舍于北门外，日已暮矣。主人者慰藉绸缪，云："是间不洁净，又有盗，不可宿。距此十里，某氏庄极宽雅而尝有备以戒不虞，愿以二马二健仆相随至彼。"士子观其词颇诚，兼其庄旧所熟也，领之而去。主人殷勤惜别，且祝其回。日过夜未半，抵某氏庄，庄夫出迎，云："此地多鬼，胡为夜行？"因告所以，方欲解鞍，觉二仆与马屹然不动，亟跃下取火视之，但见大枯竹二竿，大凳二条而已，即命碎之，后亦无他。王道山云。

玉 照 新 志

［宋］王明清　撰

汪新森
　　　　　校点
朱菊如

校 点 说 明

宋王明清著。成书于庆元四年戊午(1198),时年七十三岁。

《玉照新志》以北宋后期的朝野旧闻涉及政治军事等方面为多。反映了北宋朝廷腐败,权臣误国,百姓苦于战火,流离失所的情景。如卷三《胡伟元》条通过对韩世忠的描述,反映出执掌军权者之间的矛盾及其私生活的糜烂。又如卷四《秦桧初擢第》条,记叙秦桧降金并与金人勾结卖国的内幕。书中前人逸著亦占有篇幅。如安尧臣《谏取燕云疏》、李长民《广汴都赋》、姚平仲《拟劫寨破敌露布》等诸篇,皆首见全文于此。又如曾布冯燕《水调歌头》排遍七章,为词谱之所未载,宋大曲之式,于此足以窥见。书中亦有若干神怪迷信的记叙。

《玉照新志》是以清张海鹏《学津讨原》本为底本,对校明钞本,通校了明尚白斋镌、陈眉公订正、沈士龙、沈德先、沈孚先同校本。明钞本现藏上海图书馆,卷首有“礼部员外郎吴郡扬仪校”方章。卷尾有清人吴焘(子冕)眉批云:“此宋人稗史也,明杨仪校,抄即其甥莫云卿之笔。”尚白本(上图藏),海盐姚士麟作《尚白斋秘籍叙》云:“此刻为友人沈天生及其弟水部白生斋头所藏,亦以不传为虑,爰检小史、学稗诸海所无者,自梁、宋、辽、元至今,凡得二十种,昆季手校,授之剞劂。”

1991年上海古籍出版社出版的《投辖录》、《玉照新志》合刊本中《玉照新志》校点本原系汪新森先生遗稿,此次整理,由朱菊如按《历代笔记小说大观丛书》的体例重新加以整理修订。遗误之处,请读者指正。

目　录

玉照新志序

庆元戊午,明清得玉照一于友人永嘉鲍子正,色泽温润,制作奇古,真周秦之瑞宝也。又获米南宫书"玉照"二字,因揭寓舍之斗室,屏迹杜门,思索旧闻凡数十则,缀缉之,名曰《玉照新志》。务在直书,初无私意,为善者固可以为韦弦,为恶者又足以为龟鉴。间有奇怪谐谑,亦存乎其中。若夫人祸天刑,则付之无心可也。长至日,汝阴王明清书。

玉照新志卷第一

神庙圣意,锐于图治。熙宁之政,既一切变更法度,开边之议遂兴。洮河成功,梅仙拓地,然后经理西南小羌。韩存宝以弗绩诛,继而永洛大衄,徐禧之徒死之。由是耻于用兵,上亦郁陶成疾。元祐初政,庙堂诸公共议,捐其所取。绍圣、崇宁绍述之说举,窜逐弃地之柄臣,取青唐,进筑湟鄯银夏。至童贯、蔡攸乃启燕云之役,驯至靖康之祸,悉本二子绍述。思之令人痛心疾首。

元祐党人,天下后世莫不推尊之。绍圣所定止七十三人,至蔡元长当国,凡所背己者皆著其间,殆至三百九人,皆石刻姓名颁行天下。其中愚智溷淆,不可分别,至于前日诋訾元祐之政者,亦获厕名矣,唯有识讲论之熟者,始能辨之。然而祸根实基于元祐嫉恶太甚焉。吕汲公、梁况之、刘器之定王介甫亲党吕吉甫、章子厚而下三十人,蔡持正亲党安厚卿、曾子宣而下六十人,榜之朝堂。范淳父上疏以为奸厥渠魁,胁从罔治。范忠宣太息语同列曰:"吾辈将不免矣!"后来时事既变,章子厚建元祐党,果如忠宣之言。大抵皆出于士大夫报复,而卒使国家受其咎,悲夫!

元祐初修《神宗实录》,秉笔者极天下之文人,如黄、秦、晁、张是也,故词采粲然,高出前代。绍圣初,邓圣求、蔡元长上章,指以为谤史,乞行重修。盖旧文多取司马文正公《涑水纪闻》,如韩、富、欧阳诸公传,及叙刘永年家世载徐德占母事,王文公之诋永年、常山，吕正献之评曾南丰、邵安简借书多不还，陈秀公母贱之类，所引甚多。至新史，于是《裕陵实录》皆以朱笔抹之，且究问前日史臣，悉行迁斥，尽取王荆公《日录》无遗，以删修焉，号"朱墨本"，陈莹中上书曾文肃，谓"尊私史而压宗庙"者也。其所从来亦有本焉，览者熟究而考之，当知此言不诬。

绍兴庚申，金人以河南故地归我，诏以孟富文庾为东京留守，富文辟毕少董良史以自随。未几，金败盟，少董身陷伪地者累年。尝于相国寺鬻故书处，得《熙丰日历》残帙数叶，无复伦序。少董南归，出以相示，于是缉其可以传信者凡八条，今录于编，亦有已见《裕陵实录》中者，并存之。

云中书札子：度支员外郎、充龙图待制，秦凤路经略安抚使吕大防奏："伏见本路凤翔府寄居著作佐郎、前崇文院校书郎张载，学术精深，性资方毅，昨因得告寻医，未蒙朝廷召命，义难自进，老于田间，众所共惜。臣未敢别乞朝廷任使，欲望圣慈，且令召还书馆旧职。有不如臣所举，甘坐罔上不忠之罪。候敕旨。"奉圣旨依奏，许朝参，令发来赴阙，依旧供职。

又云中书省札子：已降敕旨，奉使高丽船，第一只赐号凌虚致远安济神舟，第二只赐号灵飞顺济神舟。右奉圣旨。额且令御书院如法书写，一面疾速入急递至明州交割，及本州制造牌额安排。所有敕牒，令安焘等收掌。

又云均州奏：为本州编管、前漳州军事判官练亨甫，逐次与兄练劼、弟练冲甫往女弟子鲁丽华家逾滥。后收养在宝林院郭和尚房下，令求食。因探见鲁丽华与百姓王九在店饮酒，唤归寺，殴打鲁丽华。致乐营将申举，已送司理院照对去讫。奏闻。

又云晋州奏：据雄州防御推官、知秀州崇德县事、充晋州州学教授陆长愈状，欲乞令今后春秋释奠，并以充邹二公配享。如允所请，乞即下礼部定夺次序立式，伏乞备录闻奏。州司所据陆长愈状奏闻，候敕旨。寻下太常寺定夺申部，今据本寺状看详："先圣文宣王以先师颜子配享，及以次从祀，皆其门弟子也。孟子知道，固当知尊礼，然与孔子异代，难与颜子并行配享之礼，所请难议施行。"申部看详："太常寺所定未得允当。古者配享及从祀，但取著德立功，其道有以相成者，不必皆用同时之人，如蜡之祭也，主先啬而祭司啬，先农之配，即以后稷神。勾芒为少昊氏之子，祝融为高辛氏火正，今春秋之祭，则勾芒配伏羲、祝融、大庭，迎气之日，又为从祀，是异代之人得为配祀明矣。唐贞观二十一年，诏伏胜、高堂生、杜预、范宁之徒二十一贤，与颜子俱配享孔子庙堂，至今犹为从祀。孟子于孔圣之门，当在颜子之列。至荀况、扬雄、韩愈皆发明先圣之道，有益学者，久未配享，诚为阙典。伏请自今春秋释奠，以邹国公孟子配享文宣王，设位于兖国公之次；所有荀况、扬雄、韩愈，并以世次先后，祀于左丘明等二十一贤之间。所贵上称圣朝褒崇儒贤、备修祀典之意。谨录奏闻，伏候敕旨。"帖捡会左丘明至范宁等二十一人并封伯爵。如允所请，即乞荀况、扬雄、韩愈并加封爵。自国子监及天下，至圣文宣王庙皆塑邹国公像，其冠服同兖国公。仍画荀况等像于从祀之列，荀况在左丘明之下，扬雄在刘向之下，韩愈在范宁之下，冠服皆从封爵。奉圣旨依。

又云敕下江东转运司断："太中大夫、充龙图阁待制、知江宁府陈绎为前知广州日，将造到公使库檀木观音，将松木观音换檀木观音入己；并将公使钱籴粮喂饲自己白鹇等；并役使土丁枪手修筑廨宇内地基；及并将官乳香于神寺独自焚烧，并申奏辨明所犯虚诈，及取勘时逐次虚妄等罪。并男承务郎、新差汝州洛南稻田务陈彦辅，役使广州军人织造木绵生活等罪，并取勘虚妄；并将仕郎、试国子监四门助教郭应之于广州公使库受供给，与陈绎管勾宅库，买物亏价。陈绎合追见在太中大夫，旧官谏议大夫、龙图阁待制。或以职当徒一年勒停，缘前项轻罪内犯盗赃一匹，仍令准例追毁出身以来诰敕文字，除名勒停。放陈彦辅各从杖一百。私罪上定断罚铜十斤。放郭应之该赦。"奉敕并依断，内陈绎特免除名勒停，落龙图阁待制，仍追一官，差知建昌军替郑琰成资过满阙，陈彦辅特冲替。

又云王安石札子奏："幸遭圣运，超拔等夷，知奖眷怜，逮兼父子，戴天负地，感涕难胜。顾迫衰残，糜捐何补，不胜蝼蚁微愿，以臣今所居江宁府上元县园屋为僧寺一所，永远祝延圣寿。如蒙矜许，特赐名额，广昭希旷，荣遇一时，仰凭威神，誓报无已。取进止。"奉圣旨，依所乞，以报本禅寺为名额。其中载练亨甫事，亨甫以知经术驰名熙宁间，为王荆公之高弟，而所坐乃尔，殊不可晓。又恐在谪籍，一时官吏迎合观望，如秦少游，未可知耳。

章圣朝，种明逸抗疏辞归终南旧隐。上命设宴禁中，令廷臣赋诗以宠其行。独翰林学士杜镐辞以素不习诗，诵《北山移文》一遍。明逸不怿，云："野人焉知大丈夫之出处哉？"熙宁中，王荆公进用时，有王介中甫者，以诗诋之云："草庐三顾动幽蛰，蕙帐一空生晓寒。"荆公不以为忤，但赋绝句云："莫向空山觅旧题，野人休诵《北山移》。丈夫出处非无意，猿鹤从来不自知。"盖取于此。中甫三衢人也，昭陵时中制科，仕裕陵为从官。子沆之彦允、汉之彦周、涣之彦昭、沩之彦楚，皆近世名卿,今家居京口。

熙宁中,有太庙斋郎姜适者,淄川人,枢密遵之孙。尝从开封府觅举,还乡途中,有平舆数乘,每相先后,初亦不暇问之,既抵里中,乃径趋其家。适出询之。有妇人焉,颜色绝代,方二十余,语适曰:“吾来为汝家妇。”适曰:“吾纳室久矣,岂容他人?”妇云:“使足下自有妻,我愿妾御无悔。”反覆酬酢久之。适知其怪,然势不容拒,遂以廊庑间空屋数楹处之,徐观其变。妇者亦有使令,自置烟爨,烹炰饮食,无异常人,略无毫发之扰,亦不与之讲男女之好也。既无从诘其来历,但合门畏惧而已。积是逾年,人情相与亦颇稔熟。忽有道人直造舍,妇一见掩袂大哭。道人者语适云:“子倘不遇我,祸有不可言者。此妇人剑仙也,始与其夫亦甚和鸣,终乃反目。妇易形外避,其夫访于天下,今将迹至君家来杀此妇,并及君焉。吾先知之,万里来救君命。今夕必有异,子但闭目勿开,安以待之,可保无虞。”是夜三鼓后,忽窗中划然有声,见二剑自空飞入。适如其言,瞑目安坐。少焉二剑盘旋于适头之前后。天将晓矣,忽闻喝声甚厉,云:“可启观!”即早来之道人也。下视之,有人首一,血流满地。道人曰:“可贺矣。”腰间瓢中取药一捻布之,血化为白水,人首与道人俱不见。次日,妇人亦辞谢而去。适自此神气秀爽,不复以利名萦心。屏妻子,常往来鄂杜之间,以药饵、符水疗人之疾,数见奇效,时人敬之。其后孙处恭安礼所言如此。安礼君子人也,所言必不妄。

明清近观《熙丰起居注》云:元丰四年,慈圣光献皇后上仙,裕陵追慕至忘寝食。适诣阙上言,能使返魂,上亦信之,使试其术。且载其施行云:“太庙斋郎姜适进状,称系虞部郎中正观之子,光禄寺丞纬之侄,为学道休官,有法,能致太皇太后复生。诏差御药院李舜举，传宣中书、密院两府南厅聚询，本人称限六十日内当如其所陈。于京师城西金明池内修坛作醮，差御药监及宣使赐净衣一套。至期无验，复诘之，云：'太后方与仁宗凭玉阑干，赏千树梅花，无意复思人间。'上以狂妄除名，送秀州编管，后不知所终。"

元祐四年，东坡先生自翰苑出牧钱塘，道由毗陵之洛社。时孙仲益之父教村童于野市茅檐之下，仲益方七八岁，立于岸侧。东坡望见，奇之，呼来前与语，果不凡，询其所学，方为七字对矣。与之题云"衡茅稚子璠玙器"，仲益随声应之云："翰苑仙人锦绣肠。"大加赏叹，赠之以缣酒，嘱其父善视之，后来果为斯文之主盟。

赵谂者，其先本出西南夷獠，戕其族党来降，赐以国姓。至谂，不量其力，乃与其党李造、贾时成等宣言，欲除君侧之奸，词语颇肆狂悖，然初无弄兵之谋。建中靖国时事既变，谂亦幡然息心，来京师注官。时曾文肃当国，一见，奇其才而荐之，擢国子博士。谂谒告，省其父母于蜀中。其徒句群以前事告变，狱就，遂以反逆伏诛，父母妻子悉皆流窜。改其乡里渝州为恭州。文肃亦坐责。告词略云"逮求可用之才，辄荐逆谋之首"是也。究其始，止由狷忿妄作，遂至杀身覆宗，百世之下永负寇盗之名，学者亦当以轻剽为戒焉。

明清每阅《唐史》甘露事，未尝不流涕也。嗟夫！士大夫处昏庸之世，不幸罹此，后来无人别白，可恨！近观《续皇王宝运录》云："僖宗光启四年正月诏云：'大和九年，故宰相王涯以下十七家、并见陷逆名，本承密旨，遂令忠愤终被冤诬，六十余年幽枉无诉。宜沾沛泽，用慰泉扃，并与洗雪，各复官爵，兼访其子孙与官。'"使衔冤之魂，亦伸眉于九原矣！惜乎刘昫、宋景文、欧阳文忠不见此书，载之于新、旧唐史，殊为阙文。如褒赠常濬、孟昭图二人之文亦其时，已见之洪景卢《容斋三笔》，不复重录。

　　明清家昔有卢载《范阳家志》一书，叙其祖多逊行事之详，为陆务观假去，因循不曾往索，尚能仿佛记其二三。一则云：多逊素与李孟雍穆厚善。多逊窜逐后，万里相望，声迹眇绝。时法禁严，邸报不至海外。一日，忽秾书至，后有"参知政事李"。多逊云："此必孟雍，若登政府，吾必北辕。"戒舍人偾装，已而果移容州团练副使。未渡巨浸间，忽见江南李后主，衣冠如平生，问云："相公何以至此？"多逊云："屈。"后主斥之云："汝屈何如我屈！"由是感疾而殂。又多逊门下士有种英、苏冠者，平生最器重之。得罪后，宾客云散，独英、冠二人徒步送抵天涯而还。英后易名放，即明逸。冠易名易简，魁天下，为参知政事。

　　本朝有两张先，皆字子野：一则枢密副使逊之孙，与欧阳文忠同在洛阳幕府，其后文忠为作墓志铭，称其"志守端方，临事敢决"者。一乃与东坡先生游，东坡推为前辈，诗中所谓"诗人老去莺莺在，公子归来燕燕忙"，能为乐府，号张三影者。有两苏世美：一东坡作哀词者，一苏丞相子名京，二人皆知名士也。

　　王子高遇芙蓉仙人事，举世皆知之。子高初名迥，后以传其词遍国中，于是改名蘧，易字子开。与苏、黄游甚稔，见于尺牍。东坡先生又作《芙蓉城诗》云："决别之时，芙蓉授神丹一粒，告曰：'无戚戚，后当偕老于澄江之上。'"初所未喻。子开时方十八九，已而结婚向氏，十年而鳏居。年四十，再娶江阴巨室之女，方二十矣。合卺之后，视其妻则倩盼冶容，修短合度，与前所遇无纤毫之异。询以前语，则惘然莫晓。而澄江，江阴之里名也。子开由是遂为澄江人焉。服其丹，年八十余，康强无疾。明清壬午岁，从外舅帅淮西，子开之孙明之遗在幕府，相与游从，每以见语如此。此事与《云溪友议》玉箫事绝相类。子开，赵州人，忠穆馥之孙，虞部员外郎正路之子。仕至中散大夫，晚归守濡须，祠堂在焉。贺方回为子开挽诗词云："我昔官房子，尝闻忠穆贤。"又云："和璧终归赵，干将不葬吴。"今乃印在《秦少游集》中，明之子即为和宁也，少游没于元符末，子开大观中犹在，其误明矣。

　　元符中，饶州举子张生游太学，与东曲妓杨六者好甚密。会张生南宫不利，归，妓欲与之俱，而张不可，约半岁必再至，若渝盟一日，则任其从人。张偶以亲之命，后约几月，始至京师。首访旧游，其邻傀舍者迎谓曰："君非饶州张君乎？六娘每恨君失约，日托我访来期于学舍，其母痛折之而念益切。前三日，守以归洛阳富人张氏，遂偕去矣。临发涕泣，多与我金钱，令候君来，引观故居毕，乃傀后人。"生入观则小楼奥室，欢馆宛然，几榻犹设不动，知其初去，如所言也。生大感怆，不能自持，迹其所向，百计不能知矣。作《雨中花》词，盛传于都下二。或云即知常之子子功焞也。其词云："事往人离，还似暮峡归云，陇上流泉。强分圆镜，枉断哀弦。曾记酒阑歌罢，难忘月底花前。旧携手处，层楼朱户，触目依然。　　从来懒问，绣纬罗帐，镇交比翼文鸳。谁念我，而今清夜，常是孤眠。入户不如飞絮，傍怀争及炉烟。这回休也，一生心事，为尔萦牵。"此得之廉宣仲布所记云。

　　明清述《挥麈录》，列本朝诸帝以潜藩为军府。今又敬以徽宗诏旨考之，云：政和五年十二月己亥，宣德郎王恬等言：

"本贯遂州,按《九域志》,都督府遂州为遂宁郡武信军节度使。元丰八年,陛下初封遂宁郡王。绍圣元年,复以遂宁郡王出阁,与苏、润二州时同而事均。缘本州遂宁县,元符二年,县下慧明院,秋冬间,忽观佛像五次出现,父老咸曰:遂宁佛出。越三年,奉陛下即位,嗣登宝位。此其祥兆,乞改府额。"诏陞为遂宁府。又诏:主上尝封蜀国公,陞蜀州为崇庆府。政和七年十二月壬午,诏以宿州零壁为灵壁县,以真州为仪真郡,通州为静海郡,秀州为嘉兴郡,从《九域图志》所奏请也。《实录》与三州图经及《仪真》、《通州》、《嘉兴》三志皆所不载。明清尝陈于礼部,乞行下逐州照会施行。

是岁十二月甲申,司勋员外郎张大亨奏:"切见朝廷讲读之官,在天子所者谓之侍读、侍讲,而诸王府亦有侍读、侍讲官。不当比拟,称呼相紊,名之不正,孰大于是。太宗皇帝初为韩、冀诸王置侍讲,后有欲为皇族子孙置之。议者以唐文宗改诸王侍讲为奉诸王讲,请以教授为名。从之。且皇族学官,尚不可与王府同称,而王府官岂可同天子讲读之号?"诏诸王府侍讲改为直讲,侍读改为赞读。大亨字嘉甫,一时知名士也。

宜和元年十一月乙未,知温州苏起奏:"臣昨谨将耕藉诏书刻石被以云鹤,安奉厅事。仍行下四县依此施行。自此风雨调顺,禾稼茂盛,既已收获,枯荄又复生穗,每亩得谷一石至七八斗。乞令诸路州县,效此施行。"祐陵览奏不乐,云:"起谄佞一至于此,何以儆在位? 其华饰手韶,岂不是相侮! 可送吏部。"

陈莹中《谏垣集》言之详矣。削籍于建中靖国。崇宁初,蔡元长召拜同知枢密院事,卒于位,恩数甚渥。后二年,其子郊擢福建转运判官,登对归,与客言:"穆若之容,不合相法,终当有播迁之厄。"客告其语,遂坐诛。弟邦送涪州编管,处厚亦追贬单州团练副使。具列诏旨。至重和元年,燕云之伐兴,处厚之侄孙尧臣,以布衣诣京师,扣阍上书,力陈不可,且极言一时之失,逾万言。永祐御批云:"比缘大臣建议,欲恢复燕云故地,安尧臣远方书生,能陈历代兴衰之迹,达于朕听,臣僚咸谓毁薄时政,首沮大事,乞行窜殛。朕以承平之久,言路壅蔽,敢谏之士不当置之典刑,优加爵赏,金论何私。尧臣崇宁四年已曾许用处厚遗表恩泽奏补,因处厚责降,遂寝不行。今处厚未尽复旧官,可特追复正奉大夫,给还遗表恩泽,特先补尧臣承务郎。"此九月二十二日施行。明清伏读至是,泪落阑干,始知永祐从谏如转圜,而渊衷初亦知北征为非,特当时大臣,惟务迎合将顺以邀功,不能身任死争,卒至祸乱,可不痛哉! 今尽列尧臣之疏于左:

　　正观商高宗尝命傅说曰:"朝夕纳诲,以辅台德。"说复陈于王曰:"惟木从绳则正,后从谏则圣。后克圣,臣不命其承畴,敢不祗若王之休命。"臣每读至此,未尝不掩卷太息,以谓天下万几,一人听断,虽甚忧劳,不能尽善。堂上远于百里,以九重之深,而欲尽闻四方万里之远,百辟之忠邪贤佞,生民之利害休戚,顾不难哉。是以帝王之德盛于纳谏,谏行言听则膏泽下于民,天下同臻于晏然之域,社稷之利也。臣闻陛下临御之初,从谏如流,尝下求言之诏曰:"言而不当,朕不加罪。"于是謇谔之士,冒昧自竭,咸尽愚衷。而憸人欲杜塞言路,窃弄威柄,乃荧惑陛下,加以诋诬之罪,遂使陛下负拒谏之谤于天下矣。比年以来,言事之臣朝奏夕贬,天下之人结舌杜口,以言为讳。

乃者,宦寺专命,交结权臣,共唱北伐之议,思所以蠹国而
害民。上自宰执,下至台谏,曾无一人肯为陛下言者,咸
以前事为戒,陛下复何赖焉?臣愚谓燕云之役兴,则边隙
遂开,宦寺之权重,则皇纲不振。此臣所以日夜为陛下寒
心也。臣蝼蚁之微,自顶至踵,不足以膏陛下之斧钺。倘
使上冒天威,必罚无赦,臣虽就死无悔,何惮而不言哉?
愿毕其说以献焉。臣闻中国,内也;四夷,外也。忧在内
者,本也;忧在外者,末也。夫天下无内忧而有外惧,盖自
古夷狄之于中国,有道未必服,无道未必果来。圣人以一
身寄于巍巍之上,安而为太山,危而为累卵,安危之机,不
在于夷狄之服叛去来也。有天下国家者,必固本以释末,
未尝竭内以事外。虽羁縻制御之不失,徒使为中国之藩
篱耳,曷尝与之谋大事、图大功,俾忧生于内也?昔王郁
说契丹入塞以牵晋,兵定,人皆以为后患,可不鉴哉!古
者夷狄,忧在内不在外。外忧之患,吾能固本以释末,将
贤而士勇,随即剪灭,其患不及中原,太山之安,有足恃
者。内忧之惧,由吾竭内以事外,邦本凋残,海内虚耗,累
卵之危,指日可待。外忧之不去,圣人犹且耻之,内忧而
不为之计,臣愚不知天下之所以久安无忧,甚可惧也,陛
下亦思之乎?厥今天下之势,危于累卵,奈何陛下不思所
以固本之术,委任奸臣,竭生灵膏血,数挑强胡,以取必争
之地,使上累圣德,亿兆同忧。且天生北狄,谓之犬戎,投
骨于地,狺然而争者,犬之常也。今乃摇尾乞怜,非畏吾
也,盖边境之上,未有可乘之衅使之来寇,彼故茫然不以
动其心。陛下将启燕云之役,异日唇亡齿寒,边境有可乘
之隙,狼子野心,安得不畜其锐而伺吾隙,以逞其所大欲

耶？将见四夷交侵，虽有智者不能善其后矣。

昔秦始皇缵累世之余烈，既并六国，南取百粤之地，以为桂林象郡，北筑长城而守藩篱，却匈奴万里。其意非以卫边地而救民死，乃贪利而欲广大也。故功未立而天下叛。汉孝武资累世之积蓄，财力有余，士马强盛，务恢封略，图制匈奴，患其兼徙西国，结党南寇，乃表河曲，列四郡，开玉门，通西域，以断匈奴右臂。师旅之费，不可数计，至于用度不足，算及舟车。因之以凶年寇盗并起，始弃轮台之地，下哀痛之诏，岂非仁圣之所悔哉？宋文帝元嘉中，比西汉文、景，分命诸将，攻略河南，致拓跋瓜步之师，因而国乱。陈宣帝缵业之后，拓土开疆，志大不已，遂有吕梁之败，江左日蹙，力殚财竭，旋为隋氏所灭。隋炀帝恃其富强之资，逞无厌之欲，频出朔方，三驾辽左，旌旗万里，赋敛百出，四海骚然，土崩鱼烂，丧身灭国。唐太宗定海内，时称英主，然而东有辽海之军，西有昆丘之役，师旅数动，百姓疲劳，虽未至于祸乱，然不免有中才庸主之议。明皇开元之际，宇内谧如，边将邀宠，竟图战伐，西陲青海之戍，东北天门之师，碛西怛逻之战，云南渡泸之役，没于异域数十万人。燕寇乘之，天下离溃。是皆贪地穷兵，好功勤远，忽守成持盈之道，不顾劳民之弊。昔者，周宣中兴，猃狁为害，追至太原，及境而止，盖不欲弊中国、怒远夷也。故享国日久，诗人咏其美。孝文专务以德化民，凡有不便，辄弛以利民。匈奴结和亲，后乃背盟入盗，令边备守，不发兵深入，恐劳百姓。是以国富刑清，汉祚日永，天下归仁。孝元亦纳贾捐之之议，弃珠崖之陋，后世以为美谈。东汉建武中，人康俗阜，臧宫、马武请伐匈奴,报曰:"舍近谋远者,劳而无功;舍远谋近者,逸而有终。务广地者荒,务广德者强。有其有者安,贪人有者残。"自是,诸将莫敢复言兵事,可谓深达治源者乎。

历观前世,虽征讨殊类,时有异同,势有可否,谋有得失,事有成败,然毒蠹四表,疮痍兆姓,未尝不由好大喜功,竭内事外者也。人谓国虽大,好战必亡。故圣人务德不务广土,王者不治夷狄。《春秋》亦内诸夏而外夷狄,非谓中国之力不能制之,以其言语不通,贽币不同,种类乖殊,习俗诡异,居于绝域之外,山河之表,崎岖山谷险阻之地,是以外而不内,疏而不戚,政教不及其人,正朔不加其国,诚不欲竭内以事外也。故樊哙尝愿得十万众横行匈奴中,季布谓其可斩。冯奉世矫诏斩沙车王,宣帝议加爵赏,萧望之谓矫诏违命,虽有功不可为法,恐后奉使者为国家生事。陈汤诛郅支,匡衡劾其矫制而专命。郝灵荃斩默啜,姚崇卢彼邀功者生心。三朝终不加爵赏,抑有由矣。是知古者天子,守在四夷,来则惩而御之,去则备而守之;其慕义而贡献,则接之以礼,羁縻不绝,使曲在彼,乃圣人制御夷狄之常道也。在昔,东胡避李牧,北虏惮郅都,南蛮服孔明,西戎畏郝玼。此四人者,皆明智而忠信,宽厚而爱人,君臣同体,固守边疆,故能威震四夷,胡人不敢南下而牧马,志士不敢弯弓而报怨。或有侥幸一时,为国生事,兴造边隙,邦宪具在,夫何患云。

我宋太祖皇帝,拨乱反正,躬擐甲胄,总熊罴之众,当时将相大臣皆所与取天下者,然卒不能下幽、燕两州之残寇,岂勇力智慧不足哉?盖两州之地,犬戎所必争者,不忍使我赤子重困锋镝,乃置而不问。章圣皇帝澶渊之役,以匈奴举国来寇，不得已而与战，既战而胜，乃听其求和，遂与之盟，逡巡引兵而退。盖亦欲固邦本而不忍困民力也明矣。伏愿陛下思祖宗积累之艰，鉴历代君臣之失，永塞边隙，务守景德旧好。选忠信智勇之人，如郅都者，使守险塞，而严军高垒毋战，据关扼险，荷戈而守之，无使夷狄乘间伺隙，窥我中国。上以安宗庙，下以慰生灵，岂不伟欤；臣前所谓燕云之役兴，则边隙遂开者，此也。

　　臣观自古国家之败，未尝不由宦者专政。当时，时君世主心非不知其然，而因循信任，不能断而驭之。故终至委靡颓弊，倾覆神器，不可支吾而后已。大抵此曹手执帝爵，口衔天宪，则臣下之死生祸福在焉。出入卧内，靡间朝夕，巧于将迎，则君心为之必移。况隆以高爵，分以厚禄，加之信任，以资其威福之权哉。我宋开基太祖皇帝，鉴前代之弊，务行划革，内品供奉不过二十人，徒使供门户洒扫之役。宝元以后，员数倍增，禄廪从优。咸平中，秦翰、雷有终因讨王均之乱，既而有功，授以恩州刺史。自后刘宝信等，初无纤毫之功，咸起侥幸之心，乃攀援二人，遂皆遥领团防刺史，议者否之。继以明道，制命出于帷幄，威福假于宦寺，斜封墨敕，授之匪人，委用渐大，兹风一扇，先朝之典制尽废。当时台谏以死争之，期必行而后已。今乃不然，宦寺之数不知其几，但见腰金袍紫，充满朝廷。处富贵之极，忘分守之严。专想威权，决议中禁，蔽九重之聪明，擅四海之生杀。怀谄谀之心，巧媚曲求者则举而登用，励匪躬之操，直情忤意者则立见排斥。以致中外服从，上下屏气。府第罗列天都，亲族布满丹墀。南金和宝、冰纨雾縠之积，侔于天子；嫱媛侍儿、歌童舞女之玩,僭拟后宫。狗马饰雕文,土木被锦绣。更相援引,同恶相济。一日再赐,一月屡封,爵命极矣,田园广矣,金缯溢矣,奴婢官矣,搢绅、士大夫尽出其门矣,非复向时掖庭永巷之职,闺闼房闼之任矣。皇纲何由而振耶?是以贤才怨谘,志士穷栖,莫此为甚。昔人谓宦者专而国命危,良有以也。

臣布衣贱士,无官守言责,不敢纤悉条具,上渎圣听,请以误国之大者言之:童贯起自腐贱,本无智谋,陛下付以兵柄,俾掌典机密。自出师陕右,已弥岁禩,专以欺君罔上为心。虚立城寨,妄报边捷,以为已功;汲引群小,易置将吏,以植私党。交通馈遗,鬻卖官爵,超躐除授,紊乱典常。有自选调,不由举荐而改京秩者;有自行伍,不用资格而得防团者;有放逐田里,不应甄叙而擢登清禁者;有托儒为名,了不知书而任以兰省者。或陵德鲜礼,不通世务,徒以家累亿金,望尘罗拜,公行贿赂而致身青云者,比比皆是;或养骄恃势,不知古今,徒以门高阀贵,摇尾乞怜,侥幸请托而立登要津者,纷纷接踵。一时鲜俪寡廉鲜耻之人,争相慕悦,侵渔百姓,奉其所欲,惟恐居后。《兵法》:"战士冒矢石被伤,生有金帛之赐,死有褒赠之荣。"自兵权归贯,纷更殆尽,战场之卒秋毫无所得,死者又诬以逃亡之罪,赏罚不明,兵气委靡。凯旋未久,秩品已崇,庖人厩卒,扫门执鞭之隶,冒功奏赏,有驯致节钺者,名器一何轻哉!山西劲卒,贯尽选为亲兵,实以自卫。屯攻战伐之际,他兵躬行阵之劳;振旅班师之后,亲兵冒无功之赏。意果安在?此天下所共愤,而陛下恬不顾也。贯为将帅,每得内帑金帛以济军须,悉充私藏,乃立军期之法,取偿于州县,依势作威,倚法肆贪,暴赋横敛,民不堪命,将士为之解体。贯方且意气洋洋,自为得计,凶焰傲然。台谏之中,间有刚毅不回之士,爱君忧国,一言议己,则中以危法。遂使天下不敢言而归怨陛下矣。今者中外之人,咸谓贯深结蔡京,同纳燕人李良嗣以为谋主,并倡北伐之议。经营既久,国用匮乏,乃始方田以增常税,均籴以充军储。茶盐之法,朝行暮改,民不奠居。加之以饥馑,迫之以重敛,其势必无以自全。陛下苟能速革其弊,则赤子膏血,不为此曹涸也。今天下之民被兹毒蠹久矣,其贫至矣,养生送死不足之憾亦深矣。

　　昔人谓刻核太至者,必有不肖之心应之焉。臣愚,深恐无常心之民,以刻核太至不能自安,或萌不肖之心,其患有至于不可御者。又况"天视自我民视,天听自我民听。"民之怨气,天心悯焉,非朝廷之福也。刘蒉谓:"自古宦官领军政,未有不败国丧师者。"其言载之青史,虽愚夫愚妇莫之或非。陛下倘优悠不断,异时祸稔萧墙,奸生帷幄,追悔何及。伏愿陛下廓天日之明,塞阴邪之路,制侵陵迫胁之心,复门户扫除宦寺之役,使安其分可也。臣亦谓宦者乱人之国,其源深于女祸,陛下若昵之,此臣愚所不识也。恭惟陛下以社稷为心,以生灵为念,思祸患于未萌之机,戒其所当戒,更其所当更,自宸衷决而行之,无恤邪论之纷纷。天下幸甚!臣前所谓宦寺之权重,则皇纲不振者,此也。

　　臣一介草茅,世食陛下之禄,沐浴陛下之膏泽久矣。当此之时,人各隐情,以言为讳。臣独辄吐狂直,上触天威,非不知言出而祸从,计行而身戮。盖痛纪纲之坏,哀生灵之困，变乱将起，社稷将危，忠愤所激，有不能自已者。不识陛下能赦之否？臣闻唐贞观时，有上封事者，或不切事，文皇厌之，欲加黜责，郑公谏曰："古者立谤木欲闻己过，封事其谤木之遗乎！陛下思闻得失当否，咨其所陈言。言而是乎，为朝廷之益；非乎，无损于政。"帝悦，皆劳遣之。今臣惓惓之私，非敢望陛下咨其所陈，□□□采其实而行之，使纳谏之君，不独专美于前代，臣子之至愿也，惟陛下裁之。呜呼！犯颜批鳞者，人臣之尽忠，广览兼听者，圣王之盛德。臣之所以自处者，可谓忠矣；陛下所以处臣者，宜何如焉？愿少缓天诛，庶开忠谠之路，永保无穷之基。倘或不容，身首异处，取笑士类，亦臣所不恤也。

靖康初，尧臣为宣义郎、成都府华阳丞。钦宗亲批云："安尧臣昨所上书，议论慷慨，爱君忧国，出于诚心。可特转奉议郎，除见缺台谏官。"聘书甫下，而尧臣死矣。

玉照新志卷第二

"蹙破眉峰碧,纤手还重执。镇日相看未足时,便忍使、鸳鸯只。薄暮投村驿,风雨愁通夕。窗外芭蕉窗里人,分明叶上、心头滴。"祐陵亲书其后云:"此词甚佳,不知何人作? 奏来。"盖以询曹组者,今宸翰尚藏其家。

宣和末,禁中讹言祟出,深邃之所有水殿一,游幸之所不到。一日,忽报池面莲花盛开,非常年比。祐陵携嫔御阉宦凡数十人往观之。既至彼,则有妇人俯首凭栏者,若熟寝状。上云:"必是先在此祗候太早,不得眠所以然。"喻左右勿恐之。见其缤发如云,素颈粲玉,呼之,凝然不顾。上讶之,自以所执玉麈微触之,愕然而起。回首乃一男,须髯如棘,面长尺余,两目如电,极为可畏。从驾之人悉皆辟易惊仆,上亦为之失措。逡巡不见,上亟回辇。未几,京城失守,狩于朔方。

明清《挥麈馀话》记周美成《瑞鹤仙》事,近于故箧中得先人所叙特为详备,今具载之。美成以待制提举南京鸿庆宫,自杭徙居睦州,梦中作长短句《瑞鹤仙》一阕,既觉犹能全记,了不详其所谓也。未几,青溪贼方腊起,逮其鸱张,方还杭州旧居,而道路兵戈已满,仅得脱死。始入钱塘门,但见杭人仓皇奔避,如蜂屯蚁沸。视落日半在鼓角楼檐间,即词中所谓"斜阳映山落。敛余晖犹恋,孤城栏角"者应矣。当是时,天下承平日久,吴越享安闲之乐,而狂寇啸聚,径自睦州直捣苏杭,声言遂踞二浙。浙人传闻,内外响应,求死不暇。美成旧居既不可往,是日无处得食,饥甚。忽于稠人中有呼"待制何往"者,视之,乡人之侍儿,素所识者也。且曰:"日昃,未必食,能舍车过酒家乎?"美成从之。惊遽间,连引数杯散去,腹枵顿解。乃词中所谓"凌波步弱。过短亭、何用素约。有流莺劝我,重解绣鞍,缓引春酌"之句验矣。饮罢,觉微醉,便耳目惶惑,不敢少留,径出城北,江涨桥诸寺士女已盈满,不能驻足。独一小寺经阁,偶无人,遂宿其上。即词中所谓"上马谁扶,醉眠朱阁"又应矣。既见两浙处处奔避,遂绝江居扬州。未及息肩,而传闻方贼已尽据二浙,将涉江之淮泗。因自计方领南京鸿庆宫,有斋厅可居,乃挈家往焉。则词中所谓"念西园已是,花深无路,东风又恶"之语应矣。至鸿庆未几,以疾卒。则"任流光过了,归来洞天自乐",又应于身后矣。美成平生好作乐府,将死之际,梦中得句,而字字俱应,卒章又验于身后,岂偶然哉!美成之守颍上,与仆相知,其至南京,又以此词见寄,尚不知此词之言,待其死乃尽验如此。

　　明清《挥麈录》载雍孝闻事颇详。近见狄浦朱去奢云:"孝闻自海外量移池州以卒,尝有诗云:'官田种秫陶元亮,私釜生尘范史云。'至今郡人犹传诵之。"孝闻没后,有和州道士,亡其姓名,冒为孝闻,走江淮间,其才亦不下孝闻。有《吊项羽庙文》云:"无守陵之蕙帐,有照夜之寒钅工。"过东坡墓题诗云:"文星落处天地泣,此老已亡吾道穷。才力漫超生仲达,功名犹忌死姚崇。人间便觉无清气,海外何人识古风?平日万篇谁爱惜,六丁收拾在瑶宫。"宣和初,至京师,遂得幸祐陵,谓其人可及林灵素之半,赐姓名朱广汉。至绍兴中犹在,寓会稽之天长观,明清尚及识之。而洪景卢《夷坚志》记其一事云。

　　郑绅者,京师人,少日以宾赞事政府,坐累被逐,贫窭之甚。妻弃去适他人，一女流落宦寺家，不暇访其生死，日益以困。偶往相监问命于日者，日者惊曰："后当官隆极品，未论其他，而今已为观察，且喜在今日，君其识焉。"同行侪辈笑且排之。甫出寺门，有快行家者数辈宣召甚急，始知其女已入禁中，得幸九重矣。即除阁门宣赞舍人。未及岁，以女正长秋，得拜廉车。不数年位登师垣，爵封郡王，极其富贵荣宠。妻再适张公缢，夤缘肺腑，亦至正任承宣使。韩髦斯士，郑氏婿也，见语如此。

东坡先生知杭州，马中玉成为浙漕，东坡被召赴阙，中玉席间作词曰："来时吴会犹残暑，去日武林春已暮。欲知遗爱感人深，洒泪多于江上雨。欢情未举眉先聚，别酒多斟君莫诉。从今宁忍看西湖，抬眼尽成肠断处。"东坡和之，所谓"明朝归路下塘西，不见莺啼花落处"是也。中玉，忠肃亮之子仲甫犹子也。

裕陵初复西边境土，夷人初不知姓氏，询之边人，云："皇帝何姓?"云："姓赵。""皇后何姓?"云："姓向。""大朝直臣为谁人?"云："包枢密拯是也。"于是推其族类，各从其姓。至今有仕于中朝者，然多右列。

明清《挥麈前录》载中书令舍人红鞓，自叶少蕴始。出于姚令威《丛话》。近观孙仲益所作霍端友仁仲《行状》云："以大观元年十一月除通直郎、试中书舍人，赐三品服。故事：三品服角带佩金鱼为饰。一日，徽宗顾见公，谓左右曰：'给、舍等耳，而服色相绝如此。'诏令太中大夫以上，犀带垂鱼，自公始也。"与姚所记少异。

汤举者，处州缙云人，与先人太学同舍生，有才名于宣、政间，登第之后，累任州县，积官至承议郎。居乡邑，以疾不起。

举适上课，当迁员外郎，而纶轴未颁。有王令洙者，南都人，文安尧臣之后，为缙云令。告其家云："未须发丧，少俟命下。"举妻惧不敢，令洙力勉之，且为亟遣价疾驰入都，趣取告身，越旬日始到，然后举哀，令洙为保任申郡，遗泽遂沾其子，即进之思退也。后中词科，赐出身，尽历华要，位登元台，震耀一时，亦异事也，故书之。

秦妙观，宣和名倡也，色冠都邑，画工多图其貌，售于外方。陆升之仲高，山阴胜流，词翰俱妙，晚坐秦党，遂废于家。尝语明清曰："顷客临安，雨中见一老妇人，蓬头垢面丐于市，藉檐溜以濯足，泣诉于升之曰：'官人曾闻秦妙观名否？妾即是也。'虽掩抑困悴，而声音举措固自若也。多与之金而遣之去。"仲高言已泪落盈襟，盖自怆其晚年流落不偶，特相似尔。言犹在耳，兴怀太息。

明清《挥麈馀话》载李元叔上《广汴都赋》于祐陵，由此进用。近得全篇于其从孙申父直柔，今尽列于后：

臣窃惟皇宋艺祖受命，奠都于大梁，于今垂二百载。列圣相承，增饰崇丽，煌煌乎天子之宅，栋宇以来未之有也。昔在元丰中，太学生周邦彦，尝草《汴都赋》奉御神考，遂托国势之重，传播士林。然其所纪述大率略而未备，若乃比岁以来，宫室轮奂之美，礼乐声容之华，则又有所未及。臣愚不才，出入都城十年于兹矣。耳目所闻见，亦粗得其梗概，辄鼓舞阴阳，以鸣国家之盛，因改前赋而推广焉。始则本制作之盛者，分方维而第之，中以帝室皇居之奥，任贤使能之效，而终之以持守，冀备乙览之末。为赋曰：

有博古先生自下国而游上京，遇大梁公子于路，相与问答,倾盖如故,因纵言至于都邑。先生乃援古而证之曰:"我闻在昔受命帝王,继天而作,首定厥都,用植诸夏之根本,肇隆亿载之规模。若乃贲饰恢宏之美,概见于《书》;经营先后之次,备载于《礼》。宅中图大,则有姬公之明训;权宜拓制,则自萧公而经始。余不敢高谈羲皇,远举夏商,试即周而陈之。二华对峙,八川交注。褒斜陇首之攸届,函谷二崤之并据。此宗固所都,或假山河之险固,汉高因之而启帝祚焉。孟津后达,大谷前通。导以伊洛瀍涧之泽,控以成皋广武之冲。此成周所都,适当天地之正中,光武因之而成帝功焉。毕昴之次,河冀之津。风俗渐乎虞夏,疆域逮乎齐秦。魏都之爽垲,信无伦也。衡岳镇野,龙川带坰。列戈船于三江,储戎车于石城。吴都之雄壮,信足称也。接壤邛笮,通商滇僰。地蕃竹木之产,民厌稻鱼之食。蜀都之富饶,信无敌也。凡兹都邑之盛,实俪美而争雄。旁睨而论,虽辨若炙輠,继日而莫能穷。"

公子闻之,始若瞠眙,已而哂曰:"先生于古诚博矣,孰若我目睹汴都之伟观乎?顾其所以设险,则道德之藩,仁义之垣,岂独依于山川?所以建中,则皇极在上,九畴咸若,岂必宅于河雒?其爽垲也,有如上帝清都,神人五城,轶人寰之埃壒,极天下之高明。其雄壮也,有如钩陈羽林,天兵四拱,威震则万物伏,怒刑则四夷竦。其富饶也,有如海涵地负,深厚莫测,追鱼丽之盛多,迈驺虞之蕃殖。彼两汉之杂霸,虽仍于周家之旧墟;三国之鼎峙,虽临乎一方之都会。较而论之于今日,正犹拳石涓水,欲与五岳四渎为比拟,所谓谈何容易!"

先生曰:"余生长太平和气中亦既有日,而处于蓬茨
之下,无有游观广览之益,骤来神州,恍然似失。目虽骇
乎阙庭楼观之丽,而未悉其制作之意;耳虽熟乎声明文物
之英,而未究其礼乐之情。子年在英妙,博闻强记,幸为
我絜言之。"

公子曰:"仆实不敏,窃闻先进有言。昔自唐室不竞,
王纲浸纪,陵夷五季,纷纶四纪。上帝悯斯民之涂炭,眷
求一德作之君师。肆我艺祖,应天顺人,出御昌期。若时
众大之居,实古大梁之域。在汉则郡,以陈留而命名;在
唐则军,以宣武而分额。考其地望,虽卓荦乎诸夏,而川
流休气,犹盘礴而郁积。时乎有待,世莫能测。洎梁祖之
有作,始建都而画圻。匪梁人之能谋,天实启之;匪天私
彼有梁,实兆宋基。观天文分野之次舍,则房心腾其辉,
实沈寄其耀,仰星躔之有赫,直皇居而久照。察夫土脉之
丰衍,则高者磊砢,下者坎卢,廓陂陀之恺泽,极灌溉之膏
腴。语地形之高兮,则自泗而西,涉川上,历滩阳,遂东至
于通津,冈阜隐鳞,烟云飞屯,其上郁律,势与天连。语汴
渠之驶兮,则自巩而东,达时门,抵宣泽,障洪河之浊流,
导温洛之和液,中贯都城,偃若云霓,溯湍悍而不穷,上接
云汉之无倪。语雉堞之固,则伟拔金塘,缭以汤池,仰宪
太微之象,屹临赤县之畿。语郊闉之壮,则密拱中宸,高
映四野。揭华榜以干霄,谨严更而警夜。维是都之建也,
虽自于梁,逮艺祖而始兴,至太宗而浸昌,列圣相承,洎于
今日。当国家之闲暇,肆乘时而增葺,遂跨三都,越两京,
拟二周而抗衡。数其南,则神霄之府,上膺南极。伟殊祥
之创见,恍微妙之难测。岁在丁酉,大阐真机,用端命于

上帝,而彰信于群黎。爰设定命之符,妙以虫鱼之篆。继乾元之用九,参八宝而垂范。乃严像设,只奉兹宫。俨一殿以居上,总诸天而位中。灵妃上嫔列于西,仙伯天辅列于东。谔谔群卿,峨冠景从。往往名在丹台,而身为世辅。像图孔肖,后先攸序。辟金堂,启玉室,骇宝轮之飞动,森鸾伏之纷饰。其侧乃有元命之殿,实总会乎众福。本始载叶,蕆礼惟穆。罄华封请祝之诚,效《天保》无疆之卜。若夫阳德之建,咸秩火神,于赫荧惑,厥位惟尊,次曰大火,时谓大辰。配曰阏伯,以序而陈。原夫帝业之创,自于宋地,盖乘是德而王天下,饰之灵钰,赤文婀娜,举以示众,遂定区夏。岂必赤伏合信于鄗南之亭,神母告符于丰西之夜。主上承纪,奉祀致严,审辰出戌入之度,有视慈礼明之占。遂维五帝之象夏,体重离而面南。谐祉声于乐府,验朱草于灵篇。火得其性,景贶昭然,瞻彼煌煌,位在南端。历太微以受制,避心星而载旋,相我昌运,于千万年。出南薰,望泰坛,隐若天高,浑若天圆,钦柴于兹,佥曰称焉。先是有司,仍国旧贯,明宫斋庐,悉取缯缦。后洎绍圣,端诚攸建,精意孔昭,礼文弥粲。主上改元之初载,辛巳长至,始亲郊见。逮至癸巳之岁,盖四举兹礼矣。申敕春官,益严祀事。于是规法三代,祭器肇新。躬秉玄圭,天道是循。百官显相,斋戒惟寅。帝登玉辂,皇衢再遵。已而日景晏温,天真降临。衣冠幢节之辉映,彩伏辇辂之参差,岂徒若见于渭阳,而接拜于交门。仰重瞳之四瞩,耸群目而动心。乃辟琳馆,揭号'迎真'。用伸昭报,以福斯民。渡玉津,抵天田,王者之藉,厥亩维千。上春展事,务崇吉蠲,于时农祥晨正,东作是先。载

黛耗于玉辂,敞云幄于绀坛,葱犗驯服于广祚之侧,青旗
唵蔼于黄麾之间。帝御思文,伤躬祷专。屈帝尊以秉未,
勤天步而降轩。三推告毕,贵贱以班,遂播青箱之嘉种,
以成高廪之丰年。然后获之径径,瑞禾是导。郊庙明堂
之大享,亲奉粢盛以致告。岂惟率天下之农而敦本,盖将
劝天下之养而教孝。层台苕峣,上观昭回,厥基孔固,下
镇地维。仪象一新,于焉具设,上下互映,俯仰并察。天
体斯著,辰曜斯列,云鳌上承,金虬四匝。备璇玑玉衡之
制,兼冯相保章之法。陋灵台铜浑之规,斥《周髀》宣夜之
说。于以观星,则进退伏见,不失其正;于以观云,则分至
启闭,各得其应。以候钟律,则清浊之均协;以候晷影,则
长短之度称。遂与天地合其德,日月合其明。休征既效,
丛祥并膺。至若秘书之建,典籍是藏。法西昆之玉府,萃
东壁之灵光。凡微言大义之渊源,秘录幽经之浩博,贯九
流,包七略,四部星分,万卷绮错,犀轴牙签,辉耀有烁,金
匮石室,载严封钥。或资讨论,则分隶于三馆;或备奏御,
则会萃于秘阁。以至字画所传,则妙极六书,巧穷八体,
有龟文鸟迹之象,有凤翥龙腾之势。真伪既辨,众美斯
备。图画所载,则三祖余范,七圣妙迹。睹名马于曹韩,
览古松于韦毕。繄绝艺之入神,骇众观而动色。肇建古
文,宏琏丰敞,择一时之英髦,命于焉而涵养。天下歆艳,
不啻登瀛洲而隐藏室。名卿巨公,由此涂出。若夫龙津
所在,大辟贤关,作庇寒士,今逾百年。勒丰碑以正文字
之讹,建华构以藏载籍之传。其中则鼎新大成之庭,寅奉
宣圣之祀,象肖尼山,制侔阙里。其配享也,则惟颜孟之
亚圣;其从祀也,则多邹鲁之儒士。俨威仪之若存,肃冠

裳之有伟。至于庠序学校之教也,首善于京,自熙丰始,
乃详备讲说,谨严课诵,规绳以励其行,舍选以作其气。
发挥《诗》《书》之奥,顿革声律之弊。尔乃采芑新田,育莪
中沚,人才于此乎辈出,圣道因之而不坠。其外则用建原
庙,近傲元丰,伻图程度,闳或不同。朱甍相望而特起,缥
垣对峙而比崇。界以驰道之广,临乎魏厥之雄。祥烟瑞
霭,焕烂蒙笼。大明以奉神考,重光以奉哲宗,父子之亲
弥笃,兄弟之义弥隆。届四孟之改律,感节物于春冬。怆
衣冠之出游,轸羹墙于帝衷。既进祠于东宫之七殿,御洁
诚以致恭。想睟容之如在,备享献而肃雍。参以时王之
礼,肆浸盛乎威容。饬兹惟谨,稽首拜颡。牙盘或荐,玉
馔惟充。有饻其香,斋诚默通。愿灵心之响答,宜福祚之
延洪。乃若中台所寄,众务渊薮,象应乎文昌,运伻乎北
斗。四方利害,于是乎上达;三省政令,于是乎下究。爰
即西南亢爽之所,度宏基而易旧。太社为之向,西披直其
后。形胜潭潭,不侈不陋。列屋前分,是为六部,自吏洎
工位于左,自户洎刑位于右。公庭肃若,百吏辐辏。于是
纠以虞舜黜陟之公,辅以周公训迪之悉。黠胥不能措其
奸,慢吏不能逃其责。秩秩乎天地四时之联,各率属而分
职,有伦有要,有典有则,用能效臂指之相应,总纪纲而并
饬。至如天府之雄,统以京尹。民物浩穰于三辅之虚,聚
邑列布于千里之轸。风俗枢机,教化原本。当府庭之既
徙,肇分曹而务谨。职业斯励,名实斯允。爰择拨烦之
才,俾长治于尔寮。南司之俗,坐革循沿之积弊;原庙之
近,人无棰楚之喧嚣。遭承平之日久,匪弹压之是务。皇
仁如天,万物覆露。矧兹辇毂之下,日薰陶而餍饫。不得

已而用刑,每哀矜于箠梏。日无滞讼,岁无留狱。贯索之
象既虚,圜扉之草斯鞠。巍巍乎帝王之极功,颂声作而民
和睦。尔乃背宜秋,出城阿,神池灵沼,相直匪赊。伊苑
囿之非一,聚众芳而骈罗。神木千岁而不凋,仙卉四时而
常花。宗生族茂,厥类实多。当青鸟之司开,正条风之暄
暖。命膏夫而启禁籥,纵都人而游览。我皇践祚之五载,
六飞始御于苑门。盖将顺民心之所乐,达余阳于暮春。
指金明而驻跸,观曼衍之星陈。兰挠飞动,采仗缤纷。帝
曰:‘斯乐,予何敢专!’遂践琼林,宴宝津,零湛露于九重,
均禊饮于群臣。修先朝之故事,张太侯以示民。于以戒
不虞于平世,励武志而弥勤。其北则营坛再成,亶为方
丘。仡柔祇之歆缾,故神舆之是侔。考一代合祭之失,实
千载循袭之尤。敦牂比至,旷典聿修。帝躬临于泽中,即
阴位而类求。配以烈祖之尊,侑以岳渎之俦。乃奠黄琮,
震于神休。乃奏函钟,格彼至幽。澄宿氛而不雨,畅协气
以横流。顾瞻空际,密迩灵斿,有持戈者,有执戟者,有质
若兽者,有喙若鸟者。地之百灵秘怪,感帝德而来游。景
光为之烛曜,祥云为之飞浮。侍卫骇愕,莫测其由。衰时
之对,上轶成周,岂若汉祠后皇,徒歌乎物发冀州。至其
棣萼之庭建,盖示优于同气。主上钦承永泰之基,益隆则
友之义。兢兢业业,欲尽继述之志。永绍裕陵,垂法万
世。载因心以抚存,肆匹休于棠棣。爵以真王之封,陟以
上公之位,褒以两镇之节,厚以三接之赐。俾遂安其居
宇,咸克保乎富贵,何愧建初岁入之丰也。每当岁时之衍
乐,俨雁齿而密侍,和乐且湛,靡拘堂陛无间劝侑之勤。
有继饮酒之钱,既翕既醉,何愧花萼之盛也。乙未之春,

龙翔效瑞，鹈鹕来集，数以万计。嘉首尾之胥应，感弟昆之是类。洒宸翰以体物，用阐明乎至意。若乃帝假有家，明内齐外。自天申命，支本昌炽。考祥罴之应梦，演庆源而毓粹。蔼螽斯蛰蛰之众，假乐皇皇之懿。受祉而施于子，既侔乎周王，多男而授之职，又合乎尧帝。肇正元嗣于春宫，申眷后王而加惠。冠礼荐行，三加攸次。诏以成人之道，载隆出阁之制。卜吉壤以图居，惟宫隅之是迤。标蕃衍之美名，彰皇家之盛事。顾启处之获宁，信皇慈之曲被。于是宾师友，简僚吏，习礼节，讲儒艺，日奉朝著，克勤无怠。拳拳乎上承忠孝之训，而臣子之义备至。若宗正著录，枝派实繁，上及曾高，下及曾玄，分宅广睦，恩义两敦。第族属之疏戚，班禄秩以维均。远则褒崇艺祖之胄，近则加厚濮邸之孙。配天其泽，同姓悉沾。歌《湛露》，咏《行苇》，戒《杕杜》，鄙《葛藟》。衍蛰蛰于《螽斯》，继振振于《麟趾》。于赫帝命，属籍是典，皇宗取则，率遵绳检。岁月薰陶，朝夕渐染。蔼蔼宾兴之才，擢儒科而登仕版。时则有清静如辟疆，精忠如更生，文若东阿，勇若任城，莫不激昂自奋，腾实飞声。于是参亲疏而两用，冀羽仪于王国，遂壮周家之藩屏，固汉宗之磐石。若夫由朱雀以纵观，下天汉而北望，千门万户，将将有伉。言观其阳，则仍宣德之旧称，定五门而改创。其始也，宪陬訾，擎大壮，搜吉日，命大匠。庶民子来，则靡烦于鼛鼓；瑰材山积，则又疑于神贶。其上则藻色丽乎方井，云气萃乎修楣。跃水波于柏栋，列绣文于兰楣。罔不随色象类，因木生姿。穷极奇巧，岂人能为，若有鬼神异物阴来相之。其旁则檐牙高张，栏楯周布，往往雕鸾刻凤，盘兽伏虎，或连

拳欲立,或猛据若怒,或奋翼东厢,或圈首西序,殊形诡
制,见者内怖。于以自中夏而布德,总八方而为极。披路
三条,则楒枑森以相连;立观两隅,则㮮㮰俨以并饰。善
颂落成,上下用怿。言观其阴,则峣峣北阙,时谓景龙,于
焉采民谣,于焉观民风。阅夫阛阓,则九市之富,百廛之
雄。越商海贾,朝盈夕充,乃有犀象贝玉之珍,刀布泉货
之通,冠裳衣履之巧,鱼盐果蓏之丰。贸迁化居,射利无
穷。览夫康衢,则四通五达,连骑方轨。青槐夏荫,红尘
昼起。乃有天姬之馆,后戚之里,公卿大臣之府,王侯将
相之第。扶宫夹道,若北辰之藩卫。太平既久,民俗熙
熙。观夫仙倡效技,偯童逞材,或寻橦走索,舞豹戏罴,则
观者为之目衔;或铿金击石,吹竹弹丝,则听者为之意迷。
亦有蜀中清醥,洛下黄醅,葡萄泛觞,竹叶倾罍,羌既醉而
饱德,谓'帝力何有于我哉'。瞻彼艮维,肇崇琳阙。始真
天祥,旷分彪列。妙道由是聿兴,至教于是旁达。辛卯之
梦既符,壬辰之运斯协。外则立仁济辅正之亭,行玉筒考
召之法。博施于民,俾绝夭阙。神符一出,群邪四詟。馘
毒治病,功深效捷。内则艮岳屹以神秀,介亭耸以嵯嶪。
天人交际之夕,清供于此备设。俄而玉牟自倾!宝剑如
掣,骇震霆之轰轰,灵圄下兮杂遝。逮夫应钟纪律,里社
开祥。凡预臣子之列,欲倾颂祷之觞。即兹宫以效报,期
万寿之无疆。于时演大梵希夷之音,讽《太元》空洞之经。
遂颁秘箓,八百联名。猗彼乾维,龙德是营。地直天奥!
上郁化精。有冈连岭属之势,有龙盘虎踞之形。储休发
祥,繄我圣明。惟崇饰之弥丽,正土木之夸矜。盖示不忘
其所自,为万世之式程。彼汉之代邸既琐琐焉;唐之兴庆

又奚足称。爰有瑶池波湛,翠水渊渟。峨方壶,起蓬瀛,大君宸止,广殿欢腾,九奏备,八佾成,凡左右侍宴者,恍若蹑神山而游紫清。戊戌之冬,太乙次于黄秒之庭,其位在西北,则临乎是宫之地。于辰为阉茂,适契乎元命之晶。诏鸠工以基迹,用揭虔而妥灵。十神载别,五福来宁。至于端闱之内,大庆耽耽,路寝斯在。有大符贶于此乎躬受,有大祭祀于此而斋戒。日精东承,月华西对。重轩三阶,翕艳动彩。左城右平,相与映带。睨灵光犹培塿,晞景福之丛芮。春王三朝,履端匪懈。庭燎有光,禁漏斯艾。供张绝盛,法物咸萃。乃建招摇以环合,蒲牢发乎轻奏,正宁当阳,天极是配。九宾星拱,垂绅委珮。乐奏《乾安》,间以韺韥。上公荐寿,捧觞拜跪。天子万世,兆民永赖。其左则合宫之制,高出百王,上圆下方,法象乎天地;九筵五室,经纬乎阴阳。旋四序之和于四阿,达八风之气于八窗。渊衷默定,圣画允臧。重屋告成,保我家邦。于以飨帝而飨亲,则日卜上辛,时丁肃霜。乐调黄钟,享维牛羊。爰熙太室,恭荐馨香。肆推尊于神考,用严配于上苍。于以视朔而布政,则春期青阳,秋觐总章,冬遇平朔,夏宗明堂。玉册以极其变,内经以考其常。钦授于人,遂正天纲。其右则徽调之阁,严凝密靓。神鼎内藏,天所保定。侔郏鄏之永固,笑甘泉之匪称。其始铸也,穷制作之妙于系表,得隐逸之士于草茅。一铸而就,光应孔昭。其始定也,夜出九成,不吴不敖,龙变光润,气明焰消。维鼎鼐之重,作镇神皋。数极九变,象该六爻。屹然中峙,增崇庙朝。曰苍曰彤,以莫齐楚之域;曰晶曰宝,以莫秦赵之郊。有位东南,有位西南者;有位东北,有

位西北者。分方命祭，罔或不调。宜乎卜世卜年,过于周
历,永保兹器,与天无极。至其内朝则祥曦、延和,清穆顾
问。亲臣列侍,禁卫弥庆。治朝则紫宸、垂拱,丹青有焕,
一日万几,此焉听断。厥或进拜将相,号令华夷,爰即文
德,播告唯宜。燕乐群臣,详延多士,乃御集英,以时葳
事。又有龙图、天章、宝文、显谟以泊徽猷,五阁渠渠,奉
祖宗之彝训,示子孙之楷模。言追盘诰,道契图书。翳秘
藏之靡怠,仰圣孝之如初。次则东西分台,政事所会。始
揆而议,则可否有著龟之决;既审而行,则出内擅喉舌之
寄。于以斡旋钧轴,辅成至治。其在西枢掌武之庭,则有
将印之重,军符之严。尔乃运筹帷幄之中,折冲尊俎之
间,爰戢五兵,坐镇百蛮。其在翰苑擒文之地,则惟密旨
是承,德意是导。尔乃覃恩润色,追风浑灏,遂继东里之
才,允符内相之号。乃若天子燕息之所也,宣和秘殿,翚
飞跂翼。宪睿思之始谋,因绍圣之故迹。凝芳琼兰,重熙
环碧,轮焉奂焉,光动两侧。听政之暇,来游来息。搜古
制于鼎彝,纵多能于翰墨,致一凝神,优入圣域。爰命迩
臣,于焉寓直,罄启沃之丹诚,庶密效于裨益。申绍纪元,
昭示万亿。视彼元狩、元鼎、神爵、五凤之号,讵能专美于
史册。至如亲蚕之所也,延福邃深,有严金铺。当春日之
载阳,率六宫而与俱。懿箱既饰,柔桑既敷。鞠衣东乡,
三采踌躇。风戾川浴,地温气舒。然后龙精报贶,瑞茧纷
如。五色之丝,允侔乎东海,八蚕之绵,富倍于吴都。献
于天子祭服所须。由此率先天下,则无致之化,斯并美于
《关雎》。以至扪门曲榭之奥,周庐徼道之肃,长廊广庑之
连延,珍台秘馆之重复,俾然在列,璇题辉映。虽使广延

墨客，众集画史，曷足以纪兹区宇之盛。”

先生闻而称赞曰：“汴都之美，其若是乎，抑何修何饰而臻此乎？”

公子曰：“主上以神明资才，受天眷命为天下君。其所以图为宰制，独运椴櫕之中者，愚不得而测也。切仰庙堂之所先务者，任贤使能而已。试为子陈之：若夫‘十室之邑，必有忠信’，天下至广，岂曰乏才？观夫燕、赵、汝、颍之英，勾吴、于越之秀；两蜀文雅，三齐质厚；以至关东旧相之家，山西名将之胄，感会风云，杂然入彀。矧兹神圣之都，是为英俊之躔。元精于此回复，间气于此蜿蜒。以言乎儒风，则长者之称，自汉而著；以言乎世族，则文士之盛，自晋而传。隐逸有夷门之操，文章出濉涣之间。帝赉岳降，运符半千。商弼周翰，接武差肩。陋七相五公之绂冕，迈杜陵韦曲之衣冠。譬犹倢伃权奇，素多于冀北；璠玙结绿，自富于荆山。上乃以道观能，兼收并取，明明在公，济济列布，同寅协恭，相与修辅。故得朝廷清明，纪纲振举，威武纷纭，声教布濩。北渐鸭绿，南洎铜柱。深极沙漠，远逾羌虏。陆奢水怀，奔走来慕。雕题、交趾、左衽、辫发之俗，愿袭于华风；金革、玉璞、犀珠、象齿之贡，愿献于御府。于斯时也，治定而五礼具焉。则采《周官》之仪物，稽曲台之典故。考吉礼、嘉礼之义，正婚礼、冠礼之序。车舆旗常，衣冠服制，职在太常，各有攸叙。功成而六乐举焉，则诏后夔辨舞行，命伶伦定律吕。法太始五运之先，谐中正五均之度。笙镛鞉磬，琴瑟柷敔，职在大晟，各有攸部。众制备，群音叶，天地应，神人悦，修贡效珍，应图合牒。上则膏露降，德星明，祥风至，甘露零；下

则嘉禾兴,朱草生,醴泉流,浊河清。一角五趾之兽,为时
而出;殊本连理之木,感气而荣。嘉林六目之龟,来游于
沼;芝田千岁之鹤,下集于庭。期应绍至,不可弹形。是
宜登泰山,蹑梁父,泥金检玉,诞扬丕矩。奏功皇天,登三
咸五,上犹谦挹而未俞也。于是亲事法宫之中,斋心大庭
之馆,思所以持盈守成,垂万世之彝宪。躬执道枢,卓然
独断,仰以顺天时,俯以从人愿。规模则惟《周官》之隆是
循,政事则惟元丰所行是缵。其在官也,绝侥幸之路,汰
冗滥之员。奉诏者戒于倚法,治民者戒于为奸。其在士
也,纳谠言于群试,复科举于四远。保桑梓者遂孝养之
心,在流寓者获游学之便。其在民也,除苛滥之科,蠲不
急之务。农人服田,以效力穑之勤;父老扶杖,以听诏书
之布。遂使四海之内,返朴还淳,皆敦本而弃末。皞皞乎
太古之风,各安居而乐业。"

　　先生闻之叹美不暇,乃谓公子曰:"今日治效如此,正
臣子歌功颂德之秋也。顾惟疏远之踪,名不通于朝籍,虽
欲抽思骋词,作为声诗,少述区区之志,天门九重,势难自
达。则乙夜之览,何敢冀哉?"因击节而歌曰:"严哉神圣
位九重,仁天普被四海同。旷然丕变还淳风,金革不用图
圄空,千龄亨运今适逢。下七制,卑三宗,微臣鼓腹康衢
中,日逐儿童歌帝功。"歌毕,振衣而去。公子遂述其事而
理之,以总一赋之义焉。

　　理曰:"赫赫皇宋,乘火德兮。奠都大梁,作民极兮。
一祖六宗,世增饰兮。光明神丽,观万国兮。穆穆大君,
天所子兮。粤自丛霄,履帝位兮。体道用神,妙莫名兮。
立政造事,亶有成兮。金鼎奠邦,神奸詟兮。玉镇定命,

　　垂奕叶兮。天地并应,符瑞著兮。膺图合牒,千百禩兮。
坐以受之,开明堂兮。三灵悦豫,颂声兴兮。元臣硕辅,
侍帝旁兮。相与弼亮,守太平兮。运丁壬辰,化道行兮。
己酉复元,宝历昌兮。天子万年,躬在宥兮。斯民永赖,
跻仁寿兮。”

　　元叔,名长民,元丰内相定之孙。其后建炎中为监察御史,以
名字典州,终江西提点刑狱公事。有子澠,文亦工。

　　明清《投辖录》所叙刘快活事,后来思索所未尽者,今列于
编。外祖曾空青,文肃之第三子也,快活每以“三运使”呼之,
后果终曹辖。舅氏宏父,谈天者多言他日必为卿相,刘笑曰:
“官职俱是,正郎去不得矣。”文肃当国,先祖为起曹郎中。一
日忽见过,曰:“我今日见曾三女儿,他日当为公之子妇。”时先
妣方五六岁。又谓先人曰:“曾三女,汝之夫人也。”归见文肃,
呼先祖字云:“王乐道之子,三运使之婿,此儿他日名满天下,
然位寿俱啬,奈何!”已而,文肃罢相,迁宅衡阳。北归后,先祖
守九江,遣先人访文肃于京口,一见奇之,遂以先妣归焉。后
所言一一皆合,不差毫厘。其他类此尚多,不能悉记,异哉!

　　《冯燕传》见之《丽情集》,唐贾耽守太原时事也。元祐中,
曾文肃帅并门,感叹其义风,自制《水调歌头》,以亚大曲,然世
失其传。近阅故书得其本,恐久而湮没,尽录于后。

　　　排遍第一

　　魏豪有冯燕,年少客幽并。击球斗鸡为戏,游侠久知名。
因避仇,来东郡,元戎逼属中军。直气凌貔虎,须臾叱咤,
风云凛凛坐中。偶乘佳兴,轻裘锦带,东风跃马,往来寻
访幽胜。游冶出东城,堤上莺花掩乱,香车宝马纵横。草
软平沙稳,高楼两岸,春风笑语隔帘声。

排遍第二

袖笼鞭敲镫，无语独闲行。绿杨下、人初静，烟澹夕阳明。窈窕佳人，独立瑶阶，掷果潘郎，瞥见红颜横波盼，不胜娇软倚银屏。曳红裳频推朱户，半开还掩，似欲倚咿哑声里，细说深情。因遣林间青鸟，为言彼此心期，的的深相许，窃香解珮，绸缪相顾不胜情。

排遍第三

说良人滑将张婴。从来嗜酒还家，镇长酩酊狂酲。屋上鸣鸠空斗，梁间客燕相惊。谁与花为主，兰房从此，朝云夕雨两牵萦。似游丝飘荡，随风无定，奈何岁华荏苒，欢计苦难凭。惟见新恩缱绻，连枝并翼，香闺日日为郎，谁知松萝托蔓，一比一毫轻。

排遍第四

一夕还醉，开户起相迎。为郎引裾相庇，低首略潜形。情深无隐。欲郎乘间起佳兵。授青萍，茫然抚弄，不忍欺心。尔能负心于彼，于我必无情。熟视花钿不足，刚肠终不能平。假手迎天意，一挥霜刃，窗间粉颈断瑶琼。

排遍第五

凤凰钗、宝玉凋零。惨然怅、娇魂怨，饮泣吞声。还被凌波呼唤，相将金谷同游，想见逢迎处，揶揄羞面，妆脸泪盈盈。醉眠人醒。来晨起，血凝蟒首，但惊喧，白邻里，骇我卒难明。致幽囚推究，覆盆无计哀鸣。丹笔终诬服，圜门驱拥，衔冤垂首欲临刑。

排遍第六带花遍

向红尘里，有喧呼攘臂，转身辟众，莫遣人冤滥，杀张室，忍偷生。僚吏惊呼呵叱，狂辞不变如初，投身属吏，慷慨

吐丹诚。仿佛缧绁，自疑梦中，闻者皆惊叹，为不平。割
爱无心，泣对虞姬，手戮倾城宠，翻然起死，不教仇怨负冤
声。

　　排遍第七撷花十八

义城元靖贤相国，嘉慕英雄士，赐金缯。闻斯事，频叹赏，
封章归印。请赎冯燕罪，日边紫泥封诏，阖境赦深刑。万
古三河风义在，青简上、众知名。河东注，任流水滔滔，水
涸名难泯。至今乐府歌咏，流入管弦声。

玉照新志卷第三

　　高公轩者，宣仁之疏族也。政和末，为沧州仪曹，考满，哀鸣于外台，及将曰："自惟孤寒，无从求知于当路，但各乞一改官照牒，障面而归，以张乡闾，足矣！"人皆怜而与之。既至京师，乃诣部自陈荐状已足，乞以照牒为用，先次放散。适有主之者，从其说而施行之，遂冒改秩。蔡元长时当国，闻之，遂下令今后不得妄发照牒。公轩中兴后为检正诸房文字。

　　外祖曾空青，政和中假守京口，举送贡士张彦正纲；宣和末，守秀水，举送沈元用晦；绍兴间，牧上饶，举送汪圣锡应辰，三人皆以廷试第一。其后舅氏曾宏父知台州，鹿鸣燕坐上，作诗以饯之，末句云："三郡看魁天下士，丹丘未必坠家声。"是岁，天台全军尽覆，事有不同如此者。沈元用，文通孙也，初名杰，家于秀之崇德县。坐为人假手，奏案至祐陵榻前，上阅之云："名见《梁四公子传》，此人必不凡，可从阔略。"时方崇道教故也。遂降旨，止令今后不得入科场而已。彷徨无所往。时外祖守秀城，舅氏宏父为湖州司录，来省侍。妓长杨丽者，才色冠一时，舅氏悦之。席间忽云："有士人沈念六者，其人文艺绝伦，不幸坐累，遂无试所，奈何！"宏父云："审如若言，吾合牒门客一人，尚未有人。"翌日，访舅氏，一见契合，易其名曰晦。是岁，漕司首送，明年，为大魁，才数月即入馆为郎，奉使二浙，经由嘉禾。丽张其徒曰："我今日乃往庭参门生耶！"

　　张子韶、凌季文俱武林人，少长同肄业乡里。宣和末，居清湖中,时东西两岸居民稀少,白地居多。二人夜同步河之西,见一妇人在前,衣妆楚楚。因纵步觇之,常不及焉。至空迥处,忽回顾二人而笑,真绝色也。方欲询之,乃缓步自水面而东。二公惊骇而退。

王磐安国,合肥人。政和中,为郎京师,其子妇免身,访乳婢,女侩云:"有一人夫死未久,自求售身。"安国以三万得之。又三年,安国自国子司业丐外,得守宛陵。挈家之官,舟次泗州,一男子嗒于轿前,云乳婢之夫也,求索其妻。安国惊骇,欲究其详,忽不见。归语乳婢,亦愕然无说。至夜,乳婢忽窜去,遍索不可得。诘旦,舟尾乃见尸浮于水面。

元符末,巨公为太学博士,轮对,建言:"比因行事太庙,冠冕皆前俯后仰,不合古制。"诏行下太常寺。寺中奏云:"自来前仰后俯,必是本官行礼之时倒戴之误。"哲宗顾宰臣笑云:"如此,岂可作学官,可与一闲散去处。"改端王府记室参军。未几,端邸龙飞,风云感会,至登宰席,宠禄光大,震耀一时。绍兴中,亦有为馆职者,于言路有宿憾,欲露章以论。既闻之,诉于当路,乞易地以避焉。改普安郡王府教授。已而,孝宗正储位,以潜邸旧恩,位极人臣,荣冠今古。二公之事绝相似,祸福倚伏,有如此者。

李汉老邦少年日,作《汉宫春》词,脍炙人口,所谓"问玉堂何似?茅舍疏篱"者是也。政和间,自书省丁忧归山东,服终造朝,举国无与立谈者。方怅怅无计,时王黼为首相,忽遣人招至东阁,开宴延之上坐。出其家姬数十人,皆绝色也。汉老惘然莫晓。酒半,群唱是词以侑觞,汉老私窃自欣,除目可无虑矣。喜甚,大醉而归。又数日,有馆阁之命。不数年,遂入翰苑。

　　江纬字彦文,三衢人。元符中,为太学生。徽宗登极,应诏上书,陈大中至正之道,言颇剀切。上大喜。召对称旨,赐进士及第,除太学正,自此声名籍甚。陆农师为左丞,以其子妻之。政和末,为太常少卿。蒙上之知,将有礼筵之命。时陆氏已亡,再娶钱氏,秦鲁大主女也。偶因对扬,奏毕,上忽问云:“闻卿近纳钱景臻女为室,亦好亲情。”言讫微笑。是晚批出,改除宗正少卿。彦文知非美意,即丐外出知处州,由是遂摈不复用。

　　明清《挥麈馀话》载马伸首陈乞立赵氏事,后询之游诚之,凡言与前说各有异同者,今重录其所记于后。靖康初,秦桧为中丞,马伸为殿中侍御史。一日,有人持文字至台云:“金军前令推立异姓。”秦未及应语之间,马遽云:“此天位也,逆金安得而易! 今舍赵氏其谁立?”秦始入议状,连名书之。已而,二帝北狩,秦亦陷金,独马公主台事,排日以状申张邦昌云:“伏睹大金以太宰相公权主国事,未审何日复辟? 谨具申太宰相公,伏乞指挥施行。”至康王即位日乃止。有门弟子何兑者,邵武人,字太和,嘉王榜登第,少师事马公。其后,秦桧南归,擅立赵氏之功归己,尽掠其美名取富贵,位极公槐,势冠今古,何公常太息其师之事湮没,欲辩明其忠。每引纸将书,辄为其子所谏,以谓秦方势焰震主,岂可自蹈危机,掇家族之祸。然何公私自为《马公行状》一通,常在也。绍兴甲戌,以左朝奉郎任辰州通判将满,一夕,忽梦马公衣冠相见,与语如平生亲。既寤,喻其子曰:“马先生英灵不没,赍恨九京,如此有意属我乎?”挂其遗像,哭之。其子镐哀劝不从,因告其父曰:“俟斯人死,上之未晚。”太和曰:“不然,万一我先死,瞑目有馀恨。后日当受代。”即手书一状闻于朝,其词尤委曲回互,但云“自太师公相陷金之后，独殿中侍御史马伸，排日以复辟事申邦昌"云云。且以所作《行状》缴纳，乞付史馆立传，以旌其忠。入马递驰达，然后解组以归。秦得之，怒，凡一路铺兵悉遭痛治，仍下廷尉，追捕何公甚急。狱吏持文移至邵武，而太守张姓者，惊愕罔措，就坐得疾，越翌日始苏，扶掖至厅事，才启封视牒，则所追者左朝奉郎何兑也。方遣吏往村落追赴以行。既对吏，而柏台老吏已先在棘寺，但谓"靖康虽有马伸为殿院，未尝闻有此状也"。令台吏勒军令状，棘寺以上书不实，拟降一官，罢前任。思陵重违桧意，圣语曰："所拟太轻，特追两官，羁置英州。"盖绍兴甲戌岁也。后一年乙亥，桧死日，御批何兑所犯，委是冤枉，令有司别定，遂复元官，放逐便，仍理元来磨勘，为左朝散郎。何在贬所皆无恙。归至里门，遇亲戚相见，喜马公之事明白，一笑病发。朝廷虽欲用之弗果，仅能食祠官之禄一年而已。镐乃诚之姨夫，是以知其详。及建宁诸乡长搢绅之与何太和相厚者，皆能言其事。明清近又得伸上邦昌全文，用列于后，云："伸伏见金人犯顺，劫二圣北行，且逼太宰相公使主国事，相公所以忍死就尊位者，自信敌兵之退，必能复辟也。忠臣义士，不即就死；城中之人，不即生变者，亦以相公必立赵孤也。今敌退多日，吾君之子，已知所在，狱讼讴歌，又皆归往。相公尚处禁中，不反初服，未就臣列。道路传言，以谓相公外挟强敌之威，使人游说康王，自令南遁，然后据有中原，为久假不归之计。伸知相公必无是心，但为金人所迫，未能遽改。虽然如此，亦大不便。盖人心未孚，一旦喧哄，虽有忠义之心，相公必不能自明。满城生灵，必遭涂炭，孤负相公初心矣。伏望相公速行改正，易服归省，庶事禀取太后命而后行，仍亟迎奉康王归京，日下开门犒劳四方勤王之师，以示无间内外。赦书施行恩惠,收人心等事,权行拘收,候立赵氏日,然后施行。庶几中外释疑,转祸为福。伊、周再出,无以复加。倘以伸言为不然,即先次就戮,伸有死而已,必不敢附相公为叛臣也。"邦昌于是始下令一切改正。

　　明清《挥麈后录》载周郔所记陈尧臣决伐燕之策,盖出于天下公论,而尧臣之子倚以财雄行都。张全真参政日,载真伪作一帧,可以但作全真文字。近览李仁甫《长编》云:"绍兴元年正月十四日辛丑,中书舍人胡交修言:'人臣之罪,莫大于误国,自古误国之祸,莫大于燕云之役者。燕山议首与夫闲豫之臣,大者诛戮,小者流放。而陈尧臣者,独仍旧故秩,廪食县官,置而不治,岂所以上慰宗社之神灵,下泄四方之痛愤哉?尧臣为国召乱,不知罪恶之重,乃敢自引矜,乞为郡守。今虽为宫祠,叨窃食禄。臣愚伏望睿旨削夺尧臣在身官爵,投窜遐方,以惩其恶,以谢生灵,为后世臣子误国之戒。'诏:'尧臣主管临安府洞霄宫指挥,更不施行。'"书之于编,盖知郔之言不厚诬,且非明清之私意。事见《长编》第一百五十九之注。后阅《中兴日历》,宰执奏乞行迁责,高宗云:"岂可以因乞差遣,反遭贬邪?"止罢祠焉。

　　王彦国献臣,招信人,居县之近郊。建炎初,金人将渡淮,献臣坐于所居小楼,望见一老士大夫彷徨阡陌间,携一小仆,负一匣,埋于空迥之所。献臣默识之。事定,往掘其地,宛然尚存。启匣乃白乐天手书诗一纸,云:"石榴枝上花千朵,荷叶杯中酒十分。满院弟兄皆痛饮,就中大户不如君。"献臣后南渡,寓居馀姚,尝出以示余,真奇物也。闻后以归刘纲公举矣。

　　献臣又云:建炎间,避地至奉化境上,一二仆隶偕行。尝夜过渡,月色微明,有数人先往焉。忽问云:"非王献臣解元行李否?"但见其躯干长大,语声雄厉,心窃疑之。方欲复询之,忽径自划水而渡彼岸,波涛汹涌久之。献臣惶怖几溺,竟不知为何怪,后亦无他。

胡伟元迈,新安人也。携其父舜申所述《乙巳泗州录》、《己酉避乱录》二书相示,叙儆扰时事,文虽不工,颇得其实,今列于后:

《乙巳泗州录》云:宣和乙巳,子家寓居泗州之教授厅,适在宝积门,出门即淮河。有友一二人在南山,如郑况仰荀,其父为发运司属官,廨宇在焉。以故无三五日予不至南山。常时至彼讲论文字,谈说时事。是时,朱勔父子正得志,势位炎炎。每上下京浙,则称往来降御香,其实欲所过州县将迎之勤也。是年秋,朱汝贤自浙中来,以降御香,泗州官吏迎于陡山。陡山,出城四里许,在淮南西岸,过是无路可行,故止于此邀迎其船。汝贤传指挥,到城中亭子上相见,官吏皆回候于亭。及船至亭,通名,典谒者曰:"承宣歇息矣。"候久之,令再通,曰:"睡着矣。"抵暮,方见守倅而已。傍观者见其骄傲,皆为之不平。予辈时谈此事于南山,曰:"我辈恐未死,且看朱勔父子终竟如何。"其冬,金人入寇抵都城,上皇避位,日闻京师事不一。未几,朱勔首以小舸子东下,曰勔已放归田里矣。不敢出见人,人亦不顾之。日有京师权贵与中官下来者颇多,皆着皂衫而系皂绦,行于街市。又几日,曰上皇已在发运司行衙矣。人初不信,及往观,但见座船一只,泊于河步,以结徽壁矢张于船前。问之,上皇果在,衙中侍卫萧然。又数日,军马才到,市上皂衫贵人益多。凡前此闻所贵幸宦侍之用事者,问之,往往在焉。俄又闻童贯亦至,或有见坐帷帐中,黑肥,躯干极大者,问之,童大王也。军马至,皆渡淮,驻于南山后。闻高俅于南山把隘。高俅之弟伸亦同在彼。因普照觉老请斋于南山,始知之。是时也,把隘南山,即已弃淮之北矣,实今日之先兆,亦自东京来至南山,无控扼之所也。俄又闻上皇登发运衙城上之亭,观渔人取鱼于淮。又旬日,上皇移幸而南。自是京师士民来者日夕继踵,益知金兵叩城之事。以上皇益南,侍卫自京师而至益盛。一橐驼踏浮桥倾倒,遂入淮中,以负物之重,恐必不救也。又阅岁时,上皇驾还,皆亲至塔下烧香。每入寺,寺中人皆驱出。施僧伽钵盂、袈裟,至亲与着于身。先是,以普照寺大半为神霄玉清宫,至是,御笔画图,以半还寺。寺僧送驾出城,得御笔,欢喜。上皇初至寺时,寺之紧要屋宇还之益多。始所还,道流尽拆去门窗;及再还,即并所拆门窗得之,道流褫气矣。明年秋,余同弟汝士往国学赴试,汝士预荐,而余遭黜,独还泗州侍亲。时伯兄汝明再为监察御史,汝士寓南台公廨,以待省试,因再遭围,闷病几死。盖国学诸生例患脚气,故染是病也。使予是年预荐,必死于京师。及闻太原失守,知淮泗不可居,借船于发运方孟卿,遂侍亲来湖州,船才过闸即潮落,不可复开,而泗州寻亦乱矣。

呜呼!金敌凭陵,国家颠危,实上之人为权幸诱惑,造成此祸,而勔一人亦在数。盖勔乃姑苏市井人,始以高资交结近习,进奉花石,造御前什物,积二十年,职以充进奉监司。守令或忤其意,以故违御笔绳之。应造什物,皆科于州县,所献才及万分之一,馀皆窃以自润及分遗权幸,以徼恩宠。故勔建节旄,子侄官承宣观察使,下逮厮役,日为横行。媵妾亦有封号。勔与其子汝贤、汝功各立门户,招权鬻爵,上至侍从,下至省寺,外则监司,以至州县长吏官属,由其父子以进者甚众,货赂公行,其门如市。于是勔之田产跨连郡邑,岁收租课十馀万

石。甲第名园,几半吴郡,皆夺士庶而有之者。居处园地悉拟
宫禁,服食器用上僭乘舆,建御容殿于私家。在京则以养种园
为名,徙居民以为宅所。占官舟兵级月费钱粮,供其私用。及
上皇禅位,放勔归田里,其假道泗州也,遮蔽船门,惟恐人知
之,亦无面以见人。未几,渊圣以台谏论勔,安置广南,籍没财
产。既而取首级,家属悉窜。以此观之,宜乎召金人之祸,而
致国家之颠危焉。然所以造祸者,岂止勔之一人耶?因思宣
和间,京师奢侈正盛,一相识言曰:"《书》云'内作色荒,外作禽
荒,甘酒嗜音,峻宇雕墙。有一于此,未或不亡。'古人法度之
严如此。是数者有一则必亡,岂有兼是数者,而复有逾于此
者,安得无祸乎?"靖康果有其应。或曰:"若如此而无祸,则古
人之言必妄,《诗》、《书》皆不足信者,而喋喋颇费辞说。"自念
老矣,切虑遗忘,遂追思所见,笔之于册云。

《避乱录》:建炎己酉,先兄待制讳舜陟,字汝明,帅建康,
与右丞杜充不相能。充时领兵驻建康,充自遣将来夺取经制
司钱物。待制闻于朝,充往往亦知而后奏。朝廷知二公不合,
十月,移待制两浙宣司参谋。时周望自枢府出为宣抚。望老
缪,本由八行举,与论军事率不合。先有旨,令坚守平江,所措
置初无可守之计,待制有奇谋,皆不用。金人自广德由安吉抵
钱塘,渡江破明越,北还,假道平江,所措置初无守御者,皆知
必败矣。待制谓望,本司金帛既尽为敌人所得,曷若为携往昆
山而北,庶可存也。望既遣金帛来吾家,始以船附鲁珏辎重
中,舣平江齐门。翌日,到昆山,依李阊、罗贵,泊于梅里,寻移
许浦。未几,金兵犯平江,望走青龙,平江城不战而破。诸将
如郭仲威辈,先敌未至,已劫略城中几无遗。望尝不快于韩世
忠。是时,世忠兵盛权重,驻镇江,闻望窜,遣将董旻邀虏之。

昊至许浦，以为望在，适吾家老小在彼，昊来见待制，遂邀以行。始昊将至，兵稍遥，望皆以为敌舟，率弃船而走。吾家船亦留江口，命使臣温宏等守之。老小系道，弟舜举、侄仔，径走吴兴；唯予侍家君朝散，同待制及令人等，茫无所之，第漫去而已。夜宿野人家，昊遣使臣来追，坚欲吾家还船。予谓："若金人则不可从，若世忠军则中国兵，且此投戈散地之时，往其军中亦自有所托，何为不可？"待制以为然，因举家从以还。时已行三二十里，连夜从其使臣以还，偶天晴，及晓才到，船皆无恙，一簪不失。昊乃率待制入其军于镇江。盖昊之意，虏望不及，且取参谋以塞其责。而昊欲虏望未已也。始船未行，昊军阵船到于江，唯吾家一船在许浦港口未出江。昊乃率吾家船入其军，趋水而下往青龙，必欲得望。及至青龙江口，闻望已还军而西。昊遂溯江而上之镇江，吾家船同行。及至镇江，待制欲见世忠，昊遮之不使见。未几，遣一船来换，意欲取吾船中之米。其所谓金帛者，未至梅里，望已追回矣。以诸将不欲令金帛离军去，殆有谋焉。有言于望故也。得所换之船，吾家移过，自留少米，馀皆与之，本有百馀石。所换之船，通川船也，亦能行江海，有篷帆二，物亦足用。小泊于焦山，杂于韩军杂物船中。既至焦山，船中隘不可居。入寺中占其方丈，老幼悉安堵，但日游戏于焦山而已。时金已破镇江，日见胡骑驰逐于江岸。坐见其焚甘露寺，但留双铁塔。世忠以江船凿沉于闸口，拒金人之出，敌船实不可出，以闸口沉船纵横也。世忠军皆海船，阵于江中，中军船最大，处于中，馀四军皆分列以簇之，甚可观。辎重船皆列于山后。予日登焦山顶观之，山前但见作院等船耳。工人为兵器于寺前，又有镇江见任官及寺中之船，皆于寺前，太守李汝为亦在焉。汝为亦韩军中人，世忠

命为太守者也。三月十七日晚,东北风作,至夜益甚,江中飘
水皆成冰。予尝夜独宿船中守行李,时吾家复有一小船同泊,
以行李载不尽故也。是晚,予上船遣人提空笼相随,欲入船搬
移衣物,又携钱百千入大船,已昏黑,风大,船荡不可卧。梢工
姓朱,通州人。夜将半,叩问朱梢:"船如何?"朱曰:"风大甚。"
夜益深,但闻朱梢焚香于神前,有祷祈护卫者。复问朱云:"如
何?"朱曰:"风大了不得也。"问:"吾小船安在?"曰:"不见久
矣,随风以去也。"是日昼,余观大船之碇索,其外似已旧烂,其
中一截斩新。予尝语朱:"此船藉此索为命,何不倒索而用之,
卷其旧者于里,出其新者于外,庶可恃以牢乎?"朱曰:"此当
然。"予曰:"明日潮来水满,可令近岸,倒其索。"朱许之。至是
风作之甚,又思其索旧且朽,愈不遑安。是时,金兵在南岸,碇
索若断,必随北风至彼,当碎身与船于敌手矣。船为风震,不
得睡,思之惶恐无限。及晓,幸吾船无恙,但不能举头,以恶心
故也。朱梢寻以面汤来,亦不能用。及伸首船外,视焦山之
前,唯吾一船而已,馀皆不知所在。遥视赵都监者,步履于山
上,如神仙中人。点心时,待制以予在船中,遣小舟来,因得登
焦山之岸其去死亡一发耳。予寻登山顶望世忠军,极目江中,
无一船之存,辎重在山后者,亦略不见其一。又一二日,山前
之船稍集。先是,世忠既塞闸口之河,金人乃别开一河,出江
焦山,初不知之。至是,早饭时,有敌船二只出在江,但望见其
船上黑且光耳,必是其人衣铁甲也。此间船皆起碇以走。是
日,世忠家私忌,予入方丈,见诸方为佛事。未几,诸僧皆在船
中,盖凡在山之人皆已登舟。府官之属亦然。予家亦皆登舟,
随例起碇以下,至垂山风适顺,乃令朱梢张帆顺流而下。韩军
望见吾家船去,有呼住者,予令勿应。时船中有韩军二卒,亦

令船住,复勿听,二卒盖世忠令守吾家者也。行稍远,始语二卒:"待吾家至苏湖,却以金帛遣汝回,否则,无好到汝也。"二卒顾势不可住,乃俯首从之。船过圌山,风正顺。夜过江阴,晓抵福山,不知其几里。福山别得船,又正北风作,抵常熟,过平江,至平望入平江城。市并无一屋存者,但见人家宅后林木而已。菜园中间有屋,亦止半间许。河岸倒尸则无数。出城,河中更无水可饮,以水皆浮尸。至吴江,止存屋三间,其下横尸无数。垂虹亭、横桥皆已无,止于亭下取得少水堪饮。自吴江而南,有浮尸益多,有桥皆已断,其处尸最多。后问之,云:"敌骑推人过,皆死于水。"时燕子已来,无屋可巢,吾船用帆,乃衔泥作巢于帆。缘岸皆为灶圈,云金人缘岸泊故也。所杀牛频频有之,其骨与头足并存,但并无角,必金人取以去。陈思恭所击敌船沉陷者,尚有数只于第四桥之南。思恭,周望军统制官也。待制尝语望云:"枢密必欲守平江,莫若移军吴江,据太湖天险,吾辈以中军扼其前,使诸将以小舟自太湖旁击之,可必胜。"望不主其议,但令召诸将议之。及诸将毕集,望命待制语方略,诸将不从。盖诸将如郭仲威辈皆贼魁,喜乱,志在为贼而已。思恭兵最少,居下,闻此谋跃而前曰:"待制之言甚善,思恭愿为先锋。"自馀不从,竟已。及敌过吴江,思恭不禀望,自以兵出太湖,横击其尾。乃中军系虏之民,闻兵至,皆为内应,纵火焚舟,几获四太子者。思恭虽胜,望怒其不白,然竟不迁官。所沉敌舟,凡半年许尚在河中。吾家船至平望,方欲首西以行,东风又发,又一帆至吴兴。时望军已驻吴兴矣。凡曲折得风,自垂山至吴兴,真天以相吾家也!老幼皆安然而归,始见弟姚,已抵吴兴旬日。待制乃遣使臣以书与信寄谢世忠、董旻辈。因送二卒往,仍取行李告敕之寄军中者。既取以归,闻世忠舟师败于金人。始敌在镇江,不可出,故即陆往建康,尝聚吾宋士大夫,令筹所以破世忠军,皆云:海船如遇风不可当,船大而止,且使风可四面,卒难制,如风使舟耳,卒难摇动。敌然之,选舟载兵,舟橹七八,乘天晓风未动,急摇近世忠,以火箭射之。船人救火不暇,又无风,船不可动,遂大败,陷前军十数舟,自馀得遁。盖世忠初知金人往建康,亦溯江以舟师与对垒,时议者固已非之,曰:"《兵法》:'勿迎于水内,半济而击之,利。'今乃迎之于水内,安有利也?"初予在焦山,见世忠陈兵江中,而镇江江口山上,有兀立不动下视吾军者。世忠船特大,早晚诸将来禀议,络绎不绝,皆用小舟。明知大者为世忠,自馀五军船,历历可数。吾尝自念,吾军中事,金人莫不目见耳闻;而敌人军中事,吾军略不知之,亦可虑矣。终抵于败,何智术之疏耶!于是金人安然渡江北归。然世忠进官加恩,犹自若也。不数月,待制守钱塘,世忠入觐,时车驾驻会稽,所待世忠良厚,乃大喜,却恨前此失于一见,且罟董旻为之障。旻来谒,亦有惭色。闻世忠将入钱塘界,谓旻曰:"胡待制今却相见,如何?"旻无语,但愧汗而已。世忠所携杭妓吕小小,即时以去。初,小小以有罪系于狱,其家欲脱之,投世忠。世忠偶赴待制饭,因劝酒,启曰:"某有少事告待制,若从所请,当饮巨觥。"待制请言之,即以此妓为恳。待制为破械,世忠欣跃,连饮数觥。会散,携妓以归。妓后易姓茅。

　　明清尝于毕少董处,睹种明逸手书所作诗一首,殆五十年犹能全记。今录于此:"楼台缥缈路歧旁,共说祈真白玉堂。珠树风高低绛节,灵台香冷醮虚皇。名传六合何昭晰,事隔三清恨渺茫。欲识当年汉家意,竹宫梧殿更凄凉。"

　　世传《太公家教》,其言极浅陋鄙俚。然见之唐《李习之文集》，至以《文中子》为一律。观其中犹引周汉以来事，当是有唐村落间老校书为之。太公者犹曾、高祖之类，非渭滨之师臣明矣。《文中子》，想亦是唐所录，其言未免疏略。经本朝阮逸为之润色，所以辞达于理，学者宜熟究之焉。如市井间所印百家姓，明清尝详考之，似是两浙钱氏有国时，小民所著。何则？其首云"赵钱孙李"，盖钱氏奉正朔，赵乃本朝国姓，所以钱次之；孙乃忠懿之正妃；又其次，则江南李氏。次句云"周吴郑王"，皆武肃而下后妃，无可疑者。

　　明清家旧有常子允元祐中在馆阁同舍诸公手状，如黄、秦、晁、张诸名人皆在焉。后为龚养正颐正易去。比观洪景卢《容斋三笔》，乃云见于王顺伯所，以为高子允者。常名立，汝阴人，与家中有乡曲之旧，夷父秩之子。熙宁初，父子俱以处士起家，子允为崇文馆校书郎。元祐中，再入馆。后坐党籍，谪永州监税以卒，石刻碑中可考。此卷乃子允与大父者。而景卢乃指以为高君，不知高子允又何人耶？

　　杜子美作《饮中八仙歌》，叙酒中之乐甚至。由是观之，子美盖亦好饮者，不然，又焉得醉中诋严武，几至杀身耶？

　　宣和中，外祖曾空青公守山阳，有堂胥之子韩璜者，以御笔来为转运司勾当公事。年未冠，而率略之甚。一日，语外祖云："先丈尝为何处差遣？"外祖答云："曾在中书。"复询云："何年耶？"答云："建中靖国之初，自右府而过。"璜大笑云："岂有察院而过中书省乎？"盖谓其侪类而然。外祖即应之云："先公自知枢密院拜右仆射。"璜默然，阖席为之哄堂绝倒。

　　雷轰荐福碑事，见楚僧惠洪《冷斋夜话》。去岁，娄彦发机自饶州通判归，询之，云："荐福寺虽号番阳巨刹，元无此碑，乃惠洪伪为是说。"然东坡先生已有诗曰"有客打碑来荐福，无人骑鹤上扬州"之句矣。按惠洪，初名德洪，政和元年，张天觉罢相，坐通关节，窜海外。又数年回，僧始易名惠洪，字觉範。考此书距坡下世已逾一纪，洪与坡盖未尝相接，恐是先已有妄及之者，则非洪之凿空矣。洪本筠州高安人，尝为县小吏。黄山谷喜其聪慧，教令读书，为浮屠氏，其后海内推为名僧。韩驹作《寂音尊者塔铭》，即其人也。

　　韩子苍驹，本蜀人。父为峡州夷陵令，老矣，有一妾，子苍不能奉之，父怒，逐出。内侍贾祥者，先坐罪窜是郡，驹父事祥甚谨，祥不能忘。子苍于父逐之后，走京师，祥已收召大用事。子苍困甚倦游，漫往投之，祥不知得罪于其父也，献其所业。偶祐陵忽问迁谪中有何人材，祥即出子苍诗文以进。首篇"太乙真人莲叶"之句，上一览奇之，即批出赐进士及第，除秘书省正字。不数年，遂掌外制。

　　绍圣中，有王毅者，文贞之孙，以滑稽得名。除知泽州，不称其意，往别时宰章子厚，子厚曰："泽州油衣甚佳。"良久，又曰："出饧极妙。"毅曰："启相公，待到后，当终日坐地，披著油衣食饧也。"子厚亦为之启齿。毅之子伦也。

　　石才叔苍舒，雍人也。与山谷游从，尤妙于笔札，家蓄图书甚富。文潞公帅长安，从其借所藏褚遂良《圣教序》墨迹一观。潞公爱玩不已，因令子弟临一本。休日宴僚属，出二本令坐客别之，客盛称公者为真，反以才叔所收为伪。才叔不出一语以辨，但笑启潞公云："今日方知苍舒孤寒。"潞公大哂，坐客皆绝然。

玉照新志卷第四

　　中兴初政,治宋齐愈退翁狱断案,得之陆务观,云是年大驾自维扬仓猝南狩,文书悉皆散失,未必存于有司,因录于左。然绍兴中,赵鼎、张浚为左右相,尝共启于高宗,云靖康之末,金人议立伪主,意在张邦昌,而退翁适在众中,发于愤躁,掌上密书以示所厚,云夷狄设意如是。坐有奸人,随声唱之,故及于祸。思陵恻然怜之。诏追复元官,录其子孙。元牍云:

　　建炎元年七月二十八日,尚书省札子,臣僚上言:"新除谏议大夫宋齐愈,昨三月初间,同王时雍等在皇城司聚议,乞立张邦昌。拜大金赐诏毕,书立状时,虽时雍等恐惧不敢填写张邦昌姓名,而齐愈执笔,奋然大书'张邦昌'三字,仍自持其状以示四坐,无不惊骇。齐愈自言'自从二月在告不出',欺诞若此。闻左右时雍等实齐愈也。今使居谏议大夫之任,一时陛下未知其人邪佞,而朝廷未有人论,更乞圣裁。"七月八日同奉圣旨:宋齐愈罢谏议大夫,令御史台王宾置司根勘,具案奏闻。今据王宾勘到:"宋齐愈招金人邀请渊圣皇帝出城,未回,知孙傅承军前,遣吴开等将文字称废渊圣,共举堪为人主一人。及知孙傅等乞不废渊圣皇帝,不许,须管于异姓中选举姓名通申。齐愈知孙傅等在皇城司集议,遂到本司,见众官及卓子上文字,不论资次,管举一人。齐愈问王时雍:'举谁?'时雍曰:'金人令吴开来密喻,旨意在张邦昌,今已写下,只空姓名。'又看得元来文字,请举军前南官。以此参验,王时雍言语即是要举张邦昌。齐愈恐违时雍,别生不测,为时雍曾说吴开密谕张邦昌,亦欲蚤了图出,齐愈辄自举笔于纸上书写'张邦昌'姓名三字,欲要于举状内填写,却将呈时雍,称是;又节次遍呈在座元集议官。齐愈令人吏依纸上所写'张邦昌'三字,别写申状,系时雍等姓名,分付吴开莫俦将去。其举状内别无齐愈姓名。初蒙勘问时,惧罪隐下不招。再蒙取会到中书舍人李会状:'二月下旬间,忽有左司员外郎宋齐愈自外至,见商议未定,即于本司厅前取纸笔,就卓子上取纸一片,书写"张邦昌"三字,即不是文字上书,遍呈在座,相顾失色,皆莫敢应,别无语言。其所写姓名文字系宋齐愈手自将去,会即时起去。是时,只记得胡舜陟在坐,司业董逌午间亦在坐,未委见与不见。其馀卿监郎官,会以到局未久,多不识之。'及根取元状单子勘,方招。捡准建炎元年五月一日赦书内一项:'昨金人迫胁张邦昌僭号,实非本心,已复归旧班,其应干供奉行事之人,并与放免。法寺称宋齐愈系谋叛不道已上皆斩,不分首从;赦犯恶逆以上罪至斩,依法用刑。宋齐愈合处斩除名。犯在五月一日大赦前,合从赦后虚妄,杖一百,罚铜十斤。情重奏裁。'同奉圣旨:宋齐愈身为士大夫,当守节义,国家艰难之际,不能死节,乃探金人之情,亲书僭逆之名姓,谋立异姓以危宗社,造端在前,非受伪命臣僚之可比,特不原赦,依断,仍命尚书省出榜晓谕。"吴江王份之孺云:"唱之者杨愿也,绍兴中,附丽秦桧为签书枢密院命矣。"

　　夫近又得张栻敬夫记其父魏公浚语,益明其风指左证之冤。今备书云:建炎元年,大人朝南京为虞部员外郎,时宋退翁齐愈为谏议大夫,旧相好也。南京庶事草创,就置三省于行宫,李公纲秉政月馀矣。一日,夜漏下,大人过退翁省中,见退翁笑曰："今日李仆射有三札，李公素有名誉，所建明乃尔！一欲尽括天下之马；其二欲括东南民财，听富室尽输，不限以数；其三欲郡增置兵，大郡二千人，次千五百人。子以为何如？"大人曰："胡可行也？"退翁曰："然。西北边之马，今不可得，今独江淮以南耳，其马可用耶？民财，第其等限而取之，犹恐其扰，况此可艺极耶？至于兵，假若郡增二千，月费十万缗以养，今时州郡堪此耶？素有额者且不能满，况外增耶？某方论其不可矣。"复捧腹而笑，出其札以示大人，大人曰："不可上也。"退翁愕然曰："公知其札已是不可，某论之而云'不可上'，何也？"大人曰："宰相不胜任，论去，谏官职也。岂有身为相未几，上三事而公尽方驳之，彼且独不怒者？公欲论其不可相耳。"退翁不乐，曰："吾故为其有虚名，但欲论此三事。"既而语颇厉，大人即退卧省中，展转曰："人虽至交，亦有不可言者。"翌日，遇朝参，郎省亦入见，退翁上对。少顷出，过省门相遇，望见其有得色。前执手曰："适奏昨札，上甚喜。"大人摇首曰："恐公受祸自此始矣。"退翁犹怃然而去。居四日而难作。张邦昌之挟贼以僭也，在金营议已定，今载于诸录，可考验也。退翁自会议所归，遇乡人问之，曰："今日金所立者谁？"退翁书邦昌姓名于掌以示之。而李丞相付狱观望，以为退翁。丞相竟匿其稿，而执李会章论退翁死。李公旋罢相。后上亦闻其详，恻然仁闵，复退翁官而官其子。己卯夏，栻侍旁闻之，敢私志云。见之《长编》靖康二年二月注。李忠定号为中兴名相，而私意害人，亦复如是，与夫褚河南之谮刘洎，陆敬舆之短窦参，治一律矣。白圭之玷，可胜叹喟。其后御史马伸疏忠定之罪，首以三事为言。

　　洪刍驹父等狱案，亦得之陆务观，云亦是省部散失史册所遗者。建炎元年八月十四日,尚书省送到侍御史黎確奏:准尚书省札子,五月十八日同奉圣旨:"访闻昨来京城围闭,王府、主第及宗室、戚里之家,以至庶氓,根括金银,官司周懿文、王及之、余大均、胡思、陈冲等,因缘为奸,隐匿财物万数浩瀚,及聚饮歌乐,无所不为。士大夫负国至此,难以一例宽贷。可差黎確、马伸就台根勘,具案闻奏施行。"洪刍罢谏议大夫,张才卿罢刑部郎中,胡思、王及之、余大均、周懿文、陈冲并先已放罢。今勘到具摄明白刑名下项:降受朝散郎、前太仆少卿陈冲,差往亲懿宅抄札,将王府果子吃用,摘花归家,与内人同坐吃酒,令内人唱曲子;见牙简隐匿,公然受犒赏酒,并钱将出,剩金银,待隐匿入己收掌,未曾取。讨绢六百一十五匹。除轻罪外,准条监主自盗,合绞刑,赃罪处死,除名,该大赦原免,缘五月十八日奉圣旨"难以一例宽贷",根勘闻奏。前大理卿周懿文抄札景王府,吃蜜煎等,将摩孩罗、士女孩儿等归家,受犒设酒,及吃宫人酒果交观,计赃六匹六尺。除罪外,准条行下合杖六十;公罪赃外,笞五十。不曾计到摩孩罗赃,如不满百文,系城内窃盗,杖八十;如满百文,杖一百,赃罪定断议赃外,杖九十,罚铜九斤,入官。放罢。在赦前,合原朝议大夫、前刑部郎中张才卿差起发懿亲宅金银,吃内人酒果等,与内人边氏离三四步坐吃酒,令内人张福喜唱曲子,受犒设酒,将抄札扇儿、摩孩罗等归家,受酒估赃,计绢八匹罗七尺。除轻罪外,准条与所部接坐,合徒二年;私罪官减外,徒二年半。罚铜三十斤入官。放朝散大夫洪刍差抄札见景王府祗候人曹三马,后嘱托余大均放出,将来本家同宿,顾作祗候人。准条监守自犯奸,合流三千里。私罪议减外,徒三年,遑一官,罚铜二十斤,除名勒停。朝请郎、前吏部员外郎王及之抄札金银,见官属将宁德皇后亲妹追提苦辱，并不施行，及吃受沂王府婕妤位酒食，不钤京觉察人吏，与郑绅家女使娇奴等私通。及犒设酒，根括金银，买抵包换入己。计赃二十五匹。除轻罪外，准条系以私物贸易官物计利，以盗论，合加徒流赃罪，追六官，除名勒停。朝散大夫、前司农卿胡思推择张邦昌表内，添入谄奉语言，及抄札棣华宅，有祖宗实录借看，及罢馆伴，不合借破马，太仆寺差到，马点数不见，是大王府公然乘骑；不见实录十册，认是亲事官失去。除轻罪外，系不应为重，合杖八十，赃罪外，杖六十，先次据于照人说出逐人罪犯。朝请郎、前添差开封少尹余大均往景王府乔贵妃位抄札到金银，与内人乔念奴并坐饮酒唱曲子，以赍首金银为由，放乔念奴乘马归家，收养作祗候人；隐藏根括笼子一只，寄金银库内，于内取出麝香二十脐、馀被府尹纳了。除轻罪外，据内不估到所盗麝香钱，如满十贯，系监主自盗，加役流远，追举官，除名勒停。如满三十五匹，合绞刑，赃罪除名。朝奉郎、主客员外郎李彝差往王府抄札，与内人曹氏等饮酒，及与内人乔念奴等饮酒并坐，知余大均、洪刍等待雇买曹氏等，放令逐便，请洪刍等筵会，令曹氏女使唱曲子。除轻罪外，准条，李彝系不应出谒而出谒，合徒二年，私罪追两官，勒停。案后收坐，该赦原。五月十八日同奉圣旨：余大均、陈冲、洪刍情犯深重，论并当诛戮，各特贷命，除名勒停，长流沙门岛，永不放还，至登州交割；张才卿责受文州别驾，雷州安置；李彝责授茂州别驾，新州安置；王及之责授随州别驾，南恩州安置；周懿文责授陇州别驾，英州安置；胡思责授沂州别驾，连州安置。并依断。其后驹父渡海有诗云："关山不隔还家梦，风月犹随过海身。"竟没于岛上，又由妇人焉，死甚可哀，言之丑也，不欲宣之。有子栴，字仲本，亦能诗，为徐师川婿,尝出知永州。

黄进者,本舒州村人。少为富室苍头奴,随其主翁为父择葬地于郊外山间。每葬师偕行,得一穴最胜,师指示其主云:"葬此,它日须出名将。"进在傍默识之。是夕,乃挈其父之遗骸瘗于其所,主家初不知为何人也。已而逃去为盗,坐法黥流。又数年,天下乱,进鸠集党类,改涅其面为两旗,自号"旗儿军",寇攘淮甸间,人颇识之。朝廷遣兵捕之,遂以众降,制授右阶。后累立战功,至防御使。

自绍兴讲和以来,金使经由官私牌额,悉以纸覆之,盖常年之例也。隆兴间,金使往天竺山烧香,过太学门,临安尹命官吏持纸往幂"太学"二字。有直学程宏图者,襕幞立其下,曰:"太学,贤士之关,国家储材之地,何歉于远夷?"坚执不令登梯。吏以白于尹,尹以上闻,阜陵嘉叹久之,遂免。至今循之。宏图后登第,上记其姓名,喜其有守,擢大理司直,迁丞而卒。宏图,番阳人,词翰亦佳,然使酒难近,人多忌之。

乾道中,赵渭碅老为临安尹。时巨珰甘升,权震一时,有别墅在西湖惠照寺西,地连郡之社坛,升欲取以广其圃,碅老欣然领命。有州学教授者,入议状,以谓"戎祀国之大事,岂可轻徇阉寺之欲,易不屋之祭耶?"力争之,卒不能夺而止。忘其姓名,或云石斗陆九渊,未知孰是焉。

钱处和,绍兴甲子岁为明州通判,招魏南夫处宾馆。史直翁乃南夫同舍生,偶罹横逆拘系。适岁当行科举,南夫为请于处和,处和怜之,恳太守始得就试,遂预首荐。明年,登进士第,调馀姚尉,复与南夫为代。其后二公皆登揆路。处和虽止参预,然常行宰相事。异哉!

思陵绍兴乙亥岁,秦桧之殂,更化之初,窜告讦之徒张常先而下前后凡十四人。此盛德大业，耻言人过，仁厚之风，合符昭陵。后来编纂《圣政录》，适秉笔之臣，有托其间，群从者略而不书，是致读者为之愤然。近修《实录》乃用其徒子弟位长史局，不但未必发明伟绩，且使秦氏奸恶，殆将并拚，深用叹惋。

高抑崇阅，绍兴中为礼部侍郎，忤秦桧，以本官奉祠四明里中。疾笃丐休致，且以书诉于秦，觊复职名，庶几禄及后人。盖是时有制，虽侍从未复元职，格其赏延故也。述其穷困之状，言极激切。秦览书，初亦怜之，呼持书之仆来，询其生计如何。而仆者强解事，乃为夸大之语，妄增其产业以白于秦。秦怒云："高抑崇死犹诳人如此。"竟寝其请。至秦亡，始追贲次对而获恤典。

隆兴初，有太学生张行简者，临安人也。尝与同舍生游西湖，俱大醉，委之而去，卧于大佛头石像之阴。夜半，月色如昼，酒亦少醒。有素衣妇人者至其所，云："妾家距此不远，可同归少款否？"生领略之。至其舍，屋宇帷帐甚为雅洁，亦有使令之属，逢迎悉如意旨，遂寓止焉。由是流连数日，燕饮甚欢，情意既洽，遂至忘归。妇曰："君怀家否？往返当自若也。"自是生时造之，益以胶固。生曰："吾家稍宽敞，可以偕往否？"妇曰："此亦不惮，但有所碍而不可入禁城，奈何！"再三询之，云："君诚有意，可访寻鹁梧丁二枚，贴于钱塘门，即无所惧矣。"生扣问为何物，妇曰："刑人之杖疮膏药靥也。"生为经营得之。抱关者疑而问焉，生云："有所厌胜而然耳。"已而，妇果与之俱造其庐，亦无以异于常人。然自此多疾疢，日觉羸瘠。忽有道人至其门，见之，云："君之所遇，乃草木之妖，若不舍之，必有性命之虞。"生皇惧，询之，曰："此魅不敢过江，且亟往浙东避之即免。"生从其言。挈囊登舟之际,妇人者踉跄戟手岸侧而詈。既次会稽,偶有同斋生延伫以处,自是日向安宁,出入起居如常。积是三阅寒暑,或有勉其还家者,且曰:"岁月既久,魅必他往,不能为祟,可无所虑焉。"生于是整棹西归。方登石塘,妇已先在焉,喜气可掬,遂与之同归。不数月,生疾复作而死,竟不知为何怪也。

隆兴三年,赵丞相汝愚廷试第一。时外舅为刑部侍郎,胪传既归,明清启云:"适曾称贺否?宗室魁天下,今日创见,可谓熙朝盛事,礼宜为庆。"外舅击节云:"班行中适无一人举此,今无及矣。"太息久之。

绍兴乙卯,张安国为右史,明清与仲信兄在左,郑举善、郭世模从范、李大正正之、李泳子永多馆于安国家。春日,诸友同游西湖,至普安寺。于窗户间得玉钗半股、青蚨半文,想是游人欢洽所分授偶遗之者。各赋诗以记其事,归以录示安国。安国云:"我当为诸公考校之。"明清云:"凄凉宝钿初分际,愁绝清光欲破时。"安国云:"仲言宜在第一。"俯仰今四十馀年矣,主宾六人俱为泉下之尘,明清独苟存于世,追怀如梦,黯而记之。

左与言,天台之名士大夫也。其孙裒其乐章,求为序其后云:政宣之际,文物鼎盛,异才垒出。天台左君与言,委羽之诗裔,饱经史而下笔有神,名重一时,学者之所敬仰。策名之后,籍甚宦途,屡彰美效,蔼闻荐绅。著书立言,自托不朽。平日行事,盖见之国子虞仲容所述志碑详矣。吟咏诗句,清新妩丽,而乐府之词,调高韵胜,好事者尤争先快睹。豪右望戚,尊席一笑,增气忘倦。承平之日,钱塘幕府乐籍,有名姝张足女名浓者,色艺妙天下,君颇顾之。如"无所事,盈盈秋水,淡淡春山",与"一段离愁堪画处,横风斜雨摇衰柳",及"堆云覆水,滴粉搓酥",皆为浓而作。当时都人有"晓风残月柳三变,滴粉搓酥左与言"之对,其风流人物可以想像。俶扰之后,浓委身于立勋大将家,易姓章,遂疏封大国。绍兴中,君因觅官行阙,暇日访西湖两山间,忽逢车舆甚盛,中睹一丽人,褰帘顾君而颦曰:"如今若把菱花照,犹恐相逢是梦中。"视之,乃浓也。君醒然悟人,即拂衣东渡,一意空门,不复以名利关心。老禅宿德,莫不降伏皈依。此殆与夫僧史所载楼子和尚公案,若合一契。君之孙文本,编次遗词若干首,名曰筦翁长短句,欲以刻行,求余为序。筦翁,君之自号,与言其字,字盖析其名云。余既识之,服膺三叹,并为书此一段奇事。

绍兴辛巳冬,完颜亮自毙于扬州。明年正月,诏起外舅方务德帅淮西,明清实从行。至建康,与张安国会于郊外。安国之妹夫季瞻伯山、外姑之甥郑端本德初共途,皆士子也。是时得旨,令募童行往捃战没之骼于淮上,外舅从蒋山天禧二寺得二十辈。以二月六日,自采石共一大舰渡长江。是夏,孝宗即位,明清与伯山、德初俱以异姓补官,外舅、安国皆正席禁路,僧雏悉祝发为浮屠,想是日日辰绝佳耳。

欧阳文忠公诗云苏子美挽词"奏邸狱冤谁与辨,高桥客死世通悲",以为用事亲切,而世不知"高桥客死"之义。后来,绍兴中,秦熺势方鼎盛,尝托其客陆升之仲高下问于明清。偶省记得见《吴地记》,后汉梁鸿客食吴门,死于高桥,而子美亦然,因以告之,熺甚以赏激。未几,会之殂,熺亦逐矣。

绍兴辛酉冬,仲信兄客临安,尝观是岁南郊仪仗于龙山茶肆。忽一长须伟男子,衣青布袍,于稠人中叹息云:"吾元丰五年游京师,一见之后,不曾再睹。今日之盛,殆与昔时无异焉。"仲信知其异人也，亟下拜，俯兴已失之矣。

绍熙癸丑岁，明清任签书宁国军节度判官，时括苍蒋世修继周，以独座前资来为郡守。宣城旧例，每发军食，则幕职兵官俱集仓中。是岁十二月散粮，明清以私务入仓小缓，逮至其门，见诸君联车而出，悉有仓黄之状。询之，曰："通判周世修建议，欲以去岁旧粟支其半，群卒恶其陈腐，横梃于庭，出不逊语，欲入白黄堂矣。"且众兵随其后。明清亟止之云："可复归旧次。"一面令车前二卒长传呼喻之云："金判适自府中来，已得中丞台旨，令尽支新米。"亟令专知吏往白史君，告以从权便宜之故。于是卒徒欢呼帖服，无敢哗者。不然亦几殆焉。蒋守由此遂相论荐，然露章中不欲及也。

汪彦章在京师，尝作小阕云："新月娟娟，夜寒江静山涵斗。起来搔首，梅影横窗瘦。好个霜天，闲却传杯手。君知否？乱鸦啼后，归兴浓如酒。"绍兴中，彦章知徽州，仍令席间声之。坐客有挟怨者，亟以纳桧相指为新制，以讥会之。会之怒，讽言者迁之于永。

王绹字子霞。其家尝有神降，自称西华宝懿夫人，年二十馀，绝代之容也。其形或隐或现。有二诗以遗子霞，今录于左："灵台本清明，花木相葳蕤。宫深藏白日，金堂吐华辉。弹棋玉局寒，斗草珠露晞。阆苑多美人，形飞心不移。醉眼凭春风，惟有蝴蝶知。如何忽相失，负我云际期。而今两鬓脚，迤逦秋妇丝。紫清秘消息，行云住无时。世间若寂寞，空此随盛衰。"又云："洞境春色长，人间夜寒早。西真不藕天外花，东君自戮云边草。玉女焊尊香满枝，碧玉养根红落稀。青玉楼台二十里，二十里花尽桃李。凌风人去鹤不还，万年依旧瑶池水。阑干有曲通太无，宝井霞牵金辘轳。风回紫伞绣衣卷，流金影转烟鸾孤。可怜世事杳难尽，至道虽元眉睫近。埃尘点染空自悲，此时不来来何时。"字画尤佳，今尚藏子霞所，虽置在李太白诗中，谁复疑其非耶。

靖康丙午，何文缜橐作相，敌骑初退时，议欲率文武百僚拜乞乾龙节上寿，文缜命吏部郎中方允迪元若为三表，才上，即允所请，后二表不复用。文缜与允迪束称叹不已，且云："恨不果用，然当诵佳句于百僚之土也。"今列于后：

第二表云：立为天子，肇兴黄帝之英姿；请祝圣人，允执唐尧之谦柄。载陈悃愊，冀动渊衷。中谢。恭惟皇帝陛下，勇智生知，聪明性禀。东宫主器，盛德久乎于寰瀛；内禅膺图，大计果安于社稷。厉精为治，侧身修行，俭奉己而厚事亲，宽御众而亟承祖。维震凤之令旦，萃普率之欢呼。五百岁为春秋，宁俯稽于南楚；一千年而华实，盍远取于西池。何睿意之勿休，当缛仪而固拒。伏望昭一人之有庆，纳万寿之无疆。陋彼太宗，南向辞而必再；超乎孝武，中岳呼而止三。幸赐俞音，式符公愿。

第三表云：节纪千秋，归美洊形于刻牍；享加三夏，隆谦再却乎举觞。效罄舆情，颇干宸听。皇帝陛下兆于变化，生而神灵。举建已诞弥之辰，应流虹长发之端。尽仁皇之忠厚，指乾元于向辰；有神祖之聪明，数同天于过信。正心诚意，勤邦俭家。地辟天开而除妖灾，雷厉风行而成功治。龙楼问寝，欣西宫鸣跸之还；虎符发兵，致北鄙控弦之远。式全丕构，允谓中兴。岂有首临兰殿之期，而当力拒华封之祝？伏望皇帝陛下，制行不以已，敛福用锡民。登五咸三，伟示慈之高宴；桑田东海，协称寿之欢谣。罔违就日之怀，克受后天之算。

陈桥驿，在京师陈桥、封丘二门之间，唐为上元驿，朱全忠纵火欲害李克用之所,艺祖启运立极之地也。始艺祖推戴之初,陈桥守门者距而不纳,遂如封丘门,抱关吏望风启钥。逮即帝位,斩封丘而官陈桥者,以旌其忠于所事焉。后来以陈桥驿为班荆馆,为夷使迎饯之所。至宣和五年,因曾诜建言,遂命羽流居之,锡号曰鸿烈观。俶扰之后,又不知如何耳。诜字徽言,鲁公之曾孙,慥之父也。

宋咸茂谈录云:“祖宗以来,殿试用三题,为以先纳卷子、无杂犯者为魁。开宝八年廷考,王嗣宗与陈识齐纳赋卷,艺祖命二人角力以争之,而嗣宗胜焉,嗣宗遂居第一名,而以识为第二人。其后嗣宗帅长安,种放自从官归终南山旧隐。一日,嗣宗往访之,放命诸侄罗拜,而嗣宗倨受之,放以为非而诮焉。嗣宗怒云:“舍人教牧牛儿时,嗣宗已状元及第矣。”放曰:“吾岂与‘角力儿’较曲直耶?”遂至忿争。事既上闻,诏放徙居洛川以避之。已上宋录中云,盖亦略见之《三朝史》矣。而司马温公《涑水纪闻》乃云:“嗣宗与赵昌言角力而胜。”昌言乃太平兴国四年胡旦榜第二人,嗣宗廷试所争乃陈识,温公所纪偶误焉。嗣宗是岁以《桥梁渡长江》为赋题,盖当年下江南一时胜捷故耳。

蔡襄在昭陵朝,与欧阳文忠公齐名一时。英宗即位,韩魏公当国,首荐二公,同登政府。先是,君谟守泉南日,晋江令章拱之在任不法,君谟按以赃罪,坐废终身。拱之,望之表民同胞也。至是,既讼冤于朝,又撰造君谟《乞不立厚陵为皇子疏》刊板印售于相蓝。中人市得之,遂干乙览,英宗大怒,君谟几陷不测。魏公力为营救。事见司马温公《斋记》及欧公《奏事录》,记之甚详。君谟终不自安,乞补外,出官杭州。已而忧去,遂终。故魏公与君谟帖云:“尚抑柄用,此当轴者之愧也。”

亲笔今藏吕子和平叔处。

先祖旧字子野，未登第少年日，携欧文忠公书贽见王文恪于宛丘。一见甚青顾，云："某与公俱六一先生门下士，他日齐名不在我下。'子野'前已有之，当以我之字为遗。"先祖遂更字曰乐道。今世多指为一人。先祖位虽不及文恪，而名誉籍甚于熙、丰、符、祐之时。文恪长子仲弓实韩持国婿，持国夫人实祖母亲姑，由是情益以稔熟。仲弓之弟即幼安，始名宁，后以有犯法抵死者，故易名襄，而仍旧字。靖康初，以知枢密院为南道总管，辟先人为属，偕行。有《督勤王师檄文》，荐绅多能诵之。

秦桧初擢第，王仲嶷以其子妻之。仲嶷后避靖康讳，改名仲山。仲山朴鲁庸人也，禹玉子。而郑达夫，禹玉婿，达夫之室，盖桧妻之亲姑也。达夫当阙，处以密州教授。翟公巽为守，前席之；代还，荐于朝，得学官。继而夤缘郑氏，中宏词科。吴开力荐其才学，除郎。靖康中，张邦昌使金，辟置为属以行。邦昌使还，拜相，属吕舜徒好问荐引入台，浸迁中司。金酋粘罕妄有易置君位，监察御史马伸首倡大义，上书粘罕言甚不然，桧偶为台长，列名为冠。酋怒，拘桧与其妻王氏于北方。桧既陷金，无以自存，托迹于金之左戚悟室之门。悟室素主和议者也。凡经四载，乃授以旨意，得其要领，约以待时而举，密纵之，使挈其妻航海南归，抵涟水军。敌始至淮上，既退，郡人推土豪丁超者领郡事。敌再至，遂杀超。敌退，众复推超子禩领军事，年方十八九矣。禩假舟至楚州，令典客王安道偕行，几为郡守杨揆所斩，赖揆之馆宾管当可捄之得免。时韩蕲王世忠驻军高邮，会之不敢取道于彼，复自楚泛洋至会稽，入三江门。思陵方自温明乘槎入越，暂以驻跸。富季申为中丞，露章乞逊其职于桧,上亦怀其前日之忠,即从季申之请。寻登政府,继拜右揆,引公巽为参政,季申为右府。富、翟二公后卒不合而纷竞。二公罢政,然悉存其职名,示以报德。桧乃建"北客归北,南人留南"之策,盖欲与悟室相应。大咈人情,遂从策免。故制云:"自诡得权而举事,尝耸动于四方;逮兹居位以陈谋,首建明于二策。罔烛厥理,殊乖素期。"褫职告云:"耸动四方之听,朕志为移;建明二策之谋,尔材可见。"投闲屡岁,吕颐浩、赵鼎、张浚前后为相,皆主战者也。适郦琼以庐州叛,而德远以弗绩责。粘罕诛死。刘豫废斥,悟室大用事。思陵兴念疆场生灵,久罹锋镝,亦厌佳兵。桧起帅浙东,入对之际,揣摩天意,适中机会,申讲和之谋,遂为己任焉。大契渊衷,继命再相,以成其事。凡敌中按籍所取北客,悉以遣行,尽取兵权,杀岳飞父子,其议乃定。逮太母回銮,卧鼓灭烽逾二十年,此桧之功不可掩者也。故洪光弼于稠人广众中,昌言室撼托其寄声之语,切中其病,乃遭远窜。及夫求表勋之后,挟金之势,权倾海内,不知有上。钤制中外,胁持荐绅,开告讦之门,兴罗织之狱,士大夫重足而立。使其无死,奈何!后来,完颜亮举国南寇,豕突两淮,极其蹂践。适有天幸,颜亮自毙,不然,殆哉!由桧之军政弛备所以致此,桧之罪不可逃者也。纪之于帙,可不戒哉!其后挽达夫之子亿年视仪执政。开以滔天之罪,流于南州,既放逐,便卜居于章贡。以其婿曾慥作郡守,王安道为江淮守帅,以禩为观察使,邦昌家属悉得还浙中,皆酬私恩也。

玉照新志卷第五

秦桧既杀岳氏父子,其子若孙皆徙重湖闽岭,日赈钱米以活其命。绍兴间,有知名士知漳州者,建言:"叛逆之后不应存留,乞绝其所急,使尽残年。"秦得其牍,令札付岳氏知而已。士大夫为官爵所钓,用心至是,可谓"狗彘不食其馀"矣。不欲显言其姓名,以为荐绅之玷。

明清前志纪孙仲益童子之年对东坡先生之句,始得之仲益之从子长文,云其家世居毗陵之洛社,盖仲益之先人教村童于市中,东坡元祐四年自禁林出牧杭州时也。案仲益以辛酉生,是年八岁矣。近观周益公仲益之集序云,得之于葛常之立方所著《韵语阳秋》,且辨之云:"东坡自南海归时,仲益已年二十一矣,当是元丰乙丑自汴过常州时。"东坡自黄州内徙,未始至洛社,而海南归,终于毗陵。由是而知葛、周二说皆非,当以长文之言为正也。

东坡先生南迁北归,次毗陵时,久旱得雨,有里人袁点思与有一绝云:"青盖美人回凤带,绣衣男子返云车。上天一笑浑无事,从此人间乐有馀。"书以呈东坡。坡大喜,为之重写,且以手柬褒之。至今袁氏刻石藏于家。点字思与,后登第,仕至朝请大夫,以名字典郡云。

仲弥性并,淮上知名士也。登第之后,诸侯交辟,久之,得通判湖州。杨娟韵者,以色艺显名一时,弥性惑之,誓与偕老。韵以诞日尝作醮供,弥性为代作醮词云:"身若萍浮,尚乞怜于尘世；命如叶薄，敢祈祐于元穹。适届生初，用输诚曲。妾缘业如许，流落至今。桃李半残，何滋于苑囿；燕莺已懒，空锁于樊笼。只影自怜，寸心谁亮？香炉经卷，早修清净之缘；歌扇舞衫，尚挂平康之籍。伏愿来吉祥于天上，脱禁锢于人间。改往修来，收因结果。辟纑织屦，早谐夫夫妇妇之仪；堕珥遗簪，永脱暮暮朝朝之苦。人之所愿，天不可诬。"仲杨故事虽甚亲切，然黩穹甚矣，寻即俱去。适王承可铁为郡守，与之启云："方将歌别驾之功，闻已泛扁舟而去。"已而兴大狱，弥性坐废二十馀年，逮秦桧殂，始获昭雪。继而入丞光禄，出守蕲春，以疾终于淮东仪幕。

嘉祐末，有人携一巨鱼入京师，而能人言，号曰"海哥"，炫耀于市井间。豪右左戚争先快睹，亦尝召至禁中。由是缠头赏赉，所获盈积。常自声一辞云："海哥风措。被渔人下网打住。将在帝城中，每日教言语。甚时节、放我归去？龙王传语，这里思量你，千回万度。螃蟹最恓惶，鲇鱼尤忧虑。"李氏园作场，跃入池中，不复可获。是岁，黄河大决，水入都门，坏民室宇数百家。已而昭陵升遐。

熙宁辛亥壬子闻武侯李，忘其名，以供奉官为衡州管界巡检。一日，捕盗入九疑山，深历岩洞，人迹罕到，忽瞻绝岭，路穷不可上。徘徊民舍，遥见岭中间有青烟一点，了然可辨。指以示村民，云："居常见之，但不知为何人所燎，樵夫牧子皆不能到也。"李侯识其处，归以告同姓李君彦高者。李君业文，志未就，尝以养生不死为意，每闻有方士异人，必访之，与游处者皆此类，恨未有得也。闻侯言，颇喜。即裹粮，假侯所与同行从者一人，往诣之。至其所，则独寻路望青烟处，攀缘藤而上，崄危备历。忽得平地，有草堂三数间。叩门而入，见一老人燕

坐其中。忽睹李君,惊相谓曰:"何为至此? 此非人迹可到
也。"李揖前,叙以久慕仙道,闻所闻而来。老人笑揖,与之坐。
李问老人姓名。曰:"吾唐末人,因离乱避世,隐历名山,来此
亦三五十春秋矣。姓邢氏,名字不必问,吾亦不欲闻于世。"
李意其为邢和璞,问之。则曰:"非也。"因问李曰:"吾避世久,
不接人事,闻今国号宋,不知天子姓氏,传代几叶,年号谓何?"
又指面前二小池,仍有竹筒作刻漏状,曰:"从来甲子日辰,吾
尽知之今日乃何日。所不知者国姓、年号耳。"李因尽告以熙
宁天子姓号,传序年月。仙老颔之而已。李又问:"仙翁居此
既久,曾略下山乎?"曰:"从来此,凡三因取水到半山下,他时
未尝出也。"因叩以仙经道术要诀。则曰:"此当修养自到,难
以口耳传授。"但以修心治性,凡为人伦、慈爱、忠孝事告之。
李不得问,粮尽乃归。又数日,即为五日粮裹之而去,复至其
所。其人笑喜问劳,李遂留五日。复叩之,则告以吐纳炼养之
事。每坐语倦,则援瑟鼓之,其声韵非世间之音。李绝不能辨
其曲操,但觉草堂中逶巡如惊雷怒涛之声,既罢,而馀韵不绝
也。左右凡四窗,皆长。几上文史如世间书,李窃视之,皆墨
字天篆古文,间以朱字,如刊正校雠者,李皆不能晓。五日粮
尽,又归。归数日,又携五日粮以往,仙翁复笑延之如故,渐无
间矣。李复叩之,遂以内丹真诀语之。李所说如此,恐其别有
得,亦不传也。因谓李曰:"吾以天上校对天书,自有程课,不
须复来,恐妨吾事,吾亦不久徙居他处矣。"李问以窗间道书。
云:"此皆仙房所著天上书,凡系仙籍,皆与分校勘。此吾所
校,已则归之,别给他书也。"因赠李十二诗,临行又书一绝,皆
天篆古文,李初莫能识。其后竟不复往,莫知所之也。李得诗
凡与同志或吾徒中善隶篆者讨寻十八年,方尽识十三篇,遂以

传世。李今在衡、汾、湘间，颇有所得，但人无知者耳。罗君言如此。罗善篆，亲授于李君天篆本摹之，许他时见赠，因默记十三篇，手录示予，云："此湘潭罗仲卫所记"云。诗列于后。其题云《诗赠晚学李君》。

虚皇天诏下仙家，不久星横借客槎。壁上风云三尺剑，林前龙虎一炉砂。行乘海屿千年鹤，坐折壶中四季花。为爱《阴符》问玄义，更随骊海入烟霞。

久掩山斋看古经，但矜猿鹤事高情。炉中且喜丹砂死，岩下近闻朱草生。堪鄙尘寰驰妄理，莫教流俗听希声。清溪有路无人识，独弄沧浪一濯缨。

诘曲川原几里深，偶寻岩壑在前林。长怀万古典坟乐，果称几年泉石心。将著道经延白日，偷收岩药化黄金。山中欲访逍遥客，为报白云深处寻。

人稀境静绝尘埃，野客寻源或到来。怪石结成真洞府，乱山堆就假楼台。久穷至理难期老，独放真机学未该。得共山翁话虚寂，不妨岩下且徘徊。

翠微堆里隐云烟，石拥藤萝小洞天。常篆丹符驱木魅，每呼山鬼汲溪泉。养成玉座千年石，炼过河车九转铅。记得潜虚真伴侣，出门争赠买山钱。

秋景澄清物象希，山家沉寂俗难齐。常听岭瀑连云泻，时有林猿隔岫啼。月黑笈明灵武动，夜寒囊破蹇驴嘶。收身已脱人间世，赢得烟萝在处题。

丹雄初伏柜方灵，万里蓬壶第一程。神室不封添夜火，金砂新浴炼真形。稚川箧里藏丹诀，《鸿宝》方中检药名。既得仙人小龙虎，便寻根本到长生。

旋滴岩头石里泉，研硃将点《洞灵篇》。只看壁外数

千卷,胜走人间三百年。何事役心求妙友,便须穷理到真
仙。竹关松径逍遥境,雅使山翁恣意眠。

眼前龙虎实纷纭,说破丹砂世莫闻。故脱衣冠寻旧
隐,便将猿鹤入深云。闲编野录前朝事,静校仙经古篆
文。满腹分明惟自识,尘寰谁认紫阳君?

无言隐几闭松扃,万古襟怀独自灵。笔研特铺三卷
篆,弹冠尝动一簪星。青童去撷南山术,野客来寻北帝
经。天道不须窥牖见,满门山岳自青青。

山家何物是知音,也胜人间枉用心。学就万年龟喘
息,习成千岁鹤呻吟。冲和久养通灵兽,关节常调不死
禽。独对翠微谁更问,鼎分三足伴光阴。

世事功名不足论,好乘年少入真门。浑如一梦庄仙
蝶,况是千年柱史孙。须向《黄庭》分内外,不交《周易》秘
乾坤。他年陵谷还迁变,家住蓬瀛我尚存。外一绝云:

日转蓬窗影渐移,罗浮旧隐别多时。瀛州伴侣无消
息,风撼岩前紫桂枝。

靖康元年,金人初犯京师,种师道为宣抚使,李伯纪以右
丞为亲征行营使。伯纪命大将姚平仲谋劫贼寨,数日前,行路
皆知之,敌先为备。初出师,以为功在顷刻,令属官方允迪为
露布。忽报失利,上震惊,于是免伯纪,师道亦罢,复建和议。
汪彦章《靖康诏旨》云"方会之文",非也。今列于后:

臣闻天生五材,自古无去兵之理;武有七德,圣王以
保大为先。盖中国之抚四夷,犹上穹之统群物,必春生而
秋杀,当仁育而义正。故黄帝神灵,爰亲征于涿鹿。高宗
嘉靖,尚远克于鬼方。夏禹舞干而格有苗,周宣饬车而伐
猃狁。著在前籍,蔚为显庸。矧当真人之勃兴,端慎昌时

之全盛。蠢尔羯寇，干于天诛。猛将如云，愤四郊之多垒；元甲耀日，赫一怒以安民。爰铺张于洪休，以明示于德意。恭惟皇帝陛下，勇由天锡，圣本生知。挺表正万邦之资，擅冠带百蛮之势。《春秋》书王者大一统，会兹御极之年；夷狄闻中国有至仁，盍效充庭之贡。顾肃慎之末裔，为女真之小邦。宜修献楛之恭，自甘张革之陋。乃连叛将，共纵野心。始盗燕云之七州，旋陷浚邢之两郡。敢逾天险，径窥日畿。负上皇不资之异恩，恣其悖侮；意天朝久安而驰备，可以凭陵。骤驱羊群，辄攻雉堞。注飞矢以如雨，仅此射天；倚长梯而侵云，难于超海。尽矣豺狼之技，屹然金汤之雄。少却阵以暂休，假请和而骄索，求五府巨储之金帛，割三镇难捐之土疆。且质宰臣，仍要亲弟。惟兼忧外夷之生命，深轸渊衷，而曲从近弼之远猷，勉徇溪欲。其金贼谓我怯懦，愈怀贪婪。敛重赂而弗厌，散轻兵而益骋。蹈籍我郡县，惊扰我辅邑，虏掠我人民，敓攘我牛马。发冢取货，增盛怒于田单；髡发为兵，渺长思于管仲。神夺其魄，肆眈荒淫，罪通于天，决取殄灭。特游魂于死地，似绝命于归途。可破之形，有识共见。臣恪遵睿训，大整军容。近越三旬之间，式备六师之众。威名有素，敢期草木之能知；号令所加，庶几旗帜之改色。数出精锐，分据要冲。拥旄之宿将鼎来，勤王之勇士雾集。正月某日，某官种师道统若干人来；某日，某官姚平仲统若干人来；某官种师中统若干人来，诸处将兵，排日以列于此，以夸大之。各怀义概，愿净妖氛。奋不顾身，古之名将弗过；前无横阵，誓难与贼俱生。驰逐习而进止闲，约束明而申令熟。御得其道而咸作使，虑善以动而惟厥时。

以战,谁能御之;有礼,其可用也。筹运玉帐,无亡矢遗镞
之劳;气吞沙场,断匹马奇轮之返。二月一日,计议已
定,部分最严。是夜子时,遣范琼领二千骑,衔枚而西,斫
营以入,致群贼之自扰,引大兵而夹攻、杀气干霄,呼声动
地。臣于是时,躬帅禁旅,嗣承德音,出荣德门至班荆馆,
既亲行阵而督战,亦度缓急以济师。蚩廉效灵,鼓疾风而
向敌,回禄助顺,扇烈火以燎原。天道甚眇。人心争奋。
埽窟穴之盘结,变灰烬于须臾。臣又分兵以解范琼之围,
遣骑以助平仲之进。疾如破竹,顺若建瓴。日逐温禺,已
示染锷衅鼓之状。章于行说,将罹系颈答背之刑。观获
丑之继来,信犁庭之可待。其金贼道穷矢尽,粮绝人饥,
走未□于白驼,斗犹同于困兽。三日卯时,出师而载战,
围贼垒者数重。士怒益张,马逸不止。竞执讯而折馘,纷
蹀血而履肠。其日午时,某人先遣卫兵三百,易皇弟康王
从行之人,出金贼不意,挟康王上马,由某门以归。众智
同符,神谋间发。全棠棣之爱,副鹡鸰之求。子仪见虏之
诚,斯焉可拟;平原归赵之计,彼若亡奇。其日申时,某人
手刃金贼太子,某人擒获叛将药师。剿厥渠魁,垂街张不
漏之网;生致反虏,下吏责未酬之恩。凶徒溃而冰消,馀
众惊而鸟散,亟加追蹑,宁俾遁逃。宝货具存,荀息讵惭
于马齿;武威方用,苌弘未议于虎皮。遂收十全之功,何
谢八先之略。臣载惟上帝以徼晋佑宋,睿主以昌唐应天。
日表龙姿,凤膺神与之异;风声鹤唳,助成师至之威。岂
容小丑之迷昏,未知初政之精厉,临事而惧,虽有在庭之
合谋;惟断乃成,尽出当阳之独运。果因多算,遂奏肤功,
挽天河以洗甲兵,裂属国而夷坑谷。受命清庙,方定谋以

出征;饬喜端门,俄大献而奏凯。火通甘泉而启文帝,骑至渭水而激太宗。故知王业之难,允发天颜之喜。折随何而置酒,效岂专于用儒;贺小白而举觞,请无忘于在莒。臣猥参迩列,愧乏长才。圣谟洋洋,上禀新书之妙;虎臣矫矫,旁资群策之良。不敢贪天以为功,正欲与众而偕乐。臣无任瞻天望圣、踊跃庆快之至,谨差某官,奉露布以闻。

建炎己酉春,康志升允之帅浙西,辟先人入幕府。时高宗皇帝六飞南幸,先人揣知金敌之乱未已也,辞之。临行,移书志升,乞备西境,言极激切。是冬,敌骑果至,取道之境,悉如先人之言。今载于后:

　　某闻及其时而弗思,思之而不及,此天下事所以大坏而不可救药也。先事而图者,非利害有以见于外,英明有以主于内,则丝纷满前,一是一非,何以适从。此贼子辄献瞽言,冀于信察也。自以蒙名公殊遇有日矣,宾筵初启,首蒙辟置,恩德重大,非特一己知之,士大夫传以耸动也。昨辞去属邑,不以为忤,未忍默默以负于门下也。切惟朝廷以钱塘重镇、东南要冲控扼之地付于左右,拊绥制、置重任、兼而有之。明公虔奉睿意,令以威驾,风驰电驶,惩恶护善,百废俱起。千里之间,歌颂载涂,杭民图像以事,晨炷香如供佛、事父母。明公既保令名而与俱矣,则图惟厥终,所谓公之安危即国家之安危,其可忽哉! 某仕于此,为日滋久,览观山川,考验图史,辄有以为耳目之助,而非苟然也。杭州在唐,繁雄不及姑苏、会稽三郡,因钱氏建国始盛。请以其西境言之:北有常润,下连大江,浙西观察使治所在京口,盖相距数百里形势也。其东沧

溟,虽海山际天,风涛豪壮,然海门中流至浅狭,不可浮大
舟,匪夷狄能窥。其南则浙江以限吴越。惟州西境无大
山长川,虚怯可虞。钱镠本临安人,始因宣歙群盗,米直
曹师雄作乱,自乡里起兵,保有临安,人始因余姚,至败黄
巢于八百里,威名益振,遂分建八都于两境,精兵各千人,
互相策应。新城县圣安都,杜稜守之;富阳县静江都,闻
人宇守之;临安县石镜都,董昌守之;余杭县龙泉都,凌大
举守之;盐官县海昌都,则徐友及;北关镇则刘孟容;临平
镇则曹信;浙江镇则阮结。又置都知兵马寨于龙泉、临安
以为援。建八都堂于府第,日与宾幕聚议。至建霸府也,
累世皆大兴佛寺于西湖,匪特祈福为观美而已,实据诸峰
之险为候望也。结婚宣歙节度使田頵,犄角以备江南李
氏。盖钱镠本临安人,又立功起于西境,故知此形势为
尽,惟能保其西境。由今观之,今昔虽异,利害一同。自
余杭龙泉无五十里,地名霍山,平路如砥,可径抵城下。
龙泉拒安吉、广德甚迩。今日议者,惟于苏润二州,置帅
宿兵,不知西境乃先务也。某愚戆过计,万一敌骑过江,
金陵不可攻,豕突直抵安吉、广德,以摇钱塘,则数百里响
动,是邦危矣。伏望台慈,察一方之利害,从邦人之至愿,
考八都旧迹,别行措置,闻诸朝廷,使金陵、宣、歙与我相
为表里,出兵据险守要,事无不济。余杭、临安两邑土豪,
比诸县最为骁锐,择其守令,例假一官以鼓舞之,使扼其
要路,逾于金汤之固矣。某少游蒲中,观唐睢阳画像,私
切叹曰:"此眉宇英威凛然,真足以定睢阳矣,况其胸中
哉!"今明公文武忠孝,屏翰王室,保斯人以更生,又朝奏
夕下,与圣旨相唯诺,何惜建此于朝,而始终钱塘之人也。

张唯阳守一城，捍天下以蔽遮江淮，沮遏贼势。今皇舆新渡浙江，明公能自此郊大振军声，连络江东，挫贼锋，使胡马不敢南牧。较事机轻重，张唯阳何足道哉！有《守御图》一本，随以为献。犯分妄言，无以辞诛。或稍因闲暇，呼之使前，更毕其初说，又幸矣。

曾吉父早岁入馆，然平生不曾关升，以故后来虽为监司、郡守，犹带权发遣也。□□如州资□□□人纵有罢□□□荐剡自若□□也。吉父为广西漕，尝举其属吏姓黄者，改官赴部。告行，忽启吉父云："有一事久拟奉白，先生早往下关升，于门生实有利害耳。"曾氏父子每与客言，以资一笑。徐敦立守滁阳，有郡博士葛镇者，欲上书于朝，大诋王荆公，有云："乞将王安石之亲党尽行窜谪，使天下后世以为邪说之劝。"以副本呈似敦立，敦立笑云："度之斥谪不足道，然公却有利害。"镇询其说，敦立笑云："度乃王氏婿，倘从公言，折了一纸举状矣。"镇怃然而退。二事特相类，并记之云。

《诗话》云："昭陵时，近臣赋诗，一联云：'秦帝宫成陈胜起，闵皇殿就禄山来。'或有谮于九重者，上览其首句云'朱衣吏引上高台'，即不复视，天语以为器量如此，何足观耶？谤焰遂炽。"呜呼！昭陵岂不见全篇？倘尽以过目，则不可以回互矣。此尧舜之用心，宜乎享国长久。

鸡 肋 编

[宋]庄绰　撰

李保民　校点

校 点 说 明

《鸡肋编》作者庄绰,字季裕,清源(今属山西)人,一说福建惠安人,生卒年月已不可考。据本书和宋人有关记载推测,庄绰大约生活在南渡前后。他曾官于襄阳、顺昌、澧州、鄂州、南雄州等地,有机会广泛地接触到各地不同阶层的人士,了解当地的社会状况、风俗民情、山川物产以及种种异闻琐事。

《鸡肋编》三卷,共收三百余条笔记。诸如名物考辨、诗文评说、本草方书、岁时习俗、工艺制作、时局朝政、旧闻逸事等均有论述,涉及的范围相当广泛。不少条目内容翔实,不作泛泛空论,反映出作者谨严笃实的治学态度。又因为书中所载大都得之于亲身见闻或可靠的文献稽考,故其可信程度远非拉杂采撷前人典籍而成的笔记可比,为宋史研究很有参考价值的史料。与此同时,书中也还存在一些不足之处,主要反映在记妖异神怪、凶杀报应方面,终不免入怪异荒诞之道,无积极的意义可言。

《鸡肋编》流传较早的有元人影刻宋钞本。清咸丰年间,胡珽以清人影元钞本对照文澜阁本,详加校勘,用力甚勤,后以活字板印入《琳琅秘室丛书》。民国初年,上海商务印书馆又印行了夏敬观据邵懿辰钞文澜阁本校《琳琅丛书》本,是为"涵芬楼本"。现以《琳琅秘室丛书》本为底本,用影元钞本和涵芬楼本进行参校,博采众家之长。为避免繁琐,遇有脱讹衍误处径行改正,不出校记。

目　录

鸡肋编卷上

昔曹孟德既平汉中,欲因讨蜀而不得进,守之又难为功,操出教唯曰"鸡肋"而已,外莫能晓。杨修独曰:"夫鸡肋食之则无所得,弃之则殊可惜。公归计决矣。"阿瞒之绩无见于策,而其空言竟著于后,是岂非鸡肋之腊邪?然方其撅芦菔、凫茈而饿于墙壁之间,幸而得之,虽不及于兔肩,视牛骨为愈矣。予之此书殆类于是,故以"鸡肋"名之。绍兴三年二月九日,清源庄季裕云。

欧阳文忠有《赠介甫》诗云:"翰林风月三千首,吏部文章二百年。老去自怜心尚在,后来谁与子争先?"王答云:"它日若能窥孟子,终身何敢望韩公。"余少时闻人谓吏部乃隐侯,非文公也;翰林诗无三千,亦非太白。后见《沈约传》,虽尝为吏部郎,及称谢朓云:"二百年来无此诗。"谓由建安至宋元嘉二百三十余年,举其全数耳。自嘉祐上至唐元和,余二百五十年,去元嘉则远矣,则吏部盖指韩也。郑谷有《题太白集》诗云:"何事文星与酒星?一时分付李先生。高吟大醉三千首,留著人间伴月明。"永叔所引,但用沈二百年之语,加于退之,以对翰林三千首耳。诗年之数,安在如书马数马乎?

筋履之谜载于前史,《鲍照集》中亦有之。如一土、弓长、白水、非衣、卯金刀、千里草之类,其原出于反正止戈,而后人因作字谜。王介甫作字谜云:"兄弟四人两人大,一人立地三人坐。家中更有一两口，任是凶年也得过。"又作谜云："常随措大官人，满腹文章儒雅。有时一面红妆，爱向风前月下。"至于酒席之间，亦专以文字为戏。常为令云：有商人姓任名饪，贩金与锦。至关，关吏告之曰："任饪任人，金锦禁急。"又云："亲兄弟日曰昌，堂兄弟目木相，亲兄弟火火炎，堂兄弟金令钤。"又云："撅地去土，添水成池。"皆无有能酬者。有为字中一点谜云："寒则重重叠叠，热则四散分流。兄弟四人下县，三人入州。在村里只在村里，在市头只在市头。"又为叠字下两点谜云："兄弟二人，同姓同名。若要识我，先识家兄。不识家兄，知我为谁？"又妇字谜云："左七右七，横山倒出。"瓶字谜云："将军身是五行精，日日燕山望石城。待得功成身又退，空将心腹为苍生。"

京师卖生果，凡李子必摘其蒂，不敢触其实，必留上衣令勃勃然，人方以新而为好，至食者须雪去之。元祐中，有李阆待制字子光，朝中戏以为谜云："卖者不识买者识。"盖以"识"为"拭"也。

元丰中，有以当时士人姓名为对者，如崔度崔公度，王韶王子韶。又有江鼏，人亦戏云："江鼏隔江，问巫马期骑马无？"未有对者。元祐中，有石万石授石州离石县令，人讶其远宦，云"要令后世无对"。元丰中，又有"马子山骑山子马"之句。偶有姓钱人任衡水知县，人遂以"钱衡水盗水衡钱"。其人闻之大怒，欲辨其事。对者谢曰："君虽实无，且欲与山子马为偶耳。"

大观中，有曹孝忠本医工也，得幸于时，遂任子为文资，擢置馆阁。其子因与父相诟，既至馆中，气尚未平，独坐屏处。时秋阳方烈，为日所射，久不迁坐。有同僚怪之，问何故负暄，乃大怒云："家私闲事，关公甚底？"问者初尚未悟，久乃知之，莫不传笑。既而易为他官。又宗室仲锐，知大宗正司，以待漏院为大小字，如此者甚众。其长仲忽以闻，亦罢。此与前世浇手、弄獐、聚怃、伏猎，无以异矣。又有杨通者，任提举学事官，上殿札子云："人臣而持主斧，僭紊名器。"遂行禁止，刊于续降敕中，亦可笑者。

杜子美《石犀行》云："自免洪涛恣雕瘵。"与济逝为韵。《种莴苣》云："信宿罢潇洒。"与耳始同押。《后出塞》云："恐是霍票姚。"作平声。《八仙歌》押两船字，《狄明府》两济字。洒字有三音，而瘵但切侧界。去病为票姚校尉，服虔注《汉书》："音飘摇。"颜师古云："票音平妙反。姚音羊召反。票姚，劲疾之貌也。"荀悦《汉纪》作票鹞字。去病后为票骑将军，尚取票姚之字耳。今读者音飘摇，则不当其义也。诗人拘于声律，取其意而略其义也，如济济清济，音虽同而义异。故两船字或者遂谓不上船为蜀人以衣襟为船。余尝至舟中问土人，则不然。后见范传正《太白新墓志》云：玄宗泛白莲池，召公作序，时公已被酒于翰苑中，命高力士扶以登舟。杜之所歌，盖此事尔。

黄鲁直《送张谟河东漕使》诗云："紫参可撷宜包贡，青铁无多莫铸钱。"时范忠宣帅太原，方论冶多铸广，故物重为弊。其子子夷亦能诗，尝云："当易'无'字作'虽'乃可。"又一篇云："虎头墨妙能频寄，马乳蒲萄不待求。"议者又谓："维摩画像一本足矣，何用多为？"盖贬驳他人易于为工也。孟子斥高子云固，而不取武城之策，况余者乎？

退之《昭王庙》诗，今集中皆作"丘原满目"，余亲到宜城祠，见刻为"丘坟"。韩公井在焉，今之道稍远，人无汲者。小城甄氏之居，犹相见也。又《题西林寺故萧二郎中旧堂》云：

"中郎有女能传业,伯道无儿可保家。偶到匡山曾住处,几行衰泪落烟霞。"唐赵璘《因话录》载此诗以"保"为"主"。下二句云:"今日匡山过旧隐,空将衰泪对烟霞。"

"健儿"之语,见于《晋史》段灼、《梁史》陈伯之传,至唐尤多。余少时过荆南白碑驿,见丰碑刻唐官衔,有"招募健儿使"。其碑石莹白,驿因得名。或云后制大晟乐,取石为磬,未知信否。

李杜、苏李之名尤著于世者,以历代所称,兼于文行故也。余尝以一绝记其闻者:"大义终全显汉廷,李固、杜乔。名标八俊接英声。李膺、杜密。文章万古犹光焰,李白、杜甫。疑是天私李杜名。""居前曾是少陵师,苏武、李陵。资历文章亦等夷。苏味道、李峤。思若涌泉名海内,苏颋、李乂。从来苏李擅当时。"

处州龙泉县多佳树,地名豫章,以木而著也。山中尤多古枫木,其根破之,文若花锦。人多取为几案盘器。又杂以他木,陷作禽鸟花草,色像如画,他处所未见。又出青瓷器,谓之"秘色",钱氏所贡盖取于此。宣和中,禁庭制样须索,益加工巧。

元祐中,余始见士大夫有间用蜡裹咫尺之木,以书传言,谓之"柬版",既便报答,又免谬误。其后事欲无迹者,废纸而用版,浸为金漆之类,其制甚众。加以缄绳,有盛以囊者,至崇宁时家有数枚。自非远书公礼,几无用笺楮。然利害所系,有濡纸而摹印字画以为左验者。俗之薄恶,亦可见矣!

凤翔府园有枯木,下有石刻云"昭宗手拓槐",盖为中尉韩全海等劫幸李茂贞军,朱全忠以兵围城,尝徘徊其下也。华州子城西北有齐云楼基,昭宗驻跸韩建军,尝登其上,赋《菩萨蛮》词,云"安得有英雄,迎归大内中"者是也。其石堤谷在城西南十余里,杀十一王处。今有堂作释氏十王像焉。

陈州城外有厄台寺,乃夫子绝粮之地。今其中有一字王佛,云是孔子像。旧榜是文宣王,因风雨洗剥,但存"一宣王",而释子附会为"一字王"也。其侍者冠服,犹是颜渊之状。如杜甫之作杜十姨,天下如是者,盖不可胜数。

澧州有卒李文和者,本僧徒,犯罪坐黥,能诊太素脉,知人吉凶,虽心性隐微,皆可推测。尝诊司法孙评云:"据脉当作僧道,然细审之却有名无实。幼时须曾出家,不尔亦见于小字也。"问之果尔,以多病尝舍于释氏,小名行者。余颇讶其别有他术,云法中脉出寸口者当为僧道。今所出不多,又或见或隐,故以有名无实断之。后得其书,以十二经配十二辰,如五行家分宫之法,身命运限,亦各有术。逐日随支,轮脉直事,故目下灾福,纤悉皆可见。其书序云:"本唐隐者董威辈以授张太素,太素始行其术,故以为名。"后于京师四方多见诊太素脉得名,而未有如李文和者。

杜子美诗云:"饭抄云子白,瓜嚼水晶寒。"李义山《河阳》诗亦云:"梓泽东来七十里,长沟复堑埋云子。"世莫识"云子"为何物。白彦惇云:其姑婿高士新为吉州兵官,任满还都,暑月见其榻上数囊,更为枕抱。视之皆碎石,匀大如乌头,洁白若玉。云出吉州,土人呼"云子石"。而周焘子演云:"云子,雹也。"见唐小说,而不记其书名。义山谓埋于沟堑,则非雹明矣。疑少陵比饭者,是此石也。

杨何,字汉臣,莆田人也。登进士第,为南阳士掾,狂率喜功。刘汲作帅,就辟幕府。金人破邓,全家皆死于兵。始在乡校以薄德取怨于众,人嘲之曰:"牝驴牡马生骡子,道士师姑养秀才。"盖谓父本黄冠,母尝为尼也。

襄阳尹氏，在唐世以孝弟四经旌表，今门阀犹存。介甫诗云："四叶表闾唐尹氏，一门逃世汉庞公。"而史不书。余摄尉襄阳，尝得尹孝子母墓志于卧佛僧舍，以为柱础，未暇取而罢。然史之去取，幸不幸者多矣。

食物中有馓子，又名环饼，或曰即古之寒具也。京师凡卖熟食者，必为诡异标表语言，然后所售益广。尝有货环饼者，不言何物，但长叹曰："亏便亏我也！"谓价廉不称耳。绍圣中，昭慈被废居瑶华宫，而其人每至宫前，必置担太息大言，遂为开封府捕而究之。无他，犹断杖一百罪。自是改曰："待我放下歇则个。"人莫不笑之，而买者增多。东坡在儋耳，邻居有老妪业此，请诗于公甚勤。戏云："纤手握来玉色匀，碧油煎出嫩黄深。夜来春睡知轻重，压匾佳人缠臂金。"

米芾元章，或云其母本产媪，出入禁中，以劳补其子为殿侍，后登进士第。善书，尤工临模。人有古帖，假去率多为其模易真本。至于纸素破污，皆能为之，卒莫辨也。有好洁之癖，任太常博士，奉祠太庙，乃洗去祭服藻火，而坐是被黜，然亦半出不情。其知涟水军日，先公为漕使，每传观公楮未尝涤手。余昆弟访之，方授刺则已须盥矣，以是知其为伪也。宗室华源郡王仲御家多声妓，尝欲验之。大会宾客，独设一榻待之。使数卒鲜衣袒臂，奉其酒馔，姬侍环于他客，杯盘狼藉，久之亦自迁坐于众宾之间。乃知洁疾非天性也。然人物标致可爱，故一时名士俱与之游。其作文亦狂怪，尝作诗云："饭白云留子，茶甘露有兄。"人不省露兄故实，叩之，乃曰："只是甘露哥哥耳。"大观中，至礼部员外郎知淮阳军卒。

礼文亡阙无若近时，而婚丧尤为乖舛。如亲王纳夫人，亦用拜先灵、合髻等俗礼。李广结发与凶奴战，谓始胜冠年少时也。故杜甫《新婚别》云:"结发为君妇。"而后世初婚嫁者,以男女之发合梳为髻,谓之结发,甚可笑也。其不经不可以概举。南方之俗,尤异于中原故习。如近日车驾在越,尝有一执政家娶妇,本吴人也,用其乡法,以灰和蛤粉,用红纸作数百包,令妇自登舆,手不辍掷于道中,名曰"护姑粉"。妇既至门,以酒馔迎祭,使巫祝焚楮钱禳祝,以驱逐女氏家亲。妇下舆,使女之亲男女抱以登床。尊章会客,三爵之后,其子出拜,坐人设席子妇傍,饮三杯乃行合髻等诸礼,颇多异事。如民家女子不用大盖,放人纵观。处子则坐于榻上,再适者坐于榻前。其观者若称叹美好,虽男子怜抚之,亦喜之而不以为非也。丧家率用乐,衢州开化县为昭慈太后举哀亦然。今适邻郡,人皆以为当然,不复禁之。如士旅力稍厚者,棺率朱漆。又信时日,卜葬尝远,且惜殡攒之费,多停柩其家,亦不设涂甓,至顿置百物于棺上,如几案焉。过卒哭则不祭,唯旦望节序,薄具酒殽祭之,亦不哭,是可怪也。

河朔、山东养蚕之利,逾于稼穑,而村人寒月盗伐桑枝以为柴薪,为害甚大。每有败获,估赃不多,薄刑不足以戒,欲禁系以苦之,则惮于囚众。单州成武令聂忞,兖州人,起于白屋,知民间利病,有获此偷,即依法决遣。而据所征赃钱,随多寡,必分十限付于其家。远都保伍,苦于逃逸,系累之急,甚于官司。如限三日,即已拘縻一月矣。又量其情之重轻,每限出头,加以棰楚。虽欲一日并纳赃罚,里正谕意,亦不听输。于是一邑桑柘,春阴蔽野,人大受赐。人有相仇害者,于树干中去皮尺许,令周匝,谓之"系裹肚",虽大木亦枯死。有一夕伤数百株者,此多大姓侵刻细民,故以此报之也。

兰、蕙叶皆如菖蒲而稍长大,经冬不凋,生山间林箐中。

花再重皆三叶，外大内小，色微青有紫文。其内重一叶色白无文，覆卷向下，通若飞蝉之状。以春秋二时开，茎短，每枝一花者为兰；茎长，一枝数花者为蕙。《本草》载兰草、马兰、泽兰、山兰四种。兰草叶似泽兰，尖长有枝，花红白色而香，生下湿地。泽兰生下地水傍，叶似兰草，赤节，四叶相值歧节间。马兰生泽傍，气臭，花似菊而紫。山兰生山侧，似刘寄奴，叶无桠不对生，花心微黄赤。又有木兰，乃大树。皆非骚人所歌咏者。又云零陵香，一名蕙草。既唯生零陵山谷，而茎叶都不与蕙相类。岂二物不入药用而遗之乎？后至衢州开化县，山间多春兰，而医僧允济谓兰根即白薇也。按白薇一名白幕，又名薇草。《本草》乃云生平原川谷，陶隐居谓近道处处有之。又与兰小异，然药肆皆收货为白薇，未知是否？夷齐采食，岂谓是邪？味虽苦咸大寒而无毒也。

　　蕨有青、紫二种，生山间，以紫者为胜。春时嫩芽如小儿拳，人以为蔬，味小苦性寒。生山阴者可煅金石，叶大则与贯众、狗脊相类。取置田中，或烧灰用之，皆能肥田。又有狼衣草，小者亦相似，但枝叶瘦硬，人取以覆墙，又杂泥中，以砌阶甃，涩而难坏。蕨根如枸杞，皮下亦有白粉。暴干捣碎，以水淘澄，取粉蒸食如饧，俗名乌糯，亦名蕨衣。每二十斤可代米六升。绍兴二年，浙东艰食，取蕨根为粮者几遍山谷。而《本草》亦不载也。

　　世谓西北水善而风毒，故人多伤于贼风，水虽冷饮无患。东南则反是，纵细民在道路，亦必饮煎水，卧则以首外向。檐下篱壁皆不泥隙，四时未尝有烈风。又春多暴雨淋淫，秋则常苦旱暵，如东坡诗云："春雨如暗尘，春风吹倒人。"皆不施于浙江也。

越州在鉴湖之中，绕以秦望等山，而鱼薪艰得。故谚云："有山无木，有水无鱼，有人无义。"里俗颇以为讳。言及无鱼，则怒而欲争矣。又井深者不过丈尺，浅者可以手汲。霖雨时平地发之则泉出，然旱不旬日，则井已涸矣。皆谓泉乃横流故尔。盖灭裂不肯深浚，致源不广也。又谚云："地无三尺土，人无十日恩。"此语通二浙皆云。

浙西谚曰："苏杭两浙，春寒秋热。对面厮啜，背地厮说。"言其反覆如此。又云："雨下便寒晴便热，不论春夏与秋冬。"言其无常也。此言亦通东西为然。九州以扬名地，本其水波轻扬为目。汉三王策亦有五湖轻心之戒。大抵人性类其土风，西北多山，故其人重厚朴鲁；荆扬多水，其人亦明慧文巧。而患在轻浅，盱鬲可见于眉睫间。不为风俗所移者，唯贤哲为能耳。

孙真人《千金方》，有治虱症方，以故梳箆二物烧灰服，云南人及山野人多有此。犹未以为信。尝泊舟严州城下，有茶肆妇人少艾，鲜衣靓妆，银钗簪花。其门户金漆雅洁，乃取寝衣铺几上，捕虱投口中，几不辍手。旁与人笑语不为羞，而视者亦不怪之。乃知方之所云为不妄也。又在剑川见僧舍，凡故衣皆煮于釜中，虽裈袴亦然，虱皆浮于水上。此与生食者少间矣。其治蚤则置衣茶药焙中，火煸令出，则以熨斗烙杀之。

事魔食菜，法禁甚严，有犯者家人虽不知情，亦流于远方，以财产半给告人，余皆没官。而近时事者益众，云自福建流至温州，遂及二浙。睦州方腊之乱，其徒处处相煽而起。闻其法：断荤酒，不事神佛祖先，不会宾客。死则裸葬，方殓，尽饰衣冠。其徒使二人坐于尸傍，其一问曰："来时有冠否？"则答曰："无。"遂去其冠。逐一去之，以至于尽。乃曰："来时何有?"曰:"有胞衣。"则以布囊盛尸焉。云事之后致富。小人无识,不知绝酒肉燕祭厚葬,自能积财也。又始投其党,有甚贫者,众率财以助,积微以至于小康矣。凡出入经过,虽不识党人皆馆谷焉。人物用之无间,谓为一家,故有无碍被之说,以是诱惑其众。其魁谓之魔王,为之佐者,谓之魔翁、魔母,各诱化人。旦望人出四十九钱于魔翁处烧香,翁母则聚所得缗钱,以时纳于魔王,岁获不赀云。亦诵《金刚经》,取"以色见我为邪道",故不事神佛,但拜日月,以为真佛。其说经如"是法平等无有高下",则以"无"字连上句,大抵多如此解释。俗误以魔为麻,谓其魁为麻黄,或云易魔王之称也。其初授法,设誓甚重,然以张角为祖,虽死于汤镬,终不敢言角字。传云何执中守官台州,州获事魔之人,勘鞫久不能得。或云处州龙泉人,其乡邑多有事者,必能察其虚实,乃委之穷究。如以杂物数件问之,能识其名则非是,而置一羊角其中,他皆名之,至角则不言,遂决其狱。如不事祖先裸葬之类,固已害风俗;而又谓人生为苦,若杀之是救其苦也,谓之度人。度多者则可以成佛。故结集既众,乘乱而起,甘嗜杀人,最为大患。尤憎恶释氏,盖以戒杀与之为戾耳。但禁令太严,每有告者,株连既广,又当籍没,全家流放,与死为等。必协力同心,以拒官吏。州县惮之,率不敢按,反致增多。余谓薄其刑典,除去籍财之令,但治其魁首,则可以弭也。

余既书此未一岁,而衢州开化县余五婆者,为人所告,逃于严州遂安县之白马洞缪罗家。捕之则阻险为拒,杀害官吏。至遣官军平荡,两州被患,延及平民甚众,殊可伤悯。

南方多枭而西北绝少,龙泉人亦捕食,云可以治劳疾。汉重五日，以枭羹赐群臣，可验其无毒，然医方不云有治病之功也。

天下方俗各有所讳，亦有谓而然。渭州潘原讳"赖"。云始太祖微时，往凤翔谒节度使王彦才，得钱数千，遂过原州，卧于田间，而树阴覆之不移，至今犹存，谓之"龙潜木"。至潘原与市人博，大胜，邑人欺其客也，殴而夺之。及即位无几，欲迁废此县，故以赖为耻，然未知以欺为赖，其义何见。常州讳"打爷贼"。云有子为伍伯而父犯刑，恐他人挞之楚而自施杖焉。虽有爱心，于礼教则疏矣。楚州讳"乌龟头"。云郡城像龟形，尝被攻，而术者教以击其首而破也。泗州多水患，故讳"靠山子"。真州多回禄，故讳"火柴头"。涟水地褊多荒，人以食芦根为讳。苏州人喜盗，讳言"贼"。世云范文正乃平江人，警夜者避不敢言贼，乃曰"看参政乡人"，是可笑也。而京师僧讳和尚，称曰"大师"。尼讳"师姑"，呼为"女和尚"。南方举子至都讳"蹄子"，谓其为爪，与獠同音也。而秀州又讳"佛种"，以昔有回头和尚以奸败，良家女多为所染故尔。卫卒讳"乾"，医家讳"颠狂"，皆阳盛而然。疑乾者谓健也。俗谓神气不足为九百，或以乾为九数，又以成呼之，亦重阳之义耳。蜀人讳"云"，以其近风也。刘宽以客骂奴为畜产，恐其被辱而自杀。浙人虽父子朋友，以畜生为戏语，而对子孙呼父祖名，为伤毁之极。在龙泉，见村人有刻石而名蛮名娇之类，可耻贱者，问之，云欲人难犯，又可怪也。

天长县炒米为粉，和以为团，有大数升者，以胭脂染成花草之状，谓之"炒团"。而反以"炒团"为讳，想必有说，特未知耳。

唐《方技传》云，长社人张憬藏技与袁天纲埒，载其相蒋俨等八九事甚异。而《刘义节传》云,其子思礼相人于张憬藏,憬藏谓思礼位至太师。后授箕州刺史,益喜,以太师位尊,非佐命不可得。乃结綦连耀谋反,斩于市。然则其术不无中否,但采其中者称之耳。

世之以五行星历论命者多矣。今录贵而凶终者数人,方其盛时,未有能言其未至之灾也。以此知阴阳家不足深泥,唯正己守道为可恃耳。张邦昌,元丰四年辛酉七月十六日亥时;王黼,元丰二年己未十一月初二日卯时;燕瑛,熙宁十年丁巳五月二十六日寅时;聂山,元丰元年戊午八月初十日卯时;赵野,元丰七年甲子正月十九日丑时;朱勔,熙宁八年乙卯十月二十六日申时;王寀,元丰元年戊午正月初六日子时;蔡攸,熙宁十年丁巳三月三十日寅时;邓绍密,熙宁六年癸丑九月二十三日戌时。又有同年十一月而日时如岁者。童贯,皇祐六年三月初五日卯时。

《汉史》云燕地,初太子丹宾养勇士,不爱后宫美女,民化以为俗,至今犹然。宾客相过以妇侍宿,嫁娶之夕男女无别,反以为荣。后颇稍止,然终未改。方南北通好,每燕席亦用娼妓。闻半皆良家,以色选差,如中国之庸役更代,不以为耻也。后复燕山,诸将尝大会,各指名以召诸娼,莫有至者。怪而问之,云待之轻薄故不来。盖以众客共要一妓,始为厚也。凡娼皆用子为名,若香子、花子之类。无寒暑必系绵裙。其良家士族女子皆髡首,许嫁方留发。冬月以括蒌涂面,谓之佛妆。但加傅而不洗,至春暖方涤去,久不为风日所侵,故洁白如玉也。其异于南方如此。

唐李道广,字太丘,相武后。元纮,字天纲,相玄宗。皆陵之后。韩愈亦颓当之裔也。见《宰相世系表》。

《春秋》:"郑伯突入于栎。"注云:"郑别都,今河南阳翟县。"陆德明音翟,徒历反。《广韵》乃音宅,魏翟璜、汉翟公,皆同音。至方进则又音狄,未知各何所据也。

扁鹊姓,《前汉书》注:颜师古:"音步典反"。《千姓编》乃音辩,云《庄子》有扁庆子。陆德明音篇,又符殄切。

长孙顺德丧息女,感疾甚,唐太宗薄之,谓房玄龄曰:"顺德无刚气,以儿女牵爱至大病,何足恤!"太宗儿女三十五人,晋阳公主薨,年十二,帝阅三旬不常膳,日数十哀,因以癯羸。太子承乾废,欲立晋王,未决,至投床取佩刀自向。既立晋王,又谓长孙无忌曰:"公劝我立雉奴,雉奴仁懦,得无为宗社忧,奈何?"岂不以儿女牵爱乎?若引佩刀欲坚群臣之心,谓之权术可也,而日数十哀,当忘"无刚气"之语矣。

太宗尝玩禁中树曰:"此嘉木也。"宇文士及从旁美叹,帝正色曰:"魏微常劝我远佞人,不识佞人为谁,今乃信然。"玄宗在殿廷玩一嘉树,姜皎盛赞之,帝遽令徙植其家。二主之相去,以是可知矣。王义方买第后数日,爱庭中树,复召主人曰:"此嘉树得无欠偿乎?"又予之钱。此又足见廉士之心也。

李琼,言者谓其"湛棋废务",罢发运使,笑曰:"遂与'多酒慢公'为对矣。"盖谚语之著者。而"多酒"之言,亦见《北史》。

宣和壬寅岁,自京师至关西,槐树皆无花。老农云:"当应来年之旱与二麦不登。"已而信然。谚云:"槐宜来岁麦,枣熟当年禾。"

彭城学中有古碑,夜辄有声如击磬。刘愿恭叔秦州人,行为徐州教官,云尝闻之。原州真宁县要册湫庙中,崇宁间众碑津润如流,独一碑否,是岁多疫。宣和中复如此。

陕西沿边地苦寒,种麦周岁始熟,以故黏齿不可食。如熙州斤面，则以掬灰和之，方能捍切。羊肉亦膻臊。惟原州二物皆美，面以纸囊送四旁为佳遗。

二浙造酒皆用石灰，云无之则不清。尝在平江常熟县，见官务有烧灰柴，麻漕司破钱收买，每醅一石，用石灰九两。以朴木先烧石灰令赤，并木灰皆冷投醅中。私务用尤多，或用桑柴云。朴木，叶类青杨也。李百药为杜伏威欲杀，饮以石灰酒，因大利濒死，既而宿病皆愈。今南人饮之无恙，岂服久反得愈病之功乎？

郑州去京师两程，当川陕驿路，有纪事诗十余韵。其切当者："南北更无三座寺，东西只有一条街。四时八节无筵席，半夜三更有界牌。"延州亦有诗云："沙堆套里三条路，石灰烟中两座城。"又云："土洞里头行十日，山棚上面住三年。"谓中倚高山，自过蒲中，行土谷中十程始到也。宁州亦云："鸡足斜分三道水，蛇腰慢转一条街。"盖州依山而立，通衢宛转而上也。三水会于城下，故驿名三河。谓九陵、三桥、马岭，皆合流于泾。九陵河在东南，出庆州华池县千子山，川中九堆如陵，故名；三桥河在城西北，自襄乐界来，不知其源；马岭河在城西，自庆州乐蟠县界天固府下流至县。《水经注》云：洛水，一名马岭川。俗谓宁州有三不可：斩、蹴踘、晒豆。言地峻不可住也。河南亦有诗云："宪州浑如枉死市，苛岚仿佛似阳间。"邠州有十拗，谓雪下炭贱，雨下水贵，出北门游西湖等。

建炎三年七月，余寓平江府长洲县彭华乡高景山北白马涧张氏舍。时山上设烽火，夕举以报平安。留月余，即过浙东。临行书一绝于壁间云："昔年随牒佐边侯，愁望长安向戍楼。今日衰颓来泽国，又看烽火照长洲。"是冬金人犯杭、越。明年春，由平江以归。白马涧去城十八里，张氏数宅百余区，尽被焚毁,独留余所居。于壁边题"耿先生到此不烧"七字。

谚云:"麦过人,不入口。"靖康元年,麦多高于人者,既熟,大雨,所损十八。

顺昌种谷道人云:"大风先倒无根树,伤寒偏死下虚人。"王恬智叟云:"犯色伤寒犹易治,伤寒犯色最难医。"王丹元素云:"治风先治脾,治痰先治气。"皆卫生之要也。

人家养鸡虽百数,独一擅场者乃鸣,余莫敢应。故谚谓"一鸡死后一鸡鸣"。尝在处州敛川,见佑圣僧舍养二雄鸡,每啼则更互竞发,饮啄栖游,亦不相斗。古云"两雄不并栖",此岂无所竞而然邪? 广南则群雄竞鸣,又不可解也。

小人之相亦多,其易验者,有一绝载云:"欲识为人贱,先须看四般。饭迟屙屎疾,睡易著衣难。"盖无不应者。

宁州要册湫庙殿壁山水,皆范宽所画。土地堂壁有包氏画虎,赵评事马,皆奇笔。庙东兴教院人物亦宽画,张芸叟谓:"面目大小锐,失王者之相。"盖人物非所工者。后殿有甘草一枝,长二丈余,其大如臂,亦异物也。

宁州龙兴寺有开元二十二年所写《华严经》,记唐忌辰。文德皇后六月二十一日,大圣天后十一月二十六日,高宗天皇大帝十二月初四日,而史有遗其崩日者。

河间老卒云:"蚕子最耐寒热,腊月八日或二十三日以新水浴过,至三月间,虽热而桑未可采,则以绵絮裹置深密处,则不生。欲令生,则出置风日中。每掭间用生地黄四两研汁洒桑叶饲之,则取丝多于其他。"

白乐天《地黄诗》云:"与君啖老马,可使照地光。"二者当俱可信也。汉水渔者取蚕肠以作钓丝,云虽挂千斤亦不断。长只数寸,盖皆未吐之丝耳。南人养蚕室中,以炽火逼之,欲其蚕老而省食，此其丝细弱，不逮于北方也。《本草》谓蚕妇不可食苦荬，令蚕烂坏。处州人言，此菜家家养蚕，不闻有损。方书有治蚕嗜药，亦未尝闻见被伤者。

汝阴尉李仲舒汉臣，山阳人，生平戒杀。云释教令置虱于绵絮筒中，久亦饥死。有人教使置青草叶上，经宿沾露，则化为青虫飞去。尝试之信然，皆背坼而化。

生姜苗铺荐席下去壁虱，椒叶能辟蚤，狗舌草花亦然。此草叶如狗舌，夏秋生细花，始白渐黄，无甚香臭。花茎长出叶上，根已枯而叶不枯，俗又名狗蚤花。刌细，以干姜滋味和之，作馄饨饼夹食之，已泄利。叶捣如泥，可煅硫黄。原人裴棐和之云，尝用之也。

本朝借绯紫服者，皆不佩鱼。绍圣中，有引白乐天罢忠州刺史还朝诗云："无奈娇痴三岁女，绕腰啼哭觅银鱼。"自是始并鱼皆借。然未赴、已替、在朝皆不服，出国门乃衣。而唐牛丛以司勋员外郎为睦州刺史，帝面赐金紫。谢曰："臣今衣刺史所假绯，即赐紫为越等。"乃赐银绯。岂唐制赴日许服于朝，罢日则否，与今为异乎？

余尝行役，元日至邓州顺阳县，家家闭户，无所得食。令仆叩门籴米，其家辄叫怒，谓惊其家亲，卒不得。赖蔓菁根有大数斤者，煮之甘软，遂以充肠。宁州腊月八日，人家竞作白粥，于上以柿栗之类，染以众色为花鸟象，更相送遗。浙人七夕，虽小家亦市鹅鸭食物，聚饮门首，谓之"吃巧"。不庆冬至，惟重岁节。澧州除夜，家家爆竹，每发声，即市人群儿环呼曰："大熟。"如是达旦。其送节物，必以大竹两竿随之。广南则呼"万岁"，尤可骇者。宁州城倚北山，遇上元节，于南山巅维一绳下达其麓，以瓦缶盛薪火，贯以环索，自上坠下，遥望如大奔星,土人呼为"彗星灯"。襄阳正月二十一日,谓之"穿天节",云交甫解佩之日,郡中移会汉水之滨,倾城自万山泛彩舟而下,妇女于滩中求小白石有孔可穿者,以色丝贯之悬插于首,以为得子之祥。湖北以五月望日谓之"大端午",泛舟竞渡。逐村之人各为一舟,各雇一人凶悍者,于船首执旗,身挂楮钱,或争驶驱击,有致死者,则此人甘斗杀之刑。故官司特加禁焉。成都自上元至四月十八日,游赏几无虚辰。使宅后圃名西园,春时纵人行乐。初开园日,酒坊两户各求优人之善者,较艺于府会。以骰子置于合子中撼之,视数多者得先,谓之"撼雷"。自旦至暮,唯杂戏一色。坐于阅武场,环庭皆府官宅看棚。棚外始作高橙,庶民男左女右,立于其上如山。每诨一笑,须筵中哄堂众庶皆嚎者,始以青红小旗各插于垫上为记。至晚较旗多者为胜。若上下不同笑者,不以为数也。浣花自城去僧寺忘其名。凡十八里,太守乘彩舟泛江而下,两岸皆民家绞络水阁,饰以锦绣。每彩舟到有歌舞者,则钩帘以观,赏以金帛。以大舰载公库酒,应游人之家,计口给酒,人支一升,至暮遵陆而归。有骑兵善于驰射,每守出城必奔骤于前。夹道作棚为五七层,人立其上以观,但见其首,谓之"人头山",亦分男左女右。至重九药市,于谯门外至玉局化五门,设肆以货百药,犀麝之类皆堆积,府尹、监司皆步行以阅。又于五门以下设大尊,容数十斛,买杯杓,凡名道人者皆恣饮,如是者五日云。亦间有异人奇诡之事。方太平盛时,公私富实,上下佚乐,不可一一载也。如澧州作五瘟社,旌旗仪物皆王者所用,唯赭伞不敢施,而以油冒焉。以轻木制大舟,长数十丈,舳舻樯柁,无一不备,饰以五采。郡人皆书其姓名年甲及所为佛事之类为状,以载于舟中,浮之江中,谓之"送瘟"。成都元夕,每夜用油五千斤,他可知其费矣。

　　建炎元年秋,余自穰下由许昌以趋宋城,几千里无复鸡犬,井皆积尸莫可饮。佛寺俱空,塑像尽破胸背以取心腹中物,殡无完柩,大逵已蔽于蓬蒿,菽粟梨枣,亦无人采刈。至咸平僧舍,有《金刚经》一藏,带帙皆为人取去,散弃墙壁间。乃太平兴国中所赐,字画纸饰,颇极精好。后见家人辈私携其三卷以来,常念欲转以授人。值欧阳延世庆长与二弟自海陵过常熟,相过偶话:泰州近有一士子少年,因游城隍庙,见塑妇人而关三木,旁有狱吏展案牍者,乃戏解其缧,于牍上书一"放"字。是夕遂梦至庙中,狱吏诘:"一妇人对词未竟,君辄纵去,当复为我摄之。"士子谰不谓行。吏前捉其臂,已觉酸楚,久之,又击其背,痛苦弗堪。乃告之曰:"吾能诵《金刚经》,幸见恕。"吏即引之见王,召令升殿诵之,但至第四分,曰:"不能默诵,但常读耳。"王命吏取经,顷刻已至,视之乃其家本也。读至第六,王乃起立,廷下之人无数,皆合掌默听。至卷终,王语吏云:"可放其去,失囚当自求之。"吏乃送士子出门,以衣袖拂其背,痛即顿除,而喜于得脱,忘使治捉臂之处。既觉,明日命僧讽诵经庙中,以为阴报,而臂上遂发大疽,破溃月余方愈。庆长兄弟亲所闻见,亦欲持诵此经,恨无善本,遂以与之。信幽冥之中不可以欺,真实之语,其利为博也。

　　《灵棋》卦三上、二中、一下,名曰"送货",亦曰"初吉"。繇文云:"客从南来,遗我良财,宝货珍玩,金碗玉杯。"晋颜幼明解曰:"以阴处中,应乎外阳。有朋远来,不亦宜乎? 南者阳位,故曰南来。宝货珍玩,贵人之资也。金碗玉杯,良宴之具也。"宋何承天亦以为"大吉之卦"。杨文公在翰苑卜得之,忽有金帛之赐。吴开任宗正少卿,亦得此卦,遂迁给事中,赐对衣金带鞍马。而《南史》载齐江谧，武帝出为东海太守，未发忧甚，以奕棋占卦，云"有客南来，金碗玉杯"。及诏赐死，果以金罂盛药鸩之。然则繇文如卦影之象，虽人各有其应，而吉凶特未定也。岂祸福天之所秘，终不容人推测乎？

寒食火禁，盛于河东，而陕右亦不举爨者三日。以冬至后一百四日，谓之"炊熟日"，饭面饼饵之类，皆为信宿之具。又以糜粉蒸为甜团，切破暴干，尤可以留久。以柳枝插枣糕置门楣，呼为"子推"，留之经岁，云可以治口疮。寒食日上冢亦不设香火，纸钱挂于茔树。其去乡里者，皆登山望祭，裂冥帛于空中，谓之"擘钱"。而京师四方因缘拜扫，遂设酒馔，携家春游。或寒食日阴雨，及有坟墓异地者，必择良辰相继而出。以太原本寒食一月，遂谓寒食为"一月节"。浙西人家就坟多作庵舍，种种备具，至有箫鼓乐器，亦储以待用者。

《后汉·礼仪志》："立春之日，夜漏未尽五刻，京师百官皆衣青衣。郡国县道下至计食令史，皆服青帻青幡，施土牛耕人于门外，以示兆民。"而今世遂有造春牛毛色之法，以岁干色为头，支色为身，纳音色为腹。立春日干色为角耳尾，支色为胫，纳音色为蹄。至于笼头缰索与策人衣服之类，亦皆以岁日为别。州县官更执鞭击之，以示劝农之意。而庶民遂碎其牛，又不知何理所在。小人莫不争夺，而河东之人乃谓土牛之肉宜蚕，兼辟瘟疫，得少许则悬于帐上，调水以饮小儿，故相竞有致损伤者。处处皆用平旦，而衢州开化县须俟交气时刻，有至立春日之夜。而土牛么麽，仅若狗大，其陋尤可笑也。《汉志》又载：季冬之月，立土牛六头于国都郡县城外丑地，以送大寒。今时无有行者。

《汉文帝赞》云："治霸陵，皆瓦器，不得以金银铜锡为饰，因其山,不起坟。"刘向以成帝营昌陵不成,复归延陵,制度泰奢,上疏谏曰:"孝文皇帝去坟薄葬,以俭安神,可以为则。"而《晋史》愍帝建兴三年六月,盗发汉霸、杜二陵及薄太后陵,太后面如生,得金玉彩帛不可胜纪。时以朝廷草创,服章多阙,敕收其余以实内府。而史不言何陵之物,遂使后世疑瓦器为不然。按,赤眉在长安发掘诸陵,取其宝货,遂污辱吕后尸。凡有玉匣殓者,率皆如生。宋太祖皇帝即位,自周文武而下,凡掩三十六陵,而汉文亦在其间,皆唐末五代之所发者。盖摸金之人,但见巍然大冢,安知其中为无有? 自非不封不树,则未有不发之墓也。世云张耆侍中、晏殊丞相墓皆被盗,张以所得甚厚,故不伤其尸,而晏以徒劳,遂破其头颅而去。此乃俭葬之害,是亦不幸,非常理可论也。今葬者必瘗志文,盖备其必发。不然,何用置于圹中乎?

江浙无兔,系笔多用羊毛,惟明、信州为佳,毛柔和而不牵曲。亦用鹿毛,但脆易秃。湖南二广又用鸡毛,尤为软弱。高丽用猩猩毛,反太坚劲也。其用鼠须,只一两茎置笔心中。如狸毛则见于《唐史》,疑亦太弱。南方春夏梅雨蒸湿,墨皆胶败滞笔而无光。徽州世出墨工,多佳墨,云以置灰中,则阴润不能坏也。

建中靖国初,韩忠彦、曾布同为宰相,曾短瘦而韩伟岸,每并立廷下,时谓"龟鹤宰相"。滕甫亦魁梧,而滕待之厚,游处未尝不与之俱,人呼为"内翰夹袋子"。秦观之子湛大鼻类胡人,而柔媚舌短,世目之为"娇波斯"。有扬州人黎珣,字东美,崇宁中作郎官监司,又有京师开书铺人陈询,字嘉言,皆以貌像呼为"鰕蟆"。而琼林苑西南一亭,地界近水,俗号"鰕蟆亭"。天清寺前多积潦,亦名"鰕蟆窝"。都中轻薄子戏咏鰕蟆诗曰："佳名标上苑,窝窟近天清。道士行为气,梢公打作更。嘉言呼舍弟,东美是家兄。莫向南方去,将君煮作羹。"

初虞世《必用方》载官片大腊茶与白矾二物,解百毒,以为奇绝。《本草》:茶茗荈槚皆一种,俱无治毒之功。后见剑川僧志坚云:"向游闽中,至建州坤口,见土人竞采盐麸木叶,蒸捣置模中,为大方片。问之,云作郊祀官中支赐茶也。更无茶与他木。"然后知此茶乃五倍子叶耳,以之治毒,固宜有效。五倍子生盐麸木叶下,故一名盐麸桃。衢州开化又名仙人胆。陈藏器云:"蜀人谓之酸桷,又名醋桷。吴人呼乌盐。"按《玉篇》:楉字皮秘切。云木名,出蜀中,八月中吐穗如盐,可食,味酸美。《本草》云出吴蜀山。余疑五倍子乃吴楉子声误而然耳。

疮发于足胫骨傍,肉冷难合,色紫而痒者,北人谓之"臁疮",南人呼为"骭疮",其实一也。然西北之人,千万之中患者乃无一二。妇人以下实血盛,尤罕斯疾。南方妇女亦多苦之,盖俗喜饮白酒,食鱼鲝,嗜盐味。而盐则散血走下,鱼乃发热作疮,酒则行药有毒。三物气味皆入于脾肾,而足骭之间二脉皆由之,故疮之发,必在其所。《素问》云:"鱼盐之地,海滨傍水,民食鱼而嗜咸鱼者,使人热中,盐者胜血,_{鱼发疮则热中之信,}_{盐发热则胜血之征。}其民皆黑色疏理,其病皆为痈疡。"_{血热而弱故有}_{此。}又《本草》:酒大热有毒,能行百药。服石人不可长以酒下,遂引药气入于四肢,滞血化为痈疽。今白酒曲中多用草乌头之药,皆有大毒,甚于诸石。释经谓甘刀刃之蜜,忘截舌之患。况又害不在于目前者乎? 谚谓"病从口入,祸从口出"。信矣!

杜子美有赠忆李白及寄姓名于他诗者,凡十有三篇。《昔游诗》云:"昔者与高、李,晚登单父台。"又有《登兖州城楼》诗,盖鲁、砀相邻。而太白亦有《鲁郡尧祠送别》长句，虽不著为谁而作，然二公皆尝至彼矣。世谓太白惟"饭颗山"一绝外，无与少陵之诗。史称《蜀道难》为杜而发。二公以文章齐名，相从之款，不应无酬唱赠送，恐或遗落耳。按工部行二，高适、严武诸公皆呼杜二。今白集中有《鲁郡东石门送杜二子》诗一篇，余谓题下特脱一"美"字耳。杜赠白诗云"秋来相顾尚飘蓬"，而李有"秋波落泗水"，"飞蓬各自远"云。以此考之，各无疑者。俗子遂谓翰林争名自绝，因辨是诗以释争名之谤。"醉别复几日，登临遍池台。"后言"何时石门路，重有金尊开。秋波落泗水，海色明徂徕。飞蓬各自远，且尽林中杯"。又有《送友人寻越中山水诗》云："闻道稽山去，偏宜谢客才。此中多逸兴，早晚向天台。"少陵《壮游》诗云："东下姑苏台，已具浮海航。剡溪蕴秀异，欲罢不能忘。归帆拂天姥，中岁贡旧乡。"李所谓友人者，疑亦杜子美也。

　　"大人"以大对小而言耳，而世惟子称父为然，若施之于他，则众骇笑之矣。今略举经史子传之所云，以证其失焉。《易·乾卦》："九五，飞龙在天，大人造也。"注：大人，谓贤人君子。《论语》："畏大人。"注：大人，即圣人。《孟子》："大人者，不失其赤子之心。"注：大人，谓国君。"惟大人为能格君心之非。"谓辅臣。"大人正己而物正。"谓大丈夫不为利害动移者。"养其小者为小人，养其大者为大人。"注：务口腹者为小人，治心志者为大人。如"大人弗为"，"大人者言不必信，行不必果"，义亦类此。唯汉高祖云："始大人以臣为亡赖。"霍去病云："不早自知为大人遗体。"崔钧云："大人少有英称。"晋陈骞云："大人大臣。"唐裴敬彝云："大人病痛苦辄然。"皆呼其父。而疏受叩头曰："从大人议。"则又名其叔。张博云："王遇大人益解。"范滂"惟大人割不忍之恩",盖谓其母。唐柳宗元谓刘禹锡之母,亦曰:"无辞以白其大人。"《苏章传》:"苏纯三辅号为大人。"注:大人,长老称,尊事之也。《岑彭传》:"韩歆,南阳大人。"注:谓大家豪右。《高骈传》:女巫王奉先谓毕师铎曰:"扬州灾,有大人死。"秦彦曰:"非高公邪?"《呼韩邪单于传》:"大人相难久之。"后汉北匈奴大人车利涿,唐盖苏文父为东部大人,则外国亦指尊长为大人也。梁元帝《金楼子》云:"荆间有人名我,此人向父称我,向子恒称名,此其异也。"又有名子为大人者,此人恒呼子为"大人",此尤异也。又且鞮侯单于谓:"汉天子,我丈人行。"注:丈人,尊老之称也。故《荆轲传》:高渐离"家丈人召使前击筑"。杜甫《赠韦济》诗云:"丈人试静听。"而柳宗元呼妻父杨詹事丈人,母独孤氏为丈母。故今时惟婿呼妇翁为然,亦不敢名尊老,以畏讥笑。至呼父为爹,谓母为妈,以兄为哥,举世皆然。问其义,则无说,而莫知以为愧。风俗移人,咻于众楚,岂特是而已哉!爹字虽见于《南史》梁始兴王憺云:"始兴王,人之爹,救人急,如水火,何时复来乳哺我。"荆土方言谓父为爹,乃音徒我切。又与世人所呼之音异也。

王逸少好鹅,曹孟德有梅林救渴之事,而俗子乃呼鹅为"右军",梅为"曹公"。前人已载尺牍有"汤渟右军一只,蜜浸曹公两瓶",以为笑矣。有张元裕云:邓雍尝有柬招渠曰:"今日偶有惠左军者,已令具面,幸遇此同享。"初不识左军为何物,既食乃鸭也。问其所名之出,在鹅之下,且淮右皆有此语。邓官至待制典荆州,洵武枢密之子。俗人以泰山有丈人观,遂谓妻母为"泰水",正可与"左军"为对也。

"北敌焉知鼎重轻,指踪原是汉公卿。襄阳只有庞居士,受禅碑中无姓名。"人云吕本中居仁诗也。而其父好问在围城中,预请立张邦昌之人,遂为伪楚门下侍郎。有无名子大书此绝于常山县驿,云吕本中骂厥顽之作云。

衢州府江山县,每春时昏翳如雾,土人谓之"黄沙落"。云有沙堕于田苗果菜之中,皆能伤败,沾桑叶尤损蚕,中人亦能生疾。是亦岚瘴之类也,惟雨乃能解之。

明州大梅山长老法英,少有道誉,兼通外学,后退居在东都净因院。尝有堂僧以十二时歌赘之。既去,即掷之于地曰:"是何乱道!"不谓其僧伫立户内,皆闻见之。已而僧自他适,久之,忽大理寺捕法英者付狱,而京师勘鞫初到,皆未示问目,但责其以何事到官,致有非所治而自状其过者,英对以不知所犯。于是押足缚之,仰卧牢上,以书卷令读,尽僧之法名凡数千名,问令供执与相识。阅之累日,乃记赘歌之人,遂以告狱吏。吏询游从因由,即具道素不交关,但尝一见而有轻笑其文之憾,恐挟此诬诋。其僧乃张怀素之党,云与英诘谋入蜀为乱。究之既无实迹,询其妄引之由,果见薄之恨也。其僧坐死,英得释放。伤人之言深于矛戟,信可为戒。一毁其文而遽以死逮之,为报之酷亦太甚矣!

浙中少皂荚,澡面浣衣皆用肥珠子。木亦高大,叶如槐而细,生角,长者不过三数寸。子圆黑肥大,肉亦厚,膏润于皂荚,故一名肥皂,人皆蒸熟暴干,乃收。京师取皂荚子仁煮过,以糖水浸食,谓之"水晶皂儿"。车驾在越,北人亦取肥珠子为之。食者多苦腰痛,当是其性寒故也。《本草》不载,竟不知为何木。或云以沐头则退发,而南方妇人竟岁才一沐,止用灰汁而已。

天自东而西为左转,一昼夜一周,日月自西而东为右行,月一月、日一岁乃周。天行速,故日月附天,东出而西没。古人譬之如蚁行磨上,磨左旋而蚁右动,磨急而蚁缓,故但见蚁随磨转也。释氏每言偏袒右肩、右跽、右绕。《华严经·净行品》云:"右绕于塔,当愿众生所行无逆,成一切智。"所谓顺者,如右臂之内向,日月之东行是也。而今僧徒行道与转轮经藏,皆自东南以至西北,乃左绕而逆行。李长者于《合论》中亦辨此失,但众习已久,莫能正之耳。

寅、午、戌月,世人多斋素,谓之"三长善月"。其事盖出于佛书,云大海之内凡有四洲,中国与四夷特南赡部一洲耳。天帝之宫有一镜,能尽见世间人之所作,随其善恶而祸福之。轮照四洲,每岁正、五、九月,正在南洲,故竞作善以要福。至唐高祖武德二年,遂诏天下,自今正月、五月、九月,不行死刑,禁屠杀。而今世仕宦之人,以此三月为恶月,不肯交印视事。或谓唐之节度使与刺史,凡有兵者,初至当犒设,而此三月禁屠故迁避,而他官亦循仿为之也。今又有"二瓦"之法,凡数家具六位者,以正月九月为"上瓦",五月为"下瓦"。瓦或云兀。瓦言其破,兀言其危,忌于临官。其八卦者,以巽为"上瓦",坤为"下瓦",皆以年起月,以月起日,又不知其术自何而有也。

高宗南幸,舟方在海中,每泊近岸,执政必登舟朝谒。行于沮洳,则蹑芒鞋。吕元直时为宰相,顾同列戏曰:"草履便将为赤舄。"既而傍舟水深,乃积稻杆以进,参政范觉民曰:"稻秸聊以当沙堤。"

高卫、黎确为吏部侍郎,孟庚为户部侍郎,髭发皆白,而趋朝立班常相随,时呼为"三清"。孟年未老而早白,给事中洪拟戏之曰:"公乃借补老君也。"盖是时文武官多借补者。高大忠在待漏舍,忽语黎、孟曰:"吾三人趋朝,当独早于他官。"二公问其故,曰:"三老五更,自有故事,尚何疑乎?"

赵普以佐命功封韩王。车驾在临安,赵子画、韩肖胄、王衣同为贰卿,时人目之为"赵韩王"。

周曼,衢州开化县孔家步人,绍兴二年,以特奏名补右迪功郎,授潭州善化县尉,待阙。有人以束与之,往寻周官人家。曼怒曰:"我是宣教,甚唤作官人? 看汝主人面,不欲送汝县中吃棒。"又尝夜至邑中灵山寺,以知事不出参,呼而捶之,曰:"我是国家命官,怎敢恁地无去就?"欲作状解官,群僧祷之,且令其仆取赂而已。曾乾曜有《丑奴儿》词十三首,皆咏外州风物。其一云:"蓦地厮看时。赤帕那,迪功郎儿。气岸昂昂因权县,厅子叫道,宣教请后,有无限威仪。 先自不相知。取奉著,划地胡挥。甚时得归京里去? 两省八座,横行正任,却会嫌卑。"令观周所为,则曾词摹写,已大奈富贵矣。

油通四方,可食与然者,惟胡麻为上,俗呼脂麻。言其性有八拗,谓雨旸时则薄收,大旱方大熟,开花向下,结子向上,炒焦压榨,才得生油,膏车则滑,钻针乃涩也。而河东食大麻油,气臭,与苴子皆堪作雨衣。陕西又食杏仁、红蓝花子、蔓菁子油,亦以作镫。祖斑以蔓菁子薰目,以致失明。今不闻为患。山东亦以苍耳子作油,此当治风有益。江湖少胡麻,多以桐油为镫,但烟浓污物,画像之类尤畏之。沾衣不可洗,以冬瓜涤之乃可去。色清而味甘,误食之,令人吐利。饮酒或茶,皆能荡涤,盖南方酒中多灰尔。尝有妇人误以膏发,黏结如椎,百治不能解,竟髡去之。又有旁毗子油,其根即乌药,村落人家以作膏火,其烟尤臭,故城市罕用。乌桕子油如脂,可灌烛,广南皆用,处、婺州亦有。颍州亦食鱼油,颇腥气。宣和中,京西大歉,人相食,炼脑为油以食,贩于四方,莫能辨也。

《本草》:麻蕡,一名麻勃,云此麻花上勃勃者。故世人谓尘为勃土。果木诸物,上浮生者皆曰衣勃。和面而以干者傅之,亦曰面勃。浙人以米粉和羹,乃谓之米楓,音佩,而从力者韵无两音。《大业杂记》载尚食直长谢讽造《淮南王食经》,有《四时饮》,凡三十七种,并加米楓。乃知此书如茶饮、茗饮、桂饮、酪饮皆然,未知与今同否也?

定州织刻丝,不用大机,以熟色丝经于木栌上,随所欲作花草禽兽状,以小梭织纬时,先留其处,方以杂色线缀于经纬之上,合以成文,若不相连。承空视之,如雕镂之象,故名"刻丝"。如妇人一衣,终岁可就。虽作百花,使不相类亦可,盖纬线非通梭所织也。单州成武县织薄缣,修广合于官度,而重才百铢,望之如雾著,故浣之亦不紕疏。鄢陵有一种绢,幅甚狭而光密,蚕出独早,旧尝端午充贡。泾州虽小儿皆能拈茸毛为线,织方胜花,一匹重只十四两者,宣和间,一匹铁钱至四百千。又出嵌输石、铁石之类,甚工巧,尺一对至五六千,番镊子每枚两贯。邠、宁州出绵绸。凤翔出鞍瓦,其天生曲材者,亦直数十缗。原州善造铁衔镫、水绳、隐花皮,作鞍之华好者,用七宝镂厕,饰以马价珠,多者费直数千缗。西夏兴州出良弓,中国购得,云每张数百千。时边将有以十数献童贯者。河间善造篦刀子,以水精美玉为靶,钑镂如丝发。陈起宗为詹度机宜,罢官至有数百副。衢州开化山僻,人极粗鲁,而制茶笼、铁锁亦佳。苏州以黄草心织布,色白而细,几若罗縠。越州尼皆善织,谓之"寺绫"者,乃北方"陷织"耳,名著天下。婺州红边贡罗,东阳花罗,皆不减东北,但丝缕中细,不可与无极、临棣等比也。

玄宗初立,姚崇为宰相,张说以素憾惧,潜诣岐王申款。

崇他日朝，众趋出，崇曳踵为疾状，帝召问之。对曰："臣损足。"曰："无甚痛乎?"曰："臣心有忧，痛不在足。"问以故，曰："岐王陛下爱弟，张说辅臣，而密乘车出入王家，恐为所误，故忧之。"于是出说相州。开元二十四年，帝在东都欲还长安，宰相裴耀卿等建言:农人场圃未毕，须冬可还。李林甫阳蹇独在后，帝问故，对曰："臣非疾也，愿奏事。二都本帝王东西宫，往来何所待时? 假令妨农，赦所过租赋可也。"帝大悦，即驾而西。后竟罢耀卿。李林甫居位十九年，卒荡覆天下。林甫之术，盖祖于崇也。以唐、虞、伊、周之美，而贼乱之人犹假以为恶，况资权谲者乎!

颍昌府城东北门内多蔬圃，俗呼"香菜门"。因更修，见其铁枢铸字，云"风和二年六月造"。纪元之名，不见载籍。门西道北有晁错庙，范忠宣再典许州有惠政，邦人为营房祠于庙傍，掘地得古井，不以甓甃，而陶瓦作圈，如蒸炊笼床之状，高尺许，皆以子口相承而上。世罕此制，亦莫知何时所创也。余后官五原，邻郡如镇戎、怀德，边寨皆流沙，不可凿井，教以此制，遂获其利。

陕西地既高寒，又土纹皆竖，官仓积谷，皆不以物藉，虽小麦最为难久，至二十年无一粒蛀者。民家只就田中作窖，开地如井口，深三四尺，下量蓄谷多寡，四周展之。土若金色，更无沙石，以火烧过，绞草绁钉于四壁，盛谷多至数千石，愈久亦佳。以土实其口，上仍种植，禾黍滋茂于旧，唯叩地有声，雪易消释，以此可知。夏人犯边，多为所发，而官兵至虏寨，亦用是求之也。江浙仓庾去地数尺，以板为底，稻连秆作把收，虽富家亦日治米为食，积久者不过两岁而转。地卑湿而梅雨郁蒸，虽穹梁屋间，犹若露珠点缀也。

杜预好后世名，刻石为二碑，纪其勋绩。一沉万山之下，一立岘山之上，曰："焉知此后不为陵谷乎？"余尝守官襄阳，求岘山之碑久已无见，而万山之下，汉水故道去邓城数十里，屡已迁徙，石沉土下，那有出期？二碑之设，亦徒劳耳！今州城在岘、万两山之间，刘景升墓在城中，盖非古所治也。岘山在东，上有羊叔子庙；万山在西，元凯祠在焉。去三顾门四里，山下乃王粲井。石阑有古篆刻，今移在州宅后圃。过山十余里即隆中，孔明故居之地，亦有祠。其前小山名作乐，相传躬耕歌《梁甫吟》于此。万山又名小岘，或曰西岘，故子美诗云："应同王粲宅，留井岘山前。"孟浩然葬凤林关外，后人迁其墓碑于谷隐寺中，遂失冢所在。习池在凤林寺山，北岸为汉江所啮，甚迩，数十年后当不复见矣。

卫瓘家人炊饭堕地尽化为螺，岁余及祸。石崇家稻米饭在地，经宿皆化为螺，人以为灭族之应。郑注败前，褚中药化为蝇数万飞去。裴楷家炊黍在甑，或变如拳，或作血，或作芜菁子，期年而卒。

《笔谈》载陕右以蟹辟疟鬼。余在安定，尝会客曹黄中庸，食虾驹不去壳，齿龈皆伤，遂掷去之。都监杨璋见琼枝皆拨去，曰："不喜食此脆骨。"游师雄景叔，长安人，范丞相得新沙鱼皮，煮熟劙以为羹，一缕可作一瓯。食既，范问游："味新觉胜乎常否？"答云："将谓是怀饦，已哈了。"盖西人食面几不嚼也，南人罕作面饵。有戏语云："孩儿先自睡不稳，更将捍面杖柱门。何如买个胡饼药杀著！"盖讥不北食也。建炎之后，江、浙、湖、湘、闽、广，西北流寓之人遍满。绍兴初，麦一斛至万二千钱，农获其利倍于种稻，而佃户输租只有秋课，而种麦之利独归客户。于是竞种春稼，极目不减淮北。

　　晋何曾日食万钱，犹曰无下箸处。其子劭亦有父风，一日之供，以钱二万为限。王恺乃逾于劭，一食万钱，犹曰无可下箸处。而唯曾著于世者，以李翰《蒙求》有“何曾食万”之语也。

　　先公元祐中为尚书郎，时黄鲁直在馆中，每月常以史院所得笔墨来易米。报谢积久，尺牍盈轴，目之为“乞米帖”。后领漕淮南。诸公皆南迁，率假舟兵以送其行。故东坡到惠州有书来谢云：“蒙假二卒，大济旅途风水之虞，感戴高谊，无以云喻。方走海上益远，言之怅焉永慨！”余池饬宝之。崇宁初，晁无咎尝跋其后曰：“明月之珠，夜光之璧，以暗投人，则莫不按剑而相眄，况嗜好吴越哉？季裕加于人数等矣！”又有昭陵于金花盘龙笺上飞白“清净”二字，其六点作鱼龙鸟兽之象，乃王著所献三百点中所无者。又十幅红罗上飞白二十字，本牛行王旦相家物，东坡书《白纻词》与四学士各写其诗词，凡二十轴，悬之照耀堂宇。为利诱势胁，于大观之后，幸能保守。靖康中，颍川遭金国之祸，化为烟尘。往来于心，迨今不能已已。珠玉可致而此不可再得，是可恨也！

　　汝阴颍上县与寿春六安为邻，夹淮为二镇，号东西正阳。其西属颍镇，城之中有砖浮屠，下葬西域僧佛陀波利。其石刻载其与僧伽俱来，终于正阳。云后若干年，僧伽缘尽，彼当代其扬化。今亦下临淮流，虽大涨不过塔基之陛。东坡守颍，有文祭之。祷雪即应，一方事之甚严。建炎元年，泗州浮门内火发，未及普照寺，而塔中已焰出，一爇皆尽。僧伽真像，僧徒仅能营救，别建殿以庇。方就而北兵已来，又皆烧毁，城中遂成丘墟。或云真像金人负之北去，疑释子讳为灰烟也。然劫烧之来，丽于形质，孰不归空？数缘既尽，虽云坚固，亦自当灭。岂佛陀之谶，其在是乎？

　　管中窥豹,世人唯知为王献之事,而其原乃魏武令中语也。《魏志》注:建安八年庚申,令曰:"议者或以军吏虽有功能,德行不足堪任郡国之选。故明君不官无功之臣,不赏不战之士。治平尚德行,有事赏功能。论者之言,一似管窥虎豹。"

鸡肋编卷中

靖康初,罢舒王王安石配享宣圣,复置春秋博士,又禁销金。时皇弟肃王使虏,为其拘留未归,种师道欲击虏,而议和既定,踪其去,遂不讲防御之备。太学轻薄子为之语曰:"不救肃王废舒王,不御大金禁销金,不议防秋治《春秋》。"其后,金人连年以深秋弓劲马肥入塞,薄暑乃归。远至湖、湘、二浙,兵戈扰攘,所在未尝有乐土也。自是越人至秋亦隐山间,逾春乃出。人又以《千字文》为戏曰:"彼则寒来暑往,我乃秋收冬藏。"时赵明诚妻李氏清照亦作诗以诋士大夫云:"南渡衣冠欠王导,北来消息少刘琨。"又云:"南游尚觉吴江冷,北狩应悲易水寒。"后世皆当为口实矣。

唐初,贼朱粲以人为粮,置捣磨寨,谓啖醉人如食糟豚。每览前史,为之伤叹。而自靖康丙午岁,金人乱华,六七年间,山东、京西、淮南等路,荆榛千里,斗米至数十千,且不可得。盗贼、官兵以至居民,更互相食,人肉之价,贱于犬豕,肥壮者一枚不过十五千,全躯暴以为腊。登州范温率忠义之人,绍兴癸丑岁泛海到钱唐,有持至行在犹食者。老瘦男子庾词谓之"饶把火",妇人少艾者名为"不羡羊",小儿呼为"和骨烂",又通目为"两脚羊"。唐止朱粲一军,今百倍于前世,杀戮焚溺饥饿疾疫陷堕,其死已众,又加之以相食。杜少陵谓"丧乱死多门",信矣!不意老眼亲见此时,呜呼痛哉!

吴辉子华中奉云,渠倅严州日,太守李裁者信州人,每夕焚《尊胜陀罗尼》以施鬼神。自言前知万州，有一妓忽持白纸至郡，视其神色大异平日。问其所诉，乃云："某乃境内之神，每荷公厚赐，欲以少事相报，愿使吏以授其言。"遂令书之，云："某月日郡界当有灾，比邻境为轻，冀无惊惧。"欲再询其名号，则妓已省，不自知其来也。至其日果大风雨，已而震雷大雹，伤害田稼，但循江而过，两岸所及不广。比郡至杀人畜，田之损者十多八九。又尝自钱唐将还家，泛舟已到桐庐。五鼓欲行，忽有人大呼寻李大府船。李惊起视之，乃一老人衣布道袍，云："睦州贼发，吾家所存者三人而已，不可往彼，宜速回也。"李欲登岸询其子细，则已不见。遂遽还会稽。乃方腊已至睦州，同行数十舟，往者皆遇害。李后守严，尽饰境内神祠。有一庙神像皆毁，惟三躯独存，而吴不记其名。严之城隍神乃敕封王爵，亦世所罕有。吴亦不忆其始因也。则尊胜之利于幽冥，盖不可不信矣。

　　建炎之后，以国用窘匮，凡故例群臣锡予，多从废省，惟从官初除，鞍马对衣之赐犹存，而省其半。绍兴二年，黎确由谏议大夫除吏部侍郎，见其赐目，后用御宝，而云"马半匹，公服半领，金带半条，汗衫半领，裤一只"，甚可笑也。然皆计直给钱，但当减半计数可矣。时有司之陋，大抵多类此。

　　两朝誓书，景德二年二月一日，奉圣旨令上石于天章阁。其词曰："维景德元年岁次甲辰，十二月庚辰朔，七日丙戌，大宋皇帝谨致誓书于大契丹皇帝阙下：共遵诚信，虔守欢盟，以风土之宜，助军旅之费，每岁以绢二十万匹，银一十万两。更不差使臣专往北朝，只令三司差人般送至雄州交割。沿边州军各守疆界，两地人户不得交侵。或有盗贼逋逃，彼此无令停匿。至于垄亩稼穑，南北勿纵绎骚。所有两朝城池，并可依旧存守。沟濠完葺，一切如常。即不得创筑城隍，开拔河道。誓书之外，各无所求。必务协同，庶存悠久。自此保安黎献，慎守封陲。质于天地神祇，告于宗庙社稷，子孙共守，传之无穷。有渝此盟，不克享国。昭昭天鉴，当共殛之！远具披陈，专俟报复不宣，谨白"。报书云："维统和二十二年岁次甲辰，十二月庚辰朔，十二日辛卯，大契丹皇帝谨致誓书于大宋皇帝阙下："共议戢兵，复论通好，兼承惠顾，特下誓书。云'以风土之宜，<small>其下文同前</small>，至当共殛之'。孤虽不才，敢遵此约。谨当告于天地，誓之子孙，苟渝此盟，明神是殛！专具谘述不宣，谨白"。自是两国百有余年坚守盟书，民获休息。而宣和中与大金结好，亦有"不克享国"之言。后先渝之，至以失信为责，改立伪楚，四海之人肝胆涂地。孔子以兵食为可去，可见矣。<small>昭陵时，吕夷简为相，缘西夏事，虏人遣刘六符来索故地，又增银绢各十万。富郑公报使，仅免败盟，不用献字而已。</small>

朝廷在江左，典籍散亡殆尽。省曹、台阁，皆令老吏记忆旧事，按以为法，谓之"省记条"。皆临时徇私自便。而敌骑自浙中渡江北归，官军败于建康江中，督将尚奏功，云其四太子几乎捉获，亦为之推赏。时谓以省记条推几乎赏。

范觉民为相，事皆委之都司，而郎中王寓、万格刻薄苛细，士夫多被其害。时为之语曰："逢寓多龃龉，遇格必阻隔。"后欲行讨论法，乃宥大奸而滥及众人，竟送吏部，而范亦缘此被逐。

绍兴中，以财用窘匮，武臣以军功入仕者甚众，俸给米麦，虽宗室亦减半支给。其后半复中损，至于再三，遂至正任观察使才请两石六斗。唯统兵官依旧全支。若刘、韩二开府，张浚太尉、王璨承宣等，乃为统兵官。如殿前马步三帅，皆不得预。

时步军都指挥使兰整云："昔为殿前班长行,请米四石八斗;今作步军太尉,乃反不如。"而又不得为统兵官,是尤可笑也。盖是时殿前诸军数才数百。见殿帅郭仲荀云,寨坐之外三十八人,每人卫宿有从者,只十五人也。

开府刘光世,延安人,其先以夏将归朝。及建炎之后,以功臣检校太傅、西镇节使开府,部曲皆西人。有斗将王德,勇悍而丑,军中目为王夜叉,最为有名。时文士济南王冶,字梦良,亦木强少和,言必厉声,性又刚果,后为大理治狱正,人亦呼之为王夜叉,以比阴狱牛头夜叉也。

昔契以佐禹有功封于商,而赐姓子氏。周封微子启于宋。后十一世孔父嘉之孙以王父字为孔氏,其子孔防叔避宋华督之难,奔鲁为大夫,因家于鲁。其曾孙是为先圣。而郑有孔张,出于子孔;卫有孔达,又有孔悝,出于姬姓,皆在子氏之先,非孔子之后也。孔子以周灵王二十一年己酉岁十月庚子日生,即鲁襄公之二十二年。敬王二十一年四月己丑日薨。哀公十六年也。母颜氏之第三女,名徵在。娶宋之并官氏。大中祥符元年,封父叔梁纥为齐国公,母鲁国太夫人,妻郓国夫人。汉平帝元始元年,追谥夫子褒成宣尼公。魏文帝太和十六年,改谥文宣尼父。后周宣帝大象二年,追封邹国公。唐太宗贞观十一年,尊为宣父。高宗乾封元年,赠太师。则天天授元年,封隆道公。明皇开元二十七年,谥文宣王。宋真宗祥符元年,加号玄圣文宣王,续改至圣。其嗣袭,魏封鲁国文信君,秦封鲁国文通君,汉高祖封奉嗣君,平帝改褒成侯,后汉明帝改褒亭侯,魏文帝改崇圣侯,晋武帝改奉圣亭侯,宋文帝崇圣侯,后魏文帝崇圣大夫,孝文帝复为侯,北齐文帝改恭圣侯,后周宣帝封邹国公,隋炀帝绍圣侯,唐太宗褒圣侯,明皇文宣公,宋仁宗改衍圣公,哲宗改奉圣,崇宁三年复封衍圣公,制云:"孔子之后,自汉元帝封其爵为褒成君,以奉其祀,至平帝改为褒成侯,始追谥孔子为褒成宣尼公。褒成,其国也;宣尼,其谥也;公侯,其爵也。后之子孙虽更改不一,而不失其义。至唐去国名而袭谥号,礼之失也。谓宜去汉之旧,革唐之失。稽古正名,于义为允。宜改封至圣文宣王四十六代孙宗愿为衍圣公。"庙中有孔子手植桧三株,两株双立御赞殿前,高六丈余,围一丈四尺。其一在杏坛东南,高五丈余,围一丈三尺。晋永嘉三年枯死,至隋义宁元年复生。唐乾封二年又枯,宋康定年中一枝复生。盖千五百余岁矣。庙中后汉碑三,魏碑三,齐碑一,隋碑二,唐碑十四。林中篆碑一,在伯鱼墓前,漫灭不可读。汉碑九。孔氏宅除诸住外,祖庙殿廷廊庑尚三百一十六间。其四十七代孙传作《东家杂记》,所载甚详,此其大略者也。

章谊宜叟侍郎有田在明州。绍兴二年出租预买绢三匹,三年增九匹,叹其赋重。从兄彦武在傍曰:"此作法自弊之过也。"初,宜叟为大理卿,户部侍郎柳庭俊乃是妻兄,寓居章舍。一日会饮,钳醉昼寝,遂至暮不醒。柳弟来白:"明当进对,未有札子。"柳惊起,即问章有何事可论。章戏曰:"方今财用窘匮,将天下官户赋役同于编氓,此急务也。"柳大喜为然。明日陛对,具陈此事,遂即施行。士夫之家既不能躬耕以尽地利,分租已薄,又无商贾他业,而与庶民庸调相等。其受害盖出于一言之戏,"自弊"之语,诚有味也。

杜甫有《义鹘行》。张九龄有《鹰图赞》序曰:"鸟之鸷者,曰鹰曰鹘。鹰也,名扬于尚父,义见于《诗》;鹘也,迹隐于古人,史阙其载。岂昔之多识物亦有遗,将今而嘉生材无不出,为所呼之变，与所记不同者耶？"按：古人称雕鹗，又《鸷鸟累百不如一鹗》。而鹗今不见于世，岂名之变耶？然鹘又不可居鹰雕之右也。

杜甫《雕赋》云："当九秋之凄清，见一鹗之直上。伊鸷鸟之累百，敢同年而争长。此雕之大略也。"则甫盖以雕为鹗矣。而孟康注《汉书》云："鹗，大雕也。"颜师古曰："鹰，鹯之属，非雕也。"《礼部韵》："鹗，雕属也。"颜师古注《汉书》云："隼，鸷鸟，即今鹘也。说者以为鹗，失之矣。鹘字音胡骨反，鹘与鹘同。"又《货殖传》："隼亦鸷鸟，即今所呼为鹘者。"

唐明皇注《孝经》、《道德经》、《金刚经》。张曲江有贺状云："陛下至德法天，平分儒术，道已广其家，僧又不违其愿，三教并列，万姓知归。"今《孝经》盛行，《道德经》亦有石刻，唯《金刚经》罕见于世也。《张文献集》载《贺上仙公主灵应状》云："右臣等伏承今月八日，上仙公主灵座有祥风瑞虹之应，爰至启殡，乃知尸解。又承特禀清虚，薄于滋味，素含真气，自不食盐。泊于迁神，更标奇迹。伏望宣付史馆，以昭灵异。仍望宣示百官"。诏曰："道有默仙，谓之形解，古来既尔，今亦将然。童幼之年，伤其夭促；灵变之理，乃入玄真。且与方外为心，不比人间结念。所谓书诸国史，以袭美玄，卿亦史官，任为凡例。兼请宣示者并依。"而《新史》不载，岂以其妖妄而削之乎？曲江号为端士，亦复为此，将非林甫辈迫之故耶？至上仙之语，今虽帝子之贵不敢用矣！

钓丝之半，系以荻梗，谓之浮子。视其没则知鱼之中钩。韩退之钓鱼诗云："羽沈知食驶。"则唐世盖浮以羽也。

唐《张曲江集》载明皇《敕突厥书》云："敕儿登里突厥可

汗:天不福善,祸钟彼国。苾伽可汗倾逝,闻已恻然。自二十年间结为父子,及此痛悼,何异所生?朕与可汗先人,情重骨肉。亦既与朕为子,可汗即合为孙。以孙比儿,似疏少许。今修先父之业,复继往时之好,此情更重,只可从亲。故欲可汗今者还且为儿。"故其下书皆呼为儿。而宋朝与契丹,始以年齿约为兄弟,而彼主享国之永,至哲宗时遂为大父行。与谓汉为丈人,唐敕称可汗呼儿,异矣。

唐高宗召大臣,欲废皇后立武昭仪,李勣称疾不入,褚遂良以死争。他日,勣独入见,帝问之曰:"朕欲立武昭仪为后,遂良固执以为不可。遂良既顾命大臣,事当且已乎?"对曰:"此陛下家事,何必更问外人!"帝意遂决。武惠妃谮太子瑛、鄂王瑶、光王琚,帝欲皆废之,张九龄不奉诏。李林甫初无所言,退谓宦官之贵幸者曰:"此人主家事,何必问外人?"帝犹豫未决。九龄罢相,帝召宰相审之,林甫对曰:"此陛下家事,非臣等宜预。"帝意乃决。德宗欲废太子,立侄舒王,李泌曰:"赖陛下语臣,使杨素、许敬宗、李林甫之徒承此旨,已就舒王图定策之功矣。"帝曰:"此朕家事,何预于卿而力争如此?"对曰:"天子以四海为家,今臣独任宰相之重,四海之内,一物失所,责归于臣,况坐视太子冤横而不言,臣罪大矣!"太子由是获免。李勣首倡奸言,遂使林甫祖用其策以逢君恶。至德宗便谓当然,反云家事以拒臣下。则作俑者,可不慎乎?卒之长源能保其家族,而敬业之祸戮及父祖,剖棺暴尸。忠邪之报,亦可以鉴矣!而蹈覆辙者相接。哀哉!

《常衮集》有《谢赐绯表》云:"内给事潘某奉敕旨,赐臣绯衣一副,并鱼袋、玉带、牙笏等。臣学愧聚萤,才非倚马。《典坟》未博,谬陈良史之官;辞翰不工,叨辱侍臣之列。唯知待罪,敢望殊私?银章雪明,朱绂电映。鱼须在手,虹玉横腰。
祗奉宠荣,顿忘惊惕。蜉蝣之咏,恐刺国风。蝼蚁之诚,难酬
天造。"则知唐世玉带施于绯衣,而银鱼亦悬于玉带也。

　　本朝宗室,凡南班环卫官,皆以皇伯叔侄加于衔上,更不
书姓,虽袒免外亲亦然。熙宁中,始有换授外官者,则去皇属
而加姓。宣和中,又并姓除之,时以为非。靖康中,乃复旧制。
《常衮集》载李谬《除秘书监词》云:"昔刘向父子代典文籍,今
之秘宝岂可避亲?再从叔正议大夫、守光禄卿同正员、嗣泽王
谬,幼嗣藩国,凤彰忠孝。"盖唐世非期亲不加皇字,虽出阁外
任亦不著姓,而以堂从载于衔上,似为得也。然本朝宗子皆复
名而连字,宗派服属,见而知之,又汉、唐以来所弗逮者。

　　柳子厚《龙城录》载:"贾宣伯爱金华山,即今双溪别界。
其北有仙洞,俗呼以刘先生隐身处。其内有三十六宝,广三十
六里。石刻上以松炬照之,云'刘严字仲卿,汉射声校尉。当
恭、显之际极谏,贬于东陬,隐迹于此,莫知所终'。则道士萧
玉玄所记也。山口人时得玉篆牌。俗传刘仲卿每至中元日来
降洞中,州人祈福,寻溪口边得此者当巨富。此亦未必为然。
然仲卿亦梅子真之徒欤!"余尝观《金华图经》,乃谓刘孝标居
此洞以集《文选》。其谬误如此。绍兴中,欧阳文忠公孙懋守
婺,余尝录仲卿事与之,使改正旧失,未知曾革其非否?

　　河州凤林县凤林关,襄阳府襄阳县凤林山凤林关,严州遂
安县有凤林乡,弘农郡隋改曰凤林郡。婺州金华县,梓州射洪
县,皆有金华山。如龙门、丙穴之类,亦有数处。

　　昔四明有异僧,身矮而皤腹,负一布囊,中置百物,于稠人
中时倾写于地,曰:"看,看。"人皆目为布袋和尚,然莫能测。
临终作偈曰:"弥勒真弥勒,分身百千亿。时时识世人,时人总

不识。"于是隐囊而化。今世遂塑画其像为弥勒菩萨以事之。张耒文潜学士，人谓其状貌与僧相肖。陈无己诗止云："张侯便便腹如鼓。"至鲁直遂云："形模弥勒一布袋，文字江河万古流。"则东坡谓李方叔："我相夫子非癯仙。"盖庾语矣。

赵叔问为天官侍郎，肥而喜睡，又厌宾客。在省还家，常挂歇息牌于门首，呼为"三觉侍郎"。谓朝回、饭后、归第故也。

范觉民作相方三十二岁，肥白如冠玉。且起与裹头带巾，必皆览镜，时谓"三照相公"。

二浙旧少冰雪，绍兴壬子，车驾在钱唐，是冬大寒屡雪，冰厚数寸。北人遂窖藏之，烧地作荫，皆如京师之法。临安府委诸县皆藏，率请北人教其制度。明年五月天中节日，天适晴暑，供奉行宫，有司大获犒赏。其后钱唐无冰可收，时韩世忠在镇江，率以舟载至行在，兼昼夜牵挽疾驰，谓之"进冰船"。

泉、福二州妇人轿子，则用金漆，雇妇人以荷。福州以为僧擎，至他男子则不肯肩也。广州波斯妇绕耳皆穿穴带环，有二十余枚者。家家以篾为门，人食槟榔，唾地如血。北人嘲之曰："人人皆吐血，家家尽篾门。"又妇女凶悍喜斗讼，虽遭刑责而不畏耻，寝陋尤甚。岂秀美之气锺于绿珠而已邪？

关右塞上有黄羊无角，色类獐麂，人取其皮以为衾褥。又彼中造噆酒，以荻管吸于瓶中。老杜《送从弟亚赴河西判官》诗云："黄羊饫不膻，芦酒多还醉。"盖谓此也。

刘光世为浙西安抚大使，父延庆本夏人也。参议官范正舆除直龙图阁告词云："入幕之宾，以折冲尊俎为任；从军之乐，以决胜笑谈为功。高适受歌舒之知，石洪应重祚之辟。"盖翰与乌皆蕃人，且讥其尊俎笑谈以为功任也。又李擢除工部侍郎词云："国有六职，百工与居一焉。凡今冬官之属，以予观之，才二十有八，而五官各有羡数。考冢宰官府之六属，各为六十，而天官则六十四，地官则七十，夏官则六十七，秋官则六十六。盖断简失次而然，非实散亡也。取其羡数，凡百工之事归之冬官，其数乃周。汝尚深加考核，分别部居，不相杂厕，则六职者均一，非特可正历代之违，抑亦见今日辨治之精且详也。非汝其谁任？"此皆洪炎之词。后洪除在京宫祠，请给人从班著并依旧。而同列赵思诚缴驳，以谓士指为不厘务中书舍人，其任代言之职，自有国以来，未有如此之谬者。遂罢为在外宫观。

自熙宁中分三省职事，故命令所出，必自中书，宰相进拟差除及应干取旨施行者，亦由此而始。门下但掌省审封驳，尚书奉行而已。故士夫有求请差遣得判中字者，更无不得之理。然蔡京为相，欲要时誉，凡有丐乞，皆对其人面书中字。莫不欢欣称颂，而有真、行、草之殊。堂吏阴识其旨，得失稽留，不言已喻。至王黼秉政，率作此中字，必须再呈，其不与者，则加一笔而为申。作伪心劳，遂使真可得者，初亦疑而不喜。又何要誉之有？

凡天下狱案谳，其状前贴方寸之纸，当笔宰相视之，书字其上。房吏节录案词大略，黏所判笔，以尚书省印印之。其案具所得旨付刑部施行，虽系人命百数，亦以一二字为决。得"上"字者则皆贷，"下"字者并依法；"中"字则奏请有所轻重，"聚"则随左右相所兼省官商议。"三聚"则会三省同议。不过此数字而已，此岂所以为化笔欤！

宋辉字元实，春明坊宣献公之族子也。腯伟而黑色，无他才能。在扬州尝掖高宗登舟渡江，故被记录，历登运使，以殿撰知临安府，士民皆诋恶之，目为"油浇石佛"，甚者呼为"乌贼鱼"，谓其色黑，其政残，其性愚也。又作赋云："身衣紫袍，则容服之相称；坐乘乌马，因人畜以无殊。"仍谜以詈之曰："临安府城里两个活畜生：一个上面坐，一个下面行。"以其常乘乌马故也。尝有舟人杀士人一家，乃经府陈状云："经风涛损失。"辉更不会问，便判状令执照。后事败于严州，尚执此状以自明。鞠之，前后此舟凡杀二十余家矣。其在临安，凡两经遗火，焚一城几尽。人谓府中有"送火军"，故致回禄。盖取其姓名，移析为此语。竟以言者论其谬政而罢。不数月，即除沿海制置使。终以扶持之劳，简在上心也。言者弗置，命乃不行。

徐稚，豫章南昌人。陈蕃为太守，在郡不接宾客，唯稚来特设一榻，去则悬之。蕃传云：为乐安太守，本名千乘，和帝更名。"郡人周璆，高洁之士，前后郡守招命莫肯至，唯蕃能致焉。字而不名，特为置一榻，去则悬之。"蕃自乐安左转修武令，迁尚书，出为豫章太守，则为孺子下榻，乃在璆至之后，而不著者，岂周无他事而徐有传，且又载于《世说》与《滕王阁序》，故显于后世耶？亦犹"鸷鸟累百，不如一鹗"，本邹阳之书，元初中，樊准上疏荐庞参已用之，而人独称为孔融荐祢衡之语。"手握王爵，口含天宪"，此刘陶之疏，而世但知为范蔚宗论也。

京师新门里向氏南宅，乃丞相旧居，后钦圣宪肃别为居第，故有南北之号。其南第屡经回禄，独厅事不焚。后因翻瓦，于屋极中得《华严经》一卷。余尝刊《净行品》施人帖于屋柱间，凡数十年，已万余本矣。后以遗一司敕令所删定官张博南叟帖于竹窗上。绍兴二年腊月八日，临安大火烧数万家，张氏之居亦尽被焚爇。其竹窗半焚，至所帖经处而止。其上屋一间亦独存，是皆可异者也。

绍兴三年七月，朱胜非以右仆射丁母忧，未卒哭，降起复制词,吏部侍郎、权直学士院陈与义之文也。以"兹宅大忧"四字,令翰林学士綦崇礼帖改为"方服私艰",陈待罪而放。议者谓麻制中有"於戏！邦势若此,念积薪之已然;民力几何,惧奔驷之将败。朕之论相,何可以不备？卿之图功,亦在于攸终"。同列恶其言,故以"宅忧"疵之。昔杨文公以真庙御笔改"邻壤"一字,即辞职而去,后许□□作哲宗哀册,云"攀灵舆而增痛",上皇改"攀"为"抚"、"痛"为"怆",亦以不称辞位。留之再三,竟改礼部尚书。今使他人审易,止待罪而已。又富郑公凡十九章,竟不起,末才一札子,即不许收接文字。皆非故事,盖时异不得而同也。

曾巩子固为越倅,作《鉴湖图序》曰:"鉴湖,一曰南湖,南并山,北属州城漕渠,东西距江。汉顺帝永和五年,会稽太守马溙之所为也,至今九百七十有五年矣。其周三百五十有八里,凡水之出於东南者皆委之,溉山阴、会稽两县十四乡之田九千顷。非湖能溉田九千顷而已,盖田之至江者,九千顷而已也。其东曰曹娥斗门,曰蒿口斗门。水之循南堤而东者,由之以入于东江。其西曰广陵斗门,曰新径斗门。水之循北堤而西者,由之以入于西江。其北曰朱储斗门,去湖最近,盖因三江之上,两山之间,疏为一门,而以时视田中之水。小溢则纵其一,大溢则尽纵之,使入于三江之口。所谓湖高于田丈余,田又高海丈余。水少则泄湖溉田,水多则田中水入海。故无荒废之田,水旱之岁也。由汉以来几千载,其利未尝废。宋兴,始有盗湖为田者。祥符之间二十七户,庆历之间二户,为田四顷。当是时,三司转运司犹下书切责州县,使复田为湖。然自此更益慢法而奸民日起。至于治平之间,盗湖为田者凡八十余户,为田七百余顷,而湖废尽矣。其仅存者东为漕渠,自州至于东城六十里,南通若耶溪。自樵风泾至于峒坞十里,皆水广不能十余丈。每岁少雨,田未病而湖盖已先涸矣。自此以来,人争为计说"云云。宣和中,王仲嶷为太守,遂尽籍湖田二千二百六十七顷二十五亩以献于官,则民之盗者不复禁戢。其蒋堂、杜杞、吴奎、范师道、施元长、张伯玉、陈宗言、赵诚复湖之议,与钱镠之遗法,后世不复可考矣。

　　国朝祠令,在京大中小祀,岁中凡五十。立春祀青帝,后亥祭先农,后丑祀风师,皆于东郊;孟春上辛祈谷,祀昊天上帝,是日祀感生帝,皆于南郊。享太庙、后庙。仲春上丁释奠至圣文宣王庙,上戊释奠昭烈武成王庙。戊日祭太社、太稷,祀九宫贵神于东郊,祭五龙祠。刚日祭马祖于西郊。春分朝日于东郊,是日祠东太一宫,开冰祭司寒于冰井。季春吉巳祭先蚕于东郊,立夏祀赤帝于南郊,后申祀雨师、雷师于西郊,孟夏雩祀昊天上帝于南郊。享太庙、后庙。五年一褅,则停时享。夏至祭皇地祇于北郊,是日祠中太一宫。季夏土王,祀黄帝于南郊,祀中霤于太庙之廷。立秋祀白帝于西郊,后辰祀灵星于南郊。孟秋享太庙、后庙。仲秋上丁释奠于至圣文宣王庙,上戊释奠于昭烈武成王庙,戊日祭太社太稷,祀九宫贵神于东郊,刚日祀马社于西郊。秋分夕月于西郊,是日祠太一宫,祀寿星于南郊。季秋大享明堂,祀昊天上帝于南郊,立冬祀黑帝于北郊。后亥祀司中、司命、司民、司禄于北郊。孟冬祭神州地祇于北郊。享太庙、后庙。三年一祫,则停时享。祭司寒于北郊,刚日祭马步于西郊。冬至祀昊天上帝于南郊,是日祠中太一宫。季冬戊日蜡百神、大明、夜明于南郊。腊享太庙、后庙,祭太社太稷,藏冰祭司寒于冰井。右并司天监于一季前,以择定日供报太常礼院参详讫还监,乃牒尚书祠部,具画日申牒散下。

凡大祠、中祠用乐,内中祠风、雨、雷师、五龙堂、先蚕,并不用。天地、日月、九宫_{原阙}日遇忌日,不妨作乐。太社、太稷以下,则备而不作。天地、宗庙、神州地祇、太社、太稷、五方帝、日月、太一、九宫贵神、蜡祭百神、太庙奏告,并为大祠,散斋四日,致斋三日;先农、风师、雨师、雷师、至圣文宣王、昭烈武成王、五龙堂、先蚕、先代帝王、岳镇海渎,并为中祠,散斋三日,致斋二日;马祖、先牧、中霤、灵星、寿星、马社、司中、司命、司民、司禄、司寒、马步,并为小祠,散斋二日,致斋一日。

曾子固《书魏郑公传后》曰:"予观郑公以谏净事付史官,而太宗怒之,薄其恩礼,失始终之义,未尝不反覆嗟惜,恨其不思,而益知郑公之贤焉。伊尹、周公之谏,切其君者,其言至深而其事至迫也。存之于书,未尝掩焉。至今称太甲、成王为贤君,伊尹、周公为良相者,以其书可见也。令当时削而弃之,成区区之小让,则后世何所据依而谏? 又何以知其贤且良欤? 或曰《春秋》之法为尊亲贤者讳与,此其戾也。夫《春秋》之所讳者,恶也。纳谏净岂恶乎? 然则有焚稿者,非欤? 曰非伊尹、周公为之,近世取区区小亮者为之耳。以焚其稿为掩君之过,而后世传之,则是使后世不见稿之是非,而必其过常在于己也,岂爱君之谓欤? 孔光之去其稿而惑后世,庸讵知非谋己之奸计乎? 或曰造辟而言,诡辞而出,异乎? 曰此非圣人所曾言也。今万一有是理,亦谓不欲漏其言于一时之人耳。岂杜其告万世也? 噫! 以诚信待己而事其君,不欺乎万世者,郑公也。益知其贤云。"

王令逢原《上刘莘老书》论诗之弊曰:"古之为诗者有道,礼义政治,诗之主也;风、雅、颂,诗之体也;比、赋、兴,诗之言也。正之与变,诗之时也;鸟兽草木,诗之文也。夫礼义政治之道得,则君臣之道正,家国之道顺,天下之为父子夫妇之道定。则风者本是以为风,雅者用是以为雅,颂者取是以为颂。则赋者,赋此者也;比者,直而彰此者也;兴者,曲而明此者也。正之与变,得失于此者也;鸟兽草木,文此者也。是古之为诗者有主,则赋、比、兴、风、雅、颂以成之,而鸟兽草木以文之而已尔。后之诗者不思其本,徒取其鸟兽草木之文以纷更之,恶在其不陋也!”

曾子固作《厄台记》云:“淮阳之南,地名曰厄台,询其父老,夫子绝粮之所也。夫天地欲泰而先否,日月欲明而先晦。天地不否,万物岂知大德乎? 日月不晦,万物岂知大明乎? 天下至圣者,尧、舜、禹、汤、文、武、周公、孔子也。尧有洪水之灾,舜有井廪之苦,禹有殛鲧之祸,汤有大旱之厄,文王有羑里之囚,武王有夷、齐之讥,周公有管、蔡之谤,孔子有绝粮之难。噫! 圣人承万古之美,岂以一身为贵乎? 是知合于天地之德,不能逃天地之数;齐日月之明,不能违日月之道。泰而不否,岂见圣人之志乎? 明而不晦,岂见圣人之道乎? 故孔子在陈也,讲诵弦歌,不改常性。及犯围之出,列从而行,怡然而歌,美之为幸。又曰:君子不困,不成王业。果哉! 身殁之后,圣日皎然,文明之君,封祀不绝。有开必先,信其然也。於戏! 先师夫子聘于时,民不否,遁于世,民不泰也。否则否于一时,泰则泰于万世。是使后之王者,知我先师之道,舍之则违,因之则昌,习之则贵,败之则亡。道之美此,孰为厄乎?”

李邦直作《韩太保墓表》云:“公讳惟忠,著籍真定,为灵寿人,忠宪公曾祖,今定州丞相之高祖父也,以忠宪公赠太保。太保之子讳处均,韩国公;韩国公之子讳保枢,鲁国公;鲁国公之子则忠宪公也,封陈国公。子八人。自太保至丞相才四世,五世而诸孙尤众。自忠宪公至高祖,四世赠一品,上下衣冠七世。盖自唐末更五代,天下之民缠于兵火之毒者二百余年,至太祖、太宗起河北,有天下,垦除祸难,提携赤子,而置之太平安乐之地,累圣继之,以休养生息为事。其顾指左右,驾驭驰骋,莫非一时之豪杰。考诸《国史》,则累朝将相颇多河北人,若赵韩王普,实保塞人,曹冀王太尉旦莘人,张尚书咏清丰人,柳公开元城人,李文靖公沆肥乡人,张文节公知白清平人,宋宣献公绶平棘人,韩忠献公琦安阳人,余有名公卿相望而立朝者,不可悉数。窃尝原其故矣,夫河北方二千里,太行横亘中国,号为天下脊,而大河自积石行万里砥柱,傍缘太行至大伾,斗折而东,下走大海。长冈巨阜,纡余盘屈,以相拱揖抱负。小则绵一州,大则连数郡,其气象如此。而土风浑厚,人性质朴,则慷慨忠义之士,固宜出于其中。虽或有不遇,不及自用其才,亦必淹郁渟蓄,声发益大,泽浸益远。以施于子孙,亦自然之理也。元丰元年秋九月,丞相自太原易镇定武,乃诣灵寿,既祠谒墓下,因属清臣为之表,而得阳翟孙曼叔书于石。不独著太保公之系,将以遍示天下为人子孙者焉。"忠宪公名亿,事仁宗为同知枢密院、参知政事。八子,绛、缜为宰相,维为门下侍郎,四为员外郎,一寺丞早世。故黄鲁直为子华挽诗云"八龙归月旦,三凤继天衢"者,盖实录也。

蔡京《太清楼侍宴记》云:"政和二年三月,皇帝制诏臣京宥过省愆,复官就第。诏以是月八日开后苑宴太清楼,召臣执中、臣俣、臣偲、臣京、臣绅、臣居厚、臣正夫、臣蒙、臣洵仁、臣居中、臣洵武、臣俅、臣贯于崇政殿赐坐,命宫人击鞠,乃由景福殿西序入苑门。诏臣京曰:'此跬步至宣和,即言者所谓金柱玉户者也,厚诬宫禁。其令子攸掖入观焉。'东入小花径,南度碧芦丛,又东入便门至宣和殿。殿止三楹,几案台榻漆以黑,下字纯朱,上栋纯绿,饰缘无文采。东西庑各有殿,东曰琼兰,西曰凝芳,后曰积翠,南曰瑶林,北洞曰玉宇。后有沼曰环碧,两旁有亭曰临漪、华渚。沼次有山,殿曰云华,阁曰太宁。左右蹑道以登,中道有亭曰琳霄,次曰会春。阁下有殿曰玉华。玉华之侧有御书榜曰玉洞琼文之殿,旁有种玉绿云轩相峙。臣京奏曰:'宣和殿阁亭沼,絜齐清虚,雅素若此,则言者不根,盖不足恤。'日午,谒者引执中已下入。女童乐四百,靴袍玉带,列排场下;宫人珠笼巾、玉束带,秉扇、拂、壶、巾、剑、钺,持香球拥御床以次立。酒三行,上顾谓群臣曰:'承平无事,君臣同乐,宜略去苛礼。饮食起居,当自便无闲。'已而群臣尽醉。"京又为《皇帝幸鸣銮堂记》曰:"宣和元年九月,金芝生道德院。二十日,皇帝自景龙江泛舟,由天波溪至鸣銮堂,淑妃从。臣京朝堂下移班拜妃,内侍连呼曰'妃答拜'。臣欲谢,内侍掖起,膝不得下。上曰:'今岁四幸鸣銮矣。'臣顿首曰:'昔人三顾,堂成已六幸,千载荣遇,鸣銮固卑陋。且家素窭无具,愿留少顷,使得伸尊奉意。'上曰:'为卿从容。'臣退西庑视庖膳,上为举箸屡酬,欢笑如家人。又遣使持码磁大杯赐酒,遂御西阁,亲手调茶,分赐左右。妃亦酌。遣使道由臣堂视卧内,嗟其弊恶。步至芝所,上立门屏侧语臣曰:'不御袍带,不可相见,可去冠服。'臣惶怖曰:'人臣安敢?罪当万死!'上曰:'既为姻家,置君臣礼,当叙亲。'上亲以手持橄榄以赐。时屏内御坐有嫔在侧,咫尺不敢望。众哗曰'妃也'。妃兴顾,遽起立。臣附童贯致礼,乃奏乞遣贯为妃寿。上乃酌酒授贯,妃饮竟,上又酌为妃酬酒。上调羹,妃剖橙榴,折芭蕉,分余甘,遣臣婢竟遗赐,曰:'主上每得四方美味新奇,必赐师相,无顷刻废忘。谕师相知无忘。'臣怀感叹谢。上又赐酒命贯酌,曰:'可与贯语。'贯为臣言:'君臣相与,古今无若者。'臣呜咽嗟惜,因语:'身危,非主上几不保,如今日大理魏彦纯事是也。'贯遽以闻,上骇曰:'御卿若此,小人犹敢尔?昨日聂山对,请穷治彦纯,已觉其离间,故罢山尹事。朕岂以一语罪卿?小人以细故罗织耳!'亟索纸,即屏上草诏释彦纯,出知安州。上又命酒,使贯陪,遂醉,诸孙掖出。”京之叙致觊缕如此,不特欲夸耀于世,又将以恐动言者。然不知皆不足恃为荣也,而适足以为国家之辱焉。时以其居尚露土木,赐紫罗万匹,使制帟幕,而京之献遗亦数十万缗。后户部侍郎王蕃发之,究治皆榷货务钱也。所谓天波溪者,由景龙门宝箓宫循城西南以至京第,其子絛上书其父,谓“今日恩波,他年祸水”。而小民谣言《十不羡》中“万乘官家渠底串”者是也。

　　自中原遭胡虏之祸,民人死于兵革水火、疾饥坠压、寒暑力役者,盖已不可胜计。而避地二广者,幸获安居。连年瘴疠,至有灭门。如平江府洞庭东西二山在太湖中,非舟楫不可到。胡骑寇兵,皆莫能至。然地方共几百里,多种柑橘桑麻,糊口之物尽仰商贩。绍兴二年冬,忽大寒,湖水遂冰,米船不到,山中小民多饿死。富家遣人负载,蹈冰可行,遽又泮坼,陷而没者亦众。泛舟而往,率遇巨风激水,舟皆即冰冻重而覆溺,复不能免。又是岁八月十八日,钱唐观潮,往者特盛。岸高二丈许,上多积薪,人皆乘薪而立。忽风驾洪涛出岸,激薪崩摧,死者有数百人。衢州开化县界严、徽、信州之间,万山所环,路不通驿。部使者率数十年不到,居人流寓,恃以安处。三年春,偶邑人以私怨告众事魔,有白马洞缪罗者,杀保正,怒其乞取,其弟四六者,辄衣赭服传宣喧动。至遣官兵往捕,一方被害。七夕日,兴化军忽大水,城内七尺,连及泉州界,漂千余家。前此父老所不记。盖九州之内,几无地能保其生者。岂一时之人数当尔邪?少陵谓"丧乱死多门",信矣!

范文正公四子,长曰纯佑,材高善知人。如狄青、郭逵,时为指使,皆礼异之;又教狄以《左传》,幕府得人,多所荐达。又通兵书,学道家能出神。一日方观坐,为妹婿蔡交以杖击户,神惊不归,自尔遂失心。然居丧犹如礼,草文正行状皆不误失。至其得疾之岁,即书曰:"自此天下大乱。"遂掷笔于地,盖其心之乱也。有子早世。只一孙女,丧夫亦病狂。尝闭于室中,窗外有大桃树,花适盛开,一夕断楄登木食桃花几尽。明旦,人见其裸身坐于树杪,以梯下之,自是遂愈。再嫁洛人奉议郎任谓,以寿终。

中书舍人四员,分掌六房,事无巨细,皆与牢相通签,奏状书衔亦俱平写。但押字即在纸后印窠心中,与他官司异也。

任忠厚蜀人,有文,驰誉上庠。一目患翳而身甚长,服赐第时绿袍,几不及踝。然喜嘲谑,尝玩一友人,其人恚曰:"公状貌如此,曾自为其目否?"任见其怒,即曰:"吾亦自有诗也。"问之,云:"有个官人靡恃己,著领蓝袍罔谈彼。面上带些天地玄,眼中更有陈根委。"其人乃笑而已。皆《千字文》歇后语也。

广南风俗,市井坐估,多僧人为之,率皆致富。又例有室家,故其妇女多嫁于僧,欲落发则行定,既剃度乃成礼。市中亦制僧帽,止一圈而无屋,但欲簪花其上也。尝有富家嫁女大会宾客,有一北人在坐,久之,迎婿始来,喧呼"王郎至矣"!视之乃一僧也。客大惊骇,因为诗曰:"行尽人间四百州,只应此地最风流。夜来花烛开新燕,迎得王郎不裹头。"如贫下之家,女年十四五，即使自营嫁装，办而后嫁。其所喜者，父母即从而归之，初无一钱之费也。

全州兴安县石灰铺，有陶弼商公诗云："马度严关口，生归喜复嗟。天文离卷舌，人影背含沙。江势一两曲，梅梢三四花。登高休问路，云下是吾家。"鲁直题其后云："修水黄庭坚窜宜州，少休于此。观商公五言，叹赏久之。崇宁三年五月癸酉，南风小雨。"至绍兴中，字墨犹存。

黄策在平江府出卖蔡京籍没财物，得京亲书《亲奉圣语札子》云："元符三年五月十日，召赴内东门小殿，上曰：'废后久处瑶华，皇太后极所矜怜，今欲复其位号，召卿草制。'奏曰：'臣曾草废后诏，今又草复后制，臣岂得无罪？'上曰：'此岂干卿事？兼皇太后言，昨先帝既废后，亦有悔意，曾语与皇太后。今先帝上仙，追前意与复位号，于理无嫌。'臣京对曰：'古无两后，今日因皇太后恩怜，理亦无妨。但臣闻有复必有废，未知圣意如何？存之何害？废之何益？'上曰：'元符皇后，先帝所立，位号已定，岂可更废之？适足以彰先帝之失。'臣京曰：'圣意如此，天下幸甚。元符皇后存之何害于朝廷？废之适足快报怨于先帝之人。存废于朝廷无利害，恭闻德音，有以见陛下尽兄弟之义，皇太后敦母爱之仁。天下幸甚！'"按京之心，当时备载一时之语，盖欲彰大有功于昭怀尔，初未尝致意于昭慈圣献之废。哲庙尝有悔意也。绍兴初，取京亲书，因下诏曰："隆祐皇太后仙游不反，殡奉有期，永怀保祐之功，务极褒崇之典。爰念蒙垢于绍圣之末，即瑶华而退居，复位于建中之初，实钦圣之慈旨。属奸臣之当制，乃隐没而不言。莫洗谤伤，久淹岁月。"至三年八月，镇潼军节度使、开府仪同三司、信安郡王孟忠厚，以隐没不言之事，天下未知，乞将京所进《录圣语札子》宣付史馆,遂从其请焉。

范忠宣公自随守责永州安置诰词,有"谤讪先烈"之语,公读之泣下曰:"神考于某有保全家族之大恩,恨无以报,何敢更加诬诋?"盖李逢乃公外弟,尝假贷不满,憾公。后逢与宗室世居狂谋,事露系狱,吏问其发意之端,乃云因于公家见《推背图》,故有谋。时王介甫方怒公排议新法,遽请追逮,神考不许,曰:"此书人皆有之,不足坐也。"全族之恩,乃谓此耳。

建炎后俚语,有见当时之事者,如"仕途捷径无过贼,上将奇谋只是招。"又云"欲得官,杀人放火受招安;欲得富,赶著行在卖酒醋。"

韩退之《送僧澄观》诗云:"火烧水转扫地空,突兀便高三百尺。借问经营本何人?道人澄观名籍籍。皆言澄观虽僧徒,公才吏用当今无。"凡释氏营建作大缘事,虽赖行业,然非有才智亦不可也。平江府常熟县有僧文用,目不识字而有心术。始欲建寺,即倡云:"城西北有山,而东南乃湖水,客胜于主,在术家为不利。若于湖滨建为梵宫,起塔其上,则百里之内,四民道释,当日隆于前矣。"乃规沮洳浅水之中,欲置寺基于是。邑人欣然从之,老幼负土,虽闺房妇女,亦以裙裾包裹瓦石填委其上,不旬月遂为皋陆。乃创为甓塔,再级则止。又作轮藏,殊极么麼。他寺每转三匹,率用钱三百六十,而此一转,亦可取金,才十之一。日运不绝,遂铸大钟,用铜三千斤。时慧日、东灵二寺,已为亡人撞无常钟,若又加一处,不特不多,且有争夺之嫌。文用乃特为长生钟,为生者诞日而击,随所生时而叩,故同日者亦不相碍,获施不赀。先是酒务有漏瓶弃之,文用乞得数千枚散于邑中编户,每淘炊时,丐置一掬其中,旬日一掠,谓之"旬头米"。工匠百数,赖此足食。慧日禅寺为屯兵残毁，县宰欲请长老住持，患无以供给，文用首助钱五百千，由此上下乐之，施利日广。自建炎戊申至绍兴癸丑，六岁之间，化钱余十五万缗。又请朱勔坟寺旧额为崇教兴福院，不数年，遂为大刹矣。其人故未可与澄观拟，但其所为皆用权术，悦人以取而人不悟也。

兴化军莆田县去城六十里，有通应侯庙，江水在其下，亦曰通应。地名迎仙。水极深缓，海潮之来亦至庙所，故其江水咸淡得中，子鱼出其间者，味最珍美，上下十数里鱼味即异，颇难多得。故通应子鱼，名传天下。而四方不知，乃谓子鱼大可容印者为佳。虽山谷之博闻，犹以通印鲝鱼为披绵黄雀之对也。至云"鲝鱼背上通三印"，则传者益误，正可与"一麾"为比矣。以子名者，取子多为贵也。

自建炎丁未至绍兴癸丑，七岁之间，在执政者三十有五人，凡易十一相。而吕颐浩、朱胜非皆再入，盖无岁不罢易也。时以地褊员多，惟选人得终三考，京朝官以上，率二年成资即替。从官郎曹，率以递升。岁余不迁者，已有淹滞之叹。士子戏谓自周岁以至三年，盖有高下之序也。

绍兴三年八月，浙右地震，地生白毛，韧不可断。时平江童谣曰："地上白毛生，老小一齐行。"台臣论其事，因下求言之诏。宰相吕颐浩由此以罪罢。按《晋志》成帝咸康初，孝武太元二年十四年，地皆生毛，近白祥也。孙盛以为人劳之异。其后征伐征敛赋役无宁岁，天下劳扰，百姓疲怨焉。时军卒多虏掠妇女，人有三四，每随军而行，谓之老小。方韩、刘自建康、镇江更戍。既而，刘移屯池州，韩复分军江宁，王璎往湖南，岳飞自江外来行在，即至九江，郭仲荀赴明州，老小之行，已数十万人也。

　　临沂县韩彦文作《二府除拜录》,载本朝自建隆庚申至绍兴癸丑,一百七十四年之间,任二府执政者三百四十余人,宰相八十人。范宗尹建炎四年拜平章事,年三十二,为最少;毕文简士安景德元年作相,年八十五,为最老。执政一百三十四人,范宗尹先作相一年,毕文简与拜相同岁,二人亦皆为长幼之冠。西枢一百三十四人,章质夫粢崇宁元年年七十六,为同知院事;寇莱公准淳化二年为副使,年三十一。惟傅尧俞为中书侍郎,韩崇训、曹辅为枢密,三人皆不知其甲子也。内除七十七人互见,实二百七十一人,周朝旧相亦在其中。

　　周邦彦待制尝为刘昺之祖作埋铭,以白金数十斤为润笔,不受。刘无以报之,因除户部尚书,荐以自代。后刘缘坐王寀妖言事得罪,美成亦落职,罢知顺昌府宫祠。周笑谓人曰:“世有门生累举主者多矣,独邦彦乃为举主所累,亦异事也。”

　　顾临子敦内翰,姿状雄伟,少未显时,人以“顾屠”嘲之。元祐中,自给事中为河北都运使,苏子瞻作诗送之云:“我友顾子敦,躯胆两雄伟。便便十围腹,不得贮书史。容君数百人,一笑万事已。十年卧江海,了不见愠喜。磨刀向猪羊,酾酒会邻里。归来如一梦,丰颊愈茂美。平生批敕手,浓墨写黄纸。会当勒燕然,廊庙登剑履。翻然向河朔,坐念东郡水。河来屹不去,如尊乃勇耳。”顾得之不乐。既行,群公祖道郊外,子瞻辞疾不往,和前韵以送,因以自解焉:“君为江南英,面作河朔伟。人问一好汉,谁似张长史?上书苦留君,言拙辄报已。置之勿复道,出处俱可喜。攀舆共六尺,食肉飞万里。谁言远近殊?等是朝廷美。遥知别送处,醉墨争淋纸。我以病杜门,《商颂》空振履。后会知何日? 一欢如覆水。善保千金躯,前言戏之耳。”

綦叔厚云：进士登第赴燕琼林，结婚之家为办支费，谓之铺地钱。至庶姓而攀华胄，则谓之买门钱。今通名为系捉钱。凡有官者皆然，不论其非榜下也。

白乐天诗云："岁盏后推蓝尾酒，辛盘先劝胶牙饧。"又云："三杯蓝尾酒，一楪胶牙饧。"而东坡亦云："蓝尾忽惊新火后，乐天寒食诗云"三杯蓝尾酒"。邀头要及浣花前。成都太守自正月二日出游，至四月十九日浣花乃止。"皆用蓝字。余尝见唐小说，载有翁姥共食一饼，忽有客至，云："使秀才婪尾。"于是二人所啖甚微，末乃授客，其得独多，故用贪婪之字。如岁盏屠苏酒，自小饮至大，老人最后，所余为多，则亦有贪婪之意。以饧胶牙，俗亦于岁旦嚼琥珀饧，以验齿之坚脱，故或用较字。然二者又施之寒食，岂唐世与今异乎？

东坡作《雪》诗云："冻合玉楼寒起粟，光摇银海眩生花。"人多不晓玉楼银海事，惟王文正公云："此见于道家，谓肩与目也。"又有诗云："三杯软饱后，一枕黑甜余。"此谚语也。若无杯枕，则后世不知其为酒与睡矣。

元祐末，已有绍述之论。时来之邵为御史，议事率多首鼠，世目之为"两来子"。绍兴中，吕元直为相，骤引席益为参政，故席感恩，悉力为助。已而徐师川在西枢得君，与吕不协，席乃阴与徐结，于时又号为"二形人"。谓阳与吕合而阴与徐交也。吕既出，而欲为刺虎之术，竟不能就而反被逐，士夫莫不快之。

有人自云能使碌轴相搏，因先敛钱以二瓢为试，置之相去一二尺，而跳跃相就，上下宛转不止。人皆竞出钱，欲看石轴相击。遂有告其造妖术惑众，收赴狱中，锢以铁锁，灌之猪血。其人诉云："二瓢尚在怀中。乃捣磁石错铁末，以胶涂瓢中各半边，铁为石气所吸，遂致如此。其云使石者，特绐众以率钱耳。"破之信然，久乃释之。

绍兴中，在钱唐八座止两人，洪拟、黄叔敖也。每传呼尚书，则市人相戏问："是何颜色者？"

世有自讳其名者，如田登在至和间为南宫留守，上元，有司举故事呈禀，乃判状云："依例放火三日。"坐此为言者所攻而罢。又有典乐徐申知常州，押纲使臣被盗，具状申乞收捕，不为施行。此人不知，至于再三，竟寝不报。始悟以犯名之故，遂往见之云："某累申被贼，而不依申行遣，当申提刑，申转运，申廉访，申帅司，申省部，申御史台，申朝廷，身死即休也！"坐客笑不能忍。许先之监左藏库，方请衣，人众，有武臣亲往恳之曰："某无使令，故躬来请，乞先支给。"许允之。久之未到，再往叩之云："适蒙许先支，今尚未得。"许谕曰："公可少待。"遂至暮，不及而去。汪伯彦作西枢，有副承旨当唤状，而陈牒姓张校尉，名与汪同，遂止呼张校尉。其人不知为谁，久不敢出。再三喻令勿避，竟不敢言。既又迫之，忽大呼曰："汪伯彦。"左右笑恐。汪骂之曰："畜生！"遂累月不敢复出。

两浙妇人皆事服饰口腹而耻为营生，故小民之家不能供其费者，皆纵其私通，谓之贴夫，公然出入不以为怪。如近寺居人，其所贴者皆僧行者，多至有四五焉。浙人以鸭儿为大讳，北人但知鸭羹虽甚热亦无气。后至南方，乃知鸭若只一雄，则虽合而无卵，须二三始有子。其以为讳者，盖为是耳，不在于无气也。

崇宁中，方严党禁，凡系籍人子孙，不听仕宦及身至京畿。时司马朴文季，温公之侄孙，外祖乃范忠宣，又娶张芸叟之女。元祐年中受外家恩泽，世谓对佛杀了无罪也。又晁十二之道自为优人过阶语云："但仆元祐间诗赋登科,靖国中宏词人等,尚之唤作哥哥,补之呼为弟弟。甚人上书耶？甚人晁咏之！"闻者莫不绝倒。

金人南牧,上皇逊位,虏将及都城,乃与蔡攸一二近侍,微服乘花纲小舟东下,人皆莫知。至泗上,徒步至市中买鱼,酬价未谐,估人呼为保仪。上皇顾攸笑曰："这汉毒也。"归犹赋诗,用"就船鱼美"故事,初不以为戚。

秦鲁国大长公主,昭陵之女,下嫁钱景臻太傅,于今上为曾祖姑。二子忱、愐,皆为节度使,靖康中,换为上将军,遂无俸给。幼子遥郡防御使。至绍兴间,新制非经参部人不勘支俸钱,三子遂俱无禄。独大主所请钱斛,已不能足用,又避地遍走二广,所至多不给。时年余七十,上表乞赴行阙不允,再具奏："妾虽迫于饥窭,不敢妄有干求。但以年老多病,瘴疠之余,得一望清光,虽死不恨。"始听来朝。上皇改公、郡、县主为帝宗族姬,时以语音为不祥。至是饥窭之言,果见于文表,是可怪也。

宋景文与兄元宪,少时尝谒杨大年,坐中赋《落花诗》。元宪云："金谷路尘埋国艳,武陵溪水泛天香"。景文云："将飘更作回风舞,已落犹成半面妆。"文公以兄为胜。谓景文小巧,他日富贵亦不逮其兄,且不当更用"落"字也。

谚有"巧息妇做不得没面怀饦"与"远井不救近渴"之语。陈无己用以为诗云："巧手莫为无面饼,谁能救渴需远井？"遂不知为俗语。世谓少陵"鸡狗亦得将"用"嫁得鸡,逐鸡飞；嫁得狗,逐狗走",或几是也。

绍兴年间,天下州郡遂成三分:一为伪齐、金人所据,一付张浚,承制除拜。朝廷所有唯二浙、江、湖、闽、广而已。员多

阙少,如诸州通判佳处,见任与待阙者,率常四五人。时洪拟
尚书与梁弁为故人,弁待平江府倅已二年,而拟之子光祖又在
弁后,遂为营求为枢密院计议官,又当待阙三岁。弁作启谢洪
曰:"虽云出谷以迁乔,殆类进寸而退尺。"或谓计议之比倅,实
进非退,不若以"远井近渴"为对也。后台章论之,还梁故任而
罢光祖。

上皇始爱灵壁石,既而嫌其止一面,遂远取太湖。然湖石
粗而太大,后又撅于衢州之常山县南私村,其石皆峰岩青润,
可置几案,号为巧石。乃以大者叠为山岭,上设殿亭。所用既
广,取之不绝,舳舻相衔。渊圣即位,罢花石纲,沿流皆委弃道
傍。金人围都城,城中之机石多碎以为炮。虏既去,晁说之以
道舍人东下过符离,有高况者以二石遗之,晁以诗谢曰:"泗滨
浮石岂不好?怊怅上方承眷时。今日道傍谁著眼?女墙犹得
掷胡儿!"

王䭾自同知密院落职知亳州,限三日到任,仓皇东下,夜
至鄹阳镇,已属亳境。使人语镇官,假一介就州呼逻人。时宣
义郎王伟为监官,初未闻报,且讶行李萧条,疑以为伪,叱去不
与。王惧于逾期,遂以敕呈之。时谓郡守呈敕于监镇,世未尝
有也。或云堂札误书赴字为到,然王乃蔡京所恶,时为宰相,
乃故,非误也。许昌至京师道中,有重阜如驼驼之峰,故名驼
驼堰。皆积沙难行,俗因呼为"驼驼妈"。又有大泽,弥望草
莽,名好草陂,而夏秋积水,沮洳泥淖,遂易为"鏖糟陂"。如小
姑山、彭郎矶之类,为世俗所乱者,盖不可胜数也。

蔡襄为三司使,以嘉祐七年明堂支费数为准,每遇大礼,
依附封桩,仍乞遣朝臣诸路划发钱帛,至今行之。其支赐度钱
九十六万二千余贯,银三十五万四千六百三十余两,绢一百二

十万八百余匹,绸四十万一百余匹,金六千七百七十两。第二等生衣物计钱四十五万贯,锦、绫、罗、鹿胎、透背等,计钱九万九千八百余贯,丝三十八万八千两,绵一百四十二万八千余两。

绍兴中,统兵有神武五军及刘光世、韩世忠、张俊三大帅,都计无二十万众。而刘军不及三之一,月费米三万石,钱二十八万贯。比之行在诸军之费,米减万余石而钱二三万缗。盖人虽少而官资率高,且莫能究其实也。时天下州郡没于金人,据于僭伪,四川自供给军,淮南、江、湖,荒残盗贼,朝廷所仰,惟二浙、闽、广江南,才平时五分之一,兵费反逾前日。此民之所以重困,而逾吏多不请俸或倚阁,人有饥寒之叹也。

孔子宅在今仙源故鲁城中归德门内阙里之中,背洙面泗,即所云墼相圃之东北也。杏坛在鲁城内,灵光殿为汉景帝程姬之子恭王馀所立。王延寿赋序,因鲁僖基兆而营也。遭汉中微,盗贼奔突,自南京未央、建章之殿,皆见堕坏,而灵光岿然独存。今其遗址不复可见,而先圣旧宅,近日亦遭兵燹之厄,可叹也夫!此条系遵阁本,而影元钞本与此互异,今附录于此。

　　自古兵乱,郡邑被焚毁者有之,虽盗贼残暴,必赖室庐以处,故须有存者。靖康之后,金虏侵陵中国,露居异俗,凡所经过,尽皆焚爇。如曲阜先圣旧宅,自鲁共王之后,但有增葺。莽、卓、巢、温之徒,犹假崇儒,未尝敢犯。至金寇遂为烟尘,指其像而诟曰:"尔是言夷狄之有君者!"中原之祸,自书契以来未之有也。

岐国公王珪在元丰中为丞相,父准,祖赟,曾祖景图,皆登进士第。其子仲修,元丰中登第。公有诗云:"三朝遇主惟文翰,十榜传家有姓名。"注云:"自太平兴国以来,四世凡十榜登科。"后侄仲原子耆、仲孜子昴相继登科，昴又魁天下。本朝六世登第者，与晁文元二家，而晁一世赐出身也。崇宁四年，耆初及第，岐公长子仲修作诗庆之曰："锡宴便倾光禄酒，赐袍还照上林花。衣冠盛事堪书日，六世词科只一家。"又汉国公准子四房，孙婿九人，余中、马珌、李格非、闾丘鸁、郑居中、许光疑、张焘、高旦、邓洵仁皆登科，邓、郑、许相代为翰林学士，曾孙婿秦桧、孟忠厚同时拜相开府，亦可谓华宗盛族矣。

东坡《石炭诗引》云："彭城旧无石炭，元丰元年十二月，始遣人访获州之西南白土镇之北，以冶铁作兵，犀利胜常云。"按《东汉地理志》豫章郡建城注云：《豫章记》曰："县有葛乡，有石炭二顷，可然以爨。"则前世已见于东南矣。昔汴都数百万家尽卬石炭，无一家然薪者。今驻跸吴、越，山林之广，不足以供樵苏。虽佳花美竹，坟墓之松楸，岁月之间，尽成赤地。根柢之微，斫撅皆遍，芽蘖无复可生。思石炭之利而不可得。东坡已呼为遗宝，况使见于今日乎？或云信州玉山亦有之，人畏穿凿之扰，故不敢言也。

参知政事孟庾夫人徐氏有奇疾，每发于闻见，即举身战栗，至于几绝。其见母与弟皆然，母至死不相见。又恶闻徐姓及打银打铁声，买物不得见有余钱，亦不欲留一文。尝有一婢，使之十余年甚得力，极喜之。一日偶问其家所为业，婢云"打银"，疾亦遂作，更不可见，竟逐去之。至于其他，皆无所差失，医祝无能施其术。盖前世所未尝闻也。

甄彻字见独，本中山人，后居宛丘，大观中登进士第。时林摅为同知枢密院，当唱名，读甄为坚音，上皇以为真音，摅辨不逊，呼彻问之，则从帝所呼，摅遂以不识字坐黜。后见甄氏旧谱，乃彻之祖屯田外郎履所记云："舜子商均封虞，周封于陈，为楚惠王所灭。至烈王时，有陈通奔周，王以为忠，将美其族，以舜居陶甄之职，命为甄氏，皆通之后，而居中山者于郇为近。按许慎《说文》'甄，匋也，从瓦垔音，居延反。'《吴书》孙坚入洛，屯军城南，甄官井上，且有五色气，令人入井探得传国玺。坚以甄与己名相协，以为受命之符。则三国以前，未有音为之人切者矣。孙权即位，尊坚为武烈皇帝，江左诸儒为吴讳，故以匋甄之甄，因其音之相近者转而音真。《说文》颠、蹎、滇、阗以真为声，烟、咽、以甄为声，驯、紃以川为声，诜、侁、駪以先为声，此皆先真韵中互以为声也。况吴人亦以甄音旃，则与真愈近矣。其后秦为世祖苻坚，隋为高祖杨坚，皆同吴音，暂避其讳。然秦有冀土止一十五年，隋帝天下才三十七载，避讳不久，寻即还复，既殊汉庆为贺，又异唐丙为景。字且不易，恶能遽改？故世处真定者，犹守旧姓，奈何世俗罕识本音？纵不以真见呼，又乃反为坚字。虑后从俗，致汩本真，是用原正厥音，参考世系，叙为家谱云。"余按《千姓编》通作二音，而张孟押韵，真与甄皆之人切。云舜陶甄河滨，因以为氏。又稽延切，而稽延之音，训察与免，而不言陶与氏也。坚自音经天切，与甄之音异矣。嘉祐中，王陶作彻之曾祖说马济墓铭云："甄以舜陶，氏出于陈。避吴、苻、隋，时有为甄。南北溷讹，姓音莫分。本之于古，乃识其真。"

绍兴元年，车驾在越，月支官吏钱二十六万九千一百三十贯，米七千八百六十五石，料一百六十六石，草一千四百五十六束，军兵钱二十五万八百二十三贯，米四万一千五百三十八石，大麦四千一百七十六石，谷六百七十一石，草二万七千二百三十九束。此其大概，而军兵去来不常，故不得而定也。

蒋仲本论铸钱事云，熙宁、元丰间，置十九监，岁铸六百余万贯。元祐初,权罢十监。至四年,又于江、池、饶三监权住添铸内藏库钱三十五万贯。见今十监,岁铸二百八十一万贯,而岁不及额。自开宝以来,铸宋通、咸平、太平钱,最为精好。今宋通钱每重四斤九两。国朝铸钱料例,凡四次增减。自咸平五年后来用铜铅锡五斤八两,除火耗,收净五斤。景祐三年,依开通钱料例,每料用五斤三两,收净四斤十三两。庆历四年,依太平钱料例,又减五两半,收净四斤八两。庆历七年,以建州钱轻怯粗弱,遂却依景祐三年料例。至五年以锡不足,减锡添铅。嘉祐三年,以有铅气方始依旧。嘉祐四年,池州乞减铅锡各三两,添铜六两。治平元年,江东转运司乞依旧减铜添铅锡。提点相度乞且依池州擘画,省部以议论不一,遂依旧法,用五斤八两,收净五斤到今。其说以为钱轻有利,则盗铸难禁。殊不知盗铸不缘料例,而开通钱自唐武德至今四百余年,岂可谓轻怯而易坏乎?缘物料宽剩,适足以资盗窃。今依景祐三年料例,据十监岁额二百八十一万贯,合减料八十七万八千余斤,可铸钱一十六万九千余贯。

后汉王延寿作《王孙赋》云:“有王孙之狡兽,形陋观而丑仪。颜状类乎老公,躯体似乎小儿。储粮食于耳颊,稍委输于胃脾。同甘苦于人类,好铺糟而啜醨。”柳子厚作《憎王孙》,其名盖出于此。余谓自王公而次侯,故以王孙寄之耳。

浙东人以畜产相呼,乃笑而受之。若及父祖之名,则为莫大怨辱,有殴击因是而致死者。又其语音讹谬,讳避尤可笑。处州遂昌县有大姓潘二者,人呼为“两翁”,问之,则其父名义也。

单州有单父县,有王莽村,衢州江山县有禄山院。禄山犹有意义,而王莽则莫得而推。胜母、朝歌,尚所可恶,况于此乎？

西北春时，率多大风而少雨，有亦霏微。故少陵谓"润物细无声"。而东坡诗云："春雨如暗尘，东风吹倒人。"韩持国亦有"轻云薄雾，散作催花雨"之句。至秋则霜霾苦雨，岁以为常。二浙四时皆无巨风，春多大雷雨，霖霪不已。至夏为"梅雨"，相继为"洗梅"。以五月二十日为"分龙"，自此雨不周遍，犹北人呼"隔辙"也。迨秋稻欲秀熟，田畦须水，乃反亢旱。余自南渡十数年间，未尝见至秋不祈雨。此南北之异也。

有人自金逃归云，过燕山道间僧寺，有上皇书绝句云："九叶鸿基一旦休，猖狂不听直臣谋。甘心万里为降虏，故国悲凉玉殿秋。"天下闻而伤之。使尚在位，岂止祭曲江而已乎？申屠刚谓"未至豫言，固当为虚；及其已至，又无所及"者，是矣。杜牧谓"后人哀之"，可不鉴哉！

冉闵诛诸部，凡死者二十余万，时高鼻多须，至有滥死者。汉袁绍捕宦者，无少长皆杀之。或有无须而误死者，至自发露，然后得免者二千余人。本朝王德用，言者谓其貌类艺祖，宅枕乾冈，乃云："本父母所生，朝廷之赐。"而高鼻无须，岂非遗体天与而然邪？特有幸不幸耳，未可以脱祸也！

三代之世，无 九年之蓄为不足，而后世常乏终岁之储，非特敦本力田者少而食者众，亦酒醴以糜之耳。盖健啖者一饭不过于二升，饮酒则有至于无算。前代以水旱资储未丰，皆禁酤酒，至于饴糖亦然。今略举以见：汉景帝三年夏旱，禁酤酒，至后元年夏始得酤，凡五年。武帝天汉三年，榷酒酤。昭帝始元六年，罢榷升四钱。后汉和帝永光十六年，兖、豫、徐、冀四州比年多雨，禁酤酒。不见开禁之日。顺帝汉安二年，禁酤酒。蜀先主时，天旱禁酒。晋孝武太元八年，开酒禁。不见始禁之年。

安帝隆安五年,岁饥禁酒。石勒以百姓始复业,资储未丰,于是重制禁酿,郊祀宗庙,皆以醴酒,行之数年,无复酿者。宋元帝元嘉十二年六月禁酒,二十一年正月复禁酒,恤饥也。二十二年八月开酒禁,有年也。唐高宗咸亨元年,以谷贵禁酒。肃宗至德三载三月辛卯,以岁饥禁酤酒,俟麦熟依常式。德宗大历十四年罢榷酤,建中三年复榷。宋明帝时岁旱人饥,颜峻上言禁饧一月,息米近万斛。绍兴初谷贵,酒价不足以偿米曲之直。余尝献议,欲以谷代俸钱而禁酤酒,时以为讶。

宗室子栎字梦授,宣和中以进韩文、杜诗二谱,为本朝除从官之始。然必欲次叙作文岁月先后,颇多穿凿。又喜吟诗,每对客使其甥讽诵,源源不已。尝作《杜鹃》诗,夸于人,谓虽李、杜思索所不至。其首句云:"杜鹃不是蜀天子,前身定是陶渊明。"闻者笑不能忍。至"夜棋三百子,晓发一千梳","发为干戈白,心于社稷丹",亦其工者。

临安府城中有宝积山,车驾驻跸时,御史中丞辛炳、殿中侍御史常同、监察御史魏矼、明缟、周纲皆居其上,人遂呼为"五台山"。

车驾驻跸临安,以府廨为行宫。绍兴四年,大飨明堂,更修射殿以为飨所。其基即钱氏时握发殿,吴人语讹,乃云"恶发殿",谓钱王怒即升此殿也。时殿柱大者,每条二百四十千足,总木价六万五千余贯,则壮丽可见。言者屡及而不能止。

鸡肋编卷下

蜀人司马先,元祐中为荣州曹官。自云以温公之故,每监司到,彼独后去而不得汤饮。盖众客旅进退,必特留问其家世。知非丞相昆弟,则不复延坐,遂趋而出也。

鸷禽来自海东,唯青鹘最嘉,故号"海东青"。兖守王仲仪龙图以五枚赠威敏孙公,皆皂颊鸦,不堪搏击。公作诗戏之曰:"海东霜隼品仍多,万里秋天数刻过。狡兔积年安茂草,弋人终日望沧波。青鹘独击归林麓,皂颊群飞入网罗。为谢文登贤太守,求方逐恶意如何?"后辽国求于女真,以致大乱,由此鸟也。

绍兴四年,温州瑞安县井鸣如钟声,继而州中亦然。前史灾异所未有。或云去岁闽中如此,遂有大水漂没之害。或云止如蚯蚓鸣,叩栏即止,非井鸣也。

唐以郑与郑、幽与幽相类,文移差误,故郑去邑,幽为邻。本朝景祐三年,知祥符县郭辅之奏:"西川维州与京东潍州相去仅六十里,而递角逃军,转递差误,乞改州名。"上取地图观之,以维州以威服西山八国,遂改为威州焉。

欧阳修为河北都转运使,上宰相书云:"自河北州府军县一百八十有七,主客之民七十万五千七百户,官吏在职者一千二百余员,厢禁军马义勇民兵共四十七万七千人骑,岁支粮钱帛二千四百四十五万,而非常之用不与焉。"尹洙《叙息戍篇》曰:"国家割弃朔方,西师不出三十年。亭徼千里,环重兵以戍之。种落屡扰,即时辑定,然屯戍之费亦已甚矣。西戎为寇,远自周世。劳弊中国,东汉尤甚,费用常以亿计。孝安世屡叛,十四年用二百四十亿。永和末复经七年,用八十余亿。及段纪明出征,用才五十四亿,而翦灭殆尽。今西北四帅,<small>泾源、</small><small>邠宁、秦、延。</small>戍卒十余万,一卒岁给,无虑二万。<small>率骑卒与冗兵较其中者总廪给之数,恩赏不在焉。</small>以十万众较之,岁用二十亿。自灵武罢兵,计费六百余亿,方前世数倍矣。"

皇祐中,右司谏钱彦远乞置劝农司云:"唐开元年有户口八百九十余万,定垦田二千四百三十余万顷。国家有户九百五十余万,定垦田一千二百一十五万余顷。其间逃废之田,不下三十余万顷,不及开元三分之一。是田畴不辟而游手多矣。"

宣和中,余深为太宰,王黼为少宰。是时上皇多微行,而司谏曹辅言之。一日上皇独留黼,问辅何自而知。对曰:"辅南剑人,而余深门客乃辅兄弟,恐深与客言而达于辅也。"上皇然之。即下开封府捕深客,锢身押归本贯。内外惊骇,莫知其由。而深患失,何敢与客语?又曹只同姓同郡,实非亲也。未几,王独赐玉带,余遂求罢,即得请。黼遂攘其位焉。

王琪字君玉,其先本蜀人,从弟珪、瓘、玘、玩,皆以文章名世。世之言衣冠子弟能力学取富贵,不藉父兄资荫者,唯韩亿诸子及王氏而已。时翰林学士彭乘不训子弟文学,参军范宗韩上启责之曰:"王氏之琪、珪、瓘、玘,器尽璠玙,韩家之综、绛、缜、维,才皆经纬。非荫而得,由学而然云。"

王琪为三司判官,景祐中上言乞立义仓曰:"谨按隋开皇五年,工部尚书孙平建言,诸州共立义仓于当社。唐贞观初,尚书左丞戴胄议立条制,王公已下垦田,亩税二升。至天宝八

年,天下义仓,共六千三百八十七万七千六百余石。臣上此
议,今十七年矣。若于夏秋正税外,每二升别纳一升,计一中
郡岁可得五千石,岂减天宝之多乎?"于是诏天下皆立义仓,惟
广南以纳身丁米,故独不输。

贤良方正直言极谏科,始于前汉武帝,而文帝已尝举贤良
文学之士。武帝五十四年中,一举贤良,一举茂才。孝元十六
年间,一举贤良,一举茂才。成帝三十六年间,四举方正直言。
后汉光武三十二年,两举贤良。章帝十三年,两举直言。和帝
十七年,一举贤良。安帝、顺帝各十七年,皆两举贤良。

杭州遭方腊之乱,谯门州宇皆被焚。翁彦国坏佛寺以新
之,乃求梁师成书宁海军大都督府二榜。军字中心一笔上出,
督下从日,时谓"督无目,军出头"。继有叛卒陈通之变,乃取
二牌焚之。

绍兴之后,巨盗多命官招安,率以宣赞舍人宠之。时以此
官为耻。然清流者寄禄官下皆有兼字,至贼辈则无。又加遥
郡者,尽以忠州处之,其徒亦稍有解者。甚非旷荡欲安反侧之
意也。

车驾渡江,韩、刘诸军皆征戍在外,独张浚一军常从行在。
择卒之少壮长大者,自臀而下文刺至足,谓之"花腿"。京师旧
日浮浪辈以此为夸。今既效之,又不使之逃于他军,用为验
也。然既苦楚,又有费用,人皆怨之。加之营第宅房廊,作酒
肆名太平楼,般运花石,皆役军兵。众卒谣曰:"张家寨里没来
由,使他花腿抬石头。二圣犹自救不得,行在盖起太平楼。"绍
兴四年夏,韩世忠自镇江来朝,所领兵皆具装,以铜为面具,军
中戏曰:"韩太尉铜脸,张太尉铁脸。"世谓无廉耻不畏人者为
铁脸也。

世人名子，多连上下一字，或从偏旁，唯李复圭修撰兄弟三房名子，或曰执柔、袭誉、传正，人莫晓其意义，乃以仄平、仄仄、平仄为异也。永嘉林季仲懿成云：渠诸父五人，伯父首得子，即以八元名之。后诸房果得子八人，两房遂绝。人谓数已谶于其始。然蔡子正枢密之子，以五行为名，至第六子名之曰縠，以应六府。晚年又得一子，遂命之为修，亦岂在是也？河阳张望九子，皆连"立"字，令以"立、门、金、石、心"为序。靖生阁，阁之女嫁郑居中长子修年，而台卿诸子因更从"年"。慕势而违祖训，金石之心遂从革矣。

古所谓媵妾者，今世俗西北名曰"祇候人"，或云"左右人"，以其亲近为言，已极鄙陋。而浙人呼为"贴身"，或曰"横床"，江南又云"横门"，尤为可笑。

翟汝文公巽知越州，坐拒旨不敷买绢事削官，谢表云："忍效秦人，坐视越人之瘠；既安刘氏，定知晁氏之危。"后拜参政，温人宋之方作启贺之曰："昔镇藩维，已念越人之瘠；今居廊庙，永图刘氏之安。"盖用其语也。

绍兴四年六月二十三日申未间，太白在日后昼见，临安之人，万众仰观。迨暮光芒数寸，照物有影。明日，太史乃奏云："太白自十七日昼见，天文官失于观瞻。然行未道，非过午也，但罚宿三十直而已。"时谓有昏迷之罪，而免无赦之诛，人以为恨。然行未道不为经天，又不知何所据而言也。

建炎之后，除殿前马步三帅外，诸将兵统于御营使司，后分为神武五军，刘光世、韩世忠、张浚、王璨、杨沂中为五帅。刘太傅一军在池阳，月费钱二十六万七千六百九十贯三百文，一十万四千贯，系朝廷应副，余仰漕司也。米二万五千九百三十八石三斗，粮米七千九百六十六石八斗，草六万四百八十束，料六千四十八石,而激赏回易之费不在焉。韩军不知其实,但朝廷应副钱月二十一万余贯,则五军可略见矣。至绍兴中,吴玠一军在蜀,岁用至四千万。绍兴八年,余在鄂州,见岳侯军月用钱五十六万缗,米七万余石,比刘军又加倍矣,而马刍秣不预焉。

前世谓"阿堵",犹今谚云"兀底","宁馨",犹"恁地"也,皆不指一物一事之词。故"阿堵"有钱目之异,"宁馨"有美恶之殊。而张谓诗云:"家无阿堵物,门有宁馨儿。"与款头无异矣。

世以浙人屡懦,每指钱氏为戏云:倘时有宰相姓沈者,倚为谋臣,号沈念二相公。方中朝加兵江湖,倘大恐,尽集群臣问计,云:"若移兵此来,谁可为御?"三问无敢应者。久之,沈相出班奏事,皆倾耳以为必有奇谋。乃云:"臣是第一个不敢去底!"朝廷渡江,时人呼诸将,皆以第行加于官称。刘三、张七、韩五、王三十,皆神武五军大将。王三十者名瓌,官承宣带四厢都使,人以太尉呼之。然所至辄负败,未尝成功。时谓"沈念二相公"二百年后,始得"王三十太尉",遂为名对也。

从官门状,参云"起居",辞云"攀违,某官谨状",无"候裁台旨"之文,虽见执政亦然,亦无贺状。虽无条式,相循以为故事。李正民方叔侍郎谓非以为尊大,侍从之臣,于同列难施候旨之辞也。

二浙造酒,非用灰则不澄而易败,故买灰官自破钱。如衢州岁用数千缗。凡僧寺灶灰,民皆断扑。收买既久,以柴薪再烧,以验美恶。以掷地散远而浮扬者为佳,以其轻滑炼之熟也。官得之,尚再以柴煅方可用。医方用冬灰,亦以其日日加火,久乃堪耳。如平江又用朴木以煅石灰而并用之,又差异于浙东也。

章子厚为相,靳侮朝士。常差一从官使高丽,其人陈情,力辞再三,不允,遂往都堂恳之。章云:"以公所陈不诚,故未相允。"其人云:"某之所陈,莫非情实。"章笑云:"公何不道自揣臣心,诚难过海。"

钱谂以郎官作张浚随军转运,自请乞超借服色,既得之,遂夸于众云:"方患简佩未有,而富枢以笏相赠,范相亦惠以金鱼。"赵叔问在坐,戏之曰:"可以一联为庆:所谓手持枢府之圭,臀打相公之袋。"坐客莫不绝倒。

张子厚知太常礼院,定龙女衣冠,以其封善济夫人,故依夫人品。程正叔以为不然,曰:"龙既不当被人衣冠。矧大河之塞,本上天降祐,宗社之灵,朝廷之德,吏士之劳,龙何功之有?又闻龙女有五十三庙,皆三娘子。一龙邪?五十三龙邪?一龙则不应有五十三庙,五十三龙则不应尽为三娘子也。"子厚默然。

韩世忠轻薄儒士,常目之为"子曰"。主上闻之,因登对问曰:"闻卿呼文士为子曰,是否?"世忠应曰:"臣今已改。"上喜,以为其能崇儒。乃曰:"今呼为萌儿矣。"上为之一笑。后镇江帅沈晦因敌退锡宴,自为致词,其末云:"饮罢三军应击楫,渡江金鼓响如雷。"韩闻之,即悟其旨,云:"给事,世忠非不敢过淮!"已而自起,以大觥劝之。继而使诸将竞献。沈不胜杯酌,屡致呕吐。后至参佐僚属,斟既不满,又容其倾泻。韩怒曰:"萌儿辈终是相护!"又戏沈云:"向道教给事休引惹边事。"盖指其词为引惹也。

吉州江水之东有二山,其一皆松杉筠箨,草木经冬不凋,号曰青原,即七祖思可妙应真寂大师道场。今寺名靖居,有颜鲁公书碑,又有卓锡、虎跑、雷踊、天竺四泉。其一不生草木,号曰黄原,正在州东。故古语谶云:"最好黄原天卯山,此方盗贼起应难。"自建炎己酉岁，忽洪水发于两山，土人谓之山笑。青原飘屋六十余楹，而山不摧圮，黄原山遂破裂。自是诸县相继为贼残毁，经六年犹未息。丙辰岁，青、黄二原又发洪水，冲决尤甚。是冬，敌人破永丰、吉水、傅州城，入太和、万安，至丁巳春始定。

虔州本汉赣县，属豫章郡。高祖六年置，使灌婴屯兵以扼尉佗。隋开皇九年，始曰虔州，以虔化水为名。本十二县，远者去州七百余里。本朝淳化中，分二县以置南安军州城，梁徙于章、贡二水间。贡水在东，章水在西，夹城北流一里许，合流为赣江。江中巨石森耸如笋，水湍激，历十八滩，凡三百里始入吉州万安县界为安流。州之四傍皆连山，与庾岭、循、梅相接。故其人凶悍，喜为盗贼，犯上冒禁，不畏诛杀。建炎初，太后携六宫避寇至彼，而陈大五长者首为狂悖。自后十余年，十县处处盗起，招来捕戮，终莫能禁。余尝至彼，去州五十里宿于南田，吏卒告以持钱市物不售，问市人何故？则云"宣政、政和是上皇无道钱，此中不使。"竟不肯用。其无礼不循法度盖天性，亦山水风气致然也。

绍兴四年十二月二十九日三十日，洪州连大雷电，雨雪沍寒。虽立春数日，然于候为早。老杜诗载"十月荆南雷怒号"，亦以为异。赵正之都运云："渠在蜀中，十月闻雷，土人相庆，以为丰年之兆。"盖四方远俗，未可以一理论也。

王摩诘画其所居辋川，有辋水、华子冈、孟城坳、辋口庄、文杏馆、斤竹岭、木兰柴、茱萸沜、宫槐陌、鹿柴、北垞、欹湖、临湖亭、栾家濑、金屑泉、南垞、白石滩、竹里馆、辛夷坞、漆园、椒园，凡二十一所。与裴迪赋诗，以纪诸景。《唐人记》云"后表所居为鹿庄寺"，而《长安志》乃云"清源寺"，未知《志》何所据。

旧史载本宋之问别墅,而新史略之。杜子美诗"宋公旧池馆,零落首阳阿",则又非西都蓝田之墅也。杜有和裴迪三诗。裴事业未见其他,想非碌碌俗士耳。

安鼎为御史,论本朝岁断大辟人数:天圣中一岁二千三百余人,当时患其数多,大议改制。元丰岁率二千三百余人。元祐元年、二年、四年,各四千余人;三年,三千人已上。按《国朝会要》,淳化初置祥覆官,专阅天下奏到已断案牍。熙宁中,始罢闻奏之法,止申刑部。元丰中,又罢申省,独委提刑司详覆,刑部但抽摘审核。元祐初,始复刑部详覆司,然不专任官属,又有摘取二分之限,乞依祖宗法,专委刑部郎官三两员通明法律者,不限分数,尽覆天下之案。庶令内外官司知所畏惧,而尽心于刑狱焉。

元祐六年五月,吏部待阙官,尚书左选一百六十二员,侍郎左选八百余员,并使一年以上,至二年两季阙。尚书右选二百八十三员,侍郎左选五百三十七员,并候一年一季已上,至二年三季阙。四选宗室已未有差遣,共一千四百八十余员。

黄鲁直在众会作一酒令云:"虱去乀为虫,添几却是風。风暖鸟声碎,日高花影重。"坐客莫能答。他日,人以告东坡,坡应声曰:"江去水为工,添糸即是红。红旗开向日,白马骤迎风。"虽创意为妙,而敏捷过之。苏公尝会孙贲公素,孙畏内殊甚,有官妓善商谜,苏即云:"蒯通劝韩信反,韩信不肯反。"其人思久之,曰:"未知中否? 然不敢道。"孙迫之使言,乃曰:"此怕负汉也。"苏大喜,厚赏之。

朱希亮,颍川八,为邓州教官。有乔世贤者,恃才轻忽,偶与朱相值,遽问之云:"君名希亮,谓希何亮?"朱报云:"何世无贤? 今未问君名,姓将何出?"乔愕然不能答。盖古惟有桥姓,而省木莫知其由，至唐始有彝及知之。或云匈奴贵姓也。

余家故书有吕缙叔夏卿文集，载《淮阴节妇传》云：妇年少美色，事姑甚谨。夫为商，与里人共财出贩，深相亲好，至通家往来。其里人悦妇之美，因同江行，会傍无人，即排其夫水中。夫指水泡曰："他日此当为证！"既溺，里人大呼求救，得其尸已死，即号恸为之制服如兄弟，厚为棺敛，送终之礼甚备。录其行橐，一毫不私。至所贩货得利，亦均分著籍。既归，尽举以付其母，为择地卜葬。日至其家，奉其母如己亲，若是者累年。妇以姑老，亦不忍去，皆感里人之恩，人亦喜其义也。姑以妇尚少，里人未娶，视之犹子，故以妇嫁之。夫妇尤欢睦，后有儿女数人。一日大雨，里人者独坐檐下，视庭中积水窃笑。妇问其故，不肯告，愈疑之，叩之不已。里人以妇相欢，又有数子，待己必厚，故以诚语之曰："吾以爱汝之故，害汝前夫。其死时指水泡为证，今见水泡，竟何能为？此其所以笑也。"妇亦笑而已。后伺里人之出，即诉于官，鞫实其罪而行法焉。妇恸哭曰："以吾之色而杀二夫，亦何以生为？"遂赴淮而死。此书吕氏既无，而余家者亦散于兵火，姓氏皆不能记，姑叙其大略而已。

《笔谈》载吕缙叔临终，身缩才数尺。洛人范季平子妇病瘦累年，浸亦短缩，绍兴六年春，卒于临川，才如六七岁儿，亦可怪也。

江南人谓社日有霜必雨。丙辰春社，繁霜覆瓦，次日果大雨。

洪州之北四十里，地名辟邪，以江边有此石兽，故以为名。余过彼得破甓，上有隶书"开皇九年"四字，竟不知墓为何人。又洪、抚之间，地名清远，有净居院。余又得一砖，四傍皆印开皇十六年字。寺后山上有寿章亭，亭前樟木围三寻，多题诗，云三经霹雳，中有巨蛇也。东坡葬汝州，其墓甓皆印东坡二字，洛人王寿卿所篆。余在襄阳，得隶书宋昇明三年韦长史基砖，考之睿之父也。余六百年矣，坚实可作研。避地亦弃于阳翟善财寺中。

韩岊知刚，福州长乐人，尝监建溪茶场，云茶树高丈余者极难得。其大树二月初因雷迸出白芽，肥大长半寸许，采之浸水中，俟及半斤，方剥去外包，取其心如针细，仅可蒸研以成一胯，故谓之水芽。然须十胯中入去岁旧水芽两胯，方能有味。初进止二十胯，谓之贡新。一岁如此者，不过可得一百二十胯而已。其剥下者，杂用于龙团之中，采茶工匠几千人，日支钱七十足。旧米价贱，水芽一胯犹费五千。如绍兴六年一胯十二千足，尚未能造也。岁费常万缗。官焙有紧慢火候，慢火养数十日，故官茶色多紫。民间无力养火，故茶虽好而色亦青黑。宣和中，腊月贡，或以小株用硫黄之类发于荫中，或以茶子浸使生芽，十胯中八分旧者，止微取新香之气而已。入香龙茶，每斤不过用脑子一钱，而香气久不歇。以二物相宜，故能停蓄也。

"历日中治水龙数，乃自元日之后，逢辰为支，即是。得寅卯在六日，为丰年之兆。"李舍人璆西美云。李善三命术，于阴阳书多通。

吕丞相元直以使相领宫祠，卜居天台，作堂名退老，每诵少陵"穷老真无事，江山已定居"之句以自况。时赋诗者百数。李伯纪职大观文、官银青、帅福唐，亦寄题二篇，其末章云："片帆云海无多地，叹息何由厕末宾？"时谓二公穷老，末宾，何言之谦也！

《晋史·温峤传》:司隶命为都官从事。庾敳有重名而颇
聚敛,峤举奏之,京都振肃。敳传云:温峤奏之,敳更器峤,目
峤森森如千丈松,虽礧砢多节,施之大厦,有栋梁之用。而《和
峤传》亦云:太傅从事中郎庾敳见而叹曰:"峤森森如千丈松,
虽礧砢多节目,施之大厦,有栋梁之用。"则二峤传皆载,未知
孰为是也。

　　楚州有卖鱼人姓孙,颇前知人灾福,时呼孙卖鱼。宣和
间,上皇闻之,召至京师,馆于宝箓宫道院。一日怀蒸饼一枚,
坐一小殿中。已而上皇驾至,遍诣诸殿烧香,末乃至小殿。时
日高,拜跪既久,上觉微馁。孙见之,即出怀中蒸饼云:"可以
点心。"上皇虽讶其异,然未肯接。孙云:"后来此亦难得食
也。"时莫悟其言。明年遂有沙漠之行,人始解其识。

　　建炎三年己酉,金人至浙东破四明,明年退去。时昌源知
吉州,葺筑州城,役夫于城脚发地,得铜钟一枚,丁覆瓷缶,意
其中有金璧之物,竟往发之,乃枯骨而已。众忿其劳力,尽投
于江中。视铜钟之上有刻文云:"唐兴元初仲春中巳日,吾季
爱子役筑于庐陵,陨于西垒之巅。吾时司天文,昭政令晦明。
康定之始,末欲营于他山,就瘗于西垒之垠。吾卜兹土,后当
火德,五九之间,世衰道微。浙、梁相继丧乱之时,章、贡唐昌
之日,复工是垒,吾亦复出是邦。东平枭工决使吾爱子之骨,
得同河伯听命于水府矣。京兆逸翁深甫记。"按唐兴元元年甲
子岁,朱泚、李怀光僭叛,德宗自奉天移幸梁州之岁。二月十
二日甲子,李怀光反,中巳盖十七日己巳也。康定之始,则六
月甲辰泚始伏诛,七月壬午至自兴元之时也,迨建炎四年庚
戌,三百四十七年矣。如火德浙、梁相继,唐昌、东平水府之
谶,莫不皆符。但五九之数未解,而复出是邦,未知为谁。则

逸翁之术,亦可谓精矣!

崇宁中,李诫编《营造法式》云:旧例以围三径一方五斜七为据,疏略颇多。今按《九章算经》:圆径七,其围二十有二。方一百,其斜一百四十有一。八棱径六十,每面二十五,其斜六十有五。六棱径八十有七,每面五十,其斜一百。圆径内取方一百,中得七十有一。方内取圆径一得一,六棱八棱,取圆准此。又载名物之异曰:墙名五。墙、墉、垣、缭、壁。柱础名六。础、碩、碼、磌、礩、礴,今谓之石碇,音顶。材名三。章、材、方桁。栱名六。闹、栿、薄曲、枅、栾、栱。飞昂名五。杆、飞昂、英昂、斜角、下昂。爵头名四。爵头、耍头、胡孙头、蜉蝣头。枓名五。窠、櫨、栌、楂、壁、枓。平坐名五。阁道、灯道、飞陛、平坐、鼓坐。梁名三。梁、宋庙、楣。柱名三。桓、楹、柱。阳马名五。觚棱、阳马、阙角、角梁、梁抹。侏儒柱名六。悦、侏儒柱、浮柱、棁、上楹、蜀柱。斜柱名五。斜柱、梧、迕、枝撑、叉手。栋名九。栋、桴、檼、棼、甍、极、搏、标、檩。搏风名二。荣、搏风。栵名三。栵、复栋、替木。椽名四。桷、椽、橑、橑。短椽名二。栋、禁楄。檐名十四。檐、宇、樀、楣、屋垂、梠、檐、联櫋、檩、庑、庇、檈、榱、庮。举折名三。陠、峻、陠峭、举折。乌头门名三。乌头大门、表楬、阀阅。今呼为櫺星门。平基名三。平机、平橑、平基。俗谓之平起,以方椽施素版者谓之平闇。斗八藻井名三。藻井、圆泉、方井。今谓之。钩兰名八。楯槛、轩槛、桄、槏牢、阑、楯、柃、阶槛。拒马义子名四。桭桓、桭柜、桁、马。屏风名四。皇邸、后板、扆、屏风。露篱名五。橏、栅、据、藩、落。今谓之。涂名四。场、墐、涂、泥。阶名四。阶、陛、陔、墒。瓦名二。瓦、甍。砖名四。甓、甋、瓾、甈、甋砖。又云,《史记》居千章之萩。注:章,材也。《说文》栔。注:栔,横也,音至。按构屋之法,皆以材为祖。祖有八等,度屋之大小因而用之。凡屋之高深,名物之长短,曲直举折之势,规矩绳墨之宜,皆以所用材之分以为制度。材上加栔者,谓之足材。其规短制度，皆以章棨为祖。今人以举止失措者，谓之失章失棨，盖谓此也。宋祁《笔录》："今造屋有曲折者，谓之庮峻。齐、魏间以人有仪矩可观者，谓之庮峭。"盖庮峻也。今俗谓之举折。

陶隐居注《本草》云："大寒凝海而酒不冰，明其性热，独冠群物。"余官原州时，官库庆锦堂酒取数绝少，醇旨最于一路，而怪其成冰。及见司马温公《苦寒行》云："并州从来号惨烈，今日乃信非虚名。谁言醇醲能独立？壶腹迸裂无由倾。"则塞上之寒，隐居生于东南，盖未之见耳。

苏子瞻与刘孝叔、李公择、陈令举、杨公素会于吴兴，时张子野在坐，作《定风波》词，以咏六客。卒章云："尽道贤人聚吴分，试问，也应旁有老人星。"后十五年，苏公再至吴兴，则五人者皆已亡矣。时张仲谋、张秉道、苏伯固、曹子方、刘景文为坐客，仲谋请作《后六客词》云："月满苕溪照夜堂，五星一老斗光芒。十五年前真梦里，何事？长庚对月独凄凉。　　绿发苍颜同一醉，还是，六人吟笑水云乡。宾主谈锋谁得似？看取，曹刘今对两苏张。"

程俱致道，以外氏荫入官，少有文称，车驾在钱唐，不试而除正字。其谢表云："以权德舆之器业，李卫公之才猷，宋绶之该通，韩维之方悟，乃始不由科第，自致清华。若杨大年之一世英豪，欧阳修之诸儒领袖，安石之经术，苏轼之文章，故皆不待试言，径司辞命。如臣何者，滥继前修？"盖自唐以来才十数人，亦可谓荣矣！然自是率多不试，人反以为滥也。

吴玕正仲家蓄唐以来墨，诸李所制皆有之。云无出廷珪之右者，其坚利可以削木。渠书《华严经》一部半，用廷珪才研一寸。其下四秩用承宴墨，遂至二寸，则胶法可知矣。王彦若

《墨说》云："赵韩王从太祖至洛，行故宫，见架间一箧，取视之，皆李氏父之所制墨也。因尽以赐王。后王之子妇蓐中血运危甚，医求古墨为药，因取一枚投烈火中，研末酒服即愈。诸子欲各备产乳之用，乃尽取墨煅而分之。自是李氏墨世益少得云。"余尝和吴观墨诗云："赖召陈玄典籍传，肯教边腹擅便便。竟夸削木真馀事，却笑磨人得永年。三友不居毛颖后，五军仍在楮生前。只愁公子从医说，火煅生分不直钱！"

吴幵正仲著《漫堂集》，载唐顾况老失子作诗云："老人哭爱子，泪下皆成血。老人年七十，不作多时别。"每诵诗，哭之哀甚。未几，复生子非熊，能道前世事，云在冥中闻其父哭并诗，不胜其哀，恳于冥官，复为况子。非熊仕至起居舍人。朱明发晋叔，绍兴辛亥十月末，在苍梧失子。其子未病时，书窗壁皆作十月十日字。既卒，梦于其母，且复为子。壬子十月十日，于五羊果复得子。其事颇与非熊类，可谓异矣。晋叔贤厚，是宜有子者。余亦识晋叔，宋城人，丁巳岁为浙西提举市舶。其室王氏亦睢阳人，景融之女，同老之孙也。

吉州万安县至虔州，陆路二百六十里，由赣水经十八滩三百八十里，去虔州六十里，始出赣石惶恐滩，在县南五里。东坡贬岭南，有《初入赣》诗云："七千里外二毛人，十八滩头一叶身。山忆喜欢劳远梦，地名惶恐泣孤臣。"注云："蜀道有错喜欢铺。"入赣有大小惶恐滩，天设此对也。其《北归》云："予发虔州，江水清涨丈余，赣石三百里无一见者。惶恐之南，次名漂城、延津、大蓼、小蓼、武朔、昆仑、梁口、横石、清洲、铜盘、落濑、太湖、狗脚、小湖、𦊵机、天注、鳖口，凡十八滩。自梁口滩属虔州界。又有锡州大小湖李大王四洲，水涨或落皆可行，惟石没水不深为可畏也。"

　　蔡碻持正始为京兆府司理参军,会韩子华建节出镇,初到设燕,蔡作口号,有"儒苑昔推唐吏部,将坛今拜汉将军"之句。公喜荐之,改京秩。元丰中,致位宰相。元祐初,责知安州,后圃有浮云楼,楼下临沄河,尝赋十诗,有"叶底出巢黄口闹,溪边逐队小鱼忙"之句。又一绝云:"矫矫名臣郝甑山,忠言直节上元间。钓台芜没知何处?叹息斯公抚碧湾!"时宣仁圣烈皇后听政,知汉阳军吴处厚皆注释以进,坐谤讪贬新州而死。其始终盛衰,皆以诗句,亦可异也。然元祐党人之祸自此而起,几与牛李之策相类。

　　太史公作《伯夷传》,但云"伯夷、叔齐,孤竹君之二子也。"而《论语》音注引《春秋·少阳篇》,谓"伯夷姓墨,名允,一名元,字公信;叔齐名智,字公达,夷、齐谥也。"陆德明取之。不知《少阳篇》何人所著,今世犹有此书否? 如赵岐谓孟轲字则未闻,而李翰注《蒙求》引《史记》云字子舆,今观《史记》则未尝有。刘孝标亦云子舆困臧仓之诉,五臣注为孟轲字也。

　　蔡忠懋既以诗得罪,遂以言为戒。其往新州,止携一爱妾,号琵琶姐;又蓄一鹦鹉甚慧。每呼其妾亦不言,止击小钟,鹦鹉闻之,即传呼琵琶姐。未几,其妾瘴疠而死,自是不复击钟。一日,因圣节开启,遂服冠裳,而带尾误击钟有声,鹦鹉遂呼琵琶姐。公大感怆,因赋诗云:"鹦鹉声犹在,琵琶事已非。堪伤江汉水,同去不同归。"自是郁郁成病,以致不起。

　　沈存中《笔谈》载雷火熔宝剑而鞘不焚,举王冰注《素问》,谓龙火得水而炽,投火而灭,皆非世情可料。余守南雄州,绍兴丙辰八月二十四日视事。是日大雷破树者数处,而福慧寺普贤像亦裂,其所乘狮子,凡金所饰与像面皆销释,而其余采色如故。与沈所书盖相符也。

渊圣皇帝《以星变责躬诏》云:"常膳百品,十减其七;放减宫女,凡六千余人。"则道君朝盖以万计矣。见吴开承旨《摘文集》。

茈胡,《本草》音柴,而刘禹锡集音紫。按《广韵》茈字有二音,茈胡则音柴,茈草、茈姜则音紫。按少陵诗云:"省郎忧病士,书信有柴胡。"正用柴字,则刘集音恐误也。又仙灵脾,柳子厚作毗字,宜当从柳。《本草》木部盐麸子,云树叶如椿,子秋熟,有穗粒如小豆,上有盐,食之酸咸止渴,一名叛奴盐。而五倍子生此木叶下,本一物也,乃载于草部。按《玉篇》㮎音皮秘、平秘二切,云木名,出蜀中,八月中吐穗如盐状,可食,味酸美,即盐麸子也。《本草》云生吴、蜀山谷。五倍子疑为吴㮎子,语讹而然耳。又猪苓一名豭猪屎,陶隐居云:"旧云是枫树苓,其皮至黑,作块似猪屎,故以名之。"按《通俗文》猪屎曰𥣡,音灵,恐当用𥣡字。

东坡居士云:"岭南地暖,百卉造作无时。"南雄州在大庾岭下才数十里,与江南未相远也,而气候顿异。二月半梨花已谢,绿叶皆成阴矣。如石榴四时开花,橘已实仍蕊,或发于大本之上,却无枝叶,此尤可怪。然花发不数日辄谢,香气亦薄,盖其津脉漏泄者多也。故退之诗云:"二年流窜出岭外,所见草木多异同。冬寒不严地怕泄,阳气发乱无全功。浮花浪蕊镇长有,才开还落瘴雾中。"又其开发先在西北枝,而北向常盛者,缘日行非南至之极,则犹在其北故尔。

高适调封丘尉,不得志,去客河西,节度使哥舒翰奏为右骁卫兵曹参军掌书记。杜子美有诗送之云:"脱身簿尉中,始与捶楚辞。"韩退之作荆南法曹,与张籍诗云:"判司卑官不堪说,未免捶楚尘埃间。"杜牧之亦有《寄小侄阿宜》诗云:"参军与县尉,尘土惊匑勔。一语不中治,笞棰身满疮。"则唐世掾曹簿尉,皆未免于鞭扑,而史不载。所以责官多使为之,欲重为困辱也。

熙宁初,有士子上书迎合时宰,遂得堂除。苏长公以俚语戏之曰:"有甚意头求富贵,没些巴鼻便奸邪。"而其后禅林释子趋利谀佞,又有甚焉。懒散杨峒续成一绝云:"当时选调出常调,今日僧家胜俗家!"

历日中有载除手足甲,又有除手足爪甲爪之异,必自有说,而未能辨之者。或谓附肉为甲,则甲何可除也? 广南俚俗多撰字画,以孚为恩,壵为稳,衺为矮,如此甚众。又呼舅为官,姑为家,竹舆为逍遥子,女婿作驸马,皆中州所不敢言。而岁除爆竹,军民环聚,大呼"万岁",尤可骇者。

颜延年《咏阮始平》云:"屡荐不入官,一麾乃出守。"五臣注云:山涛荐咸为吏部郎,三上武帝,帝不能用。荀勖性自矜,因事左迁咸为始平太守。麾,指麾也。按麾字古亦用为挥斥之字。而杜牧之《将赴吴兴登乐游原》绝句云:"欲把一麾江海去,乐游原上望昭陵。"后人因此遂专作旌麾,以对五马,为太守故事。而牧之《黄州即事》云:"莫笑一麾东下计,满江秋浪碧参差。"乃在吴兴之前,时无"把"字,不知训麾为何义也。

南安军上犹县北七十里石门保小逻村出坚石,堪作茶磨,其佳者号"掌中金"。小逻之东南三十里,地名童子保大塘村,其石亦可用,盖其次也。其小逻村所出亦有美恶,须石出水中色如角者为上。其磨茶四周皆匀如雪片,齿虽久更开断。去虔州百余里,价直五千足,亦颇艰得。世多称耒阳为上,或谓不若上犹之坚小而快也。

韶州有汉隶书《周府君功勋记铭》曰:"讳璟字君光,下邳人,熹平二年为桂阳守,开昌乐泷,为舟人之利,庙食连州。”而碑在曲江郊外,为风日所剥,绍兴七年,始迁于城中。其后刊太和九年云云,字作今体。按太和之号,乃魏明、晋废、后魏孝文、石勒、李势,皆常以名年,而四非其正朔所及。晋太和之岁数未尝至九。疑唐文宗太和重刊之碑也。自熹平二年至太和九年,已六百六十三岁矣。又至绍兴丁巳,凡九百三十五年。若其本刻,字画不能如是之完也。

刘伯龙欲谋什一而为鬼揶揄,则贫富固有定分,非智力所能移也。颍昌士人马磐,能文有行义,受业之徒多中科第,独未尝得预乡荐,其贫几无壁立。有女年长,无资以适人,众为敛钱以嫁。未几归宁,感寒疾,数日而卒。夫家在外邑,方暑,不可待其至,又丐贷以殓。既阖棺,闻其呼声云“复生”,钉不可发,破木以出。视其殓衣,皆使脱去,遂若平人。其家既喜且倦,皆酣寝。是夕盗者尽偷衣衾之属,莫有觉者。至明方申官捕贼,则其女复死矣。天之穷人,其巧如此!

天下之事,有不学而能者,儒家则谓之天性,释氏则以为宿习,其事甚众。唐以文称,如白乐天七月而识“之无”二字。权德舆三岁知变四声,四岁能为诗。韩退之自云“七岁读书,十三而能文”。杜子美亦自谓“七龄思即壮,开口咏凤凰。九龄书大字,有作成一囊”。若李泌之赋“方圆动静”,刘宴之正“朋”字,岂学之所能至哉?以羊祜识庚环之处推之,则宿习为言,信矣!

章谊宜斐为户部尚书,闭门谢客,虽交旧亦莫之接。有轻薄子一日留刺阍者,多与之钱,属其必达。章视其衔,乃崖州司户参军薛柳也,遂解门者至临安府,人益以为笑。又有太府寺丞华某上留守吕丞相书,于纸尾图男女之状。又与中丞周子武书,于其衔下云"男愚儿上周某",皆一时异事也。

吴幵正仲云,渠为从官,与数同列往见蔡京,坐于后阁。京谕女童使焚香,久之不至,坐客皆窃怪之。已而报云香满,蔡使卷帘,则见香气自他室而出,霭若云雾,濛濛满坐,几不相睹,而无烟火之烈。既归,衣冠芳馥,数日不歇。计非数十两,不能如是之浓也。其奢侈大抵如此。

宗室熙宁之前,不以服属,皆赐名补环卫官。尝有同时赐名为叔总、叔是、叔浑、叔龄之隐诋,因以致讼。后虽不敢,然亲昆弟有名不迹、不迹者,迄不知改。后袒免之外,皆父祖命名。有伯珙者,辄为抱券人误写作珙,遂仍其谬。既而试进士中第,自范致虚唱名误呼甄姓,后皆令自注姓名音切,而求之《广韵》、《玉篇》,凡字书中皆无玉旁作恭字音,乃止以居悚切注之。众皆不悟,遂形诰敕。后世当又增此一字,亦可笑也。

江州庐山西林乾明寺经藏壁间,有唐戊辰岁樵人王翰画须菩提像,世以王为与杜子美卜邻者。按《文苑传》:"翰字子羽,并州晋阳人。少豪健恃才,及进士第,然喜蒱酒。开元十一年,张说辅政,召为秘书正字,擢通事舍人,驾部员外郎。家蓄声伎,目使颐令,自视王侯,人莫不恶之。十四年,说罢宰相,翰出为汝州长史,徙仙州别驾,日与才士豪侠饮乐游畋,伐鼓穷欢,坐贬道州司马,卒。"则西林所画,盖自仙州贬营道时过九江也。笔墨简古,非画工所能。自开元十六年戊辰,逮绍兴九年己未,四百一十二年矣。今独石刻存焉。

广南可耕之地少,民多种柑橘以图利。常患小虫损食其实,惟树多蚁则虫不能生,故园户之家,买蚁于人,遂有收蚁而贩者,用猪羊脬盛脂其中,张口置蚁穴傍,俟蚁入中则持之而去,谓之"养柑蚁"。

艺祖皇帝以开宝九年十月二十日癸丑上仙,其夕有云物之异。自是每岁忌辰,必有雨雪风冽之变。至绍兴九年,凡一百六十五年,威灵如在。视唐文皇玉衣之举,铁马之汗,盖过之远矣。其神异之事。已载于国史。方潜隐时,自凤翔道过原州,尝息棠木之阴,日已转而荫不移。至今其木枝条皆有龙角之状,其所寝之地,草独不生。此《实录》之所遗者。余作倅临泾,尝亲至其下,为筑垣以护。

惠州博、罗二山,罗山傍海,博山祠并又在海中,形圆而尖,今博山香炉取其状类也。罗山又名罗浮,云在海中浮而至。山下有延祥寺,尝有柑一株,太平兴国中,有中人取其实以进,爱其味美,因移植苑中。故世贵之,竟传罗浮柑。今山中更不复有,而其名不泯。

吕惠卿吉甫,自负高才,久排摈在外,大观中始召至京师,为太一宫使,时年八十岁矣。视宰辅贵臣皆晚进出己下者,意气颇自得。一日延见众客,有道士亦在其间,自称宗人,礼数简易。吕视之不平,因问其所能,曰“能诗”。吕顾空中有纸鸢,即使赋之。道士应声曰:“因风相激在云端,扰扰儿童仰面看。莫为丝多便高放,也防风紧却收难。”吕知其讥己,有惭色,方顾他客,已失所在。其风骨如世之画吕洞宾,人皆疑其是也。

绍兴九年岁在己未,秋冬之间,湖北牛马皆疫,牛死者十八九,而鄂州界麇、鹿、野猪、虎、狼皆死。至于蛇虺,亦僵于路傍。此传记所未尝载者。若以恶兽毒螫之物自毙为可喜,而牛马亦被其灾,是未可解也。

东坡在惠州作《梅》词云:“玉骨那愁烟瘴,冰姿自有仙风。海仙时遣探芳丛,倒挂绿毛幺凤。　　素面尝嫌粉污,洗妆不退唇红。高情易逐海云空,不与梨花同梦。"广南有绿羽丹觜禽,其大如雀,状类鹦鹉,栖集皆倒悬于枝上,土人呼为"倒挂子"。而梅花叶四周皆红,故有"洗妆"之句。二事皆北人所未知者。

李文定公族孝博之子健,字全夫,喜食糟蟹,自造一大坛凡数百枚,食之止余一枚,取出置器中,忽起行,逐之不可及,遂失所在。孙威敏公夫人边氏喜食鲙,须目见割鲜者,食之方美。一日亲视庖人将生鱼已断成脔,忽有睡思,遂就枕,令覆鱼于器,俟觉而切。乃梦器中放大光明,有观音菩萨坐其内。遽起视鱼,诸脔皆动,因弃于水中。自是终身蔬食。余在顺昌,见同官二人年六十余,以无子戒不食鱼,未几皆有子,遂刻文以劝人,亦自不食。建炎三年,在平江之常熟,家人谓鲑鱼出水即死,食之非杀,亦断为脔,至暮欲再烹而动。此皆与唐文宗食蛤蜊之事相同。若无善缘,刚强不可化者,亦不复见此事也。

唐李贺父名晋肃,而贺不敢应进士举,韩愈作《讳辩》以讥避之为非。绍兴中,范滂知鄂州,以父名嵲辞,不听。而唐冯宿父名子华,及出为华州刺史,乃以避讳不拜。贾曾景云二年授中书舍人,以父名忠言固辞,拜谏议大夫;开元初复拜中书舍人,又固辞。议者以中书是曹司名,又与曾父音同而字别,于礼无嫌,乃就职。此字同而音异,与字异而音同,事盖相类。又二名偏讳,皆所不当避者,而唐世法乃听之,与今条令盖少异矣。宗室令時德麟,父名世曼,及除提举万寿观,虽字有古今之殊,比之子华,则若可避,而朝廷亦不许。法谓府号官称犯父祖名者皆合避,而马�父名安仁,绍兴八年知衡州,以县有安仁乞避,则遂听其辞。虽不应令,而推之人情,亦近厚之一端也。

《本草》载白花蛇，一名褰鼻蛇，生南地及蜀郡诸山中，九月十日采捕之。《图经》云："其文作方胜白花，喜螫人足。黔人被螫者，皆立断之。其骨刺伤人与生螫无异。"今医家所用，惟取蕲州蕲阳镇山中者。去镇五六里有灵峰寺，寺后有洞，洞中皆此蛇而极难得。得之者以充贡。洞内外所产，虽枯两目犹明。至黄梅诸县虽邻境，枯则止一目明。其舒州宿松县又与黄梅为邻，间亦有之，枯则两目皆不明矣。市者视此为验，以轻小者为佳，四两者可直十千足。土人冬月寻其蛰处而撅取之，夏月食盖盆子者，治疾尤有功。采者置食竹筒中，作绳网以系其首，剖腹乃死。入药以酒浸煮，去首与鳞骨，三两可得肉一两用也。

孙真人《备急千金要方·大医精诚篇》云：自古名贤治病，多用生命以济危急。虽曰贱畜贵人，至于爱命，人畜一也。损彼益己，物情同患。夫杀生求生，去生更远。吾今此方，所以不用生命为药者，良以此也。其虻虫水蛭之类，市有先死者，则市而用之。只如鸡卵一物，以其混沌未分，必有大段要急之处，不得已隐忍而用之。能不用者，斯为大哲，亦所不及也。至后有用鸡子者，则云用物先破者有力于妇人。《白薇丸》方云：三月择食时，可食牛肝及心，不可故杀，令子短寿。《鲤鱼汤》与治水方皆云勿用生鱼。论诸毒螫，则云：凡见一切毒螫之物，必不得起恶心向之，亦不得杀。若辄杀者，后必遭螫，治亦难差。小儿狗啮方云：勿令狗主打狗。于毒螫伤人之物，尚不忍生心而加棰，况其他乎？其仁慈可谓至矣。而《新校治妇人妊娠诸方》皆用乌鸡之类，割颈取血以煎药，乃高保衡、孙奇、林亿以《崔氏纂要方》所增加也，不特失真人之用心，又虑后世更疑不用生命，以为虚语。故余于《本草蒙求》注中已辨其事，今更载于此，以释来者之惑云。

《庐山记》载锦绣谷三四月间，红紫匝地，如被锦绣，故以为名。今山间幽房小槛，往往种瑞香，太平观、东林寺为盛。其花紫而香烈，非群芳之比。始野生深林草莽中，山人闻其香，寻而得之，栽培数年则大茂。今移贾几遍天下，盖出此山云。余尝在京口僧舍，有高五六尺者，云已栽三十年。而澧州使园有瑞香亭，刻石为记，云其高丈余。大观中余官于彼，亭记虽存而花不复见。东都贵人之家有高尺余者，已为珍木，置于阴室，溉以佳茗。而邓州人家园圃中作畦种之，至连大枝采斫，不甚爱惜。花有子，岁取以种。其初盖亦得于山中，不独江南有也。

《韩信传》：淮阴屠中少年有侮信者曰："信能死，刺我；不能死，出袴下。"后云召辱己少年令出胯下者，以为楚中尉。徐广注云："袴，一作胯。胯，股也，音同。"又云："《汉书》作跨，同耳。"按《玉篇》：袴，音苦故切。胯，股也，音与袴同。跨，苦化切。跨，越也。又两股间也。胯，两股间也。音与跨同。胯、跨字相类，而音韵不同。今学者亦未尝分别，前读胯为库音，世必笑之。诸书音如此者甚众，聊举其一焉。

会稽士人有钱唐休者，颇有声于时，赵丞相当国，人荐之者，方议除擢，会有边报小警，视奏目中适见其姓名，赵不悦曰："钱唐遂休乎？"因置不用。后赵引折彦质为枢密，其院中奏牍书名相次，人有谮之者，谓赵鼎折为不祥，乃与钱事相类。古今以谶语而为祸福者多矣，虽有幸不幸，盖亦数使之然也。可胜叹哉！

余寓居上饶，数问信州之得名于邦人，莫有知者。后观

《图经》载弋阳县有信义港,以地极肥饶,人多信厚而得名,疑州之为称,或以是也。而夔州其先亦名信州,子美诗云"俱客古信州"者,盖谓夔州,亦未究其得名之故。

新州城中甚隘,居人多茅竹之屋。有士子于附郭治花圃,创为一堂,前后两庑,颇极爽丽。每延过客游宴,屡乞堂名而未得。一日,梦一贵人坐其堂上,士子从之游,亦若平日,恳以堂名,顾视久之,曰:"可以二相名之。"即寤而觉,殊不晓命名之旨。未几,蔡持正坐讥讪贬新州,既至,无宅可居,遂求堂以处,士子欣然纳之。意其再入,而竟死于彼。蔡之贬,人谓刘莘老为有力。至绍圣初,刘既坐责,当路者故以新处之。其至方暑,尤急于问舍,又欲假堂为馆,士子以二相为不祥,不许。而刘请甚坚,不得已以梦告之。刘以蒸湿不堪,又以其言为未信,竟借以居,亦终于堂中。则二相之名,盖预定于数矣!与灵公之为灵,何以异哉?

杜少陵《新婚别》云"鸡狗亦得将",世谓谚云"嫁得鸡,逐鸡飞;嫁得狗,逐狗走"之语也。而陈无己诗,亦多用一时俚语。如"昔日剜疮今补肉。百孔千窗空一罅。拆东补西裳作带。人穷令智短。百巧千穷只短檠。起倒不供聊应俗。经事长一智。称家丰俭不求余。卒行好步不两得",皆全用四字。"巧手莫为无面饼,巧媳妇做不得无面饼饦。不应远水救近渴。谁能留渴须远井,远水不救近渴。瓶悬罋间终一碎,瓦罐终须井上破。急行宁小缓,急行赶过慢行迟。早作千年调,一生也作千年调,人作千年调,鬼见拍手笑。拙勤终不补,将勤补拙。斧斫仍手摩,大斧斫丁手摩婆。惊鸡透篱犬升屋,鸡飞狗上屋。割白鹭股何足难,鹭鸶腿上割股。荐贤仍赌命。"而东坡亦有"三杯软饱后,一枕黑甜余",皆世俗语。如"赌命""软饱"犹可解,而"黑甜"后世不知其为谁矣。如《诗》之"串夷载路",《书》云"吊由灵",安知非当时之常谈也。

西北人生子,其侪辈即科其父首,使作会宴客而后已,谓之掯帽会。江、浙人家生女多者,俟毕嫁,亦大会亲宾,谓之倒箱会。广南富家生女,即蓄酒藏之田中,至嫁方取饮,名曰女酒。贫家终身布衣,惟婆妇服绢三日,谓为郎衣。此皆可为对者。蜀人每食之余,不问何物,皆投于一器中,过三月方取食,谓之百日浆,极贵重之,非至亲至家,不得而享也。江南、闽中公私酝酿,皆红曲酒,至秋尽食红糟,蔬菜鱼肉,率以拌和,更不食醋。信州冬月,又以红糟煮鲮鲤肉卖。鲮鲤,乃穿山甲也。

富季申枢密院奉祠居婺州,忽梦行道上,憩大木下,有人止岐路云:"此入闽中路也。"未几,除守泉南,行至江山道中,时方秋暑,从者疲苶,果憩于大木之下。有过之者曰:"此入闽中路也。"宛如梦中所见,乃太息曰:"虽欲不来,其可得也?"

刘岑季高闲居湖州,梦廖用中云:"刚与郑顾道却是同年。"时廖为中丞,郑望之侍郎领宫祠居上饶。后数月,刘得信州,到未久,廖以宫观罢归南剑,道由信上,郑往谒之。初未相识,问之乃同榜登第。是日用中赴州会,方坐,即云:"郑顾道在此,某与之却是同年。"与梦中所闻略无少异。则出处升沈,动静语默,悉皆前定也。

靖康之后,时方用兵,急于人才,故士大夫多夺哀起复。自是凡军假摄,有不待朝命而行者。已而,虽非军旅及藉材干,多以急禄而起。李将仕东云:"在兴国军,有通山县尉以丧母在告,既而出参,人皆骇愕而不敢问。数日之后,同僚见其巾用缟素,问其所以,云先妣不幸。曰:如此何故参告?云某已于几筵前拈香起复矣。"礼义之丧,一至于此。是可叹也!

宣和中,济南州宅中有鬼为美妇人以媚太守。其后,林震成材司业出守是州。初到,乃杂于官奴中,黔衣浅色无妆饰,颀长而美,颇异于众。林儒者,虽心怪之,未欲询究。后屡阅公宴,竟不见此人,乃问之队长,告以服饰状貌,众皆云无,林方惑之。次日遂径入堂室,林遂亲爱之。自是与家人杂处,无相忤也。一日,二小女儿戏于堂上,妇人过而衣裾误拂儿面,其人诟之,妇人笑而回,以手捧儿面捌之,面遂视背,不能回转。举家大异,始知妖异。时何执中为丞相,林乃其婿,奏闻徽宗,至遣法师以符箓驱治,终莫能逐。乃移林知汝州,未几,林竟卒。

吕洞宾尝游宿州天庆观,道士不纳,乃宿于三门下,采柏叶而食,逾月方去。临行,以石榴皮书于道士门扉上云:"手传丹篆千年术,口诵《黄庭》两卷经。"字皆入木极深。后人有疾病者,刮其字以水服之皆愈。今刮取门木,皆穿透矣。又楚州紫极宫门楣壁上,亦有题诗云:"宫门一闲人,临水凭阑立。无人知我来,朱顶鹤声急。"人取字,土亦皆穴也。

建炎初,车驾自维扬渡江,金人分兵逼寿春,众劫太守马识远使投拜,马拒之,率兵城守,卒能保全。及敌退,其尝欲降者反不自安,乃谋杀太守以掩前失曰:"守若存,我辈终不得全。"幕官王大节曰:"彼有家属,如何?"于是尽杀,推大节权领州事,以太守首先投降及退兵尚不肯用建炎年号具奏朝廷,乃擢大节通判权州事。绍兴二年,大节与徐兢明叔俱在孟庾幕中,一日,大节与徐论禅曰:"罪福之事,报应有无?"徐云:"未了还须偿宿债。"大节曰:"如何可脱?"徐曰:"法心觉了无一物。赵州和尚道'放得下时都没事'。若放不下,冤债到来,何由鞟免?"王面发赤。次日具饭邀徐,密告寿春之事,曰:"还可脱免否?"明叔曰:"如赵州言,放得下始得。"王曰:"如何放得下?"明叔曰:"惟觉能了。"翌日,徐与同官王昌俱访大节,忽言"病来",又曰:"了不得!了不得!且救我。"遂倒仆。二公取艾灸其脐中,方三四壮,蹷然而起曰:"知罪过!知罪过!"又曰:"且放宽我。"语言纷纭,莫能悉记。二公惊出,但闻哀祈之声,久之竟死。孟与徐皆能道其事。

齐志道在洪州,一日忽病,状如伤寒发热,已而手足厥冷,汤剂不能下,昏昏熟睡,但微喘息。迫暮,忽大呼索汤饼,家人急奉之,乃以手取面抟成块龁啮之。家人惊异,乃曰:"朝议才省来,且慢吃。"遂怒目曰:"那得朝议来?我是密州高安县贩邵武军客人,被你朝议在吉州权县,将我六个平人,悉做大辟杀了,今来取命。你朝议已去久矣!"家人听其声,乃东人语音,状怒可畏,但涕泣而已,少顷遂仆。徐明叔与齐乡人,知其不妄。

孙延直德中云,渠在官时,有尉李脩,以捕盗尝改承务郎,而盗中一名乃逃军,李以拒捕杀之。受命之日,家中置酒为庆。明日五口阶生瘰疬,数月之间,死者四人,惟妻平日不为夫所礼,乃独存。李临终病溃透脑,脑髓流出,数日方死。又一同官性严酷,讯囚多过数。晚年苦两足浮肿,医疗莫效,久之肉烂指落,浸淫溃至半胫而死。不可不戒也!

陈寺丞宝之,徐州彭城人,庆历元年,以外舅庞颍公籍任为太庙斋郎,后为雍丘县主簿,荐改官者凡十七人廷见,仁宗怪其多。时颍公为枢密使,仁宗务抑势家,特不与改。再授忠武军节度推官,既罢,举者亦十余人,乃止以五名应格。比引对,其一举者不可用,亦不果改京秩,又射冀州支使。至治平二年,方迁大理寺寺丞。世徒知以多而报罢,不知后以少而失。信乎为有命也!其子师道无己,作《先君事状》亦载此。

信州弋阳县海棠满山,村人至并花伐以为薪。广南以枨啖猪,处州龙泉以笋亦然。温州四时有兰,各是一种。衡州耒阳县有桃一株,结子而穰不甚实。广州有无核枇杷,海南有无核荔支一株。严州通判厅下有花数种而合为一树,云见于唐杜牧诗中。宣和间欲移取屡矣,卒以盘根不可徙而止。然其花终无能名者。

仙茅一名婆罗门参,出南雄州大庾岭上,以路北云封寺后者为佳。切以竹刀,洗暴通白。其寺南及他处者,即心有黑晕,以此为别。

婺州义乌县有叶炼师者,本菩蕾村田家女,随嫂浣纱于溪中,见一巨桃流于水上,乃取以遗嫂。时方仲冬,嫂以其非时,又若食余,因弃不取。女乃啖之,归遂绝粒。逾年之后,性极通慧,初不识字,便乃能操笔书,有楷法。徽宗闻之,召至都下,引入禁中,赐号"炼师"。

孙延寿向仲云,渠知余杭县日,有临安铁塔院僧志添,来为县人作水陆斋,时周常仲脩侍郎居乌墩,有二弟元宾、元辅在余杭,添见元宾曰:"侍郎安否?承务可急往见之。昨夜水陆会中,却见侍郎来赴也。"周信之,亟买舟而去,至则仲脩已不幸矣。又尝谓周邠开祖曰:"公何故来看水陆?且宜将息"。未几,周亦卒。添作水陆斋极严洁,多见亡者,道其形貌语言甚异,人归向之。黄鲁直为之写《草庵歌》,刻石传于世。

廖刚为中丞,建议令两制举士拔擢超用。时李光自江西帅作参政,有机宜,吕广问欲加引用,廖与给事中刘一止、中书舍人周葵,遂通荐之。李又求于秦相,欲置之文馆,虽已许之,久而未上。乃以吕贺其执政启以示秦，其中有云："屈己以讲和而和未决，倾国以养兵而兵愈骄。"丞相固已不乐。至"四方属意，固异于前后碌碌无闻之人；百辟承风，尤在于朝夕赫赫有为之际"，秦意愈怒，讫不与之，至争辩于上前。李由是罢，廖与周、刘亦被逐，及其门人又成一党。

宗人赵舜辅希元自负诗文，每以东坡为标准，居处斋室，皆取其言以为名。尝种芍药于亭下，以苏诗有"亭下殿余春"之句，遂榜曰"殿春亭"，作横牌书之。同列有恶之者，乃谓其家有"亭春殿"，由是出为衢州兵官。时赵令裪表之寓居西安，亦好吟咏，每相讥评。后表之除浙西宪，舜辅疏其短，引嫌乞避，遂移严州，而宪亦罢焉。

郑範季洪信州贵溪人，登第久不仕。尝献书五十篇，言当世之务，号《刍荛论》，朝廷止除充严州教授而已。其《论相篇》云："臣观汉有天下三百年，其为辅相者四十有七人，独前称萧、曹，后称丙、魏。唐有天下三百年，其为辅相者三百六十有九人，独前称房、杜，后称姚、宋。汉、唐历年相若，而命相多寡几十倍之差，疑汉有所遗，而后世任相，亦不专于前古也。"又《灾异篇》云："春秋二百四十年，日食三十六。西汉二百一十二年，日食五十二。唐二百八十九年，日食九十三。春秋地震五，西汉载于史者亦五，东汉四十九，唐七十有四，则灾异亦浸多于古。"余在绍圣间，见东京相国寺慧林禅院长老佛陀禅师德逊云："少时尝以平岁秋成粟穗，量其短长，数其粒数。至中年已后，数量较之，渐不及前。至其晚年，丰岁反不逮少时之凶年。信释氏入末劫之说为然。"则灾异之多，疑与逊之言亦相符也。至于人之寿福，亦安得如前人乎？

诞日禁屠宰，始于隋文帝为先帝先后追福，其后不见于史。唐玄宗开元十七年八月五日为千秋节,王公已下,献镜及承露囊。天下诸州,咸令宴乐,休假三日,仍编于令,从之。文宗长庆四年十月十日庆成节,诏"自今宴会蔬食任陈脯,常为永例"。武宗开成五年,以二月十五日玄元皇帝降生日为降圣节,六月十二日皇帝载诞之辰为庆阳节,懿宗七月四日为延庆节,昭宗二月二十二日为嘉会节,哀帝九月三日为乾和节,余不尽见。皆三教入殿讲论,于寺观设斋,不得宰杀。然初即位,未便立节名,惟昭、哀改元已立。此见于唐《旧史》,而《新史》又止载千秋节名,后世遂为盛礼,天下宴饮,公私劳费,虽禁屠宰,而杀害物命甚多。崇宁中如有献议。令宴设止用羊豕。余在靖康间,尝乞废罢,献谀已久,讫莫肯从。

唐刘思礼少尝学相术于许州张憬藏,相己必历刺史,位至太师。及为箕州刺史,益自喜,以为太师之职,位极人臣,非佐命无以致之,乃与綦连耀谋反被诛。憬藏以善相在《方伎传》。然其所载,但言所中者耳,如相思礼之谬,盖不少也。

王介甫作韩魏公挽诗云:"木稼尝云达官怕,山摧今见哲人萎。"时华山崩,京师木冰,极为中的。人多不见木稼出处。按《旧唐书·五行志》:"开元二十九年十一月二十二日,雨木冰,凝寒冻冽而数日不解。宁王见而叹曰:'谚云,树稼达官怕,必有大臣当之。'其月王薨。"

窟礧子,亦云魁礧子,作偶人以嬉戏歌舞,本丧家乐也,汉末始用之于嘉会。齐后主高纬尤所好,高丽亦有之。见《旧唐·音乐志》。今字作傀儡子。又:笛,汉武帝乐工丘仲所造,云其元出于羌中。筚篥,本名悲篥,出于边地,其声悲。亦云:边人吹之以惊中国马云。琵琶,四弦,汉乐也。初,秦长城之役,有弦鼗而鼓者。及汉武帝嫁宗女于乌孙,乃裁琴为马上乐，以慰其乡国之思。推而远之曰琵，引而近之曰琶，言其便于事也。

张易之，行成之族孙，则天临朝，太平公主引其弟昌宗入侍，昌宗荐易之器用过臣，即令召见，俱承辟阳之宠。右补阙朱敬则谏曰："臣闻志不可满，乐不可极。嗜欲之情，愚智皆同。贤者能节之不使过度，则前圣格言也。陛下内宠，已有薛怀义、张昌宗、易之，固应足矣。近闻尚食奉御柳模自言，子良宾洁白美须眉；左监门卫长史侯祥云，阳道壮伟，过于薛怀义。争欲自进，堪充奉宸内供奉。无礼无义，溢于朝听。臣愚，职在练净，不敢不奏。"则天劳之曰："非卿直言，朕不知此。"赐彩百段。唐之《旧书》，详载斯语。父子兄弟君臣荐进献纳如此，亦可谓之秽史矣。

王珪自谓激浊扬清，嫉恶好善，臣于数子，亦有一日之长。此事世皆知之。李大亮为剑南道巡省大使，激浊扬清，甚获当时之誉，此亦《旧史》之文。今若用激浊扬清为大亮，则人多以为怪矣。若不记万卷书，未可轻议人文章也。

唐《旧史》云：永王璘生于宫中，不更人事，其子襄城王偒又勇而有力，遇兵权为左右眩惑，遂谋狂悖。璘虽有窥江左之心，而未露其事。吴郡采访李希言乃平牒璘，大署其名，璘遂激怒，牒报曰："寡人上皇天属，皇帝友于，地尊侯王，礼绝僚品。柬书来往，应有常仪。今乃平牒抗威，落笔署字，汉仪堕紊，一至于斯！"乃使浑惟明取希言。希言在丹阳，令元景曜等以兵拒之。则李太白初从其行，盖璘未露其迹。不然，岂肯从其为逆者也？而李希言署名平牒，故欲激之，亦可罪矣。今《新书》皆略而不载，不特璘之本谋便为犯顺，至于翰林之贬，犹为轻典矣。

乔大观，维扬人，绍兴中仕宦于朝。尝有人戏之曰："公可与郑元和对。"乔云："某岂有遗行若彼邪？"曰："非为此也。特以名同年号，世未见其比耳。"又叶三省景参，严州人，尝仕起居舍人，姓名与字皆有两呼，亦所鲜有。

古人坐席，故以伸足为箕倨，今世坐榻，乃以垂足为礼，盖相反矣。盖在唐朝犹未若此。按《旧史·敬羽传》：羽为御史中丞，太子少傅、宗正卿郑国公李遵，为宗子若水告其赃私，诏羽按之。羽延遵各危坐于小床。羽小瘦，遵丰硕，顷间遵即倒请垂足。羽曰："尚书下狱是囚，羽礼延坐，何得慢邪？"遵绝倒者数四。则《唐书》尚有坐席之遗风，今僧徒犹为古耳。

《易》正义释朵颐云，朵是动义，如手之捉物，谓之朵也。今世俗以手引小儿学行谓之多，莫知其义。以此观之，乃用手捉，则当为朵也。

世俗简牍中多用老草，如云草略之义，余问于博洽者，皆莫能知其所出。后因检《礼部韵略》侻字注云："惝侻，心乱也。"疑本出此，传用之讹，故去"心"耳。

徽宗尝问近臣："七夕何以无假？"时王黼为相，对云："古今无假。"徽宗喜甚，还语近侍，以黼奏对有格制。盖柳永《七夕词》云："须知此景，古今无价。"而俗谓事之得体者，为有格致也。

真宗不豫，寇莱公与内侍周怀政密请于上，欲传位皇太子，上许之。皇后令军校杨崇勋告莱公谋废上，遂诛怀政，莱公贬海康以死。仁宗即位，赐谥忠愍，命知制诰丁度为词曰："夫徇义保躬，贤哲罕兼其致；原心观行，襃沮得伸其公。惟节惠之旧章，实经世之明劝。不有正议，孰旌遗烈？故开府仪同三司、太子太傅、上柱国、莱国公寇准，器资庄重，风猷简贵，感会先圣，绸缪上司。明心若丹，直道如矢。逮余主鬯之日，实乃秉钧之秋。图惟协恭，罔有二事。遘盗言之嚣噆，挟危法以中伤。白璧易污，贝锦难辩，再罹迁谪，遂及云亡。终悲零露之归，徒轸幽泉之痛。间虽洊伸澄雪，追贲宠嘉。而谋功易名，尚阙恩礼。沈谋秘书，沦于疑论。逝者莫诉，朕甚闵之。《谥法》有危身奉上曰忠，佐国遭忧曰愍，合是休典，慰其营魂，宜特赐谥曰忠愍。”今公安县、道州、邓州皆有生祠，邓州后赐名忠烈庙，道州刊公诗二百四十篇，州宅有楼号“寇公”。而公安插竹挂纸钱，焚以祭公，今生成林，尤为异也。

睽 车 志

[宋]郭彖　撰

李梦生　校点

校 点 说 明

《睽车志》六卷,宋郭彖撰。郭彖,字伯象,和州(今安徽和县)人。登进士第,官至知兴国军。又,从本书卷六"绍兴丁卯秋"条及《宋会要辑稿·选举》,知其绍兴十七年(1147)官浙江某县主簿,被漕檄考试括苍;淳熙间由监左藏南库任贡举点检试卷官,盖南宋高宗、孝宗时人。

本书书名取自《易·睽》"载鬼一车",显见为志怪小说。书承六朝志怪体,专记耳闻目睹之神鬼异谈,"多建炎、绍兴与乾道、淳熙间事,而汴京旧闻,亦间为录入。各条之末悉分注某人所说,盖用洪迈《夷坚志》之例"(《四库全书总目提要》)。这种注记资料来源以求征信的做法,后世多有承袭,如清纪昀《阅微草堂笔记》即如此。

本书所记,大多为因果报应之事,以寓作者劝惩垂戒之意,对时事也时有针砭;内容虽荒诞不经,无裨考证,然有资谈助。纪事以简捷为主,其恢奇可喜之处,间为后人小说所采纳。如卷一记刘尧举事,被《初刻拍案惊奇》卷三收入入话;卷五述陆大郎事,被《初刻拍案惊奇》卷五收入入话;周清原《西湖二集》,也有采录。

本书《直斋书录解题》已著录,作五卷。《宋史艺文志》作一卷。今传世有《稗海》、《说海汇编》等本,均作五卷,续一卷,续卷题"睽车续志卷之六";《四库全书》本作六卷。现以《稗海》本作底本,校以《四库》本,卷次依《四库》本作六卷。《四库》本卷四较《稗海》本少"宣和间"、"逆亮"二条,但于《稗海》本缺字误刻多有补正。凡底本错讹,依本丛书体例,径行改正,不出校。

目　录

睽车志卷一

宣政间,长安人有牧牛于野者,数亡其牛,寻之,牛卧一处,荐草肥软,方丈之内异于常草。自后每于其处寻,辄得之。一日大雪,视牛卧处独不积,异而掘之,深二丈许,得石匣,刻曰:"开元祭地黄琮。"启之,得琮形如今制,但白色美玉,而其中方寸许作新粟也。大资郑公亿年说三事。

长安近城官道之侧,有大古冢,以当行人常所往来,故独久存不毁。建炎初寇乱,有人发之,得古铜钟鼎之属甚多,验款识,皆三代物。冢为隧道窟室,土坚如石,周匝皆刻成人物侍卫之状,其冠服丈夫则幞头,妇人则段绤衣,皆宽袖,颇类今制,而小异。乃知数千载冠服已尝如此。

宣和间,林灵素希世宠幸,数召入禁中,赐坐便殿。一日,灵素俟起趋阶下曰:"九华安妃且至,玉清上真也。"有顷,果中宫至。灵素再拜殿下。继又曰:"神霄某夫人来。"已而,果有贵嫔继至者。灵素曰:"在仙班中与臣等列,礼不当拜。"长揖而坐。俄忽睥视嗒曰:"是间何乃有妖魅气耶?"时露台妓李师师者出入宫禁,言讫而师师至,灵素怒目攘袂亟起,取御炉火箸逐而击之,内侍救护得免。灵素曰:"若杀此人,其尸无狐尾者,臣甘罔上之诛。"上笑而不从。

林灵素未遭遇时,落魄不检。尝从旗亭贳酒,久不归直。其人督之,灵素计窘,即举手自扪其面,则左颊已成枯骨髑髅,而余半面如故,谓其人曰:"汝迫我不已,我且更扪右颊矣。"其

人惊怖,竟为折券。<small>韩亚卿知丞说。</small>

左贲字彦文,有道术,游京师依段氏,甚礼重之。段氏母病,贲为拜章祈福,乙夜羽衣伏坛上,五鼓始苏,怆然不怿久之。段氏甚惧,诘之,贲曰:"太夫人无苦,三日当愈,禄筭尚永。"段问:"先生何为不怿?"贲曰:"适出金阙,忽遇先师,力见邀,已不可辞,后五日当去。贲本意且欲住世广行利益,今志不遂,故不乐耳。"既而段母如期而疾良已。越二日,贲竟卒。段氏悲悼,具棺衾敛之。贲兄居洛段命凶肆数人舁棺送之,既举棺,辞不肯往,云:"棺必无尸。某等业此久矣,凡人之肥瘠大小,若死之久近,举棺即知之。今此甚轻,是必假致它物,至彼或遭讯诘。"段与之约曰:"苟为累,吾自当之。"既至,兄果疑,发视,衣衾而已。段言其故,乃悟其尸解。<small>紫微王舍人稽中说二事。</small>

孟通判者,密州人。丞郡青社,秩满还里,素慕神仙长生之说。一日有道者谒之,故絮蓝缕,疥癞狼藉,谓孟曰:"以公好道,故来谒公。顷在青州印施《度人经》,我尝受一轴,公颇忆否?"视文书御轴取观,真曩所施也。又曰:"我能烧汞为白金,愿以相授。"孟曰:"某不愿也。"乃曰:"必不欲,姑试一观。"自于腰间取锱数百,顾孟从者,令市汞至,则以实鼎炽炭环之,解带间剂投其中,有顷,取倾出,真白金也。它日,又至,曰:"我来与公别。适得佳茗,愿共尝之。"探怀出建茶一块,裹以坏布,虮虱仆缘。孟有难色,辞以无茶具。道者取纸裹槌碎,顾炉中银锴取水煮之,分注两盏,揖孟举啜。孟辞以太热。久之,又言已冷,当留候再温饮之。道者愠曰:"果相恶耶?"取茗覆之,不揖而起,孟犹送之门,还见所覆茗地皆黄金,其盏及锴茗所渍处表里皆金,始知其异人,亟追访之,已失所在。

仪真报恩长老子照言：绍兴间，尝与同辈三人行脚至湖南，经山谷间，迷惑失道。暮抵一古废兰若，相与投宿。墙屋颓圮，寂无人声，一室掩户，若有人居中，惟土榻地炉，以灰掩微火，傍置一瓦缶，视之则煮芋也。诸僧正饥，食之甚美。已而视糊窗乃淳化中故绫纸度牒，室中有数大瓮，所贮或芋或栗或山蓣，了无盐醯之属。俄有一人荷插负芋栗自外归，被发，体皆黄毛，衣故败僧衲，直入坐土榻，见客不交一谈，与语亦不应答。夜既深，皆倚墙壁坐睡，暨天晓，已失其人所在，惟炉火旁置四瓦缶，其一已空，盖其人食之而出，余三缶皆芋栗，煮已麋熟，若以饷客者。三人食之而出，又行岩谷荆莽中二十余里，乃得路还。

绍兴二十八年，外舅杨紫微与陈申公俊卿同为小著，省中共处一位，在国史局堂之西阁，其东阁则大著位也，时方虚其处。一日晨入省，则有老兵雉经于西阁，挂梁间，趣命解之，已死。二公不欲遽入，乃暂徙东位。外舅谓同省诸公曰："僭居此位，殊厚颜也。"俄报二公同除大著。事虽仓卒，而应兆如此。

赵汝言字允之，死已数年，有遗女住子。淳熙乙未之冬，住子暴疾，其兄谦之怜其孤幼，念之甚至。一夕梦至一所，高阙长廊，金碧辉焕，汝言在其间，方与一金紫老人对立而语。问老人为谁，旁侍者曰："凌待制也。"汝言援笔题诗于壁曰："弹指红尘二十年，归来瀛海浩无边。梦魂相遇因随念，珍重前生兄弟缘。"老人继题其后曰："处世休论大小年，瀛关从此断尘缘。芝阶云路逍遥处，羽盖飞鲵不用鞭。"汝言复顾语曰："住子已无恙，以兄念至，缘因念结，故得与兄暂相遇耳。"谦之方悟其已死，恸哭而觉。谦之自传其事甚详。

　　淳熙庚子八月十五日，平江常熟县大火，屋居焚爇大半，灼烂死者十余人。先一夕，许浦戍卒自府请冬衣还，顿止距县一舍。戍将梦被追至一所，有冠服坐殿上，呼戍将至庭下，谓之曰："明日常熟有变，毋得纵部下为乱。"且令责军令状。既寤惊疑。及晓令戍卒皆止未得进，独从数卒先止郭外塔院，迟疑未敢入，俄而火作。方烈焰猛炽，若戍卒入邑，必因救火剽掠为乱矣。神告何其昭昭也。

　　平江里俗旧传谶记云："潮过唯亭出状元。"又云："西山石移，状元南归。"淳熙庚子三月二十二日，吴县穹隆山大石自麓移立山半，石所经草木皆压藉，宛然行迹可验。其秋八月十八日夜，海潮大至，过唯亭，环城而西。穹隆在城西，唯亭距城东北四十五里。明年省试，平江岁贡者尽下，唯黄由以国学解中选，未廷试，皆传黄由魁天下。已而唱名，果然。由字子由，平江人，而用国学发荐，南归之验也。

　　承节郎孙俊民家于震泽，岁除夜，梦长大人，其高出屋，行通衢，一手持牛角，一手持铁钉槌，睥睨其家，以牛角拟门上，欲钉之。梦中与之辨解，长人乃去，以其角钉对门姚氏家。其春，姚氏举家病疫，死者数人。

　　湖妓杨韵手写《法华经》，每执笔，必先斋素，盥沐更衣。后病死。死之夜，其母梦韵来别云："以经之力，今即往生乌程县厅吏蔡家作女。"时蔡妻方娠，是夜梦有肩舆及门者，迎之，则韵也，云来寄宿，寤而生女。其母他日来视，女为之哑然一笑，人咸异之。

　　龙舒人刘观任平江许浦监酒。其子尧举，字唐卿，因就嘉禾流寓试，僦舟以行。舟人有女，尧举调之。舟人防闲甚严，无由得间。既引试，舟人以其重扃棘闱，无它虑也，日出市贸

易。而试题适唐卿私课,既得意,出院甚早,比两场皆然,遂与
舟女得谐私约。观夫妇一夕梦黄衣二人驰至,报榜云:"郎君
首荐。"观前欲视其榜,旁一人忽掣去云:"刘尧举近作欺心事,
天符殿一举矣。"觉言其梦而协,颇惊异。俄而拆卷,尧举以杂
犯见黜,主文皆叹惜其文。既归,观以梦语之,且诘其近作何
事,匿不敢言。次举果首荐于舒,然至今未第也。国传姚行可说。

　　衢州江山毛知录,尝梦入冥吏引至一处,若官府,两庑皆
大屋,贮钱满中,各以官为标识。问之,曰:"此俸禄也。"毛视
其俸,吏指一处积镪五百余千,曰:"此尔俸也。位至丞郡。"又
见旁别积十二千,题曰饶州德兴某人俸。毛后为徽州录参,值
方寇作,州倅逃去,毛摄倅两月而贼至遇害。德兴某人者,后
登第,授一尉,到官一月而卒。刘运使文伯说。

　　信州小儿医蔡助教者,其邻尝遗火,随即扑灭,事不闻官。
它日,蔡与郡官偶语及,郡官曰:"是不可不惩。"即白郡将,逮
其邻人,系之数日,乃挞而遣之。邻人在系染疫,归即传其家,
不一月,尽室皆死。后数岁,蔡如厕,忽见邻人逐而殴之,即得
疾死。其乡人有干之临安者,见蔡于通衢,露首,二黄衣人驱
之北去。乡人前问劳,蔡曰:"吾以公事被逮,将往棘寺。"匆匆
而别。乡人归,始知蔡已殂,其见之日乃其死之日也。周济美左
司说。

　　大参王公子明未贵时,待一倅阙。夫人尝梦有人见呼运
使恭人,喜以语公,公亦自喜将为监司。后果为浙漕,而夫人
死。其后公登政府,始知前梦神告其止于为运使妻尔。黄倅谈
说。

　　文学杨良能邦礼,其妻华亭郑氏归宁,适其家改葬祖姑,
启棺,俨然不朽,视其面貌长短与郑氏无小异。计其死之年,

乃郑氏生之年也。众皆惊异。郑氏甚恶之，因感疾，未几而卒。_{杨良能说。}

宗室士紽，宣和间以未有子，每岁生朝为千道斋以祈嗣续。一日斋坐已定，忽有丐者喧门求入。士紽纳之，坐者莫肯与齿，竟就下位。食已，众皆散去，丐者独留彷徨。士紽揖与语，乃问："公所求何事耶？"告之故，则曰："此亦易事。"士紽方督视彻器，不暇详款，丐者告去，期明日来，且探怀出药七粒曰："食药也。"令士紽吞之。邑君自屏间望见，遥呼止之。丐者笑而去。士紽握药以入，邑君令舒视之，但一朱书吕字，数日不消。_{王彦正舍人说二事。}

蔡纯诚通判与一僧相善，尊宿也。忽得书招蔡，既至而僧已趺坐而逝。先封小合嘱其徒云："蔡至贫，此合中吾衣钵金二两，来则与之。"蔡至，哭之恸，僧复开目与语良久，且云："当有道人来烧香，非常人也，可随之，当有所遇。"言讫瞑目长往。俄果有一道者至，蔡前揖之，道者爇香径去。蔡随其所往，行甚远，道者问："随我何求？"蔡言素苦寒疾，百方不愈。道者乃握其两手，顷之其热如灼。蔡云："今偏体皆暖，惟脑尚冷。"则又以手熨其脑，应手即温。乃谓蔡曰："勿庸随我。"用所衣布袍赠蔡曰："某年月日岳阳楼前用钱三百七十买此。"言已，长揖别去。蔡收其袍藏之。它年，蔡有故至山东一郡茶肆中，复遇道者，相见甚喜，袖间出纶竿缉布缕为钓，笑掷地，徐引之，得大鲤，相携酒垆脍食之而去。

吴兴杨礼承务，其母县主素与尼法安善。安尝夜梦有青莲花，其女曰莲师，自婴孩则口常作莲花香，然生四岁而夭，火之，其骨自颅至足皆相钩联，举之不绝。_{杨礼承务说三事。}

湖州妙喜村民相二十，素狡狯，为一乡之害。年五十，忽悟所为,痛自刻励,日诵佛号,数年不暂辍。忽一日,遍诣素所往来者,自言所积恶业至重,须焚身以忏,各丐薪数束,不旬日,得薪数百束,积高二丈许。结纸庵其颠,刻日自焚。观者环绕,然村人犹畏之,无敢与之下火。相乃口衔炬,合掌端坐庵中,以炬四然,须臾烟焰周合,乃至指节烬落,凝然不动。

临安下竺式道者,苦行修忏累年,置火鏊于像前,昼夜持诵环绕,遇困倦即以指触鏊而醒之。晚年两手惟存四指。建忏堂甚雄,每架一椽,甃一甓,辄诵大悲神咒七遍。建炎间,虏至,积薪其下焚之,薪为之尽而屋不然,乃不复焚。

岳侯死后,临安西溪寨军将子弟因请紫姑神,而岳侯降之,大书其名。众皆惊愕,谓其花押则宛然平日真迹也。复书一绝云:"经略中原二十秋,功多过少未全酬。丹心似石今谁诉,空有游魂遍九州。"丞相秦公闻而恶之,擒治其徒,流窜者数人,有死者。左司周济美说。

皇甫坦自云数百岁人,言人休咎时验。尝馆于道院,有人访之,值其它出。其人素与相善,留待之。启其门封,惟一榻萧然,索席下得一半臂,鲜血淋漓。惊惧而出。俄而坦至,相接甚欢。顾谓童子:"风冷,可于席下取吾着睡衣来。"童子即取半臂,坦对客衣之。衣甚新洁,初无血也。喜为人书字,亦多验者。汪国正远猷登第已逾壮室,以未有子为忧,求字于坦,书一湧字,已而汪授吴江簿,到官而生男,乃悟湧字江下男也。有士人赴省试,坦书落字与之,士人不乐。及揭榜,乃第二十三名,因视其字,草头即二十,其傍从水不为点而作三画,各字右笔止作一点,乃名字耳。汪彦远国正说。

李知已任永嘉教官,公廨有一楼,怪不可居,或飞掷瓦砾,或闻叹息讴吟之声。家人畏惧,莫敢正视,惟知已在家则寂然。一日，郡庠季试，教官例当宿直舍。知已预忧其扰，乃置几案笔砚于楼上，连纸数幅题其前，问怪所从来，令书其后以对。已乃筛灰其下，扃镝谨识而出。间二日归，询其家，则怪不复作。启钥视灰，凝然无迹，而案上纸书皆盈幅。自言姓石氏，顷随兄赴永嘉幕官，未至郡溺死，逮今二十年，营魂荡无所归，偶见此楼空闲，故暂寄此，非敢为厉。近媒者为议城南洪秀才姻，方且归彼，不复此留矣。字体纤弱，真女子笔迹。书辞数百言，缅缅有条理。知已亦敬异之。它日偶至城南忠义庙，其间神像果有洪秀才，盖义兵拒寇死事者也。永嘉陈韶美说。

　　孙机仲郎中绍远父元善价居平江，尝有干过市，见鬻笼饼者，乃其亡仆。孙自疑白昼见鬼，唾之，仆遽前拜祈曰："主翁无然，将使某贾不售。"孙问："尔已死，何乃在此？"仆请孙至居人稀僻处，曰："寿数未尽，药误致殂，而阴府不见收录，营魂泛然无所之迁，故为此以度日。今阛阓中如某者且千数，只如宅中广官人乳媪亦是也。有如不信，第今夕勿令复与儿同寝，彼将怏怏不自得。俟其熟寐，取杨枝炭火醋淬之，以灼其体，必有异。"孙甚惊，归如其说火之，所灼忽有青烟出衣被间，俄而烟绝，乳媪已失所在，衣被如蝉蜕焉。广官人者，机仲弟绍祖，字文仲者也。张判院良臣汉卿说四事。

　　支提长老善秀，言其乡里有人以田猎毕弋为业者，其妻昼寝，忽见床前地裂，深不可测，俯视见城郭屋宇。恍惚间，身堕其间，至殿庭，仰望有王者坐其上，左右皆牛头阿旁。主者命以大刀断其手足，剖割心肺县挂之，自踵至顶细锉血肉如泥，乃揉和成团块，业风吹之，俄复为人。方其身被惨毒，而其识神在旁，见其屠剥痛苦不可名状。既醒，则身故在榻上，移时始能言，百体余痛，经日乃定。自后或经岁，或半载，所见辄如此，不胜其苦。一日又然，则闻殿上人谓之曰："当往求善秀长老说忏悔可以灭罪。"乃如其言谒秀，道其故。秀教之诵破地狱真言，具为演说忏涤，自后乃不复睹前事，竟亦善终。

　　成忠郎傅霖，淳熙庚子任临安监。尝建请于北关创立新仓，攘取民居八十余家，毁撤屋宇，老稚流离，怨嗟嚣沸。初霖夜坐书阁，草定建请利便，忽见其姊婿林路分家二亡婢自前行过，径趋宅堂。方惊愕间，其妻及女皆寐焉。急呼醒，问之，云："适见其婢自外来，云与小娘子作伐。"询其女而梦协，甚恶之。其女遂病。仓成而地卑湿，或言曩数有淹没之患，霖愈益忧恐。乃高为地版，离地二尺，所费不赀。又欲大营备水车骨之具，官无余镪，其家素富，乃从妻丐五百缗，妻拒不与。霖窘迫，以刃自裁，收之不死，医者以桑皮缝合其创傅药，虽愈而颔颈挛不复伸，俯首不能仰视，神识沮丧，遂成心疾，请祠禄以归。

睽车志卷二

武翼大夫焦仲居四明,性嗜杀,日以弹射臂鹰走狗为乐,所杀不可胜纪。营一宅新成,迁居之,房闼间巨蛇纵横,至相纠结如辫,杀之复然。家有三男二女,长曰嗣昌,业进士,忽得心疾,朝夕恸哭,云忆其亡父母。其妻谓之曰:"堂上坐者汝父母也,何狂易至此!"嗣昌愤然曰:"此人乃害吾父母者,恨未能杀之以复仇,然不可与之同居。"日挽其妻以出,不可禁止,乃听其外居。嗣昌竟以病惑死。次子、季子不数年相继殂,晚年仲复丧妻,生计益落,孑然一身,独享高寿,而健啖康强,嗜杀如故。岂佛经所谓魔力所持者耶?

杨虞仲,眉州人,丁丑王榜甲科擢第,官亦早达。典蜀郡。先是普州乐至县有临水精舍,主僧夜梦一贵人跨马而入,曰:"我山神也。今暂还,不久当复往归。"寤而有金堂县尉令狐习舆病适至,信宿而卒。习父执家居,初未闻习病,一夕梦习缘檄归,喜甚,亟迎门,及下马,揖而言曰:"习不孝,不得终事父母,今当为眉山杨氏子,名虞仲,后二十三年仍以直言中甲科,官职显于今世矣。"辞诀而去。父惊愕而寤。其日讣至,执痛悼甚。它日物色访眉山杨氏,实以是岁生子,及长,名虞仲,登第之年正习死后二十三年也。提刑何恁作习墓表,述其事甚详。虞仲倅遂宁日,令狐氏有讼事,自它郡送遂宁,虑不得直,乃以墓表墨本因虞仲宾达之。虞仲亦隐其事,然蜀人多知之者。表弟沈作肃录其墓表见遗。

忠愍李公若水，宣和壬寅尉大名之元城。有村民持书至云："关大王有书。"公甚骇愕，视其缄云："书上元城县尉李尚书，汉前将军关云长押。"诘民何自得之，云："夜梦金甲将军告某曰：'汝来日诣县，由某地逢著铁冠道士，索取关大王书，下与李县尉。'既觉惊异，勉如其言，果遇道士得书，不敢不持达。"公发书，其间皆预言靖康祸变，以事涉怪，即火其书，遣其人不复问，作诗纪之云："金甲将军传好梦，铁冠道士寄新书。我与云长隔异代，翻疑此事大荒虚。"公后果贵显，卒蹈围城之祸。兆朕之萌，神告之矣。公始名若水，后改赐今名。其子浚淳记其事刻之石。

绍兴府治依山，林樾深茂，往往有怪。淳熙辛丑，有数卒直宿蓬莱阁，夏热，各散寝。中夜，一卒曰张富者，见红裳女子冉冉逼近，直前坐其腹上，奋起捽之，忽不见，但两手狐毛满把。

汀、漳间有古驿多怪。尝有士人独宿西厢，乙夜见群鼠自梁栱间缘壁下地，莫知其数，固已异之。俄又见数鼠共掔一物，若小箱箧然，置地，发之，皆袍帻之属，竞取服之，俨如唐装，冠屦皆备。既而递为进趋揖逊之状。士人素有胆气，拊床叱之曰："鼠辈敢尔扰人！"殊不惊避。遽起取席下白梃乱击之，仓猝间误触灯灭，益尽力挝击，俄而寂然。明旦视床前死鼠满地。扬州教官陈德明光宗说。

道州孚惠庙，灵响甚著。淳熙己亥，郴寇大作，侵轶州境。郡守赵公郎中汝谊以郡无城池，听民避寇自便，而自誓死守。指使樊谨请入贼说以祸福，不从则死之，即日见害。贼进至江华，距城不一舍。公益忧愤，倦而假寐。见二大夫儒衣冠，貌甚伟岸，来谒，且言毋恐。公意其孚惠之神也，即具冠带往谒。

俄有燕数千自祠所随公朱轓蜚集黄堂上，翔而为三起而复集，喙皆外向如一。漏尽数刻，缧所从方陈而去。是夕寇遁。民有被俘逃还者，闻贼言道州号令明信，能使人不可犯，乃舍而去。郡教官章颖记其事刻石。

贰卿周公自彊，淳熙辛丑自静江移镇丹阳。有第宅在上饶，将取道过家。未至，前守舍卒正昼闻钲声自宅堂出，亟启钥视之，则声在后堂大柜中，复开柜寻之，则声在地下，久之觉声寝远而灭。后数月，公捐馆。陈宏甫承务说。

提辖左帑张朝奉逊，四明人。始改秩知常州晋陵县，任满挈家东还，夜泊宜兴驿前。时正暑，张有子年二十许，独与之寝于舡之头仓。是夜月明如昼，四鼓后，婢辈忽若惊魇，谨言暗中若有人手丛杂扪索之状，又闻舡背亦如拿攫之声。张惊起，呼叱，久乃定。即开舡门出立舷边，号召舟子辈，盖疑其盗也。已乃还寝，则不见其子，呼之不应。明烛索之，无所得。诘舡外人，初未尝见其出。举舟惶骇，扰扰以至天晓，对岸有泊舟者遥谓舟人曰："我曹夜寝舡背，约四鼓时，忽见彼舡背长大人十数，若有所求索，俄有长臂大手十数出水中，共捽一人入水矣。"乃使人没水求之，得其尸焉。同年陈子荣宗丞说。

泉司干官陈子永泳，每夜用释氏法诵咒施食，仍爇尊胜咒幡数纸。尝宿铅山驿舍中，夜有妇人立床前，叱之，云："无恐，我来从官人觅经幡耳。"许之，忽不见。明日祝而烧之，夜复来拜谢而去。陈宏甫承务说。

平江黄埭张虞部家豪于财，第宅甚宏壮。张为人质直，素不信巫怪之说，每有兴筑，不择时日。尝作一亭，掘地得肉块混然，初无割剥之迹，俗谓太岁神。张不为异，命取瓦盆合而送之水中，竟就基创，且遂名为太岁亭。又尝有客至，呼取衣冠,未有应者,俄而所畜犬首顶其帽束带其背而出,左右骇愕,张徐谓犬曰:"养汝几年,今日始解人意。"就取服之,乃出揖客。客退而犬自毙于庭矣。王日章承务说。

秀州海盐县渔户杨刺旗,尝寝渔舟,夜梦被人擒去,刺其面为旗,惊寤而面颊犹痛。俄而天晓,亟起就舡舷照之,初无迹,第见鱼虾拥出水面,团结成块。掷网尽得之,中有一物如鼎状,持归刮洗泥垢,则纯金也,因是致富。秀人至今呼为杨刺旗家。承信郎杨伯详说。

华亭陈之方为泉司属官,未赴任间,故人有任维扬倅者,陈往谒之,留馆厅事之侧。一夕就寝,似梦非梦,见一妇人来言曰:"我城隍夫人也。今城隍当代去,次及公,故来相报。"陈还家而卒。潘周翰承务说七事。

闽中一士人居华亭,有赵通判者居乌程,约士人为馆客,久未得往。士人偶闲步至狱祠,见一妇人缓行,一仆持一小青盖且挈香合背子从其后,遍诣殿庑拜而焚香,毕事而出。士人随之行数十步,妇人回顾问士人何姓,士人告之,因复问妇人姓氏,则不答,笑以所持扇示之,上有"书念七"三字。士人疑其娼家姓第,但怪无书姓者,未及详语,妇人遽取仆所持铜丝香合以授士人,即前行去。复随之一里许,入一寺中,人迹稠杂,忽失妇人所在。后数日,赵倅遣仆马持书来迎,正二十七日书也。士人异之。既至书馆,每以所得香合爱玩,常置几间。一婢常来书馆视童稚辈,每谛视香合,酷似赵亡妻棺中旧物,入言之。倅取验视信然,因问士人所从得。初犹讳之,扣之再四,乃备言曩日所遇。倅问妇人服饰状貌,乃其亡妻丛涂寺中也,悲惋久之,即议举葬。启殡视棺侧有小窍,仅容指云。

淳熙庚子夏四月,湖州乌程岳祠启黄箓醮会。西殿鸱吻有蛇蟠绕其上,法师叶以十四日夜拜章言于众,曰一二日必有风雷之变。时连日晴明,天宇澄廓,纤云不飞,众以其言不验。至十六日暮夜,浓云郁兴,须臾蔽空,迅雷风烈,雨雹交下,雹大如弹,屋瓦为碎。众皆凛然,移时乃定。灵坛供具幡旗之属,俨然如旧,略无漂濡。乙夜云敛月明,视鸱吻并与蛇皆失所在。翌日访郊外,初无风雹之惊,盖是时飘击之势,止数百步间也。

平江士人王大卞家贫,既卒,其友周逸卿为率平日交游衾金作设冥佛事以荐悼之。翌日,逸卿有故出城,嘱其家谨扃钥。初夜外门轰然自开,若有人直入,连呼"逸卿,大卞专来奉谢",家人惊遽出视,但门已辟,阒无他睹。

平江潘择可,崇宁五年以舍法贡入京。未至,夜梦衣褐挽车三十辆,其弟端夫衣绿随其后。至政和三年,择可以上舍释褐。后三十年,端夫始就恩科。乃悟挽车三十者,三十载也。

平江人王亨正嗜牛炙,忽病疟半年,百药无效。沉顿中,梦黄衣人告云:"汝勿食牛则生,更食则死。"既寤,誓不复食,病亦随愈。

京师有道人姓郑,持一铜铃,终日摇鸣阛阓间,丐钱为食用,余则分惠贫者,号为郑摇铃。宣和末忽迤逦南来维扬,摇铃丐钱如故,夜则寄宿逆旅。久之,谓主人曰:"吾将死,愿以随身衣物悉置棺中而焚之。"已而果死。主人如其言,舁棺出城,举者觉渐轻,复闻铃声如在数十步外。俄而铃声渐远,则棺愈轻,若无尸。至焚所,启盖视之,惟一竹杖而已。

吴江檀丘村人陈布袋,业匠氏。其妇家在震泽。淳熙辛丑有故来谒其外姑,将至路,逢相识金大郎者,相揖而过。陈先闻已死月余矣,私怪之,欲至妻家谒其信否。入门拜其外姑,又拜其妻祖,而伏不能起,挟掖已不省人。异卧榻上,手足拘挛若被执缚状,阅两时顷乃醒。始言路逢金事,方拜欲起时,金忽自外入,直控其颈,即觉昏愦,若有人捽之东去海岸山颠,执问曾见金某日为某事否,对以与金初无干涉,皆不知之。旁有人持文书展视云:"误矣。"即执陈投别一山上,乃自寻路归。自临安由德清,所过街衢人物不异常时,至浔溪距震泽十八里,见岳祠甚雄,面正向北,门外路平阔七八丈,入者纷纷,绝无出者,凡其所识近亡殁者,往往见之。浔溪素无岳庙,心独怪之。既入门,栏楯皆纯铁,有人叱之出曰:"汝未当留。"即由路东还,过市桥后,遇金,露首,有人驱之甚速。陈问何匆猝如此,金且行且应曰:"被急取案追摄对公事耳。"陈徐至家,若过高阜甚峻,有人自后推仆,遂醒。沈梭省干说二事。

吴江蠡泽村人朱三,有子年十三四,佣于应天寺僧子孚房为行童。淳熙戊戌九月间,孚往近市张湾桥黄家作佛事,朱童立门外,见群儿拾螺蚌水中,往从之。忽见白衣人呼之,与偕行,至塘岸,与坐地上取泥作团,强令吞之,复以泥窒其鼻耳,则昏不知人。俄觉有人殴其背,泥尽脱出,开目见金甲人,令跨一犬乘之,若南去甚驶,即至其家,犬跃去而朱童仆卧篱落间。家闻呻吟,出视甚惊,莫知所从来,诘之不能语,异归久之始醒,乃言其事。其家素事真武甚谨,疑其阴护也。

沈蒙老博士初为太学率履斋生,晨起盥颒已,盆水尚温,忽变牡丹花状,枝叶扶疏,蕊萼相承,宛然如画。次年同舍登科者十余人。蒙老孙樗说四事。

开德府有士人家贮水瓷瓮忽有菌生其腹,隐然而出,植根甚坚,触之不落,数日大如人手,光润烨然,真芝草也。陶器坚滑,非可生物,理莫可诘。

　　陇州汧源县公宇,一夕堂门已扃锁,忽有妓女数人执乐器游于庭下。令之妻适见之,妓女俱前祷曰:"妾等久为土地祠乐妓,丐为诵《法华经》回向则可藉以往生。"妻以语令,翌日乃请僧诵经于庙,其夜复见前妓来谢而去。数日,又有如前来祷者,亦为诵经,如是者三。后令君夜独燕坐,忽有鬼物,状甚狞怪,前曰:"土地神谢君,妓女无几,即皆令往生,吾且乏使,当移祸君家。"令叱之,遂不见。自后妓女亦无再来祷者,令家亦无恙。

　　沧州有妇人不食,惟日饮水数杯,年四十五六,而面貌悦怿。人问不食之因,自言幼年母病卧床,家无父兄,日卖果于市,得赢钱数十,以养母。值岁歉,谷贵艰食,乃仰天祷曰:"今日所获不足以活二人,愿天悯之,使我饮水不饥,庶所得可尽以供母。"遂临井饮一杯,果不饥,自是亦不思食。又数岁而母卒,时不食已三十年矣。

　　执政府候兵任章,尝因小疾,忽昏愦不知人。越一日乃醒,自言初见二人若公皂,持檄来逮去。如行山野间,数十里入大城门,至一官府,引立庭下。有王者坐殿上,问姓名乡里,叱吏云:"误矣!"令引观地狱数处,指示受罪者云:"此皆不忠不孝、昧心害物者。"已而复引出城,若非向来所经。或过市里通衢,见人鬼淆混,有相识者,与语如不闻也。俄出一崖穴,送至其家。入门见身卧榻上,追者先留一人守视其旁,迎语送者曰:"复还耶?吾守之久,馁甚,已食其心半矣,奈何?"恍惚间推仆榻上,乃苏。自此疾虽愈而常怔忡恐悸,或遗亡颠错,若失心状。久之,因出行,中途遇一道人,瞪目视之,曰:"汝心乃失其半也。吾为汝疗之。"令市一牛心,至则道人割取其半,咒祝已,令食之。章顿觉心地安泰,不复惊怯。问道人姓氏,怒曰:"吾牛心道人也,何问为?"不受谢而去。章追逐至稠人间,遂失所在。右史赵舍人说。

镇江士人_{亡其姓名}。妻悍妒,买妾不能容,每加凌虐。妾不能堪,屡欲投缳,士人忧之。有干之金陵,丁宁恳谕其妻而行。去家才两日,忽中夜闻枕前切切之声,不见其形,自言即其妾,引决死矣,恳求为诵经追修。士人大忧恐,亟遣仆归,为其区处。暨仆还,得家信,则妾故无恙。鬼复夜至,士人诘其妄,欲奏章治之。鬼哀祈:"实非妾,因公忧虑之切,故假此以觊荐拔,自此不敢复出,幸勿见治。但今业已至此,不能独回,须且相随以俟公归。"许之。自此悄然。士人干毕将还,约亲故十人同游钟山。士人先至,憩僧房以俟。忽复闻鬼语,士人方怒叱之,乃云:"非敢为厉,有少事奉报耳。九客皆已至山下,其间第几人乘骡,第几人骑牝马,此二人它日贵人也。"问何以知之,曰:"二人所遇鬼物皆避道,馀则不然。"二人者,叶审言枢密其一也,时方为小官云。

绍兴甲寅七月十四日,吴县光福雅宜山一村夫,以事私恨其母,遂萌枭獍之心,怀刃挈榼,与母同之近村看亲。中路,请母藉草饮,意欲乘醉行逆。时天晴霁,俄有黑云骤起,大震一声,击其子殒道旁。母初不知,而怪其衣中怀刃,有知其谋者,始以告焉。又长洲县北原村农夫谢三二,不敬其母,动有悖言。乾道庚寅夏五月,雨霁,欲放田水,詈母而出,才至田所,大雷震死。_{范公懋德老承务说九事。}

绍兴五年六月大雷电,无锡苏村一民家所用斗秤尽挂于门外大树之杪,行人皆见之。盖其家每轻重其手也。

绍兴三年癸丑八月五日,平江长洲县地震,自西北方来,树林皆摇动。父老云:元祐九年九月二十一日已尝如此。又绍兴十三年癸亥三月十五日清明,大雪盈尺。

熙宁间,有人授泗州盱眙令,自陈乞改名雍观。时王荆公当国,怪其名无义理,因问改名之故,对云:"梦中神告如此,固亦自不晓其义。"后其人之官,一日自城还邑,从吏卒行渡浮桥,忽大风骤起,鼓其衣裾,尽没淮水。已而从者拯救皆免,独不得免。事闻朝廷,荆公曰:"向见此人无故改名,且疑雍观二字或有出处。因阅《山海经》,乃知其为水官之名,固虑其有水厄,今果然。"其后县僚或梦雍观驺从甚盛,往来淮岸,疑其死为水官也。

常熟县东北百余里,地名涂松,有姓陆人,业屠。隆兴初,縶一牛,始下刃,牛极力索绝,负刃而逃。陆追之数里相及,牛反顾,以角触陆腹,穿肠溃立死。

钱仲耕郎中佃任江西漕,按部,晚宿村落,梦青衣数百哀鸣乞命。明日适见罾田鸡者,感梦,买放,倾笼出之,其数与梦无差。

常熟县湖南村富人王翊烹一鹅,已去毛入釜,鹅忽鸣。家人走报,翊不之异,熟而食之。后数日疽发于背,病甚,顾家人云:"前有二吏追我,且与茶,令先去。"越二日,又云:"官逮我急,势须一往。"问追者限在何日,复自应曰:"明日。"翌旦果殂。

睽车志卷三

淳熙庚子辛丑岁,平江比年大旱。常熟县虞山北葛市村有农夫姓过,种田六十亩,岁常丰熟。过觊例免秋赋,亦伪以旱伤闻,官果得免输,自以得计。明年壬寅夏,飞蝗骤至,首集过田,禾稼皆尽,而邻比接壤之田,蝗过不食。又有二农家,不得其姓,献亩东西相接。东家淳朴守分,西则狡狯暴狠,淳朴之家常苦之。是年蝗至,尽集西家之田,而不入东界。西农怪之,夜以布囊贮蝗移置东田,有报东家农,弗之较,但祝云:"果有神明,蝗当自去。"明日蝗复飞集西家,东田无伤焉。

常州一村媪,老而盲,家惟一子一妇。妇一日方炊未熟,而其子呼之田所,妇嘱姑为毕其炊。媪盲无所睹,饭成扪器贮之,误得溺器。妇归不敢言,先取其当中洁者食姑,次以馈夫,其亲器臭恶者乃以自食。良久天忽昼暝,觌面不相睹,其妇暗中若为人摄去。俄顷开明,身乃在近舍林中,怀袯间得小布囊,贮米三四升,适足给朝晡。明旦视囊米复如故,宝之至今。予始闻此事,窃谓昼暝得米,或孝感所致,如郭巨得金之类。至谓囊米旦旦常盈,则颇近迂诞。然范德老为人诚悫,必不妄传,而村妇一节如此,亦可尚也,故录以为劝云。

常倅陈森按视北使宿顿,至属县无锡,暴得疾。其子充弃兄弟自城拿舟迎候,解维已昏暮,时夜暗舟中明烛,充忧懑不能寐。舟有偕行者,炙肉饮酒,三鼓后,忽有物状如猕猴,自水中跃登,船舻偏重且没。舟人惶遽叱之,其物索肉,亟掷与之,

乃没。_{魏掞上舍说三事。}

　　宜兴陈宰冕，有干过宿富阳客邸中。夜灯暗且灭，见壁间有人影，举动若傀儡状。陈惊惧，掷枕抵壁。邸主问知其故，推门为明其灯乃已。明日询之，乃一弄傀儡人客死其室方数日也。

　　盐官马大夫中行妻悍妒，一婢免乳即沉其子，杂糠谷为粥，乘热以食，婢竟以血癖而殂，乃取死子同坎瘗之。后数年，妻为厉所凭，自言坐血池中，受无量苦，上诉于天，今当借诣阴府。其家祷之，且许以诵经饭僧，皆不从，且云："主母今亦数尽，故我得相近。"又云马在世仅有三年之寿。妻竟死。传此事时马尚存。

　　盛大监勖绍兴初知襄阳，单骑之官。府治有一楼，为公退燕息之所。勖常独居楼上，屏左右，命一老兵守其下，卧榻之前置大浴斛，取汉江水满注其中，日易新水。老兵久而疑之，乘勖昼寝，登梯隙壁窃视，乃见一大鲤鱼，金鳞颒鬣，游泳斛中，如觉有窥者，注目壁隙，凝然久之。老兵惊惧趋下。自是彻去斛，不复取水。_{岳州张佐才承务说。}

　　米元章知无为军，喜神怪，每雨旸致祷，则设宴席于城隍祠，东向坐神像之侧，举酒若相献酬，往往获应。每得时新茶果之属，辄分以馈神，令典客声喏传言以致之。间有得缗钱于香案之侧，若神以劳送者。尝晨兴呼谯门鼓吏，问夜来三更不闻鼓声，吏惶恐，言中夜有巨白蛇缠绕其鼓，故不敢近。米额之，叱吏去，不复问。故郡人皆疑其蟒精，至今父老犹传道之。

　　刘知常，襄阳八。其兄为襄阳县之胥魁。知常始生，皓首赭面，里俗谓之社公儿。年十四五，随闾里出游万山。俄独行迷路，望远峰之颠有光景，趋即之，见一道士，坐磐石上，诉以

迷路之状,且告之饥。道士袖出一物饵之,顿觉果然。道士指
以归路,且约明日复会此。知常既归,一宿而皓首变黑,面晳
如玉。如期而往,道士已在,遂授金丹之诀,且告之曰:"吾桐
柏真人。若归,他日苟欲见我,一念及我即至。"遂辞归。自是
脱然有遗去尘世之志,以母老,不能违侍侧,乃于所居之旁辟
草庐以居,时人谓之草庵居士,而真人常降其室。崇观间,徽
宗闻其名,诏蕊珠殿侍宸往襄阳寻访,知常与偕至京师,见于
内殿,验其方术。知常取盐数斛布地上,疏为畦畛,每畦相去
数寸为一窍,取药置窍中,有顷悉成金莲子。又取故败铁器钱
镈之类,以药点化,皆成黄金。上神其术,赐以金冠象简、绯袍
皂襆,号丹华处士,际朝散大夫,以其所作黄金为金宝轮,颁藏
天下神霄宫。知常又自作金合数百,贮所炼丹,分遗公卿。太
师蔡元长京尝赠之诗,有"万镒黄金手化铁,五色彩云神授丹"
之句,盖记其实也。无为胡知县说。

　　和州兵火前尝新建兵官廨舍,既成,兵官者挈妻孥入居
之。翌日,日晏而门不启,兵级辈怪之,呼门不应,乃毁壁以
入,而室之户扃,复毁而入,乃见布席于地,杯盘肴核狼藉其
上,而兵官与其妻孥数人皆踣其旁死矣。众甚骇惧,即以闻
府,乃掘其处,深数尺,得二长石,发其下,各有二骸。疑其滞
魄之为怪也。

　　无为军城内有秀溪者,初名锦绣溪。始未有城,溪水与外
通,中有珠蚌,入水者足或履之,其大如席,旋即失之,盖亦灵
异。或夜傍水际启壳吐其光,明皎如月,照地数丈。秀之名盖
取川媚之义也。其后筑城,绝不通外,珠遂不知所在。

　　泉州故陈洪进所据也。州之便厅,至今郡守不敢登。厅
阶常有剑影,极分明,障之不能掩,削之不能去,郡人神而畏

之。屋今敝甚,而不敢葺。近城法石寺,洪进墓在焉。旁有小
冢,则其女之殡也。女年及笄,未嫁而死,时或形见,遇者辄
死。有连江尉龚遂良游寺中,夜见之,翌日与人言:"吾体中大
觉不佳。"且嘱后事。肩舆亟送至家而殂。又士人王宗衡因至
寺中,偶便旋于墓侧,即得心疾,狂易不知人,逾年乃愈。李顾
言朝奉说二事。

治平丁未岁,漳州地震,裂长数十丈,阔丈余,有狗自中走
出,视其底皆林木,枝叶蔚然。

泉州永春县毗湖村民苏二十一郎为行商,死于外,同辈以
烬骨还其家。苏之神随至,语言如婴儿,或见其形,亦能预言
人休咎。有亲旧往视者,苏辄令其妻具饮馔待之,酒肴皆不索
自至。其神每来,率以黎明时,先远闻空中击钲声渐近,既至,
如风雨然自檐楹间而入。村人敬而畏之,相与立庙祀焉,至今
犹存。黄童朝散说。

翟公逊大参汝文镇会稽,岁尝大旱,于便坐供张,命典谒
者迎释迦佛及龙王像,与府丞同席而自坐西向,盛具乞雨于二
像。明日,大雨霶霈。临街有楼,怪不可居,民因作神像于楼
上,事之甚谨,莫敢正视。公逊过之,有瓦砾自楼飞掷,正中帽
檐。公逊大怒,驻车召戎官撤去神像,毁其楼为酒肆。一日出
游,闻路旁民舍聚哭,问之,曰:"家有妇为鬼所凭,召僧道作法
治之,莫能已。"公逊曰:"审如是,胡不投牒讼于府?"民勉从
之,明日状其事诉焉。公逊大书曰:"送城隍庙依法施行。"令
民赍诣庙,以楮锭焚之,且嘱曰:"三日鬼不去,可来告。"至次
日中夜,民家觉大旋风绕舍,屋瓦皆飞,病妇忽自床起,颠倒踉
跄,投门而出。家人追及门外,共执持之,移时乃苏,云:"初见
有人持牒来,云城隍追汝,遂随之出,皆不省其他也。"自此遂

愈。公逊罢镇归,渡钱塘,潮未当应。公逊祷而请之,须臾潮至。其异事皆此类。而性资诙诡,居于常州,建大第,市瓦数十万。公逊取视之,嫌有布纹,曰:"吾方奉亲居此,岂可置布纹于头上耶?"以巨梃一时击碎。陶者请曰:"即不用布,无以藉坯。"公逊命取罗数十匹给之。郑咸平老奉议说。

光州定城主簿富某,秩满挈家还乡,道经合肥,与其帅有旧,留连数日,馆于佛寺。一夕既寝,闻箱箧中切切有声,疑其鼠也,明旦发视,中有金钗数只,皆寸截之,别箧贮罗縠甚多,皆细剪如簟纹。富大惊异,出对寺僧说之。僧曰:"是何愚鬼,此寺素未有怪也。"言讫,僧所服三衣皆已剪如绫縠矣。明日谒帅作于客次复举其事,且云:"所将匹帛悉坏,惟衣服幸全尔。"俄视其衣,已剪如前。富大惧,亟辞而去。后亦无它。无为进士李记言说。

明州育王塔,灵感甚多。魏丞相南夫母秦国太夫人祥除,饭僧寺中。丞相夫人庆国姜氏然香于臂,有高丽僧适在其间,咨嗟赞异。俄丞相之犹子鲤门指塔级间有佛现,丞相随所指视之,良信。众皆争睹,悉见佛像,而各不同,或见金像、铁像,或肉色相,或见半身,或惟见头髻,或惟见面,观者骇异。丞相乃于诸像中询众目所同见多者,命工图之。

程迥者,伊川之后。绍兴八年,来居临安之后洋街。门临通衢,垂帘为蔽。一日,有物如燕,瞥然自外飞入,径著于堂壁。家人就视,乃一美妇,仅长五六寸,而形体皆具,容服甚丽,见人殊不惊,小声历历可辨。自言:"我玉真娘子也。偶至此,非为祸祟,苟能事我,亦甚善。"其家乃就壁为小龛,香火奉之,颇能预言,休咎皆验。好事者争往求观,人输百钱,乃为启龛,至者络绎,小阜程氏矣。如是期年,忽复飞去,不知所在。

士人李璋妻徐氏，美艳而性静默，居常外户不窥，惟暮夜独行后圃。璋初不以为异，但每自后归，则口吻间若咀嚼物。他日密随觇之，则徐氏入一竹丛间，俯而扪地，若有所索，归仍咀嚼。夜于枕边摸得一白石子，但视皆有齿痕若啮残然。已而视其箱中齿痕之石甚多，始怪而诘之，终隐不言。始徐氏甚妒，自齿石之后，遂不复妒，更为宽容，璋寝婢子别榻，皆纵不问。如是累年，乃病卒。

四明人郑邦杰以泛海贸迁为业，往来高丽、日本。一夕舟行，闻铙鼓声自远而至，既而渐近，则见一舟甚长，旌旗闪烁，两舷坐数十百人，啸呼鼓棹，疾进渐近，若畏人舟，径没水半里所复出，鼓棹如前。舟师云此谓鬼划舡，盖前后溺死者所为，见之者不利。邦杰乃还。

张峤初为福州安南县丞，郡有指使张悦，以州檄到县，颇傲慢不逊，峤心衔之。后知福州，而悦为本路巡辖马递，至州上谒，峤踞坐厅事，引悦廷参。悦甚不堪，诵语纷纭，峤命廷卒加捶。时韩王世忠驻建州，峤即械送之，申牒诉言悦常私悦田路分之女，强逼与乱。韩王大怒，斩悦于军门。峤后知袁州，日坐书室，忽如中恶，仆地不醒人。左右扶掖进汤药，以少苏，乃亟命取朝服来。家人问之，答曰："适见张巡辖来，便相捽拽，今须与同往辨理。"言讫而卒。从义郎吕仲权说二事。

绍兴初，福建寇乱，贼魁曰张义、张万全、叶百三，凶焰颇盛。提刑李稷臣谕降之。二张谮叶于稷臣，且言初无降意，将复为变。稷臣信之，乃植大柱于通衢，取叶以铁索锁缚于柱，炽炭围绕，醯和五辛饮之，备极楚毒。稷臣躬临视之，叶大呼曰："我已就降，何罪至此？"体皆焦烂，乃死。自是稷臣每独坐时见叶在侧，大恶之。后三年，稷臣遍体生疮疱，状如火灼，痛不可忍,竟卒。

王圣图,元城先生之外舅也。未第前,尝梦被命除给事。以有笺榜来议姻者,视其家世,惟题四字曰灵泽夫人。明年登上第,晚年得知潞州,吏白典祠当谒者,而灵泽夫人在其数。圣图恍然,甚惊异之。期年,以给事召。圣图私念前梦,忽忽不乐,不复理装为行计。一日,过灵泽庙阙门,状甚惶遽,人问其故,曰:"此夜连梦。"遂卒。

元城先生幼子景道。元城在贬所,尝昼寝,梦一道士来谒,顷之得家书,报其内子生男,而诞辰即梦道士日也,先生异之。俄还自贬所,视所生男,状貌宛然梦中所见也,故名之曰景道,钟爱之异于它子。暨元城再贬岭外,景道生九年矣,忽得疾,卒于家。元城闻之,悲悼不能自胜。南海道士有异术,元城命醮以致其魂,景道果见形于位,谓元城曰:"我昔为道士,公为淄青节度,因射误中吾臂,出血四合而死。今以抚育之恩,犹当偿其半。"元城于是为刺臂血书《般若心经》以荐之。

汴河岸有卖粥妪,日以所得钱置缿筒中,暮则数而缗之。间得楮镪二,惊疑其鬼也,自是每日如之。乃密自物色买粥者,有一妇人,青衫素裌裆,日以二钱市粥,风雨不渝。乃别贮其钱,乃暮视之,宛然楮镪也。密随所往,则北去一里所,阒无人境,妇人辄四顾入丛薄间而灭。如是者一年。忽妇人来谓妪曰:"我久寄寓比邻,今良人见迎,将别妪去矣。"妪问其故,曰:"吾固欲言,有以属妪。我李大夫妾也,舟行赴官,至此死于蓐间,藁葬而去。我既掩圹而子随生,我死无乳,故日市粥以活之,今已期岁。李今来发丛,若闻儿啼,必惊怪恐,遂不举此子。乞妪为道其故,俾取儿善视之。"以金钗为赠而别。俄有大舟抵岸,问之,则李大夫也。径往发丛,妪因随之,举柩而儿果啼。李大夫骇惧，因为言，且取钗示之。李谛视信亡妾之物，乃发棺取儿养之。李知县明仲说。

　　王陜字希武，参政绚之子，有第宅在平江之昆山。陜居家艰，独处于厅事之侧，其家婢妾颇众，夜则扃锁堂门而寝。一夕，有老乳婢梦中若惊魇，其声初甚微，叫呼不醒者久之。婢辈惊起，就榻视之，则无见矣。举家惊骇，明烛四索，无所得，乃开扃遍索于外，得之西圃池亭之侧，坐以胡床，而耳目鼻口悉为泥塞。急扶掖洗剔去之，则已昏然不知人矣。舁归灌沃汤药，移时竟死。其宅墙垣四周，而中门扃锁则不通内外，不知何从而出也。时传其地基故漏泽园也。

　　宣政间，河决，湍流横溃，不复可塞。有河清卒牢吉，往来坏堰之旁，相视塞河之策。忽闻有呼其姓名者，至于三四，亲比近阒无人，寻呼声出葭苇间，迫视乃一大虾蟆，蹲高如人。异而拜之，蟆问："尔数往来何为者？"对以河决不可塞之状。蟆即吐一物举蹯承之，状如生离支，以与吉曰："吞此可没水七日，即能穷堰决之源。或有所睹，切勿惊也。"且授以沉置茭楗之法，云："堰成须庙以镇之。"吉拜谢，忽失蟆所在。自此遂善没水，深行河底，见决处下有龙方熟寐。出如蟆所教，河决迄塞而建庙焉。李知县昭明仲说。

　　许式字叔矜，赴调京师，归行由汴。岸舟有呼许侍郎者，直诣式舟。式曰："误矣，某小官也。"其人笑曰："君即是矣。某与君有先契，闻君将归，故欲一见。"因探怀出物一袭曰："以此赠行，异日得十四岁女子乳即可饵也。"许大讶，且奇之，徐发袭，得白石数块，坚莹可爱，因缄藏之。是后凡历数任，得倅博州。一日行县还，太守谓曰："近一事异甚，民家一小女不夫而孕，父母弗能堪，今在禁矣，而情未得也。"许曰："其年几

何?"曰:"十四岁矣。"许忽记曩事,特诘问之。女子涕泣曰:
"实无它,但一日尝浣衣溪旁,南岸忽有人呼某小字者,误应
之,乃一道者,熟视都无一语,径去。方应声间,忽若有感,自
尔成孕,初不知其所自也。"许因访道者容状衣服,即汴岸所见
者也。大神其事,令人谨养视女子,及产子,取乳以磨所藏之
石,应手如膏,因即饵之,经月饵尽,乳即止而子死。召其父
母,告以实而释之。其后果登禁从,享年八十,容色童润,如少
壮时云。乡人蔡津退若说。

睽车志卷四

姚大夫安礼尝暮宿驿舍,仆辈各已休寝。时夏夜盛热不得寐,独起散步屏后,闻庭下薾薾有声,隙屏窥之,正见一叟,皤然素衣顶冠,长才尺许,策杖缓行,仰首视月,以手加额。姚初意其神物,屏息不敢惊。俄一蜣螂飞过其前,叟即举杖一击堕地,俯拾裂食之。姚乃拔剑逐之,转过厅侧廊庑后,走入郁栖而灭,插剑识之。明旦,命仆发视,得一白蝟甚大,旁有故铁托火箸各一,盖其冠杖也,乃杀之。驿舍旧多怪,自此遂绝。陈襄仲谟说二事。

张无尽之子龙图公,家于义兴郭外。有故遣仆入邑,舟行数里,日将没,见一妇人行岸上,手挈油罂,迎舟而过。仆熟视,即家故婢招喜也,名呼之不应,去愈疾。停舟追及之,方悟其已死,因问:"尔今安在?"妇人远指岸侧一古木曰:"吾居是间。"复问:"须油安用?"曰:"吾遍体创裂,借此膏润则痛少差耳。"且谓仆:"郭门外精舍老僧戒行严洁,惟日诵《金光明经》,为吾求诵十部以资冥福,当即往生。"仆如其言访僧诵经,还过其处,击木呼之,俄有白衣叟出木穴中,曰:"招喜得经已受生矣。烦再为吾诵十部。"仆方问其何人,忽不复见。他日复访僧诵经,但以木中老人回向云。

宋左藏睨尝言:家故泽州,有第宅园圃。墙角有古冢,因治地发之,得一石志,题曰郡守李公之墓。垒石为藏,棺中朽骨一具,无它物,而棺之侧斫石为乳婢抱哺一婴儿。不知其何为也。

士人李武锡尝得疾，惟脊骨间痛不可忍，百药攻治不效，若此数十年。后因改葬其父，易棺迁其骸，脊骨节间有大白虫，乃拨去之，自此脊痛顿愈。吴大任承务说。

宗室赵伯琯居明州小溪，游侠尚气，建第宅甚雄。尝暮行溪滨，见有物自其宅门出，乃一熏笼，自行蹒跚勃窣，徐过其前。惊顾之间，乃疾行入水而没。俄而伯琯死。张汉卿省幹说。

常州华严寺僧道良，为知库数年，多所干没。忽卧病危惙，长老道素夜梦良来云："且往近庄养疾去。"逮晓则报良已卒。俄近庄报牛夜产犊而病一目，良素眇，皆惊讶。他日道素按视近庄，取犊视之，见素泪下。素谓曰："汝知库耶？业报如此，当随吾还寺，曳碨作面供众以偿宿负。"犊即随肩舆以行，不待驱逐。既至寺，日作面两石。有常课主者窃增其数，犊至常课即止，驱之竟不行。或呼知库良公抚劳之，则泪下。有僮行斥良名骂之曰："盗常住贼！"则怒目奔触，人力不能制。素令日以僧食啖之，酸蒹至顿食五十枚。僧从简言亲见其事。

绍兴辛未岁，四明有巨商泛海行，十余日，抵一山下。连日风涛，不能前，商登岸闲步，绝无居人，一径极高峻。乃攀蹑而登至绝顶，有梵宫焉，彩碧轮奂，金书榜额，字不可识。商人游其间，阒然无人，惟丈室一僧独坐禅榻。商前作礼，僧起接坐。商曰："舟久阻风，欲饭僧五百，以祈福祐。"僧曰："诺。"期以明日。商乃还舟，如期造焉，僧堂之屦已满矣，盖不知其所从来也。斋毕，僧引入小轩，焚香瀹茗，视窗外竹数个，干叶如丹。商坚求一二竿，曰："欲持归中国为伟异之观。"僧自起斩一根与之。商持还，即得便风，就舟口裁其竹为杖，每以刀镴削辄随刃有光，益异之。前至一国，偶携其杖登岸，有老叟见之，惊曰："君何自得之？请易箪珠。"商贪其赂而与焉。叟曰："君亲至普陀落伽山，此观音坐后旃檀林紫竹也。"商始惊悔，归舟中，取削叶余札宝藏之，有久病医药无效者，取札煎汤饮之辄愈。<small>陈仲谟知录说。</small>

　　程泳之沂为平江昆山宰，秩满，其弟钜为府监仓，乃携其家就居焉。一日，泳之方与妻对食，忽有髑髅自空堕几案间，举家骇愕。泳之为祭父而埋之。不数日，泳之妻病，日浸加剧，一夕为鬼所凭，下语云："我李贯也。尔先为吾妻，酷妒特甚，三婢怀妊，皆手杀之，今使吾无后，职汝之由。吾既死，资财且多，曾不为吾广作佛事，以伸荐悼，乃尽奄有为再嫁资。吾已讼于阴府，不汝置也。"妻遂冥然。有道士善治鬼，使视之，道士取幅纸密咒，展示童子，童子怖曰："正见一庭下有人，袍笏而立，旁有三妇人，皆被发流血，庭中捽一妇人鞭之甚楚。"程视之果然，遭鞭者乃其妻也。道士曰："此已为阴府所逮，疾不可为也。"程恳祈徒欲其少苏而诀，道士复作法书篆文焚之，童子复视，则曰："鞭者已停棰矣。"程亟入视其妻，果渐苏醒，能言，问之，乃言前嫁为李贯妻，实尝杀婢，故为所诉。乃嘱程集箧中某物，皆贯故物也，可货以饭僧。已而竟卒。<small>陈监仓钜说。</small>

　　有士人寓迹三衢佛寺，忽有女子夜入其室，询其所从来，辄云所居在近。诘其姓氏，即不答，且云："相慕而来，何乃见疑？"士人惑之。自此比夜而至，第诘之终不言。居月余，士人复诘之，女子乃曰："方将自陈，君宜勿讶。我实非人，然亦非鬼也。乃数政前郡倅马公之第几女，小字绚娘，死于公廨，丛涂于此，即君所居之邻空室是也。然将还生，得接燕寝之久，今体已苏矣。君可具斤锸，夜密发棺，我自于中相助。然棺既开,则不复能施力矣,当憒然如熟寐,君但逼耳连呼我小字及行第,当微开目,即拥致卧榻,饮之醇酒,放令安寝,既寤即复生矣。君能相从,再生之日,君之赐也,誓终身奉箕帚。"士人如其言,果再生,且曰:"此不可居矣。"脱金握臂俾士人办装,与俱遁去,转徙湖湘间,数年生二子。其后马倅来衢,迁葬此女,视殡有损,棺空无物,大惊闻官,尽逮寺僧鞫之,莫知所以。马亦疑若为盗发取金帛,则不应失其尸。有一僧默念数岁前士人邻居久之,不告而去,物色访之,得之湖湘间。士人先子然,复疑其有妻子,问其所娶,则云马氏女也。因逮士人,问得妻之由。女曰:"可并以我书寄父,业已委身从人,惟父母勿念。"父得书,真其亡女笔札,遣老仆往视,女出与语,问家人良苦,无一遗误。士人略述本末,而隐其发棺一事。马亦恶其涉怪,不复终诘,亦忌见其女,第遣人问劳之而已。卢县丞连德广说二事。

待制卢知原,知某州日,有军卒妻生子,未周岁而死,既殡葬,辄夜归乳其子,卒与语则不应。复谓之曰:"死生异路,生儿饮亡者乳,恐不相益。"亦不应。如是比夜而至,卒惧且疑,曰:"是未必果亡妻,或鬼物所为,不去必害此儿。"乃密置刃席下,是夜复至,举刃逆之,应手而灭。明旦卒卧未起,有扣门者,出应,乃捕吏,即执之,曰:"尔杀人。"视血踪自藏寻之直至妻墓,有尸伏于冢上,其腰被刃,流血而踣。卒辞实不杀人,视尸状貌衣服,宛然亡妻也。因自述其事,邻里为证妻实病死,葬且多日。乃发冢验之,棺空无物。待制之子连亲为予言,且云"此狱适当卢公罢州之际,竟不知后政何以决之。"

苏州昆山慧聚寺僧如远,善医,多受谢遗致富,而不守戒律。一日遇寒食节,邑人陈监仓襄作裹蒸百枚,分半馈之,远

发器食解包，尽成泥块。俄而远卒。_{陈仲谟说。}

　　蜀道多山鬼，有小吏远迓宪车，同徒数人，日将暮，见道旁一妇人，携汲器立溪侧。小吏就丐饮，且挑狎之。妇人初无难色，谈笑而道之。吏引手扪其胸臆间皆青毛，长数寸，冷如冰。吏惊呼而走，妇人大笑，挈汲器徐步而去。_{李仲明云司马端行说。}

　　辛未赵榜有进士鲁琭，省试纳卷毕，将出门，偶思省题诗误押旁韵，仓皇反走五幕求之。时卷轴混淆山积，人语喧哄，决谓不可检寻，叹恨忧沮。适一老吏问其故，曰："吾能为公取之。"琭赂镪二十千，吏即入幕，于乱卷中一探得之，以授琭，乃涂窜其误。吏嘱曰："谢镪幸为送吴山坊某人家，即我家也。"琭喜谢而去。越三日，往访其家，则云某人者故太常吏人，死已旬日矣。询其状貌，正贡院所见者也。琭惊喈，因语其故，且感其德，以镪付其家。已而登第。

　　建炎间，泉州有人泛海，值恶风，漂至一岛。其徒数人登岸，但见花草甚芳美，初无路径。行入一大林，有溪限其前，水石清浅。众皆揭涉，得一径，入大山谷间。俄见长人数十，身皆丈余，耳垂至腹，即前擒数人者，每两手各挈一人，提携而去，至山谷深处，举大铁笼罩之。长人常一人看守，倦即卧石上，卷其耳为枕焉。时揭罩取一人，褫去其衣，众共裂食之。内一人窃于罩下抔土为窜，每守者睡熟即极力掘之，穴透得逸。走至海边，值番舶得还。言其事，莫知其何所也。_{武康郑丞咸平老说。}

　　湖州武康监税周光以职事被檄入府，馆于一寺之僧堂。每夜常见圣僧像前，鼠盗其供物果实之类入于像座之下。一日，乘间于座下寻之，则鼠乃聚故碎经纸为窠，内有新生鼠四枚，皆无足，宛转啾啾然。盖毁经盗果之报也。

昆山慧聚寺山岩中有开山晌大师石像，前有二石虎，一夕忽失其一。他日有人见于常熟虞山中。石重，非可仓卒徙置，盖岁久能为怪耳。

金陵舟梢李某者，其妻言，有一姊平日惟诵《金刚经》，死十余年。近其夫家欲火其骨，启殡，朽化都尽，惟其肝心宛然独存于白骨间，略无损败。既火化，愈坚如腊然。盖诵经之验也。

建炎间，术者周生观人书字分配笔画以知休咎。车驾自明驻杭时，虏骑惊扰之余，人心危疑。执政戏呼周生，偶书杭字示之。周曰："惧有警报，虏骑将逼。"乃拆其字，以右边一点配木为术，下即为兀。不旬日，果传兀尤南侵。赵相、秦枢庙谟不协，各欲引退，二公各书退字示之。周曰："赵公即去，秦必留。日者君象，赵书退字人去日远，秦书人字密附日下，日字左笔下连而人字左笔斜贯之，踪迹固矣，欲退得乎？"既而皆验。

吉州民家有画入定观音像，供事谨甚。一日，像忽开目。其家初疑儿童为戏，明日视之，复闭如初，方大惊异。后数日，其家一仆忽自经于佛堂。黄知县童士季说。

绍兴壬午岁，海陵有货药者，牵一牛，臂胜间生一人面，耳目口鼻皆具，旁出一人手如婴儿臂。外兄胡元常亲见之。

峡江水中有物，头似猕猴而无足，自颈以下扁阔如匹练，粘涎如胶，喜食马，土人谓之马皮婆。有浴马于江者，辄伺无人，揭举其尾覆冒马背腹间，曳之入水。土人或絷马于岸，其物掷尾冒之，马絷不得去，而其物胶不得脱，则捕而杀之。李昭明仲说。

章思文，福唐人，家世贫窭，思文以钩距心计致富。初一武臣忘其姓名。监秀州华亭县盐场，赃污不法，多受亭户贿赂，任思文以为肘臂，约所得中分之。武臣者以方在任，欲匿其迹，故受赂多寄思文所，信之不疑也。秩满受代，乃从而取之，思文尽干没不与。武臣者不胜愤恨，致疾以死。思文暮年始生一子，钟爱之，而其子幼则多病，治疗之费，竭产不恤。年六七岁竟死，思文恸悼，恨不身代之也。盖棺之际，痛不能舍，复举面幂抚之，则其子面已变如向武臣之状，盛怒勃然，惧而亟瘗之。赵谦之司户说。

　　成都杨道人，本坊正也，素嗜酒无行，遭杖罚者屡矣。尝于市肆遇异人，风采秀耸，杨日与之饮，凡日所得悉为饮费。久之，异人曰："能从我游乎？然子有妻子之累，如何？"杨曰："弃此直差易耳。"归则手书与妻诀，仍寻配嫁之，一子数岁，以予人。他日，复遇异人，则曰："累已遣矣。"因自述其详。异人曰："诚然乎？当随我所之。"杨敬诺，从之，复痛饮酒垆，日暮乃相将出城。是夜月明如昼，异人前行，相去常百步。初行十余里，乃下路，望大山林蔚茂处，渐行草莽中，又数里，杨觉履地甚湿，继而水没足，乃大声呼曰："迷路入水矣！"异人曰："第前，无苦也。"杨复前行，水浸深。又行一二里，则没膝及股，而异人前行无异平地也。乃解衣深涉，水及腹，俄及胸臆，杨犹进不已，则水已承颐，乃复大呼，以水深不可进。异人喟曰："惜哉，子未可往也！"恍惚间如梦觉，乃身在城濠桥上，异人亦在其旁。即于桥下取一小铁铛，及于腰间解一皮箧，赠之曰："子缘未至。"乃长揖而去。追之数百步，忽不见。杨自是发狂，乍悲乍喜，语言无伦，如病心人，往往预言人休咎，学道者从之浸多。每月八日，辄施贫丐者，自府治之前分坐通衢两边，直抵城门，杨以铛煮粥，令其徒舁以自随，躬以杓盛粥给丐

者。仍于皮箧中取钱与之,人二十文。丐者率数百人,而所给
常足。李修撰任四川都漕,治所在成都,常邀相见,敬待之。
子弟辈与之狎,或戏匿其箧,杨索之不得而去。度明当施贫,
乃来求取甚力,既得,即欣然置腰间,以手抚之,钱已满矣。身
衣敝衲,或赠以新衣,即服之,顾视喜笑,仍收其故衲。或求之
不与,明日视之,敝衲如故,新衣随即施于贫者尽矣。一日谒
李,时方独坐后圃之舫斋,杨视左右无人,曰:"吾饷使君一
物。"即作呕哕之状,鼻涕涎沫交下,吐出一物,以掌承之,明彻
如冰玉,命李吞之。李有难色,迟疑间,杨即复自吞之,跳入斋
前池水中,大呼杀人数声。李命左右扶去。不数月而李卒。
又有寇先生者,有道之士,李亦招接之。一日,寇自山居诣城
谒,李适出赴府会,子弟请坐书室。寇忽问曰:"运使每出赴公
会,宅厨亦破食料否?"子弟曰:"然。"寇曰:"某来特报一事:近
至冥府,视运使食簿无几,宜极裁节。"子弟初不之信,未几而
李果卒。二事殿撰之孙明仲亲为予言。又云是时复有席子先
生者,不知其何许人,亦莫详其姓氏,蓬头垢面,以一席裹身,
伏于官道之侧。以食与之,即伸首取食必尽,数日不与食,亦
不饥。所处不复移徙,未常见其溲便。盖亦异人也。李明仲言
四事。

　宣和间,沂密有优人,持二子,号曰胡孩儿,年各六七岁,
童首而长髭,所至观者如堵。自云其妇孕生,此二儿生而有
髭。亦不知优人所自来,后失所在。寻而胡丑乱华,盖人妖
也。

　逆亮末年自制尖靴,头极长锐,云便于取镫,而足指所不
及,谓之不到头。又为短鞭,仅存其半,谓之没下鞘。其后渝
盟犯顺,果为其下所戕,死于江上。

睽车志卷五

李尚书㤃居密州城东都曹之旧廨,素传多怪,空不敢居。李初得之,未徙居间,一日有鬻冠珥者过其后门,见数妇人各买冠珥以入。鬻者意李之后房,待其取直,久立门侧,阒不复出。转至大门询之,则扃镯甚严,见守舍卒告之故,卒曰:"空宅耳。"乃与启关入视,则冠珥之属或列置灶上,或悬挂壁间。李既入居,一夕独坐书室张灯观书,令满注膏油,婢仆各休寝。夜分,灯钉忽无故自坠,覆书册上。李亟呼烛视之,钉正安几上,油膏如故,无涓滴沾污。乳母携小儿戏,便坐阶侧,有竹篝满贮石灰,小儿至篝所大惊呼,乳母走从之,云适见一小人,立灰中,面甚丑怪。他日视土地祠中木偶,小儿指曰:"此即前日灰中所见也。"李后修治其屋,开通屏障,撤屋瓦改覆,每瓦沟下置细书天童神咒一轴以厌之,怪不复见。

李通判者,忘其名。一女既笄,遴择佳婿,久未有可意者。一日,有陈察推者通谒,与李有旧,叙话甚款,因言近丧偶,且及期矣,言及歔欷流涕。且言家有二女,皆已及嫁,思念逝者,悲不自胜。李女自青琐间窥之,窃谓侍婢曰:"是人笃于情义,如此决非轻薄者,得为之配者,亦幸矣。"因再三询其姓氏,每言辄及之。陈时年逾强仕,瘠黑而多髯,容状尘垢,素好学,能诗,妙书札。李喜之,每叹曰:"使其年貌稍称吾女,亦足婿矣。"女闻之,窃谓傅姆曰:"女子托身惟择所归,年之长少,貌之美丑,岂论也哉!"由是家人颇识女意。媒议他姻,则默不乐，父母怪之，曰："岂宿缘耶？"乃遣媒通约。陈初固拒，以年长非偶，其议屡格，则女辄忧愤，或怏不食。父母忧之，固请，不得已乃委禽焉。女喜甚，既成婚，伉俪和鸣，抚陈之二女如己所生。谓陈曰："女已长，婚对当及时，不宜缓也。"朝夕屡以为言，且广询媒妁，不半载而嫁其长女，倾资奉之。陈曰："季女尚可二三年。"妻曰："不然。"趣之尤力。陈辞曰："纵得婿，今无以备奁具。"妻曰："第求婿，吾为营办。"又数月，亦受币，亟议嫁遣。陈曰："奈何？"妻忽谓陈曰："君昔贮金五十星于小罂中，埋床下，盍取用之？岂于己女而有吝耶？"陈大惊曰："汝何从知之？"但笑而不言。盖陈实尝埋金，他人无知者，因取用之。不期年而二女皆出适。妻谓陈曰："吾责已塞，今无余事矣，当置酒相贺。"乃与陈对饮，极量欢甚，各大醉而寝。翌日醒觉，妻忽惊遽，大叫曰："此何所耶？"顾陈曰："尔何人也？"陈大惊，疑其心疾，媵侍辈围守。妻惊恐惶惑，问曰："我何为在此？"媵侍曰："夫人成亲一年，岂不省耶？"妻都不晓。俄其父母至，抚慰之，因历言其本末。妻大恸曰："父母生女不为择配，此人丑老可恶，忍以我弃之耶？"不肯留，乃送其家。自言恍如梦觉，前事皆不知之。陈亦悟埋金之事惟其亡妻知之，疑其系念二女而魂附李女以毕姻嫁也。后竟仳离而改醮焉，异哉！王教授伯广师德言。

李允升字子猷，毗陵人。绍兴甲戌岁登第，再调官知建康府上元县。方待阙次，一日，家居燕坐书室，忽见黄衣声喏于庭下，云："赍到敕牒。"李惊曰："吾新任敕牒久已取至，岂复有此？"黄衣人即探怀取一黄牒授之，乃大署曰："李某可充荆阳坊土地。"李方以自有新任辨争间，则已有人从罗列庭下。黄衣人曰："必未欲赴，须白之城隍。"乃扶上马，径诣城隍祠，亦以新任自理。神曰："天符不可违,可自署状,愿新任满日赴上。"从之,神命送之还。将出,见里人张某者荷械于庑下,李悟其已死,前问其良苦。张曰："烦归谓吾儿,吾尝于某年月日发心作一醮事,手疏钉置梁栱间,人无知者,令为我偿此心愿。"生至家,从者乃声喏辞去。恍然身乃坐胡床上,历历记其事似梦非梦,家人皆不睹其他,但见其呫呫独语,复举手如握笔书字状。因诣张氏,道其所见。其家如言索之,果得张手疏,宛然不差。李后到任,坐罪流岭南,竟未晓荆阳之说。

昺人孙思文,美风姿,每自负其标韵。娶妻姝丽,伉俪之间,相得欢甚。一日,偕诣神祠纵观,思文指神像谓妻曰:"彼孰与我美?"妻曰:"卿似胜也。"夜归,思文梦神召责之,叱令换其面。即有数鬼捽至一处,见若假面数十,取其间锐颐蹙颏大丑者割去面而易之,惊呼而寤,以手扪面,觉有异,呼烛视之,果然。妻即怖死,孙大悔恨而已。

临川屠者张某,晚年颇悔其业,自以宰杀物命至多,必受恶报。又其体至丰肥,乃日诵佛号数百声,画佛像瞻礼,惟祈命终之日不值暑热,人皆笑之。如是积十数年,忽盛夏死。其家素贫,无以棺敛,人谓必臭溃矣。俄天大雨,停尸破屋之下,漏下如注,遍湿其体,经夕悉凝为冰。凡停三日,略无变动,邻里为营葬之。魏良佐通判说二事。

表弟魏良佐尝自长沙逆妇折氏还三衢,未至家十里,暮夜不能前,泊舟溪岸。中夜月色如昼,舟人皆寝,闻舳尾拍浮之声,疑其盗也,起视,见一人援柂欲上,操篙击之,其人释柂而詈,语音嘲哳不可晓,始惧其为鬼物,仓猝移舟避之。随舟而骂,声益厉。中流柂深,而其人常出半身于水面,且行且骂,三二里去舟益远,乃默无声,谛视,乃流尸也。至家未久,而折氏病卒。

　　福州郡治，王审知故宫也。便坐极雄丽，郡守至者莫敢升，稍涉庭阶，即有文身见于梁间。郡人或传昔尝有郡守失其姓名。不之信，至即视事于便坐。须臾有叱声出于屏间，守谓曰："吾以朝命守此，便坐吾所宜居，鬼物若何扰人？"应曰："吾居此久矣，累政皆见避，公何独见逼耶？"守叱之，鬼曰："吾不汝校，当有与汝抗者。"守不以为然。自是比日升便坐，旬余，守方据案，有卒被酒挺刃突闯而入，刺守杀之，左右亦杀卒。噫，是果审知之神乎？将卒以酒而狂易，适与神之言会乎？抑守之命固及此，而神因借以为灵乎？夫用物精多则魂魄强，是以有精爽则神或有之矣。然郡守而视事于便坐，正也，鬼而乱人之居，非正也。以非正而害正，不为滥诛乎？昭昭在上，其又听而弗问乎？或者以审知故国，天假其灵，使有所归，则庙食足矣，奚至奸乱于人如此乎？昔吴兴郡于厅事为神坐以祀项羽，号愤王，甚灵响。前后二千石皆于厅拜，祠以轭下牛而避居他室。及萧彦喻为太守，著履登厅事，果闻室中有叱声。彦喻厉色曰："生不能与汉祖争中原，死据此厅事，何也？"因迁之于庙，而废椎牛之祀，竟亦无他。以羽而视审知，固不可同日道，至其为鬼，亦不若羽之服义也。

　　绍兴间，一郎官，不欲言其姓字，疏荡不检。一朝士与之善。朝士家有数妓，客至必出以侑酒。郎官者与一妓私相悦慕，而未得间。一日郎官折简寄妓与为私约，朝士适见之，妓不敢隐，具言其故。朝士曰："然则非尔之过，当为尔辈为一笑资。姑答简，与之期以来夕密会于西厢，且云主人者适有故之城外，越日乃归，此机不可失。"郎官得简，喜不自胜，如期赴之，妓已先待于会所。引入屏后曲房，妓先登榻垂幔，命郎官

解衣而登。暨前褰幔,则妓已自榻后潜去,朝士者方偃卧榻
上,瞠目视之。郎官赢露,惶遽欲走,则门已闭。朝士谩为好
辞谑之曰:"与公厚善,何为如此?妓女鄙陋,不足奉君子之
欢,已遣归矣。惟公勿讶。"徐起复曰:"某家使令稍众,不略相
惩,彼将观望,无所畏惮。"乃呼群仆掖之于柱,以巨竹梃挞之
二十,流血及踝,呼服谢罪。复谓曰:"与公素善,故不欲闻官,
薄示庭训,亦不泄于它人也。"乃遣出,亦不与衣。其人狼狈遁
还。明日朝路,仍复相见如故云。虑德广说。

　　无为有陈氏,家资累百巨万,而主人者貌甚寝陋,时谓之
陈猕猴。起宅于郡治之西南,颇华壮而多怪。绍兴改元,大盗
焚劫之余,触目荆棘,有贾知丞和伯借其宅居之。堂后地形隆
高,夏夜纳凉,忽闻丝竹之声甚微,而清远可听。属耳久之,乃
在地中。疑古冢也。

　　平江陆大郎者,家颇富厚,有别业在平山。一庵僧与之素
善,僧所置产业,率皆寄陆户内。既久,陆遂萌干没之心,僧索
之不与,乃讼之官。陆多推金钱赂胥辈,僧不得直,反坐诬诈。
僧不胜忿恨,乃日焚香望陆门而拜且祷,愿为其子,取偿所负。
久之,僧死。逾年,而陆生子,以年长始立嗣,钟爱之,号曰小
大郎。稍长,游荡不检,家资为耗,陆不之禁也。及陆死,小大
郎者奉葬甚厚,是后妄费益侈,不数年,财产荡尽。无以为计,
乃伐墓木以易斗升,既童其山,则又托言风水不利,发取其棺
及甓甏之属,尽卖之,焚其骨,弃烬湖中。人皆谓小大郎即僧
后身,盖伐墓焚尸之酷,非至雠不忍为也。今世之不肖子以贫
故,若小大郎所为者多矣。是虽名为子孙,安知非宿世冤憎,
愿力之重,假托以偿其忿耶?但业缘所牵,一经歌罗逻位则不
复自知耳。郑光锡都承说。

　　游学士醉捐馆,棺际舍利涌出,灵座亦有之。其邑封爇香祝之曰:"性相空寂,况此幻身,本来无有,既到这里,莫作野狐精魅。"俄而舍利皆不见。表兄魏守高佐说。

　　闽人郑鉴虚中,假玉泉僧舍教授生徒。居久之,日觉瘦悴。友人访之,见其露臂,肤革虚黄如蝉蜕然,怪而问之,虚中恍惚若谵言者曰:"居妻家亦颇乐,偶自瘦尔。"虚中初无室家,友人疑其妖魅所感,惊谓之曰:"君未尝娶,何者为妻家?得无妄想耶?"虚中遽若省悟,但唯唯愧谢而已。是夜即得疾,继而殂。寺僧云其所寓室有数政前兵官子妇之棺瘗其下,而郑初不之知也。他日兵官之家发取其殡,棺坏易之,见其尸初不朽,而自腰腹以下肌肉如生。人始悟虚中盖与之遇也。何庇县尉说。

　　朱藻字元章,徽人。某年南宫奏名,方待廷试,有士人同寓旅邸。士人便服日至瓦市观优,有邻坐者,士人与语颇狎,因问其姓字乡里,皆与元章同。士人讶之。又云:"某幸已过省,而不得及第,今且欲部中注授差遣。"士人益怪之,未及详诘,适优者散场,观者哄然而出。士人与邻坐者亦起出门,将邀就茶肆与语,而稠人中遂相失。士人归邸,与朱言及,共拊掌笑其妄人,以朱登科故冒其名字也。顷之庭对,而朱以犯讳降学究出身,且就部阙。因追忆曩者士人所遇,盖鬼也,益知科名无非前定。司农及寺丞躬明说。

　　秦奎为鄂州都统司干官,尝于临安买一妾归,居数年,生一男。其妻尝以事怒之过甚,妾不胜忿,厉声曰:"我非人也,何乃苦见凌逼!"妻叱之曰:"汝非人,是何物?"妾即应曰:"我乃鬼耳。"忽变其形长大,容质不异,而颡抵屋极。举家骇愕,已复如故。诘问之,终不言其所以。其家以其子慕恋之故,亦不遣之，今犹在其家。周师禹左藏说。

曹滋字仲益，尝以干至衢州江山县。县有江郎庙，滋闻其灵响，往拜谒焉。庙有二女像，甚美，俗传江郎之女。滋心悦慕，注视甚久。见一像若动目相盼者，惊惧而还。夜梦其女来与之偶，久益狎，往往暮夜不梦而至。间与滋论文，多所启发。俄而滋苦羸疾，其家命道士作法驱之。女怒曰："相慕而来，非有不利于子，何乃见逐？吾不可复留此。"会曹亦将行，送之出州境，泣别而去。七舍郑称说。

靳瑶者，丹阳牙校，尝得遣，避地维扬，与其妻偕谒后土祠。甫瞻礼间，妻遽得心痛，浸剧不省人，与归即死。郡人素传有五通神依后土祠为祟，瑶不胜哀愤，既敛火化毕事，即具羊酒诣城隍祠祷且讼。翌日暮归，还经后土祠东空旷处，见妇人独行渐近，乃其妻也。相持悲恸。妻曰："我感君挂念之恩，且有憾焉。君既讼于神，神俾我还。既被焚，乃无所依。君若不忘平生伉俪之情，当为至恳，万一再生。"瑶请其故。妻曰："城南十五里外有茅君者，有道术，君往求焉。"言讫而隐。瑶诘朝走城南访茅君，果得于村巷中。茅檐荆扉，教授村童十数人。瑶前拜之，茅起逊谢再四不已。茅问来意，瑶具陈其故。茅初笑曰："此何等事而告我？"拒之甚力，继之以怒。瑶恳益勤。茅默然良久曰："君真笃于伉俪者，姑以事状来。"瑶已素备，即探怀出状。茅览之，就其书几取笔连书数十字，类隶草，淡墨欹横，茫然不可晓，语瑶曰："持此北去十里所，有林木神祠，扣扉当有应者，即以授之。"瑶如其言，至则茂林荫翳，庙极邃深，森然可畏。勉扣其扉，有青衣童出，受书而入。俄顷复出，斩竹一根，嘱瑶曰："骑此，但闭目东行，当有所睹。"瑶跨竹去如驶马时，窃开目则竹止不行，所向皆荆棘，复闭目则又迅驰。久之，忽觉自止，开目乃见粉垣华居若王侯居第，有人引瑶入，指东庑下小门，令瑶入观。回廊四合，中有妇女，或笄或卯以百数，而妻在焉。近语瑶曰："感君之力，今冥官许借体还生。城东有朱氏年十八九，某日当死，我之精魄径投其体，则再生矣。然彼身则朱氏女也，君当往求婚。冥数如此，必可再合也。"复遽曰："君不宜久此。"送瑶庑门。瑶出，门亦随闭，回视殿堂皆神物塑像。亟趋出门，所乘竹故在，仓卒复跨之，瞑目，觉去愈疾。如行三里所，忽若马蹶堕地，惊顾，乃在城濠侧，已昏暗严鼓后矣。褰衣揭水，攀坏垣以入。至其日，访城东朱氏，闻其女病甚。瑶固已疑，徊翔邻近，至午后，闻其家哭声甚哀，移顷哭声遽止，询之，云女复苏矣。瑶怪其事颇验，暨复访茅君，则室已虚矣。自是暇日时一至城东，密访其邻，皆云朱氏女自还魂，神识不复如旧，至不识其父母兄弟，但口时问靳瑶何在。瑶因托媒氏通意。父母闻瑶姓名已骇愕，遽入谓女曰："靳瑶今来议汝姻矣。"女曰："此我夫也。"自此口不言靳瑶。其家竟以归之。它日瑶从容访以朱女及其故妻前事，皆懵然不省云。新广州李司理篯说。

　　毗陵薛季成元功，绍兴乙卯登科，再为邑令，不能脱选，时意倦游，乃请于朝以归。命下，以通直郎致仕，未几病卒。无子，其侄为主后事，且录致仕告身置之棺，仓卒间误书左字为右，其侄亦不之审也。居无何，梦为人逮至一官府，季成据案坐，作色数之曰："吾平生读书，仅得一官，自谓不负笔研，今乃诬吾进非科第，使吾愧见同列，奈何？"命左右挺之数十。侄惘然梦中忆昨误，乃再三引咎。季成色稍霁，叱令改正，乃释之使去。侄既醒，别书告焚之，后不复梦。人疑其为神云。费克承务说三事。

　　晋陵丁瑞叔连，乾道初元赴乡举。未试前数日，梦人授以敕牒，视其文曰乡贡进士丁可留云。端叔既寤，私喜，欲易名可留，又念语不雅驯，乃止。既试毕，考官丁可者见一试卷，绝爱之，以病先出院，属同考官必令置之前列。及发封，乃端叔也。始悟丁可留之证。竟以是举登科。

　　锡山许宗美琼，绍兴己卯随计吏试礼部，与同舍祷于太一宫，默以所见为得失之谶。触目一牌云"竺落黄茄天宗美"，以犯落字，大恶之。是岁果被黜。后入太学为诸生，以寿皇登极恩赴省，复诣宫如前祷焉。祷已，周行廊庑间，才举足，则见二神位云"河魁、从魁"，宗美甚喜而出。洎南宫揭榜，何自然为省元，而宗美以诗赋魁。前场盖谶二魁之姓名云。

睽车志卷六

　　盐官上管场亭户邬守兴,绍兴十八年夏旱,田苗皆槁,邻人相率诉于县官以免税。守兴曰:"吾闻旱干而投诉,即是诉天。且吾家二税并是折盐,何用诉为?"乃独不预名。明年夏复大旱,一乡尽成枯槁,惟守兴田时时得雨,是岁独稔,收倍常年。曹元裕省干说。

　　成忠郎张珏,靖康间隶禁旅。都城失守,众溃为盗。常过金州一山寺,缁徒皆已窜避,乃闻一僧房后妇人笑语声。怪而寻之,乃大蛇蟠结数堆,惊视之际,俄失所在。知光州赵谦之说四事。

　　邵彪大夫未第前,梦黄衣人持春榜来,欣然取视,榜背乃有己姓名,而下注一龙字。寤而自解,谓必应龙首之选。来春登第,乃在行间,余年而耳聩,始悟龙者谓聋也。

　　宣和间元夕,州西酒楼一道人来索酒痛饮,初不持钱,将去,取笔题诗壁间:"偶到皇都玩月华,笙歌留我醉流霞。劝君不用悲尘世,天上人间只一家。"乃探怀取药匕许,拭杯即成黄金,以偿酒直。明日哗传都下,禁中闻之,以金十两易其杯去。

　　奉直大夫钱璘乾道丙戌任临安倅,尝梦一伟丈夫黄衣冠曰:"吾土宿也。"熟视钱久之,曰:"一军足矣。"觉言其梦,谓当得军垒,俄而病卒。初钱再娶张氏,悍妒,且不事事,倾橐嫁其二女,家资荡尽,至不能葬。时叶梦锡丞相奉使饷军朱方,其子说之诣叶告急,乃俾部无为军钱纲,得水脚资数百千以毕葬事,始验一军之说。

吕仲发显谟宰安吉日,县圃有大杏一株,十月间忽开花四朵,全是蔷薇,殊不类杏。自是吕从刘恭甫枢密之辟,不逾年,凡四迁秩。亦花之瑞也。仲发自言。

平江凌知县建宅桑林巷,颇壮丽而多怪,门户时自开阖,或飞掷瓦砾。居既不安,乃损价鬻之。有阎太尉者买之以居,其怪如故。人皆谓凶宅,转鬻不复售。适官创武宪公廨,乃拆买其材,而总管开兆得其地。上有银杏树,大数围,枝干蔚茂,覆地甚广。开疑怪所依,乃伐去之,且发其根下,得遗骸一具,支节皆全,弃湖中。今复为宅,而怪不复见。许昇助教说。

绍兴丁卯秋,枢密沈公以临安教授被漕檄考试括苍。既入院,梦朱衣六人坐于堂而会议。时考官至者已六人,予亦被檄考校,而独后未至。沈与同官言其梦,曰:"郭簿必不来矣。"暨予寻至,皆谓其梦无验。俄而同官龙游县丞有亲戚当就试者,举子哗言纷纷,丞竟不自安,引嫌不待试而出。考校竟止六人。

常熟县破山寺僧堂,李唐新建,柱有雷神书凡三处,盖昔人所传谢仙火之类。内一柱题字最端谨可识,云:"助溪作火田。"凡五字,上一字作从贝从力,字书所无。字皆作隶体,倒书,入木三分,不类雕刻,然各去地丈余,与旧说身长三尺者差异。

刘先生者,河朔人,年六十余,居衡岳紫盖峰下。间出衡山县市,从人丐得钱,则市盐酪径归,尽则更出。日携一竹篮,中贮大小笔棕帚麻拂数事,遍游诸寺庙,拂拭神佛塑像,鼻耳窍有尘土即以笔拈出之,率以为常,环百里人皆熟识之。县市一富人尝赠一衲袍,刘欣谢而去。越数日见之,则故褐如初。

问之，云："吾几为子所累。吾常日出，庵有门不掩，既归就寝，门亦不扃。自得袍之后，不衣而出则心系念，因市一锁，出则锁之。或衣以出，夜归则牢关以备盗。数日营营，不能自决。今日偶衣至市，忽自悟以一袍故，使方寸如此，是大可笑。适遇一人过前，即脱袍与之，吾心方坦然无复系念。嘻，吾几为子所累矣！"尝至上封，归路遇雨，视道边一冢有穴，遂入以避。会昏暮，因就寝。夜将半，睡觉，雨止，月明透穴，照圹中历历可见，甓甃甚光洁，比壁惟白骨一具，自顶至足俱全，余无一物。刘方起坐，少近视之，白骨倏然而起，急前抱刘。刘极力奋击，乃零落堕地，不复动矣。刘出每与人谈此异。或曰：此非怪也，刘真气壮盛，足以翕附枯骨耳。今儿童拔鸡羽置之怀，以手指上下引之，随应，羽稍折断即不应，亦此类也。

赵三翁名进，字从先，中牟县白沙镇人。自言遇孙思邈，授以道要，从之十稔。一日留于县境淳泽村，曰："切勿离此，非天子召勿往也。俟吾再来，与汝同归。"宣和壬寅岁，果被召，见馆于葆真宫。顷之丐归，徽庙询所欲，奏曰："臣本归兵，去役未有放停公凭，愿得给赐，余无所欲。"即日降旨，命开封尹盛章出给与，其实年已一百八岁矣。技术无所不通，能役使鬼神，知未来事，吹呵按摩，疾痛立愈。密县堕门山道友席洞云筑室于独纩岭瀑水潭侧，慕其清峭高爽，落成甚喜，既迁入，百怪毕见，未及一年，祸变相踵。席谒翁，具告之故。翁曰："得无居五箭之地乎？"席曰："地理之说多矣，苶不闻五箭之说，敢问何谓也？"翁曰："峰颠、岭脊、陵首、岣背、土囊之口，直当风门，急如激矢者，名曰风箭；峻溪、急流、悬泉、泻瀑，冲石走沙，声如雷动，昼夜不息者，名曰水箭；坚刚、烁燥、斥卤、沙碛，不生草木，不泽水泉，硬铁腥锡，毒虫蚁聚，散若坏壤者，名

曰土箭;层崖、叠巘、峻壁、巉岩、锐峰、峭岫,拔刃攒锷,耸齿露
骨,状如浮图者,名曰石箭;长林、古木、茂樾、丛薄,翳天蔽日,
垂萝蔓藤,阴森肃冽,如墟墓间者,名曰木箭。五箭之地,射伤
居人,皆不可用。要在回环纡抱,气象明邃,形势宽闲,壤肥土
沃,泉甘石清,乃为上地,固不必一一泥天星地卦也。子归,依
我言,去凶就吉,当自无恙。"席悉遵其教,居止遂安。有顿保
义公孺者,苦冷疾二年矣,几至骨立,百药不效。一日方灼艾,
翁过之,询其病源,顿以实告。翁令彻去火艾。时方盛暑,俾
就屋开三天窗,放日光下射,令顿仰卧,揉艾遍布腹上,约十数
斤,就日光炙之。移时觉热透脐腹不可忍,俄而腹中雷鸣,冷
气下泄,口鼻间皆浓艾气,乃止。明日又复为之。如是一月,
疾愈。仍令为之一百二十日。自此病不作,壮健如初。且曰:
"此孙真人秘诀也。世人但知着艾炷而不知点穴虚忍痛楚,耗
损气力。日者太阳真火,艾既遍腹,又且徐徐照射,功力极大,
但五六七月为上。若秋冬间当以艾十数斤铺腹,蒙以绵衣,熨
斗盛炭火徐熨之,候闻浓艾气方止,亦其次也。"其术每出奇而
中理,事迹甚多。嵩山张寿昌朋父为作记。

宾 退 录

[宋]赵与时 撰

傅 成 校点

校 点 说 明

　　《宾退录》十卷,著者赵与时(1175—1231),为宋太祖七世孙。《宋史》无传,赵孟坚《彝斋文编》有《从伯故丽水丞赵公墓志铭》一文,据此知其字行之(一字德行,见陈宗礼序),"以敏悟之资,秀出璇源,方若冠已荐取应举","踸踔西阶,逾三十年",直至理宗宝庆二年(1226)才举进士,官丽水丞,时已入晚年。绍定四年卒,年五十七。除本书外,有诗词集《甲午存稿》,今已亡佚。

　　此书的撰述源起,作者自序云:"余里居待次,宾客日相过,平生闻见所及,喜为客诵之。意之所至,宾退或笔于牍。阅日滋久,不觉盈轴。"书名即由此而来。又据书后题识,知此书之撰写,起于宁宗嘉定十二年己卯(1219),成于嘉定十七年甲申(1224)。

　　赵与时一生未任显职,他勤于读书,知识广博,熟知两宋典章故实,此书虽是随手记下的见闻心得,著述态度却是平实认真的。故书中所记,不猎奇,不炫耀,或考辨史事之真伪,或论析典章之流变,或订补前人著述之阙误,均有理有据。尽管难免疏漏,总的说来,可称精审翔实。如卷五辨东西二周一节,纠正了《战国策》鲍注之误,清代何焯称"录中此条为最善"。书中还保存了一些很有价值的文献资料,如唐代诗人韦应物,新旧《唐书》无传,宋人沈明远曾作韦传,今已亡佚,藉本书而得以保存(见卷九);又如洪迈著《夷坚志》,共撰写序言三十一篇,今大半不存,赖本书而略见梗概。正因此,《宾退录》

历来受到学者的重视,时人称其"包罗古今,抉隐发微,有耆儒
硕士所未及"(陈宗礼序);后人谓其"考证经史,辨析典故",
"可为《梦溪笔谈》及《容斋随笔》之续"(《四库全书总目提
要》)。

《宾退录》最早著录于焦竑《经籍志》。今存最早为南宋刻
本,对雨楼本、择是居本、《古书丛刊》本均自是出,另有乾隆十
七年存恕堂仿宋本、《学海类编》本、《四库全书》本等。今以
《古书丛刊》本为底本,校以他本及有关史乘,异文从善,不出
校记。不当之处,敬请读者批评指正。

目　　录

自　序

　　余里居待次,宾客日相过,平生闻见所及,喜为客诵之。意之所至,宾退或笔于牍。阅日滋久,不觉盈轴。欲弃不忍,因稍稍傅益,析为十卷,而题以《宾退录》云。

大梁赵与时

宾退录卷第一

王建以宫词著名,然好事者多以他人之诗杂之,今世所传百篇,不皆建作也。余观诗不多,所知者如:"新鹰初放兔初肥,白日君王在内稀。薄暮千门临欲锁,红妆飞骑向前归。""黄金捍拨紫檀槽,弦索初张调更高。尽理昨来新上曲,内官帘外送樱桃。"张籍《宫词》二首也。"泪尽罗衣梦不成,夜深前殿按歌声。红颜未老恩先断,斜倚熏笼坐到明。"白乐天《后宫词》也。"闲吹玉殿昭华管,醉折梨园缥蒂花。十年一梦归人世,绛缕犹封系臂纱。"杜牧之《出宫人》诗也。"红烛秋光冷画屏,轻罗小扇扑流萤。瑶阶夜月凉如水,坐看牵牛织女星。"杜牧之《秋夕》诗也。"宝仗平明秋殿开,且将团扇暂徘徊。玉颜不及寒鸦色,犹带昭阳日影来。"王昌龄《长信秋词》也。"日晚长秋帘外报,望陵歌舞在明朝。添炉欲爇熏衣麝,忆得分时不忍烧。""日映西陵松柏枝,下台相顾一相悲。朝来乐府歌新曲,唱著君王自作词。"刘梦得《魏宫词》二首也。或全录,或改一二字而已。王平甫谓:"馆中校花蕊夫人《宫词》,止三十二首夫人亲笔,又别有六十六篇者,乃近世好事者旋加搜索续之,语意与前诗相类者极少,诚为乱真。世又有王岐公宫词百篇,盖亦依托者。"

洪文敏《容斋随笔》论"禹稷躬稼而有天下",谓:"禹未尝躬稼,因稷而称之。"余按《书》:"禹曰:'暨稷奏庶艰食。'"则尝躬稼矣,洪偶未之思也。

《诗眼》云:晏叔原见蒲传正云:"先公平日小词虽多,未尝作妇人语也。"传正云:"'绿杨芳草长亭路,年少抛人容易去。'岂非妇人语乎?"晏曰:"公谓'年少'为何语?"传正曰:"岂不谓其所欢乎?"晏曰:"因公之言,遂晓乐天诗两句,盖'欲留所欢待富贵,富贵不来所欢去'。"传正笑而悟。余按全篇云:"绿杨芳草长亭路,年少抛人容易去。楼头残梦五更钟,花底离愁三月雨。无情不似多情苦,一寸还成千万缕。天涯地角有穷时,只有相思无尽处。"盖真谓"所欢"者,与乐天"欲留年少待富贵,富贵不来年少去"之句不同,叔原之言失之。

绍兴三十二年五月甲子,降旨建储。宰相陈康伯折简礼部侍郎吕广问,密议典礼。时上正祀黄帝,广问为初献官,周必大以御史监祭。广问语必大:"皇太子改名,从火从华。"必大谓:"与唐昭宗晔字同音,可乎?"广问亟告康伯,取旨别拟定,乃用今讳。

绍兴癸丑,岳武穆提兵平虔、吉群盗,道出新淦,题诗青泥市萧寺壁间云:"雄气堂堂贯斗牛,誓将直节报君仇。斩除顽恶还车驾,不问登坛万户侯。"淳熙间,林令梓欲摹刻于石,会罢去,不果。今寺废壁亡矣。其孙类家集,惜未有告之者。

《兰亭》石刻,惟定武者得其真。盖唐太宗以真迹刻之学士院,朱梁徙置汴都。石晋亡,耶律德光辇而归。德光道死,与辎重俱弃之中山之杀胡林。庆历中,为土人李学究所得。韩魏公索之急,李瘗诸地中,而别刻以献。李死,其子乃出之,宋景文公始买置公帑。<small>荣芑云:"宋景文帅定日,有学究李姓者藏此石,死于妓家。乐营将何水清得之以献,宋留之公库。"姚令升云:"有游子携此石走四方,最后死于中山营妓家。伶人孟水清取以献。"周承勋希稷云:"唐太宗既得《兰亭序》真迹,使赵模等模搨,以十本赐方镇。惟定武用玉石刻之。文宗朝,舒元舆</small>

作《牡丹赋》，刻之碑阴，世号定武本。"蔡絛云："定武本，乃江左所传晋会稽石也。
钱氏归版图之后，定武有富民好事者，厚以金帛从会稽取之而藏于家。后户绝，
赀没县官，人始见之，因置诸定帅之便坐壁间。"熙宁间，薛师正向为帅，其
子绍彭又刻别本留公帑，携古刻归长安。王厚之顺伯云："绍彭窃归
洛阳。"周希稷云："薛帅求之不得。其犹子绍彭，闻公厨有石，用以镇肉，取视之，
乃刻《牡丹赋》于碑阴者。遂别刻石，易以归长安。"袁说友起岩云："薛师正至定，
恶摹打有声，自刊别石，留谯楼下，以应求者。其子绍彭，又私摹刻，易杀胡林本
以归。"蔡絛云："熙宁中，孙次公侍郎帅定，有旨取其石纳禁中，则又刻石而还之
壁。后薛向来定，遂取以归。世但谓石归薛氏，然不知雅菲古矣。"大观中，荣
芑、王厚之、王明清、周承勋皆曰宣和。诏取置宣和殿。王明清云："向次子
嗣昌，献于天子，徽宗命龛置睿思东阁之壁。"明清之父铚则云："置之艮岳玛瑙
亭。"蔡絛云："大观初，祐陵方尚文博雅，诏索孙次公所纳石刻，则无有。或谓此
石已殉裕陵，乃更取薛氏石入御府。"靖康之变，虏袭以红毯，辇归。荣
芑云："宋定国尝从使虏，云石今在中京。"王明清云："靖康之乱，凡尚方珍异之
物，悉为群胡辇归，独此石房所不识，遂弃不取。建炎初，高宗驻跸广陵，宗泽居
守东都，见之，遣骑疾驰进行在所。未逾月，狄复南寇，大驾幸浙，失于仓猝之际。
绍兴中，向子固帅维扬，密旨令搜访，竟不获。"今东南诸刻，无能仿佛者。
天台桑泽卿世昌编《兰亭博议》一书，甚详。与时参会众说，芟
繁撮要，记其本末如此。所取何子楚遹之辞居多，诸说之异同
者，则附著其下。虽未能定其孰是孰非，然薛师正长安人，王
顺伯谓其携以归洛；宗忠简守汴，日夕从事战守，且其天姿刚
正，王仲言谓其为人主搜罗玩物于艰难之时，皆不敢谓然。开
元九年置朔方节度，自是始有方镇，周希稷所云，乃是全不知
有史策，若谓太宗分赐诸郡，犹可也。夫以一石刻之微，而言
人人殊，莫能定于一，然后知考古之难也。

　　林灵素，初名灵噩，字岁昌。家世寒微，慕远游。至蜀，从
赵昇道人数载。赵卒，得其书，秘藏之，由是善妖术，辅以五雷
法。往来宿、亳、淮、泗间，乞食诸寺。政和三年，至京师，寓东

太一宫。徽宗梦赴东华帝君召,游神霄宫。觉而异之,敕道录徐知常访神霄事迹。知常素不晓,告假。或告曰:"道堂有温州林道士,累言神霄,亦作《神霄诗》题壁间。"知常得之大惊,以闻。召见,上问有何术,对曰:"臣上知天宫,中识人间,下知地府。"上视灵噩风貌如旧识,赐名灵素,号金门羽客、通真达灵玄妙先生。赐金牌,无时入内。五年,筑通真宫以居之。时宫禁多怪,命灵素治之。埋铁简长九尺于地,其怪遂绝。因建宝箓宫、太一西宫,建仁济亭,施符水,开神霄宝箓坛。诏天下:天宁观改为神霄玉清万寿宫,无观者,以寺充。乃设长生大帝君、青华大帝君像。上自称教主道君皇帝。皆灵素所建也。灵素被旨修道书,改正诸家醮仪,校雠丹经灵篇,删修注解。每遇初七日升座,座下皆宰执、百官、三衙、亲王、中贵,士俗观者如堵。讲说《三洞道经》,京师士民始知奉道矣。灵素为幻不一,上每以"聪明神仙"呼之。御笔赐玉真教主、神霄凝神殿侍宸,立两府班。上思明达后,欲见之,灵素复为叶静能致太真之术,上尤异之。谓灵素曰:"朕昔到青华帝君处,获言'改除魔髠',何谓也?"灵素遂纵言佛教害道,"今虽不可灭,合与改正:将佛刹改为宫观,释迦改为天尊,菩萨改为大士,罗汉改尊者,和尚改德士,皆留发顶冠执简。"有旨依奏。皇太子上殿争之,令胡僧一立藏十二人,并五台僧二人道坚等,与灵素斗法。僧不胜,情愿戴冠执简。太子乞赎僧罪。有旨胡僧放;道坚系中国人,送开封府刺面决配,于开宝寺前令众。明年,京师大旱,命灵素祈雨,未应。蔡京奏其妄。上密召灵素曰:"朕诸事一听卿,且与祈三日大雨,以塞大臣之谤。"灵素请急召建昌军南丰道士王文卿,乃神霄甲子之神,兼雨部,与之同告上帝。文卿既至,执简敕水,果得雨三日。上喜,赐文卿亦

充凝神殿侍宸。灵素眷益隆。忽京城传吕洞宾访灵素，遂捻
土烧香，气直至禁中。遣人探问，香气自通真宫来。上亟乘小
车到宫，见壁间有诗云："捻土焚香事有因，世间宜假不宜真。
太平无事张天觉，四海闲游吕洞宾。"京城印行，绕街叫卖。太
子亦买数本进。上大骇，推赏钱千缗，开封府捕之。有太学斋
仆王青告首，是福州士人黄待聘令青卖。送大理寺勘招：待聘
兄弟及外族为僧行，不喜改道，故云。有旨斩马行街。灵素知
蔡京乡人所为，上表乞归本贯。诏不允。通真有一室，灵素人
静之所，常封锁，虽驾来亦不入。京遣人廉得，有黄罗大帐，金
龙朱红倚卓，金龙香炉。京具奏："请上亲往，臣当从驾。"上幸
通真宫，引京至，开锁同入，无一物，粉壁明窗而已。京皇恐待
罪。宣和元年三月，京师大水临城，上令中贵同灵素登城治
水。敕之，水势不退，回奏："臣非不能治水。一者事乃天道，
二者水自太子而得，但令太子拜之，可信也。"遂遣太子登城，
赐御香，设四拜，水退四丈。是夜水退尽，京城之民，皆仰太子
圣德。灵素遂上表乞骸，不允。秋九月，全台上言："灵素妄改
改字疑是议字之误。迁都，妖惑圣聪，改除释教，毁谤大臣。"灵素
即时褫衣被行出宫。十一月，与宫祠，温州居住。二年，灵素
一日携所上表见太守闾丘颚，乞与缴进，及与州官亲党诀别而
卒。生前自卜坟于城南山，戒其随行弟子皇城使张如晦，可掘
穴深五尺，见龟蛇便下棺。既掘，不见龟蛇，而深不可视，葬
焉。靖康初，遣使监温州伐墓，不知所踪，但见乱石纵横，强
进，多死，遂已。此耿延禧所作《灵素传》也。灵素本末，世不
知其全，故著之，不敢增易一字。今温州天庆宫有题衔云：大
中大夫冲和殿侍宸金门羽客通真达灵玄妙先生在京神霄玉清
万寿宫管辖提举通真宫林灵素。

世有十干化五行真气之说,莫究其理。洪文敏载郑景实_桌之语,谓取岁首月建之干所生,如甲、己丙作首,丙属火,火生土,则甲、己化土。他仿此。颇通。余记昔年一术士云:遇龙则化。龙,辰也。甲、己得戊辰,戊属土,故化土。乙、庚得庚辰,庚属金,故化金。丙、辛以降皆然。其实一也。

祖宗时,诸郡皆有都厅。至宣和三年,怀安军奏:"今尚书省公相厅改作都厅,内外都厅,并行禁止。欲将本军都厅,以金厅为名。"从之,且命诸路依此。此金厅得名之始也。然今帅府有金厅,又有都厅,莫知所始矣。

会稽虞少崔_{仲琳}送林懿成_{季仲}诗云:"男儿何苦敝群书,学到根原物物无。曾子当年多一唯,颜渊终日只如愚。水流万折心无竞,月落千山影自孤。执手沙头休话别,与君元不隔江湖。"阅《庚溪诗话》,喜而录之。

俗间有击鼓射字之伎,莫知所始。盖全用切韵之法,该以两诗,诗皆七言。一篇六句,四十二字,以代三十六字母,而全用五支至十二齐韵,取其声相近,便于诵习。一篇七句,四十九字,以该平声五十七韵,而无侧声。如一字字母在第三句第四字,则鼓节先三后四,叶韵亦如之。又以一、二、三、四为平、上、去、入之别。亦有不击鼓而挥扇之类,其实一也。诗曰:"西希低之机诗资,非卑妻欺痴梯归,披皮肥其辞移题,携持齐时依眉微,离为儿仪伊锄尼,醯鸡篦溪批毗迷。"此字母也。"罗家瓜蓝斜凌伦,思戈交劳皆来论,留连王郎龙南关,卢甘林峦雷聊邻,帘栊赢娄参辰阑,楞根弯离驴寒间,怀横荣鞋庚光颜。"此叶韵也。又有以诗数十句,该果实之名为酒席之戏者,与此略同,然不假切韵,颇为简易。至于卖卜者,但欲知十干十二枝,则尤不难。然多只一击鼓便能知年、月、日、时八字,盖未击之先，踟蹰顾盼，举动语默，皆是物也。

三司副使曰簽，通判曰倅。《礼》有副车、倅车。《左传》："孟僖子使泉丘人女助薳氏之簽。"簽、倅皆副贰之称，然他官虽副贰不通用，不知其由。今三司废已久，簽之名人无知者，独倅之名犹然。楼宣献序《向侍郎子諲集》云"擢之户簽"，近时文字中所见者此耳。

子夏问曰："'巧笑倩兮，美目盼兮，素以为绚兮。'何谓也？"子曰："绘事后素。"曰："礼后乎？"谓礼必以忠信为质也。余谓学者始以持敬为本，而穷理尽性以终之，亦"绘事后素"之意。

"吾不试故艺。"余妄意谓夫子天纵之圣，艺皆不学而能，非若常人尝试而为之。故其多能皆本于自然，而非有意于多能也。古今诸家皆无此说，余亦未敢自以为是。

《穆天子传》书八骏之名，一曰赤骥，二曰盗骊，三曰白义，四曰逾轮，五曰山子，六曰渠黄，七曰华骝，八曰绿耳。《王子年拾遗记》载穆王驭八龙之骏，一名绝地，二名翻羽，三名奔霄，四名超影，五名逾辉，六名超光，七名腾雾，八名挟翼。二说不同。

神仙赤松子见于书传多矣，惟《淮南子》称赤诵子。

嘉、眉多士之乡，凡一成之聚，必相与合力建夫子庙，春秋释奠，士子私讲礼焉，名之曰乡校。亦有养士者，谓之山学。眉州四县，凡十有三所。嘉定府五县，凡十有八所。他郡惟遂宁四所，普州二所，余未之闻。

刘卞功，字子民，滨州安定人。弱不好弄，六岁误触瓮碎，家人更譙之，神色自若，曰："俟钉校者来，当全之。"复譙其妄。曰："人破尚可修，矧瓮邪！"语未绝，钉校者至，相与料理，顷之如新。自是筑环堵于家之后圃，不语不出者三十余年，或食或不食。徽宗闻其名，数敕郡县津致，间驰近侍召之。对曰："吾有严愿，不出此门。"上知不可夺，赐号高尚先生。王子裳侍郎ᵃ，其外兄也，尝问以修行之术。书云："非道亦非律，又非虚空禅。独守一亩宅，惟耕己心田。"又云："以手扪胸，欲心清净；以手上下，欲气升降。"又云："常人以嗜欲杀身，以货财杀子孙，以政事杀民，以学术杀天下后世。吾无是四者，岂不快哉！"靖康之变，不知所终。

　　周宣王，中兴之贤君也。然考之于《诗》，曰箴，曰规，曰诲，曰刺，不一而足。第序《诗》者不能直书其事，故后世儒者毋敢訾议。余观《国语》所载，如不藉千亩；拒虢文公之谏，而致姜戎之败；舍括立戏，激鲁人之变，而致诸侯之不睦；及丧师之后，复为料民之举，虽仲山甫之言且不用焉。文、武、成、康之治，岂如是哉！周之东迁，乌得尽委其责于幽、平二王乎？其所由来者渐矣。《史记》但书不藉千亩、料民太原二事之目，不若《国语》之详也。

　　《容斋随笔》谓近世所传《云仙散录》、《开元天宝遗事》、《老杜事实》，皆浅妄绝可笑，而颇能疑误后生。然但辨《遗事》中数事，余二书无说。《老杜事实》，世不多见。葛常之《韵语阳秋》云：老杜诗云："东阁官梅动诗兴，还如何逊在扬州。"按逊传无扬州事，而逊集亦无扬州梅花诗，但有《早梅》诗云："兔园标物序，惊时最是梅。衔霜当路发，映雪凝寒开。枝横却月观，花绕凌风台。应知早飘落，故逐上春来。"杜公前诗乃逢早梅而作，故用何逊事，又意却月、凌风皆扬州台观名尔。近时有妄人假东坡名作《老杜事实》一编，无一事有据，至谓："逊作扬州法曹，廨舍有梅一株，吟咏其下。"岂不误学者？以上皆葛语。若《云仙散录》，则余家有之。凡三百六十事，而援引书百余种，每一书皆录一事，周而复始，如是者三，其间次序参差者，数条而已。编集文籍，岂能整齐如此？已可一笑。《序》称天祐元年，金城冯贽取九世典籍，撮其膏髓，别为一书，庶兵火煨烬之后，来者不至束手。今百书遂无存者，则贽可谓前知矣。《崇文总目》成书时，距天祐未甚久，隋、唐以前书籍存者极多，贽家之书，无一著录，虽有《金銮密记》之类一二种，而所编三事，本书反无之。又其造语尽仿《世说》，若集诸家之言，岂应一律？始实容斋之说，后阅馆本逊集，葛所引梅诗尚脱第四联："朝洒长门泣，夕驻临邛杯。"

胡忠简之贬，李似之侍郎弥逊书十事以赠：一曰有天命，有君命，不择地而安之；二曰唯君子困而不失其所亨；三曰名节之士犹未及道，更宜进步；四曰境界违顺，当以初心对治；五曰子厚居柳，筑愚溪，东坡居惠，筑鹤观，若将终身焉；六曰无我方能作为大事；七曰天将任之，必大有摧抑；八曰建立功名，非知道者不能；九曰太刚恐易折，须养以浑厚；十曰学必明心，记问辨说皆余事。

古乐府《木兰词》文字奇古，然其间有云："归来见天子，天子坐明堂。策勋十二转，赐物百千强。可汗问所欲，木兰不愿尚书郎，愿驰千里足，送儿还故乡。"按木兰诈作男子，代父征行，逮归家易服，火伴方知其为女。当其见天子之时，尚称男子，而曰"送儿归故乡"，何哉？儿者，妇人之称也。

熙宁青苗法行，计息推赏，否则废黜。官吏畏罪希进，所散唯恐不多。知祥符县李敦颐视前政独贷三之一，宰相怒甚，遂通判广信军。敦颐字子修，棣州阳信人。苏文定公奏疏所言即此也。

太宗尝谓宰相曰："流俗有言：'人生如病疟，于大寒大暑中过岁，寒暑迭变，不觉渐成衰老。'苟不竞为善事，虚度流年，良可惜也！"李文简书之长编。而《宗门武库》载五祖亦有此语。又《唐摭言》载赵牧《对酒》诗，亦有"人生如疟在须臾，何乃自苦八尺躯"之句。

中书侍郎旧称中书，今转为中书舍人之称。近岁有以六部侍郎兼中书舍人者，遂直呼中书侍郎，尤非是。官制：前左右丞、六部侍郎，通谓之丞郎。今有称郎官、寺监丞为丞郎者矣。皆失之不考也。若称中书舍人为中舍，则容斋已辨之矣。

前代东宫官于皇太子皆称臣，隋开皇中尝更其制，至唐而复。真庙为皇太子，始辞之。

临汉石经与今文不同者殊多，《东观余论》略记之。如《书》"女毋翕侮成人"，今作"女毋侮老成人"；"保后胥高"，今作"保后胥戚"；"女永劝忧"，今作"汝诞劝忧"；"女有近则在乃心"，今"近"作"戒"；"女比犹念以相从"，今作"汝分猷"；"各翕中"，今作"各设中"；"尔惠朕曷祗动万民以迁"，今作"尔谓朕曷震动"；"天既付命"，今"付"作"孚"；"曰陈其五行"，今作"汩陈"；"严恭寅畏天命，自亮以民祗惧"，今"亮"作"度"，"以"作"治"；"怀保小人，惠于矜寡"，今"人"作"民"，"于"作"鲜"；"毋兄曰"，今作"无皇曰"；"则兄自敬德"，今"兄"作"皇"；"且以前人之徽言"，今作"受人之徽言"；"是罔显哉厥世"，今"哉"作"在"；"文王之鲜光"，今作"耿光"；"通殷就大命"，今作"达殷集大命"。《论语》"意与之与"，今"意"作"抑"；"孝于惟孝"，今"于"作"乎"；"朝闻道，夕死可也"，今"也"作"矣"；是鲁孔丘与？曰是知津矣"，今作"是鲁孔丘与？曰是也。曰是知津矣"；"耰不辍，子路以告，子怃然"，今作"耰而不辍，子路行以告,夫子怃然";"置其杖而耘",今"置"作"植";"其斯以乎",今作"其斯而已矣";"譬诸宫墙",今"诸"作"之";"贾诸? 贾之哉",今"贾"作"沽"。恨不见其全也。

《顾命》:"一人冕执锐。"陆氏《释文》:"锐,以税反。"今《礼部韵》尹字下有鈗字,注云:"侍臣所执。《书》:'一人冕执鈗。'"古文《尚书》亦作鈗。不知承误作锐自何时始也。

晁伯宇载之《昭灵夫人祠》诗:"安用生儿作刘季,暮年无骨葬昭灵。"陆务观游《黄州》诗:"君看赤壁终陈迹,生子何须似仲谋。"

自唐以纪年改梁州曰兴元府,本朝绍兴、隆兴、庆元诸府,皆循用故事,县名亦多有之。独嘉州以庆元初升嘉定府,越十三年方改元嘉定,与诸府不同。

韩文公《记梦》诗:"百二十刻须臾间。"方氏《举正》载董彦远云:"世间只百刻。百二十刻,以星纪言也。"朱文公《考异》云:"星纪之说,未详其旨,但汉哀帝尝用夏贺良说,刻漏以百二十为度矣。"余谓董说固妄;夏贺良之说,行之不两月而改,且衰世不典之事,韩公必不引用。按古之漏刻,昼有朝、禺、中、晡、夕,夜有甲、乙、丙、丁、戊。至梁武帝天监六年,始以昼夜百刻布之。十二辰每时得八刻,仍有余分,故今世历家百刻,举成数尔,实九十六刻也。每时余分,别为初初、正初刻。一日合二十有四,每刻居六分刻之一,总而计之,为四刻,始合百刻之数。刻虽有大小,其名则百有二十。韩诗恐只取此,正不须求之远也。

熙宁间,赐岐王颢、嘉王頵玉带各一。二王固辞,不听。请加佩金鱼以别嫌,诏并以玉鱼赐之。王仲言明清《挥麈录》谓:"玉带为朝仪始此。其后尝赐王安石,安石力辞,不从,不得已受诏,次日即释去。至徽宗朝,以赐蔡京,京请佩金鱼以自别于诸王,从之。自是何执中、郑居中、王黼、蔡攸、童贯皆受赐。"余按唐永徽二年敕:开府仪同三司及京官文武职事四品五品,并给随身鱼。上元初敕:文武官三品以上服金玉带。开元中敕:珠玉锦绣,既令禁断,准式三品以上饰以玉,四品以上饰以金,五品以上饰以银者,宜于腰带及马镫酒杓,馀悉禁断。《董晋传》谓:"五品而上金玉带,所以尽饰以奉上。"史传载赐玉带,及臣下私以玉带相赠遗者,班班可考。韩文公诗亦云:"不知官高卑,玉带悬金鱼。"则知唐已然矣。五代汉隐帝尝以赏郭威之功,既又召杨邠辈数人悉赐之。然不足稽也。杨文公《谈苑》载国朝赐带之制,谓驸马都尉初选尚,赐白玉带,亲王皇族皆许通服雕玉、白玉等带。则不始于岐、嘉二王审矣。玉鱼,安重荣亦尝自为之。

或问陆文安公:"何不注释诸经以垂世?"陆曰:"六经乃注我者也。"

州县治率南向,然"南面"二字,人臣不得用也。惟山谷《送徐隐父宰余干》诗云:"地方百里身南面。"岂别有所本欤?恨读书不多,不能详也。

《章贡志》谓:"汉高帝六年,命灌婴略定江南,令天下城县邑,始置雩都县。"按《高纪》六年冬十月,但书"令天下郡邑城"而已,余皆无所见。雩都置县,《地理志》不书岁月,考纪及传,灌婴踪迹未尝到江南。凿空著书,可付一笑。洪驹父《豫章职方乘》亦谓:"灌婴在汉初定江南,故祀以为城隍神。今江西郡县城隍多指为灌婴,其实非也。"友人萧子寿大年考《功臣侯表》,始知其为陈婴。盖婴自定东阳为将,属楚项梁,为楚柱国。四岁,项羽死,属汉,定豫章、浙江,封堂邑侯,都浙。颜师古谓:"浙,水名。在丹阳黝县南蛮中。婴既定诸地而都之。"
《地理志》注:"黝音伊,字本作黟,其音同。"始知定江南者为陈
婴。流俗所传,不为全无所据,但误其姓耳。

宾退录卷第二

朱文公尝与客谈世俗风水之说,因曰:"冀州好一风水:云中诸山,来龙也;岱岳,青龙也;华山,白虎也;嵩山,案也;淮南诸山,案外山也。"

曲忠壮在蜀,有诗云:"破碎江山不足论,何时重到渭南村? 一声长啸东风里,多少未归人断魂。"

范冲尝对高宗云:"诗人多作《明妃曲》,以失身胡虏为无穷之恨,独王安石曰:'汉恩自浅胡自深,人生乐在相知心。'然则刘豫之僭非其罪,汉恩浅而虏恩深也。今之背君父之恩,投拜而为盗贼者,皆合于安石之意,此所谓坏天下人心者也。"临江徐思叔得之亦尝病荆公此语,谓有卫律、李陵之风,乃反其意而为之,遂得诗名于时。其词云:"妾生岂愿为胡妇? 失信宁当累明主! 已伤画史忍欺君,莫使君王更欺虏。琵琶却解将心语,一曲才终恨何数! 朦胧胡雾染宫花,泪眼横波时自雨。专房莫倚黄金赂,多少专房弃如土! 宁从别去得深嚬,一步思君一回顾。胡山不隔思归路,只把琵琶写辛苦。君不见,有言不食古高辛,生女无嫌嫁盘瓠!"

康节邵先生之学受于李挺之,而今世少知挺之者。晁以道说之尝为作传曰:"李之才,字挺之,青社人。天圣八年,同进士出身。为人朴且率,自信,无少矫厉。师河南穆伯长。伯长性卞严寡合,虽挺之亦频在诃怒中。挺之事先生益谨。尝与参校柳文者累月,卒能受《易》。时苏子美亦从伯长学《易》,其专授受者惟挺之。伯长之《易》，受之种徵君明逸，种徵君受之希夷先生陈图南，其源流为最远。究观三才象数变通，非若晚出尚辞以自名者。挺之初为卫州获嘉县主簿，权共城令。所谓康节先生邵尧夫者，时居母忧于苏门山百源之上，布裘菜食，且躬爨以养其父。挺之叩门上谒，劳苦之曰：'好学笃志果何似？'康节曰：'简策迹外，未有适也。'挺之曰：'君非迹简策者，其如物理之学何？'他日则又曰：'物理之学学矣，不有性命之学乎？'康节谨再拜，悉受业。于书，则先视之以陆淳《春秋》，意欲以《春秋》表仪五经；既可语五经大旨，则授《易》而终焉。世所谓康节先生之《易》者，实受之挺之。挺之器大，难乎识者，栖迟久不调。或惜之，则曰：'宜少贬以荣进。'友人石曼卿独曰：'时不足以容君，君盍不弃之隐去？'再调孟州司法参军。时范忠献公守孟，亦莫之知也。忠献初建节钺守延安，送者不用故事，出境外，挺之独别近郊。或病之，谢曰：'故事也。'居顷之，忠献责安陆，挺之沿檄见之洛阳。前日远境之客，无一人来者。忠献于是乎恨知挺之之晚。友人尹师鲁以书荐挺之于叶舍人道卿，因石曼卿致之曰：'孟州司法参军李之才，年三十九。能为古文章，语直意邃，不肆不窘，固足以蹈及前辈，非洙所敢品目。而安于卑位，颇无仕进意，人罕能知之。其才又达世务使少用于世，必过人远甚。幸其贫无赀，不能决其归心，知之者当共成之。'曼卿报师鲁曰：'今之业文好古之士至鲜，且不张，苟遗若人，其学益衰矣。是师鲁当尽心以成之者也。延年素不喜屈谒贵仕，以挺之书，凡四五至道卿之门，通焉而后已。道卿且乐荐之，以是不悔。'挺之遂得应铨新格，有保任五人，改大理寺丞，为缑氏令，未行。会曼卿与龙图阁直吴学士遵路调兵河东，辟挺之泽州金署判官。于是泽人刘仲更从挺之受历法,世称刘仲更之历,远出古今。上有扬雄、张衡之所未喻者,实受之挺之。在泽,转殿中丞。丁母忧,甫除丧,暴卒于怀州守舍。时友人尹子渐守怀也,实庆历五年二月。子渐哭挺之过哀,感疾,不逾月亦卒。挺之葬青社。后十有二年,一子以疾卒。又二十有四年,有侄君翁乞康节表其墓曰:'求于天下,得闻道之君子李公以师焉。'以道此传,颇能道其出处之详。然康节尝曰:"今世知道者,独予及李挺之二人而已。"则此传亦岂足以尽挺之哉!

　东坡公知扬州,梦行山林间,一虎来噬,方惊怖,有紫衣道士挥袖障公,叱虎使去。明日,一道士投谒,曰:"夜出不至惊畏否?"公咄曰:"鼠子乃敢尔!本欲杖汝脊,汝谓吾不知汝子夜术耶?"道士惶骇而退。《林灵素传》中,徽宗神霄梦亦此类。新淦祥符观道士何得一,宣和间游京师,遇方士陶光国,爱其人物秀整,语之曰:"当为办一事,姑亟归。"无几何,徽宗梦人曰:"天上神仙郑化基,地下神仙何得一。"明日,命阅祠部帐,得诸新淦籍中,化基其师也。遽命召。时得一方次郓州,守贰礼请以往。既对,上大悦,赐号冲妙大师,主龙德太一宫。旋授丹林郎,制曰:"惟上帝休命,诞集朕躬,故宏天飞之旧宫,奉真棋之列御,非得端靖修洁之士,孰与致朕严恭寅畏之意哉!尔植志靡懈,饬履有闻。嘉其积勤,超进仙秩。尚敦而素,毋终堕哉!"时六年六月二十五日也。未几中原乱,得一亦归里,坎壈以死。得一庸人,无他异,侥幸至此。光国不知何许人。

　孔子曰:"君子周而不比,小人比而不周。""君子喻于义,小人喻于利。""君子坦荡荡,小人长戚戚。""君子和而不同,小人同而不和。""君子易事而难说也,说之不以道,不说也。及其使人也,器之。小人难事而易说也,说之虽不以道,说也。

及其使人也,求备焉。""君子泰而不骄,小人骄而不泰。""君子
上达,小人下达。""君子求诸己,小人求诸人。""君子不可小
知,而可大受也;小人不可大受,而可小知也。"君子小人之情
状,其判如此,为士者当知所择矣。余亦惧为小人之归也,笔
之以自警焉。

　　"万里銮舆去不还,故宫风物尚依然。四围锦绣山河地,
一片云霞洞府天。空有遗愁生落日,可无佳气起非烟?古来
国破皆如此,谁念经营二百年。"此毛麾《过龙德故宫》诗也。
麾字牧达,平阳府人。有《平水老人诗集》十卷,行于虏境。榷
商或携至中国,余偶得一帙,可观者颇多。序称其父当宋大观
三年上舍登第,后中宏词科,季年尝任给事中。按《登科记》,
大观三年榜中毛安节者,盖其父。然次年诏改宏词为词学兼
茂,终徽宗、钦宗两朝,取词科为夕郎者,皆无毛姓,必陷虏后
事也。

　　集贤殿修撰,旧多以馆阁久次者为之。有自常僚超授要
任,未至从官者,亦除修撰,时人遂有冷撰、热撰之目。近世士
夫,以集英为热撰,右文、秘阁为冷撰,非也。右文即集贤,政
和五年改。

　　读横渠诗,最爱其一篇云:"学《易》穷源未到时,便将虚寂
眇心思。宛如童子攻词赋,用即无差问不知。"

　　胡致堂著《读史管见》,主于讥议秦会之,开卷可考也。如
论耶律德光谕晋祖宜以桑维翰为相,谓:"维翰虽因德光而相,
其意特欲兴晋而已,固无挟虏以自重,劫主以盗权之意,犹足
为贤。"尤为深切。致堂本文定从子,其生也,父母欲不举,文
定夫人举而子之。及贵,遭本生之丧,士论有非之者。故《汉
宣帝立皇考庙》、《晋出帝封宋王敬儒》两章,专以自解;而于

《汉哀帝谢立定陶后》一节，直谓："为人后者，不顾私亲，安而行之，犹天性也。"吁，甚矣！首卷论豫让报雠曰："无所为而为善，虽大学之道不是过。"若致堂者，其亦有所为而著书者欤？然其间确论，固不容揜也。

　　近时后进称前辈之字，人多非之。余谓不然。孔门弟子皆称其师曰仲尼，则岂不可？又有父祖既没，子孙不忍称其字者，亦古之所无。北齐王元景兄弟，讳其父之字，颜之推讥之。然父没而不能读父之书，母没而杯圈不能饮焉，况称其字乎？以情推之，亦未为过。古者以王父字为氏，虽只一字，似未安也。

　　梁武帝命袁昂作《书评》，其答启云："奉敕遣臣评古今书，臣愚短，岂敢辄量江海？但天旨谆臣斟酌是非，谨品字法如前。"今《淳化法帖》第五卷，智果书此一段，谓为梁武帝评书，《中兴馆阁书目》亦然，误也。其略云："王僧虔书犹如扬州王谢家子弟，纵复不端正，奕奕皆有一种风气。王子敬书如河朔少年，皆充悦，举体沓拖而不可耐。羊欣书似婢作夫人，不堪位置，而举止羞涩，终不似真。阮研书如贵胄失品次，不复排突英贤。王仪同书如晋安帝，非不处尊位，而都无神明。殷均书如高丽人抗浪，乃不有意气，而姿颜自足精味。徐淮南书如南冈士大夫，徒尚风轨，然不寒乞。陶隐居书如吴兴小儿，形状未成长，而骨体甚峭快。吴施书如新亭伧父，一往扬州，逢人共语，语便态出。柳产书如深山道士，见人便欲退缩。曹喜书如经论道士，言不可绝。王右军书字势雄强，如龙跳天门，虎卧凤阁，故历代宝之，永以为训。蔡邕书骨气洞达，爽爽如有神力。程旷平书如鸿鹄弄翅，颉颃布置，初云之见白日。萧思话书如舞女低腰，仙人啸树。李镇东书如芙蓉之出水，文彩

如镂金。桓玄书如快马入阵,随人屈曲,岂须文谱。范怀约真
书有分,草书无功,故知简牍非易。皇象书如韵音绕梁,孤飞
独舞。孔琳之书如散花空中,流徽自得。李嵓之书如镂金素
月,屈玉自照。薄绍之书如龙游在霄,缱绻可爱。崔子玉书如
危峰阻日,孤松单枝。邯郸淳书应规入矩,方圆乃成。师宜官
书如鹏翔未息,翩翩而自逝。梁鹄书如龙威虎震,剑拔弩张。
张伯英书如武帝爱道,凭虚欲仙。卫恒书如插花舞女,援镜笑
春。索靖书如飘风忽举,鸷鸟乍飞。钟繇书如云鹤游天,群鸿
戏海,行间茂密,实亦难过。"米元章采隋、唐至本朝,得一十四
家续之:"僧智永书经,气骨清健,大小相杂,如十四五贵胄编
性,方循绳墨,忽越规矩。褚遂良如熟驭战马,举动从人,而别
有一种骄色。虞世南如学休粮道士,神意虽清,而体气疲困。
欧阳询如新痊病人,颜色憔悴,举动辛勤。柳公权如深山道
士,修养已成,神气清健,无一点尘俗。颜真卿如项羽挂甲,樊
哙排突,硬弩欲张,铁柱特立,昂然有不可犯之色。李邕如乍
富小民,举动屈强,礼节生疏。徐浩如蕴德之人,动容温厚,举
止端正,敦尚名节,体气纯白。沈传师如龙游天表,虎踞溪旁,
神情自如,骨法清虚。周越如轻薄少年舞剑,气势空健,而锋
刃交加。钱易如美丈夫,肌体充悦,神气清秀。蔡襄如少年女
子,体态娇娆,行步缓慢,多饰繁华。苏舜钦如五陵少年,访云
寻雨,骏马青衫,醉眠芳草,狂歌院落。张友直如宫女插花,媚
娇对鉴,端正自然,别有一种娇态。"《唐书·王勃传》载:"开元
中,张说与徐坚论近世文章。说曰:'李峤、崔融、薛稷、宋之问
之文,如良金美玉,无施不可。富嘉谟如孤峰绝岸,壁立万仞,
浓云郁兴,震雷俱发,诚可畏也,若施于廊庙,骇矣。阎朝隐如
丽服靓妆,燕赵歌舞,观者忘疲,若类之《风》《雅》,则罪人矣。'

坚问：‘今世奈何？’说曰：‘韩休之文如太羹玄酒，有典则，薄滋味。许景先如丰肌腻理，虽秾华可爱，而乏风骨。张九龄如轻缣素练，实济时用，而窘边幅。王翰如琼杯玉斝，虽烂然可珍，而多玷缺。’坚谓笃论。"齐道人汤惠休云："谢灵运诗如芙蓉照水，颜延年诗如错采镂金。"梁钟嵘云："范云诗宛转清便，如流风回雪。丘迟诗点缀映媚，如落花在草。"张芸叟评本朝名公诗："梅圣俞如深山道人，草衣木食，王公大人见之，不觉屈膝。石曼卿如饥鹰乍归，迅逸不可言。欧阳永叔如春服乍成，酌酒初熟，登山临水，竟日忘归。王介甫如空中之音，相中之色，欲有寻绎，不可得矣。苏子瞻如武库乍开，干矛森然，见之不觉令人神慑；子细检点，不能无利钝。郭功父如大排筵席，二十四味，终日揖逊，适口者少。"刘中叟_{次庄}《尘土黄诗序》谓："乐府自唐以来，杜甫则壮丽结约，如龙骧虎伏，容止有威。李白则飘扬振激，如游云转石，势不可遏。"今主管广东漕司文字长乐敖器之_{陶孙}，遂尽取魏晋而下诗人，演而为《诗评》曰："因暇日与弟侄辈评古今诸名人诗：魏武帝如幽燕老将，气韵沉雄。曹子建如三河少年，风流自赏。鲍明远如饥鹰独出，奇矫无前。谢康乐如东海扬帆，风日流丽。陶彭泽如绛云在霄，舒卷自如。王右丞如秋水芙蕖，倚风自笑。韦苏州如园客独茧，时合音徽。孟浩然如洞庭始波，木叶微脱。杜牧之如铜丸走坂，骏马注坡。白乐天如山东父老课农桑，言言皆实。元微之如李龟年说天宝遗事，貌悴而神不伤。刘梦得如镂冰雕琼，流光自照。李太白如刘安鸡犬，遗响白云，核其归存，恍无定处。韩退之如囊沙背水，惟韩信独能。李长吉如武帝食露盘，无补多欲。孟东野如埋泉断剑，卧壑寒松。张籍如优工行乡饮，酬献秩如，时有诙气。柳子厚如高秋独眺，霁晚孤吹。李义山如百宝流苏,千丝铁网,绮密璝妍,要非适用。本朝苏东坡如屈注天潢,倒连沧海,变眩百怪,终归雄浑。欧公如四瑚八琏,止可施之宗庙。荆公如邓艾缒兵入蜀,要以险绝为功。山谷如陶弘景祗诏入宫,析理谈玄,而松风之梦故在。梅圣俞如关河放溜,瞬息无声。秦少游如时女步春,终伤婉弱。后山如九皋独唳,深林孤芳,冲寂自妍,不求识赏。韩子苍如梨园按乐,排比得伦。吕居仁如散圣安禅,自能奇逸。其他作者,未易殚陈。独唐杜工部如周公制作,后世莫能拟议。"

沈存中《笔谈》载:石曼卿居蔡河下曲,邻有豪家,曼卿访之,延曼卿饮。群妓十余人,各执肴果乐器,一妓酌酒以进。酒罢乐作,群妓执果肴者萃立其前,食罢则分列其左右。京师人谓之"软槃"。余按:江南李氏宰相孙晟,每食不设几案,使众妓各执一器,环立而侍,号"肉台槃"。时人多效之。事见《五代史记·死事传》及马令《南唐书·义死传》。"软槃"盖始于此。

三省、密院奏事退,覆奏所得旨,周文忠书其本末于《二老堂杂志》甚详,著其略于此。淳熙四年四月甲戌,垂拱殿六参,使相曾觌起居退,肩舆归第。主省官贾光祖、散祗候李处和、使臣唐章骑从。已而参政龚茂良奏事毕,驰马入堂,遂踵相蹑。街司促光祖辈避道,光祖辈出语不逊。光祖、处和,实隶籍三省、密院。茂良大不能平,明日奏其事。上谕觌致谢。又明日,觌以光祖、处和申省施行。上谓茂良先权冲替二人,然后施行。茂良遽下临安府,杖罢。丁丑,上批问茂良:"昨已面谕,何遽也?"自是茂良待罪,求去不绝。五月甲子,户部郎谢开之赐出身,除殿中侍御史。六月丁丑,茂良除资政学士,知镇江府。是日开之对,壬午再对。癸未,茂良落职放罢。于是觊之姻家韩彦古献议："三省、密院旧奏事退,径批圣旨,非是。乞朝退——覆奏,禁中详观乃付出。"专为此也。上大以为然。自是每事于奏目后,用黄纸贴云"得旨"云云,朝退封人,改则改,留则留,遂以为常。是月末,蜀人张唐卿欲用淮南旧赏改官,赵雄力主之,都承旨王抃执不可。雄乃请改次等合入官。既覆奏,止令循两资。明日,上谕三省云："若非覆奏,几误推赏,此可为万世法。虽有强臣跋扈,不能易也。"七月癸丑,开之又论茂良,遂责散官,英州安置。国初自范质进拟,已更旧制,至是复创覆奏云。开之名下一字曰然,上一字犯御嫌名,故书其字。

《靖州图经》载:其俗居丧不食酒肉盐酪,而以鱼为蔬。今湖北多然,谓之鱼菜,不特靖也。老杜《白小》诗云:"白小群分命,天然二寸鱼。细微沾水族,风俗当园蔬。"正指此。盖老杜尝往来荆楚,而此诗则嘉兴鲁氏定为夔门所作,夔亦与湖北相邻故也。注杜诗者,皆不及此。《韵语阳秋》云:"言白小与菜无异,岂复有厚味哉?"非其指矣。

唐僖宗乾符二年,礼部侍郎崔沆下进士三十人,郑合敬第一。《摭言》载其宿平康里诗云:"春来无处不闲行,楚闰相看别有情。好是五更残酒醒,时时闻唤状头声。"注云:"楚娘、闰娘,妓之尤者。"《韵语阳秋》谓为郑谷所作,误矣。

临安有鸎纸者,泽以浆粉之属,使之莹滑,谓之蠲纸。蠲犹洁也。《诗》:"吉蠲为饎。"《周礼》:"宫人除其不蠲。"名取诸此。又记五代《何泽传》载:"民苦于兵,往往因亲疾以割股,或既丧而庐墓,以规免州县赋役。户部岁给蠲符,不可胜数,而课州县出纸,号蠲纸。"蠲纸之名适同,非此之谓也。

唐明宗时,加秦王从荣天下兵马大元帅。有司言:"元帅或统诸道,或专一面,自前世无天下大元帅之名,其礼无所考按。"余按:唐至德初,以广平王为天下兵马元帅;天复三年三月,以辉王祚为诸道元帅;其年十二月,敕国史所书元帅之任,并以天下为名,乃自近年改为诸道,宜却复为天下兵马元帅。至德距长兴尚远,若天复则耳目相接,而有司皆不之知,何其陋邪? 元帅之名,肇见于《左氏》,晋谋元帅是也。然是时所谓元帅者,中军之将尔,未以名官也。至隋始有行军元帅。唐初有左右元帅,太原道行军元帅,西讨元帅,自此浸多。然天下兵马元帅则始于广平,大元帅则始于从荣。唐末尝以天下兵马元帅授朱全忠,伪吴以天下兵马大元帅授李昪,梁末帝以天下兵马都元帅授钱镠,晋高祖以天下兵马都元帅授钱元瓘,出帝以东南面兵马都元帅授钱弘佐,周又以天下兵马都元帅授钱俶,国初改为天下兵马大元帅。古今当其任者,盖寥寥可数,而我高宗皇帝遂自此应中天之运。初,元帅皆亲王为之,廷臣副贰而已,惟哥舒翰、郭子仪、李光弼、房琯,皆尝真除。钱氏继之。全忠自置,昪伪命,不足道也。

岑彭引兵从光武,破天水,与吴汉围隗嚣于西城。时公孙述将李育将兵,救嚣守上邽,帝留盖延、耿弇图之,而车驾东归。敕彭书曰:"两城若下,便可将兵南击蜀虏。人苦不知足,既平陇,复望蜀。"世言"得陇望蜀"本此。又司马懿为曹操主簿,从讨张鲁,言于操曰:"刘备以诈力虏刘璋,蜀人未附而远争江陵,此机不可失也。今若曜威汉中,益州震动,进兵临之,必瓦解。因此之势,易为功力。圣人不能违时,亦不失时。"操曰:"人苦无足,既得陇右,复欲得蜀。"言竟不从。盖用前语也。

晋明帝问王导晋所以得天下,导陈司马懿创业之始,及司马昭弑高贵乡公事。明帝以面覆床曰:"若如公言,晋祚复安得长远?"殊不思牛继马后,晋已绝矣。

古今咏史之作多矣,以经、子被之声诗者盖鲜。张横渠始为《解诗》十三章。《葛覃》曰:"葛蔓青长谷鸟迁,女工兴念忆归安。不将贵盛骄门族,容使亲心得尽欢。"《卷耳》曰:"闺阃诚难与国防,默嗟徒御困高冈。觥罍欲解痡瘏恨,采耳元因备酒浆。"洪忠宣著《春秋纪咏》三十卷,凡六百余篇。《石碏大义灭亲》曰:"恶吁及厚笃忠纯,大义无私遂灭亲。后代奸邪残骨肉,屡援斯语陷良臣。"《郑人来渝平》曰:"郑人来鲁请渝平,姑欲修和不结盟。使宛归祊平可验,二家何误作隳成。"张无垢亦有《论语绝句》百篇。《夫子之文章可得而闻也夫子之言性与天道不可得而闻也》曰:"既是文章可得闻,不应此外尚云云。如何夫子言天道,肯把文章两处分?"《颜子箪瓢》曰:"贫即无聊富即骄,回心独尔乐箪瓢。个中得趣无人会,惆怅遗风久寂寥。"近岁尝见《纪孟十诗》,题张孝祥作,《于湖集》中无之,必依托者。如:"争地争城立霸基,焉能一统混华夷?力期行政急求艾,深欲为王愧折枝。缘木求鱼何及计,为丛驱雀先深思。是宜孟氏谆谆诲,不嗜杀人能一之。""异端邪说日交驰,圣哲攻之必费辞。深诋并耕排许子,极言二本辟夷之。复明陈仲廉无取,力斥杨朱义不为。寄语外人非好辩,欲令大道日星垂。"又有黄次伋者,不知何许人,赋《评孟》诗十九篇,极诋孟子,且及子思。漫记一二,首篇《传道》八句云:"此道曾参得最真,寥寥千载付何人? 所传仅也亦无母,谁觉轲乎唱不臣。忠孝缺来今已久,中庸到此盍惟新。愿言为子为臣者,勿据悠悠纸上尘。"《文王之囿方七十里》一绝云:"庇民德莫大文王,西伯都来百里强。园囿盘游方七十,斯民何处事耕桑?"蚍蜉撼大木,多见不知量也。若康节先生《观易》、《观书》、《观诗》、《观春秋》四吟,则尽掩众作:"一物其来有一身,一身还有一乾坤。能知万物备于我,肯把三才别立根?天向一中分体用,人于心上起经纶。天人焉有两般事,道不虚行只在人。""吁嗟四代帝王权,尽入区区一旧编。或让或争三万里,相因相革二千年。唐虞事业谁能继,汤武功夫世莫传。时既不同人又异,仲尼恶得不潜然!""爱君难得似当时,曲尽人情莫若诗。无《雅》岂明王教化,有《风》方识国兴衰。知音未若吴公子,润色曾经鲁仲尼。三百五篇天下事,后人谁敢更讥非。""堂堂王室寄空名,天下无时不战争。灭国伐人惟恐后,寻盟报役未尝宁。晋齐命令炎如火,文武镃基冷似冰。唯有感麟心一片,万年千载若丹青。"

宾退录卷第三

晋简文母郑太后讳阿春，晋人避其讳，皆以《春秋》为《阳秋》。《后传》："孝武下诏，依《阳秋》故事，上尊号。"孝武母《李太后传》：何澄等议服制曰："《阳秋》之义，母以子贵。"是也。若《褚裒传》桓彝目之曰"有皮里《阳秋》"，《荀奕传》张闿、孔愉难奕驳陈留王出城夫，谓"宋不城周，《阳秋》所讥"，则皆事在郑后之前，晋之史宫追改以避之耳。故孙盛裒著书曰《晋阳秋》。近世葛常之侍郎立方作诗话，极其该洽，顾名之曰《韵语阳秋》，以今人而为晋讳，不深考也。晋世后讳多矣，独避郑讳，为不可晓。然盛又有《魏氏春秋》，习凿齿亦著《汉晋春秋》，司马彪作《九州春秋》，则当时亦不尽避，史官亦不能尽改。盖晋史凡十八家，而唐人修书，又出于二十一人之手，岂无同异邪？

世俗称列寺卿曰大卿，诸监曰大监，所以别于少卿、监。自国初以寺、监寄禄之时已然，相承甚久。然前代但有大鸿胪、大司农、大匠而已，大卿、大监之名殊不典。元魏虽有大宗正卿、大司农卿，隋亦有新都大监，然皆不足证也。独晋人谓著作郎为大著作，《职官志》亦然，今称著作郎曰大著，犹有据依。

元昊寇边，韩忠献驻兵延安。夜有人携匕首到卧内，遂褰帷，韩起坐，问谁何。曰："某来杀谏议。""谁遣汝来？"曰："张相公。"盖张元也。韩复就枕曰："汝携我首去。"曰："某不忍，

愿得谏议金带足矣。"取带而出。明日,不复治其事。俄守陴
卒报城橹上得金带,乃纳之。明受之变,张忠献自平江起义兵
勤王,行次嘉禾,一夕坐至夜分,警备严甚。忽有刺客至前,出
腰间文书,乃苗、刘使来贼公者,赏格甚盛。时左右睡已熟,张
遽问:"尔欲何为?"对曰:"某河北人,粗知顺逆,岂肯为贼用。
况侍郎 精忠大节,感通神明,某又安忍致害邪?特见备御未
至,恐后复有来者,故相报耳。"张下执其手,问其姓名。曰:
"某粗读书,若言姓名,是徼后利。顾有母在河北,今径归矣。"
拂衣而去,超捷若神。翼日,张取郡狱死囚斩以徇,曰:"此刺
客也。"私识其人,终身物色,竟不遇。二事颇相似,但受带一
节,韩不及张,而前之刺客,亦不可以望后者也。汉梁王使人
刺爰盎,刺者至关中,问盎,称之皆不容口。乃见盎曰:"臣受
梁王金刺君,君长者,不忍刺。然后刺者十余曹,备之!"又与
张事相类。然爰卒不免,而张竟无他。张公忠臣,爰非真长
者,天理为不诬矣。韩事见王彦辅《麈史》,张事具行状。

　　光逸为门亭长,迎新令至京师,胡毋辅之辈诣令家,望见
奇之。李矩为吏,送故县令于长安,梁王肜以为牙门。以是知
吏从迎送之仪,晋已然矣。《宋书·庾登之传》载其除豫章太
守,自临川便道之官,亦云"仪迓光赫"。又谢方明自晋陵太守
为南郡相,晋陵亦有送故主簿随在西。萧梁时,诸镇皆有迎
主簿。

　　今人以月一日、八日、十四日、十五日、十八日、二十三日、
二十四日、二十八日、二十九日、三十日不食肉,谓之"十斋",
释氏之教也。余按《唐会要》,武德二年正月二十四日诏:"自
今已后,每年正月、九月及每月十斋日,并不得行刑。所在公
私,宜断屠钓,永为常式。"乾元元年四月二十二日敕:"每月十

斋日及忌日，并不得采捕屠宰，仍永为式。"其来尚矣。《九国志》亦载：南唐大臣多蔬食，月为十斋。今《断狱律疏议》列此十日，谓之"十直日"。

白乐天于浔阳舟中见商妇，赋《琵琶行》，其中有云："商人重利轻别离，前月浮梁买茶去。"是时此商留家浔阳，而远取茶于浮梁，始知浔阳之茶，唐未有也。今其行几遍天下，而浮梁所产反不著。时代推移，而土地所生亦复变迁如此。

《晋书》：王育仕刘渊为太傅；韦忠仕刘聪为镇西大将军；刘敏元仕刘曜为中书侍郎。三人者皆尝委质于晋矣，而皆谓之忠义。王宏桎梏罪人，以泥墨涂面，置深坑中，饿不与食。太康中检察士庶，使车服异制，宏缘此复遣吏科检妇人，袒服至褰发于路。顾谓之良吏。王浑妻钟氏，尝夫妇共坐，其子济趋庭而过，浑欣然曰："生子如此，足慰人心。"钟笑曰："若使新妇得配参军，生子故不翅如此。"参军者，浑弟沦也。顾谓之烈女。真可发一笑！

邵康节《洛阳春》八绝，其一云："四方景好无如洛，一岁花奇莫若春。景好花奇精妙处，又能分付与闲人。"先鉴堂《朝野遗事》载：吕吉甫在赵韩王南园，京师丐人曰风乞儿者，持大扇造吕求诗。吕即书扇上："无人肯作佐除非乞，没药堪医最是风。求乞害风都占断，算来世上少如公。"吕诗虽戏谑，然句体绝与邵诗相类。

吕居仁舍人尝与汪圣锡尚书论并拜两相，独曾文昭草文肃制为得右相词命之体。乾道间，虞忠肃拜右揆，汪适当制，遂祖其意而为之。余按曾制云："左右置相，以总吾喉舌之司；东西分台，以斡我钧衡之任。居中如鼎足之峙，承上若台符之联。相须而成，阙一不可。乃登次辅，以告大廷。"汪制云："朕洪惟国朝之制，并建宰辅之司。应变守文，咸底于道；献可替否，各殚厥心。矧予继承，惟日兢惕。懋乃后德，交修翼赖于同寅；扬于王庭，孚号式新于众听。其登次相，以叶旧章。"似微不及也。初韩忠彦拜左仆射，蔡京当制，欲刺探徽宗之意，徐奏请曰："制词合作专任一相，或作分任两相之意？"徽宗曰："专任一相。"翼日，京出宣言曰："子宣不复相矣。"已而复召肇草制，拜布右仆射。肇之词盖有为云。

李昊仕于蜀，王衍之亡，为草降表；及孟昶降，又草焉。蜀人夜表其门曰："世修降表李家。"当时传以为笑。余记晋谢澹少历显位，桓玄之篡，以澹兼太尉，与王谧俱赍册到姑孰；元熙中为光禄大夫，复兼太保，持节奉册禅宋。正堪作对。

汉昭帝察霍光之忠，知燕王上书之诈，后世称其明。顺帝时，张逵辈潜梁商谋废立，帝知其妄，收逵等杀之。与昭帝相类。洪文敏谓顺帝复以政付梁冀，其明非昭帝比，故不为人所称。前燕慕容暐初立，慕舆根潜慕容恪、慕容评将谋为乱。暐曰："二公国之亲穆，先帝所托，终应无此，未必非太师将为乱也。"收根等斩之。可与昭、顺并称。考三君之年，昭帝十四，顺帝二十五，而暐方十一，尤不可及。然其末年，恪既死，母后乱朝，评以黩货干政，不能容慕容垂之勋德，遂为苻秦所灭，与早岁殊不相似，又非顺帝比也。

东蜀杨天惠撰《彰明县附子记》云："绵州故广汉地，领县八，惟彰明出附子。彰明领乡二十，惟赤水、廉水、会昌、昌明宜附子。总四乡之地，为田五百二十顷有奇，然秔稻之田五，菽粟之田三，而附子之田止居其二焉。合四乡之产，得附子一十六万斤已上，然赤水为多，廉水次之，而会昌、昌明所出微甚。凡上农夫，岁以善田代处，前期辄空田，一再耕之，莳荞麦若巢糜其中。比苗稍壮，并根叶耨覆土下，复耕如初，乃布种。每亩用牛十耦，用粪五十斛，七寸为垅，五尺为符，终亩为符二十，为垅千二百。垅从符衡，深亦如之。又以其余为沟为涂。春阳坎盈，丁壮毕出，疏整符垅，以需风雨。风雨时过，辄振拂而骈持之。既又挽草为援，以御烜日。其用工力，比他田十倍，然其岁获亦倍称，或过之。凡四乡度用种千斛以上。种出龙安及龙州、齐归、木门、青堆、小平者良。其播种以冬尽十一月止，采撷以秋尽九月止。其茎类野艾而泽，其叶类地麻而厚，其花紫，叶黄，蕤长苞而圆盖。其实之美恶，视功之勤窳。以故富室之入长美，贫者虽接畛，或不尽然。又有七月采者，谓之早水，拳缩而小，盖附子之未成者。然此物畏恶猥多，不能常熟。或种美而苗不茂，或苗秀而实不充，或已酿而腐，或已暴而挛，若有物焉阴为之。故园人将采，常祷于神，或目为药妖云。其酿法，用醯醅，安密室，淹覆弥月乃发。以时暴凉，久乃干定。方出酿时，其大有如拳者，已定辄不盈握，故及两者极难得。盖附子之品有七，实本同而末异。其种之化者为乌头，附乌头而旁生者为附子，又左右附而偶生者为鬲子，又附而长者为天雄，又附而尖者为天佳，又附而上出者为侧子，又附而散生者为漏篮，皆脉络连贯，如子附母。而附子以贵，故独专附名，其余不得与焉。凡种一而子六七以上，则其实皆小；种一而子二三，则其实稍大；种一而子特生，则其实特大。此其凡也。附子之形，以蹲坐正、节角少为上，有节多鼠乳者次之，形不正而伤缺风皱者为下。附子之色，以花白为上，铁色次之，青绿为下。天雄、乌头、天佳，以丰实过握为胜；而漏篮、侧子，园人以乞弃役夫，不足数也。大率蜀人饵附子者少，惟陕辅、闽、浙宜之。陕辅之贾，才市其下者；闽、浙之贾，才市其中者；其上品则皆士大夫求之，盖贵人金多喜奇，故非得大者不厌。然土人有知药者云：'小者固难用，要之半两以上皆良，不必及两乃可。'此言近之。按《本草经》及注载：'附子出犍为山谷，及江左、山南、嵩高、齐鲁间。'以今考之，皆无有，误矣。又云：'春采为乌头，冬采为附子。'大谬。又云：'附子八角者良，其角为侧子。'愈大谬，与余所闻绝异，岂所谓'尽信书不如无书'者类邪？"以上皆杨说。《古涪志》既删取其略著于篇，然又云："天雄与附子类同而种殊，附子种近漏篮，天雄种如香附子。凡种必取土为槽，作倾邪之势，下广而上狭，置种其间，其生也与附子绝不类，虽物性使然，亦人力有以使之。"此又杨说所未及也。审如《志》言，则附子与天雄非一本矣。杨说失之。《本草图经》与此小异。《广雅》云："奚毒，附子也。一岁为荝与侧同。子，二岁为乌喙，三岁为附子，四岁为乌头，五岁为天雄。"盖亦不然。荝子、天佳、漏篮三物，《本草》皆不著。张华《博物志》又云："乌头、天雄、附子一物，春秋冬夏，采各异也。"

《左氏传》：内蛇与外蛇斗于郑南门中，内蛇死。六年而厉公入。汉太始四年，赵有蛇从郭外入邑，与邑中蛇群斗孝文庙下，邑中蛇死。六年而武帝崩。异哉！然赵敬肃王彭祖薨于次年，亦其应也。

《玉壶清话》："真宗问近臣：'唐酒价几何？'丁晋公奏曰：'每升三十。杜甫诗曰：速须相就饮一斗，恰有三百青铜钱。'"与时尝因是戏考前代酒价，多无传焉。惟汉昭帝罢榷酤之时，卖酒升四钱，明著于史，刘贡父云"所以限民不得厚射利"是已。《典论》谓孝灵末百司涸酒，酒千文一斗。曹子建乐府："归来宴平乐，美酒斗十千。"此三国之时也。然唐诗人率用此语，如李白"金樽清酒斗十千"，王维"新丰美酒斗十千"，白乐天"共把十千酤一斗"，又"软美仇家酒，十千方得斗"，又"十千一斗犹赊饮，何况官供不著钱"，崔辅国"与酤一斗酒，恰用十千钱"，郎士元六言绝句"十千提携一斗，远送潇湘故人"，皆不与杜诗合。或谓诗人之言，不皆如诗史之可信。然乐天诗最号纪实者，岂酒有美恶，价不同欤？抑何其辽绝邪？穆宗朝，王仲舒为江西观察使，时谷数斛易斗酒，尤可怪。杨凝诗："湘阴直与地阴连，此日相逢忆醉年。美酒非如平乐贵，十升不用一千钱。"《岭表录异》云："广州人多好酒。生酒行两面罗列，皆是女人，招呼鄙夫，先令尝酒。盘上白瓷瓯谓之瓵，一瓵三文。不持一钱来去尝酒致醉者，当垆妪但笑弄而已。"《岭表录异》，唐人之书也，今必不然。瓵字不见于字书，《说文》云："瓯瓵谓之瓵。瓵，盈之切。"疑是瓵字传写之误。或南方俗字自有瓵字，亦不可知。若梁元帝《长歌行》"当垆擅旨酒，一卮堪十千"，谓之堪，则非真十千也。

谚谓物多为无万数，《汉书·成帝纪》语。

汉成帝诏言："昌陵作治五年，客土疏恶，终不可成。"服虔注曰："取他处土以增高，为客土。"乃知客土二字，其来甚古。《唐书·方技·杜生传》亦有"客土无气"之语，盖又近世云。

唐太宗时，米斗三钱，后世以为美谈。梁天监四年，米斛亦三十钱。唐元和六年，天下米斗有直二钱者，人罕称道。然皆不若汉宣帝元康间，尝谷石五钱矣，此古今所无也。东魏元象兴和中，谷斛九钱，可以为次矣。

汉世大率钱重。前所书昭帝时酒升四钱，谷石五钱，概可推已。元康、神爵之间，金城湟中谷斛亦不过八钱。惟元帝永光二年，岁比不登，京师谷石二百余，边郡四百，关东五百，时四方饥馑,朝廷以为忧。而其先,初元二年,齐地饥,谷石财三百余,民已多饿死者矣。王莽时,黄金一斤直钱万,朱提善银八两直一千五百八十,他银八两直一千而已。高帝贺吕公,绐曰"贺钱万",吕公大惊,起迎之门。颜师古谓:"以其钱多,故特礼之。"若今世十千,何足惊也。元帝临兽圈,猛兽惊出,冯贵人前当之,帝虽嘉美其义,仅赐钱五万。惠帝元年,民有罪,得买爵三十级以免死罪。应劭谓:"一级直钱二千,凡为六万。"武帝天汉、太始间,募死罪入赎钱五十万,减死一等。虽数逾惠帝时八倍,然后世正使匮乏之极,亦何肯出此令,可见当时钱之难得也。至成帝鸿嘉中,买爵之贾杀而为千钱矣。西都制禄以谷,奉钱皆无所考,仅可知者:丞相、大司马、大将军月六万,御史大夫月四万,光禄大夫月万二千,司隶校尉月数千,谏大夫月九千二百,秩百石月六百,待诏公车月二百四十。其薄至此,贡禹迁光禄大夫,犹谓家日益富。后汉之制,凡受俸者皆半钱半谷。延平中定制,中二千石俸钱月九千,不若今世初品官之奉也。洪文惠《隶释》云:汉刻载修庙及表墓人所费,有出钱百者。熹平四年,济阴太守张宠以二千祠尧,碑遂夸而书之。贡禹被征,卖田百亩,以供车马。以今江、浙田贾会之,不减二三千缗,车马之费当不至是,则当时田贾,亦非今比。西都外戚之盛,萌芽于元帝之时,王嘉谓是时货千万者尚少,他复何言。崔烈入钱五百万,得为司徒。五百万,五千缗也,以今助边之数校之,但可得副校尉耳。并发观者一笑。

汉长安有四尉。晋洛阳有六尉。隋改县尉为县正,又为书佐。《新唐书·百官志》注云:"唐武德元年,改书佐曰县尉,寻改曰正。畿县、上县正,皆四人。七年,改县正复曰尉。"然

《唐六典》载:万年、长安、河南、洛阳、奉先、太原、晋阳七县,尉各六人;京兆、河南、太原诸畿县及诸州上县,尉各二人而已。新旧《唐书》皆从之。《新书》自与注文矛盾,不能定于一也。按李太白作《溧阳濑水贞义女碑》云:"县尉广平宋陟、丹阳李济、南郡陈然、清河张昭,皆有卿才霸略,同事相协。"又《虞城县令李公去思颂碑》亦云:"县尉李向、赵济、卢荣等,同德比义,好谋而成。"以此二碑推之,则上县不止两尉明矣。本朝虽赤县无三尉者,盖前代无巡检,今剧县巡检至四五人,小县亦一二人,尉虽少,未害也。

熙宁中,华山圮,雨木冰,已而韩魏公薨。王荆公挽词云:"木稼曾闻达官怕,山颓果见哲人萎。"《西清诗话》谓用孔子及唐宁王事。宁王事,《新书》无之,见于刘耀远旧史传中:"开元二十九年冬,京城寒甚,凝霜封树,学者以为《春秋》'雨木冰'即此是。亦名树介,言其象介胄也。宪见而叹曰:'此俗所谓树稼者也。谚曰:树稼达官怕。必有大臣当之,吾其死矣。'十一月薨。"按《汉·天文志》亦曰:"今之长老,名木冰为木介。介者,甲;甲,兵象也。"余谓稼字义不可通,特介声之讹耳。刘向曰:"冰者,阴之盛;木者,少阳,贵臣卿大夫象也。此人将有害,则阴气胁木,未雨而木先寒,故得雨而冰也。"达官怕之谚本此。颜师古注《刘向传》,谓"今俗呼为间树"。《齐民要术·黍稷篇》又谓之诔树云。

故人杨晋翁天桂尝语予:昔为泷水令,初谒郡时盛暑,德庆林守会衣纱公服出延客。谓遐陬僻郡,敢于纵肆,其野如此。后阅初寮《外制集》,有朝散郎刘绎朝见著纱公服,特降一官。盖政和间。又江邻几休复《嘉祐杂志》云:"一朝士五月起居,衣绯纱公服,为台司所纠。三司使包拯,亦衣纱公服,阁门使易之，且诘有何条例，答云："不见旧例，只见至尊御此耳。'"始知何代无之，然包公未必尔也。

唐慎微，蜀州晋原人。世为医，深于经方，一时知名。元祐间，帅李端伯招之居成都。尝著《经史证类备急本草》三十二卷，盛行于世。而艾晟序其书，谓"慎微不知何许人"，故为表出。蜀，今为崇庆府。

世俗谓自辨解曰分疏平。颜师古注《爰盎传》"不以亲为解"曰："解者，若今言分疏。"又《北齐书·祖珽传》："高元海奏珽不合作领军，并与广宁王交结。珽亦见，帝令引入，珽自分疏。"则北朝暨唐已有是言也。

英宗于仁宗为从子，宣仁后于光献为甥，自幼同鞠禁中。会温成有宠，英宗遂还宫邸，宣仁亦归其家。洎温成薨，仁宗竟无子。一日，谓光献曰："吾夫妇老无子，旧养十三、滔滔，各已长立，朕为十三，后为滔滔主婚，使相嫁娶。"十三，英宗行第；滔滔，宣仁小字也。时宫中谓"天子娶妇，皇后嫁女"。事具邵伯温《闻见录》。与时按，汉成帝欲与近臣游宴，张安世玄孙放，以公主子，且开敏，得幸。放取皇后弟许嘉女，上为放供张，赐甲第，充以乘舆服饰，亦号为"天子取妇，皇后嫁女"。又唐中宗时，萧至忠以女妻韦后舅崔从礼子，帝主萧，后主崔，时谓"天子嫁女，皇后娶妇"。此皆非可与圣世同年而语也，姑记其语之适同而已。

王孝先曾谥文正。王子明旦谥文贞，避仁庙嫌讳，亦称文正。后来称孝先者，多称其封国以为别；子明封魏国，人罕称也。韩参政亿谥忠宪，韩魏公谥忠献，字虽不同，音则莫辨。此四臣者，皆名臣也。至于赵阅道谥清献，而赵正夫挺之谥清宪，则几于碔砆乱美玉矣。

“丝竹管弦”，汉《张禹传》语，王右军《兰亭序》承用之，四字实二物耳。

今职制令，诸县有繁简难易，监司察令之能否，随宜对换，仍不理遗阙。按，薛宣为左冯翊，频阳县北当上郡、西河，为数郡凑，多盗贼，其令平陵薛恭，本县孝者，功次稍迁，未尝治民，职不办。而粟邑县小，辟在山中，民谨朴易治，令巨鹿尹赏，久郡用事吏，为楼烦长，举茂材，迁在粟。宣即以令奏赏与恭换县。二人视事数月，而两县皆治。则汉已著此令矣，近世监司未尝行也。

吾夫子论君子小人之情状，与时既书之以自警。然邵康节先生诸诗，尤能推广圣人之意，不暇悉载，特取其尤深切著明者一篇，以谂观者。《处身吟》云：“君子处身，宁人负己，己无负人。小人处事，宁己负人，无人负己。”持此诗以观人，君子、小人，如辨白黑。“所恶于上，毋以使下；所恶于下，毋以事上。所恶于前，毋以先后；所恶于后，毋以从前。所恶于右，毋以交于左；所恶于左，毋以交于右。”此君子絜矩之道，小人何足以知之？子贡谓：“我不欲人之加诸我也，吾亦欲无加诸人。”无加诸人，足矣；人之加诸我者，安能绝之？夫子曰：“赐也，非尔所及也。”盖未然其言耳。康节又有诗云：“人如负我我何预，我若辜人人有词。”孟子亦谓：“自反而仁矣，自反而有礼矣，自反而忠矣，其横逆由是也，则此亦妄人也已矣，又何难焉？”学者当知此意。

九江琵琶亭，壁间题咏甚多，嘉泰初，撤而新之，俱不复存。时族父石埭府君丞德化，被郡檄督工，独取成都郭宗丞明复一诗刻之石，真绝唱也。其诗云：“香山居士头欲白，秋风吹作溢城客。眼看世事等虚空，云梦胸中无一物。举觞独醉天为家,诗成万象遭梳爬。不管时人皆欲杀,夜深江上听琵琶。
贾胡老妇儿女语,泪湿青衫如著雨。此公岂作少狂梦,与世浮
沉聊尔汝。我来后公三百年,浔阳至今无管弦。长安不见遗
音寂,依旧康庐翠扫天。"夏文庄尝有《寄题琵琶亭》一绝云:
"流光过眼如车毂,薄宦拘人甚马衔。若遇琵琶应大笑,何须
泣泪满青衫。"近时陈益之待制谦又赋《续琵琶行》,有云:"青
衫夜半何曾著,引兴参差杂椒糈。"亦皆有新意。《倦游杂录》
载,史沆尝题诗亭上:"坐上骚人虽有泪,江边寡妇不难欺。若
使王涯闻此曲,织罗应过赏花诗。"沆早登进士第,坐事迁谪而
死,平生好持人短长,世以凶人目之,故虽古人亦妄肆诋訾云。

　　近岁金虏为鞑靼所攻,自燕奔汴,有《南迁录》一编,盛行
于时,其实伪也。卷首题通直郎秘书省著作郎骑都尉赐绯张
师颜编。虏之官制,具于《士民须知》,独无通直一阶,其伪一
也。虏之世宗,以孙原王璟为储,嗣父曰允恭。璟立,追尊允
恭为显宗。录乃谓璟为允植之子,其伪二也。虏之君臣,皆以
小字行,然各自有名,粘罕名宗维,兀术名宗弼。录乃称忠献
王罕、忠烈王术,其伪三也。虏事中国不能详,然灼知其伪者
已如此,而士大夫多信之。

宾退录卷第四

班孟坚作《扬雄传》,独载所为文,历官行事顾列于赞中,他传皆不然。韩退之作《刘统军碑》,惟书门人故吏之言,而世系事实,悉具于铭词,正用此体。近世惟胡忠简作《赵龙学子潚墓铭》亦然,志特书世系葬日而已。

龚遂自渤海征至京师,议曹王生从。遂将入宫,王生从后呼止遂曰:"天子即问君何以治渤海,君不可有所陈对。宜曰:'皆圣王之德,非小臣之力也。'"遂至前,上果问以治状,遂对如王生言。天子说其有让,笑曰:"君安得长者之言而称之?"遂因前曰:"臣非知此,乃臣议曹教戒臣也。"王生必素知遂不能为此言,然后教之;宣帝必素知遂非长者,然后疑之。然遂始能受王生之言,而又终以实对,是亦长者也已。

西汉两万石君。石奋及四子俱二千石,景帝号奋曰万石君。冯扬,宣帝时为弘农太守,有八子,皆二千石,赵魏间荣之,亦号曰万石君。又严延年兄弟五人,俱二千石,东海号其母曰万石严妪。东汉有万石秦氏。唐有万石张氏。

庆历间,广西戮欧希范及其党,凡二日剖五十有六腹。宜州推官吴简皆详视之,为图以传于世。王莽诛翟义之党,使太医尚方与巧屠共刳剥之,量度五藏,以竹筳导其脉,知所终始,云可以治病。然其说今不传。

广陵所刻《梦溪笔谈》,第十八卷积罌之术注中,"又倍下长得十六",当作二十四;"并入上长得四十六",当作二十六。

士夫知算术者少，故莫辨其误，漫记之。

宋明帝名彧，而其子后废帝名昱。元魏献文名弘，而其子孝文名宏。皆声绝相近，似当避也。周厉王名胡，其七世孙僖王名胡齐，尤可怪。周人以讳事神，而犹有此，何欤？

《容斋续笔》云："白乐天诗：'鞍马呼教住，骰盘喝遣输。长驱波卷白，连掷采成卢。'注云：'骰盘、卷白波、莫走鞍马，皆当时酒令。'予按皇甫松所著《醉乡日月》三卷，载《骰子令》云：'聚十只骰子齐掷，自出手六人，依采饮焉。堂印本采人劝合席，碧油劝掷外三人。骰子聚于一处，谓之酒星，依采聚散。'《骰子令》中改易不过三章，次改《鞍马令》不过一章。又有《旗幡令》、《闪摩令》、《抛打令》，今人不复晓其法矣。惟优伶家犹用手打令，以为戏云。"以上皆洪说。余谓酒令盖始于投壶之礼，虽其制皆不同，而胜饮不胜者则一。后汉贾逵亦尝作《酒令》。唐世最盛，乐天诗如"筹插红螺椀，觥飞白玉卮，打嫌调笑易，饮讶卷波迟"、"碧筹攒米椀，红袖拂骰盘"之句不一，不特如洪所云也。本朝欧阳文忠公作《九射格》，独不别胜负，饮酒者皆出于适然。其说云："九射之格，其物九，为一大侯，而寓以八侯。熊当中，虎居上，鹿居下，雕、雉、猿居右，雁、兔、鱼居左。而物各有筹，射中其物，则视筹所在而饮之。射者，所以为群居之乐也，而古之君子以争。九射之格，以为酒祸起于争；争而为欢，不若不争而乐也。故无胜负，无赏罚。中者不为功，则无好胜之矜；不中者无所罚，则无不能之消。探筹而饮，饮非觥也，无所耻。故射而自中者，有不得免饮，而屡及者亦不得辞，所以息争也。终日为乐，而不耻不争，君子之乐也。探筹之法，一物必为三筹。盖射宾之数，多少不常，故多为之筹以备也。凡今宾主之数，九人则人探其一，八人则置其熊筹。不及八人而又少，则人探其一，而置其余筹可也；益之以筹，而人探其一或二，皆可也。惟主人临时之约，然皆置其熊筹。中则在席皆饮。若一物而再中，则视执筹者饮量之多少，而饮器之大小，亦惟主人之命。若两筹而一物者，亦然。凡射者一周，既饮釂，则敛筹而复探之。筹新而屡变，矢中而无情，或适当之，或幸而免。此所以欢然为乐而不厌也。"周文忠谓《醉翁亭记》云"射者中，弈者胜，觥筹交错"，恐或谓此。古灵陈述古亦尝作酒令，每用纸帖子，其一书司举，其二书秘阁，其三书隐君子，其余书士。令在座默探之，得司举则司贡举，得秘阁则助司举搜寻隐君子进于朝，搜不得则司举并秘阁自受罚酒。后复增置新格，聘使、馆主各一员。若搜出隐君子，则此二人伴饮。二人直候隐君子出，即时自陈，不待寻问。隐君子未出之前，即不得先言。违此二条，各倍罚酒。注云：聘使盖赏其能聘贤之义，馆主兼取其馆伴之义。唐有昭文馆学士，时人号为馆主。又云：秘阁虽同搜访隐君子，或司举不用其言，亦不得争权；或偶失之，即不得以司举不用己言而辞同罚也。然则倍罚。司举、秘阁既探得，即各明言之，不待人发问；如违，先罚一觞。司举、秘阁止得三搜，客满二十人则五搜。余人探得帖子，并默然；若妄宣传，罚巨觞，别行令。《古灵集》载潘家山同章衡饮次行令，探得隐君子，为章衡搜出，赋诗云："吾闻隐君子，大隐廛市间。道义充诸中，测度非在颜。尧帝神且智，知人亦孔艰。勉哉二秘阁，贤行如高山。"近岁庐陵李宝之如圭作《汉法酒》云："汉法酒立官十，曰丞相，曰御史大夫，曰列卿，曰京兆尹，曰丞相司直，曰司隶校尉，曰侍中，曰中书令，曰酒泉太守，曰协律都尉。拜司隶校尉者持节，职举劾。劾及中书令、酒泉太守者，令、太守以佞幸、洇淫即得罪。劾及侍中,则司隶去节。劾及京兆尹,则上爱其才,事留中不下,皆别举劾。劾丞相司直,则司直亦劾之。劾列卿,则列卿自讼,廷辩之,罪其不直者。其劾丞相、御史大夫者,亦听,须先谒而后劾。丞相、御史亦得罪。丞相得罪,则中书令、酒泉太守皆望风自劾。御史得罪,则惟酒泉太守自劾。司隶以不畏强御,后若有罪,以赎论。若泛劾而及丞相、御史者,罪司隶。劾及京兆尹者,事虽留中,酒泉太守亦自劾。劾及中书令者,侍中自劾。诸劾、自劾得罪者,皆降平原督邮,协律都尉歌以饯之。劾及协律者,下之蚕室,弦歌诗为新声而求幸。"又书其后云:"右酒令也,戏用汉制为之。集者止九人则缺京兆尹,八人则缺侍中,七人则御史大夫行丞相事,六人则缺司直。当饮者皆即饮之,或未举饮者,亦可计集者之数,以为除官之数。每当饮者,予一算;除官既周,视其算以为饮。齐三算者,即饮之;二算者,与其算等者决之;一算则留以须后律。令载所不及者,比附从事云。"今馆阁有《小酒令》一卷,庆历中锦江赵景撰。《饮戏助欢》三卷,元丰中安阳窦諲撰,《酒令》在焉。《玉签诗》一卷,皇朝知黔南县黄铸撰,以诗百首为签,使探得者随文劝酒。铸字德器,柳州人。《钓鳌图》一卷,不知作者,刻木为鳌鱼之属,沉水中,钓之以行劝罚,凡四十类,各有一诗。又有《采珠局》,亦此类,序称撰人为王公,不知其名。凡三十余类,亦各有一诗。又有《捉卧瓮人格》,皇朝李建中撰,以毕卓、嵇康、刘伶、阮孚、山简、阮籍、仪狄、颜回,屈原、陶潜、孔融、陶侃、张翰、李白、白乐天为目,盖与陈、李之格大同小异,特各更其名耳。《投壶经》,唐上官仪尝奉敕删定,史玄道续注,盖采周顗、郝同、梁简文数家之书为之。司马文正公更以新格,旧书为之尽废。晁子止侍郎公武《郡斋读书志》,又有《木射图》一卷，云唐陆秉撰。为十五筹以代侯，击地球以触之。筹饰以朱墨字以贵贱之。朱者，仁、义、礼、智、信、温、良、恭、俭、让；墨者，慢、傲、佞、贪、滥。仁者胜，滥者负，而行赏罚焉。疑亦此具也。梁王、魏帝，金谷、兰亭，又皆于游燕之际，以赋诗作赋不成者罚酒。高续古_{似孙}《纬略》已详，此不重出。

秦会之当国，决意讲和，虏俄背盟，秦不知所措。张巨山嵲时为司勋郎，为代作自解之奏，略曰："伊尹告成汤，'德无常师，主善为师'。臣前赞议和，今请伐虏，是皆主善为师。如其不济，则'陈力就列，不能者止'，当遵孔圣之训。"秦大喜，擢巨山为右史，而不知所引皆误也。时秘书省寓法慧寺，或大书于门云："周任为孔圣，太甲作成汤。"秦大怒，疑出于馆职，相继斥去。然《史记·殷本纪》载伊尹作《咸有一德》于成汤之时，则司马子长已误矣。蔡邕引"致远恐泥"，《新唐书》传引"以能问于不能"，皆以为孔子之言，亦非。

汉杜延年为御史大夫，居父官府，不敢当旧位，坐卧皆易其处。元魏任城王澄之子顺，除吏部尚书，兼右仆射，上省，登阶向榻，见榻甚故，问都令史。答曰："此榻曾经先王坐。"顺即哽塞，涕泗交流，久而不能言，遂令换之。唐薛元超为中书舍人，省中有盘石，其祖道衡为隋内史侍郎时，尝据以草制。元超每见，辄泫然流涕。裴谞五世为河南，谞视事，未尝敢当正处。居世官者，当如此矣。

晋琅邪王澄，有高名，少所推服，每闻卫玠言，辄叹息绝倒。时人语曰："卫玠谈道，平子绝倒。"今流俗谓大笑为"绝倒"，非也。

先鉴堂《朝野遗事》云："王文正公_{曾相真宗}，吕许公_{夷简}为参知政事。仁宗朝，吕为首相，王再入，议论多不合，王求去甚力。一日,上留许公,问所以处王公者。吕皇恐不敢当。上再三问之,曰:'王某先朝旧臣,当得使相,或洛或许,惟圣裁。'再问其次,曰:'无已,则大资政,或青或郓。'上首肯。吕甚喜,出省与宋宣献綬分路,忘相揖。晚报锁学士院,诸子问,皆不答。夜深,独语晦叔曰:'次辅均劳矣。'明日,盛服入朝,则两麻也,吕判许州,王知郓州。仁宗圣断如此。"又孔毅父平仲《谈苑》云:"张邓公、吕许公同作宰相。一日朝退,仁宗独留吕公,问曰:'张士逊久在政府,欲与一差遣出去。'吕公曰:'士逊出入两朝,亦颇宣力。'仁宗曰:'恩命如何?'吕公曰:'与除静江军节度使、检校太傅、知许州。'仁宗曰:'不亏他否?'吕公曰:'圣恩优厚。'吕公既退,张、吕姻亲也,私焉,曰:'主上独留公,必是士逊别有差遣。'因祈以恩命。吕沉吟久之,曰:'使弼,使弼。'张亦欣然慰望。是日,张公打屏阁子内物色过半矣。既夕,锁院。明日早,张公令院子尽般阁子内物色归家,更不趋待漏院,只就审官东院待漏。既入朝,张公惟祇候宣麻,吕公惟准拟押麻耳。忽有堂吏报吕公云:'相公知许州。'吕公大惊。于是张公押麻,乃吕公除静江军节度使、检校太傅、知许州也。"与时按,吕夷简、张士逊同相,在天圣、明道间。章献后上仙,仁宗始亲政,与夷简谋以枢密使张耆、副使夏竦、范雍、赵稹,参知政事;陈尧佐、晏殊,皆章献所任用,悉罢之。退告郭皇后,后曰:"夷简独不附太后耶? 但多机巧,善应变耳。"由是并罢夷简为武胜军节度使、同平章事、判陈州。及宣制,夷简大骇,不知其故。素厚内侍阎文应,使为中诇,久之,乃知事由皇后。其后再相,赞成废后之议,实原于此。《谈苑》所载皆不合。且节度使、检校太傅而不加辨章,亦非使弼。文德殿宣布,惟参政一员押麻,余宰执皆不往,宰相亦不当押麻。其书疑近世不知典故者所为,必非孔氏本真。至景祐四年四月,夷简自昭文相罢为检校太师、同平章事、镇安军节度使、判许州,王曾自集贤相罢为尚书左仆射、资政殿大学士、判郓州,当以《遗事》为正。初命曾知青州,既入谢,求改郓州。又仆射典州,不当云知,遂贴麻改命。绶时参知政事,亦同罢云。第曾初拜相,夷简执政,皆在乾兴元年七月,时仁宗已践祚。真宗末年,曾参知政事,夷简知开封府而已。《遗事》谓曾相真宗,夷简参知政事,亦误也。

　　沈存中《笔谈》云:"颍昌阳翟县有一杜生者,不知其名,邑人但谓之杜五郎。所居去县三十余里,唯有屋两间,其一间自居,一间其子居之。室之前有空地丈余,即是篱门。杜生不出篱门凡三十年矣。黎阳尉孙轸曾往访之,见其人颇萧洒。自言:'村民无所能,何为见访?'孙问其不出门之因,笑曰:'以告者过也。'指门外一桑曰:'十五年前,亦曾到此桑下纳凉,何谓不出门也? 但无用于时,无求于人,偶自不出耳,何足尚哉?'问其所以为生,曰:'昔时居邑之南,有田五十亩,与兄同耕。后兄之子娶妇,度所耕不足以赡,乃以田与兄,携妻子至此。偶有乡人借此屋,遂居之。唯与人择日,又卖一药,以具饘粥。亦有时不继。后子能耕,乡人见怜,与田三十亩,令子耕之。尚有余力,又为人佣耕,自此食足。乡人贫,以医自给者甚多,不当更兼其利,自尔择日、卖药,一切不为。'又问常日何所为,曰:'端坐耳,无可为也。'问颇观书否,曰:'二十年前亦曾观书。'问观何书,曰:'曾有人惠一书册,无题号,其间多说《净名经》,亦不知《净名经》何书也。当时极爱其议论,今亦忘之,并书亦不知所在久矣。'气韵闲旷,言词精简,有道之士也。盛寒,但布袍草履,室中枵然一榻而已。问其子何如,曰:'村童也。然质性甚淳厚，未尝妄言，未尝嬉游，唯置盐酪则一至邑中，可数其行迹以待其归，径往径还，未尝旁游一步也。’"蔡絛《铁围山丛谈》云："靖康末，有避乱于顺昌山中者，深入得茅舍，主人风裁甚整，即之语，士君子也。怪而问曰：'诸君何事挈孥而至是邪？'因语之故。主人曰：'乱何自而起乎？'众争为言。主人嗟恻久之，曰：'我父乃仁庙朝人也，自嘉祐末卜居于此，因不复出。以我所闻，但知有熙宁纪年，亦不知于今几何年矣。'"洪文敏《夷坚己志》云："陈元忠少魏，漳州龙溪人，客居南海。尝赴省试，过南安。会日暮，趋城尚远，投宿野人家，茅茨数椽，竹树茂密可爱。主人虽麻衫草履，而举止谈对，宛若士人。几案间有文籍散乱，视之，皆经子也。陈叩之曰：'翁训子读书乎？'曰：'种园为生耳。''亦入城市乎？'曰：'十五年不出矣。'问藏书何用，曰：'偶有之。'因杂以他语。少焉，暴风雨作，其二子荷蓑负锄归，大儿可十八九，小儿十四五。倚锄前揖，人物可观，绝不类农家子。翁进豆羹享客，不复共谈。迟明，陈别去，至城，以事留。一日，偶适市，见翁仓皇而行。陈追诘之曰：'翁云十五年不入城，何为到此？'曰：'吾以急事，不容出。'问其故，不肯言，固问之，乃大儿于关外粥果失税，为关吏所拘。陈为谒监征，至则已捕送郡。翁与小儿偕谒庭下。长子当杖，翁恳白郡守曰：'某老钝无能，全藉其子赡给，若渠不胜杖，则翼日之食缺矣。愿以身代之。'小儿曰：'大人岂可受杖，某愿代兄。'兄又以罪在己，甘心焉。三人争不决。小儿来父耳旁语，若将有所请，翁叱之，儿必欲前。郡守颇疑之，呼问所以。对曰：'大人元系带职正郎，宣和间累典州郡。'翁急拽其衣使退，曰：'儿狂，妄言。'守询诰敕在否，儿曰：'见作一束，置瓮中，埋于山下。'守立遣吏随儿发取，果得之。即延翁上坐,谢而释其子。次日枉驾访之,室已虚矣。"三事略相似,世之慕纷华,汩利禄,事表襮者,闻其风,泚其颡矣。杜生真有道之士;南安翁弃官而晦其迹,亦人所难能;顺昌山中主人,避世者耳。南安翁大儿不能保身,几祸其父,其亦有愧于杜生之子矣。

　　颜之推《家训》云:"昔侯霸之子孙,称其祖父曰家公;陈思王称其父曰家父,母曰家母;潘尼称其祖曰家祖。古人之所行,今人之所笑也。今南北风俗,言其祖及二亲,无云家者;田里猥人,方有此言。"之推北齐人,逮今几七百年,称家祖者复纷纷皆是,名家望族,亦所不免。家父之称,俗辈亦多有之,但家公、家母之名少耳。山简谓"年几三十,不为家公所知",盖指其父,非祖也。

　　吴曾《能改斋漫录》云:"仁宗尝御便殿,有二近侍争辨,声闻御前。仁宗召问之。曰甲言贵贱在命,乙言贵贱由至尊。帝默然,即以二小金合,各书数字藏于中,曰:'先到者,保奏给事有劳推恩。'封秘甚严。先命乙携一往内东门司,约及半道,命甲携一继往。无何,内东门司保奏甲推恩。仁宗怪问之,乃是乙至半道,足跌伤甚,莫能行;甲遂先到。"与时按,唐张鷟《朝野佥载》:"魏征为仆射,有二典事之长参。时征方寝,二人窗下平章。一人曰:'我等官职,总由此老翁。'一人曰:'总由天上。'征闻之,遂作一书遗'由此老翁'者,送至侍郎处,云'与此人一员好官'。其人不知,出门心痛,凭'由天者'送书。明日引注,'由老翁者'被放,'由天上者'得留。征怪而问焉,具以实对,乃叹曰:'官职禄料由天者,盖不虚也!'"二事盖只一事,曾传闻之误耳。圣君贤相,一嚬一笑,犹当爱之,岂肯激于一夫之言,而轻用庆赏? 郑公之事,已不足信,而我仁宗皇帝,岂为是哉！

开禧丙寅，眉州重修图经，号《江乡志》，末卷《杂记门》云："佛日大师宗杲，每住名山，七月遇苏文忠忌日，必集其徒修供以荐。尝谓张子韶侍郎曰：'老僧东坡后身。'张曰：'师笔端有大辩才，非老先生而何？'乡僧可昇在径山为侍者，亲闻此语。"今按杲《年谱》，盖生于元祐四年己巳，而东坡卒于建中靖国元年辛巳，此时杲已十三岁矣。杲平生尊敬东坡，忌日修供或有之，必无后身之说，可昇之妄也。

封国公者，先小国，次次国，后大国；已至大国者，许于本等内改封，国朝之制也。洪忠宣以子贵，追封邹，徙封卫。乾道三年十二月改封魏矣，至七年四月又再封魏。其诰前衔称"赠太师，追封魏国公"。后又云："可特追封魏国公，余如故。"范文穆行词，略云："魏大名也，其命维新。"或谓既不改封他国，何必命词给告，他人未见有重复如此者。然余读许崧老翰外制，有大礼封赠曾祖追封杨楚国公赠太师者，逸其姓名。注云："元赠太师，追封杨楚，今再封。"制略曰："封兼杨楚，位极公师。虽宠数不可以复加，而申命用昭其无斁。"则知已有前比矣。

后汉《陈宠传》云："十三月，阳气已至，天地已交，万物皆出，蛰虫始振。人以为正，夏以为春。"又《隋书·牛弘传》云："今十一月不以黄钟为宫，十三月不以太簇为宫，便是春木不王，夏土不相。"则知正月亦可称十三月。鲁氏自备但记陈宠一事云。

今世男子初入学，多用五岁或七岁。盖俗有"男忌双，女忌只"之说，以至笄冠亦然。按《北齐书·李浑弟绘传》："绘年六岁，便自愿入学。家人以偶年俗忌，约而弗许。伺其伯姊笔牍之闲而辄窃用。未几，遂通《急就章》，内外异之。"则其来久矣。

　　陶穀《五代乱纪》载："黄巢遁免，后祝发为浮屠，有诗云：'三十年前草上飞，铁衣着尽着僧衣。天津桥上无人问，独倚危栏看落晖。'"近世王仲言亦信之，笔于《挥麈录》。殊不知此乃以元微之《智度师》诗窜易磔裂，合二为一。元集可考也。其一云："四十年前马上飞，功名藏尽拥僧衣。石榴园下擒生处，独自闲行独自归。"其二云："三陷思明三突围，铁衣抛尽纳禅衣。天津桥上无人识，闲凭栏杆望落晖。"

　　齐己《折杨柳词》："秾低似中陶潜酒，软极如伤宋玉风。"以中酒之中为去声，于义为长。徐邈"中圣人"，《三国志》既无音，未可悬断为平声也。

　　"毋持布鼓过雷门"，汉王尊语。师古注谓："雷门，会稽城门也。有大鼓，越击此鼓，声闻洛阳，故尊引之也。布鼓，谓以布为鼓，故无声。"曾文清诗："败鼓无声强自挝，不堪持过阿香家。"似用王语点化，而误以雷门为雷霆之雷。洪文敏《续笔》谓城门名用一字者为雅驯，历举《左氏》《公羊》诸书所载，亦独遗此。

　　鲍明远《行路难》首云："奉君金卮之美酒，瑇瑁玉匣之瑶琴，七彩芙蓉之羽帐，九华蒲萄之锦衾。"黄鲁直《送王郎》："酌君以蒲城桑落之酒，泛君以湘累秋菊之英，赠君以黟川点漆之墨，送君以阳关堕泪之声。"正用其体。

　　汉儋耳郡，本朱崖之地，唐为儋州，本朝为昌化军，中国极南之地也。《山海经》："儋耳之国，在大荒北，任姓禺号，子食谷北海之渚中。"郭景纯注云："其人耳大，下儋垂在肩上。朱崖儋耳，镂画其耳，亦以放之也。"《吕氏春秋·审分览·任数篇》亦曰:"东至开梧,南抚多颛,西服寿靡,北怀儋耳。"高诱注云:"北极之国。"又《恃君览》云:"雁门之北,鹰隼所鸷。须窥之国,饕餮穷奇之地,叔逆之所,儋耳之居,多无君。"注云:"北方狄,无君者也。"则是极北别有一儋耳,朱崖之名盖晚出云。

古今论天体者,言人人殊。然天主乎动,地主乎静,未有谓地动者也。惟《考灵曜》曰:"地有四游,冬至地上,北而西三万里;夏至地下,南而东三万里;春秋二分,其中矣。地恒动不止,譬如人在舟而坐,舟行而人不觉。"其说独异。

陆放翁《人蜀记》载其"人沌后,见舟人焚香祈神云:'告红头须小使头,长年三老,莫令错呼错唤。'问:'何谓长年三老?'云:'梢工是也。'长读如长幼之长。乃知老杜'长年三老长歌里,白昼摊钱高浪中'之语盖如此。因问:'何谓摊钱?'云:'博也。'按梁冀'能意钱之戏',注云:'即摊钱也。'则摊钱之为博,亦信矣。"予以世人读杜诗者,多以长字为平声,故载陆语。

宾退录卷第五

　　《列仙传》："琴高，赵人也。以鼓琴为宋康王舍人，行涓、彭之术，浮游冀州涿郡间二百余年。后辞，入涿水中取龙子，弟子洁斋候于水旁，且设祠屋。果乘赤鲤出，祠中留一月余，复入水去。"今宁国府泾县东北二十里有琴溪，溪之侧有石台，高一丈，曰琴高台，俗传琴高隐所，有庙存焉。溪中别有一种小鱼，他处所无，俗谓琴高投药滓所化，号琴高鱼。岁三月，数十万一日来集，渔者网取，渍以盐而曝之。州县须索无艺，以为苞苴土宜，其来久矣。旧亦入贡，乾道间始罢。前辈多形之赋咏，梅圣俞、王禹玉、欧阳文忠公，皆有《和梅公仪❋琴高鱼》诗。圣俞诗云："大鱼人骑上天去，留得小鳞来按觞。吾物吾乡不须念，大官常膳有肥羊。"禹玉诗云："三月江南花乱开，青溪曲曲水如苔。琴高一去无纵迹，枉是渔人尚见猜。"文忠诗云："琴高一去不复见，神仙虽有亦何为？溪鳞佳味自可爱，何必虚名务好奇。"圣俞又有《宣州杂诗》二十首，其一云："古有琴高者，骑鱼上碧天。小鳞随水至，三月满江边。少妇自捞漉，远人无弃捐。凭书不道薄，卖取青铜钱。"圣俞，宣人也。汪彦章尝赋长篇："百川萃南州，水族何磊砢。其间琴高鱼，初未列楚些。岂堪陪荐鲜，裁用当淆果。土人私自珍，千里事封裹。遂令四方传，噍嚼亦云颇。俗云琴高生，控鲤宛溪左。灵踪散如烟，遗鬣尚余颗。向来骑鲸人，逸驾尝慕我。不应当时游，反用此么麽。得非效齐谐，怪者记之过？彭越小如钱，踪迹由汉祸。越书载王余,变化更微琐。因知天地间,人莫穷物夥。区区于其中,臆决盖不可。伪真吾何知,且用慰颐朵。"故山谷《送舅氏野夫之宣城》诗有云:"籍甚宣城郡,风流数贡毛。霜林收鸭脚,春网荐琴高。"蜀人任渊注此诗,不知宣城土地所宜,但引《列仙传》事,直云:"琴高,鲤鱼也。"误矣。公仪诗恨未见,汪诗不载集中。

吴虎臣曾《漫录》云:"婺州下俚有俗字,如以毳为矮,䉒为斋,讼牒文案亦然。"范文穆《桂海虞衡志》云:"边远俗陋,牒诉券约,专用土俗书,桂林诸邑皆然。今姑记临桂数字,虽甚鄙野,而偏旁亦有依附。毳音矮,不长也。闽音稳,坐于门中,稳也。奀亦音稳,大坐亦稳也。仐音㐡,小儿也。乑音勒,人瘦弱也。歪音终,人亡绝也。乔音腊,不能举足也。妖音大,大女及姊也。嵒音础,山石之岩窟也。闩音檀,门横关也。他不能悉记。"《岭外代答》于此外又记五字:氽音酋,言人在水上也。汆音魅,言没入水下也。似,和鹹切,言隐身忽出以惊人之声也。犯音髯,言多髭也。丼,东敢切,以石击水之声也。余按《魏书·江式传》:"延昌三年,上表论字体不正,略曰:皇魏承百王之季,绍五运之绪。世易风移,文字改变,篆形谬错,隶体失真。俗学鄙习,复加虚巧,谈辨之士,又以意说炫惑于时,难以厘改。乃曰追来为归,巧言为辨,小儿为魁,神虫为蚕,如斯甚众。"又《颜氏家训》载:"北朝丧乱之余,书迹鄙陋,加以专辄造字,乃以百念为忧,言反为变,不用为罢,追来为归,更生为苏,先人为老。如此非一,遍满经传。"乃知俗字何代无之,车同轨,书同文,岂易能哉!与时昔年侍先人官赣之石城,俗字如此者尤多,今不能记忆。《唐君臣正论》载:武后改易新字,如以山水土为地,千千万万为年,永主久王为证,长正主为圣,一忠为臣,一生为人,一人大吉为君。然尝考之,但有坖、𡆀、忎、㞷四字合;证作鎣,圣作埀,君作厬,皆与《正论》所言不同。今大理国文书至广右者,犹书国作囻,亦后所改。又吴主孙休名字四子,尝创𩅦音湾、𡿧音迄、霱音觥、𡅵音碌、𧙗音莽、𦬓音举、寇音褒、𠬝音拥八字。南汉刘岩自制龑音俨字为名,盖取飞龙在天之意云。

《论语》:"子张问崇德辨惑。子曰:'主忠信,徙义,崇德也。爱之欲其生,恶之欲其死。既欲其生,又欲其死,是惑也。诚不以富,亦祇以异。'"古注曰:"此《诗·小雅》也。祇,适也。言此行诚不足以致富,适足以为异耳。取此诗之异义以非之。"《正义》曰:"取此诗之异义,以非人之惑也。"范氏谓:"人之成德不以富,亦祇以行异于野人而已。"侯氏谓:"若其诚不富,祇以取异耳。"伊川谓:"此错简,当在第十六篇'齐景公有马千驷'之上,因此下文亦有'齐景公'字而误也。"杨文靖、尹和靖、朱文公皆从之。南轩谓:"言其诚实之不富,祇以自取异云耳。"与时按,"我行其野"之诗,"诚"作"成",取义与此不类,不当迁就以求合。此《孟子》所谓"说诗者不以文害辞,不以辞害志"者也。尝闻平庵赵先生云:"此诗因子张之问而答之。学者之学圣人,盖不止此。富者,道盛德至善之谓。常人不能主忠信,不能徙义,爱之者未免欲其生,恶之者未免欲其死。若能反之,诚未可谓之至善,但亦足以异于常人而已。"此说最明白。

唐张鷟自号浮休子,张芸叟盖袭其名。

南唐保大中,赐道士谭紫霄号"金门羽客",事见《庐山记》。祐陵赐林灵素号,用此故事。

彭器资、洪忠宣皆号《鄱阳集》,王岐公、张彦正皆号《华阳集》,杨文公、胡文定皆号《武夷集》,魏仲先、李汉老皆号《草堂集》。谢无逸、俞退翁、傅子骏皆曰溪堂,苏子美、张会川、张徽皆曰沧浪,李师中、石守道皆曰徂徕,晏元献、王荆公皆曰临川。它如钱文僖有《伊川集》,邵康节有《伊川击壤集》,而程子又号伊川。朱文公编二程文,题《河南程氏文集》,而尹师鲁先有《河南集》。又吕居仁舍人诗曰《东莱先生诗集》,而从孙太史成公,学者亦尊之曰东莱先生,其著述尤多。凡此数者,骤见其名,未免疑混,要皆不若汉魏以来诸文人,但标姓名曰某人某人集之为明白洞达也。

《汉书·扬雄传》云:"刘棻尝从雄学作奇字。"韩文公《题张十六所居》诗云:"端来问奇字,为我讲声形。"然传但云"学作奇字",不言"问奇字",后来相承而用,盖又以韩诗为本。传又云:"家素贫,嗜酒,人希至其门。时有好事者,载酒肴从游学。"与前"学作奇字",凡隔数十字,了不相涉。而近世文人多云"载酒问字"、"载酒问奇字"之类,不知何所本也。《艺文志》云:"萧何草律,太史试学童能讽书九千字以上,乃得为史。又以六体试之,课最者以为尚书御史史书令史。六体者,古文、奇字、篆书、隶书、缪篆、虫书。"师古曰:"古文,谓孔子壁中书。奇字,则古文而异者也。"许叔重《说文解字》云:"亡新居摄,使大司空甄丰等校文书之部。时有六书:一曰古文,孔子壁中书也。二曰奇字,即古文而异者也。"与颜注合。其后晋卫巨山《四体书势》、元魏江式《论书表》皆同。然则奇字者,与科斗文字略相似,而异于小篆,六书之一体耳。今人才见书籍中难字,便谓之奇字,非也。《容斋三笔》摘《周礼》中字,如㨭、罄、飘、蠡之类,凡数十为一则,题曰《周礼奇字》,且云:"前贤以为此书出于刘歆。歆尝从扬子云学作奇字,故用以入经。"盖亦失于详考。学作奇字者，歆之子棻，亦非歆也。

王荆公一日访蒋山元禅师，坐间谈论，品藻古今。元曰："相公口气逼人，恐著述搜索劳役，心气不正。何不坐禅，体此大事？"又一日，谓元曰："坐禅实不亏人。余数年欲作《胡笳十八拍》不成，夜坐间已就。"元大笑。事见《宗门武库》。

元魏青州刺史公孙邃卒官，高祖在邺宫为之举哀。青州佐史疑为所服。诏主簿："近代相承服斩，过葬便除，可如故事。自余无服，大成寥落，可准诸境内之民为齐衰三月。"则知境内之民，旧为刺史制服矣。近世所无也。然河中蒲坂人石文德，自祖父苗以来，凡刺史守令卒官者，皆制服送之。朝廷遂标榜门闾，史官复列之《节义传》，夸而书之。审如《邃传》所言，则文德之事，不足为异矣，此又何邪？

《启颜录》载：元魏太府少卿孙绍对灵太后："臣年虽老，臣卿乃少。"于是拜正卿。按《魏书》亦书此事。然绍自太府少卿，迁右将军、大中大夫，非正卿也。孝庄建义初，复除卫尉，少卿、将军如故。永安中，方拜太府卿。

权利所在，小人之所必争，故虽父子之亲，有不恤也。晋会稽王道子得政之久，末年有疾，加以昏醉。其子元显，知朝望去之，谋夺其权，讽天子解道子扬州刺史及司徒，而道子不之觉。元显遂自为扬州刺史。既而道子酒醒，方知去职，于是大怒，而无如之何。其后又加元显录尚书事。先是谢安薨后，道子已录尚书，至是更为长夜之饮，政无大小，一委元显。时谓道子为"东录"，元显为"西录"。西府车骑填凑，东第门下可设雀罗矣。蔡京、蔡攸父子俱贵，权势日相轧，轻薄者互煽摇以立门户，由是父子遂为仇敌。攸别赐第，尝诣京，京方与客语，使避之，而呼攸入。甫就席，遂起握父手为切脉状，曰："大人脉势舒缓,体中得无有疾乎?"京曰:"无之。"攸曰:"禁中适有公事,不得留。"遂去。客窃窥得其事,以问京。京曰:"君不解此,此辈欲以吾疾罢我也。"居数日,京果致仕。又以季弟絛钟爱于京,数白徽宗请杀之。徽宗曰:"太师老矣。"不许,但削絛官而已。此四臣者,卒皆贻家国之祸。善乎康节先生之言曰:"人之所谓亲,莫如父子也。人之所谓疏,莫如路人也。利害在心,则父子过路人远矣。父子之道,天性也,利害犹或夺之,况非天性者乎? 夫利害之移人,如是之深也,可不慎乎? 路人之相逢则过之,固无相害之心焉,无利害在前故也。有利害在前,则路人与父子又奚择焉? 路人之能相交以义,又何况父子之亲乎? 夫义者,让之本也;利者,争之端也。让则有仁,争则有害,仁与害何相去之远也! 尧、舜亦人也,桀、纣亦人也,人与人同,而仁与害异耳。仁因义而起,害因利而生。利不以义,则臣弑其君者有焉,子弑其父者有焉;岂若路人之相逢一目,而交袂于中逵者哉!"

　　欧阳文忠公著《五代史记》,《梁太祖本纪》初称温,赐名后称全忠,封王后称王,至即位始称皇帝。徐无党注曰:"始而称名,既而称爵,既而称帝,渐也。爵至王而后称,著其逼者。"末帝而下,讫于汉、周诸帝纪皆然。而《新唐书》本纪,高祖之生,即称高祖;太宗方四岁,已书太宗。二书出一手,而书法不同如此,未详其旨。宜黄李子经邦作《纬文琐语》,亦云:"唐、五代史书,皆公手所修,然义例绝有不同者。一人之作,不应相去如此之远。"议者谓《唐书》盖不尽出公意。

　　前车之覆,后车之戒也。元魏道武以服寒食散发动,喜怒乖常,遂来弑逆。其子明元,可以已矣,而又服此药,不堪万机,旋致夭折。唐穆宗因击球暴得疾,浸淫以至于崩。其子敬宗亦可以已矣，而听政未逾月，已连日为此戏。自此驰逐不已，宦者怨惧，不三年而身罹不测之祸。所谓下愚不移者欤？

俗说愚人以八百钱买匹绢，持以染绯，工费凡千二百，而仅有钱四百，于是并举此绢，足其数以偿染工。《艾子》云："人有徒行，将自吕梁托舟趋彭门者，持五十钱造舟师。师曰：'凡无赍而独载者，人百钱；汝尚少半，吾不汝载也。'人曰：'姑收其半，当为挽纤至彭门以折其半。'"又《夷坚戊志》载：汪仲嘉大猷自言其族人之仆出干，抵暮趑趄呻吟而来。问何为，曰："恰在市桥上，有保正引绳缚二十人过，亦执我入其中。我号呼不伏，则以钱五千置我肩上，曰：'以是倩汝替我吃县棒。'我度不可免，又念经年佣直，不曾顿得五千钱，不可失此，遂勉从之。到鄞县，与同缚者皆决杖，乃得脱。"汪曰："所得钱何在？"曰："以谢公吏及杖直之属，仅能给用；向使无此，将更受楚毒，岂能便出哉！"汪笑曰："憨畜产！可谓痴人。"仆犹愠曰："官人，是何言！同行二十人，岂皆痴耶？"竟不悟。前二事盖寓言以资笑谑，而后一事乃真有之。

吴虎臣辨唐《异闻集》所载开元中道者吕翁，经邯郸道上邸舍中，以囊中枕借卢生睡事，谓此吕翁非洞宾也。盖洞宾自序，以为吕渭之孙。渭仕德宗朝，今云开元中，则吕翁非洞宾无可疑者。而或者又以为开元恐是开成字，亦非也。开成虽文宗时，然洞宾此时未可称翁。本朝《国史》称："关中逸人吕洞宾，年百余岁，而状貌如婴儿。世传有剑术。时至陈抟室。"若以《国史》证之，止云百余岁，则非开元人明矣。《雅言系述》有《吕洞宾传》云："关右人，咸通中举进士不第。值巢贼为梗，携家隐居终南，学老子法。"以此知洞宾乃唐末人。此皆吴说。萧东夫《吕公洞》诗云："复此经过三十年，唯应岩石故依然。

城南老树朽为土，檐外稚松青拂天。枕上功名祇扰扰，指端变化又玄玄。刀圭乞与起衰病，稽首秋风一剑仙。"第五句误用吕翁事。又《唐逸史》："虞乡、永乐两县连接，有吕生者，居二邑间。为童儿时，畏闻食气，唯食黄精，日觉轻健，耐风寒。见文字及人语，率不忘。母及诸妹，每劝其食，不从。后以猪脂置酒中，强使饮。生方固拒，已嘘吸其气。忽一黄金人长二寸许，自口出，即仆卧困惫，移时方起。先是生年近六十，鬓发如漆，至是皓首。恨悅垂泣，再拜别母去，之茅山，不知所终。"此又一人也。何神仙多吕氏乎？

俗谓婚姻之家曰亲家，唐人已有此语，见《萧嵩传》。又有以亲字为去声者，亦有所据。卢纶作《王驸马花烛》诗，有"人主人臣是亲家"之句。

《山海经》："洞庭之山，帝之二女居之。"郭氏注云："天帝之二女，而处江为神，即《列仙传》江妃二女也。《离骚·九歌》所谓湘夫人，称帝子者是也。"而《河图玉版》曰："湘夫人者，帝尧女也。秦始皇浮江至湘山，逢大风，而问博士：'湘君何神？'博士曰：'闻之尧二女，舜妃也，死而葬此。'"《列女传》曰："二女死于江湘之间，俗谓为湘君。"郑司农亦以舜妃为湘君。说者皆以"舜陟方而死，二妃从之，俱溺死于湘江，遂号为湘夫人"。按《九歌》，湘君、湘夫人，自是二神。江湘之有夫人，犹河洛之有虙妃也。此之为灵，与天地并矣，安得谓之尧女？且既谓之尧女，安得复总云湘君哉？何以考之？《礼记》曰："舜葬苍梧，二妃不从。"明二妃生不从征，死不从葬，义可知矣。即令从之，二女灵达，鉴通无方，尚能以鸟工龙裳救井廪之难，岂当不能自免于风波，而有双沦之患乎？假复如此传曰："生为上公，死为贵神。"《礼》："五岳比三公，四渎比诸侯。"今湘川不及四渎，无秩于命祀；而二女帝者元后，配灵神祇，无缘当复下降小水而为夫人也。参伍其义，义既混错，错综其理，理无可据，斯不然矣。原其致谬之由，由乎俱以帝女为名，名实相乱，莫矫其失，习非胜是，终古不悟。可悲矣！其说最近理，而古今传楚词者，未尝及之。书于此以祛千载之惑。张华《博物志》，多出于《山海经》，然卷末载湘夫人事，亦误以为尧女也。

《战国策》旧传高诱注，残缺疏略，殊不足观。姚令威宽补注，亦未周尽。独缙云鲍氏彪校注为优，虽间有小疵，多不害大体。惟东西二周一节，极其舛谬，深误学者，反不若二氏之说是。然高氏但云："东周，成周，今洛阳。西周，王城，今河南。"其说甚略。姚氏特作《世系谱》，似稍详矣，而亦未备；其指巩为东周，则又未免小误。今世学者，但知镐京之为西周，东迁之为东周而已。若敬王之迁成周，固已漫漶；至于两周公之东、西周，则自非熟于考古者，盖茫不知其所以也。此鲍氏之误，所以不得不辨。余故博采载籍，究极本末而论焉。周之先，后稷始封于邰，不窋自窜于戎狄，公刘徙居于豳，至于太王，徙居岐周。文王降崇，乃作丰邑，自岐而徙都焉。武王之时，复营镐京而居之。《诗》《书》称宗周者，指镐京也。迄东迁之前，无所迁徙。然《武成》云："王来自商，至于丰。"《召诰序》云："成王在丰。"《周官序》云："还归在丰。"《左传》亦曰："康有酆宫之朝。"则虽改邑于镐，而丰宫元不废。盖丰在京兆鄠县，镐在长安县西北十八里，相距才二十五里，往来不为劳也。武王克商之后，尝曰："我南望三涂，北望岳鄙，顾瞻有河，粤瞻伊洛，毋远天室，营周居于洛邑。"盖洛邑居土地之中，宜作天邑。武王既得天下，有都洛之意矣，而未暇及也，先于其地迁九鼎焉。武王崩，周公相成王，成武王之志，营以为都，是为王城。

其地实郏鄏,亦名河南,《洛诰》所谓"我乃卜涧水东,瀍水西,惟洛食"者也。洛阳者,周公营下都,以迁殷顽民,是为成周。其地又在王城之东,《洛诰》所谓"我又卜瀍水东,亦惟洛食"者也。《洛诰序》云:"周公往营成周。"则成周乃东都总名。河南,成周之王城也。洛阳,成周之下都也。王城,非天子时会诸侯则虚之。下都,则保厘大臣所居治事之地;周人朝夕受事,习见既久,遂独指以为成周矣。按《洛诰》:"王祀于新邑。"《召诰》:"王来绍上帝,自服于土中。"则成王固尝居之,然卒驾而西也。宣王中兴,尝一会诸侯于东都。下至幽王,为犬戎所灭。宗周迫近戎狄,平王之立,不得已而东迁都于王城,始奠居焉。自是始有东、西周之名。谓之东者,以别于镐京之为西耳。河南、洛阳未分画也。王子朝之乱,其余党多在王城,敬王畏之,徙都成周。后九十余年,考王弑兄而自立,惧弟揭之议己,遂以王城封之,以续周公之官职,是为西周桓公。此时未有东周公,而称西周者,后人推本而言之也。桓公传威公,威公传惠公。考王十五年,西周惠公封其少子班于巩,以奉王,是为东周惠公。父子同谥。而西周惠公长子,自为西周武公。自是周公之国,始分东西,成周为东周,王城复为西周矣。盖自河南桓公续周公之职,而秉政三世益专,所以别封少子使奉王者,殆欲独擅河南之地,不复奉王。且王城、成周皆为东、西周君所有,天子直寄焉耳。东周者,指周王所居之洛阳也。巩,班之采邑也。《世本》曰:"东周惠公名班,居洛阳。"是班秉政于洛阳,而采邑则在巩。《前汉·地理志》曰:"巩,东周所居。"姚令威用其说,非也。赧王时,东、西周分治,王复徙都西周。至五十九年,秦昭王使将军摎攻西周,西周君奔秦,顿首受罪,尽献其邑三十六。秦受其献,归其君于周。盖权移于下，其极乃至于尽献其邑于它人，亦不出于天子之命矣。是年赧王卒，其国先绝。西周武公亦卒，秦迁西周公于𢠸狐，实武公之子公子咎者。而东周惠公之后，亦尚能一传。后七岁，秦庄襄王尽灭东、西周，周始不祀。大略如此。《战国策》之西周，即揭之西周；《战国策》之东周，即班之东周。西周建国在东周之前，而旧书跻东周于西周之上，为失其次。鲍氏正之，是矣。但其说曰："西周，正统也，不可以后于东周。"其注"韩使人让周"，则曰："此时周之命已不行于诸侯矣。"其注"周君谋主也"，则曰："犹为天子故。"它如此类不一。又尽以西周之《策》，分系之安、赧二王，盖直以西周为天子，而不知实桓、威诸公之事也。余尝反复考之，东、西二周之《策》，皆曰周君，周君之自谓，必曰小国，曰寡人，皆当世诸侯之称。其间或及周王，则直称王，或称天子，非不明白。鲍氏乃比而一之，可乎？原其致误之由，盖亦有说。温人之辞云："今周君天下，则我天子之臣。"周君天下者，言周王之君天下也。鲍必误以为周君有天下矣。又"东周与西周战，韩救西周。为东周谓韩王曰：'西周者，故天子之国也，多名器重宝。'"是时周王未徙，西周故天子之国者，谓敬王故都也。鲍必愈疑西周君即天子矣。不特此也，周王、周公，国号既同，《史记》不为二周公立世家，而混书其事于《周纪》。宋忠注"周君、王赧卒"，又不知周君与王赧此年俱卒，但见二者连文，遂谓"赧王卒，谥西周武公"。小司马、张守节辈，皆能辨之。然世多承其误，虽如司马文正公亦不能免，《通鉴》直以奔秦献邑者为赧王。《稽古录》中，复误以西周桓公为东周。无责乎鲍也。《东周策》首章书秦临周求鼎事。鼎实在西，不在东也。岂周王在东，故东周君犹能挟天子以制命欤？不然，则错简也。注家皆无发明者，因并及之。

曾文清《访戴图》诗：“小艇相从本不期，刻中雪月并明时。不因兴尽回船去，那得山阴一段奇？”近岁豫章朱子仪亦赋此诗：“四山摇玉夜光浮，一舸玻璃凝不流。若使过门相见了，千年风致一时休。”末句实祖文清之意。

俗谚“洗脚上船”，语见《三国志·吕蒙传》注引《吴录》曰：“孙权欲作濡须坞，诸将皆曰：‘上岸击贼，洗足上船，何用坞为？’蒙曰：‘兵有利钝，战无百胜。如有邂逅，敌步骑蹙人，不暇及水，其得入船乎？’权曰：‘善。’遂作之。”

淳熙十四年冬十一月丙寅，宰执奏事延和殿，宿直官洪迈同对，因论高宗谥号。孝宗圣谕云：“太上时，有老中官云：太上临生，徽宗尝梦吴越钱王引徽宗御衣云：‘我好来朝，便留住我，终须还我山河，待教第三子来。’”迈又记其父皓在虏买一妾，东平人，偕其母来。母曾在明节皇后阁中，能言显仁皇后初生太上时，梦金甲神人，自称钱武肃王，寤而生太上。武肃，即镠也，年八十一，太上亦八十一。卜都于此，亦不偶然。张淏《云谷杂记》仅载其略，且不记其语之所自得。独周必大《思陵录》备载其详如此。上所谕钱王，指俶。俶第三子惟渲也，终团练使。

宾退录卷第六

　　路德延处朱友谦幕府,作《孩儿诗》五十韵以讥友谦。本朝张师锡追次其韵,赋《老儿诗》一篇。二诗曲尽老幼之情状,张诗用韵妥帖,不类次韵者,尤为难能。今两录之。《孩儿诗》曰:"情态任天然,桃红两颊鲜。乍行人共看,初语客多怜。臂膊肥如瓠,肌肤软胜绵。长发才覆额,分角渐垂肩。散诞无尘虑,逍遥占地仙。排衙朱阁上,喝道画堂前。合调歌《杨柳》,齐声踏《采莲》。走堤冲细雨,奔巷趁轻烟。嫩竹乘为马,新蒲掉作鞭。鸢雏金镞系,猧子彩丝牵。拥鹤归晴岛,驱鹅入暖泉。杨花争弄雪,榆叶共收钱。锡镜当胸挂,银珠对耳悬。头依苍鹘裹,袖学柘枝揎。酒殢丹砂暖,茶催小玉煎。频邀筹箸插,时乞绣针穿。宝箧拿红豆,妆奁拾翠钿。短袍披案褥,尖帽戴靴毡。展画趋三圣,开屏笑七贤。贮怀青杏小,垂额绿荷圆。惊滴沾罗泪,娇流污锦涎。倦书饶娅姹,憎药巧迁延。弄帐鸾绡映,藏衾凤绮缠。指敲迎使鼓,箸拨赛神弦。帘拂鱼钩动,筝推雁柱偏。棋图添路画,笛管欠声镌。恼客初酣睡,惊僧半入禅。寻蛛穷屋瓦,采雀遍楼椽。抛果忙开口,藏钩乱出拳。夜分围榾柮,朝聚打秋千。折竹装泥燕,添丝放纸鸢。互夸轮水硙,相教放风旋。旗小裁红绢,书幽截碧笺。远铺张鸽网,低控射蝇弦。吉语时时道,谣歌处处传。匿窗肩乍曲,遮路臂相连。斗草当春径,争球出晚田。柳旁慵独坐,花底困横眠。等鹊潜篱畔,听蛩伏砌边。傍枝拈粉蝶,隈树捉鸣蝉。平

岛夸跷上,层崖逞捷缘。嫩苔车迹小,深雪履痕全。竞指云生
岫,齐呼月上天。蚁窠寻径断,蜂穴绕阶填。樵唱回深岭,牛
歌下远川。全柴为屋木,和土作盘筵。险砌高台石,危跳峻塔
砖。忽升邻舍树,偷上后池船。项橐称师日,甘罗作相年。明
时方在德,戒尔减狂颠。"《老儿诗》曰:"鬓发尽幡然,眉分白雪
鲜。周遮延客话,伛偻抱孙怜。无病常供粥,非寒亦衣绵。假
温衾拥背,借力杖揩肩。貌比三峰客,年过四皓仙。唤方离枕
上,扶始到门前。每爱烹山茗,常嫌饤石莲。耳聋如塞纩,眼
暗似笼烟。宴坐羸凭几,乘骑困箠鞭。头摇如转旋,唇动若抽
牵。骨冷愁离火,牙疼怯漱泉。形骸将就木,囊橐尚贪钱。胶
睫干眵缀,粘髭冷涕悬。披裘腰懒系,濯手袖慵揎。抬举衣频
换,扶持药屡煎。坐多茵易破,行少履难穿。喜婢裁裙布,嗔
妻买粉钿。房教深下幕,床遣厚铺氈。琴听怜三乐,图张笑七
贤。看嫌经字小,敲喜磬声圆。食罢羹流袂,杯余酒带涎。乐
来须遣罢,医到久相延。裹帽纵横掠,梳头取次缠。长吁思往
事,多感听哀弦。气注腰还重,风牵口更偏。墓松先遣种,志
石预教镌。客到唯求药,僧来忽问禅。养茶悬灶壁,曝艾晒檐
椽。怒仆空瞠眼,嗔童谩握拳。心惊嫌蹴踘,脚软怕秋千。局
缩同寒狖,堆哑似饱鸢。观瞻多目眩,举动即头旋。女嫁求红
烛,男婚乞彩笺。已闻颁几杖,宁更佩韦弦。宾客身非与,去,
儿孙事已传。养和屏作伴,如意拂相连。久弃登山屐,惟存负
郭田。呻吟朝不乐,展转夜无眠。呼稚临床畔,看书就枕边。
冷疑怀贮水,虚讶耳闻蝉。束帛非无分,安车信有缘。伏生甘
坐末,绛老让行先。拘急将风夜,昏沉欲雨天。鸡皮尘屡积,
齞齿食频填。每忆居郎署,常思钓渭川。喜逢迎佛会,羞赴赏
花筵。径狭容移槛,阶危索减砖。好生焚鸟网,恶杀拆鱼船。

既感桑榆日，常嗟蒲柳年。长思当弱冠，悔不剩狂颠。"书毕回思少小嬉戏之时，恍如昨日。今年逾三十，骎骎将入《老儿诗》之境矣，读之亦可以自警云。前诗第四十二韵押全字，后诗乃押先字，恐误。又"养和屏作伴"，屏字可疑。

　　寓言以贻训诫，若柳子厚《三戒》、《鞭贾》之类，颇似以文为戏，然亦不无补于世道。吾阅近世文集，得二文焉，朱希真_{敦儒}《东方智士说》、萧东夫_{德藻}《吴五百》是也。朱之文曰："东方有人，自号智士，才多而心狂，凡古昔圣贤与当世公卿长者，皆摘其短阙而非笑之；然地寒力薄，终岁不免饥冻。里有富人，建第宅甲其国中，车马奴婢，钟鼓帷帐帷备。一旦，富人召智士语之曰：'吾将远游，今以居第贷子，凡室中金宝资生之具无乏，皆听子用不计。期年还则归我。'富人登车而出，智士杖策而入。僮仆妓妾，罗拜堂下，各效其所典簿籍以听命，号智士曰假公。智士因遍观居第，富实伟丽过王者，喜甚。忽更衣东走圊，仰视其舍卑狭，俯阅其基湫隘，心郁然不乐。召纲纪仆，让之曰：'此第高广而圊不称。'仆曰：'惟假公教。'智士因令彻旧营新，狭者广之，庳者增之，曰如此以当寒暑，如此以蔽风雨。既藻其棁，又丹其楹，至于聚筹积灰，扇蝇攘蛆，皆有法度。事或未当，朝移夕改，必善必奇。智士躬执斤帚，与役夫杂作，手足疮茧，头蓬面垢，昼夜废眠食，切切焉，惟恐圊之未美也。不觉阅岁，成未落也。忽阍者奔告曰：'阿郎至矣。'智士仓皇弃帚而趋迎富人于堂下。富人劳之曰：'子居吾第乐乎？'智士恍然自失曰：'自君之出，吾惟圊是务，初不知堂中之温密，别馆之虚凉，北榭之风，南楼之月。西园花竹之胜，吾未尝经目；后房歌舞之妙，吾未尝举觞。虫网瑟琴，尘栖钟鼎。不知岁月之及，子复归而吾当去也！'富人揖而出之。智士还于故庐,且悲且叹,悒悒而死。市南宜僚闻而笑之,以告北山愚公。愚公曰:'子奚笑哉?世之治圃者多矣,子奚笑哉?'"萧之文曰:"吴名惷,南兰陵,为寓言靳之。曰:淮右浮屠客吴,日饮于市,醉而狂,攘臂突市人,行者皆避。市卒以闻吴牧,牧录而械之,为符移授五百,使护而返之淮右。五百诟浮屠曰:'狂髡!坐尔乃有千里役,吾且尔苦也。'每未晨,蹴之即道,执扑驱其后,不得休。夜则縶其足。至奔牛埭,浮屠出腰间金,市斗酒,夜醉五百而髡其首,解墨衣衣之,且加之械而縶焉。颓壁而逃。明日,日既昳,五百乃醒,寂不见浮屠。顾壁已颓,曰:'嘻!其遁矣。'既而视其身之衣则墨,惊循其首则不发,又械且縶,不能出户。大呼逆旅中曰:'狂髡故在此,独失我耳!'客每见吴人辄道此,吴人亦自笑也。千岩老人曰:'是殆非寓言也。世之失我者,岂独吴五百哉?生而有此我也,均也,是不为荣悴有加损焉者也。所寄以见荣悴,乃皆外物,非所谓傥来者耶?曩悴而今荣,傥来集其身者日以盛,而顾揖步趋,亦日随所寄而改。曩与之处者,今视之,良非昔人;而其自视,亦殆非复故我也。是其与吴五百果有间否哉?吾故人或骎骎华要,当书此遗之。'"二文,朱尤属意高远。世之人不能穷理尽性,以至于圣贤之乐地,而区区驰逐末务以终其身者,皆东方智士之流也。余亦惧夫流而至于此也,读之竦然,为之汗下。

　　饶德操祝发后,有与胡少汲_{直孺}小简云:"如璧再启:少汲器博望重,虽欲与官职辞,而官职追之不置,然安时听命可也。时命之来,亦非己力所能胜。己力所能胜,亦不可不胜者,独声色一事耳。大抵官职移人如酒,渐多则难制。方饮酒时,若座有所畏者,自非狂夫,则酒虽多,不至于犯礼。少汲天资近道,如《楞严》、《圆觉》、《维摩》,宜少汲所甚畏者,不可令去几案间,庶几濯优昙于烈火也。渐贵矣,恐渐不闻此语,而我渐不敢作此语,亦恐渐不喜此语。及此时汲汲早献林下之芹,止如是耳。"

　　曾端伯恂以所编《百家诗选》遗孙仲益,仲益复书云:"蒙驰赐百家新选一集,发函开读,每得所未闻,则拊髀爵跃,读之惟恐尽也。欧阳公《集古录》云:'物常聚于所好,而得于有力之强。如好之而无力,有力而不好,皆莫能致也。'宋兴二百年,宗工巨儒,骚人墨客,专门名家,大篇短章,或脍炙士大夫之口,或沦废于兵火,几亡而仅存,搜揽亦略尽矣。而诗引所载,多者数百言,少者数十言。其人出处大致,词格高下,盛德之士高风绝尘,师表一世,放臣逐客兴微托远,属思千里,与夫山巉冢刻,方言地志,怪奇可喜之词,群嘲聚讪,戏笑之谈,靡不毕载。《集古录》又云:'惟世之所贪者无欲于其中,然后能一其所好。'岂不信矣夫! 觌窃读诸引之后,其诗旧所见不复读,读未见者。每遇佳处,或一再读,或三复而不能休。不谓投老残年,获睹奇胜,幸甚过望,不可言也。觌学迂才下,为世畸人,区区小技,如腊鼠然,不敢出郑国尺寸之地。比读新著,而私意粗亦有合者。秦少游云:'曾子固文章妙绝古今,而有韵者辄不工。'此语一出,天下遂以为口实。南丰作《李白诗引》,以谓'闳肆瑰玮,非近世骚人所可及',而'连类引义,中法度者寡'。荆公屡称郭功父诗,而南丰不谓然,功父疑之。荆公曰:'岂非子固以谓功父天才超逸,更当约以古诗之法乎?'南丰论诗如此。如《兵间》一诗,指徐德占;《论交》一诗,指吕吉甫;又有《黄金》、《颜杨》诸诗,皆卓然有济世之用。而世人便谓不能诗,觌所以不喻其言也。荆公《竹》诗:'人言直节生来瘦,自许高才老更刚。'《雪》诗:'平治险秽非无德,润泽焦枯实有才.'《送李璋下第》:'才如吾子何忧失,命属天公不可猜.'世人传诵,然非佳句。公诗至知制诰乃尽善,归蒋山乃造精绝。其后《再送李璋下第》、《和吴冲卿雪》诗,比少作如天渊相绝矣。白公诗所谓'辞达',大抵能道意之所欲言者。苏黄门诗已不逮诸公,北归后效白公体,益不逮,惟四字诗最善。张文潜晚年诗不逮前作,意谓亦效白公诗者。公述潘邠老言:'文潜晚喜白公诗.'信矣,如所料也。东坡论陶诗:'精能之至,乃造平淡。如佛说蜜,中边皆甜。若中与边皆枯,淡亦何用? 陶诗外枯而中腴,若淡而实美也.'公谓:'徐师川晚年务造平淡,终不如少年精巧.'盖平淡不可为,水落石出,自见涯涘,非积学之至,不能到也。吕居仁作《江西宗派》,既云宗派,固有次第。陈无己本学杜子美,后受知于曾南丰,自言'向来一瓣香,敬为曾南丰',非其派也。靖康末,吕舜徒作中宪,居仁遇师川于宝梵佛舍,极口诟骂其翁于广坐中,居仁俯首不敢出一语。故于宗派贬之于祖可、如璧之下,师川固当不平。然惠洪伪作鲁直赠诗云:'气爽绝类徐师川.'师川喜以为是,不免与惠洪为类,此又不可晓者。《冷斋夜话》载秀老一事,觌在江西时,恶其狂诞无稽,坐客皆吮然。此僧中奴,固不以答骂为辱。东坡《橄榄》诗云:'已输崖蜜十分甜.'惠洪以崖蜜为樱桃。又有俗子假东坡名注杜诗,云'金城土酥静如练'为芦菔根者。东坡《地黄》诗云:'崖蜜助甘冷,山姜发芳辛.'制地黄法,当用姜与蜜,而用樱桃可乎? 黄师是守泗时,以酥酒遗东坡,答诗云:'关右土酥黄似酒,扬州云液却如酥.'谓土酥为芦菔根可乎? 公著论斥其妄,良有益于后人耳目也。觌每观公叙诸诗,词句温丽,纪次详实,尊贤乐善,得诗人本意。叹仰之余,又见曾存之、晁无咎、廖明略诸公已推重于幼学之初,而一时名胜，皆其俦匹，然后知公致力于斯文久矣。如曹元宠、米元晖，殆是子美诗中黄四娘者耶？然元宠诗殊有可观，若‘都都平丈我’，又待入《红窗迥》矣。聊发千里一笑！觌自拜赐，凡六日，读尽所著五十九卷，与《拾遗诗话》一卷，而后修书拜送使者。尚当细读，别具记。"仲益此书，发明甚多。今人遗以书籍，安肯即读；虽读，亦必不能留意如此。前辈之风，何可多得！元宠名组，尝赋《红窗迥》百余篇，皆嘲谑之词，故掩其文名。世传俚语，谓假儒不识字者，以《论语》授徒，读"郁郁乎文哉"作"都都平丈我"。《诗选》载元宠《题梁仲叙所藏陈坦画村教学》诗云："此老方扪虱，众雏亦附火。想见文字间，都都平丈我。"仲益故云。端伯观诗，有《百家诗选》；观词，有《乐府雅词》；稗官小说，则有《类说》；至于神仙之学，亦有《道枢》十巨编。盖矜多衒博，欲示其于书无所不读，于学无所不能，故未免以不知为知。《诗选》去取殊未精当，前辈多议之。仲益所称南丰《兵间》、《论交》、《黄金》、《颜杨》诸篇，及苏黄门四字诗，无一在选中者，而反录"都都平丈我"之句。答书及此，亦因以箴之也。

颜渊、子夏，为地下修文郎；陶弘景为蓬莱都水监；马周为素雪宫仙官；李长吉记白玉楼。其说荒唐，不可究诘。然近世此类甚多，见于传记，班班可考。大抵名人才士，间钟异禀，世不多得，使无神仙则已，设或有之，非斯人之徒，其孰能当之？第怪神之事，圣人不语，六合之外，存之可也。石曼卿卒后，其故人有见之者，云恍惚如梦中，言："我今为仙也，所主者芙蓉城。"庆历中，有朝士晨赴起居，道见美妇三十余行前，丁观文度按辔继之而去。朝士问之，最后一人答曰："诸女御迎芙蓉馆主也。"时丁在告，顷之，闻其卒。右侍禁孙勉监元城埽，有

巨鼋穴一埘下，埘多垫陷，伺其出，射杀之。后昼卧，梦吏来
逮。行若百里，见道左宫阙甚壮，问吏何所。曰："紫府真人宫
也。""真人为谁？"曰："韩忠献也。"勉私念乃韩公故吏，祝门吏
入见之。望韩公坐殿上，衣冠若神仙，侍立皆碧衣童子。勉再
拜，以情祷焉。公遣之归，遂瘳。王平甫熙宁癸丑，直宿崇文
馆，梦有人邀至海上，见海中宫殿甚盛，其间作乐，题其宫曰灵
芝宫。邀者欲与俱往，一人隔水止之曰："时未至，且令去，他
日当迎之。"恍然梦觉，时禁中已钟鸣。平甫颇自负，为诗记之
曰："万顷波涛木叶飞，笙箫宫殿号灵芝。挥毫不似人间世，长
乐钟来夜半时。"后四年，平甫病卒，其家哭讯之曰："君尝梦往
灵芝宫，信然乎？当以兆我！"是夕暮奠，若有声音接于人者。
其家复卜之钱，卜曰"然"。吕献可在安州，一日坐小轩，因合
目见碧衣童云："玉帝南游炎洲，召子随行，纠正群仙。炎洲苦
热，赐子清凉丹一粒。"吕拜而吞之，若冰雪然。自知不久于
世。后朱明复见吕跨玉角青鹿于湘江道中，金甲吏从数百人。
刘景文知忻州，一日谓一曹掾曰："天帝即召君，吾且继往。"未
几，掾无疾而逝。景文亦继亡，经夕蹶然而苏，索笔作三诗，有
"中宫在天半，其上乃吾家"及"仙都非世间，天神绕楼殿"等
语。黄伯思，字长睿，邵武人。自称云林子，尚书右丞履之孙。
登进士第，仕至秘书郎。博学能文，好仙佛之说。政和七年，
在京师，梦人告："子非久在人间。上帝有命，典司文翰。"明年
二月果卒。李伯纪铭其墓，略曰："白玉楼成，上帝有诏，往司
文翰，脱屣尘淖。"盖纪此事。陈伯修师锡，宣和三年，寓居京
口，自称闲适先生。一日昼寝，梦至帝所，如人间上殿之仪。
帝曰："卿平生所上章疏，可叙录进呈。"一天官引至廊庑间，帷
帐甚设，几上有笔墨砚石，皆精妙可玩。旁有大峡，用青绫装

饰。信手运笔，捷疾如神，畴昔所上者，不遗一字。帝批览再三，睟颜甚喜，谕旨曰："已于第六等授卿官。"即下殿谢恩。闻金钟玉磬之声竞作，乃寤。以告其子，且云："丰相之临终，得梦亦如是。"俄命驾遍别知旧，白府丐致仕。夜过半，命其子举左足压右足，手结弥陀印，端坐而绝。后七日，一僧云："夜宿瓜洲，梦官人服银绯，跨马，导从数十，履江水如平地。心异之，问为谁，从者曰：'陈殿院赴召也。'"黄冕仲挽诗有"凌波应作水中仙"之句，张子韶云："不须更草玉楼赋，已作神仙第六人。"皆谓此。李庄简南迁，其子孟博卒于琼州。先是数月，孟博梦至一所，海山空阔，楼观特起。云霄间有轩，榜曰空明，先世诸父，环坐其中，指一席曰："留以待汝。"遂寤。临终，云气起于寝，冠服宛然，自云中冉冉升举，琼人悉见之。孟博苦学有文，绍兴五年进士第三人及第。庄简有诗悼之云："脱屣尘寰委蜕蝉，真形渺渺驾非烟。丹台路杳无归日，白玉楼成不待年。宴坐我方依古佛，空行汝去作飞仙。恩深父子情难割，泪滴千行到九泉。"朱希真《梦记》略云：绍兴戊寅除夜，体中不佳，三更方得睡。梦至一山馆，与一客行至门外，望山下一居舍甚萧洒。客指曰："此某人居也，盍往访之。"乃同至其家。柴扉茅舍，门前张一画图，作一仙人乘云腾空，下临海山，唐人画也。俄而主人出，竹冠草屦，握予手大笑，如旧相识。引入，至一小阁，又进登一阁，稍大，阁中皆陈列法书图画。大阁北壁，盖其人自画山林岩石隐逸之趣。其上作云烟，出没浓淡，云中隐隐有章草细字可读，云："吾初东游，至黄河，向河再拜，饮河水一杯而渡。至某处，见某人，授《易》书；某处，见某人，授种莳法；至某处，见某人，授酒法，乃归。复至黄河，复再拜，饮河水一杯。欲渡，大风，河浪汹涌，众不敢登舟，予独乱流而

济。至家,始营小阁,日与客饮酒。阁破二作三间,酒器用铁
铛木杓磁杯。已而少有余,复建大阁。他日又有余,复买银作
铛杯。无日不留客,客必剧饮,饮必醉,醉必睡,一睡或数日不
醒也。"此后字杂云烟,不可读矣。与予语,极朴质,间及道理,
则玄妙高远。其人风姿,盖神仙真人之流,独与予慷慨剧谈。
坐间先有数客,不复与语。予亦连酹数杯,酒味非人间曲蘖可
及。欢饮方狎,忽惊起,索灯火,目想心思,纵笔为记。次日己
卯岁旦,子孙环侍,朱出此记示之,且云:"所游甚乐,悔不便为
住计。"后八日,又自云:"好去,好去,自有快乐。"三更初,端
坐,启手足,神色不乱,寂然而逝。七日方敛,举体柔软,气貌
如生。韩公事见刘斧《青琐高议》,吕公事见斧《翰府名谈》。
斧著书多诞妄,故观者例不敢信。石、丁二事,东坡《芙蓉城
诗》已用之。灵芝宫,东坡亦记其事。若刘、若黄、若陈、若李、
若朱,则又耳目相接,皆可信不诬。唐白乐天亦有诗云:"近有
人从海上回,海山深处见楼台。中有仙龛虚一室,多传此待乐
天来。"《夷坚乙志》又载方朝散为玉华侍郎事甚详。方之名不
著于世,故不录。《真诰》、《丹台录》诸书所载,如武王发为北
斗君,召公奭为南明公,贾谊为西门都禁郎,温太真为监海开
国伯,魏武帝为北君太傅,孔文举为后中卫大将军,陶侃为西
河侯,秦始皇为北帝上相,周公旦为北帝师,伯夷、叔齐为九天
仆射,墨翟为太极仙卿,庄周为太玄博士,孔子为元宫仙之类,
凡数十人,不可悉书,古今圣贤,几无遗者。岂尽如其说乎?

　　富郑公奉使契丹,虏主言欲举兵。公曰:"北朝与中国通
好,则人主专其利,而臣下无所获;若用兵则利归臣下,而人主
任其祸。故北朝群臣争劝举兵者,此皆其自谋,非国计也。胜
负未可知;就使其胜,所亡士马,群臣当之欤?抑人主当之

轶?"是时语录,传于四方。苏明允读至此,曰:"此一段议论,古人有之否?"东坡未十岁,在旁对曰:"记得严安上书云:'今狗南夷,朝夜郎,略薉州,建城邑,深入匈奴,燔其龙城,议者美之。此人臣之利,非天下之长策也。'正是此意。"明允以为然。洪文敏又记:"魏太武时,南边诸将表称宋人大严,将入寇,请先其未发,逆击之。魏公卿皆以为当。崔伯深曰:'朝廷群臣及西北守将,从陛下征伐,西平赫连,北破蠕蠕,多获美女珍宝。南边诸将,闻而慕之,亦欲南钞以取资财,皆营私计,为国生事,不可从也。'魏主乃止。其论亦然。"余谓严、崔之说,皆陈于其君,非若富公以和战利害别白于异域,而能见听。独唐郑元璹使突厥,谓颉利曰:"今掠资财,劫人口,皆入所部,可汗一不得。岂若仆旗接好,则金玉重币,一归可汗。"颉利当其言。时自将攻太原,遽引还。正与富公之事合。文敏偶忘之,何耶?然富公岂蹈袭他人之语者,盖理之所在,古今所同,推诚以告之,虽蛮貊之邦行矣。

《容斋五笔》载:饶州庆元四年九月十四日,严霜连降,晚稻未实者,皆为所薄,不能复生,诸县皆然。有常产者,诉于郡县。郡守孜孜爱民,有意蠲租。然僚吏多云,在法无此。又云九月正是霜降节,不足为异。按白乐天讽谏《杜陵叟》一篇:"九月霜降秋早寒,禾穗未熟皆青干。长吏明知不申破,急敛暴征求考课。"此明证也。岂非昔人立法之初,所谓早霜之类,非如水旱之田可以稽考,惧贪民乘时,或成冒滥,故不轻启其端。今日之计,固难添创条式,但凡有灾伤出于水旱之外者,专委良守令推而行之,则实惠及民,可以救其流亡之祸,仁政之上也。此皆洪说。余按《北史·卢勇传》:"山西霜俭,运山东租输,皆令实载,违者罪之。"唐马周奏疏云:"往贞观初,率土霜俭，一匹绢才易斗米，而天下帖然者，百姓知陛下忧怜之，故人人自安，无谤讟也。"《北齐书》、《隋书》亦有直云"霜旱"者。由是推之，唐初以前，必皆有蠲租故事，中世方不然。又知其名，为"霜俭"、"霜旱"。有能援以言上，圣明之朝，当无不从也。

后汉以六曹尚书并令、仆为八座。魏以五曹尚书、二仆、一令为八座。唐太宗尝历尚书令，人臣不敢居此官，《职林》犹谓唐与隋同。窦苹《新唐书音训》则谓唐以两仆射、六尚书为八座。高承《事物纪原》又谓隋唐至今，今仆为宰相，故六尚书及左右丞为八座。未知孰是。

《青箱杂记》载李泰伯一绝云："人言落日是天涯，望极天涯不见家。已恨碧山相掩映，碧山还被暮云遮。"识者曰："此诗意有重重障碍，李君其不偶乎？"后果如其言。吾族人紫芝师秀，亦尝赋一绝云："数日秋风欺病夫，尽吹黄叶下庭庑。林疏放得遥山出，又被云遮一半无。"气象略相似，仅脱选而卒。何月湖尚书少时登高峰坛，有"天近风转清，地高日难晚"之句，林黄中侍郎见之，即知其异日必贵且寿。视前二诗不侔矣。

宾退录卷第七

汉文帝用宋昌为卫将军,位亚三司。章帝命车骑将军马防,班同三司。延平中,拜邓骘为仪同三司,本此。后世遂又有开府仪同三司之名。三司者,三公也。唐高宗武后之时,屡兴大狱,多以尚书刑部、御史台、大理寺杂案,谓之三司。其后有大狱,或直命御史中丞、刑部侍郎、大理卿充三司使;次又以刑部员外郎、御史、大理寺官为之,以决疑狱。时因有大三司使、小三司使之别,皆事毕罢。盐铁、度支,唐中世已置使,亦有判户部者矣,然未总命一使,亦未谓之三司也。后唐同光中,敕盐铁、度支、户部三司钱物,并委租庸使管辖,踵梁之旧制。长兴元年,罢租庸使额,分盐铁、度支、户部为三司。其年始以前许州节度使张延朗行兵部尚书,充三司使。三司使自此始。国朝因之,元丰官制行,始罢。三司之名三,置使者二,而各不同。读史未熟者多疑误,故别之。

北齐源师摄祠部,属孟夏,以龙见请雩。时高阿那肱为录尚书事,谓为真龙出见,大惊喜,问龙所在,云:"作何颜色?"师云:"此是龙星初见,礼当雩祭,非谓真龙。"肱夷狄,不知书,何足责。唐杜牧一代文士,其赋《阿房》,意远而辞丽,吴武陵至以王佐誉之,后世称诵不绝。然有云:"长桥卧波,未雩何龙?复道行空,不霁何虹?"既以桥比龙,则是以龙见为真龙矣。牧之赋与秦事抵牾者极多。如阿房广袤仅百里,牧谓"覆压三百余里"。始皇立十七年始灭韩,至二十六年,尽并六国。则是十六年之前,未能致侯国子女也。牧乃谓“王子皇孙,辇来于秦,为秦宫人,有不得见者,三十六年”。阿房终始皇之世,未尝讫役,工徒之多,至数万人。二世取之,以供骊山。周章军至戏,又取以充战士。歌台舞榭,元未落成,宫人未尝得居。《秦本纪》所谓“殿屋复道,周阁相属,所得诸侯美人钟鼓以充入之”者,谓渭北宫于,非阿房也。牧顾有“妆镜”、“晓鬟”、“脂水”之句。凡此,程泰之尚书大昌《雍录》皆尝辨之,故不详及。独“未霁何龙”之语,不免与高阿那肱为类,尤可怪也。《洪驹父诗话》载鲍钦止之说,谓古本作“未云何龙”,然未知何所据。

　　知钦州林千之,坐食人肉削籍隶海南,天下传以为异,谓载籍以来未之见。余记《卢氏杂说》:唐张茂昭为节镇,频吃人肉。及除统军到京,班中有人问曰:“闻尚书在镇,好人肉,虚实?”笑曰:“人肉腥而且臊,争堪吃!”《五代史》:苌从简家世屠羊。从简仕至左金吾卫上将军,尝历河阳、忠武、武宁诸镇,好食人肉,所至多潜捕民间小儿以食。《九国志》:吴将高澧好使酒,嗜杀人而饮其血。日暮必于宅前后掠行人而食之。又本朝王继勋,孝明皇后母弟,太祖时屡以罪贬。后以右监门卫率府副率,分司西京,残暴愈甚。强市民家子女以备给使,小不如意,即杀而食之,以槌棳贮其骨,弃之野外。女侩及鬻棺者,出入其门不绝。太宗即位,会有诉者,斩于洛阳市。则知近世亦有之。若盗跖及唐之朱粲,则在所不足论也。

　　吴传朋说出己意作游丝书,世谓前代无有。然《唐书·文艺传》:吕向能一笔环写百字,若萦发然,世号连绵书。疑即此体也。

　　世人疟疾将作,谓可避之他所,闾巷不经之说也。然自唐已然。高力士流巫州,李辅国授谪制,时力士方逃疟功臣阁下。杜子美诗:"三年犹疟疾,一鬼不销亡。隔日搜脂髓,增寒抱雪霜。徒然潜隙地,有靦屡鲜妆。"则不特避之,而复涂抹其面矣。

享有体荐,宴有折俎。体荐,谓半解其体而荐之。设几而不倚,爵盈而不饮,肴干而不食,所以训共俭。亦谓之房烝。即《聘义》所谓"酒清,人渴而不敢饮;肉干,人饥而不敢食"者也。折俎,谓体解节折,升之于俎,物皆可食,所以示慈惠。亦谓之殽烝。若禘祭宗庙,郊祭天地,全其牲体而升于俎,则谓之全烝。今人会客,于殽核之外,或别具盛馔,或馈以生饩,或代以缗钱,皆不食之物,近于古之体荐者,而举世呼为折俎,正与《左传》《国语》本文背驰。然今人误用古语者极多,不独此也。

沈约《宋书·礼志》云:"汉建安十年,魏武帝以天下雕弊,下令不得厚葬,又禁立碑。魏高贵乡公甘露二年,大将军参军太原王伦卒。伦兄俊作《表德论》,以述伦遗美云:'祗畏王典,不得为铭,乃撰录行事,就刊于墓之阴。'此则碑禁尚严也。此后复弛替。"非也。余按《集古》、《金石》、《隶释》、《隶续》诸书,益州太守高颐碑,立于建安十四年;绥民校尉熊君碑,立于建安二十一年;横海将军吕君碑,立于魏文帝黄初二年;庐江太守范式碑,立于明帝青龙三年。皆在魏武下令之后,甘露之前。惟巴郡太守樊敏碑,立于建安十年三月,是月或未下令。约又谓:"晋武帝咸宁四年诏:'石兽碑表,既私褒美,兴长虚伪,伤财害人,莫大于此,一禁断之。其犯者,虽会赦,皆当毁坏。'至元帝大兴元年,听立顾荣碑,禁遂渐弛。义熙中,裴松之复议禁断。"亦不然。太康四年郑烈碑,距咸宁之诏方五载此后云南太守碑、彭祈碑、陈先生碑、裴权碑、向凯碑、成公重墓刻之类,续续不绝。岂虽有此禁,而皆不能尽绝欤?欧阳公父子、赵德夫、洪文惠诸公议论不到此,何邪?《天下碑录》又有数碑,洪文惠谓《碑录》不可尽信,故不著。

《宋书·后妃传》:文帝袁后母王夫人,当孝武时追赠豫章郡新淦县平乐乡君。今新淦无此乡名,漫书之,或可为他日修方志者之一助。

不耐烦,《宋书》庾登之弟仲文传有此语。

谢景仁居宇净丽,每唾必唾左右人衣。殷冲则不然,小史非净浴新衣,不得近左右。均之好洁,相反如此。

汉建安二十四年,吴将吕蒙病,孙权命道士于星辰下为请命。醮之法当本于此。顾况诗:"飞符超羽翼,焚火醮星辰。"姚鹄诗:"萝磴静攀云共过,雪坛当醮月孤明。"李商隐诗:"通灵夜醮达清晨,承露盘晞甲帐春。"赵嘏诗:"春生药圃芝犹短,夜醮斋坛鹤未回。"醮之礼,至唐盛矣。隋炀帝诗:"迥步回三洞,清心礼七真。"马戴诗:"三更礼星斗,寸匕服丹霜。"薛能诗:"符咒风雷恶,朝修月露清。"此言朝修之法也。然陈羽《步虚词》云:"汉武清斋读鼎书,内官扶上画云车。坛上月明宫殿闭,仰看星斗礼空虚。"汉武帝时已如此。此高氏《纬略》所纪。余按周公《金縢》,子路请祷,自古有之,后世之醮,盖其遗意,特古无道士耳。《黄帝内传》虽有"道士行礼"之文,但谓有道之士,非今之道士也。《太霄经》云:"周穆王因尹轨真人制楼观,遂召幽逸之人,置为道士。平王东迁洛邑,置道士七人。汉明帝永平五年,置二十一人。魏武帝为九州置坛,度三十五人。魏文帝幸雍,谒陈炽法师,置道士五十人。晋惠帝度四十九人。"故用道士请命,孙权之前无所见。高所书诸诗,亦有非为道士设者。

　　神仙修炼之术，非亲涉其门庭者，不能了解。近见息庵王思诚序陈泥丸《翠虚篇》，略云："采时唤为药，炼时唤为火，结时谓之丹，养时谓之胎，其实一也。所产之处，曰川、源、山、海；所藏之器，曰坛、炉、鼎、灶；所禀之性，有铅、汞、水、火之名；所成之象，有丹砂、玄珠之号，惟一物也。古人剖析真元，分别气类，所以有采取、交会、煅炼、沐浴之说。以抽添运用之细微，遂有斤两之论。"辨析名义，比他书粗为明白，漫书之牍。

　　妇人统兵，世但称唐平阳公主。余又记晋王恭讨王国宝时，王厥聚众应之，以其女为贞烈将军，且尽以女人为官属，顾琛母孔氏为司马，其一也。

　　胡幼度纮帅广，传其《答州县官启》二首，其一云："蒙恩分阃，入境问民，皆言法令顿宽，遂致传闻不雅。欲销此谤，岂属他人。官廉则蚌蛤自回，虎在则藜藿不采。"其一云："兹分帅阃，特辱长笺。固知能作于文章，然亦须闲于法令。人言度岭，多酌贪泉。久知此谤之未除，愿与诸君而一洗。"

　　绍兴间，禁中呼秦太师为"太平翁翁"。见陆放翁诗注。

　　《四朝国史·王安石传》，史臣曰："呜呼！安石托经术立政事，以毒天下。非神宗之明圣，时有以烛其奸，则社稷之祸，不在后日矣。今尚忍言之。'天变不足畏，祖宗不足法，人言不足恤。'此三者，虽少正卯言伪而辨，王莽诵六艺以文奸言，盖不至是也。所立几何？贻害无极。悲夫！"王偁《东都事略》则曰："安石之遇神宗，千载一时也，而不能引君当道，乃以富国强兵为事。摈老成，任新进，黜忠厚，崇浮薄，恶鲠正，乐谀佞，是以廉耻汩丧，风俗败坏。孟子所谓'作于其心，害于其事；作于其事，害于其政'者，岂不然哉？呜呼！安石之学既行，则奸宄得志。假绍述之说，以胁持上下；立朋党之论，以禁锢忠良。卒之民愁盗起,夷狄乱华,其祸有不可胜言者。悲夫!"与时旧见象山陆先生所作《荆公祠堂记》,议论尤精确。先生尝与胡季随_{大时}书云:"《王文公祠记》,乃是断百余年未了底大公案。自谓圣人复起,不易吾言。"诚非虚语。记曰:"唐、虞三代之盛,道行乎天下。夏、商叔叶,去治未远,公卿之间,犹有典刑。伊尹适夏,三仁在商,此道之所存也。周历之季,迹熄泽竭,人私其身,士私其学,横议蜂起。老氏以善成其私,长雄于百家。窃其遗意者,犹皆逞于天下。至汉而其术益行,子房之师,实维黄石;曹参避堂,以舍盖公;高、惠收其成绩,波及文、景者,二公之余也。自夫子之皇皇,沮溺、接舆之徒,固已窃议其后。孟子言必称尧舜,听者为之藐然。不绝如线,未足以喻斯道之微也。陵夷数千百载,而卓然复见斯义,顾不伟哉!裕陵之得公,问:'唐太宗何如主?'公对曰:'陛下每事当以尧舜为法,太宗所知不远,所为未尽合法度。'裕陵曰:'卿可谓责难于君。然朕自视眇然,恐无以副此意。卿宜悉意辅朕,庶同济此道。'自是君臣议论,未尝不以尧舜相期。及委之以政,则曰:'有以助朕,勿惜尽言。'又曰:'须督责朕,使大有为。'又曰:'天生睿明之才,可以覆庇生民,义当与之戮力。若虚捐岁月,是自弃也。'秦汉而下,南面之君,亦尝有知斯义者乎?后之好议论者之闻斯言也,亦尝隐之于心,以揆斯志乎?曾鲁公曰:'圣知如此,安石杀身以报,亦其宜也。'公曰:'君臣相与,各欲致其义耳。为君则自欲尽君道,为臣则自欲尽臣道,非相为赐也。'秦汉而下,当涂之士,亦尝有知斯义者乎?后之好议论者之闻斯言也,亦尝隐之于心,以揆斯志乎?惜哉,公之学不足以遂斯志,而卒以负斯志;不足以究斯义,而卒以蔽斯义也。昭陵之日,使还献书,指陈时事,剖析弊端,支叶

扶疏,往往切当。然核其纲领,则曰:'当今之法度,不合乎先
王之法度。'公之不能究斯义,而卒以自蔽者,固见于此矣。其
告裕陵,盖无异旨。勉其君以法尧舜,是也;而谓每事当以为
法,此岂足以法尧舜者乎?谓太宗不足法,可也;而谓其所为
未尽合法度,此岂足以度越太宗者乎?不知言,无以知人也。
公畴昔之学问,熙宁之事业,举不遁乎使还之书。而排公者,
或谓容悦,或谓迎合,或谓变其所守,或谓乖其所学,是尚得为
知公者乎?气之相迕而不相悦,则必有相訾之言,此人之私
也。公之未用,固有素訾公如张公安道、吕公献可、苏公明允
者。夫三公者之不悦于公,盖生于其气之所迕。公之所蔽,则
有之矣,何至如三公之言哉?英特迈往,不屑于流俗,声色利
达之习,介然无毫毛得以入于其心。洁白之操,寒如冰霜,公
之质也。扫俗学之凡陋,振弊法之因循,道术必为孔、孟,勋绩
必为伊、周,公之志也。不蕲人之知,而声光烨奕,一时钜公名
贤,为之左次。公之得此,岂偶然哉?用逢其时,君不世出,学
焉而后臣之,无愧成汤、高宗。君或致疑,谢病求去;君为责
躬,始复视事。公之得君,可谓专矣。新法之议,举朝讙哗;行
之未几,天下恟恟。公方秉执《周礼》,精白言之,自信所学,确
乎不疑。君子力争,继之以去;小人投机,密赞其决。忠朴屏
伏,憸狡得志,曾不为悟。公之蔽也。典礼爵刑,莫非天理。
《洪范》、《九畴》,帝实锡之。古所谓宪章法度典则者,皆此理
也。公之所谓法度者,岂其然乎?献纳未几,裕陵出谏院疏,
与公评之。至简易之说,曰:'今未可为简易。修立法度,乃所
以为简易也。'熙宁之政,粹于是矣。释此弗论,尚何以费辞于
其建置之末哉?为政在人,取人以身,修身以道,修道以仁。
仁,人心也;人者,政之本也;身者,人之本也;心者,身之本也。

不造其本，而从事其末，末不可得而治矣。大学不传，古道榛
塞，其来已久。随世而就功名者，渊源又类出于老氏。世之君
子，天常之厚，师尊载籍以辅其质者，行于天下，随其分量，有
所补益。然而不究其义，不能大有所为。其于当世之弊，有不
能正，则依违其间，稍加润饰，以幸无祸。公方耻斯世不为唐、
虞，其肯安于是乎？蔽于其末，而不究其义，世之君子，未始不
与公同，而犯害则异者：彼依违其间，而公取必焉故也。熙宁
排公者，大抵极诋訾之言，而不折之以至理，平者未一二，而激
者居八九。上不足以取信于裕陵，下不足以解公之蔽，反以固
其意，成其事。新法之罪，诸君子固分之矣。元祐大臣，一切
更张，岂所谓无偏无党者哉？所贵乎玉者，瑕瑜不相掩也。古
之信史，直书其事，是非善恶，靡不毕见，劝惩鉴戒，后世所赖。
抑扬损益，以附己好恶，用失情实，小人得以借口而激怒，岂所
望于君子哉？绍圣之变，宁得而独委罪于公乎？熙宁之初，公
固逆知己说之行，人所不乐，既指为‘流俗’，又斥以‘小人’；及
诸贤排公已甚之辞，亦复称是。两下相激，事愈戾而理益不
明。元祐诸公，可易辙矣，又益甚之。六艺之正，可文奸言；小
人附托，何所不至。绍圣用事之人，如彼其桀，新法不作，岂将
遂无所窜其巧，以逞其志乎？反覆其手，以导崇宁之奸者，实
元祐三馆之储。元丰之末，附丽匪人，自谓定策，至造诈以诬
首相，则畴昔从容问学，慷慨陈义，而诸君子之所深与者也。
格君之学，克知灼见之道，不知自勉，而戛戛于事为之末，以分
异人为快，使小人得间，顺投逆逷，其致一也。近世学者，雷同
一律，发言盈庭，岂善学前辈者哉？公世居临川，罢政徙于金
陵。宣和间，故庐丘墟，乡贵人属县立祠其上，绍兴初尝加葺
焉。逮今余四十年，隳圮已甚，过者咨叹。今怪力之祠，绵绵

不绝,而公以盖世之英,绝俗之操,殆不世有,而庙貌弗严,邦人无所致敬,无乃议论之不公,人心之疑畏,使至是耶?郡侯钱公,期月政成,人用辑和,缮学之既,慨然彻而新之,视旧加壮。为之管钥,掌于学官,以时祠焉。余初闻之,窃所敬叹。既又属记于余。余固悼此学之不讲,士心不明,是非无所折衷。公为使时,舍人曾公复书切磋,有曰:'足下于今最能取于人以为善,而比闻有相晓者,足下皆不受之,必其理未有以夺足下之见也。'窃不自揆,得从郡侯,敬以所闻,荐于祠下,必公之所乐闻也。"

陆放翁《感事》诗云:"陋巷何须叹一瓢,朱门能守亦寥寥。衲衣先世曾调鼎,野褐家声本珥貂。若悟死生均露电,未应富贵胜渔樵。千年回首俱陈迹,不向杯中何处消?"自注云:"沈义伦丞相裔孙为僧,刘仁瞻侍中裔孙为道人,皆孤身死绍兴中,二公之后遂绝。"殊不知沈公之后有一派,靖康末自京师流落新淦者,居于村疃,耕人之田矣。又不止于为僧也。然其先世告身,及相君神道碑摹本故在。周文忠序《槐庭济美总集》有云:"粤自周衰,贤者之类弃,功臣之世绝。故孟子告齐宣王以'故国非乔木,王无亲臣矣',盖讽其上也。虽然,有位于朝,不守其业,而忘其所,甚至公侯之家,降在皂隶,则荜门圭窦,得以陵之。此岂独上之人之罪也哉?"最为确论。

古人之坐者,两膝著地,因反其跖而坐于其上,正如今之胡跪者。其为肃拜,则又拱两手而下之至地也。其为顿首,则又以头顿于手上也。其为稽首,则又郤其手而以头著地,亦如今之礼拜者。皆因跪而益致其恭也。故《仪礼》曰"坐取爵",曰"坐奠爵",《礼记》曰"坐而迁之",曰"一坐再至",曰"武坐致右轩左",《老子》曰"坐进此道"之类,凡言坐者,皆谓跪也。若汉文帝与贾生语,不觉膝之前于席;管宁坐不箕股,榻当膝处皆穿。皆其明验。《老子》曰:"虽有拱璧以先驷马,不如坐进此道。"盖坐即跪也,进犹献也,言以重宝厚礼与人,不如跪而告之以此道也。今说者乃以为坐禅之意,误也。然《记》又云:"授立不跪,授坐不立。"《庄子》又云:"跪坐而进之。"则跪与坐又似有小异处。疑跪有危义,故两膝著地,伸腰及股,而势危者为跪。两膝著地,以尻著跖,而稍安者为坐也。又诗云:"不遑启居。"而《传》以启为跪。《尔雅》以妥为安,而《疏》以为安定之坐。夫以启对居,而训启为跪,则居之为坐可见。以妥为安定之坐,则跪之为危坐亦可知。盖两事相似,但一危一安,为小不同耳。至于拜之为礼,亦无所考。但杜子春说太祝九拜处解"奇拜"云:"拜时先屈一膝,今之雅拜也。"夫特以先屈一膝为雅拜,则他拜皆当齐屈两膝,如今之礼拜明矣。凡此三事,书传皆无明文,亦不知其自何时而变,而今人有不察也。顷年属钱子言作白鹿礼殿,欲据《开元礼》不为塑像,而临祭设位。子言不以为然,而必以塑像为问。予既略为考礼如前之云。又记少时闻之先人云:"尝至郑州,谒列子祠,见其塑像席地而坐。"则亦并以告之,以为必不得已而为塑像,则当放此,以免于苏子俯伏匍匐之讥。子言又不谓然。会予亦辞浙东之节,遂不能强,然至今以为恨也。《东坡文集·私试策问》云:"古者坐于席,故笾豆之长短,簠簋之高下,适与人均。今土木之像,既已巍然于上,而列器皿于地。使鬼神不享则不可知,若其享之,则是俯伏匍匐而就也。"其后乃闻成都府学有汉时礼殿诸像,皆席地而跪坐。文翁犹是当时琢石所为,尤足据信。不知苏公蜀人,何以不见而云尔也。及杨方子直入蜀帅幕府,因使访焉,是果如所闻者。且为写放文翁石像为土偶以来,而塑手不精,或者犹意其或为加跌也。去年又属蜀漕杨王休子美。今乃并得先圣先师三像,木刻精巧,视其坐后,两跖隐然见于帷裳之下。然后审其所以坐者,果为跪而无疑也。惜乎白鹿塑像之时,不得此证以晓子言,使东南学者,未得复见古人之像,以革千载之谬,为之喟然太息。姑记本末,写寄洞学诸生,使书而揭之庙门之左,以俟来者考焉。此朱文公《白鹿礼殿塑像说》。后其季子_在守南康,因更新礼殿,闻之于朝,迄成先志。然远方学者,未尽见此说,故识之。

《史记·黄帝纪》:"神农氏世衰,诸侯相侵伐,暴虐百姓,而神农氏弗能征。于是轩辕乃习用干戈,以征不享,诸侯咸来宾从。而蚩尤最为暴,莫能伐。炎帝欲侵陵诸侯,诸侯咸归轩辕。"既云"诸侯相侵伐,而神农氏弗能征"矣,又云"炎帝欲侵陵诸侯",何耶?尚当访精于史学者而问之。

今道家设醮,率用米糈。世传始于张陵,而实不然。陵使百姓从受道者,出五斗米,非以祠神也。按《山海经》载诸山之神,各举其形状及祠之之物,有糈者居多。如誰山之首,自招摇之山以至箕尾之山,凡十山,糈用稌米。自拒山至于漆吴之山,凡十七山,糈用稌。自天虞之山至南禺之山,凡一十四山,糈用稌。崇吾之山至于翼望之山,凡二十三山,糈用稷米。阴山以下至于崦嵫之山,凡十九山,糈以稻米。自太行之山以至于无逢之山,凡四十六山,皆用稌糈米祠之。自敖岸之山至于和山,凡五山,糈用稌。自景山至鼓琴之山,凡二十三山,糈用稌。自女几山至于贾超之山,凡十六山,糈用稌。自首山至于丙山,凡九山,糈用五种之精米。自翼望之山至于几山,凡四十八山,糈用五种之精禾。自篇遇之山至于荣余之山,凡十五山,糈用稌。郭注云:"糈,祀神之米名,先吕反。今江东音所。"惟自尸胡之山至于无皋之山,凡十九山,米用黍。自苟林之山至于阳虚之山,凡十六山,其祠用糈。二者无糈字,或传写脱误。单狐之山至于堤山,凡二十五山,甘枣之山至于鼓镫之山,凡十五山,皆曰瘗而不糈。管涔之山至于敦题之山,凡十七山,辉诸之山至于蔓渠之山,凡九山,皆曰投而不糈。自钤山至于莱山,凡十七山,则曰钤而不糈。自鹿蹄之山至于玄扈之山,凡九山,则曰祈而不糈。郭注直云:"祭不用米也。"著明如此。《山海经》虽不敢信为禹、益所著,然屈原《离骚》、《吕氏春秋》,皆摘取其事,而汉人引用者尤多,其书决不出于张陵之后,则糈之用也尚矣。《离骚》云:"巫咸将夕降兮,怀椒糈而要之。"王逸注云:"糈,精米,所以享神也。"《淮南子》云:"病者寝席,医之用针、石,巫之用糈、藉,所救钧也。"许叔重注云:"糈米,所以享神。"见于载籍者不一,第不若《山海经》之著明耳。

宾退录卷第八

洪文敏著《夷坚志》，积三十二编，凡三十一序，各出新意，不相复重，昔人所无也。今撮其意书之，观者当知其不可及。《甲志》序所以为作者之意。《乙志》谓前代志怪之书，皆不无寓言，独是书远不过一甲子，为有据依。《丙志》谓始萃此书，颛以鸠异崇怪，本无意于述人事及称人之恶。然得于容易，或急于满卷帙，故颇违初心，其究乃至于诬善。盖以告者过，或听焉不审。既删削是正，而可为第三书者又已襞积，惩前过，止不欲为。然习气所溺，欲罢不能，而好事君子，复纵臾之。辄私自恕曰，但谈鬼神之事足矣，毋庸及其他，于是取为《丙志》。《丁志》设或人之辞，谓不能玩心圣经，劳勤心口，从事于神奇荒怪，索墨费纸，殆半《太史公书》为可笑，从而为之辨。《戊志》谓："在闽泮时，叶晦叔颇搜索奇闻，来助纪录。尝言：'近有估客航海，不觉入巨鱼腹中，腹正宽，经日未死。适木工数辈在，取斧斫斫鱼胁。鱼觉痛，跃入大洋，举船人及鱼皆死。'予戏难之曰：'一舟尽没，何人谈此事于世乎？'晦叔大笑，不知所答。予固惧未能免此也。"《己志》谓："昔以《夷坚》志吾书，谓与前人诸书不相袭。后得唐华原尉张慎素《夷坚录》，亦取《列子》之说，喜其与己合。"《庚志》谓："假守当涂，地偏少事。济南吕义卿，洛阳吴斗南，适以旧闻寄似，度可半编帙，于是辑为《庚志》。初《甲志》之成，历十八年，自《乙》至《己》，或七年，或五六年。今不过数阅月，闲之为助如此。然平生居闲

之日多,岂不趣成书,亦欠此巨编相傅益耳。"末又载章德懋使
虏,掌讶者问《夷坚》自《丁志》后,曾更续否,而引乐天、东坡之
事以自况。《辛志》记初著书时,欲仿段成式《诺皋记》,名以
《容斋诺皋》。后恶其沿袭,且不堪读者辄问,乃更今名。因载
向巨原答问之语。《壬志》全取王景文《夷坚别志序》,表以数
语。《癸志》谓九志成,年七十有一,拟缀辑《癸编》。稚子樱复
云:"更须从子至亥接续之,乃成书。"予拊之曰:"天假吾年,虽
倍此可也。人生未可料,恶知吾不能及是乎?"《支甲》谓或疑
所载颇有与昔人传记相似处,殆好事者饰说剽掠,借为谈助。
证以蒙庄之语,辨其不然。又云:"初欲从稚子请,续以十二
辰。又以段柯古《支诺皋》'支动'、'支植'尤崛奇,于是名曰
《支甲》。"《支乙》则云:"绍熙庚戌腊,从会稽西归,至甲寅之夏
季,《夷坚》之书绪成《辛》、《壬》、《癸》三志,合六十卷,及《支
甲》十卷。财八改月,又成《支乙》一编,殊自喜也。"《支景》则
云:"曾大父讳,与甲乙下一字同音,而左畔从火,故再世以来,
用唐人所借,但称为景。当《夷坚》第三书出,或见警曰:'礼不
讳嫌名。'乃直名之。今是书萌芽,稚儿谓:'稗官说,与他所论
著及通官文书不侔,避之宜矣。'遂目以《支景》。"《支丁》则自
摭此帙中不可信者数事,谓:"苟以其说至,斯受之而已矣。聱
牙畔奂,盖自知之,爱奇之过,一至于此。读者勿以辞害意可
也。"《支戊》载《吕览》宾卑聚之梦,谓《夷坚》记梦,亡虑百余
事,未有若此之可怪者。《支己》谓:"神奇诡异之事,无时不
有。姑即《夷坚》诸志考之,上焉假诸正梦,腾薄穿霄,次焉犹
陟蓬壶,期汗漫;不幸而死,死矣幸而复生,见九地之下,溟涨
之海,以至岛鬼渊祇,蛇袄牛魃之类,何翅累千万百。所遇非
一人,所更非一事,所历非一境,而莫有同者焉。"《支庚》谓四

十四日书成，自诧其速，且叙其所以速之由。《支辛》谓东坡《志林》、李方叔《师友谈记》、钱丕《行年杂纪》之类四五书，皆偶附著异事，不颛《虞初》九百之篇。士大夫或弗能知，故刭剽以为助，不几乎三之一矣。《支壬》则云："子弟辈皆言，翁既作文不已，而掇录怪奇，又未尝少息，殆非老人颐神缮性之福，盍已之。余受其说，未再阅日，膳饮为之失味，步趋为之局束，方寸为之不宁，精爽如痴。向之相劝止者，惧不知所出。于是逌然而笑，岂吾缘法在是，如駷马下临千丈坡，欲驻不可？姑从吾志，以竟此生。异时惛不能进，将不攻自缩矣。"《支癸》谓："刘向父子汇群书《七略》，班孟坚采以为《艺文志》。小说类定著十五家，最后《虞初周说》九百四十三篇，出于稗官，街谈巷语，道听涂说者之所造。今亡矣。唐史所标百余家，六百三十五卷，《太平广记》率取之不弃也。予既毕《夷坚》十志，又支而广之，通三百篇，不能满者，才十有一，遂半唐志所云。"《三志·甲》谓檏子、偃孙，罗前人所著稗说来示，如徐鼎臣《稽神录》、张文定公《洛阳旧闻记》、钱希白《洞微志》、张君房《乘异》、吕灌园《测幽》、张师正《述异志》、毕仲荀《幕府燕间录》七书，多历年二十，而所就卷帙皆不能多。《三志·甲》才五十日而成，不谓之速不可也。《三志·乙》谓："兹一编颇得之卜者徐谦。谦瞽双目，而审听强记。客诣其肆与之言，悉追忆不忘，倩旁人书以相示。昔徐仲车耳聩，而四方事无不周知，谦岂其苗裔耶？贤愚固不可同日语，而所以异则同。"《三志·景》谓郡邑必有图志，鄱阳独无。而《夷坚》自甲施于三景，所粹州里异闻，乃至五百有五十。他时有好事君子，采以为志，斯过半矣。《三志·丁》则云："人年七八十，幸身康宁，当退藏一室，早睡晏起，翻贝多旁行书，与三生结愿；否则邀方外云侣,熊经鸱顾,斯亦可耳。至于著书,盖出下下策,而此习胶辈不能释。固尝悔哂,猛藏去弗视,乃若禁婴孺之滑甘,未能几何,留意愈甚,虽有倾河摇山之辩,不复听矣。"《三志·戊》谓"子不语怪力乱神",非置而弗问也。圣人设教垂世,不肯以神怪之事诒诸话言。然书于《春秋》、于《易》、于《诗》、于《书》皆有之,而《左氏内外传》尤多,遂以为诬诞浮夸则不可。《三志·己》谓一话一言,入耳当即录,而固有因循而失之者。如滕彦智、黄雍父所言一二事,至今往来于襟抱不释也。《三志·庚》考徐铉《稽神录》,辩杨文公《谈苑》所载蒯亮之事非是。《三志·辛》云:"予尝立说,谓古今神奇之事,莫不同者,今乃悟此语为不广。"而证以蜀士孙斯文及《幽明录》中贾弼事。《三志·壬》引昌黎公《明鬼》,谓《夷坚》所纪,不能出其所证之三非。《三志·癸》言《太平广记》、《类聚》之误。《四志·甲》辨夷坚为皋陶别名。至《四志·乙》则绝笔之书,不及序。惟《支壬》、《三志·丁》两序意略同,而数序自诧其速者,亦不甚相远云。

俗谓不冠者曰科头。科头二字,出《史记·张仪传》,注谓:"不著兜鍪入敌。"

余首卷辨王建《宫词》,多杂以他人所作,今乃知所知不广。盖建自有《宫词》百篇,传其集者,但得九十篇,蜀本建集序可考。后来刻梓者,以他人十诗足之,故尔混淆。余既辨其八矣,尚有二首:"殿前传点各依班,召对西来六诏蛮。上得青花龙尾道,侧身偷觑正南山"、"鸳鸯瓦上忽然声,昼寝宫娥梦里惊。元是吾皇金弹子,海棠棵下打流莺"者,未详谁作也。所逸十篇,今见于洪文敏所录《唐人绝句》中,然不知其所自得。其词云:"忽地金舆向月陂,内人接著便相随。却回龙武军前过,当处教开卧鸭池。""画作天河刻作牛,玉梭金镂采桥头。每年宫女穿针夜,敕赐诸亲乞巧楼。""春来睡困不梳头,懒逐君王苑北游。暂向玉花阶上坐,簸钱赢得两三筹。""红灯睡里看春云,云上三更直宿分。金砌雨来行步滑,两人抬起隐金裙。""蜂须蝉翅薄松松,浮动搔头似有风。一度出时抛一遍,金条零落满函中。""教遍宫娥唱尽词,暗中头白没人知。楼中日日歌声好,不问从初学阿谁。""弹棋玉指两参差,背局临虚斗著危。先打角头红子落,上三金字半边垂。""宛转黄金白柄长,青荷叶子画鸳鸯。把来不是呈新样,欲进微风到御床。""供御香方加减频,水沉山麝每回新。内中不许相传出,已被医家写与人。""药童食后送云浆,高殿无风扇少凉。每到日中重掠鬓,衩衣骑马绕宫廊。"

唐李昌符《婢仆诗》二首,其一云:"不论秋菊与春花,个个能噇空腹茶。无事莫教频入库,一名闲物要些些。"曲尽婢之情状。乃知古今类如此。

《史记·秦本纪》:武公卒,葬雍平阳,初以人从死,从死者六十六人。至献公元年,方止从死。则知武公而下,十有八君之葬,必皆有从死者矣,不独缪公也。《黄鸟》之诗,特以奄息、仲行、针虎为秦之良臣,故国人哀之耳。夫一君之葬,使六十六人无罪而就死地,固已可骇,而缪公至用百七十七人。习俗之移人,虽缪公不能免,则献公亦贤矣哉!

"罔违道以干百姓之誉,罔咈百姓以从己之欲。"王荆公曰:"咈百姓以从己之欲,则不可;咈百姓以从先王之道,何为而不可?"范淳夫云:"咈百姓,则非先王之道也。"荆公之言,主于自文,范公则求以矫之,其实不然。干百姓之誉者,有时而违道,则道必有时而咈百姓矣。祁寒暑雨,均曰怨咨,小民之情也。为政者但当虚心无我，据理而行，不使纤毫计校毁誉之心乱于胸中，足矣。

《王制》云："古者以周尺八尺为步，今以周尺六尺四寸为步。"《管子》、《司马法》皆曰六尺为步。秦始皇亦然。今以五尺为步。步之尺数不同如此。周尺之制，郑康成谓未详闻也。近世《伊川文集》中载作主之制，谓当今省尺五寸五分弱。潘仲善时举闻之晦翁谓，五寸字误，当作七寸五分弱。又谓省尺者，三司布帛尺也。潘后从会稽司马侍郎家求得温公图本周尺，果当布帛尺七寸五分弱，于今浙尺为八寸四分。温公图本必有考按，恨不知其源流之详也。

历家以冬至为一岁之首。冬至者，建子月之中气。故子时初四刻以前系今日，正初刻以后系明日，盖一理也。今《太史局历》，每节气在子初，则书其夜子初某刻以别之。其来尚矣。绍熙二年正月三日壬子，其夜子初立春，洪文敏以札子白庙堂云："日辰自古以子时为首，今既子时立春，则当是四日癸丑。"谓太史之误。其实不然。康节《冬至吟》云："何者谓之几？天根理极微。今年初尽处，明日未来时。此际易得意，其间难下辞。人能知此意，何事不能知。"又云："冬至子之半，天心无改移。一阳初起处，万物未生时。玄酒味方淡，大音声正稀。此言如不信，更请问庖牺。"

汉高帝封兄子信为羹颉侯，虽以其母辚釜之故，然按《括地志》，实有羹颉山，在妫州怀戎县东南十五里。注《史记》者失不引此。颜师古注《汉书》，但云："颉音戛，言其母戛羹釜也。"小司马《索隐》又直谓："爵号耳，非县邑名。"皆弗深考也。古之封侯，未有非地名者。若武帝封霍去病冠军侯，田千秋富民侯，昭帝封霍光博陆侯，光武封彭宠奴不义侯，以至镌胡、镌羌、向义、建策之类,非制也。然冠军侯国在东郡,富民侯国在沛郡蕲县,博陆初食北海、河间,后益封,又食东郡,特被以嘉名而已,非若光武所封,未必有分地也。武帝时又有张骞封博望侯,赵破奴封从票侯,亦未详其封邑。

州县城隍庙,莫详事始。前辈谓既有社矣,不应复有城隍,故唐李阳冰谓:"城隍神祀典无之,惟吴越有尔。"然成都城隍祠,大和中李德裕所建。李白作《韦鄂州碑》谓:"大水灭郭,抗辞正色,言于城隍,其应如响。"杜牧为黄州刺史,有《祭城隍神祈雨文》二首。它如韩文公之于潮,曲信陵之于舒,皆有祭文,而许远亦有"瞀井鸑翔,危堞神护"之语,则不独吴越为然。芜湖城隍祠,建于吴赤乌二年,高齐慕容俨、梁武陵王祀城隍神,皆书于史,则又不独唐而已。开成中,睦州刺史吕述以为合于《礼》之八蜡祭坊与水庸者。今按《礼记》注:"水庸,沟也。"《正义》云:"坊者,所以蓄水,亦以鄣水。水庸者,所以受水,亦以泄水。"则坊盖今之堤防,水庸盖今之沟浍也。方之城隍,义殊不类。今其祀几遍天下,朝家或锡庙额,或颁封爵;未命者,或袭邻郡之称,或承流俗所传,郡异而县不同。至于神之姓名,则又迁就附会,各指一人,神何言哉!负城之邑,亦有与郡两立者,独彭州既有城隍庙,又有罗城庙;袁州分宜县既有城隍庙,又有县隍庙,尤为创见。以余闻见所及考之,庙额封爵具者,惟临安府。当后唐清泰元年,尝封顺义保宁王,与越湖二神并命,今号永固庙,不知何时所赐。绍兴三十年,封保顺通惠侯,今封显正康济王。绍兴府,梁开平封崇福侯,清泰封兴德保闽王,绍兴初赐额显宁,今封昭顺灵济孚祐忠应王。台州则镇安庙,顺利显应王。吉州则灵护庙,威显英烈侯。筠州则利贶庙,灵祐顺应显正王。袁州则显忠庙,灵惠侯。濠州则孚应庙,灵助侯。建宁府则显应庙,福应惠宁侯。
建康之溧水则显正庙,广惠侯。泉州惠安县则宁济庙,灵安昭
祐侯。邵武军则显祐庙,神济训顺侯。泰宁则广惠庙,靖惠孚
济侯。韶州则明惠庙,善祐侯。成州则灵应庙,英佑侯。有庙
额而未爵命者:镇江,忠祐。宁国,灵护。隆兴,显忠。德安
府,威泽。楚州,灵显。和州,孚惠。襄阳,孚济。汀州,显应。
珍州,仁贶。静江,嘉佑。庆元之昌国,邵武之建宁,皆曰惠
应。前代锡爵而本朝未申命者:湖州,阜俗安城王。处州龙泉
县,广顺侯。鄂州,城隍、万胜镇安王。城隍二字,亦正元中所封王
号。越州萧山县,用郡城隍神初命,称崇福侯。昭州立山县为
蒙州时,封灵感王。台州五县,吴越时皆封以王爵,临海曰兴
国,黄岩曰永宁,天台曰始平,仙居曰升平,宁海曰安仁。其余
相承称谓,如温州,富俗侯;处州,仙都侯;临安府钱塘县,安邑
侯;临安县,霸国侯王;兴国军,高陵王;筠州,新昌盐城王,潭
州,定湘王;泉州,明烈王;潼川,兴元安平将军;汉州,彭州安
福将军;邛州大邑县,安静神;广州,羊城使者之类,皆莫究其
所以也。襄阳虽有孚济额,而保汉公之号,未知所自。宁国虽
有灵护额,而爵称佑圣,不可得而详。隆兴虽有显忠额,而南
唐尝封辅德王,故赣州称辅德庙。南康军安庆府,及潭之益
阳,太平之芜湖,南安之上犹,皆称辅德王。抚、黄、复、南安、
临江诸郡,则称显忠辅德王,或辅德显忠王,盖皆以隆兴庙额
混南唐爵命以为称也。神之姓名具者:镇江、庆元、宁国、太
平、襄阳、兴元、复州、南安诸郡,华亭、芜湖两邑,皆谓纪信。
隆兴、赣、袁、江、吉、建昌、临江、南康,皆谓灌婴。福州、江阴,
以为周苛。真州、六合,以为英布。和州为范增。襄阳之谷城
为萧何。兴国军为姚弋仲。绍兴府为庞玉,实庞坚四世祖,事

具《唐书·忠义传》，盖尝历越州总管。鄂州为焦明，《南史》焦度之父也。台州，屈坦，吴尚书仆射晃之子，今州治盖其故居。筠州，应智顼，唐初州为靖州时刺史。南丰，游茂洪，开元间尝知县镇。溧水，白季康，唐县令也。惟筠之新昌，祀西晋邑宰卢姓者；绍兴之嵊，祀陈长官；庆元昌国，祀邑人茹侯：三者不得其名耳。耳目所不接者，尚阙如也。承、播、溱三州及遵义军未废时，皆尝锡城隍庙额：承曰静惠，播曰昭祐，溱曰宁德，遵义曰怀宁。承州则又有静应侯爵。今承为绥阳县，遵义为寨，皆隶珍州；溱、播之地，则折而入于南平之境矣。《嘉祐杂志》载，吴春卿为临安宰，闻故老言："钱尚父方睡，汤瓶沸，一小童以水注之。钱曰：'吾方欲以水注瓶，此童先知吾意，不可赦。'遂杀之。后见其为厉，乃封为霸—作厉国侯，使永为临安土地，故塑像为十余岁小儿。"今不知塑像何如，而土地之称，已转而为城隍矣。《太平广记》载，宣州司户死而复生；云见城隍神，自言晋桓彝也。与所传不同。然彝今亦别庙食于泾。绍兴辛未，潼川守沈该，将新城隍祠，梦人赍文书来，称新差土地。阅其姓名，盖史坚序。事愈涉怪。淳熙间，李异守龙舒，有德于民，去郡而卒，邦人遂相传为城隍神矣。尤浅妄不经也。唐羊士谔有《城隍庙赛雨绝句》二首。

　　《史记·齐世家》云："齐王与舅父驷钧，阴谋发兵。"《索隐》云："舅父谓舅，犹姨称姨母。"舅父二字甚新，人少用者。

　　《礼》，妇人与丈夫为礼则侠拜。侠者，夹也。谓男子一拜，妇人两拜，夹男子拜。今妇人之拜不跪，则异于古所谓侠拜。江浙衣冠之家，尚通行之，闾巷则否。江邻几《嘉祐杂志》载司马温公之语，乃谓陕府村野妇人皆夹拜，城郭则不然。南北之俗不同如此。

冯延巳《谒金门》长短句，脍炙人口。其曰："斗鸭栏干独倚"，人多疑鸭不能斗。余按《三国志·孙权传》注引《江表传》曰："魏文帝遣使求斗鸭，群臣奏宜勿与。权曰：'彼在谅闇之中，所求若此，岂可与言礼哉？具以与之。'"《陆逊传》："建昌侯虑作斗鸭栏。逊曰：'君侯宜勤览经典，用此何为？'"《南史·王僧达传》："僧达为太子舍人，坐属疾而往杨列桥观斗鸭，为有司所劾。"《新唐书·齐王祐传》："祐喜养斗鸭。方未反，狸酢鸭四十余，绝其头去。及败，牵连诛死者凡四十余人。"则古盖有之。又《唐·田令孜传》："僖宗好斗鹅，数幸六王宅、兴庆池，与诸王斗鹅。一鹅至五十万钱。"是鹅亦能斗也。

秦捕商君，商君亡至关下，欲舍客舍。客不知商君也，曰："商君之法，舍人无验者，坐之。"商君喟然叹曰："嗟乎，为法之敝，一至此哉！"苏文定谪雷州，不许居官舍，遂僦民屋。章子厚又以为强夺民居，下州逮民究治。及子厚责雷，亦问舍于民，民曰："前苏公来，章丞相几破我家，今不可也。"人以为报，古今一辙也。

《西京杂记》载：武帝欲杀乳母，告急于东方朔。朔曰："帝忍而愎，旁人言之，益死之速耳。汝临去，但屡顾我，我当设奇以激之。"乳母如言。朔在帝侧曰："汝宜速去，帝今已大，岂念汝乳哺时恩耶！"帝怆然，遂舍之。《史记·滑稽传》，褚先生曰："武帝时有所幸倡郭舍人者，发言陈辞，虽不合大道，然令人主和说。武帝少时，东武侯母常养帝，帝壮时，号之曰'大乳母'。乳母家子孙奴从者，横暴长安中。有司请徙乳母家室处之于边。奏可。乳母当入辞，先见郭舍人，为下泣。舍人曰：'即入见辞去，疾步，数还顾。'乳母如其言。郭舍人疾言骂之曰：'咄！老女子，何不疾行？陛下已壮矣，宁尚须汝乳而活邪？尚何还顾？'于是人主怜焉，乃下诏，止无徙乳母。"此一事耳，一以为杀，一以为徙；一以为东方朔，一以为郭舍人。《西京杂记》，颜师古固尝辨其妄，褚所书他事抵牾者亦多，皆未可尽信。

　　律文，罪虽甚重，不过绞斩而已。凌迟一条，五季方有之，至今俗称为法外云。

　　"姚平仲，字希晏，世为西陲大将。幼孤，从父古养为子。年十八，与夏人战臧底河，斩获甚众，贼莫能枝梧。宣抚使童贯召与语，平仲负气不少屈，贯不悦，抑其赏。然关中豪杰皆推之，号小太尉。睦州盗起，徽宗遣贯讨贼。贯虽恶平仲，心服其沉勇，复取以行。及贼平，平仲功冠军，乃见贯曰：'平仲不愿得赏，愿一见上耳！'贯愈忌之。他将王渊、刘光世，皆得召见，平仲独不与。钦宗在东宫，知其名，及即位，金人入寇，都城受围。平仲适在京师，得召对福宁殿，厚赐金帛，许以殊赏。于是平仲请出死士斫营，擒虏帅以献。及出，连破两寨，而虏已夜徙去。平仲功不成，遂乘青骡亡命，一昼夜驰七百五十里，抵邓州，始得食。入武关，至长安，欲隐华山，顾以为浅。奔蜀，至青城山上清宫，人莫识也。留一日，复入大面山，行二百七十余里，度采药者莫能至，乃解纵所乘骡，得石穴以居。朝廷数下诏物色求之，弗得也。乾道、淳熙之间始出，至丈人观道院，自言如此。时年八十余，紫髯郁然，长数尺，面奕奕有光。行不择崖堑荆棘，其速若奔马。亦时为人作草书，颇奇伟。然秘不言得道之由云。"此陆放翁所作《平仲小传》也。放翁亦尝以诗寄题青城山上清宫壁间云："造物困豪杰，意将使有为。功名未足言，或作出世资。姚公勇冠军，百战起西陲。

天方覆中原，殆非一木支。脱身五十年，世人识公谁？但惊山泽间，有此熊豹姿。我亦志方外，白头未逢师。年来幸废放，倪遂与世辞。从公游五岳，稽首餐灵芝。金骨换绿髓，欻然松杪飞。"后守新定，再作诗托上官道人寄之云："太尉关河杰，飞腾亦遇时。中原方荡覆，大计易差池。素壁龙蛇字，空山熊豹姿。烟云千万叠，求访固难知。"

汉张汤、韩安国，皆以御史大夫行丞相事。曹窋以列侯、臣贺以太仆行御史大夫事。刘歆以大中大夫行太常事。乐成以少府行大鸿胪事。臣安行以太子少傅行宗正事。少府忠行廷尉事。王温舒为右辅行中尉。张良以列侯行太子少傅事。黄霸以廷尉监行丞相长史事。盖宽饶以谏大夫行郎中户将事。王尊守京兆都尉行京兆尹事。翟义以南阳都尉行太守事。盖汉制，官阙则卑者摄为之之谓行。亦有以同列通摄者，靳石以太常行太仆，韩延年以太常行大行令，刘德以宗正行京兆尹之类是也。九卿三辅，皆同列也。今著令以寄禄高于职事官者为行，异于古矣。

容斋辨陈正敏之妄，梁颢非八十二登科，是矣。与时因记《玉壶清话》载：仁宗问梁适："卿是那个梁家？"适对曰："先臣祖颢，先臣父固。"上曰："怪卿面貌酷似梁固！"按《国史》，适乃颢之子，固之弟。小说家多不考订，率意妄言，观者又不深考，往往从而信之。如此类甚多，殊可笑也。

宾退录卷第九

《诗》:"诞弥厥月。"诞,大也。朱文公则以为发语之辞。世俗误以诞训生,遂有"降诞"、"庆诞"之语,前辈辨者多矣。《书》曰:"诞膺天命。"诞亦大也。范晔赞光武,乃有"光武诞命"之语,尤不可晓。《殇帝纪》云:"诞育百余日。"亦误。

寇恂自颍川太守徙汝南,又入为执金吾。会颍川盗起,光武将亲征隗嚣,欲复使恂出守颍川,从驾至郡,盗贼悉降,遂已。百姓遮道曰:"愿从陛下复借寇君一年。"是时恂去郡已久,百姓以其为王朝之卿,故谓之借。今人作太守在任垂满者书启,多用借寇事,似不类也。

《夷坚戊志》载《裴老智数》谓:"绍兴十年七月,临安大火,延烧城内外室屋数万区。裴方寓居,有质库及金珠肆在通衢,皆不顾,遽命纪纲仆分往江下及徐村,而身出北关,遇竹木砖瓦芦苇椽桷之属,无论多寡大小,尽评价买之。明日有旨:竹木材料免征税抽解。城中人作屋者皆取之,裴获利数倍,过于所焚。"后阅张芸叟所著《浮休阅目集》,书焦隐事云:"一日,京师火。隐晨出之木场,凡木皆以姓字题识,后至者率诣隐市材。"始知《夷坚》指为裴老者误矣。虽曰富家智略往往相似,然不应如是之同也。

"娶妻当得阴丽华。"唐与政仲友谓观此语,知郭后之必废。然予观《刘植传》载:"刘杨起兵附王郎,众十余万。光武遣植说杨,杨乃降。光武因留真定,纳郭后,后即杨之甥也。故以此结之。"则是郭后之纳,已非光武之情矣,何待"阴丽华"之语而后占其废乎?范晔不以此书之《后纪》,故前辈议论未尝及之。

余尝最城隍爵号,后阅《国朝会要》,考西北诸郡,东京号灵护庙,初封广祐公,后进祐圣王。大内别有城隍,初封昭贶侯,后进爵为公。拱州昭灵庙,惠烈夫人,盖俗传为宋襄公之媚。开德府显应庙,感圣侯。解州灵祐庙,镇宝侯。浚州黎阳县显固庙,灵护伯。他皆无闻。盖东南城隍之盛,多起于近世。此数者,亦徽庙朝锡命耳。

马援平交趾贼,封新息侯,击牛酾酒,劳飨军士,因从容及从弟少游之语,吏士皆伏称万岁。又冯鲂赦郑贼延襃等,亦皆称万岁。是东都之臣,不以称万岁为嫌。独窦宪出屯北威,与车驾会长安,尚书以下,欲伏称万岁,韩棱正色曰:"礼无人臣称万岁之制。"议者皆惭而止。若棱者,可谓不为俗所移矣。然万岁之称,三代盛时所无有。盖自蔺相如奉璧入秦,田单为约降燕,冯谖焚孟尝君债券,昉见于简牍,至汉为盛。棱之所谓礼,岂古之所谓礼耶?吴虎臣引"虎拜稽首,天子万寿",谓万岁发于此。然此特咏歌之辞耳,非可与后世呼万岁者同语也。

世俗笓字当作枇,与枇杷之枇字同而音异。后汉济北孝王次丧父至孝,梁太后下诏增封,有曰:"头不枇沐。"《魏志》,徐季龙取十三种物使管辂占之。辂先说鸡子,后道蚕蛹,遂一一名之,唯以梳为枇耳。陆云《与兄机书》"案行视曹公器物"其中亦有枇字。《类篇》枇凡四音,其一毗志切,枇属。《集韵》同。又按《说文》:"枇,梳比之总名也。"汉文帝遗匈奴单于比疏一,或作比余一。颜师古注曰:"辫发之饰也。比,音频寐反。”则知枇字亦通作比。惟筢字无所经据。《博雅》：“篝筌谓之筢，盖捕取鱼虾之具。边迷、频脂二切。”与此不同。虽《集韵》“枇亦作筢”，《类篇》“筢，又毗至切，栉属”，然二书晚出，（不）当从。古诗曰：“其比如栉。”又知三代之前，未有枇之名，但通谓之栉，而已有相迫比之义矣。

范晔《后汉书·杨震传》载：安帝时，河间男子赵腾上书，指陈得失。帝怒，收考诏狱，结以罔上不道。震上疏救之，帝不省，腾竟伏尸都市。《张皓传》又载：顺帝时，清河赵腾上言灾变，讥刺朝政，收腾系考。皓上疏谏，帝悟，减死一等。安、顺两朝，时世相接，河间、清河二国，壤地相邻，不应皆有一赵腾上书，皆指言时政，皆为人主所怒，又皆有大臣救解。虽其末一生一死，然亦不应如是之同。疑只一事，而晔误以为二耳。

汉武帝徵枚乘，乘道死，诏问乘子，无能为文者。后乃得其孽子皋。皋字少孺，乘在梁时，取皋母为小妻。又《孔光传》：淳于长坐大逆，诛长小妻乃始等六人。《佞幸传》：张彭祖为小妻所毒，薨。《外戚·许后传》：后姊嫭寡居，与淳于长私通，因为之小妻。后汉赵惠王乾，居父丧，私聘小妻，削中丘县。注云：“小妻，妾也。”又窦融女弟为大司空王邑小妻，陈王钧取掖庭出女李娆为小妻，乐成靖王党取故中山简王傅婢李羽生为小妻。梁节王畅上疏辞谢，有曰：“臣畅小妻三十七人，其无子者，愿还本家。”陈球与刘郃辈谋诛宦者，因小妻之父程璜而事泄。《东观记》又载：彭城靖王子男丁前物故，恭子醢侮丁小妻。见《恭传》注。周益公《行归正人萧中一次妻耶律氏制》，谓次妻二字，别无经据，乞改称小妻，札子中注云“出《汉书》”，指此。《董卓传》又有少妻之称，疑即小妻也。裴松之注

《三国志·孙皓传》,引《江表传》载张俶事,亦曰"取小妻三十余人"。又《骆统传》:统母改适,为华歆小妻。晋宋挺本刘陶门人,陶亡后,娶陶爱妾为小妻。隋王世充祖支颓耨死,其妻少寡,仪同王粲纳之,以为小妻。则不独见于汉史云。

"君子食无求饱,居无求安。"非恶饱而欲饥,恶安而欲危也,但不可求耳。君子之求也,惟当求道,求在我者而已;外此而有所求,皆非也。所谓"求之有道,得之有命"者,亦谓尽其在我,而非志于得也。他如"求为可知","夫子之求之也"之类,皆此意。

"乡为身死而不受,今为宫室之美为之。乡为身死而不受,今为妻妾之奉为之。"此二者,固志士之所羞也。若"为所识穷乏者得我而为之",似亦可矣,而均之为"失其本心"何耶?此犹易解_去,曰孔子罪乞醯之意耳。经德不回,非以干禄也;言语必信,非以正行也。干禄固非美事,若正行则何不可者?今为学而不事正行,果何所事耶?惟能识此意,而后可与言学矣。

康节先生《左衽吟》云:"自古御戎无上策,唯凭仁义是中原。王师问罪固能道,天子蒙尘争忍言。二晋乱亡成茂草,三君屈辱落陈编。公闻延广何人也?始信兴邦亦一言。"盖豫谶靖康之祸也。篇末虽托二晋以为词,然因王师问罪而致寇,惟燕山之役为然,二晋所无也。深切著明如此,而读者多不察。余闻之友人曾幼舆_{宏誉}而始悟。因记康节《观有唐吟》有云:"凭高始见山河壮,入夏方知日月长。三百年间能混一,事虽成往道弥光。"亦寓微意。又《观盛化吟》有云:"生来只惯见丰稔,老去未尝经乱离。"其子谓乱离之语太过,康节叹曰:"吾老且死矣,汝辈行且知之。"

　　唐人称县令曰明府,而汉人谓之明廷,见范晔书《张俭传》。明府以称太守,山阴老叟称刘宠,刘翊称种拂,高获称鲍昱,皆然。

　　杨文公《谈苑》谓元稹作《春深》题二十篇,并用家、花、车、斜四字为韵。白居易、刘禹锡和之,亦同此。次韵诗起于此。高承著《事物纪原》取其说。余按《梁书·王规传》,普通六年,高祖于文德殿饯广州刺史元景隆,诏群臣赋诗,同用五十韵。则唐以前固有之矣。

　　余前辨刘信羹颉之封,后阅《能改斋漫录》引王观国《学林新编》,谓是颍川地名不羹者。彼自不羹,此自羹颉,地名之同一字者多矣,岂可比而一之。审如王说,则颉字何从而来耶?

　　俚俗谓娶妻为索妻,亦有所本。《三国志·吕布传》云:"袁术欲结布为援,乃为子索布女。"《关羽传》云:"孙权遣使,为子索羽女。"又《隋书·太子勇传》载独孤后曰:"为伊索得元家女。"

　　张清源溟《云谷杂纪》辨欧阳《集古录·目》谓,后汉人亦有复名者,然仅载苏不韦、孔长彦兄弟、刘骑骤、丘季智、张孝仲、范特祖、召公子、许伟康、司马子威十人而已。考之范晔书,盖不止此。如延岑护军邓仲况,见《苏竟传》。郑玄师事京兆第五元,先又从东郡张恭祖。玄之子名益恩。桓荣族人桓元卿。陈忠荐士,其一曰成翊世,翊世字季明,见《杜根传》。《后陈敬王曾孙宠传》注引《谢承书》,袁术使将张闿阳杀陈相骆俊。梁冀之弟名不疑。越巂太守李文德,素善延笃。《党锢传·序》有渤海公族进阶,注云:"公族,姓也,名进阶。"李膺欲按宛陵大姓羊元群。《孔融传》有太傅马日碑。皇甫嵩子名坚寿。《酷吏·李章传》有安丘大姓夏长思。宦者曹节弟名破石。王逸子名延寿,字文考。《方术传》谢夷吾字尧卿之类,清源皆未及也。他尚有之,犹恨不能尽记。

李延寿《南》《北史》成,惟《隋书》别行,余七史几废。大抵纪载无法,详略失中,故宜行而不远。且史传纪事,出于一人之手,而自为同异者,亦有之矣;未有卷帙联属,首尾衡决,而不能自觉者也。姚思廉《梁书》列传第三十卷《江革传》,谓何敬容掌选,序用多非其人,革性强直,常有褒贬。而第三十一卷《何敬容传》,乃谓敬容铨序明审,号为称职。夫史者,所以传信万世,今若此,其将何所从乎?其余可笑者甚多,未暇尽著。

白乐天《长恨歌》书太真本末详矣,殊不为鲁讳;然太真本寿王妃,顾云"杨家有女初长成,养在深闺人未识"何邪?盖宴昵之私犹可以书,而大恶不容不隐。《陈鸿传》则略言之矣。

《唐新书·承天皇帝倓传》:"以兴信公主季女张为恭顺皇后,冥配焉。"汪玉山辨证,谓"冥配前已有,而《新书》不书"。尝考汪外孙郑子敬寅注引《唐会要》:"懿德太子重润,中宗即位追赠,娉国子监丞裴粹亡女,为冥婚,合葬。"虽然,不始于唐也。《三国志》载邴原女早亡,时曹操爱子仓舒亦没,操欲求合葬。原曰:"合葬,非礼也。原之所以自容于明公,公之所以待原者,以能守训典而不易也。若听明公之命,则是凡庸也,明公焉以为哉?"操乃止。然竟娉甄氏亡女,与合葬。又太和六年,魏明帝爱女淑薨,追封谥淑为平原懿公主,为之立庙。取文昭甄后亡从孙黄,与合葬。追封黄列侯,以夫人郭氏从弟德为之后,承甄氏姓。封德为平原侯,袭公主爵。则汉魏间已行之矣。

读诸葛孔明《出师表》而不堕泪者,其人必不忠;读李令伯

《陈情表》而不堕泪者，其人必不孝；读韩退之《祭十二郎文》而不堕泪者，其人必不友。青城山隐士安子顺^{世通}云。

　　谓有疾曰不快，陈寿作《华陀传》已然。

　　葛常之《韵语阳秋》云："《晋书·阮咸传》云：'咸善琵琶。'今有圆槽而十三柱者，世号阮，亦谓阮咸，相传谓阮咸所作，故以为名，而《咸传》乃不及此。山谷《听宋宗儒摘阮歌》云：'手挥琵琶送飞鸿，促弦聒醉惊客起。圆璧庚庚有横理，闲门三月传国工，身今亲见阮仲容。'则亦以为仲容所作，岂咸用琵琶余制而作阮耶？"据此，则是常之不知阮咸所出。余按《国史纂异》云："元行冲宾客为太常少卿时，有人于古墓中得铜物，似琵琶而身正圆，莫有识者。元视之曰：'此阮咸所造乐具。'乃令匠人改以木，为声清雅，今呼为阮咸者是也。"《卢氏杂说》云："《晋书》称阮咸善弹琵琶。后有发咸墓者，得琵琶，以瓦为之，时人不识，以为于咸墓中所得，因名阮咸。"陈晋之^旸《乐书》云："阮咸五弦，本秦琵琶，而颈长过之，列十二柱焉。唐武后时，蒯明于古冢得铜琵琶，晋阮咸所造也。元亨中，命工以木为之，声甚清彻，颇类《竹林七贤图》所造旧器，因以阮咸名之，亦以其善弹故也。圣朝太宗于旧制四弦上加一弦。"三说盖大同而小异，今世所行皆四弦十三柱者。与时窃闻今禁中女乐别有所谓阮，其制视民间者绝不同，且甚大，须坐而奏之。乡人郭子云^{应龙}守南安时，大庾令之妇乃出宫人，能为此，郭盖亲见之。《唐书·乐志》云："五弦，如琵琶而小，北国所出。乐工裴神符初以手弹，太宗悦甚，后人习为拐琵琶。"则是唐已有五弦矣。不知旸因唐之太宗而误为本朝耶？抑别有考按耶？

　　《夷坚·支乙》载紫姑《咏手》诗："笑折樱桃力不禁，时攀杨柳弄春阴。管弦曲里传声慢，星月楼前敛拜深。绣幕偷回双舞袖,绿窗闲整小眉心。秋来几度挑罗袜,为忆相思放却针。"唐韩致光《香奁集》亦有《咏手》一诗:"暖白肤红玉笋芽,调琴抽线露尖斜。背人细捻垂胭鬓,向镜轻匀衬眼霞。怅望昔逢寨绣幔,依稀曾见托金车。后园笑向同行道,摘得蘼芜又一权。"其体正同,盖皆言手之用尔,韩诗独首句不然。

侯嬴为夷门监者。按大梁城十二门,东曰夷门。则夷门者,大梁之一门耳。后人遂直指汴京为夷门,非也。《容斋续笔》辨台城、少城,类此。

古者道路,男子由右,女人由左,车从中央。今遂宁府谯门之外有桥曰仪桥,不知何时所创,上加栏楯,道分为三,尚仿佛古人之意。谓之仪者,犹仪门也。

周文忠序《文苑英华》,首云:"太宗皇帝,丁时太平,以文化成天下。既得诸国图籍,聚名士于朝,诏修三大书:曰《太平御览》,曰《册府元龟》,曰《文苑英华》。"洪文敏序《夷坚三志·癸》亦云:"太平兴国中,诏侍从馆阁,集著《册府元龟》、《文苑英华》、《御览》、《广记》等四书。"予按,《册府元龟》乃景德二年编类,至大中祥符六年书成,皆真宗朝。二公之言偶失之。

俗间谓笼烛为照道,此二字出《仪礼》注。

冬至贺礼,古无有也,其殆始于汉乎?《汉杂事》曰:"冬至阳生,君道长,故贺。"沈约《宋书》曰:"魏、晋冬至日,受万国及百寮称贺,因小会,其仪亚于岁朝。"《北齐书》:库狄伏连,冬至之日,亲表称贺,其妻减马豆,设豆饼。伏连大怒。盖历代行之,至今不废。按《月令》:"仲冬之月,日短至,阴阳争,诸生荡。君子斋戒,处必掩身。身欲宁,去声色,禁嗜欲,安形性。事欲静,以待阴阳之所定。"《易》曰:"先王以至日闭关,商旅不行,后不省方。"《五经通义》云:"冬至,寝兵鼓,商旅不行,君不听政事。曰冬至阳气萌，阴阳交精，始成万物，气微在下，不可动泄。王者承天理，故率天下静而不扰也。"《白虎通》云："冬至前后，君子安身静体。百官绝事，不听政，择吉辰而后省事。"今仆仆交相贺，则所谓安身静体，静而不扰，以待阴阳之定者，果何在哉？又按《月令》："仲夏之月，日长至；仲冬之月，日短至。"今世反称冬至为长至，尤非是。曹子建《冬至献袜颂表》云："伏见旧仪，国家冬至献履贡袜，所以迎福践长。"崔浩《女仪》云："近古妇人，常以冬至上履袜于舅姑，践长至之义也。"隋杜台卿《玉烛宝典》云："冬至，日极南，景极长，阴阳日月，万物之始。律当黄钟，其管最长，故有履长之贺。盖周礼。"冬至日在牵牛，景长一丈三尺，日短而景长也。黄钟之律九寸，于十二律为最长。《月令》所谓"短至"，谓日之短。曹、崔、杜谓"践长"、"履长"者，景之长，琯之长也。虽所指不同，然当以《月令》为正。

谏议大夫称大谏，始于近世，然于古有之。齐威公使鲍叔牙为大谏，见《管子》第二十篇。

韩子苍云："韦苏州少时，以三卫郎事玄宗，豪纵不羁。玄宗崩，始折节务读书。然余观其人，为性高洁，鲜食寡欲，所居扫地焚香而坐，与豪纵者不类。其诗清深妙丽，虽唐诗人之盛，亦少其比，又岂似晚节学为者，岂苏州自序之过欤？然天宝间不闻苏州诗，则其诗晚乃工，为无足怪。"叶石林《南宫诗话》云："苏州诗律深妙，白乐天辈固皆尊称之，而行事略不见唐史为可恨。以其诗语观之，其人物亦当高胜不凡。刘禹锡集中有大和六年举自代一状，然应物《温泉行》云：'北风惨惨投温泉，忽忆先皇巡幸年。身骑厩马引天仗，直至华清列御前。'则尝逮事天宝间也，不应犹及大和时，盖别是一人，或集之误。"苕溪渔隐云:"《苏州集》有《燕李录事》诗云:'与君十五侍皇闱,晓拂炉烟上玉墀。'又《温泉行》云:'出身天宝今几年,顽钝如锤命如纸。'余以《编年通载》考之,天宝元年至大和六年,计九十一年。应物于天宝间已年十五,及有出身之语,不应能至大和间也。蔡宽夫云《南宫诗话》,世误传蔡宽夫作,渔隐故云。刘禹锡所举别是一人,可以无疑矣。"《容斋随笔》云:"《韦苏州集》中有《逢杨开府》诗云:'少事武皇帝,无赖恃恩私。身作里中横,家藏亡命儿。朝持摴蒲局,暮窃东邻姬。司隶不敢捕,立在白玉墀。骊山风雪夜,长杨羽猎时。一字都不识,饮酒肆顽痴。武皇升仙去,憔悴被人欺。读书事已晚,把笔学题诗。两府始收迹,南宫谬见推。非才果不容,出守抚惸嫠。忽逢杨开府,论旧涕俱垂。'味此诗,盖应物自叙其少年事也,其不羁乃如此。李肇《国史补》云:'应物为性高洁,鲜食寡欲,所居焚香扫地而坐。其为诗驰骤建安已还,各得风韵。'盖记其折节后来也。应物为三卫,正天宝间,所为如是,而吏不敢捕,又以见时政矣。"与时谓应物行事散轶,唐史失不立传,故诸家之说,未能会于一。近世沈明远作諩始櫽括《应物集》及他书为传,甚详。然论断中亦以刘宾客所举为疑。今笔于此:韦应物,京兆长安县人也。见《崔都水及休日还长安胄贵里》及《岁日寄弟并答崔甥》诗。其家世自宇文周时,孝宽以功名为将相,而其兄夐高尚不仕,号为逍遥公。夐之孙待价,仕隋为左仆射,封扶阳公。待价生令仪,为唐司门郎中。令仪生銮,銮生应物。见林宝《姓纂》。少游太学。见《赠旧识》诗。当开元、天宝间,宿卫仗内,亲近帷幄,行幸毕从,见《宴李录事并郑户曹》及《逢杨开府》《温泉行》等诗。按《通典》,左右宿卫侍从,皆以高荫子弟年少美风姿者补之,为贵胄起家之高选。颇任侠负气。洎渔阳兵乱后,流落失职,乃更折节读书。屏居武功之上方，见《逢杨开府》及《经武功旧隐》诗。复返沣上，园庐芜没，贫无以自业。见《归沣上》诗。客游江淮间，所与交结，皆一时名士。见《会梁川故人》及《李栖梧会大梁亭》等诗。因从事河阳，去为京兆功曹，摄高陵令。见《寄弟》及《别子西》诗。永泰中，迁洛阳丞。两军骑士，倚中贵人势，骄横为民害。应物疾之，痛绳以法，被讼弗为屈。见《示从子班》诗。弃官，养疾同德精舍。见《同德精舍》诗。起为鄠令。大历十四年，除栎阳令，复以疾谢去，归寓西郊，见《归西郊》诗。择胜隐于善福祠，从诸生学问，澹如也。见《西斋示诸生》诗。建中二年，拜尚书比部外郎。明年，出为滁州刺史。见《别善福祠》诗。滁山川清远，山中多隐君子，应物风流岂弟，与其人览观赋诗，郡以无事，人安乐之。见《全椒道士》及《释良史》等诗。四年十月，德宗幸奉天，应物自郡遣使间道奔问行在所。明年兴元甲子，使还，诏嘉其忠。见《寄弟》诗。终更贫，不能归，留居郡之南岩。见《岁日寄端武》诗。俄擢江州刺史。见《登郡楼》诗。居二岁，召至京师。贞元二年，由左司郎中补外，得苏州刺史。见《答李士巽》诗。在郡延礼其秀民，抚其悍鳌甚恩。见《郡斋文士宴集》诗。久之，白居易自中书舍人出守吴门，应物罢郡，见《刘禹锡集》中《酬白舍人》诗云："苏州刺史例能诗，西掖今来替左司。"寓于郡之永定佛寺。见《寓永定》诗。大和，以太仆少卿兼御史中丞，为诸道盐铁转运、江淮留后，年九十余矣。不知其所终。见刘禹锡《大和六年为苏州刺史举官自代状》云："诸道盐铁转运、江淮留后、朝议郎、太仆少卿、兼御史中丞、上柱国韦应物，历掌剧务，皆有美名，执心不回，临事能断。所职虽重，本官尚轻。内省无能，辄敢公举。司榷管之利，诚藉时才；流岂弟之风，实为邦本。"谨按，大和年去应物刺郡时已更六朝，四十余年矣，而梦得犹举之，岂其遗爱尚存耶？又据应物《送邹少府》诗云："天宝为侍臣，历观两都上。"《宴李录事》诗云："十五侍皇闱。"然则天宝中应物在三卫，年始十五，至大和，计年九十余。然自苏州罢郡寓永定以后，集中不复有诗，岂四十年间无一篇诗者？盖亡之也。予尝叹息于斯焉。有子曰庆复,为监察御史、河东节度掌书记。见《姓纂》。应物性高洁,见李肇《国史补》。善为诗,气质闲妙,浑然天成,初若不用工,而近世诗人莫及也。白居易尝语元稹曰:"韦苏州歌行,才丽之外,深得讽谏之意,而五言尤为高远雅淡,自成一家。"其为时人推重如此。浮屠皎然者,颇工近诗,尝拟应物体格,得数解为赘,应物弗善也。明日,录旧赘以见,始被领略,曰:"人各有能有不能,盖自天分学力有限。子而为我,且失其故步矣,但以所诣自名可也。"皎然心服焉。见《因话录》、《长庆集》等。应物鲜食寡欲,所居焚香扫地而坐。见李肇《国史补》。为吴门时,年已老矣,而诗益造微,世亦莫能知之也。亦白诗。子沈子曰:予读韦苏州诗,超然简远,有正始之风,所谓朱丝疏弦,一唱三叹者。应物当开元、天宝,宿卫仗内,为郎、刺史于建中,以迄贞元,而文宗大和中,刘禹锡乃以故官举之,计其年九十余,而犹领转输剧职,应物何寿而康也? 然自吴郡以后,不复有诗文见于录者,岂亡之耶? 使应物而无死,其所为当不止此;以应物为终于吴郡之后,则禹锡之所举者犹无恙也,盖不可得而考也。《新唐书·文艺传》称应物有文在人间,史逸其传,故不录。予既爱其诗,因考次其平生,行义官代,皆有凭藉,始终可概见如此,恨史官编摩疏陋耳。嗟夫! 应物崎岖,身阅盛衰之变,晚乃折节学问,今其诗往往及治道,而造理精深。士固有悔而能复,厄而后奇者,如应物有以自表见于后世,岂偶然哉?《渔隐丛话后集》又载韩子苍云:"韦苏州少时,以三卫郎事玄宗,豪纵不羁。"余因记《唐宋遗史》云:"韦应物赴杜鸿渐宴,醉宿驿亭,见二佳人在侧,惊问之。对曰:'郎中席上与司空诗,因令二乐伎侍寝。'问:'记得诗否?'一妓强记,乃诵曰:'高髻云鬟宫样妆,春风一曲杜韦娘。司空见惯浑闲事,断尽苏州刺史肠。'"观此则应物豪纵不羁之性,暮年犹在也。子苍又云:"余观韦苏州,为性高洁,鲜食寡欲,所居扫地焚香而坐。"此是《韦集》后王钦臣所作序载《国史补》之语,但恐溢美耳。与时谓尽信书不如无书,《国史补》之说固未可信,又安知《唐宋遗史》为得其实乎?此未可以臆断也。

宾退录卷第十

臧哀伯云："武王克商，迁九鼎于洛邑，义士犹或非之。"义士即《多士》所谓"迁殷顽民"者也。由周而言，则为顽民；由商而论，则为义士矣。此说近世陈同甫_亮始发之。杜预谓为"伯夷之属"，非也。

《礼》曰："铭者，自名也。自名以称扬其先祖之美，而明著之后世者也。为先祖者，莫不有美焉，莫不有恶焉。铭之义，称美而不称恶，此孝子孝孙之心也。唯贤者能之。"又曰："其先祖无美而称之，是诬也；有善而弗知，不明也；知而弗传，不仁也。此三者，君子之所耻也。"碑志、行状之法，具于是矣。若无美而必欲谀墓，有恶而饰以为美，卑官下士，犹足以诳不知之人；仕稍通显，则其善恶已著于人之耳目，何可诬也？莫俦靖康末所为，虽三尺童子，亦恨不诛之，而孙仲益尚书志其墓，顾谓："靖康之变，台谏争请和戎，皆斥废不用。而二三狂生，抗首大言，乘险徼幸，试之一掷，卒至误国。高宗狩维扬，移跸临安，国步阽危，至此极矣。而进取之士，终以和戎为讳，此翰林莫公所以投闲置散，至于老死不用。"斯言也，不几于欺天乎？及作《韩忠武志》，则又以岳武穆为跋扈，而与范琼同称，善恶复混淆矣。岳之祸，承权臣风旨而诬以不臣者，万俟忠靖、罗彦济_{汝楫}也。洪文惠志罗墓，不书此事，正得称美不称恶之义。而仲益志万俟，则显书之，何哉？张子韶侍郎，学问气节，表表一世，参禅学佛，与其平生自不相掩，张亦未尝以此为讳。其从子榕作家传，欲为文饰，乃谓张有《学说》云：“释老虚无，耳不可有闻，目不可有见。”则是静言庸违，张必不然。余独喜李文简志赵待制圹墓，既历叙其在蜀理财治赋之功，且谓为当时第一；继云：“或者咎公竭泽而渔，使来者无所施其智巧，今虽累经蠲放，而害终不去。当时稍存平恕，则今日之害，决不至此。呜呼！此所谓责人终无已者也，然公亦不得不任其咎。昔苏绰在西魏佐周武帝，以国用不足，为征税之法颇重，既而叹曰：‘今所为者，正如张弓，非平世法也。后之君子，谁能弛乎？’绰子威闻其言，每以为己任。及相隋文帝，奏减赋役，务从轻简，帝悉从之。彼苏威顾能如此，曾谓今日无若苏威者乎？此焘深所叹息。详纪之，以俟来世。”又南轩作《宇文阆州邦献志》谓：“初君以二父世科为念，刻苦习进士业，为进士者多推称之。两以锁厅试，类省辄下，益力。后虽已领州符，犹不置，盖终其身以是为歉。栻尝以谓自先王教胄子之法坏，大家世族不得尽成其材。其下者苟从禄利，不乐亲文墨事；至其间读书欲自表见者，则又不屑其世禄，顾反以从进士觅举得之为荣。噫！昔之人所望于胄子者，岂为是哉？若君居家孝友，涖官廉平，温厚博雅，于以进德，孰能御之？顾区区犹以是为歉，何哉？”二公之作，盖又因以立言垂世，不特铭墓而已。若《李茂嘉谈墓志》谓：“明受赦至建康，吕忠穆怡然自若。时李为江东副漕，以言责之，吕踌躇未行，而张忠献檄书至。”尽与诸家记事之书不合。则熊子复克《小历》，李氏心传《系年要录》已有疑于仲益之言矣。蔡伯喈曰：“吾为人作铭，未尝不有惭容，唯为《郭有道碑颂》无愧耳。”后之秉笔者，亦能自讼如此否乎？

　　绍圣四年殿试，考官得胡安国之策，定为第一。将唱名，宰执恶其不诋元祐,而何昌言策云:"元祐臣寮,不知君臣之义,父子之恩。"擢为首选。方天若策云:"当是时,鹤发宵人,棋布要路。今家财犹未籍没,子孙犹未禁锢。"遂次之。又欲以章惇子为第三,哲宗命再读安国策,亲擢为第三。昌言,新淦人,仕至工部侍郎。张邦昌之僭,昌言为事务官。既又改名善言,以避邦昌名。南都中兴,昌言已死,遂追贬。观其进身,可以占终矣。

唐小说《辨疑志》载:明皇时,姜抚先生,不知何许人也。常著道士衣冠,自云年已数百岁。持符箓,兼有长年之药,度世之术。有荆岩者,颇通南北史,问抚:"何朝人也?"抚曰:"梁朝人也。"岩曰:"梁朝绝近,先生亦非长年之人,不审先生梁朝出仕,为复隐居?"抚曰:"吾为西凉州节度。"岩曰:"何得诳妄,上欺天子,下惑世人!梁朝在江南,何处得西凉州?只有四平、四安、四镇、四征将军,何处得节度使?"抚惭恨,数日而卒。蔡絛《铁围山丛谈》:政和间,有处士王卓者,亦遭遇时主,自言五百岁矣。人视之,若不过七八十岁,容状光泽。颇挟容成术,无他异也,鲁公稍异之。一日,鲁公命吾延卓坐。吾询其迹,则曰:"生隋末,唐李勣征高丽,尝作神将,因擅纵降卒数十,被黥,配之五岭南。由是遇异人,授以不死方,曾不一瞬间,忽至今矣。"吾问:"还识狄梁公否?"卓曰:"识也,感他狄相公封卓为白云先生。"又问:"当开元天宝间,明皇帝好道,而方士辈出,先生出乎?"曰:"卓时反不出。"问何故,则曰:"卓时与罗家争气,意自不喜出耳。"罗,盖公远也。遂历问唐诸帝、武后及名臣之情状,则或合或不合。又言:"当肃宗时,卓始一出,亦蒙封号。"吾问:"果尔,则必识李辅国。辅国状若何?"卓曰:"正得辅国见爱而封。辅国面大且方,美须髯也。"吾笑曰:

"先生败矣。"二事正堪作对。信乎,作伪之难也。抚,唐史有传,亦言其妄,然不及此云。

葛文康评古,谓汉文帝改后元年,景帝又改中元、后元年,武帝屡更年号,亦有后元。不知当时何所据而分中与后。谓之后,则疑若有极,乃不讳避,何耶? 将当时有先知之谶耶? 余谓不然。汉之诸帝,不过改元年尔。后人因其有二元,则别以为后;因其有三元,则复冠以中,非当时本称也。武帝虽屡更年号,偶最后不曾命名,独称元年,后人因其崩,亦以后称焉耳。惟东都建武中元,恐是当时所命也。

西汉诸帝,多自立陵庙名,后世不复然。至于及其生而自命以某祖某宗,而使万世不祧者,古今所无也。惟于魏明帝见之,孙盛讥之,是矣。彼谓"顾成之庙,称为太宗"者,臣下假设之辞耳,非此之比也。

徐陵《鸳鸯赋》云:"山鸡映水那相得,孤鸾照镜不成双。天下真成长会合,无胜比翼两鸳鸯。"黄鲁直《题画睡鸭》曰:"山鸡照影空自爱,孤鸾舞镜不作双。天下真成长会合,两凫相倚睡秋江。"全用徐语点化。《容斋随笔》谓鲁直末句尤精工。余幼时不能解,每疑鸳鸯可言长会合,两凫则聚散不常,何可言长会合? 后乃悟鲁直所谓长会合,特指画者耳。

《新唐书》进表谓:"其事则增于前,其文则省于旧。"夫为文纪事,主于辞达,繁简非所计也。《新唐书》之病,正坐此两语,前辈议之者多矣。晋张辅云:"司马迁叙三千年事,惟五十万言;班固叙二百年事,乃八十万言。"以此为迁固优劣。殊不思司马子长追述上世,故不可得而详;班孟坚纪录近事,有不容于略。《春秋传》所谓"所见异辞,所闻异辞,所传闻异辞"正谓是也。洪文敏论《史记·卫青传》书:"校尉李朔、校尉赵不虞、校尉公孙戎奴,各三从大将军获王,以千三百户封朔为涉轵侯,以千三百户封不虞为随成侯,以千三百户封戎奴为从平侯。"《前汉书》但云:"校尉李朔、赵不虞、公孙戎奴,各三从大将军,封朔为涉轵侯,不虞为随成侯,戎奴为从平侯。"比于《史记》,五十八字中省二十三字,然不若《史记》为朴赡可喜。又论《檀弓》纪石祁子事云:"石骀仲卒,有庶子六人,卜所以为后者,曰:'沐浴佩玉则兆。'五人者皆沐浴佩玉。石祁子曰:'孰有执亲之丧而沐浴佩玉者乎?'不沐浴佩玉。"谓今之为文者不然,必曰:"'沐浴佩玉则兆。'五人者如之。祁子独不可,曰:'孰有执亲之丧若此者乎?'"似亦足以尽其事,然古意衰矣。此论得之。崇仁吴德远沆《环溪诗话》载其少时,谒张右丞,右丞告之曰:"杜诗妙处,人罕能知。凡人作诗,一句只说得一件物事,多说得两件。杜诗一句能说得三件四件五件。常人作诗,但说得眼前,远不过数十里。杜诗一句能说数百里,能说两州军,能说半天下,能说满天下。此其所以为妙。且如'重露成涓滴,稀星乍有无',也是好句,然露与星各只是一件事。如'孤城返照红将敛,近市浮烟翠且重',亦是好句,然有孤城也,有返照也,即是两件事。又如'鼍吼风奔浪,鱼跳日映山',有鼍也,风也,浪也,即是一句说三件事。如'绝壁过云开锦绣,疏松夹水奏笙簧',即是一句说四件事。至如'旌旗日暖龙蛇动,宫殿风微燕雀高',即是一句说五件事。唯其实,是以健;若一字虚,即一字弱矣。公但按此法以求前人,即渐难为诗。"吴又问:"如何是说眼前事,以至满天下事?"右丞云:"如'独鹤不知何事舞,饥乌似欲向人啼',只是说眼前所见。如'蓝水远从千涧落,玉山高并两峰寒',即是说数十里内事。如'三峡楼台淹日月,五溪衣服共云山',即是一句说数百里内事。至如'浮云连海岱，平野入青徐'，即是说两州军。如'吴楚东南坼'，即是一句说半天下。至'乾坤日夜浮'，即是一句说满天下。"吴因取前辈之诗，参而考之，谓"东坡惟《有美堂》一篇最工，然'天外黑风吹海立，浙东飞雨过江来'，止是一句能言三件事。如'令严钟鼓三更月，野宿貔貅万灶烟'，是一句能言四件事。如'通印子鱼犹带骨，披绵黄雀尚多脂'，'鹤闲云作氅，驼卧草埋峰'，每句亦不过三物。如'酒醒风动竹，梦断月窥楼'，'深谷留风终夜响，乱山衔月半床明'，'风花误入长春苑，云月长临不夜城'，'云烟湖寺家家镜，灯火沙河夜夜春'，则似三物而不足。至如'峰多巧障日，江远欲浮天'，'翠浪舞翻红罢稏，白云穿破碧玲珑'，'叶厚有棱犀甲健，花深少态鹤头丹'等句，不过用二物矣。山谷则有数联合格，如'轻尘不动琴横膝，万籁无声月入帘'，'饭香猎户分熊白，酒熟渔家擘蟹黄'，'苦楝狂风寒彻骨，黄梅细雨润如酥'，皆是一句能言三件事。如'河天月晕鱼分子，槲叶风微鹿养茸'，'桃李春风一杯酒，江湖夜雨十年灯'，即是一句能言四件事。至荆公则合格者稍多，如'帚动川收潦，靴鸣海上潮'，'已无船舫犹闻笛，远有楼台只见灯'，'山月入松金破碎，江风吹水雪崩腾'，'阳浮树外苍江水，尘涨原头野火烟'，即每句皆能道三件事。以至'庙堂生莽卓，岩穴死伊周'，'和风满树笙簧杂，霁色兼山粉黛重'，'坐见山川吞日月，杳无车马送尘埃'，'霁分星斗风雷静，凉入轩窗枕簟闲'，即是一句能言四件事。然竟无一句能用五物者。至用半天下、满天下之说求之，尤未见其有也。然后知诗道之难如此，而古今之美，备在杜诗，无复疑矣。"此论尤异。以此论诗，浅矣！杜子美之所以高于众作者，岂谓是哉？若以句中事物之多为工，则必皆如陈无己"桂椒栟栌枫柞樟"之句,而后可以独步,虽杜子美亦不容专美。若以"乾坤日夜浮"为满天下句,则凡句中言"天地"、"华夷"、"宇宙"、"四海"者,皆足以当之矣,何谓无也。张辅喜司马子长五十万言纪三千年事,张右丞喜杜子美一句该五物,识趣正同,故并录之。

邵伯温《闻见录》载:康节先生治平间与客散步天津桥上,闻杜鹃声,惨然不乐,曰:"洛阳旧无杜鹃,今始至不二年。上用南士为相,多引南人,专务变更,天下自此多事矣。"客曰:"闻杜鹃何以知此?"曰:"天下将治,地气自北而南;将乱,自南而北。今南方地气至矣,禽鸟飞类,得气之先者也。"与时按康节《首尾吟》其一云:"尧夫非是爱吟诗,诗是尧夫访友时。青眼主人偶不在,白头老叟还空归。几家大第横斜照,一片残春啼子规。独往独来还独坐,尧夫非是爱吟诗。"疑亦此意也。

古今咏史诗,求其议论精当,康节先生《题淮阴侯庙》十篇,可以为冠,读者当自知之。"一身作乱宜从戮,三族全夷似少恩。汉道是时初杂霸,萧何王佐殆非尊。""据立大功非不智,复贪王爵似专愚。造成四百年炎汉,才得安宁反受诛。""生身既得逢真主,立事何须作假王。谁谓祸胎从此始,不宜回首怨高皇。""一时韩信为良犬,千古萧何作霸臣。彼此并干名教罪,罪犹不逮谓斯人。""韩信事刘原不叛,萧何惑汉竟生疑。当初若听蒯通语,高祖功名未可知。""虽则有才兼有智,存亡进退处非真。五湖依旧烟波在,范蠡无人继后尘。""若非韩信难除项,不得萧何莫制韩。天下须知无一手,苟非高祖用萧难。""汉家基定议功勋,异姓封王有五人。不似淮阴最雄杰,敢教根固又生秦。""韩信恃功前虑寡,汉皇负德尚权安。幽囚必欲擒来斩,固要加诸甚不难。""若履暴荣须暴辱,既经多喜必多忧。功成能让封王印，世世长为列土侯。”

　　首卷书王平甫所云花蕊《宫词》三十二首，今考王恭简《续成都集记》才二十八首，尽笔于此，庶真赝了然。“五云楼阁凤城间，花木长新日月闲。三十六宫连内苑，太平天子坐昆山。”“会真广殿约宫墙，楼阁相扶倚太阳。净甃玉阶横水岸，御炉香气扑龙床。”“龙池九曲远相通，杨柳丝牵两岸风。长似江南好春景，画船来去碧波中。”“东内斜将紫禁通，龙池凤苑夹城中。晓钟声断严妆罢，院院纱窗海日红。”“殿名新立号重光，岛上亭台尽改张。但是一人行幸处，黄金阁子锁牙床。”“安排诸院接行廊，水槛周回十里强。青锦地衣红绣毯，尽铺龙脑郁金香。”“夹城门与内门通，朝罢巡游到苑中。每日日高祗候处，满堤红艳立春风。”“厨船进食簇时新，侍坐无非列近臣。日午殿头宣索脍，隔花催唤打鱼人。”“立春日进内园花，红蕊轻轻嫩浅霞。跪到玉阶犹带露，一时宣赐与宫娃。”“三面宫城尽夹墙，苑中池水白茫茫。亦从狮子门前入，旋见亭台绕岸旁。”“离宫别院绕宫城，金板轻敲合凤笙。夜夜月明花树底，傍池长有按歌声。”“御制新翻曲子成，六宫才唱未知名。尽将箫篥来抄谱，先按君王玉笛声。”“旋移红树斸青苔，宣使龙池再凿开。展得彩波宽似海，水心楼殿胜蓬莱。”“太虚高阁凌波殿，背倚城墙面枕池。诸院各分娘子位，羊车到处不教知。”“修仪承宠住龙池，扫地焚香日午时，等候大家来院里，看教鹦鹉念新诗。”“才人出入每相随，笔砚将行绕曲池，能向彩笺书大字，忽防御制写新诗。”“六宫官职总新除，宫女安排入画图。二十四司分六局，御前频见错相呼。”“春风一面晓妆成，偷折花枝傍水行，却被内嫔遥觑见，故将红豆打黄莺。”“梨园弟子簇池头，小乐携来候燕游。旋炙银笙先按拍，海棠花下合《梁州》。”"殿前排燕赏花开,宫女侵晨探几回。斜望花开遥举袖,传声先唤近臣来。""小球场近曲池头,宣唤勋臣试打球。先向画廊排御幄,管弦声动立浮油。""供奉头筹不敢争,上棚专唤近臣名。内人酌酒才宣赐,马上齐呼万岁声。""殿前宫女总纤腰,初学乘骑怯又娇。上得马来才似走,几回抛鞚把鞍桥。""自教宫娥学打球,玉鞍初跨柳腰柔。上棚知是官家认,遍遍长赢第一筹。""翔鸾阁外夕阳天,木影花光水接连。望见内家来往处,水门斜过罨楼船。""内人追逐采莲时,惊起沙鸥两岸飞。兰棹把来齐拍水,并船相斗湿罗衣。""新秋女伴各相逢,罨画船飞别浦中。旋折荷花伴歌舞,夕阳斜照满衣红。""月头支给买花钱,满殿宫娥近数千。遇着唱名都不应,含羞走过御床前。"

任土作贡,三代而下未之或废,时有损益而已。高宗建炎三年,始诏除金、银、匹帛、钱谷,余悉罢贡。盛德事也。《禹贡》以来,历代史志及地理之书,但载土贡之目,而不书其数,惟《元丰九域志》为详。尝最一岁所贡,凡为金二十四两,登一十两,利五两,万、象、融各三两。麸金五十五两,金、饶各一十两,嘉六两,眉、雅、简、资各五两,衡、昌、龙各三两。银四百五两,桂阳、桂各五十两,鄂、邕各三十两,邵、贺、封、端、新、康、南恩、梅、容、昭、梧、藤、龚、浔、贯、柳、宜、横、白、廉、琼、昌化各一十两,宾、化、高、郁林、万安各五两。铜铁一十斤,利。锦三匹,成都。白縠一十匹,襄。隔织一十八匹,泰一十匹,洋八匹。绝七十五匹,汝一十五匹,颍、棣、保定、安肃、陕、威胜各一十匹。花绝一十匹,祁。综丝绝二十匹,濰。绫一百四十五匹,杭三十匹,蔡、定各二十匹,淄、随、润、明、秀、江陵、澧各一十匹,绵五匹。花绫一十匹,兖。白花绫一十匹,梓。综丝绫一十匹,蓬。双丝绫一十匹,徐。方纹绫三十匹,开封。仙纹绫五十匹,青三十匹,濰二十匹。樗蒲绫二十匹，遂。莲绫一十匹，阆。越绫二十匹，越。罗七十匹，真定三十匹，定二十匹，润、彭各二十匹。花罗六匹，成都。春罗四匹，蜀。单丝罗一十匹，蜀。纱四十匹，相、庐、常、太平各一十匹。方纹纱三十匹，开封。茜绯花纱一十匹，越。轻容纱五匹，越。绸一百四十五匹，洛二十匹，陈、汝各一十五匹，大名、徐、颍、博、雄、永宁、广信、陕、怀安各一十匹，达五匹。花绸一十匹，大名。绵绸五十匹，筒二十匹，大名一十匹，渠、巴、蓬、忠各五匹。绢六百七十匹，随、滑、瀛各三十匹，应天、冀、德、滨、卫、深、亳各二十匹，陈一十五匹，密、齐、淮阳、徐、曹、郓、濮、唐、颍昌、郑、沧、棣、霸、永静、乾宁、信安、相、邢、赵、保、顺安、渭、平定、岢岚、宁化、保德、宿、海、泗、滁、庐、濠、无为、临江、建昌、涪、昌、云安、南平、韶、循、南雄各一十匹，广安五匹。班白绢三匹，诚。布一十五匹，鼎一十匹，梅五匹。丝布二十匹，邛一十匹，果 十匹。纻布一百七十五匹，信阳、楚、和、吉、筠、兴国、南安、郴、江陵、安、鼎、岳、归、汉、绵、邵武、英各一十匹，房五匹。白纻布一百六十五匹，舒、湖、虔各二十匹，郢、蕲、黄、常、睦、宣、歙、袁、道、连各一十匹，开五匹。高纻布一十匹，成都。细纻二十匹，扬。斑布一十匹，荣。葛布二百三十五匹，洪、抚、潭各三十匹，苏二十匹，随、寿、光、吉、永、全、普、戎、泸、富顺、泉、兴化各一十匹，渝五匹。蕉布一十五匹，泉一十匹，潮五匹。红花蕉布三十匹，福。练七十匹，建五十匹，和、鼎各一十匹。毛毲一十五段，熙一十段，保安五段。紫茸毛毲一十段，泾。绵一千一百两，齐、颍、莫、卫、赵、婺、处、衢、梁山、泉、兴化各一百两。毡三十领，庆二十领，丰一十领。白毡三十领，镇戎二十领，恩一十领。紫茸毡四领，庆。靴毡一十领，京兆。靴皮二十张，同。獐鹿皮三百一十张，海三百张，通一十张。鲛鱼皮二十六张，台、漳各一十张，温五张，潮一张。龟壳二十枚，广。水马二十枚，广。鼍皮一十张，广。翡翠毛二十枚，钦。席一百七十领，常三十领，澶、秦、陇、苏各二十领，京兆、鄜、宁、坊、凤翔、汾各一十领。蔍席二十领，开封一十领，颍昌一十领。莞席一百领，扬。簟四十一领，永静、蕲、睦、饶各一十领，澧一领。藤簟二十领，广。漆器五十事，湖三十事，襄二十事。瓷器三百一十事，河南二百事，耀、越各五十事，邢一十事。石器二十事，登一十事，莱一十事。水晶器一十事，信。藤器二十事，象一十事，宾一十事。藤盘一面，循。藤箱一枚，惠。柳箱一十枚，沧。铜鉴一十面，太原。青铜鉴二十面，扬。火筋五十对，邠。剪刀五十枚，邠。笔一千管，江宁五百管，宣五百管。墨三百枚，兖、潞、绛各一百枚。砚四十枚，虢二十枚，宁、端各一十枚。纸四千张，越、歙、池各一千张，真、温各五百张。杂色笺五百张，成都。蜡烛九百五十条，凤翔三百条，汀二百条，成、凤、晋、绛各一百条，阶五十条。花蜡烛一百条，邓。燕脂一十斤，兴元。槵子数珠一十串，象。斑竹一十枚，雷。解玉砂一百五十斤，邢一百斤，忻五十斤。金漆三十斤，台。弓弦麻二十斤，坊。鳔胶一十斤，通。甲香二十七斤，漳、惠各一十斤，台、广各三斤，潮一斤。青一十斤，代。碌一十斤，代。朱砂四斤一两，沅、容各二十两，辰一十五两，黔一十两。云母二十斤，兖一十斤，江一十斤。钟乳四斤八两，沂三十两，韶、连各一斤，房十两。芒硝一十斤，峡。空青一十两，梓。曾青一十两，梓。禹余粮一十斤，泽。白石英一十二斤，泽一十斤，梧二斤。紫石英二十斤，沂一十斤，兖一十斤。白石脂一十斤，苏。水银三斤二两，辰三十两，沅二十两。石膏二十斤，汾。磁石一十斤，磁。阳起石一十斤，齐。长理石五斤，淄。岩石一十斤，太原。石燕二百枚，永。白菊花三十斤。邓。人参三十斤一十两，太原、潞、泽各一十斤，辽一十两。天门冬二十斤，果一十斤，普一十斤。甘草二百六十斤，环一百斤，德顺五十斤，原、兰、府各三十斤，岷、太原各一十斤。白术一十两，舒。牛膝五十斤，怀。柴胡三十斤，麟、丰、火山各一十斤。车前子一斗，开。干山薇一十五斤，明。细辛一十斤，华。石斛一十二斤，寿一十斤，广二斤。生石斛四十斤，庐二十斤，光、江各一十斤。巴戟一十斤，剑。庵蕳一十斤，宁。芎䓖三十斤，秦。黄连五十斤，宣三十斤、处、施各一十斤。苁蓉六十斤，渭五十斤，保安一十斤。防风七十斤，绛三十斤，单一十五斤，齐、兖各一十斤，淄五斤。五味子五十斤，河中。蛇床子二十五斤，单一十五斤，苏一十斤。杜若一十斤，峡。葛粉一十斤，信。栝蒌根一十斤，陕。当归一十斤，威。麻黄二十五斤，开封一十五斤，郑一十斤。知母一十斤，相。仙灵脾一十斤，沂。紫草五十斤，大名。海藻一十斤，莱。高良姜一十五斤，钦一十斤，朱崖五斤。牡丹皮一十五斤，渝一十斤，合五斤。零陵香二十斤，道一十斤，全一十斤。缩砂二斤，白。白药子五斤，合。天雄一斤，龙。大黄一百斤，鄜。葶苈子三升，曹。连翘一十斤，黄。续随子三斤，陵井。荆芥一十斤，宁。羌活一十斤，威。木药子二百颗，施一百颗，万一百颗。桂心四十斤，桂二十斤，容二十斤。茯苓三十斤，沂、兖、华各一十斤。伏神五斤，华。酸枣仁三斗，京兆二斗，开封一斗。黄蘗五斤，金。五加皮一十斤，峡。杜仲五斤，金。沉香一十斤，广。詹糖香二斤，广。槟榔一千颗，琼。枳壳一十五斤，商一十斤，金五斤。枳实一十五斤，商一十斤，金五斤。巴豆一斤，眉。红椒三十斤，黎。买子木二斤，渠。白胶香五斤，金。苦药子三斤，陵井。红花五十斤，兴元。柏子仁一十斤，陕。地骨皮二十斤，京兆一十斤，虢一十斤。胡粉二十斤，澶一十斤，相一十斤。龙骨一十斤，河中。麝四斤一十一两，金十两，均、延、丹、河、通远、宪、岚、文各五两，襄、庆、虢、商、熙、代、茂各三两，房、忻各二两。牛黄九两，密、登、莱各三两。阿胶七斤一十四两，郓六斤，济三十两。鹿茸一对，成。羚羊角一十五对，阶一十对，龙五对。犀角二株，衡一株，邵一株。蜜三百四十斤，河南路各一百斤，凤、兴各三十斤，晋、隰、石、夔各二十斤。白蜜三十斤，信。蜡四百四十斤，河南、延各一百斤，京兆五十斤，庆、凤、兴各三十斤，隰、石、庐、夔各二十斤，黔、大宁各一十斤。牡蛎一十斤，莱。乌鰂鱼骨五斤，明。覆盆二斤，随。荜豆一石，邠。粱米一石，孟。茶一百一十斤，南剑。茶末一百斤，潭。茶牙二十斤，南康一十斤，广德一十斤。碧涧茶牙六百斤，江陵。龙凤等茶八百二十斤，建。盐花五十斤，解。枣一万一千颗，青。榛实一石。凤翔。漫系之简牍，以广闻见。

　　与时读书不广，何敢有所纪述。嘉定屠维单阏之夏，得疾濒死。既小愈，无以自娱，而心力弗强，未敢覃思于穷理之学，因以平日闻见，稍笔之策。初才十余则。病起，宾客狎至，语有所及，或因而书之。日积月累，成此编帙。阏逢涒滩之秋，束担赴戍，因命小史书而藏之笈。年日以老，大学未明，顾为此戏剧之事，良以自悔，特未能勇决焚弃之耳。录中及近世诸公，或书谥，或书字，或书自号，不得已者，旁注其名。惟事涉君上，则直名之，盖君前臣名之义云。与时续记。

贵 耳 集

［宋］张端义　撰

李保民　　校点

校 点 说 明

张端义(1179—?),字正夫,自号荃翁,郑州(今属河南)人,寓居苏州。少时勤学苦读,兼习武艺,稍长游学于名儒项安世、杨简、魏了翁门下。生平酷爱诗词小赋。宋理宗端平年间(1234—1236)上书,因直言得罪,被放逐到广南韶州。《贵耳集》一书即在韶州所作。

是书凡三集,每集一卷,卷首皆有作者自序,剖析写作的缘起和动机。一集成于淳祐元年(1241),多记朝中见闻和文人诗话。为研究宋代文史之重要资料。二集成于淳祐四年(1244),南渡前后朝野杂事居多,兼及经史考证等。三集成于淳祐八年(1248),为补拾前二集之遗漏而作。目的在于"粗可备稗官虞初之求",故不少条目有较强的故事意味,久传于人口。如记汴京名妓李师师与周邦彦事,不仅在宋代广为流传,甚至到了明代还被凌濛初《宋公明闹元宵杂剧》所采用,盛传不衰。此外,书中部分条目还记载了有关唐末农民起义军领袖黄巢的事迹,保存了一些伶人活动的戏剧史资料,为他书所罕见,值得重视。

《贵耳集》宋本久佚,现今能够看到的都为明、清两代刻本。明嘉靖李栻辑刊《历代小史》丛书,收入本书仅有一卷,颇多删节。其后陈继儒刻入《宝颜堂秘笈》中,将原书的下集析成二卷,并佚去序文,也不完整。明末毛晋从闵元衢处假得足本刻入《津逮秘书》,是为三卷本。清嘉庆间,张海鹏又据《津逮秘书》本校勘一过,刻入《学津讨原》。这次校点,以

《津逮秘书》本为底本,校以《历代小史》本、《宝颜堂秘笈》本及《学津讨原》本。凡底本有误,皆据别本径加改正,不出校记。

目　录

贵耳集卷上

　　余从江湖游,接诸老绪余,半生钻研,仅得《短长录》一帙。秀岩李心传先生见之,则曰:"余有《朝野杂录》至戊己矣,借此以助参订之阙。"余端平上书,得罪落南,无一书相随。思得此录增补近事,贻书索诸妇,报云:"子录非《资治通鉴》,奚益于迁臣逐客? 火之久矣。"余悒怏弥日,叹曰:"妇人女子,但知求全于匹夫,斯文奚咎焉? 大抵人生天地间,惟闲中日月最难得。使余块然一物,与世相忘,视笔砚简编为土苴,固亦可乐。幸而精力气血未衰,岂忍自叛于笔砚简编之旧? 对越天地,报答日月,舍是而何为耶?"因追忆旧录,记一事,必一书,积至百,则名之《贵耳录》。耳,为人至贵,言由音入,事由言听,古人有入耳著心之训,又有贵耳贱目之说。怅前录之已灰,喜斯集之脱稿,得妇在千里外,虽闻有此录,束缊之怒不及矣。录尾述其大略,窃比太史公自序云。淳祐元年十二月大雪日,东里张端义序。

　　思陵偶持一扇,乃祐陵御笔,画林檎花上一鹦鸪。令曾觌进诗云:"玉辇神游事已空,尚余奎藻写春风。年年花鸟无穷意,尽在苍梧落照中。"思陵感动出涕。《桯史》所载康与之,非也。

　　孝宗朝尚书鹿何年四十余,上章乞致其事。上惊谕宰臣问其由,何对:"臣无他,顾德不称位,故稍矫世之不知分者耳。"以此语奏，上姑遂其请。在朝者皆以诗祖之。何归遂筑堂，扁曰："见一。"盖取"人人尽道休官去，林下何曾见一人"之句。

慈圣一日见神考不悦，问其所以，神考答曰："廷臣有谤讪朝政者，欲议行。"慈圣曰："莫非轼、辙也。老身尝见仁祖时策士，大悦得二文士。问是谁，曰轼、辙也，朕留与子孙用。"神考色渐和。东坡始有黄州之谪，在台狱有二诗别子由。诗奏神考，慈圣亦阅之。曰："圣主如天万物春，小臣愚暗自亡身。百年未满先偿债，十口无归更累人。是处青山可埋骨，他年夜雨独伤神。与君世世为兄弟，又结来生未了因。""柏台霜气夜凄凄，风动琅珰月向低。梦绕云山心似鹿，魂飞汤火命如鸡。眼中犀角真吾子，身后牛衣愧老妻。百岁神游定何处？桐乡知葬浙江西。"狱中闻湖、杭民作解厄道场屡月，故有此语。

徽考宝箓宫设醮，一日，尝亲临之。其道士伏章，久而方起。上问其故，对曰："适至帝所，值奎宿奏事方毕，章始达。"上问曰："奎宿何神？"答曰："即本朝苏轼也。"上大惊，因是使妮能之臣，谮言不入。虽道流之言出于悦恍，然不为无补也。

寿皇未尝忘中兴之图，有《新秋雨霁》诗云："平生雄武心，览镜朱颜在。岂惜尝忧勤，规恢须广大。"曾作《春赋》有曰："予将观登台之熙熙，包八荒之为家。穆然若东风之振槁，洒然若膏雨之萌芽。生生之德，无时不佳，又何羡乎炫目之芳华？"示徐本中，命其校订。曾亲因谮徐云："上《春赋》，本中在外言，曾为润色。"寿皇颇不悦。本中自知阁换集英殿修撰，江东漕。后许国用此典故换文阶。端平间，试词科出寿皇《春赋颂》，试者皆不知之。此无五十年间事，士大夫罔闻之矣。

孝宗幸天竺及灵隐，有辉僧相随，见飞来峰，问辉曰："既是飞来,如何不飞去?"对曰:"一动不如一静。"又有观音像,手持数珠,问曰:"何用?"曰:"要念观音菩萨。"问:"自念则甚。"曰:"求人不如求己。"因进《圆觉经》二句"使虚妄心若无,六尘则不能有"。经本四字一句,以三句合而为二句。孝宗大喜,有奎翰入石。

汉初黜申、韩,崇黄、老,盖公有曰:治道贵清静。仲舒三策本于黄、老,不失为儒者。积至五七百年,东晋清谈之士,酷嗜庄、老,以旷达超诣为第一等人物。

德寿中兴之后,寿皇嗣服之时,《庄》、《老》二书,未尝不在几格间。或得一二缁黄之讲说,息兵爱民,不事纷华,深得简淡之道。外庭儒者,多以此箴规,惟吕东莱言之甚切。尝读《中庸》、《大学》之书,不当流异端之学。殊不知圣心自与此理圆明,虽曰异端,自有理到处。尊经之意,不得不严。

章圣讲《周礼》,至《典瑞》有"琀玉",问之何义?讲官答曰:"人臣卒,给之琀玉,欲使骨不朽耳。"章圣曰:"人臣但要名不朽,何用骨为?"

德寿与讲官言:读《资治通鉴》,知司马光有宰相度量;读《唐鉴》,知范祖禹有台谏手段。虽学士大夫未尝说到这里。

韦太后自北归,有四圣一图,奉之甚严。委中官张去为建四圣观,秦相偶见之,问所以然。退以堂帖呼张去为,张窘甚,泣告太后。思陵因朝退,语及建四圣观本末。秦相奏云:"先朝政以崇建宫观,致有靖康之变。内庭有所营造,岂容不令外臣知之?中贵自专,非宗社之福。"即日罢役,改为都亭驿。后三年,思陵谕秦相,以孤山为四圣观。殿宇至今简陋。

德寿在南内,寿皇奉亲之孝,极尽其意。德寿好游乐,寿皇一日醉中,许进二十万缗。久而不进,德寿问吴后:"北内曾许进二十万缗,何不进来?"吴后云:"在此久矣。偶醉中奏,不知是银是钱,未敢遽进。"德寿云:"要钱用耳。"吴后代进二十万缗。寿皇感吴后之意,调娱父子之欢,倍四十万缗以献。本朝女后之贤,皆类此也。

曾怀在版曹,效蜀中造会子,始得三百万。孝庙在宫中积三百万见镪,准备换会。三五年,浙中粟贱,造六百万为和籴用。继后印造,不止六百万万矣。辛未以二易一,当时议者,必曰贻害于后。今以五易一,倍于二易一矣。十七界不及六十七文行用,殊不知十九界后出,又将十八界以十易一矣。此一项利害,难以虚言胜。愚民之术,至此而穷,学士大夫强出新奇,欲行称提之法,愈称提,则愈折阅矣。有一小喻,子譬如寒士,将一褐行质于予,本家无钱可赎,欲往其家讲说《语》、《孟》,汝将所质见还。天下必无此理。今之称提空谈,何异讲《语》、《孟》而取质也?

秦会之当国,偶虔州贼发,秦相得报,夜呼堂吏行札,数日以贼闻。一日,德寿问:"虔州有贼,何不奏闻?"秦云:"小窃,不敢上劳圣听,陛下何以知之?"上曰:"普安说。"秦既退,呼堂吏云:"普安一宫给使,请俸不齐,取榜来。"遂阁两月。寿皇圣度高远,亦不以此为意。议者疏秦擅专之罪。德寿建思堂落成,寿皇同宴,问德寿何以曰"思堂",德寿答曰:"思秦会也。"由是秦氏之议少息。

寿皇忽问王丞相淮及执政:"近日曾得李彦颖信否?""臣等方得李彦颖书,绍兴新造蓬莱春酒甚佳,各厅送三十樽。"寿皇曰:"此间思堂春不好,宰执却不敢受。"嘉定以来,有珠玉之贡,闻此可愧矣。

寿皇议遣汤鹏举使虏,沈詹事枢在同列间发一语,操吴音曰："官家好呆。"此语遂达于上，大怒，差四从官审责沈，曾与不曾有此语。对云："臣有此语。"即日谪筠州。汤侍御史使虏，寿皇专差中贵晗晗等人，使回程先取国书，星夜以闻。寿皇得之，启匣，元封不开，国书复回。汤以专对失职得谪，沈以先言有验得归。

石湖范至能成大，以中书舍人为祈请使，至虏庭，颇立节。葛王临辞有言曰："天下是天下之天下，有德者得之。但使宋帝修德而已，不忧天下之不归。"寿皇所以圣德日新，基于此也。

寿皇欲除知阁张说签书枢密院，在朝诸公力争，独石湖不答，或者皆疑之。忽一日，寿皇语及张说，石湖奏云："知阁如州郡典客，不应使典客便与知阁通判同列，何以令众庶见？"寿皇感悟，遂寝此除。《易》曰："纳约自牖。"此之谓也。

周益公以内相将过府，寿皇问："欲除卿西府，但文字之职，无人可代。有文士，可荐二人来。"益公以庞祐甫、崔敦诗荐。上问："曾见他文字否？"公云："二人皆有所业，内铙歌甚好，可进来。"是年适郊祀，公即日进入。寿皇后与公言："庞之文不甚温润，崔之文颇得体。"崔自运司斛面官，除秘书省正字，兼翰林权直。权直自崔始。

孝宗万机余暇，留神棋局，诏国手赵鄂供奉，由是遭际，官至武功大夫浙西路钤。因郊祀，乞奏补，恳祈甚至。圣语云："降旨不妨，恐外庭不肯放行。"久之，云："卿与后省官员，有相识否？"赵云："葛中书臣之恩家，试与他说看。"赵往见葛，具陈上言。答曰："尔是我家里人，非不要相周全，有碍祖宗格法。技术官无奏荐之理，纵降旨来定，当缴了。"后供奉间，从容奏曰："向蒙圣旨，今臣去见葛中书具说，坚执不从。"寿皇曰："秀才难与他说话，莫要引他。"赵之请乃止。寿皇圣明，非特处君子有道，虽处小人亦有道也。

叶丞相颙与林安宅最厚，尝有简往来。丞相之子用林简粘于壁，林后谒丞相，见之不乐而去。林后除察院，首章论丞相，由是去国。疏上，事以风闻。彼时君臣得以自通，叶抗章自辨。寿皇付棘寺穷究。林之所言，乃是叶衡丞相之事。林以诬罔得谪，叶再相。

孝皇同恩平在潜邸，高庙乃书《兰亭序》二篇赐二王，依此样各进五百本。孝皇书七百本上之，恩平卒无所进。高庙赐二王宫女各十人。普安问："礼之当何如？"史浩云："当以庶母之礼待之。"高庙问二王待遇之状，言普安加礼，恩平无不昵之者。大计由此而决。

殿司军籍阙，招三千人，诸军掠人于市，行都骚然。有军人秦忠、杨忠，擅入胡珍家，毁击器具，送棘寺。上欲以军人秦忠、杨忠与百姓陆庆童，皆从军法。浩曰："治百姓自有常法，岂可一旦律之军法？"孝皇大怒。浩奏："陛下惟恐诸军有怨言，故必欲两平其罪，以安其心。不思百姓不得其平，其出怨言，亦可畏也。陈胜、吴广等死国可乎？"上变色震怒，曰："如此，则以朕比秦二世也。"上拂袖，径降旨密院施行。浩以自念，备位宰相，言不见听，使民无罪以死法，即奉祠，相不及数月而去。

莫济宰钱塘，春暮，有一老兵醉入县，咆哮无礼，不问其从来，杖而去之，即德寿宫幕士也。大珰奏知，高庙大怒，宣谕孝宗，莫济即日罢。一年后，偶常州阙守，宰执奏欲得有风力之人，可以整顿凋弊。孝宗云："朕有一人，向曾打德寿宫幕士者，莫济也。"即知常州。莫才作邑及年而得郡。孝宗不次用人如此。

宪圣在南内,爱神怪幻诞等书。郭彖《睽车志》始出,洪景卢《夷坚志》继之。唐已有此集三卷。夷姓,坚名也。宣和间,有奉使高丽者,其国异书甚富,自先秦以后,晋、唐、隋、梁之书皆有之,不知几千家几千集,盖不经兵火。今中秘所藏,未必如此旁搜而博蓄也。

南轩自桂帅入朝,以平日所著之书并奏议讲解百余册,装潢以进。方铺陈殿陛间,有小黄门忽问左司:"甚文字许多?"张南轩斥之曰:"教官家治国平天下。"小黄门答云:"孔夫子道一言可以兴邦。"孝宗闻此言亦笑。东莱修《文鉴》成,独进一本于上前,满朝皆未得见,惟大珰甘昪有之,公论颇不与。得旨除直秘阁,为中书陈骙所缴。载于陈之行状。

哲庙绍圣四年,进八宝,改元符元年,至三年,泰陵上仙。嘉定十七年,得皇帝恭膺天命之宝,卢祖皋在玉堂草诏,用元符典故。太学前廊茅汇征与卢言,诏不当用元符事,卢始惊。茅不愿推宝赏,改崇庆元年,至三年茂陵上仙。其亦偶然相符如此。

济邸择妃,大珰王俞来宣聘,宪圣之侄孙女独尊长。节度使吴铸不悦,同侄孙女辞家庙。铸泣与大珰言:"乞奏知中殿,臣家自有宪圣,可以主张门户,甚次第光辉,不藉此女,只有疏脱。"大珰云:"只是官家中殿圣意,节使如何有此说?"铸云:"他父母不晓事,非铸本心。他日必为宪圣累,莫道铸不曾说。"后有黄冠之命,铸亦可谓贤矣。

宣和间,有诏表文语忌。诏云:"朕笃奉先烈。"表云:"陛下德迈九皇。"札皇子文有"克长克君",此刘嗣明撰也。《容斋随笔》云:京师二吏,一翰林孔目官,不肯进"克长克君"之文,一太常书史刘珏,奏用祭服克军褐。吏云:在《礼》,"祭服弊则焚之"。虽国家危迫,不当以常时论。然容台秉礼,俟朝廷索则予之,贤于背礼而先献也。

泰陵书《戒石铭》赐郡国,曰:"尔俸尔禄,民膏民脂。下民易虐,上天难欺。"用《蜀梼杌》中所载孟王昶文,云:"朕念赤子,盱食宵衣。言之令长,抚养惠绥。政存三异,道在七丝。驱鸡为理,留犊为规。宽猛得所,风俗可移。无令侵削,无使疮痍。下民易虐,上天难欺。赋舆是切,是国是资。朕之赏罚,固不逾时。尔俸尔禄,民膏民脂。为民父母,莫不仁慈。勉尔为戒,体朕深思。"凡二十四句,昶亦可称。后熙陵表出,言简理尽,遂成王言。

赵忠定庚申生,韩平原壬申生、继庚申,史忠献甲申生、继壬申,郑左相丙申生、继甲申。四申相乘,自古罕有。癸丑,状元陈亮死之,乙丑,状元毛自知降第五甲,丁丑,状元吴潜造阙后遭论。四十年间,有四申三丑之验。遭论恐作遭谪

嵩山祖宗陵寝所,自靖康之后,所存特昌陵而已。绍兴间,榷场通货,持陵寝中宝器来,思陵尝得之,为之出涕。所以孝宗日夜不遑,欲恢复故土,志在此也。端平初,金虏失国,鞑酋许本朝遣使朝陵。使未至陵,三京之师一出,鞑酋大怒,尽将陵庙犁为墟矣。七庙何其不幸耶!

自古以来,地势自北而南,江流自西而东。金亡都汴,燕、赵、青、齐之野,皆成草莽,上蔡天地之中气,三十年来地气不乘,兵革日寻,民无生意。蜀自晋未尝经残破,嘉熙戊戌,鞑虏四至,如入无人之境。成都一夕焚尽,死者何止百万人,至今不容经理。鞑贼往来未已,地之气今为不毛,江之源今为污浊。不幸江左当地势之南,江流之东,建瓴之势,为夷虏得之。

李唐樊若水尝驾小舟,以丝量江面阔狭之数,献于太祖。后曹王正用此策下江南。国史载之甚详。不意百有四十年后,高庙中兴,驻跸临安,自淮以北,非吾土也。昔时以汴京为万世不拔之业,谁知建炎至今,宴安江沱,万一夷狄傥用若水之说,如之何?

本朝故事,宗室不领兵,盖因真皇澶渊之幸,高皇靖康之变,以皇子除兵马大元帅,定建炎中兴之业。嘉定间,赵善湘开金陵制府,诛李全,识者有宗室不领兵之议,遂有行宫之谤。尝记帅逢原为池州军帅,有一士挟南班书见之,书史云:“祖宗典故,管军不受宗室。书恐违制。”近来兵将,皆受宗室荐举矣。

自渡江以前,无今之笄,只是乘马,所以有修帽护尘之服。士皆服衫帽凉衫为礼。紫衫,戎服也。思陵在维扬,一时扰乱中遇雨,传旨百官,许乘肩舆,因循至此,故制尽泯。今台谏出台,亲事官用凉衫略展登轿,尚存旧制,他无复见之。

绍兴乾道间,都下安敢张盖,虽曾为朝士,或外任监司州郡,入京未尝有盖,只是持袋扇障日。开禧间,始创出皂盖。程覃尹京出赏,严皂盖之禁。有越士张盖过府门,遂为所治。后学中有诗云:“冠盖相望自古传,以青易皂已多年。中原数顶黄罗伞,何不多多出赏钱。”时山东盗贼纷起,故有此诗也。

掖垣非有出身不除,以荫子除者三人:王柜初寮之孙,韩元吉桐韩之孙,刘孝韪皆为之。自嘉泰、嘉定以来,百官见宰相,尽不纳所业。至端平,衔袖书启亦废。求举者,纳脚色;求阙者,纳阙札而已。文人才士无有自见,碌碌无闻者杂进。三十年间,词科又罢,两制皆不是当行。京谚云“庨家”是也。不过人主上臣下一启耳,初无王言训诰之体,如拜平章、二相三制,岂不有惭于东坡？如改元、灾异、罪己诸诏,岂不有愧于陆贽？因读陆放翁《南唐书》,李王小国耳,自有陶穀、徐铉,钱王尚有罗隐,不意堂堂中国,不能得一士如小国之陶、徐,两浙之罗隐者,良可叹也！

本朝大儒皆出于世家。周濂溪以舅官出仕,两改名。先名宗实,因英庙旧名改;后名惇颐,又以光宗御名改。二程父为别驾。南轩,张魏公之长子。文公,朱郎中之子,奉使朱弁之侄。东莱,吕枢密之孙。致堂,胡文定公之子。惟横渠、象山,士子也。

张魏公开建业幕府,有一术者来谒,取辟客命推算。术者云:“皆非贵人。”公不乐曰:“要作国家大事,幕下如何无三五人宰执侍从？此亦智将不如福将也。”魏公之客虞雍公,雍公之客王谦仲,范宗尹之客贺宗礼,皆宰执也。开禧毕再遇帅扬,起身行伍,骤为名将,亦非偶然。麾下有二十余人,都统制殿帅四人,则知魏公推命之不诬也。

伊川、濂溪,一世道统之宗,用大臣荐,为崇政殿说书。以帝王之学,辅赞人主,儒者所望。自范文正公论事,始分朋党。伊川则曰洛党,如朱光庭、贾易附之,力攻蜀党苏氏父子也。朝廷大患,最怕攻党。小人立党,初不是专意宗社计,借此阴移人主祸福之柄,窃取爵禄而已。如君子不立党,伊川见道之明,未能免焉。淳熙则曰道学,庆元则曰伪党。深思由来,皆非国家福。

沿边有州县城池处,扬、楚、天长、六合,东淮之控;庐、和、巢县,西淮之控;襄阳、江陵、德安,荆鄂之控。嘉定始议诸州县筑城,东淮则通、泰、高邮、盱眙、盐城、兴化,西淮则蕲、黄、舒、濠、无为、安丰、定远、固始、钟离,京襄则枣阳、随、复、荆

门、汉阳、光化。城池日就，兵力日分，渡江之后，高宗、孝宗非
不神武，圣虑非不宏远，独注意扬、楚、庐、和、襄阳，城壁而已。
不欲修沿边诸城，虑敌人万一得之，恐为家基。彼若坚守，此
必难取，如盱眙一失，无计可取。后说以货而归之，初未尝以
兵而复也。不幸楚州毁于许国刘倬，蕲、黄毁于何大节，襄阳
失于赵范。怅念襄、楚二城，版筑之用，金粟与城齐矣。此三
朝留神之地，一旦弃毁，诚为国家惜。

《舜典》曰："八音克谐，无相夺伦，神人以和。"自宣政间，
周美成、柳耆卿辈出，自制乐章，有曰《侧犯》、《尾犯》、《花犯》、
《玲珑四犯》。八音杂律，宫吕夺伦，是不克谐矣。天宝后，曲
遍繁声，皆曰入破，破者，破碎之义，明皇幸蜀。宣和之曲皆曰
犯，犯者，侵犯之义，二帝北狩。曲中之谶，深可畏哉！

张子韶曰："一吁一俞，治乱所关。放齐举丹朱曰吁，谨兜
举共工亦曰吁。使尧俞之，则小人得志。师锡虞舜，尧曰俞；
佥举伯禹，舜曰俞。使帝吁之，则君子之道消矣。可吁则吁，
故天下莫不畏；可俞则俞，故天下莫不服。"

独乐园，司马公居洛时建。东坡诗曰："青山在屋上，流水
在屋下。中有五亩园，花竹秀而野。"有园丁吕直，性愚而鲠，
公以直名之。夏月游人入园，微有所得，持十千白公，公麾之
使去。后几日，自建一井亭，公问之直，以十千为对。复曰：
"端明要作好人，在直如何不作好人。"可以为渡江以来，相府
厮役者之劝。

《毛诗》圣人取小夫贱隶之言，最于人情道理处，诚使人一
唱三叹。如《山有枢》三章，闻之者可以为戒。言衣裳车马，宛
其死矣，他人是愉；言钟鼓，宛其死矣，他人是保；言酒食，宛
其死矣，他人入室。愉保犹可说，至于入室，则鄙吝之言极矣。

东坡,天人也,凡作一文,必有深旨。撰小儿致语云:"自古以来,未有祖宗之仁厚。上天所佑,愿生贤圣之子孙。"其意深切著明。

元祐初,司马公薨,东坡欲主丧,遂为伊川所先,东坡不满意。伊川以古礼敛,用锦囊囊其尸,东坡见而指之曰:"欠一件物事,当写作信物一角,送上阎罗大王。"东坡由是与伊川失欢。

东坡会葬,有斋筵,李方叔作致语云:"皇天后土,鉴一生忠义之心;名山大川,还千古英灵之气。蜀有彭老山,东坡生则童,东坡死复青。"

东坡在儋耳,无书可读,黎子家有柳文数册,尽日玩诵。一日遇雨,借笠屐而归,人画作图,东坡自赞:"人所笑也,犬所吠也,笑亦怪也。"用子厚语。

东坡因访吕微仲,偶在书室坐久,因见盆中养一龟有六目。微仲出与东坡言:"偶昼寝久坐。"东坡云盆中之龟,作得一口号奉白:"莫要闹,莫要闹,听取龟儿口号。六只眼儿睡一觉,却比他人睡三觉。"吕大笑。

宣和元夜,上幸端门,近臣皆进诗。有问王岐公,用甚故事,答以凤辇鳌山。问者不乐而去。谁不知凤辇鳌山,故相谑耳!岐公进诗云:"双凤云中扶辇下,六鳌海上驾山来。"闻者叹服。作诗要融化,岂可执而不通。

紫岩张公谪居永州二水,忧国耿耿。一日,慨然作《丸墨筇杖铭》。墨之铭曰:"存身于昏昏,而天下之理固已昭昭。斯为潇湘之宝,予将与之消摇。"筇之铭曰:"用则行,舍则藏,惟我与尔。危不持,颠不扶,将焉用彼?"

种放见陈图南,南曰:"意谓子有仙风道骨,奈何尚隔一尘？一尘谓五百年也，他日必白衣作谏议。然名者，古今之美器，造物者深忌，于天地间无全名。子名将起，物必败之。"放晚节，果如图南所言。

南宫舍人，果是不好作的官职，每岁贺雪表，尤难下笔。曾有一联云："普天咸有，率土莫非。"此何等语也？

周益公与韩无咎同赋词科，试交趾国进象表，有"备法驾之前陈"，此无咎句也，益公止改"陈"字作"驱"字，遂中大科。陈字不切，驱字象上有用。又用拜舞周章，出《本草》注。

綦内相崇礼在太学前廊，裕陵有进枸杞，根如犬大，作贺表。学官令前廊撰述，皆不下笔，綦欣然当之。其用一句"灵根夜吠"，举学皆服。用东坡诗云："灵厖或夜吠。"又出白乐天《枸杞》诗。因此后登玉堂。

余外祖王调子文，《上蒋子礼除右相启》曰："早登黄阁，独见名公之少年；今得旧儒，何忧左辖之虚位。"皆用杜诗语"扈圣登黄阁，名公独少年"，"左辖频虚位，今年得旧儒"。为洪文敏称赏，载之《随笔》。

李大异为广西宪，庚申年《谢历日表》云："岁次庚申，乃艺祖开基之日；朔临戊子，是吾皇诞圣之辰。"当年正月一日戊子，即茂陵元命，用得亲切。旋召入舍人院。

杨冠卿馆于九江戎司，赵温叔罢相帅荆南，道由九江，守帅合宴。杨作致语云："相公倦台鼎，喜看衮绣之东归；浔阳无管弦，且听琵琶之旧曲。"温叔再三称道。蜀中教官作上巳日致语云："三月三日，多长安之丽人；一咏一觞，修山阴之旧事。"要作骈俪，当如此用事。

乔平章为左相，时已年八十余，因榜府门曰："七十者许乞致仕。"为一轻薄子书一诗于右曰："左相门前有指挥，小官焉敢不遵依。若言七十当致仕，八十公公也合归。"因是卷榜而人。

郑卫之音，皆淫声也。夫子独曰放郑声，不及卫音，何也？《卫》诗所载，皆男奔女；《郑》诗所载，皆女奔男。所以放之，圣人之意微矣。

朱希真，南渡以词得名，月词有"插天翠柳，被何人，推上一轮明月"之句，自是豪放。赋梅词如不食烟火人语。"横枝销瘦一如无，但空里、疏花数点。"语意奇绝。词集曰《太平樵唱》。

赵介庵名彦端，字德庄，宗室之秀，能作文。赋《西湖·谒金门》"波底夕阳红绉"，阜陵问谁词，答云："彦端所作。""我家里人也会作此等语"，喜甚。有《介庵集》三卷。

易安居士李氏，赵明诚之妻，《金石录》亦笔削其间。南渡以来，常怀京洛旧事。晚年赋《元宵·永遇乐》词云"落日镕金，暮云合璧"，已自工致。至于"染柳烟轻，吹梅笛怨，春意知几许"，气象更好。后叠云："于今憔悴，风鬟霜鬓，怕见夜间出去。"皆以寻常语度入音律。炼句精巧则易，平淡入调者难。且《秋词·声声慢》："寻寻觅觅，冷冷清清，凄凄惨惨戚戚。"此乃公孙大娘舞剑手。本朝非无能词之士，未曾有一下十四叠字者，用《文选》诸赋格。后叠又云："梧桐更兼细雨，到黄昏、点点滴滴。"又使叠字，俱无斧凿痕。更有一奇字云："守定窗儿，独自怎生得黑？""黑"字不许第二人押。妇人中有此文笔，殆间气也。有《易安文集》。

刘季孙，左班殿直，监饶州酒。荆公为江东宪，巡部至饶，因按酒务，屏间一诗云："呢喃燕子语梁间，底事来惊梦里闲。说与旁人浑不解，杖藜携酒看芝山。"大称赏之。郡生持状乞差官摄学事,荆公判监酒殿直,一郡皆惊,刘名遂著。

赵嗣良,绛人也,以能文为裕陵眷遇。曾兼史局,如《通鉴长编》。重和元年十二月,推修《四朝会要》,帝系、后妃、吉礼三类,赏嗣良以参详转秩。后窜回北,上京破,有诗曰:"建国旧碑胡月暗,兴王故地野风干。回头笑向王公子,骑马随军上五銮。"此殿曰"五銮",乃保机之故巢也。

北人张侍御有侍儿,意状可怜,乃宣和殿小宫姬也。又翰林吴激赋小词云:"南朝千古伤心地,还唱《后庭花》。旧时王谢,堂前燕子,飞入谁家? 恍然相遇,仙姿胜雪,宫鬓堆鸦。江州司马,青衫湿泪,同在天涯。"

卫元卿,洋州人,曾领荐不得志,游山谷间,作《谒金门》词曰:"花过雨,又是一番红素。燕子归来愁不语,故巢无觅处。 谁在玉楼歌舞? 谁在玉关辛苦? 若使胡尘吹得去,东风侯万户。"

北状元汪世显者,凤翔帅,随达人统兵入蜀。绵州道中题诗云:"拥骑南来春正浓,鞭弰轻拂杏花红。绿林战退千山月,细柳横拖一巷风。玉勒有时闲骏马,锦绦无力挂弨弓。六军休动三衙鼓,梦在池塘春思中。"

唐李颀诗云:"远客坐长夜,雨声孤寺秋。请量东海水,看取浅深愁。"且远客在秋暮投孤村古寺中,夜长不能寝,起坐凄侧而闻雨声,其为一诗襟抱。以海喻愁,非过语也。

"春水满泗泽。夏云多奇峰。秋月扬明辉。冬岭秀孤松。"渊明诗,绝句之祖,一句一绝也。作诗有句法,意连句圆。有云"打起黄莺儿,莫教枝上啼。几回惊妾梦,不得到辽西"。一句一接,未尝间断。作诗当参此意,便有神圣工巧。

作文之法,先观时节,次看人品,又当玩味其立意。如退之作《柳子厚墓铭》，自"士穷而见节义"，三四十言，皆自道胸中事；如东坡《韩文公庙碑》有云"匹夫为百世师，一言为天下法"，此岂非东坡之自课乎？或者议退之不当作《符读书城南》，与《原道》出二手。

嵩山极峻，法堂壁上有一诗曰："一团茅草乱蓬蓬，蓦地烧天蓦地红。争似满炉煨榾柮，慢腾腾地暖烘烘。"字画老草，旁有四字："勿毁此诗。"此司马公书，柱间大隶书且光颐来。且，公兄；颐，程正叔也。壁门题云："登山有道，徐行则不困，措足于实地则不危。"皆公八分书。

陆放翁，茶山上足，自《剑南稿》后有万余首诗。在京楼有诗曰："小楼一夜听春雨，深巷明朝卖杏花。"《桥南书院》云："春寒催唤客尝酒，夜静卧听儿读书。"《感秋》云："玉阶蟋蟀吟深夜，金井梧桐辞故枝。"隐括道藏语也。

萧千岩亦师茶山，有《樵夫》诗云："一担干柴古渡头，盘缠一日颇优游。归来涧底磨刀斧，又作全家明日谋。"乃寓苟且一时之意。

周希稷名承勋，周益公甚前席之，有《端午》一诗，殊有讽刺："谁家解祟吐千瓶，丹墨交辉走百灵。尽使蛙蛇归药笼，又缠萧艾作人形。逸二句安得彩丝十万丈，东南西北系飘零。"吐祟千瓶，出《太玄经》。

赵昌父名蕃，号章泉，郑州管城人，与益公同里也。益公当轴，所仕但一酒官耳。五十年不调，居信上，一时名胜纳交，户外之屦常满。放翁皆有诗。寿九十余，公朝尊老，以秘阁正郎聘之，不至。石屏诗云："君为山中人，世事安得闻。入山恐未深，更入几重云。"

王泸溪廷珪，作诗送胡忠简谪新州："囊封初上九重关，是日清都虎豹闲。百辟动容观奏牍,几人回首愧朝班。名高北斗星辰上,身堕南州瘴海间。岂特他年公议定,汉庭行召贾生还。""大厦初非一木支,欲将独力拄颠危。痴儿不了公家事,男子要为天下奇。当日奸谀皆胆落,平生忠义只心知。端能饱吃新州饭,在处江山足护持。"有闻于申国,坐以谤讪,流夜郎,时年七十。阜陵初政召对,特改承奉郎,除国子监主簿,坚不留,乞祠而去,告老于家。寿九十有三。

项平斋自号江陵病叟,余侍先君往荆南,所训学诗当学杜诗,学词当学柳词。扣其所云,杜诗柳词,皆无表德,只是实说。尝为潭教,与帅启云:"抆泪过故人之墓,惊鬓发之皆非;倚杖看祝融之峰,喜山色之如旧。"

竹隐徐渊子似道,天台人,韵度清雅。《买砚》诗云:"俸余宜办买山钱,却买端州一砚砖。依旧被渠驱使出,买山之事定何年。"《游庐山得蟹》诗曰:"不到庐山辜负目,不食螃蟹辜负腹。亦知二者古难并,到得九江吾事足。""庐山偃蹇坐吾前,螃蟹郭索来酒边。持螯把酒与山对,世无此乐三百年。""时人爱画陶靖节,菊绕东篱手亲折。何如更画我持螯,共对庐山作三绝。"渊子为小篷,朝闻弹疏,坐以小舟,载菖蒲数盆,翩然而去。道间争望,若神仙然。

秋塘陈敬甫善,有《雪篷夜话》三卷。淳熙间,一豪士尝书贵家扇云:"春风一日归深院,巫峡千山锁暮云。"有《满江红》词曰:"三月风前花薄命,五更枕上春无力。"《上李季章启》云:"父子太史公,提千古文章之印;玉堂真学士,跻中朝公辅之班。"《送辅汉卿过考亭》诗云:"闻说平生辅汉卿,武夷山下啜残羹。"

蒲江卢申之祖皋,貌宇修整,作小词纤雅,曰《蒲江集》。

曾为《玉堂有感》诗:"两山风雨故留寒,九陌香泥苦未干。开到海棠春烂熳,担头时得数枝看。"有《舟中独酌》诗:"山川似旧客怀老,天地何言春事深。"《松江别》诗:"明月垂虹几度秋,短篷长是系人愁。暮烟疏雨分携地,更上松江百尺楼。"余领先生词外之旨。

赵天乐,叶水心、四灵之友也。名师秀,字紫芝,作晚唐诗,"野水多于地,春山半是云。"《白石岩》云:"起来闲把青衣袖,裹得阑干一片云。"又云:"有约不来过夜半,独敲棋子落灯花。"《移居》云:"笋从坏砌砖中出,山在邻家树上青。"《呈二友》云:"禽翻竹叶霜初下,人立梅花月正高。"又云:"一片叶初落,数联诗已清。"《再移居》云:"地僻传闻新事少,路遥牵率故人多。"

庐陵刘过字改之,有词云:"行道桥南无酒卖,老天犹困英雄。"《南楼》词:"芦叶满汀洲,寒沙浅带流,二十年重过南楼,柳下系船犹未稳,能几日? 又中秋。 黄鹤断矶头,故人曾到不? 旧江山浑是新愁。欲买桂华重载酒,终不似少年游。"《上周相》诗云:"太平宰相不收拾,老死山林无奈何。"《送王简卿》诗:"班行失士国轻重,道路不言心是非。"又云:"事可语人酬对易,面无惭色去留轻。世事看来忙不得,百年到手是功名。"有刘仙伦,亦以诗名。淳熙间,有庐陵二刘。

翁卷字灵舒,四灵也。有《晓对》诗:"梅花分地落,井气隔帘生。"《瀑布》云:"千年流不尽,六月地长寒。"《春日》云:"一阶春草碧,几片落花轻。"《游寺》云:"分石同僧坐,看松见鹤来。"《吾庐》云:"移花连旧土,买石带新苔。"

野斋周晋仙文璞,曾语余曰:"《花间集》只有五字绝佳,'细雨湿流光',景意俱微妙。"《题钟山》云:"往在秦淮问六朝,江楼只有女吹箫。昭阳太极无行路，几岁鹅黄上柳条。"《晨起》云："闭门不与俗人交，玄晏春秋日日抄。清晓偶然随鹤出，野风吹折白樱桃。"有《灌口二郎歌》、《听欧阳琴行》、《金铜塔歌》，不减贺、白。余有挽晋仙诗，载《江湖集》中。

铦朴翁，秦望山人，能诗，诗愈工，俗念愈炽。后加冠巾曰葛天民，筑室苏堤，自号"柳下"。《即事》云："壁为题诗暗，池因洗砚浑。闲知真富贵，醉到古乾坤。"《清明访白石》云："花荄悬灯柳插檐，老怀那复似饧甜。画船已载先生去，燕子无人自入帘。"《绝句》云："夜雨涨波高一尺，失却捣衣平正石。明朝水落石依然，老夫一夜空相忆。"《江头送客》云："大江中夜满，双橹半空鸣。"后有羽轩李翔高，善为绝句，卢蒲江甚爱之，有云："春愁自是无重数，又被东风揭绣帘。"老子兴不浅也。"二十四友金谷宴，千三百里锦帆游。人间无此春风乐，乐极人间无此愁。"朴翁绝唱，故录记之。

山中赵仲白庚夫，有《岁除即事》曰："缝纫连夜办，今朝杵臼频。买花簪稚女，送米赠贫邻。宦薄惟名在，年华与鬓新。桃符诗句好，恐动往来人。"《稍得》诗云："鹤残篱外笋，鼠舐墨中胶。"《读文清曾公集》云："新如月出初三夜，淡比汤煎第一泉。"《寄僧》云："诗句日从窗眼写，墨丸夜入枕头收。"久从方诗境，晚亦落魄，终于右选。有子殿试，前四名登第。所谓不在其身，在其子孙也。

高九万越人，号菊磵，好作唐诗。有《春词》："斗草归来上玉阶，香泥微污合欢鞋。全筹赢得无人赏，依旧春愁自满怀。"《孤山》云："雪后骑驴行步迟，孤山何似灞桥时。近来行辈无和靖，见说梅花不要诗。"辇下酒市，多祭二郎祠山神，有诗云："箫鼓喧天闹酒行，二郎赛罢赛张王。愚民可煞多忘本，香火何曾到杜康。"《同周晋仙睡》有云:"更有诗人穷似我,夜深来共纸衾眠。"

张韩伯名弋,又名奕,有《秋烟草》,颀然而长,面带燕赵色,口中亦作北语。《寄秋塘》诗:"五湖风雪分头去,千里淮山信脚行。涉世真成妄男子,谈诗长忆老先生。塘边瓜茹须频灌,郭外田畴粗可耕。莫倚瘦筇吟白发,浪传诗句入都城。"许定夫馆于麾下,欲命之官,不受。周宗圣有张韩伯欲为羽士,赵紫芝作疏之诗。后死于建业,定夫葬蒋山下,题曰"大宋诗人张奕墓"。

谢耕道耘,天台人,自号曰"谢一犁",有《犁春图》,诸公喜于纳交。善滑稽,三十年间,天下诗人,未有不至其室。诗轴不知几牛腰,巾高二尺余,方口大面,行于市,孰不曰"谢一犁",因是名满京洛。壁间写诗,中有一联云:"路深容马窄,楼小插花多。"事继母极孝。母九十七八岁,该庆典,初封,人荣之。

戴石屏式之,名复古,黄岩人,有《石屏诗藁》。赋《淮村兵后》云:"小桃无主自开花,烟草茫茫带晚鸦。几处败垣围故井,向来一一是人家。"《秋怀》云:"诗谈天下事,愁到酒樽前。"《晚春》云:"莺啼花雨歇,燕立柳风微。"《城西》云:"诗骨梅花瘦,归心江水流。"《春日》云:"客愁茅店雨,诗思柳桥春。"《九日》云:"黄花一杯酒,白发几重阳。"

叶元吉名祐之,仪矩峻洁,癯然玉树之清。家素贫,典衣买书读。悟性理之学,诵诸尊宿语录,先后次序数百言,洒洒可听。有《同庵文集》二十卷,卢蒲江深尊敬之。作《喜雨》诗云:"木叶临风皆好色,稻田流水亦新声。"余,舅子也,元吉,姑子也。余不以兄事之,事之以师礼。手抄诗一卷见授,自跋云：李长吉有表弟，得长吉诗草，皆投之溷中，为长吉恃才傲物，故辱之。意余以长吉待元吉也。忍四十年之贫，烂醉而死，余哭之独哀，不忍师道之已矣乎！嘉禾有沈巩，字元吉，相颉颃于苏、秀二州，皆为慈湖先生上弟。

　　张端义，字正夫，荃翁自号也，郑州人。居姑苏，大父云庄公登辛未赵榜，先君咏斋为淮南漕。光宗即位初年，应诏上书，下后省看详。罗紫薇点、刘左史光宗极称赏之。将上，谓时宰所沮。予少苦读书，肆举子业，勇于弓马，尝拜平斋项先生于荆南。如慈湖、说斋、鹤山、菊坡、习庵，皆从之游。爱作诗赋小词，卢蒲江取“碧云千里暮，红叶十分秋”之句，周晋仙取“怨春红艳冷”之句，孟藏春取蝶诗“不因花退尽，必是梦残时”之句。凡海内名胜来吴，必访乐圃之张。书桃符曰：“江湖且过，诗酒丛林。”应端平更化诏，上第一书。二年再应诏，上第二书。三年明堂雷，应诏上第三书，得旨韶州安置，以蝼蚁之微，婴斧钺之威，人皆危之。当国者云：“诏以直言，罪以直言，非祖宗制。”幸脱万死。考之典故，安置待宰执侍从，居住待庶官，听读待士子，自效待军将，小臣用大臣之法，误矣！或者以安置为窜谪之极典，又非也。余三十年前，赋《秋江图》一绝云：“浪静风平月正中，自摇柔橹驾孤篷。若无三万六千顷，把甚江湖着此翁。”今白发种种，倪符此诗语，吾志毕矣。余生于淳熙之己亥，书于淳祐之辛丑，年六十有三。有上皇帝三书，诗五百首，词二百首，杂著三百篇，曰《荃翁集》。

贵耳集卷中

《贵耳》二集续成,余谪八年,强自卓立,惟恐与草木俱腐。著书垂世,又犯大不韪,志非抑郁而怨于书也,又非臧否而讽于书也,又非谲怪而诞于书也,随所闻而笔焉,微有以寓感慨之意。而渡江以来,隆、绍间士大夫,犹语元符、宣政旧事,淳熙间士大夫,犹语炎、隆旧事,庆元去淳熙未远,士大夫知前事者渐少,嘉定以后,视宣、炎间事,十不知九矣,况今端、淳乎?使《贵耳集》不付子云之覆酱瓿,幸也。淳祐四年十一月八日,东里张端义书。

绍兴三十二年,寿皇登极,诸路帅臣监司郡守进贡,总数为金约百五十两,为银约一十九万一千七百六十三两有奇,为绢约三万四千五百疋,为马约五十匹。此许及之谏稿内载。

契丹有玉注碗,每北主生辰称寿。徽考在御,尝闻人使往来,知有此注,意甚慕之。自耻中国反无此器,遂遣人于阗国求良玉,果得一璞甚大,使一玉人为中节往辽,觇其小大短长,如其制度而琢之。因圣节,北使在庭,得见此注,目眈之久。归虏,首问玉注安否,北朝始知中国亦有此注。女真灭辽,首索此注,及靖康金人犯阙,亦索此注,与辽注为对,今又不知归达人否?高宗南渡,有将水晶注碗在榷场交易。高宗得之,泣下云:"此哲庙陵寝中物也。"

太后谥圣字者,垂帘典故,用四字谥,慈圣光献曹后,宣仁圣烈高后,钦圣献肃向后,昭慈圣宪孟后,宪圣慈烈吴后,恭圣仁烈杨后。章献明肃刘后,保佑仁宗,十二年之政,诸贤在朝,天下泰和,谥不及圣字。或者议有玉泉长芦之谶,起于侧微,更于深知典故者订之。章献属疾,语于仁宗曰:"愿与祖宗同日为忌。"三月二十九日上仙,乃太宗大忌,后仁宗亦同。前为翁妇,后为母子,此亦国朝之异事。

孝庙在御,北使进国书,必起御座三步,中贵取进。忽贺正使至殿上,去御座数十步,必欲屈万乘亲临。移时不决,知阁王抃忽撤起国书云:"驾兴。"虏使失仪,而孝庙喜王抃之机捷。孝庙圣语云:"在朝无一人乞斩北使者。"毗陵丁逢,以选人上书,乞斩北使不执臣礼,以存中国之体。孝庙大喜,即改京秩。

京师大相国寺有术士,蜀人,一命必得千,隔夕留金,翼朝议命。显肃后父郑绅贫无藉,有侄居中,在太学为前廊,侄约叔同往议命。叔笑曰:"何不留钱沽酒市肉耶?"强之乃往,如其所约。术士先说绅命,只云异姓真王。再云居中命,又云亦是异姓真王,因前命而发。绅以后贵,积官果封王;居中作相,亦封华原郡王。外戚生封王爵者,自绅始。

寿皇在御,秀邸凡有差除,未尝直降指挥,于差敕内,必首称面奉德寿皇帝圣旨除某人,至今秀邸差札可考。

祖宗典故,同姓可封王,不拜相。艺祖载诸太庙,独赵忠定特出此典故,《随笔》却称云:"不受相麻而除枢密使。"三洪家素知典故者,亦及此未晓也。

本朝年号,或者皆曰有谶讳于其间。太平,有一人六十卒字,太宗五十九而止。仁宗、刘后并政,天圣,曰二圣人;明道曰日月同道。徽宗崇宁钱上字,蔡京书崇字,自山字一笔下,宁字去心,当时有云:"有意破宗,无心宁国。"靖康,曰十二月立康王;嘉泰,曰士大夫皆小人,有力者喜。

宣仁太后劝神庙不可轻用兵,当以两国生灵为重,纵使获捷献俘,不过主上坐正殿受贺而已;生灵肝脑涂地万万矣。此真女主尧舜。神庙自此兵议少息。

本朝四帝亦有吉符,真宗即"来和天尊",出杨砺之梦,载诸国史。祥符崇尚道教,建立宫观,专尚祥瑞。王钦若献芝草八千一百三十九本,丁谓献芝草三万七千余本,独孙奭不然其事。真宗久无嗣,用方士拜章至所,有赤脚大仙辞之久,玉帝云:"当遣几个好人去相辅赞。"仁宗在禁中,未尝尚鞋,惟坐殿方尚鞋袜,下殿即去之。庆历诸贤,皆天人也。徽宗即江南李王,神宗幸秘书省,阅江南李王图,见其人物俨雅,再三叹讶,继时徽宗生,所以文彩风流,过李王百倍。及北狩,女真用江南李王见艺祖时典故。高宗韦后生,徽宗梦钱王再三乞还两浙。梦觉,与郑后言:"朕夜来被钱王取两浙甚急。"郑后奏云昨夜韦后诞高宗。及建炎渡江,今都钱塘,百有余年,岂非应乞两浙之梦乎?

《夷门志》载,宣和间,禁中有物曰"獶",块然一物,无头眼手足,有毛如漆,中夜有声如雷。禁中人皆曰,獶来诸阁分皆扃户,徽庙亦避之,甚至登元金坐。移时,或往诣嫔妃榻中睡。以手抚之,亦温暖。晓则自榻滚下而去,罔知所在。或宫妃梦中有与朱温同寝者,即此獶也,或者云朱温之厉所化。《左传》云:"豕人立而啼。"未必诬也。

孝庙将授受于光庙,择正月使人离阙选日,讲行大典。孝庙与周益公云:"二月一日日蚀,避正殿未满旬日,有此典故,恐非新君所宜。朕自当之,俟日蚀后别择日。"外廷俱不知之。太子春坊姜特立来谒益公,云:"宫中已知人使离阙廷,便讲授受之典，寂然不闻。"益公正色答云："朝廷大事，外庭岂可预闻？恐非春坊所当言。"自此谮言先入，益公相光庙，不数月而免。今平园有光庙御书跋语，载之甚详。

孝庙欲除张说签书枢密事，在廷诸儒力争，孝庙一日盛怒，与周益公言："朕将用花臂膊者为枢密使。"益公答云："臣敢为天下倡。"秘书省正字沈瀛当轮对，一奏札荐张说，反不称旨，即自免。周益公后至宰辅，沈正字止如此。识见浅深，亦足以卜前程远近。

寿皇一日过南内，有唐突人通州高柟，在望仙桥里山呼。寿皇止辇，问理会何事？奏云诉分。即时降旨送棘寺。寿皇取案牍自阅，内有一台官贿书，即时国门吴邑令赵善宣却金不受，特转一官，讼无半月而决。寿皇断狱，如此圣明。

萧鹧巴恭奉孝庙击球，每圣语许除步帅，久不降旨，孝庙亦以北人不欲处三衙。忽鹧巴醉中语侵孝庙云："官家会乱说，许臣除步帅数次，久不降旨。"孝庙怒，送福州居住。居数月，德寿忽语孝庙云："萧鹧巴如何不见？"孝庙举前说奏知，德寿云："北人性直，官家不当戏之。"唤取归来，德寿赐钱五千缗，仰福帅津遣赴阙，仍旧还职。及德寿发引日，鹧巴号哭于路欲绝。北人归顺本朝，真终始而不变者也。

秦桧一日瞻高庙天颜不悦，奏云："何事上劳圣虑？"答云："郊祀匹帛，阙五百万支，散臣当为陛下任此事。"忽一日奏云："乞禁中赐臣酒四金壶，将某日宣赐。"秦约张、韩二将来议事，自朝至午未间未得谒入，但见中使宣赐御酒来，心愈惑且惊。移时，秦与张、韩进，并不发一语，忽云："御前赐酒，同饮一杯。"张、韩奉卮战栗不敢饮，秦先取酒饮一勺，少定缓云："主上要与二将各假一千万缗，以奉郊祀，祭毕后拨赐。"张、韩谨奉令。奏知高庙,得旨止假五百万缗。

孝宗末年,宰相奏试馆职,圣语云:"可求二人,远方人试。"吴猎字德夫,潭州人,项安世字平甫,荆南人。后德夫为四川宣谕使,曦变化息,安丙新有复蜀之功,声势赫赫。德平时轻财重义,适德诞日,安致馈玉带一条,直数千缗。与幕属宴,有一客云:"安相公玉带可得观否?"德夫发匣而示之,客抚之良久,德夫取酒来,举带为客寿。安闻之,始服其量。德夫归自蜀,至归峡间泊舟,呼其主帑者,可具随行信匣数来,近得四千枚,乃与诸客言:"某人蜀之初,诸处致馈,本不欲受,恐以某绝。物受之未尝启封,行归田里,何以见亲旧?四方书来,或从婚葬见告,某未有以应之,今得策矣。"呼书吏来写掩帖,某人几掩几匣,但不必问其物,亦赌采耳。弟道夫至,首询其兄,出蜀何以伏腊计。德夫举余掩匣与之。德夫一世伟人,凡所举动,必异于人如此。

刘岑字季高,官至侍郎。高宗时召从臣,未达时贫甚,用选官图为下饭,饥时以水沃饭,一掷举一匙,如此苦淡。常云:"不曾为小人事,下棋时未能不为小人也。"能知人缓急,在朝凡受人所托事,了无书,但与来介云:"传语官人,说事已了,不及作书。若得书,则事未了。"诸朋友多以不得书为喜。帅维扬日,有一旧同官之子,以父未葬为请。季高戚然兴念,扣之买山几何,砻甃几何,缁黄不须问。其子历历具陈。"此某之责,吾友且留相伴。"密使一亲信人,赍数百缗往其家,买山办其终事。两月亲信人回,始与其说丧已举矣,子无虑,方遣其归。季高与人说:"观子之气太爽,得钱必不从亲为重,此一事不了,终为吾辈累,不若留此而毕其事,先友之志酬矣。"吁!季高真急义人也。今之视座主之子孙,邈若路人,况同官之子乎?

荆公在钟山读书,有一长老曰:"先辈必做宰相,但不可念旧恶,改坏祖宗格法。"荆公云:"一第未就,奚暇问作宰相,并坏祖宗格法,僧戏言也。"老僧云:"曾坐禅入定,见秦王入寺来,知先辈秦王后身也。"

武后亦女中之秦政也,有三数事不可泯没。造一十八字,埊为地,恶为臣,曌为照,圀为国。郑渔仲云:"皆有所祖。《篆文纂》中埊字,出《战国策》。《孔子庙堂记》,欧阳询书,有大周额,价十倍于无额。释氏《华严经》序:'天册金轮皇帝御制。'即武后也。"

京下忽阙见钱,市间颇皇皇。忽一日,秦会之呼一镊工栉发,以五千当二钱犒之,谕云:"此钱数日间有旨不使,早用了。"镊工亲得钧旨,遂与外人言之。不三日间,京下见钱顿出。此宰制天下之小术也。

建炎之初,房势未衰,讲和之使来,必烦百官郊迎其书。在廷失色,秦相恬不为意,尽遣省部吏人迎之。朝见使人,必要褥位,此非臣子之礼,秦相待之甚当。是日朝见,殿庭之内,皆以紫幕铺满,北人无辞而退。

澹庵有《荐贤录》,首章谓上欲求诗人,遂荐十五人。以王庭珪为首,晦翁亦以能诗荐。此时伊洛之学,未甚专门也。

太学有鼓占云:"无火灾,不出宰相。"开禧陈自强相,端平郑清之拜相,丙申火,焚太学櫺星门,鼓占不验矣。又有鼓占云:"此非宴游之地,乃是多文之所。"学中燕未尝来巢,蚊独多他处。

《中庸》、《大学》二书,朱文公或问解说,学士书生以为理学之祖,或者云出于汉儒之言。"天命之谓性,率性之谓道,修道之谓教"，与《易》之《系辞》云"生生之谓易，成象之谓乾，效法之谓坤"，句法何异?《子路问强》一章，恐非子思之言。如"子之道四，丘未能一焉"。仲尼曰：子思，孙也。岂有孙可称乃祖之名之字乎?《大学》在明德，在新民，致知格物，治国平天下，倒大功用。后曰"与其有聚敛之臣，宁有盗臣"，此文汉儒之言杂入也。

大灵豆，华山陈抟有灵豆，服一粒，四十九日不饥，筋力如故，颜色若婴儿，世罕得服之者。

华山陈真人而隐于睡，小则亘月，大则几年，方一觉。冯翊羽士寇朝一事处士，得睡之大略，还全神观，唯睡而已。小童刘垂范往寇，其徒以睡告。刘坐寝外闻鼻鼾之声，雄美可听，曰："寇先生睡有乐，乃华胥调，既有曲谱记如何?"刘以浓墨涂满纸，题曰《混沌谱》。

张乖崖自成都召还，华山寄陈抟诗云："世人大底重官荣，见我西归夹道迎。应被华山高士笑，天真丧尽得浮生。"

种放往见陈希夷，希夷曰："君当富贵，名闻天下。"又希夷尝为卜葬地于豹林谷下，不定穴。既葬，希夷见之云："地固佳，而稍后，世当出名将。"其侄世衡，果为名将。

《谈苑》云：陈抟字图南，唐谯郡人，不第，隐武当山，辟谷炼气。后居华山云台观，闭门高卧，经月方醒。太宗召之，雍熙初赐号"希夷先生"。

《邵氏闻见录》：抟，长兴中进士，有大志，隐武当山。常乘白骡，从恶少年数百，欲入汴州，中涂闻艺祖登极，大笑曰："天下定矣!"遂入华山居焉。

钱若水谒陈抟求相，约曰过半月来。至期，陈邀入山斋。山中一老僧拥衲附火，钱揖之，僧开目而已。默坐久之，陈问僧曰："如何？"僧摇头曰："无此等骨。"陈语若水曰："吾见子神观清粹，谓可学神仙。余见之未精，不敢奉许，决之老僧。渠云子无仙骨，但可作贵公卿，亦急流勇退。"僧即麻衣道者。

真宗忽问陈抟国祚灵长之数，陈奏云："过唐不及汉，纸钱使不得。"已先知纸钱之谶。

太宗谕陈抟往见诸王，至寿王邸即回云："寿王门下皆将相。"张耆、夏守赟、杨崇勋，皆登枢府。

《左传》云：物从中国，名从主人。中国曰太原，夷狄曰太卤，莒师于蚡泉。《公羊》曰于濆泉，直泉也。善道当为善稻，长狄谓之伊缓，贲泉，夷狄谓之失台。

楚有材，晋实用之。子仪之乱，析公奔晋，晋人置诸戎车之殿以为谋主。绕角之役，楚师宵溃，楚失华夏，析公之为也。雍子奔晋，晋人与之鄐，彭城之役，楚遇于靡角，楚师宵溃，楚失东夷，雍子之为也。子灵奔晋，晋人与之邢，通吴叛楚，至今为患，子灵之为也。贲皇奔晋，晋人与之苗，鄢陵之役，楚师大败，楚失诸侯，贲皇之为也。子木曰："是皆然矣。"注曰："言楚亡臣多在晋。"

表著，叔向曰：朝有著定，会有表，文有祫，带有结。会朝之言必闻于表著之位，所以昭事序也。视不过结祫之中，所以道容貌也。定十五年，邾子来朝，子贡观焉。邾子执玉高，其容仰，公受玉卑，其容俯。子贡曰："以礼观之，二君者皆有死亡焉。高仰骄也，卑俯替也；骄近乱，替近疾，君为主，其先亡乎？"夏，公薨，仲尼曰："赐不幸言而中。"

石言于晋，师旷曰："石不能言，或冯焉。"晋方筑虒祈之宫，叔向曰："是宫也，诸侯必叛，君必有咎。"唐开元龙池圣德颂，石自鸣。《春秋传》：怨讟动于民，有非言之物而言。广明

元年，华岳庙玄宗御制碑，隐然有声闻数里。刘曜时，石言于
峡。永嘉五年，石言于平阳，怀帝蒙尘。建兴五年，愍帝蒙尘，
石言于平阳。宣和间，艮岳成，朱勔进太湖石，有大者数千人
辇不动。徽考云："此石必要官爵。"遂封为大将军，赐金带横
于石上，石始辇动，何异石言也。

雨雹罪藏冰，缪矣！此申丰答季武子之问。

叔向曰："有《谗鼎铭》曰：'昧旦丕显，后世犹怠。况日不
悛，其能久乎？'"服虔曰："疾谗之鼎，明堂位曰崇鼎。"一云：
"谗者地名，铸于甘谗之地。"

吴子札聘于郑，见子产如旧相识，与之缟带，子产献纻衣
焉。注云："吴地贵缟，郑地贵纻。"

宋公杀世子座传，惠墙伊戾告太子将为乱，与楚客盟。公
囚太子，太子曰："唯佐也能免我，召而使请，日中不来，吾知死
矣。"按，僖公五年，晋献杀世子申生，一百九年，杀世子二，晋、
宋之君皆暗。秦用赵高杀扶苏，汉信江充，戾园亦缢。汉安帝
信江京废顺帝，唐宗以武后杀三世子，明皇听李林甫杀太子
瑛，文宗信刘楚材，太子永暴薨。昭六年，宋寺人柳怨华合比，
乃坎用牲，埋书而告公曰："合比纳亡人华臣，盟于北郭。"公初
信戾而杀世子，后信柳而逐大臣，宋之寺人，能用牲为盟书以
诬人，为可畏也。

《传》曰："昔天子之地一圻，列国之地一同。"注云："一圻
方千里，一同方百里。"

《经》云："宋华合比出奔卫。"按，秦任赵高，杀世子扶苏，
诛大臣蒙恬、李斯辈，秦亡。汉元帝任恭显，杀萧望之、张猛，
安帝任江京、樊丰，潜废顺帝。桓帝任单超、徐璜等，杀李云、
杜众，权归宦官，致党锢之祸。灵帝以张让为父，赵忠为母，任

侯览、王甫、曹节、段珪，杀太后，诛李膺、陈蕃，黄巾大起。至小黄门蹇硕作元帅，袁绍乘中外之愤，尽诛阉人，汉亦亡矣。宋魏以降，不可具书。唐明皇任高力士，虽将相亦厚结之。肃、代以后，李辅国、程元振、鱼朝恩、吐突承璀、窦文场、王守澄、牒陈洪志、仇士良、田令孜、刘季述之辈，毒乱宗社，擢发不足以续其罪。续字必有来处。

庄叔以《周易》筮之，遇明夷之谦。明夷，日也。日之数故有十时，亦当十位，自王而下，其二为公，其三为卿。注云："日中当王，食时当公，平旦为卿，鸡鸣为士，夜半为皂，人定为舆，黄昏为隶，日入为僚，晡时为仆，日昳为台。日之数十，自甲至癸，日中盛明，故以为王。"

晋梦黄能曰："昔尧殛鲧于羽山，其神化为黄能，入于羽渊。"注作熊。贾逵曰："熊，兽也。"《说文》："似豕，山居冬蛰。"《释鱼》云："鳖三足曰能。"《汲冢琐语》云："平公梦见赤熊。"《国语》曰："梦黄熊。"

郑禅灶曰："妃以五成。"注云："陈，颛顼之后，故为水属。火畏水，故为之妃。火，心星也，水得妃而兴，陈则楚襄妃，合也。五行各相配合，得五而成五，及鹑火，火盛水衰。"

季氏介其鸡，郈氏为之金距。介者，捣芥子播其羽也，或曰以胶沙播之，为介鸡。郑氏云："介，甲也，为鸡着甲。"庄子云："纪渻子为王养鸡，乃十日，复望之，似木鸡。"唐明皇好斗鸡，贷者或弄木鸡。帝生酉岁，斗者兵象。

周索戎索。索，法也。书序云："九丘八索。"即此索也。

定四年，分鲁公以夏后氏之璜，封父之繁弱。繁弱，弓也。

朱晦翁、王伯照琴说：琴大弦散，声中黄钟，二太簇，三仲吕，四林钟，五南吕，六黄钟，七太簇清。若按中徽，其所中之律为如此，则是专以黄钟为宫，不复可遗想矣。今世所传琴曲五调，余尝以音律考之，皆仲吕一均也。宫调乃仲吕，余调仿此。夫仲吕，四月之律，万物长养之时，作五弦之琴以歌南风，其此之谓乎？后人增为七弦，乃加其清声，此段说仲吕一均，又与前说不同。均字，郑渔仲书略注云：作韵也。

司马公语元城曰："因看《三国志》，识破一事，曹公平日之奸，至此尽矣。临死作遗令。令者，世之遗嘱也。操之遗令，谆谆数百言，下至分香卖履之事。家人婢妾，无不处置，独禅代之事，此子孙自为，吾未尝教为之。实以天下遗子孙，自享汉臣之名。奸雄虽死，亦有术也。操夜卧圆枕，啖野葛尺许，饮鸩酒至一盏，恐人报己，扬此声以诳人，遗令又扬此声以诳后世。"

高祖戚姬，生赵王如意，上以太子仁弱，欲废嫡立少，张子房得画计，厚币迎四皓，怪问何为者，四人各言其姓名。上惊曰："吾求公，避逃我，今何自从吾儿游乎？"曰："今闻太子恭敬爱士，故臣等来。"上曰："烦公幸卒调护太子。"指示戚姬，我欲易之，彼四人为之辅，羽翼已成，难动摇矣。良之为太子也深。唐太宗，建成、元吉有隙，以秦府多骁将，密以金银器结尉迟敬德，智略之士可惮者，房玄龄、杜如晦、长孙无忌、高士廉、尉迟敬德。已而秦王竟以兵杀建成、元吉。太宗同高祖取天下，风响气焰，岂建成、元吉所可当？诸将勇武，皆乐为用，使汉太子有尉迟敬德，事未可知。唐太宗有四皓，建成、元吉必不死矣。

唐武德四年，太宗作文学馆，召名儒十八人为学士，皆用隋之旧臣。杜如晦，隋进士；房玄龄，隋羽骑校尉；储秘书、于志宁、苏世长，王世充右仆射；薛收，隋侍郎道衡之子；褚亮，陈后主召试为薛举黄门侍郎；姚思廉，陈吏部察之子，仕隋为史官;陆德明,陈大建中,后主为太子,集名儒入讲;孔颖达,隋大业明经高第,授博士;李元道,未详;李守素,隋末依王世充;虞世南,陈灭入隋,大业中秘书郎;蔡允恭、颜相时无传;许敬宗,正观中除著作郎,后在奸臣传;薛元敬,隋部侍郎之子;盖文达,时与孔颖达专门受业;苏勖,无传。此唐皆用陈隋旧人,置之文学,是以尊崇之,使之究其用之勿疑也。本朝太宗取诸国有名之士入弘文馆修书,如《太平御览》、《太平广记》,皆徐铉、陶穀之笔,是亦祖唐之遗意。

盗亦有道,黄巢后为缁徒,曾住大刹,禅道为丛林推重,临入寂时,指脚之下有黄巢二字。侬智高,虽邕州溃,即逃往外夷。方腊旧名朕此,童贯改曰腊,后亦不知所终。就擒者非腊也。

薛道衡“空梁落燕泥”之句,诗名《昔昔盐》,十韵,乐苑以为羽调曲。《玄怪录》载篷篨三娘唱《河鹊盐曲》,又有《突厥盐》、《黄帝盐》、《白鸽盐》、《神雀盐》、《疏勒盐》、《满座盐》、《归国盐》。唐诗“媚赖吴娘唱是盐,更奏新声利骨盐”,谓之盐者,吟行曲引之类,乐府解题谓之杖鼓曲也。

郑渔仲《通志总序》,不取班固作。西汉自高祖至武帝,凡六世之前,尽窃迁书,不以为惭;自昭帝至平帝,凡六世之后,资于贾逵、刘歆,复不以为耻。有曹大家终篇,则固之自为书也。司马谈有其书,而司马迁能成父志;班彪有其业而班固不能读父书。固为彪之子,既不能保其身,又不能传其业,其为人如此,安在乎言为天下法?

郭尚贤,耽书落魄,自阳翟尉致事,尝云:服饵引导之余,有二事乃养生之大要,梳头、浴脚是也。尚贤曰:“梳头浴脚长生事,临睡之时小太平。”

章子厚，元和初帘前争事无礼，责出知汝州。钱穆父行词云："快快非少主之臣，悴悴无大臣之节。"子厚后见穆父，责其语太甚，穆父笑曰："官人怒杂职，安敢轻行杖。"

马子方作守，令幕下黄次山作启与庙堂，不入意，自改云："方四十九之年，买臣自知其将贵当；乙巳之岁，渊明已赋其归来。固不敢自比于古人，欲以此折衷于夫子。"黄大服。

建阳孟贯，献诗于世宗，遂联九品。有《药性论》，其略曰：性既感摄，体从变通，浮萍作杨花之义子，红苋为跛鳖之还丹。吴盐治馋，秦麝去痒，断可识矣。

逊道者，明水开山第一代，通慧入定，片时便知未来已往。有一士人，志诚恳请问自己功名，逊答云："待老僧及第时，公也及第。"其人以为戏己，大不乐而去。后二十年唱第殿廷，期集所拜黄甲，推最少者拜年高者，问者适当年高选，众推一少年者，即逊道者，名李弥逊，状貌与前身无异。其人大惊，急往西江明水问逊道，已迁化，年月即弥逊所生之年月。二十七年中书舍人，二十八岁见圆悟，云逊师兄错了也，公不觉潸然泪下。二十八岁便致其事，年六十余坐脱而逝，珏琪，皆孙也。

皎如晦请一村僧住长芦疏云："这般梵刹，顾非些少丛林；个样村僧，岂是寻常种草？要得门当户对，还他景胜人奇。一公长老，生铁面皮；泼天声价。尽大地捏成院子，未称全提；将河沙却作衲僧，不消一喝。且看大光菩萨面，漾却朵根尊者家。来撑没底船，击起芦花千尺浪；全提末后句，祝延玉叶万年人。"

丹经亦道家流，始于离，修养起于离坎。离中虚三，坎中满三。二阳中有一阴，坎水也；二阴中有一阳，离火也。离火中有水，坎水中有火。郑渔仲亦云：离中有真水，坎中有真火，水火二性相济为用。运于一身亦然。心为离,肾为坎,心火下水济肾,肾水上火济心,此母子胎养法。丹诀以辰砂煅出水银,砂属离,水银即真水;以水银炼成灵砂,水银属坎,灵砂即真火。要知内外交养法,不出此坎离。成都道人亲说此妙术。

谢道人,嘉州洪雅人,尝赋《苕帚》诗:"埽此图清净,愈埽愈不净。欲要埽教净,放下苕帚柄。"在彭州葛仙治洞中坐,多有蛇缠身,三五日不去。移上深山中打坐,忽一日,以青褐寄观主"我去矣",数日不知何往,倚大石而逝。观主瘗之。是日有一老,持谢道人简来取青褐,老云:"偶相遇在阆州。"始知其尸解矣。

杨青,不知何许人,自云从军遇异人,来隐南华山中,以缚茅为莘笼,饮食寝处其间;又当虎狼蛇虺出没之地,虽三更亦归,风雨不渝。

月湖何文昌异,为广幕,校文惠州,因游罗浮。至大石楼,遇黄野人,一见便言做得尚书。年九十,袖出一柑分食之,月湖由是清健无疾,后果如其言。或云黄野人有云箴,长三丈余,止一节,授一箴于月湖。问其孙,未尝有之。

尝闻老儒言,汉之《周易》,不以乾坤为首卦,然后知扬雄《太玄经》以中孚为首卦,即汉之《易》。邵尧夫云:"凡一代立国,必有一卦,一君亦有一卦,所谓大横庚庚是也。"

尧舜授受相传,至禹传之子,东坡云:"尧舜虑天下也深,大禹虑后世也远。尧曰咨尔舜,天之历数在尔躬,允执其中。舜命禹,人心惟危,道心惟微。惟精惟一,允执厥中,舍此别无他语。禹之传则曰有典有则,贻厥子孙。《商书》则曰垂裕后昆,俾辅予尔后嗣,启迪后人。《周书》则曰欲至于万年,惟王子子孙孙永保民,启佑我后人。《诗》云:'干禄百福,子孙千亿,既受帝祉,施于孙子。文王孙子,有商孙子。'吁! 尧舜之世,未尝有一语及子孙,则知天下乃天下之公器,天下共之。三代之后,子孙之念重,所以汤放桀,武王伐纣,周之平王东迁,子孙贤不肖可知矣。自秦汉以下,哀殇恭冲,悲夫!"

《文选》,昭明太子之所作。昭明在梁时亦郁郁不乐,移此志于《文选》。考之集中,诸公负一世名者,皆不得其善终。班固、张华、郭璞、机、云、嵇康、潘岳、谢灵运辈,尝读其诗,感怆之言,近似鬼语。屈原《离骚》有山鬼殇,良可哀也。

戎州有蔡次律,家于近郊,山谷尝过之。小轩极洁,外种余甘子,因名味谏。后王子平送橄榄于山谷诗曰:"方怀味谏轩中果,忽见金盘橄榄来。想共余甘有瓜葛,苦中真味晚方回。"

钱自汉以五铢行,王莽罢小大钱,改作货载之建布货泉,乃令民且独行大钱。后魏铸太和五铢,梁有东钱西钱长钱,周铸五行大布钱,一当十,又铸永通万国钱,一当十,与五行大布并行。唐铸乾封泉货宝钱,一当十,女真铸太和钱,一当十,端平铸钱,一当五,辇下置监,铸不及千缗,费用朝廷万缗,不一月罢。大钱皆非治世所当铸,大观、太和可以监也。

岳与秦为世仇,每得秦氏一物,必曰贼秦。最有大利害处,总领百官,渡江以后秦会之收诸将兵柄时所建。岳肃之一为此官八年,有以此告,则曰君命也。则曰昔文及甫,潞公之子,曾除长平使者,力辞不受,先臣所争,不当有此官,子受之,是背父命,终不肯拜。岳失于不辞也。《吁天集》载建皇子,因激秦之怒,苗刘之变尚新领兵,突有此议,自蹈危机。岳引司马公作运使曰,乞仁庙建立皇太子事,拟非其伦。司马公儒者,岳勇将,道不同矣。

　　张元、吴昊、姚嗣宗，皆关中人，负气倜傥，有古侠士志。《题崆峒》诗曰："南粤干戈未息肩，五原金鼓又轰天。崆峒山叟笑无语，饱听松声春昼眠。"又云："踏碎贺兰石，埽清西海尘。"《鹦鹉》诗云："好着金笼收拾取，莫教飞入别人家。"张吴径之西夏，范文正公追之不及，独表姚入幕府，朝廷困西兵十余年，皆二人之力。姚《述怀》诗曰："大开双白眼，只见一青天。"后六十年，有施宜生改名方，南人也，入大金，曾为奉使来朝。逆亮欲南牧，登北高峰发一语云："北风甚紧。"次年，逆亮来。开禧有柳虚心过北境，问其在南作何官，答云："发两解博，不得一官。"北云："尔今要作何官？"曰："要做翰林学士。"北即授此官。凡嫚书之来，皆其笔也。

　　王景文质，兴国人，在上庠公私试必魁。一日，试《文帝道德为丽论》，终日阁笔，欲袖卷出。方拟议间，忽有人曰："天下之至美，吾心之至乐。"景文得之，一笔而就，果为魁首。其豪放不可及，有"何处难忘酒，蛮夷太不庭。有心扶白日，无力洗苍溟。豪杰将斑白，功名未汗青。此时无一盏，壮气激雷霆。""何处难忘酒，奸邪太陆梁。腐儒还有郦，好汉总无张。曹赵扶开国，王徐卖靖康。此时无一盏，泪滴海茫茫。""何处难忘酒，英雄太屈蟠。时违聊置爵，运至即登坛。《梁甫吟》声苦，干将宝气寒。此时无一盏，拍碎玉阑干。""何处难忘酒，生民太困穷。百无一人饱，十有九家空。人说天方解，时和气自丰。此时无一盏，入地诉英雄。"曾入张魏公幕，有《雪斋集》。《何处难忘酒》四篇。

　　诗句中有梅花二字，便觉有清意。自何逊之后，用梅花不知几人矣。林和靖八首梅诗，惟"疏影横斜水清浅，暗香浮动月黄昏"，可谓绝唱。有作听角词："五更角里梅花调，吹落梢头那个花。"又有云："小窗细嚼梅花蕊，吐出新诗字字香。"杜小山云："窗前一样寻常月，才着梅花便不同。""绿窗昨夜东风少，开遍梅梢第一枝"。"半夜梅花入梦香"。"玉人和月嗅梅花"。"纸帐梅花醉梦间"。"夜寒无可伴，移火近梅花"。"惆怅后庭风味别，自锄明月种梅花"。

鹭鸶一名春锄，《尔雅》注："行如春锄。"山谷亦有诗，独雍陶一联，曲尽写物之妙。"立当青草人先见，行傍白莲鱼未知"，以属玉为鹭鸶，非也。

张冠之名甫，号易足居士，有文集十卷，多从于湖交游，豪放飘荡，不受拘羁。淳熙间，淮有三士，舒之张用晦，和之张进卿，真之张冠之也。《寄荆南》诗："余生自判一虚舟，未审寻诗慰客愁。梅欲飘零犹酝藉，柳才依约已风流。关心弟妹无黄犬，入梦江湖有白鸥。别后故人相念否？东风应倚仲宣楼。"

雉山周宗圣师成，雪之长兴人，少年秀丽，读书善记，议论古今，落落可听；有诗高远，爱作《选》格。有《梅》诗曰："采采芳梅枝，琐碎白云姿。在山千花怨，出山百鸟啼。操持思所寄，转趾述所思。清披太始风，寒应太虚月。一日拂人衣，三岁香不歇。"仕不得志，晚年若有所遇，如游仙散圣之徒。

徐肇祀其先人曰："当夜半可祭，盖俟鬼宿渡河之后。"翟公巽作《祭仪》十卷云："或祭于昏，或祭于旦，皆非也。以鬼宿渡河为候，而鬼宿渡河，常在中夜，必使人仰占俟之。"叶少蕴云："公巽博学多闻，援证有据，必不妄发。"惟洪文敏不然其说，但载牛女渡河之说，用少陵诗，或者又曰：鬼渡萧关则祭。二者当与知礼者质之。

《诗》序曰：《国风》、《雅》、《颂》，分为四诗。以元城公言之，四诗自是四家，《鲁诗》本之申公，《齐诗》本之辕固，《韩诗》

本之韩婴,《毛诗》本之毛氏。汉四家诗各有短长,如《韩诗》有
《雨无极》篇序云:"正大夫刺幽王也。"首云"雨无其极,伤我稼
穑,浩浩昊天,不骏其德。"今未见申、辕、婴诗久矣。《韩诗》有
四十一卷,庆历中将作簿李用章序之。《毛诗》在四诗中之一
诗也。

　　黄州黄陂县有李藏器一军,朝廷养之既久,初无他心,因
赵文仲与杨伯洪交承之间相失,密与王旻谋,说尚全作乱,初
意不过撼扬之下自安耳。黄陂北军初未尝有叛志,生计差丰,
重离土,王旻无以复命。一夕呼千人窜投德安,王旻开门纳
之,又出数千人与于都统战。李虎自淮东来,文仲出五十里迓
之,独与李虎并辔而行,谋灭王旻之口。虎至,即调王旻往均
州,去未数日王旻复回。王旻寨栅尽为虎军所占,王旻军犹此
扰扰。虎、旻二军互争于市,文仲弹压不定,呼王旻来议事,李
虎就马上杀之。南北两军巷战纵火,文仲见事势急,弃城宵
遁,李漕全家死,见任官死者数人,城中之火近旬不灭。呜呼!
怀相嫉之心,稔天之祸,借兵权而修私怨,朝廷何负耶?

　　杨伯洪知黄州,忽一日早饭,觉有薄荷气,食之后疑。素
养白鸡黑犬,就其内饲之,鸡与犬俱毙。有孙来前,以匙数粒
食之,晚亦毙。杨始惊,急服解毒药,呕血数升。遂将庖者鞠
之,乃云童德兴授其药。庖则荆湖制司人,复改为饭局,童谕
之,药不验,当以薄荷可发。朝廷知之,差中使赍金器宣赐。
兼抚问伯洪,引庖者对中使自白本末,中使亦惊。复奏童德兴
赴召,虑事觉,先饮药而卒。

　　《礼》云:私讳不出门,二名不偏讳,临文不讳。韩文公《辩
讳》一论,其说详尽。近年以来,士大夫之避讳,自避于家则
可,临官因致人罪则未可。赵清臣之父名不陋,使客吏整一漏

处,呼而问之,答曰:"今次修了不漏。"遂黥客吏。赵文仲在
楚,赵倡家初至,问其何来,答云:"因求一碗饭方到此。"赵怒
及其己名,又及其父名,立斩之。陈立道知宁国府,有新司法
饶州人,初参,问其何往,答云:"在安仁县寓居。"径入,大诟于
家庙。属吏辄称先世之名,为司法旁皇失措,即寻医而去。杨
烨之父名王休,同乡有老儒王休,合改选,郡吏不敢呈拟,数年
不调,后郑昭文当国,始得改秩。王立之父名蒙,凡仕宦处,必
有一客吏先言,相见时切莫道及蒙字,丁宁再三。可怪习尚如
此,但未能各家自刊《礼部韵略》耳。

　　尝读《樊哙传》,有贩缯屠狗之徒,能取公相之位,深切喜
之。宁考在位三十年,主上在御二十年,通十八举,取士九千
人,今为朝廷任事者皆无科目人。奉使王柟免,铨使薛及大法
过府,许国白身人。赵拱、澄观之徒,赵范、赵葵并不曾铨试。
全子才白身人,王夬亨、彭大雅、余玠曾发解,贾涉、曾式中、何
元寿、李曾伯皆任子,下有姓名官职不称者不载。

　　建业间,园丁种梨曰蜜父,种枇杷曰蜡儿。新罗使者多携
松子赂公卿家,问其名,有玉角子,龙牙子。

　　苉最盛无如燕、赵,车骈担列,道路俱香。彼人云:"未至
舌交,先以鼻选。"

　　闽士赴科,吴人赴调,各以乡产自夸。闽曰荔支,吴曰杨
梅。有题壁曰:"闽乡玉女含冰雪,吴郡星郎驾火云。"

　　古今治天下各有所尚,唐虞尚德,夏尚功,商尚老,周尚
亲,秦尚刑名,西汉尚材谋,东汉尚节义,魏尚辞章,晋尚清谈,
周、隋尚族望,唐尚制度文华,本朝尚法令议论。

　　耿南仲作广东宪,过梅岭,宿次水驿,读书听蛙鸣,厌之,
使虞侯传语,其声愈闹,用纸作钉缄其口,蛙覆死,不受虞兵传

语,蛙仰死,即是虞兵不曾传语。明日视之皆仰死,至今沙水无蛙。

名山大川皆有神司之。浔州一土神,并无土偶像,但有一木主,长五尺余,半在地,书云"唐御史李伯行"。殿上庚艮罗列,无一敢擅取者,立见报应。考之《唐书》无传。

李珏,闽人,随兄尉永新。邑妓刘兴祖貌不妍,受纳士友,李以兄任满欲归,适有江西漕试,复留候试了而别。刘有楼差洁,李修读其上。及试,刘津其行李。捷至,刘备犒捷之费。李复来治省课,居数月如京,行囊色色取办,辇镪束帛,以壮其行。祝李早擢第,富贵无相忘。省捷时,犒倍之。邻里姗笑刘之愚,李不来矣。李还家一年无信,邻里昨笑者又复揶揄之。忽一日,李书至,刘虽知李有来音,犹未知李之可践盟否? 李首谒令乞刘去籍,令欣然予之。夙有约,事主母当恭孝,抚儿女如己子,执釜鬻以奉朝夕,使彼此可安可久。李许其约。归近李舍,先书问信主母,进退唯命。主母知其来,越二十里外迓之,一见如妯娌然。李今某处任。此韶教曾茂实言之。

庐陵王排岸之女孙,眉目秀丽,能琴棋,弄翰墨,失身富家,常郁郁不乐,慕名胜而终焉。郡有朱渊未第,其室寝废,家事不治,经营一妾,颇难其人。邻媪云:"王排岸女孙归久,试与官人谋之。"朱笑曰:"恐无此理。"行成,以八百券为质。一至其家,内外之事若素定。七月十一二日夜,梦入一宫,有二黄袍中坐,二姬左右,云汝去久何未来耶? 见殿下有判官,抱一簿,写端平几年,吉州解试榜。王欲看,判官云:"汝手触,未可看。"行三四里,过小池塘碧色,掬水濯手,二小金龙绕指不下,始得见簿,前三名某人某人,第三朱某,且云过省及第。二姬坚欲留,黄袍云:"更展三年。"一姬捧玻璃碗酒一勺,枣二枚,一姬就首上取金凤钗插其首,黄袍以一诗绛囊置之胸间。寤已五鼓,历历与朱言之,相对惊诧。朱云:"试已同往仰山炷香。"才至庙,与梦中所见更无少异,玻璃碗见在后殿,二姬如生,但一姬首无金凤钗。祝者云:"七月十二三间失去。"还舍,越一夕揭晓,朱某第三名。次年过省登第。后三年,王一疾而卒,正符黄袍所展之数。其第梦王来云:"今为仰山第三姬也。"朱为南雄法曹,自作一传,以纪其本末。

贵耳集卷下

传曰:多闻阙疑。谨言其余则寡尤。夫尤者,言之所由出也。闻不厌多,疑则有阙,言之谨余,尤则寡矣。余《贵耳》三集成,乃补拾前二集之遗,可以绝笔矣。未能守圣门寡尤之训,粗可备稗官虞初之求,必不忘其事之陋也。绍兴间,泰发与会之失欢,诸子多粹前朝所闻,犹未成编,或者以作私史告,稔成书祸,则知文字之害人也如此。始信言之为言,尤之阶也。余每得江湖朋旧书,云翁以多言得放逐,不宜有此集,可谓不善处患难者。余答书云:"似舌尚在,焉可忘言,子非鱼,焉知鱼之乐?"东里张端义,淳祐丙午闰四月四日书。

宣和七年,南郊毕,恭谢上清储祥宫,闻金人已破燕山,车驾亟还禁中。夜二鼓,中人梁兢持宸翰一纸宣示,惟书黄中来。既入对,上独坐一横榻,两宫娥擎烛。上曰:"边警如此,尽是蔡攸匿下,不令朕知,烦卿先草一诏,尽言朕失,以谢天下。"连进二草,皆不称上意,再三宣谕,只要感动人心,不须归过宰辅,只说朕不是。第三草稍惬上意,亲笔改写成,即时降出。上曰:"卿未可去。适来李邦彦等,皆诮张失措,且去外面商量。此诏是朕自思算,更有二事待与卿说。朕欲遣王黼、蔡攸等分守大河,尽籍内臣贵戚幸佞家财抵备犒军,朕传位与皇太子,_{渊圣名。}朕移军长安,保扞关中为根本。卿可就此为朕处置,明日便要都了,只是未有人做宰相。"是夜二府皆至银台门矣,罪己诏下。忽吴敏拜少宰,李纲拜尚书左丞。渊圣登极,道君南幸,向来御笔皆不行。内禅之前,上谕曰:"处置许多事,蔡攸尽道不是,只传位一事,靠要做他功劳。"渊圣嗣位,台谏交章请诛京、攸,虽杨中立不免宣言蔡攸无罪之语。但见论者,纷然以诛王黼为快,而右蔡氏矣。

徽宗北狩,有谍者持一黄中单来,御书云"赵岐注《孟子》",付黄潜善诸人审思之。孟即瑶华太后,赵即康王,高宗由是中兴。载《泣血录》。

真庙宴近臣,语及《庄子》,忽命秋水至,则翠鬟绿衣一小女童,诵《秋水》一篇,闻者竦立。

昔闻仁宗时,有外臣奏陛下不早立太子,有播迁之祸,仁宗大怒,问宰执曰:"朕未立皇子,如何比朕如唐明皇有播迁之祸?"宰相奏云:"陛下果是播迁,不及明皇,当时明皇幸蜀,尚有肃宗即位灵武,陛下无肃宗为子,委不及明皇。"仁宗怒释,建立之议始坚。

孝皇一日宣押王丞相、赵丞相、施元枢、周大参,幸一燕,咨访政事。驾方御座,见御案上有一黄绫册,上忽驾兴,二相不敢近看,独周大参略开一看,不觉吐舌,复掩册如初。移时上来,遽问卿等不曾看此册否?皆以不敢对。来日,周大参入堂,首与二相言,此册即是前宰执所进台谏姓名,见今宰执所进拟者皆在焉。孝皇圣断,不可测度,前相既去,后相即拜,却除前相进拟台谏,后相虽有进拟,虑其立党不除,恐台谏奉承后相风旨,以攻前相,所以存进退大臣之体。今则不然,一相去,台谏以党去,一相拜,台谏以党进。况自嘉定副封之靡,前帝宏规废矣。

高宗、孝宗在御,每三年大比下诏,先一日,奉诏露天默祷曰：朝廷用人，别无他路，止有科举，愿天生几个好人，来辅助国家。及进殿试策题，临轩唱名，必三日前精祷于天。所以绍兴、淳熙文人才士，彬彬在朝。此二祖祈天之效如此。

寿皇过南内，德寿问近日台臣有甚章疏，寿皇奏云："台臣论知阁郑藻。"德寿云："说甚事？不是说他娶嫂？"寿皇奏云："正说此事。"德寿云："不看执柯者面？"寿皇问："执柯者谁？"德寿云："朕也。"寿皇惊灼而退，台臣即时去国。

德寿丁亥降圣，遇丙午庆八十，寿皇讲行庆礼上尊号，周益公当国，差官撰册文。读册书册，拟杨诚斋、尤延之，各撰一本，预先进呈。益公与诚斋乡人，借此欲除诚斋一侍从为润笔。册文寿皇披阅至再，即宣谕益公："杨之文太聱牙，在御前读时生受，不若用尤之文温润。"益公又思所以处诚斋，奏为读册官。寿皇云："杨江西人，声音不清，不若移作奉册。"寿皇过内，奏册宝仪节，及行礼官读至杨某，德寿作色曰："杨某尚在这里，如何不去？"寿皇奏云："不晓圣意。"德寿曰："杨某殿册内比朕作晋元帝，甚道理？"杨即日除江东漕，诚斋由是薄憾益公。

孝宗朝幸臣虽多，其读书作文不减儒生，应制燕闲，未可轻视。当仓卒汗墨之奉，岂容宿撰？曾觌、龙大渊（本名骪，孝宗写开二字）张抡、徐本中、王抃、赵弗、刘弼，中贵则有甘昺、张去非、弟去为，外戚则有张说、吴琚，北人则有辛弃疾、王佐，伶人则有王喜，棋国手则有赵鄂，当时士大夫，少有不游曾、龙、张、徐之门者。

张景卿因奏对，仁宗曰："卿亦出孤寒？"张对曰："臣本书生，陛下擢至中丞，三子皆服冠裳。陛下春秋高，主鬯虚，臣非孤寒，陛下乃孤寒也。"上嘉纳之。

道君北狩，在五国城，或在韩州，凡有小小凶吉丧祭节序，北虏必有赐赍，一赐必要一谢表。北虏集成一帙，刊在榷场中博易，四五十年，士大夫皆有之。余曾见一本，更有李师师小传，同行于时。

道君幸李师师家，偶周邦彦先在焉，知道君至，遂匿于床下。道君自携新橙一颗云："江南初进来。"遂与师师谑语。邦彦悉闻之，隐括成《少年游》云："并刀如水，吴盐胜雪，纤手破新橙。"后云："严城上，已三更，马滑霜浓，不如休去，直是少人行。"李师师因歌此词，道君问谁作？李师师奏云："周邦彦词。"道君大怒，坐朝宣谕蔡京云："开封府有监税周邦彦者，闻课额不登，如何京尹不按发来？"蔡京罔知所以，奏云："容臣退朝，呼京尹叩问，续得复奏。"京尹至，蔡以御前圣旨谕之，京尹云："惟周邦彦课额增羡。"蔡云："上意如此，只得迁就将上。"得旨，周邦彦职事废弛，可日下押出国门。隔一二日，道君复幸李师师家，不见李师师，问其家，知送周监税。道君方以邦彦出国门为喜，既至不遇，坐久，至更初李始归，愁眉泪睫，憔悴可掬。道君大怒云："尔去那里去？"李奏："臣妾万死，知周邦彦得罪押出国门，略致一杯相别，不知官家来。"道君问曾有词否？李奏云："有《兰陵王》词。"今"柳阴直"者是也。道君云："唱一遍看。"李奏云："容臣妾奉一杯，歌此词为官家寿。"曲终，道君大喜，复召为大晟乐正，后官至大晟乐乐府待制。邦彦以词行，当时皆称美成词，殊不知美成文笔大有可观，作《汴都赋》，如笺奏杂著，皆是杰作，可惜以词掩其他文也。当时李师师家有二邦彦，一周美成，一李士美，皆为道君狎客，士美因而为宰相。吁！君臣遇合于倡优下贱之家，国之安危治乱，可想而知矣。

　　孝皇圣明，亦为左右者所惑。有一川官得郡陛辞，有宦者奏知，来日有川知州上殿，官家莫要笑。寿皇问："如何不要笑？"外面有一语云："裹上幞头西字脸，恐官家见了笑，只得先奏。"所谓知州者，面大而横阔，故有此语。来日上殿，寿皇一见，忆得先语便笑。"卿所奏不必宣读，容朕宫中自看。"愈笑不已。其人在外曰："早来天颜甚悦，以某奏札称旨。"殊不知西字脸先人之言，所以动寿皇之笑也。

　　王尚之为郎日，轮对一札，乞减宫嫔之冗。寿皇问："卿是外臣，如何知朕宫中事？""臣备员内府丞，见每月宫中请给，历历具道大小请给细数。"寿皇大喜，即日除浙漕，却不及作侍从，曾作太府卿。

　　高孝二朝，帅蜀必要临遣，未尝就外除，亦以蜀为重事。庙堂欲除崔菊坡先生，觉菊坡之意未就，司谏王贯卿上疏，指以士大夫辞难避事，不肯任朝廷之委用。疏上后，菊坡之命始出，菊坡只得一行。在九江时，余往见之，扣其入蜀之意，菊坡自言："朝廷以蜀中散乱，令某整齐之。"余进曰："今天下散乱，岂特一蜀耶？朝廷何不留先生整齐天下之散乱，而独私于蜀耶！"菊坡唯唯而已。近汤季能有辞难避事之疏，三十年间两见之，恨无菊坡再见此疏也。

　　寿皇问王抃，如何北使在庭舞蹈极可观，此间舞蹈皆不及之。抃奏云："北人袖窄，但公裳袖大，一举手便可观；南人袖内外俱宽大，举手便不可看。"北人视此为大礼数，德寿、孝宗在御时，阁门多取北人充赞喝，声雄如钟，殿陛间颇有京洛气象。自嘉定以来，多是明、台、温、越人在阁门，其声皆鲍鱼音矣。

　　寿皇以孝治天下，有大理寺孙寺丞，失记其名，匿服不丁母忧,寿皇怒,欲诛之,奏知德寿云:"孙某不孝,欲将肆诸市朝。"德寿云:"莫也太甚。"遂黥面配广南,数年得归。余儿时曾见之。今之士大夫,甚至闻讣,仕宦冒荣自若,衰绖有不曾著者,食稻衣锦,汝安则为之,圣门之训,天理灭绝,去禽兽几希!

宣和元年间,高丽遣使一旦忽上奏,以其王病求医,上择二良医往,岁余方归。二医奏王馆医甚勤,谓曰:"高丽小国,世荷国恩不敢忘。闻天子用兵,辽实兄弟国,苟存之,犹是为中国捍边,女真乃虎狼,不可交也。愿二医告诸天子,早为之备。"

慈宁殿赏牡丹,时椒房受册,三殿极欢。上洞达音律,自制曲,赐名《舞杨花》,停觞命小臣赋词,俾贵人歌以侑玉卮为寿,左右皆呼万岁。词云:"牡丹半坼初经雨,雕槛翠幕朝阳。娇困倚东风,羞谢了群芳。洗烟凝露向清晓,步瑶台月底霓裳。轻笑淡拂宫黄,浅拟飞燕新妆。杨柳啼鸦昼永,正秋千庭馆,风絮池塘。三十六宫簪艳粉浓香。慈宁玉殿庆清赏。占东君谁比花王。良夜万烛,荧煌影里,留住年光。"此康伯可乐府所载。

寿皇使御前画工写曾海野喜容,带牡丹一枝,寿皇命徐本中作赞,云:"一枝国艳,两鬓东风。"寿皇大喜。

绍兴初,杨存中在建康,诸军之旗中有双胜交环,谓之二圣环,取两宫北还之意,因得美玉,琢成帽环进高庙,曰尚御裹。偶有一伶者在旁,高宗指环示之,此环杨太尉进来,名二胜环。伶人接奏云:"可惜二圣环,且放在脑后。"高宗亦为之改色。所谓工执艺事以谏。

向芗林因人对,论奏甚久,上顾问再三,中书舍人潘良贵摄左史，忽出位言曰："天时暑甚，向某不合以无益之言，久勤圣听。"公退，上章待罪，且乞致仕。或者谓榻前因奏端研书画，潘有此言。五峰行状大略相似，所奏不同耳。

方腊作乱，朝廷捕之，献言者曰："若急请于朝，以刘公安世守南都，陈公瓘镇金陵，人望归之，可不劳兵而破矣。"此芗林语也，致堂先生行状中载之。

王丞相欲进拟辛幼安除一帅，周益公坚不肯。王问益公云："幼安帅材，何不用之？"益公答云："不然，凡幼安所杀人命，在吾辈执笔者当之。"王遂不复言。

孝皇朝不许宰相进拟乡人，王丞相在相位八年，林子中亦乡人，八年不复得命。

吴越钱王入朝，太祖曰谋下江南，许以举兵援助，归语其臣沈伦，伦再三嗟叹。钱王扣之，伦云："江南是两浙之藩篱，藩篱若撤，堂奥岂得而安耶？大王指日纳土矣。"宣和年结女真攻契丹，契丹果灭，随即二帝北狩，此亦自撤藩篱也。今又以鞑兵灭女真，鞑兵横行襄蜀，此又自撤藩篱矣。乔行简为淮西漕，便民五事，曾说此一项，是亦祖江南之沈伦也。

寿皇赐宰执宴，御前杂剧妆秀才三人，首问曰：第一秀才仙乡何处？曰：上党人。次问第二秀才仙乡何处？曰：泽州人。又问第三秀才仙乡何处？曰：湖州人。又问上党秀才，汝乡出甚生药？某乡出人参；次问泽州秀才，汝乡出甚生药？某乡出甘草；次问湖州出甚生药？出黄蘗。如何湖州出黄蘗？最是黄蘗苦人。当时皇伯秀王在湖州，故有此语。寿皇即日召入，赐第奉朝请。

何自然中丞上疏，乞朝廷并库，寿皇从之。方且讲究未定，御前有燕，杂剧伶人妆一卖故衣者，持裤一腰，只有一只裤口,买者得之,问如何着?卖者云:"两脚并做一裤口。"买者云:"裤却并了,只恐行不得。"寿皇即寝此议。

世之巧宦者,皆谓之钻。班固云:"商鞅挟三术以钻孝公。"嘉定间,士大夫有一戏论,于从政云,将仕皆得改官,独颜子孔门四科之首,不得改官。夫子曰"回也不改",颜子钻错了。钻之弥坚,如何改官。

天宝间,杨贵妃宠盛,安禄山、史思明之作乱,遂有杨安史之谣。嘉定间,杨太后、史丞相、安枢密,亦有杨安史之谣。时异事异,姓偶同耳。

平江道士袁宗善曾遇异人,得验状法,遭际三殿,赐通真先生。寿皇一日使中贵持白纸三幅,默祷在内,令通真书来。中贵先排定资次,第一纸书不可行,第二纸书无分,第三纸书真真二字,奏呈寿皇,隔数月皆验。不可行,要请陵寝,北报不从;无分,乃小刘娘子要册后半年而殂;真真二字,乃受禅光宗。后来光宗有心疾,寿皇宣通真,私问二真字,通真奏云:"臣书先定,二真合成一字,即颠字。"寿皇大喜,前定皆验,赐赉甚厚。此袁通真亲与先君言。

有一川官在都乞差遣,一留三四年,题一诗在傀楼之壁曰:"朝看贝叶牢笼佛,夜礼星辰取奉天。呼召归来闻好语,初三初四亦欣然。"初三初四即二仆也。因此诗传摇京下,遂得缺而去。

王黼宅与一寺为邻,有一僧,每日在黼宅沟中流出雪色饭颗,漉出洗净晒干,不知几年,积成一囷。靖康城破,黼宅骨肉绝粮,此僧即用所收之饭,复用水淘蒸熟,送入黼宅,老幼赖之无饥。呜呼!暴殄天物,圣人有戒。宣和年间,士大夫不以天物加意,虽沟渠污秽中,弃散五谷,及其饿馁之时,非僧积累之久，一家皆绝食而死，可以为士大夫暴殄天物者戒！

荆公黜词赋尊经，独《春秋》非圣经不试，所以元祐诸人多作《春秋传解》。自胡安定先生始，如孙莘老辈，皆有《春秋集解》，则知熙宁、元祐诸人议论，素不同矣。唐子西云："挟天子以令诸侯，诸侯必从，然谓之尊君则不可；挟六经以令百氏，百氏必服，然谓之尊经则不可。"

蜀士胡其姓者，知其女贵，能生子作宰相，携入京师，寻一朝士生宰相者，即与之。遇道间见韩光禄国华，拜于马首云："三年在京师，阅人多矣。光禄必生宰相子，敢以女为献。"后果生魏公。今韩氏家庙有胡夫人，即斯人女也。

钱参政良臣之妻弟章其姓者，自南康守回，忽进拟浙东漕，孝皇忽云："执政妻党，便得好官。"参政李彦颖奏云："章守南康有声，诸台列荐，以此除激励作郡者。"章某见乞祠，孝皇云："且与祠。"章由是而不复起矣。

谢文昌源明，馆伴北使，时宁庙初即位，定册时诸臣颇有议论，北使忽问谢云："伊尹放太甲于桐，此何义？"指光宗属疾而言。谢答曰："有伊尹之志则可，无伊尹之志则不可。"避一篡字，朝论甚伟。

李季章奉使北庭，虏馆伴发一语云："东坡作文爱用佛书中语。"李答云："曾记《赤壁》词云：'谈笑间狂虏灰飞烟灭。'所谓'灰飞烟灭'四字，乃《圆觉经》语云：'火出木烬，灰飞烟灭。'"北使默无语。

开禧议和，首遣方信孺通书奉使，和议未成，欲遣辅汉乡，辅辞以考亭诸生，老不称使，乃荐王都厢枏代为行人。王往返至四，虏有一伴使颜元者，问韩侂胄是什么人？答云："魏公之孙，吴太后之肺腑，有拥佑之勋。"又问云："官里如何信任他，不知去得他否?"王答云:"大臣去留,出自圣断。"伴使就怀中取出本朝省札,韩侂胄军怒,已击死。王为之惊骇。当时一语之差,岂不失两国之体?则知专对之为难事也。

卫社稷宗社者,大臣职也;死社稷宗社者,大臣之不幸也。韩侂胄柄国,皆由道学诸公激之使然。绍熙五年七月,光宗属疾,宁皇未内禅,外朝与中禁势相隔绝,赵忠定招侂胄通太后意,中官关礼同任往来之旨。宁庙即位,诸公便掩侂胄一日之劳,嗾台谏给舍攻其专辄之罪,此时侂胄本不知弄权怙势为何等事,道学诸公反教之如此为之弄权,如此为之怙势,及至太阿倒持,道学之祸起矣。后十年,坤鉴一进资善一疏,起于张镃、吴衡、王居安之谋,其他皆因人成事者也。和议成,奉使许奕,吴衡副之。虏索首谋,函首至濠,二使不敢进,小使往返数次。虏云既是讲和,必无创出礼数,国信不必虑。函首才至虏界,虏中台谏交章言:韩侂胄忠于其国,缪于其身,封为忠缪侯。将函首祔葬于魏公韩某墓下,仍札报南朝。当时丘宗卿开督府在建康,备坐北札,遍札诸州监司。先父适漕淮东,亲得此札,幸一见之。

侬智高发三解不得志,遂起兵两广,遂有两解试摄官之格。张元因殿试落第,径往西夏,自此殿无黜落之士。

施宜生以贺正使来,韩子师馆伴,因语《日射三十六熊赋》云:"云屯八百万骑,日射三十六熊。"以八百万骑对三十六熊,何其鲜哉!宜生语塞。大抵南北二使,皆不深书,司射所载,熊即候也,非兽也。

乖厓张公帅蜀时,请于朝创用楮币,约以百界。尝见蜀老儒辈言,谓此是世数所关,七八年前已及九十九界,蜀阃建议,虚百界不造,而更造所谓第一界,行之未久,而蜀遂大坏。时数之论，于是为可信。

辛卯岁，北来人数百辈，暂寓于襄阳府九华寺，有一人题诗于壁云："干戈未定各何之，一事无成两鬓丝。踪迹大纲王粲传，情怀小样杜陵诗。鹡鸰信断云千里，乌鹊巢寒月一枝。安得中山千日酒，陶然直到太平时。"虽未为绝唱，读之亦使人增感也。

少游《郴阳》词云："雾失楼台，月迷津渡，桃源望断知何处？可堪孤馆闭春寒，杜鹃声里斜阳暮。"诗话谓"斜阳暮"语近重叠，或改"帘栊暮"。既是"孤馆闭春寒"，安得见所谓帘栊？二说皆非。尝见少游真本，乃"斜阳树"，后避庙讳，故改定耳。山谷词"杯行到手莫留残，不到月斜人散"，诗话谓或作"莫留连"，意思殊短。又尝见山谷真迹，乃是"更留残"，词意便有斡旋也。

鹤山先生母夫人方坐蓐时，其先公昼寝，梦有人朝服入其卧内，因问为谁？答曰："陈了翁。"觉而鹤山生，所以用其号而命名。陈莹中前三名登第，后两甲子，鹤山中第，亦第三名。其出处风节相似处极多。在东南时，有了翁家子孙，必异遇之。

章子厚在政府，有悍贼邦曲之号。一日，邦直又复唐巾裹，子厚曰："未消争竞，只烦公令嗣戴来略看。"子由语张文潜曰："庙堂之上，谑语肆行，在下者安得不风靡？"

王嘉叟题王龟龄詹事祠堂诗："当时孤论偶相同，终始知心每愧公。才见安车延绮季，遽嗟石室祀文翁。百年公议分明在，一饷纷华究竟空。白发旧交衰甚矣，尚能留面对高风。"自注云："始予与龟龄别，尝谓吾辈会合不可常，但令常留面目，异时可复相见。龟龄再三击节，后一见必诵此言。"

东坡《水龙吟·笛词》八字谑:"楚山修竹如云,异材秀出千林表",此笛之质也;"龙须半剪,凤膺微涨,玉肌匀绕",此笛之状也;"木落淮南,雨晴云梦,月明风袅",此笛之时也;"自中郎不见,将军去后,知孤负,秋多少",此笛之事也;"闻道岭南太守,后堂深绿珠娇小",此笛之人也;"绮窗学弄,凉州初试,霓裳未了",此笛之曲也;"嚼徵含宫,泛商流羽,一声云杪",此笛之音也;"为史君洗尽,蛮烟瘴雨,作霜天晓",此笛之功也。五音已用其四,乏一"角"字。"霜天晓",歇后一"角"字。

欧阳公《论琴帖》:为夷陵令时,得琴一张于河南刘屺,盖常琴;后作舍人,又得一琴,乃张粤琴也;后作学士,又得一琴,则雷琴也。官愈昌,琴愈贵,而意愈不乐。在夷陵,青山绿水,日在目前,无复俗累,琴虽不佳,意则自释;及作舍人学士,日奔走于尘土中,声利扰扰,无复清思,琴虽佳,意则昏杂,何由有乐?乃知在人不在器也。若有心自释,无弦可也。

濮上陈抟以《先天图》传种放,放传穆修,修传李之才,之才传邵雍。放以《河图》、《洛书》传许坚,坚传范谔昌,谔昌传刘牧。修以《太极图》传惇颐,惇颐传二程。濂溪得道于异僧寿涯,晦庵亦未然其事,以异端疑之。

汉人尚气好博,晋人尚旷好醉,唐人尚文好狎,本朝尚名好贪。

韩愈、皇甫湜,一世龙门,牛僧孺携所业谒之,其首篇《说乐》,韩见题,即掩卷而问曰:"且道拍板唤作甚?"牛曰:"乐句。"二公大称赏之,因此名动京师。

黄初年三月癸卯,月犯心,大星占曰:心为天王位,王者恶之。四月癸巳,蜀先主殂于永安宫。客星历紫宫而刘聪殒,彗星埽太微而符坚败,荧惑守帝座而吕隆破。晋庾翼与兄冰书曰：岁星犯天阙，江东无他，而季龙频年闭关。余甲子年侍亲出蜀，在荆南沙市，申未间见一星自东南飞在西北，如世之火珠状，其光数丈长，久而成一皇字。丙寅冬，吴曦叛。丁亥年，余为仪真录参，十月二十三日夜，因观天象，见一星入月，算历者邹淮绝早相别云：“昨夜星入月，恐两淮兵动不可住。”径唤渡过建康。余问之前有此否？邹云：“汉献帝时，曾一次星入月，今再见也。”十一月十二日，刘倬举兵僇季姑，姑反戈，一城狼钡，倬以身免，继此兵祸未泯也。庚寅年，余丞浦江，三月间近午日色略觉昏，意谓日蚀，外看山林屋宇，皆成青色，及兄弟骨肉相看，面皆如鬼，其色青甚。如此日不移影，至酉方动。是年有缪春武库之变。余尝在方册间，或书此怪异，终未便信，岂谓身自见之。

东海中有山曰度朔，上有大桃盘屈三千里，其卑枝向东北曰鬼门，万鬼应由往来也。上有二神人，一曰荼与，一曰郁雷，主治害鬼。世人刊此桃梗，正岁以置门户，此出《战国策》桃梗注。

粉白黛黑，《战国策》张仪曰：“郑周之女，粉白黛黑。”注云：“黛黑，非知而见之者，以为神。”《汉武故事》曰：“上起明光宫，发燕赵美女二千人充之，皆自然美丽，不使粉白黛黑。”又《楚辞·大招》曰：“粉白黛黑，施芳泽只。”惟韩文公《送李愿归盘谷序》乃云“粉白黛绿”，东坡《答王定国书》“粉白黛绿者，系君火宅中狐狸、射干之流，愿以道眼看破”，方变黑为绿字。

丘宗卿帅蜀，陛辞奏寿皇：“吴家兵太专，他日必有可虑。此时吴挺为兴州都统，兼知兴州，乞得二庚牌，臣缓急可用。”居无何，挺殂，宗卿急发庚牌，檄张诏交军，除兴州都统，西兵姓移于他姓。自开禧间，吴曦再领兴州兵，北伐之事兴，曦果以叛闻,人服宗卿之远见。宗卿与京仲远为代,京在蜀时,适有泸州张庭芬之变,仲远宽厚,僇其渠魁,余皆从释。京偶带都吏行,宗卿就仲远舟中擒去,立斩之,仲远大不乐。后仲远作相,宗卿家食十年,能知吴氏之兵必叛,不知仲远之作相,何明于彼,不明于此耶?开禧兵兴,始开制阃,主行和议,复开督府,年已八十余矣。

黄巢五岁,侍翁父为菊花联句,翁思索未至,巢信口应曰:"堪与百花为总首,自然天赐赭黄衣。"巢之父怪欲击巢,乃翁曰:"孙能诗,但未知轻重,可令再赋一篇。"巢应之曰:"飒飒西风满院栽,蕊寒香冷蝶难来。他年我若为青帝,移共桃花一处开。"跋扈之意,已见婴孩之时,加以数年,岂不为神器之大盗耶!

笔之用以月计,墨之用以岁计,砚之用以世计。笔最锐,墨次之,砚钝者也,岂非钝者寿而锐者夭乎?笔最动,墨次之,砚静者也,岂非静者寿而动者夭乎?于是得养生焉,以钝为体,以静为用,惟其然,是以能永年。此唐子西《砚铭》。

东坡作《病鹤》诗,尝写"三尺长胫瘦躯",阙其一字,使任德翁辈下之,凡数字,东坡徐出其藁,盖"阁"字也。此字既出,俨然如见病鹤矣。

王万年副都统,因贻书岷峨山拗牛和尚,不答书,但与来人说:"传语太尉早归。"人至,问和尚有书无书,坚不肯说。万年云:"我已知了,尔直说。"久而方云:"和尚请太尉早归。"三日后,盥漱间即逝。人问拗牛,云王太尉是第六洞万年鬼王,所以姓王名万年。

均州武当山,真武上升之地,其灵应如响。均州未变之前,鞁至,圣降笔曰:"北方黑煞来,吾当避之。"继而真武在大松顶现身三日,民皆见之。次年有范用吉之变。鞑犯武当,宫殿皆为一空,有一百单五岁道人,首杀之,则知神示人有去意矣。浮光未破之前,开城濠得一铁坐佛,高三丈,城东元有铁佛寺,其僧请归本寺,百余军舁之不动,军帅祷之,许以草创小寺安奉,只用三五十辈小儿舁之即行。后差老巫媪奉事,凡有病告者,饮佛水即安。端平四年,鞑围城,炮声震天,铁佛为之撼战。后鞑攻定城,鞑人以炮坐罩铁佛于其下,光州遂失。《左传》云:"国将兴,听于人;国将亡,听于神。"即此意也。

欧阳询《艺文类聚》有为禽兽九锡,以鸡为稽山子,以驴为庐公者。吴越毛胜撰《水族加恩簿》,以海龙为君,各有词令,祖欧阳之遗意也。

仕之不称者,许郡将或部使者两易其任,谓之对移。汉薛宣为左冯翊,以频赐令薛恭本县孝者,未尝知治民,而粟邑令尹赏久用事,宣即奏赏与恭换县,乃对移所起也。

天道尚左,星辰左转,地道尚右,瓜瓠右累。蚁穴知雨,鸟鹊知风,燕逊戊己,鹊背太岁,鱼聚北道,针浮南指,葵知南日,菊知陨霜,此物之灵也。人有不节醉饱,不谨寒暑,孰谓人为万物之灵?因书为座右铭。

四夷附录内典云:"人火得水而灭,龙火得水而炽。"信有此理。阴阳自然变化论云:"龙能变水,人能变火,龙不见石,人不见风,鱼不见水,鬼不见地。"此亦理也。

士大夫最怕有虚名,虚名一胜,不为朝廷福。真西山负一世盛名,岂西山真欲爱名于天下,天下自闻其名而起敬耳。及史同叔之死,天下之人皆曰真直院入朝,天下太平可望。及其入朝,前誉小减。省试主文,为轻薄子作赋曰:"误南省之多士,真西山之饿夫!"都下谚曰:"若要百物贱,须是真直院。及至唤得来，搅做一镬面。"如是则声名自是一项，事业自是一项。江南地土浅薄，士大夫只做得一项，做不得两项。

市井呼卢，卢四也。博徒索采曰四，红赤绯皆一骰色也，俗说唐明皇与贵妃喝采，若成卢，即赐绯之义。《楚辞·招魂》"成枭而牟"，牟即卢也，又曰旅。杜子美诗"绕床大叫呼五白，祖裼不肯成枭卢"，注谓刘穆之兄刘毅，家无儋石之储，呼卢一掷百万，共举大事，何谓无成？又诗"刘毅从来布衣愿，家无儋石输百万"。唐李翱撰《五木经》，元革注云："雉为二，枭为六，卢为四。"

钱穆父尹开封，有店主告有道人独赁一房，每日以新钱三千置之座侧，沽酒市肉，迄暮而返，乃携炭一小篮入房中，人语小定，则拥炉铸钱，未半夜三千成矣，不敢不告。穆父遣人逻之，道人迎揖曰："大尹来要贫道否？"至庭下，穆父诘之曰："尔必有术，何敢于辇毂下为之？"道人曰："贫道铸者泥钱，不曾用铜，似不碍法令，但得半干半湿泥一块，以两钱脱就便可成。"穆父命取泥试之，逡巡成泥钱一千，以索贯之呈。穆父大怒，掷于案旁，迸散在地，道人忽不见。取其钱重穿之，每钱背二口字，知其洞宾也。今以铁化铜为钱，亦近于用泥矣。

淳熙间，省元徐履因功名之念太重，遂有心恙之疾。殿试，用卷子写一枝竹，题曰"画竹一竿"，送上试官。朝廷亦优容之，以省元身后一官与其子，子亦恙，官亦绝。

席大光以母葬，碑铭皆数千言，屈吴傅朋书之，大光立于碑侧，不数字，必请傅朋憩倦，终日不能兼备，傅朋病之。至夜分，潜起秉烛而书，大光闻之起，立以文房玩好之物尽归之，预储六千缗而润毫。或曰傅朋之贫脱矣。未几而大光死，傅朋叹曰："吾之贫，分也。大光之死，由我也。"

真定大历寺有藏殿，虽小而精巧，藏经皆唐宫人所书，经尾题名氏极可观。佛龛上有一匣，开钥有古锦俨然，有开元赐藏经敕书，及会昌以前赐免拆殿敕书。有涂金匣《藏心经》一卷，字体尤婉丽，其后题曰："善女人杨氏，为大唐皇帝李三郎书。"寺僧珍宝之。

吴江长桥，焚于庚戌之虏。绍兴四年，新桥复成，日杨同者，谋新之始，未尝委一吏，未尝科一夫，但命十僧分干。一桥之利，可支百年，始谋兴工，亦俾诸僧分谕上户，往往出资为助。震泽王闻者，朱勔之党，乃积通数千缗，连券百纸，请同自督之。同笑曰："此通岂可督也！"徐命闻坐，取火尽焚其券。同以台疏因扰民而罢，此闻嗾之。

曹友闻，凤州人，为天水军教授。有学职时当可，乃天水巨室，辛卯冬，闻鞑寇深入，天水守倅弃城不守，时当可籍家丁，推友闻为主守城。李说斋作帅，知其事实，写旗赠之曰："状元及第三年有，教授提兵四海无。"后战死于大安军鸡翁关，此丙申年也。

李昴英，字俊明，广人也。主上谅阴榜第三名及第，初任临汀推官，陈孝严激军变，尽出家资抚定之。曾治凤帅广，激曾忠之变。崔菊坡临城，借用经略司印抚谕，李缒城入贼，晓以祸福，五羊城郭得全。贼之肇庆就捕，朝廷录功名之首，除荣王府教授，亦因朝臣之请，李力辞不供职，但云素无学问，难以移气习。士论韪之。

陈习庵名埙，省元，父母求子于佛，照光禅师就上写一偈，末后二句云："诸佛菩提齐着力，只今生个大男儿。"此十月三十日书，至十二月三十日习庵生，父母乞名于佛，照光曰觉老，余亲见二状。习庵无髭,有则去之,凡有除目,即先梦见住院前身,即一尊宿也。

临安中瓦在御街中,士大夫必游之地,天下术士皆聚焉。凡挟术者,易得厚获之来,数十年间,向之术行者,皆多不验,惟后进者,术皆奇中。有老于谈命者,下问后进,汝今之术,即我向之术,何汝验,我苦何不验?后进者曰,问之士大夫之命,占得禄贵生旺,皆是贵人;今之士大夫之命,多带刑杀冲击,方是贵人。汝不见今日为监司、守帅阃者,日以杀人为事,汝之术所以不验也。"老者叹服而去。

伶者,自汉武时东方朔以谐谑进,其间以言语尽规导之意,至唐高力士辈出,人主溺于宴安鸩毒,为君之道绝矣!及五代李亚子,欧阳公作《伶人传》首焉,极称请箭前驱,缟素从戎,系燕父子以组函梁君臣首,入于太庙,还矢先王,而告以成功,其意气之盛,何其壮哉!晚年耽于诙谐,与周匝、景进、敬新磨狎泄,终至亡国,死无以葬,以乐器焚之,何其始英武后荒迷耶?尝读放翁《南唐书》,有一事可取。李王召一名将欲害之,酌酒一杯与其将饮,将知内有毒,坚不肯饮,奉杯前曰:"臣当先奉为王寿。"君臣交争不决。有一伶人自殿下舞上殿曰:"此酒臣先饮。"夺将手中杯,一举而尽。再舞下殿,及殿门而卒。一时仓卒,遂解君臣之疑。虽曰小人以一死存国体,可谓知几之士矣。

晋王衍口不言钱,强名阿堵,俗言兀底律贪之谓也。古语云:"少则乐,无则忧,多则累。"又曰:"牢收长物金三品,密写虚名墨一行。"又曰:"须知世上金银宝,借汝闲看六十年。"又曰:"饶君且恁埋藏却,曒有人曾作主来。"积而能散,君子耻之,为富不仁,古人深戒。

曲江有二奇,张相国以铁铸,六祖禅师以铜铸,俗语云:"铁胎相公,铜身六祖。"铁胎有二身,一在庙,一在郡庠;铜身在大鉴寺。广州天庆观有铜铸刘王像,当铸时,不像其容,杀数匠始成,衮冕具在。

达官有瘫缓之疾,有道人曰:"古人已死身不坏,今人未死身先坏。"信知古人之死数虽尽,而所养固在,至于百年之岁,尚有容貌如生者;今人贪利禄则损其心,穷嗜欲则丧其本,数未尽而躯已腐矣。

杨诚斋帅某处,有教授狎一官妓,诚斋怒,黥妓之面,押往谢辞教授,是欲愧之。教授延入,酌酒为别,赋《眼儿媚》:"鬓边一点似飞鸦,莫把翠钿遮。三年两载,千揪百就,今日天涯。杨花又逐东风去,随分落谁家?若还忘得,除非睡起,不照菱花。"杨诚斋得词,方知教官是文士,即举妓送之。

《史记·匈奴传》"汉遗单于有黄金饰具带一饬"。《汉书要义》曰"腰中大带,黄金骨纸"。徐广曰犀毗,引《战国策》赵武灵王赐周绍具带黄金师比,即带约也。师比,即犀毗也。

升斗古小而今大,昔人饮酒,有数石不乱者。班固论一夫百亩,所收之粟,人食月一石五斗。古之人亦今之人也,岂有一人能饮数石,曰食五升者乎?

古人有言,登公卿之门而不见公卿面目,一辱也;对公卿面目而莫测公卿之心,二辱也;识公卿之心不知我之心,三辱也;大丈夫宁就万死,不受一辱。

韶州涔水场,以卤水浸锅之地,会百万斤铁,浸炼二十万铜,且二广三十八郡,皆有所输。或供铅锡,或供银,或供钱,岁计四五万缗。饶监所铸,岁止十五万,二广未尝曾见一新钱,所在州县村落,未尝一日无铜钱,殊不可晓。所谓会子,皆视之弃物,不知朝廷一如二广,只使见钱,不知会子,未知可行否乎?

淳熙间,有二妇人能继李易安之后:清庵鲍氏,秀斋方氏。方即夷吾之女弟,皆能文,笔端极有可观。清庵即鲍守之妻,秀斋即陈日华之室。秀斋能识人,有两馆客,一陈勉之丞相,一陈景南内相。

乾道间,有一媵随嫁单氏,而生尚书夔,又往耿氏,生侍郎延年。及死,尚书、侍郎争葬其母,事达朝廷,寿皇云:“二子无争,朕为葬之。”衣冠家至今为美谈。

吕婆即吕正己之妻,淳熙间,姓名亦达天听。苏养直家孙女曰苏婆,其严毅不可当,三五十年,朝报奏疏,琅琅口诵,不脱一字。旧京畿有二漕,一吕搢,一吕正己。搢家诸姬甚盛,必约正己通宵饮。吕婆一日大怒,逾墙相詈,搢之子一弹碎其冠,事彻孝皇,两漕即日罢。今止除一漕,自此始。吕婆有女事辛幼安,因以微事触其怒,竟逐之。今稼轩“桃叶渡”词因此而作。

袁彦纯尹京,专□留意酒政,煮酒卖尽,取常州宜兴县酒,衢州龙游县酒,在都下卖。御前杂剧,三个官人,一曰京尹,二曰常州太守,三曰衢州太守。三人争座位,常守让京尹曰:“岂宜在我二州之下。”衢守争曰:“京尹合在我二州之下。”常守问云:“如何有此说?”衢守云:“他是我两州拍户。”宁庙亦大笑。

韶州南华寺,乃六祖大鉴禅师真身道场,有达么衣钵存焉。所谓袈裟,尚有仿佛,而钵犹存有一痕,伪刘公主所触。今寺有补钵庄,即公主舍也。有虎夜必来守衣钵。如则天所赐皆不存,独有柳子厚文,亦非旧本。更有黄叶斋僧文,自称率土大将军,唐之丁酉年。后彭帅为经略,适有曾忠之变,亦是丁酉年,遂碎此碑,碑阴乃东坡饭僧疏文,二碑俱不存矣。

东坡《艾子》有曰:"禽大禽大,无事早下山去。"托此为谈谑之助,世人相传笑话,余因录一二事以资好事者一笑。有知州未满,交代遽至,在任者不肯去,赴任者不得入,欲赴者怒,遂起民兵、诸寨兵、外县弓手攻城;在任者见事势急,率厢禁军守城。监司得知按发,朝廷曰:"攻城者以违年不赴,守城者以擅离任所。"闻者莫不大笑。

富家大室多是为富不仁,为人撰一说以讥之。有一多钱翁,每自夸侈,我世间饮食品馔,水陆毕陈,饱饫酥鲜尽矣。思得天上美馔,略供匕箸,可以延年益寿。或者告之,须是斋戒设醮,拜章精祷,方可感格上天,必得赐汝美馔。如此祷告数年。忽一夕正启醮间,有二天神自虚空而下,奉一大合呼"愚民,天帝赐汝食",拜而受之。愚民得此合,再三焚香感戴,发合取食,但见两枚火烧而已。愚民懊恨许多时祷告,却得两个火烧,此世所有之物,天神叱曰:"愚民不晓事,汝寻常但吃人火烧,今次吃天火烧也。"

史同叔为相日,府中开宴,用杂剧,人作一士人念诗曰:"满朝朱紫贵,尽是读书人。"旁一士人曰:"非也。满朝朱紫贵,尽是四明人。"自后相府有宴,二十年不用杂剧。

广州有二事可怪,盐步头水,客人所买盐笋,必以此水洒之,经久不析不化。市舶亭水,为番船必取,经年不臭不坏。他水不数日必败,物理不可晓如此。贪泉虽有吴隐之诗及有二神,或曰在石门,今则不知其所矣。

今之校椅,古之胡床也,自来只有栲栳样,宰执侍从皆用之。因秦师垣在国忌所,偃仰片时坠巾,京尹吴渊,奉承时相,出意撰制荷叶托首四十柄,载赴国忌所,遣匠者顷刻添上,凡宰执侍从皆有之,遂号太师样。今诸郡守倅,必坐银校椅,此藩镇所用之物,今改为太师样,非古制也。

馀干有王德者,僭窃九十日为王,有一士人被执,作诏云:"两条胫腔,马迁不前。一部髭髯,蛇钻不入。身坐银校之椅,手执铜锤之铩。翡翠帘前,好似汉高之祖;鸳鸯殿上,有如秦始之皇。一应文武百官,不许著草屦上殿。"王德就擒,此士人得以作诏免。

馀干有一富人,作社火迎五圣,遂三次往行在看拜郊,画成图归。装官家驾出迎神,呼八千人为细甲军,皆用金银二纸为之,卤簿仪卫俱全。又装一人,俨然赭袍坐于辇上。后州郡因诉词,取社首数十人囚死之。此等真怪事,所以迎神社火有禁,故有意也。

桯　史

[宋]岳珂　撰
黄益元　校点

校 点 说 明

《桯史》十五卷,宋岳珂撰。

岳珂(1183—约1242),字肃之,号亦斋、倦翁,相州汤阴(今属河南)人。抗金名将岳飞之孙,岳霖之子。曾官嘉兴知府,权户部尚书,八路制置茶盐使等职。精经学,工词章,著述甚富。曾作《金陀粹编》辑集有关岳飞资料,为其辨诬。并著有《刊正九经三传沿革例》、《宋少保岳鄂王行实编年》、《愧郯录》、《玉楮集》等。

《桯史》是岳珂日积月累写成的关于两宋朝野见闻的史料笔记。他有感于"狥时者持谀以售其身",那些"张夸"、"溢厌"的言辞会"久而乱真",故以"身历"、"目击"的种种见闻以"质之",以明"公是公非"。全书共一百四十条,涉及两宋朝政得失、南渡佚事、贤达诗文、世俗谑语、图谶神怪等等,内容虽杂,然其"大旨主于寓褒刺,明是非,借物论以明时事"(《四库全书总目提要》)。如石城堡塞、乾道受书礼、燕山先见、大散论赏书、秦桧死报、陈了翁始末、开禧北伐等条,皆比正史详尽,且褒贬分明,具有重要的史料价值。而所记欧阳修、梅尧臣、苏轼、刘过、辛弃疾、王庭珪、陈亮等人的诗文佚事,亦足以资文学史的考证。当然,本书也偶有差错,如"宣和御画"条,为张端义《贵耳集》所驳。但瑕不掩瑜,无碍于岳珂"此真良史也"的自诩。

本书有《四库全书》本、《四部丛刊续编》本、《津逮秘书》本、《学津讨原》本等。其中,《四部丛刊续编》本系由铁琴铜剑楼藏元刊本影印,错误较少。现以此为底本,加以标点,遇有异文,参校他本择优定之,不出校记。

目　　录

桯 史 序

亦斋有桯焉，介几间，髹表可书。余或从搢绅间闻闻见见归，倦理铅椠，辄记其上。编已，则命小史录臧去，月率三五以为常。每窃自恕，以谓公是公非，古之人莫之废也；见睫者不若身历，滕口者不若目击，史之不可已也审矣。彼狥时者，持谀以售其身，或张夸以为窿，或溢厌以为洿，言则书，书则疑，疑则久，久而乱真，天下谁将质之？兹非稗官氏之辱乎！况戏笑近谑，辞章近雅，辨论近纵，讽议近约，若是而不屑书，殆括囊者。夫金匮石室之臧，荛夫野人之记，名虽不同，而行之者一也。于是稍裒积为编。载笔者闻而讥之曰："嘻！今朝廷设官盈三馆，大概皆汗青事，详核备记，裁以三长，含毫阁笔，犹孙其难而莫之敢议也。彼齐东者何为哉？子幸生天下无事时，寘窃粟县官，进不得策名兰台以垂信，退不得隐几全其忘言之真，呫呫徒取栋牛累于世，无毫发益，而犹时四顾出啄木画，诚可笑诋！"余无以复，则指其桯曰："汝将多言日朘，如五达之交午乎！汝将嘿嘿养元，如老聃之柱下乎！人言勿恤，汝姑谓汝将奚择？"桯嗒然不应。予笑曰："此真良史也。"遂以为序。

嘉定焉逢淹茂岁圉如既望珂序

桯史卷第一 十二则

张紫微原芝

　　高宗览娄陟明_{寅亮}之议，垂意祖烈，诏择秦支，并建二王邸，恩礼未有隆杀也。会连岁芝生太宫，百执事多进颂诗，张紫微_{孝祥}时在馆，独献文曰《原芝》："绍兴二十四年，芝生于太庙楹，当仁宗、英宗之室，诏群臣观瞻，奉表文德殿贺。既二年，芝复生其处，校书郎_臣张某作《原芝》曰：非天私我有宋，我祖宗在天，笃丕祐于子孙，明告之符，于惟钦哉！在昔仁祖登三咸五，以天下为公，授我英宗，以永我基祚，于惟钦哉！我圣天子躬济大业，既平既治，上怡下嬉。惟大本未立，社稷宗庙之灵，亦靡克宁飨；有烨兹芝，胡为乎来？天维显思，命不易哉；和气致祥，敢曰不然。曷不于他？乃庙产旃；曷不于他？于二宗之室；曷不于他？再岁再出；于惟钦哉！夫意则然，我祖宗之意则然，于惟钦哉！我二三辅臣以告我圣天子，告我圣天子承天之意，承祖宗之意，早定大计，惟一无贰。纷以贰起，辛伯有言，惟贰惟一，治忽所原；匪弗图之，忧惟贰之惧。敢告圣天子为万世虑，蠢尔小臣，越职罪死。弗罪以思，惟二三辅臣以思以谋告圣天子，言有一得，以神吾国，万死奚恤，渠敢爱死而畏越厥职？"上得之喜，即擢为南宫郎。于是内廷始渐有所别，迄于建储云。

艺祖禁谶书

唐李淳风作《推背图》。五季之乱，王侯崛起，人有幸心，故其学益炽。开口张弓之谶，吴越至以遍名其子，而不知兆昭武基命之烈也。宋兴受命之符，尤为著明。艺祖即位，始诏禁谶书，惧其惑民志以繁刑辟。然图传已数百年，民间多有藏本，不复可收拾，有司患之。一日，赵韩王以开封具狱奏，因言："犯者至众，不可胜诛。"上曰："不必多禁，正当混之耳。"乃命取旧本，自己验之外，皆紊其次而杂书之，凡为百本，使与存者并行。于是传者懵其先后，莫知其孰讹。间有存者，不复验，亦弃弗藏矣。《国朝会要》太平兴国元年十一月，诸州解到习天文人，以能者补灵台，谬者悉黥流海岛。盖亦障其流，不得不然也。

徐铉入聘

国初三徐名著江左，皆以博洽闻中朝，而骑省铉又其白眉者也。会修述职之贡，骑省实来，及境，例差官押伴。朝臣皆以辞令不及为惮，宰相亦难其选，请于艺祖。玉音曰："姑退朝，朕自择之。"有顷，左珰传宣殿前司，具殿侍中不识字者十人，以名入。宸笔点其中一人曰："此人可。"在廷皆惊。中书不敢请，趣使行。殿侍者慌不知所繇，薄弗获已，竟往渡江。始燕，骑省词锋如云，旁观骇愕。其人不能答，徒唯唯。骑省叵测，强聒而与之言。居数日，既无与之酬复者，亦倦且默矣。余按：当时陶、窦诸名儒，端委在朝，若使角辩骋词，庸讵不若铉？艺祖正以大国之体，不当如此耳。其亦不战屈人，兵之上策欤？其后，王师征包茅于煜，骑省复将命请缓师，其言累数千言。上谕之曰："不须多言。江南亦何罪？但天下一家，卧榻之侧，岂容他人鼾睡耶！"大哉圣言！其视骑省之辩，正犹萤爝之拟羲、舒也。骑省名甚著。三徐者，近世或概为昆弟。余嘉定辛未在故府，楼宣献钥尝出手编《辨鸾冈三墓》，余谢不前考。后读周文忠必大《游山录》，有卫尉卿延休、骑省铉、内史锴，盖父子甚明。而余已去国，不复得请益云。

石 城 堡 寨

六朝建国江左，台城为天阙。复筑石头城于右，宿师以守，盖如古人连营之制。然古今议攻守者，多疑以为分兵力而无用。东阳陈同父亮尝上书乞移都建康，谓古台城当在今钟山，而大司马门在马军新营之侧，今城乃江南李氏所筑耳。使六朝因今城以守，则不费侯景辈数日力。何以历年如彼，其久乎？因言曹武惠登长干，兀术上雨花台，城中秋毫不能遁。余尝亲历其地，其说皆是。第指古台城所在，要未有明据，亦出臆度。自清凉寺而上，皆古石头颓墉，犹可识其址，皆依山而高，然则六朝非不知备也。杨文节万里持漕节，尝有诗曰："已守台城更石城，不知并力或分营。六师只合环天阙，一垒真成借寇兵。向者王苏俱解此，冤哉隗协可怜生。若言虎踞浑堪倚，万岁千秋无战争。"其旨明矣。淳熙乙未，郭棣帅淮东，筑维扬城，又旁筑一城曰"堡寨"，地皆砥平，相去余数里。虽牵制之势亦不相及，竟不晓何谓，犹不若石城之得失相半也。

汤 岐 公 罢 相

汤岐公思退相高宗，绍兴三十一年以烦言罢。洪文安遵在翰苑当直，例作平语，谏官随而击之，以祠去。孝宗朝再相，隆兴二年复罢。文安之兄文惠_适适视草焉，又作平语，侍御史晁_{公武}亦击之。文惠请外，上曰："公武言卿党思退，朕谓平词出朕意。"固却其章，仍徙户侍矣。盖其相两朝，再罢相，乃累洪氏二兄弟，先后若出一辙，可笑如此。岐公中词科时，与文敏迈实同年云。

南陔脱帽

神宗朝，王襄敏_韶在京师。会元夕张灯，金吾弛夜，家人皆步出将帷观焉。幼子_寀第十三，方能言，珠帽褓服，冯肩以从。至宣德门，上方御楼，芗云彩鳌，箫吹雷动，士女仰视，喧拥阗咽。转眄已失所在，驺驭皆惘扰，不知所为。家人不复至帷次，狼狈归，未敢白请捕。襄敏讶其反之亟，问知其为南陔也，曰："他子当遂访，若吾十三，必能自归。"怡然不复求。咸叵测。居旬日，内出犊车至第，有中大人下宣旨，抱南陔以出诸车，家人惊喜，迎拜天语。既定，问南陔以所之。乃知是夕也，奸人利其服装，自襄敏第中已窃迹其后。既负而趋，南陔觉负己者之异也，亟纳朱帽于怀。适内家车数乘将入东华，南陔过之，攀帱呼焉。中大人悦其韶秀，抱置之膝。翌早，拥至上阁，以为宜男之祥。上问以谁氏，竦然对曰："儿乃韶之幼子也。"具道所以，上顾以占对不凡，且叹其早惠，曰："是有子矣。"令暂留。钦圣鞫视，密诏开封捕贼以闻。既获，尽戮之。乃命载以归，且以具狱示襄敏，赐压惊金犀钱果，直巨万。其机警见于幼年者，已如此。南陔，寀自号，政和间有文声，敢为不谲，充其幼者也。余在南徐，与其孙遇游，传其事。

张 元 吴 昊

景祐末,有二狂生曰张曰吴,皆华州人。薄游塞上,觇览山川风俗,慨然有志于经略。耻于自售,放意诗酒,语皆绝豪崄惊人,而边帅羸安,皆莫之知。伥无所适,闻夏酋有意窥中国,遂叛而往。二人自念不力出奇,无以动其听。乃自更其名,即其都门之酒家,剧饮终日,引笔书壁曰:"张元、吴昊,来饮此楼。"逻者见之,知非其国人也,迹其所憩,执之。夏酋诘以入国问讳之义,二人大言曰:"姓尚不理会,乃理会名耶!"时曩霄未更名,且用中国赐姓也。于是竦然异之,日尊宠用事。宝元西事,盖始此。其事国史不书,诗文杂见于《田承君集》、沈存中《笔谈》、洪文敏《容斋三笔》,其为人概可想见。文敏谓二人名偶与酋同,实不详其所以更之意云。

王 义 丰 诗

王阮者,德安人,仕至抚州守,尝从张紫微学诗。紫微罢荆州,侍总得翁以归,偕之游庐山。暇日,出诗卷相与商榷,自谓有得。山南有万杉寺,本仁皇所建,奎章在焉。紫微大书二章,其一曰:"老干参天一万株,庐山佳处著浮图。只因买断山中景,破费神龙百斛珠。"其二曰:"庄田本是昭陵赐,更著官船载御书。今日山僧无饭吃,却催官欠意何如?"阮得此诗,独怃然不满意,曰:"先生气吞虹霓,今独少卑之,何也?"紫微不复言,送之江津。别去才两旬,而得湖阴之讣矣。紫微盖于此绝笔。阮是时亦自有二十八字,曰:"昭陵龙去奎文在,万岁灵杉守百神。四十二年真雨露,山川草木至今春。"紫微大击节,自以为不及。既而复过是寺,又题其碑阴曰:"碧纱笼底墨才干,

白玉楼中骨已寒。泪尽当时联骑客,黄花时节独来看。"亦纤
徐有味云。阮所作诗号《义丰集》,刻江泮,其出于蓝者盖鲜,
校官冯椅为之序。

琵琶亭术者

淳熙己酉,哲文倦勤,诏以北宫为重华宫。光宗既登极,
群臣奉表请以诞圣日为重明节,如故事。时先君召还省闼,过
乡邦,维舟琵琶亭。新暑初祥,小憩亭上,有术者以拆字自名,
过矣。因漫呼问家人字迹,多奇中。命饮之酒,忽作而曰:"近
得邸报乎?'重华''重明'非佳名也。其文皆'二千日',兆在
是矣。"先君掩耳起立,亟以数镮谢遣之。既而甲寅之事,果如
其言。此与太平兴国一人六十之谶无异。岂天道证应,固有
数乎? 抑符合之偶然也。

汴 京 故 城

开宝戊辰,艺祖初修汴京,大其城址,曲而宛,如蚓诎焉。
耆老相传,谓赵中令鸠工奏图,初取方直,四面皆有门,坊市经
纬其间,井井绳列。上览而怒,自取笔涂之,命以幅纸作大圈,
纤曲纵斜,旁注云:"依此修筑。"故城即当时遗迹也。时人咸
罔测,多病其不宜于观美。熙宁乙卯,神宗在位,遂欲改作,鉴
苑中牧豚及内作坊之事,卒不敢更,第增陴而已。及政和间蔡
京擅国,亟奏广其规,以便宫室苑囿之奉,命宦侍董其役。凡
周旋数十里,一撤而方之如矩,墉堞楼橹,虽甚藻饰,而荡然无
曩时之坚朴矣。一时讫功第赏,侈其事,至以表记,两命词科
之题,概可想见其张皇也。靖康胡马南牧,粘罕、斡离不扬鞭
城下,有得色,曰:"是易攻下。"令植炮四隅,随方而击之。城

既引直,一炮所望,一壁皆不可立,竟以此失守。沉幾远睹,至
是始验。宸笔所定图,承平时藏秘阁,今不复存。

施 宜 生

　　施宜生,福人也。少游乡校,有僧过焉,与之言,引之鳣堂
下。风檐杲日,援手周视曰:“余善风鉴,子有奇相,故欲验予
术耳。归,它日当语子。”又数年,过诸涂,宜生方踬场屋,不胜
困,欲投笔,漫征前说,以所向扣之。僧出酒一壶,与之藉草
饮,复援其手曰:“面有权骨,可公可卿,而视子身之毛,皆逆
上,且覆腕。然则必有以合乎此,而后可贵也。”时范汝为讧建
剑,宜生心欲以严庄、尚让自期,而未脱诸口,闻其言大喜,杖
策径谒,干以秘策。汝为恨得之晚,亟尊用之。亡何而汝为
败,变服为佣,渡江至泰。有大姓吴翁者,家僮数千指,擅鱼盐
之饶。宜生佣其间三年,人莫之觉也,翁独心识之。一日,屏
人问曰:“天下方乱,英雄铲迹,亦理之常。我视汝非佣,必以
实告,不然,且捕汝于官。”宜生不服,曰:“我服佣事惟恭,主人
乃尔置疑,请辞而已。”翁固诘之,则请其故。翁曰:“汝动作皆
佣,而微有未尽同者。余日者燕客,执事咸馂,而汝独孙诸侪,
撤器有噫声,若欿然不怡,此鱼服而角也。我固将全汝,而何
以文为?”宜生惊汗,亟拜曰:“主实生我,不敢匿。”遂告之縣。
翁曰:“官购方急,图形遍城野,汝安所逃? 龟山有僧,可托以
心,余交之旧矣。介以入北,策之良也。”从之。翁赆之金,隐
之衲。至寺,服缁童之服以求纳。主僧者出,俨然乡校之所见
也,启缄而留之。余数旬,持桡夜济宜生于淮,曰:“大丈夫富
贵命耳! 予无求报心,天实命汝,知复如何,必得志,毋忘中
国。逆而顺,天所祐也。”虏法:无验不可行。遂杀一人于道,

而夺其符,以至于燕。上书自言道国虚实,不见用,縻而致之黄龙。会赦得释,因以教授自业。虏有附试畔归之士,谓之"归义",试连捷。逆亮时有意南牧,校猎国中,一日而获熊三十六,廷试多士,遂以命题,盖用唐体。宜生奏赋曰:"圣天子讲武功,云屯八百万骑,日射三十六熊。"亮览而喜,擢为第一。不数年,仕至礼部尚书。绍兴三十年,虏来贺正旦,宜生以翰林侍讲学士为之使。朝廷闻之,命张忠定焘以吏部尚书侍读,馆之都亭。时戎盟方坚,国备大弛,而谍者传造舟调兵之事无虚日,上意不深信。馆者因以首丘风之,至天竺,微问其的。宜生顾其介不在旁,忽庹语曰:"今日北风甚劲。"又取几间笔扣之,曰:"笔来!笔来!"于是始大警。及高景山告衅,而我粗有备矣,宜生实先漏师焉。归,为介所告,烹而死。宜生方显时,龟山僧至其国,言于亮而尊显之,俾乘驿至京,东视海舟,号"天使国师",不知所终。僧踪迹有异,淮人能言之。出入两境如跳河,轻财结客,又有至术,髡而侠者也。逆而显,顺而戮,岂其相然耶!椎埋于先,一折枝而赎其恶,固神理之所不容也。国史逸其事,余闻之淮士臧子西如此。

晋　盆　杅

余居负山,在溢城之中。先君未卜筑时,尝为戎帅皇甫斌宅。斌归于袁,虚其室。山有坚土,凡市之涂墍版筑,咸得而畚致之。无孰何者,遂罄其半,独余一面壁立。余家既来,始厉其禁,而山已不支。庆元元年五月,大雨隤其巅,古冢出焉。初仅数甓流下,其上有刻如瑞草,旁著字曰:"晋永宁元年五月造。"又有匠者姓名曰张某,下有文如押字。隶或得之以献,莫知所从来。居数日而山陨,墓周半堕,骨发棺椁,皆无存矣。

两旁列瓦碗二十余,左壁有一灯,尚荧荧,取之即灭。犹有油如膏,见风凝结不可抉。碗中有甘蔗节,它皆已化。有小瓷瓶,如砚滴,窍其背为虾蟆形,制甚朴。足下有一瓦盆,如褻器。有铜带数铐,鬃合。余者一片傅木,如铁。有半镜。一铜盆绝类今洗罗,殊无古制度,中有双鱼,盆底有四镮附著,不测其所以用。一铜杆穴底,与市井庖人汁器同制。每甓著年月姓名,如先获者,环墼皆是。碣曰:"晋征虏将军墓。"余既哀而掩之,既数日复雨,山无址,竟埋焉。余考《晋书》,永宁盖惠帝年号,距今九百余载。是时盖未有城郭,征虏之名,汉虽有之,在晋以此官显者,不著于史,又无名氏可见。甓范必有字,古人作事,如此不苟。押字之制,世以为起于唐韦陟五朵云,而不知晋已有之。余固疑其似而非,又不可强识,亦可异也。凡物皆腐,而灯烛尚明,骊山人鱼之说,固容有之。萧统《文选·吊冥漠君文》,亦有蘸,意其渮核之所重云。陶器以再隤皆碎裂,余或为亲识间持去。盆杆仅在,而余侍亲如闽,留于家。丙辰岁,诏禁挟铜者。州家大索以输严之神泉监,家人惧,杆复偕送官,独盆偶棳它所,今乃岿然存。其出其毁,要必有时,亦重可叹也。因志于此,以俟博识。

桯史卷第二 十四则

行 都 南 北 内

行都之山,肇自天目。清淑扶舆之气,钟而为吴。储精发祥,肇应宅纬。负山之址,有门曰朝天。南循其陬为太宫,又南为相府。斗拔起数峰,为万松八盘岭。下为钧天九重之居,右为复岭,设周庐之卫止焉。旧传谶记曰:"天目山垂两乳长,龙骞凤舞到钱塘。山明水秀无人会,五百年间出帝王。"钱氏有国,世臣事中朝,不欲其语之闻,因更其末章三字曰"异姓王"以迁就之,谶实不然也。东坡作《表忠观碑》,特表出其事,而谶始章。建炎元二之灾,六龙南巡,四朝奠都,帝王之真,于是乎验。朝天之东,有桥曰望仙,仰眺吴山,如卓马立顾。绍兴间,望气者以为有郁葱之符。秦桧颛国,心利之,请以为赐第。其东偏即桧家庙,而西则一德格天阁之故基也。非望挺凶,鬼瞰其室。桧薨于位,熺犹恋恋,不能决去,请以其侄常州通判焴为光禄丞,留莅家庙,以为复居之萌芽。言者风闻,遂请罢焴,并迁庙主于建康,遂空其居。高宗将倦勤,诏即其所筑新宫,赐名"德寿"居之,以膺天下之养者二十有七年,清跸躬朝,岁时烨奕,重华继御,更"慈福"、"寿慈",凡四侈鸿名,宫室实皆无所更。稍北连甍,为今佑圣观,盖普安故邸。庄文魏王、光宗皇帝,实生是间,今上亦于此开甲观之祥。益知天瑞地灵,章明有待,斗筲负乘,固莫得而妄据云。

犇麤字说

王荆公在熙宁中，作《字说》，行之天下。东坡在馆，一日因见而及之，曰："丞相颐微宦穷，制作某不敢知，独恐每每牵附，学者承风，有不胜其凿者。姑以'犇'、'麤'二字言之，牛之体壮于鹿，鹿之行速于牛，今积三为字而其义皆反之，何也?"荆公无以答，迄不为变。党伐之论，于是浸阔。黄冈之贬，盖不特坐诗祸也。

李顺吴曦名谶

淳化四年十二月，蜀寇王小波死，李顺继之。明年正月己巳，即蜀王位。五月丁巳，两川招安使王继恩克成都，顺就擒。开禧三年正月，大将吴曦叛蜀，归款于房；甲午，即蜀王位；丁酉，受房册。二月乙亥，随军转运安丙奉密诏枭曦于兴州。说者析"顺"字，谓居"川"之傍一百八日；折"曦"字，谓"三十八日，我乃被戈"。较其即位、受册之日，不差毫发，又俱终始于蜀。嘻! 亦异矣。

隆兴按鞠

隆兴初，孝宗锐志复古，戒燕安之鸩，躬御鞍马，以习劳事。仿陶侃运甓之意，时召诸将击鞠殿中，虽风雨亦张油帘，布沙除地。群臣以宗庙之重，不宜乘危，交章进谏，弗听。一日，上亲按鞠，折旋稍久，马不胜勚，逸入庑间，檐甚低，触于楣。侠陛惊呼失色，亟奔凑，马已驰而过。上手拥楣，垂立，扶而下，神彩不动，顾指马所往，使逐之。殿下皆称万岁，盖与艺祖抵城挽鬃事，若合符节。英武天纵，固宜有神助也。

东坡属对

承平时,国家与辽欢盟,文禁甚宽,辂客者往来,率以谈谑诗文相娱乐。元祐间,东坡实膺是选。辽使素闻其名,思以奇困之。其国旧有一对曰"三光日月星",凡以数言者,必犯其上一字,于是遍国中无能属者。首以请于坡,坡唯唯谓其介曰:"我能而君不能,亦非所以全大国之体。'四诗风雅颂',天生对也,盍先以此复之。"介如言,方共叹愕。坡徐曰:"某亦有一对,曰'四德元亨利'。"使睢盱,欲起辨,坡曰:"而谓我忘其一耶?谨阁而舌,两朝兄弟邦,卿为外臣,此固仁祖之庙讳也。"使出不意,大骇服。既又有所谈,辄为坡逆敚,使自愧弗及,迄白沟,往反莋舌,不敢复言他。

富翁五贼

东阳陈同父资高学奇,跌宕不羁。常与客言,昔有一士,邻于富家,贫而屡空,每羡其邻之乐。旦曰,衣冠谒而请焉。富翁告之曰:"致富不易也。子归斋三日,而后予告子以其故。"如言复谒,乃命待于屏间,设高几,纳师资之贽,揖而进之,曰:"大凡致富之道,当先去其五贼。五贼不除,富不可致。"请问其目,曰:"即世之所谓仁、义、礼、智、信是也。"士卢胡而退。同父每言及此,辄掀髯曰:"吾儒不为五贼所制,当成何等人耶!"既魁癸丑多士,一命而卒。先一年,尝以违误系大理。光宗知其名,特诏赦之。是岁胪传,有因廷策指时政之失而及其事者,名亦在鼎甲,联镳入团司,同父见之不悦,终期集如始见云。

太 学 祭 斋 碑

国学以古者五祀之义,凡列斋扁榜,至除夕,必相率祭之。遂以为炉亭守岁之酧,祝辞惟祈速化而已。群儒执事者,帽而不带,以缘代之,谓之"叩冒"。爵中皆有数鸭脚,每献则以酒沃之,谓之"侥幸"。凡今世之登科级者,人或窃以此目之,则怫然而怒。孰知堂堂成均,乃有愿而不获者乎? 余谓不然。蜡狂之戏,以弛张观之,可也。余里士柳三聘肄业立礼斋,尝为余言如此。

泉 江 三 地 名

余外家居泉之石龟,其傍有天圣间皇城使苏某者墓,后垅中断,田其间,曰"狗骨洋"。九江陶氏有骁卫将军鉴墓于石龙山之原,山折而南,沟而绝之,曰"掘断岭"。石门涧有支阜,下至落拖山,据其支之腰皆田,田中有大畦焉,砥平而高,可播种石余,曰"铜钉丘"。传者谓其地有休符,太史尝占之,以闻于朝,有诏夷铲。洋故有神,工每欲成,辄役万鬼而填之,役夫不得休。有宿其傍者,闻鬼言,以为所畏者犬厌耳。遂烹群犬而置骨焉,钉以铜,为书符篆以绝地脉。或曰杀童男女瘗其下为厌胜,是为童丁,说皆不根诞谩。然余尝亲历其地,丘乃一平畴,在大畈中支阜之下,犹十余里,所止处初无冢穴,莫知其所以用。洋与岭俱隐然有锄治故迹,耕者或谓得骨于故处。考之业主之质剂,则地名皆信然,殊不可晓。清台考验,近世罕有精者。妄一男子,谓某所有某气,辄随而发之,戕人用牲,劳民以夷堙,诘应于恍惚,固清朝之所不为也。他所如此名者,比比而是。要皆山有偶然低注,相袭而益讹。考之载籍,皆无所见。惟《续皇王宝运录》有唐金州刺史崔尧封,用太白山人之说,掘牛山黄巢谷金桶水一事,不书于唐史,盖不经之说。而余所书崇宁凿阜城王气,仅杂见于野史云。

牧 牛 亭

金陵牧牛亭,秦氏之丘垅在焉。有移忠、旌忠寺,相去五里,金碧相照,杨诚斋尝乘轺过之,题诗壁间,曰:"函关只有一穰侯,瀛馆宁无再帝丘? 天极八重心未死,台星三点拆方休。只看壁后新亭策,恐作樽中属国羞。今日牛羊上丘垅,不知丞相更嗔不?"复自注其下云:"秦暮年起大狱,必杀张德远、胡邦衡等五十余人,不知诸公杀尽,将欲何为? 奏垂上而卒。故有'新亭'之句。然初节似苏子卿,而晚谬。"余尝过其地,二刹正为其家不检子孙所挠,主僧相继而逃去。有一支位者主之,以寺归之官,刻大碑于门,不许其家人之与其事,始稍复振。桧墓前队碑,宸奎在焉,有其额而无其辞。卧一石草间,曰:"当时将以求文,而莫之肯为,今已矣!"桧在虏,不久即逃归,挞辣实纵之,不知何以似子卿也?

點 鬼 酖 梦

清漳杨汝南少年时,以乡贡试临安,待捷旅邸。夜梦有人以油沃其首,惊而寤。榜既出,辄不利。如是者三,窃怪之。绍兴乙丑,复与计偕,惧其复梦也。榜揭之夕,招同邸者告以故,益市酒肴,明烛张博具,相与剧饮,期以达旦。夜向阑,四壁咸寂,有仆曰刘五,卧西牖下,呻呼如魇。亟振而呼之醒,乃具言:初以执炙之勤,视博方酣,幸主之不呼,窃就枕。忽有二人者扛油鼎自楼而登,仓皇若有所访,顾见主之在坐也,执而注之,我怒而争,是以魇。汝南闻之大恸,曰:"二千里远役,今复已矣!"同邸亦相与叹咤,为之罢博。及明,漫强之观榜,而其名俨然中焉。视榜陈于地,黯若有迹,振衣拂之,油渍其上。盖御史苍书淡墨,以夜仓猝覆灯碗,吏不敢以告也。宛陵吴胜之柔胜,淳熙辛丑得隽于南宫,将赴廷对。去家数十里,有地名曰朱唐,舟行之所必经。里之士夜梦有语之者曰:"吴胜之入都,至朱唐而反矣。"起而告诸人,时吴有亲在垂白,意其或尼于行也,私忧之,既而无他。集英赐第,乃在第三甲,上曰朱端常,联之者曰唐廙,始悟所梦。里士怒曰:"吴胜之登科,何与我事?鬼乃侮我耶!"二事绝相类。要知科第有定分,非可以智力求也。唐有升甲恩,今《登科记》非元次第云。汝南,余外祖母杨宜人之兄,外家能诵传之。嘉定庚午,余官故府,与胜之为僚,皆亲闻其言。

望 江 二 翁

　　舒之望江,有富翁曰陈国瑞,以铁冶起家。尝为其母卜地,青乌之徒辐集,莫适其意。有建宁王生者,以术闻,延之逾年,始得吉于近村,有张翁者业之。国瑞治家,未尝问有无,一以诿其子。王生乃与其子计所以得地,且曰:"陈氏卜葬,环数百里莫不闻,若以实言,则龙断取赏,未易厌也。"于是伪使其冶之隶,如张翁家,议圈豕,若以祷者,因眺其山木之美而誉之曰:"吾冶方乏炭,此可窑以得赏,翁许之乎?"张翁固弗疑也,曰:"诺!"居数日,复来,遂以钱三万成约。国瑞始来,相其山,大喜,筑垣缮庐,三阅月而大备,遂葬之。明年清明,拜墓上,王与子偕,忽顾其子曰:"此山得之何人?厥直凡几?"子以实告。又顾王曰:"使不以计胜,则为直当几何?"曰:"以时贾商

之,虽廉,犹三十万也。"国瑞亟归,命治具鞬马,谒张翁而邀
之,至则馆焉。盛淆酝,相与款洽者几月,语皆不及他。翁既
久留,将告归,复张正堂而宴之。酒五行,辇钱缗三百,置之
阼,实缣于箧,酌酒于斝而告之曰:"予葬予母,人谓其直之胈,
请以此为翁寿。"翁错愕曰:"吾他日伐山,而薪不盈千焉,三万
过矣,此恶敢当?"国瑞曰:"不然!葬而买地,宜也;诡以为冶,
则非也。余子利一时之微,以是绐翁。人皆曰直实至是,用敢
以为请,凡予之为,将以愧吾子之见利忘义者。"翁卒辞曰:"当
时固已许之,实又过直,子欲为君子,老夫虽贱,可强以非义之
财耶!"固授之,往反撑拒,诘旦拂衣去。国瑞乃怒其子曰:"汝
实为是,必为我致之!"不得已,密召其子畀焉,曰:"是犹翁
也。"翁竟不知。嗟夫,世之人以市道相交,一钱之争,至于死
而不悔,闻二人之风,亦可以少愧乎!

刘改之诗词

　　庐陵刘改之过以诗鸣江西,厄于韦布,放浪荆、楚,客食诸
侯间。开禧乙丑,过京口,余为饷幕庚吏,因识焉。广汉章以
初升之,东阳黄几叔机,敷原王安世遇,英伯迈,皆寓是邦。暇
日,相与跻奇吊古,多见于诗,一郡胜处皆有之。不能尽忆,独
录改之《多景楼》一篇曰:"金焦两山相对起,不尽中流大江水。
一楼坐断天中央,收拾淮南数千里。西风把酒闲来游,木叶渐
脱人间秋。关河景物异南北,神京不见双泪流。君不见王勃
词华能盖世,当时未遇庸人耳。翩然落托豫章游,滕王阁中悲
帝子。又不见李白才思真天人,时人不省为谪仙。一朝放迹
金陵去,凤凰台上望长安。我今四海游将遍,东历苏杭西汉
沔。第一江山最上头,天地无人独登览。楼高意远愁绪多,楼

乎楼乎奈尔何！安得李白与王勃，名与此楼长突兀。"以初为之大书，词翰俱卓荦可喜，嘱余为刻楼上，会兵事起，不暇也。又嘉泰癸亥岁，改之在中都，时辛稼轩弃疾帅越，闻其名，遣介招之。适以事不及行，作书归辂者。因效辛体《沁园春》一词，并缄往，下笔便逼真。其词曰："斗酒彘肩，醉渡浙江，岂不快哉！被香山居士，约林和靖，与苏公等，驾勒吾回。坡谓西湖正如西子，浓抹淡妆临照台。诸人者，都掉头不顾，只管传杯。

白云天竺去来，图画里、峥嵘楼观开。看纵横二涧，东西水绕，两山南北，高下云堆。逋曰不然，暗香疏影，只可孤山先探梅。蓬莱阁访稼轩未晚，且此徘徊。"辛得之大喜，致馈数百千，竟邀之去。馆燕弥月，酬唱亹亹，皆似之，逾喜。垂别，赒之千缗，曰："以是为求田资。"改之归，竟荡于酒，不问也。词语峻拔，如尾腔对偶错综，盖出唐王勃体而又变之。余时与之饮西园，改之中席自言，掀髯有得色，余率然应之曰："词句固佳，然恨无刀圭药，疗君白日见鬼证耳！"坐中烘堂一笑。既而别去，如昆山，大姓某氏者爱之，女焉。余未及瓜，而闻其讣。以初后四年来守九江，以忧免，至金陵亦卒。游从历历在目，今二君墓木拱矣，言之于邑。

金华士人滑稽

叶丞相衡罢相，归金华里居，不复问时事，但召布衣交，日饮亡何。一日，觉意中忽忽不怡，问诸客曰："某且死，所恨未知死后佳否耳？"一士人在下坐，作而对曰："佳甚！"丞相惊顾，问何以知之，曰："使死而不佳，死者皆逃归矣。一死不反，是以知其佳也。"满坐皆笑。明年，丞相竟不起。王中父观之宰德化，暇日为余戏言。士人姓金，滑稽人也。

贤　已　图

元祐间，黄、秦诸君子在馆，暇日观画，山谷出李龙眠所作
《贤已图》，博弈、樗蒲之傅咸列焉。博者六七人，方据一局，投
迸盆中，五皆旋，而一犹旋转不已，一人俯盆疾呼，旁观皆变色
起立，纤秾态度，曲尽其妙，相与叹赏，以为卓绝。适东坡从外
来，睨之曰："李龙眠天下士，顾乃效闽人语耶！"众咸怪，请其
故，东坡曰："四海语音言六皆合口，惟闽音则张口，今盆中皆
六，一犹未定，法当呼六，而疾呼者乃张口，何也？"龙眠闻之，
亦笑而服。

桯史卷第三 八则

岁　星　之　祥

　　建炎庚戌,狄骑饮海上。躬御楼船,次于龙翔。秋,驻跸
会稽。时虏初退,师尚宿留淮、泗,朝议凛凛,惧其反旆,士大
夫皆有杞国之忧。范丞相宗尹荐朝散大夫毛随有甘石学,有诏
赴行在所。随入对言:“按《汉志》:岁星所在,国不可伐。昔汤
之元祀,岁星顺行,与日合于房。房心,宋、亳分也。周武王至
丰之明年,岁星顺行,与日合于柳,留于张。柳、张,河、洛分
也。故汤征无敌,余庆贻衍,犹及微子。武王定鼎邦、郿,而周
公迄营成周,四方以无侮。今年冬,岁当躔而兴宋,自此虏必
不能南渡矣。然御戎上策,莫先自治,愿修政以应天道。”上大
喜,既而果不复来。绍兴辛巳,逆亮渝盟。有上封者言吾方得
岁,虏且送死。诏以问太史,考步如言。陈文正康伯当国,请以
著之亲征诏书,故其辞有曰:“岁星临于吴分,冀成淝水之勋;
斗士倍于晋师,当决韩原之胜。”盖指此。是冬,亮遂授首。二
事之验,不差毫厘。盖宋,国之号,而吴则今时巡之所都。天
意笃棐,于是益昭昭矣。随家衢之江山,后亦不显。

梓　潼　神　应

　　逆曦将叛,前事之数月,神思昏扰,夜数跃起,寝中叱咤四
顾,或终夕不得寝,意颇悔,欲但已。其弟睍力怂恿之,曰:“是

谓骑虎，顾可中道下耶？"曦家素事梓潼，自玠、璘以来，事必祷，有验。乃斋而请。是夕，梦神坐堂上，己被赭玉谒焉。因告以逆，且祈卜年之修永。神不答，第曰："蜀土已悉付安丙矣。"既寤，大喜，谓事必遂。时安以随军漕在鱼关驿，召以归，命以爱立。安顾逆谋坚决，触之且俱靡，惟徐图可以得志，不得已诺之。犹辞相印，遂以丞相长史权知都省事授之。居逾月，而成获嘉之绩，梓潼在蜀，著应特异。绍兴壬子，泸人杀帅张孝芳，盖尝正昼见于阅武堂，逆党怔溃，以迄天诛。相安之梦，得之蜀士；泸之变，在京魏公镗帅蜀时。庆元己未，余在中都亲闻之。其他盖不可缕数云。

机心不自觉

秦桧在相位，颐指所欲为，上下奔走，无敢议者。曹泳尹天府，民间以乏见锱告，货壅莫售，日嚣而争，因白之桧。桧笑曰："易耳！"即席命召文思院官，未至，趣者络绎奔而来，亟谕之曰："适得旨，欲变钱法。烦公依旧夹锡样铸一缗，将以进入，尽废见锱不用。"约以翌午毕事。院官不敢违，唯而退，夜呼工鞴液，将以及期。富家闻之大窘，尽辇宿藏，争取金粟，物贾大昂，泉溢于市。既而样上省，寂无所闻矣。都堂左揆阁前有榴，每著实，桧嘿数焉。忽亡其二，不之问。一日，将排马，忽顾谓左右取斧伐树。有亲吏在旁，仓卒对曰·"实甚佳，去之可惜。"桧反顾曰："汝盗吾榴。"吏叩头服。盖其机阱根于心，虽崽琐弗自觉，此所谓莫见乎隐者，亦可叹也！

馆娃浯溪

灵岩、中宫为苏、永胜概，吊古者多诗之。近世王义丰、杨诚斋为之赋，植意卓绝，脱去雕篆畦畛。余得之王英伯录藏焉。义丰赋馆娃曰："泛浮玉之北堂，得馆娃之遗基；从先生而游焉，揖夫差而吊之。或曰：'是可唾也，奚以吊为哉！'夫沉湎以丧国，固君人之失道；然而有钟鼓者，胡可以弗考；闻管籥者，民喜而相告。苟厥妃之当爱，惟恐王之不好矣，是则女乐亦可少乎！必曰：夏有末喜，商有妲己，周有褒姒，而吴以西子。苟求其故，未必专于此也。齐有六嬖，威公以兴；正而不谲，圣人称焉。非夫九合一正之业，得仲父以当其任，则其一己之内，少有以自适者，举不足以害成耶！关大夫进，夏德岂昏；微子得政，商岂秒闻。苏公、家父并用，则烽火岂得妄举；子胥不见戮，则吴之离宫、别馆，至于今可存。抑夫差之资异，在列国亦翘楚，一战而越沮，再会而诸侯惧。使仅得一中佐，置双翼于猛虎，惟自剖其骨鲠，而放意于一女。敌乘其间，无以外御，杯酒之失何足问，独为此邦惜杀士之举也。此士不遭杀，夫差不可愚。苎罗之姝，适足为我娱，胡得而窃吾之符？荣楣可居，适足华吾庐，胡足以隳吾之都？惟忠良之既诛，始猖狂而自如。台兮姑苏，舟兮太湖；食兮鲙鲈，曲兮栖乌。宿兮嫔嫱，修明兮夷光；二八兮分明，捧心兮专房。径兮采香，屟兮响廊；笑倚兮玉床，奈乐兮东方。稻蟹种兮不遗，争盟兮黄池；无人兮箴规，有仇兮相窥。至德之庙，遂为禾黍；悉陂池与台榭，倏一变而梵宇。人笙歌于海云，令声钟而转鼓；俨麋鹿之容与，睨僧仪而观睹。骇越垒以在望，奚五戎之阅武；松引韵以呜咽，柳颦眉而凝伫。山黯黯兮失色，水汹汹兮暴怒；追此谬于千里，本差之于毫厘。譬之养生，捐其良医，逮疾作于中夜，懵药石之不知。志士仁人，所为太息于斯焉，盖尝反覆于此。窃谓种、蠡，亦可哂也。勾践方明，举国以听；十年生

聚，十年教训；以此众战，何伐不定？何至假负薪之女，为是可
耻之胜哉！始其土城，诲淫自君；终焉五湖，合欢其臣。青溪
之典不正，金谷之义不立，溓溓扁舟，遂其全璧。使之脱鼎中
之鱼，而群沙头之鹭；返耶溪之莲，而吐洞庭之橘。窃谓越之
君臣何其陋于此役也？越则陋矣，吴亦太庸。士目既抉，夫谁
纳忠？可罪人之亡已，其自反而责躬乎！公既然雍，相与敛
容；起视四山之中，觉萧萧兮悲风。"诚斋赋浯溪曰："予自二妃
祠之下，故人亭之旁，招招渔舟，薄游三湘。风与水兮俱顺，未
一瞬而百里；歘两峰之际天，俨离立而不倚；其一怪怪奇奇，萧
然若仙客之鉴清漪也；其一蹇蹇谔谔，毅然若忠臣之蹈鼎镬
也。怪而问焉，乃浯溪也。盖庼亭在南，峿台在北；上则危石
对立而欲落，下则清潭无底而正黑。飞鸟过之，不敢立迹。余
初勇于好奇，乃疾趋而登之；挽寒藤而垂足，照衰容而下窥。
余忽心动，毛发森竖；乃迹故步，还至水浒；削苔读碑，慷慨吊
古。倦而坐于钓矶之上，喟然叹曰：惟彼中唐，国已膏肓；匹马
北方，仅或不亡。观其一遇不父，日杀三庶，其人纪有不斁矣
夫！曲江为笯中之羽，雄狐为明堂之柱，其邦经有不蠹矣夫！
水、蝗税民之亩，融、坚椎民之髓，其天人之心有不去矣夫！虽
微禄儿，唐独不队厥绪哉？观马嵬之威垂，涣七萃之欲离；殄
尤物以说焉，仅平达于巴西。吁不危哉！嗟乎，齐则失矣，而
楚亦未为得也！灵武之履九五，何其亟也？宜忠臣之痛心，寄
《春秋》之二三策也！虽然，天下之事，不易于处而不难于议
也。使夫谢奉册于高邑，将禀命于西帝；违人欲以图功，犯众
怒以求济。天下之士，果肯欣然为明皇而致死哉？盖天厌不
可以复祈，人溃不可以复支；何哥舒之百万，不如李、郭千百之
师？推而论之，事可知矣。且士大夫之捐躯，以从吾君之子

者,亦欲附龙凤而攀日月,践台斗而盟带砺也。一复苴以荒荒,则夫千麾万旄,一呼如响者,又安知其不掉臂也耶? 古语有之:'投机之会,间不容穟。'当是之时,退则七庙之忽诸,进则百世之扬觯。嗟肃宗处此,其实难为之。九思而未得其计也! 已而舟人告行,秋日已晏;太息登舟,水驶于箭。回瞻两峰,江苍茫而不见。"义丰赋中称先生,盖时从范石湖成大游。诚斋则以环辙湘、衡,过颜元碑下耳。二地出处本不伦,笔力到处,便觉夫差、肃宗无所逃罪。独恨管子趋霸之说,不可以训,如为唐谋则忠。今两刹中皆无此刻,而醒梦复语,往往满壁间云。

天 子 门 生

　　盘石赵逵,以绍兴辛未魁集英之唱。后三年,以故事召归为校书郎。时秦桧老矣,怙权杀天下善类以立威,搢绅胁息。赵至,一见光范,桧适喜,欲收拾之。问知其家尚留蜀,曰:"何不俱来?"赵对以贫未能致,桧顾吏嗫嚅语,有顷,奉黄金百星以出,曰:"以是助舟楫费。"赵出不意,力辞之。吏从以出。同舍郎或劝以毋佛桧意者,赵正色曰:"士有一介不取,予独何人哉! 君谓冰山足恃乎?"劝者缩颈反走。吏不得已归,犹不敢以其言白。桧已不乐,居久之,语浸闻,桧大怒曰:"我杀赵逵,如猕狐兔耳。何物小子,乃敢尔耶!"风知临安府曹泳,罗致其隶辈,而先张本于上曰:"近三馆士不检,颇多与宫邸通,臣将庶之,其酝祸不浅矣。"会得疾,十月而有绛巾之招。高宗更化,微闻其事。十一月,亟诏兼官朱邸,继复召对,擢著作佐郎,谓之曰:"卿乃朕自擢,秦桧日荐士,曾无一言及卿,以此知卿不附权贵,真天子门生也。"又曰:"两王方学诗,冀有以切磋

之。"上意盖欲以此破前谤。赵之未召,实为东川金幕。总领
符行中有子预荐,意其为类试官,密以文属之。赵不启缄,掷几
下。既而符氏子不预榜,总因以他事掊撼之甚峻,然卒不能
污。赵之介特有守,盖已见于初筮云。

姑苏二异人

　　姑苏有二异人,曰何蓑衣、曰呆道僧,踪迹皆奇诡。淳熙
间名闻一时,士大夫维舟者,率往访之。至今吴人犹能言其大
略。何本淮阳朐山人,书生也。祖执礼,仕至朝议大夫,世为
鼎族,遭乱南来,寓于郡。尝授业于父,已能文。一旦焚书裂
衣遁去,人莫之知。既乃归,被草结庐于天庆观之龙王堂,佯
狂妄谈,久而皆有验。卧草中,不垢不秽。晨必一至吴江,溲
焉。郡至吴江五十里,往反不数刻,人固讶之。会有一瘵者,
拜谒乞医,何命持一草去,旬而愈,始翕然传蓑可愈病。亦有
求而不得,随辄不起者,于是远近稍敬异之。孝宗在位,忽梦
有蓑而跣、哭而来吊,问之,曰:"臣,苏人也。"诘其故,则不肯
言。寤以语左珰,时上意颇崇缁抑黄,弗深信也。居月余,成
恭后上仙,庄文继即世。珰因进勉释而及之,意欲以验前定、
宽上心。上矍然忆昨梦,辍泣而叹。珰进曰:"臣微闻苏有何
姓者,类其人,它日固未敢言。"因道其所为,上大惊,有诏谕
遣,不至。上尝燕居深念,以规恢大计,累年未有所属;且坤
仪虚位,图所以膺佐馂承颜之重者,焚香殿中,默言曰:"何诚能
仙,顾必知朕意。"遂授珰以香茗,曰:"汝见何,则致赞而已,问
所以来,则曰:'陛下自祷,我不及知。'视其何以复命。"珰承命
惟谨。何忽掉首吴音曰:"有中国人,即有蕃人,有日即有月,
不须问。"趣之去,既复呼还曰:"所问者姓,我犹忘之;但言朱

家例子，不可用也。"使者归奏，上曰："是能知我心。"遂赐号通神先生，筑通神庵于观之内，亲御宝跗书扁以宠之。已而，成肃正中宫，归谢氏，盖本朝故事。惟钦成本姓崔，后育任氏、朱氏，既而惟从朱姓，不复归，上意尝欲以为比而未决也；北伐之议，亦少息焉。先是，观中诸黄冠，以殿宇既毁，欲试其验，群造其庐，拜且白之："何从求疏轴？"主者谩以与，何笑曰："来日自有施者。"至午，使者果来；既答，则曰："我不能入觐，以此累使者。"上闻而益奇之。会浙西赵宪伯骕亦为之请，遂肆笔金阙寥阳殿额，出内帑缗钱万，绘事一新，以答其意。上每岁以玱将命，即其居设千道斋，合云水之士，施予优普。一岁偶逾期，咸讶而请，巫起于卧，摇手瞬目而招之曰："巫来！巫来！"玱是日舟至平望，乃见何在岸浒，招而呼。踵庐言之，众白何固未尝出也，因言所以，其状良是。呆道僧者，实本郡人，为兵家子。少有所遇，何旧与之友狎。不知几何时，髡而垩，曰似道似僧，故曰道僧。状不慧，而言发奇中，与何颉颃。好荡游市井间，见人必求钱，止于三，随即与之贫者。何既不趋召，它日玱或荐道僧，上欲见之，何挽呼不使去，曰："是将捉汝、缚汝、监汝、不容汝来矣。"道僧竟来，见于内殿，不拜，所言不伦。上狎之，使出入勿禁，且命随龙人元居实总管者馆之。元惧其逃，猝无以应上命，果日使十人从之，所至不舍。逾年，归见何，何以杖诟逐之；至死，讫不与接一谈。重华倦勤，复使召之，不肯就，邀守万端，三年而致之。绍熙甲寅春，道僧入北内，坐榻前曰："今日六月也，好大雪。"侍玱咸笑，顾曰："尔满身皆雪，而笑我狂耶！"相与闷测，亦莫以为意。至季夏八日，而至尊厌代矣，缟素如言焉。二人勇于啖肉，食至十数斤，独皆不饮酒，亦不言其所以然也。何又能耐寒暑。余兄周伯言：

有元某者,丙午岁七十矣,尝言自丱角见之,颜色无少异。苏有妄道士,日从之游,将仿其为,何不怒,独冒雪驰至垂虹而浴,道士不能偕,惭而去。余兄往见之,颇能言宦历所至,酷不喜韩子师,方为守,千骑每来,则提击而骂之,亦有人所不堪者。子师素严厉,于此不以为忤也。道僧先数年卒。何,庆元间犹在,相传百余岁矣。洪文敏《夷坚》辛志、乙、三志亦杂载其事,虽微不同,要皆履奇行怪,有不可致诘者,故著之。

赵希光节概

吴畏斋^猶谕蜀,有邛守杨熹者,颇从辎轩,䢎所闻,因道资中赵希光节概甚悉。余兄德夫,时从幕府,得其书以示余。杨之言曰:"赵昱,字希光,淳熙宰相卫公雄之子。少苦学,以司马、周、程氏为师,每谓存天性之谓良贵,充诸已之谓内富,故漠然不以利禄动其心。出仕二十余年,仅一磨勘,历任不满三考,其恬退如此。洒扫一室,左图右书,尽昼夜积日月不舍,终身弗改。先是,卫公相孝宗皇帝,一日奏事,上从容语及郑丙,曰:'郑丙不晓事。问他吴挺,乃云:小孩儿解甚底!'卫公曰:'以大将比小儿,丙诚不晓事。然以臣见,挺虽有所长,亦有所短。'上曰:'何故?'公曰:'为人细密警敏,此其所长;然敢于欺君父,又恃其憸巧,而愚弄士大夫,此其所短。但朝廷用之,不得其地。'上曰:'何谓不得其地?'卫公曰:'往年恢复至德顺,中原父老箪食壶浆以迎王师者,肩摩袂接,悉取免敌钱,大失民望,迄以无功。中原之人,至今怨此子深入骨髓,而朝廷乃使之世为西将,西人又以二父故,莫不畏服,挺亦望宣抚之任久矣。蜀虽名三军,二军仅当其偏裨,虽陛下神武御将,百挺何能为? 然古帝王长虑却顾,为子孙万世之计,似不如此。'上大感悟。后挺死，朝廷虽略行其言，已而复故。开禧丁卯，吴曦僭叛，昱每念卫公此语，辄投地大恸，或至气绝不苏。初，欲买舟顺流而东，贼以兵守蜀门，弗果行。于是制大布之衣，每有自关表避乱而归者，辄号泣吊之。亟贻书成都帅臣杨辅，谓逆雏骄竖，干乱天纪。痛哉宗社！哀哉苍生！此直愚呆无知，为虏所啖，逆顺昭然，其下未必皆乐从。肘腋之间，祸将自作，事尚可为，因劝以举义。遂绝粒，至于卧疾不能起，犹昼夜大号，声达于外；置一剑枕间，每举欲自刺，辄为家人捍之而止。如是数四，终不食而死。"熹所纪具是，不复损益。余生虽晚，尚及识卫公父子。纪熙壬子冬，先君捐馆于广，余甫十龄，护丧北归。卫公以宁武之节，来治于洪。余舟过章江，亟命幕属来唁，亲以文奠焉。余已卒无时之哭，因谒棨下，援手言畴昔，歔欷不自胜。顾余甚幼，遣使从先夫人求余程业，颇奇其不慑，赏其词语而怜其蚤孤也。余归，未释绖而卫公薨，輀车西溯，余辂希光于琵琶，颀然温厚，今想见之，已足以信熹之传。时方暑，待亭上，亲吏言希光方治养生术，以子午时有所行，谢客，移数晷，乃得见，冲澹无竞，其素也。卫公止一子，希光虽重继体之托，亦无訾云。

稼轩论词

辛稼轩守南徐，已多病谢客。予来筮仕，委吏实隶总所，例于州家殊参辰，旦望贽谒刺而已。余时以乙丑南宫试，岁前莅事仅两旬，即谒告去。稼轩偶读余《通名启》而喜，又颇阶父兄旧，特与其洁。余试既不利，归官下，时一招去。稼轩以词名，每燕，必命侍妓歌其所作。特好歌《贺新郎》一词，自诵其警句曰："我见青山多妩媚，料青山见我应如是。"又曰："不恨

古人吾不见,恨古人不见吾狂耳。"每至此,辄拊髀自笑,顾问
坐客何如,皆叹誉如出一口。既而又作一《永遇乐》,序北府
事,首章曰:"千古江山,英雄无觅孙仲谋处。"又曰:"寻常巷
陌,人道寄奴曾住。"其寓感概者,则曰:"不堪回首,佛狸祠下,
一片神鸦社鼓。凭谁问:廉颇老矣,尚能饭否?"特置酒召数
客,使妓迭歌,益自击节,遍问客,必使摘其疵,孙谢不可。客
或措一二辞,不契其意,又弗答,然挥羽四视不止。余时年少,
勇于言,偶坐于席侧,稼轩因诵启语,顾问再四。余率然对曰:
"待制词句,脱去今古轸辙,每见集中有'解道此句,真宰上诉,
天应嗔耳'之序,尝以为其言不诬。童子何知,而敢有议? 然
必欲如范文正以千金求《严陵祠记》一字之易,则晚进尚窃有
疑也。"稼轩喜,促膝亟使毕其说。余曰:"前篇豪视一世,独首
尾两腔,警语差相似;新作微觉用事多耳。"于是大喜,酌酒而
谓坐中曰:"夫君实中予痼。"乃咏改其语,日数十易,累月犹未
竟,其刻意如此。余既以一语之合,益加厚,颇取视其觚觚,欲
以家世荐之朝,会其去,未果。是时,润有贡士姜君玉_{莹中},尝
与余游,偶及此,次日携康伯可《顺庵乐府》一帙相示,中有《满
江红》作于婺女潘子贱席上者,如"叹诗书万卷,致君人、番沉
陆。且置请缨封万户,径须卖剑酬黄犊。恊当年、寂寞贾长
沙,伤时哭"之句,与稼轩集中词全无异。伯可盖先四五十年,
君玉亦疑之。然余读其全篇,则它语却不甚称,似不及稼轩出
一格律。所携乃板行,又故本,殆不可晓也。《顺庵词》今麻沙
尚有之,但少读者,与世传俚语不同。

桯史卷第四 九则

寿星通犀带

德寿在北内,颇属意玩好。孝宗极先意承志之道,时罔罗人间,以共怡颜。会将举庆典,市有北贾携通犀带一,因左珰以进于内。带十三銙,銙皆正透,有一寿星扶杖立。上得之喜,不复问价,将以为元日寿卮之侑。贾索十万缗,既成矣,傍有珰见之,从贾求金,不得,则擿之曰:"凡寿星之扶杖者,杖过于人之首,且诘曲有奇相。今杖直而短,仅至身之半,不祥物也。"亟宣视之,如言,遂却之。此语既闻遍国中,无复售者。余按,《会要》开宝九年二月十九日,召皇弟晋王及吴越国王钱俶,其子惟濬射苑中,俶进御衣、金器、寿星通犀带以谢。带之著于前世者,仅此一见耳。

周梦与释语

余里中士,每秋赋与计偕,贫不能行者,或仰给劝驾。嘉泰辛酉,永嘉周梦与吕龄宰德化,垂满矣,士有以故例请者,弗报。赟以启,束装而俟,又弗报,怒而索其赟。余适谒琴堂,坐间,梦与口占授札吏复之曰:"伏承宠翰,见索长笺;爱莫能留,感而且骇。珠玑在侧,固知酬应之难;笔研生尘,未免纡迟之咎。赵客有辞而取璧,楚人敢讶于亡弓。所恨具舟,已及瓜而代去;无由洗眼,观夺锦之归来。更冀恢洪,以基光大。"毕缄,

顾余作释语曰:"予非摩诃萨埵,乃诸公之提婆达多耳。"余笑
莫敢答,士掷其报章于门而去。阍者白之,曰:"正自乏楮君,
就席以为室间书皮。"无所问,里士不欲名。梦与老儒,自号牧
斋,精史学,议论亹亹,起人意表,器局凝重,喜愠不形于色,独
微有卜商之短,仕终安丰倅云。

郑广文武诗

海寇郑广,陆梁莆、福间,帆驶兵犀,云合亡命,无不一当
百,官军莫能制。自号滚海蛟,有诏勿捕,命以官,使主福之延
祥兵,以徼南溟。延祥隶帅阃,广旦望趋府。群寮以其故所
为,遍宾次,无与立谭者。广郁郁弗言。一日,晨入未衙,群僚
偶语风檐,或及诗句,广矍然起于坐曰:"郑广粗人,欲有拙诗
白之诸官,可乎?"众属耳,乃长吟曰:"郑广有诗上众官,文武
看来总一般。众官做官却做贼,郑广做贼却做官。"满坐惭嚯。
章以初好诵此诗,每曰:"今天下士大夫愧郑广者多矣,吾侪可
不知自警乎!"

九 江 二 盗

吾乡有周教授者,家太一观前,畜犬数十,皆西北健种,晨
维昏纵,穿窬者无敢睨其藩。一日,起观扃钥有异,发箧空焉。
亟集里正视验,迹捕四出,杳莫知所从。居三白,始获之。初,
盗得赀分涂,一盗出蛇岗山,将如赣、吉。昼日尝过其下,见道
傍梅有繁实,夜渴甚,登木而取之。有蛇隐叶间,伤其指,负伤
而逃。至侯溪,则指几如股矣,不能去,卧旅邸中。主人责炊,
曰:"予无它藏,独余铤银,可斧而售。"既而无砧不可碎,归之。
盗又出囊珠,主人念山谷间无售者,时德寿宫中贵人刘奭庐石

耳峰下,持以求质。奭曰:"姑畀汝万钱,诘朝归汝余金。"奭已闻周氏之盗,意疑其是,驰仆示之,曰:"吾家物也。"捕于邸,赃证一网而得,因以迹余党,如言无脱者。又有马屠居城东,为伪券乱真,岁以其券售舒、蕲间。得马驴,驱以归,羹于肆以鬻,尽复出。人但见其驱至日多,售用日侈,莫疑其所自来。适黄有逋寇,黄陂之捕吏即之,疑一夫焉,未察。夫实盗也,觉其意,入肆啜羹,坐而袒裼,自褫其巾,呶于众,哄而出。捕者以其变服,弗之识也。讶其久,商于其徒曰:"吾目见其人,今暮矣,杳不再觌,是家非橐盗者乎?"遂偕入搜之,盗则逸去,而伪券之印楮帘臼,俨然皆存。因遂告之官。夫二盗之彰亦异矣:梅实偶然而藏匿,捕吏无心而得验,天固以此启之耶!抑稔恶当露,适因其所值耶!犬不能吠,诘之以繇,则曰:"是夕也,以豚蹄傅麻苧、杂草乌烹之,犬至辄投苧缠药,噤无复声者。"马驴每至,贱贾而售,使门庭翕然嗔咽,既非其所仰,益可肆于廉取,它日语人曰:"吾以薄取致厚訾,售之速耳,市人弗觉也。"此盗亦有道者欤!

叶 少 蕴 内 制

童贯以左珰幸大观间。缘开边功,建武康节钺,公言弗与,而莫敢撄也。其三年二月,将行复洮州赏,石林叶少蕴在北门,微闻当遂为使相,惧当视草,不能自免,出语沮之。蔡元长颇愧于众论,丁酉锁院,乃自检校司空、奉宁节度,进司徒,易镇镇洮而已。少蕴黾勉奉诏,制出告廷。郑华原素不乐少蕴,摘语贯曰:"叶内翰欺公,至托王言以寓微讽。"贯问其故,华原曰:"首词有云:'眷言将命之臣,宜懋旌劳之典。'凡今内侍省,差一小中官降香,则当曰'将命';修一处寺观,造数件服用,转官则曰‘旌劳’。公以两府故事为宣威,麻辞乃尔,是以黄门辈待公也。又其末云:‘若古有训:位事惟能,德因敌以威怀;于以制四夷之命,赏眡功而轻重,是将明八柄之权。’《尚书·周官》分明上面有‘建官惟贤’一句不使,却使下一句,谓‘公非贤尔,眡功轻重’之语,亦以公之功止于如此,不足直酬赏也。”贯初垂涎仪同,已大失望;闻之赪面,径揖起归,质诸馆宾,俾字字解释而已听之。其言颇符,则大怒,泣诉于祐陵,纳告榻上,竟不受。其年五月戊午,遂以龙学出少蕴汝州,继又落职,领洞霄祠。少蕴时得君甚,中以阴事,始克去之;华原意以轧异己,不知适以张阉宦之威也。少蕴自志其事。以余观之,三公论道官,虽曰检校,亦不若终沮以正之,均为一去云。洞霄在中朝,从官常莅之,不专以处宰执,南渡以后,乃不然也。

宣和御画

康与之在高皇朝,以诗章应制,与左珰狎。适睿思殿有徽祖御画扇,绘事特为卓绝,上时持玩流涕,以起羹墙之悲。珰偶下直,窃携至家,而康适来,留之燕饮,漫出以示,康绐珰入取淆核,辄泚笔几间,书一绝于上,曰:“玉辇宸游事已空,尚余奎藻绘春风。年年花鸟无穷恨,尽在苍梧夕照中。”珰有顷出,见之大恐,而康已醉,无可奈何。明日伺间扣头请死,上大怒,亟取视之,天威顿霁,但一恸而已。余尝见王卢溪作《宣和殿双鹊图诗》,曰:“玉锁宫扉三十六,谁识连昌满宫竹?内苑寒梅欲放春,龙池水暖鸳鸯浴。宣和殿后新雨晴,两鹊蜚来东向鸣。人间画工貌不成,君王笔下春风生。长安老人眼曾见,万岁山头翠华转。恨臣不及宣政初,痛哭天涯观画图。”卢溪、与之,虽非可伦拟者,第详玩诗语,似不若前作简而有味云。

乾 道 受 书 礼

　　绍兴要盟之日,虏先约,毋得擅易大臣。秦桧既挟以无恐,益思媚虏,务极其至。礼文之际,多可议者,而受书之仪特甚。逆亮渝平,孝皇以奉亲之故,与雍继定和好,虽易称叔侄为与国,而此仪尚因循未改,上常悔之。乾道五年,陈正献俊卿为相,上一日顾问,欲遣泛使直之,且移骑兵于建康,以示北向。会归正人侍旺未遣,虏屡以为言,正献恐召衅,执不可,亟奏曰:"臣早来蒙圣慈宣问遣使事,臣已略奏一二。此事臣子素所愤切,便当理会。属今者有疑似之迹,彼必以本朝意在用兵,多方为备。万一先动,吾事力未办,淮西城壁未集,今不若少迟。若专遣使,则中外疑惑,使者既行,只宜便相听许,犹为有名;苟或未从,殊失国体,天下之人以为陛下舍其大而图其小也。适蒙中使降下王弗前此宣旨本末,今遣使不为无辞。臣之愚见,欲姑俟侍旺事少定,或冬间因贺正使,遣王卞偕行,先与北馆伴议论,言朝廷将遣泛使之意。或令殿上口奏,彼若许遣,则有必从之理;若其不许,犬羊岂可责以礼度?则臣愿陛下深谋远虑,磨厉以须,忍其小而图其大。他时翦除丑类,恢复故疆;名分自正,国势自强。在于今日,诚未宜计虚名而受实害也。臣浅陋愚暗,念虑及此,更乞宸衷少赐详酌,天下幸甚。"上为少止,而终以为病。其秋,偕虞雍公允文爰立左右,上密求颛对。时范石湖自南宫郎崇政说书,为右史侍讲,天意攸属。明年,亟欲遂前事,且将先以陵寝为词,而使使者自及受书,以御札问正献曰:"朕痛念祖宗陵寝,沦于腥膻四十余年,今欲特差泛使往彼祈请,依巫伋、郑藻例施行。卿意以为何如？可密具奏来。"正献复奏曰："臣伏蒙中使宣降到御札，下咨臣以遣北朝泛使本末。顾臣浅陋，岂足上当天问？恭读圣训，不胜感泣。仰惟陛下焦劳万机，日不暇给，规恢远略，志将有为。痛祖宗之陵寝未还，念中原之版图未复；精诚所感，上通于天；天祐圣德，何功不成？此固微臣素所激昂愤切，思以仰赞庙谟，为国雪耻，恨不即日挂天山之旆，勒燕然之铭。然而性质顽滞，于国家大事，每欲计其万全，不敢为尝试之举。是以前者留班面奏，亦以为使者当遣，但目前未可，恐泄吾事机，以实谍者之言，彼得谨为备。若镇之以静，迟一二年，彼不复疑，俟吾之财力稍充，士卒素饱，乃遣一介行李，往请所难；往反之间，又一二年，彼必怒而以师临我，然后徐起应之，以逸待劳。此古人所谓'应兵'，其胜十可六七。夫天下之事，为之有机，动惟厥时。孔子曰：'好谋而成。'使好谋而不成，不如无谋。臣之愚暗，安知时变？不过如向所陈，不敢改辞以迎合意指，不敢依违以规免罪戾，不敢侥幸以上误国事。疏狂直突，罪当万死。惟陛下怜其愚而录其忠，不胜幸甚。"上不听，正献遂去国。范迁起居郎、假资政殿大学士、左太中大夫、醴泉观使兼侍读、丹阳郡开国公，为祈请使以行。上临遣之曰："朕以卿气宇不群，亲加选择，闻外议汹汹，官属皆惮行，有诸？"范对曰："无故遣泛使，近于求衅，不执则戮；臣已立后，乃区处家事，为不还计，心甚安之。"玉色愀然曰："朕不败盟发兵，何至害卿？啮雪餐毡或有之，不欲明言，恐负卿耳。"范奏乞国书并载受书一节，弗许，遂行。虏遣吏部郎中田彦皋、侍御史元颜温迓焉。范知虏法严，附请决不可达，一不泄语，二使不复疑。至燕，乃夜蔽帷秉烛，密草奏，具言"他日北使至，欲令亲王受书"，其辞云云。大昕而朝，遂怀以入，初跪进国书，随伏奏曰：

"两朝既为叔侄,而受书礼未称。昨尝附元颜仲、李若川等口陈,久未得报,臣有奏札在此。"搢笏出而执之,雍酋大骇,顾谇其宣徽副使韩钢曰:"有请当语馆伴,此岂献书启处耶?自来使者未尝敢尔。"厉声令绰起者再三,范不为动,再奏曰:"奏不达,归必死,宁死于此。"雍酋怒,拂袖欲起,左右掖之坐。又厉声曰:"教拜了去!"钢复以笏抑范拜,范跪如初。雍酋曰:"何不拜?"范曰:"此奏得达,当下殿百拜以谢。"乃宣诏令纳馆伴处。范不得已,始袖以下,望殿上臣僚往来纷然。既而,虏太子谓必戮之以示威,其兄越王不可而止。顷之,引见如常仪。归,馆伴果宣旨取奏去。是日钢押宴,谓范曰:"公早来殿上甚忠勤,皇帝嘉叹,云可以激厉两朝臣子。"范唯唯谢,廷议方殷。会夏国有任德敬者,乃夏酋外祖,号任令公,再世用事,谋篡其国,事败而族。蜀宣司故尝以蜡书通问,为夏人所获,致之虏庭,雍酋益怒。范朝辞,遂令其臣传谕诘之,范答以奸细之伪不可测。退朝而馆伴持真书来,印文皦然可识。范笑曰:"御宝可伪,况印文乎!"虏直其词,遂不竟。十月,范还,虏之报章有曰:"抑闻附请之辞,欲变受书之礼,出于率易,要以必从。"上于是知其忠勤,有大用意。后八年,迄参大政云。受书乃隆兴以后盟书大节目,故备记其事特详,当时尚他有廷臣谋议可参见。日月尚迩,惜乎其未尽闻也。

一言悟主

石湖立朝多奇节。其为西掖时,上用知阁门事、枢密都承旨张说为佥书,满朝哗然起争,上皆弗听。范既当制,朝士或过问当视草与否,笑不应,独微声曰:"是不可以空言较。"问者不惬,又哗然谓范党近习取显位,范亦不顾。既而廷臣不得其言,有去者,范词犹未下。忽请对,上意其弗缴,知其非以说事,接纳甚温。范对久将退,乃出词头纳榻前,玉色遽厉。范徐奏曰:"臣有引谕,愿得以闻。今朝廷尊严,虽不可以下拟州郡,然分之有别,则略同也。阁门官日日引班,乃今郡典谒吏耳。执政大臣,倅贰比也。陛下作福之柄,固无容议,但圣意以谓有一州郡,一旦骤拔客将吏为通判职曹官,顾谓何耶?官属纵俯首,吏民观听,又谓何耶?"上霁威沉吟曰:"朕将思之。"明日,说罢。后月余,范丐去,上曰:"卿言引班事甚当,朕方听言纳谏,乃欲去耶!"既而范竟不安于位,以集撰帅静江。明年春,说遂申命,实乾道八年也。悟主以一言之顷,理明辞正,虽不能终格,犹足为公议立赤帜云。

苏　葛　策　问

东坡先生,元祐中以翰苑发策试馆职,有曰:"今朝廷欲师仁祖之忠厚,惧百官有司,不举其职,而或至于媮;欲法神考之励精,恐监司守令,不识其意,而流入于刻。"左正言朱光庭首擿其事,以为不恭。御史中丞傅尧俞、侍御史王岩叟交章劾奏,一时朝议哗然起。宣仁临朝,为之宣谕曰:"详览文意,是指今日百官有司、监司守令言之,非是议讽祖宗。"纷纷逾时始小定,既而亦出守。绍圣、崇宁治党锢言者,屡以藉口,迄不少置也。政和间,葛文康胜仲为大司成,又发策私试,有曰:"圣上懋建大中,克施有政,忠恕崇厚,同符昭陵,综核励精,遹追宁考,殆将收二柄而总揽之也。今欲严督责,肃逋慢,而无刻核之迹;隆牧养,流岂弟,而无姑息之过。诸生谓当如何?"其问今见《丹阳集》中。是时语忌最严,而无一人指疵之者,文康迄位法从,哀荣始终。二策问语意如一,而祸福乃尔大异,是盖有命也。

桯史卷第五 十三则

刘观堂读赦诗

绍兴己未,金人归我侵疆,曲赦新复州县,赦文曰:"上穹开悔祸之期,大金报许和之约。割河南之境土,归我舆图;戢宇内之干戈,用全民命。"大酋兀尤读之,以谓不归德其国。明年,遂指为衅以起兵,复陷而有其地。后二年,和议成,秦桧惧当制者之不能说虏也,以孽子熺及其党程克俊补鳌。故其文曰:"上穹悔祸,副生灵愿治之心;大国行仁,遂子道事亲之孝。可谓非常之盛事,敢忘莫报之深恩。而况申遣使轺,许敦盟好。来存殁者万余里,慰契阔者十六年。礼备送终,天启固陵之吉壤;志伸就养,日承长乐之慈颜。"于是邮传至四方,遗黎读之有泣者。蜀士刘望之作诗曰:"一纸盟书换战尘,万方呼舞却沾巾。崇陵访沈空遗恨,郓国怜怀尚有人。收拾金缯烦庙算,安排钟鼎诵宗臣。小儒何敢知机事,终望君王赦奉春。"时语禁未大严,无以为风者。望之有集自号《观堂》,它书多诣秦,所谓"奉春",竟不知指何人也。

部胥增损文书

先君之客耿道夫端仁为余言,其姻张氏,不欲名,淳熙间,尉广之增城。有黠盗刘花五者,聚党剽掠,官司名捕,累载弗获。一日,有告在邻邑之境民家者,民素豪,枳关环溪,畜犬狞警,吏莫敢闯其藩。张欲躬捕,弓级陈某者奋而前曰:"是危道,不烦亲行。我得三十人饶取之。"使之往,信宿而得。鞫其囊侣,凡十余辈,散迹所往,咸絷而来。赃证具,以告之县,于法应赏矣。先是,张以它事忤令,盗之至,令讯爰书,以实言府,张以非马前捕,不应。令将论报,张乃知之,祈之掾史,咸曰:"案已具府,视县辞而已。事且奏,不容增。"府尹适知已,又祈之,亦弗得,自分绝望。又一年,秩满买舟如京,过韶,因谒宪台。坐谒次,有它客纵谭一尉事,适相类,漫告之。客曰:"是不可为,然于法情理凶虐,尝悬购者,虽非躬获,亦当免试,或循资,盍试请一公移,傥可用。"张方虑关升荐削不及格,闻之大喜,遂白之宪。宪命以成案录为据,付之。至临安,果以初筮无举员,当入残零。张良窘,偶思有此据,以示部胥。胥视之色动,曰:"丐我一昔,得与同曹议。"居二日,来邀张至酒家剧饮,中席谓之曰:"君欲改秩乎?"张错愕,不敢谓"然"。胥曰:"我不与君剧,君能信我,事且立办。"诘所以,笑不答,遂去。明日,复至其邸。张疑未泮,出谋之道夫。道夫曰:"胥好眩诩,志于得钱,然亦有能了事者。不可信,亦不可却,盍为质而要其成。"张归,胥又来,则曰:"君不深信我,我请毋持钱去,事成乃见归。"许诺,索绤二千,酬酢竟日,以千缯成约。张贷其半千道夫,同缄识于霸东周氏。两月不复来,顾以为妄,相与深咎轻信,徒取愒日。忽夜三鼓有扣门者,乃胥焉。喜见眉睫,曰:"幸不辱命。"文书衔袖,取观之,则名登于进卷矣。张大骇。且质之左铨,良是,三代爵里皆无讹。又扣之省闼,亦然,以为自天而下,然终莫测其繇也。欣然畀谢资,又厚以馈而问其故。胥不肯泄,曰:"君第讫事,何庸知我?"既而班见如彝,得宰福之永福。去亦自阒不言。惟道夫知之。先君为侍左郎,道夫在馆,因密访其事。盖胥初得宪司据,见所书功阀皆曰:"增城县尉司弓级陈某,获若干盗。"因不以告人,夜致之家,于每"司"字增其左画曰"同",则如格矣。笔势秾纤无少异,同列不之觉。征案故府胥亦随而增之,但时矫它曹,夤缘之命,促其行,委曲遮护,徒以欲速告,迄不下元处而赏遂行。刻木辈舞文,顾赇谢乃其常,盖未有若此者。以此知四选蠹积,盖不可胜算。司衡综者,可不谨哉!

看 命 司

中都有谈天者,居于观桥之东,且设肆于门,标之曰"看命司"。其术稍售,其徒憎之,曰:"司者,有司之称。一妄庸术,乃以有司自命,岂理也哉?"相与谋讼之。一人起曰:"是不难,我能使之去。"且日,徙居其对衢,亦易其标曰"看命西司"。过者多悟而笑。其人愧赧,亟撤不敢留。伎流角智轧敌,乃有谕于不言者,亦可谓巧矣。书之以资善谑。

宣 和 服 妖

宣和之季,京师士庶竞以鹅黄为腹围,谓之"腰上黄"。妇人便服不施衿纽,束身短制,谓之"不制衿"。始自宫掖,未几而通国皆服之。明年,徽宗内禅,称"上皇",竟有青城之邀。而金虏乱华,卒于不能制也。斯亦服妖之比欤!

安 庆 张 寇

两淮自开禧抢攘之后,惟舒仅全。嘉定己巳,岁沴饥,溃兵张军大煽乱,始犯桐城。掠寓公朱少卿致知之家,颇得民马,益合亡命,两夕而浸多,遂鸱张阋郡。太守林仲虎弃城遁。入

自北门，至于逵路，号于邦人曰："凡吾之来，将以为父兄子弟，
非有掠敚之心也。谨无捐而居，无弃而业，无婴我兵锋。"于是
逃者稍稍抱马足乞生，贼亦弗杀。至谯门，立马视楼扁，四顾
曰："我射而中'安'字之首点则入，不然舍去。"一发中之。登
郡厅，大发府库以予民，翕然争趋。惟尸胥魁一人，曰："是舞
文而虐吾民者，相为除之而已。"即日去屯潜山，营于真源宫，
将大其所图基以哀兵。会有诏池阳兵千捕他盗，偶遇之，踵而
登山，贼不虞其至之速也，颇惧。时官军未知贼众寡，莫敢先
入，环而守之。贼计穷，越山而跳，絷道流而夺其巾衣，伪为迸
逸者，告于官军曰："贼众方盛，宜少须。"军士不之疑，皆趣使
去。已而帜蠹木间，马嘶虎下，钲鼓刁斗，鞞鞑四发，益信其有
人。将谋于军曰："贼在内，徒株守无益。焚其宫，是将焉往？"
是日风盛，百燎并举，徒闻号呼，而竟莫有出者。宫既荡尽，以
为贼亦灰矣，亟奏功。朝廷初闻仲虎失守，亟诏池出兵，继得
扑灭之报，将第赏。而张军大乃自望江劫二舟，载所获妇女，
浮江而下。至建康，登层楼，挥金自如，一饮而费二十万。察
奸者疑其为，执讯得实，乃知焚死者多絷留之黄冠也。狱具，
肆于市而尼前赏，舟中多衣冠家人，递牒送其所居。真源无孑
遗，其徒适有游方者归，旋理瓦砾，为复营计，今尚未完。匹夫
奋草莽，凶岁常事，然骤得一郡，即市恩忍杀，其志盖不浅；脱
身烟焰，智足周身。卒以所嗜败，此亦天网之不可逃者欤！

阳山舒城

建炎航海之役，张俊既战而弃鄞，兀尤入之。即日集贾
舟，募濒海之渔者为乡导，将遂犯跸，而风涛稽天，盘薄不得
进。兀尤怒，躬命巨艘，张帆径前，风益猛，自度不习舟楫，桅

舞舷侧,窘惧欲却而未脱诸口也。遥望大洋中,隐隐一山,顾问海师:"此何所?"对曰:"阳山。"兀兀慨然叹曰:"昔唐斥境,极于阴山。吾得至此足矣。"遂下令反棹。其日,御舟将如馆头,亦遇于风,不尔几殆,盖天褫其魄而开中兴云。龙舒在淮最殷富,虏自乱华,江浙无所不至,独不入其境。说者谓其语忌,盖以"舒"之比音为"输"也。

宸奎坚忍字

光尧既与子孝爱日隆,每问安北宫,间及治道。时孝宗锐志大功,新进逢意,务为可喜,效每落落。淳熙中,上益明习国家事,老成乡用矣。一日,躬朝德寿,从容宴,玉音曰:"天下事不必乘快,要在坚忍,终于有成而已。"上再拜,请书绅,归而大字揭于选德殿壁。辛丑岁,将廷策多士贡名者,或请时事于朝路间,闻其语而不敢形于大对,且虑于程文不妥帖,仅即其近似为主意,或曰持守,或曰要终。既而御集英胪唱,宰执进读,独有一卷子首曰:"天下未尝有难成之事,人主不可无坚忍之心。"上览而是之,遂为第一,盖亲擢也。周伯兄常诵此事,谓凡文字,明白痛快当如此。余闻于其客刘达夫。

何处难忘酒

自唐白乐天始为《何处难忘酒》诗,其后诗人多效之。独近世王景文质所作,隽放豪逸,如其为人。余得其四篇,曰:"何处难忘酒? 蛮夷大不庭。有心扶白日,无力洗沧溟。豪杰将斑白,功名未汗青。此时无一盏,壮气激雷霆。""何处难忘酒? 奸邪大陆梁。腐儒空有邶,好汉总无张。曹赵扶开宝,王徐卖靖康。此时无一盏,泪与海茫茫。""何处难忘酒? 英雄太

屈蟠。时违聊置畚,运至即登坛。《梁甫吟》声苦,干将宝气
寒。此时无一盏,拍碎石阑干。""何处难忘酒?生民太困穷。
百无一人饱,十有九家空。人说天方解,时和岁自丰。此时无
一盏,入地诉英雄。"景文它文极多,号《雪山集》,大略似是。
余又读王荆公《临川集》,亦有二篇,其一篇特典重,曰:"何处
难忘酒?君臣会合时。深堂拱尧舜,密席坐皋夔。和气袭万
物,欢声连四夷。此时无一盏,真负《鹿鸣》诗。"二公同一题,
而喑呜叱咤,一转于俎豆间,便觉闲雅不侔矣。余尝作一室,
环写此诗,恨不多见云。

见　一　堂

　　孝宗朝,尚书郎鹿何年四十余,一日,上章乞致其事。上
惊谕宰相,使问其繇。何对曰:"臣无他,顾德不称位,欲稍矫
世之不知分者耳。"遂以其语奏,上曰:"姑遂其欲。"时何秩未
员郎,诏特官一子,凡在朝者,皆诗而祖之。何归,筑堂扁曰
"见一",盖取"人人尽道休官去,林下何尝见一人"之句而反之
也。何去国时,齿发壮,不少衰。居二年,以微疾卒。或较其
积阀,谓虽居位,犹未该延赏,天道固有知云。所官之子曰昌
运。余在故府时,昌运为左帑,尝因至北关送客,吴胜之为余
道其事,今知连州。

义　验　传

　　吾乡有义验事甚奇,余尝为作传曰:"义验者,九江戍校王
成之铠骑也。成家世隶尺籍,开禧间,虏大入淮甸,成以卒从
戎四方山,屡战有功,稍迁将候骑。方淮民习安,仓卒间,虏至
而逃,畜孽满野。成徇地至花靥,见病验焉,疥而瘠,骨如堵

墙,行逐水草,步且僵,乌鸢啄其上,流血赭髀,莫适为主,縶而
得之。会罢兵归,饲以丰秣。几半年,肤革仅完,毛毵复生。
日置之槽枥,愗愗然与群马不相顾,时一出系庑下,顾景嘶鸣,
若自庆其有所遇。成亦未始异之。牙治在城隈,每旦与同列
之隶帐下者,率夜漏未尽二刻,骑而往。屏息庭槐下,执挺候
晨,雁鹜行立,俟颐指尽,午退以为常。马或蹀荼不任,相通融
为假借。一日,有告马病,从成请骊往。始命鞍,跺鸣人立,左
右骧拒不可制,易十数健卒,莫能孰何。乃以归之成,成曰:
'安有是!'呼常驭羸卒持鞬来,则帖耳驯服如平时,振迅通衢,
磐控缓亟无少怍者。自是,惟成乘则受之,他人则复弗受。虽
日浴于河,群马皆褐而骑,相望后先。骊之驭者,终莫敢窃睨
其膺鬣,稍前即噬啮之,军中咸指为弩悍,挨弗啮。嘉定庚午,
峒寇李元砺,盗弄潢池,兵庚符下,统府调兵三千人以往,成与
行。崎岖山泽,夷若方轨,至吉之月余,寇来犯龙泉栅,成出搏
斗四五合,危败之矣,或以钩出其腋及鞬而队死焉。官军亟鸣
钲,骊屹立不去,踟躅徘徊,悲鸣尸侧。贼将顾曰:'良马也。'
取之。元砺有弟,悍很恃执,每出掠,率强取十二三。适见之,
色动曰:'我欲之。'将不敢逆,遂试之,蹴踘进退,折旋良惬,即
不胜喜,贮以上厩,煮豆粟,濯泉蒭帚,用金玉为铠,华鞯沃续,
极其鲜明,群渠皆酾酒来贺。辎重卒有为贼掠取者,知之,曰:
'骊他日未尝若是,彼畜也,而亦畏贼耶?'窃怪之。于是日游
其骊于峒嵼间,上下峻坂,无不如意,恨得之晚。思一快意驰
骋,而地多阻且不可得。后旬浃,复犯永新栅,官军闻有寇至,
披鹿角出迎击。鼓声始殷,果乘骊以来。骊识我军旗帜,亟
驰。贼觉有异,大呼勒挽,不止,则怒以铁槊击之,胯尽伤。骊
不复顾,冒阵以入。军士识之者曰:'此王校之骊也,是异服者

必其酋。'相与逐之,执以下,讯而得其实,则缚以徇于军,曰:
'得元砺之弟矣。'噪而进,贼军大骇,军士勇跃争奋,遂败之。
急羽露书以'出奇获丑'闻,槛送江右道,朝廷方患其跳梁,日
徯吉语,闻而嘉之,第赏有差。众耻其功之出于马也,没骟之
事。骟之义遂不闻于时。居二日,骟归病伤,不秫而死。稗官
氏曰:'孔子曰:骥不称其力,称其德也。'今视骟之事,信然!
夫不苟受以为正,报施以为仁,巽以用其权,而决以致其功,又
卒不失其义以死,非德其孰能称之也! 彼仰秣而恋豆,历跨下
而不知耻,因人而成事者,虽有奔尘绝景之技,才不胜德,媲之
驽骀,何足算乎! 余意君子之将有取也,而居是乡,详其事,故
私剟取,著于篇。"

凤　凰　弓

　　郑华原居中在宥府,和子美诜知雄州,尝以事诣京师,召与
语而悦之,遂荐于徽祖。敷奏明白,大契宸旨,进横阶一等,俾
还任。诜因上《制胜强远弓式》,诏施行之。弓制实弩,极轻
利,能破坚于三百步外,即边人所谓"凤凰弓"者。绍兴中,韩
蕲王世忠因之稍加损益,而为之新名曰"克敌",亦诏起部通制,
至今便焉。洪文敏《容斋三笔》谓祖熙宁神臂之规,实不然也。
诜知兵,尝沮伐燕之议,以及于责;北事之作,未及用以死。盖
两河名将云。

大　小　寒

　　韩平原在庆元初,其弟仲胄为知阁门事,颇与密议,时人
谓之大、小韩。求捷径者争趋之。一日内燕,优人有为衣冠到
选者,自叙履历材艺,应得美官,而留滞铨曹,自春徂冬,未有

所拟,方徘徊浩叹。又为日者弊帽持扇过其旁,遂邀使谈庚甲,问以得禄之期,日者厉声曰:"君命甚高,但于五星局中,财帛宫若有所碍。目下若欲亨达,先见小寒,更望成事,必见大寒可也。"优盖以"寒"为"韩",侍燕者皆缩颈匿笑。余忆庆元己未岁,如中都,道徽之祁门,夜憩客邸,见壁间一诗,漫味语意,乃天族之试南宫者所作,其辞曰:"蹇卫冲风怯晓寒,也随举子到长安。路人莫作亲王看,姓赵如今不似韩。"旁有何人细书八字,墨迹尚新,但云"霍氏之祸,萌于骖乘"而已。余谓优语所及,亦一"骖乘"也。蒙其指目者,反懵然若不少悟,何耶?

赵良嗣随军诗

　　赵良嗣既来降,颇自言能文,间以诗篇进,益简眷遇,至命兼官史局令,《续通鉴长编》重和元年十二月丁未,推修《国朝会要》,帝系、后妃、吉礼三类赏,良嗣实审名参详,与转一秩焉,亦可占其非据矣。后既坐诛,其所自为集凡数十卷,时人皆唾去不视,荡毁无收拾者。余读《北辽遗事》,见良嗣与王瓌使女真,随军攻辽上京城破,有诗曰:"建国旧碑胡月暗,兴王故地野风干。回头笑向王公子,骑马随军上五銮。"上京盖今虏会宁,乃契丹所谓西楼者,实耶律氏之咸、镐、丰、沛。犬羊固不足恤,而良嗣世仕其国,身践其朝,贵为九卿,一旦决去,视宗国颠覆殊无禾黍之悲,反吟咏以志喜,其为人从可知也。纵有名篇,正亦不足录,况仅止尔耶! 五銮乃上京殿名,保机之故巢也。

桯史卷第六 六则

汪 革 谣 讖

淳熙辛丑,舒之宿松民汪革,以铁冶之众叛,比郡大震。诏发江、池大军讨之,既溃,又诏以三百万名捕。其年,革遁入行都,厢吏执之以闻,遂下大理。狱具,枭于市,支党流广南。余尝闻之番易周国器元鼎,曰:"革字信之,本严遂安人,其兄孚师中尝登乡书,以财豪乡里,为官榷坊酤,以捕私酝入民家,格斗杀人,且因以掠敓,黥隶吉阳军。壬午、癸未间,张魏公都督江、淮,孚逃归,上书自诡,募亡命为前锋,虽弗效,犹以此脱黥籍,归益治资产,复致千金。革偶阋墙不得志,独荷一伞出,闻淮有耕冶可业,渡江至麻地,家焉。麻地去宿松三十里,有山可薪,革得之,稍招合流徙者,治炭其中,起铁冶其居旁。又一在荆桥,使里人钱某秉德主焉,故吴越支裔也,贫不能家,妻美而艳,革私之。邑有酤坊在仓步白云,革讼而擅其利,岁致官钱不什一。别邑望江有湖,地饶鱼蒲,复佃为永业。凡广袤七十里,民之以渔至者数百户,咸得役使。革在淮仍以武断称,如居严时,出佩刀剑,盛骑从。环数郡邑官吏,有不惬志者,辄文致而讼其罪,或莫夜啸乌合,殴击濒死,乃置。于是争敬畏之,愿交欢奉颐旨。革亦能时低昂,折节与游,得其死力,声焰赫然,自傅夷以下不论也。初,江之统帅曰皇甫倜,以宽得众,别聚忠义为一军,多致骁勇。继之者刘光祖,颇矫前所为,奏散遣其众。太湖邑中有洪恭训练,居邑南门仓巷口,旧为军校,先数年已去尺籍,家其间。军士程某,二人素识之,往归焉。恭无以容,又不欲逆其意,革之长子某,好骑射,轻财结客,遂以书荐之往,果喜,留之一年而尽其技。革资用适窘,谢以铁锃五十缗,二人不满。问其所往,曰将如太湖。革因寄书以遗恭。革与恭好,有私干,期以秋,以其便之,弗端,亶书纸尾曰:'乃事俟秋凉,即得践约。'二人既出,饮它肆酣,相与咨怨,窃发缄窥之而未言。至太湖见恭,恭门有茗坊,延之坐,自入于室,取四缣将遗之。恭有妾曰小姐,躬蚕织劳,以恭之好施也,恪不予缣。屏后有詈言,二人闻之怒。恭坚持缣出,不肯受,亦不投以书,径归九江。扬言于市,谓革有异谋,从我学弓马兵阵,已约恭以秋叛,将连军中为应,我因逃归。故使逻者闻之,意欲以籍手冀复收。光祖廉得之,恐,捕二人送后司,既无以脱,遂出其书为证。光祖缴上之朝,有诏捕革。郡命宿松尉问姓,忘其名,素畏其豪,弯卒又咸辞不敢前,妄谓拒捕,幸其事之它属以自解。时邑无令,有王某者以簿摄邑事,郡檄簿往说谕。革已闻之,颇为备,饮簿以酒,烹鹅不熟而荐,意绪仓皇。簿觉有异,不敢言而出。行数里解后,郡遣客将郭择者至。择与汪革交稔,故郡使继簿将命,从以吏卒十余人,簿下马道革语,劝勿往,择不可,曰:'太守以此事属择,今徒还,且得罪。'遂入,革复饮之。时天六月方暑,虐以酒,自巳至申,不得去。择初谓革无他,既见,乃露刃列两厢门下,憧憧往来,袒裼呼啸,颇惧,亶孙辞丐去。革毕饮,字谓择曰:'希颜,吾故人,今事藉藉,革且不知所从始,雀鼠贪生,未敢出,有楮券四百,丐希颜为我展限。'择阳诺,方取楮,捕吏有王立者,亦以革之饷饮也,醉,闻其得钱,扣窗呼曰:'三省枢密院同奉圣旨,取谋反人,教练乃受钱展限耶?'革长子闻之,跃出缚择,曰:'吾父与尔善,尔乃匿圣旨文书,绐吾父死地。'户阖,甲者兴,王立先中二刀,仆,伪死。尽歼捕吏,钩曳出置墙下。将杀择,探怀中,得所藏郡移。择搏颡祈哀曰:'此非他人,乃何尉所为。苟得尉辨正,死不恨。'革许之,分命二子往起炭山及二冶之众。炭山皆乡农,不肯从,争迸逸;惟冶下多逋逃群盗,实从之。夜起兵,部分行伍,使其腹心龚四八、董三、董四、钱四二及二子分将之,有众五百余。六日辛亥,迟明,蓐食趋邑。数人者故军士,若将家子弟,亦有能文者,侠且武,平居以官人称,革皆亲下之。革有三马,号'惺惺骝'、'小骢骒'、曰'番婆子',骏甚。驭曰刘青,骁捷过人。革是日被白锦袍,属橐鞬,腰剑,总鹅梨旋风髻,道荆桥,秉德之妻阚于垣,匿,弗之见,乃过之。未至县五里,钱四二有异心,因谓革曰:'今捕何尉,顾不足多烦兵,君以亲骑入,大队姑屯此可也。'革然其言,以三十骑先入郭门,问尉所在,则前一日以定民讼,舍村寺未归。乃耀武郭中,复南出。刘青方鞯,忽顾革曰:'今虽不得尉,能质其家,尉且立来。'革曰:'良是。'反骑趋县。尉廨在县治,革将至,有长人衣白立门间,高与楼齐,其徒俱见之,人马辟易,亟奔还。则钱四二者已与其众溃逃略尽,惟龚、董守郭择不去者,尚五六十人,计无所出,乃杀择而还麻地。其居屋数百间,藏书甚富,谷粟山积,尽火之。幼孙千一甫十一岁,使乘惺惺骝,如无为漕司,分诉非敢反,特为尉迫胁状。遂杀二马,挈其孥至望江,以五舟分载入天荒湖,泊苇间,与龚、董洒涕别去,曰:'各逃而生,毋以为君累也。'其次子有妇张,实太湖河西花香盐贾张四郎之女,有智数,尝劝革就逮,弗从,至是与其子相泣,自湛于湖,时人哀之。王立既不死,负伤而逃归郡。郡闻革起聚民兵，会巡尉来捕，且驿书上言，诏发两统帅偏裨扑灭，勿使炽。居十日，而兵大合，徒知其在湖，不敢近。视舟有烟火，且闻伐鼓声，稍久不出。使阚之，则无人焉。烟乃爇麻屑，为诘曲如印盘，缚羊鼓上，使以蹄击。革盖东矣。革之至江口，劫二客舟，浮家至雁汊、采石，伪官归峡者，谒征官而去，人莫之疑。舒军既失革，朝廷益虑其北走胡，大设赏购。革乃匿其家于近郊故死友家，夜使宿弊窖，曰：'吾事明，家可归师中兄。'遂入北关，遇城北厢官白某者于涂。白尝为同安监官，识革，方骇避，革曰：'闻官捕我急，请以为君得。'束手诣阙，下天狱。狱吏讯其家所在，备楚毒，卒不言。从狱中上书，言：'臣非反者，蹭蹬至此，盖尝投匦，请得以两淮兵，恢复中原，不假援助。臣志可见矣。不知讼臣反而捕者为谁，请得以辨。'乃诏九江军送二人，捕洪恭等杂验，皆无反状。书所言秋期乃它事，革亶坐手杀平人，论极典，从者末减。二人亦以首事妄言，杖脊窜千里。方其孙诉漕司时，递押系太湖，荷小校过棠梨市，国器尝见之，惺惺骝弃野间，为人取去。宿松人复攘之，以瘠死。革之婿曰毛翥，字时举，第百一，居仓步，亦业儒，以不预谋，至今存。后其家果得免，依孚而居。后一年，事益弛，乃如宿松，识故业董四，从。有总首詹怨之，捕送郡。郭择家人逆诸门，搏击之，至郡庭，首不发矣。其捕董时，亦赏缗十，郡不复肯畀，薄其罪，仅编管抚州。革未败，天下谣曰：'有个秀才姓汪，骑个驴儿过江。江又过不得，做尽万千趋锵。'又曰：'往在祁门下乡，行第排来四八。'首尾皆同，凡十余曲，舞者率侑以鼓吹，莫晓所谓。至是始验。革第十二，以四合八，其应也。二人初言，盖谓革将自庐起兵如江云。"国器又言："革存时，每酒酣，多好自舞，亦不知兆止其身。宿松长人，或谓其邑之神，曰福应侯,威灵极著,革时亦欲纵火杀掠,使无所睹,邑几殆。时守安庆者李,岁久,亦不知其为何人也。"

铁 券 故 事

苗、刘之乱,勤王兵向阙,朱忠靖_{胜非}从中调护,六龙反正,有诏以二凶为淮南西路制置使,令将部曲之任。时正彦有挟乘舆南走之谋,傅不从,朝廷微闻而忧之,幸其速去。其属张逵为画计,使请铁券,既朝辞,遂造堂袖札以恳,忠靖曰:"上多二君忠义,此必不吝。"顾吏取笔,判奏行给赐,令所属检详故事,如法制造,不得住滞。二凶大喜,是夕遂引道,无复哗者。时建炎三年四月己酉也。明日将朝,郎官傅_宿扣漏院,白急速事,命延之入,傅曰:"昨得堂帖,给赐二将铁券,此非常之典,今可行乎?"忠靖取所持帖,顾执政秉烛同阅,忽顾问曰:"检详故事,曾检得否?"曰:"无可检。"又问:"如法制造,其法如何?"曰:"不知。"又曰:"如此可给乎!"执政皆笑,傅亦笑曰:"已得之矣。"遂退。后傅论功迁一官,忠靖尝自书其事云。

鸿 庆 铭 墓

孙仲益_觌《鸿庆集》,太半铭志,一时文名猎猎起,四方争辇金帛请,日至不暇给。今集中多云云,盖谀墓之常,不足咤。独有《武功大夫李公碑》列其间,乃俨然一珰耳,亟称其高风绝识,自以不获见之为大恨,言必称公,殊不怍于宋用臣之论谥也。其铭曰:"靖共一德,历践四朝;如砥柱立,不震不摇。"亦太侈云。余在故府时,有同朝士为某人作行状,言者摘其事,以为士大夫之不忍为,即日罢去。事颇相类,仲益盖幸而不及于议也。

苏衢人妖

　　余兄周伯，以淳熙丙申召为太府簿。时姑苏有民家姓唐，一兄一妹，其长皆丈有二尺，里人谓之"唐大汉"，不复能嫁娶。每行倦，倚市檐憩坐，如堵墙。不可出，出辄倾市从观之。日啖斗余，无所得食，因适野，为巨室受困粟，盖立困外，即可举手以致，不必以梯也。以是背微伛。有珰以轺使客，见之，大惊，遂入奏，诏廪之殿前司。时郭隶为帅，周伯间一往，必敬喏，其声如钟。德寿时，欲见之，惧其聚民，乃卧之浮于河，至望仙专舟焉。又江山邑寺有缁童，眉长逾尺，来净慈，都人争出视之，信然。事闻禁中，诏给僧牒，赐名延庆寺僧，日坐之门，护以行马，士女填咽炷香，谓之"活罗汉"。遂哀施资为殿寺，有故铜像甚侈，乃位之中，不期天际头。"周伯亦亲见之。是非肖貌赋形之正，近于人妖矣。后数年周伯去国，皆不知所终。

快目楼题诗

　　江西诗派所在，士多渐其余波，然资豪健和易不常，诗亦随以异。庐陵在淳熙间，先后有二士，其一曰刘改之，余及识之，尝书之矣。旧岁在里中，与张漕仲隆栋之子似仲游，因言刘叔儗诗句。叔儗名儗，才豪甚，其诗往往不肯入格律。淳熙甲辰、乙巳间，余兄周伯持浙东庾节待次，一日过仲隆，同登其家后圃快目楼。有诗楣间曰："上得张公百尺楼，眼高四海气横秋。只愁笑语惊闾阎，不怕阑干到斗牛。远水拍天迷钓艇，西风万里袭貂裘。眼前不著淮山碍，望到中原天际头。"周伯读而壮之，问知其儗。居月余，儗来谒仲隆。仲隆留之，因置酒北湖，招周伯曰："诗人在此，亟践胜约。"既至，一见如旧交。坐中以二诗遗周伯。其一曰："昔年槌鼓事边庭，公相身为国重轻。四海几人思武穆，百年今日见仪刑。笔头风月三千字，齿颊冰霜十万兵。天亦知人有遗恨，定应分付与中兴。"其二曰："已买湖山卜奠居，因君又复到康庐。十年到处看诗卷，一日湖边从使车。南渡忠良知有种，中原消息定关渠。从今便是门阑客，时出山来探诏除。"诗成风檐，展读大喜，遂约之入浙。明年，叔傥过会稽，留连累月，饷之缗钱甚夥。叔傥又有《题岳阳楼》一篇，周伯喜诵之。余得其亲录本曰："八月书空雁字联，岳阳楼上俯晴川。水声轩帝钧天乐，山色玉皇香案烟。大舶驾风来岛外，孤云衔日落吟边。东南无此登临地，遣我飘飘意欲仙。"余反复四诗，大概皆一轨辙，新警峭拔，足洗尘腐而空之矣。独以伤露筋骨，盖与改之为一流人物云。叔傥后亦终韦布，诗多散轶不传。

记龙眠海会图

李龙眠既弃画马之嗜，亶作补陁大士相，以施缁徒。垂老，得疋楮，戏笔五百应真像，几年乃成。平生绘写，具大三昧，仅此轴耳。先君在蜀得之，母氏雅敬浮屠，常读致香火室中。余来京口，因暇日出示王英伯，遂仿贝叶语，为作记其右曰："南阎浮提，有大善知识，现居士、宰官、妇女身，在家修菩萨梵行。有一初学，与其子游，以是因缘，得至其舍。一日，出示五百大阿罗汉海会妙相一轴，于是合掌恭敬，叹未曾见，如人入暗，忽睹光明，心大欢喜，莫可喻说。宛转谛观，神通变化，皆得自在，小大长短，老幼妍丑，各有所别。足踏沧海，如履坦途，蛟、蜃、鼋、鼍、鱼、鳖、蛙、蛤，俯首听命，如乘安车。天

龙八部，夜叉罗刹，诸恶鬼众，前后导从，如役仆厮。宝花缤
纷，天乐竞集，金桥架空，琪树蔽日。或阆而窥，或倚而立，瓶
钵杖拂，各有所执，凌云御风，升降莫测。或解衣渡水，或濯足
坐石，或挽或负，状邈迭出。以种种形，成于一色；于一色中，
众妙毕具。如幻三昧，随刹现形，千变万化，不离一性。如是
我闻，释迦文佛，既成道已，乃于耆阇崛山集阿罗汉。有学无
学，菩萨摩诃萨，次第授记，陈如号曰'普明'，五百阿罗汉，亦
同一号，名曰'普明'。既受佛记，即得如来方便法，而《金刚
经》云：'实无有法，名阿罗汉。'则是诸大阿罗汉，有法无法，有
相无相，皆不可知、不可测。飘流大海，一切众生，天龙八部，
诸鬼神众，若有若无，若隐若显，亦不可知、不可测。如梦中
语，如水中尘，如暗中影，如空中花，谓之有相可乎？谓之有法
可乎？是又不可知、不可测。然则斯图之作，沧海浩渺，神通
变化，奇形异状，曲极其妙，求诸法耶？求诸相耶？是又愚所
不可知、不可测。夫佛于贤劫中，在大梵天，未出母胎，居摩尼
殿，集天释梵八部之众，演畅摩诃衍法，度无量无边众生。其
殿百宝装严，众妙殊特，匪因缘而有，匪自然而成，则是殿是
佛，是法是相，谓之有乎？谓之无乎？如此则知海之为海，罗
汉之为罗汉，蛟、蜃、鼋、鮀、鱼、鳖、蛙、蛤，天龙八部，夜叉罗
刹，似耶否耶？有耶无耶？匪大圆觉，合凡圣于一理，混物我
于一心，是否两忘，色空俱灭。则法且无有，何况于相，相且无
有，何况于画；画且无有，何况于记。虽然，是理也，为发大乘
者说，为发最上乘说。若夫即心是佛，因佛见性，善男子、善女
子，有能于一切法、一切相而生敬心，则聚沙为塔，画地成佛，
皆是道场。何况图画装严，尽形供养，当知是人成就第一，希
有功德，所得福德，亦复如是，不可思议，不可称量。于往昔

时,有大居士号曰龙眠,得画三昧,始好画马,念念勿忘。有大比丘,见而语之,由此一念,当堕马腹;于是居士蹶然忏悔,乃于一切诸佛、诸大菩萨而致意焉。端严妙丽,随念现形,皆得三昧,是罗汉者,居士之所作也。以居士之一念,画此罗汉,以大善知识之一念,得此罗汉,当知是画为第一希有。画者,得者,匪于过去无量阿僧祇劫承佛受记,未易画此,亦未易得此。至于有法无法,有相无相,如鱼饮水,冷暖自知。是记也,盖为画设。开禧二年百六日,初学王迈谨记。"英伯它文亦多奇,累试词闱不偶,今尚在选调中。余前书京口故游,盖其人也。

桯史卷第七 王则

吴畏斋猎谢贽启

开禧兵隙将开,忧国者虑其不终。乙丑之元,吴畏斋自鄂召,过京口,以先君湖湘之契,先来访余,亟送出南水门,谢不敏。既而留中为大蓬,未几,遂以秘撰帅荆,复出闸西溯。时北事已章灼,余念数路出师,具有殷鉴,虽上流运奇,先王有遗规,而今未必能。且是时招伪官,遣妄谍,亹亹多费,实无益于事,天下寒心,而谋国者不之知也。因草一启代贽,及之曰:"骑虹过贺,曾亲謦咳之承;仓鼠叹斯,尚堕尘埃之梦。喜拜重来之命,试休一得之愚。窃以宋受天命,何啻百庚申;虏污中原,又阅一甲子。自崇、观撤藩篱之蔽,而炎、兴纷和战之谋。诞谩败事,而巽懦则有余;浮躁大言,而矜夸之亡实。有志者以拘挛而废,无庸者以积累而升;牢笼易制之人才,玩愒有为之岁月。肉食者鄙,亡秦当可进而失机;骨猊而争,逆亮以难从而求衅。遂致蟠固狡兔之窟,犹欲睥睨化龙之都。决策和亲,姑谓奉春之执计;卧薪自厉,谁为勾践之盛心?金汤恐喝于豫图,玉帛联翩于远馈。百年弃置,亦已久矣;万口和附,以为当然。不特首足混于无别,而反使有加;将见膏血困于常输,而未知所止。有识每一置念,终夕为之寒心。今虽欲为,后乃益甚。窃闻九世之大议,仅积三时之成规。踪迹张皇,已同兽斗;议论哗嗜,坚辟狐疑。徒欲快一决而侥前功,讵曰计万全而为后虑。畎亩有怀于忧国,瓯臾无路而陈情。敢忘末学之激衷,试请丈人之静听:尝观古昔中兴之业,或因东南全盛之基,规模虽狭于未宏,功业亦随其所就。孙氏北无淮而西无蜀,距江尚固于周防;晋室内有寇而外有戎,渡水亦成于克捷。彼皆未尽有今日之所有,我乃类欲为当时之不为。边草未摇,纷纷抵掌;塞尘一警,惴惴奉头。弛张以道,固曰随时;勇怯任情,料必至此。未尝有十年之生聚,迴闻以千里而畏人;惟昧以天下转移之机,所以成流俗衰颓之弊。愿姑置寻常,以破未识时之说,特欲举一二,以释妄乘势之疑。夫江、淮为唇齿之邦,关、陕乃腹心之地。欲近守,则不当固其内而舍其外;欲远攻,则安可即所后而忘所先?况天险可守,共守则险亦均;地利可据,能据则利必倍。此皆不易之常理,具有已行之旧规。襄阳,关中之喉,兵易进而亦易退;京师,海内之腹,守可暂而不可常。通秦、蜀两道之势,则兵力不宜轻;居陈、梁四战之郊,则守备不必泥。使灵旗再图北指,讵不先出岘之师;而大驾一日东归,似难执居汴之策。盖设崄象存于习坎,而趋时患在于用常。诚由泗、宿以下灵壁之师,因登、莱而济海道之众;淮西则出寿春而窥许境,关外则道大散而瞰雍郊;是谓正兵,皆为危道。盖河南虽可得,而难于持久;舟师虽可用,而未为全谋。即平壤以制敌,蹉跌则不支;用崄道以出兵,馈饷则难继。故显忠卒成符离之衄,而至于溃;李宝仅济胶西之捷,而不敢留。水路贻明彻之忧,陆运制武侯之出。非陈言之是袭,亦商监之可稽。若夫运上流之奇,此端系大贤之责。一军下虢、洛,中原之势已摇;万骑出颍、昌,京畿之地旋复。南城分徇,而首尾互应;朱仙进击,而手足狷披。惟是时之举,偶因于谤书;而此日之功,难言于覆箦。苟尽得策,岂复至今？自两河而言，则铜梁为旧疆；由九郡而论，则金坡为限塞。平州与三关，异路而不豫计，真儿戏哉！白沟仅一水，累世而不敢逾，亦幸安耳！今欲为能胜而必不可胜，固当审所图而弃其难图。岂徒舍败绩而趋成功，庶不因空名而受实祸？宣和之捷，所以胎靖康之变；隆兴之战，所以成乾道之盟。惟思之远而虑之深，庶功可成而忧可弭。大姑少置，小亦未安。招携固上策，而纳归正乃自困之资；用间诚至谋，而遣妄谍乃无益之费。伪官换授，是当诛而蒙赏；厚赏轻畀，是以实而易虚。虽至愚犹且知其非，岂在上顾甘循其弊？许移治者，是许其弃地；令择利者，是令其退师。徒使全家保妻子之臣，用以藉口窃爵禄之宠。边城保鄣，以庙堂使阙，而不免于屡迁；戎阃事机，以主帅豢安，而常淹于难达。偃然以承平文饰之体，巍乎居要境藩维之权。塞下之粟，反内徙以自虚；军中之弊，犹日滋而不止。岁市骏而不能偿耗，谁兴开元监牧之谋；日计漕而未足馈军，孰启神爵屯田之策。民兵文具，禁籍虚员。奈何欲兴不世之俊功，尚尔未革易知之宿弊。此特言其梗概，初未效于涓埃，已不胜贾生痛哭之私，矧欲致臧宫鸣剑之议。试捹闷闷，毋谓平平。恭惟某官，以世大儒，助国正论，贯兼资于文武，视一节于险夷。归自乘轺，公议浩然而归重；界之颛阃，天心昭若以可知。上方勤西顾之忧，公特任北门之寄。风露三神之顶，泠尔褰裳；旌旗千骑之来，跫然望履。耸列城之观望，屹外阃之蕃宣。当尽远猷，庶销过计。某辱知最渥，因事有言。屡矣蹉跎，虽粗有少年之志；斐然狂简，得毋贻小子之嗤。或可执鞭，愿供磨盾。其诸软熟之贡，徒致高明之烦。嗣听策勋，别当修赞。"畏斋在丹阳馆，一览辄喜，亲作数语谢曰："抗身以卫社稷，久沉射虎之威，疏王爵以大门间，将表食牛之气。有来相过，允荷不忘。监仓学士，风烈承宗，词华振俗，喜北平之有后，幸郎君之克家。庚氏卑官，王孙令器，必有表荐，以发忠嘉。至于陈谊之甚高，与夫期待之太过，此则诸君子之责，而非一郡守之忧。某行官沔、鄂之间，即有兵民之寄，当呼老校退卒，问先烈之宏规；将与群公贵人，诵故侯之名绪。叙谢之意，匆草莫殚。"于是一得之谋，颇彻于诸公间矣。又一年，稍稍如言，宇文顾斋闻之，从章以初录本去，会除次对，谬以充自代荐，且有志识不群之褒，初未相识也。故余投谢骈俪有曰："初不求于识面，亶自得于知心。"盖指此。它日，又特剡亟称之于庙堂，余迄不知所蒙。近翻故笈，偶见存本，因悼殄瘁，潸然出涕，书之以志余之愧于知己者焉。

楚　齐　僭　册

　　靖康元年，金人陷京师。明年，太宰张邦昌僭帝位，是岁邦昌伏诛。又三年，尽陷中原地，殿中侍御史刘豫复僭帝位。九年，豫就执北去。余尝得其二册文，乃删其呋尧者而剟录之。邦昌之册曰："维天会五年，岁次丁未，二月辛亥朔，二十有一日辛巳，皇帝若曰：朕惟我太祖武元皇帝，肇建区夏，务安元元，肆朕纂承，不敢荒怠，夙夜兢兢，思与万国格于治。粤惟有宋，实乃通邻，贡岁币以交欢，驰星轺而讲好。期于万世，永保无穷。盖我有大造于宋也。不图变誓渝盟，以怨报德，开端招祸，反义为仇。今者国既乏主，民宜混同，然念厥功，诚非贪土，遂命帅府，与众推贤。金曰：'太宰张邦昌，天毓疏通，神资睿哲。处位著忠良之誉，居家闻孝友之名；实天命之有归，仍人情之所徯。择其贤者，非子而谁？'是用遣使备礼，以玺绂宝册，命尔为皇帝，以援斯民，国号大楚，都于金陵。自黄河以外,除西夏封圻,疆場仍旧,世辅王室,永为藩臣。贡礼时修,勿疑于述职;问音岁至,无缓于披诚。於戏! 天生蒸民,不能自治,故立君以临之,君不能独理,故设官以教之。乃知民非后不治,后非贤不守,其有位者,可不谨欤! 予懋乃德,嘉乃丕绩,日敬一日,虽休勿休,钦哉! 其听朕命。"豫之册曰:"维天会八年,岁次庚戌,七月辛丑朔,二十有七日丁卯,皇帝若曰:朕公于御物,不以天下为己私;职在牧民,乃知王者为通器。威罚既已殄罪,位号宜乎授能。乃者有辽,运属颠危,数穷否塞,获罪上帝,流毒下民。太祖武元皇帝,杖黄钺而拯黎元,麾白旄而誓师旅;妖气既殄,区宇大宁。爰有宋人,来从海道,愿输岁币,祈复汉疆。太祖方务善邻,即从来议,重念斯民,久罹涂炭,未获昭苏,不委仁贤,孰能保定? 咨尔刘豫,夙擅直言之誉,素怀济世之才;居于乱邦,生不偶世。百里虽智,亦奚补于虞亡;三仁至高,或显从于周仕。当奸贼扰攘之际,正愚氓去就之间。举邲来王,奋然独断。逮乎历试,厥勋克成。夫委之安抚,教化行;任之尹牧,狱讼理;付之总戎,盗贼息;专之节制,郡国清。况有定衰救乱之谋,必挟拯变扶危之策;使民无事则橐弓力穑,有役则释耒荷戈。罢无名之征,捐不急之务。征隐逸,举孝廉,振纪纲,修制度。省刑罚而去烦酷,发仓廪而息螽螟。神人以和,上下协应。比下明诏,询考舆情,列郡同辞,一心仰在。宜即归仁之地,以昭建业之元。是用遣西京留守高庆裔,副使礼部侍郎知制诰韩昉,备礼以玺绶宝册,命尔为皇帝,国号大齐,都于大名。岁修子礼,永贡虔诚,畀尔封疆,并从楚旧。更须安集,自相攸居。尔其上体天心,下从人欲。忠以藩王室,信以保邦圻。惟天难谌,惟命靡常,谨厥德,保厥位,尔其勉哉! 勿忽朕命。"玉册皆以六十六方为制,每方字两行,以金书之。於呼!犬羊乱华,颠倒冠履,一至于此。
读此者,得不起鲁仲连之愧乎!

优 伶 诙 语

　　秦桧以绍兴十五年四月丙子朔,赐第望仙桥。丁丑,赐银
绢万匹两,钱千万,彩千缣,有诏就第赐燕,假以教坊优伶,宰
执咸与。中席,优长诵致语,退,有参军者前,褒桧功德。一伶
以荷叶交倚从之,诙语杂至。宾欢既洽,参军方拱揖谢,将就
倚,忽堕其幞头,乃总发为髻,如行伍之巾,后有大巾镮,为双
叠胜。伶指而问曰:“此何镮?”曰:“二胜镮。”遽以朴击其首
曰:“尔但坐太师交倚,请取银绢例物,此镮掉脑后可也。”一坐
失色。桧怒,明日下伶于狱,有死者。于是语禁始益繁,芮烨
令衿等吻祸,盖其末流焉。

嘉 禾 篇

　　张丞相商英媚事绍圣,共倡绍述。崇宁二年,遂为尚书左
丞。会与蔡元长异论,中执法石豫、殿中御史朱绂、余深以风旨
将劾奏之,而无以为说。或言其在元祐中,尝著《嘉禾篇》,拟
司马文正于周公;且为开封府推,当其薨时,代府尹为酹祭文,
有褒颂功德语,因请正其罚。有诏:“张商英秉国政机,论议反
复,加之自取荣进,贪冒希求。元祐之初,诋訾先烈,台宪交
章,岂容在列?可特落职,依前通议大夫知亳州。”余家旧有石
刻,正有所谓《嘉禾篇》者,文既尔雅,论亦醇正,惜乎其好德之
不终也。因录之,以表其初终焉。篇之言曰:“维元祐丁卯十
月,定襄守臣得禾异亩同颖。部使者臣张商英,作《嘉禾篇》。
神宗既登遐,嗣皇帝冲幼,中外震惧,罔知社稷攸托。惟太母

晦圣德于深宫，五十有四年，克庄克明，克仁克简，肆膺顾命，保佑神孙，以总大政。既临延和，乃告于侍臣曰：'呜呼！先皇帝聪明文武，宏规伟图，轶于古先。丕惟曰禹贡九州之域，久封裔壤，坎于殊俗，豺狼野心，终不可豢，序弗底平，时以忧贻，于我后昆。乃备材力，乃督事功，务除大害，不恤小怨。今既坠厥志，罢家多艰，其弛利源，与民共之。所不欲一切蠲罢，庶事肇革，众志未孚，新故相刑，爱恶相反，议论乘隙，纷纶互建。疑生于弗亲，忿生于弗胜，其睽成仇，其合成党，盈庭睢盱，震于视听。'惟圣母烛以纯静，断以不惑，去留用舍，不归于偏归于是。越三载，群懡斯嘉，群乖斯和，群异斯同。馨闻于上帝，风雨时若，英华丰美，被于草木。发珍祥于兹嘉禾，厥本惟三，厥垅惟五，厥穗惟一。臣闻曰：在昔成王冲幼，周公居摄，近则召公不悦，远则四国流言。成王灼知忠邪之情，诛伐谗慝，卒以天下听于周公，时则唐叔得禾异亩同颖以献。推古验今，迹虽不同，理或胥近。臣商英敢拜手稽首，旅天之命，曰：'呜呼！先民有言，众贤和于朝，万物和于野，和气致祥，乖气致异，治平之时，君臣罔不咸有一德。在虞舜时，百僚师师，在文王时，多士济济。降及幽王，小人在位，君子在野。其诗曰：潝潝訿訿。又曰：噂沓背憎。呜呼！卿士庶尹敬之哉，曲直之辩，是非之判，罔或不异。如禾之本，终以合颖，利害之当，予夺之中，罔或不同；如禾之颖，非离于本，无有作同，害于而公。'臣吴安操、臣李昭叙等立石。"余又尝求其开封祭文而观之，颂之极挚者，亦特曰："公在熙宁，谪居洛京。十有五年，《资治》书成。帝维宠嘉，以子登瀛。方渴起居，而帝在天。太母垂帘，保祐神孙。畴咨在庭，属以宗社。介特真淳，无易公者。公来秉钧，久诎而伸。五害变法，十科取人。孰敢弗良，孰敢弗正。

有倾其议，必以死争。日月徂征，思速用成。心勦形瘵，胡卫余生。嘉谋嘉猷，百未有告。讣音夜奏，九重震悼。爵惟太师，开国于温。莫惠我民，门巷烦冤。乃命贰卿，葬其先原。公殁具资，一给于官。悠悠苍天，从古圣贤。损益盛衰，与时屡迁。功亏于篑，志夺于年。古也如斯，岂公独然？已矣温公，夫何憾焉。"如此而已，虽违时论，亦非大溢美者。盖五害等字，乃当时之所深讳，是以亟黜而不留也。张之立朝，其初议论具是，暨哲宗亲政，首为谏官，乃指吕汲公、范淳夫辈为大奸，而以司马文正、文忠烈为负国，甚者至以宣仁比吕武，殊视此文为不同，反复之言，圣谟其得之矣。其后入党籍，却反成滥置，大观爰立，本以其能与蔡立异而用之，亦不能久也。钦皇嗣服，会时相主其人，赠以太保，与范、司马二文正并命，天下莫不疑之。王称作《东都事略》，载张罢左丞，以言蔡京奸邪，有"自为相国，志在逢君"等语，台臣以为非所宜言而谪之。考之史谍，盖专坐此篇，称书误甚。当因其异同之迹，而遂从传疑，其实非也。

朝　士　留　刺

秦桧为相，久擅威福。士大夫一言合意，立取显美，至以选阶一二年为执政，人怀速化之望，故仕于朝者，多不肯求外迁。重内轻外之弊，颇见于时。有王仲荀者，以滑稽游公卿间。一日，坐于秦府宾次，朝士云集，待见稍久。仲荀在隅席，辄前白曰："今日公相未出堂，众官久俟。某有一小话，愿资醒困。"众知其善谑，争竦听之。乃抗声曰："昔有一朝士，出谒未归，有客投刺于门，阍者告之以'某官不在，留门状，俟归呈禀'。客忽勃然发怒，叱阍曰：'汝何敢尔！凡人之死者，乃称不在。我与某官厚，故来相见。某官独无讳忌乎？而敢以此言目之耶！我必俟其来，面白以治汝罪。'阍拱谢曰：'小人诚不晓讳忌，愿官人宽之。但今朝士留谒者，例告以如此，若以为不可，当复作何语以谢客？'客曰：'汝官既出谒未回，第云某官出去可也。'阍愀然蹙頞曰：'我官人宁死，却是讳"出去"二字。'"满坐皆大笑。仲荀出入秦门，预褒客，老归建康以死。谈辞多风，可隽味。秦虽煽语祸，独优容之，盖亦一吻流也。

桯史卷第八 十二则

九 江 郡 城

九江郡自梁太清始奠湓口，湓口乃汉灌婴所筑也，灌井在焉。故余家晋盆杅事，犹有冢居城中。城负江面山，形胜盘据，三方阻水，颇难于攻取。开宝中，曹翰讨胡，则逾年不下。或献计于翰曰："城形为上水龟，非腹胁不可攻。"从之，果得城。至今父老指所由入，云在北闉新仓后。郡治之前，对康庐，有峰曰"双剑"。乾道间，蜀人唐立方文若来为守，谓翰实屠城，而李成等寇，亦尝入郛残其民，取阴阳家说，意剑所致，乃辟谯楼前地，筑为二城，夹楼蟲其上，谓之"匣楼"，曰匣实藏剑。江人相劝成之。有日者过其下，曰："是利民而不利于守。"立方闻之，不以为意，居一年，果卒官。其异如此。立方故知名，尝为中书舍人，终之年六十八。

日 官 失 职

近世清台占候，颇失其守，虽试选甚艰，多筮蹄之学，以故证应之验，视前世为疏。开禧丙寅二月丙子，余在京口，章以初居戎司艻风亭。余莅事庚中归，过之小酌，握手庭下，日方申，忽觉天半硑锵有声甚厉。矫首正见一星南队，曳尾如帚，逶迤久之始灭，相与叹异。未几而兵衅开，江、淮荐饥，死者几半。嘉定己巳五月辛亥，余里居晚浴，散步西圃，暝色将至。

从行一僮忽叩而惊呼，视之，亦一星，大小如京口所见，而色绀青，尾焰煜煜，自南徂北，行颇迅，亦隐隐鸣于空中。时虏酋易位，蒙鞑阘其境，兵祸纠结，数年犹不解。则所队之方，盖有妖焉。余不甚习变星，二星所偶见，皆白昼出，太史且未尝问，亦不闻奏报，其它躔度微忒，意必不能详也。

紫宸廊食

　　余为扈簿日，瑞庆节随班上寿紫宸殿。是岁，虏方拏兵北边，贺使不至，百官皆赐廊食。余待班南廊，日已升，见有老兵持二髹牌至，金书其上，曰："辄入御厨，流三千里。"既而太官供具毕集，无帟幕限隔，仅以镣镬刀机自随，绵蕞檐下。侑食首以旋鲊，次暴脯，次羊肉，虽玉食亦然，且一小楪，如今人家海味楪之制，合以玳瑁而金托之，封其两旁，上以黄纸书品尝官姓名以待进。龘坐既御，合班拜舞用乐，伶人自门急趋折槛，以两襜为作止之节。廊下设缬褥，置俎于前，有肴核，爵以银而厚其唇，为之一耳，颇不便于饮，上镌绍兴十二年某州所造，盖和议成而举弥文，责之外郡，以期速集也。每举酒，玳合自东庑入廊，馔继至。适卢棘簿子文在旁，因言此艺祖旧制。在汴京时，天造草昧，一日长春节，欲尽宴廷绅，有司以不素具奏，不许，令市脯，随其有以进，仍诏次序勿改，以昭示俭之训，如锡宴贡院，前二盏止以果实荐，无品食，盖当时市之者未至耳，其第三盏，亦首以旋鲊云。余闻之典仪吏曰："它日戎赘在廷，则百官皆称寿而退，无赐食七十年矣。"此乃适因其不来而举行者，故窃志之。

阜城王气

崇宁间,望气者上言,景州阜城县有天子气甚明,徽祖弗之信。既而方士之幸者颇言之,有诏断支陇以泄其所钟。居一年,犹云气故在,特稍晦,将为偏闰之象,而不克有终。至靖康,伪楚之立,逾月而释位。逆豫既僭,遂改元阜昌,且祈于金酋,调丁缮治其故尝夷铲者,力役弥年,民不堪命,亦不免于废也。二僭皆阜城人,卒如所占云。

袁孚论事

孝宗初政,袁孚为右正言。一日,亟请对,论北内有私酤,言颇切直,光尧闻之震怒。上严于养志,御批放罢,中使持玺封至堂。时陈文正当国,史文惠为参预,未知其倪,启封相顾罔测。文惠曰:"上新即位而首逐一谏官,未得其名,此决不可,请俟审奏。"翌日,遂朝,方扣榻以请,玉音峻厉,遽曰:"谓已行下矣,尚何留?"文惠奏曰:"陈康伯固欲速行,而臣不欲也。臣有千虑之一,愿留身以陈。"班退,文惠问:"孚何罪也?"上谕以疏意曰:"是非所宜言,不逐何待?"曰:"陛下亦知德寿宫中无士人乎?"曰:"何谓也?"曰:"北内给事,无非阉人,是恶知大体?若非几个村措大在言路,时以正论折其萌芽,此曹冯依自恣,何所不至?"上竦而悟,天颜少和。文惠进曰:"不特此事,争臣无故赐罢,天下咸以为疑,而欲知其故。若以此为罪,则两宫之间且生,四方闻之,必谓陛下方以天下养,而使北内至于有此,非供亿不足而何?必不得已而去,当因其自请而听之可耳。"上释然霁威曰:"善。"将退,复前曰:"后之日,复当五日之朝。愿陛下试以意白去孚,倪可以上皇意留之,尤盛德事。"上许诺,既归自北宫,亟召文惠而谕之曰:"太上怒袁孚甚,朕所以亟欲去之。昨日方燕,太上赐酒一壶,亲书'德寿私酒'四字于上,使朕跼蹐无所。"文惠曰:"此陛下之孝也,虽然,终不可暴其事。"居数日,孚请祠,得守永嘉郡。既而文惠又奏:"谏官以直言去,非邦家之美。请以职名华其行。"遂除直秘阁,外朝竟不及知。自是纤人知谮之不行,亦无复投隙者。一言回天,体正谊得,两宫慈孝,终始无间,此举实足以权舆之云。

鹦　鹉　谕

蜀士尚流品,不以势诎。乾道间,杨嗣清甲有声西州,清议推属。初试邑,有部使者,不欲名,颇以绣衣自骄,怒其不降意,诬劾以罪。赵卫公方为左史,闻之,不俟车,亟往白庙堂曰:"譬之人家,市猫于邻,卜日而致之,将以咋鼠也。鼠暴未及问,而首抉雕笼,以噬鹦鹉,其情可恕乎!"当国者问其繇,告以故,相与大笑,劾牍竟格不下。嗣清仕亦不显,有弟曰嗣勋辅,位至从橐,其清名亦相伯仲云。至今蜀人谈谑,以排根善类者为"猫噬鹦鹉"。王中父尝为余道,而忘其所为邑之名。

月 中 人 妖

逆曦未叛时,尝岁校猎塞上。一日夜归,箫鼓竞奏,辚载杂袭。曦方垂鞭四视,时盛秋,天宇澄霁,卬见月中有一人焉,骑而垂鞭,与己惟肖。问左右,所见皆符,殊以为骇,嘿自念曰:"我当贵,月中人其我也。"扬鞭而揖之,其人亦扬鞭,乃大喜,异谋繇是益决。德夫兄至蜀,安大资丙与之宴,亲言之。夫妄心一萌,举目形似,此正与投楮天池者均耳,月妖何尤。

狰牧相卫

先茔⺕田原之北二里许,山嵝焉,不合如砺,土名曰焦库。有周氏坟,其间篁木蔽翳,泉甘草茂,牧者趋之。嘉定癸酉四月甲午正昼,有詹氏子十九岁,牧一狰坟侧。方偃于背,邻之二儿甫乱,戏于旁。有虎出于薄,直前搏狰。二儿痴,不识为虎,掷瓦砾,嗾而逐之。虎顾狰,不肯去。二儿倚徙观,稍前,乃缘登木。牧子念其家贫,惟恃此以耕,不胜愤,径归取斧,将以杀虎。其父在田,不之知;母视其来迫,遽问而告其故,顾东作方殷,家无男子,乃集里妇数人,噪而从。既至,二儿观酣,嬉笑自若,狰以角拒,虎爪龁,无完革矣。牧子视狰且困,挥斧大呼,欲以致虎,虎果舍狰来。时木影漏日,刃环舞,翕霍有光,虎益自缩,作势奋迅,欲以攫取。狰少憩力苏,乃前斗,虎舍牧子,与之相持。牧子气定更进,虎又舍狰。狰与牧迭抗虎,如此者弥半日顷,群妇莫之孰何。既而山下民闻者,持梃欢呼,来渐多,虎遂弃而去,狰牧竟全。余时倚茔冢下,仆辈亲见之,来告;遣视,民方环睨,虎犹未逸也。畜而义,不忘卫所牧;牧子亦克念其家,奋不顾死,皆可尚。二儿不知畏,不被搏噬。东坡沙上抵首之说,谅可信云。

解禅偈

余尝得东坡所书司马温公《解禅偈》,其精义深韫,真足以得儒释之同,特表其语而出之。偈之言曰:"文中子以佛为西方之圣人,信如文中子之言,则佛之心可知也。今之言禅者,好为隐语以相迷,大言以相胜,使学者伥伥然益入于迷妄,故余广文中子之言而解之,作《解禅偈》六首。若其果然,则虽中国行矣,何必西方,若其不然,则非余之所知也。""忿气如烈火,利欲如铦锋。终朝常戚戚,是名阿鼻狱。""颜回安陋巷,孟轲养浩然。富贵如浮云,是名极乐国。""孝弟通神明,忠信行蛮貊。积善来百祥,是名作因果。""仁人之安宅,义人之正路。行之诚且久,是名光明藏。""言为百代师,行为天下法。久久不可掩,是名不坏身。""道义修一身,功德被万物。为贤为大圣,是名菩萨佛。"於虖! 妄者以虚辞岐实理,以外慕易内修,滔滔皆是也,岂若是偈之坦明无隐乎! 盍反而观之。

玉 虚 密 词

　　徽祖将内禅,既下哀痛之诏,以告宇内,改过不吝,发于至诚。前一夕,即玉虚殿常奉真驭之所,百拜密请,祈以身寿社稷。夜漏五彻,焚词其间。嫔嫱巨珰,但闻谒祷声,而莫知其所以然。明日,遂御玉华阁,召宰执,书"传位东宫"四字,以付蔡攸。又一日,钦宗遂即位,实宣和七年十一月辛酉也。明年正月己巳,赤白囊至,徽祖夜出通津门,以如亳社。斡离不既退师,龙德行宫在京口,纤人乘间,有剑南自奉之疑,奉表亟请归京师。驾至睢阳,李忠定纲奉诏迎谒,见于幄殿。既辞,遂出所焚词藁,俾宣示宰执百官,忠定家有藏本焉。其辞曰:"奉行玉清神霄保仙、元一六、阳三五、璇玑七九、飞元大法师,都天教主臣某,诚惶诚恐,顿首顿首,再拜上言,高上玉清神霄、九阳总真、自然金阙。臣曩者君临四海,子育万民,缘德菲薄,治状无取,干戈并兴,弗获安靖。以宗庙社稷生民赤子为念,已传大宝于今嗣圣。庶几上应天心,下镇兵革,所冀迄归远顺,宇宙得宁,而基业育无疆之休,中外享升平之乐。如是贼兵偃戢,普率康宁之后,臣即寸心守道,乐处闲寂,愿天昭鉴,臣弗敢妄。将来事定,复有改革,窥伺旧职,获罪当大。已上祈恳,或未至当,更乞垂降灾咎,止及眇躬,庶安宗社之基,次保群生之福,五兵永息,万邦咸宁。伏望真慈,特赐省鉴。臣谨因神霄直日功曹史,赍臣密表一道,上诣神霄玉清三府,引进仙曹,伏愿告报。臣诚惶诚恐,顿首顿首,再拜以闻。”於虖!禹汤罪己,其兴也勃焉,圣心其有以得于天矣。按蔡絛《国史后补》载徽祖教门尊号为“玉京金阙、七宝元台、紫微上宫、灵宝至真玉宸明皇大道君”,与此不同,意归美之称,不欲以自名耳。唐武宗会昌《投龙文》,称“承道继玄、昭明三光弟子、南岳上真人”。今茅山、龙虎、阁皂,实有三坛,符箓遍天下,受之者亦各著称谓,或者帝王之号,又有其别,殆未可知也。

太 岁 方 位

建隆三年五月,诏增修大内。时太岁在戌,司天监以兴作之禁,移有司,毋缮西北隅。艺祖按视见之,怒问所縠。司天以其书对,上曰:“东家之西,即西家之东,太岁果何居焉?使二家皆作,岁且将谁凶?”司天不能答,于是即日葺撤一新之。今世士大夫号于达理者,每易一榱,复一簀,翦翦拘泥,不得即决,稽之圣言,思过半矣。

逆 亮 辞 怪

金酋亮未篡伪,封岐王,为平章政事,颇知书,好为诗词,语出辄崛疆,怒怒有不为人下之意,境内多传之。且骤施于国,东昏疑焉,未及诛,而有霄仪之祸。宗族大臣以亮有素誉,因共推戴。既立,遂肆暴无忌,佳兵苛役,以迄于亡。然其居位时,好文辞,犹不辍。余尝得其数篇。初王岐,以事出使,道驿有竹，辄咏之曰："孤驿潇潇竹一丛，不同凡卉媚春风。我心正与君相似，只待云梢拂碧空。"又《书壁述怀》曰："蛟龙潜匿隐沧波，且与虾蟆作混和。等待一朝头角就，撼摇霹雳震山河。"既而过汝阴，复作诗曰："门掩黄昏染绿苔，那回踪迹半尘埃。空亭日暮乌争噪，幽径草深人未来。数仞假山当户牖，一池春水绕楼台。繁花不识兴亡地，犹倚阑干次第开。"又尝作雪词《昭君怨》曰："昨日樵村渔浦，今日琼川玉渚。山色卷帘看，老峰峦。　　锦帐美人贪睡，不觉天花剪水。惊问是杨花，是芦花。"一日，至卧内见其妻几间有岩桂植瓶中，索笔赋曰："绿叶枝头金缕装，秋深自有别般香。一朝扬汝名天下，也学君王著赭黄。"味其词旨，已多圭角，盖其蓄已不小矣。及得志，将图南牧，遣我叛臣施宜生来贺天申节，隐画工于中，使图临安之城邑，及吴山、西湖之胜以归。既进绘事，大喜，睭然有垂涎杭、越之想。亟命撤坐间软屏，更设所献，而于吴山绝顶，貌己之状，策马而立，题其上曰："万里车书盍混同，江南岂有别疆封？提兵百万西湖上，立马吴山第一峰。"迁汴之岁，已弑其母矣。又二日而中秋，待月不至，赋《鹊桥仙》曰："停杯不举，停歌不发，等候银蟾出海。不知何处片云来，做许大通天障碍。　　虬髯拈断，星眸睁裂，惟恨剑锋不快。一挥截断紫云腰，子细看嫦娥体态。"明年竟遂前谋。使御前都统骠骑卫大将军韩夷耶将射雕军二万三千围，子细军一万，先下两淮。临发，赐所制《喜迁莺》以为宠，曰："旌麾初举，正驶骝力健，嘶风江渚。射虎将军，落雕都尉，绣帽锦袍翘楚。怒磔戟髯争奋，卷地一声鼙鼓。笑谈顷，指长江齐楚，六师飞渡。　　此去，无自堕。金印如斗，独在功名取。断锁机谋，垂鞭方略，人事本无今古。试展卧龙韬韫，果见成功旦莫。问江左，想云霓望切,玄黄迎路。"余又尝问开禧降者,能诵忆尚多,不能尽识。观其所存,寓一二于十百,其桀骜之气已溢于辞表,它盖可知也。犬猰鸦鸣,要充其性,不足乎议。软屏诗,《正隆事迹》以为翰林修撰蔡珪所作,诡曰御制。反复它作,似出一机杼,或者传疑益讹,抑其余皆出于视草,亦无所致诘。录所见者聊以寓志怪云,洪文敏《夷坚·支景》仅载其二,它不传。

程史卷第九 十三则

裕 陵 圣 瑞

裕陵年十三,居于濮邸。一日正昼憩便寝,英祖忽顾问何在,左右褰帐,方见偃卧,有紫气自鼻中出,盘旋如香篆,大骇,亟以闻。英祖笑曰:"勿视也。"后三年,亦以在寝寤惊,钦圣请其故,曰:"方熟寐,忽觉身在云表,有二神人捧足以登天,是以呼耳!"既而果登大宝。元祐元年三月十四日,诏录圣瑞之详,付宗正寺。

状 元 双 笔

内黄傅珏者,以财雄大名。父世隆,决科为二千石。珏不力于学,弁鹘碌碌下僚,独能知人。尝坐都市,阅公卿车骑之过者,言它日位所至,无毫发差。初不能相术,每曰:"予自得于心,亦不能解也。"尝寓北海,王沂公曾始就乡举,珏偶俟其姻于棘围之外遇之,明日,以双笔要而遗之,曰:"公必冠多士,位宰相,它日无相忘。"闻者皆笑。珏不为作,遂定交,倾赀以助其用,沂公赖之。既而如言。故沂公与其二弟以兄事之,终身不少替。前辈风谊凛凛固可敬,而珏之识亦未易多得也。珏死明道间,官止右班殿直,监博州酒。其孙献简尧俞,元祐中为中书侍郎,自志其墓。余旧尝见前辈所记,与志微不同。

尧舜二字

欧阳文忠知贡举,省闱故事,士子有疑,许上请。文忠方以复古道自任,将明告之,以崇雅黜浮,期以丕变文格,盖至日昃,犹有喋喋弗去者,过晡稍阒矣。方与诸公酌酒赋诗,士又有扣帘,梅圣俞怒曰:"渎则不告,当勿对。"文忠不可,竟出应,鹄袍环立观所问。士忽前曰:"诸生欲用尧舜字,而疑其为一事或二事,惟先生幸教之。"观者哄然笑。文忠不动色,徐曰:"似此疑事诚恐其误,但不必用可也。"内外又一笑。它日每为学者言,必蹙頞及之,一时传以为雅谑。余按《东斋记事》,指为杨文公,而徒问其为几时人,岁远传疑,未知孰是。然是举也,实得东坡先生,识者谓不啻足为词场刷耻矣,彼士何嗤?

正隆南寇

金国伪正隆丁丑春二月,逆亮御武德殿,召其臣吏部尚书李通、刑部尚书胡砺、翰林直学士萧廉,赐坐而语之曰:"朕自即位,视阅章奏,治宫中事,常至丙夜,始御内寝。畴昔之夜,方就榻,恍惚如亲觌有二青衣,持幢节自天降,授朕以幅纸若牒,谓上帝有宣命。朕再拜受,遂佩弓矢,具鍪铠,将从之前。而朕常所御小骓号小将军者,倏已鞿勒待墀下,青衣揖就骑。既行,但觉云雾勃郁起马蹄间,下如海涛汹涌。方觉心悸,望一门正开,金碧焜耀,青衣指之曰:'天门也。'朕随入焉。又里许,至钧天之宫,严邃宏丽,光明夺目。朕意欲驰,二金甲人谓朕曰:'此非人间,可下马步入。'及殿下,垂帘若有所待。须臾,有朱衣出赞拜,仿佛闻殿上语,如婴儿,使青衣传宣畀朕曰:'天策上将,令征某国。'朕伏而谢。出复就马,见兵如鬼者，左右前后，杳无边际。发一矢射之，万鬼齐喏，声如震雷，惊而瘳，喏犹不绝于耳。朕立遣内侍至厩，视小将军，喘汗雨浃，取箭箙数之，亦亡其一矣。昭应如此，岂天假手于我，令混江南之车书乎？方与卿等图之。谨无泄。"众皆称贺，于是始萌芽南牧之议矣。明年夏五月，复召通及翰林学士承旨翟永固、宣徽使敬嗣晖、翰林直学士韩汝嘉入见薰风殿，问曰："朕欲迁都于汴，遂以伐宋，使海内一统，卿意如何？"通以"天时人事，不可失机"为对，亮大悦。永固却立楹间，亮顾见之，问之故，徐进曰："臣有愚虑，请殚一得。本朝自海上造邦，民未见德，而黩兵是闻，皇统亦知其不戢之自焚也。故虽如梁王之武毅，犹以和为长策。今宋室偏安，天命未改，金缯缔好，岁事无阙，遽欲出无名之师，以事远征，臣窃以为未便。兼中都始成，未及数载，帑藏虚乏，丁壮疲瘁，营汴而居，是欲竭根本富庶之力，以缮争战丘墟之地，尤为非宜。臣事陛下，不敢不以正对。"因伏地请死。亮以问晖、汝嘉。晖是通，汝嘉是永固。亮大怒，拂袖起，传宣二臣殿侧听旨。继而召翰林待制綦戬讲汉史，戬及陆贾《新语》事，亮怒稍霁，乃赦之。明日，通为右丞，晖为参知政事，永固遂请老。又明年，左丞相张浩及晖，与叛臣孔彦舟、内侍梁汉臣卒营汴焉。帝斫之祸实防此。汝嘉又二年来盱眙传命谕，却我使人徐嘉等，归而微谏，竟不免戬。余读张棣《正隆事迹》，博考它记，而得其颠末。熊克《中兴小历》，书于绍兴二十八年者，盖误以薰风之事，合于武德云。梁王者，大酋兀尤之封，李大谅《征蒙记》谓尝追册以帝号。按绍兴辛巳，高景山来求淮汉地，指初画疆事，亦以为梁王，要当以国中通言者为正。

鳖渡桥

虞雍公允文以西掖赞督议，既却逆亮于采石，还至金陵，谒叶枢密义问于玉帐，留钥，张忠定焘及幕属冯校书方、洪检详迈在焉，相与劳问江上战拒之详。天风欲雪，因留卯饮，酒方行，流星警报沓至，盖亮已惩前衄，将改图瓜洲。坐上皆恐，谓其必致怨于我也。时刘武忠锜屯京口，病且亟，度未必可倚，议遣幕府合谋支敌。众以雍公新立功，咸属目。叶四顾久之，酌卮醪以前曰："冯、洪二君虽参帷幄，实未履行阵。舍人威名方新，士卒想望，勉为国家，卒此勋业，义问与有赖焉。"雍公受卮起立曰："某去则不妨，然记得一小话，敢为都督诵之。昔有人得一鳖，欲烹而食之，不忍当杀生之名，乃炽火使釜水百沸，横篠为桥，与鳖约曰：'能渡此，则活汝。'鳖知主人以计取之，勉力爬沙，仅能一渡。主人曰：'汝能渡桥甚善。更为渡一遭，我欲观之。'仆之此行，无乃类是乎！"席上皆笑。已而雍公竟如镇江，亮不克渡而弑，自此简上知，驯致魁柄。鳖渡，本谚语，以为蟹，其义则同。

燕山先见

宣和将伐燕，用其降人马植之谋，由登、莱航海以使于女真，约尽取辽地而分之，子女玉帛归女真，土地归我。议既定矣，宇文肃愍虚中在西掖，昌言开边之非策，论事謇謇，王黼恶之。及童贯、蔡攸以宣威建台，遂使之参谋，意欲溷以同浴，且窒其口。时有旨："兵兴避事，皆从军法。"肃愍不得免，乃上书极谏曰："臣伏睹陛下恢睿圣英武之略，绍祖宗之治谋，将举仁义之师，复燕云之故境，不以臣愚不肖，使参预机密。臣被命之初,意谓朝廷未有定议,欲命臣经度,相视其事。及至河北诸路,见朝廷命将帅,调兵旅,厉器械,转移钱粮,已有择日定举之说。臣既与军政,苟有所见,岂敢隐嘿?辄具利害,仰干渊听:臣闻用兵之策,必先计强弱虚实,知彼知己,以图万全。今论财用之多寡,指宣抚司所置,便为财用有余;若沿边诸郡帑藏空虚,廪食不继,则略而不问。论士卒之强弱,视宣抚司所驻,便言兵甲精锐;若沿边诸郡,士不练习,武备刓缺,则置而不讲。夫边围无应敌之具,军府无数日之粮,虽孙、吴复生,亦未可举师。是在我者,未有万全之策也。用兵之道,御攻者易,攻人者难;守城者易,攻城者难;守者在内,而攻者在外,在内为主而常逸,在外为客而常劳;逸者必安,劳者必危。今宣抚司兵,约有六万,边鄙可用,不过数千。契丹九大王耶律淳者,智略辐凑,素得士心,国主委任,信而不疑。今欲亟进兵于燕城之下,使契丹自西山以轻兵绝吾粮道,又自营平以重兵压我营垒,我之粮道不继,而耶律淳者激励众心,坚城自守,则我亦危殆矣。是在彼者,未有必胜之兆也。夫在我无万全之策,在彼亦未可必胜;兹事一举,乃安危存亡之所系,岂可轻议乎?且中国与契丹讲和,今逾百年,间有贪婪,不过欲得关南十县而止耳;间有傲慢,不过对中国使人稍亏礼节而止耳。自女真侵削以来,向慕本朝,一切恭顺。今舍恭顺之契丹,不封殖拯救,为我藩篱;而远逾海外,引强悍之女真以为邻国,彼既籍百胜之势,虚喝骄矜,不可以礼义服也,不可以言说谕也。视中国与契丹,挛兵不止,鏖战不解,胜负未决,强弱未分,持卞庄两斗之说,引兵逾古北口,抚有悖桀之众,系累契丹君臣,雄据朔漠,贪心不止,越逸疆围,凭陵中夏。以百年怠堕之兵,而当新锐难敌之虏;以寡谋持重、久安闲逸之将,而角逐于血肉之林,巧拙异谋,勇怯异势,臣恐中国之边患,未有宁息之期也。
譬犹富人有万金之产,与寒士为邻,欲肆并吞,以广其居,乃引
强盗而谋曰:'彼之所处,汝居其半,彼之所畜,汝取其全。'强
盗从之。寒士既亡,虽有万金之富,日为切邻强盗所窥,欲一
夕高枕安卧,其可得乎?愚见窃以为确喻。望陛下思祖宗创
业之艰难,念邻域百年之盟好,下臣此章,使百寮廷议。傥臣
言可采,乞降诏旨,罢将帅还朝,无滋边隙,俾中国衣冠礼义之
俗,永睹升平,天下幸甚。冒昧尽言,不任战栗。"书下三省,黼
读之,大怒,捃以他事,除集英殿修撰,督战益急,而北事始不
可收拾矣。辽又有降将曰郭药师,统其卒曰"常胜军",怙宠负
众,渐桀骜不可驯。肃愍忧之,力言于朝,请以恩礼,留之京
师,尽使挈致家属,居于赐第,缓急有用,只以单骑遣行,事毕
即归,以杜后患。亦弗听。既而金人寒盟,药师首叛,粘罕遂
犯太原。肃愍以宣谕使事归奏,徽祖见之,叹曰:"王黼不用卿
封殖契丹以为藩篱之议,是以有此。"是日,遂诏于榻前草诏罪
己,大革弊政,其略曰:"百姓怨怼而朕不知,上天震怒而朕不
悟。"令下,人心大悦。识者以比陆贽感泣山东之诏云。植之
归,以童贯。先改姓名李良嗣,后赐国姓,靖康初伏诛。药师
仕金,至安邦镇国功臣,其子亦显。

蠲　毒　圆

　　高皇毓圣中原,得西北之正气,凤赋充实,自少至耄,未尝
用温剂。每小不怡,辄进蠲毒圆数百,一以芫花、大黄、大戟为
主,侍医缩颈,而上服之自如。有王泾者,以伎进,侈言勇往,
居之不怍,间奉圭匕,先意持论,自诡无伤。孝宗素危之,屡诘
责,要以祸福,弗之顾。淳熙丁未,圣寿逾八龄矣。一日,进馄

饪，觉胸膈咳壅，泾犹主前药，既投而不支，遂以大渐。孝宗震怒，立诏诛之。慈福要上苦谏，薄不获已，减死黥流，杖脊朝天门。中使莅焉，方觇其速毙，泾货五伯下其手，卒得活。初，巨医王继先幸绍兴，始用是，取验。孝宗在朱邸，扈跸视师，至建康，馆秦桧故第。史文惠为讲官，实从行。燕之正堂，而命庄文醴、曾龙于后圃。孝宗乐，饮以码磏觥，醨者十二，因游于圃，二臣复各献一卮。后三日，属疾，高皇赐药，使内侍视之服。文惠闻之，疑其为蠲毒，亟袖人参圆入，问而信，遂窃易之，仅愈。是日微文惠，几殆。高皇盖主此，而不知南北之异禀也。泾祖继先之绪余，株守不变，是以败云。

宪 圣 护 医

宪圣后在慈福，庆元丁巳，朝廷方卜郊，而后不豫，始犹自强起，曰："上始郊，不可以吾故溷斋思。"敕左右勿奏。十一月乙巳，还御端门，肆眚竣事，趣驾至宫，而大渐矣。先是旬日忽寝疾，侍医进药，辄却之。咸请其故，喟然曰："吾寿八袠，而以医累人耶？"意惩王泾之得罪也。故庙谥之议曰："却药辍进，务全护医。"盖纪实云。京魏公镗时当轴，尝亲为客言。慈圣所谓"只此日去，免烦他百官"，其达死生之变，真若出一揆也。

鲁 公 拜 后

庆元间，有宿儒，以文名入鳌掖为承旨，朝议谓且大用。会韩平原有归子曰葎，先钤吴门兵时，出妾方娠，鬻当湖巨室鲁氏，得男焉，葎也。既贵，无他子，遂以重币请于鲁而归之。始至，而平原适有恩制当降麻，偶不详知，遂于廷纶中，用鲁公拜后事，意盖指忠献耳。有欲进者忌之，摘其语，谓含讥刺。

平原读之，见其姓之偶符，大怒，不逾月，遂去国，终其身不复用。当其下笔时，初不自觉转喉之触。谓祸福不可以智力胜，当于此乎占之。

金陵无名诗

熙宁七年四月，王荆公罢相，镇金陵。是秋，江左大蝗，有无名子题诗赏心亭，曰："青苗免役两妨农，天下嗷嗷怨相公。惟有蝗虫感恩德，又随钧斾过江东。"荆公一日饯客至亭上，览之不悦，命左右物色，竟莫知其为何人也。

万岁山瑞禽

艮岳初建，诸巨珰争出新意事土木。既宏丽矣，独念四方所贡珍禽之在圃者，不能尽驯。有市人薛翁，素以豢扰为优场戏，请于童贯，愿役其间。许之。乃日集舆卫，鸣跸张黄屋以游，至则以巨桦，贮肉炙粱米。翁效禽鸣，以致其类。既乃饱饫翔泳，听其去来。月余而圃者四集，不假鸣而致，益狎玩，立鞭扇间，不复畏。遂自命局曰"来仪"，所招四方笼畜者，置官司以总之。一日，徽祖幸是山，闻清道声，望而群翔者数万焉。翁辄先以牙牌奏道左，曰："万岁山瑞禽迎驾。"上顾罔测，大喜，命以官，赉予加厚。靖康围城之际，有诏许捕，驯纂者皆不去，民徒手得之，以充飧云。

王泾庸医

宇文忠惠绍节在枢府，余间见焉。因及五行之理，相与纵谭。有客在坐，偶曰："黥医王泾者，昨鞭背都市，流远方。及平原用事，始得归，稍叙故秩，自言元不曾受杖，尝袒而示某以

背，完莹无疵，初不解其如何也。后见他医，言杖皆有瘢，惟噬
肤之初，傅以金箔，则瘢立消，意金木之性相制耳。"忠惠笑曰：
"昔人有以胚足之药售于市者，辄揭扁于门曰：'供御'。或笑
其不根，闻于上，召而罪之。既而宥其愚，及出，乃复增四字
曰：'曾经宣唤。'今此方无乃其比耶！子将谁售？"客亦笑不敢
应。时忠惠未识泾也。其二年，余在里下，闻忠惠不起，为位
以哭，及都人来，乃云："泾实用蠲毒泻足疾，以致大故。朝廷
知之，再命追泾所复官，免杖流永兴。"余因忆在京华时，傅著
作行简、姚胄丞师皋皆甘泾饵，目击其殒。著作未启手足，犹进
一刀圭，不脱口而逝。余一日随班景灵，见胄丞殿门下，云痰
癖新愈，因相劳苦。则曰："王御医实生我，癖去矣，痰下者数
斗，今顾疲苶，他则无恙。"余闻而私忧之，谓未必能胜。未旬，
果卒。嗟夫！医之害如此哉。追思畴昔之言，为之流涕，并志
颠末以悼其庸。

黑虎王医师

余稚年入闽，过福，闻有黑虎王医师者，富甲一郡，问之，
则继先之别名也。继先世业医，其大父居京师，以黑虎丹自
名，因号"黑虎王家"。及继先幸于高宗，积官留后，通国称为
医师，虽贬犹得丽于称谓焉。初，秦桧擅权而未张，颇赂上左
右以固宠，继先实表里之。当其盛时，势焰与桧挈大，张去为
而下不论也。诸大帅率相与父事，王胜在偏校，因韩蕲王以求
见，首愿为养子，遂帅金陵军。闻者争效，不以为怪。桧欲贵
其姻族，不自言，每请进继先之党与官；继先亦乘间为桧请，诸
子至列延阁，金紫盈门。掩顾赇谢，攘市便旅，抑民子女为妾
侍，罪不可胜纪，而衣凭城社，中外不敢议者三十年。绍兴辛

巳六月,蜀人杜莘老为南床,拟击之而未发。会边衅启,继先
首辇重宝为南遁计,都城为之骚然。上闻之不乐。刘武忠锜
帅京口,请以先发制人之策,决用兵。上意犹隐忍不决,亶欲
以兵应。继先素怯,犹幸和议之坚以窃安,因间言于上曰:"边
鄙本无事,盖新进用主兵官,好作弗靖,欲邀功耳。各斩一二
人,和可复固。"上不答,徐谓侍貂曰:"是欲我斩刘锜耶?"于是
素轧其下而不得逞者,颇浸润及之矣。逆亮索我大臣,廷遣徐
嚞、张抡往聘。亮以非指,使谏议大夫韩汝嘉至盱眙止之,更
令遣所索。奏至,上适在刘婕好阁,当馈缀食。婕好怪之,问
诸侍貂而得其繇,进说宽譬,颇与继先之言符。上大惊,问曰:
"汝安得此?"婕好不能隐,具以所闻对。遂益怒。丁未,诏婕
好归别第。莘老遂上疏,列其十罪。初进读,玉色犹怫然。莘
老扣榻曰:"臣以执法事陛下,不能去一医,死不敢退。"犹未
许,因密言:"外议谓继先以左道幸,恐谤议丛起,臣且不忍
听。"上始变色首肯,罢朝,使宣旨曰:"朕以显仁饵汝药,改假
尔宠,今言者如此,当不复有面目见朕,期三日有施行,其自图
之。"辛亥,遂诏继先居于福,子孙勒停都城田宅皆没官,奴婢
之强鬻者从便。令下,中外大悦。继先以先事闻诏,多藏远
徙,故虽籍,不害其富也。迄今其故居华栋连甍,犹号巨室,一
传而子弟荡析,至不能家。或者谓其致不以其道,宜于厚亡。
赵牲之作《中兴遗史》,载继先始末极详,参以所闻,而著其事。

桯史卷第十 八则

永 泰 挽 章

　　建中靖国初，徽祖自藩王入继大统，虚心纳谏，弊政大革，海内颙想，庶几庆历、元祐之治。曾文肃为相，颇右绍述，谏官陈祐六疏劾之，不从，赐罢，纶言以观望推引责之。右司谏江公望闻而求对，面请其故，上曰："祐意在逐布，引李清臣为相耳。"公望言臣不知其他，但近者易言官者三，逐谏官者七，非朝廷美事，因袖疏力言丰、祐政事得失，且曰："陛下若自分彼此，必且起祸乱之源。"上意感格，危从之矣。会前太学博士范致虚上书言太学取士法不当变，且言："臣读圣制《泰陵挽章》曰：'同绍裕陵尊。'此陛下孝弟之本心也。臣愿守此而已。"时黄冠初盛，范因右街道录徐知常，以其姓名闻禁中，且陈平日趋向，谓非相蔡京不可。上幡然，亟召见，曰："朕且不次用卿。"遂除右正言。才供职，首论二事：其一言神宗一代之史，非绍圣无以察正元祐之诋谤，今复诏参修，是纷更也，愿令史官条具绍圣之所以掩蔽者示天下。其二言元祐置诉理，所以雪先朝得罪之人，绍圣命安享蹇序辰驳正，固当然耳，二人乃坐除名，如此则诉理为是矣。夫二臣之罪不除，则两朝之谤终在。疏奏，上益向之。于是国论始决。是秋，江以论蔡邸狱，责知淮阳军。范驯致尚书左丞云。

殿　中　鹇

徽祖居端邸时,艺文之暇,颇好驯养禽兽以供玩。及即位,貂珰奉承,罗致稍广。江公望在谏省闻之,亟谏。上大悦,即日诏内籞,尽纵勿复留。殿中有一鹇,蓄久而驯,不肯去。上亲以麈尾逐之,迄不离左右。乃刻公望姓名于麈柄,曰:“朕以旌直也。”及江去国,享上之论兴,浸淫及于艮岳矣。都城广莫,秋风夜静,禽兽之声四彻,宛如郊野。识者以为不祥,益思江之忠焉。

刘　蕴　古

刘蕴古,燕人也。逆亮将南寇,使之伪降以觇国,而无以得吾柄,乃以首饰贩鬻,往来寿春,颇言两国事,见淮贾,辄流涕曰:“予何时见天日耶!”因纵谭亮国虚实,以唊朝廷,自诡苟见用,取中原,灭大金,直易事耳。边臣不疑,密以名闻,时兵衅已启,诏许引接。至行都,首言其二弟在北,皆登巍科,惟己两荐礼部而未第,因谋南归,以成功名。当国者喜之,遂授迪功郎、浙西帅司,准备差遣,时绍兴三十一年九月癸巳也。蕴古犹不厌意,日强聒于朝,辩舌泉涌,廷臣咸奇之。会亮诛,未得间以北,继改京秩为鄂倅。隆兴初元三月,濠梁奏北方游手万余人应募,欲以营田。蕴古闻而有请,愿得自将以与虏角,毋使徒老未粗间。左揆陈文正、参预张忠定、同知辛简穆咸是之,次相史文惠独不可,曰:“是必奸人,来为虏间,国家隄防稍密,不得施其伎,欲姑以此万人,藉手反国耳。”诸公杂然谓逆诈,文惠顾行首吏召之曰:“俟其来,当可见也。”相与坐堂中,俟久之,至,文惠迎谓曰:“昔樊哙欲以十万众横行匈奴中,议者犹以为可斩，子得万乌合，何能为？"蕴古素谓庙议咸许其来也，意得甚，卒闻此语，大骇失色，遽曰："某意无他，此万人家口皆不来，必不为吾用。不如乘其未定，挟去为一拍，事幸成，犹不可知耳。"文惠顾诸公曰："已得知，通判之言是矣。此万人固不留，独不知通判盛眷，今在何所？"时蕴古家在幽、燕，自知失言，内惕不得对，比茶瓯至，战灼不复能执，几堕地，遂退。诸公犹不然，然迄得不遣。既逾月，张忠献奏改倅太平州，往来都督府，禀议军事。后数载，蕴古私使其仆骆昂北归，有告者，及搜所遣家讯，则皆刺朝廷机事也。乃伏其诛，于是始服文惠之先识焉。初，吴山有伍员祠，瞰阛阓，都人敬事之。有富民捐赀为扁额，金碧甚侈，蕴古始至，辄乞灵焉，妄谓有心诺，辍俸易牌，而刻其官位姓名于旁。市人皆惊，曰："以新易旧，恶其不华耳。易之而不如其旧，其意果何在？"有右武大夫魏仲昌者，独曰："是不难晓。他人之归正者，侥幸官爵金帛而已。蕴古则真细作也。夫谍之入境，不止一人，榜其名，所以示踵至耳，欲其知己至耳。"闻者怃然不信，后卒如言。余尝谓纳降非上策，见于前录吴畏斋启。文惠之谋国，可以言智矣。仲昌一弌弁，乃能逆见奸人之情，其才亦有足称者，今世殆不多见也。

大 散 论 赏 书

绍兴壬午春，南北既交兵，蜀宣抚使吴璘谋取雍，使大将姚仲攻大散关，不下。仲久于军，妄谓军士不用命，实赏给之薄，故功且弗成。王参预之望时总军赋，仲之幕属曰朱绂，尝登门焉，以书抵之曰："先生以博大高明之学。当艰难险阻之时，凡百施设，莫非经久。顾兹全蜀，久赖绥抚，虽三边用兵之际，无征输重困之劳。自非先生以体国爱民为念,何以及此?天下之势,固有不两立者,兵与民是也。兵不可不费财,而责其万死之功;民不可不出财,而济其一时之急,此天下之通理也。先生深知兵民两相为用之策,闻蜀民自军兴之后,恬然自安,不有用兵之费,先生恩德,固亦大矣。然有可言者,绂为先生门下士,岂敢自隐,且时异事异,故宜改更,不可执一。自虏人九月六日叩关,于时事出仓卒,诸将云:'大军一出,必遂破敌。'初,宣抚吴公自谓可以两月为期,必能克敌,既而虏壁愈坚,相持已逾四月矣。将帅牵制,久未成功,兵不可不谓之暴露。如今日事势与前日不同,先生当相时之宜,以取必胜,兹其时也。闻之诸军斗志不锐,战心不壮,且曰:'使我力战,就能果立微劳,其如赏给当在何处,伺候核实保明,申获宣司、总司、旨麾,往返数旬,岂能济急?'大率在今之势,与前既异,不立重赏,何以责人?前宣抚吴公,仅能保守全蜀,盖赏厚而战士用命也。先生详酌事机,别与措置,略于川蜀科敷军须之费十分之一,多与准备给赏钱物近一二百万,自总所移文诸帅,明出晓示,号令诸军,各使立功,以就见赏。谓如散关一处,设使当初有银绢各一二万匹两,钱引一二十万道,椿在凤州,宣抚吴公、节使姚公,以上件赏给,明告诸军,遣二三统制官便宜,各以其所部全军一出,谕之曰:'当进而退,则坐以军法;进而胜捷,能破关隘,则有此重赏。'如是而军不用命,虏不破灭,无有也。说者谓方今朝廷财用匮乏,若贪缘军兴,而费耗国用,则先生所不取。绂曰:不然!先生体国爱民之心,朝野孰不知?兵事固有当更张而不更张,则悠久相持,不能力济机会,一劳而久逸,暂赏而永宁,正在此举。绂之区区,未必可行,幸先生怒其狂愚,或以为可教,则一览付火。"王读之,大

骇,乃答书曰:"辱示札目,见咎不科敷百姓,异哉！足下之言
也。本所以财赋为职事,应副诸军,自当竭力。若是军须阙
乏,有功将士合赏,但于王少卿取办可也;至于科敷,他人何预
哉？仆中原人,蜀中无一钱生业,亦无亲族寓居,其不科敷,何
私于蜀？盖以大军十余万众,仰给于此,不得不爱养其民力,
以固根本。有四川民力,则有三军;四川民穷,则三军坐困矣。
如足下辈月俸岁廪,不从空虚中来,亦知其所自乎？朝廷德意
深厚,每务宽恤,东南调度如此,不闻敛取于民,四川独可加赋
乎？国家养兵,所以保民,而足下乃谓军民不两立,恐非安民
和众、制用丰财之义。又云,用兵本约两月,今已四个月,然则
解严未可期也。若本所当时便徇诸处无艺之求,只作两个月
计,则今日何以支吾,事未可期,则所费无限,且不爱民力,以
备方来之须,将如异日何？仆之敛于民,乃所以为诸军也。用
兵一百三十日,糗粮、草料、银绢、钱引,所在委积,未尝乏与。
而足下乃云尔,不知军行出入,何处阙钱粮草料。累次喝犒,
许朝廷支赐,自是诸军应报稽缓,文字才到,本所立便给散,略
无留阻。若是激赏,则须俟有功;诸军既无功状,本所凭何支
破？散关前日不下,闻自有说,莫不为无银绢钱引否？不知散
关是险固不可取乎？是有可取之理,而无银绢钱引之故乎？
士卒不肯用命,岂计司之责,必有任其咎者;况闻攻关之日,死
伤不少,则非士卒之不用命矣。自来兵家行动,若逗挠无功,
多是以粮道不继,嫁祸于有司以自解,亦未闻以无堆垛赏给为
词者也。国家息兵二十年,将士不战,竭四川之资以奉之;一
旦临敌,更须堆垛银绢而后可用,则军政可知矣。且如向来和
尚原、丁刘圈、杀金平诸军大捷,近日吴宣抚取方山原、秦州等
处,王四厢取商、虢等州,吴四厢取唐、邓州,不闻先垛银绢,始

能破贼也。朝廷赏格甚明,本所初无悭吝,如秦州、治平之功,得宣司关状,即时行下鱼关支散,何尝稍令阙悮?兼鱼关签厅,所备金帛钱物,充满府藏;宣抚不住关拨,岂是无椿办也?顾生民膏血,不容无功而得耳。假令仆重行科敷,积金至斗,诸军衣粮犒设支赐之外,若无功效,一钱岂容妄得哉?果有功,岂容本所以不科敷而不赏乎!诸军但务立功,无患赏给之不行也,但管取足,无问总所之科敷也。刘晏敛不及民,何害李、郭之勋,李晟屯东渭桥,无积贮输粮,以忠义感人,卒灭大盗。足下以书生为人幕府,不能以此等事规赞主帅,而反咎王人以不敛于民,岂不异哉!九月以后,兴元一军,支拨过钱引二十八万道,银绢二千匹两,而糗粮草料与犒设、赏钱之类不与焉,亦不为不应副矣。若皆及将士,岂不可以立功?有功赏而未得者,何人也?朝廷分司差职,各有所主,而于财贿出纳为尤严,经由检察,互相关防,所有屡降旨挥,凡有支费,宣司审实,总所量度,此古今通义,而圣朝之明制也。足下独不办,何哉?来书谓攻散关,若得银绢一二万匹两,钱引一二十万,椿在凤州,有此重赏,而虏不破灭,无有也。椿在凤州,与鱼关何异?方宣抚以攻守之策,会问节使时,亦不闻以此为言。今散关、凤翔未破,足下可与军中议,取散关要银绢钱引若干,取凤翔要若干,可以必克。本所当一切抱认,足下可结罪保明具申,当以闻于朝廷。如克敌而赏不行,仆之责也。若本所抱认而不能成功,足下当如何?仆前后见将帅多是忠义赴功、捐躯报国之人,只缘幕中导之或非其道,以至害事。如姚帅之贤,固不妄听,然足下自不应为此异论也,万一朝廷闻之,得无不可乎?之望尝备员剡荐,预有惧焉,且宜勉思婉画,谨重话言,勿恤小利,以败大事,但得主帅成功,足下复何求哉?信笔不

觉喋喋,幸照。"绂得书,颇自惭悔,仲亦大恐。闰月癸酉,率诸
军肉薄而登,遂克之。余尝从蜀士大夫得其书,谓今世言功
者,多约取而丰责,先事质偿,如宿逋然,神州未复,端坐此耳。
王之尽理,仲之补过,绂之服义,要皆可书,故剟取其详而传
之。

成 都 贡 院

成都新繁有藏艺祖御容者,莫知始何年,令长交事匦护,
畀付惟谨。淳熙间,胡给事_{元质}制置四川,闻之,谓偏陬下鄙,
非所宜有,命归之府。议以为乾德平僭伪,虽銮舆不亲幸,而
耆定一方,实为隽功,欲扳援章武端命故事,建殿以严毖奉。
遂斥羡财鸠工,伐巨木千章,卜地筑宫有日矣。僚采或谓郡国
私建宗庙,谊盍先以闻,俟报可。胡竦然,乃暂辍役,驿书请于
朝廷。议果不以为然,弗之许。胡大沮,念木石已具,且动观
瞻,不容已,会贡院敝甚,因撤而新之,既毕工,壮丽甲西州焉。
事有适会乃如此,向子西能言其详,因伶语而及兹说。

万 春 伶 语

胡给事既新贡院,嗣岁庚子适大比,乃侈其事,命供帐考
校者,悉倍前规。鹄袍入试,茗卒馈浆,公庖继肉,坐案宽洁,
执事恪敬,闿闿于于,以邕文,士论大惬。会初场赋题出《孟
子》"舜闻善若决江河",而以"闻善而行,沛然莫御"为韵。士
既就案矣,蜀俗敬长而尚先达,每在广场,不废请益焉。晡后,
忽一老儒摭礼部韵示诸生,谓沛字惟十四泰有之,一为颠沛,
一为沛邑,注无沛决之义,惟它有霈字,乃从雨,为可疑。众
曰:"是。"哄然扣帘请。出题者偶假寐,有少年出酬之,漫不经

意，亶云："礼部韵注义既非，增一雨头，无害也。"揖而退，如言以登于卷。坐远于帘者，或不闻知，乃仍用前字。于是试者用霈沛各半。明日，将试《论语》"籍籍传"，凡用"沛"字者皆窘。复扣帘，出题者初不知昨夕之对，应曰："如字。"廷中大喧，浸不可制，噪而入，曰："试官误我三年，利害不细。"帘前闻木如拱，皆折，或入于房，执考校者一人殴之。考校者惶遽，急曰："有雨头也得，无雨头也得。"或又咎其误，曰："第二场更不敢也。"盖一时祈脱之辞。移时稍定，试司申鼓噪场屋，胡以不称于礼遇也，怒，物色为首者，尽系狱。韦布益不平。既拆号，例宴主司以劳还，毕三爵，优伶序进。有儒服立于前者，一人旁揖之，相与诧博洽、辨古今，岸然不相下。因各求挑试所诵忆，其一问："汉四百载，名宰相凡几?"儒服以萧、曹而下枚数之无遗，群优咸赞其能。乃曰："汉相，吾言之矣；敢问唐三百载，名将帅何人也?"旁揖者亦诎指英、卫，以及季叶，曰："张巡、许远、田万春。"儒服奋起争曰："巡、远是也，万春之姓雷，历考史谍，未有以雷为田者。"揖者不服，撑拒膝口。俄一绿衣参军，自称教授，前据几，二人敬质疑，曰："是故雷姓。"揖者大诟，祖裼奋拳，教授遽作恐惧状，曰："有雨头也得，无雨头也得。"坐中方失色，知其风己也。忽优有黄衣者，持令旗跃出稠人中，曰："制置大学给事台旨，试官在坐，尔辈安得无礼。"群优亟敛容，趋下，喏曰："第二场更不敢也。"侠帊皆笑，席客大惭，明日遁去，遂释系者。胡意其为郡士所使，录优而诘之，杖而出诸境，然其语盛传迄今。

山谷范滂传

山谷在宜州，尝大书《后汉书·范滂传》，字径数寸，笔势飘动,超出翰墨迳庭,意盖以悼党锢之为汉祸也。后百年,真迹逸人间,赵忠定得之,宝置巾箧,搢绅题跋,如牛腰焉。既乃躬蹈其祸,可谓奇谶。嘉定壬申,忠定之子崇宪守九江,刻石郡治四说堂。

紫 岩 二 铭

张紫岩谪居十五年,忧国耿耿,不替昕夕。适权奸新毙,时宰恃虏好而不固圉,紫岩方居母丧,上疏论事,朝廷以为狂,复诏居零陵。一日,慨然作几间丸墨并常支筇竹杖二铭,以寓意。《墨》之铭曰:“存身于昏昏,而天下之理因以昭昭。斯为潇湘之宝,予将与之归老。”而《逍遥杖》之铭曰:“用则行,舍则藏,惟我与尔;危不持,颠不扶,则焉用彼。”或录以示当路,大怒,以为讽己.将奏之,会病卒,不果。它日,陈正献俊卿为孝皇诵之,摘其一铭,书于御杖焉。

桯史卷第十一 八则

李 白 竹 枝 词

　　绍圣二年四月甲申,山谷以史事谪黔南。道间,作《竹枝词》二篇,题歌罗驿,曰:"撑崖拄谷蝮蛇愁,入箐攀天猿掉头。鬼门关外莫言远,五十三驿是皇州。""浮云一百八盘萦,落日四十九渡明。鬼门关外莫言远,四海一家皆弟兄。"又自书其后,曰:"古乐府有'巴东三峡巫峡长,猿鸣三声泪沾裳',但以抑怨之音和为数叠,惜其声今不传。余自荆州上峡、入黔中,备尝山川险阻,因作二叠,传与巴娘,令以《竹枝》歌之,前一叠可和云:'鬼门关外莫言远,五十三驿是皇州。'后一叠可和云:'鬼门关外莫言远,四海一家皆弟兄。'或各用四句,入《阳关》、《小秦王》,亦可歌也。"是夜宿于驿,梦李白相见于山间,曰:"予往谪夜郎,于此闻杜鹃,作《竹枝词》三叠,世传之不子细,忆集中无有,三诵而使之传焉。其辞曰:'一声望帝花片飞,万里明妃雪打围。马上胡儿那解听,琵琶应道不如归。''竹竿坡面蛇倒退,摩围山腰胡孙愁。杜鹃无血可续泪,何日金鸡赦九州?''命轻人鲊瓮头船,日瘦鬼门关外天。北人堕泪南人笑,青壁无梯闻杜鹃。'"今《豫章集》所刊,盖自谓梦中语也,音响节奏似矣,而不能撝其真,亦寓言之流欤!

蚁 蝶 图

党祸既起，山谷居黔。有以屏图遗之者，绘双蝶翩舞，胃于蛛丝而队，蚁憧憧其间，题六言于上曰："胡蝶双飞得意，偶然毕命网罗。群蚁争收坠翼，策勋归去南柯。"崇宁间，又迁于宜。图偶为人携入京，鬻于相国寺肆。蔡客得之，以示元长。元长大怒，将指为怨望，重其贬，会以讣奏仅免。其在黔，尝摘香山句为十诗，卒章曰："病人多梦医，囚人多梦赦。如何春来梦，合眼在乡社。"一时网罗之味，盖可想见。然余观其前篇，又有"冥怀齐远近，委顺随南北。归去诚可怜，天涯住亦得"之句，浩然之气，又有百折而不衰者存。蚁计左矣。

周 益 公 降 官

周益公相两朝。庆元间，以退傅居于吉，隐然有东山之望。当路忌之。时善类引去者纷纷，一皆指为伪学。婺有吕祖泰者，东莱之别派也，勇义敢言，愤时事之日非，奋然投匦上书，力诋用事者，且乞以益公为相。皂囊下三省，朝论杂然起，或以为益公实颐指之，遂露章奏劾。且谓淳熙之季，王鲁公为首台，益公尝挤而夺之位，以身为伪学标准，羽翼其徒，使邪说横流，以害天下。屏居田野，不自循省，而诱致狂生，扣阍自荐，以觊召用，乞加贬削。上不以为然。言者益急，乃镌一官为少保，下祖泰于天府，杖而窜之。益公上表谢。余时在里中，传得之。今尚忆其全文，曰："告老七年，宿愆故在；贬官一等，洪造难名。敢期垂尽之年，犹丽怙终之罪。中谢。伏念臣疏庸一介，际遇四朝。逮事高皇，已遍尘于台省；受知孝庙，复久玷于机衡。不思勉效于同寅，乃敢与闻于异论；既肺肝众所

共见,岂口舌独能自明? 惟光宗兴念于元僚,亦屡分于阃寄;
肆陛下曲怜其末路,爰俾遂于里居。首将正于狐丘,巢忽危于
燕幕。狂生妄发,姓名辄及于樵苏;公议大喧,论罚盖输于薪
粲。仅削司徒之秩,犹存平土之官。兹盖恭遇皇帝陛下,崇德
尚宽,驭民敬故。国皆曰杀,虽微可恕之情;毫不加刑,姑用惟
轻之典。遂令衰朽,亦与生全。臣有愧积中,无阶报上。省愆
田里,视桑荫之几何;托命乾坤,比栎材而知免。"初,当路人浸
润,欲文致以罪,而难其重名,意或有辨论,乃置于贬。及奏
至,引咎纡徐,言正文婉,洒然消释。既而东朝奉宝册,诏复其
秩,时北门者当制,廷纶有曰:"骇匹夫狂悖之上闻,乃片言讹
误之并及;既有疑于三至,姑薄褫于一阶。朕方建皇极而融会
于党偏,尊重闱而濡浃于庆施,申念三朝之遗老,仅同下国之
灵光,宁屈彝章,以全晚节。属外亲之诣阙,在更生初岂预知;
贬宫保以居间,刘彦博已尝得谢。"犹不谓非罪也。嘉定更化,
诏湔祖泰过名,授以文资,而晦庵朱文公而下,皆褒赠赐谥,于
是其言始伸。方祖泰之得罪,有宗姓者尹京,据案作色,莅制
挺焉。祖泰大呼庭下曰:"公为天族,同国休戚。某乃为何人
家计安危,而获斯辱也。"尹亦惭,趣讫其罪,使去。行都人至
今能诵其详,犹有为咤惜者。

番禺海獠

　　番禺有海獠杂居,其最豪者蒲姓,号白番人,本占城之贵
人也。既浮海而遇风涛,惮于复反,乃请于其主,愿留中国,以
通往来之货。主许焉,舶事实赖给其家。岁益久,定居城中,
屋室稍侈靡逾禁。使者方务招徕,以阜国计,且以其非吾国
人,不之问,故其宏丽奇伟,益张而大,富盛甲一时。绍熙壬

子,先君帅广,余年甫十岁,尝游焉。今尚识其故处,层栖杰观,晃荡绵亘,不能悉举矣。然稍异而可纪者亦不一,因录之,以示传奇。獠性尚鬼而好洁,平居终日,相与膜拜祈福。有堂焉,以祀名,如中国之佛,而实无像设。称谓聱牙,亦莫能晓,竟不知何神也。堂中有碑,高袤数丈,上皆刻异书如篆籀,是为像主。拜者皆向之。旦辄会食,不置匕箸,用金银为巨槽,合鲑炙、粱米为一,洒以蔷露,散以冰脑。坐者皆置右手于褥下不用,曰此为"触手",惟以涸而已。群以左手攫取,饱而涤之,复入于堂以谢。居无溲匽。有楼高百余尺,下瞰通流,谒者登之。以中金为版,施机蔽其下,奏厕铿然有声,楼上雕镂金碧,莫可名状。有池亭,池方广凡数丈,亦以中金通甃,制为甲叶而鳞次,全类今州郡公宴燎箱之为而大之,凡用钲铤数万。中堂有四柱,皆沉水香,高贯于栋,曲房便榭不论也。尝有数柱,欲馽于朝,舶司以其非常有,恐后莫致,不之许,亦卧庑下。后有窣堵波,高入云表,式度不比它塔,环以甍,为大址,桼而增之,外圊而加灰饰,望之如银笔。下有一门,拾级以上,由其中而圜转焉如旋螺,外不复见其梯磴。每数十级启一窦,岁四五月,舶将来,群獠入于塔,出于窦,啁哳号嘑,以祈南风,亦辄有验。绝顶有金鸡甚钜,以代相轮,今亡其一足。闻诸广人,始前一政雷朝宗^深时,为盗所取,迹捕无有。会市有婆人鬻精金,执而讯之,良是。问其所以致,曰:"獠家素严,人莫闯其藩。予栖梁上,三宿而至塔,裹麨粮,隐于颠,昼伏夜缘,以刚铁为错,断而怀之,重不可多致,故止得其一足。"又问其所以下,曰:"予之登也,挟二雨盖,去其柄。既得之,伺天大风,鼓以为翼,乃在平地,无伤也。"盗虽得,而其足卒不能补,以至今。他日,郡以岁事劳宴之,迎导甚设,家人帷观,余亦在，见其挥金如粪土，舆皂无遗，珠玑香贝，狼籍坐上，以示侈。帷人曰："此其常也。"后三日，以合荐酒馔烧羊以谢大僚，曰："如例。"龙麝扑鼻，奇味不知名，皆可食，迥无同槽故态。羊亦珍，皮色如黄金。酒醇而甘，几与崖蜜无辨。独好作河鱼疾，以脑多而性寒故也。余后北归，见藤守王君ᵡ翁诸郎，言其富已不如曩日，池匽皆废，云泉亦有舶獠，曰"尸罗围"，赀乙于蒲，近家亦荡析。意积贿聚散，自有时也。

王　荆　公

王荆公相熙宁，神祖虚心以听。荆公自以为遭遇不世出之主，展尽底蕴，欲成致君之业，顾谓君不尧舜，世不三代不止也。然非常之云，诸老力争，纷纭之议，殆偏天下，久之不能堪。又幸其事之集，始尽废老成，务汲引新进，大更弊法，而时事斩然一新。至于元丰，上已渐悔，罢政居钟山，不复再召者十年。其后元祐群贤迭起，不推原遗弓之本意，急于民瘼，无复周防，激成党锢之祸，可为太息。余尝侍楼宣献及此，宣献诵荆公《是时尝因天雪有绝句》曰："势合便疑埋地尽，功成直欲放春回。农夫不解丰年意，只欲青天万里开。"其志盖有在。余应曰："不然。旧闻京师隆冬，尝有官检冻死秀才腰间系片纸，启视之，乃《喜雪诗》四十韵，使来年果丰，已无救沟中之瘠矣。况小人合势，如章、曾、蔡、吕辈，未知竟许放春否？"宣献忻然是其说。及今观之，发冢之议，同文之狱，以若人而居位，岂不如所臆度？荆公初心，于是孤矣。

尊　尧　集　表

《日录》一书，本熙宁间荆公奏对之辞，私所录记。绍圣以后，稍尊其说，以审定元祐史谍。蔡元度卜又其婿，方烜赫用事，书始益章。建中靖国初，曾文肃布主绍述，垂意实录，大以据依。陈了翁瓘为右司员外郎，以书抵文肃，谓薄神考而厚安石，尊私史而厌宗庙，不可。文肃大怒，罢为外郡，寻谪合浦。了翁始著《合浦尊尧集》，为十论，亶辨其所纪载，犹未敢以荆公为非。及北归，又著《四明尊尧集》，为八门，曰圣训、曰论道、曰献替、曰理财、曰边机、曰论兵、曰处己、曰寓言，始条分而件析之，无婉辞矣。政和元年，徽祖闻有此章，下政典局宣取，时了翁坐其子正汇狱，徙通州，移文索之。了翁遂以表进，乞于御前开拆。初，崇宁既建辟雍，诏以荆公封舒王，配享宣圣庙，肇创坐像。了翁愤之，并于奏牍寓意。其略曰："代言之笔，尽目其徒为儒宗；首善之宫，肇塑其形为坐像。礼官舞礼而行谄，吏书献佞而请观。光乎仲尼，乃王雱圣父之赞；比诸孔子，实卜等轻君之情。彼衰周之僻王，弃真儒之将圣，当时不得配太庙之飨，后世所以广上丁之祠。今比安石为钦王之臣，则方神考为何代之主？又况一人幸学，列辟班随；至尊拜伏于炉前，故臣骄倨而坐视；百官气郁，多士心寒。自有华夏以来，无此悖倒之礼。神考之再相安石，始终不过乎九年；安石之屏迹金陵，弃置不召者十载。八字威加于邓绾，万机独运于元丰，岂可于善述之时，忽崇此不逊之像？"又曰："又况临川之所学，不以《春秋》为可行，谓天子有北面之仪，谓君臣有迭宾之礼；礼仪如彼，名分若何；此乃衰世侮君之非，岂是先王访道之法？赣川旧学，记刊于四纪之前；辟水新雍，像成于一婿之手。唱如声召，应若响随。"其自叙则曰："愚公老矣，益坚平险之心；精卫眇然，未舍填波之愿。殁而后已，志不可渝。望虽隔于戴盆，梦不忘于驰阙；丹诚上格，天语遥询。要观尊主

之恭，缓议奸时之罪，渊冰在念，枭磔宁逃。"书奏，有旨，陈瓘
自撰《尊尧集》，语言无绪，并系诋诬；不行毁弃，送与张商英，
意要行用。特勒停，送台州羁管。令本州当职官，常切觉察，
不得放出州城，月具存在，申尚书省。于是庙堂意叵测，识者
为了翁危之。了翁不顾，至天台刻谢之辞，犹曰："知诋诬之不
可，志在尊尧；岂行用之敢私，心惟助舜。语言无绪，议论至
迂。独归美于先献，遂大违于国是。不行毁弃，有误咨询，虚
消十载之光阴，靡恤一门之沟壑。果烦揆路，特建刑章，若非
蒙庇于九重，安得延龄于再造？"其凛凛不屈盖如此。余后因
读《夷坚·支乙》，见其记优人尝因对御，戏设孔子正坐，颜、孟
与安石侍侧。孔子命之坐，安石揖孟子居上。孟辞曰："天下
达尊，爵居其一。轲仅蒙公爵，相公贵为真王，何必谦光如
此？"遂揖颜子，颜曰："回也陋巷匹夫，平生无分毫事业。公为
名世真儒，位貌有间，辞之过矣。"安石遂处其上，夫子不能安
席，亦避位。安石皇惧，拱手云不敢。往复未决，子路在外，愤
愤不能堪，径趋从祀堂，挽公冶长臂而出。公冶为窘迫之状，
谢曰："长何罪！"乃责数之曰："汝全不救护丈人，看取别人家
女婿。"其意以讥卞也。时方议欲升安石于孟子之右，为此而
止。是知当时公议，虽小夫下俚犹不惬，不特了翁也。其后朝
论，亦颇疑于礼文，遇车驾幸学，辄以屏障其面。是时荆公位
实居孟子上，与颜子为对，未尝为止，《夷坚》误矣。国初旧制，
兖、邹二公东西向。今郡县学，二公所以并列于左者，盖靖康
撤荆公像之时，徒撤而不复正耳，其位尚可考也。然徽祖圣孝
根心，每以裕陵笃眷之故，不忍以荆公为非。翠华北狩，居五
国城，一日燕坐，闻外有货《日录》者，亟辍衣易之。曹功显勋
亲纪其事，羹墙之念，本无一日忘。了翁之辨虽明，其迄不见

省者,亦政、宣大臣无以正救为将顺者欤!

三　忠　堂　记

　　庐陵号多士,儒先名臣,今古辈出,里人图所以尊显风厉以垂无穷者。嘉泰四年八月,始为堂,县庠以祀三忠。时周益公在里居,春秋七十有九矣,是岁多不怿,稍谢碑版之请,不肯为。一日,韦布款其门者百数,阍辞焉,弗可,乃强为通。益公方卧,奋然起曰:“是当作。”即为属藁,文不加点而成,邑人惬望。四方闻其复秉笔,求者沓至,益公实病矣。其冬十月朔,遂薨,盖绝笔焉。后四年,余得录本于李次夔大章,其文曰:“文章,天下之公器,万世不可得而私也;节义,天下之大闲,万世不可得而逾也。吉为江西上郡,自皇朝逮今二百余年,兼是二者,得三公焉。曰欧阳公修,以六经粹然之文,崇雅黜浮,儒术复明,遂以忠言直道,辅佐三朝,士大夫翕然尊之,天子从而谥曰文忠,莫不以为然。南渡抢攘,右相杜充,拥众臣虏,金陵守陈邦光就降,惟通判杨邦乂戟手骂贼,视死如归,国势凛凛,士大夫复翕然尊之,天子从而褒赠之,赐谥曰忠襄,则又莫不以为然。时宰议礼,众论讻讻,惟一编修官胡铨毅然上书,乞斩相参、虏使,三纲五常赖以不坠,士大夫复翕然尊之,厥后天子从而褒赠,赐以忠简之谥,则又莫不以为然。是之谓三忠。虽然此邦非无宰相,如刘沆冲之在朝,尝力荐文忠,留置翰苑,又引富文忠公弼共政,今姓名著在勋臣之令,而谥则未闻,子瑾孙倜,俱为待制,迄不能请,矧被遇之从臣乎?夫然后知节以一惠,天子犹不敢专,亦必士大夫翕然尊之,乃可得耳。庐陵宰赵汝厦即县庠立三忠祠,岁时率诸生祀焉。巍巍堂堂,衮服有章,揭日月而行,学者固仰其炜煌。若夫百世之下,闻清风而兴起，得无慕休烈扬显光者耶！汝厦用意远矣。"其后楼宣献铭益公墓，称其"精确简严"，士谓纪实。益公谥文忠。余谓它日有尚贤者在位，陪配其间，尚可谓四忠也。

临　江　四　谢

临江谢氏，世以儒鸣。元丰八年，有名懋者，及其弟岐，其子举廉、世充，同登进士第，连标之盛，侈于一时，时人谓之"临江四谢"。举廉字民师，东坡尝以书与之论文，今载集中。艮斋谔，绍熙间位中执法，以厚德著，盖其族孙也。

桯史卷第十二 十三则

王卢溪送胡忠简

胡忠简_铨既以乞斩秦桧，掇新州之祸，直声振天壤。一时士大夫畏罪箝舌，莫敢与立谈，独王卢溪_{庭珪}诗而送之。今二篇刊集中曰："囊封初上九重关，是日清都虎豹闲。百辟动容观奏牍，几人回首愧朝班。名高北斗星辰上，身堕南州瘴海间。岂待它年公议出，汉庭行召贾生还。""大厦元非一木支，欲将独力拄倾危。痴儿不了官中事，男子要为天下奇。当日奸谀皆胆落，平生忠义只心知。端能饱吃新州饭，在处江山足护持。"于是有以闻于朝者，桧益怒，坐以谤讪，流夜郎，时年七十。既而桧死，卢溪因读韩文公《猛虎行》，复作诗寓意曰："夜读文公《猛虎诗》，云何虎死忽悲啼。人生未省向来事，虎死方羞前所为。昨日犹能食熊豹，今朝无计奈狐狸。我曾道汝不了事，唤作痴儿果是痴。"盖复前说也。寻许自便。孝宗初政，召对寝合，诏曰："王庭珪粹然耆儒，凛有直节，顷以言语文字，牴牾权臣，流落排摈，殆逾二纪，召对便殿，敷奏详华，可特改左承奉郎，除国子监主簿。"庭珪不留，乞崇道祠官去。乾道六年，再召对便殿，上又留之，不可，乃诏复禄以祝釐。后告老终于家，寿九十三。其再召也，庙堂欲予一子官，既而不果。识者谓以忠得寿，而泽不及嗣，天人报施，犹若少偏。时又有朝士陈_{刚中}、三山寓公张_{仲宗}，亦以作启与词为饯而得罪，桧之怨忠简,盖流虵不少置也。

秦 桧 死 报

　　秦桧擅权久,大诛杀以胁善类。末年,因赵忠简之子汾以起狱,谋尽覆张忠献、胡文定诸族,棘寺奏牍上矣。桧时已病,坐格天阁下,吏以牍进,欲落笔,手颤而污,亟命易之,至再,竟不能字。其妻王在屏后摇手曰:"勿劳太师。"桧犹自力,竟仆于几,遂伏枕数日而卒。狱事大解,诸公仅得全。初,汾就逮,自分必死,然竟不知加以何罪,嘱其家曰:"此行无全理。脱幸有恩言,当于馈食中置肉笑餍一以为信。毋忘!"既入狱,月余无所问,亶日施惨酷,求死不可得。一日正昼,置之暗屋,仰绋之,使视椽榱,偶见屋上一窍如钱,微有日影,须臾稍转射壁上,有一反字。汾解意,亟承异谋,遂得小梃,惟数晷以待尽。忽外致食于橐,满其中皆笑餍,汾泣曰:"吾约以一,而今乃多如是,殆绐我。"既而狱吏皆来贺,即日脱械出,则桧声钟给赙矣。忠献是时居永,亦微闻当路意,汾既系,昕夕不自安,且念为太夫人忧,不敢明言。忽外间报中都有人至,亟出视,一男子喘卧檐下,殆不能言。方吉凶叵测,众环睨缩颈,忠献素坚定,于是亦色动。有顷,掖之坐,稍灌以汤饵而苏,犹未出语,亶数指腰间,索之,得片纸。盖故吏闻桧讣,走介星驰,至近郊,益奔程欲速,是以颠踬。顷刻之间,堂序欢声如雷。王卢溪在夜郎,郡守承风旨,待以囚隶,至不免旬呈。适邮筒至,张燕公堂以召之,卢溪怪前此未之有,不敢赴。邀者系踵,不得已,趋诣,罢燕之明日,始闻其事,守盖先得之矣。故卢溪既得自便之命,题诗壁间曰:"辰州更在武陵西,每望长安信息希。二十年兴搢绅祸,一终朝失相公威。外人初说哥奴病,远道俄闻逐客归。当日弄权谁敢指,如今忆得姓依稀。"盖志喜也。同时谢任伯之子景思伋,家在天台,为郡守刘景所捕,既至而改礼,王仲言《挥麈录》详纪之,与夜郎守略同。是知桧稔恶得毙,为善类之福不赀,要非幸灾也。

吕东莱祭文

　　吕东莱祖谦居于婺,以讲学唱诸儒,四方翕然归之。陈同父盖同郡,负才颉颃,亦游其门,以兄事之。尝于丈席间,时发警论,东莱不以为然。既而东莱死,同父以文祭之曰:"呜呼!孔氏之家法,儒者世守之,得其粗而遗其精,则流而为度数刑名;圣人之妙用,英豪窃闻之,徇其流而忘其源,则变而为权谲纵横。故孝悌忠信,常不足以趋天下之变;而材术辩智,常不足以定天下之经。在人道无一事之可少,而人心有万变之难明。虽高明之洞见,犹小智之自营;虽笃厚而守正,犹孤垒之易倾。盖欲整两汉而下,庶几及见三代之英,岂曰自我,成之在兄,方夜半之剧论,叹古来之未曾。讲观象之妙理,得应时之成能;谓人物之间出,非天意之徒生。兄独疑其未通,我引数而力争;岂其于无事之时,而已怀厌世之情? 俄遂婴于末疾,喜未替于仪刑;何所遭之太惨,曾不假于余龄。将博学多识,使人无自立之地;而本末具举,虽天亦有所未平耶! 兄尝诵子皮之言曰:'虎帅以听,孰敢违子,人之云亡,举者莫胜。'假使有圣人之宏才,又将待几年而后成? 孰知夫一筋之拗,徒以拂千古之膺。伯牙之琴,已分其不可复鼓;而洞山之灯,忍使其遂无所承。眇方来之难恃,尚既往之有灵。"朱晦翁见之,大不契意,遗婺人书曰:"诸君子聚头磕额,理会何事,乃至有此等怪沦。"同父闻之不乐。它日,上书孝宗,其略曰:"今世之儒士，自谓得正心诚意之学者，皆风痹不知痛痒之人也。举一世安于君父之大雠，而方且扬眉拱手以谈性命，不知何者谓之性命乎？陛下接之而不任以事也，臣以是服陛下之仁。”意盖以微风晦翁，而使之闻之，晦翁亦不讶也。此说得之蔡元思念成。

猫牛盗

　　余辛未岁，官中都，居旌忠观前。家素蓄一青色猫，善咋鼠，家人咸爱之。一日正午，出门即逸去，购求竟不获。又忆总角时，先夫人治家政，城南有别墅，一牯甚腯，为人所盗，先夫人不欲扰其邻，弗捕。既而有言湖中民分肉不均，群斗而讼在邑。余时尚幼，家无纪纲仆，莫能弊讼，又弗问，从邑中自断。后推其月日，乃同一夕，盖远在百里外，牛举趾缓，迄不知何以致也。它日，余闲以问客，有能知闾里之奸者，为余言内北和宁门，实有肆其间，号曰“鹭野味”，直廉而肉丰，市人所乐趋。其物则市之猫犬类也，夜胃犬负而趋，犹幸不遇人；若猫则皆昼攫。都人居浅隘，猫或嬉敖于外，一见不复可遁，每得之，即持浸户外防虞缸桶中。猫身湿辄舐，非甚干不已，以故无鸣号者。有见而遂之，则必问以毛色，自袖出其尾，皆非是。传闻其手中乃有十数尾，视其非者而出之，都人习尚不穷奸，虽知其盗，以为它人家猫，则亦不问也。夜则皆入于和宁之肆，无遗育焉。牛嗜盐，盗者持一钩、一竿、一绳，竿通中，行则为杖策，而匿钩绳于腰间，见者固莫疑其联。伺夜入栏，手盐以饲牛，牛引舌，则钩之。夙导绳通中，急趣其杪，牛负痛欲触，则隔竿之长；欲鸣，则碍钩之利。钩者奔，牛亦奔，故虽数舍直一瞬耳。又它日，以质之捕吏之良者，道盗之智甚悉，所闻皆信然。嗟夫！盗亦人耳，使即此心以喻于义，夫孰能御哉？一有所移，而用止于是，观者亦思所以用者而择焉，斯可矣。

味谏轩

戎州有蔡次律者，家于近郊，山谷尝过之。延以饮，有小轩极华洁，槛外植余甘子数株，因乞名焉，题之曰“味谏”。后王子予以橄榄遗山谷，有诗曰：“方怀味谏轩中果，忽见金盘橄榄来。想共余甘有瓜葛，苦中真味晚方回。”时盖徽祖始登极，国论稍还，是以有此句云。

龙见赦书

金国熙宗亶皇统十年夏，龙见御寨宫中，雷雨大至，破柱而去。亶大惧，以为不祥，欲厌禳之。左右或以为当肆赦，遂召当制学士张钧视草。其中有“顾兹寡昧”及“眇予小子”之言，文成奏御，译者不晓其退托谦冲之义，乃曰：“汉儿强知识，托文字以詈我上主耳！”亶惊问故，译释其义曰：“寡者，孤独无亲；昧者，不晓人事；眇为瞎眼；小子为小孩儿。”亶大怒，亟召钧至，诘其说，未及对，以手剑劙其口，棘而醢之，竟不知译之为愚为奸也。其年亶弑，亮于登宝位赦，暴其恶而及此。

丹稜巽岩

眉山秀出岷峨，属邑丹稜者，李文简焘实家焉。邑有山曰龙鹤，文简读书其上，命曰“巽岩”，因以自号，士夫至今以为称。尝自为记曰：“子真子三卜居，乃得此山。负东南，面西北，其位为巽，为乾。盖处己非乾健无以立，应物非巽顺无以行。《易》六十四卦,仲尼掇其九而三陈之,起乎履,止乎巽,此讲学之序也。语曰:'可与共学,未可与适道;可与适道,未可与立;可与立,未可与权。'夫人各有所履,善恶分焉。惟能谦,可与共学;惟能复,可与适道。知所适而无以自立,则莫能久;故取诸常,使久于其道,或损之,或益之。至于困而不改,若井未始随邑而迁,则所以自立者成矣。虽然,吉凶祸福,横发逆起,有不可知将合于道,其惟权乎!然非巽则权亦不可行,学而至于巽,乃可与权,此圣贤事业也。"文简字仁父,一字子真,作记时,年二十四。

郑少融迁除

　　孝宗在位久,益明习国家事,厉精政本,颇垂意骨鲠,以强本朝。淳熙六年,郑少融丙初拜西掖,首疏官冗赏滥,力指时政之失。且谓卿监丞簿,事简官备,馆职史官,至二十员;学官书局,各以十数;监司郡守,叠授三政;参议祠庙,归正添差;养老将校,充满外路。东宫彻章,馆阁进书,杂流厮役,例沾赏典,曰随龙、曰应奉。开河修堰,并场蠲赋,无时推恩。他司钱物,漕乞移用;尉不捕贼,诡奏有功;张大虚声,横被酏赏。累数百言,上览而壮之。奎札付中书曰:"赏功迁职,不以滥予,郑丙言是也。给舍遇书渎,宜随事以闻。"于是廷臣始侧目。既而少融益謇謇论事,敢于攖上,上亦忻然纳之无忤。八年,遂兼夕拜东宫春坊。陈龟年女嫁巨室裴良㻂,裴死于酒。兄良显诉陈女利其富,死有冤事,下天府。语连龟年,尹不敢治,诏送大理,左右有为之地者。诏漕司先审责良显:"不实反坐"。状始得行。少融驳奏曰:"愿少存国法,为子孙万世计。"竟如初诏。韩子师以曾亲援,有起废意。少融极口诋之曰:

"是人仰累圣德。"后大臣或指二言之切为卖直。上不听,谕少
融曰:"朕自喜给舍得人。"亟迁吏书以矫其谗。时王谦仲兰丞
宗正进对曰:"今日不欺陛下,惟郑丙,惜其爱莫助之耳。"上
喜,亦迁监察御史。谦仲尤击搏,不畏强御,驯致大用,奖直厉
断,盖隐然有亨阿封即墨之风焉。至今士夫间,犹能诵其独立
敢为之实也。少融继守数郡,治微尚严云。

沙世坚

　　乾道间,有归正官曰沙世坚,素武勇,坐赃配隶静江府。
郑少融为广西宪,命之捕盗,有功,稍复其官。庆元中,为德安
守,虣暴自如,酷不喜文吏。余乡有晁仲式百辟者,世名家,为
安陆宰,实为其僚。晁好饮而敢为,初亦相得,久益厌,乃枘凿
不谋。世坚捕邑胥,罗致其罪,欲劾奏之,先对易外邑一尉,章
垂上而病,稍自悔,尼不发檄。晁归府,见之卧内,命妾以杯酒
酌之,颇道初意之谬,谓人实浸润,非我也。晁唯唯谢。因历
历嘱后事,且诿其与它僚同任责,既而曰:"沙世坚武人性直,
没许多事,一句是一句,知县不相怨否?"晁素滑稽,忽抑首微
对曰:"百辟岂敢怨太尉? 但心里有些忡忡地。"沙大怒,亟叱
使去,力疾发邮筒,又旬而死。晁竟坐是不得调者十年,遂终
于家。一言轻发,横挑黥夫之辱,晁固不无罪也。

淮阴庙

　　楚州淮阴,夹漕河而邑于泽国,诸聚落尤为荒凉。开禧北
征,余舟过其下,舟人指河东岸弊屋数椽,曰:"是为楚王信
庙。"亟维缆登焉。堂庑倾欹,几不庇风雨。两旁皆过客诗句,
楹楣户牖,题染无余。往往玉石混淆,殊不可读。左厢有高

堵,不知何人写杨诚斋二诗其上,字甚大,不能工,亦舛笔画。余以意揣录之。其一曰:"来时月黑过淮阴,归路天花舞故城。一剑光寒千古泪,三家市出万人英。少年跨下安无忤? 老父圯边愕不平。人物若非观岁暮,淮阴何必减文成。"其二曰:"鸿沟只道万夫雄,云梦何销武士功。九死不分天下鼎,一生还负室前钟。古来犬毙愁无盖,此后禽空悔作弓。兵火荒余非旧庙,三间破屋两株松。"音节悲壮,伦傺抑扬,遍壁间殆无继者。本题文成为宣成,余按张留侯谥,与霍博陆自不同,后得麻沙印本《朝天续集》,乃亦作宣字,尤可怪也。前篇首尾两淮阴,虽意不同,疑亦传复。虏既入塞,旧庙当无复存。不知今血食如何?

金　鲫　鱼

今中都有豢鱼者,能变鱼以金色,鲫为上,鲤次之。贵游多凿石为池,置之檐庑间以供玩。问其术,秘不肯言,或云以阛市洿渠之小红虫饲,凡鱼百日皆然。初白如银,次渐黄,久则金矣。未暇验其信否也。又别有雪质而黑章,的皪若漆,曰玳瑁鱼,文采尤可观。逆曦之归蜀,汲湖水浮载,凡三巨艘以从,诡状瑰丽,不止二种。惟杭人能饵蓄之,亦挟以自随。余考苏子美诗曰:"沿桥待金鲫,竟日独迟留。"东坡诗亦曰:"我识南屏金鲫鱼。"则承平时盖已有之,特不若今之盛多耳。

张　贤　良　梦

张贤良君悦,咸家蜀绵竹,世以积德闻。绍圣初,再试制科。宰相章惇览其策,以所对不以元祐为非,大怒,虽得签书剑西判官以去,而科目自是废矣。仕既不甚达,益笃意植嫩赪庆，以遗后人。尝一日昼寝，梦神人自天降，告之曰："天命尔子名德作宰相。"惊而寤，未几而魏公生。时魏公之兄已名滉，君悦不欲更所从，乃字魏公曰德远。出入将相，垂四十年，忠义勋名，为中兴第一，天固有以启之者欤！

乾坤鉴法

政和初，濮有异人曰王老志，以方术幸，赐号"洞微先生"。蔡絛《国史后补》已详其事，不复複纪。所履既奇崛，道幽显事，益涉于诞，惟掉头禄豢，时出危言，与灵素等异趣为可称。其在京师，每心非时事，亦屡以意风蔡元长使迁于善，而弗听也。徽祖尝召之入禁籞，显肃后在坐，老志率然出幅纸于袖曰："陛下它日与中宫皆有难。臣行死，不及见矣。臣有乾坤鉴法，可以厌禳，然尤当修德，始可回天意。请如臣法铸鉴，各以五色流苏垂之，置于寝殿。臣死后，当时坐鉴下，记忆臣语，日儆一日，思所以消变于未形者。"上竦然受其说，左右皆大惊。既有诏尚方庀工，鉴成进御，而老志归于濮，遂病以死。靖康陟方之祸，二宫每宝持之，且叹其先识。古今方士多矣，亿中不足奇，而能弃己所嗜，纳君于正，斯可嘉也。劖而载之，以见圣德之兼容者。

桯史卷第十三 六则

范 碑 诗 跋

赵履常_{崇宪}所刊四说堂山谷《范滂传》,余前记之矣。后见跋卷,乃太府丞余伯山_{禹绩}之六世祖若著倅宜州日,因山谷谪居是邦,慨然为之经理舍馆,遂遣二子滋、浒从之游。时党禁甚严,士大夫例削札扫迹,惟若著敬遇不怠,率以夜遣二子奉几杖,执诸生礼。一日携纸求书,山谷问以所欲,拱而对曰:"先生今日举动,无愧东都党锢诸贤,愿写范孟博一传。"许之,遂默诵大书,尽卷仅有二三字疑误。二子相顾愕服,山谷顾曰:"《汉书》固非能尽记也,如此等传,岂可不熟?"闻者敬叹。若著满秩,持归上饶,家居宝藏之。再世散逸,归东武周氏,又归忠定家。伯山仅传摹本,其子子寿铸为四明制属,携之笈中之官。楼攻媿见之,为作诗曰:"宜人初谓宜于人,菜肚老人竟不振。《承天院记》顾何罪,一斥致死南海滨。贤哉别驾眷迁客,不恤罪罟深相亲。哀哀不容处城闉,夜遣二子从夫君。一日携纸匄奇画,引笔行墨生烟云。南方无书可寻问,默写此传终全文。补亡三箧比安世,偶熟此卷非张巡。岩岩汝南范孟博,清裁千载无比伦。坡翁侍母曾启问,百谪九死气自伸。别驾去官公亦已,身虽既衰笔有神。我闻此书久欲见,摹本尚尔况其真。辍君清俸登坚珉,可立懦夫羞佞臣。"及履常登朝,以真迹呈似。攻媿乃复题其后,又面命幼子冶录里士俞惠叔_畴

诗一篇，亟称其佳焉。其辞曰："貂珰群雏擅天网，手驱名流入钩党。屯云蔽日日光无，卯金神器春冰上。汝南节士居危邦，志划萧艾扶兰芳。致君生不逮尧舜，死合夷齐俱首阳。千年兴坏真暮旦，殷鉴讵应如许远。安知后人哀后人，又起诸贤落南叹。宜州老子笔有神，蝉蜕颜扬端逼真。少模龙爪已名世，晚用鸡毛亦绝人。平生孟博吾尚友，时事骎骎建宁旧。胸蟠万卷老蛮乡，独感斯文聊运肘。老子书名横九州，一纸千金不当酬。此书岂但翰墨设，心事悢悢关百忧。人言老子味禅悦，疾恶视澇宁尔切。须知许国本精忠，不幸为澇甘伏节。九原莫作令人悲，遗墨败素皆吾师。从君乞取宜州字，要对崇宁《党籍碑》。"二诗明白痛快，足以吊二老于九垓之期矣。独惠叔末章颇伤峻厉。跋卷又有柴中守一诗曰："小春昼日如春晚，饮罢披图清兴远。夜光照屋四座惊，金薤银钩真墨本。当年太史谪宜州，肠断梅花栖戍楼。拾遗不逢东道主，翰林长作夜郎囚。蛮烟瘴雨森铁钺，更值韩卢搜兔窟。老色上面欢去心，惟有忠肝悬日月。郡丞嗜好殊世人，投笺乞字传儿孙。平生孟博是知己，笔下写出精神骞。兴亡万古同一辙，党论到头不堪说。刊章下郡汉道微，清流入河唐祚绝。先朝白昼狐亦鸣，正气消尽邪气生。殿门断碑仆未起，中原戎马来纵横。生蛟入手不敢玩，往事凄凉重三叹。《兰亭》《瘗鹤》徒尔为，好刻此书神庙算。"牛腰轴虽大，诗之者，惟此三人。柴作亦佳，特未免唐人所谓"昌黎《淮西碑》犹欠冒头不得"之戏耳。伯山前辈老成，尝为九江校官，余又及同班行。子寿世科，今为镇江外辖，盖方乡用者。

晦庵感兴诗

朱晦翁既以道学倡天下，涵造义理，言无虚文。少喜作诗，晚年居建安，乃作《斋居感兴》二十篇，以反其习，自序其意，断断乎皆有益于学，而非风云月露之词也。余从吾乡蔡元思念成诵得之，其序曰："予读陈子昂《感遇诗》，爱其词旨幽邃，音节豪宕，非当世词人所及。如丹砂空青，金膏水碧，虽近乏世用，而实物外难得自然之奇宝。欲效其体，作十数篇。顾以思致平凡，笔力萎弱，竟不能就。然亦恨其不精于理，而自托于仙佛之间，以为高也。斋居无事，偶书所见，得二十篇，虽不能探索微眇，追迹前言，然皆切于日用之实，故言亦近而易知，既以自警，且以贻诸同志云。"一曰："昆仑大无外，磅礴下深广。阴阳无停机，寒暑互来往。皇羲古神圣，妙契一俯仰。不待窥马图，人文已宣朗。浑然一理贯，昭晰非象罔。珍重无极翁，为我重指掌。"二曰："吾观阴阳化，升降八纮中。前瞻既无始，后际那有终？至理谅斯存，万世与今同。谁言混沌死？幻语惊盲聋。"三曰："人心妙不测，出入乘气机。凝冰亦焦火，渊沦复天飞。至人秉元化，动静体无违。珠藏泽自媚，玉韫山含晖。神光烛九垓，玄思彻万微。尘编今寥落，叹息将安归？"四曰："静观灵台妙，万化此从出。云胡自芜秽，反受众形役？厚味纷朵颐，妍姿坐倾国。崩奔不自悟，驰骛靡终毕。君看穆天子，万里究辙迹。不有祈招诗，徐方御辰极。"五曰："泾舟胶楚泽，周纲已陵夷。况复王风降，故宫黍离离。玄圣作《春秋》，哀伤实在兹。祥麟一以踣，反袂空涟洏。漂沦又百年，僭侯荷爵珪。王章久以丧，何复嗟叹为？马公述孔业，托始有余悲。拳拳信忠厚，无乃迷先幾。"六曰："东京失其御，刑臣弄天纲。

西园植奸秽,五族沉忠良。青青千里草,乘时起陆梁。当涂转凶悖,炎精遂无光。桓桓左将军,仗钺西南疆。伏龙一奋跃,凤雏亦飞翔。祀汉配彼天,出师惊四方。天意竟莫回,王图不偏昌。晋史自帝魏,后贤合更张。世无鲁连子,千载徒悲伤。"七曰:"晋阳启唐祚,王明绍巢封。垂统已如此,继体宜昏风。麀聚渎天伦,牝晨司祸凶。乾纲一以坠,天枢遂崇崇。淫毒秽宸极,虐焰燔苍穹。向非狄张徒,谁办取日功?云何欧阳子,秉笔迷至公。唐经乱周纪,凡例孰此容?侃侃范太史,受说伊川翁。《春秋》二三策,万古开群蒙。"八曰:"朱光遍炎宇,微阴眇重渊。寒威闭九野,阳德昭穷泉。文明昧谨独,昏迷有开先。几微谅难忽,善端本绵绵。掩身事斋戒,及此防未然。闭关息商旅,绝彼柔道牵。"九曰:"微月堕西岭,烂然众星光。明河斜未落,斗柄低复昂。感此南北极,枢轴遥相当。太一有常居,仰瞻独煌煌。中天照四国,三辰环侍旁。人心要如此,寂感无边方。"十曰:"放勋始钦明,南面亦恭己。大哉精一传,万世立人纪。猗欤叹日跻,穆穆歌敬止。戒羹光武烈,待旦起周礼。恭惟千载心,秋月照寒水。鲁叟何常师,删述存圣轨。"十一曰:"吾闻庖牺氏,爰初辟乾坤。乾行配天德,坤布协地文。仰观玄浑周,一息万里奔。俯察方仪静,隤然千古存。悟彼立象意,契此入德门。勤行当不息,敬守思弥敦。"十二曰:"大《易》图象隐,《诗》、《书》简编讹。《礼》、《乐》刬交丧,《春秋》鱼鲁多。瑶琴空宝匣,纮绝将如何?兴言理余韵,龙门有遗歌。"十三曰:"颜生躬四勿,曾子日三省。《中庸》首谨独,衣锦思尚纲。伟哉邹孟氏,雄辩极驰骋。操存一言要,为尔挈裘领。丹青著明法,今古垂焕炳。何事千载余,无人践斯境?"十四曰:"元亨播群品,利贞固灵根。非诚谅无有,五性实斯存。世人

逞私见，凿智道弥昏。岂若林居子，幽探万化原。"十五曰："飘
飘学仙侣，遗世在云山。盗启元命秘，窃当生死关。金鼎蟠龙
虎，三年养神丹。刀圭一入口，白日生羽翰。我欲往从之，脱
屣谅非难。但恐逆天道，偷生讵能安？"十六曰："西方论缘业，
卑卑喻群愚。流传世代久，梯接凌空虚。顾眄指心性，名言起
有无。捷径一以开，靡然世争趋。号空不践实，踬彼榛棘途。
谁哉继三圣，为我焚其书？"十七曰："圣人司教化，黉序育群
材。因心有明训，善端得深培。天叙既昭陈，人文亦赛开。云
何百代下，学绝教养乖。群居竞葩藻，争先冠伦魁。淳风反沦
丧，扰扰何为哉？"十八曰："童蒙贵养正，孙弟乃其方。鸡鸣咸
盥栉，问讯谨暄凉。奉水勤播洒，拥彗周室堂。进趋极虔恭，
退息常端庄。刿书剧耆炙，见恶逾探汤。庸言戒粗诞，时行必
安详。圣涂虽云远，发轫且勿忙。十五志于学，及时起高翔。"
十九曰："哀哉牛山木，斤斧日相寻。岂无萌蘖在，牛羊复来
侵。恭惟皇上帝，降此仁义心。物欲互攻夺，孤根孰能任。反
躬艮其背，肃容正冠襟。保养方自此，何年秀穹林？"二十曰：
"玄天幽且默，仲尼欲无言。动植各生遂，德容自清温。彼哉
夸毗子，呫嗫徒啾喧。但逞言辞好，岂知神监昏？曰予昧前
训，坐此枝叶繁。发愤永刊落，奇功收一原。"驰骋今古，刬华
反实，斯可谓志之所存者。其中二篇，论二氏之学，犹若有轻
重有无之辨，晚学恨不得撰杖屦以质疑焉。

武　夷　先　生

　　建中靖国初，有宿儒曰徐常，持节河朔，风采隐然，重于
时，然持论与时大异。曾文肃布恶之，尝具诋先烈人姓名，陈
之乙览，常列其间，然未有以罪也。会市肆有刊《武夷先生集》

者,乃常所为文。文肃之子纡适相国寺,偶售得之。首篇乃熙宁间《上王荆公书》,诋常平法者,纡以置几案间,不为意。文肃偶入黉舍见之,袖以入,明日遂奏榻前,且谓常元未尝上此书,特沽流俗之名耳。言者从之,遂免所居官,竟以蹭蹬。徐尝有教子诗曰:"词赋切宜师二宋,文章须是学三苏。"其措意如此,宜其与文肃异也。

任 元 受 启

秦桧秉权寝久,植党缔交,牢不可破。高皇渊嘿雷声,首更大化,惩言路壅蔽之弊,召汤元枢鹏举于外,执法殿中,继迁侍御史。时有选人任尽言者居下僚,好慷慨论事,闻其除,亟以启贺之,曰:"伏审光奉明纶,荣跻横榻,国朝更西都三府之制,故御史不除大夫,端公居南司五院之中,与独坐迭为宪长。自昔虽称于雄剧,比岁或乖于选抡,污我霜台,赖公雪耻,辄陈管见,少助风闻。靖言有宋之奸臣,无若亡秦之巨蠹。十九载辅国而专政,亘古无之;二百年列圣之贻谋,扫地尽矣。乃若糊名而较艺,亦复肆志而任私。敢以五尺之童,连冠两科之士。老牛舐犊,爱子谁无? 野鸟为鸾,欺君实甚。公攘名器,报微时箪食之恩;峻立刑诛,钳当世搢绅之口。一时谪籍,半坐流言,父子至于相持,道路无复偶语。每除言路,必预经筵,盖缘乳臭之雏,实预金华之讲。受其颐志,应若影从。忠臣不用而用臣不忠,实事不闻而闻事不实。逮政府枢庭之有阙,必谏官御史而后除。所以复鹰犬之报,而搏吠已憎;疏鸳鹭之班,而孤危主势。私窃富贵之势利,岂止于子孙而为臣? 仰夺造化之炉锤,至不容人主之除吏。方当宁之意,未罪魏其;而在位之臣,专阿王氏。致学官之献佞,假题目以文奸;引前代兴王之诗,为其孙就试之谶。旋从外幕,擢置中都,冀招致于妖言,启包藏之异意。忠愤扼腕,智识寒心。上愧汉臣,既乏朱云之请剑;下惭唐室,未闻林甫之斫棺。坐令存没之奸,备极宠荣之典。正缘和议,常赞睿谋。故圣主念功,务曲全于体貌;然宪台议罪,当明正于典刑。赏当功,所以示朝廷之至恩;罚当罪,所以贻臣子之大戒。政若偏废,国将若何?敢为上言,莫如君重。恭惟侍御,气刚而志烈,学老而才雄。自亲擢于中宸,即大符于民望。明目张胆,士林日诵于谠言;造膝沃言,天下咸受其阴赐。虽直道尽更其覆辙,而宏纲独漏于吞舟。惟九重之委任寖隆,故四海之责望尤备。愿言弹击,无置渠魁。矧今日之新除,有昔人之故事。韦仁约自称雕鹗,才固绝伦;张文纪不问狐狸,恶惟诛首。纵黄壤之已隔,在白简以难逃。使六合之间,忠义之心如日;九泉之下,邪佞之骨常寒。庶几绍兴汤御史之名,不在庆历唐子文之下。其他世俗之谄语,谅非方正之乐闻,侧听褒迁,别当修致。”汤得之喜,袖以白上,天颜为回,故一时公议大明,奸谀胆落,尽言其助也。任字元受,有集名《小丑》,杨诚斋为之序,仕亦不大显。余先君手抄其启杂袒中。

冰　清　古　琴

　　嘉定庚午,余在中都燕李奉宁坐上,客有叶知几者,官天府,与焉。叶以博古知音自名。前旬日,有士人携一古琴至李氏,鬻之。其名曰“冰清”,断纹鳞皴,制作奇崛,识与不识,皆谓数百年物。腹有铭,称晋陵子题,铭曰:“卓哉斯器,乐惟至正。音清韵高,月苦风劲。璪余神爽,泛绝机静。雪夜敲冰,霜天击磬。阴阳潜感,否臧前镜。人其审之,岂独知政。”又书

"大历三年三月三日",上底"蜀郡雷氏斫",凤沼内书"正元十一年七月八日再修,士雄记"。李以质于叶,叶一见色动,掀髯叹咤,以为至宝。客又有忆诵《渑水燕谈》中有是名者,取而阅之,铭文岁月皆脗合,良是。叶益自信不诬,起附耳谓主人曰:"某行天下,未之前觌,虽厚直不可失也。"李敬受教,一偿百万钱。鬻者撑拒不肯,曰:"吾祖父世宝此,将贡之上方,大珰某人固许我矣,直未及半,渠可售?"李顾信叶语,绝欲得之;门下客为平章,莫能定。余觉叶意,知其有赝,旁坐不平,漫起周视,读沼中字,皆历历可数。因得其所疑,乃以袖覆琴而问叶曰:"琴之媺恶,余姑谓弗知,敢问正元何代也?"叶笑未应。坐人曰:"是固唐德宗,何以问为?"余曰:"诚然,琴何以为唐物?"众哗起致请,乃指沼字示之,曰:"元字上一字,在本朝为昭陵讳,沼中书'正'从'卜'从'贝'是矣,而'贝'字阙其旁点,为字不成。盖今文书令也。唐何自知之?正元前天圣二百年,雷氏乃预知避讳,必无此理,是盖为赝者。徒取《燕谈》,以实其说,不知阙文之熟于用而忘益之,且沼深不可措笔,修琴时必剖而两,因题其上。字固可识,又何疑焉?"众犹争取视,见它字皆焕明,实无旁点,乃大骇。李更衣自内出,或以白之,抵掌笑。叶惭曰:"是犹佳琴,特非唐物而已。"李不欲逆,勉强薄酬,顿损直十之九得焉。鬻琴者虽怒而无以辞也,它日遇诸涂,颡而过之。今都人多售赝物,人或赞媺,随辄取赢焉。或徒取龙断者之称誉以为近厚,此与攫昼何异,盖真蔽风也。

选 人 戏 语

蜀伶多能文,俳语率杂以经史,凡制帅幕府之醮集多用之。嘉定初,吴畏斋帅成都,从行者多选人,类以京削系念,伶知其然。一日，为古冠服数人游于庭，自称孔门弟子，交质以姓氏，或曰"常"，或曰"于"，或曰"吾"，问其所莅官，则合而应曰："皆选人也。"固请析之，居首者率然对曰："子乃不我知，《论语》所谓'常从事于斯矣'，即某其人也。官为从事而系以姓，固理之然。"问其次，曰："亦出《论语》：'于从政乎何有？'盖即某官氏之称。"又问其次，曰："某又《论语》十七篇所谓'吾将仕者'。"遂相与叹咤，以选调为淹抑。有侁愚其旁曰："子之名不见于七十子，固圣门下第，盍扣十哲而受教焉？"如其言，见颜、闵方在堂，群而请益，子骞蹙頞曰："如之何？何必改。"兖公应之曰："然，回也不改。"众抚然不怡，曰："无已，质诸夫子。"如之，夫子不答，久而曰："钻遂改火，急可已矣。"坐客皆愧而笑。闻者至今启颜。优流侮圣言，直可诛绝，特记一时之戏语如此。

桯史卷第十四 五则

陈了翁始末

　　陈了翁在徽祖朝，名重一时，为右司员外郎。曾文肃敬之，欲引以附己，屡荐于上，使人谕意，以将大用之。了翁谓其子正汇曰："吾与丞相，议多不合，今乃欲以官相饵。吾有一书将遗之，汝为我书。"且曰："郊恩不远，恐失汝官，奈何？"正汇再拜愿得书。了翁喜，明日持以见文肃于都堂，适与左司朱彦周会，待于宾次，朱借读其书，动色。既见，文肃果大怒，嘻笑谓曰："此书它人得之必怒，布则不然，虽十书不较也。"了翁退，即录所上文肃书及《日录辨》、《国用须知》，以状申三省，曰："昨诣尚书省投书，蒙中书相公面谕其详，谓瓘所论为元祐浅见单闻之说，兼言天下未尝乏才，虽有十书，布亦不动。瓘不达大体，触忤大臣，除具申御史台乞赐弹劾外，伏乞敷奏，早行窜黜。"遂出知泰州。邹道乡在西掖，救之不从。上临朝谓文肃曰："瓘如此报恩地耶！"又曰："卿一向引瓘，又欲除左右史，朕道不中，议论偏，今日如何？"文肃愧谢。初议窜徙，韩文定为首台，陆农师在政地，激之曰："瓘言诚过当，若责之，则更以此得名，曾布必能容之也。"谪乃薄。余谓前辈名节之重，身蹈危机，不复小顾，申省公牍，百载而下，读之凛凛有生气。余丱角时，先夫人教诵古今奏议，亦是足壮它日气节，此书与焉。今尚忆其全文曰："瓘闻之，古贤未尝无过。周公、孔子、颜渊，皆有过也。子路闻过则喜，所以为圣贤之徒；成汤改过不吝，所以为百世之师。故曰：'过而能改，善莫大焉。'匹夫改过，善在一身；大臣改过，福及天下。阁下德隆功大，四海之内所赞颂，然谓阁下无过则不可。尊私史而厌宗庙，缘边费而坏先政，此二者阁下之过也。违神考之志，坏神考之事，在此二者，天下所共知，而圣主不得闻其说，蒙蔽之患，孰大于此？璪之所撰《日录辨》一篇，已进之于上，阁下试一读之，则所谓尊私史而厌宗庙者可见矣。璪去年所论陕西、河东事，未尽详悉，近守无为，奉行朝廷诏敕，乃知天下根本之财，皆已运于西边。比缘都司职事，看详内降札子，因述其事，名曰《国用须知》，亦已进之于上。阁下试读之，则所谓缘边费而坏先政者可见矣。主上修继述之效，阁下乃违志坏事，以为继述，自今日已往，其效渐见。所以误吾君者，不亦大乎？效之速者，尤在于边费。熙宁条例司之所讲，元丰右曹之所守，举朝公卿，无如阁下最知其本末。今阁下独擅政柄，首坏先烈，弥缝壅蔽，人未敢议。它日主上因此两事，以继述之事问于阁下，阁下将何以为对？当此之时，阁下虽有腹心之助，恐亦不得高枕而卧也。且边事之费，外则帅臣，内则宰相。帅臣知一方之事而已，虽竭府库之财而倾之，不可责也。至于宰相之任，则异乎此矣。岂可以知天下匮竭，而恬不恤匮竭，因坏先政，因务蔽蒙，阁下欲辞其过，可乎？璪比缘禀事，闻阁下之言，指尚书省为道揆之地，璪谓阁下此言失矣。三省长官，宜守法而已，若夫道揆，天子三公之事，岂太宰之所得预乎？两年日食之变，皆在正阳之月。此乃臣道大强之应，亦阁下之所当畏也，宜守而揆，岂抑畏之谓乎！《周官》曰：'居宠思危。'今天下旱蝗，方数千里，天变屡作，人心忧惧，边费坏败，国用耗竭，而阁下方且以为得道揆之体,可谓居宠而不思危矣。阁下于瓘有荐进之恩,瓘不敢负,是以论吉凶之理,献先甲之言,冀有补于阁下。若阁下不察其心,拒而不受,则今日之言,谓之负恩可也。负与不负在瓘,察与不察在阁下。事君之位无高下,各行其志,孰得而夺之乎?瓘去年九月三日上封章,皆乞奏知东朝,所以尊人主而抑外家也。钦圣未见察,则瓘被贬黜,后来慈意开悟,则瓘得牵复。人主察孤臣之尽忠,钦圣知忠言之有补,母慈子孝,主圣臣直,此国家两全之道,庙社无疆之福也。今钦圣纳忠之美,未白于天下;而谏官不二之心,得罪于庙堂。胁持之风,甚于去岁,乖离之论,唱自大臣。所以厚钦慈者,果在此乎?瓘前日辞都司之命,而阁下未许其去者,阁下必有以处瓘矣,此士大夫之所共论也。主上念钦圣纳忠之意,察孤臣不二之心,奖眷之恩,至深至厚。瓘欲择死,所以图报效,无负于人主,无愧于外家。一身之安危,岂暇恤哉!然则今日之言,安知不见察于阁下也?阁下深思而已。瓘不敢供要职,重取烦言,又不忍嘿嘿而去,惟阁下留听。幸甚。"前书《尊尧集表》,盖与此互见始末,謷谀立懦,不厌屡书也。正汇是似益可嘉,后竟坐罪,流削坎壈,不自悔云。

八 阵 图 诗

　　瞿唐滟滪,天下至崄,每春夏涨潦,砂碛巨石如屋者,皆一夕随波去。独诸葛武侯八阵图,岿然历千古独存,识者谓其有神护。绍兴中,蜀士有喻汝砺者,持宪节来治于夔。趣召过郡,与夔帅宴江上,谓是图源委风后,表而诗之,自为序曰:"夔帅任子野,以人日置酒江濒,观武侯八阵图。诸公皆云八阵自武侯始,扪膝先生独谓不然,乃作古风示之,庶几诸公知八阵

之所由起。"其诗曰:"鱼复江边春事起,万点红旗扬清沚。主
人元是刘梦得,载酒娱宾水光里。酒阑放脚步沙碛,细石作行
相靡迤。卧龙起佐赤龙子,天地风云入鞭箠。蛇盘虎翼飞鸟
翔,四正四奇公所垒。当时二十四万师,开门阖门随臂指。几
回吓杀生仲达,往往宵遁常骑豕。海中仙人丈二履,相与往来
迓玉趾。笑云此公大肚皮,龙拿虎掷堆胸胃。江头风波几醰
荡,断岸奔峰俱披靡。阳侯鏖战三峡怒,只此细石吹不起。晋
大司马宣武公,常山之蛇中首尾。幕中矶矶何物客,未有一客
能解此。千年独有老奇癫,见之敛袂三叹唶。颇知此法自元
女,细与诸公剖根柢。君不见风后英谋尽奇诡,禽定蚩尤等蜉
蚁。汉大将军亲阅试,四夷闻风皆褫气。马隆三千相角掎,西
羌茸茸落牙觜。而公于此出新意,盖世功名无第二。不知何
处著双手,建立乃与天地比。河图洛书亦如此,堂堂孔明今未
死。我门生人如死人,老了不作一件事。却被猕猴坐御床,孰
视天王出居氾。既不能跖穿膝暴秦王庭,放声七日哭不已。
又不能断脰决腹死社稷,满地淋漓流脑髓。羡它安晋温太真,
壮它霸越会稽蠡。八年嫪恋饱妻子,酒涴东风肉生髀。斑斑
犹在呆卿发,离离未落张巡齿。爱惜微躯欲安用,有臣如此难
准拟。虽然爱国心尚在,左角右角颇谙委。二广二矩及二甄,
《春秋》所书晋所纪。况乃东厢与洞当,复有青龙洎旬始。淫
淫陈法有如许,智者舍是愚者蔽。此图昔人之刍狗,参以古法
行以已。偏为前距狄笑之,制胜于兹亮其岂。尔朱十万破百
万,第顾方略何如耳?嗟我去国岁月老,渺渺赤心驰玉宸。可
怜阿伬财女子,而我未刷邦家耻。属者买舟泸川县,扣船欲泛
吴江水。赤甲山前春雪深,白帝城下扁舟舣。胡为于此久留
滞?细雨打篷愁不睡。剽闻逆雏犯淮泗,陛下自将诛陈豨。

六师如龙贼如鼠，杀回屋瓦皆虿坠。距黍直射六百步，虏尸蔽
江一千里。哀哉猕猴太痴绝，垂死尚持虞帝匕。那知光武定
中兴，要把中原痛爬洗。君不见陛下神武如太宗，万全制陈将
平戎。倚闻献馘平江宫，坐使四海开春容。六骓还自江之东，
光复旧京如转蓬。蜀花千枝万枝红，辄莫取次随东风。奇癫
眼脑醉冬烘，东向舞蹈寿乃翁。醉醒聊作《竹枝曲》，乞与欸乃
歌巴童。"喻，三嵋人，靖康初为祠部外郎。伪楚之僭，集议秘
省，簪弁惴慑，喻独扪其膝曰："此岂易屈者哉！"即日挂冠去。
于是以"扪膝"自号，有集十四卷，它诗文嶮怪挺绝皆称是，刘
后溪光祖实序之焉。

开　禧　北　伐

　　开禧丙寅五月，王师北伐，有诏发镇江总司缗钱七十万，
犒淮东军，命官宣旨军前。宣台檄余往，时镳旗罙入，未有所
底，传闻巨测，人皆惮行。文移峻甚，余不敢辞，遂浮漕河而
北，次楚道北神，登海舟以入于淮。天方暑，夜碇中流，海光接
天，星斗四垂，回首白云之思，恻然凄动。至涟水，城已焚荡，
六军皆露宿；独馀军学宣圣一殿，岿然瓦砾中。余谒宣参，钱
温父廷玉方病卧一板门上，在十哲之傍，视像设皆左衽，相顾浩
叹。遂至金城，海舟之行，双桅舞风，舨几入水，稍转则反之，
未尝正也。归复道洪泽、龟山至盱、泗，招抚郭倪，招宴泗之凝
云楼。楼据城而高，城不甓，址以石，北望中原，无龙断焉。楼
之下为厅事，后有屋三楹，榜曰金兰堂，方积筠充栋，榜青牌金
字，乃一士人书，不知虏法何以不禁也。郡治陋甚，仅如江、浙
一监当厕宇耳。虏法简便，大抵如此。闻之淮人云，此乃承平
遗规，南渡以后，州郡事体始增侈。既涉淮，迄事归，而王师失

利,溃兵蔽野下,泣声不忍闻,皆伤痍,或无半体,为之潸然,间有依余马首以南,然不可胜救也。是役也,殿司兵素骄,贯于炊玉,不能茹粝食;部饟者复幸不折阅,多杂沙土,军中急于无粮,强而受之。人旦莫给饭二盂,沃以炊汤,多弃之道。复负重暑行,不堪其苦,多相泣而就罄,道旁逃屋皆是,臭不可近。地多眢井,亦或赴死其间。每憩马一汲,辄得文身之皮,浮以桶面,间以井满不可汲。余喝甚,不复能勺,徒勺酒烹鸡而荐之。既还南徐官下,以蕴热饮恶,下利几三月乃苏。余尝以涂中所作诗篇为录,曰《北征》,多寓见其间,特不详所历。暇日回思少年气锐,直前不慑者,为之心折。因书梗概,以起髀肉之悲。

泗 州 塔 院

余至泗,亲至僧伽塔下。中为大殿,两旁皆荆榛瓦砾之区,塔院在东厢。无塔而有院,后以土石甃洞作两门,中为岩穴,设五百应真像,大小不等,或塑或刻,皆左其衽。余以先妣素敬释氏,奉其一于笈中以归。殿上有十六柱,其大皆尺有半,八觚,色黯淡如晕锦,正今和州土码碯也。和之产,绍兴间始剖山得之,不知中原何时已有此。前六条特异,皆晶明如缠丝,承梁者二,高皆丈有六尺,其左者色正红透,时暑日方出,隐柱而观,烨然晃明,天下奇物也。泗人为余言,唐时张刺史建殿,而高丽有僧以六柱至,航海入淮。一龟砆露立,云旧有碑载其事,今不存,莫诘信否。塔有影,前辈传记杂书之。余至之明日,适见于城中民家,亟往观焉,信然。泗固无塔,而影俨然在地,殊不可晓。或谓影之见为不祥,泗寻荡弃,岂其应欤?殿柱,闻郭倪欲载以还维扬,今不知何在。

二 将 失 律

　　王师始度淮,李汝翼以骑帅,郭倬以池,田俊迈以濠,分三军并趋符离,环而围之。虏守实欲迎降。忠义敢死已肉薄而登矣,我军反嫉其功,自下射之颠。陴者曰:"是一家人犹尔,我辈何以脱于戮?"始复为备。符离一尉游徼于外,不得归,城外十里间有丛木,尉兵依焉。我之饷军者,辇过其下,招司不夙计,征丁于市,人皆无卫,部运官吏多道匿,无与俱者。尉鸣鼓,饷者尽弃而奔,则出于木间,聚而焚之。已辄归,三将无觉者,但怪粮不时至。居数日,而士不爨矣。初,取泗无攻具,夜发盱眙染肆之竿,若寺庙之刹,为长梯以登。泗本土埂,又无御者,幸而捷。忠义与军士,已争功而哗,及是复不携寸木往。居泗一月,而后之宿。宿闻有我师,以其帅府命,先芟积清野待,炮械无所取办,敢死又已前却,乃坐而仰高,搏手莫知所施。汝翼之至也,舍于城南。有方井之地,夷坦不宿草,军吏喜其免于崇薙也,而营之。会夜暑雨大作,营乃故积水卑洼处,草以浸死,元非可顿兵也。平明,帐中水已数尺,军饥,遂先溃。二军不能支,皆扫营去,改涂自蕲县归。入城少憩,而虏人坐其南门,覆诸山下矣,兵出方半,县门发屋者,皆桀石以投人,我军几歼焉。大酋仆撒孛堇者,使谓汝翼曰:"田俊迈守濠,实诱我人而启衅端,执以归我,我全汝师。"汝翼不敢应。池之帅司提辖余永宁者,闻之以告倬曰:"今事已尔,何爱一夫,而不脱万众之命乎!"倬怃然颔之,永宁传呼,召俊迈计事,至则殿下马反接。俊迈厉声呼倬曰:"俊迈有罪,太尉斩之可也。奈何执以与虏!"倬回顾汝翼,俱不言,第目永宁,使速行。俊迈脱手自扼其喉,卒复敓之。俊迈有二驭者,忘其名,实在旁,不能救,泣而逃。虏既得俊迈,折箭为誓,启门以出二将,犹剿其后骑,免者不能半焉。轻骑至盱眙幕府自归,余时适至,二将舍玻璃泉,犹传呼,扬扬自若。倬,盖招抚倪之弟也,意右之,招余言,颇自文,欲縶以归于宣台。议既定,问余何以处,余曰:"大义灭亲,正典刑,以全门户,上策也。使它日朝廷欲勿行,则失刑矣,何以驭军? 行之则失恩矣,何以待招抚?"倪勃然变乎色,不终席而揖余以汤,招幕有与余厚者,退而咎余言太峻。余笑不答,遂登舟以归。倬未行,客有献计于倪者曰:"军方败,事未宣也,縶而归之,其闻愈章。"遂庇弗遣。余归,病中得邸状,汝翼、倬俱薄谪湘、湖间,意泯熄矣。居亡何,有旨,命大理正乔梦符即京口置狱,推俊迈事,皆莫测所以发。既乃闻余永宁者,适以事至宣司,遇俊迈之驭,执之呼冤。丘枢讯焉,得其情。以事已行,不欲究,第杖永宁脊,黥流海岛。倬之弟僎,轻佻人也,好大言,闻永宁得罪而怒,实不知其事之出于倬,妄谓不然,以诉于平原。平原谓之曰:"平反易耳,第万或一,然国有常宪,彼时何以为君地? 不如姑已。"僎固称枉,请直之。乔遂来,复追永宁于道,俱下吏,左验明甚。九月,狱具,永宁磔死,倬弃市,从者皆论极典,汝翼以不出语,得减死,窜琼州。复劾其匿军帑之罪,藉其家赀。俊迈家赐宅予官。时倪犹帅扬,上亲洒宸翰慰安之。龙舒守章以初升之方待次居京口,因至扬,倪泣谓之曰:"岳监仓在否? 为我谢之。愧不及先知之明也。"至冬,倪亦以怯懦罢,遂谪南康。嘉定更化,与僎俱流岭南,赀产随所在没入之。僎盖又仪真丧师之将也。倬之罪不及汝翼,倬尝为建康副帅,在庐轻财勇往,迁池不数旬,即出兵于艰难中,颇得士卒心。方溃时,不得已俱至蕲,犹力战,独以一诺罹祸。汝翼尝为九江帅,刻剥无艺。军士甚贫者,日课履一双,军中号为"李草鞋"。其迁马帅也,船发琵琶亭,涂人咸诟而提击之。既败,犹取马司五万缗归其家,焚其籍。倬死之后,乔再入院鞠赃罪,兼旬而竟,仅得不死,人犹以为幸也。明年,有自虏逃归者云,见俊迈尚在虏,盖不杀。或谓郭氏实倡言以自逭,莫可致诘。倪、倬、僎,皆棣、杲、果之诸子,浩之孙,世将家,宠利盈溢,进不知量,陨其家声云。

桯史卷第十五 八则

淳熙内禅颂

　　中兴三朝授受之懿,追媲尧禹。一时荐绅名士,亲逢盛际,浓墨大字,以侪千一之遇者间有之,而史不多见。三松王才臣子俊者,家庐陵,以文鸣江西,尝作《淳熙内禅颂》一篇,其文赡蔚典丽。余甲戌岁在九江,才臣自蜀东归,尝访余而出其稿。其文曰:"惟皇上帝,简在宋德。诞集大命,于我艺祖。厥初造草昧,相时之黔,沦胥于虐,浮颐沈颠,靡所底定。其孰跻之,繄我是恃,宁濡我躬,俾即于夷涂。匪位之怀,我图我民,匪天我私,惟我有仁。八圣嗣厥理,益以厚厥泽,动植是洽,堪舆是塞。叶气兹有羡,以溢于罔极,计其攸钟,是必有甚盛德。使之横绝今古,焜耀典册,而后天之报施,乃不爽厥则。惟我高宗,克灵承于兹,属时阳九,天步用艰。犬羊外陵,狗鼠内讧,民罔奠居,皇纲就沦。惟我高宗,克宏济于兹,左秉招摇,右提干将,洒扫函夏,复寿炎篆,兹惟难能哉!典时神天,历载三纪,民生春熙,治象日舒,曾靡是居,俾圣嗣是荷,兹惟难能哉!惟我寿皇,绍大历服,圣谟无所事,改虑我则,阐之俾益光;圣治无所事,改为我则,熙之俾益昌。志靡一不继,事靡一不述。我兴问寝,明星在天,我往视膳,丽日在户。起敬起爱,用家人礼,祀越二十八,曾靡间厥肇,思笃于亲,爰释大位。高宗神孙,伊我圣子,我是用禅,先后惟一轨,皇乎休哉! 邃古之茫,赫胥大鸿,榙麻绳书,不可考也已。羲图炳文,民用有识,孔删自唐,登载益焕,惟尧圣神,谈者稽焉。荡荡巍巍,匪天弗则,逊于虞妫,首出帝典。重华是仍,亦以授禹,由姒以降,莫返于古初。或以谓臣尧、舜、禹之事懿矣,揆之于今,其可俪欤!臣曰:‘奚直俪之耳!’尧陟元后七十载,遭时不易,浑水滋傲,才者十六,未宣乃庸。凶族有四,未丽于辟,日丛万微,以悴于厥衷。式时元德,历试罔不绩,主祭宾门,天人交归焉。于庙受终,夫岂其艰?舜生登庸,越其在位。历载各三十,宅帝即真,又三十有三,稽图揆龄。九秩式有衍,脱蹠万乘,兹非其时哉!惟我高宗,春秋五十有六。惟我寿皇,春秋六十有三。黄屋赤霄,委以弗留。从容退居,靡俟大耄,以今准昔,其决孰需焉?以虞易唐,妫变而姒,惟械于位,靡靡释厥负,乃若为天子父,以天下养,后世无传焉。惟我寿皇,圣孝孔时,力靡遗馀,爱敬既究,熙以鸿号。锡类湛恩,燕及人老,钜典盛仪,辉赫万世。惟我皇上,聿骏前躅,日肃舆卫,来觐来省。翼翼如也,愉愉如也,以昔视今,其孝孰隆焉。故曰:‘奚直俪之耳!’臣惟昔者,《封禅》、《典引》、《正符》等篇,其事至末矣,侈于丽藻,以揽不朽。矧今宏休,轶于古始,颂声弗宣,不其缺欤?作宋一经,以驾帝典,顾瞻朝著,将有人焉,臣贱不敢与兹事。尧极立民,康衢有谣,载在万世,不以贱废。臣诚不佞,请试效之,谨拜手稽首而作颂曰:‘太初冥冥,孰究孰营?羲仪图之,靡丽于成。有圣惟勋,疏之瀹之,斧其不条,而荒度之。匪世不阜,匪穹不佑,可燕可守,而勋以不有。乃逊于华,与世为公,何以告之,曰允执其中。华述厥志,亦以命文命,率克念厥绍,以共阐厥盛。皇皇惟天,而勋则之,绝德与功,绍者克之。我瞻我稽,阅世惟千,泯泯芬芬,曾莫闯厥藩。天将开之,必固培之，厥培以丰，古尚克回之。岂惟回之？视培浅深，轶而躐之，视我斯今。粤岁己酉，二月壬戌，天仗宵严，彤廷晓跸。穆穆寿皇，如天斯临，群后在位，奉承玉音。曰予一人，实倦于勤，退处北宫，以笃于亲。赫是大宝，畀我圣子，圣子惟睿，天命夙以启。不吝于权，盍居乃功，释焉不居，惟寿皇之公。寿皇之公，其孰发之？念我高宗，中心怛之。始时春秋，五十有六，向用康宁，以燕遐福。亟其与子，于密退藏，其子为谁？繄我寿皇。寿皇承之，匪亟匪徐，二十八年，四方于于。国是益孚，生齿益蕃，于野于朝，肃肃闲闲。圣子重晖，如帝之初，于千万年，曾靡或渝。孰条不根，孰委弗源？念我高宗，允逊孔艰。匪高宗是怀，艺祖之思，洗时之腥，仁涵于肌。灵旗焰焰，平国惟九，其酋既贷，矧彼群丑。吾子吾孙，吾士大夫，毋刻尔刑，顾质之书。尔有嘉言，尔则我告，我赏我劝，如彼害何悼。不以干戈，而置诗书，维彼槐庭，谓匪儒弗居。列圣一心，讳兵与刑，维鲠言是听，惟大猷是经。钟我高宗，启我寿皇，爰及圣上，笃其明昌。惟是四条，式克至今，艺祖高宗，寿皇之心。匪时匪今，振古之式，式勿替厥度，亦以燕罔极。帝开明堂，百辟来贺，四夷攸同，莫敢或讹。不肃不厉，不震不竦，焯其旧章，贻我垂拱。勋迫大耄，乃禅于华，华逮陂方，俾夏建厥家。孰如高宗，及我寿皇，与龄方昌，而遽晦厥光。帝降而王，功弗德之逮，庸不列五帝，而祖三代。孰如我皇？惟德崇崇，显号鸿休，蔚其并隆。维时寿皇，万寿无疆，日三受朝，衮冕煌煌。维时皇上，治益底厥极，亲心载宁，万邦以无斁。万姓讴歌，于室于涂，微臣作颂，以对于康衢。'"又自作序其后，谓元次山言前代帝王有盛德大业者，必见于歌颂。盖帝王之世，以诗颂为一件最紧切事，专设采诗之官以搜求之，重以其时，教养有方，人人能文。故郊祀天地，则有颂；祀四岳河海，则有颂；讲武类祃，则又有颂；荐鱼献鲔等事，亦皆有颂。后世于诗颂既不甚经意，而能文之士，亦不世有，鸿烈丽藻，率不相值。且如有肃宗复两京之功，又适有元结能作颂；有宪宗平淮蔡之功，又适有韩愈、柳宗元能作碑若雅。是以其功烈益大，彰明灼著，足以传示无极。韩碑一为人所磨，易以段文昌之作，便俳谐浅陋，读者闷然厌之，岂复能有所发扬也？子俊于前辈，无能为役，亦讵敢谓能文？然所述《淳熙内禅颂》，乡曲一二钜公，皆盛有所称道。以为可以庶几古作者，堕在山林，无阶上彻，盖十有六年于兹。属者士大夫或慫之，俾自附于东汉傅毅之义，上表投进，亦试拟作表章一通矣。又念齿发如许，恐有干泽之嫌，以召简书朋友之讥，亦不果进也，顾藏之家，以自致其意云。才臣盖师诚斋，诚斋亟称其文，有“发而为文，自铸伟辞。其史论有迁、固之风，其古文有韩、柳之则，其诗句有苏、黄、后山之味，至于四六，踔六一、东坡之步武，超然绝尘，崛奇层出，自汪彦章、孙仲益诸公而下不论也。小技如尺牍，本朝惟山谷一人，今王君亦咄咄逼之矣。挟希世之宝，而未应时之须，可为长太息”等语。尝游京师，上史馆书，述此颂之意，以杜笃自况，阶荐得官，初任径为成都帅幕，归遂栖迟衡泌，其节亦可观云。

爱莫助之图

　　建中靖国初，韩文定_{忠彦}当国，党祸稍解，天下吐气。邓洵武为起居郎，乘间以绍述熙、丰政事为言，上意虽不能无动，而未始坚决也。邓氏有位中丞者曰绾，成都人，在熙宁初，倅宁州。尝上言，陛下得圣臣，行《青苗》良法，臣以宁州民心欢悦者占之，天下可从知矣，惟陛下坚守勿变，毋惑流俗。王荆公喜，荐于上，遂阶召擢。是时蜀士在朝者，咸唾骂之。绾有"唾骂从汝，好官须我为之"之语。洵武，盖其子也。自度清议必弗贷，且有驷不及舌之虑，惧文定知之，未知所以回天者，忧形于色。有馆客者闻之，献计曰："新法者，神考所行之法也。韩琦实尝沮之，为条例司所驳，先帝以其勋劳弗之罪。今忠彦得政而废新法，是忠彦能绍述琦之志也。忠彦为人臣，尚不忘其父；上为天子，乃忘其父兄耶！诚能以此为上别白，上必感动。"洵武喜谢不及，造膝，如其言，玉色愀然，亟俞之。于是崇宁改元，天下晓然知其意矣。洵武复进一图，曰"爱莫助之图"，以丰、祐人才，分而为二，能绍述者居左，惟温益而下一二人，而列于右者，皆指为害政，盖举朝无遗焉。于左列之上，密覆一名曰蔡京，谓非相京不可，上览而是之。洵武亦驯致政地，卒之成蔡氏二十年擅国之祸，胎靖康裔夷之酷者，此图也。初，神宗既用荆公，随亦厌之，绾荐荆公之子雱，宸笔中出，以绾操心颇僻，赋性奸回，论事荐人，不循分守，遂罢中丞，知虢州。夫洵武以左史荐宰相，以庶僚变国论，可谓不循分守者矣，是以似之者欤！

庆 元 公 议

赵忠定既以议者之言去国，善类多力争而逐，韩平原之权遂张，公议哗然，日有悬书北阙下者，捕莫知主名。太学生敖器之陶孙亦有诗其间，曰："左手旋乾右转坤，群公相扇动流言。狼胡无地归姬旦，鱼腹终天痛屈原。一死固知公所欠，孤忠赖有史长存。九原若遇韩忠献，休说渠家末代孙。"一时都下竞传。既乃知其出于器之。平原闻之，亦不之罪也。器之后登进士第，今犹在选调中。

杨艮议命

蜀有杨艮者，善议命，游东南公卿间。簪而多知，自云知数，言颇不碌碌，其得失多以五行为主，不深信《珞琭》诸书。嘉泰辛酉，来九江，太守易文昌被留之，遍见郡官。余适在周梦与坐上，时韩平原得君，权震天下，梦与因扣以所至，艮屏人愀然曰："是不能令终。夫年壬申，金也，申为金位，有坤土以厚之，故金之刚者莫加焉，目曰剑锋，从可知矣。是金不复畏它火，惟丙寅能制之。盖支干纳音俱为火，而履于木，木实生火，火且自生，生生不穷，虽使百炼，终能胜天理之自然哉！凡人，生时主末，今乃遇之，兆已成矣。且其月辛亥，其日己巳，四孟全备，二气交战，虽以致大受之福，亦以挺冲击之灾。今术者亦颇知之，多疑其丙寅岁病死，以为不可再值，其实不然。盖火炎金液，外强中乾，以刚遇烈，赫然天地一炉鞲，万物一橐籥，孰可乡迩？是年顾当兆祸耳，未疾颠也。年运于卯，火为沐浴，气微而败，灰烬熔竭，不能支矣。然受物也大，非尽其用弗可，一阳将萌，亶其时乎！"梦与相顾动色，谨志之册，弗敢言。及余官镇江，偶遇之，适林总卿祖洽来饷军兴，檄吴江袁丞韶入幕，丞登科，人有隽才。余问其命，曰辛巳，丙申，丁亥，壬寅，余谓亦俱在四孟，而丁壬、丙辛皆真化，且于格为天地，德合尤分明，遂扣艮前说，因以为拟。艮作而曰："惟其太分明，所以非韩比，特二化气皆生，韩自此却不及之。"遂一笑舍去。既而艮言皆大验，乃叹其神。袁近岁以荐者改秩为宰，盖方晋未艾也。

献　陵　疏　文

　　献陵嗣位未几，而有狄祸，躬蹈大难，以纾京邑之酷，天下归其仁，炎兴中天，八骏忘返。高景山初以讣闻，朝野缟素，皆有攀龙髯泣乌号之痛。任元受时为下僚，率中原搢绅，为位佛宫，以致哀焉。作疏文二篇，以叙其志，文澹意真，读者洒涕。其一曰："时巡万里，群心久阻于望霓；岁阅三星，凶问奄传于驰驲。哀缠率土，冤薄层空。臣等迹忝簪缨，心增荼蓼。从君以出，始惭晋国之亡臣；御主而还，终愧赵王之养卒。攀号靡及，摧殒何穷。尝闻无罪而杀一夫，尚复有辞而请上帝，矧兹二纪，丧我两君。义不戴天，扣九关而无路；礼应投地，庶十力之可凭。爰竭蚍蜉之诚，仰干龙象之驭。恭惟大行孝慈渊圣皇帝，凤跻上圣，遘辱多艰，嗣服几年，躬勤庶政。屈尊绝域，本为生灵，已深露盖之嗟，更剧辒车之痛。遗弓安在？凭几莫闻。薰修唯藉于佛乘，升济式资于仙驾。恭愿神游超越，睿识圆明。区脱尘空，来即宝华之法会；兜离响灭，常闻金鼓之妙音。更冀大觉垂慈，三灵协佑。护持正法，隆世祖中兴之功；摧伏诸魔，雪怀王不返之怨。"其二曰："仙驭宾空，载严遐荐，法筵撤席，更罄余哀。恭惟大行孝慈渊圣皇帝，蹈千仞之渊冰，脱群生于涂炭，皇天降割，裔土告终。万乘墨缞，将御徐戎之难；六军缟素，咸声义帝之冤。自怜疏逖之踪，莫效纤微之报。唯凭妙果，式助神游。恭愿法证三乘，趣超十地。如天子名为善寂，万有皆空；如世尊身入涅槃，一真不灭。然后神明助顺，中外协谋。载木主以徂征，并修先君之怨；奉梓宫而旋葬，仰慰在天之灵。"元受上汤中丞启，珂固尝书之。义不忘君，直不蔽奸，忠信之至也。徽祖上宾，洪忠宣盖尝于燕京惘忠寺，肆筵以奠。是时方身縻异境，若于郡国礼制之外，因心荐亡，虽前无此比，亦不失臣子尽诚之谊云。

李　敬　子

南康属邑曰建昌，修水经焉。元祐尚书李公择^常居其上，宗派皆承素业，以儒名。有曰敬子燔者，登进士第，为礼部《易经》魁，授岳阳郡博士。其祖母黄氏死，敬子请解官，与诸叔俱行丧，义声振一时。既复分教襄阳，武帅某者敬礼之，敬子独不答。适郡有醮，敬子预坐间，言及岁荐事，寮属咸起啜嚅，帅曰："郡有贤儒为师楷，讵可舍不荐，皇及其它。"敬子作曰："燔之无功名念久矣，此决不敢当。"帅怒罢酒，然终欲牢笼之。敬子岸然弗屈。郡庠有櫺星门，居营幕之左，昏夙启闭之不时，军士以为病，请于前校官，削学地，置军门。既数载矣，敬子顾必复之。军吏谨呶不服，上之府帅，乘此欲挤之，文移颇侵学官。敬子解其意，一夕解印绶遁去。城阃以状白，帅径以闻，且劾擅去官守，有诏免所居官。敬子既归，躬锄耰，其乐不改，治庙祀，裁古今彝制为通行，家事绳绳有法度。筑室曰"耕读"，以待学者横经其间。士争趋之，舆议亟称其贤。嘉定辛未，诏除大理司直，朝路欣欣望其来，敬子力辞，且曰："燔苟固丘园，非所学，特冒焉立朝，惧越其分。请得以幕议赞澄清之最。"遂添差江西漕属。方其居乡时，士子向风，不远千里至。晦庵朱先生在建阳，敬子实师承之，其源流盖有自云。

黄　潜　善

宣和六年春，东都地震，后三月又震，宫殿门皆动有声。既而，兰州地及山之草木悉没入地，而山下麦苗乃在山上。驿书闻朝廷,徽祖为之侧席。时方得燕兵端衅日侈,上心向阑,遇灾而惧。临朝谓群臣曰:"大观彗星之异,张商英劝朕畏天,戒更政事,虽复作辍,朕常不忘。"五月壬寅,遂罢经抚房,于是时事危一变矣。会遣右司郎中黄潜善按视回,乃没其实,以不害闻,天意遽回。六月,诏天下起免夫钱,图卒固燕,黄骤迁户部侍郎。建炎中兴,复以攀附致鼎轴,杀陈东、欧阳澈,逐李忠定纲,撤备纳寇,皆其为也。维扬渡江,以覆觫赐罢。迹其婷阿患得之心,盖已见于在庶僚时矣。遗臭千载,言之拂膺。

郭倪自比诸葛亮

郭棣帅淮东,实筑二城,倪从焉。余兄周伯吏部,时在其幕府,每从东阁游,见其论议自负,莫敢撄者。一日,持扇题其上,曰:"三顾频烦天下计,两朝开济老臣心。"意盖以孔明自许。窃怪之,以为少年戏剧,妄标置耳。嘉泰、开禧间,倪位殿岩,宾客日盛,相与怂恿,真以为卧龙复出,遂逢当轴意,以兴六月之师。吴衡守盱眙,过见之于扬,倪迎谓曰:"君所谓洗脚上船也。予生西陲,如斜谷、祁山皆陕隘,可守而不可出,岂若得平衍夷旷之地,掉鞅成大功,顾不快耶!"陈景俊为随军漕先行,燕之。中席酌酒曰:"木牛流马,则以烦公。"众咸笑之。余至泗,正暑,见其坐上客扇,果皆有此两句,然后知所闻为不诬也。倬既溃于符离,僎又败于仪真,自度不复振,对客泣数行。时彭㵼传师为法曹,好谑,适在坐,谓人曰:"此带汁诸葛亮也。"传者莫不拊掌。倪知而怒,将罪之,会罢去,遂止。传师,豪士,以恩科得官,依钱东岩之门,不仇仇顾宦,督府尝欲举以使虏,而不克遣,终老于选调云。

却　扫　编

[宋]徐度　撰
尚　成　校点

校 点 说 明

《却扫编》三卷,宋徐度撰。度字敦立,谷熟(今属河南商丘)人。宋室南渡,官至吏部侍郎。

《四库全书总目提要》据陆游《渭南集》有此书书跋,推断书成于高宗初年。又王明清《挥麈后录》载其曾访度于雪川,而此书作者自序也说曾闲居吴兴,故此编成书的时间、地点皆可推知。书中多记北宋国家典章制度、前贤逸事,因所据皆来源于其父处仁靖康中曾知政事时的传闻,故翔实可信,"深有裨于史学"。又书中论哲宗《实录》、秦桧刊削建炎航海以后《日历》、《起居注》、《时政记》诸书,可见其究心史学的学养。虽不免或有嗜博之失,但"大致纂述旧闻,足资掌故"。所以《提要》把它与王明清的《挥麈录》、叶梦得的《石林燕语》相提并论,并以为其"文简于王,事核于叶,则似较二家为胜焉"。

本书版本有《津逮秘书》、《四库全书》、《学津讨原》、《丛书集成初编》等,现以《学津讨原》本为底本,以《四库全书》等本参校,遇有异讹,则择善改定,不出校记。

目　录

却扫编自序

　　予闲居吴兴卞山之阳,曰吕家步。地僻且陋,旁无士子之庐。杜门终日,莫与晤言。间思平日闻见可纪者,辄书之。未几盈编,不忍弃去,则离为三卷。时方杜门却扫,因题曰《却扫编》。虽不足继前人之述作,补史氏之阙遗,聊以备遗忘、示儿童焉。睢阳徐度。

却扫编卷上

汉初因秦官置丞相、太尉,武帝罢太尉不置。久之,置大司马而以为大将军之冠。成帝复罢丞相、御史大夫,而取《周官》六卿司徒、司空之名,配大司马以备三公,而咸加大称。后汉建武二十七年,复改大司马为太尉,而司徒、司空并去大字,自后历代因之。政和中始尽遵《周官》,置少师、少傅、少保为三孤,太师、太傅、太保为三公,而以太尉为武官,礼秩同二府,大略如昔之宣徽使,而不以授文臣,必以冠节度使为异耳。

唐开元中,始聚书集贤院,置学士、直学士、直院总之,又置大学士以宠宰相,自是不废。其后又置宏文馆,亦以宰相为大学士。本朝避宣祖讳,易为昭文,然必次相迁首相始得之。其后惟王章惠随、庞庄敏籍、韩献肃绛,皆初拜直除昭文。故王岐公行献肃制词有曰"度越往制,何爱隆名之私"者,盖谓是也。

文臣签书枢密院,始于石元懿。初称枢密直学士签书枢密院事,竟以本院学士而签书院事而已。至张公齐贤王公沔,皆直以谏议大夫为之,不复带学士,自是不复除。至熙宁八年,曾公孝宽始复自龙图阁直学士、起居舍人、枢密都承旨拜枢密直学士签书枢密院事,而不迁官,不赐球文带。未几,以忧去位。至服阕,乃以端明殿学士判司农寺。元祐三年,赵公瞻自中散大夫、户部侍郎,六年王公岩叟自左朝奉郎、龙图阁待制权知开封府,七年刘公奉世自左朝请大夫、宝文阁待制、权户部尚书,皆拜枢密直学士签书枢密院事,不迁官。赵公明年乃迁中大夫同知枢密院事,王、刘二公至罢皆除端明殿学士。是四公于从班中资品尚浅,而躐迁执政,故有是命。盖不尽以执政之礼畀之,而必带枢密直学士者,正用石元懿故事也。绍圣以还,又复除。渊圣受禅之初,亟擢宫僚耿南仲为执政,而西府适无阙员,故复自徽猷阁直学士、太子詹事拜签书。未几复欲命一执政使房,而在位者皆不可遣,遂以兵部尚书路公允迪为签书而行,先是枢密直学士已废不置,改为述古殿直学士。故二公皆超拜资政殿学士,虽签书带职,犹用故事而非本意矣。自是遂相踵成例,凡签书者必带端明资政之职。至六曹尚书、翰林学士,皆执政之亚,径迁同知可也。然初拜亦必为签书而带学士职,疑非是。

武臣签书枢密院始于杨守一,端拱元年,自内客省使宣徽北院使为之。二年,张逊自盐铁使,亦以宣徽北院使为之。景德三年,韩崇训自枢密都承旨、四方馆使以检校太傅为之。同时马正惠公知节自枢密都承旨、东上阁门使,以检校太保为之。天禧三年,曹武穆公玮自华州观察使、鄜延副总管,以宣徽北院使为之。明道二年,王武恭公德用自步军副指挥使福州观察使,以检校太保为之。治平三年,郭宣徽逵自殿前都虞候容州观察使,以检校太保为之。建炎三年,王渊自向德军节度使御营都统制,直以节度使为之。

童贯之始入枢府也,官已为开府仪同三司,而但以为权签书枢密院,河西北面房公事。顷之,乃进称权领,盖以谓所掌止边防一事,且姑使为之而已。又数月,乃正称领枢密院事,自是不复改。其后蔡攸以少师居枢府,亦称领;郑太宰居中以故相居枢府,亦称领。宣和间,凡官品已高而下行职事者,皆称领。如蔡行以保和殿大学士领殿中省，高俅以开府仪同三司领殿前司，王革以保和殿大学士领开封尹之类是也。靖康间，何丞相栗以资政殿学士，李丞相纲以资政殿大学士，皆领开封府职事，而别置尹。初贯之不称知而称领者，非尊之也，盖犹难使之居执政之位，故创此名。然邓枢密洵武以少保知院而实居其下。庆历间，吕许公以首相兼判枢密院事，论者以为判名太重，未几改兼枢密使。元丰官制，废枢密使不置，则知院为长官，今领居知上则判院之任也。按汉制有领尚书，有平尚书。领尚书则将军、大司马、特进为之，平尚书则光禄大夫、谏大夫之徒皆得为之，则领之为重也久矣。

宇文枢密虚中自资政殿大学士，以本职签书枢密院事，自陈职名太高，于是除去“大”称，而直以学士为之。

国朝中书宰相、参知政事多不过五员，两相则三参，三相则两参。咸平中，吕文穆、李文靖、向文简，三相也；王文正、王文穆，两参也。景祐间，吕文靖、王文正曾，两相也；宋宣献绶、蔡文忠齐、盛文肃度，三参也。至和中，文潞公、刘丞相沆、富文忠，三相也；王文安尧臣、程康穆戡，两参也。熙宁中，曾鲁公、陈秀公升之，两相也；王荆公、韩康公、唐质肃，三参也。

父子秉政，国初至靖康元年凡十二家：王惠献，化基，参知政事。子安简；举正，参知政事。吕文靖宰相。子惠穆，公弼，枢密使。正献；公著，宰相。石元懿，枢密使。子文定；中立，参知政事。陈给事，恕，参知政事。子恭公；宰相。韩忠献，亿，参知政事。子献肃、绛，宰相。持国、门下侍郎。庄敏；缜，宰相。范文正，参知政事。子忠宣、宰相。彝叟；尚书右丞。曹武惠，彬，枢密使。子武穆；玮，枢密副使。蔡丞相，确。子懋；尚书左丞。蔡太师，宰相子攸；领枢密院事。韩忠献，宰相。子仪公；宰相。曾宣靖，宰相。子令绰；签书枢密院。王侍郎，博文，同知枢密院。子忠简。畴，枢密副使。吕文靖之老也，以司徒监修国史，兼译经润文使。每有军国大事，与中书门下枢密院同议以闻。正献之老也，复以司空同平章军国事。曾令绰之为签书，宣靖犹康宁，遂就养东府。士林尤以二家为盛事。

兄弟秉政，国初至政和凡七家：陈文忠，尧叟，枢密使。弟文惠；尧佐，宰相。三韩；已见。二吕；已见。二范；已见。吴正肃，育，参知政事。弟正宪；充，宰相。蔡太师弟元度；卞，知枢密院。邓观文，洵仁，尚书右丞。弟少保。洵武，知枢密院。

祖孙秉政，国初至绍兴凡四家：梁丞相适，孙才甫；子美，中书侍郎。吕正献，孙舜徒；好问，尚书右丞。富文忠，孙季申；直柔，同知枢密。韩仪公，孙似夫。肖胄，签书枢密。

叔侄秉政，国初至大观凡三家：吕文穆，蒙正，宰相。侄文靖；夷简，宰相。胡文恭，宿。侄宗愈；尚书右丞。林文节，希，同知枢密。侄摅。中书侍郎。

初置观文殿大学士也，诏自今非尝历宰相不除，著为令。宣和七年，先公自北门召为上清宝箓宫使，忽有此授，方引故事退避。会北鄙之警，有诏复留。明年，京师解严，复召为中书侍郎，遂拜相。时前告犹寄北京左藏库，渊圣遣中使取以赐先公。先公复力辞曰："臣今忝备宰辅，于此告受与不受，未有损益。然所以终不敢当者，盖以除授之日，犹未经历。其彝制终有所妨，重失此名于天下也。傥听臣言，使中外闻之，知朝廷于祖宗法度无有大小，率循惟谨，顾不美乎？"上终不许。先公不得已受之，谢表略曰："知章两命之兼荣，足为盛事；张说大称之获免，有愧前修。"盖谓是也。

唐以宰相兼太清宫使，本朝祥符间亦以首相领玉清昭应宫使，又置景灵宫、会灵祥源观使，以次相及枢密使次第领之。

执政为副使，侍从为判官。天圣初昭应宫灾，始罢辅臣宫观等使名。政和中，诏天下咸建神霄玉清万寿宫，复置使。宰相、使相领之，执政为副使，侍从为判官。判官惟盛章尝以开封尹领之，它未尝命，而天下郡守皆兼管句，通判兼同管句。虽前二府领州，亦如之，盖欲重其事也。

辅臣既罢领宫观使，其后惟以使相节度、宣徽使为之，无所职掌，奉朝请而已。熙宁间又有以使居外者：王荆公以使相领集禧观使，居金陵；张文定公以宣徽南院使领西太一宫使，居睢阳之类，皆优礼也。元祐间梁左丞焘罢政事，除资政殿学士，特创同醴泉观使之名以命之。梁公言故事无以学士领宫观使者，且同使之名前所未有，力辞不受。然自是前二府往往以学士直为宫观使，而同使之名不复除矣。

故事，非宰相不为仆射，虽枢密使必尝历宰相乃得之。天禧三年，南郊亲祠礼毕，辅臣咸进官。时丁晋公以吏部尚书参政事当迁，乃以检校太尉兼本官为枢密使。而端揆之尊，不可得也。神宗即位，覃恩，时王懿恪拱辰以端明、龙图两学士、吏部尚书留守北京当迁，乃以为太子少保，而两学士如故。官制行，仆射为特进，崇宁间许冲元太尉始以中书侍郎为之，其后踵之者郑太宰、邓少保，皆以知枢密院为之。薛肇明以门下侍郎为之，靖康初复祖宗法度，时薛独存，因改授金紫光禄大夫。

王铚言：周世宗既定三关，遇疾而还，至澶渊迟留不行。虽宰辅近臣问疾者，皆莫得见，中外惋惧。时张永德为澶州节度使，永德尚周太祖之女，以亲故独得至卧内。于是群臣因永德言曰："天下未定，根本空虚。四方诸侯，惟幸京师之有变。今澶汴相去甚迩，不速归以安人情，顾惮朝夕之劳，而迟回于此，如有不可讳，奈宗庙何？"永德然之，承间为世宗言如群臣旨。世宗问曰："谁使汝为此言？"永德对群臣之意，皆愿如此。世宗熟视久之，叹曰："吾固知汝必为人所教，独不喻吾意哉！然吾观汝之穷薄，恶足当此？"即日趣驾归京师。呜呼，天命方有所属，固非人谋之所能间也。

五代之乱，天下无复学校。皇朝受命，方削平四方，故于庠序之事，亦未暇及。宋城富人曹诚者，独首捐私钱建书院城中，前庙后堂，旁列斋舍凡百余区。既成，邀楚丘戚先生主之。先生名同文，生唐天祐中，历五代入本朝，皆不仕。以文学行义，为学者师，及是四方之士争趋之。曹氏益复买田市书，以待来者。先生乃制为学规，凡课试、请肄、劝督、惩赏，莫不有法。宁亲归沐与亲戚还往，莫不有时。而皆曲尽人情，故士尤乐从焉。由此书院日以寝盛。事闻京师，有诏赐名"应天府书院"。先生没，门人私谥为"正素先生"。其子纶复以儒学显，历事太宗、真宗两朝，官至枢密直学士。先生之规，后传于时。及建太学，诏取以参定学制，予幼时犹及见之。书院即今之国子监也。

唐节度使初皆领一道，故以本道为名，若河西、河南、剑南、关内之类是也。厥后分镇寝多，所领不能尽。有一道，则以其地为名，若安西、朔方、渭北、陇右之类是也。又有合数州以为名者，若魏博、淄青、泽潞、徐泗之类是也。或因其有功，则锡军号以旌之，若振武、镇国、天雄、定难之类，不可悉数。由五代以还，至于国朝，所锡益多。凡曰节镇，皆曰某军某军。而孟州曰河阳三城，襄阳府曰山南东道，太原府曰河东，凤翔府曰凤翔，扬州曰淮南，江陵府曰荆南，成都府曰剑南西川，潼川府曰剑南东川，兴元府曰山南西道，总九州府，独因旧以为名，亦出于偶然，本不以地望有所轻重。然凡建节者，反以是数州为重，非亲王尊属与勋望重臣，莫或得之。故韩魏公以司徒领淮南，曾鲁公以司空领河阳三城，文潞公以太师领河东，皆以为重也。

唐之方镇得专制一方，甲兵钱谷、生杀予夺皆属焉。权任之重，自宰相之外，它官盖无与比。故其始拜也，降麻告廷与宰相同，而赐节铸印之礼，又为特异，诚以其任重，故宠之。本朝既削方镇之权，节度使不必赴镇，但为武官之秩，间以宠文臣之勋旧，内则为宫观使，外则别领州府而已。至宗室戚里，又止于奉朝请，无复职掌。而告廷赐节铸印之礼，犹踵故事，至于今循之不革。诸路经略安抚使虽非唐方镇之比，然亦大将之任也，而命之与列郡守臣略等，间命宣抚使，盖古之元帅也，直以敕授，尤为失之。

国初节度使犹有赴治所者，谓之归镇，以为异礼。仁宗朝夏郑公以平章事领三城节，为西京留守，以洛阳地当孔道，日有将迎之劳，表请归镇。略曰"凡叨建节之行，颇以归镇为重"，盖谓是也。

苏子容丞相始为南都从事，时杜正献公方致仕居南都，见苏公大器之，为道其平生出处本末甚详。曰："子异时所至，亦如老夫，愿勉旃自爱。"苏公唯唯谢之。先是，正献公既罢政，出知兖州，未几请老，遂以太子少师致仕，复三迁为太师而薨，享年八十。其后苏公更践中外，其先后早晚多与杜公相似。至免相也，亦出知扬州，未几请老，复召为中太一宫使。请不已，乃以太子少师致仕，迁太保而薨，享年八十有二。年寿、官品又略同焉。又熙宁间，苏公以集贤院学士守杭州，时梁况之左丞方以朝官通判明州，之官，道出钱唐。苏公一见异之，留连数日，待遇甚厚。既别，复遣介至津亭手简问劳，且以一砚遗之，曰："石砚一枚，留为异日玉堂之用。"梁公莫喻其意，亦姑谢而留之。自尔南北不复相见，亦忘前事矣。元祐六年，梁公在翰苑，一夕宣召甚急，将行而常所用砚误坠地碎，仓卒取他砚以行。既至，则面授旨，尚书左丞苏集拜右仆射。梁公受命，退归玉堂，方抒思命词，涉笔之际，视所携砚则顷年钱塘苏公所赠也，因恍然大惊。是夕梁公亦有左丞之命。他日会政事堂语及之，苏公一笑而已。世谓贵人多识贵人，盖以谓阅人多而识之；然穷达寿夭，则或有可知之理，而能纤悉如是二事者，殆不可测也。

刘器之待制对客多默坐，往往不交一谈，至于终日。客意甚倦，或请去，辄不听，至留之再三。有问之者曰："人能终日矜庄危坐而不欠伸敧侧者，盖百无一二焉。其能之者，必贵人也。"盖尝以其言验之，诚然。

韩康公、王荆公之拜相也，王岐公为翰林学士，被召命词。既授旨，神宗因出手札示之，曰："已除卿参知政事矣。"国朝以来，因命相而遂用草制学士补其处如此者甚多，近岁亦时有之，世谓之"润笔执政"。

本朝节度使虽不赴镇，然亦别降敕书，宣谕本镇军民。而为节度使者亦自给榜本镇，谓之"布政榜"。亲王亦翰苑为之。近不复见矣。

元丰官制，虽以侍中、中书令、尚书令为三省长官，然未有为之者。元祐初，既召文潞公还朝，以其名位已崇，难所以处之者，时司马温公已拜左相，而右相韩玉汝适去位，宣仁后遂欲以潞公为右相，谋之温公。公曰："文某历事累朝，年逾八十，且其再为相，时臣犹为小官。今顾居其上不可。"因请自为右相，而请以潞公为左相，宣仁复难之。于是用吕许公故事，以本官同平章军国重事，且诏一月两赴经筵，六日一入朝。因至都堂与执政商量事，如遇有军国机要事，即不限时，并许入预参决，其余公事，只委仆射以下签书发遣。其后吕申公为右相，诉退甚力。宣仁欲坚留之，顾怜其老，欲以为摄太保同平章军国事。手札以问范忠宣，忠宣以为"摄"字从来止施于祠祭，非所为官称，若别更一字，而使每至都堂不限时出，东府执政有议事，于便门过就之。若议事迟久，令堂厨具食。如此则事皆曲尽，称国家尊贤优老之意矣。宣仁复手札，谓以吕某德望，欲使兼一保傅官，务要外协人望，实益劝讲。然其官去保傅甚远，欲以为行太保事如何？忠宣复对曰："谨按国朝典故，天禧中宰臣王旦元是太保平章事，以病乞退，加太尉侍中。今公著官是光禄大夫，职是右仆射，若以仆射加司空，则与王旦相近，于典故不远。若欲有益劝讲，则平章事乃是执政，自当十日一赴经筵，不必带'行太保事'四字矣。"于是始定议云。

国朝宰相枢密使必以侍郎以上为之，若官旧尊，则守本官；官卑，则躐迁侍郎。官制行，初相止除大中大夫，崇宁后必超进数官。政和以后，至有径迁特进者。靖康初，吴少宰敏初相，自中大夫躐迁银青光禄大夫，引故事自言，于是改大中大夫，就职。

庆历间，贾文元为昭文相，陈恭公为集贤相。会久旱，引东汉策免三公故事自言。是时吴正肃为参知政事，与文元不协，数争议上前。及此中丞高若讷以为大臣不肃，故雨不时若。而文元亦自请，故与正肃偕罢，而恭公进位昭文，犹申前请，乃降授给事中，而辅政如故。二参宋元宪自给事中降谏议，丁文简自工部侍郎降中书舍人，数月而复云。

国朝参知政事、枢密副使必以谏议大夫为之，权御史中丞亦然。熙宁中始有本官带待制权中丞者，官制行后，初拜执政迁中大夫，而中丞不复迁官矣。

祖宗时侍从官或被寄任，往往优进职名，不复计资望之浅深。庆历中，欧阳文忠公为知制诰，才数月，出为河北都转运使，即拜龙图阁直学士。其有既命而以事不行者，则随亦改授他职。绍圣间犹如此。彭器资尚书自权吏部尚书授宝文阁直学士、知成都府，辞行乃改待制、知江州。权尚书补外，正合得待制故也。

按欧阳文忠公庆历制草序曰："除目所下，率不一二时，已迫丞相出，故不得专一思虑，工文字以尽道天子难喻之意，而还诰命于三代之文。"又刘元甫侍读墓志称"其文章尤敏赡。尝直紫微阁，一日追封皇子公主九人，方将下直，为之立马却坐，一挥九制，凡数千言。文辞典雅，各得其体。"由是言之，则是除目既下，必用是日草词，且不得从容下直而为之也。元祐初，林子中枢密除中书舍人，言者论其非，因及张邃明中书曰："昨日闻主者督撰希告词甚急，意璪之为谋，欲希早受命，成其奸党也。"则命词之限，当元祐时已不得如前者之迫矣。翟公巽资政居政和间，词命独为一时之冠，然文思迟涩，尤恶人趣之。有趣之者辄默志其旁，凡一趣则故迟一日，有迁延至旬余者。其后人稍闻之，莫敢复趣矣。

帝者之女谓之公主，盖因汉氏之旧，历代循焉，未之有改也。政和间始采周之王姬之称，而改公主曰帝姬，郡主曰宗姬，县主曰族姬。议者谓姬盖周姓，犹齐女曰齐姜，宋女曰宋子，皆因其姓而系之国。不曰周姬而曰王姬者，盖别于同姓诸侯鲁姬、卫姬耳。国家赵氏乃当曰帝赵，不得曰帝姬。若以姬为妇人之美称，则尤不可。《汉书·高五王传》："诸姬生赵幽王友。"颜师古注曰"诸姬惣言众妾之称",又非所以称帝女也。命妇封号亦政和间所改。始因夫人之名而凡谓之人,独孺人者,本称妇人之名,其它则见于书传者,皆通谓男子。至"硕人俣俣,执辔如组,有力如虎",又非所以为妇人之号也。小君之称,稽据甚明。设欲多其等级者,莫若采魏晋间乡君、亭君之目而增之,则犹为有据也。公主之号,建炎初已复之。予在司封欲援此为例并复命妇封号,而或者以谓非事之急,故止。

　　旧制,谏议大夫积十一转而至仆射,二府乃七转。及官制行,大中大夫七转至特进,而不分庶官与二府。元祐中,始令正议光禄、银青光禄、金紫光禄大夫并置左右,分为二资,于是复十一转而至特进。绍圣以后因之不改,政和中增置通奉、正奉、宣奉三阶,而罢分左右,止十转至特进。而庶官二府,并循此制。盖祖宗以来二府不磨勘,故每优迁。绍兴新书,乃并二府有磨勘法,然亦未尝举行也。

　　石林公言:吴中俚语,若"等人易得久,嗔人易得丑",虽鄙,亦甚有理。

　　祖宗时,凡官仆射及使相以上领州府,则称判。元符末,章仆射罢相,以特进守越州,止称知,盖谪也。宣和中,余太宰深以少傅、节度使守福州,复称知。靖康初,白太宰时中守寿春府,李太宰邦彦守邓州,始复故事称判。建炎中,吕仆射颐浩以使相守池,守潭,守临安,皆称知。赵丞相鼎官本特进,再罢相,初以节度使守绍兴,后改本官守泉,皆称知。近岁孟郡王忠厚以使相守镇江,亦称知;后改婺州,会高开府世则亦守温州称判,而孟亦改判婺州云。

　　国朝翰林学士多以知制诰久次而以称职闻者为之。刘原甫居外制最久,既誉望高一时,故士论咸以为宜充此选,而刘亦雅自负,以为当得之。然久梪不得进,逮出典两郡还朝,复居旧职,且十年矣,终不用。久之,复请外补,于是以翰林侍读学士知永兴军,颇怏怏不自得。一日,顾官属曰:"诸君闻殿前指挥使郝质乎?已拜翰林学士矣!"或以为疑者,徐笑曰:"以今日之事准之,固当如此耳。"

国朝之制,食邑满万户乃封国公,惟见任宰相与官为三公者,则通计实封,满万便封国公。杜正献公既致仕,因郊祀当加恩,而食邑未满万户,特诏封祁国公,盖异礼也。其后遗表有曰"非万户而忝赐履之封,自三少而席司成之重",盖谓是云。

杨文公亿,初入馆时年甚少。故事,初授馆职必以启事谢先达。时公启事有曰:"朝无绛、灌,不妨贾谊之少年;坐有邹、枚,未害相如之末至。"一时称之。

故事,臣僚封赠母、祖母,不问生没,并加"太"字,曰太夫人、太君。政和间,待制刘安世建言:太者,事生之尊称也,封母而别之,所以致别于其妇,既没并祭于夫,若加之尊称,则是以尊临其夫也。以尊临夫,于名义疑若未正。自是始诏命妇追封,并除去"太"字。逮绍兴新书,复仍旧制。晏尚书敦复领吏部援刘待制之言申明,且引《汉文帝纪》七年冬十月,令列侯太夫人、夫人无得擅征捕,注谓"列侯之妻称夫人,列侯死,子复为列侯,仍得称太夫人",盖此义也。于是追封始不得称"太"云。按帝者之祖母称太皇、太后,既升祔皆止称皇后,正此比也。

旧制,执政以上始服球文带、佩鱼,侍从之臣止服遇仙带,世谓之"横金"。元丰官制始诏六曹、尚书、翰林学士并服遇仙带、佩鱼,故东坡谢翰林学士表曰"宝带重金佩,元丰之新渥",

盖谓是也。然武臣节度使班翰林学士上，六曹尚书下，至今止横金。迨拜太尉，则球文、佩鱼，盖恩礼视执政故也。

元丰官制，侍从官给事中以上，乃服金带；中书舍人以下，皂带、佩鱼，与庶官等。大观间，始诏中书舍人、谏议大夫、待制皆许服红鞓、犀带、佩鱼。建炎间，复置权六曹侍郎，亦如之。

旧制，借服不佩鱼，故系衔止称借紫、借绯。政和中，王诏延康始建请借服皆佩鱼，如赐者，从之。然差敕止仍旧，云可特差某职任，仍借绯或借紫而已。而其后系衔者，多自称借紫金鱼袋。若借绯鱼袋，然终无所据也。

凡知州军通判、提点刑狱、转运判官、知三京赤县，皆借绯。知州、提点刑狱自服绯者，仍借紫。转运使副、知节镇州虽不服绯，亦借紫，谓之“隔借”。自节镇、转运副使改授列郡，亦借紫，谓之“带借”，中间尝历他官则不。

旧制，凡特赐绯章服，皆服涂金宝瓶带三日。职事官唯侍御史初除，则例赐绯。馀非特恩，未有赐者。

本朝封爵徒为虚名，户累数万，虽号实封者，亦初无其实，故有司亦不甚以为轻重。若非自请，则文臣例封文安，武臣例封武功，宗室例封天水，名号重复，不可稽考。予以为虽异于古之裂地而封者，然驭贵之意则均也。谓宜略依古制，非有功不封，已封之县不再以封，则庶几其稍重矣。故事，文臣官至卿监官，武臣官至横行而勋加至上柱国，乃加封邑。其后罢勋官，而寄禄才至奉直大夫，横行以上，便加封邑，则宜其众也。

集贤院学士初无班品，与诸直馆颇同；然自执政侍从皆通为之，如吴正肃公育自资政殿大学士改授集贤院学士、判西京留司御史台，刘原父自翰林侍读学士改集贤院学士、判南京留司御史台，皆以职闲无事故也。其后李周自权侍郎罢，除集贤院学士，始有旨曾任六曹侍郎者，并班在大中大夫之上，奏荐班列，并同待制。绍圣元年，又诏曾任权侍郎以上者，立班杂压，封赠在中散大夫之上，其余恩数仪制并依中散大夫；余人立班杂压，在中散大夫之下，荫补依朝议大夫，官高者从本条。二年罢馆职，易为集贤殿修撰。政和中改集贤殿为右文，今右文殿修撰是也。

许少伊右丞宣和间初除监察御史，夜梦绿衣而持双玉者随其后。未几，刘希范资政珏继有是除。靖康初，为太常少卿，复梦绯衣而持双玉者随其后。未几，刘亦继为奉常。时刘以渊圣登极恩，初易章服也。

旧制，宰相官仆射以上，敕尾不书姓，盖用唐故事也。元丰官制仆射为宰相，故不计寄禄，官之高下，皆不书姓云。

本朝公卿多有知人之明，见于择婿与辟客。盖赵参政昌言之婿，为王文正旦；王文正之婿，为韩忠宪亿、吕惠穆公弼；吕惠穆之婿，为韩文定忠彦；李侍郎虚己之婿，为晏元献殊；晏元献之婿，为富文忠弼、杨尚书察；富文忠之婿，为冯宣徽京；陈康肃尧咨之婿，为贾文元昌朝、曾宣靖公亮。王文正曾守郓，辟庞庄敏籍为通判；庞庄敏守并，辟司马温公为通判；范文正公为陕西招讨使，辟田枢密况、孙威敏沔并为判官，欧阳文忠公为掌书记，欧阳公辞不就，复请张文定公方平，亦辞。富文忠公守并，请韩黄门维为属；王文安公尧臣安抚陕西，辟蔡枢密挺自随。如此之类甚多，不可悉数。皆拔于稠人之中，而其后居位风节，往往相似，前代所不及也。

童贯既败，籍其家赀，得剂成理中丸几千斤，它物称是。此与胡椒八百斛者，亦何异邪。

旧制，进士登科，人初官多授试秘书省校书郎，故至今新擢第人犹称秘校。祖宗朝进士上三名皆授将作监丞、通判，故至今犹称状元为监丞。

唐东都有尚书省留守，兼判其余百司，略如京师。居其官者谓之分司，大抵皆闲秩，故当时有诗云"犹被妻孥教渐退，莫求致仕且分司"，是也。

本朝三京，唯置御史台、国子监。执政侍从庶官迭居之，职事甚简。御史台则行香拜表日押班，国子监则出纳钱粮而已，故未置宫观。时士大夫多自请以为休息之地。官制行后，士大夫犹有自请分司者。近岁唯责降而已，然不必居本京，盖无供职之所故也。

旧制，文臣丁忧，起复必先授武官，盖用墨缞从戎之义，示不得已也。故富郑公以宰相丁忧，起复初授冠军大将军，余官多授云麾将军，近岁起复者直授故官。

国朝创立诸阁以藏祖宗御制，每阁皆置学士、直学士、待制，谓之侍从官。然学士、直学士例以阁名为官称，惟天章难以为称，初置时尝以王赞为直学士，其后不复有，止除待制而已。初，诸阁唯龙图有直阁，馆职之久次，与帅臣监司之有勤劳者乃得之，然初无班缀也。其后诸阁例置，始编入杂压，与诸修撰通谓之贴职，为之者众矣。

范文正公为陕西招讨使也，以边兵训练不精，盖无专任其责者，又部署钤辖等权任相亚，莫相统一。故每有事宜，职卑者付以懦兵逼逐先出，位高者各据精兵逗遛不进，是以屡致挫败。于是首分鄜延路兵以为六将，将各三千余人，选路分都监及驻泊都监等六人，各监教一将兵马，又选使臣指挥使十二人分隶六将，专掌教阅。每指挥选少壮勇健者二十五人，先教之以弓弩短兵,俟其技精,则补为教头。每人却俾分教十人,以次相授,一季之后,尽成精兵。遇有寇警,少则路分都监将所部先出,多则钤辖都署领两将或三将以出,更出迭入。约束既定,总领不贰,劳逸又均,人乐为用,边备寝修,寇不敢犯矣。其后诸路皆用此制,熙宁将法盖本范公之遗意也。

唐之政令虽出于中书门下,然宰相治事之地别号曰政事堂,犹今之都堂也。故号令四方,其所下书曰"堂帖"。国初犹因此制。赵韩王在中书,权任颇专,故当时以谓堂帖势力重于敕命,寻有诏禁止。其后中书指挥事凡不降敕者曰"札子",犹堂帖也。至道中,冯侍中拯以左正言与太常博士彭惟节并通判广州,拯位本在惟节之上,及覃恩迁员外郎,时寇莱公为参知政事知印,以拯为虞部,惟节为屯田。其后广州又奏,仍使冯公系衔惟节之上,中书降札子处分,升惟节于上,仍特免勘罪。至是,拯封中书札子奏呈,且论除授不当,并诉免勘之事。太宗大怒,曰:"拯既无过,非理遭降资免勘,虽万里之外,争肯不披诉也?且前代中书有堂帖指挥公事,乃是权臣假此名以威福天下,太祖已令削去,因何却置'札子'?'札子'与'堂帖'乃大同小异耳。"张洎对曰:"'札子'是中书行遣小事文字,犹京百司有符牒、关刺,与此相似,别无公式文字可指挥常事。"帝曰:"自今佢干近上公事,须降敕处分,其合用札子,亦当奏裁,方可行遣。"至元丰官制行,始复诏尚书省已被旨事,许用札子。自后相承不废,至今用之。体既简易,给降不难,每除一官,逮其受命,至有降四五札子者。盖初画旨而未给告,先以札子命之,谓之"信札";既辞免,而不允或允,又降一札;又或不候受告,而俾先次供职,又降一札;既命其人,又必俾其官司知之,则又降一札,谓之"照札"。皆宰执亲押,欲朝廷之务简,难矣。然予观近代公卿文集中,凡辞免上章,止云"准东上阁门告报",则是犹未有信札也。今诸路帅司指挥所部亦用札子,其体与朝廷略同;然下之言上,其非状者亦曰札子,名同而实异,不知其义何也。

国朝之制,凡降敕处分,事皆有词。其体与诏书相类,知制诰行皆用四六文字,元丰官制行,罢之。

富韩公之薨也,讣闻,神宗对辅臣甚悼惜之,且曰:"富某平生强项,今死矣,志其墓者亦必一强项之人也。卿等试揣之。"已而自曰:"方今强项者,莫如韩维,必维为之矣。"时持国方知汝州,而其弟玉汝丞相以同知枢密院预奏事,具闻此语,汗流浃背。于是亟遣介走报持国于汝州,曰:"虽其家以是相嘱,慎勿许之;不然,且获罪。"先是书未到,富氏果以墓志事嘱持国,既诺之矣,乃复书曰:"吾平生受富公厚恩,常恨未有以报,今其家见托,义无以辞。且业已许之,不可食言。虽因此获罪,所甘心也。"卒为之。初持国年几四十犹未出仕,会富公镇并州,以帅幕辟之,遂起。其相知如此。

国朝故事,文臣必带直学士职,乃服金带。熙宁中,薛师正枢密方以商利被眷,自天章阁待制权三司使,始特膺是赐。未几,韩庄敏丞相以龙图阁待制为枢密都承旨继得之。政和、宣和之间,至有以庶官被赐者,纷纷甚多,不可殚纪。名器之滥,于是为极云。

傅献简公在英宗朝,以谏官与吕献可诸公论濮园称号事甚切,章凡十余上未止。会出使契丹,既还,而诸公皆已坐异议谪去,而公独迁侍御史知杂事。公固辞曰:"臣今不独不能与建议者同列于朝,至如苟随妄计者,臣且不忍张目视之,况与之同台共职哉?"于是出知和州。后数年丁忧,服阕至京师。

时王荆公用事，素善公，谓公曰："方今纷纷，俟公来久矣，方议以待制知谏院还公。"公谢曰："新法世不以为便，诚如是，当力论之。平生未尝欺，敢以告。"荆公大怒，乃以为直昭文馆判流内铨。未几补外。再阅岁，凡六徙，困于道涂。知不为时所容，遂自请提举西京崇福宫。未几，复坐事夺官。稍复，监黎阳仓。公日视事必亲，不以尝清显自待，虽家人不见其忧愠色。任满，管勾中岳庙，筑室济源盘谷，莳竹木，游咏其间。一时名士为之赋诗者甚多，许、洛旧老与之往来，悠然自适，若将终身者。再任管勾崇福宫。元祐初还朝，益不苟合。久之，乃自吏部尚书迁中书侍郎，凡二年，薨于位。

皇祐初，故文恭公宿为知制诰，封还杨怀敏复除内侍副都知词头不草。翊日，上谓宰相曰："前代有此故事否？"文潞公对曰："唐给事中袁高不草卢杞制书。近年富弼亦曾封还词头。"上意乃解，而改命舍人草制。已而台谏亦论其非，其命遂寝。而舍人封还词头者，自尔相继，盖起于富成于胡也。

左右史虽日侍上，侧然未尝接语。欲有所论，必奏请得旨乃可。元丰中，王右丞安礼权修起居注，始有诏许直前奏事。左右史许直前奏事，盖自此始。

苏黄门子由熙宁二年以前大名府推官上书论事，神宗览而悦之。即日召对便殿，访问久之，面擢为条例司属官。故事，选人未得上殿者，自此遂为故事云。

吕申公素喜释氏之学，及为相，务简静，罕与士大夫接。惟能谈禅者，多得从容。于是好进之徒往往幅巾道袍，日游禅寺，随僧斋粥，谈说理情，觊以自售，时人谓之"禅钻"云。

进士以累举推恩，特召廷试。已而唱名，次第赐进士或同学究出身。或试监主簿、诸州文学长史、四门助教、摄诸州助

教,谓之"特奏名"。自景德二年始,是岁进士第一人,李文定
丞相也。其后亦有补三班借职者,逐时不同。然试而不中、选
罢归职也,顾怜其老而无成,而遂捐一官与之,此盖国朝忠厚
之政也。故事,进士唱名,宰执从官侍立左右,有子弟与选者,
唱名之次必降阶称谢,搢绅间颇以为荣事。建炎初,车驾在扬
州,会放进士,时杨中立龙图以侍读侍立,而其子遹以特奏名
预唱名,中立亦降阶称谢。时遹之年已五十余,中立七十余
矣,前此所无也。

却扫编卷中

国朝以来,凡政事有大更革,必集百官议之。不然,犹使各条具利害,所以尽人谋而通下情也。熙宁初,议贡举北郊犹如此,后厌其多异同,不复讲。及司马温公为相,欲增损贡举之法,复将使百官议。因自建经明行修使朝官保任之法,欲并议之。草具将上,先与范丞相谋。范公曰:"朝廷欲求众人之长,而元宰先之,似非明夷莅众之义。若已陈此书,而众人不随,则虚劳思虑而失宰相体。若众人皆随,则相君自谓莫己若矣。然后谄子得志于其间,而众人默而退,媚者既多,使人或自信如莫己若矣。前车可鉴也,不若清心以俟众论,可者从,不可者更,俟众贤议之,如此则逸而易成,有害亦可改而责议者矣。若先漏此书之意,则谄者便能增饰利害、迎于公之前矣。"温公不听,卒白而行之。范氏家集载此书甚详。

故事,宰辅领州,而中使以事经由,必传宣抚问。宣和间,先公守南都,地当东南水陆之冲,使传络绎不绝,一岁中抚问者至十数。故尝有谢表曰:"天阙梦回,必有感恩之泪;日边人至,常闻念旧之言。"后因生日,府掾张矩臣献诗曰:"几回天阙梦,十走日边人。"盖用表语也。矩臣退掾,家居好学,喜为诗,先公为相时,欲稍荐用之,已卒矣。

旧制,凡掌外制,必试而后命,非有盛名如杨文公、欧阳文忠、苏端明,未尝辄免,故世尤以不试为重。然故事苟尝兼摄,虽仅草一制,亦复免试。渡江后从班多不备官,故外制多兼摄者，及后为真皆循例得免。近岁有偶未兼摄而径除，又特降旨免试焉。

国朝宰相执政，既罢政事，虽居藩府，恩典皆杀。政和中，始置宣和殿大学士，以蔡攸为之。俸赐礼秩悉视见任二府，其后踵之者，其弟修，其子行。而孟昌龄、王革、高伸亦继为之，然皆领宫观使，或开封府殿中省职事，未尝居外。及革出镇大名，仍旧职以行，而恩典悉如在京师。其后蔡靖以资政殿学士知燕山府，久之，亦进是职。再任恩数加之，虽前宰相，亦莫及矣。

先友崔陟字浚明，年未二十举进士，待试京师。一夕梦人告曰："汝父攘羊，恐不复见汝登科矣。"及寤，意大恶之。既果被黜还家，见有羊毛积后垣下，问何自得之。其父曰："昨有羊突入吾舍者，吾既烹而食之矣。"陟因大惊，而不敢言所梦。未几，其父卒。后数年，乃登第。后坐元符末上书论时事，编入党籍，仕宦连蹇不进。先公领裕民局，辟为检讨官。未几局罢，后以宿州通判终。

宗室士睞字明发，少好学，喜为文，多技艺。尝画韩退之、皇甫持正访李长吉事为《高轩过图》，极萧洒，一时名士皆为赋之。又尝学书于米元章，予尝见所藏元章一帖，曰："草不可妄学。黄庭坚、锺离景伯可以为戒。"而鲁直集中有答僧书云："米元章书公自鉴其如何，不必同苏翰林元论也。"乃知二公论书，素不相可如此。

程嗣真字儒臣，文简公之子也。少喜学书，自谓独得古人用笔之妙，尝评近代能书者曰："苏才翁书笔势迟怯，吴越人无识，颇学之。自余为辨之后，此间人亦知非也。蔡君谟但能模学前人点画，及能草字而已。周子发书妙出前辈，至于草书，殊未得自悟之意。古人自悟者,惟张旭与余而已。"钱塘关氏蓄其书数卷,信为高古,今世不复见矣。

张友正字义祖,退傅邓公之子。自少学书,常居一小阁上,杜门不治他事。积三十年不辍,遂以善书名。神宗尝评其草书为本朝第一。予顷在馆中,与其族孙巨山同舍,尝出所藏义祖家书数卷,每幅不过数十字便了,词语皆如晋宋间人。盖阅古书之久,不自知其然也。

杜岐公既致仕还家,年已七十,始学草书,即工。余尝于其孙鼎家见一帖,论草书曰:"草书之法,当使意在笔先、笔绝意在为佳耳。"笔势纵逸,有如飞动。纸尾书"时年七十八"字。又见有少时所节《史记》一编,字如蝇头,字字端楷,首尾如一,又极详备,如《禹本纪》九州所贡,名品略具。苏子瞻作《李氏山房记》,言余犹及见老儒。先生自言其少时欲求《史记》、《汉书》而不可得,幸而得之,皆手自书,日夜读诵,惟恐不及,正此类邪。

苏丞相子容留守南都,刘丞相莘老签书判官事,时年尚少,苏公大器爱之。元祐中,刘公为右仆射兼中书侍郎,苏公为尚书左丞同秉政,尝因祠事各居本省致斋。刘公有《夜直中书省寄左丞子容公》诗,曰:"膺门早岁预登龙,俭幪中间托下风。敢谓弹冠烦贡禹,每思移疾避胡公。论文青眼今犹在,报国丹心老更同。夜直沉迷坐东省,斋居清绝望南宫。"苏公和曰:"五年班缀望夔龙,曾托骈爒庇雨风。末路自怜黄发老,早时曾识黑头公。升沉不改交情见,出处虽殊趣舍同。邈扣芜音答高唱,终惭下管应清宫。"苏门下子由时为右丞,亦和曰:"雷雨年年起卧龙,穆然台阁有清风。一时画诺虽云旧,晚岁吁俞本自公。松竹经寒俱不改,盐梅共鼎固非同。新诗和遍东西府,律吕更成十二宫。"时朝廷和此诗者甚众,往往见于名士文集中。

神宗患本朝国史之繁,尝欲重修五朝正史,通为一书,命曾子固专领其事,且诏自择属官。曾以彭城陈师道应诏,朝廷以布衣难之。未几,撰《太祖皇帝总叙》一篇以进,请系之《太祖本纪》篇末,以为国史书首。其说以为太祖大度豁如,知人善任使,与汉高祖同,而汉祖所不及者,其事有十,因具论之,累二千余言。神宗览之不悦,曰:"为史但当实录以示后世,亦何必区区与先代帝王较优劣乎?且一篇之赞已如许之多,成书将复几何?"于是书竟不果成。

祖宗时,诸路帅司皆有走马承受公事二员,一使臣,一宦者,属官也。每季得奏事京师,军旅之外,他无所预。徽宗朝易名廉访使者,仍俾与监司序官,凡耳目所及皆以闻。于是与帅臣抗礼,而胁制州县,无所不至,于时颇患苦之。宣和中,先公守北门,有王襃者,宦官也,来为廉访使者,在辈流中每以公廉自喜,且言素仰先公之名德,极相亲事。会入奏回,传宣抚问毕,因言比具以公治行奏闻,上意甚悦,行召还矣。先公退语诸子,意甚耻之,故谢表有曰:"老若李鄘,久自安于外镇;才非萧傅,敢雅意于本朝?"长兄惇义之文,盖具著先公之意也。《唐书·李鄘传》:"为淮南节度使。先是吐突承璀为监军,贵宠甚。鄘以刚严治相礼惮,稍厚善。承璀归,数称荐之。召拜门下侍郎同平章事。鄘不喜由宦幸进,及出,祖乐作,泣下,谓诸将曰:'吾老安外镇,宰相岂吾任乎?'至京师,不肯视事,引疾固辞,改户部尚书。"

方王氏之学盛时,士大夫读书求义理,率务新奇。然用意太过,往往反失于凿。有称老杜《禹庙》诗最工者,或问之,对曰:"'空庭垂橘柚',谓厥包橘柚锡贡也;'古屋画龙蛇',谓驱龙蛇而放之菹也。此皆著禹之功也,得不谓之工乎?”

崇宁初,蔡太师持绍述之说为相,既悉取元祐廷臣及元符末上书论新法之人,指为谤讪而投窜之,又籍其名氏刻之于石,谓之“党籍碑”,且将世世锢其子孙。其后再相也,亦自知其太甚,而未有以为说。叶左丞为祠部郎,从容谓之曰:“梦得闻天下有道 则庶人不议。今举籍上书之人名氏刻之于石,以昭示来世,恐非所以彰先帝之盛德也。”蔡大感寤,其后党禁稍弛,而碑竟仆焉。胡尚书直孺闻之,叹曰:“此人宜在君侧。”

祖宗时,有官人在官应进士举,谓之“锁厅”者,谓锁其厅事而出。而后世因以有官人登第,谓之“锁中”,甚无义理。

《汉书·食货志》:“盐铁丞孔仅咸阳言,山海天地之藏,宜属少府,陛下弗私以属大农佐赋,愿募民日给费,因官器作鬻盐官与牢盆。”注:“苏林曰:‘牢,价直也。今世言顾手牢。’如淳曰:‘盆,鬻盐盆也。’”鬻古煮字,今煎盐之器,谓之盘。以铁为之,广袤数丈,意盆之遗制也。今盐场所用,皆元丰间所为,制作甚精,非官不能办。然亦有编竹为之而泥其中者,烈火然其下而不焚,物理有不可解至如此。

韩忠献公罢相,初授守司徒兼侍中,镇安、武胜军节度使。公引故事,以为祖宗旧制,惟宗室近属,方授两镇。臣若逾越常制,是开迩臣希望僭忒之源。神宗不从,固辞,至于再三,乃改授淮南节度使。元丰间,文潞公加两镇,亦不敢拜。

陈正字无己,世家彭城,后生从其游者常十数人。所居近城,有隙地林木,闲则与诸生徜徉林下。或愀然而归,径登榻引被自覆,呻吟久之。霅然而兴,取笔疾书,则一诗成矣。因揭之壁间,坐卧哦咏,有窜易至数十日乃定。有终不如意者,则弃去之。故平生所为至多,而见于集中者,才数百篇。今世所传，率多杂伪，唯魏衍所编二十卷者最善。

魏衍者字昌世，亦彭城人。从无己游最久，盖高弟也，以学行见重于乡里。自以不能为王氏学，因不事举业，家贫甚，未尝以为戚，唯以经籍自娱，为文章操笔立成。名所居之处曰"曲肱轩"，自号"曲肱居士"。政和间，先公守徐，招置书馆，俾余兄弟从其学。时年五十余矣，见异书犹手自抄写，故其家虽贫，而藏书亦数千卷。建炎初，死于乱。平生所为文，今世无复存者，良可叹也。

魏昌世言：无己平生恶人节书，以为苟能尽记，不忘固善；不然，徒废日力而已。夜与诸生会宿，忽思一事，必明烛翻阅，得之乃已。或以为可待旦者，无己曰："不然。人情乐因循，一放过则，不复省矣。"故其学甚博而精，尤好经术，非如唐之诸子，作诗之外，他无所知也。

刘待制安世晚居南京，客或问曰："待制闲居，何以遣日？"正色对曰："君子进德修业，唯日不足，而可遣乎？"

曾尚书梀喜理性之学，中年提举淮西学事，游五祖山，凭栏恍若有所得者。因为偈曰："四大本空，五荫皆蕴。灵台一点，常现圆明。"

旧制，辅臣典藩，监司客位下马，就厅上马。先公顷在北都时，诸使者守此制甚谨，每相访将起，必牵马就厅，索轿再三，乃敢登轿。

韩献肃公再相，其弟黄门公在翰苑当制。其后曾丞相子宣拜相，时其弟子开为翰林学士当制。初，子开除吏部郎中，子固掌外制告词，子固为之。近岁中书舍人当制，而兄弟有除授，多引嫌，俾以次官行。

《新唐书》初成，时韩忠献公当国，以其出于两人，文体不一,恐惑后世,遂建请诏欧阳文忠公别加删润以一之。公固辞,独请各出名,从之。王铚云。

刘羲仲字壮舆,道原之子也。道原以史学自名,羲仲世其家学。尝摘欧阳公《五代史》之讹误为纠缪,以示东坡。东坡曰:"往岁欧阳公著此书初成,王荆公谓余曰:'欧阳公修《五代史》而不修《三国志》,非也。子盍为之乎?'余固辞不敢当。夫为史者,网罗数十百年之事以成一书,其间岂能无小得失邪?余所以不敢当荆公之托者,正畏如公之徒掇拾其后耳。"

乾德二年,以兵部侍郎吕余庆、薛居正并本官参知政事。先是,已命赵普为相,欲命居正等为之副,而难其名称。诏问翰林承旨陶穀,下丞相一等者,有何官?对曰"唐有参知政事、参知机务",故以命之,仍令不宣制,不押班,不知印,不升政事堂,止令就宣徽使厅上事,殿庭别设砖位于宰相后,敕尾署衔"降宰相"数字,月俸杂给半之。盖帝意未欲居正等名位与普齐也。史臣钱若水等曰:"按唐故事,裴寂为右仆射、参知政事,杜淹为御史大夫、参议朝政,魏徵为秘书监、参议朝政,萧瑀为特进、参议政事,刘洎为门下侍郎、参知政事,刘幽求为中书舍人、参知机务,然并宰相之任也。又高宗尝欲用郭待举等参知政事,既而谓崔知温曰:'待举等历任尚浅,未可与卿等同称。'遂令于中书门下同承受进止平章事。以此言之,平章事亚于参知政事矣。今穀不能远引汉御史大夫、亚丞相故事为对,翻以参知政事为下丞相一等,穀失之矣,议者惜之。"余以谓凡此官称,皆唐一切之制,非有高下等级著为定令也,亦何常之有?至唐中叶以后,虽左右仆射不兼平章事,皆不为宰相,则平章之重也久矣。故本朝因之。既政事自中书门下出,则平章事固中书门下之长官也。御史台自为风宪之地,今一日以御史大夫厕于中书门下之列，独不为紊乱乎？如必用汉制者，则丞相以下，举易其名可也。史臣之论，亦未为允。

凡带职诸学士结衔，皆在官上；待制修撰，乃在官下。宣和间，薛太尉昂罢节度使改授资政殿大学士，时寄禄官已至特进，故特结衔在官下。其后遂为故事，特进授学士结衔，皆在下云。

诗人之盛，莫如唐。故今唐人之诗集行于世者，无虑数百家。宋次道龙图所藏最备，尝以示王介甫，且俾择其尤者。公既为择之，因书其后曰："废日力于斯，良可叹也。然欲知唐人之诗者，眠此足矣。"其后此书盛行于世，《唐百家诗选》是也。

陈参政云非少学诗于崔鸥德符，尝请问作诗之要。崔曰："凡作诗，工拙所未论，大要忌俗而已。天下书虽不可不读，然慎不可有意于用事。"去非亦尝语人言："本朝诗人之诗，有慎不可读者，有不可不读者。慎不可读者梅圣俞，不可不读者陈无己也。"

滕龙图达道布衣时，尝为范文正公门客。时范公尹京，而滕方少年，颇不羁，往往潜出，狭邪纵饮，范公病之。一夕至书室中，滕已出矣，因明烛观书以俟，意将愧之。至夜分，乃大醉而归。范公阳不视，以观其所为。滕略无愧惧，长揖而问曰："公所读者，何书也？"公曰："《汉书》也。"复问汉高祖何如人，公逡巡而入。

刘丞相莘老初拜右仆射，表略曰："命相之难，为邦所重。惟皇盛世，尤慎此官。君臣赓歌，今百三十载；勋业继踵，裁五十二人。"刘公拜相，实元祐五年庚午，距今绍兴十年庚申，五十年矣。继踵为相者，又二十有八人，通前凡八十人焉。

王荆公、司马温公、吕申公、黄门韩公维，仁宗朝同在从班,特相友善。暇日多会于僧坊,往往谈燕终日,他人罕得而预。时目为"嘉祐四友"。

吕太尉惠卿赴延安帅,道出西都,时程正叔居里中,谓门人曰:"吾闻吕吉甫之为人久矣,而未识其面。明旦西去,必经吾门,我且一觇之。"迨旦,了无所闻。询之行道之人,则曰"过已久矣",而道旁多不闻者。正叔叹曰:"夫以从者数百、人马数十行道中,而能使悄然无声,驭众如此,可谓整肃矣。其立朝虽多可议,其才亦何可掩也。"

太仆寺总诸马监斥卖粪土,岁入缗钱甚多,常别籍之,以待朝廷不时之须。绍圣间,宗室令铄为太仆卿,性勤吏事,检核出纳,未尝少怠,吏不能欺。居数年,积钱倍于常时,至数十万缗。一日,与其贰以职事同对,哲宗问:"闻马监积钱甚多,其数几何?"令铄唯唯。再问,则对曰:"容契勘,别具奏闻。"既退,其贰怪之,问曰:"公平时钩校簿书如此其勤,今日上问,奈何不以实对?"令铄叹曰:"天子方富于春秋,以区区马监而闻积钱如此其多,谓天下之富称是。吾故不对,惧启上之侈心也。"贰谢非所及。此事先公言之。

政和中,杜相充以列卿使辽,时新更左右仆射为太宰、少宰。既至辽馆,伴者问:"南朝新定宰相,官名亦有据乎?"杜曰:"曾读《周礼》否?"伴不悦,曰:"《周礼》岂不尝读,正以周官太宰卿一人,则天官之长也。小宰中大夫二人,其属耳,安得相抗而为二宰哉?"杜无以应。及还,以失言被黜。

近岁使相节度使,惟加检校、封邑,则降麻。若除知判州府,止舍人命词,领宫观又止降敕。

唐中叶以后,宰相兼判度支最为重任。国朝开宝五年,尝命参知政事薛居正兼提点三司、淮南、江南诸路水陆转运使,吕余庆兼提点三司、荆湖、广南诸路水陆转运使。明年,薛拜柏,仍领转运使事。又命平章事沈义伦兼提点剑南转运使。盖袭唐之遗制也。仁宗朝司马温公为谏官,以天下财用不足,建请置总计使,用辅臣领之,以总天下之财。绍兴初,孟观文庚以参知政事兼总制户部财用,然不入衔。

宣和中,三公三孤皆具。太师三人,蔡京、童贯、郑绅;太傅一人,王黼;太保二人,郑居中、蔡攸;少师一人,梁师成;少傅一人,余深;少保二人,邓洵武、杨戬。

景德四年,诏皇侄武信军节度使惟吉,立班在镇安军节度使石保吉之上。惟吉、保吉俱带平章事,而保吉先拜,真宗令史馆检讨故事,准唐武德中诏宗姓宜在同品官之上,从之。今职制令叙位以国姓为上,虽非宗室,而同姓皆居庶姓之右。

余顷见史院神宗国史薧,富韩公传称"少时,范仲淹一见,以王佐期之",蔡太师大书其旁,曰:"仲淹之言,何足道哉!"

宣和中,王鼎为刑部尚书,年甫三十。时卢枢密益、卢尚书法原俱为吏部侍郎,而并多髯。王嘲之曰:"可怜吏部两胡卢,容貌威仪总不都。"卢尚书应声曰:"若要少年并美貌,须还下部小尚书。"闻者以为快。

近世士大夫家祭祀,多苟且不经。惟杜正献公家用其远祖叔廉书仪,四时之享以分至日。不设椅桌,唯用平面席褥,不焚纸币。以子弟执事,不杂以婢仆。先事致斋之类,颇为近古。又韩忠献公尝集唐御史郑正则等七家祭仪,参酌而用之,名曰《韩氏参用古今家祭式》。其法与杜氏大略相似,而参以时宜。如分至之外,元日、端午、重九、七月十五日之祭,皆不废。以为虽出于世俗,然孝子之心,不忍违众而忘亲也。其说多近人情,最为可行。

　　张文定公安道,平生未尝不衣冠而食。尝暑月与其婿王巩同饭,命巩褪带而已,衫帽自如。巩顾见不敢,公曰:"吾自布衣、诸生遭遇至此,一饭皆君赐也,享君之赐,敢不敬乎? 子自食某之食,虽衵衣无害也。"

　　范忠宣公守许昌,邹侍郎志完为教授,尝因宴集,吏请乐语,公命邹为之。邹辞以为备官师儒而为乐语,恐非所宜,公深引咎谢焉,自是大相知。元符中,邹以谏官论立后事,由是知名。然世所传疏,其辞诋讦,盖当时小人伪为之,以激怒者也。其子柄后因赐对,首辨此事,且缴元疏副本上之,诏以付史馆。予尝得见之,缓而不迫,薰然忠厚之言也。

　　李修撰夔,丞相纲之父也。政和中,除守南阳。迓者至,问帑廪所积几何,吏对"尚可支半年"。夔惊曰:"吾闻国无三年之储,国非其国也。今止半年,何可为哉!"即日上章请宫祠。

　　赵睿字德进,宋城人。少治《易》,时龚深甫《易解》新出,世未多见,睿闻考城一士人家有之,则徒步往见,独携饼十数枚以行。既至其门,求见主人,问以借书之事,意颇以为难,而命之饭。睿辞曰:"所为来者,欲见《易解》耳,非乞食也。"主人嘉其意,乃许就传,因馆之一室中。睿阖户昼夜写录,饥则啖所携之饼,数日而毕。归书主人,长揖而还。先公应举时与之同场屋,其被黜之明日,往唁之。叩门久方罾,窥其何为,则抄书如平时,其励志如此。后数年始登科,然迄以刚故寡所合。先公初秉政,荐为敕令所删定官,方改京秩。晚节益不喜仕,筑室南都城北,杜门不交人事。有园数亩,植花木,日居其间,乡人目之为"独乐园"。然晚复再娶,年颇相悬,刘待制器之戏曰:"岂谓独乐园中乃有少室山人乎?"建炎初,乡人竞为迁徙计,畯独留乡里自如。及刘豫僭号,起为郎官,闻命不食,数日而卒,时年七十余矣。

国朝应差遣,多结衔在官上,内则如枢密使、副使、三司使,外则如转运使、副使、提点刑狱皆然。官制后悉移在下,惟奉使外国者,犹如故。近岁皆在下矣。

吴少宰敏政和间为中书舍人,年方二十八。后为给事中罢。宣和末年复召为给事中,内禅之夕,骤拜门下侍郎。未几,迁知枢密院。明年遂拜少宰,时三十八。数月之间,周历三省枢密院,顷所未有也。

范仆射宗尹为参知政事时年三十一,拜相时三十二,卒时三十九。然有五子,皆已娶妇,兼有孙数人。论者谓其享年虽不永,而人间之事略备,岂物理亦有乘除也欤?

刘贡甫旧与王荆公游,甚款。荆公在从班,贡甫以馆职居京师,每相过,必终日。其后荆公为参知政事,一日贡甫访之,值其饭,使吏延入书室中。见有藁草一幅在砚下,取视之,则论兵之文也。贡甫性强记,一过目辄不忘,既读,复置故处。独念吾以庶僚谒执政,径入其便坐,非是,因复趋出,待于庑下。荆公饭毕而出,始复邀入坐。语久之,问贡甫近颇为文乎,贡甫曰:“近作《兵论》一篇,草创未就。”荆公问所论大概如何,则以所见藁草为己意以对。荆公不悟其□见己之作也,默然良久,徐取砚下藁草裂之。盖荆公平日论议,必欲出人意之表,苟有能同者,则以为流俗之见也。

苏黄门子由南迁既还,居许下,多杜门不通宾客。有乡人自蜀川来见之,伺候于门,弥旬不得通。宅南有丛竹,竹中为小亭,遇风日清美,或徜徉亭中。乡人既不得见,则谋之阍人,阍人使待于亭旁。如其言,后旬日果出,乡人因趋进。黄门见之大惊，慰劳久之，曰："子姑待我于此。"翩然而入，迨夜竟不复出。

范忠宣谪居永州，客至必见之。对设两榻，多自称老病不能久坐，径就枕，亦授客一枕，使与己对卧。数语之外，往往鼻息如雷。客待其觉，有至终日迄不得交一谈者。

先公守南都，时有直秘阁张山者，开封人，判留司御史台事，年八十余矣。视听、步履、饮食，悉如少壮。或问何术至此，曰："吾无他术，但顷尝遇异人授一药服之。数十年未尝一日辍耳。其法用香附子、姜黄、甘草三物同末之，沸汤点，晨起空心服三四钱，名'降气汤。'"以为人所以多疾病者，多由气不降，故下虚而上实，此药能导之使归下尔。乡人有效之者，或返致虚弱，盖香附子、姜黄泻气太甚而然，不知山何以独能取效如此，意其别有他术，特托此药以罔人。及渡江，见一武官王昇者，亦七十余矣，康强无疾。问何所服食，则与山正同。而后知人之于药，各有所宜，不可强也。

唐史载姚崇为相，与张说不协，他日朝，崇曳踔为有疾状。帝召问之，因得留身。又蒋伸为翰林学士，宣宗雅爱信，一日因语合旨，三起三留，曰："他日不复独对卿矣。"伸不喻，未几以本官同平章事。以此言之，则唐宰相不得独对矣。本朝宰执日同进呈公事，遇欲有所密启，必先语阁门，使奏知进呈罢，乃独留，谓之"留身"，此与唐制颇异。

赵康靖公概既休致，居乡里，宴居之室必置三器几上，一贮黄豆，一贮黑豆，一空。又间投数豆空器中，人莫喻其意。所亲问之，曰："吾平日兴一善念，则投一黄豆；兴一恶念，则投一黑豆，用以自警。始则黑多于黄，中则黄多于黑，近者二念俱忘，亦不复投矣。"

　　仁宗一日语辅臣曰："闻富弼在青州，以赈济流民为名，聚众十余万人，且为变如何？"众未及对。时王文安公尧臣为参知政事，越次进曰："陛下何以知之？"仁宗曰："姑言何以处，无问所从得也。"公固请不已，仁宗曰："有内臣出使回言之。"公曰："富弼本以忠义闻天下，岂应有此？但内臣敢诬大臣，而闇主听如是，不治则乱之道也。"仁宗寤，立黜宦者。

　　功臣号起于唐德宗，时朱泚之乱既平，凡从行者悉赐号"奉天元从定难功臣。"其后凡有功者，咸被赐，寖相踵为故事。本朝循此制，宰相枢密使初拜赐焉。参知政事枢密副使初除或未赐，遇加恩乃有之。刺史以上止加阶勋，勋高者亦或赐。中书枢密赐"推忠协谋同德"；佐理余官则"推诚保德奉义"；翊戴掌兵则"忠果雄勇"；宣力外臣则"纯诚顺化"，每以二字协意，或造或因，取为美称。宰臣初加即六字，余并四字；其进加则二字或四字，多者有至十余字。又有"崇仁"、"佐运"、"守正"、"忠亮"、"保顺"、"宣忠"、"亮节"之号，文武迭用焉。中书枢密所赐，若罢免或出镇则改；亦有不改者，其诸班直禁军将校，赐"拱卫"、"供奉"之号。遇加恩，但改其名，不过两字。元丰中，神宗既累却群臣尊号之请，大臣将顺因请并罢功臣之名，诏从之。近岁始复以赐大将，然皆创为之名，非复旧制矣。

　　元丰官制，既罢馆职，独置秘书监、少监、丞、郎、著作郎、佐郎、校书郎、正字，谓之秘书省职事官。然不兼领他局，专以校雠、著撰为职。元祐间，复置馆职，又诏辅臣悉举所知策试于学士院，已乃随官秩资序，或授以秘阁集贤校理，或领内外职任，不必专在馆中。校书郎、正字凡试中者满二年，乃授校理，绍圣初复罢之。建炎间，张参政守建请复召试馆职，然既试，止除秘书省职事官。而校理直院之职，迄不复置，盖考之不详也。

元祐执政大抵欲参用祖宗官制，既复馆职，又俾侍从官咸带职为之。任尚书二年，乃除直学士、御史中丞。至谏议大夫，满一年除待制，而以职为行守。试时议者多以为无益事实，而徒为紊乱。然余观元丰官制，既职事官各有杂压，则既上者不可以复下，故自六尚书、翰林学士而除中丞，六曹侍郎而除给舍、谏议，非不美而不免为左迁。若使带职而为之，则无此嫌矣。如苏黄门自翰苑除中丞，带龙图阁学士。郑闳中穆尝为给事中，后复以宝文阁待制为国子祭酒，及前执政入为尚书，皆带殿学士之类。既近于为官择人之义，且于人品秩无伤，此则带职为便，其余自依官制可也。

在京局务各随其类有所隶。给事中本通进银台司之任，则进奏院隶焉。谏官以言为职，所以通天下之壅塞，则登闻鼓院、检院隶焉。秘书省著作局掌书、日历，则太史局隶焉。太常礼乐之司，则教坊隶焉。

包孝肃公之尹京也，初视事，吏抱文书以伺者盈庭。公徐命阖府门，令吏列坐阶下，枚数之，以次进取所持案牍，遍阅之。既阅，即遣出数十人。后或杂积年旧牍，其间诘问辞穷。盖公素有严明之声，吏用此以试，且困公。公悉峻治之，无所贷，自是吏莫敢弄以事，文书益简矣。天府虽称浩穰，然事之所以繁者，亦多吏所为。本朝称治天府以孝肃为最者，得省事之要故也。

元祐初再复制科，独谢悰中格，特赐进士出身，补大郡职官。悰具状辞免，云："所有告敕，未敢祗受。"而以"祗"为"祇"，以"受"为"授"，士大夫间传以为笑。谏官刘器之疏论之，曰："昔唐之省中有伏猎侍郎，为严挺之所讥而罢；今陛下方当右文之代，初复制举，岂容有'祇''授'贤良乎?"悰字公定，希深之孙，亦有文采，"只"'授"盖笔误也。

熙宁间，苏丞相奉使契丹，道过北京。时文潞公为留守，燕会欵文公，因问魏收有"逋峭难为"之语，人多不知"逋峭"何谓，苏公曰："闻之宋元宪公云，事见《木经》，盖梁上小柱名，取有折势之义耳。"苏公以文人多用近语而未及此，乃用是语为一诗纪席上之事献文公，曰："高燕初陪听拊鼙，清谭仍许奉挥犀。自知伯起难逋峭，不及淳于善滑稽。舞奏未终花十八，酒行先困玉东西。荷公德度容狂简，故敢忘怀去町畦。"

公卿三品以上，既薨，其家录行状上尚书省请谥。考功移太常礼院议定，博士撰议，考功审覆，刺都省集合省官参议具上，中书门下宰臣判准，始录奏闻，敕付所司郎考功录牒，以未葬前赐其家。省官有异议者，听具议以闻。然故事，集议日请谥之家例设酒馔，厥费不赀，或者惮此，因不复请。景祐中，宋宣献公判都省，建言考行易名，用申劝沮，而飨其私馈，颇非政体，请自今官给酒食，从之。然亦有其家不自请，而人为之请而得谥者，若杨侍读徽之既卒，久之，其外孙宋宣献公为请而谥"文庄"。宋尚书祁既薨，张安道为请而谥"景文"。张公既薨，遗命毋得请，而苏黄门子由援此二例为言，遂谥"文定"。兵兴以来，请谥之礼几废。张悫中书卒，汪翰林藻为之请，遂谥"忠穆"。然有司自定而已，非复集官参议也。

国朝以来，凡谥者多褒其善而已，未有贬其恶者，惟钱文僖惟演初请谥，博士张瓌议以为惟演尝坐党附外戚及妄议祔庙，为宪司所纠，左降偏郡，位兼将相而贪慕权要，因合敏而好学、贪以败官二法，谥曰"文墨"。其子暧诉于朝，礼官议以为惟演自左降后能率职自新，应追悔前过之法，宜谥曰"思"。其后暖等复诉不已，竟改"文僖"。陈执中丞相初请谥，韩持国黄门时为博士，合宠禄光大、不勤成名二法，谥之曰"荣灵"。张文定公疏论其非，因诏太常再议。众礼官议应不懈于位之法，曰"恭"。考功杨南仲请谥曰"恭襄"，何剡密直请谥为"厉"，屯田员外郎黄师旦乞谥为"荣"，尚书省众议从"恭"，诏从众议。

凡侍从官以上乞致仕者，虽优进官资，而不许带职。熙宁中，始许致仕仍带旧职。于是王懿敏公素首以端明殿学士致仕，未几，欧阳文忠公又以观文殿学士、太子少师致仕。会韩魏公寄诗贺之，公和篇曰："报国勤劳已蔑闻，终身荣遇最无伦。老为南亩一夫去，犹是东宫二品臣。侍从籍通清切禁，啸歌行作太平民。欲知念旧君恩厚，二者难兼始两人。"盖谓是也。官制行，职事官致仕，仍许带职事官，著为令。

唐制，礼部郎官掌百官笺表，故谓之南宫舍人。国朝常择馆阁中能文者同判礼部，便掌笺表，有印曰"礼部名表之印"。王文恭珪初以馆职为之，其后就转知制诰，又就迁学士，仍领，辞不受，曰："御史中丞岁时率百官上表，而反令学士舍人掌诏诰之臣主为缮辞定草，既轻重不伦，亦事体未便。今失之尚近，可以改正。欲乞检会旧例，以礼部名表印择馆职中有文者付之，则名分不爽矣。"议者是之。及官制行，遂复唐之旧云。

李才元大临仕仁宗朝为馆职，家贫甚，僮仆不具，多躬执贱役。一日自秣马，会例赐御书，使者及门适见之，嗟叹而去。归以白上，上大惊异。他日以语宰相，遂命知广安军，刘原甫为赋诗美其事。熙宁中为知制诰，坐封还李定除御史词头，与宋次道、苏子容俱得罪，于是名益重云。"待诏先生穷巷居，箪瓢屡空方晏如。自操井臼秣羸马，却整衣冠迎赐书。王人驻车久叹息，天子闻之动颜色。饱死曾不及侏儒，牧民会肯输筋力。诏书朝出蓬莱宫，绣衣还乡由上衷。君今已作二千石，亦复将为第五公"。右原父《赠才元》诗也。

却扫编卷下

　　京城士大夫自宰臣至百执事，皆乘马出入。司马温公居相位，以病不能骑，乃诏许肩舆至内东门，盖特恩也。建炎初驻跸扬州，以通衢皆砖甃，霜滑不可以乘马，特诏百官悉用肩舆出入。

　　范文正公自京尹谪守鄱阳，作堂于后圃，名曰"庆朔"。未几，易守丹阳，有诗曰："庆朔堂前花自栽，便移官去未曾开。如今忆着成离恨，只托春风管句来。"予昔官江东，尝至其处，觅诗壁间，郡人犹有能道当时事者，云："春风，天庆观道士也，其所居之室曰'春风轩'，因以自名。公在郡时与之游，诗盖以寄道士云。"

　　汪彦章言顷行淮西一驿舍中，壁间有王荆公题字，曰："邮亭桥梁不修，非政之善；饰厨传以称过使客，又于义有不足，如此足矣。"

　　欧阳文忠公始自河北都转运谪守滁州，于琅邪山间作亭，名曰"醉翁"，自为之记。其后王诏守滁，请东坡大书此记而刻之，流布世间，殆家有之。亭名遂闻于天下。政和中，唐少宰恪守滁，亦作亭山间，名曰"同醉"，自作记，且大书之，立石亭上，意以配前人云。

　　东坡既南窜，议者复请悉除其所为之文，诏从之。于是士大夫家所藏既莫敢出，而吏畏祸所在，石刻多见毁。徐州黄楼，东坡所作，而子由为之赋，坡自书。时为守者独不忍毁，但投其石城濠中,而易楼名"观风"。宣和末年,禁稍弛,而一时贵游,以蓄东坡之文相尚。鬻者大见售,故工人稍稍就濠中摹此刻。有苗仲先者适为守,因命出之,日夜摹印。既得数千本,忽语僚属曰:"苏氏之学,法禁尚在;此石奈何独存?"立碎之。人闻石毁,墨本之价益增。仲先秩满,携至京师尽鬻之,所获不赀。

国朝财赋之入,两税之外,多有因事所增,条目甚繁。当官者既不能悉其详,吏因得肆为奸利,民用重困。仁宗朝或请凡财赋窠名,宜随类并合,使当官者易于省察,可以绝吏奸,论者皆以其言为然。时程文简公琳为三司使,独以为不可,曰:"今随类并合,诚为简便;然既没其窠名,莫可稽考。他日有兴利之臣必复增之,则病民益甚矣。"于是众莫能夺。

宗室令時少有俊名,一时名士多与之游。元祐间,执政荐之帘前,欲用以为馆职,曰:"令時非特文学可称,吏能亦自精敏。其为人材,实未易得。"宣仁后曰:"皇亲家惺惺者直是惺惺,但不知德行如何? 不如更少待。"于是遂止。建炎间,余避地饶州之德兴县,令時时亦在焉,自言如此。

国朝制科初因唐制,有贤良方正能直言极谏,经学优深可为师法,详明吏理达于教化,凡三科。应内外职官,前资见任,黄衣草泽人,并许诸州及本司解送上吏部,对御试策一道,限三千字以上成。咸平中,又诏文臣于内外幕职州县官及草泽中,举贤良方正各一人。景德中,又诏置贤良方正能直言极谏、博通坟典达于教化、才识兼茂明于体用、武足安边洞明韬略、运筹决胜军谋宏远材任边寄、详明吏理达于从政等六科。天圣七年,复诏应内外京朝官不带台省馆阁职事、不曾犯赃罪及私罪情理轻者,并许少卿监以上奏举,或自进状乞应前六科,仍先进所业策论十卷,卷五道。候到,下两省看详,如词理优长、堪应制科,具名闻奏。差官考试,论六首,合格即御试策一道。又置高蹈邱园、沉沦草泽、茂才异等三科,应草泽及贡举人,非工商杂类者,并许本处转运司及州长吏奏举,或于本贯投状乞应,州县体量有行止、别无玷犯者,即纳。所业策论十卷,卷五道。看详,词理稍优即上转运司,审察乡里名誉,于部内选有文学官再看详。实有文行可称者,即以文卷送礼部,委主判官看详,选词理优长者,具名闻奏。余如贤良方正等六科,熙宁中悉罢之,而令进士廷试,罢三题而试策一道。建炎间,诏复贤良方正一科,然未有应诏者。

　　哲宗初眷遇范忠宣公最厚,元祐末再相,属宣仁上仙,以旧臣例请退。上再三坚留之,不可,则以观文殿大学士知陈州。陛辞,上面谕曰:"有所欲言,附递以闻。"至陈久之,时元祐用事之臣投窜江湖,皆已逾岁。即上章恳论,请悉放还。其辞略曰:"窃见吕大防等窜谪江湖,已更年祀,未蒙恩旨。久困拘囚,其人等或年齿衰残,或素萦疾病,不谙水土,气血向衰,骨肉分离,举目无告。将恐殒先朝露,客死异乡,不惟上轸圣怀,亦恐有伤和气。恭惟陛下圣心仁厚,天纵慈明,岂有股肱近臣,簪履旧物,肯忘轸恻,常俾流离?但恐一二执政之臣,记其往事,嫉之太甚,以谓今日之戾,皆其自取,启迪之际,不为详陈。殊不思吕大防等得罪之由,只因持心失恕,好恶任情,以异己之人为怨仇,以疑似之言为谤讪。违老氏好还之诫,忽孟轲反尔之言。误国害公,覆车可鉴;岂可尚遵前辙,靡恤效尤哉?"章既上,即束装计程。既达,且有命,即大会僚佐。中果被谪,落职知随州。拜命毕,交州事通判主席,复就坐,终宴而罢,明日遂行。

王侍郎涣之常言：乘车常以颠坠处之，乘舟常以覆溺处之，仕宦常以不遇处之，无事矣。

东坡初欲为富韩公神道碑，久之，未有意思。一日昼寝，梦伟丈夫称是寇莱公来访，已共语久之。既寤，下笔首叙景德澶渊之功以及庆历议和，顷刻而就，以示张文潜。文潜曰："有一字未甚安，请试言之：盖碑之末初曰'公之勋在史官，德在生民，天子虚己听公，西戎、北狄视公进退以为轻重。然一赵济能摇之'，窃谓'能'不若'敢'也。"东坡大以为然，即更定焉。

王文安公尧臣登第之日，狄武襄公始隶军籍。王公唱名自内出，传呼甚宠，观者如堵。狄公与侪类数人止于道傍，或叹曰："彼为状元，而吾等始为卒。穷达之不同如此！"狄曰："不然。顾己能如何尔。"闻者笑之。后狄公为枢密使，王公为副，适同时焉。

唐诸镇节度使皆有上佐副使，行军长史、司马之类是也，名位率与主帅相亚，往往代居其任。董晋以故相在宣武，陆长源以御史大夫为之司马。裴晋公以宰相领彰义节度，马总以刑部侍郎为之副使，其后皆因补其处。国朝咸平中，张文定公齐贤以右仆射为邠宁环庆等州经略使，兼判邠州，而奏请户部员外郎、直史馆曾致尧为判官。庆历中，西边用兵，始用夏英公以宣徽南院使为陕西经略招讨使，而韩魏公、范文正公皆以杂学士为副使，又别置判官，皆唐之上佐类也。其后逐路设经略安抚使，亦置判官一员，兵罢皆省。熙宁中，吕汲公建言："今缘边经略使独任一人，而无僚佐谋议之助。虽有副总管钤辖之属，皆奉节制、备行阵，非有折冲决胜之略预于其间。朝廷每除一帅，幸而得能者，则一路兵民实受其赐；不幸不才与焉，则是以三军之众，一听庸人所为也。请诸路经略使各置副使或判官一人，朝廷选差素有才略职司以上人充；参谋一人，委经略使奏辟知边事有谋略知县以上人充。盖自古设官必置贰立副者，所以纾危难而适时用，聚聪明而济不及也。如此则可用之士，不以下位而见遗；中材之帅，又以人谋而获济，兼得以博观已试之效，以备缓急之用。"不报。建炎三年，诏两浙西路、江南东路、江南西路各置安抚大使，浙西治镇江府，江东治池州，江西治洪州，又置参谋、参议各一人。自是之后，诸路往往有之矣。

　　西京一僧院忘其名后有竹林甚盛，僧开轩对之，极潇洒，士大夫多游集其间。一日，文潞公亦访焉，大爱之。僧因具榜乞命名，公欣然许之，携榜以归。数月无耗，僧往请，则曰："吾为尔思一佳名，未之得也，姑少待。"后半年，方送榜还，题曰"竹轩"。余观士大夫立所在亭堂名，当理而无疵者极少，潞公之语虽质，然不可破也。

　　东坡初为赵清献公作《表忠观碑》，或持以示王荆公。公读之，沉吟曰："此何语邪？"时客有在傍者，遽指摘而诋讪之。公不答，读至再三，又携之而起，行且读，忽叹曰："此《三王世家》也，可谓奇矣！"客大惭。

　　熙宁、元丰间有僧化成者，以命术闻于京师。蔡元长兄弟始赴省试，同往访焉。时问命者盈门，弥日方得前。既语以年月，率尔语元长曰："此武官大使臣命也，他时衣食不阙而已，余不可望也。"语元度曰："此命甚佳。今岁便当登第，十余年间可为侍从，又十年为执政，然决不为真相。晚年当以使相终。"既退，元长大病不言，元度曰："观其推步卤莽如此，何足信哉！更俟旬日，再往访之，则可验矣。"旬日复往，僧已不复记识，再以年月语之，率尔而言，悉如前说。兄弟相顾大惊。

然是年遂同登科，自是相继贵显。于元长则大谬如此，而元度终身无一语之差。以此知世所谓命术者，类不可信，其有合者皆偶中也。

钱龙图昂性刚介，最恶人过称官秩，曰："近岁士大夫例福薄。"或疑而问之，答曰："自己有官，不自以为称，而妄取他人官而称之，岂非福薄邪？"

翟资政公巽喜嘲谑。初为秘书郎，同列多见侮诮。时俞尚书桌亦同在省中，尝会饮，明旦翟自外至，抗声问曰："俞桌安在？"众愕然，俞亦自失。翟徐曰："吾问昨夕余沥，欲复饮耳。"众始大笑。它日或谏止之，翟曰："同列相嘲戏，三馆之旧也，吾欲修故事耳，岂得已哉？"平日谈论，喜作文语，虽对使令亦然。为中书舍人时，后省有庖者艺颇精，翟亟称之。后更懈怠，众以尤翟，曰："此小人也，而公数称奖之，故令如此，公自治之。"翟不得已，呼使前责："汝以刀匕微能，数见称赏，而敢疏慢如此，使众人以骄灌夫之罪归汝文，于汝安乎？"左右皆匿笑，而庖竟不解为何等语也。

先公旧有小吏曰柴援，自言周室之裔，颇能诗。尝有《寄远》诗曰："别时指我堂前柳，柳色青时望子时。今日柳绵吹欲尽，尚凭书去说相思。"又有《客舍》诗曰："只影寄空馆，萧然饥鹤姿。秋风北窗来，问我归何时。"其佳句可喜多此类。先公屡欲官之，未及而卒，世谓诗能穷人，此尤其甚者也。

欧阳文忠公为滑州通判，有秘书丞孙琳者签书判官事，自言顷被差与崇仪副使郭咨均肥乡县税，尝创为千步方田法，公私皆利，简当易行。未几，召入为谏官，会朝廷方议均税，因荐琳、咨，使试其法。诏从其请，起自蔡州一县，以方田法均税，事方施行，而议者多言不便，遂罢。后秉政适复有旨置均税司,命官分均陕西、河北税。命下,两路骚然,民争斫伐桑枣逃匿,又群诉于三司者至数千人。公复上疏请罢之,且言:"均税一事,本是臣先建言;闻今事有不便,臣固不敢缄默也。"事亦寻寝。

吕太尉惠卿元祐间贬建州,绍圣初复起,语人曰:"吾在谪籍九年,虽冷水亦不敢饮;设有疾病,则好事者必谓吾戚戚所致矣。"

汪彦章言:顷有一士人,忘其名,初以进士登科,后为法官至刑部侍郎。尝有表曰:"臣本实儒生,初非法吏。清朝夺其素守,白首困于丹书。"虽以文辞自名者,无以过也。

旧制,召试馆职,诗赋各一篇。治平中东坡被召,自言久去场屋,不能为诗赋,乃特诏试论二篇。神宗时御史吴申言试馆职止于诗赋,非经国治民之急,请罢诗赋;试策三道,问经、史、时务,每道问十事以上,以通否定高下去留。于是诏自今试馆职,论一首、策一道,建炎再复试法,唯策一道。

东坡既谪黄州,复以先知徐州日不觉察妖贼事取勘。已而有旨放罪,乃上表谢,神宗读至"无官可削,抚己知危",笑曰:"畏吃棒邪?"

张嵲舍人言:柳子厚平生为文章,专学《国语》,读之既精,因得掇拾其差失,著论以非之。此正世俗所谓"没前程"者也。又言子厚《感遇》二诗始终用太子事,不知其何谓。

陕人薛公度言:少时犹及见司马温公自洛中来夏县上冢,乡人皆集。父老或请曰:"愿闻资政讲书,以为乡里之训。"公欣然为讲《孝经·庶人章》。

元祐间,蔡太师以待制守永兴,值上元阴雨,连三日不得出游。十七日雨止,欲再张灯两夕。而吏谓长安大府常岁张灯，所用膏油至多，皆预为备，今尽，临时营之，决不能办。蔡固欲之，或曰："唯备城库贮油甚多，然法不可妄动。"亟命取用之。已而为转运使所劾。时吕汲公为相，见之曰："帅臣妄用油数千斤，何足加罪乎？"寝其奏不下。

柳永耆卿以歌词显名于仁宗朝，官为屯田员外郎，故世号"柳屯田"。其词虽极工致，然多杂以鄙语，故流俗人尤喜道之。其后欧、苏诸公继出，文格一变，至为歌词体制高雅，柳氏之作殆不复称于文士之口，然流俗好之自若也。刘季高侍郎宣和间尝饭干相国寺之智海院，因谈歌词力诋柳氏，旁若无人者。有老宦者闻之，默然而起，徐取纸笔跪于季高之前，请曰："子以柳词为不佳者，盍自为一篇示我乎？"刘默然无以应。而后知稠人广众中，慎不可有所臧否也。

王保和革为开封尹，专尚威猛，凡盗一钱，皆杖脊配流。一日杖于市，稠人中有掷书一册其旁者，亟取视之，则其卧中物也。因大惊，捕逐竟不得。宣和末，河北盗起，以选出守大名，惨酷弥甚，得盗辄杀之，然盗愈炽。革自以杀人既众，且惩开封之事，常惧人图己所居，辄以甲士环绕。然每对客，必焚香。吕本中舍人时从辟为帅属，私语曰："此正所谓'兵卫森画戟，宴寝凝清香'者也。"

往岁吴中多诗僧，其名往往见于前辈文集中。予渡江之初，犹见有规者颇以诗知名，其为人性坦率，其徒谓之"规方外"。时年七十余矣，谈论萧散可喜。临终前数日，有诗曰："读书已觉眉棱重，就枕方欣骨节和。睡起不知天早晚，西窗残日已无多。"叶左丞大爱之。

国朝故事，叙班以宰相为首，亲王次之，枢密使又次之。乾兴中，王沂公拜同平章事，曹利用以枢密使兼侍中，充景灵宫使,而沂公充会灵观使,遂班利用之下。中外深以为失。天圣二年,王冀公卒,沂公迁玉清昭应宫使,张文节公知白以平章事兼会灵观使,及告谢,皆集门庐候阁门定班次。沂公当居首,利用默不言,而忿形于色。阁门久不能决。上意不欲特出指挥,故但令有司裁定,遣内侍监督。久之,承明殿已坐请班首姓名,欲先启奏,沂公乃抗声曰:"但言宰臣王曾以下告谢。"班次始定。熙宁初,陈秀公升之拜相,时文潞公以司空节度使兼侍中为枢密使,神宗以潞公三朝旧老,欲优礼之,故特诏班秀公上。潞公引曹利用事力辞,且言臣忝文臣,粗知义理,不敢乱朝廷尊卑之序。会王荆公亦言非是,曰:"宰相之上,岂容有他官?霍光功烈权势虽盛,然犹序宰相下。"上于是从潞公之请。宣和间,王黼以太傅秉政,蔡攸以太保领枢密院,皆以真三公居位。未几,白、李二相拜太少宰,遂诏二公班攸之下。其后黼罢相,复诏二相居攸上,犹用故事也。

旧制,进士第三人以上及第人一任回,并召试馆职;制科第三等人一任回亦然,仍并升通判资序。熙宁初诏厘革,并令审官院依例与差遣。

姚舜明侍郎初为华亭令,民有为商者,与一仆俱行,逾期不归,其家访之,则已为人所杀,仆亦逃去,其家意仆之所为也。捕得之,执诉于官,仆无以自明。舜明诘其所以而不能言,则械系之庑下。一日晨起听讼,而囚忽大哭,舜明心疑之,然未暇顾也。讼者去,呼囚问曰:"向何为哭?"囚曰:"适见讼者,乃杀吾主者也。"问:"何以知之",曰:"见其身犹衣郎之衣,今失此人,我必滥死矣,是以哭耳。"舜明闻之悯然,欲物色之,未知其方。是夕,适与同官宴集,饮罢,宗室监酒务者数人共登后圃高亭以憩。有妓女不知人在亭上,而溲于亭下,宗室戏以物击之,则有白衣男子突起草间。众大惊,亟命执之。至则惶恐称死罪,曰:"杀商人者,我也。且诉事于邑而忽心动,因悸不能行,而伏于此。适见物坠于前,疑为捕己。今果见获,我固当死。"且送邑中,具得所掠物,遂置于法。仆于是得释。

苏京字世美,丞相子容之子也。尝为许州观察判官,时韩黄门持国知州事,甚器爱之,荐于朝。其辞曰:"窃见某读书知义理,临事有风力。"前辈之不妄称人如此。

在外州府宫观,旧惟西京崇福宫、南京鸿庆宫、舒州灵仙观、凤翔府上清太平宫、兖州仙源县景灵宫太极观,皆有提举管勾官。熙宁初,始诏杭州洞霄宫、永康军丈人观、亳州明道宫、华州云台观、建州武夷观、台州崇道观、成都府玉局观、建昌军仙都观、江州太平观、洪州玉隆观、五岳庙、太原府兴安王庙皆置,又增判三京留司、御史台、国子监员,盖以优士大夫之老疾不任职者,而王荆公亦欲以置异议之人也。

旧制,诸路监司属官曰"勾当公事"。建炎初,避今上嫌名,易为"干办"。时军兴,一切所置官司数倍平时,而皆有属官,所置纵横。有题于传舍者,曰"北去将军少,南来干办多"。

宰相、使相妻封国夫人,执政、节度使、光禄大夫妻封郡夫人,然不系其夫之封爵。有夫之爵,方为郡公、郡侯。而妻为国夫人者,有夫之爵,方为县伯、子男;而妻为郡夫人者,又每遇大礼则加封,有夫为小郡、小国公,而妻为大郡、大国夫人者,皆恐非是。

翰林学士祖宗时多有别领他官,如开封府三司使之类者,不复归院供视草之职。故衔内必带知制诰,则掌诏命者也。官制后虽不领他职,然犹带知制诰如故,遇阙则以侍郎给舍兼直学士院。近岁有以尚书兼权翰林学士者,而不带知制诰,议者谓不若止称直学士院。

文臣换武，诸司使以下则悉有定制，正任以上则临时取旨。比旧官多不迁，故庆历间范、韩、王、庞四公，皆以杂学士止得观察使。熙宁初，王懿敏素以端明殿学士，亦换观察使。建炎初，孟郡王忠厚以徽猷阁直学士换承宣使，邢开府焕以待制换观察使，非旧制也。

宰执生日，礼物旧多差亲属押赐，例有书。送物则赴阁门缴书，申枢密院取旨，出札子许收，乃下榜子谢恩，虽子侄亦然。王荆公为相，因生日差其子雱，因上言父子同财，理无馈遗。取旨谢恩，皆伪作。窃恐君臣、父子之间，为礼不宜如此。请自今应差子孙弟侄押赐并不用此例，从之。

宣和间，童贯以太师领枢密院事，为河北东等路宣抚使，有所陈请，虽本院亦用申状。靖康间，李丞相纲以知枢密院事出为河北、河东宣抚使，始以为既以辅臣出使，不当复有所屈，乃止用"关"。关盖都省、枢密院自相往来文移之称也，其体与札子大同而小异。

枢密院承旨，本吏人之名，逐房又别置承旨、副承旨，旧得递迁至承旨。太平兴国七年，以翰林副使杨守一为西上阁门使、枢密都承旨。加都字，及用士人，皆自此。其后复止以吏为之。熙宁三年，乃复以皇城使、端州团练使李绶充副都承旨，且诏见枢密使副如阁门使礼，盖以历年不用士人，接遇及所领职事都无可考验故也。未几，又请铸印。诏止许印在院文字，不得别用，以枢密承旨司印为文。五年，曾枢密孝宽自尚书、比部员外郎、集贤校理同修起居注，为起居舍人充史馆修撰，兼枢密都承旨。用文臣自此始，其后多由此径迁同知或签书院事。

　　刘资政珏靖康间为太常少卿,因检视礼器库,见有故祭服甚多,将建请以为战士衲衣。有老吏谏曰:"祭器弊则理之,祭服弊则焚之,礼也;奈何以为战士衣乎?"刘嘿然,无以应。

　　邵博公济言:吕文靖公为相,其夫人马氏因时节朝宫中,慈圣谓曰:"今岁难得糟淮白,夫人家有之乎?"对曰:"有之。容妾还家进入。"既归,索其家所有,得二十合列之庑下。文靖归,问何所用,夫人对以中宫之言。文靖命止进一合,余并留之。夫人曰:"臣庶之家自相饷遗,犹欲丰腆,奈何靳之?"文靖曰:"此虽微物,而禁中偶乏,而吾家乃有如许之多,可乎? 吾非靳也。"

　　《汉书·陈胜传》:"胜攻陈,陈守令皆不在,独与守丞战谯门中。"晋灼曰:"谯门,义阙。"颜师古曰:"谯门,谓门上为高楼以望耳。楼一名谯,故谓美丽之楼为丽谯。谯亦呼为巢,所谓巢者,亦于兵车之上为巢,以望敌也。"今流俗本"谯"字下有"城"字,非也。谯,城已下矣。刘贡甫以谓"谯,陈之旁邑,此适谯之门耳,犹今京师有宋门、郑门之类也。"又《田横传》高祖曰:"横来大者王,小者侯。"师古曰:"大者谓横身,小者其徒众也。"刘贡甫以谓"者,则也,古人之语多如此。谓横来大则王,小则侯耳"。方是时,从起蜀汉功臣未尽封,安得地封田横之徒众乎? 盖刘原甫与其子仲冯并贡甫皆精于《汉书》,每读随所得释之,后成一编,号"三刘《汉书》"。其正前人之失,皆此类也。

　　金人之始入寇也,诏遣路枢密允迪使河东割地,有布衣王亢者与之有旧,拉与偕行。亢为人深目高准多髯,事氄裘毡笠,独骑而后。时所在村民多自相保聚,见亢以为虏也,执之。亢自辨数莫听,则欲缚送州县。亢不服,旁一人曰:"尔不受缚,吾且断尔之臂。"亢仰而言曰:"幸断我左臂。"或问"何也",亢曰:"右臂妨吾抓痒。"众皆笑曰"此伶人也",乃得释。

范龙图纯粹,文正公之幼子也。守延安,尝大阅,百姓入教场观者不禁。俄而骑出,两翼围之,命观者皆列坐,五人结一保。已而有十许人无保,呼使前问故,叩头曰:"夏国之人也。"复问曰:"尔国使尔来觇我乎?"曰:"然。"因令坐帐前,而后阅试技艺,迨暮而毕。复呼问之,曰:"吾之兵,不亦精乎?"曰:"然。"曰:"归语而主,吾在此有以相待,欲为寇者幸早来。"饮食而遣之。世言文正三子各得其父一体,盖长子忠宣得其德量,中子右丞纯礼彝叟得其文学,德孺得其将略也。边人至今畏服焉。

宪衔起于唐中叶以后,《职官志》记其所因,其略云:"至德以后,诸道使府参佐皆以御史为之,谓之'外台'。"按《李光弼传》王承业为河东节度使,政弛谬,侍御史崔众主兵太原,每狎侮承业。光弼素不平,及是诏众以兵付光弼。众素狂易,见光弼长揖,不即付兵。光弼怒,收系之。会使者至,拜众御史中丞。光弼曰:"众有罪,已前系。今但斩侍御史,若使者宣诏,亦斩中丞。"然则当天宝时,诸道参佐固已有御史之名,不得云至德后矣。予尝考之:开元中宇文融由监察御史陈便宜请校天下户籍,收匿户羡田佐用度,元宗以融为覆田劝农使,钩校帐符,得伪勋亡丁甚众。擢兵部员外兼侍御史,融乃奏慕容琦等二十九人为劝农判官,假御史,分按州县。疑此为宪衔之始。盖自后凡以他官被委任、欲重其事者,咸假以御史之名。又因以赏功,自方镇及宾佐幕职下逮卒伍之长,莫不领中丞大夫、御史之名。名器之滥,莫甚于此。本朝初尚因之,故至今中丞犹有端公之称,盖谓是也。元丰官制行,悉罢,然封拜蕃衷君长，至今犹然。

湖州铜官庙偶像衣冠甚古，其妇人皆如世所藏周昉画人物，盖唐人之遗迹也。翟公巽尤爱之，暇日多至庙中观焉，往往裴徊终日。又尝作大铜香炉施毗陵天宁寺塔下，铭其上曰"公巽父作炉燎薰觉皇"。

韩忠宪公平日常语子弟曰："进取在于止足，宠禄不可过溢。年若至六十，可以退身谢事，归守父母坟墓，则是忠、孝两全矣。"及公薨，其子康公服既阕，将造朝，自誓于墓前曰："仕宦至六十，决当乞归田里，洒扫坟垅，期于不坠先训。"及熙宁中，以观文殿学士守南阳，年五十九矣，遽欲谢事。又以自来大臣引年，往往不即赐可徙，奏牍累上，旋复视事，故先手疏具述遗诫及誓于墓之事于上，且曰："昔晋王羲之为会稽太守，去郡不仕，亦尝自誓于父母墓前，朝廷以其誓苦，不复召之。臣今志愿虽与羲之颇殊，然誓于先臣墓前无异矣。东晋固不足以比隆圣时，所以保全臣下一节，斯亦可尚。臣区区之志，中外士大夫多有知者，即非臣今日轻有去就、妄干退闲也。"然章屡上，终不允，迄不得如其志。及元祐初方致仕，时年七十五矣。故士大夫以退为难。

官制行后，凡大礼犹准唐故事置五使。大礼使则首相为之，礼仪使则礼部尚书为之，仪仗使则兵部尚书为之，卤簿使则御史中丞为之，桥道顿递使则京尹为之。惟顿递司例造酒分饷近臣，京师称顿递司酒为最美。徽宗朝，五使皆用执政次第为之。大观元年明堂大礼，先公以上书右丞为桥道顿递使。

宣徽使本唐宦者之官，故其所掌皆琐细之事。本朝更用士人，品秩亚二府。有南北院，南院资望比北院尤优。然其职犹多因唐之旧：赐群臣新火，及诸司使至崇班内侍供奉诸司工

匠兵卒名籍、及三班以下迁补、假故鞫劾、春秋及圣节大宴、节
度迎授恩命、上元张灯、四时祠祭、契丹朝贡、内庭学士赴上督
其供帐、内外进奉名物、教坊伶人岁给衣带、郊御殿朝谒圣容、
赐酺、国忌、诸司使下别籍分产、诸司工匠休假之类。武臣多
以节度使或两使留后为之,又或兼枢密。文臣则前二府及侍
从之官高久次有勋劳者方得之。其居藩府则称判,其重如此。
元丰官制行,罢宣徽使不置。时为之者二人:张文定公与王君
贶也,特命领使如旧。其后君贶自请依执政置坟寺,诏特依,
后毋为例。

　　陈无己尝以熙宁、元丰间事为《编年》,书既成,藏之庞庄
敏家。无己之母,庞氏也。绍圣中,庞氏子有惧或为己累者,
窃其书焚之。世无别本,无己终身以为恨焉。

　　《彩选格》起于唐李郃,本朝踵之者,有赵明远、尹师鲁。
元丰官制行,有宋保国皆取一时官制为之。至刘贡父独因其
法取西汉官秩升黜次第为之,又取本传所以升黜之语注其下,
局终遂可类次其语为一传,博戏中最为雅驯。初,贡父之为是
书也,年甫十四五,方从其兄原父为学,怪其数日程课稍稽,视
其所为,则得是书,大喜,因为序冠之,而以为己作。贡父晚年
复稍增而自题其后,今其书盛行于世。

　　司马温公编修《资治通鉴》,辟刘贡甫、范纯夫、刘道原为
属。两汉事则属之贡甫,唐事则属之纯夫,五代事则属之道
原。余则公自为之,且润色其大纲。书成,道原复类上古至周
威烈二十二年以前事为《通鉴》前纪,又将取国朝事为后纪。
前纪既成而病,自度后纪之不复可成也,更前纪为外纪。

　　《史记》载秦始皇及二世行幸郡县,立石刻辞。世传泰山
篆字,可读者惟有"二世诏"五十许字,而始皇刻辞皆谓已亡。

宋丞相莒公镇东平日，遣工就泰山杬得墨本，以庆历戊子岁别刻新石，亲作后序，止有四十八字。欧阳文忠公《集古录》亦言友人江邻几守官奉高，亲到碑下，才有此数十字而已。其后东平刘斯立尝登泰山绝顶访秦篆，徘徊碑下，其石埋植土中，高不过四五尺，形制似方而非方，四面广狭皆不等，因其自然不加磨砻。所谓五十许字者在南面稍平处，人常所杬拓，故士大夫多得见之。其三面尤残缺蔽暗，人不措意，隐隐若有字痕。刮磨垢蚀，试令杬以纸墨，渐若可辨，盖西面起，以东、北、南为次，四面周围悉有刻字，总二十二行，行十二字。字从西面起，以东、北、南为次。西面六行，北面三行，东面六行，南面七行。其末有"制曰可"三字，复转在西南棱上。其十二行是始皇辞，其十行是二世辞。以《史记》证之，文意皆具。计其缺处字数适同，于是泰山之篆遂为全篇。如"亲輑远黎"史作"亲巡远方黎民"，"金石刻"作"刻石"，"著"作"休"，"嗣"作"世"，"听"作"圣"，"埵体"作"礼"，"昆"作"后"，则又史家差误，皆当以碑为正。其曰"御史大大"者，大夫也。庄子曰"且而属之夫夫"，卫宏曰"古文一字两名"。因就注之。斯立名跂，丞相莘老之子，善为文章，晚榜所居室曰《学易堂》，类其文为二十卷，号《学易集》行于世。

漏泽园之法起于元丰间。初予外祖以朝官为开封府界使者，常行部宿陈留佛祠，夜且半，闻垣外汹汹，若有人声。起烛之，四望积骸蔽野，皆贫无以葬者，委骨于此。意恻然哀之，即具以所见闻请斥官地数顷以葬之，即日报可。神宗仍命外祖总其事，凡得遗骸八万余，每三十为坎，皆沟洫什伍为曹，序有表，总有图，规其地之一隅以为佛寺。岁轮僧寺之徒一人，使掌其籍焉。外祖陈氏，名向，字适中，睦州人。起白屋，以才自见,屡使诸路,有能名。官制初行,为度支员外郎,元祐初出为江西转运副使,徙楚州,未几卒。

贾魏公平生历官多创置。景祐元年始置崇政殿说书,自都官员外郎首为之;四年置天章阁侍讲,与赵希言、王崇道首为之;比直龙图阁,预内朝起居,班在本官之上,递直侍讲于迩英、延义二阁,在崇政殿庭庑下;皇祐元年置观文殿大学士宠待旧相,公自使相首为之。

崇政殿说书本以待庶官之资浅未应为侍讲者,故熙宁初吕吉甫太尉、曾子宣丞相始改京官即得之。至元祐中,范纯夫翰林、司马公休谏议皆以著作佐郎直兼侍讲。宣和间,又置迩英殿说书,命杨中立龙图以著作郎为之。近岁初召尹彦明,议所除官,将以为迩英殿说书,而议或以为祖宗时无有,乃改崇政殿云。

予所见藏书之富者,莫如南都王仲至侍郎家。其目至四万三千卷,而类书之卷帙浩博,如《太平广记》之类,皆不在其间。虽秘府之盛,无以逾之。闻之其子彦朝云,其先人每得一书,必以废纸草传之。又求别本参较至无差误,乃缮写之。必以鄂州蒲圻县纸为册,以其紧慢厚薄得中也。每册不过三四十叶,恐其厚而易坏也。此本专以借人及子弟观之。又别写一本,尤精好,以绢素背之,号“镇库书”,非己不得见也。“镇库书”不能尽有,才五千余卷。盖尝与宋次道相约传书,互置目录一本,遇所阙则写寄,故能致多如此。宣和中,御前置局求书,时彦朝已卒,其子问以“镇库书”献,诏特补承务郎,然其副本具在。建炎初问渡江,书尽匿睢阳第中,存亡不可知,可惜也。

官制初行,李邦直为吏部尚书,时寄禄官才承议郎,神宗以其太卑，诏特迁朝奉大夫，其后无踵其例者。

　　唐庚字子西，眉山人。善为文，常以谓六经已后，便有司马迁；三百五篇之后，便有杜子美。六经不可学，亦不须学，故作文当学司马迁，作诗当学杜子美。二书亦须常读，所谓"不可一日无此君"也。尤不喜《新唐书》，云："司马迁敢乱道，却好；班固不敢乱道，却不好。不乱道又好，是《左传》；乱道又不好，是《新唐书》。八识田中若有一毫，《唐书》亦为来生种矣。"

　　杨侍读绘熙宁间知南京，有惠政。予及见故老有能道当时事者云："春秋劝农时必微服屏骑从至田野中，民莫知其太守也，有献浆水者，欣然为举之。以是多知民间疾苦之实，亦以见前辈为政平易如此也。"

　　自古人君即位之次年改元，以至终身。汉文帝始以即位之十年为后元年，景帝复以即位之七年为中元年，又六年为后元年。至武帝初年乃号建元元年，其后屡易其号，以至于今。虽立号纪年始于武帝，然其源盖自文帝之后元也。

　　韩魏公喜营造，所临之郡必有改作，皆宏壮雄深，称其度量。在大名，于正寝之后稍西为堂五楹尤大，其间洞然，不为房室，号"善养堂"，盖其平日宴息之地也。

　　国朝既以节度使为武官之秩，然文臣前二府之久次者，间亦得之，盖优礼也。其不历二府而为节度使者，自国初至今，凡六人，然皆有由。陈康肃尧咨始自翰林学士换宿州观察使、知天雄军，特诏位丞郎上，其后自安国军留后拜武信军节度使。张宣徽尧佐自礼部侍郎、三司使拜淮康军节度、群牧制置使、宣徽南院使、景灵宫使，言者交章论之，遂罢宣徽、景灵二使。顷之，复加宣徽使判河阳。王君贶自熙宁间以侍从久次为宣徽使，会官制行，废宣徽使不置，时为之者独有君贶与张文定二人,特诏领使如故。其后君贶判大名府,当再任,遂拜武安军节度使。蔡太保攸政和末自宣和殿大学士、上清宝箓宫使拜淮康军节度使。靖康中,张永锡孝纯自延康殿学士知太原府,拜检校少保、某军节度使。建炎初,杜仆射充自端明殿学士、东京留守拜宣武军节度使。大抵陈康肃以次迁,张宣徽以戚里,王君贶以官制改革,蔡居安以恩幸,张永锡以守御之劳,而杜仆射以居守欲重其任也。

国朝不历真相而为相者,凡七人:钱文僖、程文简、夏文庄、蔡元度、蔡居安攸、梁才甫子美,而邓枢密洵武直以少保领院,而不兼节钺,前所未有也。